COLLECTION
FOLIO CLASSIQUE

Cardinal de Retz

Mémoires

*Édition présentée et annotée
par Michel Pernot*
Maître de conférences honoraire
à l'Université de Nancy II

Texte établi par Marie-Thérèse Hipp

Gallimard

Nous reprenons le texte établi pour la Bibliothèque de la Pléiade.

© *Éditions Gallimard,*
1984, pour l'établissement du texte,
2003, pour la préface et le dossier.

PRÉFACE

Le cardinal de Retz déconcerte par les contradictions dont il est pétri. Homme d'Église sans vocation, il eut l'ambition de faire parler de lui en accomplissant des actions héroïques. Amoureux de la gloire comme tous les nobles de haut lignage mais doué personnellement du génie de l'intrigue, il s'est lancé à corps perdu dans l'aventure de la Fronde dont il est vite devenu une figure de proue. Malheureusement pour lui, son engagement politique, s'il lui a permis de revêtir la pourpre, s'est soldé in fine par un échec cuisant. Il l'a conduit en prison puis sur les chemins de l'exil avant de le reléguer à Commercy où la volonté de Louis XIV l'a maintenu pendant de longues années. À la fin de sa vie, il a remporté une sorte de revanche sur les déboires de son existence mouvementée en rédigeant ses Mémoires. *Mais ce grand texte, que la postérité a rangé parmi les chefs-d'œuvre du genre, n'a été publié qu'en 1717, près de quarante ans après sa mort. D'ailleurs, il se souciait comme d'une guigne de la renommée littéraire qu'il jugeait vaine, indigne de sa haute naissance.*

UNE AMBITION QUI SE CHERCHE

1. Des origines illustres

Jean-François-Paul de Gondi, qui sera cardinal de Retz en 1652, voit le jour en septembre 1613[1] au château de Mont-

---

1. Son baptême porte la date du 20 septembre. Le 15 est né à Paris François VI de La Rochefoucauld, le futur auteur des *Maximes,* son plus intime ennemi.

mirail, en Brie champenoise, sous les plus heureux auspices. Il n'est pourtant que le dernier-né, dans la branche cadette de son puissant lignage (voir l'arbre généalogique). Et ce lignage d'ascendance florentine n'est que d'implantation récente en France. Au demeurant, ses origines financières (son fondateur Antoine de Gondi [1486-1560] était banquier à Lyon) n'autorisent pas à le ranger parmi les maisons d'excellente noblesse terrienne[1]. Mais grâce à la faveur royale, grâce à leur inébranlable fidélité à la Couronne pendant les guerres de Religion, grâce aussi aux incontestables talents de plusieurs d'entre eux, les Gondi se sont rapidement agrégés à la plus haute aristocratie. Ils ont contracté de flatteuses alliances dans la vieille noblesse, rassemblé nombre de seigneuries opulentes, occupé les fonctions les plus prestigieuses de l'État et de l'Église[2].

Fils d'Antoine, Albert de Gondi (1522-1602), comte de Retz[3] par son mariage avec Claude-Catherine de Clermont, et grand-père du mémorialiste, a reçu en 1573 la dignité de maréchal de France. Son frère Pierre Ier (1533-1616), entré dans les ordres, a occupé les sièges épiscopaux de Langres puis de Paris avant d'être promu au cardinalat en 1587. En 1581, l'érection de la terre de Retz en duché-pairie par Henri III a mis le comble à la gloire du lignage, désormais placé au sommet de la hiérarchie sociale, juste après les princes du sang et les princes étrangers[4].

À la naissance de Jean-François-Paul, les Gondi n'ont rien perdu de la puissance qu'ils ont acquise au siècle précédent. Son père Philippe-Emmanuel (1581-1662), troisième fils du maréchal, est général des galères[5] depuis 1598. Son oncle Henri Ier

1. Grâce à la protection de la reine Catherine de Médicis, sa compatriote, Antoine de Gondi, arrière-grand-père de Retz, devint maître d'hôtel du roi Henri II et sa femme, Marie-Catherine de Pierrevive, gouvernante des enfants de France.
2. C'est pourquoi Retz peut écrire au début de ses *Mémoires*, non sans une pointe de vanité : « Je sors d'une maison illustre en France et ancienne en Italie » (les Gondi sont connus à Florence depuis la fin du XIIe siècle).
3. Le comté de Retz (ou Rais) est situé au sud de Nantes. Principale localité : le bourg de Machecoul. La grand-mère du mémorialiste, Claude-Catherine de Clermont, le tenait de son premier mari.
4. Les princes du sang sont les parents du roi et les princes étrangers, les cadets des maisons régnantes étrangères (Lorraine, Savoie) établis en France.
5. Le général des galères commande l'escadre de la Méditerranée. Avant Philippe-Emmanuel de Gondi, son père Albert,

(1572-1622), deuxième fils du maréchal et futur cardinal, dirige le diocèse de Paris devenu comme un bien de famille, depuis la même date. L'octogénaire cardinal de Gondi, frère du maréchal, a renoncé à l'épiscopat, trop lourd pour son grand âge. C'est le cousin de Jean-François-Paul, Henri II de Gondi (1590-1659), qui porte le titre ducal depuis le décès, en 1602, de son grand-père le maréchal[1].

Avec des parents aussi bien placés dans la société et dans l'appareil de l'État, tous les espoirs d'une belle carrière sont permis au nouveau-né. De ses deux frères, le plus âgé, Pierre II (1602-1676), est destiné à succéder aux fiefs de Philippe-Emmanuel et à devenir à son tour général des galères, les hauts emplois tendant à l'hérédité dans les grandes familles[2]. *L'autre, prénommé Henri (1610-1622), est voué à l'Église en tant que cadet pour respecter la tradition qui veut que, de génération en génération, un Gondi exerce d'éminentes fonctions ecclésiastiques. Pour Jean-François-Paul, le métier militaire paraît tout indiqué : il pourra, selon son humeur, porter le mousquet au service du roi ou entrer comme chevalier dans l'ordre de Malte.*

En attendant le moment de choisir sa voie, il grandit dans un climat d'intense piété. Sa mère, Marguerite de Silly (1583-1625), pratique une dévotion inquiète et exaltée. Sous l'influence du fondateur de l'Oratoire, Pierre de Bérulle, Philippe-Emmanuel engage saint Vincent de Paul comme précepteur de ses deux aînés et pour assurer la direction spirituelle de sa famille[3]. *Il lui demande d'évangéliser les paysans qui peuplent ses seigneuries de Villepreux, de Joigny et de Montmirail. Il lui fait attribuer en 1619 la charge d'aumônier général des galères. Il finance généreusement, à hauteur de 45 000 livres, la Congrégation de la Mission, fondée par le saint pour assurer une meilleure formation aux prêtres séculiers. De son côté, l'évêque de Paris Henri I*[er] *de Gondi, cardinal en 1618 (c'est le premier cardi-*

---

le maréchal, son frère Charles II, mort dès 1596, son oncle Charles Ier, mort en 1574, ont exercé la charge.

1. Charles II de Gondi, fils aîné du maréchal de Retz, est mort six ans avant son père. Le titre est donc passé en 1602 à son fils Henri II, deuxième duc et pair de Retz.
2. Pierre II de Gondi, frère aîné de Retz, épousera en 1633 sa cousine issue de germain Catherine, fille et héritière de Henri II, de façon à faire passer le titre ducal de la branche aînée à la branche cadette du lignage. Il sera le troisième et dernier duc de Retz.
3. C'est en septembre 1613, au moment de la naissance de son dernier-né, que Philippe-Emmanuel de Gondi installe chez lui saint Vincent de Paul dont le préceptorat durera quatre ans.

nal de Retz), incite Louis XIII à agir contre les huguenots tandis que sa sœur Marguerite-Claude, marquise de Maignelais (1570-1650), sainte femme s'il en fut, dépense une fortune en œuvres de charité. À l'exemple d'autres grands lignages, les Gondi s'illustrent aux avant-postes de la Réforme catholique.

Cet engagement religieux militant a son revers : les Gondi se rangent dans le camp des dévots qui subordonnent l'action politique aux intérêts de la religion et que le cardinal de Richelieu, parvenu au pouvoir en 1624, combat parce qu'ils contestent sa politique étrangère de guerre à l'Espagne et d'alliance avec les puissances protestantes. Les liens étroits qui, depuis le milieu du XVIᵉ siècle, unissaient les Gondi à la Couronne et sur lesquels ils avaient bâti leur puissance sont en train de se distendre.

2. Une vocation forcée

En 1622, un événement imprévu oriente de façon définitive l'existence de Jean-François-Paul de Gondi : son frère Henri meurt à douze ans d'une chute de cheval. Destiné, on le sait, à l'Église, le jeune garçon possédait en commende[1] les abbayes bretonnes de Buzay et de Quimperlé qui rapportaient ensemble 23 000 livres de rente. Pour éviter que ces revenus ne glissent en des mains étrangères et pour sauvegarder l'avenir ecclésiastique de sa famille, Philippe-Emmanuel substitue Jean-François-Paul à Henri : son troisième fils portera la soutane, non le mousquet. La même année, le premier cardinal de Retz s'éteint et le diocèse de Paris, érigé en archevêché, passe aux mains du quatrième et dernier fils du maréchal de Retz, Jean-François.

L'année suivante, le dernier des Gondi, qui voit s'envoler ses rêves de gloire militaire, reçoit la tonsure en même temps que la confirmation : à dix ans, il entre dans le clergé. On l'appelle, du nom de son abbaye bretonne, l'abbé de Buzay.

En 1625, il perd sa pieuse mère, morte à quarante-deux ans. Son père le met en pension chez les jésuites, au collège de Clermont[2]. Il s'y montre un élève doué, très brillant, excellent

---

1. *Commende* : attribution d'un bénéfice régulier (abbaye, prieuré) à un membre du clergé séculier, voire à un laïc. L'abbé ou le prieur commendataire est dispensé de résidence et perçoit le tiers des revenus du monastère.
2. L'établissement de la Compagnie de Jésus à Paris portait le nom de collège de Clermont parce qu'il avait succédé à la résidence parisienne des évêques de Clermont en Auvergne. Le lycée Louis-le-Grand en occupe aujourd'hui l'emplacement.

latiniste mais difficile, rebelle à la discipline rigoureuse des pères et très incommode pour ses condisciples. « *Dans le collège, raconte Tallemant Des Réaux, l'abbé fit voir son humeur altière : il ne pouvait guère souffrir d'égaux, et avait souvent querelle*[1]. »

Deux ans après la mort de son épouse, Philippe-Emmanuel renonce au monde. Il abandonne le généralat des galères à son fils aîné Pierre II, prend les ordres sacrés et entre à l'Oratoire. Il est maintenant le Père de Gondi. Quant à son fils, l'abbé de Buzay, il devient à quatorze ans chanoine de Notre-Dame.

Après avoir passé son baccalauréat (juillet 1631), il commence à la Sorbonne[2] *ses études de théologie sous le nom d'abbé de Retz, Buzay étant, phonétiquement, trop proche de buse. Mais l'engagement ecclésiastique que la volonté paternelle lui a imposé s'oppose à ses aspirations les plus profondes. Au lieu de se montrer* brave (*c'est-à-dire princièrement vêtu*) *à la façon des jeunes nobles de son âge, il doit se contenter d'un habit austère muni du petit collet, symbole avec la tonsure de sa condition cléricale. Il proteste à sa façon en se livrant à la galanterie car, nous dit Tallemant,* « *il est enclin à l'amour*[3] ». *Malgré son physique ingrat, sa petite taille, ses jambes courtes, son teint basané, sa myopie prononcée*[4], *il rencontre peu de cruelles car la vivacité de son esprit lui donne un charme fou.*

Vers 1635-1637 commencent ses liaisons avec Anne de Rohan, princesse de Guéméné, et Marie de Cossé-Brissac, maréchale de La Meilleraye. Vers 1641, Denise de Bordeaux, épouse très infidèle du président de Pommereuil (ou Pommereux) deviendra à son tour sa maîtresse.

Non content de collectionner les belles amies, l'abbé se bat en duel à plusieurs reprises avec des fortunes diverses. Caractère intrépide, très chatouilleux sur le point d'honneur, il ripostera toujours avec vigueur aux atteintes portées à sa réputation et

---

1. Tallemant Des Réaux, *Historiettes*, Bibl. de la Pléiade, tome II, 1961, p. 304.
2. Au XVIIe siècle, la Sorbonne est d'abord un collège de l'université où logent des étudiants et où se déroulent des cours, la faculté de théologie ne disposant pas de locaux propres. C'est ensuite une compagnie d'ecclésiastiques, la Société et Maison de Sorbonne, dont les membres, docteurs en théologie, constituent collégialement la plus haute autorité doctrinale et morale en France.
3. Tallemant Des Réaux, *op. cit.*, p. 305.
4. Tallemant le présente comme « un petit homme noir qui ne voit que de fort près, mal fait, laid et maladroit de ses mains à toutes choses » (*op. cit.*, p. 303).

à ses droits. Mais déjà, « *sa passion dominante, c'est l'ambition*[1] ».

Une ambition qui reste vague, sans objectif bien précis. Une ambition qui aurait besoin, pour se réaliser, de l'appui de la Couronne. Mais Richelieu, ennemi juré des dévots, se méfie des Gondi. En 1635, il contraint Pierre II à se défaire du généralat des galères au profit de son propre neveu, le marquis de Pontcourlay, sans lui offrir de contrepartie honorable. L'abbé de Retz en conçoit une vive irritation et une rancune tenace contre les méthodes autoritaires et la personnalité impérieuse du tout-puissant ministre. Comme tous les grands seigneurs, il ne peut souffrir que quiconque porte atteinte à la puissance et à la gloire de sa maison.

En 1638, il marque un point contre Richelieu : il est reçu premier à la licence de théologie au terme d'une compétition serrée avec l'abbé de La Mothe-Houdancourt, futur archevêque d'Auch, parent et protégé du cardinal.

Devant le mécontentement du ministre qui n'appelle plus Retz que « ce petit audacieux », les Gondi jugent plus prudent d'éloigner celui-ci pour quelque temps en lui faisant faire le voyage d'Italie. L'abbé se met en route au mois de mars 1638, en compagnie des trois frères Tallemant, Paul, François et Gédéon[2], avec une suite de quatre gentilshommes. Il visite Florence, Venise et Rome et retourne en France vers Noël[3].

C'est sans doute peu après qu'il entre en littérature en composant La Conjuration de Fiesque[4]. Cet ouvrage n'est pas une étude historique. C'est plutôt l'apologie de la tentative manquée du comte Jean-Louis de Fiesque pour renverser la domination d'André Doria sur la république de Gênes, en 1547. Véritable manuel du parfait conspirateur, le livre ne sera publié qu'en 1665, sans nom d'auteur, après avoir été remanié. On y trouve un portrait imaginaire de Fiesque qui n'est autre que le portrait idéalisé de Retz lui-même à la recherche de son identité. Richelieu, ayant pu prendre

---

1. Tallemant Des Réaux, *op. cit.*, p. 305.
2. L'auteur des *Historiettes* est Gédéon Tallemant.
3. C'est pendant le voyage de Retz en Italie que le futur roi Louis XIV vient au monde à Saint-Germain-en-Laye (5 septembre 1638).
4. Ce livre, le premier écrit directement en français sur ce sujet, s'inspire de l'ouvrage d'Agostino Mascardi, *La congiura del conte de' Fieschi*, paru en 1629 à Venise et traduit dans notre langue en 1639 par Jean-Jacques Bouchard sous le pseudonyme de Fontenay-Sainte-Geneviève.

connaissance du texte manuscrit, se serait écrié : «Voilà un dangereux esprit!»

3. La conquête de la mitre

Bien que retiré du monde, le Père de Gondi souhaite ardemment que son fils devienne un jour le coadjuteur et le successeur de son frère l'archevêque. Il en fait la proposition à Richelieu en 1641 mais, connu pour ses sympathies jansénistes, il est éconduit et, pour quelque temps, exilé à Lyon. Le ministre sait-il que l'abbé de Retz — comme celui-ci le prétend sans preuves dans ses *Mémoires* — est partie prenante dans la conjuration du comte de Soissons, dénouée au mois de juillet de cette année-là par la mort de son auteur[1] ? Ne souhaite-t-il pas plutôt réagir contre la mainmise des Gondi sur le siège épiscopal de Paris ? Ou pense-t-il que les mauvaises mœurs d'un étudiant en théologie qui collectionne duels et bonnes fortunes sont incompatibles avec la mitre ? On ne sait.

Débouté des prétentions épiscopales qui commençaient à flatter son ambition, l'abbé de Retz qui, selon Tallemant, veut «faire du bruit», ne songe plus qu'à se faire apprécier du public comme prédicateur en attendant des jours meilleurs. C'est ainsi qu'en 1642 il prononce une série de sermons fort remarqués dans l'église des petites carmélites, en présence de la reine Anne d'Autriche. Ce qui ne l'empêche pas de poursuivre de ses assiduités Mlle de Vendôme, petite-fille naturelle de Henri IV.

Après la mort de Richelieu (décembre 1642), l'archevêque de Paris, poussé par le clan Gondi, présente à Louis XIII son neveu — qu'il loge déjà au petit archevêché[2] — et le demande pour coadjuteur. Le roi repousse poliment la requête et fait offrir à l'abbé de Retz le minuscule évêché d'Agde en Languedoc qui ne compte que vingt-six paroisses : un enterrement de première classe, très loin de Paris. Sous des prétextes

---

1. Dans ses *Mémoires*, Retz s'étend complaisamment sur son rôle dans cette conspiration mais sans apporter la preuve de ses dires (voir p. 74-86 de la présente édition). Le comte de Soissons est mort sur le champ de bataille de La Marfée, près de Sedan, après sa victoire sur les troupes royales, sans doute en relevant la visière de son casque avec le canon de son pistolet et en faisant partir le coup par mégarde.
2. Le petit archevêché, édifié dans le prolongement des vieux bâtiments, était une construction récente, située entre le chevet de Notre-Dame et la Seine. C'est là que Retz a vécu jusqu'en décembre 1652.

spécieux, le jeune ambitieux décline respectueusement ce cadeau empoisonné.

C'est seulement après la disparition du monarque (mai 1643) que sa veuve Anne d'Autriche, devenue régente du royaume, cède aux instances des Gondi, en particulier de la sainte marquise de Maignelais. Obligée, pour affirmer son autorité, de donner satisfaction aux réclamations des grands, elle accorde à Retz le brevet de coadjuteur de son oncle avec future succession (12 juin 1643). En octobre suivant, le pape Urbain VIII confirme la nomination et confère au nouveau promu, qui vient d'avoir trente ans, le titre d'archevêque de Corinthe in partibus[1].

Il reste à l'abbé de Retz à passer son doctorat en théologie et à recevoir les ordres sacrés (il n'est même pas sous-diacre). Auparavant, il fait retraite chez saint Vincent de Paul, ami de sa famille, à la maison de Saint-Lazare, siège de la Congrégation de la Mission (d'où le nom de lazaristes donné aux membres de cet institut religieux). Cette retraite se place sans doute à la fin de 1643[2]. *Retz y prend la résolution d'accomplir scrupuleusement ses devoirs épiscopaux mais de ne pas respecter le vœu de chasteté. Il conciliera ainsi l'honneur aristocratique qui le pousse à se montrer un pasteur exemplaire et les exigences de son tempérament ardemment sensuel.*

Le sacre, lui, déroule ses fastes à Notre-Dame le 31 janvier 1644. Le nouveau coadjuteur s'essaie aussitôt au gouvernement du diocèse dans l'esprit du concile de Trente, à la grande satisfaction des dévots. Il prêche le plus souvent qu'il peut, ce qui étonne les Parisiens peu habitués à voir un archevêque en chaire. Ce zèle ecclésiastique lui vaut l'estime des chanoines et des curés sans que cessent pour autant ses relations intimes avec Denise de Pommereuil.

---

1. Depuis la conclusion du concordat de 1516 entre François Ier et Léon X, c'est le roi de France qui désigne les évêques auxquels le pape accorde ensuite l'investiture canonique s'il accepte la nomination.

2. Simone Bertière, auteur de la plus récente biographie de Retz, estime au contraire que le mémorialiste a dû être ordonné prêtre pendant le carême de 1643. En un temps où la formation des ecclésiastiques laissait à désirer, les séminaires étant encore peu nombreux, saint Vincent de Paul et les lazaristes organisaient des retraites réservées aux *ordinands*, candidats à la prêtrise. On évalue à 13 000 le nombre des clercs qui ont participé à ces exercices entre 1638 et 1660.

4. Un archevêque indocile

Pendant ses années d'apprentissage, Retz a dû se plier à la volonté de ceux qui avaient barre sur lui : son père qui l'a contraint d'entrer dans le clergé à rebours de sa personnalité profonde (il avoue avoir eu « l'âme peut-être la moins ecclésiastique qui fût dans l'univers[1] »), les jésuites du collège de Clermont qui lui ont imposé une discipline rigoureuse sans parvenir à le dompter, Louis XIII et Richelieu qui lui ont obstinément refusé la coadjutorerie de Paris. Le mécontentement qui en est résulté a peu à peu incliné son esprit vers la contestation.

Pourtant, lorsque le duc de Beaufort, petit-fils adultérin de Henri IV, lui propose à l'été de 1643 de participer à la cabale des Importants, mouvement d'opposition au nouveau premier ministre, le cardinal Mazarin, il repousse la proposition. Il ne manque pas d'exposer les raisons de son refus dans ses Mémoires : « je m'en expliquai même à Montrésor [l'un des conjurés], en lui disant que je devais la coadjutorerie de Paris à la Reine, et que la grâce était assez considérable pour m'empêcher de prendre aucune liaison qui pût ne lui être pas agréable[2]. » En agissant ainsi, il se montre fidèle au code de l'honneur aristocratique qui ne l'autorise pas à faire preuve d'ingratitude envers sa bienfaitrice. Sans doute aussi a-t-il parfaitement mesuré l'inconsistance d'une entreprise animée par des gens « qui avaient la mine de penser creux[3] ».

Cependant, une fois installé dans ses fonctions épiscopales, il se révèle aussi peu accommodant que possible avec la Cour dès lors que sont en jeu les droits du clergé ou ses propres prérogatives. Son oncle l'archevêque, sexagénaire falot, peu éclairé et valétudinaire[4], lui laisse souvent la bride sur le cou en s'absentant pour de longs séjours à l'abbaye Saint-Aubin d'Angers dont il a la commende.

À différentes reprises, le coadjuteur ne craint pas d'engager le fer avec la Cour. En mai 1645, l'Assemblée du clergé[5] s'ouvre

1. *Mémoires*, p. 57.
2. *Ibid.*, p. 102.
3. *Ibid.*, p. 103.
4. Tallemant dit l'archevêque rongé par une « fine vérolle ». Mais c'est de la pierre qu'il mourra.
5. *Assemblée du clergé* : composée de députés élus par les différentes provinces ecclésiastiques (la moitié sont des évêques), cette institution est devenue un rouage permanent de la vie du royaume par une décision royale de 1579. Depuis 1625, le souve-

dans la capitale. Il y prononce une allocution blessante pour la mémoire de Louis XIII et de Richelieu. Pour intempestive qu'elle soit, sa démarche se comprend aisément : il partage totalement les préventions de l'aristocratie française contre la monarchie absolue et le régime du ministériat[1]. *Trente ans plus tard, n'ayant rien renié de ses convictions politiques, il décrira en ces termes, dans ses* Mémoires, *son idéal de monarchie limitée :* « Il y a plus de douze cents ans que la France a des rois ; mais ces rois n'ont pas toujours été absolus au point qu'ils le sont. Leur autorité [...] a été seulement tempérée par des coutumes reçues et comme mises en dépôt, au commencement dans les mains des États généraux, et depuis dans celles des parlements[2]. » *Quant au ministère de Richelieu, il le condamne sans appel, en termes énergiques :* « Il forma, dans la plus légitime des monarchies, la plus scandaleuse et la plus dangereuse tyrannie qui ait peut-être jamais asservi un État[3]. »

En octobre 1645, il défend ses prérogatives canoniques, dont son oncle ne se souciait guère, en interdisant sa cathédrale à l'évêque polonais de Varmie, venu en France pour célébrer le mariage par procuration du roi Ladislas IV et de la fille du duc de Nevers, Marie-Louise de Gonzague. À Pâques 1646, c'est pour affirmer les droits du clergé face aux empiétements des laïcs, fussent-ils de très haut rang, qu'il se chamaille avec Gaston d'Orléans, oncle de Louis XIV, pour une question de préséance à Notre-Dame.

Lorsque, le 30 juillet suivant, il prononce le discours de clôture de l'Assemblée du clergé, il heurte à nouveau de front le pouvoir royal en proclamant que les ecclésiastiques interprètent la volonté divine, à laquelle les rois eux-mêmes sont soumis. Et il aggrave son cas en s'élevant avec force contre la participation du clergé aux dépenses de l'État, pourtant acquise depuis le dernier siècle. Si, en 1647, le bouillant prélat se contente de soigner sa réputation en faisant annoncer ses sermons par la

---

rain la convoque tous les cinq ans (les années se terminant par un 5 ou par un 0) mais il peut tenir à tout moment une Assemblée extraordinaire. Le rôle essentiel de l'Assemblée du clergé est de voter la contribution de l'ordre aux dépenses de l'État. Elle se préoccupe également de questions religieuses.

1. *Ministériat* : pratique politique par laquelle le roi délègue son autorité à un premier ou principal ministre qu'il contrôle plus ou moins étroitement. De 1624 à 1661, les cardinaux de Richelieu et Mazarin ont rempli successivement cette fonction.

2. *Mémoires*, p. 121.

3. *Ibid.*, p. 122.

Gazette *de Théophraste Renaudot, on doit convenir qu'à la veille de la Fronde il a déjà affirmé, à maintes reprises, un tempérament d'opposant.*

UNE AUDACIEUSE AVENTURE POLITIQUE

1. *Le coadjuteur entre en Fronde*

C'est pendant l'été de 1648 que Retz passe de l'opposition à la rébellion. Depuis le début de l'année, la Fronde parlementaire ou vieille Fronde bat son plein. Mazarin recule devant l'offensive des magistrats parisiens contre le pouvoir absolu et le ministériat. Le 26 août, l'émeute gronde dans la capitale parce que la régente a fait arrêter deux des ténors de l'opposition, le président René Potier de Blancmesnil et le vieux conseiller Pierre Broussel, idole des Parisiens.

Le coadjuteur, qui a présidé le Te Deum chanté pour la victoire de Lens[1], prend conscience de la gravité des événements. À deux reprises, il se rend au Palais-Royal[2], résidence habituelle de la reine. La première fois pour faire mesurer à celle-ci l'ampleur réelle du mouvement populaire. La seconde pour lui suggérer de ramener le calme en libérant les prisonniers. La Cour l'éconduit d'autant plus ironiquement qu'on le croit de mèche avec les insurgés : la veille, pour la Saint-Louis, il a prononcé, dans l'église de la maison professe des jésuites[3], un sermon politique que son secrétaire Guy Joly a jugé « très emporté et très séditieux ». Ce sermon, prononcé sur un ton de commandement qui a beaucoup irrité la régente, réclamait la conclusion de la paix avec l'Espagne (en guerre avec la France depuis 1635) selon les vœux du parti dévot.

Sorti « enragé[4] » de sa seconde entrevue avec Anne d'Autriche, brocardé le soir par les courtisans, il ne respire plus que la vengeance. L'affront public qu'il vient de recevoir a rompu le lien de fidélité et de dépendance qui l'attachait à la souveraine depuis sa nomination à la coadjutorerie. La nuit suivante, il franchit le Rubicon et travaille à dresser la milice bourgeoise de

---

1. Victoire remportée par le prince de Condé sur les Espagnols (20 août 1648).
2. Le Palais-Royal est l'ancien Palais-Cardinal de Richelieu, que celui-ci a légué par testament à la Couronne.
3. C'est actuellement une église paroissiale, sous le vocable de Saint-Paul-Saint-Louis.
4. *Mémoires*, p. 151.

son quartier contre l'autorité royale. Son objectif politique est désormais clair : il veut chasser Mazarin du pouvoir. Son entrée dans la Fronde tient donc moins à la volonté de réformer l'État qu'au désir d'en découdre avec le ministre exécré.

Après la libération de Blancmesnil et de Broussel, après le retour au calme, Retz, à l'automne, ne peut que constater la fragilité de son assise politique. Alors que les grands seigneurs du temps tirent une puissance considérable des imposantes clientèles de parents, de vassaux et d'obligés en tout genre qui leur appartiennent, *sont leurs créatures, leurs domestiques, il ne dispose encore que d'un nombre réduit de fidèles* : les chanoines et les curés, une poignée de dévots et les gens de lettres qui recherchent sa protection éclairée[1]. De plus, en tant que prêtre, il ne peut commander les troupes.

C'est pourquoi il se laisse bercer par l'idée d'ajouter à ses fonctions ecclésiastiques la charge de gouverneur de Paris dont l'octogénaire duc de Montbazon[2] voudrait se défaire. Il pourrait ainsi cumuler le pouvoir temporel et l'autorité spirituelle, croiser comme il le dit[3] le bâton avec la crosse, à la façon de Camille de Neufville de Villeroi, archevêque de Lyon et gouverneur du Lyonnais. Il retrouverait par ce moyen sa vocation initiale d'homme d'épée. Mais il échoue piteusement, raison supplémentaire pour haïr Mazarin.

Aussi, toutes les initiatives qu'il prend dans les derniers mois de 1648, toutes les intrigues qu'il conduit ou auxquelles il participe tendent-elles au même but : bouter le premier ministre hors du gouvernement. Au mois de décembre, par exemple, il prend part aux conciliabules subversifs de Noisy-le-Roi[4] dont il ne souffle mot dans ses Mémoires.

---

1. Au XVIIe siècle, l'écrivain, qui ne peut vivre de sa plume, a besoin d'un protecteur, d'un patron dispensateur de faveurs et de pensions auquel il fait allégeance. Le cardinal de Richelieu, le surintendant Fouquet puis le roi Louis XIV ont tenu avec éclat ce rôle de mécène. Retz, de son côté, a tenu au petit archevêché où il résidait une *académie* fréquentée, entre autres, par Scarron et Sarasin (voir n. 1, p. 86).
2. Hercule de Rohan, duc de Montbazon (1568-1654), était le père de la duchesse de Chevreuse, la fameuse conspiratrice.
3. Le bâton étant le signe de l'autorité temporelle et du commandement militaire, de nombreux personnages le portaient dans l'exercice de leurs fonctions, à commencer par les maréchaux de France.
4. Il y avait dans cette localité, proche de Saint-Germain-en-Laye, une maison appartenant aux archevêques de Paris.

Cette entrée du coadjuteur dans la Fronde s'accorde parfaitement avec les tendances profondes de sa personnalité. L'ambition de tenir un grand rôle, l'amour de l'intrigue qu'il a chevillé au corps et le goût du risque constituent chez lui les principaux ressorts de l'engagement politique. Un engagement politique qui doit lui permettre de prendre sa revanche sur la vie (elle a fait de lui un prêtre) et sur la Couronne (elle traverse depuis longtemps les ambitions des Gondi).

La violence ne lui est pas étrangère non plus si l'on en croit le portrait que dresse de lui, en 1652, l'avocat bordelais Dubosc-Montandré qui fut à son service avant de devenir son adversaire : « Le coadjuteur est un ambitieux ; cela est constant. C'est un intrigueur ; cela ne se contredit point. C'est un hardi ; tout le monde en tombe d'accord. C'est un violent ; personne n'en juge autrement[1]*. »*

2. Le coadjuteur à la « guerre de Paris »

À l'automne 1648, le pouvoir royal a dû capituler devant la vieille Fronde. La déclaration du 24 octobre — qui ne sera jamais appliquée — a érigé le parlement de Paris en pouvoir prépondérant dans l'État. Le sort de la monarchie absolue semble scellé.

Ni Anne d'Autriche ni Mazarin ne peuvent l'admettre. Dans la nuit des Rois de 1649, ils quittent donc Paris pour Saint-Germain-en-Laye afin de préparer le siège de la capitale indocile par les troupes du prince de Condé, le prestigieux vainqueur de Rocroi et de Lens. Tous les personnages importants, dont Retz, reçoivent l'ordre de les rejoindre. Au lieu d'obtempérer, le coadjuteur rejoint le camp des rebelles. Il souhaiterait vivement en devenir le chef car rien ne lui paraît plus passionnant que de diriger un parti en période de guerre civile. N'a-t-il pas déjà joué ce rôle en imagination lorsqu'il a écrit La Conjuration de Fiesque *en 1639 ?*

Mais cette ambition lui est interdite. Tout grand seigneur qu'il soit, il n'est pas prince du sang et, depuis deux siècles, la tradition française impose un prince du sang à la tête de toute révolte digne de ce nom. Le 11 janvier 1649, c'est donc le prince de Conti, frère puîné de Condé, qui est désigné comme géné-

---

1. Ce portrait est tiré d'un pamphlet de septembre 1652 intitulé La Vérité prononçant ses oracles sans flatterie, publié par Célestin Moreau, Choix de mazarinades, tome II, Paris, 1853, p. 511.

ralissime de la Fronde malgré son âge tendre (à peine vingt ans), sa difformité (il est bossu) et sa nullité intellectuelle.

D'ailleurs, dans la capitale assiégée, c'est le Parlement qui mène le jeu avec l'appui intéressé de quelques nobles de haut rang comme le duc d'Elbeuf, le duc de Bouillon, le maréchal de La Mothe-Houdancourt.

Intelligent et fin manœuvrier, Retz comprend très bien les faiblesses de sa position. Il travaille avec succès à renforcer son assise politique, recrute des fidèles dans la gentilhommerie et dans la bourgeoisie, réussit à devenir l'un des ténors de la Fronde. Pour pouvoir peser sur les décisions du Parlement, il s'y fait recevoir, le 18 janvier, comme conseiller d'honneur-né à la place de son oncle l'archevêque. Très assidu aux séances, excellent orateur, il se révèle vite un brillant manipulateur d'assemblée. Et, puisque le sang royal ne coule pas dans ses veines, il s'abrite derrière le duc de Beaufort[1] pour pouvoir jouer les premiers rôles. Évadé de Vincennes en mai 1648, coqueluche des dames de la halle (d'où son surnom de roi des Halles), Beaufort est un homme de belle prestance mais de peu de cervelle. Il se laisse manœuvrer par son ami le coadjuteur qui le met au service de ses propres ambitions.

Retz dispose aussi d'un bureau de presse chargé de rédiger pamphlets et libelles, de chanter ses louanges et d'orienter l'opinion. Les poètes Gilles Ménage (le modèle du Vadius des Femmes savantes) et Jacques Carpentier de Marigny, les avocats Du Portail et Dubosc-Montandré en sont les principaux animateurs. Enfin, Retz recrute à ses frais un régiment de chevau-légers dont il confie le commandement au chevalier Renaud de Sévigné[2] mais qui se fait étriller le 28 janvier 1649, au pont d'Antony, par les soldats de Condé : c'est la première aux Corinthiens !

En 1649, dans Paris assiégé, il n'y a pas de frondeur plus voyant que Retz. Il prononce de temps à autre un sermon subversif. On peut parfois le voir à cheval, en habit gris, des pistolets à l'arçon de sa selle. Il excite la verve des chansonniers :

> Monsieur notre coadjuteur
> Vend sa crosse pour une fronde ;
> Il est vaillant et bon pasteur,
> Monsieur notre coadjuteur,

---

1. Le duc de Beaufort est un prince légitimé. Il est le deuxième fils de César de Vendôme, bâtard de Henri IV.
2. Chevalier de Malte, oncle par alliance de Mme de Sévigné.

> Sachant qu'autrefois un frondeur
> Devint le plus grand roi du monde ;
> Monsieur notre coadjuteur
> Vend sa crosse pour une fronde[1].

Mais il ne participe pas aux combats de la « guerre de Paris ». Avec son complice le duc de Bouillon, il finit par se cantonner dans le rôle de chef des frondeurs extrémistes, ceux qui, le moment venu, tentent de torpiller la paix. Lorsque celle-ci est malgré tout signée à Rueil, le 11 mars 1649, il fait incontestablement partie des vaincus. Il met du temps à l'admettre et son ralliement final au pouvoir royal, de pure façade, est totalement dénué de sincérité. Il compense quelque peu cet échec politique en devenant l'amant de Mlle de Chevreuse, fille de la célèbre conspiratrice, vers le mois de mai 1649[2].

À la fin de l'année, sa position se fragilise encore. Quelques-uns de ses partisans ayant fait tirer sur le carrosse vide de Condé qui traversait le Pont-Neuf, il est inculpé par le Parlement de tentative d'assassinat, ainsi que Beaufort et Broussel.

3. Les volte-face du coadjuteur

Retz ne peut se sortir de ce mauvais pas qu'en sollicitant la protection de la Couronne. Comme, de leur côté, Anne d'Autriche et Mazarin ont besoin du soutien de la vieille Fronde pour faire arrêter l'insatiable Condé qui voudrait tout régenter depuis la paix de Rueil, l'accord est conclu à la mi-janvier 1650. Pour prix de son concours, le coadjuteur se voit promettre le cardinalat. C'est à ce moment que la conquête du chapeau rouge passe au premier plan de ses préoccupations. Une fois revêtu de la pourpre, il sera, pense-t-il à tort, intouchable et sa dignité nouvelle lui permettra peut-être d'accéder au poste de premier ministre.

Pour atteindre ce nouvel objectif, si flatteur pour son ambition, Retz est prêt à toutes les palinodies. Ses volte-face sont restées célèbres dans l'histoire de la Fronde. Après l'arrestation des princes (non seulement Condé mais son frère Conti et son

---

1. Ce triolet est tiré de l'ouvrage *Les Courriers de la Fronde*, publié par Célestin Moreau, tome I, Paris, 1857, p. 338. L'allusion au plus grand roi du monde vise évidemment David qui tua le géant Goliath à l'aide d'une fronde.

2. La rupture entre Retz et Mlle de Chevreuse interviendra au printemps de 1652.

beau-frère le duc de Longueville), réussie le 18 janvier 1650, il obtient un non-lieu dans l'affaire de l'attentat du Pont-Neuf. Cependant, son ralliement officiel au gouvernement royal n'a pas éteint en lui sa haine viscérale de Mazarin. L'été venu, alors que la Cour est partie combattre les partisans des princes en Guyenne, il cherche à s'emparer de l'esprit de Gaston d'Orléans, lieutenant général du royaume, resté à Paris et à se servir de lui contre le ministre. Ce dernier, qui n'est pas en reste, bloque la nomination de son ennemi au cardinalat.

Quand Retz s'aperçoit qu'on le gruge (novembre 1650), il change à nouveau de camp. En décembre, il travaille avec l'aide d'Anne de Gonzague, princesse palatine[1], à rapprocher la vieille Fronde de celle des princes. Jamais il n'a montré plus d'habileté politique. L'accord est conclu à la fin de janvier 1651. Gaston d'Orléans s'y joint le 1er février. Le résultat le plus clair de cette intrigue de grand style est la fuite de Mazarin dans la nuit du 6 au 7 février. Retz, qui a réussi à isoler le ministre, vient de remporter sur lui — provisoirement — une victoire complète.

Mais, rendu excessivement euphorique par l'ampleur de son succès, ivre de puissance, il commet presque aussitôt une très grave faute, lourde de conséquences pour son avenir. Dans la nuit du 9 au 10 février, apprenant qu'Anne d'Autriche et son fils Louis XIV s'apprêtent à suivre Mazarin, il ordonne à la milice bourgeoise, au nom de Gaston d'Orléans, de bloquer toutes les issues du Palais-Royal, de garder les portes et les ponts de la capitale. Le roi et la régente vont rester prisonniers de la Fronde pendant près de deux mois. Jamais Louis XIV ne lui pardonnera cet affront à la majesté royale[2].

Une bévue de cette taille étonne de la part d'un homme aussi intelligent que Retz. Elle prouve qu'il lui arrive de succomber à l'instinct de violence en dépit de sa profession ecclésiastique. Mme de Motteville, confidente d'Anne d'Autriche et mémorialiste, raconte d'ailleurs qu'en ce début de 1651 : « le coadjuteur proposa souvent au duc d'Orléans d'enlever le roi, et de mettre la reine dans un couvent, sa maxime étant celle de

---

1. Fille du duc de Nevers, sœur de la reine de Pologne, Anne de Gonzague (1616-1684) avait épousé en 1645 un fils de l'électeur palatin Frédéric V, d'où son nom de princesse palatine.
2. Humiliation supplémentaire pour Louis XIV : pour prouver qu'elle ne songe nullement à partir, Anne d'Autriche doit permettre à la foule, qui bat les murs du Palais-Royal, d'y pénétrer et de défiler devant le lit du jeune roi de douze ans théoriquement endormi.

Machiavel : *qu'il ne faut point être tyran à demi. Mais la douceur du duc d'Orléans corrigea sans doute ce qu'il y avait de trop hardi et de barbare dans l'âme du coadjuteur*[1]. »

Réalisée par Retz, l'union des Frondes ne résiste pas longtemps à l'épreuve des faits. Le prince de Condé, pourtant libéré grâce à elle, y met fin brutalement dès le 15 avril[2]. Son attitude contraint le coadjuteur à se retirer à l'archevêché et — en apparence — à « siffler ses linottes[3] ». En réalité, il prépare une nouvelle volte-face car la régente cherche quelqu'un d'assez déterminé pour contrer la puissance retrouvée de Condé.

À la mi-mai, on distribue sur le Pont-Neuf le premier pamphlet rédigé par Retz lui-même et dirigé contre Condé, Défense de l'ancienne et légitime Fronde[4]. Le coadjuteur a dû mettre la main à la plume parce que Ménage, Marigny et Dubosc-Montandré l'ont tour à tour quitté.

À deux reprises, le 31 mai et le 25 juin, il rencontre Anne d'Autriche de nuit, dans une ambiance digne des romans de cape et d'épée. Il se rend au Palais-Royal, déguisé en cavalier, la rapière au côté, enveloppé dans un grand manteau, le feutre rabattu sur les yeux. Ces entrevues aboutissent à un accord en août 1651 : il soutiendra la régente contre Condé et sera cardinal.

Le 17 août 1651, la régente donne le signal de l'action en faisant lire au Parlement une déclaration contre Condé. Ce dernier réclame justice contre le coadjuteur, véritable auteur du texte à ses yeux. Le 21 août se déroule au palais de la Cité une séance destinée à rester scandaleusement mémorable. À la tête d'une suite nombreuse, Retz s'oppose au prince sur des questions de préséance, lui dispute le terrain, réussit à faire jeu égal avec lui. Il s'en faut de peu que les deux camps, armés jusqu'aux dents, n'en viennent aux mains devant les parlementaires indignés mais impuissants. Au cours du tumulte, La Rochefoucauld coince le cou du coadjuteur entre les deux battants de la porte du parquet des huissiers et invite les siens à le poignarder[5].

1. Mme de Motteville, *Mémoires*, tome IV, Paris, 1824, p. 20.
2. L'union des Frondes devait être scellée par le mariage de Mlle de Chevreuse, maîtresse de Retz, avec le prince de Conti, prince du sang !
3. Le coadjuteur avait fait construire une volière dans une croisée de son appartement.
4. Texte de ce pamphlet dans Cardinal de Retz, *Œuvres*, Bibl. de la Pléiade, 1984, p. 53-57.
5. Cet épisode, dramatique et comique à la fois, de la vie de

À la suite de cet affrontement où il n'a pas eu le dessus, Condé préfère quitter Paris pour aller préparer la guerre civile. Lui parti, la majorité de Louis XIV peut être proclamée le 7 septembre[1]. Retz vient de rendre un grand service à la Couronne : ceux qui persisteront dans la rébellion se révolteront désormais contre le roi majeur à qui toute obéissance est due, non contre une simple régente et son favori.

Il reçoit sa récompense au bout de quelques semaines : il est proposé pour le cardinalat, d'autant qu'il semble disposé à faciliter le retour de Mazarin. Mais lorsque ce dernier rentre en France à la fin de l'année, accompagné d'une armée, le coadjuteur incite le Parlement à lui barrer la route.

En décembre 1651 et janvier 1652, il se débat dans une position impossible à tenir : soutenir la Cour tout en combattant le premier ministre. Il rêve alors d'un tiers parti qui ne serait ni condéen ni mazarin, dont Gaston d'Orléans serait le chef visible et lui-même le chef réel. L'idée se révèle irréalisable. Il a du moins la satisfaction d'apprendre, le 1er mars, que le pape Innocent X l'a promu au consistoire du 19 février. Comme son oncle Henri, il prend le nom de cardinal de Retz. Mais il perd du même coup un de ses principaux moyens d'action car il ne peut plus siéger au Parlement où les cardinaux n'ont pas accès.

Durant le printemps et l'été 1652, la guerre civile oppose troupes royales et troupes condéennes. Battu par Turenne à la porte Saint-Antoine (2 juillet), le prince se replie dans la capitale où il fait régner la terreur. Retz se retranche dans l'archevêché, met les tours de Notre-Dame en état de défense et mène contre Condé une guerre de pamphlets, la guerre des plumes[2].

En réalité, son rôle politique est déjà terminé. En septembre, après le départ de Mazarin pour un nouvel exil, volontaire, destiné à semer la division chez les frondeurs, il tente de prendre

---

Retz a fait l'objet d'une étude de Maryse Marchal, « Gondi dans une porte coincée. Le point de vue du mémorialiste », dans *Grandeur et servitude au siècle de Louis XIV*, Presses Universitaires de Nancy, 1999, p. 15-21.

1. La majorité des rois de France était fixée à treize ans révolus.
2. Dans la deuxième quinzaine de juin, Retz publie *Le Vrai et le Faux de M. le Prince et de M. le cardinal de Retz*. Au début de juillet, il lance *Les Intérêts du temps*. Puis il fait paraître *Le Vraisemblable sur la conduite de Monseigneur le cardinal de Retz* réfuté par Dubosc-Montandré passé au service de Condé. Le texte de tous ces pamphlets figure dans les *Œuvres* du cardinal de Retz, Bibl. de la Pléiade, p. 70-102.

la tête d'un parti de la paix. Suivi d'une imposante délégation d'ecclésiastiques parisiens, il se rend à Compiègne où séjourne la Cour. Il supplie Louis XIV de ramener la tranquillité en rentrant dans sa capitale et reçoit des mains du jeune roi, selon l'usage français, la barrette cardinalice venue de Rome. Mais il ne peut s'empêcher de se montrer outrecuidant en lui donnant une leçon politique mal venue au nom du rôle moral dévolu au clergé. Sa harangue réussit même à mettre le droit divin des rois au service de sa propre cause[1]. *Mais il ne parvient ni à s'accommoder avec le gouvernement, ni à réconcilier Gaston d'Orléans avec la famille royale. À son retour, il essuie les huées et les sifflets parce qu'il ne ramène pas la paix.*

Il ne lui reste plus qu'à assister, sans pouvoir peser sur les événements, au départ de Condé vaincu, au retour triomphal de Louis XIV (sans Mazarin), à la disgrâce définitive de Gaston d'Orléans qui doit se retirer à Blois pour le restant de ses jours.

LES CHEMINS DE LA DISGRÂCE

1. La prison

Quel va être le sort de Retz après la victoire de la Cour ? L'amnistie décrétée le 22 octobre par Louis XIV interdit de le punir pour son action passée de frondeur. Mais on le considère en haut lieu comme un dangereux trublion et on veut l'empêcher de nuire à l'avenir. Prévenu, il cesse de se rendre au Louvre où résident le roi et sa mère.

Le 26 octobre 1652, Louis XIV rappelle Mazarin. Avant de revenir, le ministre insiste sur la nécessité d'éloigner Retz de Paris. Il ne peut y avoir place pour deux cardinaux sur le pavé parisien.

Le 19 décembre, sur le faux bruit que la Cour a finalement décidé de s'accommoder[2] *avec lui, Retz va au Louvre après avoir brûlé ses papiers. Il n'a sans doute pas pris conscience que les temps ne sont plus où la monarchie acceptait de traiter avec bienveillance les chefs d'une révolte. La rigueur étant, comme*

---

1. Texte de cette harangue : ci-dessous, p. 805-810.
2. Depuis plus de deux siècles, les grands du royaume n'hésitaient pas à se soulever au nom du *bien public* pour imposer leurs vues au roi et à son entourage. L'*accommodement* qui suivait chacune de leurs prises d'armes leur permettait d'arracher à la Couronne un surcroît de faveurs, de dignités, de pensions.

sous Richelieu, à l'ordre du jour, il est arrêté vers onze heures par le marquis de Villequier, capitaine des gardes. L'après-midi, on le transfère à Vincennes et on l'enferme au deuxième étage du donjon. L'esprit libre, Mazarin peut rentrer à Paris le 3 février 1653 et reprendre ses fonctions : son plus mortel ennemi est hors d'état de lui nuire.

De sa cellule, le prisonnier réussit à entretenir une correspondance secrète avec l'extérieur dès le neuvième jour de sa captivité. Il le doit à l'intelligente activité de Mme de Pommereuil. Il tient bon pendant des mois malgré les conditions très dures de sa vie carcérale : insalubrité des locaux, surveillance tatillonne, vexations variées, privation de papier, de plumes et d'encre. Si bien que La Rochefoucauld pourra écrire un jour : « Il a souffert sa prison avec fermeté. »

Il s'essaie même au stoïcisme, compose de mémoire une Consolation de théologie *sur le modèle du* De consolatione philosophiæ *de Boèce*[1]. *Il s'attelle aussi à un projet de réforme de son diocèse inspiré par l'exemple de saint Charles Borromée à Milan et intitulé* Partus Vincennarum.

Grâce à ses appuis extérieurs et à l'utilisation de la ruse, il réussit en mars 1654 un coup de maître : prendre la succession de son oncle au nez et à la barbe des autorités. Lorsque l'archevêque de Paris tombe malade, un notaire apostolique déguisé en garçon tapissier pénètre à Vincennes et fait signer au captif une procuration donnée à un prêtre, Pierre Labeur, pour prendre possession du diocèse le moment venu. Le 21 mars 1654, Jean-François de Gondi meurt à quatre heures et demie du matin. À cinq heures, le chapitre s'assemble ; Pierre Labeur, introduit en sa présence, prête serment et le nom du nouvel archevêque est proclamé du haut du jubé. À dix heures, le secrétaire d'État Le Tellier, qui vient signifier aux chanoines la vacance du siège et sa mise en régale[2], *ne peut que se retirer devant le fait accompli.*

Pourtant, une semaine après ce coup d'éclat, Retz accepte de renoncer à l'archevêché[3]. *Affaibli par quinze mois de détention*

---

1. Boèce (480-524) appartenait à l'entourage du roi ostrogoth Théodoric. Accusé de complot, il fut incarcéré avant de périr dans les supplices. Composé en prison, son *De consolatione philosophiæ* eut un énorme succès au Moyen Âge.
2. C'est-à-dire que le roi percevra les revenus de l'archevêché.
3. Le roi nomme les évêques mais ne peut les révoquer. Or, Louis XIV veut priver Retz des moyens d'action dont peut disposer un archevêque de Paris : de gros revenus (60 000 livres par

rigoureuse, il craint d'être transféré dans un cul de basse-fosse provincial où on l'oubliera. Lorsque le pape Innocent X aura accepté sa démission, il se retirera à Rome où il pourra vivre selon son rang grâce à la commende de sept abbayes. En attendant, il sera mis en résidence surveillée au château de Nantes, sous la garde du maréchal de La Meilleraye.

Retz quitte Vincennes pour la Bretagne le 30 mars 1654. À Nantes, il dispose d'un appartement dans le château, est autorisé à se promener sur le rempart et à recevoir des visites. Mais le souverain pontife, qui ne peut admettre que les couronnes disposent à leur gré des évêchés, refuse d'entériner sa démission. Mazarin, persuadé que la mauvaise volonté du pape ne s'explique que par les intrigues ourdies à Rome par les agents du prisonnier, envisage de transférer celui-ci à Brest ou à Brouage. Il le contraint ainsi à l'évasion.

Celle-ci se produit le 8 août dans l'après-midi. Retz se fait descendre le long de la muraille du château, assis à califourchon sur un palonnier de carrosse fixé à une corde. Des complices l'attendent, qui le font monter à cheval. Mais il tombe de sa monture dans sa fuite, se déboîte l'épaule et se brise l'humérus.

Il parvient néanmoins à franchir la Loire et à gagner les terres de son cousin le duc de Brissac, d'où il révoque sa démission d'archevêque. Mal reçu ensuite à Machecoul chez le deuxième duc de Retz, Henri, qui craint les représailles royales, il s'embarque pour Belle-Île, fief de sa famille et de là pour l'Espagne. Il touche terre le 12 septembre à Saint-Sébastien.

Il refuse de passer au service de Philippe IV, traverse la péninsule ibérique en litière puis la Méditerranée occidentale à bord d'une galère de l'escadre de Naples. Il débarque à Piombino, en Toscane, et prend la route de Rome où il entre le 28 novembre 1654. Il va y demeurer vingt mois.

2. L'exil

La position de Retz à Rome n'a rien de confortable. Archevêque de Paris, il ne peut ni gouverner son diocèse (le chapitre a dû révoquer ses grands vicaires sur ordre de la Cour) ni en toucher les revenus (la régale l'en empêche) et il doit vivre d'emprunts. Cardinal, il peut compter sur la protection d'Inno-

---

an), une clientèle dévouée de chanoines et de curés, la possibilité de prononcer des sermons politiques, de rédiger des mandements incendiaires, l'appui des dévots et des jansénistes.

cent X, qui lui remet le chapeau rouge[1] en plein consistoire, mais il doit faire face à l'hostilité de ses collègues de la faction de France[2].

Louis XIV, qui cherche à le déposséder de son siège, sait qu'il n'a rien à attendre du pape, ennemi juré de Mazarin. Il lui adresse cependant une lettre énumérant les « crimes » du fugitif (les duels, les infractions au vœu de chasteté) et en réclamant la punition. Le *14 décembre*, Retz riposte par une Lettre aux archevêques et évêques de l'Église de France *qui sera publiée mais dont il ne parle pas dans ses* Mémoires. *Il s'agit d'un pamphlet éloquent et passionné qui dénonce l'injustice dont il est victime et met le gouvernement royal en accusation. Profondément blessés, le roi et Mazarin font brûler le document par la main du bourreau. Une fois encore, l'ancien frondeur est allé trop loin.*

Malade depuis longtemps, Innocent X s'éteint le 7 janvier 1655. Le conclave, qui s'ouvre le 15 et dure trois mois, est le premier auquel Retz participe. Il contribue à l'échec du cardinal Giulio Sacchetti, candidat de la France et se joint à l'Escadron volant, un groupe de cardinaux indépendant des factions, pour assurer le succès du cardinal Fabio Chigi qui prend le nom d'Alexandre VII. Un frondeur mal repenti a travaillé à faire un pape[3].

Comme il a contribué à l'élection du nouveau pontife, Retz s'imagine un peu vite qu'il pourra compter sur lui comme sur son prédécesseur. D'autant que le pape consolide son autorité d'archevêque en lui remettant le pallium[4]*. Mais, soumis aux pressions sans cesse renouvelées de l'ambassadeur français Hugues de Lionne, il finit par décider, en mai 1655, de faire traduire le fugitif devant une congrégation de cardinaux. En fait, le procès envisagé n'aura jamais lieu mais sa menace*

1. Louis XIV a bien remis à Retz la barrette cardinalice mais seul le pape pouvait lui imposer le chapeau. N'étant jamais allé à Rome, le premier cardinal de Retz, lui, n'avait pas reçu le chapeau.
2. Il existait, au sein du Sacré Collège, des clans appelés factions. Chacun d'eux défendait auprès du pape les intérêts d'une puissance catholique. La plus puissante faction était celle d'Espagne. Celle de France ne groupait que cinq cardinaux.
3. En apprenant son élection, Alexandre VII dit à Retz : *« Ecce opus manuum tuarum. »*
4. *Pallium* : bande de laine blanche semée de croix noires que le pape et les archevêques portent par-dessus la chasuble quand ils officient.

restera suspendue sur la tête de Retz pendant tout le temps de son exil romain.

C'est curieusement au moment où la protection du pape lui fait défaut que l'ancien frondeur choisit d'affronter Mazarin en prétendant régenter le diocèse de Paris depuis Rome. Ses droits d'archevêque sont en effet juridiquement incontestables et il ne fait que son devoir en les exerçant.

Le conflit, qui s'ouvre en mai 1655, dépasse rapidement la personnalité de Retz. Il met en jeu les rapports de la monarchie et du clergé, du royaume et du Saint-Siège, de l'Église gallicane et de la papauté. Il concerne même les relations du gouvernement avec les jansénistes car ceux-ci, qui soumettent la politique au primat de la conscience et récusent la raison d'État, figurent parmi les soutiens et les bailleurs de fonds du cardinal exilé.

La querelle tourne principalement autour de la personne des grands vicaires chargés d'administrer le diocèse en l'absence de son titulaire : seront-ils les fidèles de Retz ou ceux de Mazarin ? et qui accomplira, à Notre-Dame, les rites qui sont du ressort d'un évêque comme les ordinations ou la consécration des saintes huiles, le jeudi saint[1] ?

À cette occasion, Retz réussit à se faire passer pour beaucoup plus redoutable qu'il ne l'est en réalité. Des deux grands vicaires qu'il désigne en mai 1655, le premier, Alexandre de Hodencq, se soumet rapidement à la Cour. Mais le second, Jean-Baptiste Chassebras, se cache pendant six mois dans le clocher de Saint-Jean-en-Grève d'où il lance des proclamations incendiaires que les garçons du boucher Le Houx, ancien frondeur, affichent aux portes des églises et au coin des rues à côté des mandements de l'archevêque. Ce dernier donne ainsi l'impression qu'il dispose dans la ville d'un parti puissant et bien organisé qui ne demande qu'à recommencer la Fronde.

L'Assemblée du clergé de 1655 s'émeut du désordre et de la confusion qui règnent dans le diocèse de Paris et propose une solution : Retz choisira un grand vicaire sur une liste de six noms présentée par le roi. Sa légitimité épiscopale est ainsi officiellement reconnue. C'est pour lui un réel succès.

Le 2 janvier 1656, en application de cet arrangement, le curé parisien André Du Saussay, préconisé pour l'évêché de Toul, se

---

1. En 1655, par exemple, le chapitre de Notre-Dame, *sans consulter les grands vicaires de Retz*, a demandé à l'évêque de Coutances Claude Auvry, fidèle de Mazarin, de consacrer les saintes huiles. Les curés ont refusé de se servir de celles-ci. Le nonce Bagni, lui-même, a déclaré : « *Istud oleum non erat sacrum.* »

voit confier les fonctions de grand vicaire. Mais comme il les exerce sans tenir compte des droits de Retz[1], *celui-ci le révoque dès le 15 mai, à la grande indignation du pape. C'est seulement à l'automne 1656 que l'affaire trouvera sa solution. Deux grands vicaires administreront le diocèse : Hodencq (accepté par Mazarin en septembre) et le chanoine Jean-Baptiste de Contes, doyen de Notre-Dame (désigné par Retz en octobre).*

Mais, lorsqu'il fera cette nomination, le proscrit aura quitté Rome depuis trois mois pour commencer sa vie errante à travers l'Europe.

3. La proscription

Retz se résout à quitter Rome en août 1656. Il se refuse à obéir au pape qui lui a ordonné de rétablir Du Saussay à Paris, il veut se soustraire aux pressions de la Curie qui souhaite maintenant sa démission, il n'a plus un sou vaillant.

Accompagné d'une suite réduite, il traverse la Toscane et le duché de Milan. En septembre, il séjourne incognito à Besançon, en territoire espagnol mais à proximité de la frontière française. Il pense en effet que l'Assemblée du clergé, qui siège toujours, tient son sort entre ses mains et il veut pouvoir communiquer avec elle. C'est de Besançon qu'il menace de jeter l'interdit[2] *sur son diocèse si ses droits spirituels et temporels d'archevêque ne lui sont pas rendus. Mais il ne mettra pas cette menace anachronique à exécution. Sa retraite découverte, il doit quitter précipitamment la Franche-Comté.*

Après avoir nommé le chanoine de Contes comme grand vicaire, il cesse de se comporter en archevêque de Paris. Il disparaît dans la clandestinité, brouillant les pistes pour semer les sbires de Mazarin qui le pourchassent mais conservant toujours ses relations épistolaires et financières avec ses partisans.

C'est chez les calvinistes néerlandais qu'il trouve refuge à partir du printemps de 1657. Il va de ville en ville, déguisé, sous de faux noms, lutinant à l'occasion les filles d'auberge pour satisfaire son besoin de galanterie[3]. *S'étant rendu en août à*

---

1. Par exemple, Du Saussay omet de prêter serment au roi pour le compte de Retz et fait appel à l'évêque de Coutances pour consacrer les saintes huiles.
2. *Interdit* : sentence interdisant aux prêtres de célébrer les offices et d'administrer les sacrements aux fidèles.
3. L'histoire a retenu le nom d'une de ces maîtresses de rencontre, *Annetje* (Annette), servante dans une auberge d'Utrecht.

Cologne, il échappe de peu à une tentative d'enlèvement et doit regagner la Hollande sous la protection de cavaliers que Condé lui a envoyés depuis son exil de Bruxelles.

Il reparaît cependant sur la scène en publiant, à la fin de l'année, un vigoureux pamphlet contre la politique étrangère de Mazarin, la Très humble et très importante remontrance au Roi sur la remise des places maritimes de Flandres entre les mains des Anglais[1]. En échange de l'appui militaire de Cromwell dans la guerre qui oppose la France à l'Espagne depuis 1635, Mazarin a promis la possession de Dunkerque, ville catholique, à l'Angleterre protestante. Belle occasion pour Retz de clouer au pilori son réalisme politique, hérité de Richelieu.

En 1658, les entretiens du cardinal proscrit avec Condé, avec le roi d'Angleterre Charles II qui souhaitait l'appui du Saint-Siège pour retrouver son trône perdu, avec l'envoyé janséniste Antoine de Baudry de Saint-Gilles d'Asson, lui révèlent à quel point il est réduit à l'impuissance. Et comme la victoire des Dunes, remportée par Turenne le 14 juin, entraîne les négociations de paix, toute la question pour lui, en 1659, est de savoir si cette paix lui permettra de rentrer en grâce. Mais le traité des Pyrénées, signé le 7 novembre, ne fait aucune mention de lui. Prince du sang, appuyé par le roi d'Espagne, Condé est absous. Isolé, Retz reste un banni.

Il consacre donc l'année 1660 à remuer le ciel et la terre pour obtenir le pardon du roi. Sans succès car il ne veut toujours pas démissionner. À la mort de Mazarin (9 mars 1661), il s'imagine que son salut est proche. Il séjourne alors en Angleterre et passe aux Pays-Bas espagnols. Mais, arrivé à Valenciennes, il apprend qu'un ordre royal, daté du 3 mars, ordonne de l'arrêter s'il a l'audace d'entrer en France. Louis XIV, en effet, « a sucé avec le lait une forte aversion contre sa personne[2] » et n'a pas oublié la nuit du 9 au 10 février 1651, au cours de laquelle la population parisienne avait envahi le Palais-Royal et défilé au pied de son lit.

Pour comble de malheur, Retz passe à ce moment pour un authentique janséniste, ses grands vicaires jansénisants ayant autorisé le clergé parisien à signer le Formulaire condamnant

---

1. Texte de ce pamphlet aux pages 103-124 des Œuvres de Retz dans la Bibl. de la Pléiade.
2. L'expression est due à Hugues de Lionne (lettre du 11 juin 1655 à Mazarin, citée par Louis Batiffol, *Biographie du cardinal de Retz*, Paris, Hachette, 1929, p. 199).

le jansénisme en réservant la distinction du droit et du fait qui permet aux adeptes de la doctrine réprouvée d'échapper à toute censure[1]. Il est donc obligé de se justifier auprès du Saint-Siège.

La négociation qui doit sceller le sort de Retz s'engage finalement en juillet *1661* avec le secrétaire d'État Le Tellier. Démoralisé par l'hostilité persistante de la Cour à son égard, fatigué par près de six années d'errance à travers l'Europe, cruellement démuni d'argent, le cardinal finit par accepter de démissionner. Il se retire à Commercy, bourg lorrain dont il est seigneur (on dit ici damoiseau) en vertu d'une donation de son cousin La Rochepot, tué devant Arras en *1640*[2]. Il y signe sa démission d'archevêque le *14 février 1662*. On lui a promis en compensation la commende de l'abbaye de Saint-Denis. Vaincu pour la deuxième fois, il n'en a pas moins défendu crânement les droits de l'Église face à la raison d'État. Maigre consolation : il s'incline devant le roi, non devant Mazarin.

4. La mise à l'écart

Retz a reçu l'ordre de ne pas quitter Commercy avant l'intronisation de son successeur. Mais il faudra près de deux années pour que cette condition soit réalisée. Nommé d'abord, Pierre de Marca meurt avant d'avoir pris possession du siège. Désigné à son tour, l'évêque de Rodez Hardouin de Péréfixe doit attendre de longs mois son investiture canonique : les relations de la France avec le Saint-Siège se sont interrompues à la suite d'une attaque du palais Farnèse, résidence de l'ambassadeur du roi, par la garde corse du pape. Retz doit donc ronger son frein à Commercy, administrer son domaine, aménager son château, inhabitable sans travaux importants. Il ne

---

1. Les jansénistes acceptent de condamner les cinq propositions qui résument la doctrine de Jansenius (c'est le droit). Mais ils affirment que Jansenius n'en est pas l'auteur (c'est le fait). Retz n'a jamais fait ouvertement profession de jansénisme mais il en a toujours protégé les adeptes, ne serait-ce qu'en désignant Antoine Singlin comme grand vicaire dans le ressort de Port-Royal.
2. Le comte de La Rochepot avait fait de Retz son légataire universel. Mais ses énormes dettes avaient fait obstacle au legs. Après dix ans de procédure, la seigneurie de Commercy avait été mise en adjudication et Retz l'avait alors rachetée pour 301 500 livres empruntées à son frère aîné. Il n'y était jamais venu avant 1662.

peut même pas se rendre aux obsèques de son père, décédé à Joigny en juin 1662.

Il peut cependant croire que sa relégation sera de courte durée. Car Louis XIV lui demande un mémoire sur les mesures à prendre pour faire céder le pape. Rédigé en octobre 1662, le Sentiment de M. le cardinal de Retz sur l'affaire de Rome *recommande de se saisir d'Avignon (enclave pontificale en France), d'exiger une ambassade d'excuses dirigée par le cardinal-neveu, de faire construire une pyramide expiatoire dans la Ville éternelle. Or, ses suggestions sont suivies à la lettre par Louis XIV.*

Une fois Péréfixe installé à Paris (avril 1664), Retz reçoit l'autorisation de quitter Commercy (juin). À Fontainebleau, où se trouve la Cour, il n'est pas à l'aise. À bientôt cinquante et un ans, il y fait figure de fossile, ce que souligne le roi en lui disant : « Monsieur le cardinal, vous avez les cheveux blancs. » À Paris, une foule de curieux vient visiter le vétéran de la Fronde[1]. *Mais personne ne lui offre le moindre emploi.*

De retour à Commercy, il trouve la meute des créanciers pendue à ses chausses. Il a toujours vécu d'emprunts et il doit maintenant entre trois et quatre millions de livres de livres alors que ses revenus ne dépassent pas 170 000 livres par an. Son amour de la gloire l'incite à entreprendre une tâche d'autant plus héroïque qu'elle paraît impossible : payer ses dettes. Il commence par vendre sa seigneurie (en s'en réservant l'usufruit) à la princesse de Lillebonne, fille du duc Charles IV de Lorraine, pour 550 000 livres.

La même année 1665, il accomplit (c'est la première fois) une mission diplomatique. Le roi l'envoie à Rome comme ambassadeur extraordinaire pour trouver une solution au scandale provoqué en France par les thèses du jésuite espagnol Mathieu de Moya sur l'infaillibilité pontificale[2]. *Arrivé en juin, il voit sa tâche traîner en longueur mais il obtient un réel succès lorsque le pape Alexandre VII condamne le livre de Moya à cause de sa morale relâchée (avril 1666). Ayant pris goût à ses nouvelles fonctions, il aimerait être pérennisé comme ambassadeur à Rome. Mais la désignation du duc de Chaulnes*

---

1. Olivier Lefèvre d'Ormesson, témoin digne de foi, le dépeint « fort gaillard, faisant de grandes civilités, ayant le visage bon, les cheveux fort gris » (*Journal* publié par Adolphe Chéruel, tome II, Paris, 1861, p. 155).

2. L'Église gallicane repoussait énergiquement l'infaillibilité du pape.

met fin à ses espoirs[1]. *Il souffre d'ailleurs d'une grave ophtalmie qui lui rend très pénible la lumière crue du soleil méditerranéen.*

Dans les années suivantes, il mène à Commercy une vie retirée, coupée de loin en loin par un séjour à Paris. Il s'efforce d'économiser tout en recevant beaucoup, lit énormément, soigne ses crises de goutte. Il se sait condamné à accomplir de temps à autre une mission à Rome sans obtenir du roi ni emploi intéressant ni gratification substantielle. Rien, sinon une banale lettre de remerciements.

À deux reprises, on le revoit dans la Ville éternelle à l'occasion d'un conclave. La première fois (mai-juin 1667), il contribue à faire élire, pour remplacer Alexandre VII, le cardinal Rospigliosi, candidat de la France, qui prend le nom de Clément IX[2] *; il obtient lui-même sept voix car on le considère comme* papabile. *La deuxième fois (janvier 1670), il répugne à soutenir le cardinal Albizzi, vieil ami de Mazarin et travaille à faire élire le vieux cardinal Altieri (Clément X).*

En décembre 1670, il peut enfin s'installer dans son château dont les travaux, retardés par le manque d'argent, sont terminés. Mais il se rend de plus en plus souvent à l'abbaye voisine de Saint-Mihiel où il officie aux grandes fêtes. En 1666, à Rome, il a obtenu la charge d'abbé pour son conclaviste, dom Henri Hennezon, un janséniste dont il a fait son directeur spirituel.

En février 1672, à Paris, l'état de santé de Retz arrache à Mme de Sévigné, sa lointaine cousine, des exclamations de pitié. Au printemps de 1675, le damoiseau de Commercy, vieilli et malade, décide de faire au monde un adieu héroïque en se retirant à Saint-Mihiel comme moine bénédictin après avoir renoncé au cardinalat. Louis XIV, consulté, approuve des deux mains. La Rochefoucauld commente en termes pertinents : « C'est un sacrifice qu'il fait à son orgueil, sous prétexte de dévotion : il quitte la Cour où il ne peut s'attacher, et il s'éloigne du monde, qui s'éloigne de lui. »

Après avoir fait part de sa détermination au pape Clément X et au Sacré Collège, Retz se rend à Saint-Mihiel où

---

1. De toute façon, la tradition française interdisait l'ambassade de Rome aux cardinaux.
2. Retz est donc indirectement responsable de la paix de l'Église ou paix clémentine (janvier 1669) qui assure, par la volonté de Clément IX, une trentaine d'années paisibles aux jansénistes.

un appartement a été préparé à son intention. La vie frugale et studieuse qu'il y mène améliore vite sa santé. Au bout de quelques semaines, la claustration lui pèse. C'est alors que Mme de Sévigné, avec laquelle il correspond, lui suggère d'écrire ses Mémoires.

Cependant, le pape (en juin 1675) puis le Sacré Collège (en septembre suivant) refusent sa démission. Il retourne donc à Commercy. Ainsi se termine ce que ses contemporains ont appelé sa conversion, *comédie pour les uns, triomphe de la grâce divine pour les autres, manifestation d'orgueil pour les clairvoyants.*

En 1676 et 1677, Retz vit à Commercy, exception faite d'une absence de quatre mois (août-octobre 1676) pour son dernier conclave qui voit l'élection du cardinal Odescalchi (Innocent XI). En 1676, il rédige ses Mémoires. *En 1677, malgré sa vue déclinante, il participe activement aux rencontres de Commercy qui rassemblent, autour de dom Robert Desgabets*[1], *des passionnés de philosophie cartésienne.*

*En avril 1678, il abandonne Commercy. Il partage désormais son temps entre l'abbaye de Saint-Denis, dont il a la commende, et la capitale. C'est à Paris qu'il meurt, victime d'une congestion pulmonaire, chez sa nièce la duchesse de Lesdiguières, le 24 août 1679. La nuit suivante, il est inhumé dans l'église abbatiale de Saint-Denis, face au tombeau de François I*er. *Comme aucune inscription ne signale sa tombe, les révolutionnaires de 1793 ne la violeront pas.*

LES *MÉMOIRES,*
UNE REVANCHE SUR L'ÉCHEC

1. Les Mémoires *: quand ?*

Longtemps débattue par les érudits, la date de rédaction des Mémoires *a été établie de façon certaine par André Bertière dans sa thèse,* Le Cardinal de Retz mémorialiste, *parue en 1977. Faute d'autre document, cet auteur a choisi d'en interroger le texte même et d'en extraire les éléments de datation qu'il renferme. Il remarque d'abord que le mémorialiste écrit*

---

1. Dom Robert Desgabets (1620-1678), disciple passionné de Descartes, s'est efforcé d'opérer la synthèse de la pensée de son maître et de la théologie de saint Augustin. Il était sous-prieur du monastère de Breuil, aux portes de Commercy.

constamment son nom sous la forme Rais — *conforme à la prononciation* — *ce qui assigne à la rédaction une date postérieure à 1671 (auparavant prévalait* — *comme aujourd'hui* — *la forme* Retz*). Il tire ensuite parti de tous les personnages dont Retz nous dit qu'ils étaient morts lorsqu'il travaillait à ses souvenirs : pour ne prendre qu'un exemple, les* Mémoires *sont postérieurs au décès de Turenne, tué à l'ennemi le 27 juillet 1675. Les changements survenus dans l'état civil, les fonctions et les titres d'autres acteurs de l'œuvre fournissent d'autres repères. Enfin, Bertière met à contribution « l'événement qui porte aujourd'hui notre nom dans une famille étrangère*[1] *», c'est-à-dire le mariage de Paule-Françoise-Marguerite de Gondi, nièce du cardinal, avec le comte de Sault, futur duc de Lesdiguières, célébré le 12 mai 1675. La combinaison de tous ces éléments suggère que la rédaction des* Mémoires *a commencé vers le milieu de 1675.*

Quand s'est-elle arrêtée ? Pour le savoir, André Bertière fait appel à des indications de même nature que les précédentes : mention de personnages toujours vivants quand Retz en parle mais décédés peu après (exemple : le président de Lamoignon, disparu à la fin de décembre 1677) ; silence du cardinal sur les modifications intervenues dans les emplois ou les dignités d'autres protagonistes de son œuvre (exemple : le chanoine Lavocat, évêque de Boulogne en février 1677). Toutes ces données démontrent un arrêt de la rédaction au cours de l'année 1677.

Il faut donc voir dans les Mémoires *non une œuvre longuement pensée et mûrie, écrite à loisir au cours de nombreuses années de travail, mais un premier jet, lancé sur le papier à vive allure, interrompu par la participation de l'auteur à son dernier conclave (août-septembre 1676) et arrêté de façon abrupte, au bout de dix-huit mois, avant d'être terminé. On comprend cet arrêt brutal : quand il survient, Retz, empêché de lire et d'écrire commodément par le déclin de sa vue, n'a plus guère à raconter que les péripéties sans intérêt de sa pérégrination de proscrit à travers l'Europe. De plus, fait remarquer Marie-Thérèse Hipp, « les mémoires du XVII*[e] *siècle tournent souvent court », « rares sont les mémorialistes qui concluent véritablement*[2] *». Pas plus que Retz, ni l'abbé de Choisy, ni La Rochefoucauld ni Mlle de Montpensier ne terminent leur œuvre.*

---

1. *Mémoires*, p. 60.
2. Cardinal de Retz, *Œuvres*, Bibl. de la Pléiade, 1984, p. 1206, n. 6.

2. Les Mémoires : *pourquoi ?*

Pour quelles raisons Retz, déjà sexagénaire et réputé pour sa paresse, s'est-il lancé en 1675 dans la rédaction à bride abattue de quelque trois mille pages ? C'est d'abord, nous dit-il, pour répondre à l'attente d'une dame de ses amies à qui il dédie son livre, à qui il s'adresse d'un bout à l'autre de celui-ci. Cas unique dans l'histoire littéraire, les Mémoires *apparaissent comme le prolongement de récentes conversations de salon.*

L'identité de cette confidente a posé un redoutable problème d'érudition aux commentateurs. C'est parmi les contemporaines de Retz, dont les façons de voir et de sentir s'apparentent à celles du cardinal et qui connaissent parfaitement les événements de la Fronde, qu'il faut chercher la destinataire des Mémoires. *On s'accorde aujourd'hui à penser que Mme de Sévigné, née en 1626, liée au mémorialiste par un lointain cousinage et une amitié vieille de trente ans, est la femme qui répond le mieux à ces conditions*[1]. *Elle appartenait au petit groupe de familiers qui ont poussé le cardinal vieillissant à raconter sa vie et l'on sait qu'elle s'est longuement entretenue avec lui en juin 1675, avant qu'il ne parte pour l'abbaye de Saint-Mihiel*[2]. *Ajoutons que tous les personnages dont le mémorialiste dit à sa confidente qu'ils sont bien connus d'elle appartiennent au cercle de l'épistolière.*

Un obstacle inattendu vient cependant contredire cette identification : dans les dernières pages des Mémoires, *Retz évoque « l'ordre que vous m'avez donné de laisser des mémoires qui pussent être de quelque instruction à Messieurs vos enfants*[3] *».*

---

1. Les érudits du XIXe siècle ont identifié la confidente de Retz avec Mme de Caumartin, épouse du plus intime ami du cardinal, détentrice d'une copie manuscrite des *Mémoires*. Antoine Adam, de son côté, a proposé Mme de Lafayette. Mais ces hypothèses se heurtent à de telles impossibilités qu'elles sont aujourd'hui abandonnées.

2. Voir, sur ce point, les remarques de Marie-Thérèse Hipp, p. XXI de l'introduction à l'édition des *Œuvres* de Retz dans la Bibl. de la Pléiade. Le 27 mai 1675, Mme de Sévigné écrit à sa fille au sujet du cardinal : « il se fait peindre par un religieux de Saint-Victor ; je crois que, malgré Caumartin, il vous donnera l'original » (Bibl. de la Pléiade, éd. Duchêne, tome I, p. 717). Ce portrait, resté longtemps dans la famille de l'épistolière, est vraisemblablement celui qui se trouve aujourd'hui dans une collection privée et que nous reproduisons dans la présente édition.

3. *Mémoires*, p. 960.

Or, Mme de Sévigné, âgée de quarante-neuf ans en 1675 et veuve depuis quinze années, n'avait qu'un seul fils, adulte depuis longtemps. Cette difficulté a incité certains auteurs à substituer Mme de Grignan à Mme de Sévigné. André Bertière lui-même en arrive à supposer que les Mémoires, *d'abord dédiés à la mère, ont fini par l'être à la fille. Mais Mme de Grignan, née en 1646, était trop jeune pour bien sentir toutes les allusions, toutes les réflexions d'un vieux cardinal pour lequel elle n'éprouvait pas la moindre sympathie. Quant à l'expression « Messieurs vos enfants », elle peut fort bien désigner les petits-enfants de l'épistolière*[1].

Retz a donc cédé à la pression d'un petit groupe d'amis auquel appartenait Mme de Sévigné et qui désirait avoir de lui un récit circonstancié de sa vie mouvementée parce qu'il en avait souvent raconté tel ou tel épisode au cours de conversations de salon « en l'ornant d'un peu de merveilleux » si l'on en croit l'abbé de Choisy[2].

Il faut dire qu'autour de 1675 les mémoires sont fort à la mode. Les gens cultivés se détournent du roman et s'éprennent de l'histoire. Beaucoup d'acteurs de la Fronde, vieillis et mis à l'écart par Louis XIV, rédigent leurs souvenirs. Des extraits manuscrits circulent sous le manteau. Des éditions pirates voient le jour en Hollande ou à Bruxelles (dès 1662, par exemple, celle des mémoires de La Rochefoucauld).

Cependant, si Retz cède si facilement aux objurgations de ses amis, ce n'est pas seulement parce qu'il veut sacrifier à la mode littéraire du moment, ce n'est pas seulement parce qu'il veut rivaliser avec La Rochefoucauld, Bussy-Rabutin et quelques autres. C'est aussi parce que le travail qu'il entreprend correspond chez lui à un besoin. De la mi-juin à la mi-octobre 1675, sa retraite à Saint-Mihiel, cet adieu au monde qu'il voulait héroïque, a tourné court. Recardinalisé par le pape Clément X, revenu à Commercy, il éprouve le besoin de faire parler de lui et de tromper sa soif d'activité en se livrant à une grande tâche. *La rédaction des* Mémoires *s'offre à point pour cela et finit par le posséder tout entier. André Bertière y voit « un sursaut de tout l'être chez un homme qui demande à l'imagination de lui fournir, une dernière fois, ce que l'existence*

---

1. Le second de ces enfants, Jean-Baptiste de Grignan, né en février 1676, est mort le 26 juin 1677. La rédaction des *Mémoires* aurait donc pu s'arrêter peu avant cette date.
2. Abbé de Choisy, *Mémoires pour servir à l'histoire du règne de Louis XIV*, éd. Georges Mongrédien, Paris, 1966, p. 46.

ne lui donnera jamais plus[1] ». *Autrement dit, le vieux cardinal trouve dans le récit de ses souvenirs une revanche sur sa vie passée, grâce à une* RECRÉATION *des événements qu'il a vécus. Il revit les grandes étapes de son existence en une sorte de rêve éveillé et s'interroge sur les raisons de son désastre politique.*

3. Les Mémoires : *comment ?*

L'essentiel des souvenirs de Retz concerne la Fronde, de la journée des Barricades (août 1648) à son arrestation au Louvre (décembre 1652). Le cardinal écrit donc en gros un quart de siècle après les événements qu'il relate. Il ne peut évidemment pas se fier à sa seule mémoire même si celle-ci, aussi étendue que fidèle, a suscité l'admiration de ses contemporains. Comme il ne dispose pas d'archives personnelles (il a brûlé tous ses papiers avant son incarcération), il doit réunir toute une documentation. Il affirme donc sans hésiter : « Il n'y a aucun fait que je n'aie vérifié moi-même sur les registres du Parlement ou sur ceux de l'Hôtel de Ville[2]. » En réalité André Bertière démontre que ses sources se réduisent à peu près uniquement à une publication des éditeurs Alliot et Langlois intitulée Journal du Parlement[3], parue sous forme de livraisons pendant toute la durée de la Fronde. C'est ce Journal qui lui fournit le canevas chronologique flou, parfois entaché d'erreurs, dans lequel viennent s'insérer ses souvenirs. Retz l'a complété avec l'Histoire du temps[4], sorte de variante du Journal avec lequel elle a d'ailleurs fusionné. Hormis ces sources politiquement orientées, le mémorialiste n'a guère utilisé que quelques pièces tirées des registres de l'Hôtel de Ville et quelques textes imprimés retraçant des opérations militaires. Il n'a mis à contribution ni les mazarinades, ni les chansons, ni les gazettes.

---

1. André Bertière, *Le Cardinal de Retz mémorialiste*, Klincksieck, 1977, p. 117.
2. *Mémoires*, p. 744.
3. *Journal, contenant ce qui s'est fait et passé en la cour de Parlement de Paris, toutes les chambres assemblées et autres lieux ; sur le sujet des affaires du temps présent ès années 1648 et 1649*, Paris, 1649. Des suppléments ont prolongé cette publication jusqu'à la fin de la Fronde.
4. *Histoire du temps, ou le Véritable Récit de ce qui s'est passé dans le Parlement de Paris depuis le mois d'août 1647 jusques au mois de novembre 1648*, s.l., 1649. À la fois chronique et pamphlet politique, cet ouvrage est attribué à l'avocat Du Portail, libelliste à la solde de Retz.

Faute de documents, Retz reconstitue de mémoire ses années de jeunesse. Pour retracer son temps d'exil à Rome, il s'est sans doute servi d'une relation de l'élection du pape Alexandre VII. Et il incorpore à son texte sa lettre au chapitre de Notre-Dame, imprimée dès 1665[1].

Le mémorialiste ne se satisfait d'ailleurs pas de sources écrites. Entre la fin de la Fronde et la rédaction de son œuvre, il a interrogé, chaque fois qu'il l'a pu, les acteurs de la guerre civile, par exemple le prince de Condé. Lorsqu'il cite ces témoignages oraux, nombreux dans les Mémoires, il ne manque jamais de les attribuer nommément à leurs auteurs et de préciser le degré de confiance qu'on est en droit d'attendre d'eux.

Lorsqu'il commence à mettre ses souvenirs en forme, Retz n'est nullement novice dans l'art d'écrire. Depuis La Conjuration de Fiesque, il n'a jamais cessé de tenir la plume, de composer sermons et mandements épiscopaux, pamphlets et libelles, de se montrer parfaitement à l'aise dans les genres les plus divers. Son travail de mémorialiste le possède si bien qu'il l'exécute à peu près seul. Il utilise bien les services occasionnels de quelques bénédictins de l'abbaye de Saint-Mihiel ou du prieuré de Breuil : dom Jean Picard, dom Humbert Belhomme, dom Robert Desgabets ont tenu près de lui le rôle de secrétaire, prenant certains passages sous la dictée. Mais sur les 2 818 pages conservées du manuscrit original, quatre-vingt-dix seulement sont de la main de ces religieux. Et Retz ne s'est pas privé de revoir et de corriger leur texte. Il reprend d'ailleurs personnellement la plume chaque fois qu'il faut exposer un épisode un peu leste qui pourrait scandaliser des moines.

« Il aime à raconter », dit La Rochefoucauld parlant de Retz. De fait, les Mémoires revêtent la forme d'un allègre récit dont le ton est celui de la conversation mondaine. Ce qui n'exclut ni les analyses psychologiques fouillées ni les maximes ou les mots d'esprit. Les termes empruntés à l'italien, la langue de culture du XVIIe siècle, s'y rencontrent parfois. Les métaphores, en particulier théâtrales, ne manquent pas car la vie, aux yeux du mémorialiste, est un théâtre dans lequel chacun joue son rôle : « Il me semble, explique-t-il à la fin de la première partie de son œuvre, que je n'ai été jusques ici que dans le parterre, ou tout au plus dans l'orchestre, à jouer et à badiner avec les violons ; je vas monter sur le théâtre, où vous ver-

---

1. *Mémoires*, p. 965-976.

rez des scènes, non pas dignes de vous, mais un peu moins indignes de votre attention[1]. »

Lorsque Retz revit par l'écriture les moments les plus dramatiques de son existence, le dialogue se substitue au récit. Et, selon un procédé emprunté aux historiens de l'Antiquité, Thucydide ou Tite-Live, des discours recomposés à distance viennent en rompre le fil. Le ton désabusé des dernières pages, quand l'inspiration s'essouffle et que la rédaction tourne à la corvée, tranche sur l'allégresse générale.

De son récit Retz prétend avoir banni les effets littéraires, les fioritures de style, les règles qui répugnent à son souci de liberté : « Je vous supplie très humblement, dit-il à sa confidente — et à son lecteur par la même occasion —, de ne pas être surprise de trouver si peu d'art et au contraire tant de désordre en toute ma narration[2]. » L'examen attentif du manuscrit autographe, retrouvé en 1797, conduit à nuancer cette affirmation. Certes, des passages entiers, rédigés d'un seul jet, d'une écriture ascendante, ne montrent aucune rature. Mais d'autres pages abondent en corrections qui révèlent un réel travail stylistique. Placés en marge ou dans les interlignes, ces repentirs ont pour objet d'éviter des répétitions, de bannir l'à-peu-près, de rechercher le mot juste, la tonalité exacte, d'obtenir même un effet de rythme, souvent binaire.

Au total, les Mémoires de Retz, au carrefour de l'autobiographie et de l'histoire, ne ressemblent pas aux autres mémoires du temps. « Il ne s'agit plus, écrit Marie-Thérèse Hipp, d'une histoire de la guerre civile, contée par un biographe ou un historien avec tout ce que cela peut comporter de fastidieux, mais du produit de la réflexion d'un homme qui analyse, au soir de son âge, ce qui a fait le sel de son existence[3]. »

LES MÉMOIRES, ENTRE L'AUTOBIOGRAPHIE ET L'HISTOIRE

1. L'histoire d'une vie

Lorsqu'il se lance dans la rédaction de son œuvre, qu'il intitule Vie du cardinal de Rais, le dessein de Retz est pure-

---

1. Mémoires, p. 99.
2. Ibid., p. 55.
3. Cardinal de Retz, Œuvres, Bibl. de la Pléiade, Introduction, p. XX.

ment autobiographique. Dès les premières lignes, il en avertit sa confidente : « *Madame, quelque répugnance que je puisse avoir à vous donner l'histoire de ma vie, qui a été agitée de tant d'aventures différentes, néanmoins, comme vous me l'avez commandé, je vous obéis.* » Il ajoute : « *Je ne vous cèlerai aucune des démarches que j'ai faites en tous les temps de ma vie*[1]. » Beaucoup plus loin, il revient sur ce thème : « *J'écris, par votre ordre, l'histoire de ma vie*[2]. »

André Bertière a remarqué que la structure du livre se calque sur les grandes étapes de la vie de son auteur : la première partie concerne ses années d'apprentissage ; l'énorme deuxième partie est tout entière consacrée à son action politique, à sa participation à la Fronde, à sa prison, à son évasion ; la troisième partie traite de son existence de cardinal proscrit. Tout au long de l'œuvre, ce sont les tournants de sa carrière qui servent d'articulations à son récit, non les dates de l'histoire générale que le Journal du Parlement lui fournit pourtant.

André Bertière constate par ailleurs que les mémorialistes du XVIIe siècle peuvent rédiger leurs souvenirs à la première personne ou sous une forme impersonnelle[3]. Les personnages importants qui, la vieillesse venue, décident de raconter leur vie, se servent plutôt de cette dernière parce qu'ils moulent leur narration sur le modèle de la biographie historique. D'autant que beaucoup d'entre eux se déchargent sur des secrétaires du soin de tenir la plume à leur place[4]. Le genre littéraire des mémoires tend ainsi à fusionner avec l'histoire. Retz, lui, choisit d'écrire à la première personne : « *Je mets mon nom à la tête de cet ouvrage pour m'obliger davantage moi-même à ne diminuer et à ne grossir en rien la vérité*[5]. » Ce faisant, il revit son passé tout en écrivant et il fait de ce passé son présent, cherchant par là à découvrir les raisons du naufrage politique dans lequel il a sombré.

---

1. *Mémoires*, p. 55.
2. *Ibid.*, p. 756. À la page 367 du manuscrit autographe des *Mémoires*, on peut lire : *Fin de la première partie de la Vie du cardinal de Rais* (voir p. 99 de la présente édition). En tête de la page 368 figure le titre suivant : *La seconde partie de la Vie du cardinal de Rais* (voir p. 100).
3. André Bertière, *op. cit.*, p. 396-404.
4. Sully mémorialiste use d'un artifice. Alors que c'est lui-même qui rédige ses souvenirs, il attribue le récit de sa vie à ses secrétaires qui s'adressent à lui à la deuxième personne du pluriel (voir Bernard Barbiche, *Sully*, Albin Michel, 1978, p. 14).
5. *Mémoires*, p. 55.

Chez Retz, l'autobiographie ne tourne pas à l'introspection. Il ne manque pourtant aucune occasion de s'observer, d'analyser ses réactions, de chercher à se comprendre : « Je trouve une satisfaction sensible à me développer, pour ainsi parler, moi-même, et à vous rendre compte des mouvements les plus cachés et les plus intérieurs de mon âme », *dit-il à la fin de son œuvre à la dédicataire*[1]. *Mais il constate aussi :* « L'on ne se connaît jamais assez bien pour se peindre raisonnablement soi-même[2]. » *Il redoute par ailleurs qu'on puisse lui reprocher de vouloir faire son apologie alors qu'il est à la recherche des fautes ou des erreurs qu'il a pu commettre et qui lui ont été fatales*[3]. *Il laisse cela à son ennemi La Rochefoucauld, auteur d'une* Apologie de M. le prince de Marcillac. *Ce qui ne lui interdit pas, ici ou là, de plaider sa cause quand il l'estime juste.*

2. *Vérité et sincérité dans les* Mémoires

Dès le début de ses Mémoires, *Retz se range sans hésiter sous* « le joug de la vérité » *selon la formule de Saint-Simon :* « Je ne vous dirai rien, *dit-il à sa confidente*, qu'avec toute la sincérité que demande l'estime que je sens pour vous[4]. » *Cet engagement, il le rappelle avec insistance, au point qu'André Bertière a pu dénombrer dans son œuvre quelque cinq cents mots appartenant à la famille de vérité. Et pourtant, ses commentateurs n'ont cessé de l'accuser de mensonge. En 1878, Régis Chantelauze, l'un des auteurs de l'édition dite des* Grands Écrivains de la France, *dresse contre lui un réquisitoire impitoyable :* « événements présentés sous un faux jour, travestissements de tout genre, réticences, omissions volontaires, dénégations, faux-fuyants, récits pleins de vraisemblance et qui au fond ne sont que menteries ; transpositions de faits et de dates pour dérouter ; aveux de fautes commises qui semblent échappés à la plus parfaite sincérité et qui pourtant ne sont que des artifices pour cacher des fautes encore plus grandes [...] : il n'est sorte

---

1. *Mémoires*, p. 860. Cette phrase fait écho à celle-ci, qui se place au contraire au début des *Mémoires* : « Je trouve une satisfaction si sensible à vous rendre compte de tous les replis de mon âme et de ceux de mon cœur » (p. 91).
2. *Ibid.*, p. 220.
3. « Vous avez pu jusques ici vous apercevoir que je ne me suis pas appliqué à faire mon apologie », dit-il vers la fin de sa deuxième partie (p. 756).
4. *Ibid.*, p. 55.

de ruses et de stratagèmes que Retz n'ait mis en œuvre pour se montrer à la postérité tout autre qu'il ne fut en réalité pour ses contemporains[1]. » En 1929, Louis Batiffol, biographe du cardinal, reprend ces accusations à son compte, accuse Retz de n'être qu'un comédien qui farde la vérité[2]. Plus récemment, Hubert Carrier tente de répartir les contrevérités qui encombrent les Mémoires sous trois rubriques[3] : les « silences opportuns » (par exemple quand Retz omet de signaler la défaite, le 28 janvier 1649, du régiment des Corinthiens, équipé et armé à ses frais) ; les « grossissements » pouvant aller jusqu'à l'« affabulation » (par exemple quand Retz se vante d'avoir fait déposer les armes aux Parisiens le soir du 26 août 1648 et de les leur avoir fait reprendre le lendemain) ; les « mensonges délibérés » et « camouflages savants » (par exemple quand Retz prétend n'avoir jamais distribué d'argent et de cadeaux à Rome pour l'obtention du chapeau de cardinal[4]).

André Bertière, lui, entend réhabiliter Retz en opérant une distinction entre sincérité et vérité : lorsqu'il déforme le réel, le mémorialiste n'a pas nécessairement le dessein de tromper ses lecteurs car il croit lui-même à sa propre fiction. « À l'image de l'impudent hypocrite, écrit-il, ne convient-il pas de substituer celle d'un homme chez qui ont joué, à l'extrême, les processus d'affabulation que met en œuvre chacun de nous à l'égard de son propre passé, et auxquels peut difficilement échapper le plus sincère des mémorialistes[5] ? » On peut trouver excessivement subtile la démonstration de Bertière. Mais il faut convenir qu'un mémorialiste est tout naturellement conduit à donner du passé une vue fragmentaire liée à sa visée autobiographique, une vue qui peut être entachée d'erreurs. Surtout, il faut bien voir que Retz, en relatant ses souvenirs, ne ressuscite pas toujours le passé tel qu'il l'a réellement vécu mais tel qu'il s'imagine l'avoir vécu, si bien que ses Mémoires s'apparentent au roman. Ce qui n'exclut nullement la possibilité de mensonges délibérés chaque fois que le cardinal veut apparaître sous le jour le plus favorable.

---

1. *Mémoires du cardinal de Retz*, collection des G. E. F., t. IX, p. III et IV.
2. Louis Batiffol, *Biographie du cardinal de Retz*, Hachette, 1929, passim.
3. « Sincérité et création littéraire dans les *Mémoires* du cardinal de Retz », XVIIe siècle, n° 94-95, 1971, p. 39-74.
4. Voir Régis Chantelauze, *Le Cardinal de Retz et l'Affaire du chapeau*, Didier, 1878, 2 vol.
5. André Bertière, *op. cit.*, p. 281.

Ainsi, les Mémoires *doivent être consultés avec la plus grande précaution par ceux qui souhaiteraient y trouver la vérité sur les événements de la Fronde. Il ne faut pas y chercher des faits rigoureusement exacts, vérifiés et prouvés selon l'optique positiviste qui était celle de Chantelauze ou de Batiffol. Cela ne signifie pas qu'ils ne sauraient constituer une source historique de premier ordre.*

3. L'histoire de la Fronde[1]

En mettant en œuvre son dessein autobiographique, Retz ne songe pas du tout à se mettre au service de l'histoire. Il professe un aristocratique mépris pour l'histoire faite par les historiens, ces « gazetiers », ces « auteurs impertinents », ces « gens de néant en tout sens » qui parlent nécessairement de ce qu'ils ne connaissent pas parce qu'ils n'ont pas vu ce dont ils parlent[2].

Cependant, comme il cherche à comprendre les raisons de son échec personnel, il se livre à de savantes réflexions politiques sur la Fronde. Réflexions qu'il peut d'autant mieux conduire qu'il bénéficie d'un recul temporel d'un quart de siècle, ce qui lui permet de bien jauger les événements, dont les conséquences apparaissent en pleine lumière. Son travail de mémorialiste débouche donc sur l'analyse historique.

Il existe même un passage purement historique — un seul — au début de la seconde partie des Mémoires. Ce sont les quelques pages qu'il consacre à l'étude des origines de la Fronde[3]. Il relève d'abord les causes directes, immédiates de la guerre civile : la politique fiscale du surintendant Particelli d'Émery, les maladresses de Mazarin aux prises avec les réalités françaises, « ignorantissime en toutes ces matières[4] ». Puis, il fait remonter l'origine profonde des troubles jusqu'au ministériat de Richelieu. « L'on ne doit rechercher la cause de la révolution que je décris que dans le dérangement des lois, qui a causé insensiblement celui des esprits[5] », constate-t-il. Il veut dire par

---

1. Voir Michel Pernot, « Le cardinal de Retz, historien de la Fronde », *Revue d'histoire littéraire de la France*, n° 1, 1989, p. 4-18.
2. Typiquement aristocratique, ce point de vue qui affirme la supériorité du mémorialiste sur l'historien a été exposé, entre autres auteurs, par l'amiral de Coligny.
3. *Mémoires*, p. 120-129.
4. *Ibid.*, p. 130.
5. *Ibid.*, p. 163. Il explique par ailleurs : « Comme ces deux ministres [*Richelieu et Mazarin*] ont beaucoup contribué, quoique

là que les méthodes de gouvernement de Richelieu avaient fini par anéantir les coutumes et les traditions qui posaient des bornes à l'autorité royale. À ses yeux, comme à ceux de nombreux Français, issus de la robe ou de la noblesse seconde des barons et des comtes, la Fronde est une réaction brutale du royaume aux méthodes exagérément autoritaires de Richelieu continuées par Mazarin sous des dehors patelins[1].

Par ailleurs, les deux cardinaux-ministres successifs ont profané le mystère de la monarchie en usurpant l'autorité royale. En effet le roi, tête du corps politique, était seul capable, aux yeux des contemporains, de sentir, de comprendre et d'interpréter les aspirations de ses sujets ; il recevait même pour cela des grâces d'En-Haut[2]. Ni Richelieu ni Mazarin ne pouvaient prétendre à ce charisme et leur gouvernement, despotique, a provoqué un divorce entre la tête et les membres du corps mystique de la monarchie. De ce divorce est née la Fronde.

Retz ne consacre aucun développement particulier aux raisons de l'échec final des frondeurs, sans doute parce qu'à partir de son incarcération, en décembre 1652, il se préoccupe avant tout de son existence de prisonnier et de proscrit. Mais l'exposé qu'il donne des événements et surtout les réflexions que ceux-ci lui inspirent nous révèlent qu'il a parfaitement compris deux raisons majeures de cet échec : le fond de fidélité monarchique que le parlement de Paris a conservé dans la rébellion, ce qui lui a interdit d'accomplir une véritable révolution[3], et la désunion des frondeurs, en particulier l'incapacité des princes et des grands seigneurs à s'entendre avec les magistrats que Condé traitait avec mépris de « bourgeois[4] ».

---

fort différemment, à la guerre civile, je crois qu'il est nécessaire que je vous en fasse le portrait et le parallèle » (p. 124).

1. Malheureusement, Retz ne voit pas le lien étroit qui existe entre les excès de la monarchie absolue (par exemple la colossale pression fiscale imposée aux Français) et la lutte à outrance du royaume contre la Maison d'Autriche. Il considère comme une fin en soi ce qui fut d'abord un moyen au service de la politique étrangère.
2. Voir sur ce point le traité de Théodore et Denis Godefroy, *Le Cérémonial françois*, Paris, 1649.
3. Retz l'explique en ces termes, en février 1649, au duc et à la duchesse de Bouillon : « bien qu'il parût de la chaleur et même qu'il y eût de l'emportement très souvent dans cette compagnie, il y avait toujours un fonds d'esprit de retour, qui revivait à toute occasion » (*Mémoires*, p. 247).
4. *Mémoires*, p. 183.

Préface 47

Le *mémorialiste* permet aussi à son lecteur de comprendre pourquoi il a si piteusement échoué personnellement. À vingt-cinq ans de distance, il discerne très bien que son excès d'ambition l'a brouillé à la fois avec Mazarin et avec les princes alors qu'il n'existait pour lui aucune possibilité de devenir le chef d'un tiers parti (ou d'en tirer les ficelles en s'abritant derrière Gaston d'Orléans). C'est là, avoue-t-il, « une de ces fautes capitales après lesquelles l'on ne peut plus rien faire qui soit sage[1] ». Mais il ne convient pas de l'erreur tragique qu'il a commise à deux reprises en portant atteinte à la majesté royale : dans la nuit du 9 au 10 février 1651, lorsqu'il a fait bloquer le Palais-Royal, résidence d'Anne d'Autriche et de Louis XIV ; le 11 septembre 1652, lorsqu'il a prononcé un discours effronté devant le jeune roi.

L'apport de Retz à la connaissance de la Fronde ne se limite pas à ces analyses politiques. Il nous propose aussi une évocation particulièrement vivante et colorée des troubles, des désordres de la rue comme des orageux débats du Palais ou des intrigues de la Cour. Dans les Mémoires, le climat de la guerre civile revit avec intensité. En dépit de ses erreurs ou de ses omissions, le mémorialiste réussit à atteindre la vérité par le seul art de la narration. Il ressuscite pour nous les événements par la magie du verbe et les historiens doivent avouer humblement qu'ils ne sont pas capables de rivaliser avec ce « grand seigneur du style[2] ». Il suffit au lecteur d'aujourd'hui de se plonger dans le récit qu'il donne des journées agitées des 26 et 27 août 1648[3] ou dans celui du tumulte du 21 août 1651 au Parlement[4] pour palper l'atmosphère de la Fronde, pour en éprouver la violence dramatique, parfois aussi la cocasserie.

Enfin, les Mémoires démontrent éloquemment que la Fronde a finalement assuré le triomphe de la monarchie absolue et personnelle de Louis XIV. Comme le remarque Retz, elle appartient à ce type d'événement « qui ne manque jamais de tourner toujours en faveur de l'autorité royale tous les désordres qui passent jusques aux derniers excès[5] ».

---

1. *Mémoires*, p. 674.
2. Marc Fumaroli, *Le Monde*, 8 juin 1984.
3. *Mémoires*, p. 139-162.
4. *Ibid.*, p. 634-639. C'est au cours de cette journée que La Rochefoucauld coince Retz par le cou entre les deux battants de la porte du parquet des huissiers.
5. *Ibid.*, p. 642.

4. *Les ressorts de l'histoire*

Pour les Français du XVIIe *siècle, influencés par la lecture des historiens latins et celle des* Vies parallèles *de Plutarque, l'histoire ne peut s'expliquer que par le caractère des grands hommes, des rois, des ministres, des dirigeants. Tacite ne leur a-t-il pas appris que les grands événements se manigancent dans l'entourage des princes ? Retz partage ce point de vue. Il donne donc une grande place à l'étude psychologique des acteurs de la Fronde que d'ailleurs sa confidente attend de lui. Après avoir dressé le parallèle de Richelieu et de Mazarin*[1]*, il consacre plusieurs pages, au début de la seconde partie des* Mémoires, *à une galerie de portraits*[2] *minutieusement travaillés qui a largement contribué à fonder sa réputation d'écrivain. Mais c'est, bien entendu, dans tout le cours de sa narration qu'il dessine, par touches successives, l'image qu'il se fait des principaux protagonistes de la guerre civile : Anne d'Autriche et Mazarin, Gaston d'Orléans et le prince de Condé, le duc de Beaufort et le duc de Bouillon, le premier président Molé, etc.*

Aveuglé par l'hostilité qu'il leur porte, Retz ne rend justice ni à la reine — une incapable — ni à son ministre — un filou[3] *— et il dresse d'eux des portraits aussi schématiques que tendancieux. En revanche, il s'applique à dévoiler les aspects contradictoires de la riche personnalité de Gaston d'Orléans, jusqu'à ses curiosités de collectionneur et de mécène. Il faut dire qu'il le connaît particulièrement bien pour l'avoir approché journellement pendant des mois et pour avoir tenté de lier sa fortune à la sienne. Il le présente avant tout comme un pleutre, un éternel indécis, un velléitaire qui se met à siffler chaque fois qu'il hésite sur un parti à prendre*[4]. *À aucun moment, il ne lui vient à l'idée que Gaston pouvait être tiraillé entre ses*

---

1. *Mémoires*, p. 124-126.
2. *Ibid.*, p. 214-220.
3. Retz émet ce jugement féroce sur Mazarin : « Il porta le filoutage dans le ministère, ce qui n'est jamais arrivé qu'à lui » (*Mémoires*, p. 126).
4. « Monsieur qui était l'homme du monde qui aimait le mieux à se donner lui-même des raisons qui l'empêchassent de se résoudre » (p. 674) ; « L'irrésolution de Monsieur était d'une espèce toute particulière. Elle l'empêchait souvent d'agir, quand même il était le plus nécessaire d'agir ; elle le faisait quelquefois agir, quand même il était le plus nécessaire de ne point agir » (p. 823).

conceptions politiques personnelles, proches de celles des parlementaires, et sa qualité de fils de France qui lui imposait un minimum de solidarité avec l'autorité royale.

Le personnage de Condé est remarquablement bien traité par Retz : l'ecclésiastique subit incontestablement l'ascendant du prestigieux vainqueur de Rocroi. À la fois prince du sang et général victorieux, ce dernier est assimilé par les thuriféraires aux héros de la Fable. Le mémorialiste laisse donc dans l'ombre les aspects déplaisants de son caractère — la brutalité, l'avidité, la muflerie — pour ne retenir que ses éminentes qualités. Parmi les autres acteurs de la Fronde qui bénéficient de l'attention de Retz, on retiendra le duc de Beaufort dont la nullité présomptueuse est bien mise en valeur, le duc de Bouillon, superbe exemple d'aristocrate factieux poussé à la révolte par les intérêts de son lignage, et le premier président Mathieu Molé dont l'intrépidité est fortement soulignée au détriment de son rôle modérateur au service de l'État.

Parmi les nombreux portraits qu'on croise dans les Mémoires, on n'a peut-être pas assez remarqué (sans doute parce qu'il ne s'agit pas d'un acteur de la Fronde) que l'un des plus réussis est celui du pape Alexandre VII dont l'attitude a pesé lourd dans le destin final de Retz. Ce dernier donne de ce pontife une image totalement négative, ordonnée autour de deux défauts majeurs : une finesse madrée qui a trompé tout le monde, une insupportable mesquinerie.

On trouve enfin dans les Mémoires un portrait de Retz par lui-même qui demande à être sérieusement retouché pour s'approcher de la vérité. André Bertière remarque en effet que le mémorialiste de 1675 a « émoussé les angles, adouci les excès, tempéré l'ambition et amplifié la lucidité[1] » du coadjuteur des années 1648-1652. Mais on ne manquera pas d'admirer la virtuosité de celui-ci dans le maniement du Parlement et la maestria avec laquelle il a travaillé à la chute de Mazarin en décembre 1650 et janvier 1651.

Retz ne se contente pas de la seule psychologie individuelle pour expliquer la Fronde. Il lui arrive aussi de faire appel à la psychologie collective, celle des assemblées comme le parlement de Paris ou celle des foules parisiennes. Ces forces collectives lui paraissent très redoutables : imprévisibles, elles sont avant tout versatiles et fort difficiles à contrôler. On trouve même, dans les Mémoires, une esquisse d'explication sociologique des soulève-

---

1. André Bertière, *op. cit.*, p. 320.

ments populaires : « Les riches n'y viennent que par force ; les mendiants y nuisent plus qu'ils n'y servent, parce que la crainte du pillage les fait appréhender. Ceux qui y peuvent le plus sont les gens qui sont assez pressés dans leurs affaires pour désirer du changement dans les publiques, et dont la pauvreté ne passe toutefois pas jusques à la mendicité publique[1]. »

Cet intérêt pour le peuple reste exceptionnel chez Retz, aristocrate jusqu'au bout des ongles, indifférent aux souffrances endurées par les Parisiens pendant le siège de 1649 ou le blocus de 1652[2]. *En revanche, c'est en permanence qu'il nous introduit au cœur de la mentalité et des préjugés de la noblesse qui constituent un des ressorts majeurs de l'histoire du temps.*

Né parmi les grands seigneurs, Retz, malgré sa profession ecclésiastique, adhère totalement à leur éthique fondée sur l'orgueil de la naissance, l'amour de la gloire et le culte de l'honneur, valeur morale suprême, supérieure même aux préceptes du christianisme. Une éthique qui compose sans difficulté avec l'égoïsme et la cupidité ainsi que le montrent les appétits des généraux de la Fronde à la veille de la paix de Rueil[3]. *La révolte armée contre l'autorité royale est pour eux un moyen légitime de conquérir charges honorifiques et avantages lucratifs, d'augmenter la puissance de leur maison et l'étendue de leurs domaines. Ceux d'entre eux qui, comme Condé, appartiennent au groupe restreint des* grands, *n'hésitent pas à conclure alliance avec l'ennemi en pleine guerre civile car ils font passer les intérêts de leur lignage avant ceux de l'État*[4]. *Les liens de fidélité qui les unissent à leurs* créatures, *à leurs* domestiques, *issus de la noblesse* seconde *leur permettent de mettre sur pied des clientèles de dépendants dévoués qui font peser une grave menace sur l'autorité royale. On* appartient *alors à Monsieur, à Monsieur le Prince, au duc de Longueville ou au duc de Beaufort et Mazarin, pour contrer le danger, doit avoir aussi sa propre clientèle. L'originalité de Beaufort et de Retz lui-même consiste dans l'élargissement du système à la ville de Paris et aux milieux bourgeois et populaires avec l'aide de meneurs comme le boucher Le Houx. Condé tente de les imiter en 1651 et 1652.*

---

1. *Mémoires*, p. 82. Par des aumônes judicieusement distribuées à ces « pauvres qui ne mendiaient pas », Retz s'est constitué très tôt une clientèle de fidèles.
2. *Ibid.*, p. 224 et p. 775.
3. *Ibid.*, p. 310-311, 341-343 et 349-350.
4. Turenne n'hésite pas à se révolter et à trahir pour aider son frère aîné, le duc de Bouillon, à récupérer Sedan.

Plus qu'un récit exact, précis et bien documenté de la Fronde, les Mémoires *de Retz sont donc une source essentielle pour la connaissance des mentalités. Contrairement à ce que Régis Chantelauze ou Louis Batiffol attendaient d'eux, c'est un témoignage au second degré que nous leur demandons.*

Retz est entré dans la vie publique la tête pleine de rêves de grandeur et de gloire qu'il a cru pouvoir réaliser à la faveur de la Fronde. Il pouvait d'ailleurs mettre d'éminentes qualités au service de cette ambition, l'aptitude à l'analyse politique et la connaissance des hommes. Mais, une fois embarqué — mal embarqué — dans le tourbillon des événements, il a surtout dépensé son intelligence et sa sagacité dans une foule d'intrigues terre à terre, sans envergure et sans avenir; il a pu, au passage, ramasser un chapeau de cardinal mais son aventure s'est logiquement terminée entre les quatre murs du donjon de Vincennes. Cette contradiction, permanente, entre le rêve et la réalité, ses aspirations héroïques et ce qu'il appelle ses fautes *constitue la trame même des* Mémoires. *Elle engendre tout naturellement une leçon morale à l'adresse des générations futures, à commencer par Messieurs les enfants de sa confidente. Le mémorialiste se divertit fort à ressusciter, par la magie de l'écriture, cette activité brouillonne jusqu'à ce que le ton las et désabusé des dernières pages nous révèle qu'il en a compris la vanité.*

Si nos contemporains montrent toujours de l'intérêt à la lecture des Mémoires, *alors que notre société démocratique est devenue parfaitement étrangère aux façons de voir et de sentir des acteurs de la Fronde, c'est sans doute à cause de la tension dramatique qui résulte de cette contradiction et pas seulement à cause de la splendeur de la forme.*

Michel Pernot

MÉMOIRES

Première partie

Madame[1], quelque répugnance que je puisse avoir à vous donner l'histoire de ma vie[2], qui a été agitée de tant d'aventures différentes, néanmoins, comme vous me l'avez commandé, je vous obéis, même aux dépens de ma réputation. Le caprice de la fortune m'a fait honneur de beaucoup de fautes ; et je doute qu'il soit judicieux de lever le voile qui en cache une partie. Je vas[3] cependant vous instruire nuement et sans détour des plus petites particularités, depuis le moment que j'ai commencé à connaître mon état ; et je ne vous cèlerai aucunes des démarches que j'ai faites en tous les temps de ma vie.

Je vous supplie très humblement de ne pas être surprise de trouver si peu d'art et au contraire tant de désordre en toute ma narration, et de considérer que si, en récitant[4] les diverses parties qui la composent, j'interromps quelquefois le fil de l'histoire, néanmoins je ne vous dirai rien qu'avec toute la sincérité que demande l'estime que je sens pour vous. Je mets mon nom à la tête de cet ouvrage, pour m'obliger davantage moi-même à ne diminuer et à ne grossir en rien la vérité. La fausse gloire et la fausse modestie sont les deux écueils que la plupart de ceux qui ont écrit leur propre vie n'ont pu éviter. Le président de Thou[5] l'a fait avec succès dans le dernier siècle, et dans l'antiquité César n'y a pas échoué. Vous me faites, sans doute, la justice d'être persuadée que je n'alléguerais pas ces grands noms sur un sujet qui me regarde, si la sincérité n'était une vertu dans laquelle il est permis et même commandé de s'égaler aux héros.

Je sors d'une maison illustre en France et ancienne en Italie[1]. Le jour de ma naissance[2], on prit un esturgeon monstrueux dans une petite rivière qui passe sur la terre de Montmirail, en Brie, où ma mère accoucha de moi. Comme je ne m'estime pas assez pour me croire un homme à augure[3], je ne rapporterais pas cette circonstance, si les libelles qui ont depuis été faits contre moi, et qui en ont parlé comme d'un prétendu présage de l'agitation dont ils ont voulu me faire l'auteur, ne me donnaient lieu de craindre qu'il n'y eût de l'affectation à l'omettre.

. . . .

Je communiquai à Attichi, frère de la comtesse de Maure, et je le priai de se servir de moi la première fois qu'il tirerait l'épée. Il la tirait souvent, et je n'attendis pas longtemps. Il me pria d'appeler[4] pour lui Melbeville, enseigne-colonel des gardes, qui se servit de Bassompierre, celui qui est mort, avec beaucoup de réputation, major général de bataille dans l'armée de l'Empire. Nous nous battîmes à l'épée et au pistolet, derrière les minimes[5] du bois de Vincennes. Je blessai Bassompierre d'un coup d'épée dans la cuisse et d'un coup de pistolet dans le bras. Il ne laissa pas de me désarmer, parce qu'il passa sur moi[6] et qu'il était plus âgé et plus fort. Nous allâmes séparer nos amis, qui étaient tous deux fort blessés. Ce combat fit assez de bruit ; mais il ne produisit pas l'effet que j'attendais. Le procureur général commença des poursuites ; mais il les discontinua à la prière de nos proches ; et ainsi je demeurai là avec ma soutane et un duel.

. . . .

La mère s'en aperçut ; elle avertit mon père, et l'on me ramena à Paris assez brusquement. Il ne tint pas à moi de me consoler de son absence avec Mme du Châtelet ; mais comme elle était engagée avec le comte d'Harcourt[7], elle me traita d'écolier, et elle me joua même assez publiquement sous ce titre, en présence de M. le comte d'Harcourt. Je m'en pris à lui ; je lui fis un appel à la Comédie. Nous nous battîmes, le lendemain au matin, au-delà du faubourg Saint-Marcel. Il passa sur moi, après m'avoir donné un coup d'épée qui ne faisait qu'effleurer l'estomac; il me porta par terre, et il eût eu infailliblement tout l'avantage, si son épée ne lui fût tombée de la main en nous colletant. Je voulus raccourcir la mienne pour lui en donner dans les reins; mais comme il était beaucoup plus fort et plus âgé que moi, il me tenait le bras si serré sous lui, que je ne pus exécuter mon dessein. Nous demeurions ainsi sans nous pouvoir faire du mal quand il me dit: «Levons-nous, il n'est pas honnête de se gourmer[1]. Vous êtes un joli garçon; je vous estime, et je ne fais aucune difficulté, dans l'état où nous sommes, de dire que je ne vous ai donné aucun sujet de me quereller.» Nous convînmes de dire au marquis de Boisi, qui était son neveu et mon ami, comment le combat s'était passé, mais de le tenir secret à l'égard du monde, à la considération de Mme du Châtelet. Ce n'était pas mon compte; mais quel moyen honnête de le refuser? On ne parla que peu de cette affaire, et encore fut-ce par l'indiscrétion de Noirmoutier[2], qui, l'ayant apprise du marquis de Boisi, la mit un peu dans le monde; mais enfin il n'y eut point de procédures, et je demeurai encore là avec ma soutane et deux duels.

Permettez-moi, je vous supplie, de faire un peu de réflexion sur la nature de l'esprit de l'homme. Je ne crois pas qu'il y eût au monde un meilleur cœur que celui mon père[3], et je puis dire que sa trempe était celle de la vertu. Cependant et ces duels et ces galanteries ne l'empêchèrent pas de faire tous ses efforts pour attacher à l'Église l'âme peut-être la moins ecclésiastique qui fût dans l'univers: la prédilection pour son aîné et la vue de l'archevêché de Paris, qui était dans sa maison[4], produisirent cet effet. Il ne le crut pas, et ne le sentit pas lui-même; je jurerais même qu'il eût lui-même juré, dans le plus intérieur de son cœur, qu'il n'avait en cela d'autre mouvement que celui qui lui était inspiré par l'appréhension des périls auxquels la profession contraire exposerait mon âme: tant il est vrai qu'il n'y a rien qui soit si sujet à l'illusion que la piété. Toutes sortes d'erreurs se glissent et se cachent sous son voile; elle consacre toutes sortes d'imaginations ; et la meilleure intention ne suffit pas pour y faire éviter les travers. Enfin, après tout ce que je viens de vous raconter, je demeurai homme d'Église ; mais ce n'eût pas été assurément pour longtemps, sans un incident dont je vas vous rendre compte.

M. le duc de Retz[1], aîné de notre maison, rompit, dans ce temps-là, par le commandement du Roi, le traité de mariage qui avait été accordé, quelques années auparavant, entre M. le duc de Mercœur[2] et sa fille. Il vint trouver mon père, dès le lendemain, et le surprit très agréablement en lui disant qu'il était résolu de la donner à son cousin[3], pour réunir la maison. Comme je savais qu'elle avait une sœur[4], qui possédait plus de quatre-vingt mille livres de rente, je songeai au même moment à la double alliance. Je n'espérais pas que l'on y pensât pour moi, connaissant le terrain comme je le connaissais, et je pris le parti de me pourvoir de moi-même. Comme j'eus quelque lumière que mon père n'était pas dans le dessein de me mener aux noces, peut-être en vue de ce qui en arriva, je fis semblant de me radoucir à l'égard de ma profession. Je feignis d'être touché de ce que l'on m'avait représenté tant de fois sur ce sujet, et je jouai si bien mon personnage, que l'on crut que j'étais absolument changé. Mon père se résolut de me mener en Bretagne, d'autant plus facilement que je n'en avais témoigné aucun désir. Nous trouvâmes Mlle de Retz à Beaupréau en Anjou. Je ne regardai l'aînée que comme ma sœur ; je considérai d'abord Mlle de Scepeaux (c'est ainsi qu'on appelait la cadette) comme ma maîtresse. Je la trouvai très belle, le teint du plus grand éclat du monde, des lis et des roses en abondance, les yeux admirables, la bouche très belle, du défaut à la taille, mais peu remarquable et qui était beaucoup couvert par la vue de quatre-vingt mille livres de rente, par l'espérance du duché de Beaupréau, et par mille chimères que je formais sur ces fondements, qui étaient réels.

Je couvris très bien mon jeu dans le commencement : j'avais fait l'ecclésiastique et le dévot dans tout le voyage ; je continuai dans le séjour. Je soupirais toutefois devant la belle ; elle s'en aperçut : je parlai ensuite, elle m'écouta, mais d'un air un peu sévère. Comme j'avais observé qu'elle aimait extrêmement une vieille fille de chambre, qui était sœur d'un de mes moines de Busai[1], je n'oubliai rien pour la gagner, et j'y réussis par le moyen de cent pistoles et par des promesses immenses que je lui fis. Elle mit dans l'esprit de sa maîtresse que l'on ne songeait qu'à la faire religieuse, et je lui disais, de mon côté, que l'on ne pensait qu'à me faire moine. Elle haïssait cruellement sa sœur, parce qu'elle était beaucoup plus aimée de son père, et je n'aimais pas trop mon frère pour la même raison. Cette conformité dans nos fortunes contribua beaucoup à notre liaison. Je me persuadai qu'elle était réciproque, et je me résolus de la mener en Hollande. Dans la vérité, il n'y avait rien de si facile, Machecoul, où nous étions venus de Beaupréau, n'étant qu'à une demi-lieue de la mer ; mais il fallait de l'argent pour cette expédition ; et mon trésor étant épuisé par le don des cent pistoles, je ne me trouvais pas un sol. J'en trouvai suffisamment en témoignant à mon père que l'économat de mes abbayes étant censé tenu de la plus grande rigueur des lois, je croyais être obligé, en conscience, d'en prendre l'administration. La proposition ne plut pas ; mais on ne put la refuser, et parce qu'elle était dans l'ordre, et parce qu'elle faisait, en quelque façon, juger que je voulais au moins retenir mes bénéfices, puisque j'en voulais prendre soin.

Je partis dès le lendemain, pour aller affermer Busai, qui n'est qu'à cinq lieues de Machecoul. Je traitai avec un marchand de Nantes, appelé Jucatières, qui prit avantage de ma précipitation, et qui, moyennant quatre mille écus comptants qu'il me donna, conclut un marché qui a fait sa fortune. Je crus avoir quatre millions. J'étais sur le point de m'assurer d'une de ces flûtes[2] hollandaises qui sont toujours à la rade de Retz[3], lorsqu'il arriva un accident qui rompit toutes mes mesures.

Mlle de Retz (car elle avait pris ce nom depuis le mariage de sa sœur) avait les plus beaux yeux du monde ; mais ils n'étaient jamais si beaux que quand ils mouraient, et je n'en ai jamais vu à qui la langueur donnât tant de grâces. Un jour que nous dînions chez une dame du pays, à une lieue de Machecoul, en se regardant dans un miroir qui était dans la ruelle, elle montra tout ce que la *morbidezza*[1] des Italiens a de plus tendre, de plus animé et de plus touchant. Mais par malheur elle ne prit pas garde que Palluau[2], qui a depuis été le maréchal de Clérembault, était au point de vue du miroir. Il le remarqua, et comme il était fort attaché à Mme de Retz, avec laquelle, étant fille, il avait eu beaucoup de commerce, il ne manqua pas de lui en rendre un compte fidèle, et il m'assura même, à ce qu'il m'a dit lui-même depuis, que ce qu'il avait vu ne pouvait pas être un original.

Mme de Retz[3], qui haïssait mortellement sa sœur, en avertit, dès le soir même, monsieur son père, qui ne manqua pas d'en donner part au mien. Le lendemain, l'ordinaire de Paris arriva ; l'on feignit d'avoir reçu des lettres bien pressantes ; l'on dit un adieu aux dames fort léger et fort public. Mon père me mena coucher à Nantes. Je fus, comme vous le pouvez juger, et fort surpris et fort touché. Je ne savais pas à quoi attribuer la promptitude de ce départ ; je ne pouvais me reprocher aucune imprudence ; je n'avais pas le moindre doute que Palluau eût pu avoir rien vu. Je fus un peu éclairci à Orléans, où mon père, appréhendant que je ne m'échappasse, ce que j'avais vainement tenté plusieurs fois dès Tours, se saisit de ma cassette, où était mon argent. Je connus, par ce procédé, que j'avais été pénétré, et j'arrivai à Paris avec la douleur que vous pouvez vous imaginer.

Je trouvai Equilli[4], oncle de Vassé et mon cousin germain, que j'ose assurer avoir été le plus honnête homme de son siècle. Il avait vingt ans plus que moi, mais il ne laissait pas de m'aimer chèrement. Je lui avais communiqué, avant mon départ, la pensée que j'avais d'enlever Mlle de Retz, et il l'avait fort approuvée, non seulement parce qu'il la trouvait fort avantageuse pour moi, mais encore parce qu'il était persuadé que la double alliance était nécessaire pour assurer l'établissement de la maison. L'événement qui porte aujourd'hui notre nom dans une famille étrangère[5] marque qu'il était assez bien fondé. Il me promit de nouveau de me servir de toute chose en cette occasion. Il me prêta douze cents écus, qui était tout ce qu'il avait d'argent comptant. J'en pris trois mille du président Barillon[1]. Equilli manda de Provence le pilote de sa galère, qui était homme de main et de sens. Je m'ouvris de mon dessein à Mme la comtesse de Sault[2], qui a été depuis Mme de Lesdiguières.

. . . .

Ce nom m'oblige à interrompre le fil de mon discours, et vous en verrez les raisons dans la suite. Je querellai Praslin à propos de rien : nous nous battîmes dans le bois de Boulogne, après avoir eu des peines incroyables à nous échapper de ceux qui nous voulaient arrêter. Il me donna un fort grand coup d'épée dans la gorge : je lui en donnai un, qui n'était pas moindre, dans le bras. Meillancour, écuyer de mon frère, qui me servait de second, et qui avait été blessé dans le petit ventre et désarmé, et le chevalier Du Plessis, second de Praslin, nous vinrent séparer. Je n'oubliai rien pour faire éclater ce combat, jusques au point d'avoir aposté des témoins ; mais l'on ne peut forcer le destin, et l'on ne songea pas seulement à en informer.

. . . .

« En ce cas-là, croyez-vous, me dit-il, qu'un attachement à une fille de cette sorte puisse vous empêcher de tomber dans un inconvénient où Monsieur de Paris, votre oncle, est tombé[3], beaucoup plus par la bassesse de ses inclinations que par le dérèglement de ses mœurs ? Il en est des ecclésiastiques comme des femmes, qui ne peuvent jamais conserver de dignité dans la galanterie que par le mérite de leurs amants. Où est celui de Mlle de Roche[4], hors sa beauté ? Est-ce une excuse suffisante pour un abbé dont la première prétention est l'archevêché de Paris ? Si vous prenez l'épée, comme je le crois, à quoi vous exposez-vous ? Pouvez-vous répondre de vous-même à l'égard d'une fille aussi brillante et aussi belle qu'elle est ? Dans six semaines, elle ne sera plus enfant ; elle sera sifflée[5] par Épineville, qui est un vieux renard, et par sa mère, qui paraît avoir de l'entendement. Que savez-vous ce qu'une beauté comme celle-là, qui sera bien instruite, vous pourra mettre dans l'esprit ? »

. . . .

M. le cardinal de Richelieu haïssait au dernier point Mme la princesse de Guéméné[1], parce qu'il était persuadé qu'elle avait traversé l'inclination qu'il avait pour la Reine, et qu'elle avait même été de part à la pièce que Mme Du Fargis[2], dame d'atour, lui fit quand elle porta à la reine mère, Marie de Médicis, une lettre d'amour qu'il avait écrite à la Reine sa belle-fille. Cette haine de M. le cardinal de Richelieu avait passé jusques au point d'avoir voulu obliger pour se venger M. le maréchal de Brézé[3], son beau-frère et capitaine des gardes du corps, à rendre publiques les lettres de Mme de Guéméné, qui avaient été trouvées dans la cassette de M. de Montmorenci, lorsqu'il fut pris à Castelnaudari[4]; mais le maréchal de Brézé eut ou l'honnêteté ou la franchise de les rendre à Mme de Guéméné. Il était pourtant fort extravagant; mais comme M. le cardinal de Richelieu s'était trouvé autrefois honoré, en quelque façon, de son alliance, et qu'il craignait même ses emportements et ses prôneries auprès du Roi, qui avait quelque sorte d'inclination pour lui, il le souffrait dans la vue de se donner à lui-même quelque repos dans sa famille, qu'il souhaitait avec passion d'établir et d'unir. Il pouvait tout en France, à la réserve de ce dernier point; car M. le maréchal de Brézé avait pris une si forte aversion pour M. de La Meilleraie[5], qui était grand maître de l'artillerie en ce temps-là, et qui a été depuis le maréchal de La Meilleraie, qu'il ne le pouvait souffrir. Il ne pouvait se mettre dans l'esprit que M. le cardinal de Richelieu dût seulement songer à un homme qui était vraiment son cousin germain, mais qui n'avait apporté dans son alliance qu'une roture fort connue, la plus petite mine du monde, et un mérite, à ce qu'il publiait, fort commun.

M. le cardinal de Richelieu n'était pas de ce sentiment. Il croyait, et avec raison, beaucoup de cœur à M. de La Meilleraie; il estimait même sa capacité dans la guerre infiniment au-dessus de ce qu'elle méritait, quoique en effet elle ne fût pas méprisable. Enfin il le destinait à la place que nous avons vu avoir été tenue depuis si glorieusement par M. de Turenne[6].

Vous jugez assez, par ce que je viens de vous dire, de la brouillerie du dedans de la maison de M. le cardinal de Richelieu, et de l'intérêt qu'il avait à la démêler. Il y travailla, avec application et il ne crut pas y pouvoir mieux réussir qu'en réunissant ces deux chefs de cabale dans une confiance qu'il n'eut pour personne et qu'il eut uniquement pour eux deux. Il les mit, pour cet effet, en commun et par indivis, dans la confidence de ses galanteries, qui en vérité ne répondaient en rien à la grandeur de ses actions, ni à l'éclat de sa vie ; car Marion de Lorme[1], qui était un peu moins qu'une prostituée, fut un des objets de son amour, et elle le sacrifia à Des Barreaux[2]. Mme de Fruges, que vous voyez traînante[3] dans les cabinets, sous le nom de vieille femme, en fut un autre. La première venait chez lui la nuit ; il allait aussi la nuit chez la seconde, qui était déjà un reste de Buckingham[4] et de L'Épienne. Ces deux confidents, qui avaient fait entre eux une paix fourrée, l'y menaient en habit de couleur ; Mme de Guéméné faillit d'être la victime de cette paix fourrée.

M. de La Meilleraie, que l'on appelait le Grand Maître, était devenu amoureux d'elle ; mais elle ne l'était nullement de lui. Comme il était, et par son naturel et par sa faveur, l'homme du monde le plus impérieux, il trouva fort mauvais que l'on ne l'aimât pas. Il s'en plaignit, l'on n'en fut point touchée ; il menaça, l'on s'en moqua. Il crut le pouvoir, parce que Monsieur le Cardinal, auquel il avait dit rage contre Mme de Guéméné, avait enfin obligé M. de Brézé à lui remettre entre les mains les lettres écrites à M. de Montmorenci, desquelles je vous ai tantôt parlé, et il les avait données au Grand Maître, qui, dans les secondes menaces, en laissa échapper quelque chose à Mme de Guéméné. Elle ne s'en moqua plus, mais elle faillit à en enrager. Elle tomba dans une mélancolie qui n'est pas imaginable, tellement que l'on ne la reconnaissait point. Elle s'en alla à Couperai, où elle ne voulut voir personne.

. . . .

Dès que j'eus pris la résolution de me mettre à l'étude, j'y pris aussi celle de reprendre les errements de M. le cardinal de Richelieu ; et quoique mes proches mêmes s'y opposassent, dans l'opinion que cette matière n'était bonne que pour des pédants, je suivis mon dessein : j'entrepris la carrière, et je l'ouvris avec succès. Elle a été remplie depuis par toutes les personnes de qualité de la même profession. Mais comme je fus le premier depuis M. le cardinal de Richelieu, ma pensée lui plut; et cela, joint aux bons offices que Monsieur le Grand Maître me rendait tous les jours auprès de lui, fit qu'il parla avantageusement de moi en deux ou trois occasions, qu'il témoigna un étonnement obligeant de ce que je ne lui avais jamais fait la cour, et qu'il ordonna même à M. de Lingendes[1], qui a été depuis évêque de Mâcon, de me mener chez lui.

Voilà la source de ma première disgrâce; car au lieu de répondre à ses avances et aux instances que Monsieur le Grand Maître me fit pour m'obliger à lui aller faire ma cour, je ne les payai toutes que de très méchantes excuses. Je fis le malade, j'allai à la campagne; enfin j'en fis assez pour laisser voir que je ne voulais point m'attacher à M. le cardinal de Richelieu[2], qui était un très grand homme, mais qui avait au souverain degré le faible de ne point mépriser les petites choses. Il le témoigna en ma personne; car l'histoire de *La Conjuration de Jean-Louis de Fiesque*, que j'avais faite à dix-huit ans[3], ayant échappé, en ce temps-là, des mains de Lozières[4], à qui je l'avais confiée seulement pour la lire, et ayant été portée à M. le cardinal de Richelieu par Boisrobert[5], il dit tout haut, en présence du maréchal d'Estrées et de Senneterre : « Voilà un dangereux esprit. » Le second le dit, dès le soir même, à mon père, et je me le tins comme dit à moi-même. Je continuai cependant, par ma propre considération, la conduite que je n'avais prise jusque-là que par celle de la haine personnelle que Mme de Guéméné avait contre Monsieur le Cardinal.

Le succès que j'eus dans les actes de Sorbonne me donna du goût pour ce genre de réputation. Je la voulus pousser plus loin, et je m'imaginai que je pourrais réussir dans les sermons. On me conseillait de commencer par de petits couvents, où je m'accoutumerais peu à peu. Je fis tout le contraire. Je prêchai l'Ascension, la Pentecôte, la Fête-Dieu dans les petites carmélites[6], en présence de la Reine et de toute la cour ; et cette audace m'attira un second éloge de la part de M. le cardinal de Richelieu ; car, comme on lui eut dit que j'avais bien fait, il répondit : « Il ne faut pas juger des choses par l'événement ; c'est un téméraire. » J'étais, comme vous voyez, assez occupé pour un homme de vingt-deux ans.

. . . .

Monsieur le Comte[1], qui avait pris une très grande amitié pour moi, et pour le service et la personne duquel j'avais pris un très grand attachement, partit de Paris, la nuit, pour s'aller jeter dans Sedan, dans la crainte qu'il eut d'être arrêté. Il m'envoya querir sur les dix heures du soir. Il me dit son dessein. Je le suppliai avec instance qu'il me permît d'avoir l'honneur de l'accompagner. Il me le défendit expressément, mais il me confia Vanbroc, un joueur de luth flamand, et qui était l'homme du monde à qui il se confiait le plus. Il me dit qu'il me le donnait en garde, que je le cachasse chez moi, et que je ne le laissasse sortir que la nuit. J'exécutai fort bien de ma part tout ce qui m'avait été ordonné ; car je mis Vanbroc dans une soupente, où il eût fallu être chat ou diable pour le trouver. Il ne fit pas si bien de son côté ; car il fut découvert par le concierge de l'hôtel de Soissons, au moins à ce que j'ai toujours soupçonné ; et je fus bien étonné qu'un matin, à six heures, je vis toute ma chambre pleine de gens armés, qui m'éveillèrent en jetant la porte en dedans. Le prévôt de l'Île[2] s'avança, et il me dit en jurant : « Où est Vanbroc ? — À Sedan, je crois », lui répondis-je. Il redoubla ses jurements et il chercha dans la paillasse de tous les lits. Il menaça tous mes gens de la question : aucun d'eux, à la réserve d'un seul, ne lui en put dire de nouvelles. Ils ne s'avisèrent pas de la soupente, qui dans la vérité n'était pas reconnaissable, et ils sortirent très peu satisfaits. Vous pouvez croire qu'une note de cette nature se pouvait appeler pour moi, à l'égard de la cour, une nouvelle contusion[3]. En voici une autre.

La licence de Sorbonne expira[4] ; il fut question de donner les lieux, c'est-à-dire déclarer publiquement, au nom de tout le corps, lesquels ont le mieux fait dans leurs actes ; et cette déclaration se fait avec de grandes cérémonies. J'eus la vanité de prétendre le premier lieu, et je ne crus pas le devoir céder à l'abbé de La Mothe-Houdancourt[1], qui est présentement l'archevêque d'Auch, et sur lequel il est vrai que j'avais eu quelques avantages dans les disputes.

M. le cardinal de Richelieu, qui faisait l'honneur à cet abbé de le reconnaître pour son parent, envoya en Sorbonne le grand prieur de La Porte[2], son oncle, pour le recommander. Je me conduisis, dans cette occasion, mieux qu'il n'appartenait à mon âge ; car aussitôt que je le sus, j'allai trouver M. de Raconis, évêque de Lavaur[3], pour le prier de dire à Monsieur le Cardinal que, comme je savais le respect que je lui devais, je m'étais désisté de ma prétention aussitôt que j'avais appris qu'il y prenait part. Monsieur de Lavaur me vint retrouver, dès le lendemain matin, pour me dire que Monsieur le Cardinal ne prétendait point que M. l'abbé de La Mothe eût l'obligation du lieu à ma cession, mais à son mérite, auquel on ne pouvait le refuser. La réponse m'outra ; je ne répondis que par un souris et par une profonde révérence. Je suivis ma pointe, et j'emportai le premier lieu de quatre-vingt-quatre voix. M. le cardinal de Richelieu, qui voulait être maître partout et en toutes choses, s'emporta jusqu'à la puérilité ; il menaça les députés de la Sorbonne de raser ce qu'il avait commencé d'y bâtir[4], et il fit mon éloge, tout de nouveau, avec une aigreur incroyable.

Toute ma famille s'épouvanta. Mon père et ma tante de Maignelais[5], qui se joignaient ensemble, la Sorbonne, Vanbroc, Monsieur le Comte, mon frère, qui était parti la même nuit, Mme de Guéméné, à laquelle ils voyaient bien que j'étais fort attaché, souhaitaient avec passion de m'éloigner et de m'envoyer en Italie. J'y allai, et je demeurai à Venise jusques à la mi-août, et il ne tint pas à moi de m'y faire assassiner. Je m'amusai à vouloir faire galanterie à la signora Vendranina, noble Vénitienne, et qui était une des personnes du monde les plus jolies. Le président de Maillié, ambassadeur pour le Roi, qui savait le péril qu'il y a, en ce pays-là, pour ces sortes d'aventures, me commanda d'en sortir. Je fis le tour de la Lombardie, et je me rendis à Rome sur la fin de septembre. M. le maréchal d'Estrées[1] y était ambassadeur. Il me fit des leçons sur la manière dont je devais vivre, qui me persuadèrent; et quoique je n'eusse aucun dessein d'être d'Église, je me résolus, à tout hasard, d'acquérir de la réputation dans une cour ecclésiastique où l'on me verrait avec la soutane.

J'exécutai fort bien ma résolution. Je ne laissai pas la moindre ombre de débauche ou de galanterie: je fus modeste au dernier point dans mes habits; et cette modestie, qui paraissait dans ma personne, était relevée par une très grande dépense, par de belles livrées, par un équipage fort leste, et par une suite de sept ou huit gentilshommes, dont il y en avait quatre chevaliers de Malte[2]. Je disputai dans les Écoles de sapience[3], qui ne sont pas à beaucoup près si savantes que celles de Sorbonne; et la fortune contribua encore à me relever.

Le prince de Schemberg, ambassadeur d'obédience[4] de l'Empire, m'envoya dire, un jour que je jouais au ballon dans les thermes de l'empereur Antonin, de lui quitter la place. Je lui fis répondre qu'il n'y avait rien que je n'eusse rendu à Son Excellence, si elle me l'eût demandé par civilité; mais puisque c'était un ordre, j'étais obligé de lui dire que je n'en pouvais recevoir d'aucun ambassadeur que de celui du Roi mon maître. Comme il insista et qu'il m'eut fait dire, pour la seconde fois, par un de ses estafiers, de sortir du jeu, je me mis sur la défensive; et les Allemands, plus par mépris, à mon sens, du peu de gens que j'avais avec moi, que par autre considération, ne poussèrent pas l'affaire. Ce coup, porté par un abbé tout modeste à un ambassadeur qui marchait toujours avec cent mousquetaires à cheval, fit un très grand éclat à Rome, et si grand que Roze, que vous voyez secrétaire du cabinet[5], et qui était ce jour-là dans le jeu du ballon, dit que feu M. le cardinal Mazarin en eut, dès ce jour, l'imagination saisie, et qu'il lui en a parlé depuis plusieurs fois.

. . . .

La santé de M. le cardinal de Richelieu commençait à s'affaiblir et à laisser, par conséquent, quelques vues de possibilité à prétendre à l'archevêché de Paris. Monsieur le Comte, qui avait pris quelque teinture de dévotion dans la retraite de Sedan, et qui sentait du scrupule de posséder, sous le nom de *Custodi nos*[1], plus de cent mille livres de rente en bénéfices, avait écrit à mon père qu'aussitôt qu'il serait en état d'en faire agréer à la cour sa démission en ma faveur, il me les remettrait entre les mains. Toutes ces considérations jointes ensemble ne me firent pas tout à fait perdre la résolution de quitter la soutane ; mais elles la suspendirent. Elles firent plus : elles me firent prendre celle de ne la quitter qu'à bonnes enseignes et par quelques grandes actions ; et comme je ne les voyais ni proches, ni certaines, je résolus de me signaler dans ma profession et de toutes les manières. Je commençai par une très grande retraite, j'étudiais presque tout le jour, je ne voyais que fort peu de monde, je n'avais presque plus d'habitudes avec toutes les femmes, hors Mme de Guéméné.

. . . .

[...] était à la ruelle du lit ; mais ce qui y fut le plus merveilleux, est que l'on le plaignit dans le plus tendre du raccommodement. Il faudrait un volume pour déduire toutes les façons dont cette histoire fut ornée. Une des plus simples fut qu'il fallut s'obliger, par serment, de laisser à la belle un mouchoir sur les yeux quand la chambre serait trop éclairée. Comme il ne pouvait couvrir que le visage, il n'empêcha pas de juger des autres beautés, qui, sans aucune exagération, passaient celles de la Vénus de Médicis[2], que je venais de voir tout fraîchement à Rome. J'en avais apporté la stampe[3], et cette merveille du siècle d'Alexandre cédait à la vivante.

Le diable avait apparu justement, quinze jours devant cette aventure, à Mme la princesse de Guéméné, et il lui apparaissait souvent, évoqué par les conjurations de M. d'Andilli[4], qui le forçait, je crois, de faire peur à sa dévote, de laquelle il était encore plus amoureux que moi, mais en Dieu et purement spirituellement. J'évoquai, de mon côté, un démon, qui lui parut sous une forme plus bénigne et plus agréable ;

elle sortit toutefois au bout de six semaines du Port-Royal[1], où elle faisait de temps en temps des retraites.

Je continuai ainsi l'Arsenal et la place Royale[2], et je charmais, par ce doux accord, le chagrin que ma profession ne laissait pas de nourrir toujours dans le fond de mon âme. Il s'en fallut bien peu qu'il ne sortît de cet enchantement une tempête qui eût fait changer de face à l'Europe, pour peu qu'il eût plu à la destinée d'être de mon avis. M. le cardinal de Richelieu aimait la raillerie, mais il ne la pouvait souffrir ; et toutes les personnes de cette humeur ne l'ont jamais que fort aigre. Il en fit une de cette nature, en plein cercle, à Mme de Guéméné ; et tout le monde remarqua qu'il voulait me désigner. Elle en fut outrée, et moi plus qu'elle.

Au même temps, Mme de La Meilleraie de qui, toute sotte qu'elle était, j'étais devenu amoureux, plut à Monsieur le Cardinal, et au point que le maréchal s'en était aperçu devant même qu'il partît pour l'armée. Il en avait fait la guerre à sa femme, et d'un air qui lui fit croire d'abord qu'il était encore plus jaloux qu'ambitieux. Elle le craignait terriblement ; elle n'aimait point Monsieur le Cardinal, qui, en la mariant avec son cousin, avait, à la vérité, dépouillé sa maison, de laquelle elle était idolâtre. Il était d'ailleurs encore plus vieux par ses incommodités que par son âge ; et il est vrai de plus que, n'étant pédant en rien, il l'était tout à fait en galanterie. On m'avait dit le détail des avances qu'il lui avait faites, qui étaient effectivement ridicules ; mais comme il les continua jusques au point de lui faire faire des séjours, de temps même considérable, à Ruel[3], où il faisait le sien ordinaire, je m'aperçus que la petite cervelle de la demoiselle pourrait ne pas résister longtemps au brillant de la faveur, et que la jalousie du maréchal céderait bientôt un peu à son intérêt, qui ne lui était pas indifférent, et pleinement à sa faiblesse pour la cour, qui n'a jamais eu d'égale.

J'étais dans les premiers feux du plaisir, qui, dans la jeunesse, se prennent aisément pour les premiers feux de l'amour, et j'avais trouvé tant de satisfaction à triompher du cardinal de Richelieu, dans un champ de bataille aussi beau que celui de l'Arsenal, que je me sentis de la rage dans le plus intérieur de mon âme, aussitôt que je reconnus qu'il y avait du changement dans toute la famille. Le mari consentait que l'on allât très souvent à Ruel ; la femme ne me faisait plus que des confidences qui me paraissaient assez souvent fausses ; enfin la colère de Mme de Guéméné, dont je vous ai dit le sujet ci-dessus, la jalousie que j'eus pour Mme de La Meilleraie, mon aversion pour ma profession, s'unirent ensemble dans un moment fatal, et faillirent à produire un des plus grands et des plus fameux événements de notre siècle[1].

La Rochepot[2], mon cousin germain et mon ami intime, était domestique de feu M. le duc d'Orléans, et extrêmement dans sa confidence. Il haïssait cordialement M. le cardinal de Richelieu, et parce qu'il était fils de Mme Du Fargis, persécutée et mise en effigie par ce ministre, et parce que, tout de nouveau, Monsieur le Cardinal, qui tenait son père encore prisonnier à la Bastille[3], avait refusé l'agrément du régiment de Champagne pour lui à M. le maréchal de La Meilleraie, qui avait une estime particulière pour sa valeur. Vous pouvez croire que nous faisions souvent ensemble le panégyrique du Cardinal, et des invectives contre la faiblesse de Monsieur[4], qui, après avoir engagé Monsieur le Comte à sortir du royaume et à se retirer à Sedan, sous la parole qu'il lui donna de l'y venir joindre, était revenu de Blois honteusement à la cour.

Comme j'étais aussi plein des sentiments que je vous viens de marquer, que La Rochepot l'était de ceux que l'état de sa maison et de sa personne lui devait donner, nous entrâmes aisément dans les mêmes pensées, qui furent de nous servir de la faiblesse de Monsieur pour exécuter ce que la hardiesse de ses domestiques fut sur le point de lui faire faire à Corbie, dont il faut, pour plus d'éclaircissements, vous entretenir un moment.

Les ennemis étant entrés en Picardie[5], sous le commandement de M. le prince Thomas de Savoie et de Piccolomini, le Roi y alla en personne, et il y mena Monsieur son frère pour général de son armée, et Monsieur le Comte pour lieutenant général. Ils étaient l'un et l'autre très mal avec M. le cardinal de

Richelieu, qui ne leur donna cet emploi que par la pure nécessité des affaires, et parce que les Espagnols, qui menaçaient le cœur du royaume, avaient déjà pris Corbie, La Capelle et Le Catelet. Aussitôt qu'ils furent retirés dans les Pays-Bas et que le Roi eut repris Corbie, l'on ne douta point que l'on ne cherchât les moyens de perdre Monsieur le Comte, qui avait donné beaucoup de jalousie au ministre par son courage, par sa civilité, par sa dépense ; qui était intimement bien avec Monsieur et qui avait surtout commis le crime capital de refuser le mariage de Mme d'Aiguillon[1]. L'Espinai, Montrésor[2], La Rochepot n'oublièrent rien pour donner à Monsieur, par l'appréhension, le courage de se défaire du Cardinal ; Saint-Ibar, Varicarville, Bardouville et Beauregard[3], père de celui qui est à moi, le persuadèrent à Monsieur le Comte.

La chose fut résolue, mais elle ne fut pas exécutée. Ils eurent le Cardinal dans leurs mains à Amiens[4], et ils ne lui firent rien. Je n'ai jamais pu savoir pourquoi ; je leur en ai ouï parler à tous, et chacun rejetait la faute sur son compagnon. Je ne sais, dans la vérité, ce qui en est. Ce qui est vrai est qu'aussitôt qu'ils furent à Paris, la frayeur les saisit. Monsieur le Comte, que tout le monde convint avoir été le plus ferme de tous les conjurés d'Amiens, se retira à Sedan, qui était, en ce temps-là, en souveraineté à M. de Bouillon[5]. Monsieur alla à Blois ; et M. de Rais[6], qui n'était pas de l'entreprise d'Amiens, mais qui était fort attaché à Monsieur le Comte, partit la nuit en poste de Paris, et il se jeta dans Belle-Isle. Le Roi envoya à Blois M. le comte de Guiche[7], qui est présentement M. le maréchal de Gramont, et M. de Chavigni, secrétaire d'État et confidentissime du Cardinal[8]. Ils firent peur à Monsieur, et ils le ramenèrent à Paris, où il avait encore plus de peur ; car ceux qui étaient à lui dans sa maison, c'est-à-dire ceux de ses domestiques qui n'étaient pas gagnés par la cour, ne manquaient pas de le prendre par cet endroit, qui était son faible, pour l'obliger de penser à sa sûreté ou plutôt à la leur. Ce fut de ce penchant où nous crûmes, La Rochepot et moi, que nous le pourrions précipiter dans nos pensées. L'expression est bien irrégulière, mais je n'en trouve point qui marque plus naturellement le caractère d'un esprit comme le sien. Il pensait tout et il ne voulait rien ; et quand par hasard il voulait quelque chose, il fallait le pousser en même temps, ou plutôt le jeter, pour le lui faire exécuter.

La Rochepot fit tous les efforts possibles, et comme il vit que l'on ne répondait que par des remises, et par des impossibilités que l'on trouvait à tous les expédients qu'il proposait, il s'avisa d'un moyen qui était assurément hasardeux, mais qui, par un sort assez commun aux actions extraordinaires, l'était beaucoup moins qu'il ne le paraissait.

M. le cardinal de Richelieu devait tenir sur les fonds Mademoiselle[1], qui, comme vous pouvez juger, était baptisée il y avait longtemps ; mais les cérémonies du baptême n'avaient pas été faites. Il devait venir, pour cet effet, au dôme[2], où Mademoiselle logeait, et le baptême se devait faire dans sa chapelle. La proposition de La Rochepot fut de continuer de faire voir à Monsieur, à tous les moments du jour, la nécessité de se défaire du Cardinal ; de lui parler moins qu'à l'ordinaire du détail de l'action, afin d'en moins hasarder le secret ; de se contenter de l'en entretenir en général, et pour l'y accoutumer et pour lui pouvoir dire en temps et lieu que l'on ne la lui avait pas celée ; que l'on avait plusieurs expériences qu'il ne pouvait lui-même être servi qu'en cette manière ; qu'il l'avait lui-même avoué mainte fois à lui La Rochepot ; qu'il n'y avait donc qu'à s'associer de braves gens qui fussent capables d'une action déterminée ; qu'à poser des relais, sous le prétexte d'un enlèvement, sur le chemin de Sedan ; qu'à exécuter la chose au nom de Monsieur et en sa présence, dans la chapelle, le jour de la cérémonie ; que Monsieur l'avouerait de tout son cœur dès qu'elle serait exécutée, et que nous le mènerions de ce pas sur nos relais à Sedan, dans un intervalle où l'abattement des sous-ministres[3], joint à la joie que le Roi aurait d'être délivré de son tyran, aurait laissé la cour en état de songer plutôt à le rechercher qu'à le poursuivre. Voilà la vue de La Rochepot, qui n'était nullement impraticable, et je le sentis par l'effet que la possibilité prochaine fit dans mon esprit, tout différent de celui que la simple spéculation y avait produit.

J'avais blâmé, peut-être cent fois, avec La Rochepot, l'inaction de Monsieur et celle de Monsieur le Comte à Amiens. Aussitôt que je me vis sur le point de la pratique, c'est-à-dire sur le point de l'exécution de la même action dont j'avais réveillé moi-même l'idée dans l'esprit de La Rochepot, je sentis je ne sais quoi qui pouvait être une peur. Je le pris pour un scrupule. Je ne sais si je me trompai ; mais enfin l'imagination d'un assassinat d'un prêtre, d'un cardinal me vint à l'esprit. La Rochepot se moqua de moi, et il me dit ces propres paroles : « Quand vous serez à la guerre, vous n'enlèverez point de quartier, de peur d'y assassiner des gens endormis. » J'eus honte de ma réflexion ; j'embrassai le crime qui me parut consacré par de grands exemples, justifié et honoré par le grand péril[1]. Nous prîmes et nous concertâmes notre résolution. J'engageai, dès le soir, Lannoi, que vous voyez à la cour sous le nom de marquis de Piennes. La Rochepot s'assura de La Frette, du marquis de Boisi, de L'Estourville, qu'il savait être attachés à Monsieur et enragés contre le Cardinal. Nous fîmes nos préparatifs. L'exécution était sûre, le péril était grand pour nous ; mais nous pouvions raisonnablement espérer d'en sortir, parce que la garde de Monsieur, qui était dans le logis, nous eût infailliblement soutenus contre celle du Cardinal, qui ne pouvait être qu'à la porte. La fortune, plus forte que sa garde, le tira de ce pas. Il tomba malade, ou lui ou Mademoiselle, je ne m'en ressouviens pas précisément. La cérémonie fut différée : il n'y eut point d'occasion[2]. Monsieur s'en retourna à Blois, et le marquis de Boisi nous déclara qu'il ne nous découvrirait jamais ; mais qu'il ne pouvait plus être de cette partie, parce qu'il venait de recevoir une je ne sais quelle grâce de Monsieur le Cardinal.

Je vous confesse que cette entreprise, qui nous eût comblé de gloire si elle nous eût réussi, ne m'a jamais plu. Je n'en ai pas le même scrupule que des deux fautes que je vous ai marqué ci-dessus avoir commis contre la morale ; mais je voudrais toutefois de tout mon cœur n'en avoir jamais été. L'ancienne Rome l'aurait estimée ; mais ce n'est pas par cet endroit que j'estime l'ancienne Rome[1].

Il y a assez souvent de la folie à conjurer ; mais il n'y a rien de pareil pour faire les gens sages dans la suite, au moins pour quelque temps : comme le péril, en ces sortes d'affaires, dure même après l'occasion, l'on est prudent et circonspect dans les moments qui la suivent.

Le comte de La Rochepot, voyant que notre coup était manqué, se retira à Commerci, qui était à lui, pour sept ou huit mois. Le marquis de Boisi alla trouver le duc de Rouanné, son père, en Poitou[2] ; Piennes, La Frette et L'Estourville prirent le chemin de leurs maisons. Mes attachements me retindrent à Paris, mais si serré et si modéré, que j'étudiais tout le jour, et que le peu que je paraissais laissait toutes les apparences d'un bon ecclésiastique. Nous les gardâmes si bien les uns et les autres, que l'on n'eut jamais le moindre vent de cette entreprise dans le temps de M. le cardinal de Richelieu, qui a été le ministre du monde le mieux averti. L'imprudence de La Frette et de L'Estourville fit qu'elle ne fut pas secrète après sa mort. Je dis leur imprudence ; car il n'y a rien de plus malhabile que de se faire croire capable des choses dont les exemples sont à craindre.

La déclaration de Monsieur le Comte nous tira, quelque temps après, de nos tanières, et nous nous réveillâmes au bruit de ses trompettes. Il faut reprendre son histoire un peu de plus loin.

Je vous ai marqué ci-dessus qu'il s'était retiré à Sedan, par la seule raison de sa sûreté, qu'il ne pouvait trouver à la cour. Il écrivit au Roi en y arrivant : il l'assura de sa fidélité, et il lui promit de ne rien entreprendre, dans le temps de son séjour en ce lieu, contre son service. Il est certain qu'il lui tint très fidèlement sa parole, que toutes les offres de l'Espagne et de l'Empire ne le touchèrent point, et qu'il rebuta même avec colère les conseils de Saint-Ibar et de Bardouville, qui le voulaient porter au mouvement. Campion[3], qui était son domestique, et qu'il avait laissé à Paris pour y faire les affaires qu'il pouvait avoir à la cour, me disait tout ce détail par son ordre ; et je me souviens, entre autres, d'une lettre qu'il lui écrivait un jour, dans laquelle je lus ces propres paroles : « Les gens que vous connaissez n'oublient rien pour m'obliger à traiter avec les ennemis ; et ils m'accusent de faiblesse, parce que je redoute les exemples de Charles de Bourbon et de Robert d'Artois[1]. » Campion avait ordre de me faire voir cette lettre et de m'en demander mon sentiment. Je pris la plume au même instant, et j'écrivis, en un petit endroit de la réponse qu'il avait commencée : « Et moi je les accuse de folie. » Ce fut le propre jour que je partis pour aller en Italie. Voici la raison de mon sentiment.

Monsieur le Comte avait toute la hardiesse du cœur que l'on appelle communément vaillance, au plus haut point qu'un homme la puisse avoir ; et il n'avait pas, même dans le degré le plus commun, la hardiesse de l'esprit, qui est ce que l'on nomme résolution. La première est ordinaire et même vulgaire ; la seconde est même plus rare que l'on ne se le peut imaginer : elle est toutefois encore plus nécessaire que l'autre pour les grandes actions ; et y a-t-il une action plus grande au monde que la conduite d'un parti ? Celle d'une armée, sans comparaison, moins de ressorts, celle d'un État en a davantage ; mais les ressorts n'en sont, à beaucoup près, ni si fragiles ni si délicats. Enfin je suis persuadé qu'il faut plus de grandes qualités pour former un bon chef de parti que pour faire un bon empereur de l'univers ; et que dans le rang des qualités qui le composent, la résolution marche du pair avec le jugement : je dis avec le jugement héroïque, dont le principal usage est de distinguer l'extraordinaire de l'impossible. Monsieur le Comte n'avait pas un grain de cette sorte de jugement, qui ne se rencontre même que très rarement dans un grand esprit, mais qui ne se trouve jamais que dans un grand esprit. Le sien était médiocre, et susceptible, par conséquent, des injustes défiances, qui est de tous les caractères celui qui est le plus opposé à un bon chef de parti, dont la qualité la plus souvent et la plus indispensablement praticable est de supprimer en beaucoup d'occasions et de cacher en toutes les soupçons même les plus légitimes.

Voilà ce qui m'obligea à n'être pas de l'avis de ceux

qui voulaient que Monsieur le Comte fît la guerre civile. Varicarville, qui était le plus sensé et le moins emporté de toutes les personnes de qualité qui étaient auprès de Monsieur le Comte, m'a dit depuis que, quand il vit ce que j'avais écrit dans la lettre de Campion, le jour que je partis pour aller en Italie, il ne douta pas des motifs qui m'avaient porté, contre mon inclination, à ce sentiment.

Monsieur le Comte se défendit, toute cette année et toute la suivante[1], des instances des Espagnols et des importunités des siens, beaucoup plus par les sages conseils de Varicarville que par sa propre force. Mais rien ne le put défendre des inquiétudes de M. le cardinal de Richelieu, qui lui faisait tous les jours faire, sous le nom du Roi, des éclaircissements fâcheux. Ce détail serait trop long à vous déduire, et je me contenterai de vous marquer que le ministre, contre ses propres intérêts, précipita Monsieur le Comte dans la guerre civile, par des chicaneries que ceux qui sont favorisés à un certain point par la fortune ne manquent jamais de faire aux malheureux.

Comme les esprits commencèrent à s'aigrir plus qu'à l'ordinaire, Monsieur le Comte me commanda de faire un voyage secret à Sedan. Je le vis, la nuit, dans le château où il logeait ; je lui parlai en présence de M. de Bouillon, de Saint-Ibar, de Bardouville et de Varicarville ; et je trouvai que la véritable raison pour laquelle il m'avait mandé était le désir qu'il avait d'être éclairci, de bouche et plus en détail que l'on ne le peut être par une lettre, de l'état de Paris. Le compte que je lui en rendis ne put que lui être très agréable. Je lui dis, et il était vrai, qu'il y était aimé, honoré, adoré, et que son ennemi y était redouté et abhorré. M. de Bouillon, qui voulait en toutes façons la rupture, prit cette occasion pour en exagérer les avantages ; Saint-Ibar l'appuya avec force ; Varicarville les combattit avec vigueur.

Je me sentais trop jeune pour dire mon avis. Monsieur le Comte m'y força, et je pris la liberté de lui représenter qu'un prince du sang doit plutôt faire la guerre civile que de remettre rien ou de sa réputation ou de sa dignité[2] ; mais qu'aussi il n'y avait que ces deux considérations qui l'y pussent judicieusement obliger, parce qu'il hasarde l'une et l'autre par le mouvement, toutes les fois que l'une ou l'autre ne le rend pas nécessaire ; qu'il me paraissait bien éloigné de cette nécessité ; que sa retraite à Sedan le défendait des bassesses auxquelles la cour avait prétendu de l'obliger : par exemple, à celle de recevoir la main gauche[1] dans la maison même du Cardinal ; que la haine que l'on avait pour le ministre attachait même à cette retraite la faveur publique, qui est toujours beaucoup plus assurée par l'inaction que par l'action, parce que la gloire de l'action dépend du succès, dont personne ne se peut répondre ; et que celle que l'on rencontre en ces matières dans l'inaction est toujours sûre, étant fondée sur la haine dont le public ne se dément jamais à l'égard du ministère, qu'il serait, à mon opinion, plus glorieux à Monsieur le Comte de se soutenir par son propre poids, c'est-à-dire par celui de sa vertu, à la vue de toute l'Europe, contre les artifices d'un ministre aussi puissant que le cardinal de Richelieu ; qu'il lui serait, dis-je, plus glorieux de se soutenir par une conduite sage et réglée, que d'allumer un feu dont les suites étaient fort incertaines ; qu'il était vrai que le ministère était en exécration, mais que je ne voyais pourtant pas encore que l'exécration fût au période[2] qu'il est nécessaire de prendre bien justement pour les grandes révolutions ; que la santé de Monsieur le Cardinal commençait à recevoir beaucoup d'atteintes ; que si il périssait par une maladie, Monsieur le Comte aurait l'avantage d'avoir fait voir au Roi et au public qu'étant aussi considérable qu'il était, et par sa personne et par l'important poste de Sedan, il n'aurait sacrifié qu'au bien et au repos de l'État ses propres ressentiments ; et que si la santé de Monsieur le Cardinal se rétablissait, sa puissance deviendrait aussi odieuse de plus en plus, et fournirait infailliblement, par l'abus qu'il ne manquerait pas d'en faire, des occasions plus favorables au mouvement que celles qui s'y voyaient présentement.

Voilà à peu près ce que je dis à Monsieur le Comte. Il en parut touché. M. de Bouillon s'en mit en colère, il me dit même d'un ton de raillerie : « Vous avez le sang bien froid pour un homme de votre âge. » À quoi je lui répondis ces propres mots : « Tous les serviteurs de Monsieur le Comte vous sont si obligés, Monsieur, qu'ils doivent tout souffrir de vous ; mais il n'y a que cette considération qui m'empêche de penser, à l'heure qu'il est, que vous pouvez n'être pas toujours entre vos bastions. » M. de Bouillon revint à lui ; il me fit toutes les honnêtetés imaginables, et telles qu'elles furent le commencement de notre amitié. Je demeurai encore deux jours à Sedan, dans lesquels Monsieur le Comte changea cinq fois de résolution ; et Saint-Ibar me confessa, à deux reprises différentes, qu'il était difficile de rien espérer d'un homme de cet humeur[1]. M. de Bouillon le détermina à la fin. L'on manda don Miguel de Salamanque, ministre d'Espagne[2] ; l'on me chargea de travailler à gagner des gens dans Paris ; l'on me donna un ordre pour toucher de l'argent et pour l'employer à cet effet, et je revins de Sedan, chargé de plus de lettres qu'il n'en fallait pour faire le procès à deux cents hommes[3].

Comme je ne me pouvais pas reprocher de n'avoir pas parlé à Monsieur le Comte dans ses véritables intérêts, qui n'étaient pas assurément d'entreprendre une affaire dont il n'était pas capable, je crus que j'avais toute la liberté de songer à ce qui était des miens, que je trouvais même sensiblement dans cette guerre. Je haïssais ma profession et plus que jamais : j'y avais été jeté d'abord par l'entêtement de mes proches ; le destin m'y avait retenu par toutes les chaînes et du plaisir et du devoir ; je m'y trouvais et je m'y sentais lié d'une manière à laquelle je ne voyais presque plus d'issue. J'avais vingt-cinq ans passés, et je concevais aisément que cet âge était bien avancé pour commencer à porter le mousquet ; et ce qui me faisait le plus de peine était la réflexion que je faisais, qu'il y avait eu des moments dans lesquels j'avais, par un trop grand attachement à mes plaisirs, serré moi-même les chaînes par lesquelles il semblait que la fortune eût pris plaisir de m'attacher, malgré moi, à l'Église. Jugez, par l'état où ces pensées me devaient mettre, de la satisfaction que je trouvais dans une occasion qui me donnait lieu d'espérer que je pourrais trouver à cet embarras une issue, non pas seulement honnête, mais illustre. Je pensais aux moyens de me distinguer : je les imaginai, je les suivis. Vous conviendrez qu'il n'y eut que la destinée qui rompit mes mesures.

MM. les maréchaux de Vitri et de Bassompierre, M. le comte de Cramail et MM. Du Fargis et Du Coudrai-Montpensier étaient, en ce temps-là, prisonniers à la Bastille pour différents sujets[1]. Mais comme la longueur adoucit toujours les prisons, ils y étaient traités avec beaucoup d'honnêteté et même avec beaucoup de liberté[2]. Leurs amis les allaient voir ; l'on dînait même quelquefois avec eux. L'occasion de M. Du Fargis, qui avait épousé une sœur de ma mère, m'avait donné habitude avec les autres, et j'avais reconnu, dans la conversation de quelques-uns d'entre eux, des mouvements qui m'obligèrent à y faire réflexion. M. le maréchal de Vitri avait peu de sens, mais il était hardi jusques à la témérité ; et l'emploi qu'il avait eu de tuer le maréchal d'Ancre[3] lui avait donné dans le monde, quoique fort injustement à mon avis, un certain air d'affaire et d'exécution. Il m'avait paru fort animé contre le Cardinal, et je crus qu'il pourrait n'être pas inutile dans la conjoncture présente. Je ne m'adressai pas toutefois directement à lui ; et je crus qu'il serait plus à propos de sonder M. le comte de Cramail, qui avait de l'entendement, et qui avait tout pouvoir sur son esprit. Il m'entendit à demi-mot, et il me demanda d'abord si je m'étais ouvert dans la Bastille à quelqu'un. Je lui répondis sans balancer : « Non, Monsieur, et je vous en dirai la raison en peu de mots. M. le maréchal de Bassompierre est trop causeur ; je ne compte sur M. le maréchal de Vitri que par vous ; la fidélité du Coudrai m'est un peu suspecte ; et mon bon oncle Du Fargis est un bon et brave homme, mais il a le crâne étroit. — À qui vous fiez-vous dans Paris ? me dit d'un même fil M. le comte de Cramail. — À personne, Monsieur, lui repartis-je, qu'à vous seul. — Bon, reprit-il brusquement, vous êtes mon homme. J'ai quatre-vingts ans, vous n'en avez que vingt-cinq[4] : je vous tempérerai et vous m'échaufferez. » Nous entrâmes en matière, nous fîmes notre plan ; et lorsque je le quittai, il me dit ces propres paroles : « Laissez-moi huit jours, je vous parlerai après plus décisivement, et j'espère que je ferai voir au Cardinal que je suis bon à autre chose qu'à faire *Les Jeux de l'inconnu.* » Vous remarquerez, si il vous plaît, que ces *Jeux de l'inconnu* était un livre, à la vérité très mal fait, que le comte de Cramail avait mis au jour, et duquel M. le cardinal de Richelieu s'était fort moqué.

Vous vous étonnez sans doute de ce que, pour une affaire de cette nature, je jetai les yeux sur des prisonniers ; mais je me justifierai par la nature même de l'affaire, qui ne pouvait être en de meilleures mains, comme vous allez voir.

J'allai dîner, justement le huitième jour, avec M. le maréchal de Bassompierre, qui s'étant mis au jeu sur les trois heures avec Mme de Gravelle, aussi prisonnière, et avec le bon homme Du Tremblai, gouverneur de la Bastille[1], nous laissa très naturellement M. le comte de Cramail et moi ensemble. Nous allâmes sur la terrasse ; et là M. le comte de Cramail, après m'avoir fait mille remerciements de la confiance que j'avais prise en lui et mille protestations de service pour Monsieur le Comte, me tint ce propre discours : « Il n'y a qu'un coup d'épée ou Paris qui puisse nous défaire du Cardinal. Si j'avais été de l'entreprise d'Amiens, je n'aurais pas fait, au moins à ce que je crois, comme ceux qui ont manqué leur coup. Je suis de celle de Paris, elle est immanquable. J'y ai bien pensé : voilà ce que j'ai ajouté à notre plan. » En finissant ce mot, il me coula dans la main un papier écrit de deux côtés, dont voici la substance : qu'il avait parlé à M. le maréchal de Vitri, qui était dans toutes les dispositions du monde de servir Monsieur le Comte ; qu'ils répondaient l'un et l'autre de se rendre maîtres de la Bastille, où toute la garnison était à eux ; qu'ils répondaient aussi de l'Arsenal ; qu'ils se déclareraient aussitôt que Monsieur le Comte aurait gagné une bataille, et à condition que je leur fisse voir au préalable, comme je l'avais avancé à lui, comte de Cramail, qu'ils seraient soutenus par un nombre considérable d'officiers des colonelles[2] de Paris. Cet écrit contenait ensuite beaucoup d'observations sur le détail de la conduite de l'entreprise, et même beaucoup de conseils qui regardaient celle de Monsieur le Comte. Ce que j'y admirai le plus fut la facilité que ces messieurs eussent trouvée à l'exécution. Il fallait bien que la connaissance que j'avais du dedans de la Bastille, par l'habitude que j'avais avec eux, me l'eût fait croire possible, puisqu'il m'était venu dans l'esprit de la leur proposer. Mais je vous confesse que quand j'eus examiné le plan de M. le comte de Cramail, qui était un homme de très grande expérience et de très bon sens, je faillis à tomber de mon haut, en voyant que des prisonniers disposaient de la Bastille avec la même liberté qu'eût pu prendre le gouverneur le plus autorisé dans sa place.

Comme toutes les circonstances extraordinaires sont d'un merveilleux poids dans les révolutions populaires, je fis réflexion que celle-ci, qui l'était au dernier point, ferait un effet admirable dans la ville, aussitôt qu'elle y éclaterait ; et comme rien n'anime et n'appuie plus un mouvement que le ridicule de ceux contre lesquels on le fait, je conçus qu'il nous serait aisé d'y tourner de tout point la conduite d'un ministre capable de souffrir que des prisonniers fussent en état de l'accabler, pour ainsi dire, sous leurs propres chaînes. Je ne perdis pas de temps dans les suites : je m'ouvris à feu M. d'Estampes, président du Grand Conseil[1], et à M. L'Escuier, présentement doyen de la Chambre des comptes[2], tous deux colonels et fort autorisés parmi le bourgeois ; et je les trouvai tels que Monsieur le Comte me l'avait dit : c'est-à-dire passionnés pour ses intérêts, et persuadés que le mouvement n'était pas seulement possible, mais qu'il était même facile. Vous remarquerez, si il vous plaît, que ces deux génies, très médiocres, même dans leur profession, étaient d'ailleurs peut-être les plus pacifiques qui fussent dans le royaume. Mais il y a des feux qui embrasent tout : l'importance est d'en connaître et d'en prendre le moment.

Monsieur le Comte m'avait ordonné de ne me découvrir qu'à ces deux hommes dans Paris. J'y en ajoutai de moi-même deux autres, dont l'un fut Parmentier, substitut du procureur général, et l'autre L'Espinai, auditeur de la Chambre des comptes. Parmentier était capitaine du quartier de Saint-Eustache, qui regarde la rue des Prouvelles[3], considérable par le voisinage des Halles. L'Espinai commandait comme

lieutenant la compagnie qui les joignait du côté de
Montmartre, et y avait beaucoup plus de crédit que
le capitaine, qui d'ailleurs était son beau-frère. Parmentier, qui, par l'esprit et par le cœur, était aussi
capable d'une grande action qu'homme que j'aie
jamais connu, m'assura qu'il disposerait, à coup près[1],
de Brigalier, conseiller de la Cour des aides[2], capitaine de son quartier et très puissant dans le peuple.
Mais il m'ajouta, en même temps, qu'il ne lui fallait
parler de rien, parce qu'il était léger et sans secret.

Monsieur le Comte m'avait fait toucher douze mille
écus par les mains de Duneau, l'un de ses secrétaires,
sous je ne sais quel prétexte. Je les portai à ma tante
de Maignelais, en lui disant que c'était une restitution
qui m'avait été confiée par un de mes amis, à sa mort,
avec ordre de l'employer moi-même au soulagement
des pauvres qui ne mendiaient pas ; que comme j'avais
fait serment sur l'Évangile de distribuer moi-même
cette somme, je m'en trouvais extrêmement embarrassé, parce que je ne connaissais pas les gens, et que
je la suppliais d'en vouloir bien prendre le soin. Elle
fut ravie ; elle me dit qu'elle le ferait très volontiers ;
mais que, comme j'avais promis de faire moi-même
cette distribution, elle voulait absolument que j'y
fusse présent, et pour demeurer fidèlement dans ma
parole, et pour m'accoutumer moi-même aux œuvres
de charité. C'était justement ce que je demandais, pour
avoir lieu de me faire connaître à tous les nécessiteux
de Paris. Je me laissais tous les jours comme traîner
par ma tante dans des faubourgs et dans des greniers.
Je voyais très souvent cheux elle des gens bien vêtus,
et connus même quelquefois, qui venaient à l'aumône
secrète. La bonne femme ne manquait presque jamais
de leur dire : « Priez bien Dieu pour mon neveu ; c'est
lui de qui il lui a plu de se servir pour cette bonne
œuvre. » Jugez de l'état où cela me mettait parmi les
gens qui sont, sans comparaison, plus considérables
que tous les autres dans les émotions populaires[3]. Les
riches n'y viennent que par force ; les mendiants y
nuisent plus qu'ils n'y servent, parce que la crainte
du pillage les fait appréhender. Ceux qui y peuvent
le plus sont les gens qui sont assez pressés dans leurs
affaires pour désirer du changement dans les publiques,

et dont la pauvreté ne passe toutefois pas jusques à la mendicité publique. Je me fis donc connaître à cette sorte de gens, trois ou quatre mois durant, avec une application toute particulière, et il n'y avait point d'enfant au coin de leur feu à qui je ne donnasse toujours, en mon particulier, quelque bagatelle : je connaissais Nanon et Babet[1]. Le voile de Mme de Maignelais, qui n'avait jamais fait d'autre vie, couvrait toute chose. Je faisais même un peu le dévot, et j'allais aux conférences de Saint-Lazare[2].

Mes deux correspondants de Sedan, qui étaient Varicarville et Beauregard, me mandaient de temps en temps que Monsieur le Comte était le mieux intentionné du monde, qu'il n'avait plus balancé depuis qu'il avait pris son parti. Et je me souviens, entre autres, qu'un jour Varicarville m'écrivait que lui et moi lui avions fait autrefois une horrible injustice, et que cela était si vrai, qu'il fallait présentement le retenir, et qu'il faisait même paraître trop de presse aux conseils de l'Empire et d'Espagne. Vous observerez, si il vous plaît, que ces deux cours, qui lui avaient fait des instances incroyables quand il balançait, commencèrent à tenir bride en main dès qu'il fut résolu, par une fatalité que le flegme naturel au climat d'Espagne attache, sous le titre de prudence, à la politique de la maison d'Autriche[3]. Et vous pouvez remarquer, en même temps, que Monsieur le Comte, qui avait témoigné une fermeté inébranlable trois mois durant, changea tout d'un coup de sentiment dès que les ennemis lui eurent accordé ce qu'il leur avait demandé. Tel est le sort de l'irrésolution : elle n'a jamais plus d'incertitude que dans la conclusion.

Je fus averti de cette convulsion par un courrier que Varicarville me dépêcha exprès. Je partis la nuit même, et j'arrivai à Sedan une heure après Anctoville, négociateur en titre d'office, que M. de Longueville[4], beau-frère de Monsieur le Comte, y avait envoyé. Il y portait des ouvertures d'accommodement plausibles, mais captieuses. Nous nous joignîmes tous pour le combattre. Ceux qui avaient toujours été avec Monsieur le Comte lui représentèrent avec force tout ce qu'il avait cru et dit depuis qu'il s'était résolu à la guerre. Saint-Ibar, qui avait négocié pour lui à

Bruxelles, le pressait sur ses engagements, sur ses avances, sur ses instances ; j'insistais sur les pas que j'avais faits par son ordre dans Paris, sur les paroles données à MM. de Vitri et de Cramail, sur le secret confié à deux personnes par son commandement et à quatre autres pour son service et par son aveu. La matière était belle et, depuis les engagements, n'était plus problématique. Nous persuadâmes à la fin, ou plutôt nous emportâmes après quatre jours de conflit. Anctoville fut renvoyé avec une réponse très fière ; M. de Guise[1], qui s'était jeté avec Monsieur le Comte, et qui avait fort souhaité la rupture, alla à Liège donner ordre à des levées. Saint-Ibar retourna à Bruxelles pour conclure le traité ; Varicarville prit la poste pour Vienne, et je revins à Paris, où j'oubliai de dire à nos conjurés les irrésolutions de notre chef. Il y en eut encore depuis quelques nuages, mais légers ; et comme je sus que du côté des Espagnols tout était en état, je fis à Sedan mon dernier voyage, pour y prendre mes dernières mesures.

J'y trouvai Metternich, colonel de l'un des plus vieux régiments de l'Empire, envoyé par le général Lamboi[2], qui s'avançait avec une armée fort leste et presque toute composée de vieilles troupes. Le colonel assura Monsieur le Comte que Lamboi avait ordre de faire absolument tout ce que Monsieur le Comte lui commanderait, et même de donner bataille à M. le maréchal de Chastillon[3], qui commandait les armes de France qui étaient sur la Meuse. Comme toute l'entreprise de Paris dépendait de ce succès, je fus bien aise de m'éclaircir de ce détail, le plus que je pourrais, par moi-même. Monsieur le Comte trouva bon que j'allasse à Givet avec Metternich. J'y trouvai l'armée belle et en bon état ; je vis don Miguel de Salamanque, qui me confirma ce que Metternich avait dit, et je revins à Paris avec trente-deux blancs signés de Monsieur le Comte. Je rendis compte de tout à M. le maréchal de Vitri, qui fit l'ordre de l'entreprise, qui l'écrivit de sa main, et qui la[4] porta cinq ou six jours dans sa poche, ce qui est assez rare dans les prisons. Voici la substance de cet ordre :

« Aussitôt que nous aurions reçu la nouvelle du gain de la bataille, nous le devions publier dans Paris avec toutes les figures[1]. MM. de Vitri et de Cramail devaient s'ouvrir, en même temps, aux autres prisonniers, se rendre maîtres de la Bastille ; arrêter le gouverneur, sortir dans la rue Saint-Antoine avec une troupe de noblesse, dont M. le maréchal de Vitri était assuré ; crier : "Vive le Roi et Monsieur le Comte !" M. d'Estampes devait, à l'heure donnée, faire battre le tambour par toute sa colonelle, joindre le maréchal de Vitri au cimetière Saint-Jean[2], et marcher au Palais, pour rendre des lettres de Monsieur le Comte au Parlement, et l'obliger à donner arrêt en sa faveur. Je devais, de mon côté, me mettre à la tête des compagnies de Parmentier et Guérin, de laquelle L'Espinai me répondait, avec vingt-cinq gentilshommes que j'avais engagés par différents prétextes, sans qu'ils sussent eux-mêmes précisément ce que c'était. Mon bon homme de gouverneur, qui croyait lui-même que je voulais enlever Mlle de Rohan[3], m'en avait amené douze de son pays. Je faisais état de me saisir du Pont-Neuf, de donner la main par les quais à ceux qui marchaient au Palais, et de pousser ensuite les barricades dans les lieux qui nous paraîtraient les plus soulevés. » La disposition de Paris nous faisait croire le succès infaillible ; le secret y fut gardé jusques au prodige. Monsieur le Comte donna la bataille, et il la gagna. Vous croyez sans doute l'affaire bien avancée. Rien moins. Monsieur le Comte est tué dans le moment de sa victoire, et il est tué au milieu des siens, sans qu'il y en ait jamais eu un seul qui ait pu dire comme sa mort est arrivée. Cela est incroyable, et cela est pourtant vrai[4]. Jugez de l'état où je fus quand j'appris cette nouvelle. M. le comte de Cramail, le plus sage assurément de toute notre troupe, ne songea plus qu'à couvrir le passé, qui du côté de Paris, n'était qu'entre six personnes. C'était toujours beaucoup ; mais le manquement de secret était encore plus à craindre de celui de Sedan, où il y avait des gens beaucoup moins intéressés à le garder, parce que, ne revenant pas en France, ils avaient moins de lieu d'en appréhender le châtiment. Tout le monde fut également religieux ; MM. de Vitri et Cramail, qui avaient au commencement balancé à se sauver, se rassurèrent. Personne du monde ne parla, et cette occasion, jointe à un aveu dont je vous parlerai dans la seconde partie de ce discours, m'a obligé de penser et de dire souvent que le secret n'est pas si rare que l'on le croit, entre les gens qui ont accoutumé de se mêler de grandes affaires.

La mort de Monsieur le Comte me fixa dans ma profession, parce que je crus qu'il n'y avait plus rien de considérable à faire, et que je me croyais trop âgé pour en sortir par quelque chose qui ne fût pas considérable. De plus, la santé de Monsieur le Cardinal s'affaiblissait, et l'archevêché de Paris commençait à flatter mon ambition. Je me résolus donc, non pas seulement à suivre, mais encore à faire ma profession. Tout m'y portait. Mme de Guéméné s'était retirée depuis six semaines dans sa maison du Port-Royal. M. d'Andilli me l'avait enlevée : elle ne mettait plus de poudre, elle ne se frisait plus, et elle m'avait donné mon congé dans toute la forme la plus authentique que l'ordre de la pénitence pouvait demander. Si Dieu m'avait ôté la place Royale, je m'étais dégoûté de l'Arsenal où j'avais découvert, par le moyen du valet de chambre, mon confident, que j'avais absolument gagné, que Palière, capitaine des gardes du maréchal, était pour le moins aussi bien que moi avec la maréchale. Il n'y avait rien à faire. Voilà de quoi devenir un saint.

La vérité est que j'en devins beaucoup plus réglé, au moins pour l'apparence. Je vécus fort retiré. Je ne laissai pas rien de problématique pour le choix de ma profession ; j'étudiai beaucoup ; je pris habitude avec soin avec tout ce qu'il y avait de gens de science et de piété ; je fis presque de mon logis une académie[1] ; j'observai avec application de ne pas ériger l'académie en tribunal ; je commençai à ménager, sans affectation, les chanoines et les curés, que je trouvais très naturellement cheux mon oncle. Je ne faisais pas le dévot, parce que je ne me pouvais assurer que je pusse durer à le contrefaire ; mais j'estimais beaucoup les dévots ; et à leur égard, c'est un des plus grands points de la piété. J'accommodais même mes plaisirs au reste de ma pratique. Je ne me pouvais passer de galanterie ; mais je la fis avec Mme de Pommereux[2], jeune et coquette, mais de la manière qui me convenait ; parce qu'ayant toute la jeunesse, non pas seulement cheux elle, mais à ses oreilles, les apparentes affaires des autres couvraient la mienne, qui était, ou du moins qui fut quelque temps après plus effective. Enfin ma conduite me réussit, et au point qu'en vérité je fus fort à la mode parmi les gens de ma profession, et que les dévots mêmes disaient, après M. Vincent, qui m'avait appliqué ce mot de l'Évangile : que je n'avais pas assez de piété, mais que je n'étais pas trop éloigné du royaume de Dieu[1].

La fortune me favorisa, en cette occasion, plus qu'elle n'avait accoutumé. Je trouvai par hasard Métrezat[2], fameux ministre de Charenton, cheux Mme d'Harambure, huguenote précieuse et savante[3]. Elle me mit aux mains avec lui par curiosité. La dispute s'engagea, et au point qu'elle eut neuf conférences de suite en neuf jours différents. M. le maréchal de La Force et M. de Turenne[4] se trouvèrent à trois ou quatre. Un gentilhomme de Poitou, qui fut présent à toutes, se convertit. Comme je n'avais pas encore vingt-six ans[5], cet événement fit grand bruit, et entre autres effets, il en produisit un qui n'avait guère de rapport à sa cause. Je vous le raconterai, après que j'aurai rendu la justice que je dois à une honnêteté que je reçus de Mestrezat, dans une de ses conférences.

J'avais eu quelque avantage sur lui dans la cinquième, où la question de la vocation fut traitée. Il m'embarrassa dans la sixième, où l'on parlait de l'autorité du Pape, parce que, ne voulant pas me brouiller avec Rome, je lui répondais sur des principes qui ne sont pas si aisés à défendre que ceux de Sorbonne. Le ministre s'aperçut de ma peine : il m'épargna les endroits qui eussent pu m'obliger à m'expliquer d'une manière qui eût choqué le nonce. Je remarquai son procédé ; je l'en remerciai, au sortir de la conférence, en présence de M. de Turenne, et il me répondit ces propres mots : « Il n'est pas juste d'empêcher M. l'abbé de Rais d'être cardinal. » Cette délicatesse n'est pas, comme vous voyez, d'un pédant de Genève[6].

Je vous ai dit ci-dessus que cette conférence produisit un effet bien différent de sa cause. Le voici :

Mme de Vendôme[7], dont vous avez ouï parler, prit une affection pour moi, depuis cette conférence, qui allait jusques à la tendresse d'une mère. Elle y avait assisté, quoique assurément elle n'y entendît rien ; mais ce qui la confirma encore dans son sentiment, fut celui de Monsieur de Lisieux[1], qui était son directeur, et qui logeait toujours cheux elle quand il était à Paris. Il revint en ce temps-là de son diocèse, et comme il avait beaucoup d'amitié pour moi et qu'il me trouva dans les dispositions de m'attacher à ma profession, ce qu'il avait souhaité passionnément, il prit tous les soins imaginables de faire valoir dans le monde le peu de qualités qu'il pouvait excuser en moi. Il est constant que ce fut à lui à qui je dus le peu d'éclat que j'eus en ce temps-là ; et il n'y avait personne en France dont l'approbation en pût tant donner. Ses sermons l'avaient élevé, d'une naissance fort basse et étrangère (il était flamand), à l'épiscopat ; il l'avait soutenu avec une piété sans faste et sans fard. Son désintéressement était au-delà de celui des anachorètes ; il avait la vigueur de saint Ambroise[2], et il conservait dans la cour et auprès du Roi une liberté que M. le cardinal de Richelieu, qui avait été son écolier en théologie, craignait et révérait. Ce bon homme, qui avait tant d'amitié pour moi qu'il me faisait trois fois la semaine des leçons sur les *Épîtres* de saint Paul, se mit en tête de convertir M. de Turenne[3] et de m'en donner l'honneur.

M. de Turenne avait beaucoup de respect pour lui ; mais il lui en donna encore plus de marques, par une raison qu'il m'a dite lui-même, mais qu'il ne m'a dite que plus de dix ans après. M. le comte de Brion, que vous avez vu sous le nom de duc Danville[4], était fort amoureux de Mlle de Vendôme, qui a été depuis Mme de Nemours[5], et il était aussi fort ami de M. de Turenne, qui pour lui faire plaisir et pour lui donner lieu de voir plus souvent Mlle de Vendôme, affectait d'écouter les exhortations de Monsieur de Lisieux, et de lui rendre même beaucoup de devoirs. Le comte de Brion, qui avait été deux fois capucin, et qui faisait un salmigondis perpétuel de dévotion et de péché, prenait une sensible part à sa prétendue conversion ; et il ne bougeait des conférences, qui se faisaient très souvent, et qui se faisaient toujours dans la chambre de Mme de Vendôme. Brion avait fort peu d'esprit ;

mais il avait beaucoup de routine, qui en beaucoup de choses supplée à l'esprit ; et cette routine, jointe à la manière que vous connaissiez de M. de Turenne, et à la mine indolente de Mlle de Vendôme, fit que je pris le tout pour bon, et que je ne m'aperçus jamais de quoi que ce soit.

. . . .

Les conférences dont je vous ai parlé ci-dessus se terminaient assez souvent par des promenades dans le jardin. Feu Mme de Choisi[1] en proposa une à Saint-Cloud ; et elle dit en badinant à Mme de Vendôme qu'il y fallait donner la comédie à Monsieur de Lisieux. Le bon homme, qui admirait les pièces de Corneille, répondit qu'il n'en ferait aucune difficulté, pourvu que ce fût à la campagne et qu'il y eût peu de monde. La partie se fit ; l'on convint qu'il n'y aurait que Mme et Mlle de Vendôme, Mme de Choisi, M. de Turenne, M. de Brion, Voiture[2] et moi. Brion se chargea de la comédie et des violons ; je me chargeai de la collation. Nous allâmes à Saint-Cloud, cheux Monsieur l'Archevêque. Les comédiens, qui jouaient ce soir-là à Ruel, cheux Monsieur le Cardinal, n'arrivèrent qu'extrêmement tard. Monsieur de Lisieux prit plaisir aux violons ; Mme de Vendôme ne se lassait point de voir danser mademoiselle sa fille, qui dansait pourtant toute seule[3]. Enfin l'on s'amusa tant que la petite pointe du jour (c'était dans les plus grands jours de l'été) commençait à paraître quand l'on fut au bas de la descente des Bons-Hommes[4].

Justement au pied, le carrosse arrêta tout court. Comme j'étais à l'une des portières avec Mlle de Vendôme, je demandai au cocher pourquoi il arrêtait, et il me répondit avec une voix fort étonnée : « Voulez-vous que je passe par-dessus tous les diables qui sont là devant moi ? » Je mis la tête hors de la portière, et comme j'ai toujours eu la vue fort basse, je ne vis rien. Mme de Choisi, qui était à l'autre portière avec M. de Turenne, fut la première qui aperçut du carrosse la cause de la frayeur du cocher ; je dis du carrosse, car cinq ou six laquais qui étaient derrière criaient : « Jésus Maria ! » et tremblaient déjà de peur.

M. de Turenne se jeta hors du carrosse, au cri de Mme de Choisi. Je crus que c'étaient des voleurs, je sautai aussi hors du carrosse ; je pris l'épée d'un laquais, je la tirai, et j'allai joindre de l'autre côté M. de Turenne, que je trouvai regardant fixement quelque chose que je ne voyais point. Je lui demandai ce qu'il regardait, et il me répondit, en me poussant du bras et assez bas : « Je vous le dirai ; mais il ne faut pas épouvanter ces femmes », qui, dans la vérité, hurlaient plutôt qu'elles ne criaient. Voiture commença un *Oremus* ; vous connaissez peut-être les cris aigus de Mme de Choisi ; Mlle de Vendôme disait son chapelet ; Mme de Vendôme se voulait confesser à Monsieur de Lisieux, qui lui disait : « Ma fille, n'ayez point de peur, vous êtes en la main de Dieu » ; et le comte de Brion avait entonné, bien dévotement, à genoux, avec tous nos laquais, les litanies de la Vierge. Tout cela se passa, comme vous vous pouvez imaginer, en même temps et en moins de rien. M. de Turenne, qui avait une petite épée à son côté, l'avait aussi tirée, et après avoir un peu regardé, comme je vous l'ai déjà dit, il se tourna vers moi de l'air dont il eût demandé son dîner et de l'air dont il eût donné une bataille, avec ces paroles : « Allons voir ces gens-là. — Quelles gens ? » lui repartis-je ; et dans le vrai je croyais que tout le monde eût perdu le sens. Il me répondit : « Effectivement, je crois que ce pourrait bien être des diables. » Comme nous avions déjà fait cinq ou six pas du côté de la Savonnerie[1], et que nous étions, par conséquent, plus proches du spectacle, je commençai à entrevoir quelque chose, et ce qui m'en parut fut une longue procession de fantômes noirs, qui me donna d'abord plus d'émotion qu'elle n'en avait donné à M. de Turenne, mais qui, par la réflexion que je fis, que j'avais longtemps cherché des esprits et qu'apparemment j'en trouvais en ce lieu, me fit faire un mouvement plus vif que ses manières ne lui permettaient de faire. Je fis deux ou trois sauts vers la procession. Les gens du carrosse, qui croyaient que nous étions aux mains avec tous les diables, firent un grand cri, et ce ne fut pourtant pas eux qui eurent le plus de frayeur. Les pauvres augustins réformés et déchaussés, que l'on appelle les capuchins noirs[1], qui étaient nos diables d'imagination, voyant venir à eux deux hommes qui avaient l'épée à la main, l'eurent très grande ; et l'un d'eux, se détachant de la troupe, nous cria : « Messieurs, nous sommes de pauvres religieux qui ne faisons mal à personne, et qui venons de nous rafraîchir un peu dans la rivière pour notre santé. »

Nous retournâmes au carrosse, M. de Turenne et moi, avec les éclats de rire que vous vous pouvez imaginer, et nous fîmes, lui et moi, dès le moment même, deux observations, que nous nous communiquâmes dès le lendemain matin. Il me jura que la première apparition de ces fantômes imaginaires lui avait donné de la joie, quoiqu'il eût toujours cru auparavant qu'il aurait peur si il voyait jamais quelque chose d'extraordinaire ; et je lui avouai que la première vue m'avait ému, quoique j'eusse souhaité toute ma vie de voir des esprits. La seconde observation que nous fîmes fut que tout ce que nous lisons dans la vie de la plupart des hommes est faux. M. de Turenne me jura qu'il n'avait pas senti la moindre émotion, et il convint que j'avais eu sujet de croire, par son regard si fixe et par son mouvement si lent, qu'il en avait eu beaucoup. Je lui confessai que j'en avais eu d'abord, et il me protesta qu'il aurait juré sur son salut que je n'avais eu que du courage et de la gaieté. Qui peut donc écrire la vérité que ceux qui l'ont sentie ? Et le président de Thou a eu raison de dire qu'il n'y a de véritables histoires que celles qui ont été écrites par les hommes qui ont été assez sincères pour parler véritablement d'eux-mêmes[2]. Ma morale ne tire aucun mérite de cette sincérité ; car je trouve une satisfaction si sensible à vous rendre compte de tous les replis de mon âme et de ceux de mon cœur, que la raison, à mon égard, a beaucoup moins de part que le plaisir dans la religion et l'exactitude que j'ai pour la vérité.

Mlle de Vendôme conçut un mépris inconcevable pour le pauvre Brion, qui en effet avait fait voir aussi de son côté, dans cette ridicule aventure, une faiblesse inimaginable. Elle s'en moqua avec moi dès que l'on fut rentré en carrosse, et elle me dit : « Je sens, à l'estime que je fais de la valeur, que je suis petite-fille de Henri le Grand. Il faut que vous ne craigniez rien, puisque vous n'avez pas eu peur en cette occasion. — J'ai eu peur, lui répondis-je, Mademoiselle ; mais comme je ne suis pas si dévot que Brion, ma peur n'a pas tourné du côté des litanies. — Vous n'en avez point eu, me dit-elle, et je crois que vous ne croyez pas au diable ; car M. de Turenne, qui est bien brave, a été bien ému lui-même, et il n'allait pas si vite que vous. » Je vous confesse que cette distinction qu'elle mit entre M. de Turenne et moi me plut, et me fit naître la pensée d'hasarder quelque douceur. Je lui dis donc : « L'on peut croire le diable et ne le craindre pas ; il y a des choses au monde plus terribles. — Et quoi ? reprit-elle. — Elles le sont si fort que l'on n'oserait même les nommer », lui répondis-je. Elle m'entendit bien, à ce qu'elle m'a confessé depuis, mais elle n'en fit pas semblant : elle se remit dans la conversation publique. L'on descendit à l'hôtel de Vendôme, et chacun s'en alla cheux soi.

Mlle de Vendôme n'était pas ce que l'on appelle une grande beauté ; mais elle en avait pourtant beaucoup, et l'on avait approuvé ce que j'avais dit d'elle, et de Mlle de Guise[1] : qu'elles étaient des beautés de qualité ; on n'était point étonné, en les voyant, de les trouver princesses. Mlle de Vendôme avait très peu d'esprit ; mais il est certain qu'au temps dont je vous parle, sa sottise n'était pas encore bien développée. Elle avait un sérieux qui n'était pas de sens, mais de langueur, avec un petit grain de hauteur ; et cette sorte de sérieux cache bien des défauts. Enfin elle était aimable à tout prendre et en tout sens.

Je suivis ma pointe[2] et je trouvais des commodités merveilleuses. Je m'attirais des éloges de tout le monde en ne bougeant de cheux Monsieur de Lisieux, qui logeait à l'hôtel de Vendôme ; les conférences pour M. de Turenne furent suivies de l'explication des *Épîtres* de saint Paul, que le bon homme était ravi de me faire répéter en français, sous le prétexte de les faire entendre à Mme de Vendôme et à ma tante de Maignelais, qui s'y trouvait presque toujours. L'on fit deux voyages à Anet : l'un fut de quinze jours, et l'autre de six semaines ; et dans le dernier voyage, j'allai plus loin qu'à Anet[3]. Je n'allai pourtant pas plus loin et je n'y ai jamais été : l'on s'était fait des bornes desquelles l'on ne voulut jamais sortir. Je fus arrêté dans ma course par son mariage, qui ne se fit qu'un peu après la mort du feu Roi. Elle se mit dans la dévotion ; elle me prêcha ; je lui rendis des portraits, des lettres et des cheveux ; je demeurai son serviteur, et je fus assez heureux pour lui en donner de bonnes marques dans les suites de la guerre civile.

Vous voyez, par ce que je viens de vous dire, que mes occupations ecclésiastiques étaient diversifiées et égayées par d'autres, qui étaient un peu plus agréables ; mais elles n'en étaient pas assurément déparées. La bienséance y était observée en tout, et le peu qui y manquait était suppléé par mon bonheur, qui fut tel que tous les ecclésiastiques du diocèse me souhaitaient pour successeur de mon oncle avec une passion qu'ils ne pouvaient cacher. M. le cardinal de Richelieu était bien éloigné de cette pensée : ma maison lui était fort odieuse[1] et ma personne ne lui plaisait pas, par les raisons que je vous ai touchées ci-dessus. Voici deux occasions qui l'aigrirent encore bien davantage.

Je dis à feu M. le président de Mesme[2], dans la conversation, une chose assez semblable, quoique contraire, à ce que je vous ai dit quelquefois, qui est que je connais une personne qui n'a que de petits défauts ; mais qu'il n'y a aucun de ces défauts qui ne soit la cause ou l'effet de quelque bonne qualité. Je disais à M. le président de Mesme que M. le cardinal de Richelieu n'avait aucune grande qualité qui ne fût la cause ou l'effet de quelque grand défaut. Ce mot, qui avait été dit tête à tête, dans un cabinet, fut redit, je ne sais par qui, à Monsieur le Cardinal, et il fut redit sous mon nom : jugez de l'effet. L'autre chose qui le fâcha fut que j'allai voir feu M. le président Barillon, qui était prisonnier à Amboise pour des remontrances[3] qui s'étaient faites au Parlement ; et que je l'allai voir dans une circonstance qui fit remarquer mon voyage. Deux misérables ermites et faux-monnayeurs, qui avaient eu quelque communication secrète avec M. de Vendôme, peut-être touchant leur second métier[4], et qui n'étaient pas satisfaits de lui, l'accusèrent très faussement de leur avoir proposé de tuer Monsieur le Cardinal ; et pour donner plus de créance à leur déposition, ils nommèrent tous ceux qu'ils croyaient être notés en ce pays-là. Montrésor et M. Barillon furent du nombre : je le sus des premiers par Bergeron, commis de M. Des Noïers[1] ; et comme j'aimais extrêmement le président Barillon, je pris la poste, le soir même, pour l'aller avertir et le tirer d'Amboise, ce qui était très faisable. Comme il était tout à fait innocent, il ne voulut pas seulement écouter la proposition que je lui en fis, et il demeura dans Amboise, en méprisant et les accusateurs et l'accusation. Monsieur le Cardinal dit à Monsieur de Lisieux, à propos de ce voyage, que j'étais ami de tous ses ennemis, et Monsieur de Lisieux lui répondit : « Il est vrai, et vous l'en devez estimer ; vous n'avez nul sujet de vous en plaindre. J'ai observé que ceux dont vous entendez parler étaient tous ses amis devant que d'être vos ennemis. — Si cela est vrai, lui dit Monsieur le Cardinal, l'on a tort de me faire les contes que l'on m'en fait. » Monsieur de Lisieux me rendit sur cela tous les bons offices imaginables, et tels qu'il me dit le lendemain, et qu'il me l'a dit encore plusieurs fois depuis, que si M. le cardinal de Richelieu eût vécu, il m'eût infailliblement rétabli dans son esprit. Ce qui y mettait le plus de disposition était que Monsieur de Lisieux l'avait assuré que, quoique j'eusse lieu de me croire perdu à la cour, je n'avais jamais voulu être des amis de Monsieur le Grand[2] ; et il est vrai que M. de Thou[3], avec lequel j'avais habitude et amitié particulière, m'en avait pressé, et que je n'y donnai point, parce que je n'y crus d'abord rien de solide, et l'événement a fait voir que je ne m'y étais pas trompé.

M. le cardinal de Richelieu mourut devant que Monsieur de Lisieux eût pu achever ce qu'il avait commencé pour mon raccommodement, et je demeurai ainsi dans la foule de ceux qui avaient été notés par le ministère. Ce caractère[4] ne fut pas favorable les premières semaines qui suivirent la mort de Monsieur le Cardinal. Quoique le Roi en eût une joie incroyable[5], il voulut conserver toutes les apparences : il ratifia les legs que ce ministre avait faits des charges et des gouvernements ; il caressa tous ses proches, il maintint dans le ministère toutes ses créatures, et il affecta de recevoir assez mal tous ceux qui avaient été mal avec lui. Je fus le seul privilégié. Lorsque M. l'archevêque de Paris me présenta au Roi, il me traita, je ne dis pas seulement honnêtement, mais avec une distinction qui surprit et qui étonna tout le monde ; il me parla de mes études, de mes sermons ; il me fit même des railleries douces et obligeantes. Il me commanda de lui faire ma cour toutes les semaines.

Voici les raisons de ce bon traitement, que nous ne sûmes nous-mêmes que la veille de sa mort. Il les dit à la Reine.

Ces deux raisons sont deux aventures qui m'arrivèrent au sortir du collège, et desquelles je ne vous ai pas parlé, parce que je n'ai pas cru que n'ayant aucun rapport à rien par elles-mêmes, elles méritassent seulement votre réflexion. Je suis obligé de les y exposer en ce lieu, parce que je trouve que la fortune leur a donné plus de suites sans comparaison qu'elles n'en devaient avoir naturellement. Je vous dois dire de plus, pour la vérité, que je ne m'en suis pas souvenu dans le commencement de ce discours, et qu'il n'y a que leur suite qui les ait remises dans ma mémoire.

Un peu après que je fus sorti du collège, ce valet de chambre de mon gouverneur qui était mon *tercero*[1] me trouva cheux une misérable épinglière une nièce de quatorze ans, qui était d'une beauté surprenante. Il l'acheta pour moi cent cinquante pistoles, après me l'avoir fait voir ; il lui loua une petite maison à Issi ; il mit sa sœur auprès d'elle ; et j'y allai le lendemain qu'elle y fut logée. Je la trouvai dans un abattement extrême, et je n'en fus point surpris, parce que je l'attribuai à la pudeur. J'y trouvai quelque chose de plus le lendemain, qui fut une raison encore plus surprenante et plus extraordinaire que sa beauté, et c'était beaucoup dire. Elle me parla sagement, saintement, et sans emportement : toutefois elle ne pleura qu'autant qu'elle ne put pas s'en empêcher ; elle craignait sa tante à un point qui me fit pitié. J'admirai son esprit, et après j'admirai sa vertu. Je la pressai autant qu'il le fallut pour l'éprouver. J'eus honte pour moi-même. J'attendis la nuit pour la mettre dans mon carrosse ; je la menai à ma tante de Maignelais, qui la mit dans une religion[2], où elle mourut huit ou dix ans après en réputation de sainteté. Ma tante, à qui cette fille avoua que les menaces de l'épinglière l'avaient si fort intimidée qu'elle aurait fait tout ce que j'aurais voulu, fut si touchée de mon procédé, qu'elle alla, dès le lendemain, le conter à Monsieur de Lisieux, qui le dit le jour même au Roi, à son dîner[1].

Voilà la première de ces deux aventures. La seconde ne fut pas de même nature ; mais elle ne fit pas un moindre effet dans l'esprit du Roi.

Un an devant cette première aventure, j'étais allé courre le cerf à Fontainebleau, avec la meute de M. de Souvrai[2], et comme mes chevaux étaient fort las, je pris la poste pour revenir à Paris. Comme j'étais mieux monté que mon gouverneur et qu'un valet de chambre, qui couraient avec moi, j'arrivai le premier à Juvisi, et je fis mettre ma selle sur le meilleur cheval que j'y trouvai. Coustenan, capitaine de la petite compagnie de chevau-légers du Roi, brave, mais extravagant et scélérat, qui venait de Paris aussi en poste, commanda à un palefrenier d'ôter ma selle et d'y mettre la sienne. Je m'avançai en lui disant que j'avais retenu le cheval ; et comme il me voyait avec un petit collet uni et un habit noir tout simple[3], il me prit pour ce que j'étais en effet, c'est-à-dire pour un écolier, et il ne me répondit que par un soufflet, qu'il me donna à tour de bras, et qui me mit tout en sang. Je mis l'épée à la main et lui aussi ; et dès le premier coup que nous nous portâmes, il tomba, le pied lui ayant glissé ; et comme il donna de la main, en se voulant soutenir, contre un morceau de bois un peu pointu, son épée s'en alla aussi de l'autre côté. Je me reculai deux pas, et je lui dis de reprendre son épée ; il le fit, mais ce fut par la pointe, car il m'en présenta la garde en me demandant un million de pardons. Il les redoubla bien quand mon gouverneur fut arrivé, qui lui dit qui j'étais. Il retourna sur ses pas ; il alla conter au Roi, avec lequel il avait une très grande liberté, toute cette petite histoire. Elle lui plut, et il s'en souvint en temps et lieu, comme vous le verrez encore plus particulièrement à sa mort. Je reprends le fil de mon discours.

Le bon traitement que je recevais du Roi fit croire à mes proches que l'on pourrait peut-être trouver quelque ouverture pour moi à la coadjutorerie de Paris. Ils y trouvèrent d'abord beaucoup de difficulté dans l'esprit de mon oncle, très petit, et par conséquent jaloux et difficile. Ils le gagnèrent par le moyen [de] Defita, son avocat, et de Couret, son aumônier ; mais ils firent en même temps une faute, qui rompit au moins pour ce coup leurs mesures. Ils firent éclater, contre mon sentiment, le consentement de Monsieur de Paris, et ils souffrirent même que la Sorbonne, les curés, le chapitre lui en fissent des remerciements. Cette conduite eut beaucoup d'éclat ; mais elle en eut trop ; et MM. [le] cardinal Mazarin, De Noïers et de Chavigni en prirent sujet de me traverser, en disant au Roi qu'il ne fallait pas accoutumer les corps à se désigner eux-mêmes des archevêques[1] : de sorte que M. le maréchal de Schomberg[2], qui avait épousé en premières noces ma cousine germaine, ayant voulu sonder le gué[3], n'y trouva aucun jour. Le Roi lui répondit avec beaucoup de bonté pour moi ; mais j'étais encore trop jeune, l'affaire avait fait trop de bruit devant que d'aller au Roi, et autres telles choses.

Nous découvrîmes, quelque temps après, un obstacle plus sourd, mais aussi plus dangereux. M. De Noïers, secrétaire d'État, et celui des trois ministres qui paraissait le mieux à la cour, était dévot de profession, et même jésuite secret, à ce que l'on a cru[4]. Il se mit en tête d'être archevêque de Paris ; et comme l'on croyait compter sûrement tous les mois sur la mort de mon oncle, qui était dans la vérité fort infirme, il crut qu'il fallait à tout hasard m'éloigner de Paris, où il voyait que j'étais extrêmement aimé, et me donner une place qui parût belle et raisonnable pour un homme de mon âge. Il me fit proposer au Roi, par le P. Sirmond[5], jésuite et son confesseur, pour l'évêché d'Agde, qui n'a que vingt-deux paroisses, et qui vaut plus de trente mille livres de rente. Le Roi agréa la proposition avec joie, et il m'en envoya le brevet le jour même. Je vous confesse que je fus embarrassé au-delà de tout ce que je vous puis exprimer. Ma dévotion ne me portait nullement en Languedoc. Vous voyez les inconvénients du refus, si grands que je n'eusse pas trouvé un homme qui me l'eût osé conseiller. Je pris mon parti de moi-même. J'allai trouver le Roi. Je lui dis, après l'avoir remercié, que j'appréhendais extrêmement le poids d'un évêché éloigné ; que mon âge avait besoin d'avis et de conseils qui ne se rencontrent jamais que fort imparfaitement dans les provinces. J'ajoutai à cela tout ce que vous vous pouvez imaginer. Je fus plus heureux que sage. Le Roi ne se fâcha point de mon refus, et il continua à me très bien traiter. Cette circonstance, jointe à la retraite de M. De Noïers, qui donna dans le panneau que M. de Chavigni lui avait tendu[1], réveilla mes espérances de la coadjutorerie de Paris. Comme le Roi avait pris des engagements assez publics de n'en point admettre, depuis celle qu'il avait accordée à Monsieur d'Arles, l'on balançait, et l'on se donnait du temps avec d'autant moins de peine, que sa santé s'affaiblissait tous les jours et que j'avais lieu de tout espérer de la régence.

Le Roi mourut. M. de Beaufort[2], qui était de tout temps à la Reine, et qui en faisait même le galant, se mit en tête de gouverner, dont il était moins capable que son valet de chambre. M. l'évêque de Beauvais[3], plus idiot que tous les idiots de votre connaissance, prit la figure de premier ministre, et il demanda, dès le premier jour, aux Hollandais qu'ils se convertissent à la religion catholique, si ils voulaient demeurer dans l'alliance de France. La Reine eut honte de cette momerie[4] de ministère. Elle me commanda d'aller offrir, de sa part, la première place à mon père[5] ; et voyant qu'il refusait obstinément de sortir de sa cellule des pères de l'Oratoire, elle se mit entre les mains de M. le cardinal Mazarin.

Vous pouvez juger qu'il ne me fut pas difficile de trouver ma place dans ces moments, dans lesquels d'ailleurs l'on ne refusait rien ; et La Feuillade[6], frère de celui que vous voyez à la cour, disait qu'il n'y avait plus que quatre petits mots dans la langue française : « La Reine est si bonne[7] ! »

Mme de Maignelais et Monsieur de Lisieux demandèrent la coadjutorerie pour moi, et la Reine la leur refusa en disant qu'elle ne l'accorderait qu'à mon père, qui ne voulait point du tout paraître au Louvre. Il y vint enfin une unique fois. La Reine lui dit publiquement qu'elle avait reçu ordre du feu Roi, la veille de sa mort, de me la faire expédier, et qu'il lui avait dit, en présence de Monsieur de Lisieux, qu'il m'avait toujours eu dans l'esprit, depuis les deux aventures de l'épinglière et de Couſtenan. Quel rapport de ces deux bagatelles à l'archevêché de Paris ? et voilà toutefois comme la plupart des choses se font[1].

Tous les corps vinrent remercier la Reine. Lozières, maître des requêtes et mon ami particulier, m'apporta seize mille écus pour mes bulles[2]. Je les envoyai à Rome par un courrier, avec ordre de ne point demander de grâce, pour ne point différer l'expédition et pour ne laisser aucun temps au miniſtre de la traverser. Je la reçus la veille de la Toussaints[3]. Je montai, le lendemain, en chaire dans Saint-Jean[4], pour y commencer l'Avent, que j'y prêchai. Mais il eſt temps de prendre un peu d'haleine.

Il me semble que je n'ai été jusques ici que dans le parterre, ou tout au plus dans l'orcheſtre, à jouer et à badiner avec les violons ; je vas monter sur le théâtre[5], où vous verrez des scènes, non pas dignes de vous, mais un peu moins indignes de votre attention.

Fin de la première partie de la Vie du cardinal de Rais.

La seconde partie
de la Vie du cardinal de Rais

Je commençai mes sermons de l'Avent dans Saint-Jean-en-Grève, le jour de la Toussaints, avec le concours naturel à une ville aussi peu accoutumée que l'était Paris à voir ses archevêques en chaire.

Le grand secret de ceux qui entrent dans les emplois est de saisir d'abord l'imagination des hommes par une action que quelque circonstance leur rende particulière.

Comme j'étais obligé de prendre les ordres, je fis une retraite dans Saint-Lazare[1], où je donnai à l'extérieur toutes les apparences ordinaires. L'occupation de mon intérieur fut une grande et profonde réflexion sur la manière que je devais prendre pour ma conduite. Elle était très difficile. Je trouvais l'archevêché de Paris dégradé, à l'égard du monde, par les bassesses de mon oncle, et désolé, à l'égard de Dieu, par sa négligence et par son incapacité. Je prévoyais des oppositions infinies à son rétablissement ; et je n'étais pas si aveuglé, que je ne connusse que la plus grande et la plus insurmontable était dans moi-même. Je n'ignorais pas de quelle nécessité est la règle des mœurs à un évêque. Je sentais que le désordre scandaleux de ceux[2] de mon oncle me l'imposait encore plus étroite et plus indispensable qu'aux autres ; et je sentais, en même temps, que je n'en étais pas capable, et que tous les obstacles et de conscience et de gloire que j'opposerais au dérèglement ne seraient que des digues fort mal assurées. Je pris, après six jours de réflexion, le parti *de faire le mal par dessein, ce qui est sans comparaison le plus criminel*[1] devant Dieu, mais ce qui est sans doute le plus sage devant le monde : et parce qu'en le faisant ainsi l'on y met toujours des préalables, qui en couvrent une partie ; et parce que l'on évite, par ce moyen, le plus dangereux ridicule qui se puisse rencontrer dans notre profession, qui est celui de mêler à contretemps le péché dans la dévotion.

Voilà la sainte disposition avec laquelle je sortis de Saint-Lazare. Elle ne fut pourtant pas de tout point mauvaise ; car je pris une ferme résolution de remplir exactement tous les devoirs de ma profession[2], et d'être aussi homme de bien pour le salut des autres, que je pourrais être méchant pour moi-même.

M. l'archevêque de Paris, qui était le plus faible de tous les hommes, était, par une suite assez commune, le plus glorieux[3]. Il s'était laissé précéder partout par les moindres officiers de la couronne, et il ne donnait pas la main[4], dans sa propre maison, aux gens de qualité qui avaient affaire à lui. Je pris le chemin tout contraire. Je donnai la main cheux moi à tout le monde ; j'accompagnai tout le monde jusques au carrosse, et j'acquis par ce moyen la réputation de civilité à l'égard de beaucoup, et même d'humilité à l'égard des autres. J'évitai, sans affectation, de me trouver en lieu de cérémonie avec les personnes d'une condition fort relevée, jusques à ce que je me fusse tout à fait confirmé dans cette réputation ; et quand je crus l'avoir établie, je pris l'occasion d'un contrat de mariage pour disputer le rang de la signature à M. de Guise. J'avais bien étudié et fait étudier mon droit, qui était incontestable dans les limites du diocèse. La préséance me fut adjugée par arrêt du Conseil[5], et j'éprouvai, en ce rencontre[6], par le grand nombre de gens qui se déclarèrent pour moi, que descendre jusques aux petits est le plus sûr moyen pour s'égaler aux grands. Je faisais ma cour, une fois la semaine, à la messe de la Reine, après laquelle j'allais presque toujours dîner cheux M. le cardinal Mazarin, qui me traitait fort bien, et qui était dans la vérité très content de moi, parce que je n'avais voulu prendre aucune part dans la cabale que l'on appelait des *Importants*, quoiqu'il y en eût d'entre eux qui fussent extrêmement de mes amis. Peut-être ne serez-vous pas fâchée que je vous explique ce que c'était que cette cabale.

M. de Beaufort, qui avait le sens beaucoup au-dessous du médiocre, voyant que la Reine avait donné sa confiance à M. le cardinal Mazarin, s'emporta de la manière du monde la plus imprudente. Il refusa tous les avantages qu'elle lui offrait avec profusion[1]; il fit vanité de donner au monde toutes les démonstrations d'un amant irrité; il ne ménagea en rien Monsieur; il brava, dans les premiers jours de la Régence, feu Monsieur le Prince[2]; il l'outra ensuite par la déclaration publique qu'il fit contre Mme de Longueville, en faveur de Mme de Montbazon, qui véritablement n'avait offensé la première qu'en contrefaisant ou montrant cinq des lettres que l'on prétendait qu'elle avait écrites à Coligni[3]. M. de Beaufort, pour soutenir ce qu'il faisait contre la Régente, contre le ministre et contre tous les princes du sang, forma une cabale de gens qui sont tous morts fous, mais qui, dès ce temps-là, ne me paraissaient guère sages: Beaupui, Fontrailles[4], Fiesque[5]. Montrésor, qui avait la mine de Caton, mais qui n'en avait pas le jeu, s'y joignit avec Béthune[6]. Le premier était mon parent proche, et le second était assez de mes amis. Ils obligèrent M. de Beaufort à me faire beaucoup d'avances. Je les reçus avec respect, mais je n'entrai à rien; je m'en expliquai même à Montrésor, en lui disant que je devais la coadjutorerie de Paris à la Reine, et que la grâce était assez considérable pour m'empêcher de prendre aucune liaison qui pût ne lui être pas agréable. Montrésor m'ayant répondu que je n'en avais nulle obligation à la Reine, puisqu'elle n'avait rien fait en cela que ce qui lui avait été ordonné publiquement par le feu Roi, et que d'ailleurs la grâce m'avait été faite dans un temps où la Reine ne donnait rien à force de ne rien refuser, je lui dis ces propres mots: «Vous me permettrez d'oublier tout ce qui pourrait diminuer ma reconnaissance et de ne me ressouvenir que de ce qui la doit augmenter.» Ces paroles, qui furent rapportées à M. le cardinal Mazarin par Goulas, à ce que lui-même m'a dit depuis, lui plurent. Il les dit à la Reine le jour que M. de Beaufort fut arrêté. Cette prison fit beaucoup d'éclat, mais elle n'eut pas celui qu'elle devait produire ; et comme elle fut le commencement de l'établissement du ministre, que vous verrez dans toute la suite de cette histoire jouer le plus considérable rôle de la comédie, il est nécessaire, à mon opinion, de vous en parler un peu plus en détail.

Vous avez vu ci-dessus que ce parti, formé dans la cour par M. de Beaufort, n'était composé que de quatre ou cinq mélancoliques[1], qui avaient la mine de penser creux ; et cette mine, ou fit peur à M. le cardinal Mazarin, ou lui donna lieu de feindre qu'il avait peur. Il y a eu des raisons de douter de part et d'autre ; ce qui est certain est que La Rivière[2], qui avait déjà beaucoup de part dans l'esprit de Monsieur, essaya de la donner au ministre par toute sorte d'avis, pour l'obliger de le défaire de Montrésor, qui était sa bête ; et que Monsieur le Prince n'oublia rien aussi pour la lui faire prendre, par l'appréhension qu'il avait que Monsieur le Duc[3], qui est Monsieur le Prince d'aujourd'hui, ne se commît par quelque combat avec M. de Beaufort, comme il avait été sur le point de faire dans le démêlé de Mmes de Longueville et de Montbazon. Le palais d'Orléans et l'hôtel de Condé, étant unis ensemble par ces intérêts, tournèrent en moins de rien en ridicule la morgue qui avait donné aux amis de M. de Beaufort le nom d'*Importants* ; et ils se servirent, en même temps, très habilement des grandes apparences que M. de Beaufort, selon le style de tous ceux qui ont plus de vanité que de sens, ne manqua pas de donner en toute sorte d'occasions aux moindres bagatelles. L'on tenait cabinet[4] mal à propos, l'on donnait des rendez-vous sans sujet ; les chasses mêmes paraissaient mystérieuses. Enfin l'on fit si bien que l'on se fit arrêter au Louvre par Guitaut, capitaine des gardes de la Reine. Les Importants furent chassés et dispersés, et l'on publia par tout le royaume qu'ils avaient fait une entreprise sur la vie de Monsieur le Cardinal[5]. Ce qui a fait que je ne l'ai jamais cru, est que l'on n'en a jamais vu ni déposition ni indice, quoique la plupart des domestiques de la maison de Vendôme aient été très longtemps en prison. Vaumorin et Ganseville, auxquels j'en ai parlé cent fois dans la Fronde, m'ont juré qu'il n'y avait rien au monde de plus faux. L'un était capitaine des gardes, et l'autre écuyer de M. de Beaufort. Le marquis de Nangis, maître de camp[1] du régiment de Navarre ou de Picardie, je ne m'en ressouviens pas précisément, et enragé contre la Reine et contre le Cardinal pour un sujet que je vous dirai incontinent, fut fort tenté d'entrer dans la cabale des Importants, cinq ou six jours devant que M. de Beaufort fut arrêté ; et je le détournai de cette pensée, en lui disant que la mode, qui a du pouvoir en toutes choses, ne l'a si sensible en aucune qu'à être ou bien ou mal à la cour. Il y a des temps où la disgrâce est une manière de feu qui purifie toutes les mauvaises qualités et qui illumine toutes les bonnes ; il y a des temps où il ne sied pas bien à un honnête homme d'être disgracié. Je soutins à Nangis que celui des Importants était de cette nature ; et je vous marque cette circonstance pour avoir lieu de vous faire le plan de l'état où les choses se trouvèrent à la mort du feu Roi. C'est par où je devais commencer ; mais le fil du discours m'a emporté.

Il faut confesser, à la louange de M. le cardinal de Richelieu, qu'il avait conçu deux desseins que je trouve presque aussi vastes que ceux des Césars et des Alexandres[2]. Celui d'abattre le parti de la religion[3] avait été projeté par M. le cardinal de Rais, mon oncle ; celui d'attaquer la formidable maison d'Autriche n'avait été imaginé de personne[4]. Il a consommé le premier ; et à sa mort, il avait bien avancé le second. La valeur de Monsieur le Prince, qui était Monsieur le Duc en ce temps-là, fit que celle du Roi n'altéra point l'état des choses. La fameuse victoire de Rocroi[5] donna autant de sûreté au royaume qu'elle lui apporta de gloire ; et ses lauriers couvrirent le Roi qui règne aujourd'hui, dans son berceau. Le Roi, son père, qui n'aimait ni n'estimait la Reine, sa femme, lui donna, en mourant, un conseil nécessaire pour limiter l'autorité de sa régence ; et il y nomma M. le cardinal Mazarin, Monsieur le Chancelier[6], M. Bouteiller[7] et M. de Chavigni. Comme tous ces sujets étaient extrêmement odieux au public, parce qu'ils étaient tous créatures de M. le cardinal de Richelieu, ils furent sifflés par tous les laquais, dans les cours de Saint-Germain, aussitôt que le Roi fut expiré ; et si M. de Beaufort eût eu le sens commun, ou si Monsieur de Beauvais n'eût pas été une bête mitrée, ou si il eût plu à mon père d'entrer dans les affaires, ces collatéraux de la Régence auraient été infailliblement chassés avec honte, et la mémoire du cardinal de Richelieu aurait été sûrement condamnée par le Parlement avec une joie publique.

La Reine était adorée beaucoup plus par ses disgrâces que par son mérite. L'on ne l'avait vue que persécutée, et la souffrance, aux personnes de ce rang, tient lieu d'une grande vertu. L'on se voulait imaginer qu'elle avait eu de la patience, qui est très souvent figurée par l'indolence. Enfin il est constant que l'on en espérait des merveilles ; et Bautru[1] disait qu'elle faisait déjà des miracles, parce que les plus dévots avaient même oublié ses coquetteries[2].

M. le duc d'Orléans fit quelque mine de disputer la Régence[3], et La Frette, qui était à lui, donna de l'ombrage, parce qu'il arriva, une heure après la mort du Roi, à Saint-Germain, avec deux cents gentilshommes qu'il avait amenés de son pays. J'obligeai Nangis, dans ce moment, à offrir à la Reine le régiment qu'il commandait, qui était en garnison à Mantes. Il le fit marcher à Saint-Germain[4] ; tout le régiment des gardes s'y rendit ; l'on amena le Roi à Paris. Monsieur se contenta d'être lieutenant général de l'État ; Monsieur le Prince fut déclaré chef du Conseil. Le Parlement confirma la régence de la Reine, mais sans limitation ; tous les exilés furent rappelés, tous les prisonniers furent mis en liberté, tous les criminels furent justifiés, tous ceux qui avaient perdu des charges y rentrèrent : on donnait tout, on ne refusait rien ; et Mme de Beauvais[5], entre autres, eut permission de bâtir dans la place Royale. Je ne me ressouviens plus du nom de celui à qui l'on expédia un brevet pour un impôt sur les messes. La félicité des particuliers paraissait pleinement assurée par le bonheur public. L'union très parfaite de la maison royale fixait le repos du dedans. La bataille de Rocroi avait anéanti pour des siècles la vigueur de l'infanterie d'Espagne ; la cavalerie de l'Empire ne tenait pas devant les Weimariens[1]. L'on voyait sur les degrés du trône, d'où l'âpre et redoutable Richelieu avait foudroyé plutôt que gouverné les humains, un successeur doux, bénin, qui ne voulait rien, qui était au désespoir que sa dignité de cardinal ne lui permettait pas de s'humilier autant qu'il l'eût souhaité devant tout le monde, qui marchait dans les rues avec deux petits laquais derrière son carrosse. N'ai-je pas eu de raison de vous dire qu'il ne seyait pas bien à un honnête homme d'être mal à la cour en ce temps-là ? Et n'eus-je pas encore raison de conseiller à Nangis de ne s'y pas brouiller, quoique, nonobstant le service qu'il avait rendu à Saint-Germain, il fût le premier homme à qui l'on eût refusé une gratification de rien qu'il demanda ? Je la lui fis obtenir.

Vous ne serez pas surprise de ce que l'on le fut de la prison de M. de Beaufort, dans une cour où l'on venait de les ouvrir à tout le monde sans exception ; mais vous le serez sans doute de ce que personne ne s'aperçut des suites. Ce coup de rigueur, fait dans un temps où l'autorité était si douce qu'elle était comme imperceptible, fit un très grand effet. Il n'y avait rien de si facile que ce coup par toutes les circonstances que vous avez vues, mais il paraissait grand ; et tout ce lui est de cette nature est heureux, parce qu'il a de la dignité et n'a rien d'odieux. Ce qui attire assez souvent je ne sais quoi d'odieux sur les actions des ministres, même les plus nécessaires, est que pour les faire ils sont presque toujours obligés de surmonter des obstacles dont la victoire ne manque jamais de porter avec elle de l'envie et de la haine. Quand il se présente une occasion considérable dans laquelle il n'y a rien à vaincre, parce qu'il n'y a rien à combattre, ce qui est très rare, elle donne à leur autorité un éclat pur, innocent, non mélangé, qui ne l'établit pas seulement, mais qui leur fait même tirer, dans les suites, du mérite de tout ce qu'ils ne font pas, presque également que de tout ce qu'ils font.

Quand l'on vit que le Cardinal avait arrêté celui qui, cinq ou six semaines[2] devant, avait ramené le Roi à Paris avec un faste inconcevable, l'imagination de tous les hommes fut saisie d'un étonnement respectueux ; et je me souviens que Chapelain[1], qui enfin avait de l'esprit, ne pouvait se lasser d'admirer ce grand événement. L'on se croyait bien obligé au ministre de ce que, toutes les semaines, il ne faisait pas mettre quelqu'un en prison, et l'on attribuait à la douceur de son naturel les occasions qu'il n'avait pas de mal faire. Il faut avouer qu'il seconda fort habilement son bonheur. Il donna toutes les apparences nécessaires pour faire croire que l'on l'avait forcé à cette résolution ; que les conseils de Monsieur et de Monsieur le Prince l'avaient emporté dans l'esprit de la Reine sur son avis. Il parut encore plus modéré, plus civil et plus ouvert le lendemain de l'action. L'accès était tout à fait libre, les audiences étaient aisées, l'on dînait avec lui comme avec un particulier ; il relâcha même beaucoup de la morgue des cardinaux les plus ordinaires. Enfin il fit si bien qu'il se trouva sur la tête de tout le monde, dans le temps que tout le monde croyait l'avoir encore à ses côtés. Ce qui me surprend, est que les princes et les grands du royaume, qui pour leurs propres intérêts devaient être plus clairvoyants que le vulgaire, furent les plus aveuglés. Monsieur se crut au-dessus de l'exemple ; Monsieur le Prince, attaché à la cour par son avarice, voulut s'y croire. Monsieur le Duc était d'un âge à s'endormir aisément à l'ombre des lauriers ; M. de Longueville ouvrit les yeux, mais ce ne fut que pour les refermer ; M. de Vendôme était trop heureux de n'avoir été que chassé ; M. de Nemours[2] n'était qu'un enfant ; M. de Guise, revenu tout nouvellement de Bruxelles, était gouverné par Mlle de Pons[3], et croyait gouverner la cour ; M. de Bouillon croyait de jour en jour que l'on lui rendrait Sedan ; M. de Turenne était plus que satisfait de commander les armées d'Allemagne ; M. d'Espernon était ravi d'être rentré dans son gouvernement et dans sa charge. M. de Schomberg avait toute sa vie été inséparable de tout ce qui était bien à la cour ; M. de Gramont en était esclave ; et MM. de Rais, de Vitri et de Bassompierre se croyaient, au pied de la lettre, en faveur, parce qu'ils n'étaient plus ni prisonniers ni exilés. Le Parlement, délivré du cardinal de Richelieu, qui l'avait tenu fort bas, s'imaginait que le siècle d'or serait celui d'un ministre qui leur disait tous les jours que la Reine ne se voulait conduire que par leurs conseils. Le clergé, qui donne toujours l'exemple de la servitude, la prêchait aux autres sous le titre d'obéissance. Voilà comme tout le monde se trouva en un instant mazarin.

Ce plan vous paraîtra peut-être avoir été bien long : mais je vous supplie de considérer qu'il contient les quatre premières années de la Régence, dans lesquelles la rapidité du mouvement donné à l'autorité royale par M. le cardinal de Richelieu, soutenue par les circonstances que je vous viens de marquer, et par les avantages continuels remportés sur les ennemis, maintint toutes les choses en l'état où vous les voyez. Il y eut, la troisième et la quatrième année, quelque petit nuage entre Monsieur et Monsieur le Duc pour des bagatelles ; il y en eut entre Monsieur le Duc et M. le cardinal Mazarin, pour la charge d'amiral, que le premier prétendit par la mort de M. le duc de Brézé[1], son beau-frère. Je ne parle point ici de ce détail, et parce qu'il n'altéra en rien la face des affaires, et parce qu'il n'y a point de Mémoire de ce temps-là où vous ne le trouviez imprimé.

Monsieur de Paris partit de Paris, deux mois après mon sacre[2], pour aller passer l'été à Angers, dans une abbaye qu'il y avait, appelée Saint-Aubin, et il m'ordonna, quoique avec beaucoup de peine, de prendre soin de son diocèse. Ma première fonction fut la visite des religieuses de la Conception[3], que la Reine me força de faire, parce que n'ignorant pas qu'il y avait dans ce monastère plus de quatre-vingts filles, dont il y en avait plusieurs de belles et quelques-unes de coquettes, j'avais peine à me résoudre à y exposer ma vertu. Il le fallut toutefois, et je la conservai avec l'édification du prochain, parce que je n'en vis jamais une seule au visage, et je ne leur parlai jamais qu'elles n'eussent le voile baissé ; et cette conduite, qui dura six semaines, donna un merveilleux lustre à ma chasteté.

Je continuai à faire dans le diocèse tout ce que la jalousie de mon oncle me permit d'y entreprendre sans le fâcher. Mais comme, de l'humeur dont il était, il y avait peu de choses qui ne le pussent fâcher, je m'appliquai bien davantage à tirer du mérite de ce que je n'y faisais pas que de ce que je faisais ; et ainsi je trouvai le moyen de prendre même des avantages de la jalousie de Monsieur de Paris, en ce que je pouvais, à jeu sûr, faire paraître ma bonne intention en tout : au lieu que si j'eusse été le maître, la bonne conduite m'eût obligé à me réduire purement à ce qui eût été praticable.

M. le cardinal Mazarin m'avoua, longtemps après, dans l'intervalle de l'une de ces paix fourrées que nous faisions quelquefois ensemble, que la première cause de l'ombrage qu'il prit de mon pouvoir à Paris fut l'observation qu'il fit de ce manœuvre[1], qui était pourtant, à son égard, très innocent. Un autre rencontre lui en donna avec aussi peu de sujet.

J'entrepris d'examiner la capacité de tous les prêtres du diocèse, ce qui était, dans la vérité, d'une utilité inconcevable[2]. Je fis pour cet effet trois tribunaux composés de chanoines, de curés et de religieux, qui devaient réduire tous les prêtres en trois classes, dont la première était des capables, que l'on laissait dans l'exercice de leurs fonctions ; la seconde, de ceux qui ne l'étaient pas, mais qui le pouvaient devenir ; la troisième, de ceux qui ne l'étaient pas et qui ne le pouvaient jamais être. On séparait ceux de ces deux dernières classes : l'on les interdisait de leurs fonctions ; l'on les mettait dans des maisons distinctes, et l'on instruisait les uns et l'on se contentait d'apprendre purement aux autres les règles de la piété. Vous jugez bien que ces établissements devaient être d'une dépense immense ; mais l'on m'apportait des sommes considérables de tous côtés. Toutes les bourses des gens de bien s'ouvrirent avec profusion.

Cet éclat fâcha le ministre, et il fit que la Reine manda, sous un prétexte frivole, Monsieur de Paris, qui, deux jours après qu'il fut arrivé, me commanda, sous un autre encore plus frivole, de ne pas continuer l'exécution de mon dessein. Quoique je fusse très bien averti, par mon ami l'aumônier, que le coup me venait de la cour, je le souffris avec bien plus de flegme qu'il n'appartenait à ma vivacité. Je n'en témoignai quoi que ce soit, et je demeurai dans ma conduite ordinaire à l'égard de Monsieur le Cardinal. Je ne parlai pas si judicieusement sur un autre sujet, quelques jours après, que j'avais agi sur celui-là. Le bon homme M. de Morangis[1] me disant, dans la cellule du prieur des chartreux[2], que je faisais trop de dépenses, comme il n'était que trop vrai que je la faisais excessive, je lui répondis fort étourdiment : « J'ai bien supputé ; César, à mon âge, devait six fois plus que moi. » Cette parole, très imprudente en tout sens, fut rapportée par un malheureux docte qui se trouva là à M. Servient[3], qui la dit malicieusement à Monsieur le Cardinal. Il s'en moqua, et il avait raison ; mais il la remarqua, et il n'avait pas tort.

L'assemblée du clergé[4] se tint en 1645. J'y fus invité comme diocésain, et elle se peut dire le véritable écueil de ma médiocre faveur.

M. le cardinal de Richelieu avait donné une atteinte cruelle à la dignité et à la liberté du clergé dans l'assemblée de Mantes, et il avait exilé, avec des circonstances atroces, six de ses prélats les plus considérables[5]. On résolut, en celle de 1645, de leur faire quelque sorte de réparation, ou plutôt de donner quelque récompense d'honneur à leur fermeté, en les priant de venir prendre place dans la Compagnie, quoiqu'ils n'y fussent pas députés. Cette résolution, qui fut prise d'un consentement général dans les conversations particulières, fut portée innocemment et sans aucun mystère dans l'Assemblée, où l'on ne songea pas seulement que la cour y pût faire réflexion ; et il arriva par hasard que lorsque l'on y délibéra, le tour, qui tomba ce jour-là sur la province de Paris, m'obligea à parler le premier.

J'ouvris donc l'avis, selon que nous l'avions tout concerté et il fut suivi de toutes les voix. À mon retour cheux moi, je trouvai l'argentier de la Reine qui me portait ordre de l'aller trouver à l'heure même. Elle était sur son lit, dans sa petite chambre grise, et elle me dit avec un ton de voix fort aigre, qui lui était assez naturel, qu'elle n'eût jamais cru que j'eusse été capable de lui manquer au point que je venais de le faire, dans une occasion qui blessait la mémoire du feu Roi, son seigneur. Il ne me fut pas difficile de la mettre en état de ne pouvoir que me dire sur mes raisons, et elle en sortit par le commandement qu'elle me fit de les aller faire connaître à Monsieur le Cardinal. Je trouvai qu'il les entendait aussi peu qu'elle. Il me parla de l'air du monde le plus haut ; il ne voulut point écouter mes justifications, et il me déclara qu'il me commandait, de la part du Roi, que je me rétractasse le lendemain en pleine assemblée. Vous croyez bien qu'il eût été difficile de m'y résoudre. Je ne m'emportai toutefois nullement ; je ne sortis point du respect, et comme je vis que ma soumission ne gagnait rien sur son esprit, je pris le parti d'aller trouver Monsieur d'Arles[1], sage et modéré, et de le prier de vouloir bien se joindre à moi pour faire entendre ensemble nos raisons à Monsieur le Cardinal. Nous y allâmes, nous lui parlâmes et nous conclûmes, en revenant de cheux lui, qu'il était l'homme du monde le moins entendu dans les affaires du clergé. Je ne me souviens pas précisément de la manière dont cette affaire s'accommoda ; je crois de plus que vous n'en avez pas grande curiosité, et je ne vous en ai parlé un peu au long que pour vous faire connaître et que je n'ai eu aucun tort dans le premier démêlé que j'ai eu avec la cour, et que le respect que j'eus pour M. le cardinal Mazarin, à la considération de la Reine, alla jusques à la patience.

J'en eus encore plus de besoin, trois ou quatre mois après, dans une occasion que son ignorance lui fournit d'abord, mais que sa malice envenima. L'évêque de Varmie[2], l'un des ambassadeurs qui venaient quérir la reine de Pologne[3], prit en gré de vouloir faire la cérémonie du mariage dans Notre-Dame. Vous remarquerez, si il vous plaît, que les évêques et archevêques de Paris n'ont jamais cédé ces sortes de fonctions dans leur église qu'aux cardinaux de la maison royale ; et que mon oncle avait été blâmé au dernier point par tout son clergé, parce qu'il avait souffert que M. le cardinal de La Rochefoucauld mariât la reine d'Angleterre[4].

Il était parti justement pour son second voyage d'Anjou la veille de la Saint-Denis ; et le jour de la fête, Saintot, lieutenant des cérémonies, m'apporta, dans Notre-Dame même, une lettre de cachet, qui m'ordonnait de faire préparer l'église pour M. l'évêque de Varmie, et qui me l'ordonnait dans les mêmes termes dans lesquels on commande au prévôt des marchands de préparer l'Hôtel de Ville pour un ballet. Je fis voir la lettre de cachet au doyen et aux chanoines, qui étaient avec moi ; et je leur dis en même temps que je ne doutais point que ce ne fût une méprise de quelque commis de secrétaire d'État ; que je partirais, dès le lendemain, pour Fontainebleau, où était la cour, et pour éclaircir moi-même ce malentendu. Ils étaient fort émus, et ils voulaient venir avec moi à Fontainebleau. Je les en empêchai, en leur promettant de les mander si il en était besoin.

J'allai descendre cheux Monsieur le Cardinal. Je lui représentai les raisons et les exemples. Je lui dis qu'étant son serviteur aussi particulier que je l'étais, j'espérais qu'il me ferait la grâce de les faire entendre à la Reine ; et j'ajoutai assurément tout ce qui l'y pouvait obliger.

C'est en cette occasion où je connus qu'il affectait de me brouiller avec elle ; car, quoique je visse clairement que les raisons que je lui alléguais le touchaient, au point d'être certainement fâché d'avoir donné cet ordre devant que d'en savoir la conséquence, il se remit après un peu de réflexion, et il l'opiniâtra de la manière du monde la plus engageante et la plus désobligeante. Comme je parlais au nom et de Monsieur l'Archevêque et de toute l'Église de Paris, il éclata comme il eût pu faire si un particulier, de son autorité privée, l'eût voulu haranguer à la tête de cinquante séditieux. Je lui en voulus faire voir, avec respect, la différence ; mais il était si ignorant de nos mœurs et de nos manières, qu'il prenait tout de travers le peu que l'on lui en voulait faire entendre. Il finit brusquement et incivilement la conversation et il me renvoya à la Reine. Je la trouvai sifflée et aigrie ; et tout ce que j'en pus tirer fut qu'elle donnerait audience au chapitre, sans lequel je lui déclarai que je ne pouvais ni ne devais rien conclure.

Je le mandai à l'heure même. Le doyen arriva le lendemain avec seize députés. Je les présentai : ils parlèrent, et ils parlèrent très sagement et très fortement. La Reine nous renvoya à Monsieur le Cardinal, qui, pour vous dire le vrai, ne nous dit que des impertinences ; et comme il ne savait encore que très médiocrement la force des mots français, il finit sa réponse en me disant que je lui avais parlé la veille fort insolemment. Vous pouvez juger que cette parole me choqua. Comme toutefois j'avais pris une résolution ferme de faire paraître de la modération, je ne lui répondis qu'en souriant, et je me tournai aux députés, en leur disant : « Messieurs, le mot est gai. » Il se fâcha de mon sourire, et il me dit d'un ton très haut : « À qui croyez-vous parler ? Je vous apprendrai à vivre. » Je vous confesse que ma bile s'échauffa. Je lui répondis que je savais fort bien que j'étais le coadjuteur de Paris qui parlais à M. le cardinal Mazarin ; mais que je croyais que lui pensait être le cardinal de Lorraine qui parlait au suffragant de Metz[1]. Cette expression, que la chaleur me mit à la bouche, réjouit les assistants, qui étaient en grand nombre.

Je ramenai les députés du chapitre dîner cheux moi ; et nous nous préparions pour retourner aussitôt après à Paris, quand nous vîmes entrer M. le maréchal d'Estrées, qui venait pour m'exhorter de ne point rompre, et pour me dire que les choses se pourraient accommoder. Comme il vit que je ne me rendais pas à son conseil, il s'expliqua nettement, et il m'avoua qu'il avait ordre de la Reine de m'obliger à aller cheux elle. Je ne balançai point ; j'y menai les députés. Nous la trouvâmes radoucie, bonne, changée à un point que je ne vous puis exprimer. Elle me dit, en présence des députés, qu'elle avait voulu me voir, non pas pour la substance de l'affaire, pour laquelle il serait aisé de trouver des expédients, mais pour me faire une réprimande de la manière dont j'avais parlé à ce pauvre Monsieur le Cardinal, qui était doux comme un agneau, et qui m'aimait comme son fils. Elle ajouta à cela toutes les bontés possibles, et elle finit par un commandement qu'elle fit au doyen et aux députés de me mener cheux Monsieur le Cardinal, et d'aviser ensemble ce qu'il y aurait à faire. J'eus un peu de peine à faire ce pas, et je marquai à la Reine qu'il n'y aurait eu qu'elle au monde qui m'y aurait pu obliger.

Nous trouvâmes le ministre encore plus doux que la maîtresse. Il me fit un million d'excuses du terme *insolemment*. Il me dit, et il pouvait être vrai, qu'il avait cru qu'il signifiait *insolito*[2]. Il me fit toutes les honnêtetés imaginables, mais il ne conclut rien, et il nous remit à un petit voyage qu'il croyait faire au premier jour à Paris. Nous y revînmes pour attendre ses ordres ; et quatre ou cinq jours après, Saintot, lieutenant des cérémonies, entra cheux moi à minuit, et il me présenta une lettre de Monsieur l'Archevêque, qui m'ordonnait de ne m'opposer en rien aux prétentions de M. l'évêque de Varmie, et de lui laisser faire la cérémonie du mariage. Si j'eusse été bien sage, je me serais contenté de ce que j'avais fait jusque-là, parce qu'il est toujours judicieux de prendre toutes les issues que l'honneur permet pour sortir des affaires que l'on a avec la cour ; mais j'étais jeune, et j'étais de plus en colère, parce que je voyais que l'on m'avait joué à Fontainebleau, comme il était vrai, et que l'on ne m'avait bien traité en apparence que pour se donner le temps de dépêcher à Angers un courrier à mon oncle. Je ne fis toutefois rien connaître de ma disposition à Saintot : au contraire, je lui témoignai joie de ce que Monsieur de Paris m'avait tiré d'embarras. J'envoyais querir, un quart d'heure après, les principaux du chapitre, qui étaient tous dans ma disposition. Je leur expliquai mes intentions, et Saintot, qui, le lendemain au matin, les fit assembler, pour leur donner aussi, selon la coutume, leur lettre de cachet, s'en retourna à la cour avec cette réponse : « Que Monsieur l'Archevêque pouvait disposer comme il lui plairait de la nef ; mais que comme le chœur était au chapitre, il ne le céderait jamais qu'à son archevêque ou à son coadjuteur. » Le Cardinal entendit bien ce jargon, et il prit le parti de faire faire la cérémonie dans la chapelle du Palais-Royal, dont il disait que le grand aumônier était évêque. Comme cette question était encore plus importante que l'autre, je lui écrivis pour lui en représenter les inconvénients. Il était piqué, et il tourna ma lettre en raillerie. Je fis voir à la reine de Pologne que si elle se mariait ainsi, je serais forcé, malgré moi, de déclarer son mariage nul ; mais qu'il y avait un expédient, qui était qu'elle se mariât véritablement dans le Palais-Royal[1], mais que l'évêque de Varmie vînt cheux moi en recevoir la permission par écrit. La chose pressait : il n'y avait pas de temps pour attendre une nouvelle permission d'Angers. La reine de Pologne ne voulait rien laisser de problématique dans son mariage, et la cour fut obligée de plier et de consentir à ma proposition, qui fut exécutée.

Voilà un récit bien long, bien sec et bien ennuyeux ; mais comme ces trois ou quatre petites brouilleries que j'eus en ce temps-là ont eu beaucoup de rapport aux plus grandes qui sont arrivées dans les suites, je crois qu'il est comme nécessaire de vous en parler, et je vous supplie, par cette raison, d'avoir la bonté d'essuyer encore deux ou trois historiettes de même nature, après lesquelles je fais état d'entrer dans des matières et plus importantes et plus agréables.

Quelque temps après le mariage de la reine de Pologne, M. le duc d'Orléans vint, le jour de Pâques[1], à Notre-Dame, à vêpres, et un officier de ses gardes, ayant trouvé, devant qu'il y fût arrivé, mon drap de pied à ma place ordinaire, qui était immédiatement au-dessous de la chaire de Monsieur l'Archevêque, l'ôta, et y mit celui de Monsieur. L'on m'en avertit aussitôt, et comme la moindre ombre de compétence[2] avec un fils de France a un grand air de ridicule, je répondis même assez aigrement à ceux du chapitre qui m'y voulurent faire faire réflexion. Le théologal[3], qui était homme de doctrine et de sens, me tira à part ; il m'apprit là-dessus un détail que je ne savais pas. Il me fit voir la conséquence qu'il y avait à séparer, pour quelque cause que ce pût être, le coadjuteur de l'archevêque. Il me fit honte, et j'attendis Monsieur à la porte de l'église, où je lui représentai ce que, pour vous dire le vrai, je ne venais que d'apprendre. Il le reçut fort bien, il commanda que l'on ôtât son drap de pied, il fit remettre le mien. On me donna l'encens devant lui, et comme vêpres furent finies, je me moquai de moi-même avec lui, et je lui dis ces propres paroles : « Je serais bien honteux, Monsieur, de ce qui se vient de faire, si l'on ne m'avait assuré que le dernier frère convers des carmes qui adora avant-hier la croix devant Votre Altesse Royale le fit sans aucune peine. » Je savais que Monsieur avait été aux carmes[4] à l'office du vendredi saint, et je n'ignorais pas que tous ceux du clergé vont à l'adoration tout les premiers. Le mot plut à Monsieur, et il le redit le soir au cercle, comme une politesse.

Il alla le lendemain à Petit-Bourg[1], cheux La Rivière, qui lui tourna la tête, et qui lui fit croire que je lui avais fait un outrage public, de sorte que le jour même qu'il en revint, il demanda tout haut à M. le maréchal d'Estrées, qui avait passé les fêtes à Cœuvres, si son curé lui avait disputé la préséance. Vous voyez l'air qui fut donné à la conversation. Les courtisans commencèrent par le ridicule, et Monsieur finit par un serment qu'il m'obligerait d'aller à Notre-Dame prendre ma place et recevoir l'encens après lui. M. de Rohan-Chabot[2], qui se trouva à ce discours, vint me le raconter tout effaré, et une demi-heure après, un aumônier de la Reine vint me commander de sa part de l'aller trouver. Elle me dit d'abord que Monsieur était dans une colère terrible, qu'elle en était très fâchée, mais qu'enfin c'était Monsieur, et qu'elle ne pouvait n'être pas dans ses sentiments ; qu'elle voulait absolument que je le satisfisse, et que j'allasse, le dimanche suivant, faire dans Notre-Dame la réparation dont je vous viens de parler. Je lui répondis ce que vous pouvez vous figurer, et elle me renvoya, à son ordinaire, à Monsieur le Cardinal, qui me témoigna d'abord qu'il prenait une part très sensible à la peine dans laquelle il me voyait, qui blâma l'abbé de La Rivière d'avoir engagé Monsieur, et qui, par cette voie douce et obligeante en apparence, n'oublia rien pour me conduire à la dégradation que l'on prétendait. Comme il vit que je ne donnais pas dans le panneau, il voulut m'y pousser : il prit un ton haut et d'autorité ; il me dit qu'il m'avait parlé comme mon ami, mais que je le forçais de me parler en ministre. Il mêla dans ses réflexions des menaces indirectes, et la conversation s'échauffant, il passa jusques à la picoterie tout ouvert, en me disant que quand l'on affectait de faire des actions de saint Ambroise, il en fallait faire la vie[3]. Comme il affecta d'élever sa voix en cet endroit pour se faire entendre de deux ou trois prélats qui étaient au bout de la chambre, j'affectai aussi de ne pas baisser la mienne pour lui repartir : « J'essaierai, Monsieur, de profiter de l'avis que Votre Éminence me donne ; mais je vous dirai qu'en attendant, je fais état d'imiter saint Ambroise dans l'occasion dont il s'agit, afin qu'il obtienne pour moi la grâce de le pouvoir imiter en toutes les autres. » Le discours finit assez aigrement, et je sortis ainsi du Palais-Royal.

M. le maréchal d'Estrées et M. de Senneterre vinrent cheux moi, au sortir de table, munis de toutes les figures de rhétorique, pour me persuader que la dégradation était honorable. Comme ils n'y réussirent pas, ils m'insinuèrent que Monsieur pourrait bien venir aux voies de fait, et me faire enlever par ses gardes, pour me faire mettre à Notre-Dame au-dessous de lui. La pensée m'en parut si ridicule que je n'y fis pas d'abord beaucoup de réflexion. L'avis m'en étant donné le soir par M. de Choisi[1], chancelier de Monsieur, je me mis de mon côté très ridiculement sur la défensive ; car vous pouvez juger qu'elle ne pouvait être en aucun sens judicieuse contre un fils de France, dans un temps calme et où il n'y avait pas seulement apparence de mouvement. Cette sottise est, à mon opinion, la plus grande de toutes celles que j'ai faites en ma vie. Elle me réussit toutefois. Mon audace plut à Monsieur le Duc, de qui j'avais l'honneur d'être parent, et qui haïssait l'abbé de La Rivière, parce qu'il avait eu l'insolence de trouver mauvais, quelques jours auparavant, que l'on lui eût préféré M. le prince de Conti[2] pour la nomination au cardinal. De plus Monsieur le Duc était très persuadé de mon bon droit, qui était, dans la vérité, fort clair et justifié pleinement par un petit écrit que j'avais jeté dans le monde. Il le dit à Monsieur le Cardinal, et il ajouta qu'il ne souffrirait, en façon quelconque, que l'on usât d'aucune violence ; que j'étais son parent[3] et son serviteur, et qu'il ne partirait point pour l'armée qu'il ne vît cette affaire finie.

La cour ne craignait rien tant au monde que la rupture entre Monsieur et Monsieur le Duc ; Monsieur le Prince l'appréhendait encore davantage. Il faillit à transir[4] de frayeur quand la Reine lui dit le discours de monsieur son fils. Il vint tout courant cheux moi : il y trouva soixante ou quatre-vingts gentilshommes ; il crut qu'il y avait quelque partie liée avec Monsieur le Duc, ce qui n'était nullement vrai. Il jura, il menaça, il pria, il caressa, et dans ses emportements il lâcha des mots qui me firent connaître que

Monsieur le Duc prenait plus de part à mes intérêts qu'il ne me l'avait témoigné à moi-même. Je ne balançai pas à me rendre à cet instant, et je dis à Monsieur le Prince que je ferais toutes choses sans exception, plutôt que de souffrir que la maison royale se brouillât à ma considération. Monsieur le Prince, qui m'avait trouvé jusque-là inébranlable, fut si touché de voir que je me radoucissais à celle de monsieur son fils, précisément dans l'instant qu'il me venait d'apprendre lui-même que j'en pouvais espérer une puissante protection, qu'il changea aussi de son côté, et qu'au lieu qu'à l'abord il ne trouvait point de satisfaction assez grande pour Monsieur, il décida nettement en faveur de celle que j'avais toujours offerte, qui était d'aller lui dire, en présence de toute la cour, que je n'avais jamais prétendu manquer au respect que je lui devais, et que ce qui m'avait obligé de faire ce que j'avais fait à Notre-Dame était l'ordre de l'Église, duquel je lui venais rendre compte. La chose fut ainsi exécutée, quoique Monsieur le Cardinal et M. de La Rivière en enrageassent du meilleur de leur cœur. Mais Monsieur le Prince leur fit une telle frayeur de Monsieur le Duc, qu'il fallut plier. Il me mena cheux Monsieur, où toute la cour se trouva par curiosité. Je ne lui dis précisément que ce que je vous viens de marquer. Il trouva mes raisons admirables ; il me mena voir ses médailles, et ainsi finit l'histoire, dont le fonds était très bon, mais qu'il ne tint pas à moi de gâter par mes manières.

Comme cette affaire et le mariage de la reine de Pologne m'avaient fort brouillé à la cour, vous pouvez bien vous imaginer le tour que les courtisans y voulurent donner. Mais j'éprouvai, en cette occasion, que toutes les puissances ne peuvent rien contre la réputation d'un homme qui la conserve dans son corps. Tout ce qu'il y eut de savant dans le clergé se déclara pour moi ; et au bout de six semaines, je m'aperçus que la plupart même de ceux qui m'avaient blâmé croyaient ne m'avoir que plaint. J'ai fait cette observation en mille autres rencontres.

Je forçai même la cour, quelque temps après, à se louer de moi. Comme la fin de l'assemblée du clergé approchait, et que l'on était sur le point de délibérer sur le don que l'on a accoutumé de faire au Roi, je fus bien aise de témoigner à la Reine, par la complaisance que je me résolus d'avoir pour elle en ce rencontre, que la résistance à laquelle ma dignité m'avait obligé dans les deux précédents ne venait d'aucun principe de méconnaissance. Je me séparai de la bande des zélés, à la tête desquels était Monsieur de Sens[1] ; je me joignis à Messieurs d'Arles et de Chaslons[2], qui ne l'étaient pas moins en effet, mais qui étaient aussi plus sages. Je vis même, avec le premier, Monsieur le Cardinal, qui demeura très satisfait de moi, et qui dit publiquement, le lendemain, qu'il ne me trouvait pas moins ferme pour le service du Roi que pour l'honneur de mon caractère. L'on me chargea de la harangue qui se fait toujours à la fin de l'assemblée, et de laquelle je ne vous dis point le détail, parce qu'elle est imprimée. Le clergé en fut content, la cour s'en loua, et M. le cardinal Mazarin me mena, au sortir, souper tête à tête avec lui. Il me parut pleinement désabusé des impressions que l'on lui avait voulu donner contre moi, et je crois, dans la vérité, qu'il croyait l'être. Mais j'étais trop bien à Paris pour être longtemps bien à la cour. C'était là mon crime dans l'esprit d'un Italien politique par livre[3] ; et ce crime était d'autant plus dangereux que je n'oubliais rien pour l'aggraver par une dépense naturelle, non affectée, et à laquelle la négligence même donnait du lustre ; par de grandes aumônes, par des libéralités très souvent sourdes, dont l'écho n'en était quelquefois que plus résonnant. Ce qui est de vrai est que je ne pris d'abord cette conduite que par la pente de mon inclination, et par la pure vue de mon devoir. La nécessité de me soutenir contre la cour m'obligea de la suivre, et même de la renforcer ; mais nous n'en sommes pas encore à ce détail ; et ce que j'en marque en ce lieu n'est que pour vous faire voir que la cour prit de l'ombrage de moi dans le temps même où je n'avais pas fait seulement réflexion que je lui en pusse donner.

Cette considération est une de celles qui m'ont obligé de vous dire quelquefois que l'on est plus souvent dupe par la défiance que par la confiance. Enfin celle que le ministre prit de l'état où il me voyait à

Paris, et qui l'avait déjà porté à me faire les pièces que vous avez vues ci-dessus, l'obligea encore, malgré les radoucissements de Fontainebleau, à m'en faire une nouvelle trois mois après.

M. le cardinal de Richelieu avait dépossédé M. l'évêque de Léon, de la maison de Rieux[1], avec des formes tout à fait injurieuses à la dignité et à la liberté de l'Église de France. L'assemblée de 1645 entreprit de le rétablir. La contestation fut grande : M. le cardinal Mazarin, selon sa coutume, céda après avoir beaucoup disputé. Il vint lui-même dans l'Assemblée porter parole de la restitution, et l'on se sépara sur celle qu'il donna publiquement de l'exécuter dans trois mois. Je fus nommé, en sa présence, pour solliciteur de l'expédition, comme celui de qui le séjour était le plus assuré à Paris. Il donna dans la suite toute sorte de démonstrations qu'il tiendrait fidèlement sa parole ; il me fit écrire deux ou trois fois aux provinces qu'il n'y avait rien de plus assuré. Sur le point de la décision, il changea tout à coup, et il me fit presser par la Reine de tourner l'affaire d'un biais qui m'aurait infailliblement déshonoré. Je n'oubliai rien pour le faire rentrer dans lui-même. Je me conduisis avec une patience qui n'était pas de mon âge ; je la perdis au bout du mois, et je me résolus de rendre compte aux provinces de tout le procédé, avec toute la vérité que je devais à ma conscience et à mon honneur. Comme j'étais sur le point de fermer la lettre circulaire que j'écrivais pour cet effet, Monsieur le Duc entra cheux moi. Il la lut, il me l'arracha, et il me dit qu'il voulait finir cette affaire. Il alla trouver à l'heure même Monsieur le Cardinal ; il lui en fit voir les conséquences : j'eus mon expédition.

Il me semble que je vous ai déjà dit, en quelque endroit de ce discours, que les quatre premières années de la Régence furent comme emportées par ce mouvement de rapidité que M. le cardinal de Richelieu avait donné à l'autorité royale. M. le cardinal Mazarin, son disciple, et de plus né et nourri dans un pays où celle du Pape n'a point de bornes, crut que ce mouvement de rapidité était le naturel, et cette méprise fut l'occasion de la guerre civile. Je dis l'occasion ; car il en faut, à mon avis, rechercher et reprendre la cause de bien plus loin.

Il y a plus de douze cents ans que la France a des rois[1] ; mais ces rois n'ont pas toujours été absolus au point qu'ils le sont. Leur autorité n'a jamais été réglée, comme celle des rois d'Angleterre et d'Aragon[2], par des lois écrites. Elle a été seulement tempérée par des coutumes[3] reçues et comme mises en dépôt, au commencement dans les mains des états généraux, et depuis dans celles des parlements. Les enregistrements des traités faits entre les couronnes et les vérifications des édits pour les levées d'argent sont des images presque effacées de ce sage milieu que nos pères avaient trouvé entre la licence des rois et le libertinage[4] des peuples. Ce milieu a été considéré par les bons et sages princes comme un assaisonnement de leur pouvoir, très utile même pour le faire goûter aux sujets ; il a été regardé par les mal habiles et par les mal intentionnés comme un obstacle à leurs dérèglements et à leurs caprices. L'histoire du sire de Joinville nous fait voir clairement que saint Louis l'a connu et estimé ; et les ouvrages d'Oresmieux, l'évêque de Lisieux, et du fameux Jean Juvénal des Ursins, nous convainquent que Charles V, qui a mérité le titre de Sage, n'a jamais cru que sa puissance fût au-dessus des lois et de son devoir[5]. Louis XI, plus artificieux que prudent, donna, sur ce chef, aussi bien que sur tous les autres, atteinte à la bonne foi. Louis XII l'eût rétabli, si l'ambition du cardinal d'Amboise[6], maître absolu de son esprit, ne s'y fût opposée. L'avarice insatiable du connétable de Montmorenci[7] lui donna bien plus de mouvement à étendre l'autorité de François Ier qu'à la régler. Les vastes et lointains desseins de MM. de Guise[8] ne leur permirent pas, sous François II, de penser à y donner des bornes.

Sous Charles IX et sous Henri III, la cour fut si fatiguée des troubles, que l'on y prit pour révolte tout ce qui n'était pas soumission. Henri IV, qui ne se défiait pas des lois parce qu'il se fiait en lui-même, marqua combien il les estimait par la considération qu'il eut pour les remontrances très hardies de Miron, provôt des marchands, touchant les rentes de l'Hôtel de Ville[1]. M. de Rohan[2] disait que Louis XIII n'était jaloux de son autorité qu'à force de ne la pas connaître. Le maréchal d'Ancre et M. de Luines[3] n'étaient que des ignorants, qui n'étaient pas capables de l'en informer.

Le cardinal de Richelieu leur succéda, qui fit, pour ainsi parler, un fonds de toutes ces mauvaises intentions et de toutes ces ignorances des deux derniers siècles, pour s'en servir selon son intérêt. Il les déguisa en maximes utiles et nécessaires pour établir l'autorité royale ; et la fortune secondant ses desseins par le désarmement du parti protestant en France, par les victoires des Suédois, par la faiblesse de l'Empire, par l'incapacité de l'Espagne, il forma, dans la plus légitime des monarchies, la plus scandaleuse et la plus dangereuse tyrannie[4] qui ait peut-être jamais asservi un État. L'habitude, qui a eu la force, en quelques pays, d'accoutumer les hommes au feu, nous a endurcis à des choses que nos pères ont appréhendées plus que le feu même. Nous ne sentons plus la servitude, qu'ils ont détestée, moins pour leur propre intérêt que pour celui de leurs maîtres ; et le cardinal de Richelieu a fait des crimes de ce qui faisait, dans le siècle passé, les vertus des Mirons, des Harlais, des Marillacs, des Pibracs et des Faies[5]. Ces martyrs de l'État, qui ont dissipé plus de factions par leurs bonnes et saintes maximes que l'or d'Espagne et d'Angleterre n'en a fait naître, ont été les défenseurs de la doctrine pour la conservation de laquelle le cardinal de Richelieu confina M. le président Barillon à Amboise ; et c'est lui qui a commencé à punir les magistrats pour avoir avancé des vérités pour lesquelles leur serment les oblige d'exposer leurs propres vies.

Les rois qui ont été sages et qui ont connu leurs véritables intérêts ont rendu les parlements dépositaires de leurs ordonnances, particulièrement pour se décharger d'une partie de l'envie et de la haine que l'exécution des plus saintes et même des plus nécessaires produit quelquefois. Ils n'ont pas cru s'abaisser en s'y liant eux-mêmes, semblables à Dieu, qui obéit toujours à ce qu'il a commandé une fois. Les ministres, qui sont presque toujours assez aveuglés par leur fortune, pour ne se pas contenter de ce que ces ordonnances permettent, ne s'appliquent qu'à les renverser ; et le cardinal de Richelieu, plus qu'aucun autre, y a travaillé avec autant d'imprudence que d'application. Il n'y a que Dieu qui puisse subsister par lui seul. Les monarchies les plus établies et les monarques les plus autorisés ne se soutiennent que par l'assemblage des armes et des lois ; et cet assemblage est si nécessaire que les unes ne se peuvent maintenir sans les autres. Les lois désarmées tombent dans le mépris ; les armes qui ne sont pas modérées par les lois tombent bientôt dans l'anarchie. La République romaine ayant été anéantie par Jules César, la puissance dévolue par la force de ses armes à ses successeurs subsista autant de temps qu'ils purent eux-mêmes conserver l'autorité des lois. Aussitôt qu'elles perdirent leur force, celle des empereurs s'évanouit ; et elle s'évanouit par le moyen de ceux mêmes qui s'étant rendus maîtres et de leur sceau et de leurs armes, par la faveur qu'ils avaient auprès d'eux, convertirent en leur propre substance celle de leurs maîtres, qu'ils sucèrent, pour ainsi parler, de ces lois anéanties. L'Empire romain mis à l'encan[1], et celui des Ottomans exposés tous les jours au cordeau[2], nous marquent, par des caractères bien sanglants, l'aveuglement de ceux qui ne font consister l'autorité que dans la force.

Mais pourquoi chercher des exemples étrangers où nous en avons tant de domestiques ? Pépin[3] n'employa pour détrôner les Mérovingiens, et Capet[4] ne se servit pour déposséder les Carlovingiens, que de la même puissance que les prédécesseurs de l'un et de l'autre s'étaient acquise sous le nom de leurs maîtres ; et il est à observer et que les maires du palais et que les comtes de Paris se placèrent dans le trône des rois justement et également par la même voie par laquelle ils s'étaient insinués dans leur esprit, c'est-à-dire par l'affaiblissement et par le changement des lois de l'État, qui plaît toujours d'abord aux princes peu éclairés, parce qu'ils s'y imaginent l'agrandissement de leur autorité, et qui, dans les suites, sert de prétexte aux grands et de motif au peuple pour se soulever.

Le cardinal de Richelieu était trop habile pour ne pas avoir toutes ces vues ; mais il les sacrifia à son intérêt. Il voulut régner selon son inclination, qui ne se donnait point de règles, même dans les choses où il ne lui eût rien coûté de s'en donner ; et il fit si bien, que si le destin lui eût donné un successeur de son mérite, je ne sais si la qualité de premier ministre[1], qu'il a prise le premier, n'aurait pas pu être, avec un peu de temps, aussi odieuse en France que l'ont été, par l'événement, celles de maire du palais et de comte de Paris. La providence de Dieu y pourvut au moins d'un sens, le cardinal Mazarin, qui prit sa place, n'ayant donné ni pu donner aucun ombrage à l'État du côté de l'usurpation. Comme ces deux ministres ont beaucoup contribué, quoique fort différemment, à la guerre civile, je crois qu'il est nécessaire que je vous en fasse le portrait et le parallèle[2].

Le cardinal de Richelieu avait de la naissance. Sa jeunesse jeta des étincelles de son mérite : il se distingua en Sorbonne ; on remarqua de fort bonne heure qu'il avait de la force et de la vivacité dans l'esprit. Il prenait d'ordinaire très bien son parti. Il était homme de parole, où un grand intérêt ne l'obligeait pas au contraire ; et en ce cas, il n'oubliait rien pour sauver les apparences de la bonne foi. Il n'était pas libéral ; mais il donnait plus qu'il ne promettait, et il assaisonnait admirablement les bienfaits. Il aimait la gloire beaucoup plus que la morale ne le permet ; mais il faut avouer qu'il n'en abusait qu'à proportion de son mérite de la dispense qu'il avait prise sur ce point de l'excès de son ambition. Il n'avait ni l'esprit ni le cœur au-dessus des périls ; il n'avait ni l'un ni l'autre au-dessous ; et l'on peut dire qu'il en prévint davantage par sa sagacité qu'il n'en surmonta par sa fermeté. Il était bon ami ; il eût même souhaité d'être aimé du public ; mais quoiqu'il eût la civilité, l'extérieur et beaucoup d'autres parties propres à cet effet, il n'en eut jamais le je ne sais quoi[3], qui est encore, en cette matière, plus requis qu'en toute autre. Il anéantissait par son pouvoir et par son faste royal la majesté personnelle du Roi[4] ; mais il remplissait avec tant de dignité les fonctions de la royauté, qu'il fallait n'être pas du vulgaire pour ne pas confondre le bien et le mal en ce fait. Il distinguait plus judicieusement qu'homme du monde entre le mal et le pis, entre le bien et le mieux, ce qui est une grande qualité pour un ministre. Il s'impatientait trop facilement dans les petites choses qui étaient préalables des grandes ; mais ce défaut, qui vient de la sublimité de l'esprit, est toujours joint à des lumières qui le suppléent. Il avait assez de religion pour ce monde. Il allait au bien, ou par inclination ou par bon sens, toutefois[1] que son intérêt ne le portait point au mal, qu'il connaissait parfaitement quand il le faisait. Il ne considérait l'État que pour sa vie ; mais jamais ministre n'a eu plus d'application à faire croire qu'il en ménageait l'avenir. Enfin il faut confesser que tous ses vices ont été de ceux que la grande fortune rend aisément illustres, parce qu'ils ont été de ceux qui ne peuvent avoir pour instruments que de grandes vertus.

Vous jugez facilement qu'un homme qui a autant de grandes qualités et autant d'apparences de celles même qu'il n'avait pas, se conserve assez aisément dans le monde cette sorte de respect qui démêle le mépris d'avec la haine, et qui, dans un État où il n'y a plus de lois, supplée au moins pour quelque temps à leur défaut.

Le cardinal Mazarin était d'un caractère tout contraire. Sa naissance était basse et son enfance honteuse. Au sortir du Colisée, il apprit à piper[2], ce qui lui attira des coups de bâtons d'un orfèvre de Rome appelé Moreto. Il fut capitaine d'infanterie en Valteline[3] ; et Bagni, qui était son général, m'a dit qu'il ne passa dans sa guerre, qui ne fut que de trois mois, que pour un escroc. Il eut la nuntiature extraordinaire en France, par la faveur du cardinal Antoine[4], qui ne s'acquérait pas, en ce temps-là, par de bons moyens. Il plut à Chavigni par ses contes libertins d'Italie, et par Chavigni à Richelieu, qui le fit cardinal, par le même esprit, à ce que l'on a cru, qui obligea Auguste à laisser à Tibère la succession de l'empire[5]. La pourpre ne l'empêcha pas de demeurer valet sous Richelieu. La Reine l'ayant choisi faute d'autre, ce qui est vrai quoi qu'on en dise, il parut d'abord l'original de *Trivelino Principe*[6]. La Fortune l'ayant ébloui et tous les autres, il s'érigea et l'on l'érigea en

Richelieu ; mais il n'en eut que l'impudence de l'imitation. Il se fit de la honte de tout ce que l'autre s'était fait de l'honneur. Il se moqua de la religion. Il promit tout, parce qu'il ne voulut rien tenir. Il ne fut ni doux ni cruel, parce qu'il ne se ressouvenait ni des bienfaits ni des injures. Il s'aimait trop, ce qui est le naturel des âmes lâches ; il se craignait trop peu, ce qui est le caractère de ceux qui n'ont pas de soin de leur réputation. Il prévoyait assez bien le mal, parce qu'il avait souvent peur ; mais il n'y remédiait pas à proportion, parce qu'il n'avait pas tant de prudence que de peur. Il avait de l'esprit, de l'insinuation, de l'enjouement, des manières ; mais le vilain cœur paraissait toujours au travers, et au point que ces qualités eurent, dans l'adversité, tout l'air du ridicule, et ne perdirent pas, dans la plus grande prospérité, celui de fourberie. Il porta le filoutage dans le ministère, ce qui n'est jamais arrivé qu'à lui ; et ce filoutage faisait que le ministère, même heureux et absolu, ne lui seyait pas bien, et que le mépris s'y glissa, qui est la maladie la plus dangereuse d'un État, et dont la contagion se répand le plus aisément et le plus promptement du chef dans les membres.

Il n'est pas malaisé de concevoir, par ce que je viens de vous dire, qu'il peut et qu'il doit y avoir eu beaucoup de contretemps fâcheux dans une administration qui suivait d'aussi près celle du cardinal de Richelieu, et qui en était aussi différente.

Vous avez vu ci-devant tout l'extérieur des quatre premières années de la Régence, et je vous ai déjà même expliqué l'effet que la prison de M. de Beaufort fit d'abord dans les esprits. Il est certain qu'elle y imprima du respect pour un homme pour qui l'éclat de la pourpre n'en avait pu donner aux particuliers. Ondedei[1] m'a dit que le Cardinal s'était moqué avec lui, à ce propos, de la légèreté des Français ; mais il m'ajouta en même temps qu'au bout de quatre mois il s'admira lui-même ; qu'il s'érigea, dans son opinion, en Richelieu, et qu'il se crut même plus habile que lui. Il faudrait des volumes pour vous raconter toutes ses fautes, dont les moindres étaient d'une importance extrême, par une considération qui mérite une observation particulière.

Comme il marchait sur les pas du cardinal de Richelieu, qui avait achevé de détruire toutes les anciennes maximes de l'État[1], il suivait un chemin qui était de tous côtés bordé de précipices ; et comme il ne voyait pas ces précipices, que le cardinal de Richelieu n'avait pas ignorés, il ne se servait pas des appuis par lesquels le cardinal de Richelieu avait assuré sa marche. J'explique ce peu de paroles, qui comprend beaucoup de choses, par un exemple.

Le cardinal de Richelieu avait affecté d'abaisser les corps[2], mais il n'avait pas oublié de ménager les particuliers. Cette idée suffit pour vous faire concevoir tout le reste. Ce qu'il y eut de merveilleux fut que tout contribua à le tromper et à se tromper soi-même. Il y eut toutefois des raisons naturelles de cette illusion ; et vous en avez vu quelques-unes dans la disposition où je vous ai marqué ci-devant qu'il avait trouvé les affaires, les corps et les particuliers du royaume ; mais il faut avouer que cette illusion fut très extraordinaire, et qu'elle passa jusques à un grand excès.

Le dernier point de l'illusion, en matière d'État, est une espèce de léthargie, qui n'arrive jamais qu'après de grands symptômes. Le renversement des anciennes lois, l'anéantissement de ce milieu qu'elles ont posé entre les peuples et les rois, l'établissement de l'autorité purement et absolument despotique[3], sont ceux qui ont jeté originairement la France dans les convulsions dans lesquelles nos pères l'ont vue. Le cardinal de Richelieu la vint traiter comme un empirique, avec des remèdes violents, qui lui firent paraître de la force, mais une force d'agitation qui en épuisa le corps et les parties. Le cardinal Mazarin, comme un médecin très inexpérimenté, ne connut point son abattement. Il ne le soutint point par les secrets chimiques de son prédécesseur ; il continua de l'affaiblir par des saignées : elle tomba en léthargie, et il fut assez malhabile pour prendre ce faux repos pour une véritable santé. Les provinces, abandonnées à la rapine des surintendants, demeuraient abattues et assoupies sous la pesanteur de leurs maux, que les secousses qu'elles s'étaient données de temps en temps, sous le cardinal de Richelieu, n'avaient fait qu'augmenter et qu'aigrir[1]. Les parlements, qui avaient tout fraîchement gémi sous sa tyrannie, étaient comme insensibles aux misères présentes par la mémoire encore trop vive et trop récente des passées. Les grands, qui pour la plupart avaient été chassés du royaume, s'endormaient paresseusement dans leurs lits, qu'ils avaient été ravis de retrouver. Si cette indolence générale eût été ménagée, l'assoupissement eût peut-être duré plus longtemps, mais comme le médecin ne le prenait que pour un doux sommeil, il n'y fit aucun remède. Le mal s'aigrit ; la tête s'éveilla : Paris se sentit, il poussa des soupirs ; l'on n'en fit point de cas : il tomba en frénésie. Venons au détail.

Émeri[2], surintendant des Finances, et à mon sens l'esprit le plus corrompu de son siècle, ne cherchait que des noms pour trouver des édits. Je ne vous puis mieux exprimer le fonds de l'âme du personnage, qui disait en plein conseil (je l'ai ouï), que la foi n'était que pour les marchands, et que les maîtres des requêtes[3] qui l'alléguaient pour raison dans les affaires qui regardaient le Roi méritaient d'être punis ; je ne vous puis mieux expliquer le défaut de son jugement. Cet homme, qui avait été condamné à Lyon à être pendu, dans sa jeunesse, gouvernait, même avec empire, le cardinal Mazarin, en tout ce qui regardait le dedans du royaume. Je choisis cette remarque entre douze ou quinze que je vous pourrais faire de même nature, pour vous donner à entendre l'extrémité du mal, qui n'est jamais à son période que quand ceux qui commandent ont perdu la honte, parce que c'est justement le moment dans lequel ceux qui obéissent perdent le respect ; et c'est dans ce même moment où l'on revient de la léthargie, mais par des convulsions.

Les Suisses paraissaient, pour ainsi parler, si étouffés sous la pesanteur de leurs chaînes, qu'ils ne respiraient plus, quand la révolte de trois de leurs paysans forma les Ligues[4]. Les Hollandais se croyaient subjugués par le duc d'Albe quand le prince d'Orange, par le sort réservé aux grands génies, qui voient devant tous les autres le point de la possibilité, conçut et enfanta leur liberté[5]. Voilà des exemples ; la raison y est. Ce qui cause l'assoupissement dans les États qui souffrent est la durée du mal, qui saisit l'imagination des hommes, et qui leur fait croire qu'il ne finira jamais. Aussitôt qu'ils trouvent jour à en sortir, ce qui ne manque jamais lorsqu'il est venu jusques à un certain point, ils sont si surpris, si aises et si emportés, qu'ils passent tout d'un coup à l'autre extrémité, et que, bien loin de considérer les révolutions comme impossibles, ils les croient faciles ; et cette disposition toute seule est quelquefois capable de les faire. Nous avons éprouvé et senti toutes ces vérités dans notre dernière révolution. Qui eût dit, trois mois devant la petite pointe des troubles, qu'il en eût pu naître dans un État où la maison royale était parfaitement unie, où la cour était esclave du ministre, où les provinces et la capitale lui étaient soumises, où les armées étaient victorieuses, où les compagnies paraissaient de tout point impuissantes ? Qui l'eût dit eût passé pour insensé, je ne dis pas dans l'esprit du vulgaire, mais je dis entre les Estrées et les Senneterres[1]. Il paraît un peu de sentiment, une lueur, ou plutôt une étincelle de vie, et ce signe de vie, dans les commencements presque imperceptible, ne se donne point par Monsieur, il ne se donne point par Monsieur le Prince, il ne se donne point par les grands du royaume, il ne se donne point par les provinces ; il se donne par le Parlement, qui jusques à notre siècle n'avait jamais commencé de révolution, et qui certainement aurait condamné par des arrêts sanglants celle qu'il faisait lui-même, si tout autre que lui l'eût commencée.

Il gronda sur l'édit du tariffe[2] ; et aussitôt qu'il eut seulement murmuré, tout le monde s'éveilla. L'on chercha en s'éveillant, comme à tâtons, les lois[3] : l'on ne les trouva plus ; l'on s'effara, l'on cria, l'on se les demanda ; et dans cette agitation les questions que leurs explications firent naître, d'obscures qu'elles étaient et vénérables par leur obscurité, devinrent problématiques, et dès là, à l'égard de la moitié du monde, odieuses. Le peuple entra dans le sanctuaire : il leva le voile qui doit toujours couvrir tout ce que l'on peut dire, tout ce que l'on peut croire du droit des peuples et de celui des rois qui ne s'accordent jamais si bien ensemble que dans le silence[4]. La salle du Palais profana ces mystères. Venons aux faits particuliers, qui vous feront voir à l'œil ce détail.

Je n'en choisirai d'une infinité que deux, et pour ne vous pas ennuyer, et parce que l'un est le premier qui a ouvert la plaie, et que l'autre l'a beaucoup envenimée. Je ne toucherai les autres qu'en courant[1].

Le Parlement, qui avait souffert et même vérifié une très grande quantité d'édits ruineux et pour les particuliers et pour le public, éclata enfin, au mois d'août de l'année 1647, contre celui du tariffe, qui portait une imposition générale sur toutes les denrées qui entraient dans la ville de Paris. Comme il avait été vérifié en la Cour des aides[2], il y avait plus d'un an, et exécuté en vertu de cette vérification, messieurs du Conseil s'opiniâtrèrent beaucoup à le soutenir. Connaissant que le Parlement était sur le point de faire défenses de l'exécuter, ou plutôt d'en continuer l'exécution, ils souffrirent qu'il fût porté au Parlement pour l'examiner, dans l'espérance d'éluder, comme ils avaient fait en d'autres rencontres, les résolutions de la Compagnie. Ils se trompèrent : la mesure était comble, les esprits étaient échauffés, et tous allaient à rejeter l'édit[3]. La Reine manda le Parlement ; il fut par députés au Palais-Royal. Le chancelier[4] prétendit que la vérification appartenait à la Cour des aides ; le premier président[5] la contesta pour le Parlement. Le cardinal Mazarin, ignorantissime en toutes ces matières, dit qu'il s'étonnait qu'un corps aussi considérable s'amusât à des bagatelles ; et vous pouvez juger si cette parole fut relevée.

Émeri ayant proposé une conférence particulière pour aviser aux expédients d'accommoder l'affaire, elle fut proposée, le lendemain, dans les chambres assemblées[6]. Après une grande diversité d'avis, dont plusieurs allaient à la refuser comme inutile et même comme captieuse, elle fut accordée ; mais vainement : l'on ne put convenir. Ce que voyant le Conseil, et craignant que le Parlement ne donnât arrêt de défenses, qui auraient été infailliblement exécutées par le peuple, il envoya une déclaration[7] pour supprimer le tariffe, afin de sauver au moins l'apparence à l'autorité du Roi. L'on envoya, quelques jours après, cinq édits encore plus onéreux que celui du tariffe[1] non pas en espérance de les faire recevoir, mais en vue d'obliger le Parlement à revenir à celui du tarif. Il y revint effectivement, en refusant les autres, mais avec tant de modifications, que la cour ne crut pas s'en pouvoir accommoder, et qu'elle donna, étant à Fontainebleau au mois de septembre, un arrêt du Conseil d'en haut, qui cassa l'arrêt du Parlement et qui leva toutes ces modifications. La Chambre des vacations y répondit par un autre, qui ordonna que celui du Parlement serait exécuté[2].

Le Conseil, voyant qu'il ne pouvait tirer aucun argent de ce côté-là, témoigna au Parlement que puisqu'il ne voulait point de nouveaux édits, il ne devait pas au moins s'opposer à l'exécution de ceux qui avaient été vérifiés autrefois dans la Compagnie; et sur ce fondement, il remit sur le tapis une déclaration qui avait été enregistrée il y avait deux ans, pour l'établissement de la chambre du domaine, qui était d'une charge terrible pour le peuple et d'une conséquence encore plus grande[3]. Le Parlement l'avait accordé ou par surprise ou par faiblesse. Le peuple se mutina, alla en troupe au Palais, maltraita de paroles le président de Thoré, fils d'Émeri[4]; le Parlement fut obligé de décréter contre les séditieux. La cour, ravie de le commettre avec le peuple, appuya le décret des régiments des gardes, français et suisses, le bourgeois s'alarma, monta dans les clochers des trois églises de la rue Saint-Denis, où les gardes avaient paru. Le provôt des marchands[5] avertit le Palais-Royal que tout est sur le point de prendre les armes. L'on fait retirer les gardes en disant que l'on ne les avait posées que pour accompagner le Roi, qui devait aller en cérémonie à Notre-Dame. Il y alla effectivement en grande pompe, dès le lendemain, pour couvrir le jeu; et le jour suivant, il monta au Parlement, sans l'avoir averti que la veille extrêmement tard. Il y porta cinq ou six édits tous plus ruineux les uns que les autres, qui ne furent communiqués aux gens du Roi que dans l'audience. Le premier président parla fort hardiment contre cette manière de mener le Roi au Palais, pour surprendre et pour forcer la liberté des suffrages.

Dès le lendemain, les maîtres des requêtes, auxquels un de ces édits vérifiés par la présence du Roi avait donné douze collègues[1], s'assemblent dans le lieu où ils tiennent la justice, que l'on appelle des requêtes du Palais, et prennent une résolution très ferme de ne point souffrir cette nouvelle création. La Reine les mande, les appelle de belles gens pour s'opposer aux volontés du Roi ; elle les interdit des conseils. Ils s'animent au lieu de s'étonner ; ils entrent dans la Grande Chambre[2], et ils demandent qu'ils soient reçus opposants à l'édit de création de leurs confrères ; et l'on leur donna acte de leur opposition.

Les chambres s'assemblent le même jour pour examiner les édits que le Roi avait fait vérifier en sa présence. La Reine commanda à la Compagnie de l'aller trouver par députés, au Palais-Royal, et elle leur témoigna être surprise de ce qu'ils se prétendaient toucher à ce que la présence du Roi avait consacré : ce furent les propres paroles du chancelier. Le premier président repartit que telle était la pratique du Parlement, et il en allégua les raisons, tirées de la nécessité de la liberté des suffrages. La Reine témoigna être satisfaite des exemples que l'on lui apporta ; mais comme elle vit, quelques jours après, que les délibérations allaient à mettre des modifications aux édits qui les rendaient presque infructueux, elle défendit, par la bouche des gens du Roi[3], au Parlement de continuer à prendre connaissance des édits jusques à ce qu'il lui eût déclaré en forme si il prétendait donner des bornes à l'autorité du Roi. Ceux qui étaient à la cour dans la Compagnie se servirent adroitement de l'embarras où elle se trouva pour répondre à cette question ; ils s'en servirent, dis-je, adroitement pour porter les choses à la douceur, et pour faire ajouter aux arrêts qui portaient les modifications que le tout serait exécuté sous le bon plaisir du Roi. La clause plut pour un moment à la Reine ; mais quand elle connut qu'elle n'empêchait pas que presque tous les édits ne fussent rejetés par le commun suffrage du Parlement, elle s'emporta, et elle leur déclara qu'elle voulait que tous les édits, sans exception, fussent exécutés pleinement, et sans modification aucune.

Dès le lendemain, M. le duc d'Orléans alla à la Chambre des comptes, où il porta ceux qui la regardaient ; et M. le prince de Conti, en l'absence de Monsieur le Prince, qui était déjà parti pour l'armée, alla à la Cour des aides pour y porter ceux qui la concernaient.

J'ai couru jusques ici à perte d'haleine sur ces matières, quoique nécessaires à ce récit, pour me trouver plus tôt sur une autre sans comparaison plus importante, et qui, comme je vous ai déjà dit ci-dessus, envenima toutes les autres. Ces deux compagnies que je vous viens de nommer ne se contentèrent pas seulement de répondre à Monsieur et à M. le prince de Conti avec beaucoup de vigueur, par la bouche de leurs premiers présidents ; mais aussitôt après, la Cour des aides députa vers la Chambre des comptes, pour lui demander union avec elle pour la réformation de l'État[1]. La Chambre des comptes l'accepta. L'une et l'autre s'assurèrent du Grand Conseil, et les trois ensemble demandèrent la jonction au Parlement, qui leur fut accordée avec joie[2], et exécutée à l'heure même au Palais, dans la salle que l'on appelle de Saint-Louis[3].

La vérité est que cette union, qui prenait pour son motif la réformation de l'État, pouvait avoir fort naturellement celui de l'intérêt particulier des officiers, parce que l'un des édits dont il s'agissait portait un retranchement considérable de leurs gages ; et la cour, qui se trouva étonnée et embarrassée au dernier point de l'arrêt d'union, affecta de lui donner, autant qu'elle put, cette couleur, pour le décréditer dans l'esprit des peuples.

La Reine ayant fait dire, par les gens du Roi, au Parlement, que comme cette union n'était faite que pour l'intérêt particulier des compagnies, et non pas pour la réformation de l'État, comme on le lui avait voulu faire croire d'abord, qu'elle n'y trouvait rien à redire, parce qu'il est toujours permis à tout le monde de représenter au Roi ses intérêts, et qu'il n'est jamais permis à personne de s'ingérer du gouvernement de l'État : le Parlement ne donna point dans ce panneau ; et comme il était aigri par l'enlèvement du Turcan et d'Argouges, conseillers au Grand Conseil[4], que la cour fit prendre la nuit, l'avant-veille de la Pentecôte, et par celui de Lotin, Dreux et Guérin, que l'on arrêta aussi incontinent après, il ne songea qu'à justifier et soutenir son arrêt d'union par des exemples. Le président de Novion[1] en trouva dans les registres, et l'on était sur le point de délibérer sur l'exécution, quand Le Plessis-Guénégaud[2], secrétaire d'État, entra dans le parquet, et mit entre les mains des gens du Roi un arrêt du Conseil d'en haut qui portait, en termes mêmes[3] injurieux, cassation de celui d'union des quatre compagnies. Le Parlement, ayant délibéré, ne répondit à cet arrêt du Conseil que par un avis, donné solennellement aux députés des trois autres compagnies, de se trouver le lendemain à deux heures de relevée[4], dans la salle de Saint-Louis ; la cour, outrée de ce procédé[5], s'avisa de l'expédient du monde le plus bas et le plus ridicule, qui fut d'avoir la feuille de l'arrêt. Du Tillet, greffier en chef, auquel elle l'avait demandée, ayant répondu qu'elle était entre les mains du greffier commis, Le Plessis-Guénégaud et Carnavalet, lieutenant des gardes du corps, le mirent dans un carrosse, et l'amenèrent au greffe pour la chercher. Les marchands s'en aperçurent ; le peuple se souleva, et le secrétaire et le lieutenant furent très heureux de se sauver.

Le lendemain, à sept heures du matin, le Parlement eut ordre d'aller au Palais-Royal, et d'y porter l'arrêté du jour précédent, qui était celui par lequel le Parlement avait ordonné que les autres compagnies seraient priées de se trouver, à deux heures, dans la Chambre de Saint-Louis. Comme ils furent arrivés au Palais-Royal, M. Le Tellier[6] demanda à Monsieur le Premier Président si il avait apporté la feuille ; et le premier président lui ayant répondu que non, et qu'il en dirait les raisons à la Reine, il y eut dans le Conseil des avis différents. L'on prétend que la Reine était assez portée à arrêter le Parlement ; personne ne fut de son avis, qui, à la vérité, n'était pas soutenable, vu la disposition des peuples. L'on prit un parti plus modéré. Le chancelier fit à la Compagnie une forte réprimande en présence du Roi et de toute la cour, et il fit lire en même temps un second arrêt du Conseil, portant cassation du dernier arrêté, défenses de s'assembler sur peine de rébellion, et ordre d'insérer dans les registres cet arrêt, en la place de celui de l'union.

Cela se passa le matin. Dès l'après-dîner, les députés des quatre compagnies se trouvèrent dans la salle de Saint-Louis, au très grand mépris de l'arrêt du Conseil d'en haut. Le Parlement s'assembla de son côté, à l'heure ordinaire, pour délibérer de ce qui était à faire à l'égard de l'arrêt du Conseil d'en haut, qui avait cassé celui de l'union, et qui avait défendu la continuation des assemblées. Et vous remarquerez, si il vous plaît, qu'ils y désobéissaient même en y délibérant, parce qu'il leur avait été expressément enjoint de n'y pas délibérer. Comme tout le monde voulait opiner avec pompe et avec éclat sur une matière de cette importance, quelques jours se passèrent devant que la délibération pût être achevée, ce qui donna lieu à Monsieur, qui connut que le Parlement infailliblement n'obéirait pas, de proposer un accommodement.

Les présidents au mortier et le doyen de la Grande Chambre se trouvèrent au palais d'Orléans[1], avec le cardinal Mazarin et le chancelier. L'on y fit quelques propositions, qui furent rapportées au Parlement, et rejetées avec d'autant plus d'emportement que la première, qui concernait le droit annuel, accordait aux compagnies tout ce qu'elles pouvaient souhaiter pour leur intérêt particulier. Le Parlement affecta de marquer qu'il ne songeait qu'au public, et il donna enfin arrêt[2] par lequel il fut dit que la Compagnie demeurerait assemblée, et que très humbles remontrances seraient faites au Roi pour lui demander la cassation des arrêts du Conseil. Les gens du Roi demandèrent audience à la Reine, pour le Parlement, le soir même. Elle les manda, dès le lendemain, par une lettre de cachet. Le premier président parla avec une grande force : il exagéra[3] la nécessité de ne point ébranler ce milieu qui est entre les peuples et les rois ; il justifia par des exemples illustres et fameux la possession où les compagnies avaient été, depuis si longtemps, et de s'unir et de s'assembler. Il se plaignit hautement de la cassation de l'arrêt d'union, et il conclut, par une instance très ferme et très vigoureuse, à ce que les contraires, donnés par le Conseil d'en haut, fussent supprimés. La cour, beaucoup plus émue par la disposition des peuples que par les remontrances du Parlement, plia tout d'un coup, et fit dire par les gens du Roi à la Compagnie que le Roi lui permettait d'exécuter l'arrêt d'union de s'assembler et de travailler avec les autres compagnies à ce qu'elle jugerait à propos pour le bien de l'État.

Jugez de l'abattement du cabinet ; mais vous n'en jugerez pas assurément comme le vulgaire, qui crut que la faiblesse du cardinal Mazarin, en cette occasion, donna le dernier coup à l'affaiblissement de l'autorité royale. Il ne pouvait faire en ce rencontre que ce qu'il fit ; mais il est juste de rejeter sur son imprudence ce que nous n'attribuons pas à sa faiblesse ; et il est inexcusable de n'avoir pas prévu et de n'avoir pas prévenu les conjonctures dans lesquelles l'on ne peut plus faire que des fautes. J'ai observé que la fortune ne met jamais les hommes en cet état, qui est de tous le plus malheureux, et que personne n'y tombe que ceux qui s'y précipitent par leurs fautes. J'en ai recherché la raison et je ne l'ai point trouvée ; mais j'en suis convaincu par les exemples. Si le cardinal Mazarin eût tenu ferme dans l'occasion dont je vous viens de parler, il se serait sûrement attiré des barricades et la réputation d'un téméraire et d'un forcené. Il a cédé au torrent : j'ai vu peu de gens qui ne l'aient accusé de faiblesse. Ce qui est constant est que l'on en conçut beaucoup de mépris pour le ministre, et que bien qu'il eût essayé d'adoucir les esprits par l'exil d'Émeri, à qui il ôta la surintendance, le Parlement, aussi persuadé de sa propre force que de l'impuissance de la cour, le poussa par toutes les voies qui peuvent anéantir le gouvernement d'un favori.

La Chambre de Saint-Louis[1] fit sept propositions, dont la moins forte était de cette nature. La première sur laquelle le Parlement délibéra fut la révocation des intendants[2]. La cour, qui se sentit touchée à la prunelle de l'œil, obligea M. le duc d'Orléans d'aller au Palais, pour en représenter à la Compagnie les conséquences, et la prier de surseoir seulement pour trois mois l'exécution de son arrêt, pendant lesquels il avait des propositions à faire, qui seraient certainement très avantageuses au public. L'on lui accorda trois jours de délai, à condition qu'il n'en fût rien écrit dans le registre et que la conférence se fît incessamment. Les députés des quatre compagnies se trouvèrent au palais d'Orléans. Le chancelier insista fort sur la nécessité de conserver les intendants dans les provinces, et sur l'inconvénient qu'il y aurait à faire le procès, comme l'arrêt du Parlement le portait, à ceux d'entre eux qui auraient malversé, parce qu'il serait impossible que les partisans[1] ne se trouvassent engagés dans ces procédures, ce qui serait ruiner les affaires du Roi, en obligeant à des banqueroutes ceux qui les soutenaient par leurs avances et par leur crédit. Le Parlement ne se rendant point à cette raison, le chancelier se réduisit à demander que les intendants ne fussent point révoqués par arrêt du Parlement, mais par une déclaration du Roi, afin que les peuples eussent au moins l'obligation de leur soulagement à Sa Majesté. L'on consentit avec peine à cette proposition ; elle passa toutefois au plus de voix[2]. Mais lorsque la déclaration fut portée au Parlement, elle fut trouvée défectueuse, en ce qu'en révoquant les intendants, elle n'ajoutait pas que l'on recherchât leur gestion.

M. le duc d'Orléans, qui l'était venu porter au Parlement, n'ayant pu la faire passer, la cour s'avisa d'un expédient, qui fut d'en envoyer une autre, qui portait l'établissement d'une chambre de justice, pour faire le procès aux délinquants. La Compagnie s'aperçut bien facilement que la proposition de cette chambre de justice, dont les officiers et l'exécution serait[3] toujours à la disposition des ministres, ne tendait qu'à tirer les voleurs de la main du Parlement ; elle passa toutefois encore au plus de voix, en présence de M. d'Orléans, qui en fit vérifier une autre le même jour, par laquelle le peuple était déchargé du huitième des tailles, quoique l'on eût promis au Parlement de le décharger du quart.

M. d'Orléans y vint encore, quelques jours après, porter une troisième déclaration, par laquelle le Roi voulait qu'il ne se fît plus aucune levée d'argent qu'en vertu de déclarations vérifiées en Parlement. Rien ne paraissait plus spécieux ; mais comme la Compagnie savait que l'on ne pensait qu'à l'amuser et qu'à autoriser pour le passé toutes celles qui n'y avaient pas été vérifiées, elle ajouta la clause de défense que l'on ne lèverait rien en vertu de celles qui se trouveraient de cette nature. Le ministre, désespéré du peu de succès de cet artifice, de l'inutilité des efforts qu'il avait faits pour semer de la jalousie entre les quatre compagnies, et d'une proposition sur laquelle on était prêt de délibérer, qui allait à la radiation de tous les prêts faits au Roi sous des usures immenses, le ministre, dis-je, outré de rage et de douleur, et poussé par tous les courtisans, qui avaient mis presque tout leur bien dans ces prêts[1], se résolut à un expédient qu'il crut décisif, et qui lui réussit aussi peu que les autres. Il fit monter le Roi au Parlement, à cheval et en grande pompe, et il y porta une déclaration remplie des plus belles paroles du monde, de quelques articles utiles au public et de beaucoup d'autres très obscurs et très ambigus.

La défiance que le peuple avait de toutes les démarches de la cour fit que cette entrée ne fut pas accompagnée de l'applaudissement ni même des cris accoutumés[2]. Les suites n'en furent pas plus heureuses. La Compagnie commença, dès le lendemain, à examiner la déclaration et à la contrôler presque en tous ses points, mais particulièrement en celui qui défendait aux compagnies de continuer les assemblées de la Chambre de Saint-Louis. Elle n'eut pas plus de succès dans la Chambre des comptes et dans la Cour des aides, dont les premiers présidents firent des harangues très fortes à Monsieur et à M. le prince de Conti. Le premier vint quelques jours de suite au Parlement, pour l'exhorter à ne point toucher à la déclaration. Il menaça, il pria ; enfin, après des efforts incroyables, il obtint que l'on surseoirait à délibérer jusques au 17 du mois, après quoi l'on continuerait incessamment à le faire, tant sur la déclaration que sur les propositions de la Chambre de Saint-Louis.

L'on n'y manqua pas. L'on examina article par article, et l'arrêt donné par le Parlement sur le troisième, désespéra la cour. Il portait, en modifiant la déclaration, que toutes les levées d'argent ordonnées par déclarations non vérifiées n'auraient point de lieu. M. le duc d'Orléans ayant encore été au Parlement pour l'obliger à adoucir cette clause, et n'y ayant rien gagné, la cour se résolut à en venir aux extrémités, et à se servir de l'éclat que la bataille de Lens fit justement dans ce temps-là, pour éblouir les peuples et pour les obliger de consentir à l'oppression du Parlement.

Voilà un crayon très léger d'un portrait bien sombre et bien désagréable, qui vous a représenté, comme dans un nuage et comme en raccourci, les figures si différentes et les postures si bigearres[1] des principaux corps de l'État. Ce que vous allez voir est d'une peinture plus égayée, et les factions et les intrigues y donneront du coloris.

La nouvelle de la victoire de Monsieur le Prince à Lens[2] arriva à la cour le 24 d'août, en l'année 1648. Chastillon[3] l'apporta, et il me dit, un quart d'heure après qu'il fut sorti du Palais-Royal, que Monsieur le Cardinal lui avait témoigné beaucoup moins de joie de la victoire, qu'il ne lui avait fait paraître de chagrin de ce qu'une partie de la cavalerie espagnole s'était sauvée. Vous remarquerez, si il vous plaît, qu'il parlait à un homme qui était entièrement à Monsieur le Prince, et qu'il lui parlait de l'une des plus belles actions qui se soient jamais faites dans la guerre. Elle est imprimée en tant de lieux, qu'il serait fort inutile de vous en rapporter ici le détail. Je ne me puis empêcher de vous dire que le combat étant presque perdu, Monsieur le Prince le rétablit et le gagna par un seul coup de cet œil d'aigle que vous lui connaissez, qui voit tout dans la guerre et qui ne s'y éblouit jamais[4].

Le jour que la nouvelle en arriva à Paris, je trouvai M. de Chavigni à l'hôtel de Lesdiguières, qui me l'apprit et qui me demanda si je ne gagerais pas que le Cardinal serait assez innocent pour ne pas se servir de cette occasion pour remonter sur sa bête. Ce furent ses propres paroles. Elles me touchèrent, parce que connaissant comme je connaissais et l'humeur et les maximes violentes de Chavigni, et sachant d'ailleurs qu'il était très mal satisfait du Cardinal, ingrat au dernier point envers son bienfaiteur, je ne doutai pas qu'il ne fût très capable d'aigrir les choses par de mauvais conseils. Je le dis à Mme de Lesdiguières[5], et je lui ajoutai que je m'en allais de ce pas au Palais-Royal, dans la résolution de continuer ce que j'y avais commencé. Il est nécessaire, pour l'intelligence de ces deux dernières paroles, que je vous rende compte d'un petit détail qui me regarde en mon particulier.

Dans le cours de cette année d'agitation que je viens de toucher, je me trouvai moi-même dans un mouvement intérieur qui n'était connu que de fort peu de personnes. Toutes les humeurs de l'État étaient si émues par la chaleur de Paris, qui en est le chef, que je jugeais bien que l'ignorance du médecin ne préviendrait pas la fièvre, qui en était comme la suite nécessaire. Je ne pouvais ignorer que je ne fusse très mal dans l'esprit du Cardinal. Je voyais la carrière ouverte, même pour la pratique, aux grandes choses, dont la spéculation m'avait beaucoup touché dès mon enfance; mon imagination me fournissait toutes les idées du possible; mon esprit ne les désavouait pas, et je me reprochais à moi-même la contrariété que je trouvais dans mon cœur à les entreprendre. Je m'en remerciai, après en avoir examiné à fonds l'intérieur, et je connus que cette opposition ne venait que d'un bon principe.

Je tenais la coadjutorerie de la Reine; je ne savais point diminuer mes obligations par les circonstances : je crus que je devais sacrifier à la reconnaissance et mes ressentiments et même les apparences de ma gloire; et quelque instance que me firent Montrésor et Laigue[1], je me résolus de m'attacher purement à mon devoir, et de n'entrer en rien de tout ce qui se disait et de tout ce qui se faisait en ce temps-là contre la cour. Le premier de ces deux hommes que je vous viens de nommer avait été toute sa vie nourri dans les factions de Monsieur, et il était d'autant plus dangereux pour conseiller les grandes choses, qu'il les avait beaucoup plus dans l'esprit que dans le cœur. Les gens de ce caractère n'exécutent rien, et par cette raison ils conseillent tout. Laigue n'avait qu'un fort petit sens; mais il était très brave et très présomptueux : les esprits de cette nature osent tout ce que ceux à qui ils ont confiance leur persuadent. Ce dernier, qui était absolument entre les mains de Montrésor, l'échauffait, comme il arrive toujours, après en avoir été persuadé, et ces deux hommes joints ensemble ne me laissaient pas un jour de repos, pour me faire voir, s'imaginaient-ils, ce que, sans vanité, j'avais vu plus de six mois devant eux.

Je demeurai ferme dans ma résolution ; mais comme je n'ignorais pas que son innocence et sa droiture me brouilleraient, dans les suites presque autant avec la cour qu'aurait pu faire la contraire[1], je pris en même temps celle de me précautionner contre les mauvaises intentions du ministre : et du côté de la cour même, en y agissant avec autant de sincérité et de zèle que de liberté ; et du côté de la ville, en y ménageant avec soin tous mes amis, et en n'oubliant rien de tout ce qui y pouvait être nécessaire pour m'attirer, ou plutôt pour me conserver l'amitié des peuples. Je ne vous puis mieux exprimer le second, qu'en vous disant que depuis le 28 de mars jusques au 25 d'août je dépensai trente-six mille écus en aumônes ou en libéralités. Je ne crus pas pouvoir mieux exécuter le premier, qu'en disant à la Reine et au Cardinal la vérité des dispositions que je voyais dans Paris, dans lesquelles la flatterie et la préoccupation ne leur permirent jamais de pénétrer. Comme un troisième voyage en Anjou de Monsieur l'Archevêque m'avait remis en fonction, je pris cette occasion pour leur témoigner que je me croyais obligé à leur en rendre compte, ce qu'ils reçurent l'un et l'autre avec assez de mépris ; et je leur en rendis compte effectivement, ce qu'ils reçurent l'un et l'autre avec beaucoup de colère. Celle du Cardinal s'adoucit au bout de quelques jours ; mais ce ne fut qu'en apparence : elle ne fit que se déguiser. J'en connus l'art, et j'y remédiai ; car comme je vis qu'il ne se servait des avis que je lui donnais que pour faire croire dans le monde que j'étais assez intimement avec lui pour lui rapporter ce que je découvrais, même au préjudice des particuliers, je ne lui parlai plus de rien que je ne disse publiquement à table en revenant cheux moi. Je me plaignis même à la Reine de l'artifice du Cardinal, que je lui démontrai par deux circonstances particulières ; et ainsi, sans discontinuer ce que le poste où j'étais m'obligeait de faire pour le service du Roi, je me servis des mêmes avis que je donnais à la cour pour faire voir au Parlement que je n'oubliais rien pour éclairer le ministère et pour dissiper les nuages, dont les intérêts des subalternes et la flatterie des courtisans ne manquent jamais de l'offusquer.

Comme le Cardinal eut aperçu que j'avais tourné son art contre lui-même, il ne garda presque plus de mesures avec moi ; et un jour, entre autres, que je disais à la Reine, devant lui, que la chaleur des esprits était telle qu'il n'y avait plus que la douceur qui les pût ramener, il ne me répondit que par un apologue italien, qui porte qu'au temps que les bêtes parlaient, le loup assura avec serment un troupeau de brebis qu'il le protégerait contre tous ses camarades, pourvu que l'une d'entre elles allât, tous les matins, lécher une blessure qu'il avait reçue d'un chien. Voilà le moins désobligeant des apophtegmes dont il m'honora trois ou quatre mois durant : ce qui m'obligea de dire, un jour, en sortant du Palais-Royal, à M. le maréchal de Villeroi[1] que j'y avais fait deux réflexions : l'une, qu'il sied encore plus mal à un ministre de dire des sottises que d'en faire ; et l'autre, que les avis que l'on leur donne passent pour des crimes toutes les fois que l'on ne leur est pas agréable.

Voilà l'état où j'étais à la cour quand je sortis de l'hôtel de Lesdiguières, pour remédier, autant que je pourrais, au mauvais effet que la nouvelle de la victoire de Lens et la réflexion de M. de Chavigni m'avait fait appréhender. Je trouvai la Reine dans un emportement de joie inconcevable. Le Cardinal me parut plus modéré. L'un et l'autre affecta une douceur extraordinaire ; et le Cardinal particulièrement me dit qu'il se voulait servir de l'occasion présente pour faire connaître aux compagnies qu'il était bien éloigné des sentiments de vengeance que l'on lui attribuait, et qu'il prétendait que tout le monde confesserait, dans peu de jours, que les avantages remportés par les armes du Roi auraient bien plus adouci qu'élevé l'esprit de la cour. J'avoue que je fus dupe. Je le crus : j'en eus joie.

Je prêchai le lendemain à Saint-Louis des jésuites[2], devant le Roi et devant la Reine. Le Cardinal, qui y était aussi, me remercia au sortir du sermon, de ce qu'en expliquant au Roi le testament de saint Louis (c'était le jour de sa fête), je lui avais recommandé, comme il est porté par le même testament, le soin de ses grandes villes. Vous allez voir la sincérité de toutes ces confidences.

Le lendemain de la fête, c'est-à-dire le 26 d'août de 1648, le Roi alla au *Te Deum*. L'on borda, selon la coutume, depuis le Palais-Royal jusques à Notre-Dame, toutes les rues de soldats du régiment des gardes. Aussitôt que le Roi fut revenu au Palais-Royal, l'on forma de tous ces soldats trois bataillons, qui demeurèrent sur le Pont-Neuf et dans la place Dauphine. Comminges[1], lieutenant des gardes de la Reine, enleva dans un carrosse fermé le bonhomme Broussel[2], conseiller de la Grande Chambre, et il le mena à Saint-Germain. Blancmesnil[3], président aux Enquêtes, fut pris en même temps aussi cheux lui, et il fut conduit au bois de Vincennes. Vous vous étonnerez du choix de ce dernier ; et si vous aviez connu le bonhomme Broussel, vous ne seriez pas moins surprise du sien. Je vous expliquerai ce détail en temps et lieu ; mais je ne vous puis exprimer la consternation qui parut dans Paris le premier quart d'heure de l'enlèvement de Broussel, et le mouvement qui s'y fit dès le second. La tristesse, ou plutôt l'abattement, saisit jusques aux enfants ; l'on se regardait et l'on ne se disait rien.

L'on éclata tout d'un coup : l'on s'émut, l'on courut, l'on cria, l'on ferma les boutiques. J'en fus averti, et quoique je ne fusse pas insensible à la manière dont j'avais été joué la veille au Palais-Royal, où l'on m'avait même prié de faire savoir à ceux qui étaient de mes amis dans le Parlement que la bataille de Lens n'y avait causé que des mouvements de modération et de douceur, quoique, dis-je, je fusse très piqué, je ne laissai pas de prendre le parti, sans balancer, d'aller trouver la Reine et de m'attacher à mon devoir préférablement à toutes choses. Je le dis en ces propres termes à Chapelain, à Gomberville[4] et à Plot, chanoine de Notre-Dame et présentement chartreux, qui avaient dîné cheux moi. Je sortis en rochet et camail[5], et je ne fus pas au Marché-Neuf[6] que je fus accablé d'une foule de peuple, qui hurlait plutôt qu'il ne criait. Je m'en démêlai en leur disant que la Reine leur ferait justice. Je trouvai sur le Pont-

Neuf le maréchal de La Meilleraie[1] à la tête des gardes, qui, bien qu'il n'eût encore en tête que quelques enfants qui disaient des injures et qui jetaient des pierres aux soldats, ne laissait pas d'être fort embarrassé, parce qu'il voyait que les nuages commençaient à se grossir de tous côtés. Il fut très aise de me voir, il m'exhorta à dire à la Reine la vérité. Il s'offrit d'en venir lui-même rendre témoignage. J'en fus très aise à mon tour, et nous allâmes ensemble au Palais-Royal, suivis d'un nombre infini de peuple, qui criait : « Broussel ! Broussel ! Broussel ! »

Nous trouvâmes la Reine dans le grand cabinet, accompagnée de M. le duc d'Orléans, du cardinal Mazarin, de M. de Longueville, du maréchal de Villeroi, de l'abbé de La Rivière, de Bautru, de Guitaut, capitaine de ses gardes[2], et de Nogent[3]. Elle ne me reçut ni bien ni mal. Elle était trop fière et trop aigre pour avoir de la honte de ce qu'elle m'avait dit la veille ; et le Cardinal n'était pas assez honnête homme pour en avoir de la bonne. Il me parut toutefois un peu embarrassé, et il me fit une espèce de galimatias[4] par lequel, sans me l'oser toutefois dire, il eût été bien aise que j'eusse conçu qu'il y avait eu des raisons toutes nouvelles qui avaient obligé la Reine à se porter à la résolution que l'on avait prise. Je feignis que je prenais pour bon tout ce qu'il lui plut de me dire, et je lui répondis simplement que j'étais venu là pour me rendre à mon devoir, pour recevoir les commandements de la Reine, et pour contribuer de tout ce qui serait en mon pouvoir au repos et à la tranquillité. La Reine me fit un petit signe de la tête, comme pour me remercier ; mais je sus depuis qu'elle avait remarqué, et remarqué en mal, cette dernière parole, qui était pourtant très innocente et même fort dans l'ordre, en la bouche d'un coadjuteur de Paris. Mais il est vrai de dire qu'auprès des princes il est aussi dangereux et presque aussi criminel de pouvoir le bien que de vouloir le mal.

Le maréchal de La Meilleraie, qui vit que La Rivière, Bautru et Nogent traitaient l'émotion de bagatelle, et qu'ils la tournaient même en ridicule, s'emporta : il parla avec force, il s'en rapporta à mon témoignage. Je le rendis avec liberté, et je confirmai ce qu'il avait dit et prédit du mouvement. Le Cardinal sourit malignement, et la Reine se mit en colère, en proférant, de son fausset aigri et élevé, ces propres mots : « Il y a de la révolte à s'imaginer que l'on se puisse révolter ; voilà les contes ridicules de ceux qui la veulent. L'autorité du Roi y donnera bon ordre. » Le Cardinal, qui s'aperçut à mon visage que j'étais un peu ému de ce discours, prit la parole, et, avec un ton doux, il répondit à la Reine : « Plût à Dieu, Madame, que tout le monde parlât avec la même sincérité que parle Monsieur le Coadjuteur ! Il craint pour son troupeau ; il craint pour la ville ; il craint pour l'autorité de Votre Majesté. Je suis persuadé que le péril n'est pas au point qu'il se l'imagine ; mais le scrupule sur cette matière est en lui une religion louable. » La Reine, qui entendait le jargon du Cardinal, se remit tout d'un coup : elle me fit des honnêtetés, et j'y répondis par un profond respect, et par une mine si niaise, que La Rivière dit à l'oreille à Bautru, de qui je le sus quatre jours après : « Voyez ce que c'est que de n'être pas jour et nuit en ce pays-ci. Le coadjuteur est homme du monde ; il a de l'esprit : il prend pour bon ce que la Reine lui vient de dire. » La vérité est que tout ce qui était dans ce cabinet jouait la comédie[1] : je faisais l'innocent, et je ne l'étais pas, au moins en ce fait ; le Cardinal faisait l'assuré, et il ne l'était pas si fort qu'il le paraissait ; il y eut quelques moments où la Reine contrefit la douce, et elle ne fut jamais plus aigre ; M. de Longueville témoignait de la tristesse, et il était dans une joie sensible, parce que c'était l'homme du monde qui aimait le mieux les commencements de toutes affaires ; M. le duc d'Orléans faisait l'empressé et le passionné en parlant à la Reine, et je ne l'ai jamais vu chiffler[2] avec plus d'indolence qu'il chiffla une demi-heure en entretenant Guerchi[3] dans la petite chambre grise ; le maréchal de Villeroi faisait le gai pour faire sa cour au ministre, et il m'avouait en particulier, les larmes aux yeux, que l'État était sur le bord du précipice ; Bautru et Nogent bouffonnaient, et représentaient, pour plaire à la Reine, la nourrice du vieux Broussel (remarquez, je vous supplie, qu'il avait quatre-vingts ans), qui animait le peuple à la sédition, quoiqu'ils connussent très bien l'un et l'autre que la tragédie ne serait peut-être pas fort éloignée de la farce. Le seul et unique abbé de La Rivière était convaincu que l'émotion du peuple n'était qu'une fumée : il le soutenait à la Reine, qui l'eût voulu croire, quand même elle eût été persuadée du contraire ; et je remarquai dans un même instant, et par la disposition de la Reine, qui était la personne du monde la plus hardie, et par celle de La Rivière, qui était le poltron le plus signalé de son siècle, que l'aveugle témérité et la peur outrée produisent les mêmes effets lorsque le péril n'est pas connu.

Afin qu'il ne manquât aucun personnage au théâtre, le maréchal de La Meilleraie, qui jusque-là était demeuré très ferme avec moi à représenter la conséquence du tumulte, prit celui du capitan[1]. Il changea tout d'un coup et de ton et de sentiment sur ce que le bonhomme Vennes, lieutenant-colonel des gardes, vint dire à la Reine que les bourgeois menaçaient de forcer les gardes. Comme il était tout pétri de bile et de contretemps, il se mit en colère jusques à l'emportement et même jusques à la fureur. Il s'écria qu'il fallait périr plutôt que de souffrir cette insolence, et il pressa que l'on lui permît de prendre les gardes, les officiers de la maison et tous les courtisans qui étaient dans les antichambres, en assurant qu'il terrasserait toute la canaille. La Reine donna même avec ardeur dans son sens ; mais ce sens ne fut appuyé de personne ; et vous verrez par l'événement qu'il n'y en a jamais eu un de plus réprouvé. Le chancelier entra dans le cabinet à ce moment. Il était si faible de son naturel qu'il n'y avait jamais dit, jusques à cette occasion, aucune parole de vérité ; mais en celle-ci la complaisance céda à la peur. Il parla, et il parla selon ce que lui dictait ce qu'il avait vu dans les rues. J'observai que le Cardinal parut fort touché de la liberté d'un homme en qui il n'en avait jamais vu. Mais Senneterre, qui entra presque en même temps, effaça en moins d'un rien ces premières idées, en assurant que la chaleur du peuple commençait à se ralentir, que l'on ne prenait point les armes, et qu'avec un peu de patience tout irait bien.

Il n'y a rien de si dangereux que la flatterie dans les

conjonctures où celui que l'on flatte peut avoir peur. L'envie qu'il a de ne la pas prendre fait qu'il croit à tout ce qui l'empêche d'y remédier. Ces avis, qui arrivaient de moment à autre, faisaient perdre inutilement ceux dans lesquels on peut dire que le salut de l'État était enfermé. Le vieux Guitaut, homme de peu de sens, mais très affectionné[1], s'en impatienta plus que les autres, et il dit, d'un ton de voix encore plus rauque qu'à son ordinaire, qu'il ne comprenait pas comme il était possible de s'endormir en l'état où étaient les choses. Il ajouta je ne sais quoi entre ses dents, que je n'entendis pas, mais qui apparemment piqua le Cardinal, qui d'ailleurs ne l'aimait pas, et qui lui répondit : « Hé bien ! Monsieur de Guitaut, quel est votre avis ? — Mon avis est, Monsieur, lui repartit brusquement Guitaut, de rendre ce vieux coquin de Broussel mort ou vif. » Je pris la parole et je lui dis : « Le premier ne serait ni de la piété ni de la prudence de la Reine ; le second pourrait faire cesser le tumulte. » La Reine rougit à ce mot, et elle s'écria : « Je vous entends, Monsieur le Coadjuteur ; vous voudriez que je donnasse la liberté à Broussel : je l'étranglerais plutôt avec ces deux mains. » Et en achevant cette dernière syllabe, elle me les porta presque au visage, en ajoutant : « Et ceux qui... » Le Cardinal, qui ne douta point qu'elle ne m'allât dire tout ce que la rage peut inspirer, s'avança ; il lui parla à l'oreille. Elle se composa, et à un point que, si je ne l'eusse bien connue, elle m'eût paru bien radoucie.

Le lieutenant civil[2] entra à ce moment dans le cabinet, avec une pâleur mortelle sus le visage, et je n'ai jamais vu à la comédie italienne de peur si naïvement et si ridiculement représentée que celle qu'il fit voir à la Reine en lui racontant les aventures de rien qui lui étaient arrivées depuis son logis jusques au Palais-Royal. Admirez, je vous supplie, la sympathie des âmes timides. Le cardinal Mazarin n'avait jusque-là été que médiocrement touché de ce que M. de La Meilleraie et moi lui avions dit avec assez de vigueur, et La Rivière n'en avait pas été seulement ému. La frayeur du lieutenant civil se glissa, je crois, par contagion, dans leur imagination, dans leur esprit, dans leur cœur. Ils nous parurent tout à coup métamorphosés; ils ne me traitèrent plus de ridicule; ils avouèrent que l'affaire méritait de la réflexion; ils consultèrent, et ils souffrirent que Monsieur, M. de Longueville, le chancelier, le maréchal de Villeroi et celui de La Meilleraie, et le coadjuteur prouvassent, par bonnes raisons, qu'il fallait rendre Broussel devant que les peuples, qui menaçaient de prendre les armes, les eussent prises effectivement.

Nous éprouvâmes en ce rencontre qu'il est bien plus naturel à la peur de consulter[1] que de décider. Le Cardinal, après une douzaine de galimatias qui se contredisaient les uns les autres, conclut à se donner encore du temps jusques au lendemain, et de faire connaître, en attendant, au peuple que la Reine lui accordait la liberté de Broussel, pourvu qu'il se séparât et qu'il ne continuât pas à la demander en foule. Le Cardinal ajouta que personne ne pouvait plus agréablement ni plus efficacement que moi porter cette parole. Je vis le piège; mais je ne pus m'en défendre, et d'autant moins que le maréchal de La Meilleraie, qui n'avait point de vue, y donna même avec impétuosité, et m'y entraîna, pour ainsi parler, avec lui. Il dit à la Reine qu'il sortirait avec moi dans les rues et que nous y ferions des merveilles. « Je n'en doute point, lui répondis-je, pourvu qu'il plaise à la Reine de nous faire expédier en bonne forme la promesse de la liberté des prisonniers; car je n'ai pas assez de crédit parmi le peuple pour m'en faire croire sans cela. » L'on me loua de ma modestie. Le maréchal ne douta de rien : « La parole de la Reine valait mieux que tous les écrits ! » En un mot, l'on se moqua de moi, et je me trouvai tout d'un coup dans la cruelle nécessité de jouer le plus méchant personnage où peut-être jamais particulier se soit rencontré. Je voulus répliquer; mais la Reine entra brusquement dans sa chambre grise; Monsieur me poussa, mais tendrement, avec ses deux mains, en me disant : « Rendez le repos à l'État »; le maréchal m'entraîna, et tous les gardes du corps me portaient amoureusement sur leurs bras, en me criant : « Il n'y a que vous qui puissiez remédier au mal. » Je sortis ainsi avec mon rochet et mon camail, en donnant des bénédictions à droit et à gauche, et vous croyez bien que cette occupation ne m'empêchait pas de faire toutes les réflexions convenables à l'embarras dans lequel je me trouvais[1]. Je pris toutefois, sans balancer, le parti d'aller purement à mon devoir, de prêcher l'obéissance et de faire mes efforts pour apaiser le tumulte. La seule mesure que je me résolus de garder fut celle de ne rien promettre en mon nom au peuple, et de lui dire simplement que la Reine m'avait assuré qu'elle rendrait Broussel, pourvu que l'on fît cesser l'émotion[2].

L'impétuosité du maréchal de La Meilleraie ne me laissa pas lieu de mesurer mes expressions; car au lieu de venir avec moi comme il m'avait dit, il se mit à la tête des chevau-légers de la garde, et il s'avança, l'épée à la main, en criant de toute sa force: « Vive le Roi! Liberté à Broussel! » Comme il était vu de beaucoup plus de gens qu'il n'y en avait qui l'entendissent, il échauffa beaucoup plus de monde par son épée qu'il n'en apaisa par sa voix. L'on cria aux armes. Un crocheteur[3] mit un sabre à la main vis-à-vis des Quinze-Vingts[4]: le maréchal le tua d'un coup de pistolet. Les cris redoublèrent; l'on courut de tous côtés aux armes; une foule de peuple, qui m'avait suivi depuis le Palais-Royal, me porta plutôt qu'elle ne me poussa jusques à la Croix-du-Tiroir[5], et j'y trouvai le maréchal de La Meilleraie aux mains avec une grosse troupe de bourgeois, qui avaient pris les armes dans la rue de l'Arbre-Sec. Je me jetai dans la foule pour essayer de les séparer, et je crus que les uns et les autres porteraient au moins quelque respect à mon habit et à ma dignité. Je ne me trompai pas absolument; car le maréchal, qui était fort embarrassé, prit avec joie ce prétexte pour commander aux chevau-légers de ne plus tirer; et les bourgeois s'arrêtèrent, et se contentèrent de faire ferme dans le carrefour; mais il y en eut vingt ou trente qui sortirent avec des hallebardes et des mousquetons de la rue des Prouvelles, qui ne furent pas si modérés, et qui ne me voyant pas ou ne me voulant pas voir, firent une charge fort brusque aux chevau-légers, cassèrent d'un coup de pistolet le bras à Fontrailles, qui était auprès du maréchal l'épée à la main, blessèrent un de mes pages, qui portait le derrière de ma soutane, et me donnèrent à moi-même un coup de pierre au-dessous de l'oreille, qui me porta par terre[1]. Je ne fus pas plus tôt relevé, qu'un garçon d'apothicaire m'appuya le mousqueton dans la tête. Quoique je ne le connusse point du tout, je crus qu'il était bon de ne le lui pas témoigner dans ce moment, et je lui dis au contraire : « Ah ! malheureux ! si ton père te voyait... » Il s'imagina que j'étais le meilleur ami de son père, que je n'avais pourtant jamais vu. Je crois que cette pensée lui donna celle de me regarder plus attentivement. Mon habit lui frappa les yeux : il me demanda si j'étais Monsieur le Coadjuteur ; et aussitôt que je le lui eus dit, il cria : « Vive le coadjuteur ! » Tout le monde fit le même cri ; l'on courut à moi ; et le maréchal de La Meilleraie se retira avec plus de liberté au Palais-Royal, parce que j'affectai, pour lui en donner le temps, de marcher du côté des halles.

Tout le monde m'y suivit, et j'en eus besoin, car je trouvai cette fourmilière de fripiers toute en armes. Je les flattai, je les caressai, je les injuriai, je les menaçai : enfin je les persuadai. Ils quittèrent les armes, ce qui fut le salut de Paris, parce que, si ils les eussent eues encore à la main à l'entrée de la nuit, qui s'approchait, la ville eût été infailliblement pillée[2].

Je n'ai guère eu en ma vie de satisfaction plus sensible que celle-là ; et elle fut si grande, que je ne fis pas seulement de réflexion sur l'effet que le service que je venais de rendre devait[3] produire au Palais-Royal. Je dis *devait* ; car vous allez voir qu'il y en produisit un tout contraire. J'y allai avec trente ou quarante mille hommes qui me suivaient, mais sans armes, et je trouvai à la barrière le maréchal de La Meilleraie, qui transporté de la manière dont j'en avais usé à son égard, m'embrassa presque jusques à m'étouffer ; et il me dit ces propres paroles : « Je suis un fou, je suis un brutal, j'ai failli à perdre l'État, et vous l'avez sauvé. Venez, parlons à la Reine en Français véritables et en gens de bien ; et prenons des dates pour faire pendre à notre témoignage, à la majorité du Roi, ces pestes[4] de l'État, ces flatteurs infâmes, qui font croire à la Reine que cette affaire n'est rien. » Il fit une apostrophe aux officiers des gardes, en achevant cette dernière parole, la plus touchante, la plus pathétique et la plus éloquente qui soit peut-être jamais sortie de la bouche d'un homme de guerre, et il me porta plutôt qu'il ne me mena cheux la Reine. Il lui dit en entrant et en me montrant de la main : « Voilà celui, Madame, à qui je dois la vie, mais à qui Votre Majesté doit le salut de sa garde et peut-être celui du Palais-Royal. » La Reine se mit à sourire, mais d'une sorte de souris ambigu. J'y pris garde, mais je n'en fis pas semblant ; et pour empêcher M. le maréchal de La Meilleraie de continuer mon éloge, je pris la parole : « Non, Madame, il ne s'agit pas de moi, mais de Paris soumis et désarmé, qui se vient jeter aux pieds de Votre Majesté. — Il est bien coupable et peu soumis, repartit la Reine avec un visage plein de feu ; si il a été aussi furieux que l'on me l'a voulu faire croire, comment se serait-il pu adoucir en si peu de temps ? » Le maréchal, qui remarqua aussi bien que moi le ton de la Reine, se mit en colère, et il lui dit en jurant : « Madame, un homme de bien ne vous peut flatter en l'extrémité où sont les choses. Si vous ne mettez aujourd'hui Broussel en liberté, il n'y aura pas demain pierre sur pierre à Paris. » Je voulus ouvrir la bouche, pour appuyer ce que disait le maréchal ; la Reine me la ferma, en me disant d'un air de moquerie : « Allez vous reposer, Monsieur ; vous avez bien travaillé[1]. »

Je sortis ainsi du Palais-Royal ; et quoique je fusse ce que l'on appelle enragé[2], je ne dis pas un mot, de là jusques à mon logis, qui pût aigrir le peuple. J'en trouvai une foule innombrable qui m'attendait, et qui me força de monter sur l'impériale de mon carrosse, pour lui rendre compte de ce que j'avais fait au Palais-Royal. Je lui dis que j'avais témoigné à la Reine l'obéissance que l'on avait rendue à sa volonté, en posant les armes dans les lieux où l'on les avait prises et en ne les prenant pas dans ceux où l'on était sur le point de les prendre ; que la Reine m'avait fait paraître de la satisfaction de cette soumission, et qu'elle m'avait dit que c'était l'unique voie par laquelle l'on pouvait obtenir d'elle la liberté des prisonniers. J'ajoutai tout ce que je crus pour voir adoucir cette commune[3] ; et je n'y eus pas beaucoup de peine, parce que l'heure du souper approchait. Cette circonstance vous paraîtra ridicule, mais elle est fondée ; et j'ai observé qu'à Paris, dans les émotions populaires, les plus échauffés ne veulent pas ce qu'ils appellent se désheurer[1].

Je me fis saigner en arrivant cheux moi, car la contusion que j'avais au-dessous de l'oreille était fort augmentée ; mais vous croyez bien que ce n'était pas là mon plus grand mal. J'avais fort hasardé mon crédit dans le peuple, en lui donnant des espérances de la liberté de Broussel, quoique j'eusse observé fort soigneusement de ne lui en pas donner ma parole. Mais avais-je lieu d'espérer moi-même qu'un peuple pût distinguer entre les paroles et les espérances ? D'ailleurs, avais-je lieu de croire, après ce que j'avais connu de passé, après ce que je venais de voir du présent, que la cour fît seulement réflexion à ce qu'elle nous avait fait dire, à M. de La Meilleraie et à moi ? ou plutôt, n'avais-je pas tout sujet d'être persuadé qu'elle ne manquerait pas cette occasion de me perdre absolument dans le public, en lui laissant croire que je m'étais entendu avec elle pour l'amuser et pour le jouer ? Ces vues, que j'eus dans toute leur étendue, m'affligèrent ; mais elles ne me tentèrent point. Je ne me repentis pas un moment de ce que j'avais fait, parce que je fus persuadé et que le devoir et la bonne conduite m'y avaient obligé. Je m'enveloppai pour ainsi dire dans mon devoir ; j'eus honte d'avoir fait réflexion sur l'événement, et Montrésor étant entré là-dessus, et m'ayant dit que je me trompais si je croyais avoir beaucoup gagné à mon expédition, je lui répondis ces propres paroles : « J'y ai beaucoup gagné, en ce qu'au moins je me suis épargné une apologie en explication de bienfaits, qui est toujours insupportable à un homme de bien. Si je fusse demeuré cheux moi, dans une conjoncture comme celle-ci, la Reine, dont enfin je tiens ma dignité, aurait-elle sujet d'être contente de moi ? — Elle ne l'est nullement, reprit Montrésor ; et Mme de Navailles et Mme de Motteville[2] viennent de dire au prince de Guéméné[3] que l'on était persuadé au Palais-Royal qu'il n'avait pas tenu à vous d'émouvoir le peuple. »

J'avoue que je n'ajoutai aucune foi à ce discours de

Montrésor; car quoique j'eusse vu dans le cabinet de la Reine, que l'on s'y moquait de moi, je m'étais imaginé que cette malignité n'allait qu'à diminuer le mérite du service que j'avais rendu, et je ne me pouvais figurer que l'on fût capable de me le tourner à crime. Montrésor persistant à me tourmenter, et me disant que mon ami Jean-Louis de Fiesque n'aurait pas été de mon sentiment[1], je lui répondis que j'avais toute ma vie estimé les hommes plus par ce qu'ils ne faisaient pas en de certaines occasions que par tout ce qu'ils y eussent pu faire.

J'étais sur le point de m'endormir tranquillement dans ces pensées, lorsque Laigue arriva, qui venait du souper de la Reine, et qui me dit que l'on m'y avait tourné publiquement en ridicule, que l'on m'y avait traité d'homme qui n'avait rien oublié pour soulever le peuple sous prétexte de l'apaiser, que l'on avait chifflé dans les rues, qui avait fait semblant d'être blessé quoiqu'il ne le fût point, enfin qui avait été exposé deux heures entières à la raillerie fine de Bautru, à la bouffonnerie de Nogent, à l'enjouement de La Rivière, à la fausse compassion du Cardinal et aux éclats de rire de la Reine. Vous ne doutez pas que je ne fusse un peu ému; mais dans la vérité je ne le fus pas au point que vous le devez croire. Je me sentis plutôt de la tentation légère que de l'emportement[2]: tout me vint dans l'esprit, mais rien n'y demeura, et je sacrifiai, presque sans balancer, à mon devoir les idées les plus douces et les plus brillantes que les conjurations passées présentèrent à mon esprit en foule, aussitôt que le mauvais traitement que je voyais connu et public me donna lieu de croire que je pourrais entrer avec honneur dans les nouvelles.

Je rejetai, par le principe de l'obligation que j'avais à la Reine, toutes ces pensées, quoique à vous dire le vrai, je m'y fusse nourri dès mon enfance; et Laigue et Montrésor n'eussent certainement rien gagné sur mon esprit, ni par leurs exhortations ni par leurs reproches, si Argenteuil[3], qui depuis la mort de Monsieur le Comte, dont il avait été premier gentilhomme de la chambre, s'était fort attaché à moi, ne fût arrivé. Il entra dans ma chambre avec un visage fort effaré, et il me dit: « Vous êtes perdu; le maréchal de La Meilleraie m'a chargé de vous dire que le diable possède le Palais-Royal ; qu'il leur a mis dans l'esprit que vous avez fait tout ce que vous avez pu pour exciter la sédition ; que lui, maréchal de La Meilleraie, n'a rien oublié pour témoigner à la Reine et au Cardinal la vérité ; mais que l'un et l'autre se sont moqués de lui ; qu'il ne les peut excuser dans cette injustice, mais qu'aussi il ne les peut assez admirer du mépris qu'ils ont toujours eu pour le tumulte ; qu'ils en ont vu la suite comme les prophètes ; qu'ils ont toujours dit que la nuit ferait évanouir cette fumée ; que lui maréchal ne l'avait pas cru, mais qu'il en était pour le présent très convaincu, parce qu'il s'était promené dans les rues, où il n'avait pas seulement trouvé un homme ; que ces feux ne se rallumaient plus quand ils s'étaient éteints aussi subitement que celui-là ; qu'il me conjurait de penser à ma sûreté ; que l'autorité du Roi paraîtrait dès le lendemain avec tout l'éclat imaginable ; qu'il voyait la cour très disposée à ne pas perdre le moment fatal ; que je serais le premier sur qui l'on voudrait faire un grand exemple ; que l'on avait même déjà parlé de m'envoyer à Quimper-Corentin ; que Broussel serait mené au Havre-de-Grâce, et que l'on avait résolu d'envoyer, à la pointe du jour, le chancelier au Palais, pour interdire le Parlement et pour lui commander de se retirer à Montargis. » Argenteuil finit son discours par ces paroles : « Voilà ce que le maréchal de La Meilleraie vous mande. Celui de Villeroi n'en dit pas tant, car il n'ose ; mais il m'a serré la main, en passant, d'une manière qui me fait juger qu'il en sait encore peut-être davantage ; et moi je vous dis, ajouta Argenteuil, qu'ils ont tous deux raison, car il n'y a pas une âme dans les rues : tout est calme, et l'on pendra demain qui l'on voudra. »

Montrésor, qui était de ces gens qui veulent toujours avoir tout deviné, s'écria qu'il n'en doutait point et qu'il l'avait bien prédit. Laigue se mit sur les lamentations de ma conduite, qui faisait pitié à mes amis, quoiqu'elle les perdît. Je leur répondis que si il leur plaisait de me laisser en repos un petit quart d'heure, je leur ferais voir que nous n'en étions pas réduits à la pitié, et il était vrai.

Comme ils m'eurent laissé tout seul pour le quart d'heure que je leur avais demandé, je ne fis pas seulement réflexion sur ce que je pouvais, parce que j'en étais très assuré : je pensai seulement à ce que je devais, et je fus embarrassé. Comme la manière dont j'étais poussé et celle dont le public était menacé eurent dissipé mon scrupule, et que je crus pouvoir entreprendre avec honneur et sans être blâmé, je m'abandonnai à toutes mes pensées. Je rappelai tout ce que mon imagination m'avait jamais fourni de plus éclatant et de plus proportionné aux vastes desseins ; je permis à mes sens de se laisser chatouiller par le titre de chef de parti, que j'avais toujours honoré dans les *Vies*[1] de Plutarque ; mais ce qui acheva d'étouffer tous mes scrupules fut l'avantage que je m'imaginai à me distinguer de ceux de ma profession par un état de vie qui les confond toutes. Le dérèglement de mœurs, très peu convenable à la mienne, me faisait peur ; j'appréhendais le ridicule de Monsieur de Sens[2]. Je me soutenais par la Sorbonne, par des sermons, par la faveur des peuples ; mais enfin cet appui n'a qu'un temps, et ce temps même n'est pas fort long, par mille accidents qui peuvent arriver dans le désordre. Les affaires brouillent les espèces, elles honorent même ce qu'elles ne justifient pas ; et les vices d'un archevêque peuvent être, dans une infinité de rencontres, les vertus d'un chef de parti. J'avais eu mille fois cette vue ; mais elle avait toujours cédé à ce que je croyais devoir à la Reine. Le souper du Palais-Royal et la résolution de me perdre avec le public l'ayant purifiée, je la pris avec joie, et j'abandonnai mon destin à tous les mouvements de la gloire[3].

Minuit sonnant, je fis entrer dans ma chambre Laigue et Montrésor, et je leur dis : « Vous savez que je crains les apologies ; mais vous allez voir que je ne crains pas les manifestes. Toute la cour me sera témoin de la manière dont l'on m'a traité depuis plus d'un an au Palais-Royal ; c'est au public à défendre mon honneur ; mais on veut perdre le public, et c'est à moi à le défendre de l'oppression. Nous ne sommes pas si mal que vous vous le persuadez, Messieurs, et je serai, demain devant midi, maître de Paris. » Mes deux amis crurent que j'avais perdu l'esprit, et eux qui m'avaient, je crois, cinquante fois en leur vie, persécuté pour entreprendre, me firent à cet instant des leçons de modération. Je ne les écoutai pas, et j'envoyai querir à l'heure même Miron[1], maître des comptes, colonel du quartier de Saint-Germain de l'Auxerrois, homme de bien et de cœur, et qui avait beaucoup de crédit parmi le peuple. Je lui exposai l'état des choses ; il entra dans mes sentiments : il me promit d'exécuter tout ce que je désirais. Nous convînmes de ce qu'il y avait à faire, et il sortit de cheux moi en résolution de faire battre le tambour et de faire prendre les armes au premier ordre qu'il recevrait de moi.

Il trouva, en descendant mon degré, un frère de son cuisinier, qui, ayant été condamné à être pendu et n'osant marcher le jour par la ville, y rôdait assez souvent la nuit. Cet homme venait de rencontrer, par hasard, auprès du logis de Miron, deux espèces d'officiers qui parlaient ensemble et qui nommaient souvent le maître de son frère. Il les écouta, s'étant caché derrière une porte, et il ouït que ces gens-là (nous sûmes depuis que c'était Vennes, lieutenant-colonel des gardes, et Rubentel, lieutenant au même régiment) discouraient de la manière dont il faudrait entrer cheux Miron pour le surprendre, et des postes où il serait bon de mettre les gardes, les Suisses, les gensdarmes[2], les chevau-légers, pour s'assurer de tout ce qui était depuis le Pont-Neuf jusques au Palais-Royal. Cet avis, joint à celui que nous avions par le maréchal de La Meilleraie, nous obligea à prévenir le mal, mais d'une façon toutefois qui ne parût pas offensive, n'y ayant rien de si grande conséquence dans les peuples que de leur faire paraître, même quand l'on attaque, que l'on ne songe qu'à se défendre. Nous exécutâmes notre projet en ne postant que des manteaux noirs sans armes, c'est-à-dire des bourgeois considérables[3], dans les lieux où nous avions appris que l'on se disposait de mettre des gens de guerre, parce que ainsi l'on se pouvait assurer que l'on ne prendrait les armes que quand on l'ordonnerait. Miron s'acquitta si sagement et si heureusement de cette commission, qu'il y eut plus de quatre cents gros bourgeois assemblés par pelotons, avec aussi peu de bruit et aussi peu d'émotion qu'il y en eût pu avoir si les novices des chartreux y fussent venus pour y faire leur méditation.

Je donnai ordre à L'Espinai, dont je vous ai déjà parlé à propos des affaires de feu Monsieur le Comte, de se tenir prêt pour se saisir, au premier ordre, de la barrière des Sergents, qui est vis-à-vis de Saint-Honoré, et pour y faire une barricade contre les gardes qui étaient au Palais-Royal. Et comme Miron nous dit que le frère de son cuisinier avait ouï nommer plusieurs fois la porte de Nesle à ces deux officiers dont je vous ai déjà parlé, nous crûmes qu'il ne serait pas mal à propos d'y prendre garde, dans la pensée que nous eûmes que l'on pensait peut-être à enlever quelqu'un par cette porte. Argenteuil, brave et déterminé autant qu'homme qui fût au monde, en prit le soin, et il se mit cheux un sculpteur, qui logeait tout proche, avec vingt bons soldats que le chevalier d'Humières, qui faisait une recrue[1] à Paris, lui prêta.

Je m'endormis après avoir donné ces ordres[2], et je ne fus réveillé qu'à six heures, par le secrétaire de Miron qui me vint dire que les gens de guerre n'avaient point paru la nuit, que l'on avait vu seulement quelques cavaliers qui semblaient être venus pour reconnaître les pelotons de bourgeois, et qu'ils s'en étaient retournés au galop après les avoir un peu considérés ; que ce mouvement lui faisait juger que la précaution que nous avions prise avait été utile pour prévenir l'insulte que l'on pouvait avoir projetée contre les particuliers ; mais que celui qui commençait à paraître cheux Monsieur le Chancelier marquait que l'on méditait quelque chose contre le public ; que l'on voyait aller et venir des hoquetons[3], et que Ondedei y était allé quatre fois en deux heures.

Quelque temps après, l'enseigne[4] de la colonelle de Miron me vint avertir que le chancelier marchait, avec toute la pompe de la magistrature, droit au Palais ; et Argenteuil m'envoya dire que deux compagnies des gardes suisses s'avançaient du côté du faubourg, vers la porte de Nesle. Voilà le moment fatal.

Je donnai mes ordres en deux paroles[5], et ils furent exécutés en deux moments. Miron fit prendre les armes. Argenteuil, habillé en maçon et une règle à la main, chargea les Suisses en flanc, en tua vingt ou trente, prit un des drapeaux, dissipa le reste : le chancelier, poussé de tous côtés, se sauva à toute peine dans l'hôtel d'O, qui était au bout du quai des Augustins, du côté du pont Saint-Michel. Le peuple rompit les portes, y entra avec fureur ; et il n'y eut que Dieu qui sauva le chancelier et l'évêque de Meaux[1], son frère, à qui il se confessa, en empêchant que cette canaille, qui s'amusa, de bonne fortune pour lui, à piller, ne s'avisât pas de forcer une petite chambre dans laquelle il s'était caché.

Le mouvement fut comme un incendie subit et violent, qui se prit du Pont-Neuf à toute la ville. Tout le monde, sans exception, prit les armes. L'on voyait les enfants de cinq et six ans avec les poignards à la main ; on voyait les mères qui les leur apportaient elles-mêmes. Il y eut dans Paris plus de douze cents barricades[2] en moins de deux heures, bordées de drapeaux et de toutes les armes que la Ligue avait laissées entières. Comme je fus obligé de sortir un moment, pour apaiser un tumulte qui était arrivé, par le malentendu de deux officiers du quartier, dans la rue Neuve-Notre-Dame, je vis entre autres une lance, traînée plutôt que portée par un petit garçon de huit ou dix ans, qui était assurément de l'ancienne guerre des Anglais[3]. Mais j'y vis encore quelque chose de plus curieux : M. de Brissac[4] me fit remarquer un hausse-cou[5], de vermeil doré, sur lequel la figure du jacobin qui tua Henri III était gravée, avec cette inscription : « Saint Jacques Clément ». Je fis une réprimande à l'officier qui le portait, et je fis rompre le hausse-cou à coups de marteau, publiquement, sur l'enclume d'un maréchal. Tout le monde cria : « Vive le Roi ! » mais l'écho répondait : « Point de Mazarin ! »

Un moment après que je fus rentré chez moi, l'argentier de la Reine y arriva, qui me commanda et me conjura de sa part, d'employer mon crédit pour apaiser la sédition, que la cour, comme vous voyez, ne traitait plus de bagatelle. Je répondis froidement et modestement que les efforts que j'avais faits la veille pour cet effet m'avaient rendu si odieux parmi le peuple, que j'avais même couru fortune pour avoir voulu seulement m'y montrer un moment, que j'avais été obligé de me retirer cheux moi, même fort brusquement : à quoi j'ajoutai ce que vous vous pouvez imaginer de respect, de douleur, de regret, de soumission. L'argentier, qui était au bout de la rue quand l'on criait : « Vive le Roi ! » et qui avait ouï que l'on y ajoutait presque à toutes les reprises : « Vive le coadjuteur ! », fit ce qu'il put pour me persuader de mon pouvoir ; et quoique j'eusse été très fâché qu'il l'eût été de mon impuissance, je ne laissai pas de feindre que je la lui voulais toujours persuader. Les favoris des deux derniers siècles n'ont su ce qu'ils ont fait, quand ils ont réduit en style l'égard effectif que les rois doivent avoir pour leurs sujets ; il y a, comme vous voyez, des conjonctures dans lesquelles, par une conséquence nécessaire, l'on réduit en style l'obéissance réelle que l'on doit aux rois.

Le Parlement, s'étant assemblé ce jour-là, de très bon matin, et devant même que l'on eût pris les armes, apprit le mouvement par les cris d'une multitude immense, qui hurlait dans la salle du Palais : « Broussel ! Broussel ! » et il donna arrêt par lequel il fut ordonné que l'on irait en corps et en habit au Palais-Royal redemander les prisonniers ; qu'il serait décrété contre Comminges, lieutenant des gardes de la Reine ; qu'il serait défendu à tous gens de guerre, sous peine de la vie, de prendre des commissions pareilles, et qu'il serait informé contre ceux qui avaient donné ce conseil comme contre des perturbateurs du repos public. L'arrêt fut exécuté à l'heure même : le Parlement sortit au nombre de cent soixante officiers. Il fut reçu et accompagné dans toutes les rues avec des acclamations et des applaudissements incroyables ; toutes les barricades tombaient devant lui.

Le premier président parla à la Reine avec toute la liberté que l'état des choses lui donnait. Il lui représenta au naturel le jeu que l'on avait fait, en toutes occasions, de la parole royale ; les illusions honteuses et même puériles par lesquelles on avait éludé mille et mille fois les résolutions les plus utiles et même les plus nécessaires à l'État ; il exagéra avec force le péril où le public se trouvait par la prise tumultuaire et générale des armes. La Reine, qui ne craignait rien, parce qu'elle connaissait peu, s'emporta, et elle lui répondit avec un ton de fureur plutôt que de colère : « Je sais bien qu'il y a du bruit dans la ville ; mais vous m'en répondrez, Messieurs du Parlement, vous, vos femmes et vos enfants. » En prononçant cette dernière syllabe, elle rentra dans sa petite chambre grise, et elle en ferma la porte avec force.

Le Parlement s'en retournait, et il était déjà sur le degré, quand le président de Mesme, qui était extrêmement timide, faisant réflexion sur le péril auquel la Compagnie s'allait exposer parmi le peuple, l'exhorta à remonter et à faire encore un effort sur l'esprit de la Reine. M. le duc d'Orléans, qu'ils trouvèrent dans le grand cabinet, et qu'ils exhortèrent pathétiquement, les fit entrer au nombre de vingt dans la chambre grise. Le premier président fit voir à la Reine toute l'horreur de Paris armé et enragé ; c'est-à-dire il essaya de lui faire voir, car elle ne voulut rien écouter, et elle se jeta de colère dans la petite galerie.

Le Cardinal s'avança, et proposa de rendre les prisonniers, pourvu que le Parlement promît de ne pas continuer ses assemblées. Le premier président répondit qu'il fallait délibérer sur la proposition. On fut sur le point de le faire sur-le-champ ; mais beaucoup de ceux de la Compagnie ayant représenté que les peuples croiraient qu'elle aurait été violentée si elle opinait au Palais-Royal, l'on résolut de s'assembler l'après-dînée au Palais, et l'on pria M. le duc d'Orléans de s'y trouver.

Le Parlement, étant sorti du Palais-Royal, et ne disant rien au peuple de la liberté de Broussel, ne trouva d'abord qu'un morne silence, au lieu des acclamations passées. Comme il fut à la barrière des Sergents, où était la première barricade, il y rencontra du murmure, qu'il apaisa en assurant que la Reine lui avait promis satisfaction. Les menaces de la seconde furent éludées par le même moyen. La troisième, qui était à la Croix-du-Tiroir, ne se voulut pas payer de cette monnaie ; et un garçon rôtisseur, s'avançant avec deux cents hommes, et mettant la hallebarde dans le ventre du premier président, lui dit : « Tourne, traître ; et si tu ne veux être massacré toi-même, ramène-nous Broussel ou le Mazarin et le chancelier en otage. » Vous ne doutez pas, à mon opinion, ni de la confusion ni de la terreur qui saisit presque tous les assistants ; cinq présidents au mortier et plus de vingt conseillers se jetèrent dans la foule pour s'échapper. L'unique premier président[1], le plus intrépide homme, à mon sens, qui ait paru dans son siècle, demeura ferme et inébranlable. Il se donna le temps de rallier ce qu'il put de la Compagnie ; il conserva toujours la dignité de la magistrature et dans ses paroles et dans ses démarches, et il revint au Palais-Royal au petit pas, dans le feu des injures, des menaces, des exécrations et des blasphèmes.

Cet homme avait une sorte d'éloquence qui lui était particulière : il ne connaissait point d'interjection ; il n'était pas congru[2] dans sa langue ; mais il parlait avec une force qui suppléait à tout cela, et il était naturellement si hardi qu'il ne parlait jamais si bien que dans le péril. Il se passa[3] lui-même, lorsqu'il revint au Palais-Royal, et il est constant qu'il toucha tout le monde, à la réserve de la Reine, qui demeura inflexible. Monsieur fit mine de se jeter à genoux devant elle ; quatre ou cinq princesses, qui tremblaient de peur, s'y jetèrent effectivement. Le Cardinal, à qui un jeune conseiller des Enquêtes avait dit en raillant qu'il serait assez à propos qu'il allât lui-même dans les rues voir l'état des choses, le Cardinal, dis-je, se joignit au gros de la cour, et l'on tira enfin à toute peine cette parole de la bouche de la Reine : « Hé bien ! Messieurs du Parlement, voyez donc ce qu'il est à propos de faire. » L'on assembla en même temps dans la grande galerie ; l'on délibéra, et l'on donna arrêt par lequel il fut ordonné que la Reine serait remerciée de la liberté accordée aux prisonniers.

Aussitôt que l'arrêt fut rendu, l'on expédia les lettres de cachet[4], et le premier président montra au peuple les copies qu'il avait prises en forme de l'un et de l'autre ; mais l'on ne voulut pas quitter les armes que l'effet ne s'en fût ensuivi. Le Parlement même ne donna point d'arrêt pour les faire poser, qu'il n'eût vu Broussel dans sa place. Il y revint le lendemain, ou plutôt il y fut porté sur la tête des peuples, avec des acclamations incroyables[1]. L'on rompit les barricades, l'on ouvrit les boutiques, et en moins de deux heures Paris parut plus tranquille que je ne l'ai jamais vu le vendredi saint[2].

Comme je n'ai pas cru devoir interrompre le fil d'une narration qui contient le préalable le plus important de la guerre civile, j'ai remis à vous rendre compte en ce lieu d'un certain détail, sur lequel vous vous êtes certainement fait des questions à vous-même, parce qu'il y a des circonstances qui ne se peuvent presque concevoir devant que d'être particulièrement expliquées. Je suis assuré, par exemple, que vous avez de la curiosité de savoir quels ont été les ressorts qui ont donné le mouvement à tous ces corps, qui se sont presque ébranlés tous ensemble ; quelle a été la machine qui, malgré toutes les tentatives de la cour, tous les artifices des ministres, toute la faiblesse du public, toute la corruption des particuliers, a entretenu et maintenu ce mouvement dans une espèce d'équilibre. Vous soupçonnez apparemment bien du mystère, bien de la cabale et bien de l'intrigue. Je conviens que l'apparence y est, et à un point que je crois que l'on doit excuser les historiens qui ont pris le vraisemblable pour le vrai en ce fait.

Je puis toutefois et je dois même vous assurer que jusques à la nuit qui a précédé les barricades, il n'y a pas eu un grain de ce qui s'appelle manège d'État dans les affaires publiques, et que celui même qui y a pu être de l'intrigue du cabinet y a été si léger qu'il ne mérite presque pas d'être pesé. Je m'explique. Longueil, conseiller de la Grande Chambre, homme d'un esprit noir, décisif et dangereux, et qui entendait mieux le détail du manœuvre du Parlement que tout le reste du corps ensemble, pensait, dès ce temps-là, à établir le président de Maisons[3], son frère, dans la surintendance des Finances ; et comme il s'était donné une grande créance dans l'esprit de Broussel, simple et facile comme un enfant, l'on a cru, et je le crois aussi, qu'il avait pensé, dès les premiers mouvements du Parlement, à pousser et à animer son ami, pour se rendre considérable par cet endroit auprès des ministres.

Le président Viole[4] était ami intimissime[5] de Chavigni, qui était enragé contre le Cardinal, parce qu'ayant été la principale cause de sa fortune auprès du cardinal de Richelieu, il en avait été cruellement joué dans les premiers jours de la Régence, et comme ce président fut un des premiers qui témoigna de la chaleur dans son corps, l'on soupçonna qu'elle ne lui fût inspirée par Chavigni. N'ai-je pas eu raison de vous dire que ce grain était bien léger ? car supposé même qu'il fût aussi bien préparé que toute la défiance se le peut figurer, dont je doute fort, qu'est-ce que pouvaient faire dans une compagnie composée de plus de deux cents officiers, et agissante[1] avec trois autres compagnies où il y en avait encore presque une fois autant, qu'est-ce que pouvaient faire, dis-je, deux des plus simples et des plus communes têtes de tout le corps ?

Le président Viole avait toute sa vie été un homme de plaisir et de nulle application à son métier ; le bon homme Broussel était vieilli entre les sacs[2], dans la poudre de la Grande Chambre, avec plus de réputation d'intégrité que de capacité. Les premiers qui se joignirent le plus ouvertement à ces deux hommes furent Charton, président aux Requêtes[3], peu moins que fou, et Blancmesnil, président aux Enquêtes ; vous le connaissez : il était au Parlement comme vous l'avez vu cheux vous[4]. Vous jugez bien que si il y eût eu de la cabale dans la Compagnie, l'on n'eût pas été choisir des cervelles de ce carat[5], au travers de tant d'autres qui avaient sans comparaison plus de poids ; et que ce n'est pas sans sujet que je vous ai dit, en plus d'un endroit de ce récit, que l'on ne doit rechercher la cause de la révolution que je décris que dans le dérangement des lois[6], qui a causé insensiblement celui des esprits, et qui fit que devant que l'on se fût presque aperçu du changement, il y avait déjà un parti. Il est constant qu'il n'y en avait pas un de tous ceux qui opinèrent dans le cours de cette année, au Parlement et dans les autres compagnies souveraines, qui eût la moindre vue, je ne dis pas seulement de ce qui s'en ensuivit, mais de ce qui en pouvait suivre. Tout se disait et tout se faisait dans l'esprit des procès ; et comme il avait l'air de la chicane, il en avait la pédanterie dont le propre essentiel est l'opiniâtreté, directement opposée à la flexibilité, qui de toutes les qualités est la plus nécessaire pour le maniement des grandes affaires.

Et ce qui était d'admirable était que le concert, qui seul peut remédier aux inconvénients qu'une cohue de cette nature peut produire, eût passé, dans ces sortes d'esprits, pour une cabale. Ils la faisaient eux-mêmes, mais ils ne la connaissaient pas ; et l'aveuglement, en ces matières, des bien intentionnés, est suivi pour l'ordinaire, bientôt après, de la pénétration de ceux qui mêlent la passion et la faction dans les intérêts publics, et qui voient le futur et le possible dans le temps que ces compagnies réglées ne songent qu'au présent et qu'à l'apparent.

Cette petite réflexion, jointe à ce que vous avez vu ci-devant des délibérations du Parlement, vous marque suffisamment la confusion où étaient les choses quand les barricades se firent, et l'erreur de ceux qui prétendent qu'il ne faut point craindre de parti quand il n'y a point de chef. Ils naissent quelquefois dans une nuit. L'agitation que je viens de vous représenter, et si violente et de si longue durée, n'en produisit point dans le cours d'une année entière ; un moment en fit éclore, et même beaucoup davantage qu'il n'eût été à souhaiter pour le parti.

Comme les barricades furent levées, j'allai cheux Mme de Guéméné, qui me dit qu'elle savait de science certaine que le Cardinal croyait que j'en avais été l'auteur. La Reine m'envoya querir le lendemain au matin. Elle me traita avec toutes les marques possibles de bonté et même de confiance. Elle me dit que si elle m'avait cru, elle ne serait pas tombée dans l'inconvénient où elle était ; qu'il n'avait pas tenu au pauvre Monsieur le Cardinal de l'éviter ; qu'il lui avait toujours dit qu'il s'en fallait rapporter à mon jugement ; que Chavigni était l'unique cause de ce malheur par ses pernicieux conseils, auxquels elle avait plus déféré qu'à ceux de Monsieur le Cardinal : « Mais, mon Dieu ! ajouta-t-elle tout d'un coup, ne ferez-vous point donner de coups de bâton à ce coquin de Bautru, qui vous a tant manqué au respect ? Je vis l'heure, avant-hier au soir, que le pauvre Monsieur le Cardinal lui en ferait donner. » Je reçus tout cela avec un peu moins de sincérité que de respect. Elle me commanda ensuite d'aller voir le pauvre Monsieur le Cardinal, et pour le consoler et pour aviser avec lui de ce qu'il y aurait à faire pour ramener les esprits.

Je n'en fis, comme vous pouvez croire, aucune difficulté. Il m'embrassa avec des tendresses que je ne vous puis exprimer. Il n'y avait que moi en France qui fût homme de bien ; tous les autres n'étaient que des flatteurs infâmes, et qui avaient emporté la Reine, malgré ses conseils et les miens. Il me déclara qu'il ne voulait plus rien faire que par mes avis. Il me communiqua les dépêches étrangères. Enfin il me dit tant de fadaises que le bon homme Broussel, qu'il avait aussi mandé[1], et qui était entré dans sa chambre un peu après moi, s'éclata de rire en en sortant, tout simple qu'il était, et en vérité jusques à l'innocence, et qu'il me coula ces paroles dans l'oreille : « Ce n'est là qu'un pantalon[2]. »

Je revins cheux moi très résolu, comme vous pouvez croire, de penser à la sûreté du public et à la mienne particulière. J'en examinai les moyens, et je n'en imaginai aucun qui ne me parût d'une exécution très difficile. Je connaissais le Parlement pour un corps qui pousserait trop sans mesure. Je voyais qu'au moment que j'y pensais, il délibérait touchant les rentes de l'Hôtel de Ville, dont la cour avait fait un commerce honteux, ou plutôt un brigandage public[3]. Je considérais que l'armée victorieuse à Lens reviendrait infailliblement prendre ses quartiers d'hiver[4] aux environs de Paris, et que l'on pourrait très aisément investir et couper les vivres à la ville en un matin. Je ne pouvais pas ignorer que ce même Parlement, qui poussait la cour, ne fût très capable de faire le procès à ceux qui le seraient eux-mêmes de prendre des précautions pour l'empêcher d'être opprimé. Je savais qu'il y avait très peu de gens dans cette compagnie qui ne s'effarassent seulement de la proposition, et peut-être aussi peu à qui il y eût sûreté de la confier. J'avais de grands exemples de l'instabilité des peuples, et beaucoup d'aversion naturelle aux moyens violents, qui sont souvent nécessaires pour le fixer.

Saint-Ibar, mon parent, homme d'esprit et de cœur, mais d'un grand travers[5], et qui n'estimait les hommes que selon qu'ils étaient mal à la cour, me pressa de prendre des mesures avec Espagne, avec laquelle il avait de grandes habitudes, par le canal du comte de Fuensaldagne[1], capitaine général aux Pays-Bas sous l'archiduc[2]. Il m'en donna même une lettre pleine d'offres, que je ne reçus pas. J'y répondis par de simples honnêtetés, et après de grandes et de profondes réflexions, je pris le parti de faire voir par Saint-Ibar aux Espagnols, sans m'engager pourtant avec eux, que j'étais fort résolu à ne pas souffrir l'oppression de Paris, de travailler par mes amis à faire que le Parlement mesurât un peu plus ses démarches, et d'attendre le retour de Monsieur le Prince, avec qui j'étais très bien, et auquel j'espérais de pouvoir faire connaître et la grandeur du mal et la nécessité du remède. Ce qui me donnait le plus de lieu de croire que j'en pourrais avoir le temps était que les vacations du Parlement étaient fort proches ; et je me persuadais par cette raison que la Compagnie ne s'assemblant plus, et la cour, par conséquent, ne se trouvant plus pressée par les délibérations, l'on demeurerait de part et d'autre dans une espèce de repos, qui bien ménagé par Monsieur le Prince, que l'on attendait de semaine en semaine, pourrait fixer celui du public et la sûreté des particuliers.

L'impétuosité du Parlement rompit mes mesures ; car aussitôt qu'il eut achevé de faire le règlement pour le paiement des rentes de l'Hôtel de Ville, et des remontrances pour la décharge du quart entier des tailles[3], et du prêt à tous les officiers subalternes, il demanda, sous prétexte de la nécessité qu'il y avait de travailler au tarif, la continuation de ses assemblées, même dans le temps des vacations ; et la Reine la lui accorda pour quinze jours, parce qu'elle fut très bien avertie qu'il l'ordonnerait de lui-même si l'on la lui refusait. Je fis tous mes efforts pour empêcher ce coup, et j'avais persuadé Longueil et Broussel ; mais Novion, Blancmesnil et Viole, cheux qui nous nous étions trouvés à onze heures du soir, dirent que la Compagnie tiendrait pour des traîtres ceux qui lui feraient cette proposition ; et comme j'insistais, Novion entra en soupçon que je n'eusse moi-même du concert avec la cour. Je ne fis aucun semblant de l'avoir remarqué ; mais je me ressouvins du prédicant de Genève qui soupçonna l'amiral de Coligni[1], chef du parti huguenot, de s'être confessé à un cordelier de Niort. Je le dis en riant, au sortir de la conférence, au président Le Cogneux, père de celui que vous voyez aujourd'hui[2]. Cet homme, qui était fou, mais qui avait beaucoup d'esprit, et qui ayant été en Flandres ministre de Monsieur, avait plus connaissance du monde que les autres, me répondit : « Vous ne connaissez pas nos gens, vous en verrez bien d'autres ! Gagé que cet innocent (en me montrant Blancmesnil) croit avoir été au sabbat[3], parce qu'il s'est trouvé ici à onze heures du soir. » Il eût gagné, si j'eusse gagé contre lui, car Blancmesnil, devant que de sortir, nous déclara qu'il ne voulait plus de conférences particulières, qu'elles sentaient sa faction et son complot, et qu'il fallait qu'un magistrat dît son avis sur les fleurs de lis[4] sans en avoir communiqué avec personne, que les ordonnances l'y obligeaient.

Voilà le canevas sur lequel il broda mainte et mainte impertinences de cette nature, que j'ai dû toucher en passant pour vous faire connaître que l'on a plus de peine, dans les partis, à vivre avec ceux qui en sont qu'à agir contre ceux qui y sont opposés.

C'est tout vous dire, qu'ils firent si bien par leurs journées[5], que la Reine, qui avait cru que les vacations pourraient diminuer quelque degré de la chaleur des esprits, et qui, par cette considération, venait d'assurer le prévôt des marchands que les bruits que l'on avait fait courre qu'elle voulait faire sortir le Roi de Paris étaient faux, que la Reine, dis-je, s'impatienta et emmena le Roi à Ruel[6]. Je ne doutai point qu'elle n'eût pris le dessein de surprendre Paris, qui parut effectivement étonné de la sortie du Roi ; et je trouvai même, le lendemain matin, de la consternation dans les esprits les plus échauffés du Parlement. Ce qui l'augmenta fut que l'on eut avis, en même temps, que Erlac[7] avait passé la Somme avec quatre mille Allemands, et comme dans les émotions populaires une mauvaise nouvelle n'est jamais seule, l'on en publia cinq ou six de même nature, qui me firent connaître que j'aurais encore plus de peine à soutenir les esprits que je n'en avais eu à les retenir.

Je ne me suis guères trouvé, dans tout le cours de ma vie, plus embarrassé que dans cette occasion. Je voyais le péril dans toute son étendue, et je n'y voyais rien qui ne me parût affreux. Les plus grands dangers ont leurs charmes pour peu que l'on aperçoive de gloire dans la perspective des mauvais succès ; les médiocres n'ont que des horreurs quand la perte de la réputation est attachée à la mauvaise fortune. Je n'avais rien oublié pour faire que le Parlement ne désespérât pas la cour, au moins jusques à ce que l'on eût pensé aux expédients de se défendre de ses insultes. Qui l'eût cru, si elle eût bien su prendre son temps, ou plutôt si le retour de Monsieur le Prince ne l'eût empêchée de le prendre ? Comme on le croyait retardé pour quelque temps, justement en celui où le Roi sortit de Paris, je ne crus pas avoir celui de l'attendre, comme je me l'étais proposé ; et ainsi je me résolus à un parti qui me fit beaucoup de peine, mais qui était bon, parce qu'il était l'unique.

Les extrêmes sont toujours fâcheux ; mais ils sont sages quand ils sont nécessaires. Ce qu'ils ont de consolatif[1] est qu'ils ne sont jamais médiocres et qu'ils sont décisifs quand ils sont bons. La fortune favorisa mon projet. La Reine fit arrêter Chavigni[2], et elle l'envoya au Havre-de-Grâce. Je me servis de cet instant pour animer Viole, son ami intime, par sa propre timidité, qui était grande. Je lui fis voir qu'il était perdu lui-même, que Chavigni ne l'était que parce que l'on s'était imaginé qu'il avait poussé lui Viole à ce qu'il avait fait ; qu'il était visible que le Roi n'était sorti de Paris que pour l'attaquer ; qu'il voyait comme moi l'abattement des esprits ; que si l'on les laissait tout à fait tomber, ils ne se relèveraient plus ; qu'il les fallait soutenir ; que j'agissais avec succès dans le peuple ; que je m'adressais à lui comme à celui en qui j'avais le plus de confiance et que j'estimais le plus, afin qu'il agît de concert dans le Parlement ; que mon sentiment était que la Compagnie ne devait point mollir dans ce moment, mais que comme il la connaissait, il savait qu'elle avait besoin d'être éveillée dans une conjoncture où il semblait que la sortie du Roi eût un peu trop frappé et endormi ses sens ; qu'une parole portée à propos ferait infailliblement ce bon effet.

Ces raisons, jointes aux instances de Longueil, qui s'était joint à moi, emportèrent, après de grandes contestations, le président Viole, et l'obligèrent à faire, par le seul principe de la peur, qui lui était très naturelle, une des plus hardies actions dont l'on ait peut-être jamais ouï parler. Il prit le temps où le président de Mesme présenta au Parlement sa commission pour la Chambre de justice[1], pour dire ce dont nous étions convenus, qui était qu'il y avait des affaires sans comparaison plus pressantes que celles de la Chambre de justice ; que le bruit courait que l'on voulait assiéger Paris, que l'on faisait marcher des troupes, que l'on mettait en prison les meilleurs serviteurs du feu Roi, que l'on jugeait devoir être contraires à ce pernicieux dessein[2] ; qu'il ne pouvait s'empêcher de représenter à la Compagnie la nécessité qu'il croyait qu'il y avait à supplier très humblement la Reine de ramener le Roi à Paris ; et d'autant que l'on ne pouvait ignorer qui était l'auteur de tous ces maux, de prier M. le duc d'Orléans et les officiers de la couronne de se trouver au Parlement, pour y délibérer sur l'arrêt donné en 1617, à l'occasion du maréchal d'Ancre, par lequel était défendu aux étrangers de s'immiscer dans le gouvernement du royaume[3]. Cette corde nous avait paru à nous-mêmes bien grosse à toucher[4] ; mais il ne la fallait pas moindre pour éveiller, ou plutôt pour tenir éveillés des gens que la peur eût très facilement jetés dans l'assoupissement. Cette passion ne fait pas, pour l'ordinaire, cet effet sur les particuliers ; j'ai observé qu'elle le fait sur les compagnies très souvent. Il y a même raison pour cela ; mais il ne serait pas juste d'interrompre, pour la déduire, le fil de l'histoire.

Le mouvement que la proposition de Viole fit dans les esprits est inconcevable : elle fit peur d'abord ; elle réjouit ensuite ; elle anima après. L'on n'envisagea plus le Roi hors de Paris que pour l'y ramener ; l'on ne regarda plus les troupes que pour les prévenir. Blancmesnil, qui m'avait paru le matin comme un homme mort, nomma en propre terme le Cardinal, qui n'avait été jusque-là désigné que sous le titre de ministre. Le président de Novion éclata contre lui avec des injures atroces; et le Parlement donna, même avec gaieté, arrêt par lequel il était ordonné que très humbles remontrances seraient faites à la Reine pour la supplier de ramener le Roi à Paris et de faire retirer les gens de guerre du voisinage ; que l'on prierait les princes et ducs et pairs d'entrer au Parlement pour y délibérer sur les affaires nécessaires au bien de l'État[1], et que le prévôt des marchands et échevins seraient mandés[2] pour recevoir les ordres touchant la sûreté de la ville.

Le premier président, qui parlait presque toujours avec vigueur pour les intérêts de sa compagnie, mais qui était dans le fonds dans ceux de la cour[3], me dit un moment après qu'il fut sorti du Palais : « N'admirez-vous pas ces gens ici ? Ils viennent de donner un arrêt qui peut très bien produire la guerre civile ; et parce qu'ils n'y ont pas nommé le cardinal, comme Novion, Viole et Blancmesnil le voulaient, ils croient que la Reine leur en doit de reste. » Je vous rends compte de ces minuties, parce qu'elles vous font mieux connaître l'état et le génie de cette compagnie que des circonstances plus importantes.

Le président Le Cogneux, que je trouvai cheux le premier président, me dit tout bas : « Je n'ai espérance qu'en vous ; nous serons tous pendus, si vous n'agissez sous terre. » J'y agissais effectivement, car j'avais travaillé toute la nuit avec Saint-Ibar à une instruction avec laquelle je faisais état de l'envoyer à Bruxelles pour traiter avec le comte de Fuensaldagne, et pour l'obliger à marcher à notre secours, en cas de besoin, avec l'armée d'Espagne. Je ne le pouvais pas assurer du Parlement ; mais je m'engageais, en cas que Paris fût attaqué et que le Parlement pliât, de me déclarer et de faire déclarer le peuple. Le premier coup était sûr ; mais il eût été très difficile à soutenir sans le Parlement. Je le voyais bien ; mais je voyais encore mieux qu'il y a des conjonctures où la prudence même ordonne de ne consulter que le chapitre des accidents.

Saint-Ibar était botté pour partir, quand M. de Chastillon arriva cheux moi, qui me dit en entrant que Monsieur le Prince, qu'il venait de quitter, devait être à

Ruel le lendemain. Il ne me fut pas difficile de le faire parler, parce qu'il était mon parent et mon ami ; il haïssait de plus extrêmement le Cardinal. Il me dit que Monsieur le Prince était enragé contre lui ; qu'il était persuadé qu'il perdrait l'État si l'on le laissait faire ; qu'il avait en son particulier de très grands sujets de se plaindre de lui[1] : qu'il avait découvert à l'armée que le Cardinal lui avait débauché le marquis de Noirmoutier[2], avec lequel il avait un commerce de chiffre pour être averti de tout à son préjudice. Enfin, je connus par tout ce que me dit Chastillon que Monsieur le Prince n'avait nulles mesures particulières avec la cour. Je ne balançai pas, comme vous vous pouvez imaginer : je fis débotter Saint-Ibar, qui faillit à en enrager, et quoique j'eusse résolu de contrefaire le malade pour n'être point obligé d'aller à Ruel, où je ne croyais pas de sûreté pour moi, je pris le parti de m'y rendre un moment après que Monsieur le Prince y serait arrivé. Je n'appréhendai plus d'y être arrêté, et parce que Chastillon m'avait assuré qu'il était fort éloigné de toutes les pensées d'extrémité, et parce que j'avais tout sujet de prendre confiance en l'honneur de son amitié. Il m'avait sensiblement obligé, comme vous avez vu, à propos du drap de pied de Notre-Dame, et je l'avais servi auparavant, avec chaleur dans le démêlé qu'il eut avec Monsieur, touchant le chapeau de cardinal prétendu par monsieur son frère. La Rivière eut l'insolence de s'en plaindre, et le Cardinal eut la faiblesse d'y balancer. J'offris à Monsieur le Prince l'intervention en corps de l'Église de Paris. Je vous marque cette circonstance, que j'avais oubliée dans ce récit, pour vous faire voir que je pouvais judicieusement aller à la cour.

La Reine m'y traita admirablement bien ; elle faisait collation auprès de la grotte[3]. Elle affecta de ne donner qu'à Madame la Princesse la mère[4], à Monsieur le Prince et à moi des poncires[5] d'Espagne que l'on lui avait apportés. Le Cardinal me fit des honnêtetés extraordinaires ; mais je remarquai qu'il observait avec application la manière dont Monsieur le Prince me traiterait. Il ne fit que m'embrasser en passant dans le jardin, et, à un autre tour d'allée, il me dit fort bas : « Je serai demain à sept heures cheux vous ; il y aura trop de monde à l'hôtel de Condé. »

Il n'y manqua pas, et aussitôt qu'il fut dans le jardin de l'archevêché, il m'ordonna de lui exposer au vrai l'état des choses et toutes mes pensées. Je vous puis et dois dire, pour la vérité, que j'aurais lieu de souhaiter que le discours que je lui fis, et que je lui fis beaucoup plus du cœur que de la bouche, fût imprimé et soumis au jugement des trois états assemblés[1] : l'on trouverait beaucoup de défauts dans mes expressions ; mais j'ose vous assurer que l'on n'en condamnerait pas les sentiments. Nous convînmes que je continuerais à faire pousser le Cardinal par le Parlement, que je mènerais la nuit, dans un carrosse inconnu, Monsieur le Prince cheux Longueil et cheux Broussel, pour les assurer qu'ils ne seraient pas abandonnés au besoin ; que Monsieur le Prince donnerait à la Reine toutes les marques de complaisance et d'attachement, et qu'il réparerait même avec soin celles qu'il avait laissées paraître de son mécontentement du Cardinal, afin de s'insinuer dans l'esprit de la Reine et de la disposer insensiblement à recevoir et à suivre ses conseils ; qu'il feindrait, au commencement, de donner en tout dans son sens et que, peu à peu, il essayerait de l'accoutumer à écouter les vérités auxquelles elle avait toujours fermé l'oreille ; que l'animosité des peuples augmentant et les délibérations du Parlement continuantes[2], il ferait semblant de s'affaiblir contre sa propre inclination et par la pure nécessité ; et qu'en laissant ainsi couler le Cardinal plutôt que tomber, il se trouverait maître du cabinet par l'esprit de la Reine, et arbitre du public et par l'état des choses et par le canal des serviteurs qu'il y avait.

Il est constant que, dans l'agitation où l'on était, il n'y avait que ce remède pour rétablir les affaires, et il ne l'est pas moins qu'il n'était pas moins facile que nécessaire. Il ne plut pas à la providence de Dieu de le bénir, quoiqu'elle lui eût donné la plus belle ouverture[3] qu'ait jamais pu avoir aucun projet. Vous en verrez la suite après que je vous aurai dit un mot de ce qui se passa immédiatement auparavant.

Comme la Reine n'était sortie de Paris que pour se donner lieu d'attendre, avec plus de liberté, le retour des troupes avec lesquelles elle avait dessein d'insulter ou d'affamer la ville (il est certain qu'elle pensa à l'un et à l'autre), comme, dis-je, la Reine n'était sortie qu'avec cette pensée, elle ne ménagea pas beaucoup le Parlement à l'égard du dernier arrêt dont je vous ai parlé ci-dessus, et par lequel elle était suppliée de ramener le Roi à Paris. Elle répondit aux députés qui étaient allés faire les remontrances qu'elle en était fort surprise et fort étonnée, que le Roi avait accoutumé, tous les ans, de prendre l'air en cette saison, et que sa santé lui était plus chère qu'une vaine frayeur du peuple. Monsieur le Prince, qui arriva justement dans ce moment, et qui ne donna pas dans la pensée que l'on avait à la cour d'attaquer Paris, crut qu'il la fallait au moins satisfaire par les autres marques qu'il pouvait donner à la Reine de son attachement à ses volontés. Il dit au président et aux deux conseillers, qui l'invitaient à venir prendre sa place, selon la teneur de l'arrêt, qu'il ne s'y trouverait pas, et qu'il obéirait à la Reine, en dût-il périr. L'impétuosité de son humeur l'emporta, dans la chaleur du discours, plus loin qu'il n'eût été par réflexion, comme vous le jugez aisément par ce que je vous viens de dire de la disposition où il était, même devant que je lui eusse parlé. M. le duc d'Orléans répondit qu'il n'irait point, et que l'on avait fait dans la Compagnie des propositions trop hardies et insoutenables. M. le prince de Conti parla au même sens.

Le lendemain, les gens du Roi apportèrent au Parlement un arrêt du Conseil, qui portait cassation de celui du Parlement et défenses de délibérer sur la proposition de 617[1] contre le ministère des étrangers. La Compagnie opina avec une chaleur inconcevable, ordonna des remontrances par écrit, manda le provôt des marchands pour pourvoir à la sûreté de la ville; commanda à tous les gouverneurs de laisser les passages libres, et que dès le lendemain, toutes affaires cessantes, l'on délibérerait sur la proposition de 617. Je fis l'impossible toute la nuit pour rompre ce coup, parce que j'avais lieu de craindre qu'il ne précipitât les choses au point d'engager Monsieur le Prince, malgré lui-même, dans les intérêts de la cour. Longueil courut de son côté pour le même effet. Broussel lui promit d'ouvrir l'avis modéré ; les autres ou m'en assurèrent ou me le firent espérer.

Ce ne fut plus cela le lendemain au matin. Ils s'échauffèrent les uns les autres devant que de s'asseoir. Ce maudit esprit de classe[1] dont je vous ai déjà parlé les saisit ; et ces mêmes gens qui deux jours devant tremblaient de frayeur, et que j'avais eu tant de peine à rassurer, passèrent tout d'un coup, et sans savoir pourquoi, de la peur même bien fondée à l'aveugle fureur, et telle qu'ils ne firent pas seulement de réflexion que le général de cette même armée, dont le nom seul leur avait fait peur, et qu'ils devaient plus appréhender que son armée, parce qu'ils avaient sujet de le croire très mal intentionné pour eux, comme ayant toujours été très attaché à la cour, ils ne firent pas, dis-je, seulement réflexion que ce général venait d'y arriver ; et ils donnèrent cet arrêt que je vous ai marqué ci-dessus, qui obligea la Reine de faire sortir de Paris M. d'Anjou[2], tout rouge encore de sa petite vérole, et Mme la duchesse d'Orléans même malade[3] ; et qui eût commencé la guerre civile dès le lendemain, si Monsieur le Prince, avec lequel j'eus sur ce sujet une seconde conférence de trois heures, n'eût pris le parti du monde le plus saint et le plus sage. Quoiqu'il fût très mal persuadé du Cardinal, et à l'égard du public et au sien particulier, et quoiqu'il ne fût guères plus satisfait de la conduite du Parlement, avec lequel l'on ne pouvait prendre aucune mesure en corps, ni de bien sûres avec les particuliers, il ne balança pas un moment à prendre la résolution qu'il crut la plus utile au bien de l'État. Il marcha, sans hésiter, d'un pas égal entre le cabinet et le public, entre la faction et la cour, et il me dit ces propres paroles, qui me sont toujours demeurées dans l'esprit, même dans la plus grande chaleur de nos démêlés : « Le Mazarin ne sait ce qu'il fait ; il perdrait l'État, si l'on n'y prenait garde. Le Parlement va trop vite : vous me l'aviez bien dit, et je le vois. Si il se ménageait, comme nous l'avions concerté, nous ferions nos affaires ensemble et celles du public. Il se précipite ; et si je me précipitais avec lui, je ferais peut-être mes affaires mieux que lui ; mais je m'appelle

Louis de Bourbon, et je ne veux pas ébranler la couronne. Ces diables de bonnets carrés[1] sont-ils enragés de m'engager ou à faire demain la guerre civile, ou à les étrangler eux-mêmes, et à mettre sur leur tête et sur la mienne un gredin de Sicile[2], qui nous pendra tous à la fin ? »

Monsieur le Prince avait raison dans la vérité d'être embarrassé et fâché ; car vous remarquerez que ce même Broussel, avec lequel il avait pris lui-même des mesures, et qui m'avait positivement promis d'être modéré dans cette délibération, fut celui qui ouvrit l'avis de l'arrêt[3], et qui ne m'en donna d'autre excuse que l'emportement général qu'il avait vu dans tous les esprits. Enfin la conclusion de notre conférence fut qu'il partirait au même moment pour Ruel ; qu'il s'opposerait, comme il avait déjà commencé, aux projets, déjà concertés et résolus, d'attaquer Paris, et qu'il proposerait à la Reine que M. le duc d'Orléans et lui écrivissent au Parlement, et le priassent d'envoyer des députés pour conférer et pour essayer de remédier aux nécessités de l'État.

Je suis obligé de dire, pour la vérité, que ce fut lui qui me proposa cet expédient, qui ne m'était point venu dans l'esprit. Il est vrai qu'il me charma et qu'il me toucha au point que Monsieur le Prince s'aperçut de mon transport et qu'il me dit avec tendresse : « Que vous êtes éloigné des pensées que l'on vous croit à la cour ! Plût à Dieu que tous ces coquins de ministres eussent d'aussi bonnes intentions que vous ! »

J'avais fort assuré Monsieur le Prince que le Parlement ne pouvait qu'agréer extrêmement l'honneur que Monsieur d'Orléans et lui lui feraient de lui écrire ; mais j'avais ajouté que je doutais que, vu l'aigreur des esprits, il voulût conférer avec le Cardinal ; que j'étais persuadé que si lui, Monsieur le Prince, pouvait faire en sorte d'obliger la cour à ne point se faire une affaire ni une condition de la présence de ce ministre, il se donnerait à lui-même un avantage très considérable, et en ce que tout l'honneur de l'accommodement, où Monsieur à son ordinaire ne servirait que de figure, lui reviendrait, et en ce que l'exclusion du Cardinal décréditerait au dernier point son ministère, et serait un préalable très utile aux coups que Monsieur le Prince ferait état de lui donner dans le cabinet. Il comprit très bien son intérêt ; et le Parlement ayant répondu à Choisi, chancelier de Monsieur, et au chevalier de Rivière, gentilhomme de la chambre de Monsieur le Prince, qui y avaient porté les lettres de leurs maîtres, que le lendemain ses députés iraient à Saint-Germain, pour conférer avec messieurs les princes seulement, Monsieur le Prince se servit très habilement de cette parole pour faire croire au Cardinal qu'il ne se devait pas commettre, et qu'il était de sa prudence de se faire honneur de la nécessité. Cette atteinte fut cruelle à la personne d'un cardinal reconnu, depuis la mort du feu Roi, pour premier ministre ; et la suite ne lui en fut pas moins honteuse. Le président Viole, qui avait ouvert l'avis au Parlement de renouveler l'arrêt de 617 contre les étrangers, vint à Saint-Germain, où le Roi était allé de Ruel, sous la parole de Monsieur le Prince, et il fut admis sans contestation à la conférence qui fut tenue cheux M. le duc d'Orléans, accompagné de Monsieur le Prince, de M. le prince de Conti et de M. de Longueville.

L'on y traita presque tous les articles qui avaient été proposés à la Chambre de Saint-Louis, et messieurs les princes en accordèrent beaucoup avec facilité. Le premier président, s'étant plaint de l'emprisonnement de M. de Chavigni, donna lieu à une contestation considérable, parce que sur la réponse que l'on lui fit que Chavigni n'étant pas du corps du Parlement, cette action ne regardait en rien la Compagnie, il répondit que les ordonnances obligeaient à ne laisser personne en prison plus de vingt-quatre heures sans l'interroger[1]. Monsieur s'éleva avec chaleur à ce mot, qu'il prétendit donner des bornes trop étroites à l'autorité royale. Viole le soutint avec vigueur ; les députés, tous d'une voix, y demeurèrent fermes, et en ayant fait le lendemain leur rapport au Parlement, ils en furent loués ; et la chose fut poussée avec tant de force et soutenue avec tant de fermeté, que la Reine fut obligée de consentir que la déclaration portât que l'on ne pourrait plus tenir aucun, même particulier, du royaume en prison plus de trois jours sans l'interroger. Cette clause obligea la cour de donner aussitôt après la liberté à Chavigny, qu'il n'y avait pas lieu d'interroger en forme.

Cette question, que l'on appelait celle de la sûreté publique, fut presque la seule qui reçut beaucoup de contradiction, le ministère ne se pouvant résoudre à s'astreindre à une condition aussi contraire à sa pratique, et le Parlement n'ayant pas moins de peine à se relâcher d'une ancienne ordonnance accordée par nos rois, à la réquisition des États. Les vingt-trois autres propositions de la Chambre de Saint-Louis passèrent avec plus de chaleur entre les particuliers que de contestation pour leur substance. Il y eut cinq conférences à Saint-Germain. Il n'entra dans la première que messieurs les princes. Le chancelier et le maréchal de La Meilleraie, qui avait été fait surintendant en la place d'Émeri, furent admis dans les quatre autres. Ce premier y eut de grandes prises[1] avec le premier président, qui avait un mépris pour lui qui allait jusques à la brutalité. Le lendemain de chaque conférence, l'on opinait, sur le rapport des députés, au Parlement. Il serait infini et ennuyeux de vous rendre compte de toutes les scènes qui y furent données au public, et je me contenterai de vous dire, en général, que le Parlement, ayant obtenu ou plutôt emporté sans exception tout ce qu'il demandait[2], c'est-à-dire le rétablissement des anciennes ordonnances par une déclaration conçue sous le nom du Roi, mais dressée et dictée par la Compagnie, crut encore qu'il se relâchait beaucoup en promettant qu'il ne continuerait pas ses assemblées. Vous verrez cette déclaration toute d'une vue, si il vous plaît de vous ressouvenir des propositions que je vous ai marquées de temps en temps, dans la suite de cette histoire, avoir été faites dans le Parlement et dans la Chambre de Saint-Louis.

Le lendemain qu'elle fut publiée et enregistrée, qui fut le 24 d'octobre 1648[3], le Parlement prit ses vacations, et la Reine revint avec le Roi à Paris bientôt après. J'en rapporterai les suites, après que je vous aurai rendu compte de deux ou trois incidents qui survinrent dans le temps de ces conférences.

Mme de Vendôme présenta requête au Parlement, pour lui demander la justification de monsieur son fils, qui s'était sauvé, le jour de la Pentecôte précédente, de la prison du bois de Vincennes, avec résolution et bonheur[1]. Je n'oubliai rien pour la servir en cette occasion ; et Mme de Nemours, sa fille, avoua que je n'étais pas méconnaissant[2].

Je ne me conduisis pas si raisonnablement dans une autre rencontre qui m'arriva. Le Cardinal, qui eût souhaité avec passion de me perdre dans le public, avait engagé le maréchal de La Meilleraie, surintendant des Finances et mon ami[3], à m'apporter cheux moi quarante mille écus que la Reine m'envoyait pour le paiement de mes dettes, en reconnaissance, disait-il, des services que j'avais essayé de lui rendre le jour des barricades. Observez, je vous supplie, que lui, qui m'avait donné les avis les plus particuliers des sentiments de la cour sur ce sujet, les croyait de la meilleure foi du monde changés pour moi, parce que le Cardinal lui avait témoigné une douleur sensible de l'injustice qu'il m'avait faite, et qu'il avait reconnue clairement du depuis[4]. Je ne vous marque cette circonstance que parce qu'elle sert à faire connaître que les gens qui sont naturellement faibles à la cour ne peuvent jamais s'empêcher de croire tout ce qu'elle prend la peine de leur vouloir faire croire. Je l'ai observé mille et mille fois, et que, quand ils ne sont pas dupes, ce n'est que la faute du ministre. Comme la faiblesse à la cour n'était pas mon défaut, je ne me laissai pas persuader par le maréchal de La Meilleraie, comme le maréchal de La Meilleraie s'était laissé persuader par le Mazarin, et je refusai les offres de la Reine avec toutes les paroles requises en cette occasion, mais sincères à proportion de la sincérité avec laquelle elles m'étaient faites.

Mais voici le point où je donnai dans le panneau. Le maréchal d'Estrées traitait du gouvernement de Paris avec M. de Montbazon[5]. Le Cardinal l'obligea à faire semblant d'en avoir perdu la pensée, et à essayer de me l'inspirer comme une chose qui me convenait fort, et dans laquelle je donnerais d'autant plus facilement, que le prince de Guéméné, à qui cet emploi n'était pas propre, en ayant la survivance, et devant par conséquent toucher une partie du prix, les intérêts de la princesse, que l'on savait ne m'être pas indifférents, s'y trouveraient. Si j'eusse eu bien du bon sens, je n'aurais pas seulement écouté une proposition de cette nature, laquelle m'eût jeté, si elle eût réussi, dans la nécessité ou de me servir de la qualité de gouverneur de Paris contre les intérêts de la cour, ce qui n'eût pas été assurément de la bienséance, ou de préférer les devoirs d'un gouverneur à ceux d'un archevêque, ce qui était cruellement et contre mon intérêt et contre ma réputation. Voilà ce que j'eusse prévu si j'eusse eu bien du bon sens ; mais si j'en eusse eu un grain en cette occasion, je n'eusse pas au moins fait voir que j'eusse eu pente à en recevoir l'ouverture, que je n'y eusse vu moi-même plus de jour. Je m'éblouis d'abord à la vue du bâton[1], qui me parut devoir être d'une figure plus agréable, quand il serait croisé avec la crosse ; et le Cardinal, ayant fait son effet, qui était de m'entamer dans le public sur l'intérêt particulier, sur lequel il n'avait pu jusque-là prendre sur moi le moindre avantage, rompit l'affaire par le moyen des difficultés que le maréchal d'Estrées, de concert avec lui, y fit naître[2].

Je fis, à ce moment, une seconde faute, presque aussi grande que la première ; car, au lieu d'en profiter, comme je le pouvais, en deux ou trois manières, je m'emportai, et je dis tout ce que la rage fait dire, à l'honneur du ministre, à Brancas, neveu du maréchal, et dont le défaut n'était pas, dès ce temps-là, de ne pas redire aux plus forts ce que les plus faibles disaient d'eux. Je ne pourrais pas vous dire encore, à l'heure qu'il est, les raisons, ou plutôt les déraisons, qui me purent obliger à une aussi méchante conduite[3]. Je cherche dans les replis de mon cœur le principe qui fait que je trouve une satisfaction plus sensible à vous faire une confession de mes fautes, que je n'en trouverais assurément dans le plus juste panégyrique. Je reviens aux affaires publiques.

La déclaration, à la publication de laquelle j'étais demeuré, et le retour du Roi à Paris, joints à l'inaction du Parlement, qui était en vacation, apaisèrent pour un moment le peuple, qui était si échauffé, que deux ou trois jours devant que l'on eût enregistré la déclaration, il avait été sur le point de massacrer le premier président et le président de Nesmond[4], parce que la Compagnie ne délibérait pas aussi vite que les marchands le prétendaient sur un impôt établi à l'entrée du vin[1]. Cette chaleur revint avec la Saint-Martin. Il sembla que tous les esprits étaient surpris et enivrés de la fumée des vendanges ; et vous allez voir des scènes au prix desquelles les passées n'ont été que des verdures et des pastourelles[2].

Il n'y a rien dans le monde qui n'ait son moment décisif, et le chef-d'œuvre de la bonne conduite est de connaître et de prendre ce moment. Si l'on le manque dans la révolution des États, l'on court fortune ou de ne le pas retrouver, ou de ne le pas apercevoir. Il y en a mille et mille exemples. Les six ou sept semaines qui coulèrent depuis la publication de la déclaration jusques à la Saint-Martin[3] de l'année 1648 nous en présentent un qui ne nous a été que trop sensible. Chacun trouvait son compte dans la déclaration, c'est-à-dire chacun l'y eût trouvé si chacun l'eût bien entendu. Le Parlement avait l'honneur du rétablissement de l'ordre. Les princes le partageaient, et en avaient le principal fruit, qui était la considération et la sûreté. Le peuple, déchargé de plus de soixante millions[4], y trouvait un soulagement considérable ; et si le cardinal Mazarin eût été de génie propre à se faire honneur de la nécessité, qui est une des qualités des plus nécessaires à un ministre, il se fût, par un avantage qui est toujours inséparable de la faveur, il se fût, dis-je, approprié dans la suite la plus grande partie du mérite des choses même auxquelles il s'était le plus opposé.

Voilà des avantages signalés pour tout le monde ; et tout le monde manqua ces avantages signalés par des considérations si légères, qu'elles n'eussent pas dû, dans les véritables règles du bon sens, en faire même perdre de médiocres. Le peuple, qui s'était animé par les assemblées du Parlement, s'effaroucha dès qu'il les vit cessées sus l'approche de quelques troupes, desquelles, dans la vérité, il était ridicule de prendre ombrage, et par la considération de leur petit nombre, et par beaucoup d'autres circonstances. Le Parlement prit à son retour toutes les bagatelles qui sentaient le moins du monde l'inexécution de la déclaration[5], avec la même rigueur et avec les mêmes formalités qu'il aurait traité ou un défaut ou une forclusion. M. le duc d'Orléans vit tout le bien qu'il pouvait faire et une partie du mal qu'il pouvait empêcher ; mais comme l'endroit par lequel il fut touché de l'un et de l'autre ne fut pas celui de la peur, qui était sa passion dominante, il ne sentit pas assez le coup pour en être ému.

Monsieur le Prince connut le mal dans toute son étendue ; mais comme son courage était sa vertu la plus naturelle, il ne le craignit pas assez ; il voulut le bien, mais il ne le voulut qu'à sa mode : son âge, son humeur et ses victoires ne lui permirent pas de joindre la patience à l'activité ; et il ne conçut pas d'assez bonne heure cette maxime si nécessaire aux princes, de ne considérer les petits incidents que comme des victimes que l'on doit toujours sacrifier aux grandes affaires. Le Cardinal, qui ne connaissait en façon du monde nos manières, confondait journellement les importantes avec les plus légères ; et dès le lendemain que la déclaration fut publiée, cette déclaration qui passait, dans cette chaleur des esprits, pour une loi fondamentale de l'État, dès le lendemain, dis-je, qu'elle fut publiée, elle fut entamée et altérée sur des articles de rien, que le Cardinal devait même observer avec ostentation, pour colorer les contraventions qu'il pouvait être obligé de faire aux plus considérables ; et ce qui lui arriva de cette conduite fut et que le Parlement, aussitôt après son ouverture, recommença à s'assembler, et que la Chambre des comptes et la Cour des aides même, auxquelles on porta, dans ce même mois de novembre, la déclaration à vérifier, prirent la liberté d'y ajouter encore plus de modifications et de clauses que le Parlement.

La Cour des aides, entre autres, fit défenses sur peine de la vie, de mettre les tailles en parti[1]. Comme elle eut été mandée pour ce sujet au Palais-Royal, et qu'elle se fut relâchée, en quelque façon, de ce premier arrêt, en permettant de faire des prêts sur les tailles pour six mois, le Parlement le trouva très mauvais, et s'assembla le 30 de décembre, tant sur ce fait que sur ce que l'on savait qu'il y avait une autre déclaration à la Chambre des comptes, qui autorisait pour toujours les mêmes prêts. Vous remarquerez, si il vous plaît, que, dès le 16 du même mois de décembre, M. le duc d'Orléans et Monsieur le Prince avaient été au Parlement pour empêcher les assemblées, et pour obliger la Compagnie à travailler, seulement par députés, à la recherche des articles de la déclaration auxquels on prétendait que le ministère avait contrevenu : ce qui leur fut accordé, mais après une contestation fort aigre. Monsieur le Prince parla avec beaucoup de colère, et l'on prétendit même qu'il avait fait un signe du petit doigt par lequel il parut menacer. Il m'a dit souvent depuis qu'il n'en avait pas eu la pensée. Ce qui est constant est que la plupart des conseillers le crurent, que le murmure s'éleva, et que si l'heure n'eût sonné, les choses se fussent encore plus aigries.

Elles parurent le lendemain plus douces, parce que la Compagnie se relâcha, comme je vous ai dit ci-dessus, à examiner les contraventions faites à la déclaration, par députés seulement, et cheux Monsieur le Premier Président ; mais cette apparence de calme ne dura pas longtemps.

Le Parlement résolut, le 2 de janvier, de s'assembler pour pourvoir à l'exécution de la déclaration, que l'on prétendait avoir été blessée, particulièrement dans les huit ou dix derniers jours, en tous ses articles ; et la Reine prit le parti de faire sortir le Roi de Paris, à quatre heures du matin, le jour des Rois, avec toute la cour. Les ressorts particuliers de ce grand mouvement sont assez curieux, quoiqu'ils soient fort simples.

Vous jugez suffisamment, par ce que je vous ai déjà dit, de ceux qui faisaient agir la Reine, conduite par le Cardinal, et Monsieur d'Orléans, gouverné par La Rivière, qui était l'esprit le plus bas et le plus intéressé de son siècle. Voici ce qui m'a paru des motifs de Monsieur le Prince.

Les contretemps du Parlement, desquels je vous ai déjà parlé, commencèrent à le dégoûter presque aussitôt après qu'il eut pris des mesures avec Broussel et avec Longueil ; et ce dégoût, joint aux caresses que la Reine lui fit à son retour, aux soumissions apparentes du Cardinal, et à la pente naturelle, qu'il tenait de père et de mère, de n'aimer pas à se brouiller avec la cour, affaiblirent avec assez de facilité, dans son esprit, les raisons que son grand cœur y avait fait naître. Je m'aperçus d'abord du changement ; je m'en affligeai pour moi, je m'en affligeai pour le public ; mais je m'en affligeai, en vérité, beaucoup plus pour lui-même. Je l'aimais autant que je l'honorais, et je vis d'un coup d'œil le précipice. Je vous ennuierais si je vous rendais compte de toutes les conversations que j'eus avec lui sur cette matière. Vous jugerez, si il vous plaît, des autres par celle dont je vous vas rapporter le détail. Elle se passa justement l'après-dînée du jour où l'on prétendit qu'il avait menacé le Parlement.

Je trouvai, dans ce moment, que le dégoût que j'avais remarqué déjà dans son esprit était changé en colère et même en indignation. Il me dit, en jurant, qu'il n'y avait plus de moyen de souffrir l'insolence et l'impertinence de ces bourgeois[1], qui en voulaient à l'autorité royale ; que tant qu'il avait cru qu'ils n'eussent en butte que le Mazarin, il avait été pour eux ; que je lui avais moi-même confessé, plus de trente fois, qu'il n'y avait aucune mesure bien sûre à prendre avec des gens qui ne peuvent jamais se répondre d'eux-mêmes d'un quart d'heure à l'autre, parce qu'ils ne peuvent jamais se répondre un instant de leur compagnie ; qu'il ne se pouvait résoudre à devenir le général d'une armée de fous, n'y ayant pas un homme sage qui pût s'engager dans une cohue de cette nature ; qu'il était prince du sang ; qu'il ne voulait pas ébranler l'État ; que si le Parlement eût pris la conduite dont on était demeuré d'accord, l'on l'eût redressé ; mais qu'agissant comme il faisait, il prenait le chemin de le renverser. Monsieur le Prince ajouta à cela tout ce que vous vous pouvez figurer de réflexions publiques et particulières. Voici en propres paroles ce que je lui répondis[2] :

« Je conviens, Monsieur, de toutes les maximes générales ; permettez-moi, si il vous plaît, de les appliquer au fait particulier. Si le Parlement travaille à la ruine de l'État, ce n'est pas qu'il ait intention de le ruiner : nul n'a plus d'intérêt au maintien de l'autorité royale que les officiers, et tout le monde en convient[3]. Il faut donc reconnaître de bonne foi que lorsque les compagnies souveraines font du mal, ce n'eſt [que] parce qu'elles ne savent pas bien faire le bien même qu'elles veulent. La capacité d'un miniſtre qui sait ménager les particuliers et les corps les tient dans l'équilibre où elles doivent être naturellement et dans lequel elles réussissent, par un mouvement qui, balançant ce qui eſt de l'autorité des princes et de l'obéissance des peuples[1]. L'ignorance de celui qui gouverne aujourd'hui[2] ne lui laisse ni assez de vue ni assez de force pour régler les poids de cette horloge. Les ressorts s'en sont mêlés. Ce qui n'était que pour modérer le mouvement veut le faire, et je conviens qu'il le fait mal, parce qu'il n'eſt pas lui-même fait pour cela : voilà où gît le défaut de notre machine. Votre Alteſse la veut redresser, et avec d'autant plus de raison qu'il n'y a qu'Elle qui en soit capable ; mais pour la redresser, faut-il se joindre à ceux qui la veulent rompre ? Vous convenez des disparates du Cardinal ; vous convenez qu'il ne pense qu'à établir en France l'autorité qu'il n'a jamais connue qu'en Italie[3]. Si il y pouvait réussir, serait-ce le compte de l'État, selon ses bonnes et véritables maximes ? Serait-ce celui des princes du sang en tout sens ? Mais, de plus, eſt-il en état d'y réussir ? N'eſt-il pas accablé de la haine publique et du mépris public ? Le Parlement n'eſt-il pas l'idole des peuples ? Je sais que vous les comptez pour rien, parce que la cour eſt armée ; mais je vous supplie de me permettre de vous dire que l'on les doit compter pour beaucoup, toutes les fois qu'ils se comptent eux-mêmes pour tout. Ils en sont là : ils commencent eux-mêmes à compter vos armées pour rien, et le malheur eſt que leur force consiſte dans leur imagination ; et l'on peut dire avec vérité qu'à la différence de toutes les autres sortes de puissance, ils peuvent, quand ils sont arrivés à un certain point, tout ce qu'ils croient pouvoir.

« Votre Alteſse me disait dernièrement, Monsieur, que cette disposition du peuple n'était qu'une fumée ; mais cette fumée si noire et si épaisse eſt entretenue par un feu qui eſt bien vif et bien allumé. Le Parlement le souffle, et ce Parlement, avec les meilleures et même les plus simples intentions du monde, eſt très capable de l'enflammer à un point qui l'embrasera et qui le consumera lui-même, mais qui hasardera, dans les intervalles, plus d'une fois l'État. Les corps poussent toujours avec trop de vigueur les fautes des ministres quand ils ont tant fait que de s'y acharner, et ils ne ménagent presque jamais leurs imprudences, ce qui est, en de certaines occasions, capable de perdre un royaume. Si le Parlement eût répondu, quelque temps devant que vous revinssiez de l'armée, à la ridicule et pernicieuse proposition que le Cardinal lui fit de déclarer si il prétendait mettre des bornes à l'autorité royale, si, dis-je, les plus sages du corps n'eussent éludé la réponse, la France, à mon opinion, courait fortune, parce que la Compagnie se déclarant pour l'affirmative, comme elle en fut sur le point, elle déchirait le voile qui couvre le mystère de l'État[1]. Chaque monarchie a le sien. Celui de la France consiste dans cet espèce de silence[2] religieux et sacré dans lequel on ensevelit, en obéissant presque toujours aveuglément aux rois, le droit que l'on ne veut croire avoir de s'en dispenser que dans les occasions où il ne serait pas même de leur service de leur plaire. Ce fut un miracle que le Parlement ne levât pas dernièrement ce voile, et ne se levât pas en forme et par arrêt, ce qui serait bien d'une conséquence plus dangereuse et plus funeste que la liberté que les peuples ont pris, depuis quelque temps, de voir à travers. Si cette liberté, qui est déjà dans la salle du Palais, était passée jusque dans la Grande Chambre, elle ferait des lois révérées de ce qui n'est encore que question problématique, et de ce qui n'était naguères qu'un secret, ou inconnu, ou du moins respecté.

« Votre Altesse n'empêchera pas, par la force des armes, les suites du malheureux état que je vous marque et dont nous ne sommes peut-être que trop proches. Elle voit que le Parlement même a peine à retenir les peuples qu'il a éveillés ; elle voit que la contagion se glisse dans les provinces ; et la Guienne et la Provence donnent déjà très dangereusement l'exemple qu'elles ont reçu de Paris[3]. Tout branle, et Votre Altesse seule est capable de fixer ce mouvement par l'éclat de sa naissance, par celui de sa réputation, et par la persuasion générale où l'on est qu'il n'y a qu'Elle qui y puisse remédier. L'on peut dire que la Reine partage la haine que l'on a pour le Cardinal, et que Monsieur partage le mépris que l'on a pour La Rivière. Si vous entrez, par complaisance, dans leurs pensées, vous entrez en part de la haine publique. Vous êtes au-dessus du mépris ; mais la crainte que l'on aura de vous prendra sa place, et cette crainte empoisonnera si cruellement et la haine que l'on aura pour vous et le mépris que l'on a déjà pour les autres, que ce qui n'est présentement qu'une plaie dangereuse à l'État lui deviendra peut-être mortelle, et pourra mêler dans la suite de la révolution le désespoir du retour[1], qui est toujours, en ces matières, le dernier et le plus dangereux symptôme de la maladie.

« Je n'ignore pas les justes raisons qu'a Votre Altesse d'appréhender les manières d'un corps composé de plus de deux cents têtes, et qui n'est capable ni de gouverner ni d'être gouverné[2]. Cet embarras est grand ; mais j'ose soutenir qu'il n'est pas insurmontable, et qu'il n'est pas même difficile à démêler, dans la conjoncture présente, par des circonstances particulières. Quand le parti serait formé, quand vous seriez à la tête de l'armée, quand les manifestes auraient été publiés, quand enfin vous seriez général déclaré d'un parti dans lequel le Parlement serait entré, auriez-vous, Monsieur, plus de peine à soutenir ce poids que messieurs votre aïeul et bisaïeul n'en ont eu à s'accommoder aux caprices des ministres de La Rochelle et des maires de Nîmes et de Montauban[3] ? Et Votre Altesse trouverait-Elle plus de difficulté à ménager le parlement de Paris que M. du Maine[4] n'y en a trouvé dans le temps de la Ligue, c'est-à-dire dans le temps de la faction du monde la plus opposée à toutes les maximes du Parlement ? Votre naissance et votre mérite vous élèvent autant au-dessus de ce dernier exemple que la cause dont il s'agit est au-dessus de celle de la Ligue ; et les manières n'en sont pas moins différentes. La Ligue fit une guerre où le chef du parti commença sa déclaration par une jonction ouverte et publique avec Espagne, contre la couronne et la personne d'un des plus braves et des meilleurs rois que la France ait jamais eu[5] ; et ce chef de parti, sorti d'une maison étrangère et suspecte, ne laissa pas de maintenir très longtemps dans ses intérêts ce même Parlement[6], dont la seule idée vous fait peine, dans une occasion où vous êtes si éloigné de le vouloir porter à la guerre, que vous n'y entrez que pour lui procurer la sûreté et la paix.

« Vous ne vous êtes ouvert qu'à deux hommes de tout le Parlement, et encore vous ne vous y êtes ouvert que sous la parole qu'ils vous ont donnée, l'un et l'autre, de ne laisser pénétrer à personne du monde, sans exception, vos intentions. Comme est-il possible que Votre Altesse puisse prétendre que ces deux hommes puissent, par le moyen de cette connaissance intérieure et cachée, régler les mouvements de leurs corps ? J'ose, Monsieur, vous répondre que si vous voulez [vous] déclarer publiquement comme protecteur du public et des compagnies souveraines, vous en disposerez, au moins pour très longtemps, absolument et presque souverainement. Ce n'est pas votre vue ; vous ne vous voulez pas brouiller à la cour, vous aimez mieux le cabinet que la faction. Ne trouvez pas mauvais que des gens qui ne vous voient que dans ce jour ne mesurent pas toutes leurs démarches selon ce qui vous conviendrait. C'est à vous à mesurer les vôtres avec les leurs, parce qu'elles sont publiques ; et vous le pouvez, parce que le Cardinal, accablé par la haine publique, est trop faible pour vous obliger malgré vous aux éclats et aux ruptures prématurées. La Rivière, qui gouverne Monsieur, est l'homme du monde le plus timide. Continuez à témoigner que vous cherchez à adoucir les choses, et laissez-les aigrir selon votre premier plan : un peu plus, un peu moins de chaleur dans le Parlement doit-il être capable de vous le faire changer ? De quoi y va-t-il, enfin, en ce plus et en ce moins ? Le pis du pis est que la Reine croie que vous n'embrassez pas avec assez d'ardeur ses intérêts. N'y a-t-il pas des moyens pour suppléer à cet inconvénient ? N'y a-t-il pas des apparences à donner ? N'y a-t-il pas même de l'effectif ? Enfin, Monsieur, je supplie très humblement Votre Altesse de me permettre de Lui dire que jamais projet n'a été si beau, si innocent, si saint, ni si nécessaire que celui qu'Elle a fait, et que jamais raisons n'ont été, au moins à mon opinion, si faibles que celles qui l'empêchent de l'exécuter. La moins forte de celles qui vous y portent, ou plutôt qui vous y devraient porter, est que si le cardinal Mazarin ne réussit pas dans les siens, il vous peut entraîner dans sa ruine, et que si il y réussit, il se servira, pour vous perdre, de tout ce que vous aurez fait pour l'élever. »

Vous voyez, par le peu d'arrangement de ce discours, qu'il fut fait sans méditation et sur-le-champ. Je le dictai à Laigue en revenant cheux moi de cheux Monsieur le Prince ; et Laigue me le fit voir à mon dernier voyage de Paris[1]. Il ne persuada point Monsieur le Prince, qui était déjà préoccupé ; il ne répondit à mes raisons particulières que par les générales, ce qui est assez de son caractère. Les héros ont leurs défauts ; celui de Monsieur le Prince est de n'avoir pas assez de suite dans un des plus beaux esprits du monde. Ceux qui ont voulu croire qu'il avait voulu, dans les commencements, aigrir les affaires par Longueil, par Broussel et par moi, pour se rendre plus nécessaire à la cour et dans la vue de faire pour le Cardinal ce qu'il y fit depuis, font autant d'injustice et à sa vertu et à la vérité, qu'ils prétendent faire d'honneur à son habileté. Ceux qui croient que les petits intérêts, c'est-à-dire les intérêts de pension, de gouvernement, d'établissements, furent l'unique cause de son changement ne se trompent guères moins. La vue d'être l'arbitre du cabinet y entra assurément, mais elle ne l'eût pas emporté sur les autres considérations ; et le véritable principe fut qu'ayant tout vu d'abord également, il ne sentit pas tout également. La gloire de restaurateur du public fut sa première idée ; celle de conservateur de l'autorité royale fut la seconde. Voilà le caractère de tous ceux qui ont dans l'esprit le défaut que je vous ai marqué ci-dessus. Quoiqu'ils voient très bien les inconvénients et les avantages des deux partis sur lesquels ils balancent à prendre leur résolution, et quoiqu'ils les voient même ensemble, ils ne les pèsent pas ensemble. Ainsi ce qui leur paraît aujourd'hui plus léger leur paraît demain plus pesant. Voilà justement ce qui fit le changement de Monsieur le Prince, sur lequel il faut confesser que ce qui n'a pas honoré sa vue, ou plutôt sa résolution, a bien justifié son intention. L'on ne peut nier que si il eût conduit aussi prudemment qu'il l'eût pu la bonne intention qu'il avait certainement, il n'eût redressé l'État peut-être pour des siècles ; mais l'on doit convenir que si il l'eût eu mauvaise, il eût pu aller à tout dans un temps où l'enfance du Roi, l'opiniâtreté de la Reine, la faiblesse de Monsieur, l'incapacité du ministre, la licence du peuple, la chaleur des parlements ouvraient à un jeune prince, plein de mérite et couvert de lauriers, une carrière plus belle et plus vaste que celle que MM. de Guise avaient courue[1].

Dans la conversation que j'eus avec Monsieur le Prince, il me dit deux ou trois fois, avec colère, qu'il ferait bien voir au Parlement, si il continuait à agir comme il avait accoutumé, qu'il n'en était pas où il pensait, et que ce ne serait pas une affaire que de le mettre à la raison. Pour vous dire le vrai, je ne fus pas fâché de trouver cette ouverture à en tirer ce que je pourrais des pensées de la cour ; il ne s'en expliqua pas toutefois ouvertement ; mais j'en compris assez pour me confirmer dans celle que j'avais, qu'elle commençait à reprendre ses premiers projets d'attaquer Paris. Pour m'en éclaircir encore davantage, je dis à Monsieur le Prince que le Cardinal se pourrait fort facilement tromper dans ses mesures, et que Paris serait un morceau de dure digestion : à quoi il me répondit de colère : « On ne le prendra pas comme Dunkerque, par des mines et des attaques, mais si le pain de Gonesse leur manquait huit jours[2]. » Je me le tins pour dit, et je lui repartis, beaucoup moins pour en savoir davantage que pour avoir lieu de me dégager d'avec lui, que l'entreprise de fermer les passages du pain de Gonesse pourrait recevoir des difficultés. « Quelles ? reprit-il brusquement ; les bourgeois sortiront-ils pour donner bataille ? — Elle ne serait pas rude, Monsieur, si il n'y avait qu'eux, lui répondis-je. — Qui sera avec eux ? reprit-il ; y serez-vous, vous qui parlez ? — Ce serait mauvais signe, lui dis-je : cela sentirait fort la procession de la Ligue. » Il pensa un peu, et puis il me dit : « Ne raillons point ; seriez-vous assez fou pour vous embarquer avec ces gens ici ? — Je ne le suis que trop, lui répondis-je ; vous le savez, Monsieur, et que je suis de plus coadjuteur de Paris, et par conséquent engagé et par honneur et par intérêt à sa conservation. Je servirai toute ma vie Votre Altesse en tout ce qui ne regardera pas ce point. » Je vis bien que Monsieur le Prince s'émut à cette déclaration ; mais il se contint, et il me dit ces propres mots : « Quand vous vous engagerez dans une mauvaise affaire, je vous plaindrai ; mais je n'aurai pas sujet de me plaindre de vous. Ne vous plaignez pas aussi de moi, et rendez-moi le témoignage que vous me devez, qui est que je n'ai rien promis à Longueil et à Broussel dont le Parlement ne m'ait dispensé par sa conduite. » Il me fit ensuite beaucoup d'honnêtetés personnelles. Il m'offrit de me raccommoder avec la cour. Je l'assurai de mes obéissances et de mon zèle en tout ce qui ne serait pas contraire aux engagements qu'il savait que j'avais pris. Je le fis convenir de l'impossibilité d'en sortir, et je sortis moi-même de l'hôtel de Condé, avec toute l'agitation d'esprit que vous vous pouvez imaginer.

Montrésor et Saint-Ibar arrivèrent cheux moi justement dans le temps que j'achevais de dicter à Laigue la conversation que j'avais eue avec Monsieur le Prince, et ils n'oublièrent rien pour m'obliger à envoyer, dès ce moment, à Bruxelles. Quoique je sentisse dans moi-même beaucoup de peine à être le premier qui eût mis dans nos affaires le grain de catholicon d'Espagne[1], je m'y résolus par la nécessité, et je commençai à en dresser l'instruction qui devait contenir plusieurs chefs, et dont la conclusion fut remise, par cette raison, au lendemain matin.

La fortune me présenta, l'après-dînée, un moyen plus agréable et plus innocent. J'allai, par un pur hasard, cheux Mme de Longueville, que je voyais fort peu parce que j'étais extrêmement ami de monsieur son mari, qui n'était pas l'homme de la cour le mieux avec elle. Je la trouvai seule ; elle tomba, dans la conversation, sur les affaires publiques, qui étaient à la mode. Elle me parut enragée contre la cour[2]. Je savais par le bruit public qu'elle l'était au dernier point contre Monsieur le Prince. Je joignis ce que l'on en disait dans le monde à ce que j'en tirais de certains mots qu'elle laissait échapper. Je n'ignorais pas que M. le prince de Conti était absolument en ses mains. Toutes ces idées me frappèrent tout d'un coup l'imagination, et y firent naître celles dont je vous rendrai compte, après que je vous aurai un peu éclairci le détail que je vous viens de toucher.

Mlle de Bourbon avait eu l'amitié du monde la plus tendre pour monsieur son frère aîné[1] ; et Mme de Longueville, quelque temps après son mariage, prit une rage et une fureur contre lui, qui passa jusques à un excès incroyable. Vous croyez aisément qu'il n'en fallait pas davantage dans le monde pour faire faire des commentaires fâcheux sur une histoire de laquelle l'on ne voyait pas les motifs. Je ne les ai jamais pu pénétrer ; mais j'ai toujours été persuadé que ce qui s'en disait dans la cour n'était pas véritable, parce que si il eût été vrai qu'il y eût eu de la passion dans leur amitié, Monsieur le Prince n'aurait pas conservé pour elle la tendresse qu'il y conserva toujours dans la chaleur même de l'affaire de Coligni[2]. J'ai observé qu'ils ne se brouillèrent qu'après sa mort, et je sais, de science certaine, que Monsieur le Prince savait que madame sa sœur aimait véritablement Coligni. L'amour passionné du prince de Conti pour elle donna à cette maison un certain air d'inceste[3], quoique très injustement pour l'effet, que la raison au contraire que je viens de vous alléguer, quoique, à mon sens, décisive, ne put dissiper.

Je vous ai marqué ci-dessus que la disposition où je trouvai Mme de Longueville me donna lieu de penser à préparer une défense pour Paris plus proche, plus naturelle et moins odieuse que celle d'Espagne. Je connaissais bien la faiblesse de M. le prince de Conti, presque encore enfant ; mais je savais, en même temps, que cet enfant était prince du sang. Je ne voulais qu'un nom pour animer ce qui, sans un nom, ne serait que fantôme. Je me répondais de M. de Longueville, qui était l'homme du monde qui aimait le mieux le commencement de toutes affaires. J'étais fort assuré que le maréchal de La Mothe[4], enragé contre la cour, ne se détacherait point de M. de Longueville, à qui il avait été attaché vingt ans durant, par une pension, qu'il avait voulu même retenir, par reconnaissance, encore après qu'il eut été fait maréchal de France. Je voyais M. de Bouillon[5] très mécontent et presque réduit à la nécessité par le mauvais état de ses affaires domestiques et par les injustices que la cour lui faisait. J'avais considéré tous ces gens-là, mais je ne les avais considérés que dans une perspective éloignée, parce qu'il n'y en avait aucun de tous ceux-là qui fût capable d'ouvrir la scène. M. de Longueville n'était bon que pour le second acte. Le maréchal de La Mothe, bon soldat, mais de très petit sens, ne pouvait jamais jouer le premier personnage. M. de Bouillon l'eût pu soutenir ; mais sa probité était plus problématique que son talent ; et j'étais bien averti, de plus, que madame sa femme[1], qui avait un pouvoir absolu sur son esprit, n'agissait en quoi que ce soit que par les mouvements d'Espagne. Vous ne vous étonnez pas, sans doute, de ce que je n'avais pas fixé des vues aussi vagues et aussi brouillées que celles-là, et de ce que je les réunis pour ainsi dire en la personne de M. le prince de Conti, prince du sang, et qui par sa qualité conciliait et approchait, pour ainsi parler, tout ce qui paraissait le plus éloigné à l'égard des uns et des autres.

Dès que j'eus ouvert à Mme de Longueville le moindre jour du poste qu'elle pourrait tenir, en l'état où les affaires allaient tomber, elle y entra avec des emportements de joie que je ne vous puis exprimer. Je ménageai avec soin ces dispositions ; j'échauffai M. de Longueville, et par moi-même et par Varicarville, qui était son pensionnaire, et auquel il avait, avec raison, une parfaite confiance, et je me résolus de ne lier aucun commerce avec l'Espagne et d'attendre que les occasions, que je jugeais bien n'être que trop proche[2], donnassent lieu à une conjoncture où celui que nous y prendrions infailliblement parût plutôt venir des autres que de moi. Ce parti, quoique très fortement contredit par Saint-Ibar et par Montrésor, fut le plus judicieux ; et vous verrez par les suites que je jugeai sainement en jugeant qu'il n'y avait plus lieu de précipiter ce remède, qui est doublement dangereux quand il est le premier appliqué. Il a toujours besoin de lénitifs qui y préparent.

. . . .

[...] ce qui regarde Mme de Longueville. La petite vérole lui avait ôté la première fleur de sa beauté ;

mais elle lui en avait laissé presque tout l'éclat ; et cet éclat, joint à sa qualité, à son esprit et à sa langueur, qui avait en elle un charme particulier, la rendait une des plus aimables personnes de France. J'avais le cœur du monde le plus propre pour l'y placer entre Mmes de Guéméné et de Pommereux. Je ne vous dirai pas qu'elle l'eût agréé ; mais je vous dirai bien que ce ne fut pas la vue de l'impossibilité qui m'en fit rejeter la pensée, qui fut même assez vive dans les commencements. Le bénéfice[1] n'était pas vacant ; mais il n'était pas desservi. M. de La Rochefoucauld était en possession ; mais il était en Poitou[2]. J'écrivais tous les jours trois ou quatre billets, et j'en recevais bien autant. Je me trouvais très souvent à l'heure du réveil, pour parler plus librement d'affaire. J'y concevais beaucoup d'avantage, parce que je n'ignorais pas que ce pourrait être l'unique moyen de m'assurer de M. le prince de Conti pour les suites. Je crus, pour ne vous rien celer, y entrevoir de la possibilité. La seule vue de l'amitié étroite que je professais avec le mari l'emporta sur le plaisir et sur la politique. Et j'ai connu, à l'heure qu'il est, autant de considération que j'en ai eu toute ma vie de douter du contraire.

Je ne laissai pas de prendre une grande liaison d'affaire avec Mme de Longueville, et par elle un commerce avec M. de La Rochefoucauld, qui revint trois semaines ou un mois après ce premier engagement. Il faisait croire à M. le prince de Conti qu'il le servait dans la passion qu'il avait pour madame sa sœur ; et lui et elle, de concert, l'avaient tellement aveuglé, que plus de quatre ans après il ne se doutait encore de quoi que ce soit.

Comme M. de La Rochefoucauld n'avait pas eu trop bon bruit dans l'affaire des Importants, dans laquelle l'on l'avait accusé de s'être raccommodé à la cour à leurs dépens (ce que j'ai su toutefois depuis, de science certaine, n'être pas vrai), je n'étais pas trop content de le trouver en cette société. Il fallut pourtant s'en accommoder. Nous prîmes toutes nos mesures. M. le prince de Conti, Mme de Longueville, monsieur son mari et le maréchal de La Mothe s'engagèrent de demeurer à Paris et de se déclarer si l'on l'attaquait. Broussel, Longueil et Viole promirent tout au nom du Parlement, qui n'en savait rien. M. de Rais fit les allées et venues entre eux et Mme de Longueville, qui prenait des eaux à Noisi[1] avec M. le prince de Conti. Il n'y eut que M. de Bouillon qui ne voulut être nommé à personne sans exception : il s'engagea avec moi uniquement. Je le voyais assez souvent la nuit, et Mme de Bouillon y était toujours présente : si cette femme eût eu autant de sincérité que d'esprit, de beauté, de douceur et de vertu, elle eût été une merveille accomplie. J'en fus très piqué ; mais je n'y trouvai pas la moindre ouverture ; et comme la piqûre ne me fit pas mal fort longtemps, je crois que j'eusse parlé plus proprement si j'eusse dit que je crus en être très piqué.

Après que j'eus préparé assez à mon gré la défensive, je pris la pensée de faire, si il était possible, en sorte que la cour ne portât pas les affaires à l'extrémité. Vous concevez facilement l'utilité de ce dessein, et vous en avouerez la possibilité, quand je vous dirai que l'exécution n'en tint qu'à l'opiniâtreté qu'eut le ministre de ne pas agréer une proposition, qui m'avait été suggérée par Launai-Gravé[2], et qui, de l'agrément même du Parlement, eût suppléé, au moins pour beaucoup, aux retranchements faits par cette compagnie. Cette proposition, dont le détail serait trop long et trop ennuyeux, fut agitée cheux Viole, où Le Cogneux et beaucoup d'autres gens du Parlement se trouvèrent. Elle fut approuvée ; et si le ministre eût été assez sage pour la recevoir de bonne foi, je suis persuadé et que l'État eût soutenu la dépense nécessaire et qu'il n'y aurait point eu de guerre civile.

Quand je vis que la cour ne voulait même son bien qu'à sa mode, qui n'était jamais bonne, je ne songeai plus qu'à lui faire du mal, et ce ne fut que dans ce moment où je pris l'entière et pleine résolution d'attaquer personnellement le Mazarin, parce que je crus que ne pouvant l'empêcher de nous attaquer, nous ferions sagement de l'attaquer nous-mêmes, par des préalables qui donneraient dans le public un mauvais air à son attaque.

L'on peut dire avec fondement que les ennemis de ce ministre avaient un avantage contre lui très rare, et que l'on n'a presque jamais contre les gens qui sont dans sa place. Leur pouvoir fait, pour l'ordinaire, qu'ils ne sont pas susceptibles de la teinture[1] du ridicule ; elle prenait sur le Cardinal, parce qu'il disait des sottises, ce qui n'est pas ordinaire à ceux mêmes qui en font dans ces sortes de postes. Je lui attachai Marigni, qui revenait tout à propos de Suède, et qui s'était comme donné à moi[2]. Le Cardinal avait demandé à Bouqueval, député du Grand Conseil, si il ne croyait pas être obligé d'obéir au Roi, en cas que le Roi lui commandât de ne point porter de glands à son collet ; et il s'était servi de cette comparaison assez sottement, comme vous voyez, pour prouver l'obéissance aux députés d'une compagnie souveraine. Marigni paraphrasa ce mot[3], en prose et en vers, un mois ou cinq semaines devant que le Roi sortît de Paris ; et l'effet que fit cette paraphrase est inconcevable. Je pris cet instant pour mettre l'abomination dans le ridicule, ce qui fait le plus dangereux et le plus irrémédiable de tous les composés.

Vous avez vu ci-dessus que la cour avait entrepris d'autoriser les prêts par des déclarations, c'est-à-dire, à proprement parler, qu'elle avait entrepris d'autoriser les usures par une loi vérifiée en Parlement, parce que ces prêts, qui se faisaient au Roi, par exemple sur les tailles, n'étaient jamais qu'avec des usures immenses. Ma dignité m'obligeait à ne pas souffrir un mal et un scandale aussi général et aussi public[4]. Je remplis très exactement et très pleinement mon devoir. Je fis une assemblée fameuse de curés, de chanoines, de docteurs, de religieux ; et sans avoir seulement prononcé le nom du Cardinal dans toutes ces conférences, où je faisais au contraire toujours semblant de l'épargner, je le fis passer, en huit jours, pour le Juif le plus convaincu qui fût en Europe.

Le Roi sortit de Paris[5] justement à ce moment, et je l'appris, à cinq heures du matin, par l'argentier de la Reine, qui me fit éveiller, et qui me donna une lettre écrite de sa main, par laquelle elle me commandait, en des termes fort honnêtes, de me rendre dans le jour à Saint-Germain. L'argentier ajouta de bouche que le Roi venait de monter en carrosse pour y aller, et que toute l'armée était commandée pour s'avancer. Je lui répondis simplement que je ne manquerais pas d'obéir. Vous me faites bien la justice d'être persuadée que je n'en eus pas la pensée.

Blancmesnil entra dans ma chambre, pâle comme un mort. Il me dit que le Roi marchait au Palais avec huit mille chevaux. Je l'assurai qu'il était sorti de la ville avec deux cents. Voilà la moindre des impertinences qui me furent dites depuis les cinq heures du matin jusques à dix. J'eus toujours une procession de gens effarés, qui se croyaient perdus. Mais j'en prenais bien plus de divertissement que d'inquiétude, parce que j'étais averti, de moment à autre, par les officiers des colonelles, qui étaient à moi, que le premier mouvement du peuple, à la première nouvelle, n'avait été que de fureur, à laquelle la peur ne succède jamais que par degrés ; et je croyais avoir de quoi couper, devant qu'il fût nuit, ces degrés ; car quoique Monsieur le Prince, qui se défiait de monsieur son frère, l'eût été prendre dans son lit et l'eût emmené avec lui à Saint-Germain, je ne doutais point, Mme de Longueville étant demeurée à Paris[1], que nous le revissions bientôt ; et d'autant plus que je savais que Monsieur le Prince, qui ne le craignait ni ne l'estimait, ne pousserait pas sa défiance jusques à l'arrêter. J'avais de plus reçu, la veille, une lettre de M. de Longueville, datée de Rouen[2], par laquelle il m'assurait qu'il arriverait le soir de ce jour-là à Paris.

Aussitôt que le Roi fut sorti, les bourgeois, d'eux-mêmes et sans ordre, se saisirent de la porte Saint-Honoré ; et dès que l'argentier de la Reine fut sorti de chez moi, je mandai à Brigalier d'occuper, avec sa compagnie, celle de la Conférence. Le Parlement s'assembla, au même temps, avec un tumulte de consternation, et je ne sais ce qu'ils eussent fait, tant ils étaient effarés, si l'on n'eût trouvé le moyen de les animer par leur propre peur. Je l'ai observé mille fois : il y a des espèces de frayeurs qui ne se dissipent que par des frayeurs d'un plus haut degré. Je priai Vedeau, conseiller, que je fis appeler dans le parquet des huissiers, d'avertir la Compagnie qu'il y avait à l'Hôtel de Ville une lettre du Roi, par laquelle il donnait part au prévôt des marchands et aux échevins des raisons qui l'avaient obligé à sortir de sa bonne ville de Paris, qui étaient en substance : que quelques officiers de son Parlement avaient intelligence avec les ennemis de l'État, et qu'ils avaient même conspiré de se saisir de sa personne. Cette lettre, jointe à la connaissance que l'on avait que le président Le Féron[1], provôt des marchands, était tout à fait dépendant de la cour, émut toute la Compagnie au point qu'elle se la fit apporter sur l'heure même, et qu'elle donna arrêt par lequel il fut ordonné que le bourgeois prendrait les armes ; que l'on garderait les portes de la ville ; que le provôt des marchands et le lieutenant civil pourvoiraient au passage des vivres, et que l'on délibérerait, le lendemain au matin, sur la lettre du Roi. Vous jugez, par la teneur de cet arrêt bien interlocutoire[2], que la terreur du Parlement n'était pas encore bien dissipée. Je ne fus pas touché de son irrésolution, parce que j'étais persuadé que j'aurais dans peu de quoi le fortifier.

Comme je croyais que la bonne conduite voulait que le premier pas, au moins public, de désobéissance vînt de ce corps, qui justifierait celle des particuliers, je jugeai à propos de chercher une couleur[3] au peu de soumission que je témoignais à la Reine en n'allant pas à Saint-Germain. Je fis mettre mes chevaux au carrosse, je reçus les adieux de tout le monde, je rejetai avec une fermeté admirable toutes les instances que l'on me fit pour m'obliger à demeurer ; et par un malheur signalé, je trouvai, au bout de la rue Neuve-Notre-Dame, Du Buisson, marchand de bois, et qui avait beaucoup de crédit sur les ports. Il était absolument à moi ; mais il se mit ce jour-là en mauvaise humeur. Il battit mon postillon ; il menassa[4] mon cocher. Le peuple, accourant en foule, renversa mon carrosse ; et les femmes du Marché-Neuf firent d'un étau[5] une machine sur laquelle elles me rapportèrent, pleurantes et hurlantes, à mon logis. Vous ne doutez pas de la manière dont cet effort de mon obéissance fut reçu à Saint-Germain. J'écrivis à la Reine et à Monsieur le Prince, en leur témoignant la douleur que j'avais d'avoir si mal réussi dans ma tentative. La première répondit au chevalier de Sévigné[6], qui lui porta ma lettre, avec une hauteur de mépris ; le second ne put s'empêcher, en me plaignant, de témoigner de la colère. La Rivière éclata contre moi par des railleries, et le chevalier de Sévigné vit clairement que les uns et les autres étaient persuadés qu'ils nous auraient dès le lendemain la corde au cou.

Je ne fus pas beaucoup ému de leurs menaces ; mais je fus très touché d'une nouvelle que j'appris le même jour, qui était que M. de Longueville, qui, comme je vous ai dit, revenait de Rouen, où il avait fait un voyage de dix ou douze jours, ayant appris la sortie du Roi à six lieues de Paris, avait tourné tout court à Saint-Germain. Mme de Longueville ne douta point que Monsieur le Prince ne l'eût gagné, et qu'ainsi M. le prince de Conti ne fût infailliblement arrêté. Le maréchal de La Mothe lui déclara, en ma présence, qu'il ferait sans exception tout ce que M. de Longueville voudrait, et contre et pour la cour. M. de Bouillon se prenait à moi de ce que des gens dont je l'avais toujours assuré prenaient une conduite aussi contraire à ce que je lui en avais dit mille fois. Jugez, je vous supplie, de mon embarras, qui était d'autant plus grand que Mme de Longueville me protestait qu'elle n'avait eu, de tout le jour, aucune nouvelle de M. de La Rochefoucauld, qui était toutefois parti, deux heures après le Roi, pour fortifier et pour ramener M. le prince de Conti.

Saint-Ibar revint encore à la charge pour m'obliger à l'envoyer, sans différer, au comte de Fuensaldagne. Je ne fus pas de son opinion, et je pris le parti de faire partir pour Saint-Germain le marquis de Noirmoutier, qui s'était lié avec moi depuis quelque temps, pour savoir, par son moyen, ce que l'on pouvait attendre de M. le prince de Conti et de M. de Longueville. Mme de Longueville fut de ce sentiment, et Noirmoutier partit sur les six heures du soir.

Le lendemain au matin, qui fut le lendemain de la fête des Rois, c'est-à-dire le 7 de janvier, La Sourdière, lieutenant des gardes du corps, entra dans le parquet des gens du Roi, et leur donna une lettre de cachet, adressée à eux, par laquelle le Roi leur ordonnait de dire à la Compagnie qu'il lui commandait de se transporter à Montargis et d'y attendre ses ordres[1]. Il y avait aussi entre les mains de La Sourdière un paquet fermé pour le Parlement, et une lettre pour le premier président. Comme l'on n'avait pas lieu de douter du contenu, que l'on devinait assez par celui de la lettre écrite aux gens du Roi, l'on crut qu'il serait plus respectueux de ne point ouvrir un paquet auquel l'on était déterminé par avance de ne pas obéir. L'on le rendit tout fermé à La Sourdière, et l'on arrêta d'envoyer les gens du Roi à Saint-Germain pour assurer la Reine de l'obéissance du Parlement, et pour la supplier de lui permettre de se justifier de la calomnie qui lui avait attiré la lettre écrite la veille au prévôt des marchands.

Pour soutenir un peu la dignité, l'on ajouta dans l'arrêt que la Reine serait très humblement suppliée de vouloir nommer les calomniateurs, pour être procédé contre eux selon la rigueur des ordonnances. La vérité est que l'on eut bien de la peine à y faire insérer cette clause, que toute la Compagnie était fort consternée, et au point que Broussel, Charton, Viole, Loisel, Amelot et cinq autres, des noms desquels je ne me souviens pas, qui ouvrirent l'avis de demander en forme l'éloignement du cardinal Mazarin, ne furent suivis de personne, et furent même traités d'emportés. Vous observerez, si il vous plaît, qu'il n'y avait que la vigueur, dans cette conjoncture, où l'on pût trouver même apparence de sûreté. Je n'en ai jamais vu où j'aie trouvé tant de faiblesse. Je courus toute la nuit, et je n'y gagnai que ce que je vous viens de dire.

La Chambre des comptes eut, le même jour, une lettre de cachet, par laquelle il lui était ordonné d'aller à Orléans, et le Grand Conseil reçut commandement d'aller à Mantes. La première députa pour faire des remontrances ; le second offrit d'obéir, mais la Ville lui refusa des passeports. Il est aisé de concevoir l'état où je fus tout ce jour-là, qui effectivement me parut le plus affreux de tous ceux que j'eusse passés jusque-là dans ma vie. Je dis jusque-là, car j'en ai eu depuis de plus fâcheux. Je voyais le Parlement sur le point de mollir, et je me voyais, par conséquent, dans la nécessité ou de subir avec lui le joug du monde le plus honteux et même le plus dangereux pour mon particulier, ou de m'ériger purement et simplement en tribun du peuple, qui est le parti de tous le moins sûr et même le plus bas, toutes les fois qu'il n'est pas revêtu[1].

La faiblesse de M. le prince de Conti, qui s'était

laissé emmener comme un enfant par monsieur son frère, celle de M. de Longueville, qui au lieu de venir rassurer ceux avec lesquels il était engagé, avait été offrir à la Reine ses services, la déclaration de MM. de Bouillon et de La Mothe l'avaient fort dégarni, ce tribunat. L'imprudence du Mazarin le releva. Il fit refuser par la Reine audience aux gens du Roi ; ils revindrent dès le soir à Paris, convaincus que la cour voulait pousser toutes choses à l'extrémité.

Je vis mes amis toute la nuit ; je leur montrai les avis que j'avais reçus de Saint-Germain, qui étaient que Monsieur le Prince avait assuré la Reine qu'il prendrait Paris en quinze jours, et que M. Le Tellier, qui avait été procureur du Roi au Châtelet, et qui, par cette raison, devait avoir connaissance de la police[1], répondait que la cessation de deux marchés affamerait la ville. Je jetai par là dans les esprits l'opinion de l'impossibilité de l'accommodement, qui n'était dans la vérité que trop effective.

Les gens du Roi firent, le lendemain au matin, leur rapport du refus de l'audience ; le désespoir s'empara de tous les esprits, et l'on donna tout d'une voix, à la réserve de celle de Bernai, plus cuisinier que conseiller[2], ce fameux arrêt du 8 de janvier 1649, par lequel le cardinal Mazarin fut déclaré ennemi du Roi et de l'État, perturbateur du repos public, et enjoint à tous les sujets du Roi de lui courir sus.

L'après-dînée, l'on tint la police générale par les députés du Parlement, de la Chambre des comptes, de la Cour des aides, M. de Montbazon, gouverneur de Paris, prévôt des marchands et échevins, et les communautés des six corps des marchands[3]. Il fut arrêté que le prévôt des marchands et échevins donnerait des commissions pour lever quatre mille chevaux et dix mille hommes de pied. Le même jour, la Chambre des comptes et la Cour des aides députèrent vers la Reine, pour la supplier de ramener le Roi à Paris. La Ville députa aussi au même effet. Comme la cour était encore persuadée que le Parlement faiblirait, parce qu'elle n'avait pas encore reçu la nouvelle de l'arrêt, elle répondit très fièrement à ces députations. Monsieur le Prince s'emporta même beaucoup contre le Parlement, devant la Reine, en parlant à

Amelot, premier président de la Cour des aides, et la Reine répondit à tous ces corps qu'elle ne rentrerait jamais à Paris, ni le Roi ni elle, que le Parlement n'en fût dehors.

Le lendemain au matin, qui fut le 9 de janvier, la Ville reçut une lettre du Roi, par laquelle il lui était commandé de faire obéir le Parlement et de l'obliger à se rendre à Montargis. M. de Montbazon, assisté de Fournier, premier échevin, d'un autre échevin et de quatre conseillers de ville, apportèrent la lettre au Parlement; et ils lui protestèrent, en même temps, de ne recevoir d'autres ordres que ceux de la Compagnie, qui fit, ce même matin-là, le fonds nécessaire pour la levée des troupes.

L'après-dînée, l'on tint la police générale, dans laquelle tous les corps de la ville et tous les colonels et capitaines de quartiers jurèrent une union pour la défense commune. Vous avez sujet de croire que j'en avais moi-même d'être satisfait de l'état des choses, qui ne me permettait plus de craindre d'être abandonné; et vous en serez encore bien plus persuadée, quand je vous aurai dit que le marquis de Noirmoutier m'assura, dès le lendemain qu'il fut arrivé à Saint-Germain, que M. le prince de Conti et M. de Longueville étaient très bien disposés, et qu'ils eussent été déjà à Paris, si ils n'eussent cru assurer mieux leur sortie de la cour en s'y montrant quelques jours durant. M. de La Rochefoucauld écrivait au même sens à Mme de Longueville.

Vous croyez sans doute toute cette affaire en bon état : vous allez toutefois avouer que cette même étoile qui a semé de pierres tous les chemins par où j'ai passé me fit trouver dans celui-ci, qui paraissait si ouvert et si aplani, un des plus grands obstacles et un des plus grands embarras que j'aie rencontré dans tout le cours de ma vie.

L'après-dînée du jour que je vous viens de marquer, qui fut le 9 de janvier, M. de Brissac, qui avait épousé ma cousine, mais avec qui j'avais fort peu d'habitude, entre cheux moi, et il me dit en riant : « Nous sommes de même parti; je viens servir le Parlement. » Je crus que M. de Longueville, de qui il était parent proche à cause de sa femme, pouvait l'avoir engagé, et pour m'en éclaircir j'essayai de le faire parler, sans m'ouvrir toutefois à lui à tout hasard. Je trouvai qu'il ne savait quoi que ce soit ni de M. de Longueville ni de M. le prince de Conti, qu'étant peu satisfait du Cardinal et moins encore du maréchal de La Meilleraie, son beau-frère[1], il venait chercher son aventure dans un parti où il crut que notre alliance pourrait ne lui être pas inutile. Après une conversation d'un demi-quart d'heure, il vit par la fenêtre que l'on mettait mes chevaux à mon carrosse. « Ah! mon Dieu! dit-il, ne sortez pas; voilà M. d'Elbeuf[2] qui sera ici dans un moment. — Et que faire? lui répondis-je; n'est-il pas à Saint-Germain? — Il y était, reprit froidement M. de Brissac; mais comme il n'y a pas trouvé à dîner, il vient voir si il trouvera à souper à Paris. Il m'a juré plus de dix fois, depuis le pont de Neuilli, où je l'ai rencontré, jusques à la Croix-du-Tiroir, où je l'ai laissé, qu'il ferait bien mieux que son cousin M. du Maine ne fit à la Ligue. »

Jugez, si il vous plaît, de ma peine. Je n'osais m'ouvrir à qui que ce soit que j'attendisse M. le prince de Conti et M. de Longueville, de peur de les faire arrêter à Saint-Germain. Je voyais un prince de la maison de Lorraine, dont le nom est toujours agréable à Paris, prêt à se déclarer et à être déclaré certainement général des troupes, qui n'en avaient point, et qui en avaient un besoin pressant par les minutes. Je savais que le maréchal de La Mothe, qui se défiait toujours de l'irrésolution naturelle à M. de Longueville, ne ferait pas un pas qu'il ne le vît; et je ne pouvais douter que M. de Bouillon n'ajoutât encore la présence de M. d'Elbeuf, très suspect à tous ceux qui le connaissaient sur le chapitre de la probité, aux motifs qu'il trouvait pour ne point agir dans l'absence de M. le prince de Conti. De remède, je n'en voyais point. Le prévôt des marchands était, dans le fonds du cœur, passionné pour la cour, et je ne le pouvais ignorer. Le premier président n'en était pas esclave comme l'autre, mais l'intention certainement y était; et de plus, quand j'eusse été aussi assuré d'eux que de moi-même, que leur eussé-je pu proposer dans une conjoncture où les peuples enragés ne pouvaient pas ne pas s'attacher au premier objet, et où ils eussent pris pour mensonge et pour trahison tout ce que l'on leur eût dit, au moins publiquement, contre un prince qui n'avait rien du grand de ses prédécesseurs que les manières de l'affabilité, ce qui était justement ce que j'avais à craindre en ce moment ? Sur le tout, je n'osais me promettre tout à fait que M. le prince de Conti et M. de Longueville vinssent sitôt qu'ils me l'assuraient.

J'avais écrit, la veille, au second, comme par un pressentiment, que je le suppliais de considérer que les moindres instants étaient précieux, et que le délai, même fondé, dans le commencement des grandes affaires est toujours dangereux. Mais je connaissais son irrésolution. Supposé même qu'ils arrivassent dans un demi-quart d'heure, ils arrivaient toujours après un homme qui avait l'esprit du monde le plus artificieux, et qui ne manquerait pas de donner toutes les couleurs qui pourraient jeter dans l'esprit des peuples la défiance, assez aisée à prendre dans les circonstances d'un frère et d'un beau-frère de Monsieur le Prince. Véritablement, pour me consoler, j'avais pour prendre mon parti sur ces réflexions peut-être deux moments, peut-être un quart d'heure pour le plus. Il n'était pas encore passé, quand M. d'Elbeuf entra cheux moi, qui me dit tout ce que la cajolerie de la maison de Guise lui put suggérer. Je vis ses trois enfants derrière lui, qui ne furent pas tout à fait si éloquents, mais qui me parurent avoir été bien chiflés. Je répondis à leurs honnêtetés avec beaucoup de respect et avec toutes les manières qui pouvaient couvrir mon jeu. M. d'Elbeuf me dit qu'il allait de ce pas à l'Hôtel de Ville lui offrir son service : à quoi lui ayant répondu que je croyais qu'il serait plus obligeant pour le Parlement qu'il s'adressât, le lendemain, directement aux chambres assemblées, il demeura fixé dans sa première résolution, quoiqu'il me vînt d'assurer qu'il voulait en tout suivre mes conseils.

Aussitôt qu'il fut monté en carrosse, j'écrivis un mot à Fournier, premier échevin[1], qui était de mes amis, qu'il prît garde que l'Hôtel de Ville renvoyât M. d'Elbeuf au Parlement. Je mandai à ceux des curés qui étaient le plus intimement à moi de jeter la défiance, par leurs ecclésiastiques, dans l'esprit des peuples, de l'union qui avait paru entre M. d'Elbeuf et l'abbé de La Rivière. Je courus toute la nuit, à pied et déguisé, pour faire connaître à ceux du Parlement auxquels je n'osais m'ouvrir touchant M. le prince de Conti et M. de Longueville, qu'ils ne se devaient pas abandonner à la conduite d'un homme aussi décrié sur le chapitre de la bonne foi, et qui leur faisait bien connaître les intentions qu'il avait pour leur compagnie, puisqu'il s'était adressé à l'Hôtel de Ville d'abord, sans doute en vue de le diviser du Parlement. Comme j'avais eu celle de gagner du temps, en lui conseillant d'attendre jusques au lendemain pour lui offrir son service devant que de se présenter à la ville, je me résolus, dès que je vis qu'il ne prenait pas mon conseil, de me servir contre lui-même de celui qu'il suivait; et je trouvai effectivement que je faisais effet dans beaucoup d'esprits. Mais comme je ne pouvais voir que peu de gens dans le peu de temps que j'avais, et que, de plus, la nécessité d'un chef qui commandât les troupes ne souffrait presque point de délai, je m'apercevais que mes raisons touchaient beaucoup plus les esprits que les cœurs, et pour vous dire le vrai, j'étais fort embarrassé, et d'autant plus que j'étais bien averti que M. d'Elbeuf ne s'oubliait pas.

Le président Le Cogneux, avec qui il avait été fort brouillé lorsqu'ils étaient tous deux avec Monsieur à Bruxelles[1] et avec qui il se croyait raccommodé, me fit voir un billet qu'il lui avait écrit de la porte Saint-Honoré, en entrant dans la ville, où étaient ces propres mots: « Il faut aller faire hommage au coadjuteur; dans trois jours il me rendra ses devoirs. » Le billet était signé: L'AMI DU CŒUR. Je n'avais pas besoin de cette preuve pour savoir qu'il ne m'aimait pas. J'avais été autrefois brouillé avec lui, et je l'avais prié un peu brusquement de se taire dans un bal cheux Mme Perroché, dans lequel il me semblait qu'il voulût faire une raillerie de Monsieur le Comte, qu'il haïssait fort, parce qu'ils étaient tous deux, en ce temps-là, amoureux de Mme de Montbazon.

Après avoir couru la ville jusques à deux heures, je revins cheux moi presque résolu de me déclarer publiquement contre M. d'Elbeuf, de l'accuser d'intelligence avec la cour, de faire prendre les armes, et de le rendre lui-même, ou au moins de l'obliger à sortir de Paris. Je me sentais assez de crédit dans le peuple pour le pouvoir entreprendre judicieusement; mais il faut avouer que l'extrémité était grande, par une infinité de circonstances, et particulièrement par celle d'un mouvement, qui ne pouvait être médiocre dans une ville investie, et investie par son Roi.

Comme je roulais toutes ces différentes pensées dans ma tête, qui n'était pas, comme vous vous pouvez imaginer, peu agitée, l'on me vint dire que le chevalier de La Chaise, qui était à M. de Longueville, était à la porte de ma chambre. Il me cria en entrant : « Levez-vous, Monsieur ; M. le prince de Conti et M. de Longueville sont à la porte Saint-Honoré, et le peuple, qui crie et qui dit qu'ils viennent trahir la ville, ne les veut pas laisser entrer. » Je m'habillai en diligence, j'allai prendre le bonhomme Broussel, je fis allumer huit ou dix flambeaux, et nous allâmes, en cet équipage, à la porte Saint-Honoré. Nous trouvâmes déjà tant de monde dans la rue, que nous eûmes peine à percer la foule ; et il était grand jour quand nous fîmes ouvrir la porte, parce que nous employâmes beaucoup de temps à rassurer les esprits, qui étaient dans une défiance inimaginable. Nous haranguâmes le peuple, et nous amenâmes à l'hôtel de Longueville M. le prince de Conti et monsieur son beau-frère.

J'allai en même temps cheux M. d'Elbeuf lui faire une manière de compliment, qui ne lui eût pas plu ; car ce fut pour lui proposer de ne pas aller au Palais, ou au moins de n'y aller qu'avec les autres et après avoir conféré ensemble de ce qu'il y aurait à faire pour le bien du parti. La défiance générale que l'on avait de tout ce qui avait le moins du monde de rapport à Monsieur le Prince nous obligeait à ménager avec bien de la douceur ces premiers moments. Ce qui eût peut-être été facile la veille eût été impossible et même ruineux le matin du jour suivant ; et ce M. d'Elbeuf, que je croyais pouvoir chasser de Paris le 9, m'en eût chassé apparemment le 10, si il eût su prendre son parti, tant le nom de Condé était suspect au peuple.

Dès que je vis qu'il avait manqué le moment dans lequel nous fîmes entrer M. le prince de Conti, je ne doutai point que, comme le fond des cœurs était pour moi, je ne les ramenasse, avec un peu de temps, où il me plairait ; mais il fallait ce peu de temps, et c'est pourquoi mon avis fut, et il n'y en avait point d'autre, de ménager M. d'Elbeuf, et de lui faire voir qu'il pourrait trouver sa place et son compte en s'unissant avec M. le prince de Conti et avec M. de Longueville. Ce qui me fait croire que cette proposition ne lui aurait pas plu, comme je vous le disais à cette heure, est qu'au lieu de m'attendre cheux lui, comme je l'en avais envoyé prier, il alla au Palais. Le premier président, qui ne voulait pas que le Parlement allât à Montargis, mais qui ne voulait point non plus de guerre civile, reçut M. d'Elbeuf à bras ouverts, précipita l'assemblée des chambres, et quoi que pussent dire Broussel, Longueil, Viole, Blancmesnil, Novion, Le Cogneux, fit déclarer général M. d'Elbeuf, dans la vue, à ce que m'a depuis avoué le président de Mesme, qui se faisait l'auteur de ce conseil, de faire une division dans le parti, qui n'eût pas été, à son compte, capable d'empêcher la cour de s'adoucir, et qui l'eût été toutefois d'affaiblir assez la faction pour la rendre moins dangereuse et moins durable. Cette pensée m'a toujours paru une de ces visions dont la spéculation est belle et la pratique impossible : la méprise en ces matières est toujours très périlleuse.

Comme je ne trouvai point M. d'Elbeuf, que ceux à qui j'avais donné ordre de l'observer me rapportèrent qu'il avait pris le chemin du Palais, et que j'eus appris que l'assemblée des chambres avait été avancée, je me le tins pour dit : je ne doutai point de la vérité et je revins en diligence à l'hôtel de Longueville, pour obliger M. le prince de Conti et M. de Longueville d'aller, sur l'heure même, au Parlement. Le second n'avait jamais hâte, et le dernier[1], fatigué de sa mauvaise nuit, s'était mis au lit. J'eus toutes les peines du monde à le persuader de se relever. Il se trouvait mal, et il tarda tant que l'on nous vint dire que le Parlement était levé et que M. d'Elbeuf marchait à l'Hôtel de Ville, pour y prêter le serment et prendre le soin de toutes les commissions qui s'y délivraient. Vous concevez aisément l'amertume de cette nouvelle. Elle eût été plus grande, si la première occasion que M. d'Elbeuf avait manquée ne m'eût donné lieu d'espérer qu'il ne se servirait pas mieux de la seconde. Comme j'appréhendai toutefois que le bon succès de cette matinée ne lui élevât le cœur, je crus qu'il ne lui fallait pas laisser trop de temps de se reconnaître, et je proposai à M. le prince de Conti de venir au Parlement l'après-dînée, de s'offrir à la Compagnie, et d'en demeurer simplement et précisément dans ces termes, qui se pourraient expliquer plus et moins fortement, selon qu'il trouverait l'air du bureau[1] dans la Grande Chambre, mais encore plus selon que je le trouverais moi-même dans la salle, où, sous le prétexte que je n'avais pas encore de place au Parlement, je faisais état de demeurer pour avoir l'œil sur le peuple.

M. le prince de Conti se mit dans mon carrosse, sans aucune suite que la mienne de livrée, qui était fort grande, et qui me faisait, par conséquent, reconnaître de fort loin : ce qui était assez à propos en cette occasion, et qui n'empêchait pourtant pas que M. le prince de Conti ne fît voir aux bourgeois qu'il prenait confiance en eux, ce qui n'y était pas moins nécessaire. Il n'y a rien où il faille plus de précautions qu'en tout ce qui regarde les peuples, parce qu'il n'y a rien de plus déréglé ; il n'y a rien où il les faille plus cacher, parce qu'il n'y a rien de plus défiant. Nous arrivâmes au Palais devant M. d'Elbeuf ; l'on cria sur les degrés et dans la salle : « Vive le coadjuteur ! » mais à la réserve des gens que j'y avais fait trouver, personne ne cria : « Vive Conti ! » Et comme Paris fournit un monde plutôt qu'un nombre dans les émotions, quoique j'y eusse beaucoup de gens apostés, il me fut aisé de juger que le gros du peuple n'était pas guéri de la défiance ; et je vous confesse que je fus bien aise quand j'eus tiré ce prince de la salle, et que je l'eus mis dans la Grande Chambre.

M. d'Elbeuf arriva, un moment après, suivi de tous les gardes de la ville, qui l'accompagnaient depuis le matin comme général. Le peuple éclatait de toutes parts, criant : « Vive Son Altesse ! vive Elbeuf ! » et comme on criait en même temps : « Vive le coadju-

teur!», je l'abordai avec un visage riant, et je lui dis:
« Voici un écho, Monsieur, qui m'est bien glorieux.
— Vous êtes trop honnête », me répondit-il, et, en
se tournant aux gardes, il leur dit: « Demeurez à la
porte de la Grande Chambre. » Je pris cet ordre pour
moi, et j'y demeurai pareillement avec ce que j'avais
de gens le plus à moi, qui étaient en bon nombre.
Comme le Parlement fut assis, M. le prince de Conti
prit la parole et dit qu'ayant connu à Saint-Germain
les pernicieux conseils que l'on donnait à la Reine, il
avait cru qu'il était obligé, par sa qualité de prince du
sang, de s'y opposer. Vous voyez assez la suite de ce
discours. M. d'Elbeuf, qui, selon le caractère de tous
les faibles, était rogue et fier, parce qu'il se croyait le
plus fort, dit qu'il savait le respect qu'il devait à
M. le prince de Conti, mais qu'il ne pouvait s'empêcher de dire que c'était lui qui avait rompu la glace,
qui s'était offert le premier à la Compagnie, et qu'elle
lui ayant fait l'honneur de lui confier le bâton de
général, il ne le quitterait jamais qu'avec la vie[1]. La
cohue du Parlement, qui était, comme le peuple, en
défiance de M. le prince de Conti, applaudit à cette
déclaration, qui fut ornée de mille périphrases très
naturelles au style de M. d'Elbeuf. Toucheprés, capitaine de ses gardes, homme d'esprit et de cœur, les
commenta dans la salle. Le Parlement se leva après
avoir donné arrêt par lequel il enjoignait, sous peine
de crime de lèse-majesté, aux troupes de n'approcher
Paris de vingt lieues, et je vis bien que je devais me
contenter, pour ce jour-là, de ramener M. le prince
de Conti sain et sauf à l'hôtel de Longueville. Comme
la foule était grande, il fallut que je le prisse presque
entre mes bras au sortir de la Grande Chambre.
M. d'Elbeuf, qui croyait être maître de tout, me dit
d'un ton de raillerie, en entendant les cris du peuple,
qui, par reprises, nommaient son nom et le mien
ensemble: « Voilà, Monsieur, un écho qui m'est
bien glorieux. » À quoi je lui répondis: « Vous êtes
trop honnête »; mais d'un ton un peu plus gai qu'il
ne me l'avait dit; car quoiqu'il crût ses affaires en fort
bon état, je jugeai, sans balancer, que les miennes
seraient bientôt dans une meilleure condition que les
siennes, dès que je vis qu'il avait encore manqué cette

seconde occasion. Le crédit parmi les peuples, cultivé et nourri de longue main, ne manque jamais à étouffer, pour peu qu'il ait de temps pour germer, ces fleurs minces et naissantes de la bienveillance publique, que le pur hasard fait quelquefois pousser. Je ne me trompai pas dans ma pensée, comme vous allez voir.

Je trouvai, en arrivant à l'hôtel de Longueville, Quincerot, capitaine de Navarre, et qui avait été nourri page du marquis de Ragni, père de Mme de Lesdiguière[1]. Elle me l'envoyait de Saint-Germain, où elle était, sous prétexte de répéter[2] quelque prisonnier ; mais, dans le vrai, pour m'avertir que M. d'Elbeuf, une heure après avoir appris l'arrivée de M. le prince de Conti et de M. de Longueville à Paris, avait écrit à La Rivière ces propres mots : « Dites à la Reine et à Monsieur que ce diable de coadjuteur perd tout ici ; que dans deux jours je n'y aurai aucun pouvoir ; mais que si ils veulent me faire un bon parti, je leur témoignerai que je ne suis pas venu à Paris avec une aussi mauvaise intention qu'ils se le persuadent. » La Rivière montra ce billet au Cardinal, qui s'en moqua, et qui le fit voir au maréchal de Villeroi. Je me servis très utilement de cet avis. Sachant que tout ce qui a façon de mystère est bien mieux reçu dans les peuples, j'en fis un secret à quatre cents ou cinq cents personnes. Les curés de Saint-Eustache, de Saint-Roch, de Saint-Mérri et de Saint-Jean[3] me mandèrent, sur les neuf heures du soir, que la confiance que M. le prince de Conti avait témoignée au peuple, d'aller tout seul et sans suite dans mon carrosse se mettre entre les mains de ceux mêmes qui criaient contre lui, avait fait un effet merveilleux.

Les officiers des quartiers[4], sur les dix heures, me firent tenir cinquante et plus de billets, pour m'avertir que leur travail avait réussi, et que les dispositions étaient sensiblement et visiblement changées. Je mis Marigni en œuvre, entre dix et onze, et il fit ce fameux couplet, l'original de tous les triolets : *Monsieur d'Elbeuf et ses enfants*[5], que vous avez tant ouï chanter à Caumartin[6]. Nous allâmes, entre minuit et une heure, M. de Longueville, le maréchal de La Mothe et moi, cheux M. de Bouillon, qui était au lit avec la goutte, et qui, dans l'incertitude des choses, faisait grande difficulté de se déclarer. Nous lui fîmes voir notre plan et la facilité de l'exécution. Il la comprit, il y entra. Nous prîmes toutes nos mesures ; je donnai moi-même les ordres aux colonels et aux capitaines qui étaient de mes amis.

Vous concevrez mieux notre projet par le récit de son exécution, sur laquelle je m'étendrai, après que j'aurai encore fait cette remarque, que le coup le plus dangereux que je portai à M. d'Elbeuf, dans tout ce mouvement, fut l'impression que je donnai, par les habitués des paroisses, qui le croyaient eux-mêmes, que je donnai, dis-je, au peuple, qu'il avait intelligence avec les troupes du Roi, qui, le soir du 9, s'étaient saisies du poste de Charenton. Je le trouvai, au moment que ce bruit se répandait, sur les degrés de l'Hôtel de Ville, et il me dit : « Que diriez-vous qu'il y ait des gens assez méchants pour dire que j'ai fait prendre Charenton ? » Et je lui répondis : « Que diriez-vous qu'il y ait des gens assez scélérats pour dire que M. le prince de Conti est venu ici de concert avec Monsieur le Prince ? »

Je reviens à l'exécution du projet que je vous ai déjà touché ci-dessus. Comme je vis l'esprit des peuples assez disposé et assez revenu de sa méfiance pour ne pas s'intéresser pour M. d'Elbeuf, je crus qu'il n'y avait plus de mesures à garder, et que l'ostentation serait aussi à propos ce jour-là que la modestie avait été de saison la veille.

M. le prince de Conti et M. de Longueville prirent un grand et magnifique carrosse de Mme de Longueville, suivi d'une très grande quantité de livrées. Je me mis auprès du premier à la portière, et l'on marcha ainsi au Palais en pompe et au petit pas. M. de Longueville n'y était pas venu la veille, et parce que je croyais qu'en cas d'émotion l'on aurait plus de respect et pour la tendre jeunesse et pour la qualité de prince du sang de M. le prince de Conti que pour la personne de M. de Longueville, qui était proprement la bête[1] de M. d'Elbeuf, et parce que M. de Longueville, n'étant point pair, n'avait point de séance au Parlement, et qu'ainsi il avait été de nécessité de convenir, au préalable, de sa place, que l'on lui donna au-dessus du doyen, de l'autre côté des ducs et pairs.

Il offrit d'abord à la Compagnie ses services, Rouen, Caen, Dieppe et toute la Normandie, et il la supplia de trouver bon que, pour sûreté de son engagement, il fît loger à l'Hôtel de Ville madame sa femme, monsieur son fils et mademoiselle sa fille. Jugez, si il vous plaît, de l'effet que fit cette proposition. Elle fut soutenue et fortement et agréablement par M. de Bouillon, qui entra appuyé, à cause de ses gouttes, sur deux gentilshommes. Il prit place au-dessous de M. de Longueville, et il coula, selon que nous l'avions concerté la nuit, dans son discours qu'il servirait le Parlement avec beaucoup de joie sous les ordres d'un aussi grand prince que M. le prince de Conti. M. d'Elbeuf s'échauffa à ce mot, et il répéta ce qu'il avait dit la veille, qu'il ne quitterait qu'avec la vie le bâton de général. Le murmure s'éleva sur ce commencement de contestation, dans lequel M. d'Elbeuf fit voir qu'il avait plus d'esprit que de jugement. Il parla fort bien, mais il ne parla pas à propos : il n'était plus temps de contester, il fallait plier. Mais j'ai observé que les gens faibles ne plient jamais quand ils le doivent.

Nous lui donnâmes, à cet instant, le troisième relais[1], qui fut l'apparition du maréchal de La Mothe, qui se mit au-dessous de M. de Bouillon, et qui fit à la Compagnie le même compliment que lui. Nous avions concerté de ne faire paraître sur le théâtre ces personnages que l'un après l'autre, parce que nous avions considéré que rien ne touche et n'émeut tant les peuples, et même les compagnies, qui tiennent toujours beaucoup du peuple[2], que la variété des spectacles. Nous ne nous y trompâmes pas, et ces trois apparitions qui se suivirent firent un effet sans comparaison plus prompt et plus grand qu'elles ne l'eussent fait si elles se fussent unies. M. de Bouillon, qui n'avait pas été de ce sentiment, me l'avoua le lendemain, devant même que de sortir du Palais.

Monsieur le Premier Président, qui était tout d'une pièce, demeura dans sa pensée de se servir de cette brouillerie pour affaiblir la faction, et proposa de laisser la chose indécise jusques à l'après-dînée, pour donner temps à ces messieurs de s'accommoder. Le président de Mesme, qui était pour le moins aussi bien intentionné pour la cour que lui, mais qui avait plus de vue et plus de jointure[1], lui répondit à l'oreille, et je l'entendis : « Vous vous moquez, Monsieur ; ils s'accommoderaient peut-être aux dépens de notre autorité, mais nous en sommes plus loin : ne voyez [-vous] pas que M. d'Elbeuf est pris pour dupe et que ces gens ici sont les maîtres ? » Le président Le Cogneux, à qui je m'étais ouvert la nuit, éleva sa voix et dit : « Il faut finir devant que de dîner, dussions-nous dîner à minuit. Parlons en particulier à ces messieurs. » Il pria en même temps M. le prince de Conti et M. de Longueville d'entrer dans la quatrième des Enquêtes, dans laquelle l'on entre de la Grande Chambre ; et MM. de Novion et de Bellièvre[2], qui étaient de notre correspondance, menèrent M. d'Elbeuf, qui se faisait encore tenir à quatre, dans la seconde.

Comme je vis les affaires en pourparler, et la salle du Palais en état de n'en rien appréhender, j'allai, en diligence, prendre Mme de Longueville, mademoiselle sa belle-fille, et Mme de Bouillon avec leurs enfants, et je les menai avec un espèce de triomphe[3] à l'Hôtel de Ville. La petite vérole avait laissé à Mme de Longueville, comme je vous l'ai déjà dit en un autre lieu[4], tout l'éclat de la beauté, quoiqu'elle lui eût diminué la beauté ; et celle de Mme de Bouillon, bien qu'un peu effacée, était toujours très brillante. Imaginez-vous, je vous supplie, ces deux personnes sur le perron de l'Hôtel de Ville, plus belles en ce qu'elles paraissaient négligées, quoiqu'elles ne le fussent pas. Elles tenaient chacune un de leurs enfants entre leurs bras, qui étaient beaux comme leurs mères. La Grève était pleine de peuple jusques au-dessus des toits ; tous les hommes jetaient des cris de joie ; toutes les femmes pleuraient de tendresse. Je jetai cinq cents pistoles par les fenêtres de l'Hôtel de Ville ; et après avoir laissé Noirmoutier et Miron auprès des dames, je retournai au Palais, et j'y arrivai avec une foule innombrable de gens armés et non armés.

Toucheprés, capitaine des gardes de M. d'Elbeuf, dont il me semble vous avoir déjà parlé, et qui m'avait fait suivre, était entré un peu devant que je fusse dans la cour du Palais, était entré, dis-je, dans la seconde[5] pour avertir son maître, qui y était toujours demeuré, qu'il était perdu si il ne s'accommodait : ce qui fut cause que je le trouvai fort embarrassé et même fort abattu. Il le fut bien davantage quand M. de Bellièvre, qui l'avait amusé à dessein, me demandant qu'est-ce que c'était que des tambours qui battaient, je lui répondis qu'il en allait bien entendre d'autres, et que les gens de bien étaient las de la division que l'on essayait de faire dans la ville. Je connus à cet instant que l'esprit dans les grandes affaires n'est rien sans le cœur. M. d'Elbeuf ne garda plus même les apparences. Il expliqua ridiculement tout ce qu'il avait dit ; il se rendit à plus que l'on ne voulut ; et il n'y eut que l'honnêteté et le bon sens de M. de Bouillon qui lui conservât la qualité de général et le premier jour, avec MM. de Bouillon et de La Mothe, également généraux avec lui, sous l'autorité de M. le prince de Conti, déclaré, dès le même instant, généralissime des armes du Roi[1], sous les ordres du Parlement.

Voilà ce qui se passa le matin du 11 de janvier. L'après-dînée, M. d'Elbeuf, à qui l'on avait donné cette commission pour le consoler, somma la Bastille[2], et le soir il y eut une scène à l'Hôtel de Ville, de laquelle il est à propos de vous rendre compte, parce qu'elle eut beaucoup plus de suite qu'elle ne méritait. Noirmoutier, qui avait été fait la veille lieutenant général, sortit avec cinq cents chevaux de Paris pour pousser des escarmoucheurs des troupes que nous appelions du Mazarin, qui venaient faire le coup de pistolet dans les faubourgs. Comme il revint descendre à l'Hôtel de Ville, il entra avec Matha, Laigue et La Boulaie[3], encore tous cuirassés, dans la chambre de Mme de Longueville, qui était toute pleine de dames. Ce mélange d'écharpes bleues, de dames, de cuirasses, de violons, qui étaient dans la salle, de trompettes qui étaient dans la place, donnait un spectacle qui se voit plus souvent dans les romans qu'ailleurs. Noirmoutier, qui était grand amateur de *L'Astrée*[4], me dit : « Je m'imagine que nous sommes assiégés dans Marcilli. — Vous avez raison, lui répondis-je : Mme de Longueville est aussi belle que Galathée ; mais Marcillac (M. de La Rochefoucauld le père n'était pas encore mort) n'est pas si honnête homme que Lindamor[5]. » Je m'aperçus, en me retournant, que le petit Courtin[1], qui était dans une croisée, pouvait m'avoir entendu : c'est ce que je n'ai jamais su au vrai ; mais je n'ai pu aussi jamais deviner d'autre cause de la première haine que M. de La Rochefoucauld a eue pour moi.

Je sais que vous aimez les portraits, et j'ai été fâché, par cette raison, de n'avoir pu vous en faire voir jusques ici presque aucun qui n'ait été de profil et qui n'ait été par conséquent fort imparfait. Il me semblait que je n'avais pas assez de grand jour dans ce vestibule dont vous venez de sortir, et où vous n'avez vu que les peintures légères des préalables de la guerre civile. Voici la galerie où les figures vous paraîtront dans leur étendue, et où je vous présenterai les tableaux des personnages que vous verrez plus avant dans l'action. Vous jugerez, par les traits particuliers que vous pourrez remarquer dans la suite, si j'en ai bien pris l'idée. Voici le portrait de la Reine, par lequel il est juste de commencer[2] :

La Reine avait, plus que personne que j'aie jamais vu, de cette sorte d'esprit qui lui était nécessaire pour ne pas paraître sotte à ceux qui ne la connaissaient pas. Elle avait plus d'aigreur que de hauteur, plus de hauteur que de grandeur, plus de manières que de fonds, plus d'inapplication à l'argent que de libéralité, plus de libéralité que d'intérêt, plus d'intérêt que de désintéressement, plus d'attachement que de passion, plus de dureté que de fierté, plus de mémoire des injures que des bienfaits, plus d'intention de piété que de piété, plus d'opiniâtreté que de fermeté, et plus d'incapacité que de tout ce que dessus.

M. le duc d'Orléans avait, à l'exception du courage, tout ce qui était nécessaire à un honnête homme ; mais comme il n'avait rien, sans exception, de tout ce qui peut distinguer un grand homme, il ne trouvait rien dans lui-même qui pût ni suppléer ni même soutenir sa faiblesse. Comme elle régnait dans son cœur par la frayeur, et dans son esprit par l'irrésolution, elle salit tout le cours de sa vie. Il entra dans toutes les affaires, parce qu'il n'avait pas la force de résister à ceux qui l'y entraînaient pour leurs intérêts ; il n'en sortit jamais qu'avec honte, parce qu'il n'avait pas le courage de les soutenir. Cet ombrage amortit, dès sa jeunesse, en lui les couleurs même les plus vives et les plus gaies, qui devaient briller naturellement dans un esprit beau et éclairé, dans un enjouement aimable, dans une intention très bonne, dans un désintéressement complet et dans une facilité de mœurs incroyable.

Monsieur le Prince est né capitaine, ce qui n'est jamais arrivé qu'à lui, à César et à Spinola[1]. Il a égalé le premier ; il a passé le second. L'intrépidité est l'un des moindres traits de son caractère. La nature lui avait fait l'esprit aussi grand que le cœur. La fortune, en le donnant à un siècle de guerre, a laissé au second toute son étendue ; la naissance, ou plutôt l'éducation, dans une maison attachée et soumise au cabinet, a donné des bornes trop étroites au premier. L'on ne lui a pas inspiré d'assez bonne heure les grandes et générales maximes, qui sont celles qui font et qui forment ce que l'on appelle l'esprit de suite. Il n'a pas eu le temps de les prendre par lui-même, parce qu'il a été prévenu, dès sa jeunesse, par la chute imprévue des grandes affaires et par l'habitude au bonheur. Ce défaut a fait qu'avec l'âme du monde la moins méchante, il a fait des injustices ; qu'avec le cœur d'Alexandre, il n'a pas été exempt, non plus que lui, de faiblesse ; qu'avec un esprit merveilleux, il est tombé dans des imprudences ; qu'ayant toutes les qualités de François de Guise, il n'a pas servi l'État, en de certaines occasions, aussi bien qu'il le devait ; et qu'ayant toutes celles de Henri du même nom[2], il n'a pas poussé la faction où il le pouvait. Il n'a pu remplir son mérite, c'est un défaut ; mais il est rare, mais il est beau.

M. de Longueville avait, avec le beau nom d'Orléans, de la vivacité, de l'agrément, de la dépense, de la libéralité, de la justice, de la valeur, de la grandeur, et il ne fut jamais qu'un homme médiocre, parce qu'il eut toujours des idées qui furent infiniment au-dessus de sa capacité. Avec la grande qualité et les grands desseins, l'on n'est jamais compté pour rien ; quand l'on ne les soutient pas, l'on n'est pas compté pour beaucoup ; et c'est ce qui fait le médiocre.

M. de Beaufort n'en était pas jusques à l'idée des grandes affaires : il n'en avait que l'intention. Il en avait ouï parler aux Importants ; il en avait un peu retenu du jargon. Celui-là, mêlé avec les expressions qu'il avait tirées très fidèlement de Mme de Vendôme, formait une langue qui eût déparé le bon sens de Caton[1]. Le sien était court et lourd, et d'autant plus qu'il était obscurci par la présomption. Il se croyait habile, et c'est ce qui le faisait paraître artificieux, parce que l'on connaissait d'abord qu'il n'avait pas assez d'esprit pour être fin. Il était brave de sa personne, et plus qu'il n'appartenait à un fanfaron : il l'était en tout sans exception ; en rien plus faussement qu'en galanterie. Il parlait et il pensait comme le peuple[2], dont il fut l'idole quelque temps : vous en verrez les raisons.

M. d'Elbeuf n'avait du cœur que parce qu'il est impossible qu'un prince de la maison de Lorraine n'en ait point. Il avait tout l'esprit qu'un homme qui a beaucoup plus d'art que de bon sens peut avoir. C'était le galimatias du monde le plus fleuri. Il a été le premier prince que la pauvreté ait avili ; et peut-être jamais homme n'a eu moins que lui l'art de se faire plaindre dans sa misère. La commodité ne le relevait pas ; et si il fût parvenu jusques à la richesse, l'on l'eût envié comme un partisan, tant la gueuserie lui paraissait propre et faite pour lui.

M. de Bouillon était d'une valeur éprouvée et d'un sens profond. Je suis persuadé, par ce que j'ai vu de sa conduite, que l'on a fait tort à sa probité quand on l'a décriée. Je ne sais si l'on n'a point fait quelque faveur à son mérite, en le croyant capable de toutes les grandes choses qu'il n'a point faites.

M. de Turenne a eu, dès sa jeunesse, toutes les bonnes qualités, et il a acquis les grandes d'assez bonne heure. Il ne lui en a manqué aucune que celles dont il ne s'est pas avisé. Il avait presque toutes les vertus comme naturelles ; il n'a jamais eu le brillant d'aucune. L'on l'a cru plus capable d'être à la tête d'une armée que d'un parti, et je le crois aussi, parce qu'il n'était pas naturellement entreprenant. Mais toutefois qui le sait ? Il a toujours eu en tout, comme en son parler, de certaines obscurités qui ne se sont développées que dans les occasions, mais qui ne s'y sont jamais développées qu'à sa gloire.

Le maréchal de La Mothe avait beaucoup de cœur.

Il était capitaine de la seconde classe; il n'était pas homme de beaucoup de sens. Il avait assez de douceur et de facilité dans la vie civile. Il était très utile dans un parti, parce qu'il y était très commode.

J'oubliais presque M. le prince de Conti, ce qui est un bon signe pour un chef de parti. Je ne crois pas vous le pouvoir mieux dépeindre, qu'en vous disant que ce chef de parti était un zéro, qui ne multipliait que parce qu'il était prince du sang. Voilà pour le public. Pour ce qui était du particulier, la méchanceté faisait en lui ce que la faiblesse faisait en M. le duc d'Orléans. Elle inondait toutes les autres qualités, qui n'étaient d'ailleurs que médiocres et toutes semées de faiblesses.

Il y a toujours eu du je ne sais quoi en tout M. de La Rochefoucauld. Il a voulu se mêler d'intrigue, dès son enfance, et dans un temps où il ne sentait pas les petits intérêts, qui n'ont jamais été son faible; et où il ne connaissait pas les grands, qui, d'un autre sens, n'ont pas été son fort. Il n'a jamais été capable d'aucune affaire, et je ne sais pourquoi; car il avait des qualités qui eussent suppléé, en tout autre, celles qu'il n'avait pas. Sa vue n'était pas assez étendue, et il ne voyait pas même tout ensemble ce qui était à sa portée; mais son bon sens, et très bon dans la spéculation, joint à sa douceur, à son insinuation et à sa facilité de mœurs, qui est admirable, devait récompenser plus qu'il n'a fait le défaut de sa pénétration. Il a toujours eu une irrésolution habituelle; mais je ne sais même à quoi attribuer cette irrésolution. Elle n'a pu venir en lui de la fécondité de son imagination, qui n'est rien moins que vive. Je ne la puis donner à la stérilité de son jugement; car, quoiqu'il ne l'ait pas exquis dans l'action, il a un bon fonds de raison. Nous voyons les effets de cette irrésolution, quoique nous n'en connaissions pas la cause. Il n'a jamais été guerrier, quoiqu'il fût très soldat[1]. Il n'a jamais été, par lui-même, bon courtisan, quoiqu'il ait eu toujours bonne intention de l'être. Il n'a jamais été bon homme de parti, quoique toute sa vie il y ait été engagé. Cet air de honte et de timidité que vous lui voyez dans la vie civile, s'était tourné, dans les affaires, en air d'apologie. Il croyait toujours en avoir besoin, ce qui, joint à ses *Maximes*, qui ne marquent pas assez de foi en la vertu[1], et à sa pratique, qui a toujours été de chercher à sortir des affaires avec autant d'impatience qu'il y était entré, me fait conclure qu'il eût beaucoup mieux fait de se connaître et de se réduire à passer, comme il l'eût pu, pour le courtisan le plus poli qui eût paru dans son siècle[2].

Mme de Longueville a naturellement bien du fonds d'esprit, mais elle en a encore plus le fin et le tour. Sa capacité, qui n'a pas été aidée par sa paresse, n'est pas allée jusques aux affaires, dans lesquelles la haine contre Monsieur le Prince l'a portée, et dans lesquelles la galanterie l'a maintenue. Elle avait une langueur dans les manières, qui touchait plus que le brillant de celles mêmes qui étaient plus belles. Elle en avait une, même dans l'esprit, qui avait ses charmes, parce qu'elle avait des réveils lumineux et surprenants. Elle eût eu peu de défauts, si la galanterie ne lui en eût donné beaucoup. Comme sa passion l'obligea à ne mettre la politique qu'en second dans sa conduite, d'héroïne d'un grand parti elle en devint l'aventurière. La grâce a rétabli ce que le monde ne lui pouvait rendre[3].

Mme de Chevreuse[4] n'avait plus même de restes de beauté quand je l'ai connue. Je n'ai jamais vu qu'elle en qui la vivacité suppléât le jugement. Elle lui donnait même assez souvent des ouvertures si brillantes, qu'elles paraissaient comme des éclairs, et si sages, qu'elles n'eussent pas été désavouées par les plus grands hommes de tous les siècles. Ce mérite toutefois ne fut que d'occasion. Si elle fût venue dans un siècle où il n'y eût point eu d'affaires, elle n'eût pas seulement imaginé qu'il y en pût avoir. Si le prieur des chartreux lui eût plu, elle eût été solitaire de bonne foi. M. de Lorraine, qui s'y attacha, la jeta dans les affaires[5]; le duc de Buchinchan[6] et le comte de Holland l'y entretinrent; M. de Chasteauneuf l'y amusa[7]. Elle s'y abandonna, parce qu'elle s'abandonnait à tout ce qui plaisait à celui qu'elle aimait. Elle aimait sans choix et purement parce qu'il fallait qu'elle aimât quelqu'un. Il n'était pas même difficile de lui donner, de partie faite, un amant; mais dès qu'elle l'avait pris, elle l'aimait uniquement et fidèlement. Elle nous a avoué, à Mme de Rhodes et à moi, que par un caprice, ce disait-elle, de la fortune, elle n'avait jamais aimé le mieux ce qu'elle avait estimé le plus, à la réserve toutefois, ajouta-t-elle, du pauvre Buchinchan. Son dévouement à sa passion, que l'on pouvait dire éternelle quoiqu'elle changeât d'objet, n'empêchait pas qu'une mouche ne lui donnât quelquefois des distractions ; mais elle en revenait toujours avec des emportements qui les faisaient trouver agréables. Jamais personne n'a fait moins d'attention sur les périls, et jamais femme n'a eu plus de mépris pour les scrupules et pour les devoirs : elle ne reconnaissait que celui de plaire à son amant.

Mlle de Chevreuse[1], qui avait plus de beauté que d'agrément, était sotte jusques au ridicule par son naturel. La passion lui donnait de l'esprit et même du sérieux et de l'agréable, uniquement pour celui qu'elle aimait ; mais elle le traitait bientôt comme ses jupes : elle les mettait dans son lit quand elles lui plaisaient ; elle les brûlait par une pure aversion, deux jours après.

Madame la Palatine[2] estimait autant la galanterie qu'elle en aimait le solide. Je ne crois pas que la reine Élisabeth d'Angleterre ait eu plus de capacité pour conduire un État. Je l'ai vue dans la faction, je l'ai vue dans le cabinet, et je lui ai trouvé partout également de la sincérité.

Mme de Montbazon[3] était d'une très grande beauté. La modestie manquait à son air. Sa morgue et son jargon eussent suppléé, dans un temps calme, à son peu d'esprit. Elle eut peu de foi dans la galanterie, nulle dans les affaires. Elle n'aimait rien que son plaisir et, au-dessus de son plaisir, son intérêt. Je n'ai jamais vu personne qui eût conservé dans le vice si peu de respect pour la vertu.

Si ce n'était pas un espèce de blasphème de dire qu'il y a quelqu'un, dans notre siècle, plus intrépide que le grand Gustave[4] et Monsieur le Prince, je dirais que ç'a été Molé, premier président. Il s'en est fallu beaucoup que son esprit n'ait été si grand que son cœur. Il ne laissait pas d'y avoir quelque rapport, par une ressemblance qui n'y était toutefois qu'en laid. Je vous ai déjà dit qu'il n'était pas congru dans sa langue, et il est vrai ; mais il avait une sorte d'éloquence qui, en charmant l'oreille, saisissait l'imagination. Il voulait le bien de l'État préférablement à toutes choses, même à celui de sa famille, quoiqu'il parût l'aimer trop pour un magistrat; mais il n'eut pas le génie assez élevé pour connaître d'assez bonne heure celui qu'il eût pu faire. Il présuma trop de son pouvoir; il s'imagina qu'il modérerait la cour et sa compagnie : il ne réussit ni à l'un ni à l'autre. Il se rendit suspect à tous les deux, et ainsi il fit du mal avec de bonnes intentions. La préoccupation y contribua beaucoup. Elle était extrême en tout; et j'ai même observé qu'il jugeait toujours des actions par les hommes, et presque jamais des hommes par les actions. Comme il avait été nourri dans les formes du Palais, tout ce qui était extraordinaire lui était suspect. Il n'y a guères de disposition plus dangereuse en ceux qui se rencontrent dans les affaires où les règles ordinaires n'ont plus de lieu.

Le peu de part que j'ai eu dans celles dont il s'agit en ce lieu me pourrait peut-être donner la liberté d'ajouter ici mon portrait; mais outre que l'on ne se connaît jamais assez bien pour se peindre raisonnablement soi-même, je vous confesse que je trouve une satisfaction si sensible à vous soumettre uniquement et absolument le jugement de tout ce qui me regarde, que je ne puis seulement me résoudre à m'en former, dans le plus intérieur de mon esprit, la moindre idée[1]. Je reprends le fil de l'histoire.

Le commandement des armées ayant été réglé, comme je vous l'ai dit ci-dessus, l'on continua à travailler aux fonds nécessaires pour la levée et pour la subsistance des troupes. Toutes les compagnies et tous les corps se cotisèrent, et Paris enfanta, sans douleur, une armée complète, en huit jours. La Bastille se rendit, après avoir enduré, pour la forme, cinq ou six coups de canon. Ce fut un assez plaisant spectacle de voir les femmes, à ce fameux siège, porter leurs chaires[2] dans le jardin de l'Arsenal, où était la batterie, comme au sermon.

M. de Beaufort, qui, depuis qu'il s'était sauvé du bois de Vincennes, s'était caché dans le Vendômois de maison en maison, arriva ce jour-là à Paris, et il vint descendre cheux Prudhomme[1]. Montrésor, qu'il avait envoyé querir dès la porte de la ville, vint me trouver en même temps, pour me faire compliment de sa part et pour me dire qu'il serait, dans un quart d'heure, à mon logis. Je le prévins, j'allai cheux Prudhomme ; et je ne trouvai pas que sa prison lui eût donné plus de sens. Il est toutefois vrai qu'elle lui avait donné plus de réputation. Il l'avait soutenue avec fermeté, il en était sorti avec courage ; ce lui était un même mérite que de n'avoir pas quitté les bords de Loire dans un temps où il est vrai qu'il fallait et de l'adresse et de la fermeté pour les tenir.

Il n'est pas difficile de faire valoir, dans le commencement d'une guerre civile, celui de tous ceux qui sont mal à la cour. C'en est un grand que de n'y être pas bien. Comme il y avait déjà quelque temps qu'il m'avait fait assurer par Montrésor qu'il serait très aise de prendre liaison avec moi, et que je prévoyais bien l'usage auquel je le pourrais mettre, j'avais jeté, par intervalles et sans affectation, dans le peuple, des bruits avantageux pour lui. J'avais orné de mille belles couleurs une entreprise que le Cardinal avait fait faire sur lui par Du Hamel[2]. Montrésor, qui l'informait avec exactitude des obligations qu'il m'avait, avait mis toutes les dispositions nécessaires pour une grande union entre nous. Vous croyez aisément qu'elle ne lui était pas désavantageuse en l'état où j'étais dans le parti ; et elle m'était comme nécessaire, parce que ma profession pouvant m'embarrasser en mille rencontres, j'avais besoin d'un homme que je pusse, dans les conjonctures, mettre devant moi. Le maréchal de La Mothe était si dépendant de M. de Longueville, que je ne m'en pouvais pas répondre. M. de Bouillon n'était pas un sujet à être gouverné. Il me fallait un fantôme[3], mais il ne me fallait qu'un fantôme ; et par bonheur pour moi, il se trouva que ce fantôme fut petit-fils d'Henri le Grand ; qu'il parla comme on parle aux Halles, ce qui n'est pas ordinaire aux enfants d'Henri le Grand, et qu'il eut de grands cheveux bien longs et bien blonds. Vous ne pouvez vous imaginer le poids de cette circonstance, vous ne pouvez concevoir l'effet qu'ils firent dans le peuple.

Nous sortîmes ensemble de chez Prudhomme, pour aller voir M. le prince de Conti. Nous nous mîmes en même portière. Nous arrêtâmes dans la rue Saint-Denis et dans la rue Saint-Martin. Je nommai, je montrai et je louai M. de Beaufort. Le feu se prit en moins d'un instant. Tous les hommes crièrent : « Vive Beaufort ! », toutes les femmes le baisèrent ; et nous eûmes, sans exagération, à cause de la foule, peine de passer jusques à l'Hôtel de Ville. Il présenta, le lendemain, requête au Parlement, par laquelle il demandait à être reçu à se justifier de l'accusation intentée contre lui, d'avoir entrepris contre la personne du Cardinal : ce qui fut accordé et exécuté le jour d'après.

MM. de Luines et de Vitri[1] arrivèrent dans le même temps à Paris, pour entrer dans le parti ; et le Parlement donna ce fameux arrêt par lequel il ordonna que tous les deniers royaux étant dans toutes les recettes générales et particulières du royaume seraient saisis et employés à la défense commune[2].

Monsieur le Prince établit de sa part ses quartiers. Il posta le maréchal Du Plessis[3] à Saint-Denis, le maréchal de Gramont à Saint-Cloud, et Palluau, qui a été depuis le maréchal de Clérembaut, à Sèvres. L'activité naturelle à Monsieur le Prince fut encore merveilleusement allumée par la colère qu'il eut de la déclaration de M. le prince de Conti et de M. de Longueville, qui avait jeté la cour dans une défiance si grande de ses intentions, que le Cardinal, ne doutant point d'abord qu'il ne fût de concert avec eux, fut sur le point de quitter la cour, et ne se rassura point qu'il ne l'eût vu de retour à Saint-Germain des quartiers où il était allé donner les ordres. Il éclata, en y arrivant, avec fureur contre Mme de Longueville particulièrement, à qui Madame la Princesse la mère, qui était aussi à Saint-Germain, en écrivit le lendemain tout le détail. Je lus ces mots, qui étaient dans la même lettre : « L'on est ici si déchaîné contre le coadjuteur, qu'il faut que j'en parle comme les autres. Je ne puis toutefois m'empêcher de le remercier de ce qu'il a fait pour la pauvre reine d'Angleterre. »

Cette circonstance est curieuse par la rareté du fait. Cinq ou six jours devant que le Roi sortît de Paris, j'allai cheux la reine d'Angleterre[1], que je trouvai dans la chambre de madame sa fille, qui a été depuis Mme d'Orléans[2]. Elle me dit d'abord : « Vous voyez, je viens tenir compagnie à Henriette. La pauvre enfant n'a pu se lever aujourd'hui faute de feu. » Le vrai était qu'il y avait six mois que le Cardinal n'avait fait payer la reine de sa pension ; que les marchands ne voulaient plus fournir, et qu'il n'y avait pas un morceau de bois dans la maison. Vous me faites bien la justice d'être persuadée que Madame d'Angleterre ne demeura pas, le lendemain, au lit, faute d'un fagot ; mais vous croyez bien aussi que ce n'était pas ce que Madame la Princesse voulait dire dans son billet. Je m'en ressouvins au bout de quelques jours. J'exagérai la honte de cet abandonnement, et le Parlement envoya quarante mille livres[3] à la reine d'Angleterre. La postérité aura peine à croire qu'une fille d'Angleterre, et petite-fille de Henri le Grand, ait manqué d'un fagot pour se lever au mois de janvier dans le Louvre. Nous avons horreur, en lisant les histoires, de lâchetés moins monstrueuses que celle-là ; et le peu de sentiment que je trouvai dans la plupart des esprits sur ce fait m'a obligé de faire, je crois, plus de mille fois cette réflexion, que les exemples du passé touchent sans comparaison plus les hommes que ceux de leur siècle. Nous nous accoutumons à tout ce que nous voyons ; et je vous ai dit quelquefois que je ne sais si le consulat du cheval de Caligula nous aurait autant surpris que nous nous l'imaginons[4].

Le parti ayant pris sa forme, il n'y manquait plus que l'établissement du cartel[5], qui se fit sans négociation. Un cornette[6] de mon régiment ayant été pris par un parti du régiment de La Villette, fut mené à Saint-Germain, et la Reine commanda sur l'heure que l'on lui tranchât la tête. Le grand provôt[7], qui ne douta point de la conséquence, et qui était assez de mes amis, m'en avertit, et j'envoyai, en même temps, un trompette à Palluau, qui commandait dans le quartier de Sèvres, avec une lettre très ecclésiastique, mais qui faisait entendre les inconvénients de la suite, d'autant plus proche que nous avions aussi des prisonniers, entre autres M. d'Olonne, qui avait été arrêté comme il se voulait sauver habillé en laquais. Palluau alla sur l'heure à Saint-Germain, où il représenta les conséquences de cette exécution. L'on obtint de la Reine, à toute peine, qu'elle fût différée jusques au lendemain ; l'on lui fit comprendre, après, l'importance de la chose ; l'on échangea mon cornette, et ainsi le quartier s'établit insensiblement.

Je ne m'arrêterai pas à vous rendre compte du détail de ce qui se passa dans le siège de Paris qui commença le 9 de janvier 1649 et qui fut levé le 1 d'avril de la même année, et je me contenterai de vous en dater seulement les journées les plus considérables. Mais devant que de descendre à ce particulier, je crois qu'il est à propos de faire deux ou trois remarques qui méritent de la réflexion.

La première est qu'il n'y eut jamais ombre de mouvement dans la ville, quoique tous les passages des rivières fussent occupés par les ennemis, et que leurs partis courussent continuellement du côté de la terre. L'on peut dire même que l'on n'y reçut presque aucune incommodité ; et l'on doit ajouter qu'il ne parut pas que l'on en eût seulement peur, que le 23 de janvier, et le 9 et 10 de mars, où l'on vit dans les marchés une petite étincelle d'émotion, plutôt causée par la malice et par l'intérêt des boulangers que par le manquement de pain[1].

La seconde est qu'aussitôt que Paris se fut déclaré, tout le royaume branla[2]. Le parlement d'Aix, qui arrêta le comte d'Alais[3], gouverneur de Provence, s'unit à celui de Paris. Celui de Rouen, où M. de Longueville était allé dès le 20 de janvier, fit la même chose. Celui de Toulouse fut sur le penchant, et ne fut retenu que par la nouvelle de la conférence de Ruel, dont je vous parlerai dans la suite. Le prince de Harcourt[4], qui est M. le duc d'Elbeuf d'aujourd'hui, se jeta dans Montreuil, dont il était gouverneur, et prit le parti du Parlement. Reims, Tours et Poitiers prirent les armes en sa faveur. Le duc de La Trémouille fit publiquement des levées pour lui ; le duc de Rais[5] lui offrit son service et Belle-Isle. Le Mans chassa son évêque et toute la maison de Lavardin, qui était attachée à la cour ; et Bordeaux n'attendait pour se déclarer que les lettres que le parlement de Paris avait écrit à toutes les compagnies souveraines, et à toutes les villes du royaume, pour les exhorter à s'unir avec lui contre l'ennemi commun. Ces lettres furent interceptées du côté de Bordeaux.

La troisième remarque est que dans le cours de ces trois mois de blocus, pendant lesquels le Parlement s'assemblait réglément tous les matins et quelquefois même les après-dînées, l'on n'y traita, au moins pour l'ordinaire, que de matières si légères et si frivoles, qu'elles eussent pu être terminées par deux commissaires, en un quart d'heure à chaque matin. Les plus ordinaires étaient les avis que l'on recevait, à tous les instants, des meubles ou de l'argent que l'on prétendait être cachés chez les partisans et chez les gens de la cour. De mille, il ne s'en trouva pas dix de fondés; et cet entêtement pour des bagatelles, joint à l'acharnement que l'on avait à ne se point départir des formes, en des affaires qui y étaient directement opposées, me fit connaître de très bonne heure que les compagnies qui sont établies pour le repos ne peuvent jamais être propres au mouvement. Je reviens au détail.

Le 18 de janvier, je fus reçu conseiller au Parlement[1], pour y avoir place et voix délibérative en l'absence de mon oncle; et l'après-dînée, nous signâmes, cheux M. de Bouillon, un engagement que les principales personnes du parti prirent ensemble. En voici les noms: MM. de Beaufort, de Bouillon, de La Mothe, de Noirmoutier, de Vitri, de Brissac, de Maure[2], de Matha, de Cugnac, de Barierre, de Silleri, de La Rochefoucauld, de Laigue, de Béthune, de Luines, de Chaumont, de Saint-Germain d'Achon et de Fiesque.

Le 21 du même mois, l'on lut, l'on examina et l'on publia ensuite les remontrances par écrit que le Parlement avait ordonné, en donnant l'arrêt contre le cardinal Mazarin, devoir être faites au Roi. Elles étaient sanglantes contre le ministre, et elles ne servirent proprement que de manifeste, parce que l'on ne les voulut pas recevoir à la cour, où l'on prétendait que le Parlement, que l'on y avait supprimé, par une déclaration, comme rebelle, ne pouvait plus parler en corps.

Le 24, MM. de Beaufort et de La Mothe sortirent pour une entreprise qu'ils avaient formée sur Corbeil.

Elle fut prévenue par Monsieur le Prince, qui y jeta des troupes[1].

Le 25, l'on saisit tout ce qui se trouva dans la maison du Cardinal.

Le 29, M. de Vitri, étant sorti avec un parti de cavalerie pour madame sa femme, qui venait de Coubert à Paris, trouva dans la vallée de Fescan[2] des Allemands du bois de Vincennes, qu'il poussa jusque dans les barrières du château. Tancrède, le prétendu fils de M. de Rohan, qui s'était déclaré pour nous la veille, fut tué malheureusement en cette petite occasion[3].

Le 1 de février, M. d'Elbeuf mit garnison dans Brie-Comte-Robert, pour favoriser le passage des vivres qui venaient de la Brie.

Le 8 du même mois, Talon, l'un des avocats généraux[4], proposa au Parlement de faire quelque pas de respect et de soumission vers la Reine, et sa proposition fut appuyée par Monsieur le Premier Président et par M. le président de Mesme. Elle fut rejetée de toute la Compagnie, même avec un fort grand bruit, parce que l'on la crut avoir été faite de concert avec la cour. Je ne le crois pas; mais j'avoue que le temps de la faire n'était pas pris dans les règles de la bienséance. Aucun des généraux n'y était présent, et je m'y opposai fortement par cette raison.

Le soir du même jour, Clanleu, que nous avions mis dans Charenton avec trois mille hommes, eut avis que M. d'Orléans et Monsieur le Prince marchaient à lui avec sept mille hommes de pied et quatre mille chevaux et du canon[5]. Je reçus en même temps un billet de Saint-Germain, qui portait la même nouvelle.

M. de Bouillon, qui était au lit de la goutte[6], ne croyant pas la place tenable, fut d'avis d'en retirer les troupes et de garder seulement le milieu du pont. M. d'Elbeuf, qui aimait Clanleu et qui croyait qu'il lui ferait acquérir de l'honneur à bon marché, parce qu'il ne se persuadait pas que l'avis fût véritable, ne fut pas du même sentiment. M. de Beaufort se piqua de brave. Le maréchal de La Mothe crut, à ce qu'il m'a avoué depuis, que Monsieur le Prince ne hasarderait pas cette attaque à la vue de nos troupes, qui se pouvaient poster trop avantageusement. M. le prince de Conti se laissa aller au plus grand bruit, comme tous les hommes faibles ont accoutumé de faire. L'on manda à Clanleu de tenir, et l'on lui promit d'être à lui à la pointe du jour ; mais l'on ne lui tint pas parole. Il faut un temps infini pour faire sortir des troupes par les portes de Paris. L'on ne fut en bataille sur la hauteur de Fescan qu'à sept heures du matin, quoique l'on eût commencé à défiler dès les onze heures du soir. Monsieur le Prince attaqua Charenton à la pointe du jour ; il l'emporta, après y avoir perdu M. de Chastillon, qui était lieutenant général dans son armée[1]. Clanleu s'y fit tuer, ayant refusé quartier ; nous y perdîmes quatre-vingts officiers ; il n'y en eut que douze ou quinze de tués de l'armée de Monsieur le Prince. Comme notre armée commençait à marcher, elle vit la sienne, sur deux lignes, sur l'autre côté de la hauteur. Aucun des partis ne se pouvait attaquer, parce qu'aucun ne se voulait exposer à l'autre, à la descente du vallon. L'on se regarda et l'on s'escarmoucha tout le jour, et Noirmoutier, à la faveur de ces escarmouches, fit un détachement de mille chevaux, sans que Monsieur le Prince s'en aperçût, et il alla du côté d'Estampes pour querir et pour escorter un fort grand convoi de toute sorte de bétail qui s'y était assemblé. Il est à remarquer que toutes les provinces accouraient à Paris, et parce que l'argent y était en abondance et parce que tous les peuples étaient presque également passionnés pour sa défense.

Le 10, M. de Beaufort et M. de La Mothe sortirent pour favoriser le retour de Noirmoutier, et ils trouvèrent le maréchal de Gramont dans la plaine de Villejuif, qui avait deux mille hommes de pied des gardes suisses et françaises et deux mille chevaux. Nerlieu, cadet de Beauveau, bon officier, qui commandait la cavalerie des mazarins, étant venu avec beaucoup de vigueur à la charge, fut tué par les gardes de M. de Beaufort dans la porte de Vitri. Briolle, père de celui que vous connaissez[2], arracha l'épée à M. de Beaufort. Les ennemis plièrent, leur infanterie même s'étonna[3], et il est constant que les piques des bataillons des gardes commençaient à se toucher et à faire un cliquetis qui est toujours marque de confusion, quand le maréchal de La Mothe fit faire halte et ne voulut pas exposer le convoi, qui commençait à paraître, à l'incertitude d'un combat. Le maréchal de Gramont fut tout heureux de se retirer, et le convoi rentra dans Paris, accompagné, je crois, de plus de cent mille hommes, qui étaient sortis en armes au premier bruit qui avait couru que M. de Beaufort était engagé.

L'onzième, Brillac, conseiller des Enquêtes et homme de réputation dans le Parlement, dit, en pleine assemblée des chambres, qu'il fallait penser à la paix ; que le bourgeois se lassait de fournir à la subsistance des troupes, et que tout retomberait à la fin sur la Compagnie ; qu'il savait de science certaine que la proposition d'un accommodement serait très agréée par la cour. Le président Aubri, de la Chambre des comptes, avait parlé la veille au même sens dans le conseil de l'Hôtel de Ville ; et vous allez voir que l'on se servait, à Saint-Germain, de la crédulité de ces deux hommes, dont le premier n'avait de capacité que pour le Palais et le second n'en avait pour rien : vous allez voir, dis-je, que l'on s'en servait à Saint-Germain pour couvrir une entreprise que l'on y avait formée sur Paris. Le Parlement s'échauffa beaucoup touchant la proposition. L'on contesta de part et d'autre assez longtemps ; et il fut enfin résolu que l'on en délibérerait le lendemain au matin.

Le lendemain, qui fut le 12 de février, Michel, qui commandait la garde de la porte Saint-Honoré, vint avertir le Parlement qu'il s'y était présenté un héraut revêtu de sa cotte d'armes et accompagné de deux trompettes, qui demandait de parler à la Compagnie, et qui avait trois paquets, l'un pour elle, l'autre pour M. le prince de Conti, et l'autre pour l'Hôtel de Ville. Cette nouvelle arriva justement dans le moment que l'on était encore devant le feu de la Grande Chambre, et que l'on était sur le point de s'asseoir ; tout le monde s'y entretenait de ce qui était arrivé la veille, à onze heures du soir, dans les Halles, où le chevalier de La Valette[1] avait été pris, semant des billets très injurieux pour le Parlement et encore plus pour moi. Il fut amené à l'Hôtel de Ville, et je le trouvai sur les degrés comme je descendais de la chambre de Mme de Longueville. Comme je le connaissais extrêmement, je lui fis civilité, et je fis même retirer une foule de peuple qui le maltraitait. Mais je fus bien surpris quand je vis qu'au lieu de répondre à mes honnêtetés, il me dit d'un ton fier : « Je ne crains rien ; je sers mon Roi. » Je fus moins étonné de sa manière d'agir quand l'on me fit voir ces placards, qui ne se fussent pas en effet accordés avec des compliments. Les bourgeois m'en mirent entre les mains cinq ou six cents copies, qui avaient été trouvées dans son carrosse. Il ne les désavoua pas. Il continua à me parler hautement. Je ne changeai pas pour cela de ton avec lui. Je lui témoignai la douleur que j'avais de le voir dans ce malheur, et le prévôt des marchands l'envoya prisonnier à la Conciergerie.

Cette aventure, qui n'avait pas déjà beaucoup de rapport avec ces bonnes dispositions de la cour à la paix, dont Brillac et le président Aubri s'étaient vantés d'être si bien et si particulièrement informés, cette aventure, dis-je, jointe à l'apparition d'un héraut, qui paraissait comme sorti d'une machine, à point nommé, ne marquait que trop visiblement un dessein formé. Tout le Parlement le voyait comme tout le reste du monde ; mais tout ce Parlement était tout propre à s'aveugler dans la pratique, parce qu'il est si accoutumé, par les règles de la justice ordinaire, à s'attacher aux formalités, que dans les extraordinaires il ne les peut jamais démêler de la substance. « Il faut prendre garde à ce héraut ; il ne vient pas pour rien ; voilà trop de circonstances ensemble ; l'on amuse par des propositions, l'on envoie des semeurs de billets pour soulever le peuple ; un héraut paraît le lendemain : il y a du mystère. » Voilà ce que toute la Compagnie disait, et toute cette même Compagnie ajoutait : « Mais que faire ? Un Parlement refuser d'entendre un héraut de son roi ! un héraut que l'on ne refuse même jamais de la part d'un ennemi ! » Tous parlaient sur ce ton, et il n'y avait de différence que le plus haut et le plus bas. Ceux qui étaient dévoués à la cour éclataient ; ceux qui étaient bien intentionnés pour le parti ne prononçaient pas si fermement les dernières syllabes. L'on envoya prier M. le prince de Conti et messieurs les généraux de venir prendre leur place ; et cependant que l'on attendait, les uns dans la Grande Chambre, les autres dans la seconde, les autres dans la quatrième, je pris le bonhomme Broussel à part, et je lui ouvris un expédient qui ne me vint dans l'esprit qu'un quart d'heure devant que l'on eût pris séance.

Ma première vue, quand je connus que le Parlement se disposait à donner entrée au héraut, fut de faire prendre les armes à toutes les troupes, de le faire passer dans les files en grande cérémonie, et de l'environner tellement, sous prétexte d'honneur, qu'il ne fût presque point vu et nullement entendu du peuple. La seconde fut meilleure et remédia beaucoup mieux à tout. Je proposai à Broussel, qui, comme des plus anciens de la Grande Chambre, opinait des premiers, de dire qu'il ne concevait pas l'embarras où l'on témoignait être dans ce rencontre ; qu'il n'y avait qu'un parti, qui était de refuser toute audience et même toute entrée au héraut, sur ce que ces sortes de gens n'étaient jamais envoyés qu'à des ennemis ou à des égaux ; que cet envoi n'était qu'un artifice très grossier du cardinal Mazarin, qui s'imaginait qu'il aveuglerait assez et le Parlement et la ville pour les obliger à faire le pas du monde le plus irrespectueux et le plus criminel, sous prétexte d'obéissance. Le bonhomme Broussel, qui demeura persuadé de la force de ce raisonnement, quoiqu'il n'eût assurément qu'une apparence très légère, le poussa jusques aux larmes. Toute la Compagnie s'émut. L'on comprit tout d'un coup que cette réponse était la naturelle. Le président de Mesme, qui voulut alléguer des exemples de vingt-cinq ou trente hérauts envoyés par des rois à leurs sujets, fut repoussé et chifflé comme si il eût dit la chose du monde la plus extravagante ; l'on ne voulut presque pas écouter ceux qui opinèrent au contraire, et il passa à refuser l'entrée de la ville au héraut, et de charger messieurs les gens du Roi d'aller à Saint-Germain rendre raison à la Reine de ce refus.

M. le prince de Conti et l'Hôtel de Ville se servirent du même prétexte pour ne pas entendre le héraut et pour ne pas recevoir les paquets, qu'il laissa, le lendemain, sur la barrière de la porte Saint-Honoré. Cet incident, joint à la prise du chevalier de La Valette, fit que l'on ne se ressouvint pas seulement de la résolution que l'on avait faite, la veille, de délibérer sur la proposition de Brillac. L'on n'eut que de l'horreur et de la défiance pour ces fausses lueurs d'accommodement ; et l'on s'aigrit bien davantage, quelques jours après, dans lesquels on apprit le détail de l'entreprise. Le chevalier de La Valette, esprit noir, mais déterminé, et d'une valeur propre et portée à entreprendre, ce qui n'a pas été ordinaire à celle de notre siècle, avait formé le dessein de nous tuer, M. de Beaufort et moi, sur les degrés du Palais[1], et de se servir pour cet effet du trouble et de la confusion qu'il espérait qu'un spectacle aussi extraordinaire que celui de ce héraut jetterait dans la ville. La cour a toujours nié ce complot à l'égard de notre assassinat ; car elle avoua et répéta même le chevalier de La Valette à l'égard des placards. Ce que je sais, de science certaine, est que Cohon, évêque de Dol[2], dit l'avant-veille à l'évêque d'Aire que M. de Beaufort et moi ne serions pas en vie dans trois jours, et ce qui est à remarquer est qu'il lui parla dans la même conversation de M. le Prince comme d'un homme qui n'était pas assez décisif, et auquel on ne pouvait pas dire toute chose. Cela m'a fait juger que M. le Prince ne savait pas le fonds du dessein du chevalier de La Valette. J'ai toujours oublié de lui en parler. Le 19, M. le prince de Conti dit au Parlement qu'il y avait au parquet des huissiers un gentilhomme envoyé de M. l'archiduc Léopold, qui était gouverneur des Pays-Bas pour le roi d'Espagne, et que ce gentilhomme demandait audience à la Compagnie. Les gens du Roi entrèrent, au dernier mot du discours de M. le prince de Conti, pour rendre compte de ce qu'ils avaient fait à Saint-Germain, où ils avaient été reçus admirablement. La Reine avait extrêmement agréé les raisons pour lesquelles la Compagnie avait refusé l'entrée au héraut ; elle avait assuré les gens du Roi que bien qu'en l'état où étaient les choses, elle ne pût pas reconnaître les délibérations du Parlement pour des arrêts d'une compagnie souveraine, elle ne laissait pas de recevoir avec joie les assurances qu'il lui donnait de son respect et de sa soumission ; et que pour peu que le Parlement donnât d'effet à ses assurances, elle lui donnerait toutes les marques de sa bonté et même de sa bienveillance, et en général et en particulier. Talon, avocat général, et qui parlait toujours avec dignité et avec force, fit ce rapport avec tous les ornements qu'il lui put donner, et il conclut par une assurance qu'il donna lui-même, en termes fort pathétiques, à la Compagnie, que si elle voulait faire une députation à Saint-Germain, elle y serait très bien reçue et pourrait être d'un grand acheminement à la paix. Le premier président lui ayant dit ensuite qu'il y avait à la porte de la Grande Chambre un envoyé de l'archiduc, Talon, qui était habile, en prit sujet de fortifier son opinion. Il marqua que la providence de Dieu faisait naître, ce lui semblait, cette occasion pour avoir plus de lieu de témoigner encore davantage au Roi la fidélité du Parlement en ne donnant point d'audience à l'envoyé, et en rendant simplement compte à la Reine du respect que l'on conservait pour elle en la refusant. Comme cette apparition d'un député d'Espagne dans le parlement de Paris fait une scène qui n'est pas fort ordinaire dans notre histoire, je crois qu'il est à propos de la reprendre un peu de plus loin.

Vous avez déjà vu que Saint-Ibar, qui entretenait toujours beaucoup de correspondance avec le comte de Fuensaldagne, m'avait pressé, de temps en temps, de lier un commerce avec lui, et je vous ai aussi rendu compte des raisons qui m'en avaient empêché. Comme je vis que nous étions assiégés, que le Cardinal envoyait Vautorte en Flandres pour commencer quelque négociation avec les Espagnols, et que je connus que notre parti était assez formé pour n'être pas chargé en mon particulier de l'union avec les ennemis de l'État, je ne fus plus si scrupuleux ni si délicat, et je fis écrire par Montrésor à Saint-Ibar, qui n'était plus en France, et qui était tantôt à La Haie et tantôt à Bruxelles, qu'en l'état où étaient les affaires, je croyais pouvoir écouter avec honneur les propositions que l'on me pourrait faire pour le secours de Paris ; que je le priais toutefois de faire en sorte que l'on ne s'adressât pas à moi directement et que je ne parusse en rien de ce qui serait public. Ce qui m'obligea d'écrire, en ce sens, à Saint-Ibar, ou plutôt de lui faire écrire, fut qu'il m'avait fait dire lui-même par Montrésor que les Espagnols, qui savaient qu'il n'y avait que moi à

Paris qui fût proprement maître du peuple, et qui voyaient que je ne leur faisais point parler, commençaient à s'imaginer que je pouvais avoir quelque mesure à la cour qui m'en empêchait ; et qu'ainsi ne comptant rien, à l'égard de Paris, sur les autres généraux, ils pourraient bien donner dans les offres immenses que le Cardinal leur faisait faire tous les jours. Je connus, par un mot que Mme de Bouillon laissa échapper, qu'elle en savait autant que Saint-Ibar ; et de concert avec monsieur son mari et avec elle, je fis le pas dont je viens de vous rendre compte, et j'insinuai, du même concert, que l'on nous ferait plaisir de faire ouvrir la scène par M. d'Elbeuf. Comme il avait été, dans le temps du cardinal de Richelieu, douze ou quinze ans en Flandres, à la pension d'Espagne, la voie paraissait toute naturelle. Elle fut prise aussi, aussitôt qu'elle fut proposée. Le comte de Fuensaldagne fit partir, dès le lendemain, Arnolfini, moine bernardin[1], qu'il fit habiller en cavalier, sous le nom de don Josef de Illescas. Il arriva cheux M. d'Elbeuf, à deux heures après minuit, et il lui donna un petit billet de créance ; il la lui expliqua telle que vous vous la pouvez imaginer.

M. d'Elbeuf se crut le plus considérable homme du parti ; et le lendemain, au sortir du Palais, il nous mena tous dîner cheux lui, c'est-à-dire tous ceux qui étaient les plus considérables, en nous disant qu'il avait une affaire importante à nous communiquer. M. le prince de Conti, MM. de Beaufort et de La Mothe, et les présidents Le Cogneux, de Bellièvre, de Nesmond, de Novion et Viole s'y trouvèrent. M. d'Elbeuf, qui était grand saltimbanque de son naturel, commença la comédie par la tendresse qu'il avait pour le nom français, qui ne lui avait pas permis d'ouvrir seulement un petit billet qu'il avait reçu d'un lieu suspect. Ce lieu ne fut nommé qu'après deux ou trois circonlocutions toutes pleines de scrupules et de mystères, et le président de Nesmond, qui, avec tout le feu d'un esprit gascon, était l'homme du monde le plus simple, remplit la seconde scène d'aussi bonne foi qu'il y avait eu d'art à la première. Il regarda ce billet que M. d'Elbeuf avait jeté sur la table, très proprement recacheté, comme l'holocauste du sabbat[1]. Il dit que M. d'Elbeuf avait eu grand tort d'appeler des membres du Parlement à une action de cette nature. Enfin le président Le Cogneux, qui s'impatienta de toutes ces niaiseries, prit le billet, qui avait effectivement bien plus l'air d'un poulet que d'une lettre de négociation; il l'ouvrit, et après avoir lu ce qu'il contenait, qui n'était qu'une simple créance, et avoir entendu de la bouche de M. d'Elbeuf ce que le porteur de la créance lui avait dit, nous fit une pantalonnade digne des premières scènes de la pièce. Il tourna en ridicule toutes les façons qui venaient d'être faites; il alla au-devant de celles qui s'allaient faire; et l'on conclut, d'une commune voix, à ne pas rejeter le secours d'Espagne. La difficulté fut en la manière de le recevoir : elle n'était pas, dans la vérité, médiocre, par beaucoup de circonstances particulières.

Mme de Bouillon, qui s'était ouverte avec moi, la veille, du commerce qu'elle avait avec Espagne[2], m'avait expliqué les intentions de Fuensaldagne, qui étaient de s'engager avec nous, pourvu qu'il fût assuré, de son côté, que nous nous engageassions avec lui. Cet engagement ne se pouvait prendre de notre part que par le Parlement ou par moi. Il doutait fort du Parlement, dont il voyait les deux principaux chefs, le premier président et le président de Mesme, incapables d'aucune proposition. Le peu d'ouverture que je lui avais donné jusque-là à négocier avec moi, faisait qu'il ne fondait guère davantage sur ma conduite que sur celle du Parlement. Il n'ignorait pas ni le peu de pouvoir ni le peu de sûreté de M. d'Elbeuf; il savait que M. de Beaufort était dans mes mains, et de plus que son crédit, à cause de son incapacité, n'était qu'une fumée. Les incertitudes perpétuelles de M. de Longueville et le peu de sens du maréchal de La Mothe ne l'accommodaient pas. Il se fût fié en M. de Bouillon; mais M. de Bouillon ne lui pouvait pas répondre de Paris : il n'y avait aucun pouvoir; et même les gouttes, qui le tenaient dans le lit et qui l'empêchaient d'agir, avaient donné lieu aux gens de la cour à jeter des soupçons contre lui dans les esprits des peuples. Toutes ces considérations, qui embarrassaient Fuensaldagne, et qui le pouvaient fort naturellement obliger à chercher ses avantages du côté de Saint-Germain, où l'on appréhendait avec raison sa jonction avec nous : toutes ces considérations, dis-je, ne se pouvaient rectifier pour le bien du parti que par un traité du Parlement avec Espagne, qui était de toutes les choses du monde la plus impossible, ou par un engagement que j'y prisse moi-même, tout à fait positif.

Saint-Ibar, qui se ressouvenait qu'il avait autrefois écrit sous moi une instruction par laquelle je proposais cet engagement positif, ne doutait pas que je ne fusse encore dans la même disposition, puisque je m'étais résolu à écouter ; et quoique Fuensaldagne ne fût pas de son avis, par la raison que je vous ai tantôt marquée, il ne laissa pas de charger l'envoyé de le tenter et de me témoigner même qu'il ne ferait aucun pas pour nous sans ce préalable. Cet envoyé, qui, devant que de voir M. d'Elbeuf, avait eu deux jours de conférence avec M. et Mme de Bouillon, s'en était clairement expliqué avec eux, et c'est ce qui avait obligé la dernière à s'ouvrir encore davantage avec moi, sur ce détail, qu'elle n'avait fait jusque-là. Ce que la nécessité d'un secours prompt et pressant m'avait fait résoudre autrefois de proposer, par l'instruction dont je viens de vous parler, n'était plus mon compte. Il ne pouvait plus y avoir de secret dans le traité, qui, de nécessité, devait être en commun avec des généraux dont les uns m'étaient suspects et les autres m'étaient redoutables. J'avais commencé à m'apercevoir que M. de La Rochefoucauld avait fort altéré les bons sentiments de Mme de Longueville pour moi[1], et que par conséquent je ne pouvais pas compter sur M. le prince de Conti.

Je vous ai déjà expliqué le naturel de M. de Longueville et la force du maréchal de La Mothe. Je n'ai rien à vous dire de M. d'Elbeuf. Je considérais M. de Bouillon, soutenu par l'Espagne, avec laquelle il avait, par la considération de Sedan, les intérêts du monde les plus naturels, comme un nouveau duc du Maine qui en aurait mille autres, au premier jour tout à fait séparés de ceux de Paris, et qui pourrait bien avec le temps, assisté de l'intrigue et de l'argent de Castille, chasser le coadjuteur de Paris, comme le vieux M. du Maine en avait chassé à la Ligue le cardinal de Gondi, son grand-oncle[1]. Dans la conférence que j'eus avec M. et Mme de Bouillon touchant l'envoyé, je ne leur cachai rien de mes raisons, sans en excepter même la dernière, que j'assaisonnai, comme vous pouvez juger, de toute la raillerie la plus douce et la plus honnête qui me fut possible. Mme de Bouillon, qui ne faisait, ou plutôt qui ne disait jamais de galanterie que de concert avec son mari, n'oublia rien de toute celle qui l'eût rendue l'une des plus aimables personnes du monde, quand même elle eût été aussi laide qu'elle était belle, pour me persuader que je ne devais point balancer à traiter; et que monsieur son mari et moi, joints ensemble par une liaison particulière, emporterions toujours si fort la balance, que les autres ne nous pourraient faire aucune peine.

M. de Bouillon, qui était fort habile, et qui connaissait très bien que je pensais et que je parlais selon mes véritables intérêts, revint tout d'un coup à mon avis, par une maxime qui devrait être très commune et qui est pourtant très rare. Je n'ai jamais vu que lui qui ne contestât jamais ce qu'il ne croyait pas pouvoir obtenir. Il entra même obligeamment dans mes sentiments. Il dit à Mme de Bouillon que je jouais le droit du jeu[2], au poste où j'étais; que la guerre civile pourrait s'éteindre le lendemain; que j'étais archevêque de Paris pour toute ma vie; que j'avais plus d'intérêt que personne à sauver la ville; mais que je n'en avais pas un moindre à ne me point laisser de tache pour les suites; et qu'il convenait, après ce que je venais de lui dire, que tout se pouvait concilier. Il me fit pour cela une ouverture qui ne m'était point venue dans l'esprit, que je n'approuvai pas d'abord, parce qu'elle me parut impraticable, et à laquelle je me rendis à mon tour après l'avoir examinée : ce fut d'obliger le Parlement à entendre l'envoyé, ce qui ferait presque tous les effets que nous pourrions souhaiter. Les Espagnols, qui ne s'y attendaient point, seraient surpris fort agréablement; le Parlement s'engagerait sans le croire lui-même; les généraux auraient lieu de traiter après ce pas, qui pourrait être interprété, dans les suites, pour une approbation tacite que le corps aurait donnée aux démarches des particuliers. M. de Bouillon n'aurait pas de peine à faire concevoir à l'envoyé l'avantage que ce lui serait, en son particulier, de pouvoir mander, par son premier courrier, à Monsieur l'Archiduc que le Parlement des pairs de France aurait reçu une lettre et un député d'un général du roi d'Espagne dans les Pays-Bas. Il espérait que par une fort ample dépêche en chiffre, il ferait comprendre au comte de Fuensaldagne qu'il était de la bonne conduite de laisser quelqu'un dans le parti, qui, de concert même avec lui, parût n'entrer en rien avec l'Espagne, et qui, par cette conduite, pût parer, à tout événement, aux inconvénients qu'une liaison avec les ennemis de l'État[1] emportait nécessairement avec soi, dans un parti où la considération du Parlement faisait qu'il fallait garder des mesures sans comparaison plus justes sur ce point que sur tout autre ; que ce personnage me convenait préférablement, et par ma dignité et par ma profession, et qu'il se trouvait par bonheur autant de l'intérêt commun que du mien propre. La difficulté était de persuader au Parlement de donner audience au député de l'archiduc, et cette audience était toutefois la seule circonstance qui pouvait suppléer, dans l'esprit de ce député, le défaut de ma signature, sans laquelle il protestait qu'il avait ordre de ne rien faire. Nous nous abandonnâmes en cette occasion, M. de Bouillon et moi, à la fortune ; et l'exemple que nous avions tout récent du héraut exclu, sous le prétexte du monde le plus frivole, nous fit espérer que l'on ne refuserait pas à l'envoyé l'entrée pour laquelle l'on ne manquerait pas de raisons très solides.

Notre bernardin, qui trouvait beaucoup son compte à cette entrée, que l'on n'avait pas seulement imaginée à Bruxelles, fut plus que satisfait de notre proposition. Il fit sa dépêche à l'archiduc telle que nous la pouvions souhaiter ; et il nous promit de faire, par avance et sans en attendre la réponse, tout ce que nous lui ordonnerions. Il usa de ces termes et il avait raison ; car j'ai su depuis que son ordre portait de suivre en tout et partout, sans exception, les sentiments de M. et de Mme de Bouillon.

Voilà où nous en étions quand M. d'Elbeuf nous montra, comme une grande nouveauté, le billet que le comte de Fuensaldagne lui avait écrit ; et vous jugez facilement que je ne balançai pas à opiner qu'il fallait que l'envoyé présentât la lettre de Monsieur l'Archiduc au Parlement. La proposition en fut reçue d'abord comme une hérésie ; et, sans exagération, elle fut peu moins que chifflée par toute la Compagnie. Je persistai dans mon avis ; j'en alléguai les raisons, qui ne persuadèrent personne. Le vieux président Le Cogneux, qui avait l'esprit plus vif et qui prit garde que je parlais de temps en temps d'une lettre de l'archiduc, de laquelle il ne s'était rien dit, revint tout d'un coup à mon avis, sans m'en dire toutefois la véritable raison, qui était qu'il ne douta point que je n'eusse vu le dessous de quelque carte qui m'eût obligé à le prendre. Et comme la conversation se passait avec assez de confusion, et que l'on allait, en disputant tout debout, des uns aux autres, il me dit : « Que ne parlez-vous à vos amis en particulier ? l'on ferait ce que vous voudriez ; je vois bien que vous savez plus de nouvelles que celui qui croit vous les avoir apprises. » Je fus, pour vous dire le vrai, terriblement honteux de ma bêtise ; car je vis bien qu'il ne me pouvait parler ainsi que sur ce que j'avais dit de la lettre de l'archiduc au Parlement, qui, dans le vrai, n'était qu'un blanc-signé, que nous avions rempli cheux M. de Bouillon. Je serrai la main du président Le Cogneux ; je fis signe à MM. de Beaufort et de La Mothe ; les présidents de Novion et de Bellièvre se rendirent à mon sentiment, qui était fondé uniquement sur ce que le secours d'Espagne, que nous étions obligés de recevoir comme un remède à nos maux, mais comme un remède que nous convenions être dangereux et empirique, serait infailliblement mortel à tous les particuliers, si il n'était au moins un peu passé par l'alambic du Parlement. Nous priâmes tous M. d'Elbeuf de faire trouver bon au bernardin de conférer avec nous sur la forme seulement dont il aurait à se conduire. Nous le vîmes la même nuit cheux lui, Le Cogneux et moi. Nous lui dîmes, en présence de M. d'Elbeuf, en grand secret, tout ce que nous voulions bien qui fût su ; et nous avions concerté dès la veille, cheux M. de Bouillon, tout ce qu'il devait dire au Parlement. Il s'en acquitta très bien et en homme d'entendement. Je vous ferai un précis du discours qu'il y fit, après que je vous aurai rendu compte de ce qui se passa lorsqu'il demanda audience, ou plutôt lorsque M. le prince de Conti la demanda pour lui.

Le président de Mesme, homme de très grande capacité dans sa profession, et oncle de celui que vous voyez aujourd'hui[1], mais attaché jusques à la servitude à la cour, et par l'ambition qui le dévorait et par sa timidité, qui était excessive : le président de Mesme, dis-je, fit une exclamation au seul nom de l'envoyé de l'archiduc, éloquente et pathétique au-dessus de tout ce que j'ai lu en ce genre dans l'Antiquité ; et en se tournant, avec les yeux noyés dans les larmes, vers M. le prince de Conti : « Est-il possible, Monsieur, s'écria-t-il, qu'un prince du sang de France propose de donner séance sur les fleurs de lis à un député du plus cruel ennemi des fleurs de lis ? »

Comme nous avions bien prévu cette tempête, il n'avait pas tenu à nous d'exposer M. d'Elbeuf à ses premiers coups ; mais il s'en était tiré assez adroitement, en disant que la même raison qui l'avait obligé à rendre compte à son général de la lettre qu'il avait reçue, ne lui permettait pas d'en porter la parole en sa présence. Il fallait pourtant, de nécessité, quelqu'un qui préparât les voies et qui jetât dans une compagnie où les premières impressions ont un merveilleux pouvoir les premières idées de la paix particulière et générale que cet envoyé venait annoncer. La manière dont son nom frapperait d'abord l'imagination des Enquêtes, décidait du refus ou de l'acceptation de son audience ; et tout bien pesé et considéré de part et d'autre, l'on jugea qu'il y avait moins d'inconvénient, sans comparaison, à laisser croire un peu de concert, qu'à ne pas préparer, par un canal ordinaire, non odieux et favorable, les drogues que l'envoyé d'Espagne nous allait débiter. Ce n'est pas que la moindre ombre de concert, dans ces compagnies que l'on appelle réglées, ne soit très capable d'y empoisonner les choses mêmes et les plus justes et les plus nécessaires. Je vous l'ai déjà dit quelquefois ; et cet inconvénient était plus à craindre en cette occasion qu'en toute autre. J'y admirai M. de Bouillon, cheux qui la résolution se prit de faire faire l'ouverture par M. le prince de Conti. Il n'y balança pas un moment ; et rien ne marque tant le jugement solide d'un homme, que de savoir choisir entre les grands inconvénients. Je reviens au président de Mesme, qui s'attacha à M. le prince de Conti, et qui se tourna ensuite vers moi, en me disant ces propres paroles : « Quoi, Monsieur ? vous refusez l'entrée au héraut de votre Roi, sous le prétexte du monde le plus frivole ? » Comme je ne doutai point de la seconde partie de l'apostrophe, je la voulus prévenir, et je lui répondis : « Vous me permettrez, Monsieur, de ne pas traiter de frivoles des motifs qui ont été consacrés par un arrêt. »

La cohue du Parlement s'éleva à ce mot, qui releva celui du président de Mesme, qui était effectivement très imprudent, et il est constant qu'il servit fort contre son intention, comme vous pouvez croire, à faciliter l'audience à l'envoyé. Comme je vis que la Compagnie s'échauffait et s'ameutait contre le président de Mesme, je sortis, sous je ne sais quel prétexte, et je dis à Quatresous, conseiller des Enquêtes et le plus impétueux esprit qui fût dans le corps, d'entretenir l'escarmouche, parce que j'avais éprouvé plusieurs fois que le moyen le plus propre pour faire passer une affaire extraordinaire dans les compagnies est d'échauffer la jeunesse contre les vieux. Quatresous s'acquitta dignement de cette commission ; il s'atêta[1] au président de Mesme et au premier président sur le sujet d'un certain La Raillière[2], partisan fameux qu'il faisait entrer dans tous ses avis, sur quelque matière où il pût opiner. Les Enquêtes s'échauffèrent pour la défense de Quatresous, que les présidents, qui à la fin s'impatientèrent de ses impertinences, voulurent piller[3]. Il fallut délibérer sur le sujet de l'envoyé ; et, malgré les conclusions des gens du Roi et les exclamations des deux présidents et de beaucoup d'autres, il passa à l'entendre[4].

L'on le fit entrer sur l'heure même ; l'on lui donna place au bout du bureau ; l'on le fit asseoir et couvrir[5]. Il présenta la lettre de l'archiduc au Parlement, qui n'était que de créance, et il l'expliqua en disant : « Que Son Altesse Impériale, son maître, lui avait donné charge de faire part à la Compagnie d'une négociation que le cardinal Mazarin avait essayé de lier avec lui depuis le blocus de Paris ; que le Roi Catholique n'avait pas estimé qu'il fût sûr ni honnête d'accepter ses offres dans une saison où, d'un côté, l'on voyait bien qu'il ne les faisait que pour pouvoir plus aisément opprimer le Parlement, qui était en vénération à toutes les nations du monde, et où, de l'autre, tous les traités que l'on pourrait faire avec un ministre condamné seraient nuls de droit, d'autant plus qu'ils seraient faits sans le concours du Parlement, à qui seul il appartient de registrer[1] et de vérifier les traités de paix pour les rendre sûrs et authentiques ; que le Roi Catholique, qui ne voulait tirer aucun avantage des occasions présentes, avait commandé à Monsieur l'Archiduc d'assurer messieurs du Parlement, qu'il savait être attachés aux véritables intérêts de Sa Majesté Très Chrétienne, qu'il les reconnaissait de très bon cœur et avec joie pour arbitres de la paix ; qu'il se soumettait à leur jugement, et que si ils acceptaient d'en être les juges, il laissait à leur choix de députer de leur corps en tel lieu qu'ils voudraient, sans en excepter même Paris ; et que le Roi Catholique y envoierait[2] incessamment ses députés seulement pour y représenter ses raisons ; qu'il avait fait avancer, en attendant leur réponse, dix-huit mille hommes sur la frontière, pour les secourir en cas qu'ils en eussent besoin, avec ordre toutefois de ne rien entreprendre sur les places du Roi Très Chrétien, quoiqu'elles fussent la plupart comme abandonnées ; qu'il n'y avait pas six cents hommes dans Péronne, dans Saint-Quentin et dans Le Catelet ; mais qu'il voulait témoigner, en ce rencontre, la sincérité de ses intentions pour le bien de la paix, et qu'il donnerait sa parole que, dans le temps qu'elle se traiterait, il ne donnerait aucun mouvement à ses armes ; que si elles pouvaient être, en attendant, de quelque utilité au Parlement, il n'avait qu'à en disposer, qu'à les faire même commander par des officiers français, si il le jugeait à propos, et qu'à prendre toutes les précautions qu'il croirait nécessaires pour lever les ombrages que l'on peut toujours prendre, avec raison, de la conduite des étrangers[3]. »

Devant que l'envoyé fût entré, ou plutôt devant que l'on eût délibéré sur son entrée, il y avait eu beaucoup de contestation tumultuaire dans la Compagnie ; et le président de Mesme n'avait rien oublié pour jeter sur moi toute l'envie[1] de la collusion avec les ennemis de l'État, qu'il relevait de toutes les couleurs qu'il trouvait assez vives et assez apparentes dans l'opposition du hérault et du député. Il est vrai que la conjoncture était très fâcheuse ; et quand il en arrive quelqu'une de cette nature, il n'y a de remède qu'à planer[2] dans les moments où ce que l'on vous objecte peut faire plus d'impression que ce que vous pouvez répondre, et à se relever dans ceux où ce que vous pouvez répondre peut faire plus d'impression que ce que l'on vous objecte. Je suivis fort justement cette règle en ce rencontre, qui était délicat pour moi ; car quoique le président de Mesme me désignât avec application et avec adresse, je ne pris rien pour moi, tant que je n'eus pour lui faire tête[3] que ce que M. le prince de Conti avait dit en général de la paix générale, dont il avait été résolu qu'il parlerait en demandant audience pour le député, comme vous avez vu ci-dessus ; mais qu'il parlerait peu pour ne pas trop marquer de concert avec Espagne.

Quand l'envoyé s'en fut expliqué lui-même aussi amplement et aussi obligeamment pour le Parlement qu'il le fit, et quand je vis que la Compagnie était chatouillée[4] du discours qu'il venait de lui tenir, je pris mon temps pour rembarrer le président de Mesme, et je lui dis : « Que le respect que j'avais pour la Compagnie m'avait obligé à dissimuler et à souffrir toutes ses picoteries ; que je les avais fort bien entendues ; mais que je ne les avais pas voulu entendre, et que je demeurerais encore dans la même disposition, si l'arrêt, qu'il n'est jamais permis de prévenir, mais qu'il est toujours ordonné de suivre, ne m'ouvrait la bouche ; que cet arrêt avait réglé contre son sentiment l'entrée de l'envoyé d'Espagne, aussi bien que le précédent, qui n'avait pas été non plus selon son avis, avait porté l'exclusion du hérault ; que je ne me pouvais imaginer qu'il voulût assujettir la Compagnie à ne suivre jamais que ses sentiments ; que nul ne les honorait et ne les estimait plus que moi, mais que la liberté ne laissait pas de se conserver dans l'estime même et dans le respect ; que je suppliais Messieurs de me permettre de lui donner une marque de celui que j'avais pour lui, en lui rendant un compte, qui peut-être le surprendrait, de mes pensées sur les deux arrêts du héraut et de l'envoyé, sur lesquels il m'avait donné tant d'attaques : que pour le premier, je confessais que j'avais été assez innocent pour avoir failli à donner dans le panneau ; et que si M. de Broussel n'eût ouvert l'avis auquel il avait passé, je tombais, par un excès de bonne intention, dans une imprudence qui eût peut-être causé la perte de la ville, et dans un crime assez convaincu par l'approbation si solennelle que la Reine venait de donner à la conduite contraire ; que pour ce qui était de l'envoyé, j'avouais que je n'avais été d'avis de lui donner audience que parce que j'avais bien connu, à l'air du bureau, que le plus de voix[1] de la Compagnie allait à lui donner ; et que, quoique ce ne fût pas mon sentiment particulier, j'avais cru que je ferais mieux de me conformer par avance à celui des autres, et de faire paraître, au moins dans les choses où l'on voyait bien que la contestation serait inutile, de l'union et de l'uniformité dans le corps. »

Cette manière humble et modeste de répondre à cent mots aigres et piquants que j'avais essuyés depuis douze ou quinze jours et ce matin-là encore, et du premier président et du président de Mesme, fit un effet que je ne vous puis exprimer, et elle effaça pour assez longtemps l'impression que l'un et l'autre avait commencé de jeter dans la Compagnie, que je prétendais de la gouverner par mes cabales. Rien n'est si dangereux en toute sorte de communautés ; et si la passion du président de Mesme ne m'eût donné lieu de déguiser un peu le manège qui s'était fait dans ces deux scènes assez extraordinaires du héraut et de l'envoyé, je ne sais si la plupart de ceux qui avaient donné à la réception de l'un et à l'exclusion de l'autre, ne se fussent pas repentis d'avoir été d'un sentiment qu'ils eussent cru leur avoir été inspiré par un autre. Le président de Mesme voulut repartir à ce que j'avais dit ; mais il fut presque étouffé par la clameur qui s'éleva dans les Enquêtes. Cinq heures sonnèrent ; personne n'avait dîné, beaucoup n'avaient pas déjeuné, et messieurs les présidents eurent le dernier[2] :

ce qui n'est pas avantageux en cette matière.

L'arrêt qui avait donné l'entrée au député d'Espagne portait que l'on lui demanderait copie, signée de lui, de ce qu'il aurait dit au Parlement, que [l'on] la mettrait dans le registre, et que l'on l'enverrait par une députation solennelle à la Reine, en l'assurant de la fidélité du Parlement et en la suppliant de donner la paix à ses peuples et de retirer les troupes du Roi des environs de Paris. Le premier président fit tous les efforts imaginables pour faire insérer dans l'arrêt que la feuille même, c'est-à-dire l'original du registre du Parlement, serait envoyée à la Reine. Comme il était fort tard et que l'on avait bon appétit, ce qui influe plus que l'on ne se peut imaginer dans les délibérations, l'on fut sur le point d'y laisser mettre cette clause sans y prendre garde. Le président Le Cogneux, qui était naturellement vif et pénétrant, s'aperçut le premier de la conséquence, et il dit, en se tournant vers un assez grand nombre de conseillers, qui commençaient à se lever : « J'ai, Messieurs, à parler à la Compagnie ; je vous supplie de reprendre vos places ; il y va du tout pour toute l'Europe. » Tout le monde s'étant remis, il prononça d'un air froid et majestueux, qui n'était pas ordinaire à maître Gonin (l'on lui avait donné ce sobriquet[1]), ces paroles pleines de bon sens : « Le roi d'Espagne nous prend pour arbitres de la paix générale : peut-être qu'il se moque de nous ; mais il nous fait toujours honneur de nous le dire. Il nous offre ses troupes pour les faire marcher à notre secours, et il est sûr que sur cet article il ne se moque pas de nous, et qu'il nous fait beaucoup de plaisir. Nous avons entendu son envoyé ; et vu la nécessité où nous sommes, nous n'avons pas eu tort. Nous avons résolu d'en rendre compte au Roi, et nous avons eu raison. L'on se veut imaginer que pour rendre ce compte, il faut que nous envoyions la feuille de l'arrêté. Voilà le piège. Je vous déclare, Monsieur, dit-il en se tournant vers le premier président, que la Compagnie ne l'a pas entendu ainsi, et que ce qu'elle a arrêté est purement que l'on porte la copie et que l'original demeure au greffe. J'aurais souhaité que l'on n'eût pas obligé les gens à s'expliquer, parce qu'il y a des matières sur lesquelles il est sage de ne parler qu'à demi ; mais puisque l'on y force, je dirai, sans balancer, que si nous portons la feuille, les Espagnols croiront que nous soumettons au caprice du Mazarin les propositions qu'ils nous font pour la paix générale, et même pour ce qui regarde notre secours : au lieu qu'en ne portant que la copie et en ajoutant, en même temps, comme la Compagnie l'a très sagement ordonné, de très humbles remontrances pour faire lever le siège, toute l'Europe connaîtra que nous nous tenons en état de faire ce que le véritable service du Roi et le bien solide de l'État demandera de notre ministère, si le Cardinal est assez aveugle pour ne se pas servir de cette conjoncture, comme il le doit. »

Ce discours fut reçu avec une approbation générale ; l'on cria de toutes parts que c'était ainsi que la Compagnie l'entendait. Messieurs des Enquêtes donnèrent à leur ordinaire maintes bourrades à messieurs les présidents. Martineau, conseiller des Requêtes, dit publiquement que le *retentum*[1] de l'arrêt était que l'on ferait fort bonne chère[2] à l'envoyé d'Espagne, en attendant la réponse de Saint-Germain, qui ne pouvait être que quelque méchante *rouse*[3] du Mazarin. Charton pria tout haut M. le prince de Conti de suppléer à ce que les formalités du Parlement ne permettaient pas à la Compagnie de faire[4]. Pontcarré dit qu'un Espagnol ne lui faisait pas tant de peur qu'un mazarin. Enfin il est certain que les généraux en virent assez pour ne pas appréhender que le Parlement se fâchât des démarches qu'ils pourraient faire vers l'Espagne ; et que M. de Bouillon et moi n'en eûmes que trop pour satisfaire pleinement l'envoyé de l'archiduc, à qui nous fîmes valoir jusques aux moindres circonstances. Il en fut content au-delà de ses espérances, et il dépêcha, dès la nuit, un second courrier à Bruxelles, que nous fîmes escorter jusques à dix lieues de Paris par cinq cents chevaux. Ce courrier portait la relation de tout ce qui s'était passé au Parlement ; les conditions que M. le prince de Conti et les autres généraux demandaient pour faire un traité avec le roi d'Espagne, et ce que je pouvais donner en mon particulier d'engagement. Je vous rendrai compte de ce détail et de sa suite après que je vous aurai raconté ce qui se passa le même jour, qui fut le 19 de février.

Cependant que toute cette pièce de l'envoyé d'Espagne se jouait au Palais, Noirmoutier sortit avec deux mille chevaux pour amener à Paris un convoi de cinq cents charrettes de farines, qui était à Brie-Comte-Robert, où nous avions garnison. Comme il eut avis que le comte, depuis maréchal de Grancei[1], venait du côté de Lagni pour s'y opposer, il détacha M. de La Rochefoucauld, avec sept escadrons, pour occuper un défilé par où les ennemis étaient obligés de passer. M. de La Rochefoucauld, qui avait plus de cœur que d'expérience, s'emporta de chaleur : il n'en demeura pas à son ordre, il sortit de son poste, qui lui était très avantageux, et il chargea les ennemis avec beaucoup de vigueur. Comme il avait affaire à de vieilles troupes et qu'il n'en avait que de nouvelles, il fut bientôt renversé. Il y fut blessé d'un fort grand coup de pistolet dans la gorge. Il y perdit Rosan, frère de Duras[2] ; le marquis de Silleri, son beau-frère, y fut pris prisonnier ; Rachecour, premier capitaine de mon régiment de cavalerie, y fut fort blessé ; et le convoi était infailliblement perdu, si Noirmoutier ne fût arrivé avec le reste des troupes. Il fit filer les charrettes du côté de Villeneuve-Saint-Georges ; il marcha avec ses troupes en bon ordre par le grand chemin du côté de Gros-Bois[3], à la vue de Grancei, qui ne crut pas devoir hasarder de passer un pont qui se rencontre sur le grand chemin devant lui. Il rejoignit son convoi dans la plaine de Créteil, et il l'amena, sans avoir perdu une charrette, à Paris, où il ne rentra qu'à onze du soir.

Vous avez déjà vu deux actes de ce même 19 de février ; en voici un troisième de la nuit qui le suivit, qui ne fut pas si public, mais duquel il est nécessaire que vous soyez informée en ce lieu, parce qu'il a trait à beaucoup de faits particuliers que vous êtes sur le point de voir.

Je vous ai dit ci-dessus que M. de Bouillon et moi, de concert avec les autres généraux, fîmes dépêcher, par l'envoyé de l'archiduc, un courrier à Bruxelles, qui partit sur le minuit. Nous nous mîmes à table pour souper cheux M. de Bouillon, un moment après, lui, madame sa femme et moi. Comme elle était fort gaie dans le particulier, et que de plus le succès de cette journée lui avait encore donné de la joie, elle nous dit qu'elle voulait faire débauche. Elle fit retirer tous ceux qui servaient, et elle ne retint que Riquemont, capitaine des gardes de monsieur son mari, à qui l'un et l'autre avait confiance. La vérité est qu'elle voulait parler en liberté de l'état des choses, qu'elle croyait admirablement bon. Je ne la détrompai pas tant que l'on fut à table, pour ne point interrompre son souper ni celui de M. de Bouillon, qui était assez mal de la goutte. Comme l'on fut sorti de table, je changeai de ton : je leur représentai qu'il n'y avait rien de plus délicat que le poste où nous nous trouvions, que si nous étions dans un parti ordinaire, qui eût la disposition de tous les peuples du royaume aussi favorable que nous l'avions, nous serions incontestablement maîtres des affaires ; mais que le Parlement, qui faisait, d'un sens, notre principale force, faisait, en deux ou trois manières, notre principale faiblesse ; que bien qu'il parût de la chaleur et même qu'il y eût de l'emportement très souvent dans cette compagnie, il y avait toujours un fonds d'esprit de retour[1], qui revivait à toute occasion ; que, dans la délibération même du jour où nous parlions, nous avions eu besoin de tout notre savoir-faire pour faire que le Parlement ne se mît pas à lui-même la corde au col ; que je convenais que ce que nous en avions tiré était utile pour faire croire aux Espagnols qu'il n'était pas si inabordable pour eux qu'ils se l'étaient figuré ; mais qu'il fallait convenir, en même temps, que si la cour se conduisait bien, elle en tirerait elle-même un fort grand avantage, parce qu'elle se servirait de la déférence, au moins apparente, de la Compagnie qui lui rendait compte de l'envoi du député, comme d'un motif capable de la porter à revenir avec bienséance de sa première hauteur ; et de la députation solennelle que le Parlement avait résolu de lui faire, comme d'un moyen très naturel pour entrer en quelque négociation ; que je ne douterais point que le mauvais effet que le refus d'audience aux gens du Roi envoyés à Saint-Germain, le lendemain de la sortie du Roi, avait produit contre les intérêts de la cour, ne fût un exemple assez instructif pour elle, pour l'obliger à ne pas manquer l'occasion qui se présentait : quand je n'en serais pas persuadé par celui que nous avions de la manière si bonne et si douce dont elle avait reçu les excuses que nous lui avions faites de l'exclusion du hérault, qu'elle ne pouvait pas ignorer toutefois n'avoir pour fondement que le prétexte du monde le plus mince et le plus convaincu de frivole par tous les usages ; que le premier président et le président de Mesme, qui seraient assurément chefs de la députation, n'oublieraient rien pour faire connaître au Mazarin ses intérêts véritables dans cette conjoncture ; que ces deux hommes n'avaient dans la tête que ceux du Parlement ; que pourvu qu'ils le tirassent d'affaire, ils auraient même de la joie à nous y laisser, en faisant un accommodement qui stipulerait notre sûreté sans nous la donner, et qui, en terminant la guerre civile, rétablirait la servitude.

Mme de Bouillon, qui joignait à une douceur admirable une vivacité perçante, m'interrompit à ce mot, et elle me dit : « Voilà des inconvénients qu'il fallait prévoir, ce me semble, devant l'audience de l'envoyé d'Espagne, puisque c'est elle qui les fait naître. » Monsieur son mari lui repartit brusquement : « Avez-vous perdu la mémoire de ce que nous dîmes dernièrement sur cela, en cette même place, et ne prévîmes-nous pas, en général, ces inconvénients ? Mais après les avoir balancés avec la nécessité que nous trouvâmes à mêler, de quelque façon que ce pût être, l'envoyé et le Parlement, nous prîmes celui qui nous parut le moindre, et je vois bien que Monsieur le Coadjuteur pense à l'heure qu'il est à remédier même à ce moindre. — Il est vrai, Monsieur, lui répondis-je, et je vous proposerai le remède que je m'imagine, quand j'aurai achevé de vous expliquer tous les inconvénients que je vois. Vous avez remarqué ces jours passés que Brillac, dans le Parlement, et le président Aubri, dans le conseil de l'Hôtel de Ville, firent des propositions de paix auxquelles le Parlement faillit à donner presques à l'aveugle ; et il crut beaucoup faire que de se résoudre à ne point délibérer sans les généraux. Vous voyez qu'il y a beaucoup de gens dans les compagnies qui commencent à ne plus payer leurs taxes, et beaucoup d'autres qui affectent de laisser couler du désordre dans la police. Le gros du peuple, qui est ferme, fait que l'on ne s'aperçoit pas encore de ce démanchement des parties, qui s'affaibliraient et se désuniraient en fort peu de temps si l'on ne travaillait avec application à les lier et à les consolider ensemble. La chaleur des esprits suffit pour cet effet au commencement. Quand elle s'alentit, il faut que la force y supplée : quand je parle de la force, je n'entends pas la violence, qui n'est presque jamais qu'un remède empirique, j'entends celle que l'on tire de la considération où l'on demeure auprès de ceux de la part desquels vous peut venir le mal auquel vous cherchez le remède.

« Ce que vous faites présentement avec Espagne commence à faire entrevoir au Parlement qu'il ne se doit pas compter pour tout. Ce que nous pouvons, M. de Beaufort et moi, dans le peuple, lui doit faire connaître qu'il nous y peut compter pour quelque chose. Mais ces deux vues ont leur inconvénient comme leur utilité. L'union des généraux avec Espagne n'est pas assez publique pour jeter dans les esprits toute l'impression qui y serait, d'un sens, nécessaire, et qui, de l'autre, si elle était plus déclarée, serait pernicieuse. Cette même union n'est pas assez secrète pour ne pas donner lieu à cette même compagnie d'en prendre avantage contre vous dans les occasions, qu'elle prendrait toutefois, encore plus tôt, si elle vous croyait sans protection.

« Pour ce qui est du crédit que M. de Beaufort et moi avons dans les peuples, il est plus propre à faire du mal au Parlement qu'à l'empêcher de nous en faire. Si nous étions de la lie du peuple, nous pourrions peut-être avoir la pensée de faire ce que Bussi-Le Clerc fit au temps de la Ligue[1], c'est-à-dire d'emprisonner, de saccager le Parlement. Nous pourrions avoir en vue de faire ce que firent les Seize quand ils pendirent le président Brisson[2], si nous voulions être aussi dépendants d'Espagne que les Seize l'étaient. M. de Beaufort est petit-fils d'Henri le Grand[3], et je suis coadjuteur de Paris. Ce n'est ni notre honneur ni notre compte, et cependant il nous serait plus aisé d'exécuter et ce que fit Bussi-Le Clerc et ce que firent les Seize, que de faire que le Parlement connaisse ce que nous pourrions faire contre lui, assez distinctement pour s'empêcher de faire contre nous ce qu'il croira toujours facile, jusques à ce que nous l'en ayons empêché ; et voilà le destin et le malheur des pouvoirs populaires. Ils ne se font croire que quand ils se font sentir, et il est très souvent de l'intérêt et même de l'honneur de ceux entre les mains de qui ils sont, de les faire moins sentir que croire. Nous sommes en cet état. Le Parlement penche ou plutôt tombe vers une paix et très peu sûre et très honteuse. Nous soulèverions demain le peuple si nous voulions ; le devons-nous vouloir ? Et si nous le soulevons, et si nous ôtons l'autorité au Parlement, en quel abîme jetons-nous Paris dans les suites ? Tournons le feuillet. Si nous ne le soulevons pas, le Parlement croira-t-il que nous le puissions soulever, et ce même Parlement s'empêchera-t-il de faire des pas vers la cour qui le perdront peut-être, mais qui nous perdront infailliblement devant lui ?

« Vous direz bien, Madame, encore avec plus de fondement à cette heure que tantôt, que je marque beaucoup d'inconvénients, mais que je marque peu de remèdes : à quoi je vous supplie de me permettre de vous répondre que je n'ai pas laissé de vous parler de ceux qui se trouvent déjà naturellement dans le traité que vous projetez avec Espagne, et dans l'application que nous avons, M. de Beaufort et moi, à nous maintenir dans l'esprit des peuples ; mais que comme je reconnais dans tous les deux de certaines qualités qui en affaiblissent la force et la vertu, j'ai cru être obligé, Monsieur, de rechercher dans votre capacité et dans votre expérience ce qui y pourrait suppléer ; et c'est ce qui m'a fait prendre la liberté de vous rendre compte, Monsieur, d'un détail que vous auriez vu d'un coup d'œil, bien plus clairement et plus distinctement que moi, si votre mal vous avait permis d'assister seulement une fois ou à une assemblée du Parlement ou à un conseil de l'Hôtel de Ville. »

M. de Bouillon, qui ne croyait nullement les affaires en cet état, me pria, un peu après l'interrup-

tion que je vous ai marquée, que me fit Mme de
Bouillon, de lui mettre par écrit tout ce que j'avais
commencé, et tout ce que j'avais encore à lui dire.
Je le fis sur l'heure même et il m'en rendit, le lendemain, une copie que j'ai encore, écrite de la main
de son secrétaire ; et sur laquelle je viens de copier ce
que vous en voyez ici. L'on ne peut être plus étonné
ni plus affligé que le furent M. et Mme de Bouillon
de ce que je venais de leur marquer de la disposition
où étaient les affaires, et je n'en avais pas été moins
surpris qu'eux. Il ne s'est jamais rien vu de si subit.
La réponse douce et honnête que la Reine fit aux gens
du Roi touchant le héraut, la protestation de pardonner sincèrement à tout le monde, les couleurs dont
Talon, avocat général, embellit cette réponse, tournèrent en un instant presque tous les esprits. Il y eut
des moments, comme je vous l'ai déjà dit, où ils
revinrent à leur emportement, ou par les accidents
qui survinrent, ou par l'art de ceux qui les y ramenèrent ; mais le fonds pour le retour y demeura toujours. Je le remarquai en tout et je fus bien aise de
m'en ouvrir avec M. de Bouillon, qui était le seul
homme de tête de sa profession qui fût dans ce parti,
pour voir avec lui la conduite que nous aurions à
y prendre. Je fis bonne mine avec tous les autres ; je
leur fis valoir les moindres circonstances presque avec
autant de soin qu'à l'envoyé de l'archiduc. Le président de Mesme, qui à travers toutes les bourrades
qu'il venait de recevoir dans les deux dernières délibérations, avait connu que le feu qui s'y était allumé
n'était que de paille, dit au président de Bellièvre que,
pour ce coup, j'étais la dupe et que j'avais pris le frivole pour la substance. Le président de Bellièvre,
à qui je m'étais ouvert, m'eût pu justifier si il l'eût jugé
à propos ; mais il fit lui-même la dupe, et il railla le
président de Mesme, comme un homme qui prenait
plaisir à se flatter soi-même.

M. de Bouillon ayant examiné, tout le reste de la
nuit jusques à cinq heures du matin, le papier que je lui
avais laissé à deux, et dont vous venez de voir la copie,
m'écrivit, le lendemain, un billet par lequel il me
priait de me trouver cheux lui à trois heures après
midi. Je ne manquai pas de m'y rendre, et j'y trouvai

Mme de Bouillon, pénétrée de douleur, parce que monsieur son mari l'avait assurée et que ce que je marquais dans mon écrit n'était que trop bien fondé, supposés les faits dont il ne pouvait pas croire que je ne fusse très bien informé, et qu'il n'y avait à tout cela qu'un remède, que non pas seulement je ne prendrais pas, mais auquel même je m'opposerais. Ce remède était de laisser agir le Parlement pleinement à sa mode, de contribuer même, sous main et sans que l'on s'en pût douter, à lui faire faire des pas odieux au peuple, de commencer, dès cet instant, à le décréditer dans le peuple, de jouer le même personnage à l'égard de l'Hôtel de Ville, dont le chef, qui était le président Le Féron, provôt des marchands, était déjà très suspect, et de se servir ensuite de la première occasion que l'on jugerait la plus spécieuse et la plus favorable pour s'assurer, ou par l'exil ou par la prison, des personnes de ceux dont nous ne nous pourrions pas répondre à nous-mêmes.

Voilà ce que M. de Bouillon me proposa sans balancer, en ajoutant que Longueil, qui connaissait mieux le Parlement qu'homme du royaume, et qui l'avait été voir sur le midi, lui avait confirmé tout ce que je lui avais dit la veille de la pente que ce corps prenait, sans s'en apercevoir soi-même, et que le même Longueil était convenu avec lui que l'unique remède efficace et non palliatif était de penser de bonne heure à le purger. Ce fut son mot, et je l'eusse reconnu à ce mot. Il n'y a jamais eu d'esprit si décisif ni si violent ; mais il n'y en a jamais eu un qui ait pallié ses décisions et ses violences par des termes plus doux. Quoique le même expédient que M. de Bouillon me proposait me fût déjà venu dans l'esprit, et peut-être avec plus de raison qu'à lui, parce que j'en connaissais la possibilité plus que lui, je ne lui laissai aucun lieu de croire que j'y eusse seulement fait la moindre réflexion, parce que je savais qu'il avait le faible d'aimer à avoir imaginé le premier ; et c'est l'unique défaut que je lui aie connu dans la négociation. Après qu'il m'eut bien expliqué sa pensée, je le suppliai d'agréer que je lui misse la mienne par écrit, ce que je fis sur-le-champ en ces termes :

« Je conviens de la possibilité de l'exécution ; mais

je la tiens pernicieuse dans les suites, et pour le public et pour les particuliers, parce que ce même peuple dont vous vous serez servi pour abattre l'autorité des magistrats ne reconnaîtra plus la vôtre dès que vous serez obligé de leur demander ce que les magistrats en exigent. Ce peuple a adoré le Parlement jusques à la guerre : il veut encore la guerre et il commence à n'avoir plus tant d'amitié pour le Parlement. Il s'imagine lui-même que cette diminution ne regarde que quelques membres de ce corps qui sont mazarins : il se trompe, elle va à toute la Compagnie ; mais elle y va comme insensiblement et par degrés. Les peuples sont las quelque temps devant que de s'apercevoir qu'ils le sont. La haine contre le Mazarin soutient et couvre cette lassitude. Nous égayons les esprits par nos satires, par nos vers, par nos chansons ; le bruit des trompettes, des tambours et des timbales, la vue des étendards et des drapeaux réjouit les boutiques ; mais au fonds paiet-on les taxes avec la ponctualité avec laquelle l'on les a payées les premières semaines ? Y a-t-il beaucoup de gens qui nous ait[1] imités, vous, M. de Beaufort et moi, quand nous avons envoyé notre vaisselle à la monnaie[2] ? N'observez-vous pas que quelques-uns de ceux qui se croient encore très bien intentionnés pour la cause commune commencent à excuser, dans les faits particuliers, ceux qui le sont le moins ? Voilà les marques infaillibles d'une lassitude qui est d'autant plus considérable qu'il n'y a pas encore six semaines que l'on a commencé à courir : jugez de celle qui sera causée par de plus longs voyages[3]. Le peuple ne sent presque pas encore la sienne ; il est au moins très certain qu'il ne la connaît pas. Ceux qui sont fatigués s'imaginent qu'ils ne sont qu'en colère, et cette colère est contre le Parlement, c'est-à-dire contre un corps qui était, il n'y a qu'un mois, l'idole du public, et pour la défense duquel il a pris les armes.

« Quand nous nous serons mis en la place de ce Parlement, quand nous aurons ruiné son autorité dans les esprits de la populace, quand nous aurons établi la nôtre, nous tomberons infailliblement dans les mêmes inconvénients, parce que nous serons obligés de faire les mêmes choses que fait aujourd'hui le

Parlement. Nous ordonnerons des taxes, nous lèverons de l'argent, et il n'y aura qu'une différence, qui sera que la haine et l'envie que nous contracterons dans le tiers de Paris, c'est-à-dire dans le plus gros bourgeois, attaché, et je ne sais combien de manières différentes, à cette compagnie, dès que nous l'aurons attaqué, diminué ou abattu : que cette haine, dis-je, et cette envie produiront et achèveront contre nous, dans les deux autres tiers, en huit jours, ce que six semaines n'ont encore que commencé contre le Parlement. Nous avons dans la Ligue un exemple fameux de ce que je vous viens de dire. M. du Maine, trouvant dans le Parlement cet esprit que vous lui voyez, qui va toujours à unir les contradictoires et à faire la guerre civile selon les conclusions des gens du Roi, se lassa bientôt de ce pédantisme. Il se servit, quoique couvertement, des Seize, qui étaient les quarteniers de la ville, pour abattre cette compagnie. Il fut obligé, dans la suite, de faire pendre quatre de ces Seize, qui étaient trop attachés à l'Espagne. Ce qu'il fit en cette occasion pour se rendre moins dépendant de cette couronne, fit qu'il en eut plus de besoin pour se soutenir contre le Parlement, dont les restes commençaient à se relever. Qu'arriva-t-il de tous ces mouvements ? M. du Maine, l'un des plus grands hommes de son siècle[1], fut obligé de faire un traité qui a fait dire à toute la postérité qu'il n'avait su faire ni la paix ni la guerre. Voilà le sort de M. du Maine, chef d'un parti formé pour la défense de la religion, cimenté par le sang de MM. de Guise, tenus universellement pour les Machabées de leurs temps[2] : d'un parti qui s'était déjà répandu dans toutes les provinces, et qui avait déjà embrassé tout le royaume. En sommes-nous là ? La cour ne nous peut-elle pas ôter demain le prétexte de la guerre civile, et par la levée du siège de Paris et par l'expulsion, si vous voulez, du Mazarin ? Les provinces commencent à branler ; mais enfin le feu n'y est pas encore assez allumé pour ne pas continuer avec plus d'application que jamais à faire de Paris notre capital[3]. Et ces fondements supposés, est-il sage de songer à faire dans notre parti une division qui a ruiné celui de la Ligue, sans comparaison plus formé, plus établi et plus considérable que le nôtre ? Mme de Bouillon dira encore que je prône toujours les inconvénients sans en marquer les remèdes ; les voici :

« Je ne parlerai point du traité que vous projetez avec Espagne, ni du ménagement du peuple : j'en suppose la nécessité. Il y en a un qui m'est venu dans l'esprit, qui est très capable, à mon opinion, de nous donner dans le Parlement toute la considération qui nous y est nécessaire. Nous avons une armée dans Paris, qui, tant qu'elle sera dans l'enclos des murailles, n'y sera considérée que comme peuple. Je me suis aperçu de ce que je vous dis peut-être plus de vingt fois depuis huit jours. Il n'y a pas un conseiller dans les Enquêtes qui ne s'en croie le maître pour le moins autant que les généraux. Je vous disais, ce me semble, hier au soir, que le pouvoir que les particuliers prennent quelquefois dans les peuples n'y est jamais cru que par les effets, parce que ceux qui l'y doivent avoir naturellement par leur caractère en conservent toujours le plus longtemps qu'ils peuvent l'imagination, après qu'ils en ont perdu l'effectif. Faites réflexion, je vous supplie, sur ce que vous avez vu dans la cour sur ce sujet. Y a-t-il un ministre ni un courtisan qui jusques au jour des barricades n'ait tourné en ridicule tout ce que l'on lui disait de la disposition des peuples pour le Parlement ? Et il est pourtant vrai qu'il n'y avait pas un seul courtisan, ni un seul ministre, qui n'eût déjà vu des signes infaillibles de la révolution. Il faut avouer que les barricades les devaient convaincre : l'ont-elles fait ? Les ont-elles empêchés d'assiéger Paris, sur le fondement que le caprice du peuple, qui l'avait porté à l'émotion, ne le pourrait pas pousser jusques à la guerre ? Ce que nous faisons aujourd'hui, ce que nous faisons tous les jours, les pourrait, ce me semble, détromper de cette illusion : en sont-ils guéris ? Ne dit-on pas tous les jours à la Reine que le gros bourgeois est à elle, et qu'il n'y a dans Paris que la canaille achetée à prix d'argent qui soit au Parlement ? Je vous viens de marquer la raison pour laquelle les hommes ne manquent jamais de se flatter et de se tromper eux-mêmes en ces matières. Ce qui est arrivé à la cour arrive présentement au Parlement. Il a dans ce mouvement tout le caractère de l'autorité ; il en perdra bientôt la substance. Il le devrait prévoir, et par les murmures qui commencent à s'élever contre lui et par le redoublement de la manie du peuple pour M. de Beaufort et pour moi. Nullement : il ne le connaîtra jamais que par une violence actuelle et positive que l'on lui fera, que par un coup qui l'abattra ou qui l'abaissera. Tout ce qu'il verra de moins lui paraîtra une tentative que nous aurons faite contre lui, et dans laquelle nous n'aurons pu réussir. Il en prendra du courage, il nous poussera effectivement si nous plions, et il nous obligera par là à le perdre. Ce n'est pas notre compte, pour les raisons que je vous ai déduites ci-dessus ; et au contraire notre intérêt est de ne lui point faire de mal, pour ne point mettre de division dans notre parti, et d'agir toutefois d'une manière qui lui fasse voir qu'il ne peut faire son bien qu'avec nous.

« Il n'y a point de moyen plus efficace, à mon avis, pour cela, que de tirer notre armée de Paris, de la poster en quelque lieu où elle puisse être hors de l'insulte[1] des ennemis, et d'où elle puisse toutefois favoriser nos convois ; et de se faire demander cette sortie par le Parlement même, afin qu'il n'en prenne point d'ombrage, ou, au moins, afin qu'il n'en prenne que quand il sera bon pour nous qu'il en ait, pour l'obliger à y garder plus d'égards. Cette précaution, jointe aux autres que vous avez déjà résolues, fera que cette compagnie se trouvera, presque sans s'en être aperçue, dans la nécessité d'agir de concert avec nous ; et la faveur des peuples, par laquelle seule nous la pouvons véritablement retenir, ne lui paraîtra plus une fumée, dès qu'elle la verra animée et comme épaissie par une armée qu'elle ne croira plus entre ses mains. »

Voilà ce que j'écrivis, avec précipitation, sur la table du cabinet de Mme de Bouillon. Je leur lus aussitôt après, et je remarquai qu'à l'endroit où je proposais de faire sortir l'armée de Paris, elle fit un signe à Monsieur son mari qui, à l'instant que j'eus achevé ma lecture, la tira à part. Il lui parla près d'un demi-quart d'heure : après quoi il me dit : « Vous avez une si grande connaissance de l'état de Paris, et j'en ai si peu, que vous me devez excuser si je ne parle pas juste sur cette matière. L'on ne peut répondre à vos raisons ; mais je les vas fortifier par un secret que nous vous allons dire, pouvu que vous nous promettiez, sur votre salut, de nous le garder pour tout le monde sans exception, mais particulièrement. à l'égard de Mlle de Bouillon[1]. » Il continua en ces termes : « M. de Turenne nous écrit qu'il est sur le point de se déclarer pour le parti ; qu'il n'y a plus que deux colonels dans son armée qui lui fassent peine[2] ; qu'il s'en assurera d'une façon ou d'autre, devant qu'il soit huit jours, et qu'à l'instant il marchera à nous. Il nous a demandé le secret pour tout le monde sans exception, hors pour vous. — Mais sa gouvernante, ajouta avec colère Mme de Bouillon, nous l'a commandé pour vous comme pour les autres. » La gouvernante dont elle voulait parler était la vieille Mlle de Bouillon, sa sœur, en qui il avait une confiance abandonnée, et que Mme de Bouillon haïssait de tout son cœur.

M. de Bouillon reprit la parole et il me dit : « Qu'en dites-vous ? ne sommes-nous pas les maîtres et de la cour et du Parlement ? — Je ne serai pas ingrat, répondis-je à M. de Bouillon ; je payerai votre secret d'un autre, qui n'est pas si important, mais qui n'est pas peu considérable. Je viens de voir un billet d'Hocquincourt[3] à Mme de Montbazon, où il n'y a que ces mots : *Péronne est à la belle des belles* ; et j'en ai reçu un à ce matin de Bussi-Lamet[4], qui m'assure de Mézières. »

Mme de Bouillon, qui était fort gaie dans le particulier, se jeta à mon cou ; elle m'embrassa bien tendrement. Nous ne doutâmes plus de rien, et nous conclûmes, en un quart d'heure, le détail de toutes ces précautions dont vous avez vu les propositions ci-dessus. Je ne puis omettre, à ce propos, une parole de M. de Bouillon. Comme nous examinions les moyens de tirer l'armée hors des murailles sans donner de la défiance au Parlement, Mme de Bouillon, qui était transportée de joie de tant de bonnes nouvelles, ne faisait plus aucune réflexion sur ce que nous disions. Monsieur son mari se tourna vers moi, et il me dit, presque en colère, parce qu'il prit garde que ce qu'il me venait d'apprendre de M. de Turenne m'avait touché et distrait : « Je le pardonne à ma femme, mais je ne vous le pardonne pas. Le vieux prince d'Orange[1] disait que le moment où l'on recevait les plus grandes et les plus heureuses nouvelles était celui où il fallait redoubler son attention pour les petites. »

Le 24 de ce mois, qui était celui de février, les députés du Parlement, qui avaient reçu leurs passeports[2] la veille, partirent pour aller à Saint-Germain rendre compte à la Reine de l'audience accordée à l'envoyé de l'archiduc. La cour ne manqua pas de se servir, comme nous l'avions jugé, de cette occasion pour entrer en traité. Quoiqu'elle ne traitât pas dans ses passeports les députés de présidents et de conseillers, elle ne les traita pas aussi de gens qui l'eussent été et qui en fussent déchus : elle se contenta de les nommer simplement par leur nom ordinaire. La Reine dit aux députés qu'il eût été plus avantageux pour l'État et plus honorable pour leur Compagnie de ne point entendre l'envoyé; mais que c'était une chose faite; qu'il fallait songer à une bonne paix; qu'elle y était très disposée; et que Monsieur le Chancelier étant malade depuis quelques jours, elle donnerait, dès le lendemain, une réponse plus ample par écrit. M. d'Orléans et Monsieur le Prince s'expliquèrent encore plus positivement, et promirent au premier président et au président de Mesme qui eurent avec eux des conférences très particulières et très longues, de déboucher tous les passages aussitôt que le Parlement aurait nommé des députés pour traiter.

Le même jour, 24 de février, nous eûmes avis que Monsieur le Prince avait fait dessein de jeter dans la rivière toutes les farines de Gonesse et des environs, parce que des paysans en apportaient en fort grande quantité, à dos, dans la ville[3]. Nous le prévînmes. L'on sortit avec toutes les troupes, entre neuf et dix du soir. L'on passa toute la nuit en bataille devant Saint-Denis, pour empêcher le maréchal Du Plessis, qui y était avec huit cents chevaux, composés de la gendarmerie, d'incommoder notre convoi. L'on prit tout ce qu'il y avait de chariots, de charrettes et de chevaux dans Paris. Le maréchal de La Mothe se détacha avec mille chevaux; il enleva tout ce qu'il trouva dans Gonesse et dans le pays, et il rentra dans la ville sans avoir perdu un seul homme, ni un seul cheval. Les gensdarmes de la Reine donnèrent sur la queue du convoi ; mais ils furent repoussés par Saint-Germain d'Achon jusques dans la barrière de Saint-Denis.

Le même jour, Flammarin[1] arriva à Paris pour faire un compliment, de la part de M. le duc d'Orléans, à la reine d'Angleterre, sur la mort du roi son mari, que l'on n'avait apprise que trois ou quatre jours auparavant[2]. Ce fut là le prétexte du voyage de Flammarin ; en voici la cause. La Rivière, de qui il était intime et dépendant, se mit dans l'esprit de lier un commerce, par son moyen, avec M. de La Rochefoucauld, avec lequel Flammarin avait aussi beaucoup d'habitude. Je savais, de moment à autre, tout ce qui se passait entre eux, parce que Flammarin, qui était passionnément amoureux de Mme de Pommereux, lui en rendait un compte très fidèle. Comme M. le cardinal Mazarin faisait croire à La Rivière que le seul obstacle qu'il trouvait au cardinalat était M. le prince de Conti, Flammarin crut ne pouvoir rendre un service plus considérable à son ami que de faire une négociation qui pût les disposer à quelque union. Il vit pour cet effet M. de La Rochefoucauld, aussitôt qu'il fut arrivé à Paris, et il n'eut pas beaucoup de peine à le persuader. Il le trouva au lit, très incommodé de sa blessure et très fatigué de la guerre civile. Il dit à Flammarin qu'il n'y était entré que malgré lui, et que si il fût revenu de Poitou deux mois devant le siège de Paris, il eût assurément empêché Mme de Longueville d'entrer dans cette misérable affaire ; mais que je m'étais servi de son absence pour l'y embarquer, et elle et M. le prince de Conti ; qu'il avait trouvé les engagements trop avancés pour les pouvoir rompre ; que sa blessure était encore un nouvel obstacle à ses desseins, qui étaient et qui seraient toujours de réunir la maison royale ; que ce diable de coadjuteur ne voulait point de paix ; qu'il était toujours pendu aux oreilles de M. le prince de Conti et de Mme de Longueville pour en fermer toutes les voies ; que son mal l'empêchait d'agir auprès d'eux comme il eût fait, et que, sans cette blessure, il ferait tout ce que l'on pourrait désirer de lui. Il prit ensuite avec Flammarin toutes les mesures qui obligèrent depuis, au moins à ce que l'on a cru, M. le prince de Conti à céder sa nomination au cardinalat à La Rivière[1].

Je fus informé de tous ces pas par Mme de Pommereux, aussitôt qu'ils furent faits. J'en tirai toutes les lumières qui me furent nécessaires, et je fis dire après, par le prevôt des marchands, à Flammarin de sortir de Paris, parce qu'il y avait déjà quelques jours que le temps de son passeport était expiré.

Le 26, il y eut de la chaleur dans le Parlement, sur ce que y ayant eu nouvelle que Grancei avait assiégé Brie-Comte-Robert, avec cinq mille hommes de pied et trois mille chevaux, la plupart des conseillers voulaient ridiculement que l'on s'exposât à une bataille pour la secourir. Messieurs les généraux eurent toutes les peines imaginables à leur faire entendre raison. La place ne valait rien ; elle était inutile par deux ou trois considérations ; et M. de Bouillon, qui, à cause de sa goutte, ne pouvait venir au Palais, les envoya par écrit à la Compagnie, qui se montra plus peuple, en cette occasion, que ceux qui ne l'ont pas vu ne le peuvent croire. Bourgogne qui était dans la place, se rendit ce jour-là même, et je ne sais, si il eût tenu plus longtemps, si l'on se fût pu empêcher de faire, contre toutes les règles de la guerre, quelque tentative bizarre[2] pour étouffer les criailleries impertinentes de ces ignorants. Je m'en servis fort heureusement, pour leur faire désirer à eux-mêmes que notre armée sortît de Paris. J'apostai le comte de Maure, qui était proprement le replâtreux du parti, pour dire au président Charton qu'il savait de science certaine que la véritable raison pour laquelle l'on n'avait pas secouru Brie-Comte-Robert était l'impossibilité que l'on avait trouvée à faire sortir, assez à temps, les troupes de la ville, et que ç'avait déjà été l'unique cause de la perte de Charenton. Je fis dire, en même temps, par Gressi au président de Mesme qu'il avait appris de bon lieu que j'étais extrêmement embarrassé, parce que, d'un côté, je voyais que la perte de ces deux places était imputée par le public à l'opiniâtreté que nous avions de tenir nos troupes resserrées dans l'enclos de nos murailles, et que, de l'autre, je ne me pouvais résoudre à éloigner seulement de deux pas de ma personne tous ces gens de guerre, qui étaient autant de criailleurs à gages pour moi dans les rues et dans la salle du Palais.

Je ne vous puis exprimer à quel point toute cette poudre prit feu. Le président Charton ne parla plus que de campements; le président de Mesme finissait tous ses avis par la nécessité de ne pas laisser les troupes inutiles. Les généraux témoignèrent être embarrassés de cette proposition[1]. Je fis semblant de la contrarier. Nous nous fîmes prier huit ou dix jours, après lesquels nous fîmes, comme vous verrez, ce que nous souhaitions bien plus fortement encore que ceux qui nous en pressaient.

Noirmoutier, sorti de Paris avec quinze cents chevaux, y amena, ce jour-là, de Dammartin et des environs, une quantité immense de grain et de farines. Monsieur le Prince ne pouvait être partout : il n'avait pas assez de cavalerie pour occuper toute la campagne, et toute la campagne favorisait Paris. L'on y apporta, dans ces deux derniers jours, plus de blé qu'il n'en eût fallu pour la maintenir six semaines. La police y manquait, par la friponnerie des boulangers et par le peu de soin des officiers.

Le 27, le premier président fit la relation au Parlement de ce qui s'était passé à Saint-Germain, dont je vous ai déjà rendu compte, et l'on y résolut de prier messieurs les généraux de se trouver au Palais dès l'après-dînée, pour délibérer sur les offres de la cour. Nous eûmes grande peine, M. de Beaufort et moi, à retenir le peuple, qui voulait entrer dans la Grande Chambre, et qui menaçait les députés de les jeter dans la rivière, en criant qu'ils le trahissaient et qu'ils avaient eu des conférences avec le Mazarin. Nous eûmes besoin de tout notre crédit pour l'apaiser; et le bon est que le Parlement croyait que nous le soulevions. Le pouvoir dans les peuples est fâcheux en ce point, qu'il vous rend responsable même de ce qu'ils font malgré vous. L'expérience que nous en fîmes ce matin-là nous obligea de prier M. le prince de Conti de mander au Parlement qu'il n'y pourrait pas aller l'après-dînée, et qu'il le priait de différer sa délibération jusques au lendemain matin; et nous crûmes qu'il serait à propos que nous nous trouvassions le soir cheux M. de Bouillon, pour aviser plus particulièrement à ce que nous avions à dire et à faire, dans une conjoncture où nous nous trouvions entre un peuple qui criait la guerre, un Parlement qui voulait la paix, et les Espagnols, qui pouvaient vouloir l'une et l'autre à nos dépens, selon leur intérêt.

Nous ne fûmes guères moins embarrassés dans notre assemblée cheux M. de Bouillon, que nous avions appréhendé de l'être dans celle du Parlement. M. le prince de Conti, instruit par M. de La Rochefoucauld, y parla comme un homme qui voulait la guerre et y agit comme un homme qui voulait la paix. Ce personnage, qu'il joua pitoyablement, joint à ce que je savais de Flammarin, ne me laissa aucun lieu de douter qu'il n'attendît quelque réponse de Saint-Germain. La moins forte proposition de M. d'Elbeuf fut de mettre tout le Parlement en corps à la Bastille. M. de Bouillon n'osait encore rien dire de M. de Turenne, parce qu'il ne s'était pas encore déclaré publiquement. Je n'osais m'expliquer des raisons qui me faisaient juger qu'il était nécessaire de couler sur tout généralement jusques à ce que notre camp formé hors des murailles, l'armée d'Allemagne en marche, celle d'Espagne sur la frontière, nous missent en état de faire agir à notre gré le Parlement. M. de Beaufort, à qui l'on ne se pouvait ouvrir d'aucun secret important, à cause de Mme de Montbazon, qui n'avait point de fidélité, ne comprenait pas pourquoi nous ne nous servions pas de tout le crédit que lui et moi avions parmi le peuple. M. de Bouillon était si persuadé que j'avais raison, qu'il ne m'avait rien contesté dans le particulier, comme vous avez vu ci-dessus, de tout ce que j'avais inséré, sur cette matière, dans l'écrit dont je vous ai parlé; mais comme il n'eût pas été fâché que l'on eût passé par-dessus cette raison, parce qu'en son particulier il eût pu trouver mieux que personne ses intérêts dans le bouleversement, il ne m'aidait qu'autant que la bienséance l'y forçait à faire prendre le parti de la modération, c'est-à-dire à faire résoudre que nous ne troublassions la délibération que l'on devait faire le lendemain au Parlement par aucune émotion populaire.

Comme l'on ne doutait point que la Compagnie n'embrassât, même avec précipitation, l'offre que la cour lui faisait de traiter, l'on n'avait presque rien à répondre à ceux qui disaient que l'unique moyen de l'en empêcher était d'aller au-devant de la délibération par une sédition. M. de Beaufort, qui allait toujours à ce qui paraissait le plus haut, y donnait à pleines voiles. M. d'Elbeuf, qui venait de recevoir une lettre de La Rivière, pleine de mépris, faisait le capitan. Vous avez vu ci-dessus les raisons pour lesquelles cette voie, qui ne convient jamais guères à un homme de qualité, me convenait, par plus de dix circonstances particulières, moins qu'à tout autre. Je me trouvai dans l'embarras dont vous pouvez juger, en faisant réflexion sur les inconvénients qu'il y avait pour moi, ou à ne pas prévenir une émotion qui me serait infailliblement imputée, et qui serait toutefois ma ruine dans les suites, ou à la combattre dans l'esprit de gens à qui je ne pouvais dire les raisons les plus solides que j'avais pour ne la pas approuver.

Le premier parti que je pris fut d'appuyer imperceptiblement les incertitudes et les ambiguïtés de M. le prince de Conti. Mais comme je vis que cette manière de galimatias pourrait bien empêcher que l'on ne prît la résolution fixe de faire l'émotion, mais qu'elle ne serait pas capable de faire que l'on prît celle de s'y opposer, ce qui était pourtant absolument nécessaire, vu la disposition où était le peuple, qu'un mot du moins accrédité de tout ce que nous étions pouvait enflammer, je crus qu'il n'y avait point à balancer. Je me déclarai publiquement et clairement. J'exposai à toute la Compagnie ce que vous avez vu ci-dessus que j'avais dit à M. de Bouillon. J'insistai que l'on n'innovât rien jusques à ce que nous sussions positivement, par la réponse de Fuensaldagne, ce que nous pouvions attendre des Espagnols. Je suppléai, autant qu'il me fut possible, par cette raison, aux autres que je n'osais dire, et que j'eusse tirées encore plus naturellement et plus aisément et du secours de M. de Turenne, et du camp que nous avions projeté auprès de Paris.

J'éprouvai, en cette occasion, que l'une des plus grandes incommodités des guerres civiles est qu'il faut encore plus d'application à ce que l'on ne doit pas dire à ses amis qu'à ce que l'on doit faire contre ses ennemis. Je fus assez heureux pour les persuader, parce que M. de Bouillon, qui dans le commencement avait balancé, revint à mon avis, convaincu, à ce qu'il m'avoua le soir même, qu'une confusion, telle qu'elle eût été dans la conjoncture, fût retombée, avec un peu de temps, sur ses auteurs. Mais ce qu'il me dit sur ce sujet, après que tout le monde s'en fut allé, me convainquit, à mon tour, qu'aussitôt que nos troupes seraient hors de Paris, que notre traité avec Espagne serait conclu, et que M. de Turenne serait déclaré, il était très résolu à s'affranchir de la tyrannie ou plutôt du pédantisme du Parlement. Je lui répondis qu'avec la déclaration de M. de Turenne je lui promettais de me joindre à lui pour ce même effet ; mais qu'il jugeait bien que jusque-là je ne me pouvais séparer du Parlement, quand j'y verrais clairement et distinctement ma perte, parce que j'étais au moins assuré de conserver mon honneur en demeurant uni à ce corps, avec lequel il semble que les particuliers ne peuvent faillir[1] : au lieu que si je contribuais à le perdre, sans avoir de quoi le suppléer par un parti dont le fonds fût français et non odieux, je pourrais être réduit fort aisément à devenir dans Bruxelles une copie des exilés de la Ligue ; que pour lui M. de Bouillon, il y trouverait mieux son compte que moi, par sa capacité dans la guerre et par les établissements que l'Espagne lui pourrait donner ; mais qu'il devait toutefois se ressouvenir de M. d'Aumale[2], qui était tombé à rien dès qu'il n'avait eu que la protection d'Espagne ; qu'il était nécessaire, à mon opinion, et pour lui et pour moi, de faire un fonds certain au-dedans du royaume, devant que de songer à se détacher du Parlement, et se résoudre même à en souffrir jusques à ce que nous eussions vu tout à fait clair à la marche de l'armée d'Espagne, au campement de nos troupes, que nous avions projeté, et à la déclaration de M. de Turenne, qui était la pièce importante et décisive en ce qu'elle donnait au parti un corps indépendant des étrangers, ou plutôt parce qu'elle formait elle-même un parti purement français et capable de soutenir les affaires par son propre poids.

Ce fut, à mon avis, cette dernière considération qui emporta Mme de Bouillon, qui était rentrée dans la chambre de monsieur son mari aussitôt que les généraux en furent sortis, et qui ne s'était jamais pu rendre à l'avis de laisser agir le Parlement. Elle s'emporta même avec beaucoup de colère, quand elle sut que la compagnie s'était séparée sans résoudre de s'en rendre maître, et elle dit à M. de Bouillon : « Je vous l'avais bien dit, que vous vous laisseriez aller à Monsieur le Coadjuteur. » Il lui répondit ces propres mots : « Voulez-vous, Madame, que Monsieur le Coadjuteur hasarde pour nos intérêts de devenir l'aumônier de Fuensaldagne ? Et est-il possible que vous n'ayez pas compris ce qu'il vous prêche depuis trois jours ? » Je pris la parole sans émotion, en disant à Mme de Bouillon : « Ne convenez-vous pas, Madame, que nous prendrons des mesures plus certaines quand nos troupes seront hors de Paris, quand nous aurons la réponse de l'archiduc et quand la déclaration de M. de Turenne sera publique ? — Oui, me repartit-elle ; mais le Parlement fera demain des pas qui rendront tous ces préalables que vous attendez fort inutiles. — Non, Madame, lui répondis-je : je conviens que le Parlement fera demain des pas, même très imprudents, pour son propre compte vers la cour ; mais je soutiens que quelques pas qu'il fasse, nous demeurons en état, pourvu que ces préalables réussissent, de nous moquer du Parlement. — Me le promettez-vous ? reprit-elle. — Je m'y engage de plus, lui dis-je, et je vous le vas signer de mon sang. — Vous l'en signerez tout à l'heure », s'écria-t-elle. Elle me lia le pouce avec de la soie, quoi que son mari lui pût dire ; elle m'en tira du sang avec le bout d'une aiguille, et elle m'en fit signer un billet de cette teneur : « Je promets à Mme la duchesse de Bouillon de demeurer uni avec monsieur son mari contre le Parlement, en cas que M. de Turenne s'approche, avec l'armée qu'il commande, à vingt lieues de Paris, et qu'il se déclare pour la ville. » M. de Bouillon jeta cette belle promesse dans le feu, mais il se joignit avec moi pour faire connaître à sa femme, à qui dans le fonds il ne se pouvait résoudre de déplaire, que si nos préalables réussissaient, nous demeurerions sur nos pieds, quoi que pût faire le Parlement ; et que si ils ne réussissaient pas, nous aurions joie, par l'événement, de n'avoir pas causé une confusion où la honte et la ruine, en mon particulier, m'étaient infaillibles, et où même l'avantage de la maison de Bouillon était fort problématique.

Comme la conversation finissait, je reçus un billet du vicaire de Saint-Paul, qui me donnait avis que Toucheprés, capitaine des gardes de M. d'Elbeuf, avait jeté quelque argent parmi les garçons de boutique de la rue Saint-Antoine, pour aller crier, le lendemain, contre la paix dans la salle du Palais ; et M. de Bouillon, de concert avec moi, écrivit sur l'heure à M. d'Elbeuf, avec lequel il avait toujours vécu assez honnêtement, ces quatre ou cinq mots sur le dos d'une carte, pour lui faire voir qu'il avait été lui-même bien pressé : « Il n'y a point de sûreté pour vous demain au Palais. »

M. d'Elbeuf vint, en même temps, à l'hôtel de Bouillon pour apprendre ce que ce billet voulait dire ; et M. de Bouillon lui dit qu'il venait d'avoir avis que le peuple s'était mis dans l'esprit que M. d'Elbeuf et lui avaient intelligence avec le Mazarin, et qu'il ne croyait pas qu'il fût judicieux de se trouver dans la foule que l'attente de la délibération attirerait infailliblement le lendemain dans la salle du Palais.

M. d'Elbeuf, qui savait bien qu'il n'avait pas la voix[1] publique, et qui ne se tenait pas plus en sûreté cheux lui qu'ailleurs, témoigna qu'il appréhendait que son absence, dans une journée de cette nature, ne pût être mal interprétée. Et M. de Bouillon, qui ne la lui avait proposée que pour lui faire craindre l'émotion, prit l'ouverture de la difficulté qu'il lui en fit pour s'assurer encore plus de lui par une autre voie, en lui disant qu'il était persuadé effectivement, par la raison qu'il lui venait d'alléguer, qu'il ferait mieux d'aller au Palais ; mais qu'il n'y devait pourtant pas aller comme une dupe ; qu'il fallait qu'il y vînt avec moi ; qu'il le laissât faire et qu'il en trouverait un expédient qui serait naturel et comme imperceptible à moi-même. Vous croyez aisément que M. d'Elbeuf, qui me vint prendre à mon logis, le lendemain au matin, ne s'aperçut pas que je fusse en concert de sa visite avec M. de Bouillon.

Le 28 de février, qui fut le lendemain de tout ce manège, j'allai au Palais avec M. d'Elbeuf, et je trouvai dans la salle une foule innombrable de peuple qui criait : « Vive le coadjuteur ! Point de paix et point de Mazarin ! » Comme M. de Beaufort entra en même temps par le grand degré, les échos de nos noms qui se répondaient faisaient croire aux gens que ce qui ne se rencontrait que par un pur hasard avait été concerté pour troubler la délibération du Parlement ; et comme, en matière de sédition, tout ce qui la fait croire l'augmente, nous faillîmes à faire en un moment ce que nous travaillions depuis huit jours, avec une application incroyable, à empêcher. Je vous ai déjà dit que le plus grand malheur des guerres civiles est que l'on y est responsable même du mal que l'on ne fait pas.

Le premier président et le président de Mesme, qui avaient supprimé, de concert avec les autres députés, la réponse par écrit que la Reine leur avait faite[1], pour ne point aigrir les esprits par des expressions, un peu trop fortes à leur gré, qui y étaient contenues, ornèrent de toutes les couleurs qu'ils leur purent donner les termes obligeants avec lesquels elle leur avait parlé. L'on opina ensuite ; et après quelque contestation sur le plus et le moins de pouvoir que l'on donnerait aux députés, l'on résolut de le leur donner plein et entier, de prendre pour la conférence tel lieu qu'il plairait à la Reine de choisir ; de nommer pour députés quatre présidents, deux conseillers de la Grande Chambre, un de chaque chambre des Enquêtes, un des Requêtes et un maître des Requêtes ; un ou deux de messieurs les généraux, deux de chacune des compagnies souveraines et le prévôt des marchands ; d'en donner avis à M. de Longueville et aux députés des parlements de Rouen et d'Aix ; et d'envoyer, dès le lendemain, les gens du Roi demander l'ouverture des passages, conformément à ce qui avait été promis par la Reine. Le président de Mesme, surpris de ne trouver aucune opposition, ni de la part des généraux ni de la mienne, à tout ce qui avait été arrêté, dit au premier président, à ce que le président de Bellièvre, qui assurait l'avoir ouï, me dit après : « Voilà un grand concert, et j'appréhende les suites de cette fausse modération. »

Je crois qu'il fut encore plus étonné, quand les huissiers étant venus dire que le peuple menaçait de tuer tous ceux qui seraient d'avis d'une conférence devant que le Mazarin fût hors du royaume, nous sortîmes, M. de Beaufort et moi ; nous fîmes retirer les séditieux, et la Compagnie sortit sans aucun péril et même sans aucun bruit. Je fus surpris moi-même, au dernier point, de la facilité que nous y trouvâmes. Elle donna une audace au Parlement qui faillit à le perdre. Vous le verrez dans la suite.

Le 2 de mars, Champlâtreux, fils du premier président[1], apporta au Parlement, de la part de son père, qui s'était trouvé un peu mal, une lettre de M. le duc d'Orléans et une autre de Monsieur le Prince, par lesquelles ils témoignaient tous deux la joie qu'ils avaient du pas que le Parlement avait fait ; mais par lesquelles, en même temps, ils niaient positivement que la Reine eût promis l'ouverture des passages. Je ne puis vous exprimer la chaleur et la fureur qui parut dans le corps et dans les particuliers à cette nouvelle. Le premier président même, qui en avait porté parole à la Compagnie, fut piqué au dernier point de ce procédé. Il s'en expliqua avec beaucoup d'aigreur au président de Nesmond, que le Parlement lui avait envoyé pour le prier d'en écrire encore à messieurs les princes. L'on manda aux gens du Roi, qui étaient partis le matin pour aller demander à Saint-Germain les passeports nécessaires aux députés, de déclarer que l'on ne voulait entrer en aucune conférence que la parole donnée au premier président ne fût exécutée. Je confesse que, quoique je connusse assez parfaitement la pente que le Parlement avait à la paix, je fus assez dupe pour croire qu'une contravention de cette nature, dès le premier pas, pourrait au moins en arrêter un peu la précipitation. Je crus qu'il serait à propos de prendre ce moment pour faire faire à la Compagnie quelque pas qui marquât au moins à la cour que toute sa vigueur n'était pas éteinte. Je sortis de ma place sous prétexte d'aller à la cheminée. Je priai Pelletier, frère de La Houssaie[2], que vous avez connu, de dire au bonhomme Broussel, de ma part, de proposer, dans le peu de bonne foi que l'on voyait dans la conduite de la cour, de continuer les levées et de donner de nouvelles commissions. La proposition fut reçue avec applaudissement. M. le prince de Conti fut prié de les délivrer, et l'on nomma même six conseillers pour y travailler sous lui.

Le lendemain, qui fut le 3 de mars, le feu continua. L'on s'appliqua avec ardeur pour faire payer les taxes, auxquelles personne ne voulait plus satisfaire, dans l'espérance que la conférence donnerait la paix, qui les acquitterait toutes à la fois. M. de Beaufort ayant pris ce temps, de concert avec M. de Bouillon, avec le maréchal de La Mothe et avec moi, pour essayer d'animer le Parlement, parla, à sa mode, contre la contravention, et il ajouta qu'il répondait, au nom de ses collègues et au sien, de déboucher dans quinze jours les passages, si il plaisait à la Compagnie de prendre une ferme résolution de ne se plus laisser amuser par des propositions trompeuses, qui ne servaient qu'à suspendre le mouvement de tout le royaume, qui, sans ces bruits de négociations et de conférences, se serait déjà entièrement déclaré pour la capitale. Il est incroyable ce que ces vingt ou trente paroles, où il n'y eut pas ombre de construction, produisirent dans les esprits. Il n'y eût eu personne qui n'eût jugé que le traité allait être rompu. Ce ne fut plus cela un moment après.

Les gens du Roi revinrent de Saint-Germain; ils rapportèrent des passeports pour les députés, et un galimatias, à proprement parler, pour la subsistance de Paris; car au lieu de l'ouverture des passages, on accorda de laisser passer cent muids[1] de blé par jour pour la ville; encore affecta-t-on d'omettre, dans le premier passeport qui en fut expédié, le mot de *par jour*, pour s'en pouvoir expliquer selon les occurrences. Ce galimatias ne laissa pas de passer pour bon dans le Parlement; l'on ne s'y ressouvint plus de tout ce qui s'y était dit et fait un instant auparavant; et l'on se prépara pour aller, dès le lendemain, à la conférence que la Reine avait assignée à Ruel.

Nous nous assemblâmes, dès le soir même, cheux M. de Bouillon: M. le prince de Conti, M. de Beaufort, M. d'Elbeuf, M. le maréchal de La Mothe, M. de Brissac, le président de Bellièvre, et moi, pour résoudre si il était à propos que les généraux députassent. M. d'Elbeuf, qui avait une très grande envie d'en avoir la commission, insista beaucoup pour l'affirmative. Il fut tout seul de son sentiment parce que nous jugeâmes qu'il serait sans comparaison plus sage de demeurer pleinement dans la liberté de le faire ou de ne le pas faire, selon les diverses occasions que nous en aurions; et de plus, y eût-il rien eu de plus malhonnête et même de moins judicieux que d'envoyer à la conférence de Ruel, dans le temps que nous étions sur le point de conclure un traité avec Espagne, et que nous disions, à toutes les heures du jour, à l'envoyé de l'archiduc que nous ne souffrions cette conférence que parce que nous étions très assurés que nous la romprions par le moyen du peuple, quand il nous plairait? M. de Bouillon, qui commençait depuis un jour ou deux à sortir, et qui était allé, ce jour-là même, reconnaître le poste où il avait pris le dessein de former un camp, nous en fit ensuite la proposition comme d'une chose qui ne lui était venue dans l'esprit que du matin. M. le prince de Conti n'eut pas la force d'y consentir, parce qu'il n'avait pas consulté son oracle[1]; il n'eut pas la force d'y résister, parce qu'il n'osait pas contester à M. de Bouillon une proposition de guerre. MM. de Beaufort, de La Mothe, de Brissac et de Bellièvre, que nous avions avertis et qui savaient le dessous des chartes[2], y donnèrent avec approbation. M. d'Elbeuf s'y opposa par les plus méchantes raisons du monde. Je me joignis à lui pour mieux couvrir notre jeu, en représentant à la compagnie que le Parlement se pourrait plaindre de ce que l'on ferait un mouvement de cette sorte sans sa participation. M. de Bouillon me répondit, d'un ton de colère, qu'il y avait plus de trois semaines que le Parlement se plaignait au contraire de ce que les généraux ni les troupes n'osaient montrer le nez hors des portes; qu'il ne s'était pas ému de leurs crieries tant qu'il avait cru qu'il y aurait du péril à les exposer à la campagne; mais qu'ayant reconnu, par hasard plutôt que par réflexion, un poste où elles seraient autant en sûreté qu'à Paris, et d'où elles pourraient agir encore plus utilement, il était raisonnable de satisfaire le public. Je me rendis, comme vous le pouvez juger, assez facilement à ces raisons, et M. d'Elbeuf sortit de l'assemblée très persuadé qu'il n'y avait point de mystère dans la proposition de M. de Bouillon. Ce fut beaucoup, car les gens qui en font à tout en croient à tout.

Le lendemain, qui fut le 4 de mars, les députés sortirent pour Ruel, et notre armée sortit pour le camp formé entre Marne et Seine. L'infanterie fut postée à Villejuif et à Bicêtre, la cavalerie à Vitri et à Ivri[1]. L'on fit un pont de bateaux sur la rivière, au Port-à-l'Anglais, défendu par des redoutes où il y avait du canon. L'on ne se peut imaginer la joie qui parut dans le Parlement de la sortie de l'armée, ceux qui étaient bien intentionnés pour le parti se persuadant qu'elle allait agir avec beaucoup plus de vigueur, et ceux qui étaient à la cour se figurant que le peuple, qui ne serait plus échauffé par les gens de guerre, en serait bien plus souple et plus adouci. Saint-Germain même donna dans ce panneau; et le président de Mesme y fit extrêmement valoir tout ce qu'il avait dit en sa place à messieurs les généraux, pour les obliger à prendre la campagne avec leurs troupes. Senneterre, qui était sans contredit le plus habile homme de la cour[2], ne les laissa pas longtemps dans cette erreur. Il pénétra, par son bon sens, notre dessein. Il dit au premier président et au président de Mesme qu'ils avaient été pris pour dupes, et qu'ils s'en apercevraient au premier jour. Je crois que je dois à la vérité le témoignage d'une parole qui marque la capacité de cet homme. Le premier président, qui était tout d'une pièce[3] et qui ne voyait jamais deux choses à la fois, s'étant écrié sur le camp de Villejuif, avec un transport de joie, que le coadjuteur n'aurait plus tant de crieurs à gages dans la salle du Palais, et le président de Mesme ayant ajouté : « ni tant de coupe-jarrets », Senneterre repartit à l'un et à l'autre : « L'intérêt du coadjuteur n'est pas de vous tuer, Messieurs ; mais de vous assujettir. Le peuple lui suffirait pour le premier ; le camp lui est admirable pour le second. Si il n'est plus homme de bien que l'on ne le croit ici, nous avons pour longtemps la guerre civile. »

Le Cardinal avoua, dès le lendemain, que Senneterre avait vu clair ; car Monsieur le Prince convint, d'une part, que nos troupes, qui ne se pouvaient attaquer au poste qu'elles avaient pris, lui feraient plus de peine que si elles étaient demeurées dans la ville ; et nous commençâmes, de l'autre, à parler plus haut dans le Parlement que nous ne l'avions accoutumé.

L'après-dînée du 4 nous en fournit une occasion assez importante. Les députés, étant arrivés sur les quatre heures du soir à Ruel, apprirent que M. le cardinal Mazarin était un des nommés par la Reine pour assister à la conférence. Ceux du Parlement prétendirent qu'ayant été condamné par la Compagnie, ils ne pouvaient conférer avec lui. M. Le Tellier leur dit, de la part de M. le duc d'Orléans, que la Reine trouvait fort étrange que le Parlement ne se contentât pas de traiter comme d'égal avec son Roi, mais qu'il voulût encore borner son autorité jusques à se donner la licence d'exclure même ses députés. Le premier président demeurant ferme, et la cour persistant de son côté, l'on fut sur le point de rompre ; et le président Le Cogneux et Longueil, avec lesquels nous avions un commerce secret, nous ayant donné avis de ce qui se passait, nous leur mandâmes de ne se point rendre et de faire voir, même comme en confidence, au président de Mesme et à Mainardeau qui étaient tous deux très dépendants de la cour, un bout de lettre de moi à Longueil, dans lequel j'avais mis, comme par apostille, ces paroles : « Nous avons pris nos mesures ; nous sommes en état de parler plus décisivement que nous n'avons cru le devoir jusques ici ; et je viens encore, depuis ma lettre écrite, d'apprendre une nouvelle qui m'oblige à vous avertir que le Parlement se perdra si il ne se conduit très sagement. » Cela, joint aux discours que nous fîmes, le 5 au matin, devant le feu de la Grande Chambre, obligea les députés à ne se point relâcher sur la présence du Cardinal à la conférence, qui était un chapitre si odieux au peuple, que nous eussions perdu tout crédit auprès de lui, si nous l'eussions souffert ; et il est constant que si les députés eussent suivi sur cela leur inclination, nous eussions été forcés par cette considération de leur fermer les portes à leur retour. Vous avez vu ci-dessus les raisons pour lesquelles nous évitions, par toutes les voies possibles, d'être obligés à ces extrémités.

Comme la cour vit que le premier président et ses collègues avaient demandé escorte pour revenir à Paris, elle se radoucit. M. le duc d'Orléans envoya querir le premier président et le président de Mesme. L'on chercha des expédients, et l'on trouva celui de donner deux députés de la part du Roi et deux de la part de l'assemblée, qui conféreraient, dans une des chambres de M. le duc d'Orléans, sur les propositions qui seraient faites de part et d'autre, et qui en feraient après le rapport aux autres députés et du Roi et des compagnies. Ce tempérament, qui, comme vous voyez, ne sauvait pas au Cardinal[1] le chagrin de n'avoir pu conférer avec le Parlement et qui l'obligea effectivement de quitter Ruel et de s'en retourner à Saint-Germain[2], fut accepté avec joie et ouvrit la scène de la conférence très désagréablement pour le ministre.

Je craindrais de vous ennuyer si je vous rendais un compte exact de ce qui se passa dans le cours de cette conférence, qui fut pleine de contentions et de difficultés. Je me contenterai de vous en marquer les principales délibérations, que je mêlerai, par l'ordre des jours, dans la suite de celles du Parlement, et des autres incidents qui se trouveront avoir du rapport aux unes ou aux autres.

Ce même jour, 5 de mars, don Francisco Pizarro, second envoyé de l'archiduc, arriva à Paris, avec les réponses que lui et le comte de Fuensaldagne faisaient aux premières dépêches de don Josef de Illescas, avec un plein pouvoir de traiter avec tout le monde, avec une instruction de quatorze pages de petite lettre pour M. de Bouillon, avec une lettre de l'archiduc fort obligeante pour M. le prince de Conti, et avec un billet pour moi, très galant[3], mais très substantiel, du comte de Fuensaldagne. Il portait que « le Roi, son maître, me déclarait qu'il ne se voulait point fier à ma parole, mais qu'il prendrait toute confiance en celle que je donnerais à Mme de Bouillon ». L'instruction me la témoignait tout entière, et je connus la main de M. et Mme de Bouillon dans le caractère de Fuensaldagne.

Nous nous assemblâmes, deux heures après l'arrivée de cet envoyé, dans la chambre de M. le prince de Conti, à l'Hôtel de Ville, pour y prendre notre résolution, et la scène y fut assez curieuse. M. le prince de Conti et Mme de Longueville, inspirés par M. de La Rochefoucauld, voulaient se lier presque sans restriction avec Espagne, parce que les mesures qu'ils avaient cru prendre avec la cour, par le canal de Flammarin, ayant manqué, ils se jetaient à corps perdu à l'autre extrémité, ce qui est le caractère de tous les hommes qui sont faibles. M. d'Elbeuf, qui ne cherchait que de l'argent comptant, topait[1] à tout ce qui lui en montrait. M. de Beaufort, persuadé par Mme de Montbazon, qui le voulait vendre cher aux Espagnols, faisait du scrupule de s'engager par un traité signé avec les ennemis de l'État. Le maréchal de La Mothe déclara, en cette occasion comme en toute autre, qu'il ne pouvait rien résoudre sans M. de Longueville, et Mme de Longueville doutait beaucoup que monsieur son mari y voulût entrer. Vous remarquerez, si il vous plaît, que toutes ces difficultés se faisaient par les mêmes personnes qui avaient conclu, comme vous avez vu, tout d'une voix, quinze jours devant, de demander à l'archiduc un plein pouvoir pour traiter avec lui, et qui en avaient sans comparaison plus de besoin que jamais, parce qu'ils étaient beaucoup moins assurés du Parlement.

M. de Bouillon, qui était dans un étonnement qui me parut presque, un demi-quart d'heure durant, aller jusques à l'extase, leur dit qu'il ne pouvait concevoir que l'on pût seulement balancer à traiter avec Espagne, après les pas que l'on avait faits vers l'archiduc ; qu'il les priait de se ressouvenir qu'ils avaient tous dit à son envoyé qu'ils n'attendaient que ses pouvoirs et ses propositions pour conclure avec lui ; qu'il les envoyait en la forme du monde la plus honnête et la plus obligeante ; qu'il faisait plus, qu'il faisait marcher ses troupes sans attendre leur engagement ; qu'il marchait lui-même, et qu'il était déjà sorti de Bruxelles ; qu'il les suppliait de considérer que le moindre pas en arrière, après des avances de cette nature, pourrait faire prendre aux Espagnols des mesures aussi contraires à notre sûreté qu'il le serait à notre honneur, que les démarches si peu concertées du Parlement nous donnaient tous les jours de justes appréhensions d'en être abandonné ; que j'avais, ces jours passés, avancé et justifié que le crédit que M. de Beaufort et moi avions dans le peuple était bien plus propre à faire un mal qu'il n'était pas de notre intérêt de faire, qu'à nous donner la considération dont nous avions présentement et uniquement besoin ; qu'il confessait que nous en tirerions dorénavant de nos troupes davantage que nous n'en avions tiré jusques ici, mais que ces troupes n'étaient pas encore assez fortes pour nous en donner à proportion de ce que nous en avions besoin, si elles n'étaient elles-mêmes soutenues par une protection puissante, particulièrement dans les commencements ; que toute ces considérations lui faisaient croire qu'il ne fallait pas perdre un moment à traiter, ni même à conclure avec l'archiduc ; mais qu'elles ne le persuadaient toutefois pas qu'il y fallût conclure à toutes conditions ; que ses envoyés nous apportaient la carte blanche, mais que nous devions aviser, avec bien de la circonspection, à ce dont nous la devions et nous la pouvions remplir ; qu'ils nous promettaient tout, parce que, dans les traités, le plus fort peut tout promettre, mais que le plus faible s'y doit conduire avec beaucoup plus de réserve, parce qu'il ne peut jamais tout tenir ; qu'il connaissait les Espagnols ; qu'il avait déjà eu des affaires avec eux ; que c'était les gens du monde avec lesquels il était le plus nécessaire de conserver, particulièrement à l'abord, de la réputation ; qu'il serait au désespoir que leurs envoyés eussent seulement la moindre lueur du balancement de MM. de Beaufort et de La Mothe, et de la facilité de MM. de Conti et d'Elbeuf ; qu'il les conjurait, les uns et les autres, de lui permettre de ménager, pour les premiers jours, les esprits de don Josef de Illescas et de don Francisco Pizarro ; et que comme il n'était pas juste que M. le prince de Conti et les autres s'en rapportassent à lui seul, qui pouvait avoir en tout cela des intérêts particuliers, et pour sa personne et pour sa maison, il les priait de trouver bon qu'il n'y fît pas un pas que de concert avec le coadjuteur, qui avait déclaré publiquement, dès le premier jour de la guerre civile, qu'il n'en tirerait jamais quoi que ce soit pour lui, ni dans le mouvement, ni dans l'accommodement, et qui par cette raison ne pouvait être suspect à personne.

Ce discours de M. de Bouillon, qui était dans la vérité très sage et très judicieux, emporta[1] tout le monde. L'on nous chargea, lui et moi, d'agiter les matières avec les envoyés d'Espagne, pour en rendre compte, le lendemain, à M. le prince de Conti et aux autres généraux.

J'allai, au sortir de cheux M. le prince de Conti, cheux M. de Bouillon, avec lui et avec madame sa femme, que nous ramenâmes aussi de l'Hôtel de Ville. Nous nous enfermâmes dans un cabinet, et nous consultâmes la manière dont nous devions agir avec les envoyés. Elle n'était pas sans embarras dans un parti dont le Parlement faisait le corps et dont la constitution présente était une conférence ouverte avec la cour. M. de Bouillon m'assurait que les Espagnols n'entreraient point dans le royaume que nous ne nous fussions engagés à ne poser les armes qu'avec eux, c'est-à-dire qu'en traitant la paix générale. Et quelle apparence de prendre cet engagement dans une conjoncture où nous ne nous pouvions pas assurer que le Parlement ne fît la particulière d'un moment à l'autre? Nous avions de quoi chicaner et retarder ses démarches; mais comme nous n'avions point encore de second courrier de M. de Turenne, dont le dessein nous était bien plus connu que le succès qu'il pourrait avoir, et comme d'ailleurs nous étions bien avertis que Anctauville, qui commandait la compagnie de gendarmes de M. de Longueville, et qui était son négociateur en titre d'office[2], avait déjà fait un voyage secret à Saint-Germain, nous ne voyions pas de fondement assez bon et assez solide pour y appuyer, du côté de France, le projet que nous aurions pu faire de nous soutenir sans le Parlement, ou plutôt contre le Parlement.

M. de Bouillon y eût pu trouver son compte, comme je vous l'ai déjà marqué en quelque autre lieu; mais j'observai encore à cette occasion qu'il se faisait justice dans son intérêt, ce qui est une des qualités du monde des plus rares; et il répondit à Mme de Bouillon, qui n'était pas sur cela si juste que lui : « Si je disposais, Madame, du peuple de Paris, et que je trouvasse mes intérêts dans une conduite qui perdît Monsieur le Coadjuteur et M. de Beaufort, ce que je pourrais faire pour leur service et ce que je devrais faire pour mon honneur serait d'accorder, autant qu'il me serait possible, ce qui serait de mon avantage avec ce qui pourrait empêcher leur ruine. Nous ne sommes pas en cet état-là. Je ne puis rien dans le peuple, ils y peuvent tout. Il y a quatre jours que l'on ne vous dit autre chose, si ce n'est que leur intérêt n'est pas de l'employer pour assujettir le Parlement; et l'on vous le prouve, en vous disant que l'un ne veut pas se charger dans la postérité de la honte d'avoir mis Paris entre les mains du roi d'Espagne, pour devenir lui-même l'aumônier du comte de Fuensaldagne; et que l'autre serait encore beaucoup plus idiot qu'il n'est, ce qui est beaucoup dire, si il se pouvait résoudre à se naturaliser espagnol, portant comme il le porte le nom de Bourbon. Voilà ce que Monsieur le Coadjuteur vous a répété dix fois depuis quatre jours, pour vous faire entendre que ni lui ni M. de Beaufort ne veulent point opprimer le Parlement par le peuple, parce qu'ils sont persuadés qu'ils ne le pourraient maintenir que par la protection d'Espagne, dont le premier soin, dans la suite, serait de les décréditer eux-mêmes dans le public. » « Ai-je bien compris votre sentiment ? » me dit M. de Bouillon, en se tournant vers moi. Et puis il me dit en continuant : « Ce qui nous convient, posé ce fondement, est d'empêcher que le Parlement ne nous mette dans la nécessité, par ses contretemps[1], de faire ce qui n'est pas, par ces raisons, de votre intérêt. Nous avons pris pour cet effet des mesures, et nous avons lieu d'espérer qu'elles réussiront. Mais si nous nous trouvons trompés par l'événement, si le Parlement n'est pas assez sage pour craindre ce qui ne lui peut faire du mal, et pour ne pas appréhender ce qui lui en peut faire effectivement, en un mot, si il se porte malgré nous à une paix honteuse et dans laquelle nous ne rencontrions pas même notre sûreté, que ferons-nous ? je vous le demande, et je vous le demande d'autant plus instamment que cette résolution est la préalable de celle qu'il faut prendre, dans ce moment, sur la manière dont il est à propos de conclure avec les envoyés de l'archiduc. »

Je répondis à M. de Bouillon ces propres paroles, que je transcris, en ce lieu, sur ce que j'en écrivis un quart d'heure après les avoir dites, sur la table même du cabinet de Mme de Bouillon : « Si nous ne pouvions retenir le Parlement par les considérations et par les mesures que nous avons déjà tant rebattues depuis quelque temps, mon avis serait que, plutôt que de nous servir du peuple pour l'abattre, nous le devrions laisser agir, suivre sa pente et nous abandonner à la sincérité de nos intentions. Je sais que le monde, qui ne juge que par les événements, ne leur fera pas justice ; mais je sais aussi qu'il y a beaucoup de rencontres où il faut espérer uniquement de son devoir les bons événements. Je ne répéterai point ici les raisons qui marquent, ce me semble, si clairement les règles de notre devoir en cette conjoncture. La lettre y est grosse[1] pour M. de Beaufort et pour moi ; il ne m'appartient pas d'y vouloir lire ce qui vous touche ; mais je ne laisserai pas de prendre la liberté de vous dire que j'ai observé qu'il y a des heures dans chaque jour où vous avez aussi peu de disposition que moi à vous faire espagnol. Il faut, d'autre part, se défendre, si il se peut, de la tyrannie, et de la tyrannie que nous avons cruellement irritée. Voici mon avis, pour les motifs duquel j'emploie uniquement tout ce que j'ai eu l'honneur de vous dire à bâtons rompus et en diverses fois, depuis quinze jours. Il faut, à mon sens, que messieurs les généraux signent un traité, dès demain, avec Espagne, par lequel elle s'engage de faire entrer incessamment son armée en France jusques à Pont-à-Vère[2], et de ne lui donner de mouvement, au moins en deçà de ce poste, que celui qui sera concerté avec nous. »

Comme j'achevais de prononcer cette période, Riquemont entra, qui nous dit qu'il y avait dans la chambre un courrier de M. de Turenne, qui avait crié tout haut en entrant dans la cour : « Bonnes nouvelles ! » et qui ne s'était point voulu toutefois expliquer avec lui en montant les degrés. Le courrier, qui était un lieutenant du régiment de Turenne, voulut nous le dire avec apparat, et il s'en acquitta assez mal. La lettre de M. de Turenne à M. de Bouillon était très succincte ; un billet qu'il m'écrivait n'était pas plus ample, et un papier plié en mémoire pour Mlle de Bouillon, sa sœur, était en chiffre. Nous ne laissâmes pas d'être très satisfaits, car nous en apprîmes assez pour ne pas douter qu'il ne fût déclaré ; que son armée, qui était la Weimarienne et sans contredit la meilleure qui fût en Europe, ne se fût engagée avec lui, et que Erlac, gouverneur de Brisach, qui avait fait tous ses efforts au contraire, n'eût été obligé de se retirer dans sa place avec mille ou douze cents hommes, qui était tout ce qu'il avait pu débaucher. Un quart d'heure après que le courrier fut entré, il se ressouvint qu'il avait dans sa poche une lettre du vicomte de Lamet[1], qui servait dans la même armée, mon parent proche et mon ami intime, qui me donnait, en son particulier, toutes les assurances imaginables, et qui ajoutait qu'il marchait avec deux mille chevaux droit à nous, et que M. de Turenne le devait joindre, un tel jour et en un tel lieu, avec le gros. C'est ce que M. de Turenne mandait en chiffre à Mlle de Bouillon.

Permettez-moi, je vous supplie, une petite disgression en ce lieu, qui n'est pas indigne de votre curiosité. Vous êtes surprise, sans doute, de ce que M. de Turenne, qui en toute sa vie n'avait, je ne dis pas été de parti, mais qui n'avait jamais voulu ouïr parler d'intrigue, s'avise de se déclarer contre la cour étant général de l'armée du Roi, et de faire une action sur laquelle je suis persuadé que le Balafré et l'amiral de Coligni auraient balancé. Vous serez bien plus étonnée quand je vous aurai dit que je suis encore à deviner son motif, que monsieur son frère et madame sa belle-sœur m'ont juré, cent fois en leur vie, que tout ce qu'ils en savaient était que ce n'était point leur considération[2] ; que je n'ai pu entendre quoi que ce soit à ce qu'il m'en a dit lui-même, quoiqu'il m'en ait parlé plus de trente fois ; et que Mlle de Bouillon, qui était son unique confidente, ou n'en a rien su, ou en a toujours fait un mystère. La manière dont il se conduisit dans cette déclaration, qu'il ne soutint que quatre ou cinq jours, est aussi surprenante. Je n'en ai jamais rien pu tirer de clair, ni de lui ni de ceux qui le servirent, ni de ceux qui lui manquèrent. Il a fallu un mérite aussi éminent que le sien pour n'être pas obscurci par un événement de cette nature, et cet exemple nous apprend que la malignité des âmes vulgaires n'est pas toujours assez forte pour empêcher le crédit que l'on doit faire, en beaucoup de rencontres, aux extraordinaires.

Je reprends le fil de mon discours, c'est-à-dire de celui que je faisais à M. et à Mme de Bouillon, quand le courrier de M. de Turenne nous interrompit, avec la joie pour nous que vous vous pouvez imaginer.

« Mon avis est que les Espagnols s'engageant à s'avancer jusques à Pont-à-Vère et à n'agir, au moins en deçà de ce poste, que de concert avec nous, nous ne fassions aucune difficulté de nous engager à ne poser les armes que lorsque la paix générale sera conclue, pouvu qu'ils demeurent aussi dans la parole qu'ils ont fait porter au Parlement, qu'ils s'en rapporteront à son arbitrage. Cette parole n'est qu'une chanson[1]; mais cette chanson nous est bonne, parce qu'il ne sera pas difficile d'en faire quelque chose qui sera très solide et très bonne. Il n'y a qu'un quart d'heure que mon sentiment n'était pas que nous allassions si loin avec les Espagnols; et quand le courrier de M. de Turenne est entré, j'étais sur le point de vous proposer un expédient qui les eût, à mon avis, satisfaits à beaucoup moins. Mais comme la nouvelle que nous venons de recevoir nous fait voir que M. de Turenne est assuré de ses troupes, et que la cour n'en a point qu'elle lui puisse opposer, que celles qui nous assiègent, je suis persuadé que non seulement nous leur pouvons accorder ce point, que vous dites qu'ils souhaitent, mais que nous devrions nous le faire demander si ils ne s'en étaient pas avisés. Nous avons deux avantages, et très grands et très rares, dans notre parti. Le premier est que les deux intérêts que nous y avons, qui sont le public et le particulier, s'y accordent fort bien ensemble, ce qui n'est pas commun. Le second est que les chemins pour arriver aux uns et aux autres s'unissent et se retrouvent, même d'assez bonne heure, être les mêmes, ce qui est encore plus rare. L'intérêt véritable et solide du public est la paix générale; l'intérêt des peuples est le soulagement; l'intérêt des compagnies est le rétablissement de l'ordre; l'intérêt de vous, Monsieur, des autres et de moi, est de contribuer à tous ceux que je vous viens de marquer, et d'y contribuer d'une telle sorte que nous en soyons et que nous en paraissions les auteurs. Tous les autres avantages sont attachés à celui-là ; et pour les avoir, il faut, à mon opinion, faire voir que l'on les méprise.

« Je n'aurai pas la peine de tromper personne sur ce sujet. Vous savez la profession publique que j'ai faite de ne vouloir jamais rien tirer de cette affaire en mon particulier ; je la tiendrai jusques au bout. Vous n'êtes pas en même condition. Vous voulez Sedan, et vous avez raison. M. de Beaufort veut l'amirauté, et il n'a pas tort. M. de Longueville a d'autres prétentions, à la bonne heure. M. le prince de Conti et Mme de Longueville ne veulent plus dépendre de Monsieur le Prince ; ils n'en dépendront plus. Pour venir à toutes ces fins, le premier préalable, à mon opinion, est de n'en avoir aucune, de songer uniquement à faire la paix générale ; d'avoir effectivement dans l'intention de sacrifier tout à ce bien, qui est si grand que l'on ne peut jamais manquer d'y retrouver, sans comparaison, davantage que ce que l'on lui immole ; de signer, dès demain, avec les envoyés, tous les engagements les plus positifs et les plus sacrés dont nous nous pourrons aviser ; de joindre, pour plaire encore plus au peuple, à l'article de la paix celui de l'exclusion du cardinal Mazarin comme de son ennemi mortel ; de faire avancer en diligence l'archiduc à Pont-à-Vère et M. de Turenne en Champagne ; d'aller, sans perdre un moment, proposer au Parlement ce que don Josef de Illescas lui a déjà proposé touchant la paix générale ; le faire opiner à notre mode, à quoi il ne manquera pas en l'état dans lequel il nous verra, et d'envoyer ordre aux députés de Ruel ou d'obtenir de la Reine un lieu pour la tenue de la conférence pour la paix générale, ou de revenir, dès le lendemain, reprendre leurs places au Parlement. Je ne désespère pas que la cour, qui se verra à la dernière extrémité, n'en prenne le parti : auquel cas n'est-il pas vrai qu'il ne peut rien y avoir au monde de si glorieux pour nous ? Et si elle s'y pouvait résoudre, je sais bien que le roi d'Espagne ne nous en fera pas les arbitres, comme il nous le fait dire ; mais je sais bien aussi que ce que je vous disais tantôt n'être qu'une chanson ne laissera pas d'obliger ses ministres à garder des égards, qui ne peuvent être que très avantageux à la France. Que si la cour est assez aveuglée pour refuser cette proposition, pourra-t-elle soutenir ce refus deux mois durant ? Toutes les provinces qui branlent déjà ne se déclareront-elles pas ? Et l'armée de Monsieur le Prince est-elle en état de tenir contre celle d'Espagne, contre celle de M. de Turenne et contre la nôtre ? Ces deux dernières jointes ensemble nous mettent au-dessus des appréhensions que nous avons eues et que nous avons dû avoir jusques ici des forces étrangères. Elles dépendront beaucoup plus de nous que nous ne dépendrons d'elles ; nous serons maîtres de Paris par nous-mêmes, et d'autant plus sûrement que nous le serons par le Parlement, qui sera toujours le milieu par lequel nous tiendrons le peuple, dont l'on n'est jamais plus assuré que quand l'on ne le tient pas immédiatement[1], pour les raisons que je vous ai déjà dites deux ou trois fois.

« La déclaration de M. de Turenne est l'unique voie qui nous peut conduire à ce que nous n'eussions pas seulement osé imaginer, qui est l'union de l'Espagne et du Parlement pour notre défense. Ce que la première propose pour la paix générale devient solide et réel par la déclaration de M. de Turenne. Elle met la possibilité à l'exécution ; elle nous donne lieu d'engager le Parlement, sans lequel nous ne pouvons rien faire qui soit solide, et avec lequel nous ne pouvons rien faire qui, au moins en un sens, ne soit bon ; mais il n'y a que ce moment où cet engagement soit et possible et utile. Le premier président et le président de Mesme sont absents, et nous ferons passer ce qu'il nous plaira dans la Compagnie, sans comparaison plus aisément que si ils y étaient présents. Si ils exécutent fidèlement ce que le Parlement leur aura commandé par l'arrêt que nous lui aurons fait donner, duquel je vous ai parlé ci-devant, nous aurons notre compte et nous réunirons le corps pour ce grand œuvre[2] de la paix générale. Si la cour s'opiniâtre à rebuter notre proposition et que ceux des députés qui sont attachés à elle ne veuillent pas suivre notre mouvement, et refusent de courre notre fortune, comme il y en a qui s'en sont déjà expliqués, nous n'y trouverons pas moins notre avantage d'un autre sens : nous demeurerons avec le corps du Parlement, dont les autres seront les déserteurs ; nous en serons encore plus les maîtres. Voilà mon avis que je m'offre de signer et de proposer au Parlement, pouvu que vous ne laissiez pas échapper la conjoncture dans laquelle seule il est bon, car si il arrivait quelque changement du côté de M. de Turenne devant que je l'y eusse porté, je combattrais ce sentiment avec autant d'ardeur que je le propose[1]. »

Mme de Bouillon, qui m'avait trouvé jusques là trop modéré à son gré, fut surprise au dernier point de cette proposition ; et elle lui parut bonne parce qu'elle lui parut grande. Monsieur son mari, que j'avais loué très souvent devant lui-même pour être très juste dans ses intérêts, me dit : « Vous ne me louerez plus tant que vous avez accoutumé, après ce que je vous vas dire. Il n'y a rien de plus beau que ce que vous proposez ; je conviens même qu'il est possible ; mais je soutiens qu'il est pernicieux pour tous les particuliers, et je vous le prouve en peu de paroles. L'Espagne nous promettra tout, mais elle ne nous tiendra rien, dès que nous lui aurions promis de ne traiter avec la cour qu'à la paix générale. Cette paix est son unique vue, et elle nous abandonnera toutes les fois qu'elle la pourra avoir ; et si nous faisons tout d'un coup ce grand effet que vous proposez, elle la pourra avoir infailliblement en quinze jours, parce qu'il sera impossible à la France de ne la pas faire même avec précipitation : ce qui sera d'autant plus facile, que je sais de science certaine que les Espagnols la veulent en toute manière, et même avec des conditions si peu avantageuses pour eux, que vous en seriez étonné. Cela supposé, en quel état nous trouverons-nous le lendemain que nous aurons fait ou plutôt procuré la paix générale ? Nous aurons de l'honneur, je l'avoue ; mais cet honneur nous empêchera-t-il d'être les objets de la haine et de l'exécration de notre cour ? La maison d'Autriche reprendra-t-elle les armes quand l'on nous arrêtera, vous et moi, quatre mois après ? Vous me répondrez que nous pouvons stipuler des conditions avec l'Espagne, qui nous mettront à couvert de ces insultes ; mais je crois avoir prévenu cette objection en vous assurant, par avance, qu'elle est si pressée, dans le dedans, par ses nécessités domestiques[1], qu'elle ne balancera pas un moment à sacrifier à la paix toutes les promesses les plus solennelles qu'elle nous aurait pu faire ; et à cet inconvénient je ne trouve aucun remède, d'autant moins que je ne vois pas même la perte du Mazarin assurée, ou que je l'y vois d'une manière qui ne nous donne aucune sûreté. Si l'Espagne nous manque dans la parole qu'elle nous aura donnée de son exclusion, où en sommes-nous ? et la gloire de la paix générale récompensera-t-elle dans le peuple, dont vous savez qu'il est l'horreur, la conservation d'un ministre pour la perte duquel nous avons pris les armes ? Je veux que l'on nous tienne parole, et que l'on exclue du ministère le Cardinal : n'est-il pas vrai que nous demeurons toujours exposés à la vengeance de la Reine, au ressentiment de Monsieur le Prince et à toutes les suites qu'une cour outragée peut donner à une action de cette nature ? Il n'y a de véritable gloire que celle qui peut durer ; la passagère n'est qu'une fumée : celle que nous tirerons de la paix est des plus légères, si nous ne la soutenons par des établissements qui joignent à la réputation de la bonne intention celle de la sagesse. Sur le tout, j'admire votre désintéressement, et vous savez que je l'estime comme je dois ; mais je suis assuré que vous n'approuveriez pas le mien, si il allait aussi loin que le vôtre. Votre maison est établie : considérez la mienne, et jetez les yeux sur l'état où est cette dame et sur celui où sont le père et les enfants. »

Je répondis à ces raisons par toutes celles que je crus trouver, en abondance, dans la considération que les Espagnols ne pourraient s'empêcher d'avoir pour nous, en nous voyant maîtres absolus de Paris, de huit mille hommes de pied et de trois mille chevaux à sa porte, et de l'armée de l'Europe la plus aguerrie, qui marchait à nous. Je n'oubliai rien pour le persuader de mes sentiments, dans lesquels je le suis encore moi-même que j'étais bien fondé. Il fit tout ce qu'il put pour me persuader des siens, qui étaient de faire toujours croire aux envoyés de l'archiduc que nous étions tout à fait résolus de nous engager avec eux pour la paix générale, mais de leur dire, en même temps, que nous croyions qu'il serait beaucoup mieux d'y engager aussi le Parlement, ce qui ne se pouvait faire que peu à peu et comme insensiblement ; d'amuser, par ce moyen, les envoyés en signant avec eux un traité, qui ne serait que comme un préalable de celui que l'on projetait avec le Parlement, lequel, par conséquent, ne nous obligerait encore à rien de proche ni de tout à fait positif à l'égard de la paix générale, et lequel toutefois ne laisserait pas de les contenter suffisamment pour faire avancer leurs troupes. « Celles de mon frère, ajouta M. de Bouillon, s'avanceront en même temps. La cour, étonnée et abattue, sera forcée de venir à un accommodement. Comme dans notre traité avec Espagne, nous nous laisserons toujours une porte de derrière ouverte, par la clause qui regardera le Parlement, nous nous en servirons, et pour l'avantage du public et pour le nôtre particulier, si la cour ne se met à la raison. Nous éviterons ainsi les inconvénients que je vous ai marqués ci-dessus, ou du moins nous demeurerons plus longtemps en état et en liberté de les pouvoir éviter. »

Ces considérations, quoique sages et même profondes, ne me convainquirent point, parce que la conduite que M. de Bouillon en inférait me paraissait impraticable : je concevais bien qu'il amuserait les envoyés de l'archiduc, qui avaient plus de confiance en lui qu'en tout ce que nous étions ; mais je ne me figurais pas comme il amuserait le Parlement, qui traitait actuellement avec la cour, qui avait déjà ses députés à Ruel, et qui, de toutes ses saillies, retombait toujours, même avec précipitation, à la paix. Je considérais qu'il n'y avait qu'une déclaration publique qui le pût retenir en la pente où il était, que selon les principes de M. de Bouillon, cette déclaration ne se pouvait point faire, et que ne se faisant point, et le Parlement par conséquent allant son chemin, nous tomberions, si quelqu'une de nos cordes manquait[1], dans la nécessité de recourir au peuple, ce que je tenais le plus mortel de tous les inconvénients.

M. de Bouillon m'interrompit à ce mot : « si quelqu'une de nos cordes manquait », pour me demander ce que j'entendais par cette parole ; et je lui répondis : « Par exemple, Monsieur, si M. de Turenne mourait à l'heure qu'il est ; si son armée se révoltait, comme il n'a pas tenu à Erlac que cela fût, que deviendrions-nous si nous n'avions engagé le Parlement ? Des tribuns du peuple le premier jour ; et le second, les valets du comte de Fuensaldagne. C'est ma vieille chanson : tout avec le Parlement ; rien sans lui. » Nous disputâmes sur ce ton trois ou quatre heures pour le moins ; nous ne nous persuadâmes point, et nous convînmes d'agiter, le lendemain, la question cheux M. le prince de Conti, en présence de MM. de Beaufort, d'Elbeuf, de La Mothe, de Brissac, de Noirmoutier et de Bellièvre.

Je sortis de cheux lui fort embarrassé ; j'étais persuadé que son raisonnement, dans le fonds, n'était pas solide, et je le suis encore. Je voyais que la conduite que ce raisonnement inspirait donnait ouverture à toute sorte de traités particuliers ; et sachant, comme je le savais, que les Espagnols avaient une très grande confiance en lui, je ne doutais point qu'il ne donnât à leurs envoyés toutes les lueurs et les jours qu'il lui plairait. J'eus encore bien plus d'appréhension en rentrant cheux moi : j'y trouvai une lettre en chiffre de Mme de Lesdiguières, qui me faisait des offres immenses de la part de la Reine : le paiement de mes dettes[1], des abbayes, la nomination au cardinalat. Un petit billet séparé portait ces paroles : « La déclaration de l'armée d'Allemagne met tout le monde ici dans la consternation. » Je jugeai que l'on ne manquerait pas de faire des tentatives auprès des autres, comme l'on en faisait auprès de moi, et je crus que puisque M. de Bouillon, qui était sans contestation la meilleure tête du parti, commençait à songer aux petites portes, dans un temps où tout nous riait, les autres auraient peine à ne pas prendre les grandes, que je ne doutais plus, depuis la déclaration de M. de Turenne, que l'on ne leur ouvrît avec soin. Ce qui m'affligeait sans comparaison plus que tout le reste était que je voyais le fonds de l'esprit et du dessein de M. de Bouillon. J'avais cru jusques là l'un plus vaste et l'autre plus élevé qu'ils ne me paraissaient en cette occasion, qui était pourtant la décisive, puisqu'il y allait d'engager ou de ne pas engager le Parlement. Il m'avait pressé plus de vingt fois de faire ce que je lui offrais présentement. La raison qui me donnait lieu de lui offrir ce que j'avais toujours rejeté était la déclaration de monsieur son frère, qui, comme vous pouvez juger, lui donnait encore plus de force qu'à moi. Au lieu de la prendre, il s'affaiblit, parce qu'il croit que le Mazarin lui lâchera Sedan ; il s'attache, dans cette vue, à ce qui le lui peut donner purement : il préfère ce petit intérêt à celui qu'il pouvait trouver à donner la paix à l'Europe. Ce pas, auquel je suis persuadé que Mme de Bouillon, qui avait un fort grand pouvoir sur lui, eut beaucoup de part, m'a obligé de vous dire que, quoiqu'il eût de très grandes parties[1], je doute qu'il ait été aussi capable que l'on l'a cru des grandes choses qu'il n'a jamais faites. Il n'y a point de qualité qui dépare tant celles d'un grand homme, que de n'être pas juste à prendre le moment décisif de sa réputation. L'on ne le manque presque jamais que pour mieux prendre celui de sa fortune ; et c'est en quoi l'on se trompe pour l'ordinaire soi-même doublement. Il ne fut pas, à mon avis, habile en cette occasion, parce qu'il y voulut être fin. Cela arrive assez souvent[2].

Nous nous trouvâmes, le lendemain, cheux M. le prince de Conti, ainsi que nous l'avions résolu la veille. Mme de Longueville, qui était accouchée de monsieur son fils plus de six semaines auparavant, et dans la chambre de laquelle l'on avait parlé depuis plus de vingt fois d'affaire, ne se trouva point à ce conseil, et je crus du mystère à son absence. La matière y ayant été débattue par M. de Bouillon et par moi, sur les mêmes principes qui avaient été agités chez lui, M. le prince de Conti fut du sentiment de M. de Bouillon, et avec des circonstances qui me firent juger qu'il y avait de la négociation. M. d'Elbeuf fut doux comme un agneau, et il me parut qu'il eût enchéri, si il eût osé, sur l'avis de M. de Bouillon.

Le chevalier de Fruges, frère de la vieille Fienne, scélérat, et qui ne servait dans notre parti que de double espion, sous le titre toutefois de commandant du régiment d'Elbeuf, m'avait averti, comme j'entrais dans l'Hôtel de Ville, qu'il croyait son maître accommodé. M. de Beaufort fit assez connaître, par ses manières, que Mme de Montbazon avait essayé de modérer ses emportements. Mais comme j'étais assuré que je l'emporterais toujours sur elle dans le fonds de courre[1], l'irrésolution qu'il témoigna d'abord ne m'eût pas embarrassé, et en joignant sa voix à celle de MM. de Brissac, de La Mothe, de Noirmoutier et de Bellièvre, qui entrèrent tout à fait dans mon sentiment, j'eusse emporté de beaucoup la balance, si la considération de M. de Turenne, qui était dans ce moment la grosse corde du parti, et celle que M. de Bouillon avait avec les Espagnols par les anciennes mesures qu'il avait toujours conservées avec Fuensaldagne ne m'eût obligé de me faire honneur de ce qui n'était qu'un parti de nécessité.

J'avais été la veille, au sortir de cheux M. de Bouillon, cheux les envoyés de l'archiduc, pour essayer de pénétrer si ils étaient toujours aussi attachés à l'article de la paix générale, c'est-à-dire à ne traiter avec nous que sur l'engagement que nous prendrions nous-mêmes pour la paix générale, qu'ils me l'avaient toujours dit et que M. et Mme de Bouillon me l'avaient prêché. Je les trouvai l'un et l'autre absolument changés, quoiqu'ils ne crussent pas l'être. Ils voulaient toujours un engagement pour la paix générale; mais ils le voulaient à la mode de M. de Bouillon, c'est-à-dire à deux fois[2]. Il leur avait mis dans l'esprit qu'il serait bien plus avantageux pour eux en cette manière, parce que nous y engagerions le Parlement. Enfin je reconnus la main de l'ouvrier, et je vis bien que ses raisons, jointes à l'ordre qu'ils avaient de se rapporter à lui de toutes choses, l'emporteraient de bien loin sur tout ce que je leur pourrais dire au contraire. Je ne m'ouvris point à eux par cette considération.

J'allai, entre minuit et une heure, cheux le président de Bellièvre, pour le prendre et pour le mener cheux Croissi[3] pour être moins interrompu. Je leur exposai l'état des choses. Ils furent tous deux, sans hésiter, de mon sentiment; ils crurent que le contraire nous perdrait infailliblement. Ils convinrent qu'il fallait toutefois s'y accommoder pour le présent, parce que nous dépendions absolument, particulièrement dans cet instant, et des Espagnols et de M. de Turenne, qui n'avaient encore de mouvement que ceux qui leur étaient inspirés par M. de Bouillon, et ils voulurent espérer ou que nous obligerions M. de Bouillon, dans le conseil qui se devait le lendemain tenir cheux M. le prince de Conti, de revenir à notre sentiment, ou que nous le persuaderions nous-mêmes à M. de Turenne, quand il nous aurait joints. Je ne me flattai en façon du monde de cette espérance, et d'autant moins que ce que je craignais le plus vivement de cette conduite pouvait très naturellement arriver devant que M. de Turenne pût être à nous. Croissi, qui avait un esprit d'expédients, me dit : « Vous avez raison ; mais voici une pensée qui me vient. Dans ce traité préliminaire que M. de Bouillon veut que l'on signe avec les envoyés de l'archiduc, y signerez-vous ? — Non, lui répondis-je. — Eh bien ! reprit-il, prenez cette occasion pour faire entendre à ces envoyés les raisons que vous avez de n'y pas signer. Ces raisons sont celles-là même qui feraient voir à Fuensaldagne, si il était ici, que l'intérêt véritable d'Espagne est la conduite que vous vous proposez. Peut-être que les envoyés y feront réflexion, peut-être qu'ils demanderont du temps pour en rendre compte à l'archiduc ; et en ce cas, j'ose répondre que Fuensaldagne approuvera votre sentiment, auquel il faudra par conséquent que M. de Bouillon se soumette. Il n'y a rien de plus naturel que ce que je vous propose ; et les envoyés même ne s'apercevront d'aucune division dans le parti, parce que vous ne paraîtrez alléguer vos raisons que pour nous empêcher de signer, et non pas pour combattre l'avis de M. le prince de Conti et de M. de Bouillon. » Comme cet expédient avait peu ou point d'inconvénient, je me résolus à tout hasard de le prendre, et je priai M. de Brissac, dès le lendemain au matin, d'aller dîner cheux Mme de Bouillon et de lui dire, sans affectation, qu'il me voyait un peu ébranlé sur le sujet de la signature avec Espagne. Je ne doutai point que M. de Bouillon, qui m'avait toujours vu très éloigné de signer en mon particulier, jusques au jour que je lui proposai de le faire faire de gré ou de force au Parlement, ne fût ravi de me voir balancer à l'égard du traité particulier des généraux ; qu'il ne m'en pressât et qu'il ne me donnât lieu de m'en expliquer en présence des envoyés.

Voilà la disposition où j'étais quand nous entrâmes en conférence cheux M. le prince de Conti. Quand je connus que tout ce que nous disions, M. de Bellièvre et moi, ne persuadait point M. de Bouillon, je fis semblant de me rendre à ses raisons et à l'autorité de M. le prince de Conti, notre généralissime ; et nous convînmes de traiter avec l'archiduc aux termes proposés par M. de Bouillon, qui étaient qu'il s'avancerait jusques à Pont-à-Vère et plus loin même, lorsque les généraux le souhaiteraient ; et qu'eux n'oublieraient rien, de leur part, pour obliger le Parlement à entrer dans le traité, ou plutôt à en faire un nouveau pour la paix générale, c'est-à-dire pour obliger le Roi à en traiter sous des conditions raisonnables, du détail desquelles le Roi Catholique se remettrait même à l'arbitrage du Parlement. M. de Bouillon se chargea de faire signer ce traité, aussi simple que vous le voyez, aux envoyés. Il ne me demanda pas seulement si je le signerais ou si je ne le signerais pas. Toute la compagnie fut très satisfaite d'avoir le secours d'Espagne à si bon marché et de demeurer dans la liberté de recevoir les propositions que la déclaration de M. de Turenne obligeait la cour de faire à tout le monde avec profusion, et l'on prit heure à minuit pour signer le traité dans la chambre de M. le prince de Conti, à l'Hôtel de Ville. Les envoyés s'y trouvèrent à point nommé, et je pris garde qu'ils m'observèrent extraordinairement.

Croissi, qui tenait la plume pour dresser le traité, ayant commencé à l'écrire, le bernardin, se tournant vers moi, me demanda si je ne le signerais pas : à quoi lui ayant répondu que M. de Fuensaldagne me l'avait défendu de la part de Mme de Bouillon, il me dit d'un ton sérieux que c'était toutefois un préalable absolument nécessaire, et qu'il avait encore reçu, depuis deux jours, des ordres très exprès sur cela de Monsieur l'Archiduc. Je reconnus en cet endroit l'effet de ce que j'avais fait dire à Mme de Bouillon par M. de Brissac. Monsieur son mari me pressa au dernier point. Je ne manquai pas cette occasion de faire connaître aux envoyés d'Espagne leur intérêt solide, en leur prouvant que je trouvais si peu de sûreté, pour moi-même aussi bien que pour tout le reste du parti, en la conduite que l'on prenait, que je ne me pouvais résoudre à y entrer, au moins par une signature en mon particulier. Je leur répétai l'offre que j'avais faite, la veille, de m'engager à tout sans exception, si l'on voulait prendre une résolution finale et décisive. Je n'oubliai rien pour leur donner ombrage, sans paraître toutefois le marquer, des ouvertures que le chemin que l'on prenait donnait aux accommodements particuliers.

Quoique je ne disse toutes ces choses que par forme de récit, et sans témoigner avoir aucun dessein de combattre ce qui avait été résolu, elles ne laissèrent pas de faire une forte impression dans l'esprit du bernardin, et au point que M. de Bouillon m'en parut assez embarrassé, et qu'il eût bien voulu, à ce qu'il m'a confessé depuis, n'avoir point attaché cette escarmouche[1]. Don Francisco Pizarro, qui était un bon Castillan, assez fraîchement sorti de son pays, et qui avait encore apporté de nouveaux ordres de Bruxelles, de se conformer entièrement aux sentiments de M. de Bouillon, pressa son collègue de s'y rendre. Il y consentit sans beaucoup de résistance ; je l'y exhortai moi-même quand je vis qu'il y était résolu ; et j'ajoutai que pour lui lever tout le scrupule de la difficulté que je faisais de signer, je leur donnais ma parole, en présence de M. le prince de Conti et de messieurs les généraux, que si le Parlement s'accommodait, je leur donnerais, par des expédients que j'avais en main, tout le temps et tout le loisir nécessaire pour retirer leurs troupes.

Je leur fis cette offre pour deux raisons : l'une parce que j'étais très persuadé que Fuensaldagne, qui était très habile homme, ne serait nullement de l'avis de ses envoyés, et n'engagerait pas son armée dans le royaume, ayant aussi peu des généraux et rien de moi. L'autre considération qui m'obligea à faire ce pas fut que j'étais bien aise de faire même voir à nos généraux que j'étais si résolu à ne point souffrir, au moins en ce qui serait en moi, de perfidie, que je m'engageais publiquement à ne pas laisser accabler ni surprendre les Espagnols, en cas même d'accommodement du Parlement, quoique dans la même conférence j'eusse protesté plus de vingt fois que je ne me séparerais point de lui, et que cette résolution était l'unique cause pour laquelle je ne voulais pas signer un traité dont il n'était point.

M. d'Elbeuf, qui était malin, et qui était en colère de ce que j'avais parlé des traités particuliers, me dit tout haut, en présence même des envoyés : « Vous ne pouvez trouver que dans le peuple les expédients dont vous venez de parler à ces messieurs. — C'est où je ne les chercherai jamais, lui répondis-je ; M. de Bouillon en répondra pour moi. » M. de Bouillon, qui eût souhaité, dans la vérité, que j'eusse voulu signer avec eux, prit la parole : « Je sais, ce dit-il, que ce n'est pas votre intention ; mais je suis persuadé que vous faites contre votre intention sans le croire, et que nous gardons, en signant, plus d'égard avec le Parlement que vous n'en gardez vous-même en ne signant pas : car... (il abaissa sa voix à cette dernière parole, afin que les envoyés n'en entendissent pas la suite ; il nous mena, M. d'Elbeuf et moi, à un coin de la chambre, et il continua en ces termes :) nous nous réservons une porte pour sortir d'affaire avec le Parlement. — Il ouvrira cette porte, lui répondis-je, quand vous ne le voudrez pas, comme il y paraît déjà ; et vous la voudrez fermer quand vous ne le pourrez pas : l'on ne se joue pas avec cette compagnie ; vous le verrez, Messieurs, par l'événement. » M. le prince de Conti nous appela à cet instant. L'on lut le traité et l'on le signa. Voilà ce qui nous en parut. Don Gabriel de Tolède, dont je vous parlerai incontinent, m'a dit depuis que les envoyés avaient donné deux mille pistoles à Mme de Montbazon et autant à M. d'Elbeuf.

Je revins cheux moi fort touché de ce qui se venait de passer ; et le président de Bellièvre et Montrésor, qui m'y attendaient, ne le furent pas moins que moi. Le premier, qui était homme de bon sens, me dit une parole que l'événement, qui l'a justifiée, rend très digne de réflexion : « Nous avons manqué aujourd'hui d'engager le Parlement, moyennant quoi tout était sûr, tout était bon. Prions Dieu que tout aille bien ; car si une seule de nos cordes nous manque, nous sommes perdus. » Comme M. de Bellièvre achevait de parler, Noirmoutier entra dans ma chambre, qui nous dit que depuis que j'étais sorti de l'Hôtel de Ville, un valet de chambre de Laigue y était arrivé, qui me cherchait, et qui ne m'y ayant pas trouvé, était remonté à cheval, sans avoir voulu parler à personne. Vous remarquerez, si il vous plaît, que Laigue, qui avait une grande valeur, mais peu de sens et beaucoup de présomption, et qui s'était fort lié avec moi depuis qu'il avait vendu sa compagnie aux gardes, se mit en tête de négocier en Flandres aussitôt que le bernardin nous fut venu trouver. Il crut que cet emploi le rendrait considérable dans le parti : il me le demanda ; il m'en fit presser par Montrésor, qui le destina, dès cet instant, à la charge d'amant de Mme de Chevreuse, qui était à Bruxelles[1]. Il me représenta qu'elle pourrait ne m'être pas inutile dans les suites, que la place était vide, qu'elle se pouvait remplir par un autre qui ne dépendrait pas de moi. Enfin, quoique j'eusse assez de répugnance à laisser aller à Bruxelles un homme qui avait mon caractère[2], je me laissai aller à ses prières et à celles de Montrésor, et nous lui donnâmes la commission de résider auprès de Monsieur l'Archiduc. Ce valet de chambre qu'il m'envoyait et qui entra dans ma chambre un demi-quart d'heure après Noirmoutier m'apportait une dépêche de lui, qui me fit trembler. Elle ne parlait que des bonnes intentions de Monsieur l'Archiduc, de la sincérité de Fuensaldagne, de la confiance que nous devions prendre en eux, enfin, pour vous abréger, je n'ai jamais rien vu de si sot ; et ce qui nous fit le plus de peine fut que nous connûmes visiblement qu'il croyait déjà gouverner Fuensaldagne.

Jugez, je vous supplie, quel plaisir il y a d'avoir un négociateur de cette espèce, dans une cour où nous devions avoir plus d'une affaire. Noirmoutier, qui était son ami intime, avoua que sa lettre était fort impertinente ; mais il ne s'avisa pas qu'elle le rendait lui-même fort impertinent ; car il se mit dans la fantaisie d'aller aussi à Bruxelles, en disant qu'il confessait qu'il y avait de l'inconvénient d'y laisser Laigue ; mais qu'il y aurait de la malhonnêteté à le révoquer et même à lui envoyer un collègue qui ne fût pas et son ami particulier et d'un grade tout à fait supérieur au sien. Voilà ce qu'il disait; voici ce qu'il pensait. Il espérait qu'il se distinguerait beaucoup par cet emploi, qui le mettrait dans la négociation sans le tirer de la guerre, qui lui donnerait toute la confiance du parti à l'égard de l'Espagne, et qui lui donnerait, en même temps, toute la considération de l'Espagne à l'égard du parti. Nous fîmes tous nos efforts pour lui ôter cette pensée, et nous lui dîmes mille bonnes raisons pour l'en détourner; nous ne nous expliquâmes pas des plus fortes, qui étaient son peu de secret et son peu de jugement, belles qualités, comme vous voyez, pour suppléer aux défauts de Laigue. Il le voulut absolument, et il le fallut: il portait le nom de La Trémouille, il était lieutenant général, il brillait dans le parti, il y était entré avec moi et par moi. Voilà le malheur des guerres civiles: l'on y fait souvent des fautes par bonne conduite.

Ce que je vous viens de raconter de nos conférences cheux M. de Bouillon et à l'Hôtel de Ville, se passa le 5, le 6 et le 7 de mars. Il est nécessaire que je vous rende compte de ce qui se passa ces jours-là et au Parlement et à la conférence de Ruel.

Celle-ci commença aussi mal qu'il se pouvait. Les députés prétendirent, et avec raison, que l'on ne tenait point la parole que l'on leur avait donnée, de déboucher les passages, et que l'on ne laissait pas même passer librement les cent muids de blé. La cour soutint qu'elle n'avait point promis l'ouverture des passages, et qu'il ne tenait pas à elle que les cent muids ne passassent[1]. La Reine demanda, pour conditions préalables à la levée du siège, que le Parlement s'engageât à aller tenir sa séance à Saint-Germain, tant qu'il plairait au Roi, et qu'il promît de ne s'assembler de trois ans. Les députés refusèrent tous d'une voix ces deux propositions, sur lesquelles la cour se modéra dès l'après-dînée même. M. le duc d'Orléans ayant dit aux députés que la Reine se relâchait de la translation du Parlement, qu'elle se contenterait que, lorsque l'on serait d'accord de tous les articles, il allât tenir un lit de justice[2] à Saint-Germain, pour y vérifier la déclaration qui contiendrait ces articles, et qu'elle modérait aussi les trois années de défenses de s'assembler, à deux : les députés n'opiniâtrèrent pas le premier ; ils ne se rendirent pas sur le second, en soutenant que le privilège de s'assembler était essentiel au Parlement.

Ces contestations, jointes à plusieurs autres, qui vous ennuieraient, et aux chicanes qui recommençaient de moment à autre touchant le passage des blés, irritèrent si fort les esprits, lorsque l'on les sut à Paris, que l'on ne parlait de rien moins, au feu de la Grande Chambre, que de révoquer le pouvoir des députés ; et messieurs les généraux, qui se voyants[1] recherchés par la cour, qui n'en avait pas fait beaucoup de cas jusques à la déclaration de M. de Turenne, ne doutaient point qu'ils ne fissent encore leur condition beaucoup meilleure lorsqu'elle serait plus embarrassée, n'oublièrent rien pour faire crier le Parlement et le peuple, et pour faire connaître au Cardinal que tout ne dépendait pas de la conférence de Ruel. J'y contribuais de mon côté, dans la vue de régler ou plutôt de modérer un peu la précipitation avec laquelle le premier président et le président de Mesme couraient à tout ce qui paraissait accommodement ; et ainsi, comme nous conspirions tous sur ce point à une même fin, quoique par différents principes, nous faisions, sans concert, les mêmes démarches.

Celle du 8 de mars fut très considérable. M. le prince de Conti dit au Parlement que M. de Bouillon, que la goutte avait repris avec violence, l'avait prié de dire à la Compagnie que M. de Turenne lui offrait sa personne et ses troupes contre le cardinal Mazarin, l'ennemi de l'État[2]. J'ajoutai que, comme je venais d'être averti que l'on avait dressé la veille une déclaration, à Saint-Germain, par laquelle M. de Turenne était déclaré criminel de lèse-majesté, je croyais qu'il était nécessaire de casser cette déclaration ; d'autoriser ses armes par un arrêt solennel ; d'enjoindre à tous les sujets du Roi de lui donner passage et subsistance ; et de travailler, en diligence, à lui faire un fonds pour le paiement de ses troupes et pour prévenir le mauvais effet que huit cent mille livres, que la cour venait d'envoyer à Erlac pour les débaucher[3], y pourrait produire. Cette proposition passa toute d'une voix. La joie qui parut dans les yeux et dans les avis de tout le monde ne se peut exprimer. L'on donna ensuite un arrêt sanglant contre Courcelles, Lavardin et Amilli, qui faisaient des troupes pour le Roi dans le pays du Maine. L'on permit aux communes de s'assembler au son du tocsin, et de courir sus à tous ceux qui en feraient sans ordre du Parlement[1].

Ce ne fut pas tout. Le président de Bellièvre ayant dit à la Compagnie qu'il avait reçu une lettre du premier président, par laquelle il l'assurait que ni lui ni les autres députés ne feraient rien qui fût indigne de la confiance qu'elle leur avait témoignée, il s'éleva un cri, plutôt qu'une voix publique, qui ordonna au président de Bellièvre d'écrire expressément au premier président de n'entendre à[2] aucune proposition nouvelle, ni même de ne résoudre quoi que ce soit sur les anciennes, jusques à ce que tous les arrérages du blé promis eussent été entièrement fournis et délivrés, que tous les passages eussent été débouchés et que tous les chemins eussent été ouverts aussi bien pour les courriers que pour les vivres.

Le 9. L'on passa plus outre. L'on donna arrêt de faire surseoir à la conférence jusques à l'entière exécution des promesses, et jusques à l'ouverture toute libre d'un passage, non pas seulement pour le blé, mais même pour toute sorte de victuailles ; et les plus modérés eurent grande peine à obtenir que l'on ajoutât cette clause à l'arrêté, que l'on attendrait, pour le publier, que l'on eût su de Monsieur le Premier Président si les passeports pour les blés n'avaient point été expédiés depuis la dernière nouvelle que l'on avait eue de lui.

M. le prince de Conti ayant dit, le même jour, au Parlement que M. de Longueville l'avait prié de l'assurer qu'il partirait de Rouen, sans remise, le 15 du mois, avec sept mille hommes de pied et trois mille chevaux, et qu'il marcherait droit à Saint-Germain, la Compagnie en témoigna une joie incroyable, et pria M. le prince de Conti d'en presser encore M. de Longueville[3].

Le 10. Miron, député du parlement de Normandie, étant entré au Parlement et ayant dit que M. de Longueville lui avait donné charge de dire à la Compagnie que le parlement de Rennes avait reçu, avec une extrême joie, la lettre et l'arrêt de celui de Paris, et qu'il n'attendait que M. de La Trémouille pour donner celui de jonction contre l'ennemi commun : Miron, dis-je, après avoir fait ce discours et ajouté que Le Mans, qui s'était aussi déclaré pour le parti, avait des envoyés auprès de M. de Longueville, fut remercié de toute la Compagnie, comme lui ayant apporté des nouvelles extrêmement agréables.

Le 11. Un envoyé de M. de La Trémouille[1] demanda audience au Parlement, à qui il offrit, de la part de son maître, huit mille hommes de pied et deux mille chevaux, qu'il prétendait être en état de marcher en deux jours, pourvu qu'il plût à la compagnie permettre à M. de La Trémouille de se saisir des deniers royaux, dans les recettes générales de Poitiers, de Niort et d'autres lieux dont il était déjà assuré. Le Parlement lui fit de grands remerciements, lui donna arrêt d'union, lui donna plein pouvoir sur les recettes générales, et le pria d'avancer ses levées avec diligence.

L'envoyé n'était pas sorti du Palais, que le président de Bellièvre ayant dit à la Compagnie que le premier président la suppliait de lui envoyer un nouveau pouvoir d'agir à la conférence, parce que l'arrêté du jour précédent lui avait ordonné, et à lui, et aux autres députés, de surseoir : le président de Bellièvre, dis-je, n'eut autre réponse, si ce n'est que l'on leur donnerait ce pouvoir quand la quantité du blé qui avait été promise aurait été reçue.

Un instant après, Roland, bourgeois de Reims, qui avait maltraité personnellement et chassé de la ville M. de La Vieuville[2], lieutenant de Roi dans la province, parce qu'il s'était déclaré pour Saint-Germain, présenta requête au Parlement contre les officiers qui l'avaient déféré à la cour pour cette action. Il en fut loué de toute la Compagnie, et l'on l'assura de toute sorte de protection.

Voilà bien de la chaleur dans le parti et vous croyez apparemment qu'il faudra au moins un peu de temps pour l'évaporer, devant que la paix se puisse faire. Nullement : elle est faite et signée le même jour à la conférence de Ruel, et elle est faite et signée le 11 de mars par les députés, qui avaient demandé, le 10, nouveau pouvoir, parce que l'ancien était révoqué, et par ces mêmes députés auxquels l'on avait refusé ce nouveau pouvoir. Voici le dénouement de ce contretemps, que la postérité aura peine à croire et auquel l'on s'accoutuma en quatre jours.

Aussitôt que M. de Turenne fut déclaré, la cour travailla à gagner les généraux, avec beaucoup plus d'application qu'elle n'avait fait jusques-là ; mais elle n'y réussit pas, au moins à son gré. Mme de Montbazon, pressée par Vineuil en plus d'un sens, promettait M. de Beaufort à la Reine ; mais la Reine voyait bien qu'elle aurait beaucoup de peine à le livrer tant que je ne serais pas du marché. La Rivière ne témoignait plus tant de mépris pour M. d'Elbeuf ; mais enfin qu'est-ce que pouvait M. d'Elbeuf ? Le maréchal de La Mothe n'était accessible que par M. de Longueville, duquel la cour ne s'assurait pas beaucoup davantage, par la négociation d'Anctauville, que nous nous en assurions par la correspondance de Varicarville. M. de Bouillon faisait paraître, depuis l'éclat de monsieur son frère, plus de pente à s'accommoder avec la cour, et Vassé[1], qui commandait, ce me semble, son régiment de cavalerie, l'avait insinué par des canaux différents à Saint-Germain ; mais les conditions paraissaient bien hautes. Il en fallait de grandes pour les deux frères, qui, au poste où ils se trouvaient, n'étaient pas d'humeur à se contenter de peu de chose. Les incertitudes de M. de La Rochefoucauld ne plaisaient pas à La Rivière, qui d'ailleurs considérait, à ce que Flammarin disait à Mme de Pommereux, que le compte que l'on ferait avec M. le prince de Conti ne serait jamais bien sûr pour les suites, si il n'était aussi arrêté par Monsieur le Prince, qui, sur l'article du cardinalat de monsieur son frère, n'était pas de trop facile composition. Ce que j'avais répondu aux offres que j'avais reçues par le canal de Mme de Lesdiguières ne donnait pas de lieu à la cour de croire que je fusse aisé à ébranler.

Enfin M. le cardinal Mazarin trouvait toutes les portes de la négociation, qu'il aimait passionnément, ou fermées ou embarrassées, dans une conjoncture où ceux mêmes qui n'y eussent pas eu d'inclination eussent été obligés de les chercher avec empressement, parce que, dans la vérité, il n'y avait plus d'autre issue dans la disposition où était tout le royaume. Ce désespoir, pour ainsi parler, de négociation fut par l'événement plus utile à la cour que la négociation la plus fine ne la lui eût pu être ; car il ne l'empêcha pas de négocier, le Cardinal ne s'en pouvant jamais empêcher par son naturel ; et il fit toutefois que, contre son ordinaire, il ne se fia pas à sa négociation ; et ainsi il amusa nos généraux, cependant qu'il envoyait huit cent mille livres, qui enlevèrent à M. de Turenne son armée, et qu'il obligeait les députés de Ruel à signer une paix contre les ordres de leur corps. Monsieur le Prince m'a dit que ce fut lui qui fit envoyer les huit cent mille livres, et je ne sais même si il n'ajouta pas qu'il les avait avancées ; je ne m'en ressouviens pas précisément.

Pour ce qui est de la conclusion de la paix de Ruel, le président de Mesme m'a assuré plusieurs fois depuis qu'elle fut purement l'effet d'un concert qui fut pris, la nuit d'entre le 8 et le 9 de mars, entre le Cardinal et lui ; et que le Cardinal lui ayant dit qu'il connaissait clairement que M. de Bouillon ne voulait négocier que quand M. de Turenne serait à la portée de Paris et des Espagnols, c'est-à-dire en état de se faire donner la moitié du royaume, lui, président de Mesme, lui avait répondu : « Il n'y a de salut que de faire le coadjuteur cardinal » ; que le Cardinal lui ayant reparti : « Il est pis que l'autre ; car l'on voit au moins un temps où l'autre négociera ; mais celui-là ne traitera jamais que pour le général[1] », lui, président de Mesme, lui avait dit : « Puisque les choses sont en cet état, il faut que nous payions de nos personnes pour sauver l'État ; il faut que nous signions la paix ; car après ce que le Parlement a fait aujourd'hui, il n'y a plus de mesure, et peut-être qu'il nous révoquera demain. Nous hasardons tout si nous sommes désavoués : l'on nous fermera les portes de Paris ; l'on nous fera notre procès ; l'on nous traitera de prévaricateurs et de traîtres ; c'est à vous de nous donner des conditions qui nous donnent lieu de justifier notre procédé. Il y va de votre intérêt, parce que si elles sont raisonnables, nous les saurons bien faire valoir contre les factieux ; mais faites-les telles qu'il vous plaira, je les signerai toutes, et je vas de ce pas dire au premier président que c'est mon sentiment, et que c'est l'unique expédient pour sauver le royaume. Si il réussit, nous avons la paix ; si nous sommes désavoués, nous affaiblissons toujours la faction et le mal n'en tombera que sur nous. »

Le président de Mesme, en me contant ce que je viens de vous dire, ajoutait que la commotion où le Parlement avait été, le 8, jointe à la déclaration de M. de Turenne, et à ce que le Cardinal lui avait dit de la disposition de M. de Bouillon et de la mienne, lui avait inspiré cette pensée ; que l'arrêt donné le 9, qui ordonnait aux députés de surseoir à la conférence jusques à ce que les blés promis eussent été fournis, l'y avait confirmé ; que la chaleur qui avait paru dans le peuple le 10 l'y avait fortifié ; qu'il avait persuadé, quoique avec peine, le premier président de faire cette démarche. Il accompagnait ce récit de tant de circonstances, que je crois qu'il disait vrai. Feu M. le duc d'Orléans et Monsieur le Prince, auxquels je l'ai demandé, m'ont dit que l'opiniâtreté avec laquelle, et le 8, et le 9, et le 10, le premier président et le président de Mesme défendirent quelques articles n'avait guère de rapport à cette résolution que le président de Mesme disait avoir prise dès le 8. Longueil, qui était un des députés, était persuadé de la vérité de ce que disait le président de Mesme, et il tirait même vanité de ce qu'il s'en était aperçu des premiers ; et M. le cardinal Mazarin, à qui j'en parlai depuis la guerre, me le confirma, en se donnant pourtant la gloire d'avoir rectifié cet avis, « qui était, ajouta-t-il, de soi-même trop dangereux, si je n'eusse pénétré les intentions de M. de Bouillon et les vôtres. Je savais que vous ne vouliez pas perdre le Parlement par le peuple, et que M. de Bouillon voulait, préférablement à toutes choses, attendre son frère ». Voilà ce que me dit M. le cardinal Mazarin, dans l'intervalle de l'un de ces raccommodements fourrés que nous faisions quelquefois ensemble. Je ne sais si il ne parlait point après coup ; mais je sais bien que si il eût plu à M. de Bouillon de me croire, nous n'eussions pas donné lieu, ni lui, ni moi, à cette pénétration.

La paix fut donc signée après beaucoup de contestations, trop longues et trop ennuyeuses à rapporter, le 11 de mars, et les députés consentirent, avec beaucoup de difficulté, que M. le cardinal Mazarin y signât avec M. le duc d'Orléans, Monsieur le Prince, Monsieur le Chancelier, M. de La Meilleraie et M. de Brienne[1], qui étaient les députés nommés par le Roi. Les articles furent :

Que le Parlement se rendra à Saint-Germain, où sera tenu un lit de justice, où la déclaration contenant les articles de la paix sera publiée : après quoi, il retournera faire ses fonctions ordinaires à Paris ;

Ne sera faite aucune assemblée de chambre pour toute l'année 1649, excepté pour la réception des officiers et pour les mercuriales[2] ;

Que tous les arrêts rendus par le Parlement, depuis le 6 de janvier, seront nuls, à la réserve de ceux qui auront été rendus entre particuliers, sur faits concernant la justice ordinaire ;

Que toutes les lettres de cachet, déclarations et arrêts du Conseil, rendus au sujet des mouvements présents, seront nuls et comme non avenus ;

Que les gens de guerre levés pour la défense de Paris seront licenciés aussitôt après l'accommodement signé, et Sa Majesté fera aussi, en même temps, retirer ses troupes des environs de ladite ville ;

Que les habitants poseront les armes, et ne les pourront reprendre que par ordre du Roi ;

Que le député de l'archiduc sera renvoyé incessamment sans réponse ;

Que tous les papiers et meubles qui ont été pris aux particuliers et qui se trouveront en nature seront rendus ;

Que M. le prince de Conti, princes, ducs, et tous ceux sans exception qui ont pris les armes, n'en pourront être recherchés, sous quelque prétexte que ce puisse être, en déclarant par les dessus dits, dans quatre jours à compter de celui auquel les passages seront ouverts, et par M. de Longueville, en dix, qu'ils veulent bien [être] compris dans le présent traité ;

Que le Roi donnera une décharge générale pour tous les deniers royaux qui ont été pris, pour tous les meubles qui ont été vendus, pour toutes les armes et munitions qui ont été enlevées tant à l'Arsenal qu'ailleurs ;

Que le Roi fera expédier des lettres pour la révocation du semestre du parlement d'Aix, conformément aux articles accordés entre les députés de Sa Majesté et ceux du parlement et pays de Provence, du 21 février ;

Que la Bastille sera remise entre les mains du Roi.

Il y eut encore quelques autres articles qui ne méritent pas d'être rapportés[1].

Je crois que vous ne doutez pas de la surprise de M. de Bouillon, lorsqu'il apprit que la paix était signée. Je le lui appris en lui faisant lire un billet que j'avais reçu de Longueil, au cinq ou sixième mot duquel Mme de Bouillon, qui fit réflexion à ce que je lui avais dit cinquante fois, des inconvénients qu'il y avait à ne pas engager pleinement et entièrement le Parlement, s'écria en se jetant sur le lit de monsieur son mari : « Ah ! qui l'eût dit ? Y avez-vous seulement jamais pensé ? — Non, Madame, lui répondis-je, je n'ai pas cru que le Parlement pût faire la paix aujourd'hui ; mais j'ai cru, comme bien savez, qu'il la ferait très mal si nous le laissions faire : il ne m'a trompé qu'au temps. » M. de Bouillon prit la parole : « Il ne l'a que trop dit, il ne nous l'a que trop prédit ; nous avons fait la faute tout entière. » Je vous confesse que ce mot de M. de Bouillon m'inspira une nouvelle espèce de respect pour lui ; car il est, à mon sens, d'un plus grand homme de savoir avouer sa faute que de savoir ne la pas faire. Comme nous consultions ce qu'il y avait à faire, M. le prince [de Conti], M. d'Elbeuf, M. de Beaufort et M. le maréchal de La Mothe entrèrent dans la chambre, qui ne savaient rien de la nouvelle, et qui ne venaient cheux M. de Bouillon que pour lui communiquer une entreprise que Saint-Germain d'Achon avait formée sur Lagni[2], où il avait quelque intelligence. Ils furent surpris, au-delà de ce que vous vous pouvez imaginer, de la signature de la paix ; et d'autant plus que tous leurs négociateurs, selon le style ordinaire de ces sortes de gens, leur avaient fait voir, depuis deux ou trois jours, que la cour était persuadée que le Parlement n'était qu'une représentation, et qu'au fond il fallait compter avec les généraux. M. de Bouillon m'a avoué plusieurs fois depuis, que Vassé l'en avait fort assuré ; Mme de Montbazon avait reçu cinq ou six billets de la cour qui portaient la même chose ; et le maréchal de Villeroi, qui assurément ne trompait pas Mme de Lesdiguières, mais qui était trompé lui-même, lui disait la même chose tous les jours. Il faut avouer que M. le cardinal Mazarin joua et couvrit très bien son jeu en cette occasion ; et qu'il en est d'autant plus à estimer, qu'il avait à se défendre de l'imprudence de La Rivière, qui était grande, et de l'impétuosité de Monsieur le Prince, qui, en ce temps-là, n'était pas médiocre : le propre jour que la paix fut signée, il s'emporta contre les députés d'une manière qui était très capable de rompre l'accommodement. Je reviens au conseil que nous tînmes cheux M. de Bouillon.

L'un des plus grands défauts des hommes est qu'ils cherchent presque toujours, dans les malheurs qui leur arrivent par leurs fautes, des excuses devant que d'y chercher des remèdes ; ce qui fait qu'ils y trouvent très souvent trop tard les remèdes, qu'ils n'y cherchent pas d'assez bonne heure. Voilà ce qui arriva cheux M. de Bouillon. Je vous ai déjà dit qu'il ne balança pas un moment à reconnaître qu'il n'avait pas jugé sainement de l'état des choses. Il le dit publiquement, comme il me l'avait dit à moi seul. Il n'en fut pas ainsi des autres. Nous eûmes, lui et moi, le plaisir de remarquer qu'ils répondaient à leurs pensées plutôt qu'à ce que l'on leur disait : ce qui ne manque presque jamais en ceux qui savent que l'on leur peut reprocher quelque chose avec justice. Il ne tint pas à moi de les obliger à dire leur avis les premiers. Je suppliai M. le prince de Conti de considérer qu'il lui appartenait, par toute sorte de raisons, d'ouvrir et de fermer la scène. Il parla, et si obscurément que personne n'y entendit rien. M. d'Elbeuf s'étendit beaucoup, et il ne conclut à rien. M. de Beaufort employa son lieu commun, qui était d'assurer qu'il irait toujours son grand chemin[1]. Les oraisons du maréchal de La Mothe n'étaient jamais que d'une demie période[2] ; et M. de Bouillon dit que n'y ayant que moi dans la compagnie qui connût bien le fonds et de la ville et du Parlement, il croyait qu'il était nécessaire que j'agitasse la matière, sur laquelle il serait après plus facile de prendre une bonne résolution. Voici la substance de ce que je dis ; je n'en puis rapporter les propres paroles, parce que je n'eus pas le soin de les écrire après, comme j'avais fait en quelques autres occasions[1] :

« Nous avons tous fait ce que nous avons cru devoir faire : il n'en faut point juger par les événements. La paix est signée par des députés qui n'ont plus de pouvoir : elle est nulle. Nous n'en savons point encore les articles, au moins parfaitement ; mais il n'est pas difficile de juger, par ceux qui ont été proposés ces jours passés, que ceux qui auront été arrêtés ne seront ni honnêtes ni sûrs. C'est, à mon avis, sur ce fondement qu'il faut opiner, lequel supposé, je ne balance point à croire que nous ne sommes pas obligés à tenir l'accommodement, et que nous sommes même obligés à ne le pas tenir par toutes les raisons et de l'honneur et du bon sens. Le président Viole me mande qu'il n'y est pas seulement fait mention de M. de Turenne, avec lequel il n'y a que trois jours que le Parlement a donné un arrêt d'union. Il ajoute que messieurs les généraux n'ont que quatre jours pour déclarer si ils veulent être compris dans la paix, et que M. de Longueville et le parlement de Rouen n'en ont que dix. Jugez, je vous supplie, si cette condition, qui ne donne le temps ni aux uns ni aux autres de songer seulement à leurs intérêts, n'est pas un pur abandonnement. L'on peut inférer de ces deux articles quels seront les autres et quelle infamie ce serait que de les recevoir. Venons aux moyens de les refuser, et de les refuser solidement et avantageusement pour le public et pour les particuliers. Ils seront rejetés, dès qu'ils paraîtront dans le public, universellement de tout le monde, et ils le seront même avec fureur. Mais cette fureur est ce qui nous perdra, si nous n'y prenons garde, parce qu'elle nous amusera[2]. Le fonds de l'esprit du Parlement est la paix, et vous pouvez avoir observé qu'il ne s'en éloigne jamais que par saillies. Celle que nous y verrons demain ou après-demain sera terrible ; si nous manquons de la prendre comme au bond, elle tombera comme les autres, et d'autant plus dangereusement que la chute en sera décisive. Jugez, si il vous plaît, de l'avenir par le passé, et voyez à quoi se sont terminées toutes les commotions que vous avez vues jusques ici dans cette compagnie.

« Je reviens à mon ancien avis, qui est de songer uniquement à la paix générale, de signer, dès cette nuit, un traité sur ce chef avec les envoyés de l'archiduc, de le porter demain au Parlement, d'y ignorer tout ce qui s'est passé aujourd'hui à la conférence, que nous pouvons très bien ne pas savoir, puisque le premier président n'en a point fait encore de part à personne, et d'y faire donner arrêt par lequel il soit ordonné aux députés de la Compagnie d'insister uniquement sur ce point et sur celui de l'exclusion du Mazarin ; et, en cas de refus, de revenir à Paris prendre leurs places. Le peu de satisfaction que l'on y a et du procédé de la cour et de la conduite même des députés fait que ce que la déclaration de M. de Turenne toute seule rendait, à mon opinion, très possible sera très facile présentement, et si facile que nous n'avons pas besoin d'attendre, pour animer davantage la Compagnie, que l'on nous ait fait le rapport des articles qui l'aigriraient assurément. Ç'avait été ma première pensée ; et quand j'ai commencé à parler, j'avais fait dessein de vous proposer, Monsieur (dis-je à M. le prince de Conti), de vous servir du prétexte de ces articles pour échauffer le Parlement. Mais je viens de faire une réflexion qui me fait croire qu'il est plus à propos d'en prévenir le rapport pour deux raisons, dont la première est que le bruit que nous pouvons répandre, cette nuit, de l'abandonnement des généraux, fera encore plus d'effet et jettera plus d'indignation dans les esprits, que le rapport même, que les députés déguiseront au moins de quelques méchantes couleurs. La seconde est que nous ne pouvons avoir ce rapport en forme que par le retour des députés, que je suis persuadé que nous ne devons point souffrir. »

Comme j'en étais là, je reçus un paquet de Ruel, dans lequel je trouvai une seconde lettre de Viole, avec un brouillon du traité contenant les articles que je vous ai cotés[1] ci-dessus ; ils étaient si mal écrits que je ne les pus presque lire ; mais ils me furent expliqués par une autre lettre qui était dans le même paquet, de L'Escuier, maître des comptes, et qui était un des députés. Il ajoutait, par un billet séparé, que le cardinal Mazarin y avait signé. Toute la compagnie douta encore moins, depuis la lecture de ces lettres et de ces articles, de la facilité qu'il y aurait à animer et à enflammer le Parlement. «J'en conviens, leur dis-je, mais je ne change pas pour cela de sentiment ; et, au contraire, j'en suis encore plus persuadé qu'il ne faut, en façon du monde, souffrir le retour des députés, si l'on se résout à prendre le parti que je propose. En voici la raison. Si vous leur donnez le temps de revenir à Paris, devant que de vous déclarer pour la paix générale, il faut nécessairement que vous leur donniez aussi le temps de faire leur rapport, contre lequel vous ne vous pouvez pas empêcher de déclamer ; et j'ose vous assurer que si vous joignez la déclamation contre eux à ce grand éclat de la proposition de la paix générale dont vous allez éblouir toutes les imaginations, il ne sera pas en votre pouvoir d'empêcher que le peuple ne déchire, à vos yeux, et le premier président et le président de Mesme. Vous passerez pour les auteurs de cette tragédie, quelques efforts que vous ayez pu faire pour l'empêcher ; vous serez formidables le premier jour, vous serez odieux le second.»

M. de Beaufort, à qui Brillet[2], qui était tout à fait dépendant de Mme de Montbazon, venait de parler à l'oreille, m'interrompit à ce mot, et il me dit : «Il y a un bon remède ; il leur faut fermer les portes de la ville ; il y a plus de quatre jours que tout le peuple ne crie autre chose. — Ce n'est pas mon sentiment, lui répondis-je ; vous ne leur pouvez fermer les portes sans vous faire passer, dès demain, pour les tyrans du Parlement, dans les esprits de ceux mêmes de ce corps qui auront été d'avis aujourd'hui que vous les leur fermiez. — Il est vrai, reprit M. de Bouillon ; le président de Bellièvre me le disait encore cette après-dînée, et qu'il est nécessaire, pour les suites, de faire en sorte que le premier président et le président de Mesme soient les déserteurs et non pas les exilés du Parlement. — Il a raison, ajoutai-je ; car, en la première qualité, ils y seront abhorrés toute leur vie, et en la seconde, ils y seraient plaints dans deux jours, et ils y seraient regrettés dans quatre. — Mais l'on peut tout concilier, dit M. de Bouillon, qui fut bien aise de brouiller les espèces[1] et de prévenir la conclusion de ce que j'avais commencé ; laissons entrer les députés, laissons-les faire leur rapport sans nous emporter ; ainsi nous n'échaufferons pas le peuple, qui, par conséquent, n'ensanglantera pas la scène. Vous convenez que le Parlement ne recevra pas les conditions qu'ils apporteront : il n'y aura rien de si aisé qu'à les renvoyer pour essayer d'en obtenir de meilleures. En cette manière, nous ne précipiterons rien, nous nous donnerons du temps pour prendre nos mesures, nous demeurerons sur nos pieds et en état de revenir à ce que vous proposez avec d'autant plus d'avantage que les trois armées de Monsieur l'Archiduc, de M. de Longueville et de M. de Turenne seront plus avancées. »

Dès que M. de Bouillon commença à parler sur ce ton, je me le tins pour dit ; je ne doutai point qu'il ne fût retombé dans l'appréhension de voir tous les intérêts particuliers confondus et anéantis dans celui de la paix générale, et je me ressouvins d'une réflexion que j'avais déjà faite, il y avait quelque temps, sur une autre affaire : qu'il est bien plus ordinaire aux hommes de se repentir en spéculation[2] d'une faute qui n'a pas eu un bon événement, que de revenir, dans la pratique, de l'impression qu'ils ne manquent jamais de recevoir du motif qui les a portés à la commettre. M. de Bouillon, qui s'aperçut bien que j'observais la différence de ce qu'il venait de proposer et de ce qu'il avait dit une heure devant, n'oublia rien pour insinuer, sans affectation, qu'il n'y avait rien de contraire, quoique la diversité des circonstances y fît paraître quelque apparence de changement. Je fis semblant de prendre pour bon tout ce qu'il lui plut de dire sur ce détail, quoique, à dire le vrai, je n'y entendisse rien ; et je me contentai d'insister sur le fonds, en faisant voir les inconvénients qui étaient inséparables du délai : l'agitation du peuple, qui nous pouvait à tous les quarts d'heure précipiter à ce qui nous déshonorerait et nous perdrait ; l'instabilité du Parlement, qui recevrait peut-être dans quatre jours les articles qu'il déchirerait demain si nous le voulions ; la facilité que nous aurions de procurer à toute la chrétienté la paix générale, ayant quatre armées en campagne, dont les trois étaient à nous et indépendantes de l'Espagne : à quoi j'ajoutai que cette dernière qualité détruisait, à mon opinion, ce que M. de Bouillon avait dit ces jours passés de la crainte qu'il avait qu'elle ne nous abandonnât aussitôt qu'elle aurait lieu de croire que nous aurions forcé le cardinal Mazarin à désirer sincèrement la paix avec elle.

Je m'étendis beaucoup sur ce point, parce que j'étais assuré que c'était celui-là seul et unique qui retenait M. de Bouillon, et je conclus mon discours par l'offre que je fis de sacrifier, de très bon cœur, la coadjutorerie de Paris au ressentiment de la Reine et à la passion du Cardinal, si l'on voulait prendre le parti que je proposais. Je l'eusse fait, dans la vérité, avec beaucoup de joie, pour un aussi grand honneur qu'eût été celui de pouvoir contribuer en quelque chose à la paix générale. Je ne fus pas fâché, de plus, de faire un peu de honte aux gens touchant les intérêts particuliers, dans une conjoncture où il est vrai qu'ils arrêtaient la plus glorieuse, la plus utile et la plus éclatante action du monde. M. de Bouillon combattit mes raisons par toutes celles par lesquelles il les avait déjà combattues la première fois, et il finit par cette protestation, qu'il fit, à mon opinion, de très bonne foi : « Je sais que la déclaration de mon frère peut faire croire que j'ai de grandes vues, et pour lui et pour moi et pour toute ma maison ; et je n'ignore pas que ce que je viens de dire présentement de la nécessité que je crois qu'il y a de le laisser avancer devant que nous prenions un parti décisif doit confirmer tout le monde dans cette pensée[1]. Je ne désavoue pas même que je ne l'aie et que je ne sois persuadé qu'il m'est permis de l'avoir ; mais je consens que vous me publiiez tous pour le plus lâche et le plus scélérat de tous les hommes, si je m'accommode jamais avec la cour, en quelque considération que nous nous puissions trouver mon frère et moi, que vous ne m'ayez tous dit que vous êtes satisfaits ; et je prie Monsieur le Coadjuteur, qui, ayant toujours protesté qu'il ne veut rien en son particulier, sera toujours un témoin fort irréprochable, de me déshonorer si je ne demeure fidèlement dans cette parole. »

Cette déclaration ne nuisit pas à faire recevoir de toute la compagnie l'avis de M. de Bouillon, que vous avez vu ci-dessus dans la réponse qu'il fit au mien ; et il agréa à tout le monde avec d'autant plus de facilité, qu'en laissant le mien pour la ressource, il laissait la porte ouverte aux négociations que chacun avait ou espérait en sa manière. La source la plus commune des imprudences est la vue que l'on a de la possibilité des ressources. J'eusse bien emporté, si j'eusse voulu, M. de Beaufort et M. le maréchal de La Mothe ; mais comme la considération de l'armée de M. de Turenne et celle de la confiance absolue que les Espagnols avaient en M. de Bouillon faisaient qu'il y eût eu de la folie à se figurer seulement que l'on pût faire quelque chose de considérable malgré lui, je pris le parti de me rendre avec respect et à l'autorité de M. le prince de Conti et à la pluralité des voix ; et l'on résolut très prudemment, à mon avis, au moins sur ce dernier point, que l'on ne s'expliquerait point du détail, le lendemain au matin, au Parlement, et que M. le prince de Conti y dirait seulement, en général, que le bruit commun portant que la paix avait été signée à Ruel, il avait résolu d'y députer, pour ses intérêts et pour ceux de messieurs les généraux. M. de Bouillon jugea qu'il serait à propos de parler ainsi, pour ne pas témoigner au Parlement que l'on fût contraire à la paix en général, et pour se donner à soi-même plus de lieu de trouver à redire aux articles en détail ; que l'on satisferait le peuple par le dernier, que l'on contenterait par le premier le Parlement, dont la pente était à l'accommodement, même dans les temps où il n'en approuvait pas les conditions ; et qu'ainsi nous mitonnerions[1] les choses (ce fut son mot), jusques à ce que nous vissions le moment propre à les décider.

Il se tourna vers moi, en finissant, pour me demander si je n'étais pas de ce sentiment. « Il ne se peut rien de mieux, lui répondis-je, supposé ce que vous faites ; mais je crois toujours qu'il se pourrait quelque chose de mieux que ce que vous faites. — Non, reprit M. de Bouillon, vous ne pouvez être de cet avis, supposé que mon frère puisse être dans trois semaines à nous. — Il ne sert de rien de disputer, lui répliquai-je, il y a arrêt ; mais il n'y a que Dieu qui nous puisse assurer qu'il y soit de sa vie. » Je dis ce mot si à l'aventure, que je fis même réflexion, un moment après, sur quoi je l'avais dit, parce qu'il est vrai qu'il n'y avait rien qui parût plus certain que la marche de M. de Turenne. Je ne laissais pas d'en avoir toujours quelque sorte de doute dans l'esprit[1], ou par un pressentiment que je n'ai toutefois jamais connu qu'en cette occasion, ou par l'appréhension, et vive et continuelle, que j'avais de nous voir manquer la seule chose par laquelle nous pouvions engager et fixer le Parlement. Nous sortîmes à trois heures après minuit de cheux M. de Bouillon, où nous étions entrés à onze, un moment après que j'eus reçu la première nouvelle de la paix, qui ne fut signée qu'à neuf à Ruel.

Le lendemain, qui fut le 12, M. le prince de Conti dit au Parlement, en douze ou quinze paroles, ce qui avait été résolu cheux M. de Bouillon. M. d'Elbeuf les périphrasa[2], et M. de Beaufort et moi, qui affectâmes de ne nous expliquer de rien, trouvâmes, à ce que les femmes nous crièrent des boutiques et dans les rues, que ce que j'avais prédit du mouvement du peuple n'était que trop bien fondé. Miron, que j'avais prié d'être à l'erte[3], eut peine à le contenir dans la rue Saint-Honoré, à l'entrée des députés, et je me repentis plus d'une fois d'avoir jeté dans le monde, comme j'avais fait dès le matin, et les plus odieux des articles et la circonstance de la signature du cardinal Mazarin. Vous avez vu ci-dessus la raison pour laquelle nous avions jugé à propos de les faire savoir ; mais il faut avouer que la guerre civile est une de ces maladies compliquées dans lesquelles le remède que vous destinez pour la guérison d'un symptôme en aigrit quelquefois trois et quatre autres.

Le 13, les députés de Ruel étant entrés au Parlement, qui était extrêmement ému, M. d'Elbeuf, désespéré d'un paquet qu'il avait reçu à onze du soir de Saint-Germain, la veille, à ce que le chevalier de Fruges me dit depuis, leur demanda fort brusquement, contre ce qui avait été arrêté chez M. de Bouillon, si ils avaient traité de quelques intérêts des généraux[1]. Et le premier président ayant voulu répondre par la lecture du procès-verbal de ce qui s'était passé à Ruel, il fut presque accablé par un bruit confus, mais uniforme, de toute la compagnie, qui s'écria qu'il n'y avait point de paix ; que le pouvoir des députés avait été révoqué ; qu'ils avaient abandonné lâchement et les généraux et tous ceux auxquels la compagnie avait accordé arrêt d'union. M. le prince de Conti dit assez doucement qu'il avait beaucoup de lieu de s'étonner que l'on eût conclu sans lui et sans messieurs les généraux : à quoi Monsieur le Premier Président ayant reparti qu'ils avaient toujours protesté qu'ils n'avaient point d'autres intérêts que ceux de la compagnie, et que de plus il n'avait tenu qu'à eux d'y députer, M. de Bouillon, qui recommença de ce jour-là à sortir de son logis, parce que sa goutte l'avait quitté, dit que le cardinal Mazarin demeurant premier ministre, il demandait pour toute grâce au Parlement de lui obtenir un passeport pour pouvoir sortir en sûreté du royaume. Le premier président lui répondit que l'on avait eu soin de ses intérêts ; qu'il avait insisté de lui-même sur la récompense de Sedan, et qu'il en aurait satisfaction ; et M. de Bouillon lui ayant témoigné et que ses discours n'étaient qu'en l'air, et que de plus il ne se séparerait jamais des autres généraux, le bruit recommença avec une telle fureur que M. le président de Mesme, que l'on chargeait d'opprobres, particulièrement sur la signature du Mazarin, en fut épouvanté, et au point qu'il tremblait comme la feuille[2]. MM. de Beaufort et de La Mothe s'échauffèrent par le grand bruit, nonobstant toutes nos premières résolutions, et le premier dit en mettant la main sur la garde de son épée : « Vous avez beau faire, messieurs les députés, celle-ci ne tranchera jamais pour le Mazarin. » Vous voyez si j'avais raison quand je disais, cheux M. de Bouillon, que dans le mouvement où seraient les esprits au retour des députés, nous ne pourrions pas répondre d'un quart d'heure à l'autre. Je devais ajouter que nous ne pourrions pas répondre de nous-mêmes.

Comme le président Le Cogneux commençait à proposer que le Parlement renvoyât les députés, pour traiter des intérêts de messieurs les généraux et pour faire réformer les articles qui ne plaisaient pas à la Compagnie, ce que M. de Bouillon lui avait inspiré, la veille, à onze du soir, l'on entendit un fort grand bruit dans la salle du Palais, qui fit peur à maître Gonin, et qui l'obligea de se taire ; le président de Bellièvre, qui était de ce qui avait été résolu cheux M. de Bouillon, ayant voulu appuyer la proposition du Cogneux, fut interrompu par un second bruit encore plus grand que le premier. L'huissier, qui était à la porte de la Grande Chambre, entra et dit, avec une voix tremblante, que le peuple demandait M. de Beaufort. Il sortit ; il harangua à sa manière la populace, et il l'apaisa pour un moment.

Le fracas recommença aussitôt qu'il fut rentré ; et le président de Novion, qui était bien voulu[1] pour s'être signalé dans les premières assemblées des chambres contre la personne du Mazarin, étant sorti hors du parquet des huissiers pour voir ce que c'était, y trouva un certain Du Boile[2], méchant avocat et si peu connu que je ne l'avais jamais ouï nommer, qui, à la tête d'un nombre infini de peuple, dont la plus grande partie avait le poignard à la main, lui dit qu'il voulait que l'on lui donnât les articles de la paix, pour faire brûler par la main d'un bourreau, dans la Grève[3], la signature du Mazarin ; que si les députés avaient signé cette paix de leur bon gré, il les fallait pendre ; que si l'on les y avait forcés à Ruel, il la fallait désavouer. Le président de Novion, fort embarrassé, comme vous pouvez juger, représenta à Du Boisle que l'on ne pouvait brûler la signature du Cardinal sans brûler celle de M. le duc d'Orléans ; mais que l'on était sur le point de renvoyer les députés pour faire réformer les articles à la satisfaction du public. L'on n'entendait cependant dans la salle, dans les galeries et dans la cour du Palais, que des voix confuses et effroyables : « Point de paix ! et point de Mazarin ! Il faut aller à Saint-Germain querir notre bon Roi ; il faut jeter dans la rivière tous les mazarins. »

Vous m'avez quelquefois ouï parler de l'intrépidité

du premier président ; elle ne parut jamais plus complète ni plus achevée qu'en ce rencontre. Il se voyait l'objet de la fureur et de l'exécration du peuple ; il le voyait armé ou plutôt hérissé de toute sorte d'armes, en résolution de l'assassiner ; il était persuadé que M. de Beaufort et moi avions ému la sédition avec la même intention. Je l'observai et je l'admirai. Je ne lui vis jamais un mouvement dans le visage, je ne dis pas qui marquât de la frayeur, mais je dis qui ne marquât une fermeté inébranlable et une présence d'esprit presque surnaturelle, qui est encore quelque chose de plus grand que la fermeté, quoiqu'elle en soit, au moins en partie, l'effet. Elle fut au point qu'il prit les voix, avec la même liberté d'esprit qu'il avait dans les audiences ordinaires, et qu'il prononça, du même ton et du même air, l'arrêt formé sur la proposition de MM. Le Cogneux et de Bellièvre, qui portait que les députés retourneraient à Ruel pour y traiter des prétentions et des intérêts de messieurs les généraux et de tous les autres qui étaient joints au parti et pour obtenir que M. le cardinal Mazarin ne signât point dans le traité qui se ferait, tant sur ce chef que sur les autres qui se pourraient remettre en négociation.

Cette délibération, assez informe comme vous voyez, ne s'expliqua pas pour ce jour-là plus distinctement, et parce qu'il était plus de cinq heures du soir quand elle fut achevée, quoique l'on fût au Palais dès les sept heures du matin, et parce que le peuple était si animé que l'on appréhenda, et avec fondement, qu'il ne forçât les portes de la Grande Chambre. L'on proposa même à Monsieur le Premier Président de sortir par les greffes, par lesquels il se pourrait retirer en son logis sans être vu[1], à quoi il répondit ces propres mots : « La cour ne se cache jamais. Si j'étais assuré de périr, je ne commettrais pas cette lâcheté, qui, de plus, ne servirait qu'à donner de la hardiesse aux séditieux. Ils me trouveraient bien dans ma maison, si ils croyaient que je les eusse appréhendés ici. » Comme je le priais de ne se point exposer au moins que je n'eusse fait mes efforts pour adoucir le peuple, il se tourna vers moi d'un air moqueur, et il me dit cette mémorable parole, que je vous ai racontée plus d'une fois : « Ha ! mon bon seigneur, dites le bon mot. » Je vous confesse que, quoiqu'il me témoignât assez par là qu'il me croyait l'auteur de la sédition, en quoi il me faisait une horrible injustice, je ne me sentis touché d'aucun mouvement que de celui qui me fit admirer l'intrépidité de cet homme, que je laissai entre les mains de Caumartin, afin qu'il le retînt jusques à ce que je revinsse à lui.

Je priai M. de Beaufort de demeurer à la porte du parquet des huissiers pour empêcher le peuple d'entrer et le Parlement de sortir. Je fis le tour par la buvette, et quand je fus dans la Grande Salle, je montai sur un banc de procureur, et ayant fait un signe de la main, tout le monde cria silence pour m'écouter. Je dis tout ce que je m'imaginai être le plus propre à calmer la sédition; et Du Boile s'avançant et me demandant avec audace si je répondais que l'on ne tiendrait pas la paix qui avait été signée à Ruel, je lui répondis que j'en étais très assuré, pourvu que l'on ne fît point d'émotion, laquelle continuant serait capable d'obliger les gens les mieux intentionnés pour le parti à chercher toutes les voies d'éviter de pareils inconvénients. Il me fallut jouer, en un quart d'heure, trente personnages tout différents. Je menaçai, je caressai, je commandai, je suppliai; enfin, comme je crus me pouvoir au moins assurer de quelques instants, je revins dans la Grande Chambre, où je pris Monsieur le Premier Président que je mis devant moi en l'embrassant. M. de Beaufort en usa de la même manière avec M. le président de Mesme, et nous sortîmes ainsi avec le Parlement en corps, les huissiers à la tête. Le peuple fit de grandes clameurs; nous entendîmes même quelques voix qui criaient: « République[1] ! » Mais l'on n'attenta[2] rien, et ainsi finit l'histoire[3].

M. de Bouillon, qui courut en cette journée plus de périls que personne, ayant été couché en joue par un misérable de la lie du peuple, qui s'était imaginé qu'il était mazarin, me dit, l'après-dînée, que je ne pourrais pas dire dorénavant qu'il n'eût au moins bien jugé pour cette fois du Parlement, et que je voyais bien que nous aurions tout le temps d'attendre M. de Turenne. Et je lui répondis qu'il attendît lui-même à juger du

Parlement, parce que je ne doutais point que le péril où il s'était vu le matin n'aidât encore beaucoup à la pente qu'il avait déjà très naturelle à l'accommodement.

Il y parut dès le lendemain, qui fut le 14, car l'on arrêta, après de grandes contestations, à la vérité, qui durèrent jusques à trois heures après midi, l'on arrêta, dis-je, que l'on ferait, le lendemain au matin, lecture de ce même procès-verbal de la conférence de Ruel et de ces mêmes articles, dont l'on n'avait pas seulement voulu entendre parler la veille.

Le 15, ce procès-verbal et ces articles furent lus, ce qui ne se passa pas sans beaucoup de chaleur, mais beaucoup moindre toutefois que celle des deux premiers jours. L'on arrêta enfin, après une infinité de paroles de picoterie qui furent dites de part et d'autre[1], de concevoir l'arrêt en ces termes :

« La cour a accepté l'accommodement et le traité, et a ordonné que les députés du Parlement retourneront à Saint-Germain pour faire instance et obtenir la réformation de quelques articles, savoir : de celui d'aller tenir un lit de justice à Saint-Germain ; de celui qui défend l'assemblée des chambres, que Sa Majesté sera très humblement suppliée de permettre en certains cas ; de celui qui permet les prêts, qui est le plus dangereux de tous pour le public, à cause des conséquences ; et les députés y traiteront aussi des intérêts de messieurs les généraux et de tous ceux qui se sont déclarés pour le parti, conjointement avec ceux qu'il leur plaira de nommer pour aller traiter particulièrement en leur nom. »

Le 16, comme on lisait cet arrêt, Machaut, conseiller, remarqua qu'au lieu de mettre « faire instance et obtenir », l'on y avait écrit « faire instance d'obtenir », et il soutint que le sentiment de la Compagnie avait été « que les députés fissent instance et obtinssent », et non pas seulement « qu'ils fissent instance d'obtenir ». Le premier président et le président de Mesme opiniâtrèrent le contraire. La chaleur fut grande dans les esprits, et comme l'on était sur le point de délibérer, Saintot, lieutenant des cérémonies, demanda à parler au premier président en particulier, et il lui rendit une lettre de M. Le Tellier, qui lui témoignait la satisfaction que le Roi avait de l'arrêté du jour précédent, et qui lui envoyait des passeports pour les députés des généraux. Cette petite pluie, qui parut douce, abattit le grand vent qui s'était élevé dans le commencement de l'assemblée. L'on ne parla plus de la question; l'on ne se ressouvint plus seulement qu'il y eût différence entre «faire instance et obtenir», et «faire instance d'obtenir». Miron, conseiller et député du parlement de Rouen, qui, dès le 13, s'était plaint en forme au Parlement de ce que l'on avait fait la paix sans appeler sa compagnie, et qui y revint encore le 16, fut à peine écouté, et le premier président lui dit simplement que si il avait les mémoires concernant les intérêts de son corps, il pouvait aller à la conférence. L'on se leva ensuite, et les députés partirent, dès l'après-dînée, pour se rendre à Ruel.

Vous les y retrouverez, après que je vous aurai rendu compte de ce qui se passa à l'Hôtel de Ville le soir de ce même 16. Je crois même que pour vous faire bien entendre le motif de ce qui y fut résolu, il est nécessaire de vous expliquer, comme par préalable, un détail qui est curieux par sa bizarrerie et qui est de la nature de ces sortes de choses qui ne tombent dans l'imagination que par la pratique. Le bruit qu'il y eut dans le Palais, le 13, obligea le Parlement à faire garder les portes du Palais par les compagnies des colonelles de la ville qui étaient encore plus animées contre la paix mazarine (c'est ainsi qu'ils l'appelaient) que la canaille, mais que l'on ne redoutait pourtant pas si fort, parce que l'on savait qu'au moins les bourgeois, dont elles étaient composées, ne voulaient pas le pillage. Celles que l'on établit ces trois jours-là à la garde du Palais furent choisies du voisinage, comme les plus intéressées à l'empêcher, et il se trouva qu'elles étaient, en effet, très dépendantes de moi, parce que je les avais toujours ménagées avec un soin très particulier, comme étant fort proches de l'archevêché, et qu'elles étaient en apparence attachées à M. de Champlâtreux, fils de Monsieur le Premier Président, parce qu'il était leur colonel. Ce rencontre m'était très fâcheux parce que le pouvoir que l'on savait que j'y avais faisait que l'on avait lieu de m'attribuer le désordre dont elles menaçaient quelquefois, et que l'autorité que M. de Champlâtreux y eût dû avoir par sa charge lui pouvait donner, par l'événement, l'honneur de l'obstacle qu'elles faisaient au mal. Cet embarras est rare et cruel, et c'est peut-être un des plus grands où je me sois trouvé de ma vie. Ces gardes si bien choisis furent dix fois sur le point de faire des insultes au Parlement, et ils en firent d'assez fâcheuses à des conseillers et à des présidents en particulier, jusques au point d'avoir mené le président de Thoré sur le quai, proche de l'horloge, pour le jeter dans la rivière[1]. Je ne dormis ni nuit ni jour, tout ce temps-là, pour empêcher le désordre. Le premier président et ses adhérents prirent une telle audace de ce qu'il n'en arrivait point, qu'ils en prirent même avantage contre nous-mêmes et qu'ils pillèrent[2], pour ainsi parler, les généraux, et par des plaintes et par des reproches, dans des moments où, si les généraux eussent reparti assez haut pour se faire entendre du peuple, le peuple eût infailliblement déchiré, malgré eux, le Parlement. Le président de Mesme les picota sur ce que les troupes n'avaient pas agi avec assez de vigueur; et Païen, conseiller de la Grande Chambre, dit sur le même sujet des impertinences ridicules à M. de Bouillon, qui, par la crainte de jeter les choses dans la confusion, les souffrit avec une modération merveilleuse; mais elle ne l'empêcha pas d'y faire une sérieuse et profonde réflexion, de me dire, au sortir du Palais, que j'en connaissais mieux le terrain que lui, de venir le soir à l'Hôtel de Ville, et de faire à M. le prince de Conti et aux autres généraux le discours dont voici la substance :

« J'avoue que je n'eusse jamais cru ce que je vois du Parlement. Il ne veut point, le 13, ouïr seulement nommer la paix de Ruel, et il la reçoit le 15, à quelques articles près. Ce n'est pas tout : il fait partir le 16, sans limiter ni régler leur pouvoir, ces mêmes députés qui ont signé la paix, non pas seulement sans pouvoir, mais contre les ordres. Ce n'est pas assez : il nous charge de reproches et d'opprobres, parce que nous prenons la liberté de nous plaindre qu'il traite sans nous et de ce qu'il abandonne M. de Longueville et M. de Turenne. C'est peu : il ne tient qu'à nous de les laisser étrangler; il faut qu'au hasard de nos vies nous sauvions la leur, et je conviens que la bonne conduite le veut. Ce n'est pas, Monsieur, dit-il en se tournant vers moi, pour blâmer ce que vous avez toujours dit sur ce sujet ; au contraire, c'est pour condamner ce que je vous y ai toujours répondu. Je conviens, Monsieur (en s'adressant à M. le prince de Conti), qu'il n'y a qu'à périr avec cette compagnie, si l'on la laisse en l'état où elle est. Je me rends, en tout et partout, à l'avis que Monsieur le Coadjuteur ouvrit dernièrement cheux moi, et je suis persuadé que si Votre Altesse diffère à le prendre et à l'exécuter, nous aurons dans deux jours une paix plus honteuse et moins sûre que la première. »

Comme la cour, qui avait de moment à autre des nouvelles de toutes les démarches du Parlement, ne doutait presque plus qu'il ne se rendît bientôt, et que par cette raison elle se refroidissait beaucoup à l'égard des négociations particulières, le discours de M. de Bouillon les trouva dans une disposition assez propre à prendre feu. Ils entrèrent sans peine dans son sentiment, et l'on n'agita plus que la manière. Je ne la répéterai point ici, parce que je l'ai déjà expliquée très amplement dans la proposition que j'en fis cheux M. de Bouillon. L'on convint de tout, et il fut résolu que, dès le lendemain, à trois heures, l'on se trouverait cheux M. de Bouillon, où l'on serait plus en repos qu'à l'Hôtel de Ville, pour y concerter la forme dont nous porterions la chose au Parlement. Je me chargeai d'en conférer, dès le soir, avec le président de Bellièvre, qui avait toujours été, sur cet article, de mon sentiment.

Comme nous étions sur le point de nous séparer, M. d'Elbeuf reçut un billet de cheux lui, qui portait que don Gabriel de Tolède[1] y était arrivé. Nous ne doutâmes pas qu'il n'apportât la ratification du traité que messieurs les généraux avaient signé, et nous y allâmes voir dans le carrosse de M. d'Elbeuf, M. de Bouillon et moi. Il apportait effectivement la ratification de Monsieur l'Archiduc ; mais il venait particulièrement pour essayer de renouer le traité pour la paix générale que j'avais proposé ; et comme il était de son naturel assez impétueux, il ne se put empêcher de témoigner, même un peu aigrement, à M. d'Elbeuf, que j'ai su depuis avoir touché de l'argent des envoyés, et assez sèchement à M. de Bouillon, que l'on n'était pas fort satisfait d'eux à Bruxelles. Il leur fut aisé de le contenter, en lui disant que l'on venait de prendre la résolution de revenir à ce traité, qu'il était venu tout à propos pour cela, et que, dès le lendemain, il en verrait des effets. Il vint souper avec Mme de Bouillon, qu'il avait fort connue autrefois, lorsqu'elle était dame du palais de l'infante, et il lui dit, en confidence, que l'archiduc lui serait fort obligé si elle pouvait faire en sorte que je reçusse dix mille pistoles que le roi d'Espagne l'avait chargé de me donner de sa part. Mme de Bouillon n'oublia rien pour me le persuader ; mais elle n'y réussit pas, et je m'en démêlai avec beaucoup de respect, mais d'une manière qui fit connaître aux Espagnols que je ne prendrais pas aisément de leur argent[1]. Ce refus m'a coûté cher depuis, non pas par lui-même en cette occasion, mais par l'habitude qu'il me donna à prendre la même conduite dans des conjonctures où il eût été du bon sens de recevoir ce que l'on m'offrait, quand même je l'eusse dû jeter dans la rivière. Ce n'est pas toujours jeu sûr de refuser de plus grand que soi.

Comme nous étions en conversation, après souper, dans le cabinet de Mme de Bouillon, Riquemont, dont je vous ai déjà parlé, y entra avec un visage consterné. Il la tira à part et il ne lui dit qu'un mot à l'oreille. Elle fondit d'abord en pleurs, et en se tournant vers don Gabriel de Tolède et vers moi : « Hélas ! s'écria-t-elle, nous sommes perdus ; l'armée a abandonné M. de Turenne. » Le courrier entra au même instant, qui nous conta succinctement l'histoire, qui était que tous les corps avaient été gagnés par l'argent de la cour, et que toutes les troupes lui avaient manqué, à la réserve de deux ou trois régiments ; que M. de Turenne avait fait beaucoup que de n'être pas arrêté, et qu'il s'était retiré, lui cinq ou sixième, chez Mme la landgrave de Hesse, sa parente et son amie[2].

M. de Bouillon fut atterré de cette nouvelle comme d'un coup de foudre, et j'en fus presque aussi touché que lui[3]. Je ne sais si je me trompai, mais il me parut que don Gabriel de Tolède n'en fut pas trop affligé, soit qu'il crût que nous n'en serions que plus dépendants d'Espagne, soit que son humeur, qui était fort gaie et fort enjouée, l'emportât sur l'intérêt du parti. M. de Bouillon ne fut pas si fort abattu de cette nouvelle qu'il ne pensât, un demi-quart d'heure après l'avoir reçue, aux expédients de la réparer. Nous envoyâmes chercher le président de Bellièvre, qui venait de recevoir un billet de M. le maréchal de Villeroi qui la lui mandait de Saint-Germain ; et ce billet portait que le premier président et le président de Mesme avaient dit à un homme de la cour, du nom duquel je ne me ressouviens pas et qu'ils avaient trouvé sur le chemin de Ruel, que si les affaires ne s'accommodaient, ils ne retourneraient plus à Paris. M. de Bouillon, qui ayant perdu sa principale considération dans la perte de l'armée de M. de Turenne, jugeait bien que les vastes espérances qu'il avait conçues d'être l'arbitre du parti n'étaient plus fondées, revint tout d'un coup à sa première disposition de porter les choses à l'extrémité, et il prit sujet de ce billet du maréchal de Villeroi pour nous dire, comme naturellement et sans affectation, que nous pouvions juger, par ce que le premier président et le président de Mesme avaient dit, que ce que nous avions projeté la veille ne recevrait pas grande difficulté dans son exécution.

Je reconnais de bonne foi que je manquai beaucoup, en cet endroit, de la présence d'esprit qui y était nécessaire ; car au lieu de me tenir couvert devant don Gabriel de Tolède et de me réserver à m'ouvrir à M. de Bouillon, quand nous serions demeurés, le président de Bellièvre et moi, seuls avec lui, je lui répondis que les choses étaient bien changées, et que la désertion de l'armée de M. de Turenne faisait que ce qui la veille était facile dans le Parlement y serait le lendemain impossible et même ruineux. Je m'étendis sur cette matière ; et cette imprudence, de laquelle je ne m'aperçus que quand il ne fut plus temps d'y remédier, me jeta dans des embarras que j'eus bien de la peine à démêler. Don Gabriel de Tolède, qui avait ordre, à ce que Mme de Bouillon m'a dit depuis, de s'ouvrir avec moi, s'en cacha, au contraire, avec soin dès qu'il me vit changé sur la nouvelle de M. de

Turenne ; et il fit parmi les généraux des cabales qui me donnèrent beaucoup de peine. Je vous expliquerai ce détail, après que je vous aurai rendu compte de la suite de la conversation que nous eûmes, ce soir-là, cheux M. de Bouillon.

Comme il se sentait et qu'il ne se pouvait pas nier à lui-même que ses délais n'eussent mis les affaires où elles étaient tombées, il coula, dans les commencements d'un discours qu'il adressait à don Gabriel, comme pour lui expliquer le passé, il coula, dis-je, que c'était au moins une espèce de bonheur que la nouvelle de la désertion des troupes de M. de Turenne fût arrivée devant que l'on eût exécuté ce que l'on avait résolu de proposer au Parlement, parce que, ajouta-t-il, le Parlement, voyant que le fondement sur lequel l'on l'eût engagé lui eût manqué, aurait tourné tout à coup contre nous, au lieu que nous sommes présentement en état de fonder de nouveau la proposition ; et c'est sur quoi nous avons, ce me semble, à délibérer.

Ce raisonnement, qui était très subtil et très spécieux, me parut, dès l'abord, très faux, parce qu'il supposait pour certain qu'il y eût une nouvelle proposition à faire, ce qui était toutefois le fonds de la question. Je n'ai jamais vu homme qui entendît cette figure[1], approchant de M. de Bouillon. Il m'avait souvent dit que le comte Maurice avait accoutumé de reprocher à Barnevelt, à qui il fit depuis trancher la tête[2], qu'il renverserait la Hollande en donnant toujours le change aux États[3] par la supposition certaine de ce qui faisait la question. J'en fis ressouvenir, en riant, M. de Bouillon, au moment dont il s'agit, et je lui soutins qu'il n'y avait plus rien qui pût empêcher le Parlement de faire la paix, que tous les efforts par lesquels l'on prétendrait l'arrêter l'y précipiteraient, et que j'étais persuadé qu'il fallait délibérer sur ce principe. La contestation s'échauffant, M. de Bellièvre proposa d'écrire ce qui se dirait de part et d'autre. Voici ce que je lui dictai et ce que j'avais encore de sa main, cinq ou six jours devant que je fusse arrêté. Il en eut quelque scrupule, il me le demanda, je le lui rendis, et ce fut un grand bonheur pour lui, car je ne sais si cette paperasse, qui eût pu être prise, ne lui eût point nui quand l'on le fit premier président[1]. En voici le contenu :

« Je vous ai dit plusieurs fois que toute compagnie est peuple, et que tout, par conséquent, y dépend des instants ; vous l'avez éprouvé peut-être plus de cent fois depuis deux mois ; et si vous aviez assisté aux assemblées du Parlement, vous l'auriez observé plus de mille. Ce que j'y ai remarqué de plus est que les propositions n'y ont qu'une fleur[2], et que telle qui y plaît merveilleusement aujourd'hui y déplaît demain à proportion. Ces raisons m'ont obligé jusques ici de vous presser de ne pas manquer l'occasion de la déclaration de M. de Turenne, pour engager le Parlement et pour l'engager d'une manière qui le pût fixer. Rien ne pouvait produire cet effet que la proposition de la paix générale, qui est de soi-même le plus grand et le plus plausible de tous les biens, et qui nous donnait lieu de demeurer armés dans le temps de la négociation.

« Quoique don Gabriel ne soit pas français, il sait assez nos manières pour ne pas ignorer qu'une proposition de cette nature, qui va à faire faire la paix à son roi malgré tout son conseil, demande de grands préalables dans un Parlement, au moins quand l'on la veut porter jusques à l'effet. Lorsque l'on ne l'avance que pour amuser les auditeurs, ou pour donner un prétexte aux particuliers d'agir avec plus de liberté, comme nous le fîmes dernièrement quand don Josef de Illescas eut son audience du Parlement, l'on la peut hasarder plus légèrement, parce que le pis du pis est qu'elle ne fasse point son effet ; mais quand on pense à la faire effectivement réussir, et quand même l'on s'en veut servir, en attendant qu'elle réussisse, à fixer une compagnie que rien autre chose ne peut fixer, je mets en fait qu'il y [a] encore plus de perte à la manquer en la proposant légèrement, qu'il n'y a d'avantage à l'emporter en la proposant à propos. Le seul nom de l'armée de Weimar était capable d'éblouir le premier jour le Parlement. Je vous le dis ; vous eûtes vos raisons pour différer ; je les crois bonnes et je m'y suis soumis. Le nom et l'armée de M. de Turenne l'eût encore apparemment emporté, il n'y a que trois ou quatre jours. Je vous le représentai ; vous eûtes vos considérations pour attendre ; je les crois justes et je m'y suis rendu. Vous revîntes hier à mon sentiment, et je ne m'en départis pas, quoique je connusse très bien que la proposition dont il s'agissait avait déjà beaucoup perdu de sa fleur[1] ; mais je crus, comme je le crois encore, que nous l'eussions fait réussir si l'armée de M. de Turenne ne lui eût pas manqué, non pas peut-être avec autant de facilité que les premiers jours, mais au moins avec la meilleure partie de l'effet qui nous était nécessaire. Ce n'est plus cela.

« Qu'est-ce que nous avons pour appuyer dans le Parlement la proposition de la paix générale ? Nos troupes ? Vous voyez ce qu'ils vous en ont dit eux-mêmes aujourd'hui dans la Grande Chambre. L'armée de M. de Longueville, vous savez ce que c'est ; nous la disons de sept mille hommes de pied et de trois mille chevaux, et nous ne disons pas vrai de plus de moitié ; et vous n'ignorez pas que nous l'avons tant promise et que nous l'avons si peu tenue, que nous n'en oserions presque plus parler. À quoi nous servira donc de faire au Parlement la proposition de la paix générale, qu'à lui faire croire et dire que nous n'en parlons que pour rompre la particulière, ce qui sera le vrai moyen de la faire désirer à ceux qui ne la veulent point ? Voilà l'esprit des compagnies, et plus de celle-là, au moins à ce qui m'en a paru, que de toute autre, sans excepter celle de l'Université. Je tiens pour constant que si nous exécutons ce que nous avions résolu, nous n'aurons pas quarante voix qui aillent à ordonner aux députés de revenir à Paris, en cas que la cour refuse ce que nous lui proposerons ; tout le reste n'est que parole qui n'engagera à rien le Parlement, dont la cour sortira aussi par des paroles qui ne lui coûteront rien, et tout ce que nous ferons sera de faire croire à tout Paris et à tout Saint-Germain que nous avons un très grand et très particulier concert avec Espagne. »

M. de Bouillon, qui sortit du cabinet de madame sa femme, avec elle et avec don Gabriel, sous prétexte d'aller écrire ses pensées dans le sien, nous dit, au président de Bellièvre et à moi, lorsque nous eûmes fini notre écrit, dans lequel le président de Bellièvre avait mis beaucoup du sien, qu'il avait un si grand mal de tête qu'il avait été obligé de quitter la plume à la seconde ligne. La vérité était qu'il était demeuré en conférence avec don Gabriel, dont les ordres portaient de se conformer entièrement à ses sentiments. Je le sus en retournant cheux moi, où je trouvai un valet de chambre de Laigue, qu'il m'envoyait de l'armée d'Espagne, qui s'était avancée, avec une dépêche de dix-sept pages de chiffre. Il n'y avait que deux ou trois lignes en lettre ordinaire, qui me marquait que quoique Fuensaldagne fût bien plus satisfait de l'avis dont j'avais été, à propos du traité des généraux, que de celui de M. de Bouillon, néanmoins la confiance que l'on avait à Bruxelles en madame sa femme faisait que l'on l'y croyait plus que moi. Je vous rendrai compte de la grande dépêche en chiffre, après que j'aurai achevé ce qui se passa cheux M. de Bouillon.

M. le président de Bellièvre y ayant lu notre écrit en présence de M. et de Mme de Bouillon et de M. de Brissac, qui revenait du camp, nous nous aperçûmes, en moins d'un rien, que don Gabriel de Tolède, qui y était aussi présent, n'avait pas plus de connaissance de nos affaires que nous en pouvions avoir de celles de Tartarie[1]. De l'esprit, de l'agrément, de l'enjouement, peut-être même de la capacité, qui avait au moins paru en quelque chose dont il se mêla, à l'égard de feu Monsieur le Comte ; mais je n'ai guère vu d'ignorance plus crasse, au moins par rapport aux matières dont il s'agissait. C'est une grande faute que d'envoyer de tels négociateurs. J'ai observé qu'elle est très commune. Il nous parut que M. de Bouillon ne contesta notre écrit qu'autant qu'il fut nécessaire pour faire voir à don Gabriel qu'il n'était pas de notre avis, « dont je ne suis pas en effet, me dit-il à l'oreille, mais dont il m'est important que cet homme ici ne me croie pas ; et, ajouta-t-il un moment après, je vous en dirai demain la raison ».

Il était deux heures après minuit sonnées, quand je retournai cheux moi, et j'y trouvai, pour rafraîchissement[2], la lettre de Laigue dont je vous ai parlé ; je passai le reste de la nuit à la déchiffrer, et je n'y rencontrai pas une syllabe qui ne me donnât une mortelle douleur. La lettre était écrite de la main de Laigue, mais elle était en commun de Noirmoutier et de lui, et la substance de ces dix-sept pages était que nous avions eu tous les torts du monde de souhaiter que les Espagnols ne s'avançassent pas dans le royaume ; que tous les peuples étaient si animés contre le Mazarin et si bien intentionnés pour la défense de Paris qu'ils venaient de toutes parts au-devant d'eux ; que nous ne devions point appréhender que leur marche nous fît tort dans le public ; que Monsieur l'Archiduc était un saint, qui mourrait plutôt de mille morts que de prendre des avantages desquels l'on ne serait point convenu ; que M. de Fuensaldagne était un homme net, de qui, dans le fond, il n'y avait rien à craindre.

La conclusion était que le gros de l'armée d'Espagne serait tel jour à Vadancour, l'avant-garde tel jour à Pont-à-Vère ; qu'elle y séjournerait quelques autres jours, car je ne me ressouviens pas précisément du nombre : après quoi l'archiduc faisait état de se venir poster à Dammartin[1] ; que le comte de Fuensaldagne leur avait donné des raisons si pressantes et si solides de cette marche, qu'ils ne s'étaient pas pu défendre d'y donner les mains et même de l'approuver ; qu'il les avait priés de m'en donner part en mon particulier, et de m'assurer qu'il ne ferait jamais rien que de concert avec moi.

Il n'était plus heure de se coucher quand j'eus déchiffré cette lettre ; mais quand même j'eusse été dans le lit, je n'y eusse pas assurément reposé, dans la cruelle agitation qu'elle me donna, et cette agitation aigrie par toutes les circonstances qui la pouvaient envenimer. Je voyais le Parlement plus éloigné que jamais de s'engager dans la guerre, à cause de la désertion de l'armée de M. de Turenne ; je voyais les députés à Ruel beaucoup plus hardis que la première fois, par le succès de leur prévarication. Je voyais le peuple de Paris aussi disposé à faire entrée à l'archiduc qu'il l'eût pu être à recevoir M. le duc d'Orléans. Je voyais que ce prince, avec son chapelet qu'il avait toujours à la main, et que Fuensaldagne, avec son argent, y auraient en huit jours plus de pouvoir que tout ce que nous étions. Je voyais que le dernier, qui était un des plus habiles hommes du monde, avait tellement mis la main sur Noirmoutier et sur Laigue, qu'il les avait comme enchantés[2]. Je voyais que M. de

Bouillon, qui venait de perdre la considération de l'armée d'Allemagne, retombait dans ses premières propositions de porter toutes les choses à l'extrémité. Je voyais que la cour, qui se croyait assurée du Parlement, y précipitait nos généraux, par le mépris qu'elle recommençait d'en faire depuis les deux dernières délibérations du Palais. Je voyais que toutes ces dispositions nous conduisaient naturellement et infailliblement à une sédition populaire qui étranglerait le Parlement, qui mettrait les Espagnols dans le Louvre, qui renverserait peut-être et même apparemment[1] l'État ; et je voyais, sur le tout, que le crédit que j'avais dans le peuple, et par moi et par M. de Beaufort, et les noms de Noirmoutier et de Laigue, qui avaient mon caractère[2], me donneraient, sans que je m'en pusse défendre, le triste et funeste honneur de ces fameux exploits, dans lesquels le premier soin du comte de Fuensaldagne serait de m'anéantir moi-même.

Vous voyez assez, par toutes ces circonstances, l'embarras où je me trouvais, et ce qui en était encore de plus fâcheux est que je n'avais presque personne à qui je m'en pusse ouvrir que le président de Bellièvre, homme de bon sens, mais qui n'était ferme que jusques à un certain point ; et il n'y a que l'expérience qui puisse faire concevoir les égards qu'il faut observer avec les gens de ce caractère. Il n'y a peut-être rien de plus embarrassant, et je ne jugeai pas qu'il fût à propos, par cette raison, que je me découvrisse tout à fait à lui de ma peine, qu'il ne voyait pas par lui-même dans toute son étendue. Je fus tout le matin dans ces pensées, et je me résolus de les aller communiquer à mon père, qui était retiré depuis plus de vingt ans dans l'Oratoire, et qui n'avait jamais voulu entendre parler de toutes mes intrigues. Il me vint une pensée, entre la porte Saint-Jacques et Saint-Magloire[3], qui fut de contribuer, sous main, tout ce qui serait en moi à la paix, pour sauver l'État, qui me paraissait sur le penchant de sa ruine, et de m'y opposer en apparence pour me maintenir avec le peuple, et pour demeurer toujours à la tête d'un parti non armé, que je pourrais armer ou ne pas armer dans les suites, selon les occasions. Cette imagination, quoique non digérée, tomba d'abord dans l'esprit de mon père, qui était naturellement fort modéré, ce qui commença à me faire croire qu'elle n'était pas si extrême qu'elle me l'avait paru d'abord. Après l'avoir discutée elle ne nous parut pas même si hasardeuse à beaucoup près, et je me ressouvins de ce que j'avais observé quelquefois, que tout ce qui paraît hasardeux et ne l'est pas est presque toujours sage. Ce qui me confirma encore dans mon opinion fut que mon père, qui avait reçu deux jours auparavant beaucoup d'offres avantageuses pour moi du côté de la cour, par la voie de M. de Liancourt[1], qui était à Saint-Germain, convenait que je n'y pouvais trouver aucune sûreté. Nous dégrossâmes[2] notre proposition, nous la revêtîmes de ce qui lui pouvait donner et de la couleur et de la force, et je me résolus de prendre ce parti et de l'inspirer, si il m'était possible, dès l'après-dînée, à MM. de Bouillon, de Beaufort et de La Mothe-Houdancourt, avec lesquels nous faisions état de nous assembler.

M. de Bouillon, qui voulait laisser le temps aux envoyés d'Espagne de gagner messieurs les généraux, s'en excusa sur je ne sais quel prétexte, et remit l'assemblée au lendemain. Je confesse que je ne me doutai point de son dessein et que je ne m'en aperçus que le soir, où je trouvai M. de Beaufort très persuadé que nous n'avions plus rien à faire qu'à fermer les portes de Paris aux députés de Ruel, qu'à chasser le Parlement, qu'à se rendre maître de l'Hôtel de Ville et qu'à faire avancer l'armée d'Espagne dans nos faubourgs. Comme le président de Bellièvre me venait d'avertir que Mme de Montbazon lui avait parlé dans les mêmes termes, je me le tins pour dit, et je commençai là à reconnaître la sottise que j'avais faite de m'ouvrir au point que je m'étais ouvert, en présence de don Gabriel de Tolède, cheux M. de Bouillon. J'ai su depuis par lui-même qu'il avait été quatre ou cinq heures, la nuit suivante, cheux Mme de Montbazon, à qui il avait promis vingt mille écus comptant et une pension de six mille, en cas qu'elle portât M. de Beaufort à ce que Monsieur l'Archiduc désirerait de lui. Il n'oublia pas les autres. Il eut à bon marché M. d'Elbeuf ; il donna des lueurs au maréchal de La

Mothe de lui faire trouver des accommodements touchant le duché de Cardonne[1]. Enfin je connus, le jour que nous nous assemblâmes, M. de Beaufort, M. de Bouillon, le maréchal de La Mothe et moi, que le catholicon d'Espagne n'avait pas été épargné dans les drogues qui se débitèrent dans cette conversation.

Tout le monde m'y parut persuadé que la désertion des troupes de M. de Turenne ne nous laissait plus de choix pour les partis qu'il y avait à prendre, et que l'unique était de se rendre, par le moyen du peuple, maître du Parlement et de l'Hôtel de Ville.

Je suis très persuadé que je vous ennuierais si je rebattais ici les raisons que j'alléguai contre ce sentiment, parce que ce furent les mêmes que je vous ai déjà, ce me semble, exposées plus d'une fois. M. de Bouillon, qui, ayant perdu l'armée d'Allemagne et ne se voyant plus, par conséquent, assez de considération pour tirer de grands avantages du côté de la cour, ne craignait plus de s'engager pleinement avec Espagne, ne voulut point concevoir ce que je disais. Mais j'emportai MM. de Beaufort et de La Mothe, auxquels je fis comprendre assez aisément qu'ils ne trouveraient pas une bonne place dans un parti qui serait réduit, en quinze jours, à dépendre en tout et par tout du Conseil d'Espagne. Le maréchal de La Mothe n'eut aucune peine à se rendre à mon sentiment; mais comme il savait que don Francisco Pizarro était parti la veille pour aller trouver M. de Longueville, avec lequel il était intimement lié, il ne s'expliquait pas tout à fait décisivement. M. de Beaufort ne balança point, quoique je reconnusse à mille choses qu'il avait été bien catéchisé par Mme de Montbazon, dont je remarquai de certaines expressions toutes copiées. M. de Bouillon, très embarrassé, me dit avec émotion : « Mais si nous eussions engagé le Parlement, comme vous le vouliez dernièrement, et que l'armée d'Allemagne nous eût manqué comme elle a fait et comme cet engagement du Parlement ne l'en eût pas empêché, n'aurions-nous pas été dans le même état où nous sommes ? Et vous faisiez pourtant votre compte, en ce cas, de soutenir la guerre avec nos troupes, avec celles de M. de Longueville, avec celles qui se font présentement pour nous dans toutes les provinces du royaume. — Ajoutez, si il vous plaît, Monsieur, lui répondis-je, avec le parlement de Paris, déclaré et engagé pour la paix générale ; car ce même parlement, qui ne s'engagera pas sans M. de Turenne, tiendrait fort bien sans M. de Turenne si il avait une fois été engagé, et il eût été aussi judicieux, en ce temps-là, de fonder sur lui, qu'il l'est à mon avis, à cette heure, de n'y rien compter. Les compagnies vont toujours devant elles, quand elles ont été jusques à un certain point, et leur retour n'est point à craindre quand elles sont fixées. La proposition de la paix générale l'eût fait à mon opinion, dans le moment de la déclaration de M. de Turenne ; nous avons manqué ce moment ; je suis convaincu qu'il n'y a plus rien à faire de ce côté-là, et je crois même, Monsieur, dis-je en m'adressant à M. de Bouillon, que vous en êtes persuadé comme moi. La seule différence est, au moins à mon sens, que vous croyez que nous pouvons soutenir l'affaire par le peuple, et que je crois que nous ne le devons pas : c'est la vieille question qui a été déjà agitée plusieurs fois. »

M. de Bouillon, qui ne voulut point la remettre sur le tapis, parce qu'il avait reconnu de bonne foi avec moi, en deux ou trois occasions, que mes sentiments étaient raisonnables sur ce chef, tourna tout court, et il me dit : « Ne contestons point. Supposé qu'il ne se faille point servir du peuple dans cette conjoncture, que faut-il faire ? quel est votre avis ? — Il est bizarre et extraordinaire, lui répliquai-je ; le voici : je vous le vas expliquer en peu de paroles, et je commencerai par ses fondements. Nous ne pouvons empêcher la paix sans ruiner le Parlement par le peuple ; nous ne saurions soutenir la guerre par le peuple sans nous mettre dans la dépendance de l'Espagne ; nous ne saurions avoir la paix avec Saint-Germain, que nous ne consentions à voir le cardinal Mazarin dans le ministère ; nous ne pouvons trouver aucune sûreté dans ce ministère. » M. de Bouillon, qui, avec la physionomie d'un bœuf, avait la perspicacité d'un aigle, ne me laissa pas achever. « Je vous entends, me dit-il, vous voulez laisser faire la paix et vous voulez en même temps n'en point être. — Je veux faire plus, lui répondis-je ; car je m'y veux opposer, mais de ma voix simplement et de celle des gens qui voudront bien hasarder la même chose. — Je vous entends encore, reprit M. de Bouillon ; voilà une grande et belle pensée : elle vous convient, elle peut même convenir à M. de Beaufort, mais elle ne convient qu'à vous deux. — Si elle ne convenait qu'à nous deux, lui repartis-je, je me couperais plutôt la langue que de la proposer. Elle vous convient plus qu'à personne, si vous voulez jouer le même personnage que nous ; et si vous ne croyez pas le devoir, celui que nous jouerons ne vous conviendra pas moins, parce que vous vous en pouvez très bien accommoder. Je m'explique.

« Je suis persuadé que ceux qui persisteront à demander, pour condition de l'accommodement, l'exclusion du Mazarin, demeureront les maîtres des peuples, encore assez longtemps, pour profiter des occasions que la fortune fait toujours naître dans des temps qui ne sont pas encore remis et rassurés. Qui peut jouer ce rôle avec plus de dignité et avec plus de force que vous, Monsieur, et par votre réputation et par votre capacité ? Nous avons déjà la faveur des peuples, M. de Beaufort et moi ; vous l'aurez demain comme nous par une déclaration de cette nature. Nous serons regardés de toutes les provinces comme les seuls sur qui l'espérance publique se pourra fonder. Toutes les fautes du ministère nous tourneront à compte ; notre considération en sauvera quelques-unes au public ; les Espagnols en auront une très grande pour nous ; le Cardinal ne pourra s'empêcher de nous en donner lui-même, parce que la pente qu'il a à toujours négocier fera qu'il ne pourra s'empêcher de nous rechercher. Tous ces avantages ne me persuadent pas que ce parti que je vous propose soit fort bon : j'en vois tous les inconvénients, et je n'ignore pas que, dans le chapitre des accidents, auquel je conviens qu'il faut s'abandonner en suivant ce chemin, nous pouvons trouver des abîmes ; mais il est, à mon opinion, nécessaire de les hasarder quand l'on est assuré de rencontrer encore plus de précipices dans les voies ordinaires. Nous n'avons déjà que trop rebattu ceux qui sont inévitables dans la guerre, et ne voyons-nous pas, d'un clin d'œil, ceux de la paix sous un ministère outragé, et dont le rétablissement parfait ne dépendra que de notre ruine ? Ces considérations me font croire que ce parti vous convient à tous pour le moins aussi justement qu'à moi ; mais je maintiens que quand il ne vous conviendrait pas de le prendre, il vous convient toujours que je le prenne, parce qu'il facilitera beaucoup votre accommodement, et qu'il le facilitera en deux manières, et en vous donnant plus de temps pour le traiter devant que la paix se conclue, et en tenant, après qu'elle le sera, le Mazarin en état d'avoir plus d'égards pour ceux dont il pourra appréhender la réunion avec moi. »

M. de Bouillon, qui avait toujours dans la tête qu'il pourrait trouver sa place dans l'extrémité, sourit à ces dernières paroles, et il me dit : « Vous m'avez tantôt fait la guerre de la figure de rhétorique de Barnevelt, et je vous le rends, car vous supposez, par votre raisonnement, qu'il faut laisser faire la paix, et c'est ce qui est en question, car je maintiens que nous pouvons soutenir la guerre, en nous rendant, par le moyen du peuple, maîtres du Parlement. — Je ne vous ai parlé, Monsieur, lui répondis-je, que sur ce que vous m'aviez dit qu'il ne fallait plus contester sur ce point, et que vous désiriez simplement d'être éclairci du détail de mes vues sur la proposition que je vous faisais. Vous revenez présentement au gros de la question, sur laquelle je n'ai rien à vous répondre que ce que je vous ai déjà dit vingt ou trente fois. — Nous ne nous sommes pas persuadés, reprit-il, et ne voulez-vous pas bien vous en rapporter au plus de voix ? — De tout mon cœur, lui répondis-je : il n'y a rien de plus juste. Nous sommes dans le même vaisseau : il faut périr ou se sauver ensemble[1]. Voilà M. de Beaufort qui est assurément dans le même sentiment ; et quand lui et moi serions encore plus maîtres du peuple que nous ne le sommes, je crois que lui et moi mériterions d'être déshonorés, si nous nous servions de notre crédit, je ne dis pas pour abandonner, mais je dis pour forcer le moindre homme du parti à ce qui ne serait pas de son avantage. Je me conformerai à l'avis commun, je le signerai de mon sang, à condition toutefois que vous ne serez pas dans la liste de ceux à qui je m'engagerai, car je le suis assez, comme vous savez, par le respect et par l'amitié que j'ai pour vous. » M. de Beaufort nous réjouit sur cela de quelques apophtegmes, qui ne manquaient jamais dans les occasions où ils étaient les moins requis.

M. de Bouillon, qui savait bien que son avis ne passerait pas à la pluralité, et qui ne m'avait proposé de l'y mettre que parce qu'il croyait que j'en appréhenderais la commise[1], qui découvrirait à trop de gens le jeu, dont la plus grande finesse était de le bien cacher, me dit et sagement et honnêtement : « Vous savez bien que ce ne serait ni votre compte ni le mien que de discuter ce détail dans le moment où nous sommes, en présence de gens qui seraient capables d'en abuser. Vous êtes trop sage, et je ne suis pas assez fou pour leur porter cette matière aussi crue et aussi peu digérée qu'elle l'est encore. Approfondissons-la, je vous supplie, devant qu'ils puissent seulement s'imaginer que nous la traitions. Votre intérêt n'est pas, à ce que vous prétendez, de vous rendre maître de Paris par le peuple ; le mien, au moins comme je le conçois, n'est pas de laisser faire la paix sans m'accommoder. Demandez, ajouta-t-il, à M. le maréchal de La Mothe, si Mlle de Touci y consentirait pour lui. » J'entendis ce que M. de Bouillon voulait dire : M. de La Mothe était fort amoureux de Mlle de Touci, et l'on croyait même en ce temps-là qu'il l'épouserait encore plus tôt qu'il ne fit[2]. Et M. de Bouillon, qui me voulait marquer que la considération de madame sa femme ne lui permettait pas de prendre pour lui le parti que je lui avais proposé, et qui ne voulait pas le marquer aux autres, se servit de cette manière pour me l'insinuer, et pour m'empêcher de l'en presser davantage devant eux, auxquels il n'avait pas la même confiance qu'il avait en moi. Il me l'expliqua ainsi un moment après, auquel il eut le moyen de me parler seul, parce que Mlle de Longueville, dans la chambre de qui cette conversation se passa, à l'Hôtel de Ville, revint de ses visites, et nous obligea d'aller chercher un autre lieu pour continuer notre discours.

Comme M. de Beaufort et M. de La Mothe étaient

après pour faire ouvrir une espèce de bureau qui répond sur la salle, M. de Bouillon eut le temps de me dire que je ne devais pas avoir au moins tout seul les gants de ma proposition ; qu'elle lui était venue dans l'esprit dès qu'il eut appris la désertion de l'armée de monsieur son frère ; que ce parti était l'unique bon, qu'il avait même le moyen de l'améliorer encore beaucoup davantage, en le faisant goûter aux Espagnols ; qu'il avait été sur le point, cinq ou six fois dans un jour, de me le communiquer, mais que madame sa femme s'y était toujours opposée avec une telle fermeté, avec tant de larmes, avec une si vive douleur, qu'elle lui avait enfin fait donner parole de n'y plus penser, et de s'accommoder à la cour ou de prendre parti avec Espagne. « Je vois bien, ajouta-t-il, que vous ne voulez pas du second ; aidez-moi au premier, je vous en conjure ; vous voyez la confiance parfaite que j'ai en vous. »

M. de Bouillon me dit tout cela en confusion et en moins de paroles que je ne vous le viens d'exprimer ; et comme MM. de Beaufort et de La Mothe nous rejoignirent, avec le président de Bellièvre, qu'ils avaient trouvé sur le degré, je n'eus le temps que de serrer la main à M. de Bouillon, et nous entrâmes tous ensemble dans le bureau. Il y expliqua, en peu de mots, à M. de Bellièvre le commencement de notre conversation ; il témoigna ensuite qu'il ne pouvait, en son particulier, prendre le parti que je lui avais proposé, parce qu'il risquait pour jamais toute sa maison, à laquelle il serait responsable de sa ruine ; qu'il devait tout en cette conjoncture à monsieur son frère, dont les intérêts ne comportaient pas apparemment une conduite de cette nature ; qu'il nous pouvait au moins assurer, par avance, qu'elle était bien éloignée et de son humeur et de ses maximes ; enfin il n'oublia rien pour persuader, particulièrement au président de Bellièvre, qu'il jouait le droit du jeu[1] de ne pas entrer dans ma proposition. Je le remarquai, et je vous en dirai tantôt la raison. Il revint tout d'un coup, après s'être beaucoup étendu, même jusques à la disgression, et il dit en se tournant vers M. de Beaufort et vers moi : « Mais entendons-nous, comme vous l'avez tantôt proposé. Ne consentez à la paix, au moins par votre voix dans le Parlement, que sous la condition de l'exclusion du Mazarin. Je me joindrai à vous, je tiendrai le même langage. Peut-être que notre fermeté donnera plus de force que nous ne croyons nous-mêmes au Parlement. Si cela n'arrive pas, et même dans le doute que cela n'arrive pas, qui n'est que trop violent, agréez que je cherche à sauver ma maison, et que j'essaye d'en trouver les voies par les accommodements, qui ne peuvent pas être fort bons en l'état où sont les choses, mais qui pourront peut-être le devenir avec le temps. »

Je n'ai guères eu en ma vie de plus sensible joie que celle que je reçus à cet instant. Je pris la parole avec précipitation, et je répondis à M. de Bouillon que j'avais tant d'impatience de lui faire connaître à quel point j'étais son serviteur, que je ne me pouvais empêcher de manquer même au respect que je devais à M. de Beaufort, et de prendre même la parole devant lui, pour lui dire que non seulement je lui rendais, en mon particulier, toutes les paroles d'engagements qu'il avait pris avec moi, mais que je lui donnais de plus la mienne que je ferais, pour faciliter son accommodement, tout ce qu'il lui plairait sans exception ; qu'il se pouvait servir et de moi et de mon nom pour donner à la cour toutes les offres qui lui pourraient être bonnes, et que, comme dans le fond je ne voulais pas m'accommoder avec le Mazarin, je le rendais maître, avec une sensible joie, de toutes les apparences de ma conduite, desquelles il se pourrait servir pour ses avantages.

M. de Beaufort, dont le naturel était de renchérir toujours sur celui qui avait parlé le dernier, lui sacrifia avec emphase tous les intérêts passés, présents, et à venir de la maison de Vendôme ; le maréchal de La Mothe lui fit son compliment, et le président de Bellièvre lui fit son éloge. Nous convînmes, en un quart d'heure, de tous nos faits. M. de Bouillon se chargea de faire agréer aux Espagnols cette conduite, pourvu que nous lui donnassions parole de ne leur point témoigner qu'elle eût été concertée auparavant avec nous. Nous prîmes le soin, le maréchal de La Mothe et moi, de proposer à M. de Longueville, en son nom, en celui de M. de Beaufort et au mien, le parti que M. de Bouillon prenait pour lui ; et nous ne doutâmes point qu'il ne l'acceptât, parce que tous les gens irrésolus prennent toujours avec facilité et même avec joie toutes les ouvertures qui les mènent à deux chemins, et qui par conséquent ne les pressent pas d'opter. Nous crûmes que, par cette raison, M. de La Rochefoucauld ne nous ferait point d'obstacle, ni auprès de M. le prince de Conti ni auprès de Mme de Longueville ; et ainsi nous résolûmes que M. de Bouillon en ferait, dès le soir même, la proposition à M. le prince de Conti, en présence de tous les généraux, à l'exception de M. d'Elbeuf, qui était au camp, et auquel M. de Bellièvre se chargea de faire agréer ce que nous ferions, au moins en cette matière, qui était tout à fait de son génie. Il fut toutefois de la conférence, parce qu'il revint plus tôt qu'il ne le croyait.

Cette conférence fut curieuse, en ce que M. de Bouillon n'y proféra pas un mot par lequel l'on se pût plaindre qu'il eût seulement songé à tromper personne, et qu'il n'en omit pas un seul qui pût couvrir son véritable dessein. Je vous rapporterai son discours syllabe à syllabe[1], et tel que je l'écrivis une heure après qu'il l'eut fait, après que je vous aurai rendu compte de ce qu'il me dit en sortant du bureau, où nous avions eu une partie de notre conversation de l'après-dînée. « Ne me plaignez-vous pas, me dit-il, de me voir dans la nécessité où vous me voyez de ne pouvoir prendre l'unique parti où il y ait de la réputation pour l'avenir et de la sûreté pour le présent ? Je conviens que c'est celui que vous avez choisi ; et si il était en mon pouvoir de le suivre, je crois, sans vanité, que j'y mettrais un grain[2] qui ajouterait un peu au poids. Vous avez tantôt remarqué que j'avais peine à m'ouvrir tout à fait des raisons que j'ai d'agir comme je fais devant le président de Bellièvre, et il est vrai ; et vous avouerez que je n'ai pas tort, quand je vous aurai dit que ce bourgeois me déchira avant-hier, une heure durant, sur la déférence que j'ai pour les sentiments de ma femme. Je veux bien vous l'avouer à vous, qui êtes une âme vulgaire, qui compatissez à ma faiblesse, et je suis même assuré que vous me plaindrez, mais que vous ne me blâmerez pas de ne pas exposer une femme que j'aime autant, et huit enfants qu'elle aime plus que soi-même, à un parti aussi hasardeux que celui que vous prenez et que je prendrais de très bon cœur avec vous si j'étais seul. » Je fus touché et du sentiment de M. de Bouillon et de sa confiance, au point que je le devais ; et je lui répondis que j'étais bien éloigné de le blâmer, que je l'en honorerais toute ma vie davantage, et que la tendresse pour madame sa femme, qu'il venait d'appeler une faiblesse, était une de ces sortes de choses que la politique condamne et que la morale justifie, parce qu'elles sont une marque infaillible de la bonté d'un cœur qui ne peut être supérieur à la politique qu'il ne le soit en même temps à l'intérêt.

Je ne trompais pas assurément M. de Bouillon en lui parlant ainsi, et vous savez que je vous ai dit plus d'une fois qu'il y a de certains défauts qui marquent plus une bonne âme que de certaines vertus.

Nous entrâmes un moment après cheux M. le prince de Conti, qui soupait, et M. de Bouillon le pria qu'il lui pût parler en présence de Mme de Longueville, de messieurs les généraux et des principales personnes du parti. Comme il fallait du temps pour rassembler tous ces gens-là, l'on remit la conversation à onze heures du soir, et M. de Bouillon alla, en attendant, chez les envoyés d'Espagne, auxquels il persuada que la conduite que nous venions de résoudre ensemble, et qu'il ne leur disait pas pourtant avoir concertée avec nous, leur pouvait être très utile, et parce que la fermeté que nous conservions contre le Mazarin pourrait peut-être rompre la paix, et parce que, supposé même qu'elle se fît, ils pourraient toujours tirer un fort grand avantage, dans les suites, du personnage que j'avais pris la résolution de jouer. Il assaisonna ce tour[1], que je ne fais que toucher, de tout ce qui les pouvait persuader que l'accommodement de M. d'Elbeuf avec Saint-Germain leur était fort bon, parce qu'il les déchargerait d'un homme qui leur coûterait de l'argent et qui leur serait fort inutile ; que le sien particulier, supposé même qu'il se fît, dont il doutait fort, leur pouvait être utile, parce que le peu de foi du Mazarin lui donnait lieu, par avance, de garder avec eux ses anciennes mesures ; qu'il n'y avait aucune sûreté en tout ce qu'ils négocieraient avec M. le prince de Conti, qui n'était qu'une girouette ; qu'il n'y en avait qu'une très médiocre en M. de Longueville, qui traitait toujours avec les deux partis ; que MM. de Beaufort, de La Mothe, de Brissac, de Vitri et autres ne se sépareraient pas de moi, et qu'ainsi la pensée de se rendre maîtres du Parlement était devenue impraticable par l'opposition que j'y avais.

Ces considérations, jointes à l'ordre que les envoyés avaient de se rapporter en tout aux sentiments de M. de Bouillon, les obligèrent de donner les mains à tout ce qu'il lui plut. Il n'eut pas plus de peine à persuader, à son retour à l'Hôtel de Ville, messieurs les généraux, qui furent charmés d'un parti qui leur ferait faire, tous les matins, les braves au Parlement, et qui leur laisserait la liberté de traiter, tous les soirs, avec la cour. Ce que je trouvai de plus fin, et de plus habile dans son discours fut qu'il y mêla des circonstances, comme imperceptibles, dont le tour différent que l'on leur pourrait donner en cas de besoin ôterait, quand il serait nécessaire, toute créance au mauvais usage que l'on pourrait faire, du côté des Espagnols et du côté de la cour, de ce qu'il nous disait. Tout le monde sortit content de la conférence, qui ne dura pas plus d'une heure et demie. M. le prince de Conti nous assura même que M. de Longueville, à qui l'on dépêcha à l'instant, l'agréerait au dernier point, et il ne se trompait pas, comme vous le verrez dans la suite. Je retournai avec M. de Bouillon cheux lui, et j'y trouvai les envoyés d'Espagne, qui l'y attendaient, comme il me l'avait dit. Je m'aperçus aisément, et à leurs manières et à leurs paroles, que M. de Bouillon leur avait fait valoir, et pour lui et pour moi, la résolution que j'avais prise de ne me pas accommoder. Ils me firent toutes les honnêtetés et toutes les offres imaginables. Nous convînmes de tous nos faits, ce qui fut bien aisé, parce qu'ils approuvaient tout ce que M. de Bouillon proposait. Il leur fit un pont d'or pour retirer leurs troupes avec bienséance et sans qu'il parût qu'ils le fissent par nécessité. Il leur fit trouver bon, par avance, tout ce que les occasions lui pourraient inspirer de leur proposer ; il prit vingt dates différentes, et même quelquefois contraires, pour les pouvoir appliquer dans les suites, selon qu'il le jugerait à propos. Je lui dis, aussitôt qu'ils furent sortis, que je n'avais jamais vu personne qui fût si éloquent que lui pour persuader aux gens que fièvres quartaines[1] leur étaient bonnes. « Le malheur est, me répondit-il, qu'il faut pour cette fois que je me le persuade aussi à moi-même. »

Je ne puis encore m'empêcher de vous répéter ici que dans les deux scènes de ce jour, aussi difficiles qu'elles étaient importantes, il ne dit pas un mot que l'on lui pût reprocher avec justice quoi qu'il arrivât, et qu'il n'en omit pourtant pas un qui pût être utile à son dessein. M. de Bellièvre, qui l'avait remarqué comme moi, dans la conversation que nous eûmes l'après-dînée cheux M. le prince de Conti, me louait sur cela son esprit, et je lui répondis : « Il faut que le cœur y ait beaucoup de part. Les fripons ne gardent jamais que la moitié des brèves et des longues. Je l'ai observé en plus d'une occasion et à l'égard de la plupart de ceux qui ont passé pour être les plus fins dans la cour. » J'en suis persuadé, et que M. de Bouillon n'eût pas été capable d'une perfidie[2].

Comme je fus retourné cheux moi, j'y trouvai Varicarville, qui venait de Rouen de la part de M. de Longueville ; et je crois être obligé de vous faire excuse en ce lieu de ce que vous rendant compte de la guerre civile, je n'ai touché jusques ici que très légèrement un de ses principaux actes, qui se joua ou plutôt qui se dut jouer en Normandie. Comme j'ai toujours été persuadé que tout ce qui s'écrit sur la foi d'autrui est incertain, je n'ai fait état, dès le commencement de cet ouvrage, que de ce que j'ai vu par moi-même, et si je me croyais encore, j'en demeurerais précisément en ces termes. Puisque toutefois je trouve en cet endroit Varicarville, qui a été, à mon sens, le gentilhomme de son siècle le plus véritable, je ne me dois pas, ce me semble, empêcher de vous faire un récit succinct de ce qui se passa de ce côté-là, depuis le 20 de janvier, que M. de Longueville partit de Paris pour y aller.

Vous avez vu ci-dessus que le parlement et la ville de Rouen se déclarèrent pour lui ; MM. de Matignon et de Beuvron[3] firent la même chose, avec tout le corps de la noblesse. Les châteaux et les villes de Dieppe et de Caen étaient en sa disposition. Lisieux le suivit avec son évêque[1], et tous les peuples, passionnés pour lui, contribuèrent avec joie à la cause commune. Tous les deniers du Roi furent saisis dans toutes les recettes; l'on fit des levées jusques au nombre, à ce que l'on publiait, de sept mille hommes de pied et de trois mille chevaux, et jusques au nombre, dans la vérité, de quatre mille hommes de pied et de quinze cents chevaux. M. le comte d'Harcourt, que le Roi y envoya avec un petit camp volant, tint toutes ces villes, toutes ces troupes et tous ces peuples en haleine, au point qu'il les resserra presque toujours dans les murailles de Rouen, et que l'unique exploit qu'ils firent à la campagne fut la prise de Harfleur, place non tenable, et de deux ou trois petits châteaux qui ne furent point défendus. Varicarville, qui était mon ami très particulier et qui me parlait très confidemment, n'attribuait cette pauvre et misérable conduite ni au défaut de cœur de M. de Longueville, qui était très soldat, ni même au défaut d'expérience, quoiqu'il ne fût pas grand capitaine; il en accusait uniquement son incertitude naturelle, qui lui faisait continuellement chercher des ménagements. Il me semble que je vous ai déjà dit qu'Ancatauville, qui commandait sa compagnie de gensdarmes, était son négociateur en titre d'office, et j'avais été averti de Saint-Germain, par Mme de Lesdiguières, que, dès le second mois de la guerre, il avait fait un voyage secret à Saint-Germain; mais comme je connaissais M. de Longueville pour un esprit qui ne se pouvait empêcher de traitailler, dans les temps mêmes où il avait le moins d'intention de s'accommoder, je ne fus pas ému de cet avis; et d'autant moins que Varicarville, à qui j'en écrivis, me manda que je devais connaître le terrain, qui n'était jamais ferme, mais que je serais informé à point nommé lorsqu'il s'amollirait davantage.

Dès que je connus que Paris penchait à la paix au point de nous y emporter nous-mêmes, je crus être obligé de le faire savoir à M. de Longueville : en quoi Varicarville soutenait que j'avais fait une faute, parce qu'il disait à M. de Longueville même qu'il fallait que ses amis le traitassent comme un malade et le servissent, en beaucoup de choses, sans lui. Je ne crus pas devoir user de cette liberté, dans une conjoncture où les contretemps du Parlement pouvaient faire une paix fourrée à tous les quarts d'heure, et je m'imaginai que je remédierais à l'inconvénient que je voyais bien qu'un avis de cette nature pourrait produire dans un esprit aussi vacillant que celui de M. de Longueville ; je m'imaginai, dis-je, que je remédierais à cet inconvénient en avertissant, en même temps, Varicarville d'être sur ses gardes et de tenir de près M. de Longueville, afin de l'empêcher de faire au moins de méchants traités particuliers, auxquels il avait toujours beaucoup de pente. Je me trompai en ce point, parce que M. de Longueville avait autant de facilité à croire Anctauville dans la fin des affaires, qu'il en avait à croire Varicarville dans les commencements. Le premier le portait continuellement dans les sentiments de la cour, à laquelle M. de Longueville retournait toujours de son naturel, aussitôt après qu'il en était sorti ; et le second, qui aimait sa personne tendrement et qui le voulait faire vivre à l'égard des ministres avec dignité, l'engageait, le plus facilement du monde, dans les occasions qui pouvaient flatter un cœur où tout était bon, et un esprit où rien n'était mauvais que le défaut de fermeté.

Il y avait six semaines qu'il était dans la guerre civile, quand je lui donnai l'avis dont je vous ai parlé, et je vis bien, par la réponse de Varicarville, que Anctauville était sur le point de servir son quartier[1]. Il fit effectivement, quelque temps après, un voyage secret à Saint-Germain, que je vous ai marqué ci-dessus, auquel Varicarville m'a dit depuis qu'il ne trouva ni son compte ni celui de son maître, ce qui obligea M. de Longueville de reprendre la grande voie et de se servir de l'occasion publique de la conférence de Ruel pour entrer dans un traité. Et comme il n'approuvait pas mes pensées sur tout ce détail, dont je lui avais toujours fait part très soigneusement par le canal de Varicarville, il me l'envoya pour me faire agréer les siennes, sous prétexte de me faire savoir les tentatives que don Francisco Pizarro lui était allé faire de la part de l'archiduc. Nous connûmes,

M. de Bouillon et moi, par ce que Varicarville m'expliqua fort amplement ce soir-là, que le gentilhomme que nous venions de dépêcher à Rouen y donnerait la plus agréable nouvelle du monde à M. de Longueville, en lui apprenant que l'on ne prétendait plus le contraindre sur la matière des traités ; et Varicarville, qui était un des hommes de France des plus fermes, me témoigna même de l'impatience que l'on obtînt des passeports pour Anctauville, qui était celui que M. de Longueville destinait pour la conférence, tant il était persuadé, me dit-il en particulier, que son maître ferait autant de faiblesses qu'il demeurerait de moments dans un parti qu'il n'avait pas la force de soutenir. « Je n'y serai jamais pris, ajouta-t-il ; Anctauville a raison, et je serai toute ma vie de son avis. » Ce qui est admirable est que ce M. de Longueville de qui Varicarville disait cela, et avec beaucoup de justice, avait déjà été de quatre ou cinq guerres civiles. Je reviens à ce qui se passa et au Parlement et à la conférence.

Je vous ai dit ci-dessus que les députés retournèrent à Ruel le 16 de mars ; ils allèrent, dès le lendemain, à Saint-Germain, où la seconde conférence se devait tenir à la chancellerie ; et ils ne manquèrent pas d'y lire d'abord les propositions que tous ceux du parti avaient faites avec un empressement merveilleux pour leurs intérêts particuliers, et que messieurs les généraux, qui ne s'y étaient pas oubliés, avaient toutefois stipulé ne devoir être faites qu'après que les intérêts du Parlement seraient ajustés. Le premier président fit tout le contraire, sous prétexte de leur témoigner que leurs intérêts étaient plus chers à la Compagnie que les siens propres, mais dans la vérité pour les décrier dans le public. Je l'avais prévu, et j'avais insisté, par cette considération, qu'ils ne donnassent leurs mémoires qu'après que l'on serait demeuré d'accord des articles dont le Parlement demandait la réformation. Mais le premier président les enchanta, et au point que du moment que l'on sut que messieurs les généraux avaient pris la résolution de se laisser entendre sur leur intérêt, il n'y eut pas un officier dans l'armée qui ne crût être en droit de s'adresser au premier président pour ses prétentions.

Celles qui parurent en ce temps-là furent d'un ridicule que celui-ci[1] aurait peine à s'imaginer[2]. C'est tout vous dire, que le chevalier de Fruges en eut de grandes, que La Boulaie en eut de considérables, et que le marquis d'Alluie en eut d'immenses[3].

M. de Bouillon m'avoua qu'il n'avait pas assez pesé cet inconvénient, qui jeta un grand air de ridicule sur tout le parti, et si grand que M. de Bouillon, qui savait qu'il en était la véritable cause, en eut une véritable honte. Je fis des efforts inconcevables pour obliger M. de Beaufort et M. le maréchal de La Mothe à ne pas donner dans ce panneau, et l'un et l'autre me l'avaient promis. Le premier président et Viole enjôlèrent le second par des espérances frivoles. M. de Vendôme envoya en forme sa malédiction à son fils, si il n'obtenait du moins la surintendance des Mers, qui lui avait été promise à la Régence pour récompense[4] du gouvernement de Bretagne. Les plus désintéressés s'imaginèrent qu'ils seraient les dupes des autres, si ils ne se mettaient aussi sur les rangs. M. de Rais, qui sut que M. de la Trémouille, son voisin, y était pour le comté de Roussillon, et qu'il avait même envie d'y être pour le royaume de Naples, ne m'a pas encore pardonné de ce que je n'entrepris pas de lui faire rendre la généralité des galères. Enfin je ne trouvai que M. de Brissac qui voulût bien n'entrer point en prétention; et encore Matha, qui n'avait guère de cervelle, lui ayant dit qu'il se faisait tort, il se mit dans l'esprit qu'il le fallait réparer par un emploi que vous verrez dans la suite[5].

Toutes ces démarches, qui n'étaient nullement bonnes, me firent prendre la résolution de me tirer du pair[6], et m'obligèrent de me servir de l'occasion de la déclaration que M. le prince de Conti fit faire au Parlement, qu'il avait nommé pour son député à la conférence le comte de Maure, pour y en faire une autre en mon nom, le même jour, qui fut le 19 de mars, par laquelle je suppliai la Compagnie d'ordonner à ses députés de ne me comprendre en rien de tout ce qui pourrait regarder ou directement ou indirectement aucun intérêt. Ce pas, auquel je fus forcé pour n'être pas chargé, dans le public, de la glissade de M. de Beaufort, joint au mauvais effet que cette nuée de prétentions ridicules y avait produit, avança de quelques jours la proposition que messieurs les généraux n'avaient résolu de faire contre la personne du Mazarin que dans les moments où ils jugeraient qu'elle leur pourrait servir pour donner chaleur, par la crainte qui lui était fort naturelle, aux négociations qu'il avait par différents canaux avec chacun d'eux.

M. de Bouillon nous assembla, dès le soir de ce même 19, cheux M. le prince de Conti, et il y fit résoudre que M. le prince de Conti lui-même dirait, dès le lendemain, au Parlement qu'il n'avait donné, ni lui ni les autres généraux, les mémoires de leurs prétentions, que par la nécessité où ils s'étaient trouvés de chercher leur sûreté en cas que le cardinal Mazarin demeurât dans le ministère; mais qu'il protestait, et en son nom et en celui de toutes les personnes de qualité qui étaient entrées dans le parti, qu'aussitôt qu'il en serait exclu, ils renonceraient à toute sorte d'intérêts, sans exception.

Le 20, cette déclaration se fit en beaux termes[1], et M. le prince de Conti s'expliqua même et plus amplement et plus fermement qu'il n'avait accoutumé. Je suis même persuadé que si elle eût été faite devant que les généraux et les subalternes eussent fait éclore cette fourmilière de prétentions, comme il avait été concerté entre M. de Bouillon et moi, elle eût sauvé plus de réputation au parti et donné plus d'appréhension à la cour que je ne me l'étais imaginé : parce que Paris et Saint-Germain eussent eu lieu de croire que la résolution que les généraux avaient prise de parler de leurs intérêts et d'envoyer des députés pour en traiter n'était que la suite du dessein qu'ils avaient formé de sacrifier ces mêmes intérêts à l'exclusion du ministre. Mais comme cette pièce ne se joua qu'après que l'on eut étalé un détail de prétentions, trop chimériques d'une part et trop solides de l'autre pour n'être que des prétextes, Saint-Germain ne les en appréhenda point, voyant bien par où il en sortirait; et Paris, à la réserve du plus menu peuple, n'en perdit pas la mauvaise impression que cette démarche lui avait donnée. Cette faute est la plus grande, à mon sens, que M. de Bouillon ait jamais commise ; et elle est si grande, qu'il ne l'a jamais avouée à moi-même, qui savais très bien qu'il l'avait faite. Il la rejetait sur la précipitation que M. d'Elbeuf avait eue de mettre ses mémoires entre les mains du premier président. Mais M. de Bouillon était toujours la première cause de cette faute, parce qu'il avait, le premier, lâché la main à cette conduite; et qui, dans les grandes affaires, donne lieu aux manquements des autres, est très souvent plus coupable qu'eux. Voilà donc une grande faute de M. de Bouillon.

Voici une des plus signalées sottises que j'aie faites dans tout le cours de ma vie. Je vous ai dit ci-dessus que M. de Bouillon avait promis aux envoyés de Monsieur l'Archiduc de leur faire un pont d'or pour se retirer dans leur pays, en cas que nous fissions la paix; et ces envoyés, qui n'entendaient tous les jours parler que de députations et de conférences, ne laissaient pas, au travers de toute la confiance qu'ils avaient en M. de Bouillon, de me sommer, de temps en temps, de la parole que je leur avais donnée de ne les pas laisser surprendre. Comme j'avais, de ma part, raison particulière pour cela outre mon engagement, à cause de l'amitié que j'avais pour Noirmoutier et pour Laigue, qui trouvaient très mauvais que je n'eusse pas approuvé les raisons qu'ils m'avaient alléguées pour me faire consentir à l'approche des Espagnols; comme, dis-je, j'étais doublement pressé par ces considérations de sortir nettement de cet engagement, qui ne me paraissait plus même honnête en l'état où étaient les affaires, je n'oubliais rien pour faire que M. de Bouillon, pour qui j'avais respect et amitié, trouvât bon que nous ne différassions pas davantage à leur faire ce pont d'or, duquel il s'était ouvert à moi. Je voyais bien qu'il remettait de jour à autre, et il ne m'en cachait pas la raison, qui était que négociant, comme il faisait, avec la cour, par l'entremise de Monsieur le Prince, pour la récompense de Sedan, il lui était très bon que l'armée d'Espagne ne se retirât pas encore. Sa probité et mes raisons l'emportèrent, après quelques jours de délai, sur son intérêt. Je dépêchai un courrier à Noirmoutier.

Nous parlâmes clairement et décisivement aux envoyés de l'archiduc. Nous leur fîmes voir que la paix se pouvait faire en un quart d'heure, et que Monsieur le Prince pourrait être à portée de leur armée en quatre jours ; que celle de M. de Turenne avançait sous le commandement d'Erlac, dépendant en tout et partout du Cardinal ; et M. de Bouillon acheva de construire, dans cette conversation, le pont d'or qu'il leur avait promis. Il leur dit que son sentiment était qu'ils remplissent un blanc[1] de Monsieur l'Archiduc ; qu'ils en fissent une lettre de lui à M. le prince de Conti, par laquelle il lui mandât que pour faire voir qu'il n'était entré en France que pour procurer à la chrétienté la paix générale, et non pas pour profiter de la division qui était dans le royaume, il offrait d'en retirer ses troupes dès le moment qu'il aurait plu au Roi de nommer un lieu d'assemblée pour la paix et les députés pour la traiter. Il est constant que cette proposition, qui ne pouvait plus avoir d'effet solide dans la conjoncture, était assez d'usage pour ce que M. de Bouillon s'y proposait, parce qu'il n'y avait pas lieu de douter que la cour, qui verrait aisément que cette offre ne pourrait plus aller à rien pour le fonds de la chose qu'autant qu'il lui plairait, n'y donnât les mains, au moins en apparence, et ne donnât par conséquent aux Espagnols un prétexte honnête pour se retirer sans déchet[2] de leur réputation. Le bernardin ne fut pas si satisfait de ce pont d'or, qu'il ne me dît après, en particulier, qu'il en eût aimé beaucoup mieux un de bois sur la Marne ou sur la Seine. Ils donnèrent toutefois les uns et les autres à tout ce que M. de Bouillon désira d'eux, parce que leur ordre le portait ; et ils écrivirent, sans contester, la lettre qu'il leur dicta.

M. le prince de Conti qui était malade ou qui le faisait, ce qui lui arrivait assez souvent, parce qu'il craignait fort les séditions du Palais, me chargea d'aller faire, de sa part, au Parlement, le rapport de cette prétendue lettre, que les envoyés de l'archiduc lui apportèrent en grande cérémonie ; et je fus assez innocent pour recevoir cette commission, qui donnait lieu à mes ennemis de me faire passer pour un homme tout à fait concerté avec Espagne, dans le même moment que j'en refusais toutes les offres pour mes avantages particuliers et que je lui rompais toutes ses mesures, pour ne point blesser le véritable intérêt de l'État. Il n'y a peut-être jamais eu de bêtise plus complète ; et ce qui y est de merveilleux est que je la fis sans réflexion. M. de Bouillon en fut fâché pour l'amour de moi, quoiqu'il y trouvât assez son compte ; et je la réparai, en quelque manière, de concert avec lui, en ajoutant au rapport que je fis dans le Parlement, le 22, qu'en cas que l'archiduc ne tînt pas exactement ce qu'il promettait, et M. le prince de Conti et messieurs les généraux m'avaient chargé d'assurer la Compagnie qu'ils joindraient, sans délai et sans condition, toutes leurs troupes à celles du Roi.

Je vous viens de dire que M. de Bouillon trouvait assez son compte à ce que cette proposition eût été faite par moi ; parce que le Cardinal, qui me croyait tout à fait contraire à la paix, voyant que j'en avais pris la commission, presque en même temps que le comte de Maure avait porté à la conférence celle de son exclusion, ne douta point que ce ne fût une partie que j'eusse liée. Il l'appréhenda plus qu'il ne devait. Il fit répondre aux députés du Parlement qui la firent à la conférence, par ordre de la Compagnie, d'une manière que vous verrez dans la suite, et qui marqua qu'il en avait pris l'alarme bien chaude ; et comme ses frayeurs ne se guérissaient, pour l'ordinaire, que par la négociation, qu'il aimait fort, il donna plus de jour à celle que Monsieur le Prince avait entamée pour M. de Bouillon, parce qu'il le crut de concert avec moi dans la démarche que je venais de faire au Parlement. Quand il vit qu'elle n'avait point de suite, il s'imagina que nous avions manqué notre coup, et que la Compagnie n'ayant pas pris le feu que nous lui avions voulu donner, il n'avait qu'à nous pousser.

Monsieur le Prince, qui dans la vérité était très bien intentionné pour l'accommodement de M. de Bouillon et de M. de Turenne, dans la vue de s'attirer des gens d'un aussi grand mérite, manda au premier, par un billet qu'il me fit voir, qu'il avait trouvé le Cardinal changé absolument sur son sujet, du soir au matin, et qu'il ne s'en pouvait imaginer la raison. Nous la conçûmes fort aisément, M. de Bouillon et moi, et nous résolûmes de donner au Mazarin ce que M. de Bouillon appelait un hausse-pied[1], c'est-à-dire de l'attaquer encore personnellement, ce qui le mettait au désespoir, dans un temps où le bon sens lui eût dû donner assez d'insensibilité pour ces tentatives, qui, au fonds, ne lui faisaient pas grand mal; mais elles nous étaient bonnes, à M. de Bouillon et à moi, quoique en différentes manières. M. de Bouillon croyait qu'il en avancerait toutes les négociations; et il était tout à fait de mon intérêt de me signaler, contre la personne du Mazarin, à la veille de la conclusion d'un traité qui donnerait peut-être la paix à tout le monde, hors à moi. Nous travaillâmes donc sur ce fondement, M. de Bouillon et moi, et avec tant de succès, que nous obligeâmes M. le prince de Conti, qui n'en avait aucune envie, de proposer au Parlement d'ordonner à ses députés de se joindre au comte de Maure touchant l'expulsion du Mazarin.

M. le prince de Conti fit cette proposition le 27; et comme nous avions eu deux ou trois jours pour tourner les esprits, il passa, de quatre-vingt-deux voix contre quarante, que l'on manderait, dès le jour même, aux députés d'insister. J'ajoutai en opinant: « et persister », en quoi je ne fus suivi que de vingt-cinq voix, et je n'en fus pas surpris. Vous avez vu ci-dessus[2] les raisons pour lesquelles il me convenait de me distinguer sur cette matière.

Il faudrait bien des volumes pour vous raconter tous les embarras que nous eûmes dans les temps dont je viens de vous parler; je me contenterai de vous dire que, dans les moments où j'étais le seul fixement résolu à ne me point accommoder avec la cour, je faillis à me décréditer dans le public et à passer pour mazarin dans le peuple, parce que, le 13 de mars, j'avais empêché que l'on ne massacrât le premier président; parce que, le 23 et le 24, je m'étais opposé à la vente de la bibliothèque du Cardinal, qui eût été, à mon sens, une barbarie sans exemple[3]; et parce que, le 25, je ne me pus empêcher de sourire sur ce que des conseillers s'avisèrent de dire, en pleine assemblée de chambres, qu'il fallait raser la Bastille. Je me remis en honneur dans la salle du Palais et parmi les emportés du Parlement, en prônant fortement contre le comte de Grancei, qui avait été assez insolent pour piller une maison de M. Coulon[4]; en insistant, le 24, que l'on donnât permission au prince d'Harcourt[1] de prendre les deniers royaux dans les recettes de Picardie ; en pestant, le 25, contre une trêve qu'il était ridicule de refuser dans le temps d'une conférence ; et en m'opposant à celle que l'on fit le 30, quoique je susse que la paix était faite. Ces remarques, trop légères par elles-mêmes, ne sont dignes de l'histoire que parce qu'elles marquent très naturellement l'extravagance de ces sortes de temps, où tous les sots deviennent fous, et où il n'est pas permis aux plus sensés de parler et d'agir toujours en sages. Je reviens à la conférence de Saint-Germain.

Vous avez vu ci-dessus[2] que les députés la commencèrent malignement par les prétentions particulières. La cour les entretint adroitement par des négociations secrètes avec les plus considérables, jusques à ce que se voyant assurée de la paix, elle en éluda au moins la meilleure partie, par une réponse qui fut certainement fort habile. Elle distingua ces prétentions sous le titre de celles de justice et de celles de grâce. Elle expliqua cette distinction à sa mode ; et comme le premier président et le président de Mesme s'entendaient avec elle contre les députés des généraux, quoiqu'ils fissent mine de les appuyer, elle en fut quitte à très bon marché, et il ne lui en coûta, à proprement parler, presque rien de comptant[3] ; il n'y eut presque que des paroles, que M. le cardinal Mazarin comptait pour rien. Il se faisait un grand mérite de ce qu'il avait fait évanouir (c'étaient ses termes), avec un peu de poudre d'alchimie, cette nuée de prétentions. Vous verrez, par la suite, qu'il eût fait sagement d'y mêler un peu d'or.

La cour sortit encore plus aisément de la proposition faite par l'archiduc, sur le sujet de la paix générale. Elle répondit qu'elle l'acceptait avec joie, et elle envoya, dès le jour même, M. de Brienne au nonce et à l'ambassadeur de Venise, pour conférer avec eux, comme médiateurs, de la manière de la traiter. Nous n'en avions attendu ni plus ni moins, et nous n'y fûmes pas trompés.

Pour ce qui regardait l'exclusion de Mazarin, que le comte de Maure demanda d'abord au nom de M. le prince de Conti, comme vous avez vu ci-devant, que M. de Brissac, à qui Matha persuada de se mettre à la tête de cette députation, pressa conjointement avec MM. de Barrière et de Gressi, députés des généraux, et sur laquelle les députés du Parlement insistèrent de nouveau, au moins en apparence, comme il leur avait été ordonné par leur compagnie : pour ce qui regardait, dis-je, cette exclusion, la Reine, M. le duc d'Orléans et Monsieur le Prince demeurèrent également fermes, et ils déclarèrent, uniformément et constamment, qu'ils n'y consentiraient jamais.

L'on contesta quelque temps, avec beaucoup de chaleur, touchant les intérêts du parlement de Normandie, qui avait envoyé ses députés à la conférence avec Anctauville, député de M. de Longueville ; mais enfin l'on convint[1].

L'on n'eut presque point de difficulté sur les articles dont le parlement de Paris avait demandé la réformation. La Reine se relâcha de faire tenir un lit de justice à Saint-Germain ; elle consentit que la défense au Parlement de s'assembler le reste de l'année 1649 ne fût pas insérée dans la déclaration, à condition que les députés en donnassent leur parole, sur celle que la Reine leur donnerait aussi que telles et telles déclarations, accordées ci-devant, seraient inviolablement observées. La cour promit de ne point presser la restitution de la Bastille, et elle s'engagea même de parole à la laisser entre les mains de Louvière, fils de M. de Broussel, qui y fut établi gouverneur par le Parlement, lorsqu'elle fut prise par M. d'Elbeuf.

L'amnistie fut accordée dans tous les termes que l'on demanda, et, pour plus grande sûreté, l'on y comprit nommément MM. le prince de Conti, de Longueville, de Beaufort, d'Elbeuf, d'Harcourt, de Rieux, de Lislebonne[2], de Bouillon, de Turenne, de Brissac, de Vitri, de Duras, de Matignon, de Beuvron, de Noirmoutier, de Sévigné, de La Trémouille, de La Rochefoucauld, de Rais, d'Estissac[3], de Montrésor, de Matha, de Saint-Germain d'Achon, de Sauvebeuf, de Saint-Ibal, de La Sauvetat, de Laigue, de Chavaignac, de Chaumont, de Caumesnil, de Moreul, de Fiesque, de La Feuillée, de Montaison, de Cugnac, de Gressi, d'Alluie et de Barrière.

Il y eut quelque difficulté touchant Noirmoutier et Laigue, la cour ayant affecté de leur vouloir donner une abolition[1], comme étant plus criminels que les autres parce qu'ils étaient publiquement encore dans l'armée d'Espagne ; et Monsieur le Chancelier même fit voir aux députés du Parlement un ordre par lequel le premier ordonnait, comme lieutenant général de l'armée du Roi commandée par M. le prince de Conti, aux communautés de Picardie d'apporter des vivres au camp de l'archiduc ; et une lettre du second, par laquelle il sollicitait Bridieu, gouverneur de Guise, de remettre sa place aux Espagnols, sous promesse de la liberté de M. de Guise, qui avait été pris à Naples. M. de Brissac soutint que toutes ces paperasses étaient supposées, et le premier président se joignant à lui, parce qu'il ne douta point que nous ne nous rendrions jamais sur cet article, il fut dit que l'un et l'autre seraient compris dans l'amnistie sans distinction.

Le président de Mesme, qui eût été ravi de me pouvoir noter[2], affecta de dire, à l'instant que l'on parlait de Noirmoutier, de Laigue, qu'il ne concevait pas pourquoi l'on ne me nommait pas expressément dans cette amnistie, et qu'un homme de ma dignité et de ma considération n'y devait pas être compris avec le commun. M. de Brissac, qui était bien plus homme du monde que de négociation, n'eut pas l'esprit assez présent, et il répondit qu'il fallait savoir sur cela mes intentions. Il m'envoya un gentilhomme, à qui je donnai un billet dont voici le contenu : « Comme je n'ai rien fait, dans le mouvement présent, que ce que j'ai cru être du service du Roi et du véritable intérêt de l'État, j'ai trop de raison de souhaiter que Sa Majesté en soit bien informée à sa majorité, pour ne pas supplier messieurs les députés de ne pas souffrir que l'on me comprenne dans l'amnistie. » Je signai ce billet, et je priai M. de Brissac de le donner à messieurs les députés du Parlement et des généraux, en présence de M. le duc d'Orléans et de Monsieur le Prince. Il ne le fit pas, à la prière de M. de Liancourt, qui crut que cet éclat aigrirait encore plus la Reine contre moi ; mais il en dit la substance, et l'on ne me nomma point dans la déclaration. Vous ne pouvez croire à quel point cette bagatelle aida à me soutenir dans le public.

Le 30, les députés du Parlement retournèrent à Paris.

Le 31, ils firent leur relation au Parlement, sur laquelle M. de Bouillon eut des paroles assez fâcheuses avec messieurs les présidents. Les négociations particulières lui avaient manqué ; celle que le Parlement avait faite pour lui ne le satisfaisait pas, parce que ce n'était que la confirmation du traité que l'on avait fait autrefois avec lui pour la récompense de Sedan, dont il ne voyait pas de garantie bien certaine. Il lui revint, le soir, quelque pensée de troubler la fête par une sédition, qu'il croyait aisée à émouvoir dans la disposition où il voyait le peuple ; mais il la perdit aussitôt qu'il eut fait réflexion sur mille et mille circonstances, qui faisaient que, même selon ses principes, elle ne pouvait plus être de saison. Une des moindres était que l'armée d'Espagne était déjà retirée.

Mme de Bouillon me fit une pitié incroyable ce soir-là. Comme elle était persuadée que c'était elle qui avait empêché monsieur son mari de prendre le bon parti, elle versa des torrents de larmes. Elle en eût répandu encore davantage, si elle eût connu, aussi bien que moi, que toute la faute ne venait pas d'elle. Il y a eu des moments où M. de Bouillon a manqué des coups décisifs, par lui-même et par le pur esprit de négociation. Ce défaut, qui m'a paru en lui un peu trop naturel, m'a fait quelquefois douter, comme je vous l'ai déjà dit, qu'il eût été capable de tout ce que ses grandes qualités ont fait croire de lui.

Le 1er d'avril, qui fut le jeudi saint de l'année 1649, la déclaration de la paix fut vérifiée en Parlement. Comme je fus averti, la nuit qui précéda cette vérification, que le peuple s'était attroupé en quelques endroits pour s'y opposer, et qu'il menaçait même de forcer les gardes qui seraient au Palais, et comme il n'y avait rien que j'appréhendasse davantage, pour toutes les raisons que vous avez remarquées ci-dessus, j'affectai de finir un peu tard la cérémonie des saintes huiles que je faisais à Notre-Dame[1], pour me tenir en état de marcher au secours du Parlement, si il était attaqué. L'on me vint dire, comme je sortais de l'église, que l'émotion commençait sur le quai des Orfèvres ; et comme j'étais en chemin pour y aller, je trouvai un page de M. de Bouillon, qui me donna un billet de lui, par lequel il me conjurait d'aller prendre ma place au Parlement, parce qu'il craignait que le peuple ne m'y voyant pas, n'en prît sujet de se soulever, en disant que c'était marque que je n'approuvais pas la paix. Je ne trouvai effectivement dans les rues que des gens qui criaient : « Point de Mazarin ! point de paix ! » Je dissipai ce que je trouvai d'assemblé au Marché-Neuf et sur le quai des Orfèvres en leur disant que les mazarins voulaient diviser le peuple du Parlement, qu'il fallait bien se garder de donner dans le panneau ; que le Parlement avait ses raisons pour agir comme il faisait, mais qu'il n'en fallait rien craindre à l'égard du Mazarin ; et qu'ils m'en pouvaient bien croire, puisque je leur donnais ma foi et ma parole que je ne m'accommoderais jamais avec lui. Cette protestation rassura tout le monde.

J'entrai dans le Palais, où je trouvai les gardes aussi échauffés que le reste du peuple. M. de Vitri, que je rencontrai dans la Grande Salle, où il n'y avait presque personne, me dit qu'ils lui avaient offert de massacrer ceux qu'il leur nommerait comme mazarins. Je leur parlai comme j'avais fait aux autres, et la délibération n'était pas encore achevée, lorsque je pris ma place dans la Grande Chambre. Le premier président, en me voyant entrer, dit : « Il vient de faire des huiles qui ne sont pas sans salpêtre[1]. » Je l'entendis et je n'en fis pas semblant, dans un instant où, si j'eusse relevé cette parole et qu'elle eût été portée dans la Grande Salle, il n'eût pas été en mon pouvoir de sauver peut-être un seul homme du Parlement. M. de Bouillon, à qui je la dis au lever de l'assemblée, en fit honte, dès l'après-dînée, à ce qu'il m'a dit depuis, au premier président.

Cette paix, que le Cardinal se vantait d'avoir achetée à fort bon marché, ne lui valut pas aussi tout ce qu'il en espérait. Il me laissa un levain de mécontents[2], qu'il m'eût pu ôter avec assez de facilité, et je me trouvai très bien de son reste. M. le prince de Conti et Mme de Longueville allèrent faire leur cour à Saint-Germain, après avoir vu Monsieur le Prince à Chaliot[1] pour la première fois, de la manière du monde la plus froide de part et d'autre. M. de Bouillon, à qui, le jour de l'enregistrement de la déclaration, le premier président avait donné des assurances nouvelles de sa récompense pour Sedan, fut présenté au Roi par Monsieur le Prince, qui affecta de le protéger dans ses prétentions ; et le Cardinal n'oublia rien de toutes les honnêtetés possibles à son égard. Comme je m'aperçus que l'exemple commençait à opérer, je m'expliquai, plus tôt que je n'avais résolu de le faire, sur le peu de sûreté que je trouvais à aller à la cour, où mon ennemi capital était encore le maître. Je m'en déclarai ainsi à Monsieur le Prince, qui fit un petit tour à Paris, huit ou dix jours après la paix, et que je vis cheux Mme de Longueville. M. de Beaufort et M. le maréchal de La Mothe parlèrent de même ; M. d'Elbeuf en eut envie, mais la cour le gagna par je ne sais quelle misère[2] : je ne m'en ressouviens pas précisément. MM. de Brissac, de Rais, de Vitri, de Fiesque, de Fontrailles, de Montrésor, de Noirmoutier, de Matha, de La Boulaie, de Caumesnil, de Moreul, de Laigue, d'Anneri[3] demeurèrent unis avec nous ; et nous fîmes une espèce de corps qui, avec la faveur du peuple, n'était pas un fantôme. Le Cardinal l'en traita toutefois d'abord et avec tant de hauteur, que M. de Beaufort, M. de Brissac, M. le maréchal de La Mothe et moi, ayant prié chacun un de nos amis d'assurer la Reine de nos très humbles obéissances, elle nous répondit qu'elle en recevrait les assurances après que nous aurions rendu nos devoirs à Monsieur le Cardinal.

Mme de Chevreuse, qui était à Bruxelles, revint dans ce temps-là à Paris. Laigue, qui l'avait précédée de huit ou dix jours, nous avait préparés à son retour. Il avait fort bien suivi son instruction : il s'était attaché à elle, quoiqu'elle n'eût pas d'abord d'inclination pour lui. Mlle de Chevreuse m'a dit depuis qu'elle disait qu'il ressemblait à Bellerose, qui était un comédien qui avait la mine du monde la plus fade ; qu'elle changea de sentiment devant que de partir de Bruxelles, et qu'elle en fut contente, en toutes manières, à Cambrai. Ce qui me parut de tout cela, au retour de Laigue à Paris, fut qu'il l'était pleinement d'elle : il nous la prôna comme une héroïne à qui nous eussions eu l'obligation de la déclaration de M. de Lorraine en notre faveur, si la guerre eût continué, et à qui nous avions celle de la marche de l'armée d'Espagne. Montrésor, qui avait été pour ses intérêts quinze mois à la Bastille[1], faisait ses éloges, et j'y donnais avec joie dans la vue et d'enlever à Mme de Montbazon M. de Beaufort, par le moyen de Mlle de Chevreuse, du mariage de laquelle avec lui l'on avait parlé autrefois, et de m'ouvrir un nouveau chemin pour aller aux Espagnols, en cas de besoin. Mme de Chevreuse en fit plus de la moitié pour venir à moi. Noirmoutier et Laigue, qui ne doutaient pas que je ne lui fusse très nécessaire, et qui craignirent que Mme de Guéméné, qui la haïssait mortellement, quoique sa belle-sœur, ne m'empêchât d'être autant de ses amis qu'ils le souhaitaient, me tendirent un panneau pour m'y engager, dans lequel je donnai.

Dès l'après-dînée du jour dont elle arriva le matin, ils me firent tenir, avec mademoiselle sa fille[2], un enfant qui vint au monde tout à propos. Mlle de Chevreuse se para, comme l'on fait à Bruxelles en ces sortes de cérémonies, de tout ce qu'elle avait de pierreries, qui étaient fort riches et en quantité. Elle était belle ; j'étais très en colère contre Mme la princesse de Guéméné, qui, dès le second jour du siège de Paris, s'en était allée d'effroi en Anjou.

Il arriva, dès le lendemain du baptême, une occasion qui lui donna de la reconnaissance pour moi, et qui commença à m'en faire espérer de l'amitié. Mme de Chevreuse venait de Bruxelles, et elle en venait sans permission. La Reine se fâcha, et elle lui envoya un ordre de sortir de Paris dans vingt-quatre heures. Laigue me le vint dire aussitôt. J'allai avec lui à l'hôtel de Chevreuse, et je trouvai la belle à sa toilette, dans les pleurs. J'eus le cœur tendre, et je priai Mme de Chevreuse de ne point obéir que je n'eusse eu l'honneur de la revoir. Je sortis, en même temps, pour chercher M. de Beaufort, à qui je pris la résolution de persuader qu'il n'était ni de notre honneur ni de notre intérêt de souffrir le rétablissement des lettres de cachet[3], qui n'étaient pas le moins odieux des moyens desquels l'on s'était servi pour opprimer la liberté publique. Je jugeais bien que nous n'étions pas trop bons, et lui et moi, pour relever une affaire de cette nature, qui, quoique dans les lois et dans le vrai, importante à la sûreté, ne laissait pas d'être délicate, le lendemain d'une paix, et particulièrement en la personne de la dame du royaume la plus convaincue de faction et d'intrigue. Je croyais que par cette raison il était de la bonne conduite que cette escarmouche, que nous ne pouvions ni ne devions effectivement éviter, quoiqu'elle eût ses inconvénients, s'attachât plutôt par M. de Beaufort que par moi. Il s'en défendit avec opiniâtreté, par une infinité de méchantes raisons. Il n'oublia que la véritable, qui était que Mme de Montbazon l'eût dévoré. Ce fut donc à moi de me charger de cette commission, parce qu'il fallait assurément qu'elle fût au moins exécutée par l'un de nous deux, pour faire quelque effet dans l'esprit du premier président. J'y allai en sortant de cheux M. de Beaufort; et comme je commençais à lui représenter la nécessité qu'il y avait, pour le service du Roi et pour le repos de l'État, à ne pas aigrir les esprits par l'infraction des déclarations si solennelles, il m'arrêta tout court en me disant: « C'est assez, mon bon seigneur; vous ne voulez pas qu'elle sorte, elle ne sortira pas[1]. » À quoi il ajouta, en s'approchant de mon oreille: « Elle a les yeux trop beaux. » La vérité est que, quoiqu'il eût exécuté son ordre, il avait écrit dès la veille à Saint-Germain que la tentative en serait inutile, et que l'on commettait trop légèrement l'autorité du Roi.

Je retournai triomphant à l'hôtel de Chevreuse; je n'y fus pas mal reçu. Je trouvai Mlle de Chevreuse aimable; je me liai intimement avec Mme de Rhodes, bâtarde du feu cardinal de Guise, qui était bien avec elle; je fis chemin, je ruinai dans son esprit le duc de Brunswic de Zell, avec qui elle était comme accordée[2]. Laigue, qui était une manière de pédant, me fit quelque obstacle au commencement; la résolution de la fille et la facilité de la mère le levèrent bientôt. Je la voyais tous les jours cheux elle, et très souvent cheux Mme de Rhodes, qui nous laissait en toute liberté. Nous nous en servîmes; je l'aimai, ou plutôt, je la crus aimer, car je ne laissai pas de continuer mon commerce avec Mme de Pommereux.

La société de MM. de Brissac, de Vitri, de Matha, de Fontrailles, qui étaient demeurés en union avec nous, n'était pas, dans ces temps-là, un bénéfice sans charge. Ils étaient cruellement débauchés, et la licence publique leur donnant encore plus de liberté, ils s'emportaient tous les jours dans des excès qui allaient jusques au scandale. Ils revenaient un jour d'un dîner qu'ils avaient fait chez Coulon ; ils virent venir un convoi, et ils le chargèrent l'épée à la main, en criant au crucifix : « Voilà l'ennemi ! » Une autre fois, ils maltraitèrent, en pleine rue, un valet de pied du Roi, en marquant même fort peu de respect pour les livrées. Les chansons de table n'épargnaient pas toujours le bon Dieu : je ne vous puis exprimer la peine que toutes ces folies me donnèrent. Le premier président les savait très bien relever ; le peuple ne les trouvait nullement bonnes ; les ecclésiastiques s'en scandalisaient au dernier point. Je ne les pouvais couvrir, je ne les osais excuser, et elles retombaient nécessairement sur la Fronde.

Ce mot me remet dans la mémoire ce que je crois avoir oublié de vous expliquer dans le premier volume de cet ouvrage. C'est son étymologie, qui n'est pas de grande importance, mais qui ne se doit pas toutefois omettre dans un récit où il n'est pas possible qu'elle ne soit nommée plusieurs fois. Quand le Parlement commença à s'assembler pour les affaires publiques, M. le duc d'Orléans et Monsieur le Prince y vinrent assez souvent, comme vous avez vu, et y adoucirent même quelquefois les esprits. Ce calme n'y était que par intervalles. La chaleur revenait au bout de deux jours, et l'on s'assemblait avec la même ardeur que le premier moment. Bachaumont[1] s'avisa de dire un jour, en badinant, que le Parlement faisait comme les écoliers qui frondent dans les fossés de Paris, qui se séparent dès qu'ils voient le lieutenant civil et qui se rassemblent dès qu'il ne paraît plus[2]. Cette comparaison, qui fut trouvée assez plaisante, fut célébrée par les chansons[3], et elle refleurit particulièrement lorsque, la paix étant faite entre le Roi et le Parlement, l'on trouva lieu de l'appliquer à la faction

particulière de ceux qui ne s'étaient pas accommodés
avec la cour. Nous y donnâmes nous-mêmes assez de
cours, parce que nous remarquâmes que cette distinction de noms échauffe les esprits. Le président de
Bellièvre m'ayant dit que le premier président prenait
avantage contre nous de ce quolibet, je lui fis voir un
manuscrit de Saint-Aldegonde[1], un des premiers fondateurs de la république de Hollande, où il était
remarqué que Brederode se fâchant de ce que, dans
les premiers commencements de la révolte des Pays-
Bas, l'on les appelait *les Gueux*[2], le prince d'Orange,
qui était l'âme de la faction, lui écrivit qu'il n'entendait pas son véritable intérêt, qu'il en devait être très
aise, et qu'il ne manquât pas même de faire mettre
sur leurs manteaux de petits bissacs en broderie, en
forme d'ordre. Nous résolûmes, dès ce soir-là, de
prendre des cordons de chapeaux qui eussent quelque
forme de fronde. Un marchand affidé nous en fit une
quantité, qu'il débita à une infinité de gens qui n'y
entendaient aucune finesse. Nous n'en portâmes que
les derniers pour n'y point faire paraître d'affectation
qui en eût gâté tout le mystère. L'effet que cette bagatelle fit est incroyable. Tout fut à la mode, le pain,
les chapeaux, les canons[3], les gants, les manchons,
les éventails, les garnitures ; et nous fûmes nous-
mêmes à la mode encore plus par cette sottise que
par l'essentiel.

Nous avions certainement besoin de tout pour nous
soutenir, ayant toute la maison royale sur les bras ; car
quoique j'eusse vu Monsieur le Prince chez Mme de
Longueville, je ne m'y croyais que fort médiocrement
raccommodé. Il m'avait traité civilement, mais froidement ; et je savais même qu'il était persuadé que je
m'étais plaint de lui, comme ayant manqué aux paroles
qu'il m'avait fait porter à des particuliers du Parlement. Comme je ne l'avais pas fait, j'avais sujet de
croire que l'on eût affecté de me brouiller personnellement avec lui. Je joignais cela à quelques circonstances
particulières, et je trouvais que la chose venait apparemment de M. le prince de Conti, qui était naturellement très malin[4], et qui d'ailleurs me haïssait sans
savoir pourquoi et sans que je le pusse deviner moi-
même. Mme de Longueville ne m'aimait guère davan-

tage, et j'en découvris un peu après la raison, que je vous dirai dans la suite. Je me défiais avec beaucoup de fondement de Mme de Montbazon, qui n'avait pas, à beaucoup près, tant de pouvoir que moi sur l'esprit de M. de Beaufort, mais qui en avait plus qu'il n'en fallait pour lui tirer tous ses secrets. Elle ne me pouvait pas aimer, parce qu'elle savait que je lui ôtais la meilleure partie de la considération qu'elle en eût pu tirer à la cour. J'eusse pu aisément m'accommoder avec elle, car jamais femme n'a été de si facile composition ; mais comme[1] accommoder cet accommodement avec mes autres engagements, qui me plaisaient davantage, et avec lesquels il y avait, en effet, sans comparaison, plus de sûreté ? Vous en voyez assez pour connaître que je n'étais pas sans embarras.

Il ne tint pas au comte de Fuensaldagne de me soulager. Il n'était pas content de M. de Bouillon, qui, à la vérité, avait manqué le moment décisif de la paix générale ; il l'était beaucoup moins de ses envoyés, qu'il appelait des *taupes* ; et il était fort satisfait de moi, et parce que j'avais toujours insisté pour la paix des couronnes, et parce que je n'avais eu aucun intérêt dans la particulière et que je n'étais pas même accommodé avec la cour. Il m'envoya don Antonio Pimentel[2] pour m'offrir tout ce qui était au pouvoir du roi son maître et pour me dire que sachant l'état où j'étais avec le ministre, il ne pouvait pas douter que je n'eusse besoin d'assistance ; qu'il me priait de recevoir cent mille écus que don Antonio Pimentel m'apportait en trois lettres de change, dont l'une était pour Basle, l'autre pour Strasbourg, l'autre pour Francfort ; qu'il ne me demandait pour cela aucun engagement, et que le Roi Catholique serait très satisfait de n'en tirer d'autre avantage que celui de me protéger. Vous ne doutez pas que je ne reçusse avec un profond respect cette honnêteté ; j'en témoignai toute la reconnaissance imaginable ; je n'éloignai point du tout les vues de l'avenir, mais je refusai pour le présent, en disant à don Antonio que je me croirais absolument indigne de la protection du Roi Catholique, si je recevais des gratifications de lui n'étant pas en état de le servir ; que j'étais né français et attaché, encore plus particulièrement qu'un autre, par ma dignité, à la capitale du royaume ; que mon malheur m'avait porté à me brouiller avec le premier ministre de mon Roi, mais que mon ressentiment ne me porterait jamais à chercher de l'appui parmi ses ennemis, que lorsque la nécessité de la défense naturelle m'y obligerait ; que la providence de Dieu, qui connaissait la pureté de mes intentions, m'avait mis, dans Paris, en un état où je me soutiendrais apparemment par moi-même ; que si j'avais besoin d'une protection, je savais que je n'en pourrais jamais trouver ni de si puissante ni de si glorieuse que celle de Sa Majesté Catholique à laquelle je tiendrais toujours à gloire de recourir. Fuensaldagne fut très content de ma réponse, qui lui parut, à ce qu'il dit depuis à Saint-Ibar, d'un homme qui se croyait de la force, qui n'était pas âpre à l'argent, et qui, avec le temps, en pourrait recevoir. Il me renvoya don Antonio Pimentel sur-le-champ même, avec une grande lettre pleine d'honnêtetés, et un petit billet de Monsieur l'Archiduc, qui me mandait qu'il marcherait sur un mot de ma main *con todas las fuerças del Rei su sennor*[1].

Il m'arriva justement, le lendemain du départ de don Antonio Pimentel, une petite intrigue qui me fâcha plus qu'une plus grande. Laigue me vint dire que M. le prince de Conti était dans une colère terrible contre moi ; qu'il disait que je lui avais manqué au respect ; qu'il périrait lui et toute sa maison, ou qu'il s'en ressentirait ; et Sarasin[2], que je lui avais donné pour secrétaire et qui n'en avait pas beaucoup de reconnaissance, entra un moment après, qui me confirma la même chose, en ajoutant qu'il fallait que l'offense fût terrible, parce que ni M. le prince de Conti ni Mme de Longueville ne s'expliquaient point du détail, quoiqu'ils parussent outrés en général. Jugez, je vous supplie, à quel point un homme qui ne se sent rien sur le cœur est surpris d'un éclat de cette espèce. Je n'en fus, en récompense, que très peu touché, parce qu'il s'en fallait beaucoup que j'eusse autant de respect pour la personne de M. le prince de Conti que j'en avais pour sa qualité. Je priai Laigue de lui aller rendre, de ma part, ce que je lui devais, lui demander avec respect le sujet de sa colère, et l'assurer qu'il n'en pouvait avoir aucun qui pût être fondé à mon égard. Laigue revint très persuadé qu'il n'y avait point eu de colère effective ; qu'elle était tout affectée et toute contrefaite, à dessein d'avoir une manière d'éclaircissement, qui fît, ou au moins qui fît paraître, un raccommodement ; et ce qui lui donna cette pensée fut qu'aussitôt qu'il eut fait mon compliment à M. le prince de Conti, il fut reçu avec joie, et remis pourtant pour la réponse à Mme de Longueville, comme à la principale intéressée. Elle fit beaucoup d'honnêtetés à Laigue pour moi, et elle le pria de me mener le soir cheux elle. Elle me reçut admirablement, en disant toutefois qu'elle avait de grands sujets de se plaindre de moi ; que c'étaient de ces choses qui ne se disaient point, mais que je les savais bien. Voilà tout ce que j'en pus tirer pour le fonds, car j'en eus toutes les honnêtetés possibles et toutes les avances même pour rentrer en union avec moi, disait-elle, et avec mes amis. En disant cette dernière parole, qu'elle prononça un peu bas, elle me donna sur le visage de l'un de ses gants, qu'elle tenait à la main, et elle me dit en souriant : « Vous m'entendez bien. » Elle avait raison ; et voici ce que j'entendis.

M. de La Rochefoucauld avait, à ce que l'on prétendait, beaucoup négocié avec la cour, et ce qui me le fait croire est que longtemps devant que Damvilliers, bonne place sur la frontière de Champagne, fût donnée à M. le prince de Conti, qui la lui confia, le bruit en fut grand, qui n'était pas vraisemblablement une prophétie. Comme il n'y avait aucune assurance aux paroles du Cardinal, M. de La Rochefoucauld crut qu'il ne serait pas mal à propos ou de les solliciter, ou de les fixer, par un renouvellement de considération à M. le prince de Conti, à qui Monsieur le Prince en donnait peu, et parce que l'on savait qu'il le méprisait parfaitement[1], et parce qu'il paraissait en toutes choses que leur réconciliation n'était pas fort sincère. Il eût souhaité, par cette raison, de se remettre, au moins en apparence, à la tête de la Fronde, de laquelle il s'était assez séparé les premiers jours de la paix, et même dès les derniers de la guerre, et par des railleries dont il n'était pas maître, et par un rapprochement à la cour qui, contre toute sorte de bon sens, avait été encore plus apparent qu'effectif. M. de

La Rochefoucauld s'imagina, à mon opinion, que l'on ne pouvait revenir plus naturellement du refroidissement qui avait paru, que par un raccommodement, qui d'ailleurs ferait éclat et donnerait, par conséquent, ombrage à la cour : ce qui allait à ses fins. Je lui ai demandé depuis, une fois ou deux, la vérité de cette intrigue, dont il ne me parut pas qu'il se ressouvînt en particulier. Il me dit seulement, en général, qu'ils étaient, en ce temps-là, persuadés, dans leur cabale, que je rendais de mauvais offices sur son sujet à Mme de Longueville auprès de monsieur son mari. C'est de toutes les choses du monde celle dont j'ai été toute ma vie le moins capable, et je ne crois pas que ce soupçon fût la cause de l'éclat que M. le prince de Conti fit contre moi : parce qu'aussitôt que j'eus fait faire par Laigue mon premier compliment, je fus reçu à bras ouverts, et qu'aussitôt que Mme de Longueville s'aperçut que je ne répondis à ce qu'elle me dit de ses amis, qu'en termes généraux, elle retomba dans une froideur qui passa, en fort peu de temps, jusques à la haine. Il est vrai que comme je savais que je n'avais rien fait qui me pût attirer, avec justice, l'éclat que M. le prince de Conti avait fait contre moi, et que je m'imaginai être affecté, pour en faire servir l'accommodement à des intérêts particuliers, je demeurai fort froid à ce mot de mes amis, et plus que je ne le devais. Elle se le tint pour dit ; et cela, joint au passé dont je vous ai déjà parlé et dont je ne sais pas encore le sujet, eut des suites qui nous ont dû apprendre, aux uns et aux autres, qu'il n'y a point de petits pas dans les grandes affaires[1].

M. le cardinal Mazarin, qui avait beaucoup d'esprit, mais qui n'avait point d'âme, ne songea, dès que la paix fut faite, qu'à se défendre, pour ainsi parler des obligations qu'il avait à Monsieur le Prince, qui, à la lettre, l'avait tiré de la potence ; et l'une de ses premières vues fut de s'allier avec la maison de Vendôme[2], qui, dès les commencements de la Régence, s'était trouvée, en deux ou trois rencontres, tout à fait opposée aux intérêts de l'hôtel de Condé.

Il s'appliqua, par le même motif, avec soin, à gagner l'abbé de La Rivière[3], et il eut même l'imprudence de laisser voir à Monsieur le Prince qu'il lui faisait espérer le chapeau destiné à M. le prince de Conti.

Quelques chanoines de Liège ayant jeté les yeux sur le même prince de Conti pour cet évêché, le Cardinal, qui affectait de témoigner à La Rivière qu'il eût souhaité de le dégoûter de sa profession, y trouva des obstacles, sous le prétexte qu'il n'était pas de l'intérêt de la France de se brouiller avec la maison de Bavière, qui y avait des prétentions naturelles et déclarées[1].

J'omets une infinité de circonstances qui marquèrent à Monsieur le Prince et la méconnaissance et la méfiance du Cardinal. Il était trop vif et encore trop jeune pour songer à diminuer la dernière ; il l'augmenta, par la protection qu'il donna à Chavigni, qui était la bête du Mazarin et pour qui il demanda et obtint la liberté de revenir à Paris[2] ; par le soin qu'il prit des intérêts de M. de Bouillon, qui s'était fort attaché à lui depuis la paix ; et par les ménagements qu'il avait de son côté pour La Rivière, qui n'étaient pas secrets. Il ne se faut point jouer avec ceux qui ont en main l'autorité royale. Quelques défauts qu'ils aient, ils ne sont jamais assez faibles pour ne pas mériter ou que l'on les ménage, ou que l'on les perde. Leurs ennemis ne les doivent jamais mépriser, parce qu'il n'y a au monde que ces sortes de gens à qui il convienne quelquefois d'être méprisés.

Ces indispositions, qui croissent toujours dès qu'elles ont commencé, firent que Monsieur le Prince ne se pressa pas, comme il avait accoutumé, de prendre, cette campagne, le commandement des armées. Les Espagnols avaient pris Saint-Venant et Ipres, et le Cardinal se mit dans l'esprit de leur prendre Cambrai. Monsieur le Prince, qui ne jugea pas l'entreprise praticable, ne s'en voulut pas charger. Il laissa cet emploi à M. le comte de Harcourt, qui y échoua ; et il partit pour aller en Bourgogne, au même temps que le Roi s'avança à Compiègne, pour donner chaleur[3] au siège de Cambrai.

Ce voyage, quoique fait avec la permission du Roi, fit peine au Cardinal, et l'obligea à faire couler à Monsieur le Prince des propositions indirectes de rapprochement. M. de Bouillon me dit, en ce temps-là, qu'il

savait de science certaine que Arnauld, qui avait été
mestre de camp des carabins[1] et qui était fort attaché
à Monsieur le Prince, s'en était chargé. Je ne sais pas
si M. de Bouillon en était bien informé, et aussi peu
quelle suite ces propositions purent avoir. Ce qui me
parut fut que Mazerolles, qui était une manière de
négociateur de Monsieur le Prince, vint à Compiègne
en ce temps-là, qu'il y eut des conférences particulières avec Monsieur le Cardinal[2], qu'il lui
déclara, au nom de son maître, que si la Reine se
défaisait de la surintendance des Mers, qu'elle avait
prise pour elle à la mort de M. de Brézé, son beau-
frère, il prétendait que ce fût en sa faveur et non pas
en celle de M. de Vendôme, comme le bruit en courait. Mme de Bouillon, qui croyait être bien avertie,
me dit que le Cardinal avait été fort étonné de ce
discours, auquel il n'avait répondu que par un galimatias, « que l'on lui fera bien expliquer, ajouta-t-elle,
quand l'on le tiendra à Paris ». Je remarquai ce mot,
que je lui fis moi-même expliquer, sans faire semblant
toutefois d'en avoir curiosité ; et j'appris que Monsieur le Prince faisait état de ne pas demeurer longtemps en Bourgogne, et d'obliger, à son retour, la
cour de revenir à Paris, où il ne doutait pas qu'il ne
dût trouver le Cardinal bien plus souple qu'ailleurs.
Cette parole faillit à me coûter la vie, comme vous le
verrez par la suite[3]. Il est nécessaire de parler auparavant de ce qui se passa à Paris, cependant que Monsieur le Prince fut en Bourgogne.

La licence y était d'autant plus grande que nous ne
pouvions donner ordre à celle même qui ne nous
convenait pas. C'est le plus irrémédiable de tous les
inconvénients qui sont attachés à la faction ; et il est
très grand, en ce que la licence, qui ne lui convient
pas, lui est presque toujours funeste, en ce qu'elle
la décrie. Nous avions intérêt de ne pas étouffer les
libelles ni les vaudevilles[4] qui se faisaient contre le
Cardinal ; mais nous n'en avions pas un moindre à
supprimer ceux qui se faisaient contre la Reine, et
quelquefois même contre la religion et contre l'État.
L'on ne se peut imaginer la peine que la chaleur des
esprits nous donna sur ce sujet. La Tournelle[5]
condamna à la mort deux imprimeurs convaincus

d'avoir mis au jour deux ouvrages très dignes du feu. Ils s'avisèrent de crier, comme ils étaient sur l'échelle, qu'on les faisait mourir parce qu'ils avaient débité des vers contre le Mazarin ; le peuple les enleva à la justice, avec une fureur inconcevable[1]. Je ne touche cette petite circonstance que comme un échantillon qui vous peut faire connaître l'embarras où sont les gens sur le compte desquels l'on ne manque jamais de mettre tout ce qui se fait contre les lois ; et ce qui y est encore de plus fâcheux est qu'il ne tient, cinq ou six fois le jour, qu'à la fortune de corrompre, par des contretemps plus naturels à ces sortes d'affaires qu'à aucunes autres, les meilleures et les plus sages productions du bon sens. En voici un exemple.

Jarzé[2], qui était, en ce temps-là, fort attaché au cardinal Mazarin, se mit en tête d'accoutumer, se disait-il, les Parisiens à son nom ; et il s'imagina qu'il y réussirait admirablement en brillant, avec tous les autres jeunes gens de la cour qui avaient ce caractère, dans les Tuileries, où tout le monde avait pris fantaisie de se promener tous les soirs. MM. de Candale, de Bouteville, de Souvré, de Saint-Mesgrain[3], et je ne sais combien d'autres, se laissèrent persuader à cette folie, qui ne laissa pas de leur réussir au commencement. Nous n'y fîmes point de réflexion, et comme nous nous sentions les maîtres du pavé, nous crûmes même qu'il était de l'honnêteté de vivre civilement avec des gens de qualité à qui l'on devait de la considération, quoiqu'ils fussent de parti contraire. Ils en prirent avantage. Ils se vantèrent à Saint-Germain que les Frondeurs ne leur faisaient pas quitter le haut des allées dans les Tuileries. Ils affectèrent de faire de grands soupers sur la terrasse du jardin de Renard[4], d'y mener les violons et d'y boire publiquement à la santé de Son Éminence, à la vue de tout le peuple qui s'y assemblait pour y entendre la musique. Je ne vous puis exprimer à quel point cette extravagance m'embarrassa. Je savais, d'un côté, qu'il n'y a rien de si dangereux que de souffrir que nos ennemis fassent devant les peuples ce qui nous doit déplaire, parce que les peuples ne manquent jamais de s'imaginer qu'ils le peuvent, puisque l'on le souffre. Je ne voyais, d'autre part, de moyens pour l'empêcher que la violence, qui n'était pas honnête contre des particuliers, parce que nous étions trop forts, et qui n'était pas sage, parce qu'elle commettait[1] à des querelles particulières, qui n'étaient pas de notre compte, et par lesquelles le Mazarin eût été ravi de nous donner le change. Voici l'expédient qui me vint en l'esprit.

J'assemblai chez moi MM. de Beaufort, le maréchal de La Mothe, de Brissac, de Rais, de Vitry et de Fontrailles. Devant que de m'ouvrir, je les fis jurer de se conduire à ma mode, dans une affaire que j'avais à leur proposer. Je leur fis voir les inconvénients de l'inaction sur ce qui se passait dans les Tuileries ; je leur exagérai les inconvénients, qui iraient même jusques au ridicule, des procédés particuliers ; et nous convînmes que, dès le soir, M. de Beaufort, accompagné de ceux que je viens de vous nommer, et de cent ou six-vingts[2] gentilshommes, se trouveraient chez Renard, comme il saurait que ces messieurs seraient à table, et qu'après avoir fait compliment à M. de Candale et aux autres, il dît à Jarzé que, sans leur considération, il l'aurait jeté du haut du rempart pour lui apprendre à se vanter, etc. À quoi j'ajoutai qu'il serait bien aussi de faire casser quelque violon, lorsque la bande s'en retournerait et qu'elle ne serait plus en lieu où les personnes qu'on ne voulait point offenser y puissent prendre part. Le pis du pis de cette affaire était un procédé de Jarzé, qui ne pouvait point avoir de mauvaises suites, parce que sa naissance n'était pas fort bonne. Ils me promirent tous de ne recevoir aucune parole de lui et de se servir de ce prétexte pour en faire purement une affaire de parti. Cette résolution fut très mal exécutée. M. de Beaufort, au lieu de faire ce qui avait été résolu, s'emporta de chaleur. Il tira d'abord la nappe, il renversa la table ; l'on coiffa d'un potage le pauvre Vineuil, qui n'en pouvait mais, et qui se trouva de hasard en table avec eux. Le pauvre commandeur de Jars[3] eut la même aventure. L'on cassa les instruments sur la tête des violons. Moreuil, qui était avec M. de Beaufort, donna trois ou quatre coups de plat d'épée à Jarzé. M. de Candale et M. de Boutteville, qui est aujourd'hui M. de Luxembourg, mirent l'épée à la main, et sans Caumesnil, qui se mit au-devant d'eux, ils eussent couru fortune dans la foule des gens qui l'avaient tous hors du fourreau.

Cette aventure, qui ne fut pourtant pas sanglante, ne laissa pas de me donner une cruelle douleur, et aux partisans de la cour la satisfaction d'en jeter sur moi le blâme dans le monde[1]. Il ne fut pas de longue durée, et parce que l'application que j'eus à en empêcher les suites, à quoi je réussis, fit assez connaître mon intention, et parce qu'il y a de certains temps où de certaines gens ont toujours raison. Par celle des contraires, Mazarin avait toujours tort. Nous ne manquâmes pas de célébrer, comme nous devions, la levée du siège de Cambrai[2], le bon accueil fait à Servient pour le fait de la rupture de la paix de Munster, le bruit du rétablissement d'Émery, qui courut aussitôt après que M. de La Meilleraye se fut défait de la surintendance des Finances, et qui se trouva véritable peu de jours après. Enfin nous nous trouvions en état d'attendre, avec sûreté et même avec dignité, ce que pourrait produire le chapitre des accidents, dans lequel nous commencions à entrevoir de grandes indispositions de Monsieur le Prince pour le Cardinal, et du Cardinal pour Monsieur le Prince.

Ce fut dans ce moment où Mme de Bouillon me découvrit que Monsieur le Prince avait pris la résolution d'obliger le Roi de revenir à Paris ; et M. de Bouillon me l'ayant confirmé, je pris celle de me donner l'honneur de ce retour, qui était, dans la vérité, très souhaité du peuple, et qui d'ailleurs nous donnerait, dans la suite, beaucoup plus de considération, quoiqu'il parût d'abord nous en ôter. Je me servis, pour cet effet, de deux moyens : l'un fut de faire insinuer à la cour que les Frondeurs appréhendaient ce retour au dernier point ; l'autre, qui servait aussi à donner cette opinion au Cardinal, fut d'écouter les négociations qu'ils ne manquaient jamais de hasarder, de huit jours en huit jours, par différents canaux, pour lui lever tous soupçons : il y eut de l'art de notre côté. Je fis ce que je pus pour faire agir en cela M. de Beaufort sous son nom, parce que, sans vanité, je croyais que le Mazarin s'imaginerait qu'il trouverait plus de facilité à le tromper que moi. Mais comme M. de Beaufort, ou plutôt comme La Boulaye, à qui M. de Beaufort s'en ouvrit, vit que la suite de la négociation allait à faire le voyage à Compiègne, il ne voulut point que M. de Beaufort y entrât, soit qu'en effet il crût, comme il le disait, qu'il y eût trop de péril pour lui, soit que sachant que je ne faisais pas état que celui qui irait de nous deux y vît le cardinal Mazarin, il ne pût se résoudre à laisser faire un pas à M. de Beaufort aussi contraire aux espérances que Mme de Montbazon, à qui La Boulaye était dévoué, donnait continuellement à la cour de son accommodement.

Cette ouverture de M. de Beaufort à La Boulaye me donna une inquiétude effroyable, parce qu'étant très persuadé de son infidélité et de celle de son amie, je ne voyais pas seulement la fausse négociation que je projetais avec la cour inutile, mais que je la considérais même comme très dangereuse. Elle était pourtant nécessaire ; car vous jugez bien de quel inconvénient il nous était de laisser l'honneur du retour du Roi ou au Cardinal ou à Monsieur le Prince, qui n'eussent pas manqué, selon toutes les règles, de s'en faire une preuve de ce qu'il avait toujours dit que nous nous y opposions. Le président de Bellièvre, à qui j'avais communiqué mon embarras, me dit que puisque M. de Beaufort m'avait manqué au secret sur un point qui me pouvait perdre, je pouvais bien lui en faire un, de mon côté, sur un point qui le pouvait sauver lui-même ; qu'il y allait du tout pour le parti : il fallait tromper M. de Beaufort pour son salut ; que je le laissasse faire et qu'il me donnait sa parole que, devant qu'il fût nuit, il raccommoderait tout le mal que le manquement de secret de M. de Beaufort avait causé. Il me prit dans son carrosse, il m'emmena chez Mme de Montbazon, où M. de Beaufort passait toutes les soirées. Il y arriva un moment après nous ; et M. de Bellièvre fit si bien, qu'il répara effectivement ce qui était gâté. Il leur fit croire qu'il m'avait persuadé qu'il fallait songer, tout de bon, à s'accommoder ; que la bonne conduite ne voulait pas que nous laissassions venir le Roi à Paris, sans avoir au moins commencé à négocier ; qu'il était nécessaire, par la circonstance du retour du Roi, que la négociation se fît par nous-mêmes en personne, c'est-à-dire par M. de Beaufort ou par moi. Mme de Montbazon, qui prit feu à cette première ouverture, et qui crut qu'il n'y aurait plus de péril en ce voyage, puisqu'on voulait bien y négocier effectivement, avança, même avec précipitation, qu'il serait mieux que M. de Beaufort y allât. Le président de Bellièvre allégua douze ou quinze raisons, dont il n'y en avait pas une qu'il entendît lui-même, pour lui prouver que cela ne serait pas à propos ; et je remarquai, en cette occasion, que rien ne persuade tant les gens qui ont peu de sens, que ce qu'ils n'entendent pas. Le président de Bellièvre leur laissa même entrevoir qu'il serait peut-être à propos que je me laissasse persuader, quand je serais là, de voir le Cardinal. Mme de Montbazon, qui entretenait des correspondances, ou plutôt qui croyait en entretenir, avec tout le monde, par les différents canaux qu'elle avait avec chacun, se fit honneur, par celui du maréchal d'Albret[1], à ce qu'on m'a dit depuis, de ce projet à la cour ; et ce qui me le fait assez croire est que Servient recommença, fort justement et comme à point nommé, ses négociations avec moi. J'y répondis à tout hasard, comme si j'étais assuré que la cour en eût été avertie par Mme de Montbazon. Je ne m'engageai pas de voir à Compiègne le cardinal Mazarin, parce que j'étais très résolu de ne l'y point voir ; mais je lui fis entendre, plutôt qu'autrement, que je l'y pourrais voir, parce que je reconnus clairement que si le Cardinal n'eût eu l'espérance que cette visite me décréditerait dans le peuple, il n'eût point consenti à un voyage qui pouvait faire croire au peuple que j'eusse part au retour du Roi, que je jugeai, plutôt à la mine qu'aux paroles de Servient, n'être pas si éloigné de l'inclination du Cardinal que l'on le croyait à Paris et même à la cour. Vous croyez facilement que j'oubliai de dire à Servient que je fisse état de parler à la Reine sur ce retour. Il alla annoncer le mien à Compiègne avec une joie merveilleuse ; mais elle ne fut pas si grande parmi mes amis, quand je leur eus communiqué ma pensée : j'y trouvai une opposition merveilleuse, parce qu'ils crurent que j'y courais un grand péril. Je leur fermai la bouche en leur disant que tout ce qui est nécessaire n'est jamais hasardeux. J'allai coucher à Liancourt, où le maître et la maîtresse de la maison firent de grands efforts pour m'obliger de retourner à Paris ; et j'arrivai le lendemain à Compiègne, au lever de la Reine.

Comme je montais l'escalier, un petit homme habillé de noir, que je n'avais jamais vu et que je n'ai jamais vu depuis, me coula un billet en la main où ces mots étaient écrits en lettres majuscules : si vous ENTREZ CHEZ LE ROI, VOUS ÊTES MORT[1]. J'y étais ; il n'était plus temps de reculer. Comme je vis que j'avais passé la salle des gardes sans être tué, je me crus sauvé. Je témoignai à la Reine, qui me reçut très bien, que je venais l'assurer de mes obéissances très humbles et de la disposition où était l'Église de Paris de rendre à Leurs Majestés tous les services auxquels elle était obligée. J'insinuai, dans la suite de mon discours, tout ce qui était nécessaire pour pouvoir dire que j'avais beaucoup insisté pour le retour du Roi. La Reine me témoigna beaucoup de bonté et même beaucoup d'agrément sur tout ce que je lui disais ; mais quand elle fut tombée sur ce qui regardait le Cardinal, et qu'elle eut vu que, quoiqu'elle me fît beaucoup d'instance de le voir, je persistais à lui répondre que cette visite me rendrait inutile à son service, elle ne se put plus contenir, elle rougit beaucoup ; et tout le pouvoir qu'elle eut sur elle fut, à ce qu'elle a dit depuis, de ne me rien dire de fâcheux.

Servient racontait un jour au maréchal de Clérembault que l'abbé Fouquet[2] proposa à la Reine de me faire assassiner chez Servient, où je dînais ; et il ajouta qu'il était arrivé à temps pour empêcher ce malheur. M. de Vendôme, qui vint au sortir de table chez Servient, me pressa de partir, en me disant qu'on tenait des fâcheux conseils contre moi ; mais quand cela n'aurait pas été, M. de Vendôme l'aurait dit : il n'y a jamais eu un imposteur pareil à celui-là.

Je revins à Paris, ayant fait tous les effets que j'avais souhaité. J'avais effacé le soupçon que les Frondeurs fussent contraires au retour du Roi ; j'avais jeté sur le Cardinal toute la haine du délai ; je m'étais assuré l'honneur principal du retour ; j'avais bravé le Mazarin dans son trône. Il y eut, dès le lendemain, un libelle qui mit tous ces avantages dans leur jour. Le président de Bellièvre fit voir à Mme de Montbazon que les circonstances particulières que j'avais trouvées à Compiègne m'avaient forcé à changer de résolution touchant la visite du Cardinal. J'en persuadai assez aisément M. de Beaufort, qui fut d'ailleurs chatouillé du succès que cette démarche eut dans le peuple. Hocquincourt, qui était de nos amis, fit le même jour je ne sais quelle bravade au Cardinal, du détail de laquelle je ne me ressouviens point, que nous relevâmes de mille couleurs[1]. Enfin nous connûmes visiblement que nous avions de la provision encore pour longtemps dans l'imagination du public : ce qui fait le tout en ces sortes d'affaires.

Monsieur le Prince étant revenu à Compiègne, la cour prit ou déclara la résolution de revenir à Paris. Elle y fut reçue comme les rois l'ont toujours été[2] et le seront toujours, c'est-à-dire avec acclamations qui ne signifient rien, que pour ceux qui prennent plaisir à se flatter. Un petit procureur du Roi du Châtelet, qui était une manière de fou, aposta, pour de l'argent, douze ou quinze femmes, qui, à l'entrée du faubourg, crièrent : « Vive Son Éminence ! » qui était dans le carrosse du Roi, et Son Éminence crut qu'il était maître de Paris. Il s'aperçut, au bout de quatre jours, qu'il s'était trompé lourdement. Les libelles continuèrent. Marigny redoubla de force pour les chansons ; les Frondeurs parurent plus fiers que jamais. Nous marchions quelquefois seuls, M. de Beaufort et moi, avec un page derrière notre carrosse ; nous marchions quelquefois avec cinquante livrées et cent gentilshommes. Nous diversifions[3] la scène, selon que nous jugions devoir être du goût des spectateurs. Les gens de la cour, qui nous blâmaient depuis le matin jusques au soir, ne laissaient pas de nous imiter à leur mode. Il n'y en avait pas un qui ne prît avantage sur le ministre des *frottades*[4] que nous lui donnions, c'était le mot du président de Bellièvre ; et Monsieur le Prince, qui en faisait trop ou trop peu à son égard, continua à le traiter du haut en bas et plus, à mon opinion, qu'il ne convient de traiter un homme qu'on veut laisser dans le ministère.

Comme Monsieur le Prince n'était pas content du

refus que l'on lui avait fait de la surintendance des Mers, qui avait été à monsieur son beau-frère, le Cardinal pensait toujours à le radoucir par des propositions de quelques autres accommodements, qu'il eût été bien aise toutefois de ne lui donner qu'en espérance. Il lui proposa que le Roi lui achèterait le comté de Montbéliard, souveraineté assez considérable, qui est frontière entre l'Alsace et la Franche-Comté, et il donna charge à Herballe[1] de ménager cette affaire avec le propriétaire, qui est un des cadets de la maison de Wurtemberg. On prétendit, à ce temps-là, que Herballe même avait averti Monsieur le Prince que sa commission secrète était de ne pas réussir dans sa négociation. Je ne sais si ce bruit était bien fondé et j'ai toujours oublié de le demander à Monsieur le Prince, quoique je l'aie eu vingt fois à la pensée. Ce qui est constant est que Monsieur le Prince n'était pas content du Cardinal, et qu'il ne continua pas seulement, depuis son retour, à traiter fort bien M. de Chavigny, qui était son ennemi capital, mais qu'il affecta même de se radoucir beaucoup à l'égard des Frondeurs. Il me témoigna, en mon particulier, bien plus d'amitié et plus d'ouverture qu'il n'avait fait dans les premiers jours de la paix ; il ménagea beaucoup davantage que par le passé monsieur son frère et madame sa sœur. Il me semble même que ce fut en ce temps-là, quoiqu'il ne m'en souvienne pas assez pour l'assurer, qu'il remit M. le prince de Conti dans la fonction du gouvernement de Champagne, dont jusque-là il n'en avait eu que le titre[2]. Il s'attacha l'abbé de La Rivière en souffrant que monsieur son frère, qu'il prétendait pouvoir faire cardinal par une pure recommandation, lui laissât la nomination pour laquelle le chevalier d'Elbène fut dépêché à Rome.

Tous ces pas ne diminuaient pas les défiances du Cardinal, qui étaient fort augmentées par l'attachement que M. de Bouillon, mécontent, et d'un esprit profond, avait pour Monsieur le Prince ; mais elles étaient encore particulièrement aigries par l'imagination qu'il avait prise que Monsieur le Prince favorisât le mouvement de Bordeaux, qui, tyrannisé par M. d'Espernon, esprit violent et incapable, avait pris les armes par l'autorité du Parlement, sous le commandement de Chambret et depuis sous celui de Sauvebeuf[1]. Ce Parlement avait députe à celui de Paris un de ses conseillers, appelé Guyonnet, qui ne bougeait de chez M. de Beaufort, à qui tout ce qui paraissait grand paraissait bon et tout ce qui paraissait mystérieux paraissait sage. Il ne tint pas à moi d'empêcher ces apparences, qui ne servaient à rien et qui pouvaient nuire par mille raisons : ce que je marque sur un sujet dans lequel il s'agit de Monsieur le Prince, parce qu'il me parla même avec aigreur de ces conférences de Guyonnet avec M. de Beaufort, ce qui fait voir qu'il était bien éloigné de fomenter les désordres de la Guienne. Mais le Cardinal le croyait, parce que Monsieur le Prince, qui avait toujours de très bonnes et très sincères intentions pour l'État, penchait à l'accommodement et n'était pas d'avis que l'on hasardât une province aussi importante et aussi remuante que la Guienne, pour le caprice de M. d'Espernon. L'un des plus grands défauts du cardinal Mazarin est qu'il n'a jamais pu croire que personne y parlât avec bonne intention.

Comme Monsieur le Prince avait voulu se réunir toute sa maison, il crut qu'il ne pouvait satisfaire pleinement M. de Longueville, qu'il n'eût obligé le Cardinal à lui tenir la parole que l'on lui avait donnée à la paix de Ruel, de lui mettre entre les mains le Pont-de-l'Arche, qui, joint au Vieil-Palais de Rouen, à Caen et à Dieppe, ne convenait pas mal à un gouverneur de Normandie. Le Cardinal s'opiniâtra à ne le pas faire, et jusques au point qu'il s'expliqua à qui le voulut entendre. Monsieur le Prince, le trouvant un jour au cercle, et voyant qu'il faisait le fier plus qu'à l'ordinaire, lui dit en sortant du cabinet de la Reine, d'un ton assez haut : « Adieu, Mars[2] ! » Cela se passa à onze heures du soir et un peu devant le souper de la Reine. Je le sus un demi-quart d'heure après, comme tout le reste de la ville. Et comme j'allais, le lendemain sur les sept heures du matin, à l'hôtel de Vendôme pour y chercher M. de Beaufort, je le trouvai sur le Pont-Neuf, dans le carrosse de M. de Nemours, qui le menait chez madame sa femme, pour qui M. de Beaufort avait une grande tendresse. M. de Nemours était encore, en ce temps-là, dans les intérêts de la Reine ; et comme il savait l'éclat du soir précédent, il s'était mis en l'esprit de persuader à M. de Beaufort de se déclarer pour elle en cette occasion. M. de Beaufort s'y trouvait tout à fait disposé, et d'autant plus que Mme de Montbazon l'avait prêché jusques à deux heures après minuit sur le même ton. Le connaissant comme je faisais, je ne devais pas être surpris de son peu de vue ; j'avoue toutefois que je le fus au dernier point. Je lui représentai, avec toute la force qu'il me fut possible, qu'il n'y avait rien au monde qui fût plus opposé au bon sens ; qu'en nous offrant à Monsieur le Prince, nous ne hasardions rien ; qu'en nous offrant à la Reine, nous hasardions tout ; que dès que nous aurions fait ce pas, Monsieur le Prince s'accommoderait avec le Mazarin, qui le recevrait à bras ouverts, et par sa propre considération et par l'avantage qu'il trouverait à faire connaître au peuple qu'il devrait sa conservation aux Frondeurs, ce qui nous décréditerait absolument dans le public ; que le pis du pis, en nous offrant à Monsieur le Prince, serait de demeurer comme nous étions, avec la différence que nous aurions acquis un nouveau mérite, à l'égard du public, par le nouvel effort que nous aurions fait pour ruiner son ennemi. Ces raisons, auxquelles il n'y avait à la vérité rien à répondre, emportèrent M. de Beaufort. Nous allâmes, dès l'après-dînée, à l'hôtel de Longueville, où nous trouvâmes Monsieur le Prince dans la chambre de madame sa sœur. Nous lui offrîmes nos services. Nous fûmes reçus comme vous le pouvez imaginer, et nous soupâmes avec lui chez Prudhomme, où le panégyrique du Mazarin ne manqua d'aucune de ses figures.

Le lendemain au matin, Monsieur le Prince me fit l'honneur de me venir voir, et il continua à me parler du même air dont il m'avait parlé la veille. Il reçut même avec plaisir la ballade en *na, ne, ni, no, nu*[1], que Marigny lui présenta comme il descendait le degré. Il m'écrivit le soir, sur les onze heures, un petit billet par lequel il m'ordonnait de me trouver, le lendemain matin à quatre heures, cheux lui avec Noirmoutier. Nous l'éveillâmes comme il nous l'avait mandé. Il nous parut d'abord assez embarrassé ; il nous dit qu'il ne pouvait se résoudre à faire la guerre civile ; que la Reine était si attachée au Cardinal qu'il n'y avait que ce moyen de l'en séparer ; qu'il ne croyait pas qu'il fût de sa conscience et de son honneur de le prendre, et qu'il était d'une naissance à laquelle la conduite du Balafré ne convenait pas. Ce furent ses propres paroles, et je les remarquai. Il ajouta qu'il n'oublierait jamais l'obligation qu'il nous avait, qu'en s'accommodant, il nous accommoderait aussi avec la cour, si nous le voulions ; que si nous ne croyions pas qu'il fût de nos intérêts, il ne laisserait pas, si la cour nous voulait attaquer, de prendre hautement notre protection. Nous lui répondîmes que nous n'avions prétendu, lui offrant nos services, que l'honneur et la satisfaction de le servir ; que nous serions au désespoir que notre considération eût arrêté un moment son accommodement avec la Reine ; que nous le supplions[1] de nous permettre de demeurer comme nous étions avec le cardinal Mazarin, et que cela n'empêcherait pas que nous ne demeurassions toujours dans les termes et du respect et du service que nous avions voués à Son Altesse.

Les conditions de cet accommodement[2] de Monsieur le Prince avec le Cardinal n'ont jamais été publiques, parce qu'il ne s'en est su que ce qu'il plut au Cardinal, en ce temps-là, d'en jeter dans le monde. Je me ressouviens, en général, qu'il l'affecta ; j'en ai oublié le détail et je ne l'ai pas trouvé, quoique je l'aie cherché pour vous en rendre compte[3]. Ce qui en parut fut la remise du Pont-de-l'Arche entre les mains de M. de Longueville.

Les affaires publiques ne m'occupaient pas si fort, que je ne fusse obligé de vaquer à des particulières, qui me donnèrent bien de la peine. Mme de Guéméné, qui s'en était allée d'effroi, comme je crois vous avoir déjà dit, dès les premiers jours du siège de Paris, revint de colère à la première nouvelle qu'elle eut de mes visites à l'hôtel de Chevreuse. Je fus assez fou pour la prendre à la gorge sur ce qu'elle m'avait lâchement abandonné ; elle fut assez folle pour me jeter un chandelier à la tête sur ce que je ne lui avais pas gardé fidélité à l'égard de Mlle de Chevreuse. Nous nous accordâmes un quart d'heure après ce fracas, et, dès le lendemain, je fis pour son service ce que vous allez voir[1].

Cinq ou six jours après que Monsieur le Prince fut accommodé, il m'envoya le président Viole pour me dire que l'on le déchirait dans Paris, comme un homme qui avait manqué de parole aux Frondeurs ; qu'il ne pouvait pas croire que ces bruits-là vinssent de moi ; qu'il avait des lumières que M. de Beaufort et Mme de Montbazon y contribuaient beaucoup, et qu'il me priait d'y donner ordre. Je montai aussitôt en carrosse avec le président Viole ; j'allai avec lui chez Monsieur le Prince, et je lui témoignai ce qui était de la vérité, qui était en effet que j'avais toujours parlé comme j'avais dû sur son sujet. J'excusai, autant que je pus, M. de Beaufort et Mme de Montbazon, quoique je n'ignorasse pas que la dernière particulièrement n'eût dit que trop de sottises. Je lui insinuai dans le discours qu'il ne devait pas trouver étrange que, dans une ville aussi émue et aussi enragée contre le Mazarin, l'on se fût fort plaint de son accommodement, qui le remettait pour la seconde fois sur le trône. Il se fit justice ; il comprit que le peuple n'avait pas besoin d'instigateur pour être échauffé sur cette matière. Il entra bonnement avec moi sur les raisons qu'il avait eues de ne pas pousser les affaires ; il fut satisfait de celle que je pris la liberté de lui dire pour lui justifier ma conduite ; il m'assura de son amitié très obligeamment ; je l'assurai très sincèrement de mes services ; et la conversation finit d'une manière assez ouverte et même assez tendre pour me donner lieu de croire et qu'il me tenait pour son serviteur, et qu'il ne trouverait pas mauvais que je me mêlasse d'une affaire qui était arrivée justement la veille de ce que je vous viens de raconter.

Monsieur le Prince s'était engagé, à la prière de Meille, cadet de Foix, qui était fort attaché à lui, de faire donner le tabouret à la comtesse de Fleix ; et le Cardinal, qui y avait grande aversion, suscita toute la jeunesse de la cour pour s'opposer à tous les tabourets qui n'étaient pas fondés sur des brevets[2]. Monsieur le Prince, qui vit tout d'un coup une manière d'assemblée de noblesse, à la tête de laquelle même le maréchal de L'Hospital s'était mis, ne voulut pas s'attirer la clameur publique pour des intérêts qui lui étaient, dans le fond, assez indifférents, et il crut qu'il ferait assez pour la maison de Foix si il renversait les tabourets des autres maisons privilégiées. Celle de Rohan était la première de ce nombre[1] ; et jugez, s'il vous plaît, de quel dégoût était un déchet de cette nature aux dames de ce nom. La nouvelle leur en fut apportée le soir même que Mme la princesse de Guéméné revint d'Anjou. Mmes de Chevreuse, de Rohan et de Montbazon se trouvèrent le lendemain chez elle. Elles prétendirent que l'affront que l'on leur voulait faire n'était qu'une vengeance qu'on voulait prendre de la Fronde. Nous résolûmes une contre-assemblée de noblesse pour soutenir le tabouret de la maison de Rohan. Mlle de Chevreuse eût eu assez de plaisir que l'on l'eût distinguée par là de celle de Lorraine ; mais la considération de madame sa mère fit qu'elle n'osa contredire le sentiment commun[2]. Il fut d'essayer d'ébranler Monsieur le Prince devant que de venir à l'éclat. Je me chargeai de la commission, que la conversation que j'avais eue avec lui aida à me faire croire pouvoir être d'un succès plus possible. J'allai chez lui dès le soir même ; je pris mon prétexte sur la parenté que j'avais avec la maison de Guéméné. Monsieur le Prince, qui m'entendit à demi-mot, me répondit ces propres paroles : « Vous êtes bon parent[3] ; il est juste de vous satisfaire. Je vous promets que je ne choquerai point le tabouret de la maison de Rohan ; mais je vous demande une condition sans laquelle il n'y a rien de fait : c'est que vous disiez, dès aujourd'hui, à Mme de Montbazon que le seul article que je désire pour notre accommodement est que lorsqu'elle coupera je ne sais quoi à M. de La Rochefoucauld, elle ne l'envoie pas dans un bassin d'argent à ma sœur, comme elle l'a dit à vingt personnes depuis deux jours. »

J'exécutai fidèlement et exactement l'ordre de Monsieur le Prince ; j'allai de chez lui droit à l'hôtel de Guéméné, où je trouvai toute la compagnie assemblée ; je suppliai Mlle de Chevreuse de sortir du cabinet, et je fis rapport en propres termes de mon ambassade aux dames, qui en furent beaucoup édifiées. Il est si rare qu'une négociation finisse en cette manière, que celle-là m'a paru n'être pas indigne de l'histoire.

Cette complaisance, que Monsieur le Prince eut pour moi et qu'il n'eut assurément que pour moi, déplut fort au Cardinal, qui avait encore tous les jours de nouveaux sujets de chagrin. Le vieux duc de Chaune[1], gouverneur d'Auvergne, lieutenant de Roi en Picardie et gouverneur d'Amiens, mourut en ce temps-là. Le Cardinal, à qui la citadelle d'Amiens eût assez plu pour lui-même, eût bien voulu que le vidame[2] lui en eût cédé le gouvernement, dont il avait la survivance, pour avoir celui d'Auvergne. Ce vidame, qui était frère aîné de M. Chaune[3] que vous voyez aujourd'hui, se fâcha, écrivit une lettre très haute au Cardinal, et il s'attacha à Monsieur le Prince. M. de Nemours fit la même chose, parce que l'on balança à lui accorder le gouvernement d'Auvergne. Miossens, qui est présentement le maréchal d'Albret, et qui était à la tête des gensdarmes du Roi, s'accoutuma et accoutuma les autres à menacer le ministre. Il augmenta la haine publique qu'on avait contre lui, par le rétablissement d'Émery, extrêmement odieux à tout le royaume ; mais ce rétablissement, duquel nous ne manquâmes pas de nous servir, nous fit d'autre part un peu de peine, parce que cet homme, qui ne manquait pas d'esprit, et qui connaissait mieux Paris que le Cardinal, y jeta de l'argent, et qu'il l'y jeta même assez à propos[4]. C'est une science particulière, et laquelle bien ménagée fait autant de bons effets dans un peuple, qu'elle en produit de mauvais quand elle n'est pas bien entendue ; elle est de la nature de ces choses qui sont nécessairement ou toutes bonnes ou toutes mauvaises.

Cette distribution, qu'il fit sagement et sans éclat dans les commencements de son rétablissement, nous obligea à songer encore avec plus d'application à nous incorporer, pour ainsi dire, avec le public ; et comme nous en trouvâmes une occasion qui était sainte en elle-même, ce qui est toujours un avantage signalé, nous ne la manquâmes pas. Si je me fusse cru toutefois, nous ne l'eussions pas prise sitôt : nous n'étions pas encore pressés, et il n'est jamais sage de faire, dans les factions où l'on n'est que sur la défensive, ce qui n'est pas pressé ; mais l'inquiétude des subalternes est la chose du monde la plus incommode en ce rencontre : ils croient que l'on est perdu dès que l'on n'agit pas. Je les prêchais tous les jours qu'il fallait planer ; que les pointes étaient dangereuses[1] ; que j'avais remarqué en plusieurs occasions que la patience avait de plus grands effets que l'activité. Personne ne comprenait cette vérité, qui est pourtant incontestable, et l'impression que fit, à ce propos, dans les esprits, un méchant mot de la princesse de Guéméné, est incroyable : elle se ressouvint d'un vaudeville que l'on avait fait autrefois sur un certain régiment de Bruslon où l'on disait qu'il n'y avait que deux dragons et quatre tambours[2]. Comme elle haïssait la Fronde pour plus d'une raison, elle me dit un jour chez elle, en me raillant, que nous n'étions plus que quatorze de notre parti, qu'elle compara ensuite au régiment de Bruslon. Noirmoutier, qui était éveillé mais étourdi, et Laigue, qui était lourd mais présomptueux, furent touchés de cette raillerie, qui leur parut bien fondée, et au point qu'ils murmuraient, depuis le matin jusques au soir, de ce que je ne m'accommodais pas, ou de ce que je ne poussais pas les affaires jusques à l'extrémité. Comme les chefs, dans les factions, n'en sont maîtres qu'autant qu'ils savent prévenir ou apaiser les murmures, il fallut venir malgré moi à agir, quoiqu'il n'en fût pas encore temps, et je trouvai, par bonne fortune, une manière qui eût rectifié et même consacré l'imprudence, pour peu qu'il eût plu à ceux qui l'avaient causée de ne la pas outrer.

L'on peut dire, avec vérité, que les rentes de l'Hôtel de Ville de Paris sont particulièrement le patrimoine de tous ceux qui n'ont que médiocrement du bien. Il est vrai qu'il y a des maisons riches qui y ont part : mais il est encore plus vrai qu'il semble que la providence de Dieu les ait encore plus destinées pour les pauvres ; ce qui, bien entendu et bien ménagé, pourrait être très avantageux au service du Roi, parce que ce serait un moyen sûr, et d'autant plus efficace qu'il serait imperceptible, d'attacher à sa personne un nombre infini de familles médiocres, qui sont toujours les plus redoutables dans les révolutions[3]. La licence du dernier siècle a donné quelquefois des atteintes à ce fonds sacré.

L'ignorance du Mazarin ne garda point de mesure dans sa puissance. Il recommença, aussitôt après la paix, à rompre celles par lesquelles et les arrêts du Parlement et les déclarations du Roi avaient pourvu aux désordres. Les officiers de l'Hôtel de Ville, dépendants du ministre, y contribuèrent par leurs prévarications. Les rentiers s'émurent par eux-mêmes et sans aucune suscitation, ils s'assemblèrent en grand nombre en l'Hôtel de Ville[1]. La Chambre des vacations donna arrêt par lequel elle défendit ces assemblées. Quand le Parlement fut rentré, à la Saint-Martin de l'année 1649, la Grande Chambre confirma cet arrêt, qui était juridique en soi, parce que les assemblées, sans l'autorité du Prince, ne sont jamais légitimes, mais qui autorisait toutefois le mal, en ce qu'il en empêchait le remède.

Ce qui obligea la Grande Chambre à donner un second arrêt fut que, nonobstant celui qui avait été rendu par la Chambre des vacations, les rentiers, assemblés au nombre de plus de trois mille hommes, tous bons bourgeois et vêtus de noir, avaient créé douze syndics[2] pour veiller, ce disaient-ils, sur les prévarications du prévôt des marchands. Cette nomination des syndics fut inspirée à ces bourgeois par cinq ou six personnes, qui avaient en effet quelque intérêt dans les rentes, mais que j'avais jetées dans l'assemblée pour la diriger, aussitôt que je la vis formée. Je suis encore très persuadé que je rendis, en cette occasion, un très grand service à l'État, parce que si je n'eusse réglé, comme je fis, cette assemblée, qui entraînait après elle presque tout Paris, il y eût eu assurément une fort grande sédition. Tout s'y passa au contraire avec un très grand ordre. Les rentiers demeurèrent dans le respect pour quatre ou cinq conseillers du Parlement, qui parurent à leur tête et voulurent bien accepter le syndicat. Ils y persistèrent avec joie, quand ils surent, par les mêmes conseillers, que nous leur donnions, M. de Beaufort et moi, notre protection. Ils nous firent une députation solennelle, que nous reçûmes comme vous pouvez l'imaginer[3]. Le premier président, qui se le devait tenir pour dit, voyant cette démarche, s'emporta, et donna ce second arrêt dont je vous viens de parler.

Les syndics prétendirent que leur syndicat ne pouvait être cassé que par le Parlement en corps, et non pas par la Grande Chambre. Ils se plaignirent aux Enquêtes, qui furent du même avis, après en avoir opiné dans leur chambre, et qui allèrent ensuite chez Monsieur le Premier Président, accompagnées d'un très grand nombre de rentiers.

La cour, qui crut devoir faire un coup d'autorité, envoya des archers chez Parain des Coutures, capitaine de son quartier, et qui était un des douze syndics. Ils furent assez heureux pour ne le pas trouver chez lui. Le lendemain, les rentiers s'assemblèrent en très grand nombre en l'Hôtel de Ville, et y résolurent de présenter requête au Parlement, et d'y demander justice de la violence que l'on avait voulu faire à l'un de leurs syndics.

Jusque-là nos affaires allaient à souhait. Nous nous étions enveloppés dans la meilleure et la plus juste affaire du monde, et nous étions sur le point de nous reprendre et de nous recoudre, pour ainsi dire, avec le Parlement qui était sur le point de demander l'assemblée des chambres et de sanctifier, par conséquent, tout ce que nous avions fait. Le diable monta à la tête de nos subalternes : ils crurent que cette occasion tomberait, si nous ne la relevions par un grain qui fût de plus haut goût que les formes du Palais. Ce furent les propres mots de Montrésor, qui, dans un conseil de Fronde qui fut tenu chez le président de Bellièvre, proposa qu'il fallait faire tirer un coup de pistolet à l'un des syndics, pour obliger le Parlement à s'assembler, parce que autrement, dit-il, le premier président n'accordera jamais l'assemblée des chambres, qu'il a prétexte de refuser, puisqu'il l'a promis à la paix, au lieu que si nous faisons une émotion, les Enquêtes prendront leurs places tumultuairement, et feront ainsi l'assemblée des chambres, qui nous est absolument nécessaire, parce qu'elle nous rejoint naturellement au Parlement, dans une conjoncture où nous serons, avec le Parlement, les défenseurs de la veuve et de l'orphelin, et où nous ne sommes, sans le Parlement, que des séditieux et des tribuns du peuple. Il n'y a, ajouta-t-il, qu'à faire tirer un coup de pistolet dans la rue à l'un les syndics qui ne sera pas assez connu du peuple pour faire une trop grande émotion, et la fera toutefois suffisante pour produire l'assemblée des chambres, qui nous est si nécessaire.

Je m'opposai à ce dessein avec toute la force qui fut en mon pouvoir[1]. Je représentai que nous aurions infailliblement l'assemblée des chambres sans cet expédient, qui avait mille et mille inconvénients. J'ajoutai qu'une supposition était toujours odieuse. Le président de Bellièvre traita mon scrupule de pauvreté ; il me pria de me ressouvenir de ce que j'avais mis autrefois dans la *Vie de César*[2], que dans les affaires publiques la morale a plus d'étendue que dans les particulières. Je le priai, à mon tour, de se ressouvenir de ce que j'avais mis à la fin de la même *Vie*, qu'il est toujours judicieux de ne se servir qu'avec d'extrêmes précautions de cette licence, parce qu'il n'y a que le succès qui la justifie : « Et qui peut répondre du succès ? ajoutai-je, puisque la fortune peut jeter cent et cent incidents dans une affaire de cette nature, qui couronnent l'abominable par le ridicule, quand elle ne réussit pas. » Je ne fus pas écouté, quoiqu'il semblât que Dieu m'avait inspiré ces paroles, comme vous le verrez par l'événement. MM. de Beaufort, de Brissac, de Noirmoutier, de Laigue, de Bellièvre, de Montrésor, s'unirent tous contre moi ; et il fut résolu qu'un gentilhomme qui était à Noirmoutier tirerait un coup de pistolet dans le carrosse de Joly, que vous avez vu depuis à moi[3], et qui était un des syndics des rentiers ; que Joly se ferait une égratignure pour faire croire qu'il aurait été blessé ; qu'il se mettrait au lit, et qu'il donnerait sa requête au Parlement. Je vous confesse que cette résolution me donna une telle inquiétude, toute la nuit, que je n'en fermai pas l'œil, et que je dis, le lendemain au matin, au président de Bellièvre ces deux vers des *Horaces* :

Je rends grâces aux dieux de n'être pas Romain,
Pour conserver encor quelque chose d'humain.

Le maréchal de La Mothe, à qui nous communiquâmes ce bel exploit, y eut presque autant d'aversion que moi. Enfin il s'exécuta l'onzième décembre et la fortune ne manqua pas d'y jeter le plus cruel de tous les incidents que l'on se fût pu imaginer. Le marquis de La Boulaye, soit de sa propre folie, soit de concert avec le Cardinal[1], dont je suis persuadé par une preuve qui est convaincante, voyant que sur l'émotion causée dans la place Maubert par ce coup de pistolet, et sur la plainte du président Charton, l'un des syndics, qui se voulut imaginer qu'on avait pris Joly pour lui, le Parlement s'était assemblé, se jeta comme un insensé et comme un démoniaque au milieu de la salle du Palais, suivi de quinze ou vingt coquins, dont le plus honnête homme était un misérable savetier. Il cria aux armes ; il n'oublia rien pour les faire prendre dans les rues voisines ; il alla chez le bonhomme Broussel, il lui fit une réprimande à sa mode, il vint chez moi, où je le menaçai de le faire jeter par la fenêtre, et où le gros Comény, qui s'y trouva, le traita comme un valet. Je vous rendrai compte de la suite de cette aventure, quand je vous aurai expliqué la raison que j'ai de croire que ce marquis de La Boulaye, père de La Marck que vous avez vu[2], agissait de concert avec le Cardinal.

Il était attaché à M. de Beaufort, qui le traitait de parent, mais il tenait encore davantage auprès de lui par Mme de Montbazon, de qui il était tout à fait dépendant. J'avais découvert que ce misérable avait des conférences secrètes avec Mme d'Empus, concubine en titre d'office d'Ondedei, et espionne avérée du Mazarin. Il n'avait pas tenu à moi d'en détromper M. de Beaufort, à qui j'avais même fait jurer sur les Évangiles qu'il ne lui dirait jamais rien de tout ce qui me regardait. Laigue, qui n'était pas un imposteur, m'a dit, encore un peu de temps avant sa mort, que le Cardinal, en mourant, le recommanda au Roi comme un homme qui l'avait toujours très fidèlement servi. Vous remarquerez, s'il vous plaît, que ce même homme avait toujours été frondeur de profession.

Je reviens à Joly. Le Parlement s'étant assemblé, l'on ordonna qu'il serait informé de cet assassinat. La Reine, qui vit que La Boulaye n'avait pas réussi dans la tentative de la sédition, alla à son ordinaire, car c'était un samedi, à la messe à Notre-Dame. Le prévôt des marchands l'alla assurer, à son retour, de la fidélité de la ville. L'on affecta de publier, au

Palais-Royal, que les Frondeurs avaient voulu soulever le peuple et qu'ils avaient manqué leur coup. Tout cela ne fut que douceur au prix de ce qui arriva le soir.

La Boulaye, qui était en défiance, s'il n'était pas d'intelligence avec la cour, ou qui voulait achever la pièce qu'il avait commencée, s'il était de concert avec le Mazarin, posa une espèce de corps de garde de sept ou huit cavaliers dans la place Dauphine, cependant que lui, à ce qu'on a assuré depuis, était chez une fille de joie du voisinage. Il y eut je ne sais quelle rumeur entre ces cavaliers et les bourgeois du guet; et l'on vint dire au Palais-Royal qu'il y avait de l'émotion en ce quartier. Servient, qui s'y trouva, eut ordre d'envoyer savoir ce que c'était, et l'on prétend qu'il grossit beaucoup, par son rapport, le nombre des gens qui y étaient. L'on observa même qu'il eut une assez longue conférence avec le Cardinal, dans la petite chambre grise de la Reine, et que ce ne fut qu'après cette conférence qu'il vint dire, tout échauffé, à Monsieur le Prince qu'il y avait assurément quelque entreprise contre sa personne. Le premier mouvement de Monsieur le Prince fut de s'en aller éclaircir lui-même; la Reine l'en empêcha, et ils convinrent d'envoyer seulement le carrosse de Monsieur le Prince, avec quelque carrosse de suite, comme ils avaient accoutumé, pour voir si on l'attaquerait. Comme ils arrivèrent sur le Pont-Neuf, ils trouvèrent force gens en armes, parce que les bourgeois les avait prises à la première rumeur, et il n'arriva rien au carrosse de Monsieur le Prince. Il y eut un laquais blessé d'un coup de pistolet dans celui de Duras, qui le suivait. On ne sait point trop comme cela arriva : si il est vrai, comme on disait en ce temps-là, que deux cavaliers eussent tiré ce coup de pistolet, après avoir regardé dans le carrosse de Monsieur le Prince, où ils ne trouvèrent personne, il y a apparence que ce jeu fut la continuation de celui du matin[1]. Un boucher, très homme de bien, me dit, huit jours après, et il me l'a redit vingt fois depuis, qu'il n'y avait pas un mot de vrai de ce qui s'était dit de ces deux cavaliers; que ceux de La Boulaye n'y étaient plus quand les carrosses passèrent, et que les coups de pistolet qui se tirèrent en ce temps-là ne furent qu'entre des bourgeois ivres et ses camarades bouchers, qui revenaient de Poissy et qui n'étaient pas à jeun. Ce boucher, appelé Le Houx, père du chartreux dont vous avez ouï parler, disait qu'il était dans la compagnie.

Quoi qu'il en soit, il faut avouer que l'artifice de Servient rendit un grand service au Cardinal en ce rencontre, parce qu'il lui réunit Monsieur le Prince par la nécessité où il se trouva de pousser les Frondeurs, qu'il crut l'avoir voulu assassiner. L'on a blâmé Monsieur le Prince d'avoir donné dans ce panneau, et, à mon opinion, l'on l'en a dû plaindre : il était difficile de s'en défendre dans un moment où tout ce qu'il y a de gens qui sont le plus à un prince croient qu'ils ne lui témoigneraient pas leur zèle si ils ne lui exagéraient son péril. Les flatteurs du Palais-Royal confondirent, avec empressement et avec joie, l'entreprise du matin avec l'aventure du soir ; l'on broda sur ce canevas tout ce que la plus lâche complaisance, tout ce que la plus noire imposture, tout ce que la crédulité la plus sotte y purent figurer ; et nous nous trouvâmes, le lendemain matin, réveillés par le bruit répandu par toute la ville que nous avions voulu enlever la personne du Roi et la mener en l'Hôtel de Ville ; que nous avions résolu de massacrer Monsieur le Prince, et que les troupes d'Espagne s'avançaient vers la frontière, de concert avec nous. La cour fit, dès le soir même, une peur effroyable à Mme de Montbazon, que l'on savait être la patronne de La Boulaye. Le maréchal d'Albret, qui se vantait d'en être aimé, lui portait tout ce qu'il plaisait au Cardinal d'aller jusques à elle. Vineuil, qui en était effectivement aimé, à ce qu'on disait, lui inspirait tout ce que Monsieur le Prince lui voulait faire croire. Elle fit voir les enfers ouverts à M. de Beaufort, qui me vint éveiller à cinq heures du matin, pour me dire que nous étions perdus et que nous n'avions qu'un parti à prendre, qui était à lui de se jeter dans Péronne, où Hocquincourt le recevrait, et à moi de me retirer à Mézières, où je pouvais disposer de Bussy-Lamet. Je crus, aux premiers mots de cette proposition, que M. de Beaufort avait fait avec La Boulaye quelque sottise. Comme il m'eut fait mille et mille serments qu'il en était aussi innocent que moi, je lui dis que les partis qu'il proposait étaient pernicieux ; qu'ils nous feraient paraître coupables aux yeux de tout l'univers ; il n'y en avait point d'autre que de nous envelopper dans notre innocence, que de faire bonne mine, ne rien prendre pour nous de tout ce qui ne nous attaquerait pas directement, et de nous résoudre de ce que nous aurions à faire, selon les occasions. Comme il se piquait aisément de tout ce qui lui paraissait audacieux, il entra sans peine dans mes raisons. Nous sortîmes ensemble, sur les huit heures, pour nous faire voir au peuple, et pour voir moi-même la contenance du peuple, que l'on m'avait mandé de différents quartiers être beaucoup consterné. Cela nous parut effectivement ; et si la cour nous eût attaqués dans ce moment, je ne sais si elle n'aurait point réussi. J'eus trente billets, sur le midi, qui me firent croire qu'elle en avait le dessein, et trente autres qui me firent appréhender qu'elle ne [le] pût avoir avec succès.

MM. de Beaufort, de La Mothe, de Brissac, de Noirmoutier, de Laigue, de Fiesque, de Fontrailles et de Matha vinrent dîner chez moi. Il y eut, après dîner, une grande contestation, la plupart voulant que nous nous missions sur la défensive, ce qui eût été très ridicule, parce qu'ainsi nous nous fussions reconnus coupables avant que d'être accusés. Mon avis l'emporta, qui fut que M. de Beaufort marchât seul dans les rues, avec un page seul derrière son carrosse, et que j'y marchasse de même manière, de mon côté, avec un aumônier ; que nous allassions séparément chez Monsieur le Prince lui dire que nous étions très persuadés qu'il ne nous faisait pas l'injustice de nous confondre dans les bruits qui couraient, etc. Je ne pus trouver, après dîner, Monsieur le Prince chez lui ; et M. de Beaufort ne l'y ayant pas rencontré non plus, nous nous trouvâmes, sur les six heures, chez Mme de Montbazon, qui voulait, à toute force, que nous prissions des chevaux de poste pour nous enfuir. Nous eûmes, sur cela, une contestation, qui ouvrit une scène où il y eut bien du ridicule, quoiqu'il ne s'y agît que du tragique. Mme de Montbazon soutenant qu'aux personnages que nous jouions, M. de Beaufort et moi, il n'y avait rien plus aisé que de se défaire de nous, puisque nous nous mettions entre les mains de nos ennemis, je lui répondis qu'il était vrai que nous hasardions notre vie ; mais que si [nous] agissions autrement, nous perdrions certainement notre honneur. Elle se leva, à ce mot, de dessus son lit, où elle était, et elle me dit, après m'avoir mené vers la cheminée : « Avouez le vrai, ce n'est pas ce qui vous tient[1] ; vous ne sauriez quitter vos nymphes[2]. Emmenons l'innocente avec nous : je crois que vous ne vous souciez plus guère de l'autre. » Comme j'étais accoutumé à ses manières, je ne fus pas surpris de ce discours. Je le fus davantage, quand je la vis effectivement dans la pensée de s'en aller à Péronne, et si effrayée, qu'elle ne savait ce qu'elle disait. Je trouvai que ses deux amants lui avaient donné plus de frayeur qu'apparemment ils n'eussent voulu. J'essayai de la rassurer ; et sur ce qu'elle me témoignait quelque défiance que je ne fusse pas de ses amis, à cause de la liaison que j'avais avec Mmes de Chevreuse et de Guéméné, je lui dis tout ce que celle que j'avais avec M. de Beaufort pouvait demander de moi dans cette conjoncture. À quoi elle me répondit brusquement : « Je veux que l'on soit de mes amis pour l'amour de moi-même : ne le mérité-je pas bien ? » Je lui fis là-dessus son panégyrique, et de propos en propos, qui continua assez longtemps, elle tomba sur les beaux exploits que nous aurions faits si nous nous étions trouvés unis ensemble : à quoi elle ajouta qu'elle ne concevait pas comme je m'amusais à une vieille, qui était plus méchante que le diable, et à une jeune qui était encore plus sotte à proportion. « Nous nous disputons tout le jour cet innocent, reprit-elle en montrant M. de Beaufort, qui jouait aux eschets[3] ; nous nous donnons bien de la peine ; nous gâtons toutes nos affaires : accordons-nous ensemble, allons-nous-en à Péronne. Vous êtes maître de Mézières, le Cardinal vous enverra demain des négociateurs. »

Ne soyez pas surprise, s'il vous plaît, de ce qu'elle parlait ainsi de Monsieur, ainsi de M. de Beaufort : c'étaient ses termes ordinaires, et elle disait à qui la voulait entendre qu'il était impuissant, ce qui était ou vrai, ou presque vrai ; qu'il ne lui avait jamais demandé le bout du doigt ; qu'il n'était amoureux que de son âme ; et en effet il me paraissait au désespoir quand elle mangeait les vendredis de la viande, ce qui lui arrivait très souvent. J'étais accoutumé à ses dits, mais comme je ne l'étais pas à ses douceurs, j'en fus touché, quoiqu'elles me fussent suspectes, vue la conjoncture. Elle était fort belle ; je n'avais pas disposition naturelle à perdre de telles occasions : je radoucis beaucoup ; l'on ne m'arracha pas les yeux ; je proposai d'entrer dans le cabinet, mais l'on me proposa pour préalable de toutes choses d'aller à Péronne : ainsi finirent nos amours. Nous rentrâmes dans la conversation ; l'on se remit à contester sur la conduite. Le président de Bellièvre, que Mme de Montbazon envoya consulter, répondit qu'il n'y avait pas deux partis ; que l'unique était de faire toutes les démarches de respect vers Monsieur le Prince, et si elles n'étaient reçues, de se soutenir par son innocence et par sa fermeté[1].

M. de Beaufort sortit de l'hôtel de Montbazon pour aller chercher Monsieur le Prince, qu'il trouva à table, ou chez Prudhomme, ou chez le maréchal de Gramont : je ne m'en ressouviens pas précisément. Il lui fit son compliment avec respect. Monsieur le Prince, qui se trouva surpris, lui demanda s'il se voulait mettre à table. Il s'y mit ; il soutint la conversation sans s'embarrasser, et il sortit d'affaire avec une audace qui ne déborda pas. J'ai ouï dire à beaucoup de gens que cette démarche de M. de Beaufort avait touché l'esprit du Mazarin à un tel point, qu'il fut quatre ou cinq jours à ne parler d'autre chose avec ses confidents. Je ne sais ce qui se passa depuis ce souper jusques au lendemain matin ; mais je sais bien que Monsieur le Prince, qui n'avait pas paru aigri, comme vous voyez, ce soir-là, parut fort envenimé contre nous le lendemain.

J'allai chez lui avec Noirmoutier[2] ; et quoique toute la cour y fût pour lui faire compliment sur son prétendu assassinat, et qu'il les fît tous entrer les uns après les autres dans son cabinet, le chevalier de Rivière, qui était gentilhomme de sa chambre, m'y laissa toujours, en me disant qu'il n'avait pas ordre de me faire entrer. Noirmoutier, qui était fort vif, s'impatientait; j'affectais la patience publique; je demeurai dans la chambre trois heures entières, et je n'en sortis qu'avec les derniers. Je ne me contentai pas de cette avance; j'allai chez Mme de Longueville, qui me reçut assez froidement: après quoi je descendis chez monsieur son mari, qui était arrivé à Paris depuis peu, et le priai de témoigner à Monsieur le Prince, etc. Comme il était fort persuadé que tout ce qui se passait n'était qu'un piège que la cour tendait à Monsieur le Prince, il me fit connaître qu'il avait un mortel déplaisir de ce qu'il voyait; mais comme il était naturellement faible, qu'il était fraîchement raccommodé avec lui, et qu'il avait fait, tout de nouveau, une je ne sais quelle liaison avec La Rivière, il demeura dans les termes généraux, et je m'aperçus même que, contre son ordinaire, il évitait le détail.

Tout ce que je viens de vous dire se passa dans l'onze et le douzième jour de décembre 1649. Le treizième, M. le duc d'Orléans, accompagné de Monsieur le Prince et de MM. de Bouillon, de Vendôme, de Saint-Simon, d'Elbeuf et de Mercœur, vint au Parlement, où sur une lettre de cachet envoyée par le Roi, par laquelle il ordonnait que l'on informât des auteurs de la sédition, il fut arrêté que l'on travaillerait à cette affaire avec toute l'application que méritait une conjuration contre l'État.

Le quatorzième, Monsieur le Prince, en la même Compagnie, fit sa plainte, et demanda qu'il fût informé de l'attentat qu'on avait voulu commettre contre sa personne.

Le quinzième, l'on ne s'assembla pas, parce que l'on voulut donner du temps à MM. Chanron et Dougeat, pour achever les informations pour lesquelles ils avaient été commis.

Le dix-huitième, le Parlement ne s'étant pas assemblé pour la même raison, Joly présenta requête à la Grande Chambre pour être renvoyé à la Tournelle, prétendant que son affaire n'était que particulière, et ne devait pas être traitée dans l'assemblée des chambres, puisqu'elle n'avait aucun rapport à la sédition. Le premier président, qui ne voulait faire qu'un procès de tout ce qui s'était passé l'onzième, renvoya la requête à l'assemblée des chambres.

Le dix-neuvième, il n'y eut point d'assemblée.

Le vingtième, Monsieur et Monsieur le Prince vinrent au Palais, et toute la séance se passa en contestations si le président Charton, qui avait fait sa plainte le jour du prétendu assassinat de Joly, opinerait ou n'opinerait pas. Il fut exclu, et avec justice.

Le vingt-unième, le Parlement ne s'assembla pas.

Vous pouvez croire que la Fronde ne s'endormait pas en l'état où étaient les choses. Je n'oubliai rien de tout ce qu'il pouvait servir au rétablissement de nos affaires, qui étaient dans un prodigieux décréditement[1]. Presque tous nos amis étaient désespérés, tous étaient affaiblis. Le maréchal de La Mothe même se laissa toucher à l'honnêteté que Monsieur le Prince lui fit de le tirer de pair, et si il ne nous abandonna pas, il mollit beaucoup. Je suis obligé de faire, en cet endroit, l'éloge de M. Caumartin. Il était mon allié, Escry, qui était mon cousin germain, ayant épousé une de ses tantes[2] ; il avait déjà quelque amitié pour moi, mais nous n'étions en nulle confidence ; et quand il ne se fût pas signalé en cette occasion, je n'eusse pas seulement songé à me plaindre de lui. Il s'unit intimement avec moi, le lendemain de l'éclat de La Boulaye. Il entra dans mes intérêts, lorsque l'on me croyait abîmé à tous les quarts d'heure. Je lui donnai ma confiance par reconnaissance ; je la lui continuai, au bout de huit jours, par l'estime que j'eus pour sa capacité, qui passait son âge. Il fut, après trois mois d'intrigues, plus habile, sans comparaison, que tout ce que vous voyez. Je suis assuré que vous me pardonnerez bien cette petite disgression.

Ce que je trouvai de plus ferme à Paris, dans la consternation, furent les curés. Ils travaillèrent, ces sept ou huit jours-là, parmi leur peuple, avec un zèle incroyable pour moi ; et celui de Saint-Gervais, qui était frère de l'avocat général Talon, m'écrivit dès le cinquième : « Vous remontez ; sauvez-vous de l'assassinat ; devant qu'il soit huit jours, vous serez plus fort que vos ennemis. »

Le vingt-unième, à midi, un officier de chancellerie me fit avertir que M. Meillan[3], procureur général, avait été enfermé deux heures, le matin, avec Monsieur le Chancelier et avec M. de Chavigny, et qu'il avait été résolu, par l'avis du premier président, que, le vingt-deuxième, il prendrait ses conclusions contre M. de Beaufort, contre M. de Broussel et contre moi ; qu'on avait longtemps contesté sur la forme ; que l'on était convenu, à la fin, qu'il conclurait à ce que nous serions assignés pour être ouïs : ce qui est une manière d'ajournement personnel un peu mitigé.

Nous tînmes, après dîner, un grand conseil de Fronde chez Longueil, dans lequel il y eut de grandes contestations. L'abattement qui paraissait encore dans le peuple faisait craindre que la cour ne se servît de cet instant pour nous faire arrêter, sous quelque formalité de justice, que Longueil prétendait pouvoir être coulée dans la procédure par l'adresse du président de Mesme, et soutenue par la hardiesse du premier président. Ce sentiment de Longueil, qui était l'homme du monde qui entendait le mieux le Parlement, me faisait peine comme aux autres ; mais je ne pouvais pourtant me rendre à l'avis des autres, qui était de hasarder un soulèvement. Je savais, comme eux et mieux qu'eux, que le peuple revenait à nous, mais je n'ignorais pas non plus qu'il n'y était pas encore revenu ; je ne doutais pas que nous ne manquassions notre coup si nous l'entreprenions ; mais je doutais encore moins que, quand même nous y réussirions, nous serions perdus, et parce que nous n'en pourrions pas soutenir les suites, et parce que nous nous serions convaincus nous-mêmes de trois crimes capitaux et très odieux. Ces raisons sont, comme vous voyez, assez bonnes pour toucher des esprits qui n'ont pas peur. Mais ceux qui sont prévenus de cette passion ne sont susceptibles que du sentiment qu'elle leur inspire ; et je me suis ressouvenu, mille fois peut-être en ma vie, de ce que j'observai dans cette conversation, qui fut que lorsque la frayeur est jusques à un certain point, elle produit les mêmes effets que la témérité. Longueil, qui était un fort grand poltron, opina, en cette occasion, à investir le Palais-Royal.

Après que je les eus laissés longtemps battre l'eau[1] pour leur donner lieu de refroidir leur imagination, qui ne se rend jamais quand elle est échauffée, je leur proposai ce que j'avais résolu de leur dire devant que d'entrer chez Longueil, qui était que mon avis serait que comme nous saurions, le lendemain, Monsieur et Messieurs les Princes au Palais, M. de Beaufort y allât suivi de son écuyer ; que j'y entrasse, en même temps, par l'autre degré, avec un simple aumônier ; que nous allassions prendre nos places, et que je disse, en son nom et au mien, qu'ayant appris par le bruit commun qu'on nous impliquait dans la sédition, nous venions porter nos têtes au Parlement, pour y être punis si nous étions coupables, et pour demander justice contre les calomniateurs si nous nous trouvions innocents, et que bien qu'en mon particulier je ne me tinsse pas justiciable de la Compagnie[1], je renonçais à tous les privilèges pour avoir la satisfaction de faire paraître mon innocence à un corps pour lequel j'avais eu, toute ma vie, autant d'attachement et autant de vénération. « Je sais bien, Messieurs, ajoutai-je, que le parti que je vous propose est un peu délicat, parce qu'on nous peut tuer au Palais ; mais si on manque de nous tuer, demain nous sommes les maîtres du pavé ; et il est si beau à des particuliers de l'être, dès le lendemain d'une accusation si atroce, qu'il n'y a rien qu'il ne faille hasarder pour cela. Nous sommes innocents, la vérité est forte ; le peuple et nos amis ne sont abattus que parce que les circonstances malheureuses que le caprice de la fortune a assemblées dans un certain point les font douter de notre innocence : notre sécurité ranimera le Parlement, ranimera le peuple. Je maintiens que nous sortirons du Palais, si nous n'y demeurons pas, plus accompagnés que nos ennemis. Voici les fêtes de Noël : il n'y a plus d'assemblées que demain et après-demain ; si les choses se passent comme je vous le marque et comme je l'espère, je les soutiendrai dans le peuple par un sermon, que je projette de prêcher, le jour de Noël, dans Saint-Germain-de-l'Auxerrois, qui est la paroisse du Louvre. Nous les soutiendrons, après les fêtes, par nos amis, que nous aurons le temps de faire venir des provinces. »

Tout le monde se rendit à cet avis ; l'on nous recommanda à Dieu, parce qu'on ne doutait point que nous ne dussions courir grande fortune, lorsqu'on nous verrait prendre un parti de cette nature ; et chacun retourna chez soi avec fort peu d'espérance de nous revoir.

Je trouvai, en arrivant chez moi, un billet de Mme de Lesdiguières, qui me donnait avis que la Reine, qui avait prévu que nous pourrions prendre résolution d'aller au Palais, parce que les conclusions que le procureur général y devait prendre s'étaient assez répandues dans le monde, avait écrit à Monsieur de Paris qu'elle le conjurait d'aller prendre sa place dans le Parlement, dans la vue de m'empêcher d'y aller; parce que, Monsieur de Paris y étant, je n'y avais plus de séance, et la cour eût été bien aise de ne voir pour défenseur de notre cause que M. de Beaufort, qui était encore un plus méchant orateur que moi.

J'allai, dès les trois heures du matin, chercher MM. de Brissac et de Retz, et je les menai aux capucins du faubourg Saint-Jacques[1], où Monsieur de Paris avait couché, pour le prier, en corps de famille, de ne point aller au Palais. Mon oncle avait peu de sens, et le peu qu'il en avait n'était point droit; il était faible et timide jusques à la dernière extrémité; il était jaloux de moi jusques au ridicule. Il avait promis à la Reine qu'il irait prendre sa place; il ne fut pas en notre pouvoir d'en tirer que des impertinences et des vanteries : qu'il me défendrait bien mieux que je ne me défendrais moi-même. Et vous remarquerez, s'il vous plaît, que quoiqu'il causât comme une linotte en particulier, il était toujours muet comme un poisson en public. Je sortis de sa chambre au désespoir; un chirurgien qu'il avait me pria d'aller attendre de ses nouvelles aux carmélites, qui étaient tout proche, et il me revint trouver, un quart d'heure après, avec ces bonnes nouvelles : il me dit qu'aussitôt que nous étions sortis de la chambre de Monsieur de Paris, il y était entré; qu'il l'avait beaucoup loué de la fermeté avec laquelle il avait résisté à ses neveux, qui le voulaient enterrer tout vif; qu'il l'avait exhorté ensuite de se lever en diligence pour aller au Palais; qu'aussitôt qu'il fut hors du lit, il lui avait demandé d'un ton effaré comme il se portait; que Monsieur de Paris lui avait répondu qu'il se portait fort bien; qu'il lui avait dit : « Cela ne se peut, vous avez trop mauvais visage »; qu'il lui avait tâté le pouls; qu'il l'avait assuré qu'il avait la fièvre, et d'autant plus à craindre qu'elle paraissait moins ; que Monsieur de Paris l'avait cru ; qu'il s'était remis au lit, et que tous les rois et toutes les reines ne l'en feraient sortir de quinze jours. Cette bagatelle est assez plaisante pour n'être pas omise.

Nous allâmes au Palais, MM. de Beaufort, de Brissac, de Retz et moi, mais seuls et séparément. Messieurs les Princes avaient assurément plus de mille gentilshommes avec eux, et on peut dire que toute la cour généralement y était. Comme j'étais en rochet et camail, je passai la Grande Salle le bonnet à la main, et je trouvai peu de gens assez honnêtes pour me rendre le salut, tant l'on était persuadé que j'étais perdu. La fermeté n'est pas commune en France ; mais une lâcheté de cette espèce y est encore plus rare. Je vois encore, tout d'une vue, plus de trente hommes de qualité, qui se disaient et qui se disent de mes amis, qui m'en donnèrent cette marque. Comme j'entrai dans la Grande Chambre[1] devant que M. de Beaufort y fût arrivé, et que je surpris par conséquent la Compagnie, j'entendis un petit bruit sourd pareil à ceux que vous avez entendus quelquefois à des sermons, à la fin d'une période qui a plu, et j'en augurai bien. Je dis, après avoir pris ma place, ce que j'avais projeté la veille chez Longueil, que vous avez vu ci-dessus. Ce petit bruit recommença après mon discours, qui fut fort court et fort modeste. Un conseiller ayant voulu, à ce moment, rapporter une requête pour Joly, le président de Mesme prit la parole, et dit qu'il fallait, préalablement à toutes choses, lire les informations qui avaient été faites contre la conjuration publique dont il avait plu à Dieu de préserver l'État et la maison royale. Il dit, en finissant ces paroles, quelque chose de celle d'Amboise[2], qui me donna, comme vous verrez, un terrible avantage sur lui. J'ai observé mille fois qu'il est aussi nécessaire de choisir les mots dans les grandes affaires, qu'il est superflu de les affecter dans les petites.

L'on lut les informations, dans lesquelles l'on ne trouva pour témoins qu'un appelé Canto, qui avait été condamné d'être pendu à Pau ; Pichon, qui avait été mis sur la roue en effigie au Mans ; Sociando, contre lequel il y avait preuve de fausseté à la Tournelle ; La Comette, Marcassez, Gorgibus, filous fieffés[1]. Je ne crois pas que vous ayez vu dans les *Petites lettres* de Port-Royal[2] de noms plus saugrenus que ceux-là ; et Gorgibus vaut bien Tambourin. La seule déposition de Canto dura quatre heures à lire. En voici la substance : qu'il s'était trouvé en plusieurs assemblées des rentiers à l'Hôtel de Ville, où il avait ouï dire que M. de Beaufort et Monsieur le Coadjuteur voulaient tuer Monsieur le Prince ; qu'il avait vu La Boulaye chez M. de Broussel le jour de la sédition ; qu'il l'avait vu aussi chez Monsieur le Coadjuteur ; que, le même jour, le président Charton avait crié aux armes ; que Joly avait dit à l'oreille à lui Canto, quoiqu'il ne l'eût jamais ni vu ni connu que cette fois-là, qu'il fallait tuer le prince et la grande barbe[3]. Les autres témoins confirmèrent cette déposition. Comme le procureur général, que l'on fit entrer après la lecture des informations, eut pris ses conclusions, qui furent de nous assigner pour être ouïs, M. de Beaufort, M. de Broussel et moi, j'ôtai mon bonnet pour parler ; et le premier président m'en ayant voulu empêcher, en disant que ce n'était pas l'ordre et que je parlerais à mon tour, la sainte cohue des Enquêtes s'éleva et faillit à étouffer le président. Voici précisément ce que je dis :

« Je ne crois pas, Messieurs, que les siècles passés aient vu des ajournements personnels donnés à des gens de notre qualité sur des ouï-dire ; mais je crois aussi peu que la postérité puisse souffrir, ni même ajouter foi à ce que l'on ait seulement à écouter ces ouï-dire de la bouche des plus infâmes scélérats qui soient jamais sortis des cachots. Canto, Messieurs, a été condamné à la corde à Pau ; Pichon a été condamné à la roue au Mans ; Sociando est encore sur vos registres criminels. » Vous remarquerez, s'il vous plaît, que M. l'avocat général Bignon m'avait envoyé à deux heures après minuit, ces mémoires, et parce qu'il était mon ami particulier, et parce qu'il croyait le pouvoir faire en conscience, n'ayant point été appelé aux conclusions. « Jugez, s'il vous plaît, de leur témoignage par leurs étiquettes et par leur profession, qui est de filous avérés. Ce n'est pas tout, Messieurs, ils ont une autre qualité, qui est bien plus relevée et bien plus rare : ils sont témoins à brevet[1]. Je suis au désespoir que la défense de notre honneur, qui nous est commandée par toutes les lois divines et humaines, m'oblige de mettre au jour, sous le plus innocent des rois, ce que les siècles les plus corrompus ont détesté dans les plus grands égarements des anciens empereurs. Oui, Messieurs, Canto, Sociando et Gorgibus ont des brevets pour nous accuser. Ces brevets sont signés de l'auguste nom qui ne devrait être employé que pour consacrer encore davantage les lois les plus saintes. M. le cardinal Mazarin, qui ne reconnaît que celle de la vengeance qu'il médite contre les défenseurs de la liberté publique, a forcé M. Le Tellier, secrétaire d'État, de contresigner ces infâmes brevets, desquels nous vous demandons justice ; mais nous ne vous la demandons toutefois qu'après vous avoir très humblement suppliés de la faire à nous-mêmes, la plus rigoureuse que les ordonnances les plus sévères prescrivent contre les révoltés, si il se trouve que nous ayons, ni directement ni indirectement, contribué à ce qui a été du dernier mouvement. Est-il possible, Messieurs, qu'un petit-fils de Henri le Grand, qu'un sénateur de l'âge et de la probité de M. de Broussel, qu'un coadjuteur de Paris puissent seulement soupçonnés d'une sédition où on n'a vu qu'un écervelé à la tête de quinze misérables de la lie du peuple ? Je suis persuadé qu'il me serait honteux de m'étendre sur ce sujet. Voilà, Messieurs, ce que je sais de la moderne conjuration d'Amboise. »

Je ne vous puis exprimer l'exultation des Enquêtes. Il y eut beaucoup de voix qui s'élevèrent sur ce que j'avais dit des témoins à brevet. Le bonhomme Dougeat, qui était un des rapporteurs et qui m'en avait fait avertir par l'avocat général Talon, de qui il était et parent et ami, l'avoua en faisant semblant de l'adoucir. Il se leva comme en colère, et il dit très finement : « Ces brevets, Monsieur, ne sont pas pour vous accuser, comme vous dites. Il est vrai qu'il y en a ; mais ils ne sont que pour découvrir ce qui se passe dans les assemblées des rentiers. Comment le Roi serait-il informé, s'il ne promettait l'impunité à ceux qui lui donnent des avis pour son service, et qui sont quelquefois obligés, pour les avoir, de dire des paroles qu'on leur pourrait tourner en crime ? Il y a bien de la différence entre des brevets de cette façon et des brevets qu'on aurait donnés pour vous accuser. »

Vous pouvez croire comme la Compagnie fut radoucie par ce discours : le feu monta au visage de tout le monde ; il parut encore plus dans les exclamations que dans les yeux. Le premier président, qui ne s'étonnait pas du bruit, prit sa longue barbe avec la main, qui était son geste ordinaire quand il se mettait en colère : « Patience, Messieurs ! allons d'ordre. MM. de Beaufort, Coadjuteur et de Broussel, vous êtes accusés ; il y a des conclusions contre vous, sortez de vos places. » Comme M. de Beaufort et moi voulûmes en sortir, M. de Broussel nous retint en disant : « Nous ne devons, Messieurs, ni vous ni moi, sortir, jusques à ce que la Compagnie nous l'ordonne ; et d'autant moins, que Monsieur le Premier Président, que tout le monde sait être notre partie, doit sortir si nous sortons. » Et j'ajoutai : « Et Monsieur le Prince » ; qui entendant que je le nommais, dit avec la fierté que vous lui connaissez, et pourtant avec un ton moqueur : « Moi, moi ! » À quoi je lui répondis : « Oui, Monsieur, la justice égale tout le monde. » Le président de Mesme prit la parole, et lui dit : « Non, Monsieur ; vous ne devez point sortir, à moins que la Compagnie ne l'ordonne. Si Monsieur le Coadjuteur le souhaite, il faut qu'il le demande par une requête. Pour lui, il est accusé, il est de l'ordre qu'il sorte ; mais puisqu'il en fait difficulté, il en faut opiner. » L'on était si échauffé contre cette accusation et contre ces témoins à brevet, qu'il y eut plus de quatre-vingts voix à nous faire demeurer dans nos places, quoiqu'il n'y eût rien au monde de plus contraire aux formes. Il passa enfin à ce que nous nous retirassions ; mais la plupart des avis furent des panégyriques pour nous, des satires contre le ministère, des anathèmes contre les brevets.

Nous avions des gens dans les lanternes[1], qui ne manquaient pas de jeter des bruits de ce qui se passait dans la salle ; nous en avions dans la salle qui les répandaient dans les rues. Les curés et les habitués des paroisses ne s'oubliaient pas. Le peuple accourut en foule de tous les quartiers de la ville au Palais. Nous y étions entrés à sept heures du matin ; nous n'en sortîmes qu'à cinq heures du soir. Dix heures donnent un grand temps de s'assembler. L'on se portait dans la grande salle, l'on se portait dans la galerie, l'on se portait sur le degré, l'on se portait dans la cour ; il n'y avait que M. de Beaufort et moi qui ne portassions personne et qui fussions portés. L'on ne manqua point de respect ni à Monsieur, ni à Monsieur le Prince ; mais on n'observa pas toutefois tout celui qu'on leur devait, parce qu'en leur présence une infinité de voix s'élevaient qui criaient : « Vive Beaufort ! Vive le coadjuteur[1] ! »

Nous sortîmes ainsi du Palais, et nous allâmes dîner, à six heures du soir, cheux moi, où nous eûmes peine à aborder, à cause de la foule du peuple. Nous fûmes avertis, sur les onze heures du soir, que l'on avait pris résolution au Palais-Royal de ne pas assembler les chambres le lendemain ; et le président de Bellièvre, à qui nous le fîmes savoir, nous conseilla de nous trouver, dès sept heures, au Palais, pour en demander l'assemblée. Nous n'y manquâmes pas.

M. de Beaufort dit au premier président que l'État et la maison royale étaient en péril ; que les moments étaient précieux ; qu'il fallait faire un exemple des coupables. Enfin il lui répéta les mêmes choses que le premier président avait dites la veille avec exagération et emphase. Il conclut par la nécessité d'assembler, sans perdre d'instant, la Compagnie. Le bonhomme Broussel attaqua personnellement le premier président, et même avec emportement. Huit ou dix conseillers des Enquêtes entrèrent incontinent dans la Grande Chambre, pour témoigner l'étonnement où ils étaient qu'après une conjuration aussi furieuse, on demeurait les bras croisés, sans en poursuivre la punition. MM. Bignon et Talon, avocats généraux, avaient merveilleusement échauffé les esprits, parce qu'ils avaient dit, au parquet des gens du Roi, qu'ils n'avaient eu aucune part des conclusions et qu'elles étaient ridicules. Le premier président répondit très sagement à toutes les paroles les plus piquantes qui lui furent dites, et il les souffrit toutes avec une patience incroyable, dans la vue qu'il eut, et qui était bien fondée, que nous eussions été bien aises de l'obliger à quelque repartie qui eût pu fonder ou appuyer une récusation.

Nous travaillâmes, dès l'après-dînée, à envoyer chercher nos amis dans les provinces, ce qui ne se faisait pas sans dépense, et M. de Beaufort n'avait pas un sol. Lozières, duquel je vous ai déjà parlé à propos des bulles de la coadjutorerie de Paris, m'apporta trois mille pistoles, qui suppléèrent à tout. M. de Beaufort espérait de tirer du Vendômois et du Blaizois soixante gentilshommes et quarante des environs d'Anet ; il n'en eut en tout que cinquante-quatre. J'en tirai de Brie quatorze, et Annery m'en emmena quatre-vingts du Vexin, qui ne voulurent jamais prendre un double de moi, qui ne souffrirent pas que je payasse dans les hôtelleries, et qui demeurèrent, dans tout le cours de ce procès, attachés et assidus auprès de ma personne, comme s'ils eussent été mes gardes. Ce détail n'est pas de grande considération ; mais il est remarquable, parce qu'il est très extraordinaire que des gens qui ont leurs maisons à dix, à quinze et à vingt lieues de Paris aient fait une action aussi hardie et aussi constante contre les intérêts de toute la cour et de toute la maison royale unie. Annery pouvait tout sur eux et je pouvais tout sur Annery, qui était un des hommes du monde des plus fermes et des plus fidèles. Vous verrez, à la suite, à quel usage nous destinions cette noblesse.

Je prêchai, le jour de Noël, dans Saint-Germain-de-l'Auxerrois. J'y traitai particulièrement ce qui regarde la charité chrétienne, et je ne touchai quoi que ce soit de ce qui pouvait avoir le moindre rapport aux affaires présentes. Toutes les bonnes femmes pleurèrent, en faisant réflexion sur l'injustice de la persécution que l'on faisait à un archevêque qui n'avait que de la tendresse pour ses propres ennemis. Je connus, au sortir de la chaise[1], par les bénédictions qui me furent données, que je ne m'étais pas trompé dans la pensée que j'avais eue que ce sermon ferait un bon effet : il fut incroyable, et il passa de bien loin mon imagination[2].

Il arriva, à propos de ce sermon, un incident très ridicule pour moi, mais dont je ne me puis empêcher de vous rendre compte, pour avoir la satisfaction de n'avoir rien omis. Mme de Brissac[1], qui était revenue depuis trois ou quatre mois à Paris, avait une petite incommodité que monsieur son mari lui avait communiquée à dessein, à ce qu'elle m'a dit depuis, et par la haine qu'il avait pour elle. Je crois, sans raillerie, que, par le même principe, elle se résolut à m'en faire part. Je ne la cherchais nullement : elle me rechercha, je ne fus pas cruel. Je m'aperçus que j'eusse mieux fait de l'être, justement quatre ou cinq jours devant que le procès criminel commençât. Mon médecin ordinaire se trouvant par malheur à l'extrémité, et un chirurgien domestique que j'avais venant de sortir de cheux moi, parce qu'il avait tué un homme, je crus que je ne me pouvais mieux adresser qu'au marquis de Noirmoutier, qui était mon ami intime, et qui en avait un très bon et très affidé ; et quoique je le connusse assez pour n'être pas secret, je ne pus pas m'imaginer qu'il pût être capable de ne l'être pas en cette occasion. Comme je sortis de chaire, Mlle de Chevreuse dit : « Voilà un beau sermon. » Noirmoutier, qui était auprès d'elle, lui répondit : « Vous le trouveriez bien plus beau, si vous saviez qu'il est si malade à l'heure qu'il est, qu'un autre que lui ne pourrait pas seulement ouvrir la bouche. » Il lui fit entendre la maladie à laquelle j'avais été obligé, l'avant-veille, en parlant à elle-même, de donner un autre tour. Vous pouvez juger du bel effet que cette indiscrétion, ou plutôt que cette trahison produisit. Je me raccommodai bientôt avec la demoiselle ; mais je fus assez idiot pour me raccommoder avec le cavalier, qui me demanda tant de pardons et qui me fit tant de protestations, que j'excusai ou sa passion ou sa légèreté. Mlle de Chevreuse croyait la première, dont elle fut très peu reconnaissante ; je crois plutôt la seconde. La mienne ne fut pas moindre de lui confier, après un tour pareil à celui-là, une place aussi considérable que le Mont-Olimpe[2]. Vous verrez ce détail dans la suite, et comme il fit justice à mon impertinence[3], car il m'abandonna et me trompa pour la seconde fois. L'inclination naturelle que nous avons pour quelqu'un se glisse imperceptiblement dans le pardon des offenses, sous le titre de générosité ; Noirmoutier était fort aimable pour la vie commune, commode et enjoué[1].

Je ne continuerai pas, par la date des journées, la suite de la procédure qui fut faite au Parlement contre nous, parce que je vous ennuierais par des répétitions fort inutiles, n'y ayant eu, depuis le 29 de décembre 1649 qu'elle recommença, jusques au 18 de janvier 1650 qu'elle finit, rien de considérable que quelques circonstances que je vous remarquerai[2] succinctement, pour pouvoir venir plus tôt à ce qui se passa dans le cabinet, où vous trouverez plus de divertissement que dans les formalités de la Grande Chambre.

Ce 29, que je vous viens de marquer, nous entrâmes au Palais avant que messieurs les princes y fussent arrivés, et nous y vînmes ensemble, M. de Beaufort et moi, avec un corps de noblesse, qui pouvait faire trois cents gentilshommes. Le peuple, qui était revenu jusques à la fureur dans sa chaleur pour nous, nous donnait assez de sûreté; mais la noblesse nous était bonne, tant pour faire paraître que nous ne nous traitions pas simplement de tribuns du peuple, que parce que, faisant état de nous trouver tous les jours au Palais, dans la quatrième chambre des Enquêtes, qui répondait à la Grande, nous étions bien aises de n'être pas exposés, dans un lieu où le peuple ne pouvait pas entrer, à l'insulte des gens de la cour, qui y étaient pêle-mêle avec nous. Nous étions en conversation les uns avec les autres; nous nous faisions civilités, et nous étions, huit ou dix fois tous les matins, sur le point de nous étrangler, pour peu que les voix s'élevassent dans la Grande Chambre : ce qui arrivait assez souvent par la contestation, dans la chaleur où étaient les esprits. Chacun regardait le mouvement de chacun, parce que tout le monde était dans la défiance. Il n'y avait personne qui n'eût un poignard dans la poche; et je crois pouvoir dire, sans exagération, que, sans excepter les conseillers, il n'y avait pas vingt hommes dans le Palais qui n'en fussent garnis. Je n'en avais point voulu porter, et M. de Brissac m'en fit prendre un, presque par force, un jour où il paraissait qu'on pourrait s'échauffer plus qu'à l'ordinaire. Cette arme, qui à la vérité était peu convenable à ma profession, me causa un chagrin qui me fut plus sensible qu'un plus grand. M. de Beaufort, qui était fort lourd, voyant la garde du stylet, dont le bout paraissait un peu hors de ma poche, le montra à Arnault, à La Moussaye[1], à de Roche, capitaine des gardes de Monsieur le Prince, en leur disant : « Voilà le bréviaire de Monsieur le Coadjuteur[2]. » J'entendis la raillerie, mais je ne la soutins jamais de bon cœur.

Nous présentâmes requête au Parlement pour récuser le premier président comme notre ennemi, ce qu'il ne soutint pas avec toute la fermeté d'âme qui lui était naturelle. Il en parut touché et même abattu.

La délibération, pour admettre ou ne pas admettre la récusation, dura plusieurs jours. L'on opina d'apparat[3], et il est constant que cette matière fut épuisée. Il passa enfin, de quatre-vingt-dix-huit voix à soixante et deux, qu'il demeurerait juge ; et je suis persuadé que l'arrêt était juste, au moins dans les formes du Palais ; car je suis persuadé, en même temps, que ceux qui n'étaient pas de cette opinion avaient raison dans le fond, ce magistrat témoignant autant de passion qu'il en faisait voir en cette affaire ; mais il ne la connaissait pas lui-même. Il était préoccupé, mais son intention était bonne.

Le temps qui se passa depuis le jugement de cette récusation, qui fut le quatrième de janvier, ne fut employé qu'à des chicanes, que Champron, qui était l'un des rapporteurs, et qui était tout à fait dépendant du premier président, faisait autant qu'il pouvait pour différer et pour voir si on ne tirerait point quelque lumière de la prétendue conjuration, par un certain Rocquemont, qui avait été lieutenant de La Boulaye en la guerre civile, et par un nommé Belot, syndic des rentes, qui était prisonnier en la Conciergerie.

Ce Belot, qui avait été arrêté sans décret, faillit à être la cause au bouleversement de Paris. Le président de La Grange remontra qu'il n'y avait rien de plus opposé à la déclaration[4], pour laquelle on avait fait de si grands efforts autrefois. Monsieur le Premier Président soutenant l'emprisonnement de Belot, Daurat, conseiller de la troisième, lui dit qu'il s'étonnait qu'un homme pour l'exclusion duquel il y avait eu soixante et deux voix, se pût résoudre à violer les formes de la justice à la vue du soleil. Le premier président se leva de colère, en disant qu'il n'y avait plus de discipline, et qu'il quittait sa place à quelqu'un pour qui l'on aurait plus de considération que pour lui. Ce mouvement fit une commotion et un trépignement dans la Grande Chambre, qui fut entendu dans la quatrième, et qui fit que ceux des deux partis qui y étaient se démêlèrent avec précipitation les uns d'avec les autres pour se remettre ensemble. Si le moindre laquais eût tiré l'épée en ce moment dans le Palais, Paris était confondu.

Nous pressions toujours notre jugement, et l'on le différait toujours tant qu'on pouvait, parce que l'on ne se pouvait empêcher de nous absoudre et de condamner les témoins à brevet. Tantôt l'on prétendait que l'on était obligé d'attendre un certain Desmartineau, que l'on avait arrêté en Normandie pour avoir crié contre le ministère dans les assemblées des rentiers, et que je ne connaissais pas seulement ni de visage ni de nom en ce temps-là ; tantôt l'on incidentait[1] sur la manière de nous juger, les uns prétendant que l'on devait juger ensemble tous ceux qui étaient nommés dans les informations, les autres ne pouvant souffrir que l'on confondît nos noms avec ceux de ces sortes de gens que l'on avait impliqués en cette affaire. Il n'y a rien de si aisé qu'à couler des matinées sur des procédures où il ne faut qu'un mot pour faire parler cinquante hommes. Il fallait à tout moment relire ces misérables informations, dans lesquelles il n'y avait pas assez d'indice, je ne dis pas de preuve, pour faire donner le fouet à un crocheteur. Voilà l'état du Parlement jusques au 18 de janvier 1650 ; voilà ce que tout le monde voyait ; voici ce que personne ne savait, que ceux qui étaient dans la machine.

Notre première apparition au Parlement, jointe au ridicule des informations qui avaient été faites contre nous, changea si fort tous les esprits, que tout le public fut persuadé de notre innocence, et que je crois même que ceux qui ne la voulaient pas croire ne pouvaient pas s'empêcher de trouver bien de la difficulté à nous faire du mal. Je ne sais laquelle des deux raisons obligea Monsieur le Prince à s'adoucir, cinq ou six jours après la lecture des informations. M. de

Bouillon m'a dit depuis, plus d'une fois, que le peu de preuve qu'il avait trouvé à ce que la cour lui avait fait voir d'abord comme clair et comme certain lui avait donné de bonne heure de violents soupçons de la tromperie de Servient et de l'artifice du Cardinal, et que lui, M. de Bouillon, n'avait rien oublié pour le confirmer dans cette pensée. Il ajoutait que Chavigny, quoique ennemi du Mazarin, ne l'aidait pas en cette occasion, parce qu'il ne voulait pas que Monsieur le Prince se rapprochât des Frondeurs. Je ne puis accorder cela avec l'avance que Chavigny me fit faire, en ce temps-là, par Du Gué Bagnols[1], père de celui que vous connaissez, son ami et le mien. Il nous fit venir la nuit chez lui, où M. de Chavigny me témoigna qu'il se serait cru le plus heureux homme du monde, s'il eût pu contribuer à l'accommodement. Il me témoigna que Monsieur le Prince était fort persuadé que nous n'avions point eu de dessein contre lui ; mais qu'il était engagé et à l'égard du monde et à l'égard de la cour : que pour ce qui était de la cour, l'on eût pu trouver des tempéraments ; mais qu'à l'égard du monde, il était difficile d'en trouver qui pût satisfaire un premier prince du sang auquel on disputait, publiquement et les armes à la main, le pavé, à moins que je me résolusse de le lui quitter, au moins pour quelque temps. Il me proposa, en conséquence, l'ambassade ordinaire de Rome, l'extraordinaire à l'Empire, dont on parlait à propos de je ne sais quoi. Vous jugez bien quelle put être ma réponse. Nous ne convînmes de rien, quoique je n'oubliasse rien pour faire connaître à M. de Chavigny la passion extrême que j'avais de rentrer dans les bonnes grâces de Monsieur le Prince. Je demandai un jour à Monsieur le Prince, à Bruxelles[2], le dénouement de ce que M. de Bouillon m'avait dit et de cette négociation de Chavigny, et je ne me puis remettre ce qu'il me répondit. Ma conférence avec M. de Chavigny fut le 30 de décembre.

Le premier janvier, Mme de Chevreuse, qui revoyait la Reine depuis le retour du Roi à Paris, et qui avait conservé, même dans ces disgrâces, une espèce d'habitude incompréhensible avec elle, alla au Palais-Royal, et le Cardinal l'attirant dans une croisée du petit cabinet de la Reine, lui dit : « Vous aimez la Reine ? est-il possible que vous ne lui puissiez donner vos amis ? — Le moyen ? lui répondit-elle. La Reine n'est plus reine : elle est très humble servante de Monsieur le Prince. — Mon Dieu ! reprit le Cardinal en se frottant le front, si l'on se pouvait assurer des gens, on ferait bien des choses ; mais M. de Beaufort est à Mme de Montbazon, et Mme de Montbazon est à Vineuil, et le coadjuteur... » En me nommant, il se prit à rire : « Je vous entends, dit Mme de Chevreuse, je vous réponds de lui et d'elle. » Voilà comme cette conversation s'entama. Le Cardinal fit un signe de tête à la Reine qui fit voir à Mme de Chevreuse que la proposition avait été concertée. Elle en eut une assez longue, dès le soir même, avec la Reine, qui lui [donna] un billet écrit et signé de sa main.

Je ne puis croire, nonobstant le passé et présent, que Monsieur le Coadjuteur ne soit à moi. Je le prie que je le puisse voir sans que personne le sache que Mme et Mlle de Chevreuse. Ce nom sera sa sûreté.

ANNE.

Mme de Chevreuse me trouva chez elle au retour du Palais-Royal, et je m'aperçus d'abord qu'elle avait quelque chose à me dire, parce que Mlle de Chevreuse, à qui elle avait donné le mot en carrosse, en revenant, me tâta beaucoup sur les dispositions où je serais en cas que le Mazarin voulût un accommodement avec moi. Je ne fus pas longtemps dans le doute de la tentative, parce que Mlle de Chevreuse, qui n'osait me parler ouvertement devant sa mère, me serra la main, en faisant semblant de ramasser son manchon, pour me faire connaître qu'elle ne me parlait pas d'elle-même. Ce qui faisait craindre à Mme de Chevreuse que je n'y voulusse pas donner, était que quelque temps auparavant j'avais rompu malgré elle une négociation que Ondedei avait fait proposer à Noirmoutier par Mme d'Empus ; et Laigue, qui en avait été en colère contre moi, me dit, six jours après, que j'avais admirablement bien fait et qu'il savait de science certaine que si Noirmoutier eût été la nuit chez la Reine, comme Ondedei lui proposait, la partie était faite pour faire mettre derrière une tapisserie le maréchal de Gramont, afin qu'il pût faire voir à Monsieur le Prince que les Frondeurs, qui lui rendaient leurs devoirs et qui l'assuraient tous les jours de leurs services, étaient des trompeurs.

Il n'y avait que cinq ou six semaines que cette comédie avait été préparée, et vous jugez aisément que, par la même considération par laquelle Mme de Chevreuse appréhendait que j'en craignisse le second acte, je pouvais avoir peine à le jouer. Je n'y balançai toutefois pas, après en avoir pesé toutes les circonstances, entre lesquelles celle qui me persuada le plus qu'il y avait de la sincérité en la colère de la Reine contre Monsieur le Prince, fut que je savais de science certaine qu'elle se prenait à Monsieur le Prince, et, à mon opinion, avec fondement, d'une galanterie que Jarzé avait voulu faire croire à tout le monde avoir avec elle. Il ne tint pas à Mlle de Chevreuse de m'empêcher de tenter l'aventure dans laquelle elle croyait que l'on me ferait périr, et quoiqu'elle n'eût pas voulu d'abord témoigner son sentiment devant madame sa mère, elle ne se put contenir après. Je l'obligeai enfin à y consentir, et je fis cette réponse à la Reine :

Il n'y a jamais eu de moment dans ma vie, dans lequel je n'aie été également à Votre Majesté. Je serais trop heureux de mourir pour son service, pour songer à ma sûreté. Je me rendrai où elle me commandera.

J'enveloppai son billet dans le mien. Mme de Chevreuse lui porta ma réponse le lendemain, qui fut reçue admirablement. L'on prit heure, et je me trouvai à minuit au cloître de Saint-Honoré[1], où Gabouri, portemanteau de la Reine, me vint prendre et me mena, par un escalier dérobé, au petit oratoire où elle était toute seule enfermée. Elle me témoigna toutes les bontés que la haine qu'elle avait contre Monsieur le Prince lui pouvait inspirer, et que l'attachement qu'elle avait pour M. le cardinal Mazarin lui pouvait permettre. Le dernier me parut encore au-dessus de l'autre. Je crois qu'elle me répéta vingt fois ces paroles : « Le pauvre Monsieur le Cardinal ! »

en me parlant de la guerre civile et de l'amitié qu'il avait pour moi. Il entra une demi-heure après. Il supplia la Reine de lui permettre qu'il manquât au respect qu'il lui devait pour m'embrasser devant elle. Il fut au désespoir de ce qu'il ne pouvait pas me donner, sur l'heure même, son bonnet, et me parla tant de grâces, de récompenses et de bienfaits, que je fus obligé de m'expliquer, quoique j'eusse résolu de ne le pas faire pour la première fois, n'ignorant pas que rien ne jette plus de défiance dans les réconciliations nouvelles, que l'aversion que l'on témoigne à être obligé à ceux avec lesquels on se réconcilie. Je répondis à Monsieur le Cardinal que l'honneur de servir la Reine faisait la récompense la plus signalée que je dusse jamais espérer, quand même j'aurais sauvé la couronne ; que je le suppliais très humblement de ne me donner jamais que celle-là, afin que j'eusse au moins la satisfaction de lui faire connaître qu'elle était la seule que j'estimais et qui me pût être sensible.

Monsieur le Cardinal prit la parole, et supplia la Reine de me commander de recevoir la nomination au cardinalat, que La Rivière, ajouta-t-il, a arrachée avec insolence, et qu'il a reconnue par une perfidie. Je m'en excusai, en disant que je m'étais promis à moi-même, par une espèce de vœu, de n'être jamais cardinal par aucun moyen qui pût avoir le moindre rapport à la guerre civile, dans laquelle la seule nécessité m'ayant jeté, j'avais trop d'intérêts de faire connaître à la Reine même qu'il n'y avait point d'autre motif qui m'eût séparé de son service. Je me défis sur ce même fondement de toutes les autres propositions qu'il me fit pour le paiement de mes dettes, pour la charge de grand aumônier[1], pour l'abbaye d'Orkan[2]. Et comme il insista, soutenant toujours que la Reine ne pouvait pas s'empêcher de faire quelque chose pour moi qui fût d'éclat, dans le service considérable que j'étais sur le point de lui rendre, je lui dis : « Il y a un point, Monsieur, sur lequel la Reine me peut faire plus de bien que si elle me donnait la tiare. Elle me vient de dire qu'elle veut faire arrêter Monsieur le Prince : la prison ne peut ni ne doit être éternelle à un homme de son rang et de son mérite. Quand il en sortira, envenimé contre moi, ce me sera un malheur; mais j'ai quelque lieu d'espérer que je le pourrai soutenir par ma dignité. Il y a beaucoup de gens de qualité qui sont engagés avec moi et qui serviront la Reine en cette occasion. Si il plaisait, Madame, à Votre Majesté de confier à l'un d'eux quelque place de considération, je lui serais sans comparaison plus obligé que de dix chapeaux de cardinal. » Le Cardinal ne balança pas, il dit à la Reine qu'il n'y avait rien de plus juste, et que le détail en était à concerter entre lui et moi. La Reine me demanda ensuite ma parole de ne me point ouvrir avec M. de Beaufort du dessein d'arrêter Monsieur le Prince, jusques au jour de l'exécution, parce que Mme de Montbazon, à qui il le découvrirait assurément, ne manquerait jamais de le dire à Vineuil, qui était tout de l'hôtel de Condé. Comme Mme de Chevreuse m'avait déjà fait le même discours, par l'ordre de la Reine, je m'y étais préparé. Je lui répondis qu'un secret de cette nature, fait à M. de Beaufort, dans une occasion où nos intérêts étaient si unis, me déshonorerait dans le monde, si je n'en récompensais le manquement par quelque service signalé; que je suppliais Sa Majesté de me permettre de lui dire que la surintendance des Mers, qui avait été promise à cette maison dès les premiers jours de la Régence, ferait un merveilleux effet dans le monde. Monsieur le Cardinal reprit le mot brusquement, en me disant: « Elle a été promise au père et au fils aîné. » À quoi je lui repartis que le cœur me disait que le fils aîné ferait une alliance qui le mettrait beaucoup au-dessus de la surintendance des Mers[1]. Il sourit et dit à la Reine qu'il accommoderait encore cette affaire avec moi.

J'eus une seconde conférence avec la Reine et avec lui, au même lieu et à la même heure, à laquelle je fus introduit par M. de Lionne[2]. J'en eus trois avec lui seul, dans son cabinet, au Palais-Royal, dans lesquelles Noirmoutier et Laigue se trouvèrent, parce que Mme de Chevreuse affecta d'y faire entrer le second et qu'il eût été ridicule, pour toutes raisons, d'y mettre sans le premier. L'on convint, dans ces conversations, que M. de Vendôme aurait la surintendance des Mers; M. de Beaufort en aurait la survivance ; que M. de Noirmoutier aurait le gouvernement de Charleville et de Mont-Olympe, dont vous connaîtrez l'importance dans la suite, et qu'il aurait aussi des lettres de duc ; que M. de Laigue serait capitaine des gardes de Monsieur ; que M. le chevalier de Sévigné aurait vingt-deux mille livres ; que M. de Brissac aurait permission de récompenser le gouvernement d'Anjou, à tel prix et avec un brevet de retenue pour toute la somme[1]. Il fut résolu que l'on arrêterait Monsieur le Prince, M. le prince de Conti et M. de Longueville. Quoique ce dernier ne m'eût pas rendu, dans la dernière occasion de ce procès criminel, tous les bons offices auxquels je croyais qu'il était obligé, je n'oubliai rien pour le tirer du pair ; je m'offris d'être sa caution, je contestai jusques à l'opiniâtreté, et je ne me rendis qu'après que le Cardinal m'eut montré un billet écrit de la main de La Rivière à Flammarin, où je lus ces propres mots :

Je vous remercie de votre avis ; mais je suis aussi assuré de M. de Longueville que vous l'êtes de M. de La Rochefoucauld : les paroles sacramentales sont dites.

Le Cardinal s'étendit, à ce propos, sur l'infidélité de La Rivière, dont il nous dit un détail qui, en vérité, faisait horreur. « Cet homme croit, ajouta-t-il, que je sois la plus grosse bête du monde et qu'il sera demain cardinal. J'ai eu le plaisir de lui faire aujourd'hui essayer des étoffes rouges qu'on m'a apportées d'Italie, et de les approcher de son visage, pour voir ce qui y revenait le mieux, ou de la couleur du feu ou du nacarat[2]. » J'ai su depuis à Rome que, quelque perfidie que La Rivière eût faite au Cardinal, celui-ci n'était pas en reste. Le propre jour qu'il l'eut fait nommer par le Roi, il écrivit au cardinal Sacchetti[3] une lettre, que j'ai vue, bien plus capable de jaunir son chapeau que de le rougir. Cette lettre était toutefois toute pleine de tendresse pour lui, ce qui était le vrai moyen de le perdre auprès d'Innocent X[4], qui haïssait si mortellement le Cardinal, qu'il avait même de l'horreur pour tous ses amis.

Dans la seconde conférence que nous eûmes en présence de la Reine, l'on agita fort les moyens de faire consentir Monsieur à la prison de Messieurs les

Princes. La Reine disait qu'il n'y aurait nulle peine ; qu'il en était terriblement fatigué ; qu'il était, de plus, très las de La Rivière, parce qu'il était fort bien informé qu'il s'était donné corps et âme à Monsieur le Prince. Le Cardinal n'était pas tout à fait si persuadé que la Reine des dispositions de Monsieur. Mme de Chevreuse se chargea de le sonder. Il avait naturellement inclination pour elle. Elle trouva jour, elle s'en servit fort habilement ; elle lui fit croire que la Reine ne pouvait être emportée que par lui en une résolution de cette nature, quoique dans le fonds elle fût très mal satisfaite de Monsieur le Prince. Elle lui exagéra le grand avantage que ce lui serait de ramener au service du Roi une faction aussi puissante que celle de la Fronde ; elle lui marqua, comme insensiblement et sans affectation, l'effroyable péril où l'on était tous les jours de voir Paris à feu et à sang. Je suis persuadé, et elle le fut aussi bien que moi, que cette dernière raison le toucha pour le moins autant que les autres, car il tremblait de peur toutes les fois qu'il venait au Palais ; et il y eut des journées où il fut impossible à Monsieur le Prince de l'y mener. L'on appelait cela *les accès de la colique de Son Altesse Royale*. Sa frayeur n'était pas toutefois sans sujet. Si un laquais se fût avisé de tirer l'épée, nous eussions tous été tués en moins d'un quart d'heure ; et ce qui est rare est que, si cette occasion fût arrivée entre le premier jour de janvier et le 18e, ceux qui nous eussent égorgés eussent été ceux-là mêmes avec lesquels nous étions d'accord, parce que tous les officiers de la maison du Roi, de celle de la Reine et de celle de Monsieur étaient persuadés qu'ils faisaient très bien leur cour d'accompagner réglément tous les jours Messieurs les Princes au Palais.

Je n'ai jamais pu m'imaginer la raison pour laquelle le Cardinal lanterna proprement les cinq ou six derniers jours qui précédèrent cette exécution. Laigue et Noirmoutier se mirent dans la tête qu'il le faisait à dessein, dans l'espérance que nous nous massacrerions, Monsieur le Prince et nous, dans le Palais ; mais outre que, si il eût eu cette pensée, il lui eût été très facile de la faire réussir, en apostant deux hommes qui eussent commencé la noise[1], je crois qu'il l'appréhendait pour le moins autant que nous, parce qu'il ne pouvait pas douter qu'il n'y avait point d'asile assez sacré pour le sauver lui-même d'une pareille catastrophe. J'ai toujours attribué, en mon particulier, à son irrésolution naturelle ce délai, que je confesse avoir pu et dû même produire de grands inconvénients. Ce secret, qui fut gardé entre dix-sept personnes, est un de ceux qui m'a persuadé de ce que je vous ai dit quelquefois et de ce que j'ai déjà marqué en cet ouvrage, que parler trop n'est pas le défaut le plus commun des gens qui sont accoutumés aux grandes affaires, ce qui me donna une grande inquiétude : en ce temps-là, je connaissais Noirmoutier pour l'homme du monde le moins secret.

Le 18 de janvier, Laigue ayant pressé au dernier point Lionne pour l'exécution, dans une conférence qu'il eut la nuit avec lui, le Cardinal la résolut à midi. Il avait fait croire, dès la veille, à Monsieur le Prince qu'il avait un avis certain que Parain des Coutures, qui avait été un des syndics des rentiers, était caché dans une maison, et il fit en sorte que lui-même donna aux gensdarmes et aux chevau-légers du Roi les ordres qui étaient nécessaires pour le mener au bois de Vincennes, sous le prétexte de régler ce qu'il fallait pour la prison de ce misérable. Messieurs les Princes vinrent au Conseil. Guitaut, capitaine des gardes de la Reine, arrêta Monsieur le Prince ; Comminges, lieutenant, arrêta M. le prince de Conti ; et Cressi, enseigne, arrêta M. de Longueville[1]. J'avais oublié de vous dire qu'après que Mme de Chevreuse eut fait agréer à Monsieur qu'elle fît ses efforts auprès de la Reine pour l'obliger à prendre quelque résolution contre Monsieur le Prince, il lui demanda, pour condition préalable, que je m'engageasse par écrit à le servir, et qu'aussitôt qu'il eut mon billet, il le porta à la Reine, en croyant lui avoir rendu un très grand service.

Aussitôt que Monsieur le Prince fut arrêté, M. de Boutteville, qui est à présent M. de Luxembourg, passa sur le pont Notre-Dame à toute bride, en criant au peuple que l'on venait d'enlever M. de Beaufort. L'on prit les armes, que je fis poser en un moment, en marchant avec cinq ou six flambeaux devant moi par les rues. M. de Beaufort s'y promena pareillement, et l'on fit partout des feux de joie.

Nous allâmes ensemble chez Monsieur, où nous trouvâmes La Rivière en la grande salle, qui faisait bonne mine, et qui racontait aux assistants le détail de ce qui s'était passé au Palais-Royal. Il ne pouvait pourtant pas douter qu'il ne fût perdu, Monsieur ne lui ayant rien dit de cette affaire. Il demanda son congé et il l'eut[1] ; mais il ne tint pas à Monsieur le Cardinal qu'il ne demeurât. Il m'envoya Lionne, sur le minuit, pour me le proposer et pour me le persuader par les plus méchantes raisons du monde. J'en avais de bonnes pour m'en défendre. Lionne me dit, il y a cinq ou six ans, que ce mouvement de conserver La Rivière fut inspiré au Cardinal par M. Le Tellier, qui appréhenda que les Frondeurs ne s'insinuassent dans l'esprit de Monsieur.

Le Reine envoya, incontinent après, une lettre du Roi au Parlement, par laquelle il expliquait les raisons de la détention de Monsieur le Prince, qui ne furent ni fortes, ni bien colorées. Nous eûmes notre arrêt d'absolution[2] ; nous allâmes au Palais-Royal[3], où la badauderie des courtisans m'étonna beaucoup plus que n'avait fait celle des bourgeois. Ils étaient montés sur tous les bancs des chambres, qu'on avait apportés comme au sermon.

L'on publia, quelques jours après, une amnistie, de tout ce qui s'était fait et dit dans Paris pendant les assemblées des rentiers[4].

Mesdames les Princesses eurent ordre de se retirer à Chantilly. Mme de Longueville sortit de Paris, aussitôt qu'elle eut la nouvelle, pour tirer du côté de la Normandie, où elle ne trouva point d'asile. Le parlement de Rouen l'envoya prier de sortir de la ville ; M. le duc de Richelieu[5], qui par les avis de Monsieur le Prince avait épousé, peu de jours auparavant, Mme de Pons, ne la voulut pas recevoir dans Le Havre. Elle se retira à Dieppe, où vous verrez par la suite qu'elle ne put pas demeurer longtemps.

M. de Bouillon, qui s'était fort attaché à Monsieur le Prince depuis la paix, alla en diligence à Turenne[6]. M. de Turenne, qui avait pris la même conduite depuis son retour en France, se jeta à Stenay, bonne place que Monsieur le Prince avait confiée à La Moussaie[1]. M. de La Rochefoucauld, qui était encore en ce temps-là le prince de Marcillac, s'en alla chez lui en Poitou ; et le maréchal de Brézé[2], beau-père de Monsieur le Prince, gagna Saumur, dont il était gouverneur.

L'on publia et l'on enregistra au Parlement une déclaration contre eux, par laquelle il leur fut ordonné de se rendre, dans quinze jours, auprès de la personne du Roi, à faute de quoi ils étaient, dès à présent, déclarés perturbateurs du repos public et criminels de lèse-majesté. Le Roi partit en même temps pour faire un tour en Normandie, où l'on craignait que Mme de Longueville, qui avait été reçue dans le château de Dieppe par Montigni, domestique de monsieur son mari, et Chamboi, qui commandait pour lui dans le Pont-de-l'Arche, ne fissent quelque mouvement[3] ; car Beuvron, qui avait le vieux palais de Rouen, et La Croisette, qui commandait dans celui de Caen, avaient déjà assuré le Roi de leur fidélité. Tout plia devant la cour. Mme de Longueville se sauva, par mer, en Hollande, d'où elle alla à Arras pour sonder le bonhomme La Tour, pensionnaire de monsieur son mari, qui lui offrit sa personne, mais qui lui refusa sa place. Elle se rendit à Stenai, où M. de Turenne la vint joindre avec ce qu'il avait pu ramasser, depuis son départ de Paris, des amis et des serviteurs de Messieurs les Princes. La Bécherelle se rendit maître de Damvilliers[4], ayant révolté la garnison, dont il avait été autrefois lieutenant de Roi, contre le chevalier de La Rochefoucauld, qui y commandait pour son frère. Le maréchal de La Ferté se saisit de Clermont sans coup férir[5]. Les habitants de Mouzon chassèrent le comte de Grampré, leur gouverneur, parce qu'il leur proposa de se déclarer pour les princes. Le Roi, qui, après son retour de Normandie, alla en Bourgogne, y établit, en la place de Monsieur le Prince, M. de Vendôme pour gouverneur, comme il avait établi, en Normandie, M. le comte d'Harcourt en la place de M. de Longueville. Le château de Dijon se rendit à M. de Vendôme. Bellegarde[6], défendue par MM. de Tavannes, de Boutteville et de Saint-Micaut, fit peu de résistance au Roi, qui revint à Paris de ses deux voyages de Normandie et de Bourgogne, tout couvert de lauriers. La senteur en entêta un peu trop le Cardinal, et il parut à tout le monde, à son retour, beaucoup plus fier qu'il n'avait paru devant son départ. Voici la première marque qu'il en donna. Dans le temps de l'absence du Roi, Madame la Princesse douairière vint à Paris, et elle présenta requête au Parlement par laquelle elle demandait d'être mise en la sauvegarde de la Compagnie, pour pouvoir demeurer à Paris et demander justice de la détention injuste de messieurs ses enfants. Le Parlement ordonna que Madame la Princesse se mît cheux M. de La Grange, maître des Comptes, dans la cour du Palais, cependant que l'on irait prier M. le duc d'Orléans de venir prendre sa place. M. le duc d'Orléans répondit aux députés de la Compagnie que Madame la Princesse ayant ordre du Roi d'aller à Bourges, comme il était vrai qu'elle l'avait reçu depuis quelques jours, il ne croyait pas devoir aller au Palais pour opiner sur une affaire sur laquelle il n'y avait qu'à obéir aux ordres supérieurs. Il ajouta qu'il serait bien aise que Monsieur le Premier Président l'allât trouver sur les cinq heures. Il y alla, et il fit connaître à Monsieur qu'il était nécessaire qu'il allât le lendemain au Palais pour assoupir, par sa présence, un commencement d'affaire, qui pouvait grossir, par la commisération très naturelle vers une grande princesse affligée, et par la haine contre le Cardinal, qui n'était pas éteinte. Monsieur le crut. Il trouva à l'entrée de la Grande Chambre Madame la Princesse, qui se jeta à ses pieds. Elle demanda à M. de Beaufort sa protection; elle me dit qu'elle avait l'honneur d'être ma parente[1]. M. de Beaufort fut fort embarrassé; je faillis à mourir de honte. Monsieur dit à la Compagnie que le Roi avait commandé à Madame la Princesse de sortir de Chantilli, parce que l'on avait trouvé un de ses valets de pied chargé de lettres pour celui qui commandait dans Saumur; qu'il ne la pouvait souffrir à Paris, puisqu'elle y était venue contre les ordres du Roi; qu'elle en sortît pour témoigner son obéissance et pour mériter que le Roi, qui serait de retour dans deux ou trois jours, pût avoir égard à ce qu'elle alléguait de sa mauvaise santé. Elle partit dès le soir même, et elle alla coucher à

Berni[1], d'où le Roi, qui arriva un jour ou deux après, lui donna ordre d'aller à Valéri. Elle demeura malade à Agerville[2].

Je ne vois pas que Monsieur se fût pu conduire plus justement pour le service du Roi. Le Cardinal prétendit qu'il avait trop ménagé Madame la Princesse; et, dès le jour du retour du Roi, il nous dit, à M. de Beaufort et à moi, que c'était en cette occasion où nous avions dû signaler le pouvoir que nous avions sur le peuple. Il était naturellement vétilleux et grondeur, ce qui est un grand défaut à des gens qui ont affaire à beaucoup de monde. Je m'aperçus, deux jours après, de quelque chose de pis. Comme il y avait eu beaucoup de particuliers qui avaient fait du bruit dans les assemblées de l'Hôtel de Ville, à cause de l'intérêt qu'ils avaient dans les rentes, ils appréhendaient d'en pouvoir être recherchés dans les temps, et ils souhaitèrent, pour cette raison, un peu après que Monsieur le Prince fut arrêté, que j'obtinsse une amnistie. J'en parlai à Monsieur le Cardinal, qui n'y fit aucune difficulté, et qui me dit même, dans le grand cabinet de la Reine, en me montrant le cordon de son chapeau, qui était à la Fronde : « Je serai moi-même compris dans cette amnistie. » Au retour de ces voyages, ce ne fut plus cela. Il me proposa de donner une abolition dont le titre seul eût noté cinq ou six officiers du Parlement, qui avaient été syndics, et peut-être mille et deux mille des plus notables bourgeois de Paris. Je lui représentai ces considérations, qui paraissaient n'avoir point de réplique : il contesta, il remit, il éluda, il fit ces deux voyages de Normandie et de Bourgogne sans rien conclure ; et quoique Monsieur le Prince eût été arrêté dès le 18 de janvier, l'amnistie ne fut publiée et enregistrée au Parlement que le 12 de mai, et encore ne fut-elle obtenue que sur ce que je me laissai entendre que, si l'on ne l'accordait pas, je poursuivrais, à toute rigueur, la justice contre les témoins à brevet, ce que l'on appréhendait au dernier point, parce que, dans le fonds, il n'y avait rien de si honteux, ils étaient si convaincus, que Canto et Pichon avaient disparu, même devant que Monsieur le Prince fût arrêté.

Nous eûmes, presque au même temps, un autre

démêlé sur le sujet des rentes de l'Hôtel de Ville, où M. d'Émeri, qui ne vécut pas longtemps après[1], n'oubliait rien de tout ce qui pouvait altérer les rentiers, même sur des articles si légers et où le Roi trouvait si peu de profit, que j'eus sujet d'être persuadé qu'il n'agissait ainsi que pour leur faire voir que leurs protecteurs les avaient abandonnés, depuis leur accommodement avec la cour.

Je fus averti d'ailleurs que l'abbé Fouquet cabalait contre moi dans le menu peuple, qu'il y jetait de l'argent et tous les bruits qui m'y pouvaient rendre suspect.

La vérité est que tous les subalternes, sans exception, qui appréhendaient une union véritable du Cardinal et de moi, et qui croyaient qu'elle serait facile par le mariage de l'aîné Manchini[2], qui avait du cœur et du mérite, avec Mlle de Rais[3], qui est présentement religieuse, ne songèrent qu'à nous brouiller dès le lendemain que nous fûmes raccommodés; et ils y trouvèrent toute sorte de facilité, et parce que, d'un côté, les ménagements que j'étais obligé de garder avec le public, pour ne m'y pas perdre, leur donnaient tout lieu de les interpréter à leur mode auprès du Mazarin, et parce que la confiance que M. le duc d'Orléans prit en moi, aussitôt après la prison de Monsieur le Prince, devait par elle-même produire, dans son esprit, une défiance très naturelle. Goulas[4], secrétaire des commandements de Monsieur, et rétabli dans sa maison par la disgrâce de La Rivière, qui l'en avait chassé, contribua beaucoup à la lui donner, par l'intérêt qu'il avait à affaiblir, par le moyen de la cour, ma faveur naissante auprès de son maître, qui seule, à ce qu'il s'imaginait, traversait la sienne. Vous remarquerez, si il vous plaît, que je n'avais nullement recherché cette faveur, pour deux raisons, dont l'une était que je la connaissais très fragile et même périlleuse, par l'humeur de Monsieur; et l'autre, que je n'ignorais pas que l'ombre d'un cabinet, dont l'on ne peut pas empêcher les faiblesses, n'est jamais bonne à un homme dont la principale force consiste dans la réputation publique. Ma pensée avait été de lui produire le président de Bellièvre, parce qu'il lui fallait toujours quelqu'un qui le gouvernât; mais il ne prit pas le change, parce qu'il avait aversion à sa mine trop fine et trop bourgeoise, ce disait-il. Le Cardinal, qui croyait, et avec raison, Goulas trop dépendant de Chavigni, balança trop au choix ; car si d'abord il eût soutenu Beloi[1], je crois qu'il eût réussi. Quoi qu'il en soit, le sort tomba sur moi et j'en fus presque aussi fâché que la cour, et par les raisons que je vous viens de marquer, et parce que cette sujétion contraignait mon libertinage[2], qui était extrême et hors de raison.

Voici un autre incident, qui me brouilla encore avec Monsieur le Cardinal. Le comte de Montrose, Écossais, et chef de la maison de Grem[3], était le seul homme du monde qui m'ait rapporté l'idée de certains héros que l'on ne voit que dans les *Vies* de Plutarque. Il avait soutenu le parti du roi d'Angleterre dans son pays, avec une grandeur qui n'a point eu de pareille de ce siècle ; il battit les Parlementaires, quoiqu'ils fussent victorieux partout ailleurs, et il ne désarma qu'après que le roi, son maître, se fut jeté lui-même entre les mains de ses ennemis. Il vint à Paris un peu devant la guerre civile, et je le connus par un Écossais[4] qui était à moi et qui était un peu son parent ; je fus assez heureux pour trouver lieu de le servir dans son malheur ; il prit de l'amitié pour moi, et elle l'obligea de s'attacher à la France plutôt qu'à l'Empire, quoiqu'il lui offrît l'emploi de feld-maréchal, qui est très considérable. Je fus l'entremetteur des paroles que Monsieur le Cardinal lui donna, et qu'il n'accepta que pour le temps où le roi d'Angleterre n'aurait point besoin de son service. Il fut remandé, quelques jours après, par un billet de sa main ; il le porta au Cardinal, qui le loua de son procédé et qui lui dit en termes formels que l'on demeurerait fidèlement dans les engagements qui avaient été pris. M. de Montrose repassa en France, deux ou trois mois après que Monsieur le Prince eut été arrêté, et il amena avec lui près de cent officiers, la plupart gens de qualité et tous de service. Monsieur le Cardinal ne le connut plus. Ne trouvez-vous pas que je n'avais pas sujet d'être satisfait ?

Toutes ces indispositions jointes ensemble n'étaient pas des ingrédients bien propres à consolider une plaie qui était fraîchement fermée ; je vous puis toutefois assurer pour la vérité qu'elles ne me firent pas faire un pas contre les intérêts du parti dans lequel je venais de rentrer. Je travaillai de très bonne foi à suppléer, dans le Parlement et dans le peuple, les fausses démarches que l'ignorance du Mazarin et l'insolence de Servient leur fit faire en plus de dix rencontres. J'en couvris la plupart ; et si il eût plu à la cour de se ménager, le parti de Monsieur le Prince eût eu, au moins pour assez longtemps, beaucoup de peine à se relever ; mais il n'y a rien de plus rare ni de plus difficile aux ministres que ce ménagement, dans le calme qui suit immédiatement les grandes tempêtes, parce que la flatterie y redouble et que la défiance n'y est pas éteinte.

Ce calme ne pouvait toutefois porter ce nom que par la comparaison du passé ; car le feu commençait à s'allumer de bien des côtés. Le maréchal de Brézé, homme de très petit mérite, s'était étonné à la première déclaration qui fut enregistrée au Parlement, et il envoya assurer le Roi de sa fidélité ; mais il mourut aussitôt après ; et Du Mont, que vous voyez à Monsieur le Prince, qui commandait sous lui dans Saumur et qui crut qu'il était de son honneur de ne pas abandonner les intérêts de Madame la Princesse, fille de son maître, se déclara pour le parti, dans l'espérance que M. de La Rochefoucauld, qui, sous prétexte des funérailles de monsieur son père, avait fait une grande assemblée de noblesse, le secourrait. Loudun, dont il avait fait dessein de se rendre maître, lui ayant manqué, et cette noblesse s'étant dissipée, Du Mont rendit la place à Comminges, à qui la Reine en avait donné le gouvernement.

Mme de Longueville et M. de Turenne firent un traité avec les Espagnols[1], et le dernier joignit leur armée, qui entra en Picardie et qui assiégea Guise, après avoir pris Le Catelet. Bridieu, qui en était gouverneur, la défendit très bien, et le comte de Clermont, cadet de Tonnerre, s'y signala. Le siège dura dix-huit jours, et le manquement de vivres obligea l'archiduc à le lever. M. de Turenne avait fait quelques troupes avec l'argent que les Espagnols lui avaient accordé par son traité ; il les avait grossies du débris de celles qui avaient été dans Bellegarde ; et la plupart des officiers de celles qui étaient sous le nom de Messieurs les Princes l'avaient joint avec MM. de Boutteville, de Coligni, de Lanques, de Duras, de Rochefort, de Tavanes, de Persan, de La Moussaie, de La Suze, de Saint-Ibal, de Cugnac, de Chavaignac, de Guitaut[1], de Mailli, de Meille, les chevaliers de Foix et de Gramont, et plusieurs autres dont je ne me souviens pas. Cette nuée, qui grossissait, devait faire faire réflexion à M. le cardinal Mazarin sur l'état de la Guienne, où la pitoyable conduite de M. d'Espernon avait jeté les affaires dans une confusion que rien ne pouvait démêler, que son éloignement. Mille démêlés particuliers, dont la moitié ne venait que de la ridicule chimère de sa roturière principauté, l'avaient brouillé avec le parlement et avec les magistrats de Bordeaux[2], qui, pour la plupart, n'étaient pas plus sages que lui ; et le Mazarin, qui, à mon sens, fut encore en cela plus fou que tous les deux, prit sur le compte de l'autorité royale tout ce qu'un habile ministre eût pu imputer, sans aucun inconvénient et même avec l'avantage du Roi, aux deux parties.

Un des plus grands malheurs que l'autorité despotique des ministres du dernier siècle ait produit dans l'État, est la pratique que l'imagination de leur intérêt particulier mal entendu y a introduite, de soutenir toujours le supérieur contre l'inférieur. Cette maxime est de Machiavel, que la plupart des gens qui le lisent n'entendent pas, et que les autres croient avoir été toujours habile, parce qu'il a toujours été méchant. Il s'en faut beaucoup : il s'est très souvent trompé ; en nul endroit, à mon opinion, plus qu'en celui-ci. Monsieur le Cardinal l'était sur ce point d'autant plus aisément qu'il avait une passion effrénée pour l'alliance de M. de Candale[3], qui n'avait rien de grand que les canons ; et M. de Candale, dont le génie était au-dessous du médiocre, était gouverné par l'abbé, présentement cardinal d'Estrées[4], qui a été, dès son enfance, l'esprit du monde le plus visionnaire et le plus inquiet. Tous ces caractères différents faisaient une espèce de galimatias inexplicable dans les affaires de la Guienne, pour le débrouillement desquelles le bon sens des Jeannins et des Villerois[1], infusé dans la cervelle du cardinal de Richelieu, n'eût pas été trop bon.

M. le duc d'Orléans, qui était fort clairvoyant, connut, de très bonne heure, la suite de cette confusion ; il m'en parla un jour en se promenant dans le jardin de Luxembourg, devant que je lui en eusse ouvert la bouche ; et il me pressa d'en parler à Monsieur le Cardinal, dont je m'excusai, sur ce qu'il voyait comme moi qu'il n'y avait entre nous que les apparences. Je lui conseillai d'essayer de lui faire ouvrir les yeux par le maréchal d'Estrées et par Senneterre. Il les trouva absolument dans les mêmes sentiments que lui, bien qu'ils fussent tout à fait attachés à la cour ; et même Senneterre, très aise de ce que Monsieur l'assurait que j'y étais comme lui-même, avec les plus sincères et les meilleures intentions du monde, entreprit de me raccommoder avec le Cardinal, avec lequel d'ailleurs je n'avais pas rompu ouvertement. Il m'en parla et il me trouva très disposé, parce que je voyais clairement que notre division grossirait, en moins d'un rien, le parti de Monsieur le Prince et jetterait les choses dans une confusion où la conduite n'aurait plus de part, parce que l'on n'y pourrait prendre son parti qu'avec précipitation. C'est, de tous les états, celui qu'il faut toujours éviter avec le plus d'application. J'allai donc, avec M. de Senneterre, cheux Monsieur le Cardinal, qui m'embrassa avec des tendresses qu'il faudrait un bon cœur comme le sien pour vous les exprimer. Il mit son cœur sur la table, c'était son terme ; il m'assura qu'il me parlerait comme à son fils ; et je n'en crus rien ; je l'assurai que je lui parlerais comme à mon père, et je lui tins parole. Je lui dis que je le suppliais de me permettre de m'expliquer pour une bonne fois avec lui ; que je n'avais au monde aucun intérêt personnel que celui de sortir des affaires publiques sans aucun avantage ; mais qu'aussi, par la même raison, je me sentais plus obligé qu'un autre à en sortir avec dignité et avec honneur ; que je le suppliais de faire réflexion sur mon âge[2], qui, joint à mon incapacité, ne lui pouvait donner aucune jalousie à l'égard de la première place ; que je le conjurais, en même temps, de considérer que la dignité que j'avais dans Paris était plus avilie qu'elle n'était honorée par cette espèce de tribunat de peuple, que la seule nécessité rendait supportable ; et qu'il devait juger que cette considération toute seule serait capable de me donner impatience de sortir de la faction, quand il n'y en aurait eu pas mille autres qui en faisaient naître le dégoût à tous les instants ; que pour ce qui était du cardinalat, qui lui pouvait faire quelque ombrage, je lui allais découvrir avec sincérité quels avaient été et quels étaient mes mouvements sur cette dignité ; que je m'étais mis follement dans la tête qu'il serait plus glorieux de l'abattre que de la posséder ; qu'il n'ignorait pas que j'avais fait paraître quelque étincelle de cette vision dans les occasions ; que Monsieur d'Agen m'en avait guéri, en me faisant voir, par de bonnes raisons, qu'elle était impraticable et qu'elle n'avait jamais réussi à ceux qui l'avaient entreprise ; que cette circonstance lui faisait au moins connaître que l'avidité pour la pourpre n'avait pas été grande en moi, dès mes plus jeunes années ; que je le pouvais assurer qu'elle y était encore assez modérée ; que j'étais persuadé qu'il était assez difficile qu'elle manquât, dans les temps, à un archevêque de Paris ; mais que je l'étais encore davantage que la facilité qu'il avait à l'obtenir dans les formes, et par les actions purement de sa profession, lui tournerait à honte les autres moyens qu'il emploierait pour se la procurer ; que je serais au désespoir que l'on pût seulement s'imaginer qu'il y eût, sur ma pourpre, une seule goutte du sang qui a été répandu dans la guerre civile, et que j'étais résolu de sortir absolument et entièrement de tout ce qui s'appelle intrigue, devant que de faire ni souffrir un pas qui y eût seulement le moindre rapport ; qu'il savait que, par la même raison, je ne voulais ni argent ni abbayes ; et qu'ainsi j'étais engagé, par les déclarations publiques que j'avais faites sur tous ces chefs, à servir la Reine sans intérêt ; que le seul qui me restait, en cette disposition, était de finir avec honneur et de rentrer dans les emplois purement spirituels de ma profession, avec sûreté ; que je ne lui demandais, pour cet effet, que l'accomplissement de ce qui était encore plus du service du Roi que de mon avantage particulier ; qu'il savait que, dès le lendemain que Monsieur le Prince fut arrêté, il m'avait fait porter aux rentiers de telles et telles paroles (le détail vous en ennuierait, et c'est pour cette considération que je n'en ai pas même parlé dans son lieu) ; que je voyais qu'au préjudice de ces paroles, l'on affectait tout ce qui pouvait persuader à ces gens-là que j'étais de concert avec la cour pour les tromper ; que j'étais très bien averti qu'Ondedei avait dit à telle et à telle heure, cheux Mme d'Empus, que le pauvre Monsieur le Cardinal avait failli à se laisser enjôler par le coadjuteur, mais que l'on lui avait bien ouvert les yeux et que l'on lui taillait une besogne[1] à laquelle il ne s'attendait pas ; que je ne doutais point que l'accès que j'avais auprès de Monsieur ne lui fît peine, mais que je n'ignorais pas aussi qu'il pouvait et qu'il devait être informé que je ne l'avais recherché en façon du monde, que j'en voyais les inconvénients. Je m'étendis beaucoup en cet endroit, parce que c'était celui qui était le plus difficile à comprendre à un homme de cabinet ; et ces sortes de gens en sont toujours si entêtés, que l'expérience même ne leur peut ôter de l'imagination que toute la considération n'y consiste.

Il faudrait un volume particulier pour vous rendre compte de la suite de cette conversation, qui dura depuis trois heures après midi jusques à dix heures du soir : je sais bien que je n'y dis pas un mot dont je me puisse repentir à l'article de la mort. La vérité jette, lorsqu'elle est à un certain carat[2], une manière d'éclat auquel l'on ne peut résister, je n'ai jamais vu homme qui en fît si peu d'état que le Mazarin. Elle le toucha en cette occasion et au point que M. de Senneterre, qui fut présent à tout ce qui se passa, en fut étonné au-delà de l'imagination ; et comme il était homme de très bon sens et qui voyait très bien les dangereuses suites des mouvements de Guienne, il me pressa de prendre ce moment de lui en parler ; et je le fis avec toute la force qui fut en mon pouvoir. Je lui représentai que si il s'opiniâtrait à soutenir M. d'Espernon, le parti de Messieurs les Princes ne manquerait pas cette occasion ; que si le parlement de Bordeaux s'y engageait, nous perdrions, par une conséquence infaillible, peu à peu celui de Paris, où, après un aussi grand embrasement, le feu ne pouvait pas être assez éteint pour ne pas craindre qu'il n'y en eût encore beaucoup sous la cendre, et où les factieux auraient un aussi beau champ de faire appréhender le contre-coup du châtiment d'un corps coupable d'un crime dont la cour ne nous tenait nous-mêmes purgés que depuis deux ou trois mois. Senneterre appuya mon sentiment avec vigueur, et il est constant que nous ébranlâmes le Cardinal, qui avait été averti, la veille, que M. de Bouillon commençait à remuer en Limousin, où M. de La Rochefoucauld l'avait joint avec quelques troupes; qu'il avait enlevé, à Brive, la compagnie de gensdarmes de M. le prince Thomas[1], et qu'il avait tenté d'en faire autant aux troupes qui étaient dans Tulle. Ces nouvelles, qui étaient considérables à cause de leurs suites, firent impression sur son esprit, et elles l'obligèrent d'en faire sur ce que nous lui disions. Il nous parut fort ébranlé; et M. le maréchal d'Estrées, qui le vit un quart d'heure après, nous dit à l'un et à l'autre, le lendemain au matin, qu'il l'avait trouvé convaincu de ma bonne foi et de ma sincérité, et qu'il lui avait répété à diverses reprises : « Ce garçon, dans le fonds, veut le bien de l'État. » Ces dispositions donnèrent lieu à ces deux hommes, qui étaient fort corrompus, mais qui cherchaient leur repos particulier dans le public parce qu'ils étaient fort vieux, de songer à chercher les moyens de nous unir intimement le Cardinal et moi; et ils lui proposèrent, pour cet effet, le mariage de son neveu, duquel je vous ai déjà parlé, avec ma nièce. Il y donna de tout son cœur. Je m'en éloignai à proportion, et parce que je ne me pouvais résoudre à ensevelir ma maison dans celle de Mazarin, et parce que je n'ai jamais assez estimé la grandeur pour l'acheter par la haine publique. Je répondis civilement aux oublieux[2] (on les appelait ainsi, parce qu'ils allaient d'ordinaire, entre 8 et 9 du soir, dans les maisons où ils négociaient quelque chose, et ils négociaient toujours), je leur répondis, dis-je, civilement, mais négativement. Comme ils ne souhaitaient pas la rupture entre nous, ils colorèrent si adroitement le refus, qu'il ne produisit pas l'aigreur qui lui était assez naturelle ; et comme ils avaient tiré de moi que j'aurais une grande joie d'être employé à la paix générale, ils firent si bien que le Cardinal, de qui l'enthousiasme pour moi dura douze ou quinze jours, me le promit, comme de lui-même, de la meilleure grâce du monde.

Le maréchal d'Estrées se servit fort habilement de ce bon intervalle pour le rétablissement de M. de Chasteauneuf dans la commission[1] de garde des Sceaux, qui en avait été dépossédé par M. le cardinal de Richelieu, et retenu prisonnier treize ans dans le château d'Angoulesme. Cet homme était vieilli dans les emplois, et il y avait acquis une réputation, à laquelle sa longue disgrâce donna beaucoup d'éclat. Il était parent fort proche et ami fort particulier de M. le maréchal de Villeroi[2]. Le commandeur de Jars avait été sur l'échafaud de Troies[3], pour ses démêlés avec le cardinal de Richelieu ; il avait été amant de Mme de Chevreuse, et il ne l'avait pas été sans succès. Il avait soixante et douze ans[4] ; mais sa santé forte et vigoureuse, sa dépense splendide, son désintéressement parfait en tout ce qui ne passait pas le médiocre, son humeur brusque et féroce, qui paraissait franche, suppléaient à son âge et faisaient que l'on ne le regardait pas encore comme un homme hors d'œuvre[5]. Le maréchal d'Estrées, qui vit que le Cardinal se mettait dans l'esprit de se rétablir dans le public en accommodant les affaires de Bordeaux et en remettant l'ordre dans les rentes, prit le temps de cette verve, qui ne durerait pas longtemps, ce nous disait-il, pour lui persuader qu'il fallait couronner ces beaux ouvrages par la dégradation du chancelier, odieux au public, ou plutôt méprisé, à cause de sa servitude naturelle, qui obscurcissait la grande capacité qu'il avait pour son métier, et par l'installation de M. de Chasteauneuf, dont le seul nom honorerait le choix. Je ne fus jamais plus étonné que quand le maréchal d'Estrées nous vint dire, à M. de Bellièvre, qui était une manière de fils adoptif de M. de Chasteauneuf, et à moi, qu'il voyait jour à ce changement. Je ne connaissais M. de Chasteauneuf que par réputation ; mais je ne me pouvais figurer que la jalousie d'un Italien[6] lui pût permettre de mettre en place une figure aussi bien faite pour un ministre, et ma surprise, qui n'eut d'autre cause que celle que je vous viens de dire, fut interprétée par le maréchal comme l'effet d'une appréhension que j'eusse eu qu'elle ne fût pas moins bien faite pour un cardinal[1]. Il ne m'en témoigna rien, mais il le dit, le soir, à M. le président de Bellièvre, qui, sachant mes intentions, l'assura fort du contraire. Il n'en fut pas persuadé, et si peu, qu'il n'eut point de cesse que, pour lever l'obstacle qu'il eut peur que je fisse à son ami, il ne m'eût apporté une lettre de lui, par laquelle il m'assurait de ne jamais songer au cardinalat devant que je l'eusse moi-même. Je faillis à tomber de mon haut d'un compliment de cette nature, que je ne m'étais nullement attiré. On l'ornait d'une période à chaque mot que je disais pour m'en défendre. On le fit pour moi à Mme de Chevreuse, à Noirmoutier, à Laigue et à douze ou quinze autres. Vous en verrez et en admirerez la suite. Le bonhomme s'aida ainsi vers tout le monde, tout le monde l'aida, et le Cardinal le fit garde des Sceaux, non pas pour couronner, comme le maréchal d'Estrées lui avait dit, les deux grands desseins de l'accommodement de Bordeaux et du rétablissement des rentes, mais, au contraire, pour autoriser, par un nom de cette réputation, la conduite tout opposée qu'il avait prise par la persuasion des subalternes, qui appréhendaient sur toutes choses notre union, et de pousser le parlement de Guienne et de décréditer dans Paris les Frondeurs. Il crut d'ailleurs que ce nom lui servirait et à réparer un peu, à l'égard du public, le tort qu'il s'y faisait en donnant la surintendance des Finances, vacante par la mort d'Émeri, au président de Maisons[2], dont la probité était moins que problématique, et à m'opposer, en cas de besoin, un rival illustre pour le cardinalat. Senneterre, qui était tout à fait attaché à la cour et même au Cardinal, me dit ces propres mots : « Cet homme se perdra et peut-être l'État pour les beaux yeux de M. de Candale. »

Le jour que M. de Senneterre prononça cet oracle, les nouvelles arrivèrent que MM. de Bouillon et de La Rochefoucauld avaient fait entrer dans Bordeaux Madame la Princesse et Monsieur le Duc[3], que le Cardinal avait laissé entre les mains de madame sa mère, au lieu de le faire nourrir auprès du Roi, comme Servient le lui avait conseillé. Ce parlement, dont le plus sage et le plus vieux en ce temps-là jouait gaiement tout son bien en un soir, sans faire tort à sa réputation, eut deux spectacles, en une même année, assez extraordinaires. Il vit un prince et une princesse du sang à genoux au bureau, lui demandant justice, et il fut assez fou, si l'on peut parler ainsi d'une compagnie en corps, pour faire apporter sur le même bureau une hostie consacrée, que les soldats des troupes de M. d'Espernon avaient laissé tomber d'un ciboire qui avait été volé[1]. Le parlement de Bordeaux ne fut pas fâché de ce que le peuple avait donné entrée à Monsieur le Duc ; mais il garda pourtant beaucoup plus de mesures qu'il n'appartenait et au climat et à l'humeur où il était contre M. d'Espernon. Il ordonna que Madame la Princesse et Monsieur le Duc, et MM. de Bouillon et de La Rochefoucauld auraient liberté de demeurer dans Bordeaux, à condition qu'ils donneraient leur parole de n'y rien entreprendre contre le service du Roi ; et que cependant la requête de Madame la Princesse serait envoyée à Sa Majesté, et très humbles remontrances lui seraient faites sur la détention de messieurs les princes[2]. Le président de Gourgues, qui était un des principaux du corps, et qui eût souhaité que l'on eût évité les extrémités, dépêcha un courrier à Senneterre, qui était son ami, avec une lettre de treize pages de chiffre, par laquelle il lui mandait que son parlement n'était pas si emporté que, si le Roi voulait révoquer M. d'Espernon, il ne demeurât dans la fidélité ; qu'il lui en donnait sa parole ; que ce qu'il avait fait jusque-là n'était qu'à cette intention ; mais que, si l'on différait, il ne répondait plus de la Compagnie et beaucoup moins du peuple, qui, ménagé et appuyé comme il l'était par le parti de Messieurs les Princes, se rendrait même dans peu maître du Parlement. Senneterre n'oublia rien pour faire que le Cardinal profitât de cet avis. M. de Chasteauneuf fit des merveilles, et voyant qu'il ne gagnait rien et que le Cardinal ne répondait à ses raisons que par des exclamations contre l'insolence du parlement de Bordeaux, qui avait donné retraite à des gens condamnés par une déclaration du Roi, il lui dit brusquement :

« Partez demain, Monsieur, si vous n'accommodez aujourd'hui ; vous devriez être déjà sur la Garonne. » Le succès fit voir que M. de Chasteauneuf avait raison de conseiller le radoucissement, mais qu'il eût mieux fait de ne pas tant presser l'exécution, car quoiqu'il y eût de la chaleur dans le parlement de Bordeaux, qui allait jusques à la fureur et jusques à la folie, il résista longtemps aux emportements du peuple, suscité et animé par M. de Bouillon, et jusques au point de donner arrêt pour faire sortir de la ville don Josef Osorio, qui était venu d'Espagne avec MM. de Silleri et de Basse, que M. de Bouillon y avait envoyés pour traiter[1]. Il fit plus, il défendit qu'aucun de son corps ne rendît plus aucune visite à aucun de ceux qui avaient eu commerce avec les Espagnols, pas même à Madame la Princesse. La populace ayant entrepris de le faire opiner de force pour l'union avec les princes, il arma les jurats[2], qui la firent retirer du Palais à coups de mousquet. Je ne prends pas plaisir à insérer dans cet ouvrage ce détail que je n'ai point vu, parce que je me suis fait une espèce de serment à moi-même de n'y mettre quoi que ce soit dont la vérité ne me soit pleinement connue ; mais ce particulier est si nécessaire à cet endroit de l'histoire, que j'ai été obligé de m'en dispenser en cette occasion ; et je le fais avec d'autant moins de peine, que cette résistance du parlement de Bordeaux, que tout le monde presque a traitée de simulée, m'a été confirmée pour véritable et même pour sincère par M. de Bouillon, qui m'a dit plusieurs fois depuis que si la cour n'eût point poussé les choses, l'on eût eu bien de la peine à les porter à l'extrémité. Ce qui est de certain est que l'on crut ou que l'on voulut croire à la cour que tout ce que faisait ce parlement n'était que grimace ; qu'au retour de Compiègne, où le Roi était allé dans le temps du siège de Guise[3], pour donner chaleur à son armée, commandée par le maréchal Du Plessis-Praslin, l'on prit la résolution d'aller en Guienne ; que ceux qui en représentèrent les conséquences passèrent, dans l'esprit des courtisans, pour des factieux, qui ne voulaient pas que l'on fît exemple de leurs semblables et qui avaient correspondance avec ceux de Bordeaux ; que tout ce que l'on dit des suites prochaines et immédiates que ce voyage aurait dans le parlement de Paris, passa pour fable ou au moins pour une prédiction du mal que l'on voulait faire et auquel l'on ne pourrait pas réussir ; et que quand Monsieur s'offrit à aller lui-même travailler à l'accommodement, pourvu que l'on lui donnât parole de révoquer M. d'Espernon, l'on lui dit pour toute réponse qu'il était de l'honneur du Roi de le maintenir dans son gouvernement.

Vous avez vu, par ce que je vous viens de dire, que la tendresse que Monsieur le Cardinal prit pour moi ne dura pas longtemps. Senneterre, qui était grand rhabilleur[1] de son naturel, ne voulut pas laisser partir la cour sans mettre un peu d'onction (c'était son mot) à ce qui n'était, ce disait-il, qu'un pur malentendu. La vérité est que Monsieur le Cardinal ne se pouvait plaindre de moi, et que je me voulais encore moins plaindre de lui, quoique j'en eusse assurément beaucoup de sujets. L'on se raccommode bien plus aisément quand l'on est disposé à ne se point plaindre, que quand on l'est à se plaindre, quoique l'on n'en ait pas de sujet. Je l'éprouvai en ce rencontre. Senneterre dit au premier président qu'un mot que la Reine avait dit à Monsieur le Cardinal, à la louange de ma fermeté, lui avait frappé l'esprit d'une telle manière, qu'il n'en reviendrait jamais. Je n'ai su ce détail que fort longtemps après par Mme de Pommereux, à qui Sainte-Croix[2], fils du premier président, le redit. Il ne laissa pas de me témoigner toutes les amitiés imaginables devant que de partir pour la Guienne ; il affecta même de me laisser le choix d'un provôt des marchands, ce qui fut honnête en apparence et habile en effet, parce qu'il avait reconnu que le précédent, qui y avait été mis de sa main, lui avait été de tout point inutile[3]. Il n'oublia rien, le même jour, pour nous brouiller, M. de Beaufort et moi, sur un détail qu'il est nécessaire de reprendre de plus haut.

Vous avez vu que la Reine avait désiré de moi que je ne m'ouvrisse point avec M. de Beaufort du dessein qu'elle avait d'arrêter Messieurs les Princes. Le jour qu'il fut exécuté, sur les six heures du soir, Mme de Chevreuse nous envoya querir sur le midi, lui et moi, et elle nous le découvrit comme un grand secret que la Reine lui eût commandé, à l'issue de sa messe, de nous communiquer. M. de Beaufort le prit pour bon. Je le menai dîner cheux moi, je l'amusai toute l'après-dînée à jouer aux eschets, je l'empêchai d'aller cheux Mme de Montbazon, quoiqu'il en eût grande envie, et Monsieur le Prince fut arrêté devant qu'elle en eût le moindre soupçon. Elle en fut en colère. Elle dit à M. de Beaufort tout ce qui lui pouvait faire croire qu'il avait été joué. Il s'en plaignit à moi ; je m'en éclaircis avec lui devant elle ; je lui tirai de ma poche les patentes de l'amirauté. Il m'embrassa, Mme de Montbazon m'en baisa cinq ou six fois bien tendrement, et ainsi finit l'histoire. Monsieur le Cardinal prit en gré de la renouveler deux ou trois jours devant qu'il partît pour Bordeaux. Il témoigna des amitiés merveilleuses à Mme de Montbazon ; il lui fit des confiances extraordinaires, et, après de grands circuits, tout aboutit à lui exagérer la mortelle douleur qu'il avait eue d'avoir été obligé, par les instances de Mme de Chevreuse et du coadjuteur, à lui faire finesse de la prison de Messieurs les Princes. M. de Beaufort, à qui le président de Bellièvre fit voir que cette fausse confidence du Mazarin n'était qu'un artifice, me dit, en présence de Mme de Montbazon : « Soyez à l'erte ; je gage que l'on se voudra bientôt servir de Mlle de Chevreuse pour nous brouiller. »

Le Roi partit pour son voyage de Guienne dans les premiers jours de juillet, et M. le cardinal Mazarin eut la satisfaction d'apprendre, un peu devant son départ, que le bruit de ce voyage avait produit par avance tout ce que l'on lui en avait prédit : que le parlement de Bordeaux avait accordé l'union avec Messieurs les Princes et qu'il avait député vers le parlement de Paris ; que ce député, qui s'était trouvé tout porté à Paris, avait ordre de ne voir ni le Roi ni les ministres ; que MM. de La Force et de Saint-Simon[1] étaient sur le point de se déclarer (ils ne persistèrent pas), et que toute la province était prête à se soulever. La consternation du Cardinal fut extrême. Il se recommanda jusques aux moindres Frondeurs, avec des bassesses que je ne vous puis exprimer. Monsieur demeura à Paris avec le commandement[2] ; la cour lui laissa M. Le Tellier pour surveillant. M. le garde des Sceaux de Chasteauneuf entrait au Conseil : l'on m'y offrit place, que je ne jugeai pas à propos d'accepter, comme vous le jugez facilement ; et tout le monde, sans exception, s'y trouva fort embarrassé, parce que nous y demeurâmes tous en un état où il était impossible de ne pas broncher d'un côté ou d'autre à tous les pas. Vous en verrez le détail après que je vous aurai dit un mot du voyage de Guienne.

Aussitôt que le Roi fut à la portée, M. de Saint-Simon, gouverneur de Blaie, qui avait branlé, vint à la cour ; et M. de La Force, avec lequel M. de Bouillon avait aussi traité, demeura dans l'inaction ; mais Daugnon[1], qui commandait dans Brouage et qui devait toute sa fortune au feu duc de Brézé, s'en excusa sous prétexte de la goutte. Les députés du parlement de Bordeaux furent au-devant de la cour à Libourne. On leur commanda avec hauteur d'ouvrir leurs portes, pour y recevoir le Roi avec toutes ses troupes. Ils répondirent que l'un de leurs privilèges était de garder la personne des rois quand ils étaient dans leur ville. Le maréchal de La Meilleraie s'avança entre la Dordogne et la Garonne. Il prit le château de Vaire, où Richon commandait trois cents hommes pour les Bordelais, et le Cardinal le fit pendre à Libourne, à cent pas du logis du Roi. M. de Bouillon fit pendre, par représaille, Canolle, officier dans l'armée de M. de La Meilleraie. Il attaqua ensuite l'île de Saint-Georges, qui fut peu défendue par La Mothe de Las, et où le chevalier de La Valette[2] fut blessé à mort. Il assiégea après Bordeaux dans les formes ; il emporta après un grand combat le faubourg de Saint-Surin, où Saint-Mesgrain et Roquelaure[3], qui étaient lieutenants généraux dans l'armée du Roi, firent très bien. M. de Bouillon n'oublia rien de tout ce que l'on pouvait attendre d'un sage politique et d'un grand capitaine. M. de La Rochefoucauld signala son courage dans tout le cours du siège, et particulièrement à la défense de la demi-lune, où il y eut assez de carnage ; mais il fallut enfin céder au plus fort. Le Parlement et le peuple, ne voyant point paraître le secours d'Espagne, qui témoigna en cette occasion beaucoup de faiblesse, obligèrent les gens de guerre à capituler[4], ou, pour mieux dire, à faire une paix plutôt qu'une capitulation, comme vous l'allez voir, car le Roi n'entra point dans Bordeaux. Gourville[1], qui alla trouver de la part des assiégés la cour, qui s'était avancée à Bourg[2], et les députés du Parlement convinrent de ces conditions : que l'amnistie générale serait accordée à tous ceux qui avaient pris les armes et négocié avec Espagne, sans exception ; que tous les gens de guerre seraient licenciés, à la réserve de ceux qu'il plairait au Roi de retenir à sa solde ; que Madame la Princesse, avec Monsieur le Duc, demeurerait ou en Anjou en l'une de ses maisons, ou à Mouron[3], à son choix, à condition que si elle choisissait Mouron, qui était fortifié, elle n'y pourrait pas tenir plus de deux cents hommes de pied et soixante chevaux, et que M. d'Espernon serait révoqué du gouvernement de Guienne, et un gouvernement mis en sa place. Madame la Princesse vit le Roi et la Reine, et dans cette entrevue il y eut de grandes conférences de MM. de Bouillon et de La Rochefoucauld avec Monsieur le Cardinal. Vous verrez, dans la suite, ce qui s'en dit à Paris en ce temps-là, je ne sais ce qui en fut. Comme je n'ai point été de cela, non plus que de tout ce qui se passa en Guienne, je ne l'ai touché que pour vous pouvoir mieux faire entendre ce qui se trouvera avoir un rapport nécessaire à ces faits, dans les matières que je vas traiter. J'ajouterai seulement ici que ce qui obligea le Cardinal, au moins à ce que l'on a cru, à ne pas s'opiniâtrer à une réduction plus pleine et plus entière de Bordeaux, fut l'impatience extrême qu'il eut de revenir à Paris. Vous en allez voir les raisons.

Les coups de canon que l'on tira à Bordeaux avaient porté jusques à Paris, devant même que l'on y eût mis le feu. Aussitôt que le Roi fut parti, Voisin, conseiller et député de ce parlement, demanda audience à celui de Paris. L'on pria Monsieur de venir prendre sa place, et comme j'étais averti qu'il y aurait bien du feu[4] à l'apparition de ce député, je dis à Monsieur que je croyais qu'il serait à propos qu'il concertât ce qu'il aurait à dire à la Compagnie avec Monsieur le Garde des Sceaux et avec M. Le Tellier. Il les envoya querir à l'heure même, et il me commanda de demeurer avec eux dans le cabinet. Le garde des Sceaux ne put ou ne voulut concevoir que le Parlement pût seulement songer à délibérer sur une proposition de cette nature. Je considérai sa sécurité comme une hauteur d'un ministre accoutumé au temps du cardinal de Richelieu : vous verrez, par la suite, qu'elle avait un autre principe. Quand je m'aperçus que M. Le Tellier, qui était plus en école[1], parlait sur le même ton, je me modérai, je fis mine d'être ébranlé de ce que l'un et l'autre disait, et Monsieur, qui connaissait mieux le terrain, s'en mettant en colère contre moi, je lui proposai de prendre les sentiments de Monsieur le Premier Président. Il y envoya sur-le-champ M. Le Tellier, qui revint très convaincu de mon opinion, et qui dit nettement à Monsieur que celle du premier président était qu'il passerait du bonnet à entendre le député. Vous remarquerez, si il vous plaît, que lorsque les députés de la Compagnie avaient été recevoir les commandements du Roi à son départ, Monsieur le Garde des Sceaux leur avait dit, en sa présence, que ce député n'était qu'un envoyé des séditieux et non pas du Parlement.

Il se trouva, le lendemain, que l'avis de Monsieur le Premier Président était le bon. Quoique M. d'Orléans eût dit d'abord que le Roi avait commandé à M. d'Espernon de sortir de la Guienne et de venir au-devant de lui sur son passage, dans la vue de traiter les affaires dans la douceur et d'agir en père[2] plutôt qu'en Roi, il n'y eut pas dix voix à ne pas recevoir le député. L'on le fit entrer à l'heure même. Il présenta la lettre du parlement de Bordeaux ; il harangua et avec éloquence ; il mit sur le bureau les arrêts rendus par sa Compagnie, et il conclut par la demande de l'union. L'on opina deux ou trois jours de suite sur cette affaire, et il passa à faire registre[3] de ce que M. d'Orléans avait dit touchant l'ordre du Roi à M. d'Espernon ; que le député de Bordeaux donnerait sa créance par écrit, laquelle serait portée au Roi par des députés du parlement de Paris, qui supplieraient très humblement la Reine de donner la paix à la Guyenne. La délibération fut assez sage, l'on ne s'emporta point ; mais ceux qui connaissaient le Parlement virent clairement, dans l'air plutôt que dans les paroles, que celui de Paris ne voulait pas la perte de celui de Bordeaux. Monsieur me dit dans son carrosse, au sortir du Palais : « Les flatteurs du Cardinal lui manderont que tout va bien, et je ne sais s'il n'aurait pas été à propos qu'il eût paru aujourd'hui plus de chaleur. » Il devina ; car le garde des Sceaux me dit à moi-même, l'après-dînée, que ce que le premier président avait mandé à Monsieur, la veille, n'était qu'un effet de la passion qu'il avait de se faire valoir dans les moindres choses. Il ne le connaissait pas : ce n'était pas là son faible.

Le garde des Sceaux fit, le même jour, une faute plus considérable que celle-là. La lettre du parlement de Bordeaux contenait une plainte contre les violences de Foulé, maître des requêtes, qui était intendant de justice en Limousin[1], et la Compagnie ordonna, sur cet article, que Foulé serait ouï. Le garde des Sceaux crut qu'il y allait de l'autorité du Roi de le soutenir, au moins indirectement. Il aposta Ménardeau, conseiller de la Grande Chambre, habile homme, mais décrié à cause du mazarinisme, pour présenter une requête de récusation contre le bonhomme Broussel, qui en avait rapporté une d'un nommé Chambret. Ce Chambret récusa de sa part Ménardeau. Ces contestations, dont les noms n'étaient pas également favorables, tinrent les chambres assemblées cinq ou six jours. Les esprits qui se calment, presque toujours, dans le cours ordinaire de la justice, ne manquent jamais à s'éveiller et à s'échauffer dans ces assemblées, où la moindre vétille peut avoir trait à la plus grande affaire, et il me parut que cette étincelle alluma beaucoup le feu, qui ne fut pas si vif que nous l'avions vu le 7 de juillet, mais qui fut bien plus violent que nous ne l'avions même imaginé le 5 d'août. M. d'Orléans ayant appris que le président de Gourgues était arrivé à Paris, avec un conseiller appelé Guyonnet[2], envoyé par sa Compagnie pour chef de la députation, le voulut voir, de l'avis de M. Le Tellier, qui connaissait mieux que tout ce qui était à la cour la conséquence des mouvements de Guyenne, et qui me paraissait même, en [ce] temps-là, en souhaiter avec passion l'accommodement. Je m'imagine, car je ne l'ai jamais su au vrai, qu'il avait reçu quelques ordres secrets de la cour, qui lui donnaient lieu de conseiller à Monsieur ce que vous allez voir ; car je doute, de l'humeur dont il est, qu'il eût été assez hardi pour l'oser faire de lui-même. Il l'assurait pourtant : je m'en rapporte à ce qui en est. Il dit donc à Monsieur, en ma présence, que son avis serait[1] que Son Altesse Royale assurât, dès le lendemain, les députés que le Roi avait envoyé M. d'Espernon à Loches, que l'on lui ôterait le gouvernement de Guienne pour satisfaire l'aversion des peuples, que l'on donnerait une amnistie générale même à MM. de Bouillon et de La Rochefoucauld ; qu'il souhaitait qu'ils écrivissent à leur Compagnie les propositions qu'il leur faisait, et qu'ils l'assurassent qu'il irait lui-même, si elle le désirait, les négocier à la cour. Monsieur me commanda d'aller conférer, de sa part, avec Monsieur le Premier Président, qui m'embrassa comme si je lui eusse apporté la nouvelle de son salut, et qui ne douta, non plus que moi, que le cardinal Mazarin, selon sa bonne coutume, ne courût après son esteuf[2], et que les difficultés qu'il trouvait en Guienne ne l'eussent obligé à prendre le parti de faire faire ces propositions par Monsieur, afin de couvrir et son imprudence et sa légèreté. Il me parut très persuadé, comme je l'étais aussi, qu'elles adouciraient beaucoup le Parlement ; et comme il sut que M. d'Orléans les avait faites aux députés de Bordeaux, comme il est vrai qu'il les leur fit du moment que je lui eus rapporté les sentiments du premier président, il envoya les gens du Roi dans les chambres des Enquêtes, dire, au nom de Son Altesse Royale, qu'elle les avait mandées le matin pour leur ordonner de dire à la Compagnie qu'il n'était pas nécessaire qu'elle s'assemblât, parce qu'il était en traité avec les députés du parlement de Bordeaux. Ce procédé, qui eût plu dans un temps où les humeurs n'eussent pas été échauffées par les assemblées de chambre, choqua les Enquêtes : elles prirent leur place tumultuairement[3] dans la Grande Chambre, et le plus ancien de leurs présidents dit à Monsieur le Premier Président que l'ordre n'était pas de faire porter des paroles aux chambres par les gens du Roi, et que quand il y avait une proposition, elle devait être faite en pleine assemblée du Parlement. Le premier président surpris ne la put pas refuser; et pour la différer au moins jusques au lendemain, il prit le prétexte de Monsieur, sans lequel il n'était pas du respect d'opiner, ni même de la possibilité, puisqu'il s'agissait d'une proposition qui avait été faite par lui.

Il y eut, le soir, une scène cheux Monsieur qui mérite votre attention. Il nous assembla, Monsieur le Garde des Sceaux, M. Le Tellier, M. de Beaufort et moi, pour savoir nos sentiments sur la conduite qu'il aurait à tenir dans le Parlement, le lendemain au matin. Le garde des Sceaux soutint d'abord, et sans balancer, qu'il fallait que Monsieur ou n'y allât point et défendît l'assemblée, ou du moins qu'il n'y demeurât qu'un moment; et qu'après avoir dit à la Compagnie ses intentions, il sortît, pour peu qu'il y trouvât d'opposition. Cette proposition, qui eût tourné, en moins d'un demi-quart d'heure, toute la Compagnie du côté des princes, si elle eût été exécutée, ne trouva aucune approbation; mais elle ne fut toutefois vivement contredite que par M. de Beaufort et par moi, parce que M. Le Tellier, qui en voyait le ridicule tout comme nous, ne s'y voulut pas opposer avec force, et pour laisser échauffer la contestation entre le garde des Sceaux et moi, qu'il était fort aise de brouiller, et pour faire sa cour au Cardinal en lui faisant voir qu'il allait aux avis les plus vigoureux pour son service. Je connus clairement, dans la même conversation, que le garde des Sceaux mêlait dans son humeur brusque et sauvage, et dans ses anciennes maximes qu'il ne pouvait accommoder au temps, je connus, dis-je, qu'il y mêlait de l'art pour faire aussi sa cour à mes dépens, et pour faire paraître à la Reine qu'il se détachait des Frondeurs, où il s'agissait de l'autorité royale. Je voyais qu'en me raidissant contre leurs sentiments, je donnais lieu, et à eux et à tous ceux qui voulaient plaire à la cour, de me traiter d'esprit dangereux, qui cabalait auprès de Monsieur pour l'en aliéner et qui avait intelligence avec les rebelles de Bordeaux. Je considérais, d'autre part, que si Monsieur suivait leurs conseils, il donnerait, en peu de semaines, je ne dis pas de mois, le parlement de Paris à Monsieur le Prince; que Monsieur, dont je connaissais la faiblesse, s'y redonnerait lui-même, dès qu'il verrait que le public y courrait ; que le Cardinal, dont je n'estimais pas la force, le pourrait même prévenir, et qu'ainsi je courrais risque de périr par les fautes d'autrui, et par celles-là mêmes sur lesquelles je ne pouvais me défendre de m'attirer ou la défiance et la haine de la cour en m'y opposant, ou l'aversion publique et la honte des mauvais succès en y consentant. Jugez, je vous supplie, de mon embarras. Je ne trouvai de recours qu'à me remettre au jugement de Monsieur le Premier Président. M. Le Tellier y alla de la part de Monsieur, et il en revint très persuadé que l'on perdrait tout, si l'on ne ménageait le Parlement avec beaucoup d'adresse, dans une conjoncture où les serviteurs de Monsieur le Prince n'oubliaient rien pour faire appréhender les conséquences de la perte de Bordeaux. Je fus encore plus persuadé, au retour de M. Le Tellier, que la complaisance qu'il avait eue pour Monsieur le Garde des Sceaux n'était qu'un effet des raisons que je vous ai déjà marquées ; car aussitôt qu'il en eut assez dit pour pouvoir mander à la cour qu'il n'avait pas tenu à lui que l'on n'eût fait des merveilles, et qu'il m'avait commis avec le garde des Sceaux, il revint à mon avis, sous prétexte de se rendre à celui du premier président, avec une précipitation que Monsieur remarqua, et qui l'obligea de me dire, dès le soir même, que Le Tellier n'avait jamais été, dans le cœur, d'un autre avis que de celui auquel il disait seulement être revenu.

Monsieur proposa, dès le lendemain, dans le Parlement, ce qu'il avait offert aux députés de Bordeaux[1], en ajoutant qu'il souhaitait que ses offres fussent acceptées dans dix jours, à faute de quoi il retirait sa parole. Vous comprenez aisément que M. Le Tellier, non pas seulement n'eût pas fait une proposition de cette nature, mais qu'il n'y eût pas même consenti, si il n'eût eu un ordre bien exprès du Cardinal ; et vous concevrez encore plus facilement l'importance dont il est de ne faire jamais les propositions, même les plus favorables, que bien à propos. Celle de la destitution de M. d'Espernon eût désarmé la Guyenne, peut-être pour toujours, et eût imposé silence, pour très longtemps, aux partisans de Monsieur le Prince dans le parlement de Paris, si elle y eût été faite seulement huit jours devant le départ du Roi, qui fut dans les premiers jours de juillet. Elle ne fut pas comptée pour beaucoup le 8 et 9 d'août : l'on se contenta d'ordonner, après des contestations très fortes, que l'on en donnerait avis au président Le Bailleul[1] et aux autres députés de la Compagnie, qui étaient partis pour aller à la cour ; et elle n'empêcha pas que, bien que M. d'Orléans menaçât, à tout moment, de se retirer, si l'on mêlait dans les opinions des matières qui ne fussent pas du sujet de la délibération, elle n'empêcha pas, dis-je, qu'il n'y eût beaucoup de voix concluantes à demander à la Reine l'élargissement de Messieurs les Princes et l'éloignement du cardinal Mazarin. Le président Viole, passionné partisan de Monsieur le Prince, ouvrit l'avis, non pas qu'il espérât de le faire passer, car il savait bien que sa partie n'était pas assez bien faite et que nous étions encore bien plus forts que lui en nombre de voix ; mais il savait aussi qu'il en tirerait l'avantage de nous embarrasser, M. de Beaufort et moi, sur un sujet sur lequel nous n'avions garde de parler, et sur lequel toutefois nous ne pouvions nous taire sans nous faire, en quelque façon, passer pour mazarins. Il faut confesser que le président Viole servit admirablement Monsieur le Prince en cette occasion, dans laquelle Le Bourdet, brave et déterminé soldat qui avait été capitaine aux gardes et qui depuis s'était attaché à Monsieur le Prince, fit une action qui ne lui réussit pas et qui ne laissa pas de donner beaucoup d'audace à son parti. Il s'habilla en maçon, avec quatre-vingts officiers de ses troupes, qui s'étaient coulés dans Paris, et ayant ramassé des gens de la lie du peuple, auxquels on avait distribué quelque argent, il vient droit à Monsieur, qui sortait et qui était déjà au milieu de la salle du Palais, en criant : « Point de Mazarin ! Vivent les princes ! » Monsieur, à cette vision et à deux coups de pistolet que Le Bourdet tira en même temps, tourna brusquement et s'enfuit dans la Grande Chambre, quelques efforts que M. de Beaufort et moi fissions pour le retenir. J'eus un coup de poignard dans mon rochet, et M. de Beaufort, ayant fait ferme avec les gardes de Monsieur et nos gens, repoussa Le Bourdet et le renversa jusque sur les degrés du Palais. Il y eut deux gardes de Monsieur de tués en ce petit fracas[1]. Ceux de la Grande Chambre étaient un peu plus dangereux. L'on s'y assemblait presque tous les jours, à cause de l'affaire de Foulé, dont je vous ai déjà parlé, et il n'y avait point d'assemblée où l'on ne donnât des bourrades au Cardinal et où ceux du parti de Monsieur le Prince n'eussent le plaisir, deux ou trois fois le jour, de nous faire voir au peuple comme des gens qui étaient dans une parfaite union avec lui; et ce qui était encore plus admirable est que, dans ces mêmes moments, le Cardinal et ses adhérents nous accusaient d'avoir intelligence avec le parlement de Bordeaux, parce que nous soutenions que si l'on ne s'accommodait avec lui, nous donnerions infailliblement celui de Paris à Monsieur le Prince. M. Le Tellier le voyait comme nous, et il nous disait qu'il l'écrivait tous les jours. Je ne saurais vous dire ce qui en était. Le grand prévôt, qui était à la cour, me dit, quand elle fut revenue, que Le Tellier disait vrai et qu'il le savait de science certaine. Lionne m'a dit depuis, plusieurs fois, tout le contraire : qu'il était vrai que Le Tellier avait pressé le retour du Roi à Paris, mais pour obvier, ce disait-il, aux cabales que j'y faisais contre le service du Roi. Si j'étais à l'article de la mort, je ne me confesserais pas sur ce point. J'agis, dans tous ces temps-là, avec toute la sincérité que j'y eusse pu avoir si j'eusse été neveu du cardinal Mazarin. Ce n'était pas pour l'amour de lui, car il ne m'y avait nullement obligé depuis notre réconciliation ; mais je me croyais obligé, par la bonne conduite, de m'opposer aux progrès que la faction de Monsieur le Prince faisait, de moment en moment, par la mauvaise conduite de ses propres ennemis ; et, pour m'y opposer avec effet, je me trouvais dans la nécessité de combattre avec autant d'application la flatterie des partisans du ministre, que les efforts des serviteurs de Monsieur le Prince. Les uns me décriaient comme mazarin, dès que je m'opposais à leur pratique ; les autres me décriaient comme factieux, dès que je ménageais les moindres égards pour conserver mon crédit dans le peuple.

Paris demeura en cet état jusques au 3ᵉ de septembre.

Le président Le Bailleul revint avec les autres députés. Il fit la relation de son voyage de la cour, dans le Parlement, dont la substance fut : que la Reine les avait remerciés des bons sentiments que la Compagnie lui avait témoignés, et qu'elle leur avait commandé de l'assurer, de sa part, qu'elle était très bien disposée pour donner la paix à la Guyenne ; et qu'elle l'aurait déjà fait, si M. de Bouillon, qui avait traité avec les Espagnols, ne se fût rendu maître de Bordeaux et empêché les effets de la bonté et de la clémence du Roi.

Les députés du parlement de Bordeaux entrèrent, en même temps, dans la Grande Chambre, et ils y firent leur plainte en forme de ce que l'on avait donné si peu de temps de négocier à ceux de Paris ; que l'on ne leur avait pas seulement permis de demeurer deux jours à Libourne, que l'on les en avait laissés trois à Angoulême sans leur donner aucune réponse ; et qu'ils avaient été obligés de revenir avec aussi peu d'éclaircissement qu'ils en avaient lorsqu'ils étaient partis de Paris[1]. Ce procédé, qui répondait si peu à ce que Monsieur avait avancé et assuré à la Compagnie, peu de jours auparavant, l'eût portée à un grand éclat, si Monsieur, qui l'avait prévu et qui en avait conféré la veille avec le garde des Sceaux, avec le premier président et avec Le Tellier, n'eût pris, très sagement, le parti d'étouffer le plus petit bruit par le plus grand, en disant au Parlement qu'il avait reçu une lettre de Monsieur l'Archiduc, qui lui faisait savoir que, le roi d'Espagne lui ayant envoyé un plein pouvoir de faire la paix, il souhaitait avec passion de la pouvoir traiter avec lui. Monsieur ajouta qu'il n'avait point voulu faire de réponse que par l'avis de la Compagnie. Cette rosée fit tomber le vent qui commençait de s'élever dans la Grande Chambre, et l'on résolut de s'assembler, le lundi suivant, pour délibérer sur une proposition aussi importante.

La veille que Monsieur la porta au Parlement, elle fut extrêmement discutée dans son cabinet, et l'on convint que, selon toutes les apparences, elle n'était pas faite de bonne foi par les Espagnols ; ils venaient de prendre La Capelle, M. de Turenne les avait joints, avec ce qu'il avait pu ramasser des officiers et des troupes de Messieurs les Princes. Le maréchal Du Plessis, qui commandait l'armée du Roi, n'était pas en état de leur faire tête. Ils mêlèrent même dans leur offre des circonstances peu pacifiques, et qui marquaient beaucoup plus de mauvaise intention que de bonne. Le trompette qui apporta la lettre de l'archiduc à Monsieur, datée du camp de Bazoches auprès de Reims, fit une chamade[1] à La Croix-du-Tirouer et tint même des discours fort séditieux au peuple. L'on trouva, dès le lendemain, cinq ou six placards affichés en différents endroits de la ville, au nom de M. de Turenne, par lesquels il assurait que l'archiduc ne venait qu'avec un esprit de paix, et dans l'un des placards ces paroles étaient contenues : « C'est à vous, peuple de Paris, à solliciter vos faux tribuns, devenus enfin pensionnaires et protecteurs du cardinal Mazarin, et qui se jouent, depuis si longtemps, de vos fortunes et de votre repos, et qui vous ont tantôt excité et tantôt alenti, tantôt poussé et tantôt retenu, selon leur caprice et les différents progrès de leur ambition. »

Je ne vous marque ces paroles que pour vous faire voir l'état où étaient les Frondeurs, dans une conjoncture où ils ne pouvaient faire un pas qui ne fût contre eux. Monsieur, qui fut extrêmement piqué de la manière dont les députés du parlement de Paris avaient été traités à la cour, me parla, le soir dont le trompette de l'archiduc était arrivé l'après-dînée, avec une aigreur très grande contre le Cardinal, ce qu'il n'avait jamais fait jusque-là. Il me dit qu'il croyait qu'il lui avait fait proposer, par Le Tellier, ce qu'il avait avancé à la Compagnie, pour le décréditer ; qu'un disparate[2] pareil ne pouvait pas être un effet de la pure imprudence, et qu'il fallait de nécessité qu'il y eût de la mauvaise intention ; qu'il me voulait découvrir un secret sur lequel il ne s'était jamais expliqué : que le Cardinal lui avait fait deux perfidies terribles en sa vie ; qu'il y en avait une de laquelle il ne s'ouvrirait jamais à personne ; que celle qu'il me voulait bien confier était que, dans l'accommodement qu'il fit avec Monsieur le Prince touchant le Pont-de-l'Arche, il était expressément porté que si il arrivait que lui Monsieur eût quelque chose à démêler avec

Monsieur le Prince, il se déclarerait contre lui, et qu'il ne marierait même aucune de ses nièces[1] sans le consentement de Monsieur le Prince. Monsieur ajouta encore deux ou trois conditions aussi engageantes, que j'ai oubliées, avec des opprobres contre La Rivière, qui le trahissait, me dit-il, pour les deux autres, et qui les trahissait pourtant tous trois. Je ne me ressouviens pas assez du particulier, mais je sais bien que j'en eus horreur. Monsieur continua à s'emporter contre le Cardinal, jusques au point de me dire qu'il perdrait l'État en se perdant soi-même ; qu'il nous perdrait tous avec lui ; qu'il remettrait Monsieur le Prince sur le trône. Je vous assure que si il m'eût plu, dès ce jour-là, de pousser Monsieur, je n'eusse pas eu peine à lui faire prendre au moins des vues peu favorables à la cour. Je me crus obligé à la conduite contraire, parce que, dans l'éloignement où elle était, la moindre apparence qu'il eût donnée de son mécontentement eût été capable de l'empêcher de se rapprocher, et peut-être même de la porter à se raccommoder avec Monsieur le Prince. Je répondis donc à Monsieur que je n'excusais pas le procédé de Monsieur le Cardinal, qui était insoutenable ; mais que j'étais persuadé toutefois qu'il n'avait pas un si mauvais principe que celui qu'il lui donnait ; que je croyais que son premier dessein avait été, connaissant que la présence du Roi n'avait pas produit à Bordeaux tout l'effet que l'on en avait attendu[2], que son premier dessein, dis-je, avait été de penser sérieusement à l'accommodement, et qu'il avait donné sur cela ses ordres au Tellier ; que, voyant depuis que les Espagnols ne faisaient pas pour le secours de cette ville ce qu'il en avait dû craindre lui-même, il avait changé d'avis, dans la vue et dans l'espérance de la réduire ; que je ne prétendais pas faire son panégyrique en l'excusant ainsi, mais que je concevais pourtant que l'on devait faire une notable différence entre une faute de cette espèce et celle dont Son Altesse Royale le soupçonnait. Voilà par où je commençai son apologie ; je la continuai par tout ce que le meilleur de ses amis eût pu dire pour sa défense ; et je la finis par l'explication de la maxime qui nous ordonne de ne nous pas si fort choquer des fautes de ceux qui sont

unis avec nous, que nous en donnions de l'avantage
à ceux contre lesquels nous agissons. Cette dernière
considération toucha beaucoup Monsieur, qui revint
à lui presque tout d'un coup et qui me dit: « Je
l'avoue, il n'est pas encore temps de n'être pas mazarin. » Je remarquai cette parole, quoique je n'en fisse
pas semblant, et je la dis le soir au président de Bellièvre, qui me répondit: « À l'erte! cet homme nous
peut échapper à tous les moments. » Comme cette
conversation avec Monsieur finissait, Monsieur le
Garde des Sceaux, Monsieur le Premier Président,
M. d'Avaux[1] et les présidents Le Cogneux le père
et de Bellièvre, qu'il avait envoyé querir, entrèrent
dans sa chambre avec M. Le Tellier; et comme ils le
trouvèrent encore tout ému de l'emportement où il
avait été contre le Cardinal, et que le premier mot qu'il
dit au Tellier fut un reproche du pas auquel il l'avait
engagé et qui avait été si mal secondé par Monsieur
le Cardinal, toute la Compagnie, qui m'avait trouvé
seul avec lui, ne douta pas que je ne l'eusse échauffé,
et quoique je me joignisse de très bonne foi à ceux
qui le suppliaient d'attendre, devant que de se plaindre, le retour du Coudrai-Montpensier[2], qu'il avait
envoyé à la cour et à Bordeaux, touchant les offres qui
lui avaient été inspirées par Le Tellier, personne, à la
réserve du président de Bellièvre, qui savait mes pensées, ne douta que ce que je disais ne fût un jeu tout
pur. Ce qui le faisait encore croire davantage est que
je faisais, de temps en temps, de certains signes à
Monsieur, pour le faire ressouvenir de ce qu'il me
venait de confesser lui-même, qu'il n'était pas temps
d'éclater contre le Cardinal. L'on prenait ces signes
au sens contraire, parce que Monsieur d'abord ne
s'en aperçut pas et qu'il continua à pester: de sorte
que, quand il revint, et qu'il se radoucit, ce qu'il avait
résolu devant que ces messieurs fussent entrés et ce
que la seule colère l'avait empêché de faire, ils
crurent que la force de leurs raisons l'avait emporté
sur la fureur de mes conseils; et, dès le soir, ils s'en
firent honneur et ils l'écrivirent, avec tous les ornements, à la cour. Mme de Lesdiguières m'en fit voir
une relation très habilement et très malicieusement
circonstanciée, quinze jours ou trois semaines après.

Elle ne me voulut point dire de qui elle la tenait, mais elle me jura que ce n'était pas du maréchal de Villeroi. Je crus qu'elle était de Vardes[1], qui était, en ce temps-là, un peu épris d'elle.

Il arriva, par hasard, que M. de Beaufort vint à cet instant cheux Monsieur, et que, s'impatientant d'entendre assez souvent, à travers les acclamations accoutumées, des voix qui nous reprochaient notre union avec le Mazarin, dit assez brusquement à M. Le Tellier qu'il ne concevait pas pourquoi Monsieur le Cardinal avait affecté de renvoyer, comme il avait fait, les députés du parlement de Paris, et qu'il n'y avait point de moyen plus sûr pour donner le Parlement entier à Monsieur le Prince. Comme je craignais l'impétuosité de l'éloquence de M. de Beaufort, je voulus dire un mot pour la modérer, et le garde des Sceaux, s'approchant de l'oreille du premier président, lui dit : « Voilà le bon et le mauvais soldat. » Ornane[2], maître de la garde-robe de Monsieur, qui l'ouït, me le dit un quart d'heure après.

Le reste de la soirée ne raccommoda pas ce qu'il semblait que la fortune prît peine à gâter. L'on parla de la lettre de l'archiduc, sur laquelle le premier président prononça hardiment, et devant même que l'on lui en eût demandé son avis : « Il la faut prendre pour bonne, dit-il ; si par hasard elle l'est, ce que je ne crois pas, elle peut produire la paix ; si elle n'est pas sincère, il est important d'en faire connaître l'artifice aux Français et aux étrangers. » Vous avouerez qu'un homme de bien et un homme sage ne pouvait pas être d'un autre avis. Le garde des Sceaux le combattit avec une force qui passa jusques à la brutalité, et il soutint qu'il était du respect que l'on devait à l'autorité souveraine de ne point faire de réponse et de renvoyer le tout à la Reine. Le Tellier, qui connaissait, comme nous, que si l'on prenait ce parti l'on donnerait lieu aux partisans de Monsieur le Prince de rejeter sur nous la rupture de la paix générale, parce qu'il était public que le Cardinal avait rompu celle de Munster[3] : Le Tellier, dis-je, n'appuya l'avis du garde des Sceaux qu'autant qu'il fut nécessaire pour nous commettre encore davantage ensemble. Dès qu'il eut fait son effet, il tourna tout court, comme l'autre fois, et il se rendit au sentiment de M. d'Avaux, qui fut encore plus fort que celui du premier président et que le mien; car, au lieu que nous n'avions fait que proposer que Monsieur écrivît à l'archiduc et lui mandât seulement, en général, qu'il avait reçu ses offres avec joie et qu'il le priait de lui faire savoir son intention plus en particulier pour la manière de traiter : au lieu, dis-je, de prendre ce parti, qui donnait beaucoup plus de temps à attendre des nouvelles de la Reine, il soutint que Monsieur devait dépêcher, dès le lendemain au matin, à l'archiduc, un gentilhomme, pour lui en proposer lui-même la matière : « Ce qui, ajouta-t-il, abrégera de beaucoup et fera connaître aux Espagnols que la proposition, qu'ils ne font peut-être à mauvaise intention que parce qu'ils sont persuadés que nous ne voulons pas la paix, pourra produire un meilleur effet qu'ils ne se sont eux-mêmes imaginés[1]. » M. Le Tellier s'avança encore davantage; car, en appuyant le sentiment de M. d'Avaux, il dit à Monsieur qu'il le pouvait assurer que la Reine ne désapprouverait pas cette démarche; qu'il suppliait Son Altesse Royale de lui dépêcher un courrier, et que ce même courrier lui apporterait assurément, à son retour, un plein et absolu pouvoir de traiter et de conclure la paix générale. Le baron de Verderonne[2], homme de bon esprit, fut envoyé, dès le lendemain, à Monsieur l'Archiduc, avec une lettre par laquelle Monsieur faisait réponse à la sienne, en lui demandant le lieu, le temps et les personnes que l'Espagne y voudrait employer, et en l'assurant qu'au jour et au lieu préfix[3], il en enverrait sans délai un pareil nombre. Verderonne étant prêt de partir, Monsieur, à qui il vint quelque scrupule de la réponse que Le Tellier avait dressée, nous envoya tous querir, c'est-à-dire les mêmes qui s'étaient trouvés à la conversation du soir précédent, et il nous en fit faire la lecture. Le premier président remarqua que Monsieur ne répondait pas à l'article dans lequel l'archiduc lui proposait de traiter personnellement avec lui; et il me le dit tout bas, en ajoutant : « Je ne sais si je dois relever l'omission. » M. d'Avaux ne lui en laissa pas le temps, car il en parla même avec véhémence. M. Le Tellier s'excusa sur ce que, la veille, l'on ne s'en était pas distinctement expliqué. M. d'Avaux insista, que cette clause y était entièrement nécessaire ; le premier président se joignit à lui, MM. Le Cogneux et de Bellièvre furent du même avis ; je les suivis. Le garde des Sceaux et Le Tellier prétendirent que Monsieur ne pouvait s'engager à un colloque personnel avec l'archiduc, sans un agrément exprès et même sans un commandement positif du Roi ; et qu'il y avait bien de la différence entre une réponse générale sur un traité de paix, que Son Altesse Royale savait bien ne pouvoir jamais être refusée par la cour, et une conférence personnelle d'un fils de France[1] avec un prince de la maison d'Autriche. Monsieur, qui était naturellement faible, se rendit ou aux raisons ou à la faveur de M. Le Tellier, et la lettre demeura simplement comme elle était[2]. M. d'Avaux, qui était un très homme de bien, ne put s'empêcher de s'emporter contre le faux Caton (c'est ainsi qu'il appela le garde des Sceaux), et il me témoigna être très satisfait de ce que j'avais dit à Monsieur, en cette occasion. Nous nous connaissions peu ; et comme il était frère de M. le président de Mesme, avec lequel j'étais fort brouillé, à cause toutefois des affaires publiques, le peu d'habitude que nous avions eue ensemble devant les troubles était comme perdue. La sincérité avec laquelle je parlai à Monsieur contre les sentiments du Tellier lui plut et lui donna lieu d'entrer en matière avec moi sur la paix, pour laquelle je suis persuadé qu'il eût donné sa vie du meilleur de son cœur. Il le fit bien voir à Munster, où, si M. de Longueville eût eu la fermeté nécessaire, il l'eût donnée à la France, malgré les artifices du ministre, avec plus de gloire et plus d'avantage pour la couronne que dix batailles ne lui en eussent pu apporter. Il me trouva, dans la conversation dont je vous parle, si conforme à ses sentiments, qu'il m'en aima toujours depuis et qu'il eut même très souvent, sur ce point, des contestations avec ses frères.

Verderonne revint et il ramena avec lui don Gabriel de Tolède, avec une lettre de l'archiduc à Monsieur, par laquelle il le priait que l'assemblée se fît entre Reims et Rethel, et que Monsieur et lui y traitassent personnellement, en choisissant toutefois ceux qu'il leur plairait de part et d'autre pour les assister.

Le courrier dépêché à la cour, pour savoir les intentions de la Reine, arriva juste, et il semblait que le Ciel était sur le point de bénir ce grand ouvrage, quand toutes les espérances s'évanouirent de la manière du monde la plus surprenante. La cour fut très surprise et très affligée de la proposition de l'archiduc, et parce que, dans la vérité, Servient avait corrompu l'esprit du Cardinal à l'égard de la paix générale, à un point qui ne se peut imaginer, et parce que le désir que je lui avais témoigné, lorsque je m'étais accommodé la dernière fois avec lui, d'en être un des plénipotentiaires, lui fit croire que cette proposition était un jeu joué, et que j'avais été de concert avec M. de Turenne pour la faire faire à l'archiduc. Il ne l'osa pourtant refuser, M. Le Tellier lui ayant mandé que tout Paris se soulèverait si seulement il y balançait; et le grand prévôt me dit, au retour, qu'il savait de science certaine que Servient avait fait tous les efforts possibles pour l'obliger à ne pas envoyer à Monsieur le plein pouvoir, et pour faire qu'il ne se rendît pas particulièrement sur le point de la conférence personnelle de Monsieur et de l'archiduc. Les patentes arrivèrent assez à propos pour les faire voir à don Gabriel de Tolède. Elles donnaient à Monsieur plein et entier pouvoir de traiter et de conclure la paix, à telles conditions qu'il trouverait raisonnables et avantageuses au service du Roi; et elles lui joignaient, avec subordination, mais toutefois aussi avec le titre d'ambassadeurs extraordinaires et de plénipotentiaires, MM. Molé, premier président, et d'Avaux. Vous êtes surprise de ne me pas trouver en tiers, après les engagements dont je vous ai parlé ci-dessus. Je le fus encore beaucoup davantage que vous ne pouvez l'être. Je n'éclatai pourtant pas, et j'empêchai même Monsieur, qui n'en était guère moins en colère que moi, de faire paraître ses sentiments, parce que je ne crus pas qu'il fût de la bienséance de donner la moindre lueur d'aucun intérêt particulier, dans les préalables d'un bien aussi grand et aussi général. Je m'en expliquai en ces termes à tout le monde, et j'ajoutai que, tant qu'il y aurait espérance de le faire réussir, je lui sacrifierais, de tout mon cœur, le ressentiment que je pouvais et que je devais avoir de l'injure que l'on m'avait faite. Mme de Chevreuse, qui en appréhenda les suites d'autant plus que je paraissais modéré, obligea Le Tellier d'en écrire à la cour. Elle en écrivit elle-même très fortement. Le Cardinal s'effraya : il m'envoya la commission d'ambassadeur extraordinaire, comme aux deux autres, et M. d'Avaux, qui en fut transporté de joie, parce qu'il connut à fonds la sincérité de mes intentions, en deux ou trois conversations que nous eûmes, par rencontre, cheux Monsieur, m'obligea à parler à don Gabriel de Tolède en particulier, et à l'assurer, et de sa part et de la mienne, que si les Espagnols se voulaient réduire à des conditions raisonnables, nous ferions la paix en deux jours. Ce que M. d'Avaux me dit sur ce sujet est remarquable. Je faisais quelque difficulté, venant de recevoir la commission de plénipotentiaire, de conférer sur cette matière, quoique légèrement et superficiellement, avec un ministre d'Espagne. Il me dit : « J'eus cette faiblesse à Munster, dans une occasion où elle a peut-être coûté la paix à l'Europe. Monsieur est lieutenant général de l'État et le Roi est mineur. Vous lui ferez agréer ce que je vous propose : parlez-lui-en ; je consens que vous lui disiez que je vous l'ai conseillé. » J'entrai, sur-le-champ, dans le cabinet des livres, où Monsieur arrangeait ses médailles[1], je lui fis la proposition de M. d'Avaux. Il le fit entrer, et après l'avoir fait parler plus d'un quart d'heure sur ce détail, il me commanda de trouver moyen de dire ou de faire dire à don Gabriel de Tolède, qu'il disait être homme à argent, que si la paix se faisait dans la conférence qui avait été proposée, il lui donnerait cent mille écus, et qu'il le priait, pour toute condition, de dire à l'archiduc que si les Espagnols en proposaient de raisonnables, il les accepterait, les signerait et les ferait enregistrer au Parlement devant que le Mazarin en eût seulement le premier avis. M. d'Avaux fut de sentiment que j'écrivisse au même sens à M. de Turenne, et il se chargea de lui faire rendre ma lettre en main propre. La lettre fut honnêtement folle, pour être écrite sur un sujet aussi sérieux. Elle commençait par ces paroles : « Il vous sied bien, maudit Espagnol, de nous traiter de tribuns du peuple ! » Elle ne finissait pas plus sagement; car je lui faisais la guerre d'une petite grisette[1] qu'il aimait de tout son cœur, dans la rue des Petits-Champs. Le milieu de la dépêche était substantiel et lui faisait voir solidement que nous étions très bien intentionnés pour la paix. Je parlai à don Gabriel de Tolède, cheux Monsieur, d'une manière qui parut si peu affectée qu'elle ne fut pas remarquée, et qui ne laissa pas de lui expliquer suffisamment ce que j'avais à lui dire. Il le reçut avec une sensible joie, à ce qui me parut, et il ne fit même ni le fier ni le délicat sur la proposition des cent mille écus. Il était intimement avec Fuensaldagne, qui avait inclination pour lui, et qui, pour excuser de certaines fantaisies particulières auxquelles il était sujet, disait que c'était le plus sage fou qu'il eût jamais vu. J'ai remarqué plus d'une fois que ces sortes d'esprits persuadent peu, mais qu'ils insinuent bien; et le talent d'insinuer est plus d'usage que celui de persuader, parce que l'on peut insinuer à tout le monde et que l'on ne persuade presque jamais personne. Don Gabriel n'insinua ni ne persuada Fuensaldagne, ce que l'on avait espéré; car le nonce du Pape[2] et le ministre qui, en l'absence de l'ambassadeur, résidait à Paris pour la république de Venise, l'ayant suivi de fort près avec M. d'Avaux, et étant allés coucher à Nanteuil[3], pour attendre de plus près les passeports qu'ils demandaient à l'archiduc, pour concerter en détail ce que don Gabriel de Tolède n'avait touché que fort en général, ils eurent pour toute réponse que Son Altesse Impériale, ayant assigné le lieu et le jour comme elle avait fait, n'avait rien à dire de nouveau; que le mouvement des armées ne lui permettait pas de l'attendre plus longtemps que le 18 (vous remarquerez, s'il vous plaît, que don Gabriel, qui avait donné ce jour, n'était arrivé à Paris que le 12); qu'il n'était aucun besoin de médiateurs, et que toutes les fois que la conjoncture pourrait permettre de traiter de la paix, elle y apporterait toutes les facilités imaginables[4]. Vous voyez que l'on ne peut sortir d'affaire, je ne dis pas seulement plus malhonnêtement, mais encore plus grossièrement, que les Espagnols en sortirent en cette occasion. Ils y agirent contre leur intérêt, contre leur réputation, contre la bienséance; et je n'ai jamais trouvé personne qui m'en ait pu dire la raison. Je l'ai demandée depuis au cardinal Trivulce, à Caracène[1], à M. de Turenne, à don Antonio Pimentel, et ils ne m'en ont pas paru beaucoup plus savants que moi. Cet événement eſt, à mon sens, l'un des plus rares et des plus extraordinaires de notre siècle.

En voici un d'une autre nature, qui ne l'eſt pas moins. Le roi d'Angleterre, qui venait de perdre la bataille de Vorceſter, arriva à Paris le propre jour du départ[2] de don Gabriel de Tolède, et il y arriva avec le milord Taf[3], qui lui servait de grand chambellan, de valet de chambre, d'écuyer de cuisine et de chef du gobelet. L'équipage était digne de la cour; il n'avait pas changé de chemise depuis l'Angleterre. Milord Germain[4] lui en donna une des siennes en arrivant; mais la Reine sa mère n'avait pas assez d'argent pour lui donner de quoi en acheter une autre pour le lendemain. Monsieur l'alla voir aussitôt qu'il fut arrivé, mais il ne fut pas en mon pouvoir de l'obliger à offrir un sou au Roi son neveu, « parce que, ce disait-il, peu n'eſt pas digne de lui, et beaucoup m'engagerait à trop pour la suite ». Voilà ses propres paroles, à propos desquelles je vous supplie de me permettre de faire une petite disgression, qui aura rapport à beaucoup de faits particuliers qui se rencontreront dans le cours de cette hiſtoire.

Il n'y a rien de si fâcheux que d'être le miniſtre d'un prince dont l'on n'eſt pas le favori, parce qu'il n'y a que la faveur qui donne le pouvoir sur le petit détail de sa maison, dont l'on ne laisse pas d'être responsable au public, lorsque tout le monde voit que l'on a ce pouvoir sur des choses bien plus considérables que les domeſtiques. La faveur de M. le duc d'Orléans ne s'acquérait point, mais elle se conquérait. Comme il savait qu'il était toujours gouverné, il affectait toujours d'éviter de l'être, ou plutôt de paraître l'éviter; et jusques à ce qu'il fût dompté, pour ainsi parler, il donnait des saccades. J'avais trouvé qu'il me convenait assez d'entrer dans ses grandes affaires, mais je n'avais pas cru qu'il me convînt d'entrer dans les petites. La figure qu'il y eût fallu faire m'eût trop donné l'air de courtisan, qui ne m'était pas bon, parce qu'il ne se fût pas bien accordé avec l'homme du public dont je tenais le poste, et plus beau et même plus sûr que celui de favori de M. le duc d'Orléans. Vous vous étonnerez peut-être de ce que je dis plus sûr, à cause de l'instabilité du peuple ; mais il faut avouer que celui de Paris se fixe plus aisément qu'aucun autre ; et M. de Villeroi[1], qui a été le plus habile homme de son siècle et qui en a parfaitement connu le naturel dans tout le cours de la Ligue, où il le gouvernait sous M. du Maine, a été de ce sentiment. Ce que j'en éprouvais moi-même me le persuadait, et fit que, bien que Montrésor, qui avait été longtemps à Monsieur, me pressât de prendre au palais d'Orléans l'appartement de La Rivière, que Monsieur m'avait offert, et m'assurât, cinq ou six fois par jour, que j'aurais des dégoûts tant que je ne me serais pas érigé moi-même en favori, bien que Madame m'en pressât très souvent elle-même, bien qu'il n'y eût rien de si facile, parce que Monsieur joignait à l'inclination qu'il avait pour ma personne une très grande considération pour le pouvoir que j'avais dans le public, je demeurai toujours ferme dans ma première résolution, qui était bonne dans le fonds, mais qui ne laissa pas d'avoir des inconvénients, que vous verrez dans la suite : par exemple, celui sur le sujet duquel je vous ai fait cette remarque. Si je me fusse logé au palais d'Orléans et que j'eusse vu les comptes du trésorier de Monsieur, j'eusse donné la moitié de son apanage à qui il m'eût plu ; et quand même il l'eût trouvé mauvais, il ne m'en eût osé rien dire. Je ne me voulus pas mettre sur ce pied. Il ne fut pas en mon pouvoir de l'obliger à assister de mille pistoles le roi d'Angleterre. J'en eus honte pour lui, j'en eus honte pour moi ; j'en empruntai quinze cents de M. de Morangis, oncle de celui que vous connaissez[2], et je les portai au milord Taf, pour le Roi son maître.

Il ne tint qu'à moi d'en être remboursé dès le lendemain, et en monnaie même de son pays ; car, en retournant cheux moi, sur les onze heures du soir, je trouvai un certain Fildin, Anglais, que j'avais connu autrefois à Rome, qui me dit que Vaine[3], grand parlementaire et très confident de Cromwell, venait d'arriver à Paris et qu'il avait ordre de me voir. Je me trouvai, pour vous dire le vrai, un peu embarrassé. Je ne crus pas toutefois devoir refuser cette entrevue, dans une conjoncture où nous n'avions point de guerre avec l'Angleterre, et dans laquelle même le Cardinal faisait des avances et basses et continuelles au Protecteur. Vaine me donna une petite lettre de sa part, qui n'était que de créance. La substance du discours fut que les sentiments que j'avais fait paraître pour la défense de la liberté publique, joints à ma réputation, avaient donné à Cromwell le désir de faire une amitié étroite avec moi. Ce fonds fut orné de toutes les honnêtetés, de toutes les offres, de toutes les vues que vous vous pouvez imaginer. Je répondis avec tout le respect possible, mais je ne dis ni ne fis assurément quoi que ce soit qui ne fût digne et d'un véritable catholique et d'un bon Français. Vaine me parut d'une capacité surprenante ; vous verrez, par la suite, qu'il ne me séduisit pas. Je reviens à ce qui se passa le lendemain cheux Monsieur.

Laigue, qui y avait eu, le matin, une longue conférence avec M. Le Tellier, m'aborda avec une contenance assez embarrassée, et je connus qu'il avait quelque chose à me communiquer ; je le lui dis, et il me répondit : « Il est vrai, mais me donnez-vous votre parole de me garder le secret ? » Je l'en assurai. Ce secret était que Le Tellier avait ordre positif du Cardinal de tirer Messieurs les Princes du bois de Vincennes[1], si les ennemis se mettaient à portée d'en pouvoir approcher ; de ne rien oublier pour y faire consentir Monsieur, mais de l'exécuter quand même il n'y consentirait point ; d'essayer de me gagner, sur ce point, par le moyen de Mme de Chevreuse, qui n'était pas encore tout à fait payée des quatre-vingt mille livres que la Reine lui avait données de la rançon du prince de Ligne, qui avait été pris à la bataille de Lens, et qu'il croyait, par cette considération et par plusieurs autres, être plus dépendante de la cour. Laigue ajouta toutes les raisons qu'il put trouver dans lui-même, pour me prouver la nécessité et même l'utilité de cette translation. Je l'arrêtai tout court, et je lui répondis que je serais bien aise de lui parler devant M. Le Tellier. Nous l'attendîmes cheux Monsieur ; nous le prîmes sur le degré d'où nous le menâmes dans la chambre du vicomte d'Autel[2], et je l'assurai que je n'avais, en mon particulier, aucune aversion à la translation de Messieurs les Princes ; que je ne croyais pas y avoir aucun intérêt ; que j'étais même persuadé que Monsieur n'y en avait aucun véritable, et que si il me faisait l'honneur de m'en demander mon sentiment, je n'estimerais pas parler contre ma conscience en lui parlant ainsi ; mais que mon opinion était, en même temps, qu'il n'y avait rien de plus contraire au service du Roi ; parce que cette translation était de la nature des choses dont le fonds n'est pas bon et dont les apparences sont mauvaises, et qui, par cette raison, sont toujours très dangereuses. « Je m'explique, ajoutai-je : il faudrait que les Espagnols eussent gagné une bataille pour venir à Vincennes ; et quand ils l'auraient gagnée, il faudrait qu'ils eussent des escadrons volants pour l'investir, devant que l'on eût eu le temps d'en tirer Messieurs les Princes. Je suis convaincu, par cette raison, que la translation n'est pas nécessaire ; et je soutiens que, dans les matières qui ne sont pas favorables par elles-mêmes, tout changement qui n'est pas nécessaire est pernicieux, parce qu'il est odieux. Je la tiens encore moins nécessaire du côté de Monsieur et du côté des Frondeurs que de celui des Espagnols. Supposez que Monsieur ait toutes les plus méchantes intentions du monde contre la cour ; supposez que M. de Beaufort et moi voulions enlever Messieurs les Princes : comment s'y pourrait-on prendre ? Bar[1], qui les garde, n'est-il pas en votre disposition ? Toutes les compagnies qui sont dans le château ne sont-elles pas au Roi ? Monsieur a-t-il des troupes pour assiéger Vincennes ? Et les Frondeurs, quelques fous[2] qu'ils puissent être, exposeraient-ils le peuple de Paris à un siège, que deux mille chevaux, détachés de l'armée du Roi, qui n'en est pas à trois journées, feraient lever, en moins d'un quart d'heure, à cent mille bourgeois ? Je conclus que la translation n'est point bonne dans le fonds. Examinons-en les apparences : ne seront-elles pas que Monsieur le Cardinal se sera voulu rendre maître, sous le prétexte des Espagnols, des personnes de Messieurs les Princes, pour en disposer à sa mode et comme il lui conviendra dans les occasions ? Qui vous peut répondre que Monsieur n'en prenne pas lui-même de l'ombrage ? Qui vous peut répondre que quand il n'en prendrait pas de l'ombrage et qu'il fût persuadé, comme je le suis, de l'indifférence de la chose en soi, il ne se choque pas d'une action que le commun ne peut au moins s'empêcher de croire lui être désavantageuse ? Mais qui ne vous peut pas répondre du soulèvement de tous les esprits, que vous réunissez de tous les partis contre vous, en moins d'un quart d'heure ? Le peuple, qui est généralement frondeur, croira que vous lui ôtez Monsieur le Prince, qu'il croit présentement en ses mains, quand il le voit sur le haut du donjon ; et que vous le lui ôtez pour lui rendre sa liberté, quand il vous plaira, et pour venir assiéger Paris, pour une seconde fois, avec lui. Les partisans de Monsieur le Prince se serviront très utilement, pour échauffer les esprits, de la commisération que le seul spectacle de trois princes enchaînés et promenés de cachot en cachot, produira dans les imaginations. Je vous ai dit, en commençant ce discours, qu'en mon particulier je n'avais aucun intérêt en cette translation, je me suis trompé : je m'y en trouve un très grand, que je ne m'étais pas imaginé ; tout le peuple criera, et dans ce peuple je compte tout le Parlement. Je serai obligé, pour ne m'y point perdre, de dire que je n'ai pas approuvé la résolution. L'on mandera à la cour que je la blâme, et l'on mandera le vrai ; l'on ajoutera que je la blâme pour émouvoir le peuple et pour décréditer Monsieur le Cardinal : cela ne sera pas vrai, mais comme l'effet s'en ensuivra, cela sera cru ; et ainsi il m'arrivera ce qui m'est arrivé au commencement des troubles et ce que j'éprouve, encore aujourd'hui, sur les affaires de Guienne : j'ai fait les troubles, parce que je les ai prédits ; je fomente la révolte de Bordeaux, parce que je me suis opposé à la conduite qui la fait naître. Voilà ce que j'ai à vous dire sur ce que vous me proposez ; voilà ce que j'écrirai, si vous voulez, dès aujourd'hui, à Monsieur le Cardinal et même à la Reine ; voilà ce que je signerai de mon sang[1]. »

Le Tellier, qui avait son ordre et qui avait dans l'esprit de l'exécuter, ne prit de mon discours que ce qui en facilitait son dessein. Il me remercia, au nom de la Reine, de la disposition que je témoignais à ne m'y point opposer. Il exagéra l'avantage que ce me serait d'effacer, par cette complaisance aux frayeurs, quoique non raisonnables, si je voulais, de la Reine, les ombrages que l'on lui avait voulu donner de ma conduite auprès de Monsieur; et je connus, en cette conversation, ce que l'on m'avait dit, il y avait longtemps, du Tellier, que l'une des figures de sa rhétorique était souvent de ne pas justifier celui qu'il voulait servir. Je ne me rendis pas à ces raisons, qui certainement n'étaient pas solides; mais je m'étais rendu par avance à celle que je vous ai déjà touchée sur un autre sujet, et qui était tirée de la nécessité qui nous obligeait à ne pas outrer le Cardinal dans une conjoncture où il pouvait, à tous les moments, s'accommoder avec Monsieur le Prince. Je promis à M. Le Tellier, par cette considération, tout ce qu'il lui plut sur ce fait, et je le lui tins fidèlement; car aussitôt qu'il en eut fait la proposition à Monsieur, de la part de la Reine, je pris la parole, non pas pour le soutenir sur ce qu'il disait de la nécessité de la translation, de laquelle je ne me pus résoudre à convenir, mais pour faire voir à Monsieur qu'elle lui était indifférente en son particulier, et que, supposé que la Reine la voulût absolument, il y devait consentir. M. de Beaufort, qui pensait et qui parlait toujours comme le peuple, et qui croyait être maître de la personne de Monsieur le Prince, parce qu'en se promenant dans le bois de Vincennes il voyait la tour où il était enfermé, s'opposa avec fureur à la proposition du Tellier, et jusques au point d'offrir à Monsieur de charger leur garde quand l'on les transférerait. Je ne manquai pas de bonnes raisons pour combattre son opinion, et il se rendit lui-même, de bonne foi et de bonne grâce, à la dernière que je lui alléguai, qui était que je savais, de la propre bouche de la Reine, que Bar lui avait offert, lorsqu'elle partit pour aller en Guienne, de tuer lui-même Monsieur le Prince si il arrivait une occasion où il crût ne le pouvoir empêcher de se sauver. Je m'étonnai beaucoup de la confidence, et j'en jugeai qu'il fallait que le Mazarin lui eût mis, dès ce temps-là, des soupçons dans l'esprit que les Frondeurs pensassent à se saisir de la personne de Monsieur le Prince : je n'y avais de ma vie songé. Monsieur comprit l'inconvénient affreux qu'il y aurait à une action qui pourrait avoir une suite aussi funeste, et dont les auteurs pourraient demeurer, par l'événement, fort problématiques. M. de Beaufort en conçut l'horreur, et l'on convint que Monsieur donnerait les mains à la translation, et que M. de Beaufort et moi ne dirions pas dans le public que nous l'eussions approuvée. Le Tellier me témoigna qu'il était fort satisfait de mon procédé, quand il sut que, dans la vérité, j'avais appuyé son avis auprès de Monsieur. Servient m'a dit depuis qu'il avait écrit à la cour tout le contraire, et qu'il s'y était fait valoir comme ayant emporté Monsieur contre les Frondeurs. Je ne sais ce qui en est.

Permettez-moi, si il vous plaît, d'égayer un peu ces matières, qui sont assez sérieuses, par deux petits contes qui sont très ridicules et qui ne laisseront pas de contribuer à vous faire connaître le génie des gens avec lesquels j'avais à agir. M. Le Tellier, proposant à Mme de Chevreuse la translation de Messieurs les Princes, lui demanda si elle se pouvait assurer de moi sur ce point, et il lui répéta cette demande trois ou quatre fois, même après qu'elle lui eut répondu qu'elle en était persuadée. Elle comprit à la fin ce qu'il entendait et elle lui dit : « Je vous entends : oui, je suis assurée et de lui et d'elle[1] ; il y est plus attaché que jamais, et j'agis de si bonne foi en tout ce qui regarde la Reine et Monsieur le Cardinal, que quand cela finira ou diminuera, je vous en avertirai fidèlement. » Le Tellier la remercia bonnement[2], et de peur d'être soupçonné d'ingratitude en son endroit, en cachant l'obligation qu'il lui avait, il en fit la confidence une heure après, à Vassé, qu'il trouva apparemment en son chemin plus tôt que les trompettes de l'Hôtel de Ville.

Le propre jour que Mme de Chevreuse fit cette amitié à M. Le Tellier, elle m'en fit une autre, qui me surprit pour le moins autant qu'il l'avait été. Elle me mena dans le cabinet de l'appartement bas de l'hôtel de Chevreuse ; elle ferma les verrous sur elle et sur moi, et elle me demanda si je n'étais pas effectivement de ses amis. Vous vous attendez sans doute à un éclaircissement : nullement. Ce fut pour me prier, avec bien de la tendresse, qu'il n'arrivât point d'accident de ce que je savais bien et que je considérasse l'horrible embarras dont nous serait une aventure pareille. J'assurai de ma prudence : elle en prit ma parole, et elle me dit du fond du cœur : « Laigue est quelquefois insupportable. » Cette parole, jointe aux réprimandes impertinentes qu'il faisait, de temps en temps, avec un rechignement de beau-père, à la fille, et aux liaisons un peu trop étroites qu'il me paraissait prendre avec Le Tellier, m'obligea à tenir un conseil dans le cabinet de Mme de Rhodes, où nous résolûmes, elle, Mlle de Chevreuse et moi, de donner un autre amant à la mère[1]. Nous ne consultâmes pas sur la possibilité. Haqueville[2] fut mis sur les rangs, qui commençait, en ce temps-là, à venir très souvent à l'hôtel de Chevreuse et qui avait aussi renoué, depuis peu, avec moi, une ancienne amitié de collège. Il m'a dit plusieurs fois qu'il n'aurait pas accepté la commission : je m'en rapporte. Je n'en pressai pas l'expédition, parce que je n'eus pas la force sur moi-même de solliciter la destitution de l'autre. Je ne m'en trouvai pas mieux ; mais ce ne fut pas la première fois que je m'aperçus que l'on paie souvent les dépens de sa bonté.

Le jour que Messieurs les Princes furent transférés à Marcoussi[3], maison de M. d'Entragues, bonne à coups de main et située à six lieues de Paris, d'un côté où les Espagnols n'eussent pu aborder à cause des rivières, le président de Bellièvre parla fortement au garde des Sceaux et lui déclara, en termes formels, que si il continuait à agir à mon égard comme il avait commencé, il serait obligé, par son honneur, de rendre le témoignage qu'il devait à la vérité. Le garde des Sceaux lui répondit assez brutalement : « Les princes ne sont plus à la vue de Paris ; il ne faut plus que le coadjuteur parle si haut. » Vous verrez tantôt que j'ai raison de prendre une date de cette parole. Il est temps de retourner au Parlement.

Le Coudrai-Montpensier étant revenu de la cour et de Bordeaux, où Monsieur l'avait envoyé porter les conditions que vous avez vues ci-dessus et qui lui avaient été inspirées par M. Le Tellier, n'en rapporta pas beaucoup plus de satisfaction que les députés du parlement de Paris. Il fit en pleine assemblée de chambre la relation de ce qu'il avait négocié en l'une et en l'autre, dont la substance était que lui, Coudrai-Montpensier, étant arrivé à Libourne, où était le Roi, avait envoyé deux trompettes à Bordeaux et deux courtiers, pour y proposer la cessation d'armes pour dix jours ; que huit de ces dix s'étant écoulés devant qu'il pût être à Bordeaux pour avoir sa réponse, ceux de ce parlement avaient désiré que cette cessation d'armes ne fût comptée que du jour que lui, Coudrai-Montpensier, retournerait à Bordeaux, du voyage qu'ils le priaient de faire à Libourne pour obtenir du Roi cette prolongation ; qu'ayant jugé cette condition raisonnable, il était sorti de la ville pour la venir proposer à la cour ; qu'étant à moitié chemin, il avait reçu un ordre du Roi pour renvoyer l'escorte et le tambour de M. de Bouillon, et que, le lendemain, comme et lui et ceux de la ville s'attendaient à une réponse favorable, ils avaient vu paraître, sur la montagne de Cenon[1], le maréchal de La Meilleraie, qui les croyait surprendre et qui était venu attaquer la Bastide, dont il avait été repoussé. Voilà la vérité de la relation du Coudrai-Montpensier. Je ne sais si le peu de commotion qu'elle causa dans les esprits, le jour qu'il la porta dans l'assemblée des chambres, se doit attribuer ou aux couleurs dont nous la déguisâmes tout le soir de la veille cheux Monsieur, ou à des influences bénignes et douces qui adoucissent, en de certains jours, tous les esprits d'une compagnie : elle devait être celui-là toute en feu ; je ne l'ai jamais vue plus modérée. L'on n'y nomma presque pas le Cardinal et il passa, sans contestation, à l'avis de Monsieur, qui avait été concerté la veille avec Le Tellier et qui fut d'envoyer deux députés de la Compagnie et Le Coudrai-Montpensier à Bordeaux, savoir, pour la dernière fois, si le Parlement voulait la paix ou non, et d'inviter même deux des députés de Bordeaux d'y accompagner ceux de Paris.

Cinq ou six jours après, le parlement de Toulouse ayant écrit à celui de Paris touchant les mouvements de la Guienne, dont une partie est de sa juridiction, et lui ayant demandé en termes exprès l'union, Monsieur éluda, avec beaucoup d'adresse, ce rencontre, qui était très important, et fit, par insinuation plutôt que par autorité, que la Compagnie ne répondit à la proposition que par des civilités et par des expressions qui ne signifiaient rien. Il ne se trouva pas à la délibération, pour mieux couvrir son jeu. Le président de Bellièvre, qui servit très habilement en cette occasion, me dit l'après-dînée : « Quel plaisir y aurait-il à faire ce que nous faisons pour des gens qui seraient capables de le connaître ! » Il avait raison, et vous le connaîtrez lorsque je vous aurai dit que nous fûmes, lui et moi, une partie du soir, cheux Monsieur avec Le Tellier, qui ne nous en dit pas seulement une parole.

Ce calme du Parlement n'était pas si parfait qu'il n'y eût toujours beaucoup plus d'agitation qu'il n'était nécessaire pour faire connaître, à des gens qui eussent été bien sages, qu'il ne durerait pas longtemps. Tantôt il donnait arrêt pour interroger les prisonniers d'État qui étaient dans la Bastille ; tantôt il en sortait, à propos de rien, comme un tourbillon de voix, qui semblait être mêlé d'éclairs et de foudres, contre le nom de Mazarin ; tantôt on se plaignait du divertissement[1] des fonds destinés pour les rentes. Nous avions assurément beaucoup de peine à parer aux coups ; et il eût été impossible de tenir plus longtemps contre les vagues, si la nouvelle de la paix de Bordeaux ne fût arrivée. Elle fut enregistrée, à Bordeaux, le premier jour d'octobre 1650. Meusnier et Bitault, députés du parlement de Paris, la mandèrent à la Compagnie par une lettre, qui y fut lue le 11. Cette nouvelle abattit extrêmement les partisans de Monsieur le Prince : ils n'osèrent presque plus ouvrir la bouche, et les assemblées des chambres cessèrent de ce jour, 11 d'octobre, pour ne recommencer qu'après la Saint-Martin. La nouvelle de Bordeaux fit que l'on ne proposa pas même la continuation du Parlement dans les vacations, ce qui n'eût pas manqué d'être résolu tout d'une voix sans cette considération.

L'avarice sordide et infâme d'Ondedei couvrit et entretint le feu qui était sous la cendre. Montreuil[2], secrétaire de M. le prince de Conti, ce me semble, ou peut-être de Monsieur le Prince, je ne m'en ressouviens pas précisément, et qui était un des plus jolis garçons que j'aie jamais connu, ralliait, par son zèle et par son application, tous les serviteurs de Monsieur le Prince qui étaient dans Paris, et il en fit un corps invisible, qui est assez souvent, en ces sortes d'affaires, plus à redouter que des bataillons. Comme j'étais fort bien informé de ses menées, j'en avertis la cour d'assez bonne heure, qui n'y donna aucun ordre. J'en fus surpris, et au point que je crus assez longtemps que le Cardinal en savait plus que moi et qu'il l'avait peut-être gagné. Comme je fus raccommodé avec Monsieur le Prince, Montreuil, qui agissait tous les jours ou plutôt toutes les nuits avec moi, me dit que c'était lui-même qui avait gagné Ondedei, en lui donnant mille écus par an, pour l'empêcher d'être chassé de Paris. Il y servit admirablement Messieurs les Princes, et son activité, réglée par la conduite de Madame la Palatine et soutenue par Arnauld, par Viole et par Croissi, conserva toujours dans Paris un levain de parti qu'il n'est jamais sage d'y souffrir. Je m'aperçus même, en ce temps-là, que les grands noms, quoique peu remplis et même vides, y sont toujours dangereux. M. de Nemours[1] était moins que rien pour la capacité : il ne laissa pas d'y faire figure et, en de certaines conjonctures, de nous incommoder. Les Frondeurs ne pouvaient faire quitter le pavé à cette cabale que par une violence, qui n'est presque jamais honnête à des particuliers, et dont l'exemple de ce qui était arrivé cheux Renard m'avait fort corrigé. La petite finesse qui infectait toujours la politique, quoique habile, de M. le cardinal Mazarin, lui donnait du goût à laisser devant nos yeux, et comme entre lui et nous, des gens avec lesquels il se pût raccommoder contre nous-mêmes. Ces mêmes gens l'amusaient continuellement par des négociations ; il les croyait tromper à tous les instants par la même voie. Ce qui en arriva fut qu'il s'en forma et qu'il s'en grossit une nuée, dans laquelle les Frondeurs s'enveloppèrent eux-mêmes à la fin ; mais ils y enflammèrent les exhalaisons et ils y forgèrent même des foudres.

Le Roi ne demeura que dix jours en Guienne après la paix ; et Monsieur le Cardinal, enflé de la réduction, ou, pour parler plus proprement, de la pacification de cette province, ne songea qu'à venir couronner son triomphe par le châtiment des Frondeurs, qui s'étaient servis, ce disait-il, de l'absence du Roi pour éloigner Monsieur de son service, pour favoriser la révolte de Bordeaux, pour travailler à se rendre maîtres de la personne de Messieurs les Princes. Voilà ce qu'il publiait à la cour ; il faisait dire, au même instant, à la Palatine qu'il avait horreur de la haine que j'avais dans le cœur pour Monsieur le Prince, et que je lui faisais faire, tous les jours, des propositions sur son sujet, qui étaient indignes non pas seulement d'un ecclésiastique, mais d'un chrétien. Il faisait inspirer, un moment après, à Monsieur, par Beloi, qui était à lui quoique domestique de Monsieur, que je faisais de grandes avances vers lui pour me raccommoder à la cour ; mais qu'elle ne pouvait prendre aucune confiance en moi, parce qu'elle était très bien informée que je traitais, depuis le matin jusques au soir, avec les partisans de Monsieur le Prince. Je n'ignorais pas, devant même que la paix fût faite à Bordeaux, que le Cardinal n'oubliait rien pour me récompenser, en cette manière, de ce que j'avais fait, dans l'absence de la cour, pour le service de la Reine, avec une application incroyable, et (la vérité me force de le dire) avec une sincérité qui a peu d'exemple. Je ne parle pas du péril que je crois y avoir couru, deux fois par jour[1], plus grand que dans des batailles. Faites réflexion, je vous supplie, ce que c'était pour moi que d'essuyer l'envie et de soutenir la haine d'un nom aussi odieux que l'était celui du Mazarin, dans une ville où il ne travaillait lui-même qu'à me perdre, auprès d'un prince dont les deux qualités essentielles étaient d'avoir toujours peur et de ne se fier jamais à personne, et avec des gens qui mettaient leur intérêt à me ruiner, ou dont le caprice les portait à la même conduite qu'ils eussent suivie si ils en eussent eu le dessein. Je passai, sans balancer, dans tout le cours du siège de Bordeaux, par-dessus toutes ces considérations ; je m'enveloppai dans mon devoir ; et je vous puis dire, avec beaucoup de vérité, que je n'y fis pas un pas qui ne fût ce que l'on appelle d'un bon citoyen[2]. Cette pensée, que je m'étais imprimée dans l'esprit, et l'aversion mortelle que j'avais à tout ce qui avait la moindre apparence de girouetterie[3], m'eussent, je crois, conduit insensiblement, par le chemin de la patience, dans le précipice, si il n'eût plu à M. le cardinal Mazarin de m'en arracher, comme par force, et de me rejeter, malgré moi, dans celui de la faction. L'éclat qu'il fit après la paix de Bordeaux, et dans lequel il ne garda aucune mesure, me revint de tous côtés. Mme de Lesdiguières me fit voir une lettre de M. le maréchal de Villeroi, par laquelle il lui mandait que je ferais très sagement de me retirer et de ne pas attendre le retour du Roi. Le grand provôt m'écrivit la même chose. Ce n'était plus un secret ; et dès qu'une chose de cette nature n'a plus de forme de secret, elle est irrémédiable. Remarquez, je vous supplie, qu'il y a beaucoup de différence entre le secret et la forme du secret. J'ai observé, en plus d'une occasion, que ce n'est pas la même chose.

Mme de Chevreuse, qui conçut que j'aurais peine à me laisser opprimer tout à fait comme une bête, et qui eût souhaité avec raison que la Fronde n'eût pas quitté le service de la Reine, auprès de laquelle elle commençait à retrouver beaucoup d'agrément, songea avec application à empêcher les suites que prévoyait la conduite du Cardinal, et elle trouva beaucoup de secours pour son dessein dans les dispositions de la plupart de ceux de notre parti, qui n'en avaient aucune à tourner à celui de Monsieur le Prince[1]. Ils se joignirent presque tous à elle, non pas pour me persuader, car ils me faisaient justice et ils savaient comme moi qu'il eût été ridicule de m'endormir, mais pour détromper la cour, et pour faire connaître au Cardinal et la netteté de mon procédé et ses propres intérêts. Je me souviens d'un endroit de la lettre que Mme de Chevreuse lui écrivit. Après lui avoir exagéré tout ce que j'avais fait pour contenir le peuple, elle ajoutait ces propres paroles : « Est-il possible qu'il y ait des gens assez scélérats, pour vous oser mander que le coadjuteur ait eu commerce avec ceux de Bordeaux ? Je suis témoin que quand il était votre ennemi déclaré, il avait peine à garder les mesures nécessaires avec leurs députés, et qu'un jour que je l'en grondais, parce qu'il me semblait qu'il était bon pour la Fronde de les ménager, et que je lui reprochais qu'il vivait mieux avec ceux de Provence, il me répondit que les Provençaux n'étaient que frivoles, dont l'on peut quelquefois tirer parti, et que les Gascons étaient toujours fous, avec lesquels il n'y avait jamais que des impertinences à faire. » Mme de Chevreuse avait raison, et elle me faisait justice ; mais elle ne put jamais persuader au Cardinal de me la faire, soit qu'il fût trompé lui-même par le garde des Sceaux et par Le Tellier, comme Lionne me l'a dit depuis, soit qu'il voulût faire semblant de l'être, dans la vue et dans l'espérance de ne pas manquer l'occasion de me pousser. Mme de Rhodes, de qui le bon homme garde des Sceaux était beaucoup plus amoureux qu'elle ne l'était de lui, et qui était dans une grande liaison avec moi par le commerce de Mlle de Chevreuse, trouvait, dans la disposition où étaient les affaires, une matière bien ample à satisfaire son humeur, qui aimait naturellement l'intrigue. Elle ne se brouillait point avec le garde des Sceaux en contribuant à me brouiller avec la cour, non pas par aucune pièce qu'elle m'y fît, elle n'était pas capable d'une perfidie, mais en entrant dans les moyens de m'en éloigner. Elle avait toujours été assez amie de Mme de Longueville, et elle l'était encore beaucoup davantage de Madame la Palatine, qui la pressait extrêmement de me faire des propositions pour la liberté de Messieurs les Princes. Ces propositions, dont elle ne se cacha point à l'hôtel de Chevreuse, alarmèrent toute la cabale de ceux du parti, qui, ne regardant que leurs petits intérêts particuliers qu'ils trouvaient avec la cour, eussent été bien aises de ne s'en pas détacher. De ce nombre étaient Mme de Chevreuse, Noirmoutier et Laigue. Le reste était subdivisé en deux bandes, dont les uns voulaient la sûreté et l'honneur du parti, qui en sont toujours les véritables intérêts, comme M. de Montrésor, M. de Vitri, M. de Bellièvre, M. de Brissac, à sa mode paresseuse, M. de Caumartin. Les autres ne savaient proprement ce qu'ils voulaient, M. de Beaufort, Mme de Montbazon : ils ne voulaient proprement rien à force de tout vouloir ; et ces sortes d'esprits assemblent toujours, dans leur imagination, les contradictoires. Je disais à Mme de Montbazon que je serais très satisfait de sa fermeté, pourvu qu'il lui plût de ne changer d'avis que deux fois le jour entre Monsieur le Prince et Monsieur le Cardinal. Pour comble d'embarras, j'avais affaire à Monsieur, qui était un des hommes du monde le plus faible, et tout ensemble le plus défiant et le plus couvert. Il n'y a que l'expérience qui puisse faire concevoir à quel point l'union de ces deux qualités dans un même homme rend son commerce difficile et épineux. Comme j'étais fort résolu à ne point prendre de parti que de concert avec tous ceux avec lesquels j'étais uni, je fus bien aise de m'en expliquer à fonds avec eux; et tous, par différents intérêts, conclurent au même avis, qui leur fut toutefois inspiré habilement et finement par Caumartin. Il y avait longtemps qu'il combattait l'opiniâtreté que j'avais de ne vouloir pas songer à la pourpre, et il m'avait représenté, plusieurs fois, que la déclaration que j'avais faite sur ce sujet avait été plus que suffisamment remplie et soutenue, par le désintéressement que j'avais témoigné en tant et en tant d'occasions; qu'elle ne devait et ne pouvait avoir lieu, tout au plus, que pour le temps de la guerre de Paris, sur laquelle je pouvais avoir pris quelque fondement de parler et d'agir ainsi; qu'il ne s'agissait plus de cela, qu'il ne s'agissait plus de la défense de Paris, qu'il ne s'agissait plus du sang du peuple; que la brouillerie qui était présentement dans l'État était proprement une intrigue de cabinet entre un prince du sang et un ministre, et que la réputation qui, dans la première affaire, consistait dans le désintéressement, tournait en celle-ci sur l'habileté; qu'il y allait de passer pour un sot ou pour un habile homme; que Monsieur le Prince m'avait cruellement offensé par l'accusation qu'il avait intentée contre moi; que je l'avais outragé par sa prison; que je voyais, par le procédé du Cardinal avec moi, qu'il était aussi blessé des services que je rendais à la Reine qu'il l'avait été de ceux que j'avais rendus au Parlement; que ces considérations me devaient faire comprendre la nécessité où je me trouvais de songer à me mettre à couvert du ressentiment d'un prince et de la jalousie d'un ministre qui pouvaient, à tous les instants, s'accorder ensemble; qu'il n'y avait que le chapeau de cardinal qui pût m'égaler à l'un et à l'autre par la dignité, et que la mitre de Paris ne pouvait, avec tous ses brillants, faire cet effet, qui est toutefois nécessaire pour se soutenir, particulièrement dans les temps calmes, contre ceux auxquels la supériorité du rang donne presque toujours autant de considération et autant de force que de pompe et d'éclat[1].

Voilà ce que M. de Caumartin et ceux qui m'aimaient véritablement me prêchaient depuis le soir jusques au matin, et ils avaient raison ; car il est constant que si Monsieur le Prince et Monsieur le Cardinal se fussent réunis, et qu'ils m'eussent opprimé par leur poids, ce qui paraissait désintéressement dans le temps que je me soutenais, eût passé pour duperie en celui où j'eusse été abattu. Il n'y a rien de si louable que la générosité, mais il n'y a rien qui se doive moins outrer. J'en ai cent et cent exemples. Caumartin, par amitié, et le président de Bellièvre, par l'intérêt de ne me pas laisser tomber, m'avaient assez ébranlé, au moins quant à la spéculation, depuis que je m'étais aperçu que je me perdais à la cour, même par mes services ; mais il y a bien loin d'être persuadé à l'être assez pour agir dans les choses qui sont contre notre inclination. Lorsque l'on se trouve en cet état, que l'on peut appeler mitoyen, l'on prend les occasions, mais l'on ne les cherche pas. La fortune m'en présenta deux, six semaines ou tout au plus deux mois devant que la cour revînt de Guienne. Il est nécessaire de les reprendre de plus haut.

M. le cardinal Mazarin avait été autrefois secrétaire de Pancirolle, nonce extraordinaire pour la paix d'Italie ; il avait trahi son maître, et il fut même convaincu d'avoir rendu compte de ses dépêches au gouverneur de Milan[2]. Le pape Innocent m'en a dit le détail, qui vous ennuierait. Pancirolle, ayant été créé cardinal et secrétaire d'État de l'Église, n'oublia pas la perfidie de son secrétaire, à qui le pape Urbain[3] avait donné le chapeau par les instances de M. le cardinal de Richelieu, et il n'aida pas à adoucir l'aigreur envenimée que le pape Innocent conservait contre lui depuis l'assassinat de l'un de ses neveux, dont il croyait qu'il avait été complice avec le cardinal Antoine[4]. Pancirolle, qui crut qu'il ne lui pouvait faire un déplaisir plus sensible que de me porter au cardinalat, le mit dans l'esprit du pape Innocent, qui agréa qu'il prît commerce avec moi. Il se servit, pour cet effet, du vicaire général des augustins, qui lui était très confident et qui passait à Paris pour aller en Espagne. Il me donna une lettre de lui ; il m'expliqua sa créance ; il m'assura que si j'obtenais la nomination, le Pape ferait la promotion sans aucun délai. Ces offres ne firent pas que je me résolusse à la demander, ni même à la prendre ; mais elles firent que quand les autres considérations que je vous ai rapportées ci-dessus tombèrent sur le point de l'éclat que la cour fit contre moi après la paix de Bordeaux, je m'y laissai emporter sans comparaison plus facilement que je n'eusse fait si je ne me fusse cru assuré de Rome ; car l'une des raisons qui me donnait autant d'aversion à la prétention du chapeau était la difficulté de fixer la nomination parce qu'elle peut toujours être révoquée ; et je ne sache rien de plus fâcheux, en ce que la révocation met toujours le prétendant au-dessous de ce qu'il était devant que d'avoir prétendu ; elle a avili La Rivière[1], qui était méprisable par lui-même, et il est certain qu'elle nuit à proportion de l'élévation. Quand je fus persuadé que je devais penser au chapeau, je serrai les mesures que j'avais jusque-là plutôt reçues que prises. Je dépêchai un courrier à Rome, je renouvelai les engagements ; Pancirolle me donna toutes les assurances imaginables. J'y trouvai même une seconde protection qui ne m'y fut pas inutile. Mme la princesse de Rossane[2] était depuis peu raccommodée avec le Pape, dont elle avait épousé le neveu, après avoir été mariée, en premières noces, au prince de Sulmonne. Elle était fille et héritière de la maison des Aldobrandins[3], avec lesquels la mienne a eu dans tous les temps, en Italie, beaucoup d'union et beaucoup d'alliances. Elle se joignit pour mes intérêts à Pancirolle, et vous en verrez le succès.

Comme je ne m'endormis pas du côté de Rome, Caumartin ne s'endormit pas du côté de Paris. Il donnait tous les matins à Mme de Chevreuse quelque nouvelle couleur de mon accommodement avec Messieurs les Princes, « qui nous perdra tous, ce disait-il, en nous entraînant dans un parti dont le ressentiment sera toujours plus à craindre que la reconnaissance à espérer ». Il insinuait, tous les soirs, à Monsieur le peu de sûreté qu'il y avait avec la cour et les inconvénients que l'on trouverait avec les princes ; et il employait fort habilement la maxime qui ordonne de faire voir à ceux qui sont naturellement faibles toute sorte d'abîmes, parce que c'est le vrai moyen de les obliger à se jeter dans le premier chemin que l'on leur ouvre. M. de Bellièvre, qui, de concert avec moi, entretenait une correspondance très particulière avec Mme de Montbazon, lui donnait à tous moments, sur le même principe, des frayeurs de l'infidélité de la cour, et il lui faisait, en même temps, des images affreuses du retour dans la faction. Toutes ces différentes espèces, qui se brouillaient les unes dans les autres, cinq ou six fois par jour, formèrent presque tout d'un coup, dans tous les esprits, l'idée de se défendre de la cour par la cour même, et de tenter au moins de diviser le cabinet devant que de se résoudre à rentrer dans la faction. J'ai déjà remarqué, en quelque endroit de cet ouvrage, que tout ce qui est interlocutoire paraît sage aux esprits irrésolus, parce que leur inclination les portant à ne point prendre de résolution finale, ils flattent d'un beau titre leur propre sentiment. Caumartin trouva cette facilité dans le tempérament des gens à qui il avait affaire, et il leur fit naître à eux-mêmes, presque imperceptiblement, la pensée qu'il leur voulait effectivement inspirer. Monsieur faisait, en toutes choses, comme font la plupart des hommes quand ils se baignent : ils ferment les yeux en se jetant dans l'eau. Caumartin, qui connaissait son humeur, me conseilla, et très à propos, dès qu'il m'eut résolu à penser au cardinalat, de les lui tenir toujours ouverts par des peurs modérées, mais successives et entre lesquelles je ne laissasse guères d'intervalles. J'avoue que cette pensée ne m'était point venue dans l'esprit, et que, comme le défaut de Monsieur était la timidité, j'avais toujours cru qu'il était bon de lui inspirer incessamment la hardiesse. Caumartin me démontra le contraire, et je me trouvai très bien de son avis, non pas seulement à l'égard de mes intérêts particuliers, mais pour son service à lui-même, par la raison que je vous ai marquée ci-dessus. Il serait ennuyeux de vous raconter par le détail tous les tours qu'il donna à cette intrigue, dans laquelle il est vrai que, bien que je fusse persuadé que la pourpre m'était absolument nécessaire, je n'avais pas toute l'activité requise, par un reste de scrupule assez impertinent[1]. Il réussit enfin, et au point que Monsieur crut qu'il était et de son honneur et de son intérêt de me procurer le chapeau ; que Mme de Chevreuse ne douta point qu'elle ne fît autant pour la cour que pour moi, en rompant ou du moins en retardant les mesures que l'on me pressait de prendre avec Messieurs les Princes ; que Mme de Montbazon fut ravie d'avoir de quoi se faire valoir des deux côtés, les négociations des uns donnant toujours du poids à celles des autres ; et que M. de Beaufort, que le président de Bellièvre piqua de reconnaissance, se piqua aussi d'honneur de me rendre, au moins en ce qu'il pouvait touchant le cardinalat, ce que je lui avais effectivement donné touchant la surintendance des Mers. Nous jugions bien qu'avec tout ce concours le coup ne serait pas sûr, mais nous le tenions possible, vu l'embarras où le Cardinal se trouverait ; et l'on doit hasarder le possible toutes les fois que l'on se sent en état de profiter même du manquement de succès. Il était tout à fait de mon intérêt de mener mes amis à Monsieur le Prince en cas que je prisse son parti, et le peu d'inclination, ou pour parler plus véritablement, l'aversion qu'ils avaient tous, et les subalternes particulièrement, à y aller, n'y pouvait être plus naturellement conduite que par un engagement d'honneur qu'ils prissent avec moi, sur un point où la manière dont j'avais agi pour leurs intérêts les déshonorerait, si ils ne courraient aussi à leur tour ma fortune. Voilà proprement ce qui me détermina à courre la lance[2], et, sans comparaison, davantage que les autres raisons que j'ai déjà alléguées, parce que, dans le fonds, je ne fus jamais persuadé que le Cardinal se pût résoudre, je ne dis pas à me donner le chapeau, mais même à le laisser tomber sur ma tête. C'était le terme de Caumartin, et dont il disait que le Mazarin était capable, quoique contre son intention. Nous n'oubliâmes pas de cerner, autant que nous pûmes, le garde des Sceaux par Mme de Rhodes, afin qu'il ne nous fît pas au moins tout le mal que ses manières nous donnaient lieu d'en appréhender. Mais comme l'union de Mme de Rhodes avec Mlle de Chevreuse, avec Caumartin et avec moi l'avait fâché, il n'avait plus, à beaucoup près, tant de confiance en elle. Il s'était adonné à une petite Mme de Bois-Dauphin, il joua Mme de Rhodes, et il ne lui dit que justement ce qu'il fallait pour m'empêcher de prendre les précautions nécessaires contre ses atteintes. Toutes les dispositions dont je vous viens de parler étant mises, Mme de Chevreuse ouvrit la tranchée, ce qu'elle était capable de faire au-dessus de tous les hommes que j'ai jamais connus. Elle dit au Tellier qu'il ne pouvait ignorer les cruelles injustices que l'on m'avait faites, et qu'elle ne voulait pas aussi lui celer le juste ressentiment que j'en avais ; que l'on publiait à la cour qu'elle venait avec la résolution de me perdre, et que je disais assez publiquement, dans Paris, que je me mettais en état de me défendre ; qu'il voyait comme elle que le parti de Monsieur le Prince, qui n'était pas mort, quoiqu'il parût endormi, ne manquerait pas de se réveiller à cette lueur, qui commençait à lui donner de grandes espérances ; qu'elle savait de science certaine que l'on me faisait des partis immenses ; que la plupart de mes amis étaient déjà gagnés ; que ceux qui tenaient encore bon comme elle, Noirmoutier, Laigue, ne savaient que me répondre quand je leur disais : « Qu'ai-je fait ? quel crime ai-je commis ? où est ma sûreté, je ne dis pas ma récompense ? » que jusque-là je ne m'étais que plaint, parce que l'on m'amusait ; mais qu'étant à la Reine au point qu'elle y était et amie véritable du Cardinal, elle ne pouvait pas lui celer que l'on ne pouvait plus amuser l'amuseuse, et que l'amuseuse même commençait fort à douter de son pouvoir, au moins sur ce point ; que je m'expliquais peu, mais que l'on voyait bien à ma contenance que je sentais ma force ; que je me relevais à la proportion des menaces ; qu'elle ne savait pas précisément où j'en étais avec Monsieur, mais qu'il lui avait dit, depuis deux jours, que jamais homme n'avait servi plus fidèlement le Roi, et que la conduite que la cour prenait à mon égard était d'un pernicieux exemple ; que M. de Beaufort avait juré devant tout ce qui était dans l'antichambre de Monsieur, la veille, que si l'on continuait encore, huit jours durant, à agir comme l'on faisait, il commencerait à se préparer à soutenir un second siège dans Paris, sous les ordres de Son Altesse Royale ; et que j'avais répondu : « Ils ne sont pas en état de nous assiéger, et nous sommes en état de les combattre » ; qu'elle ne se pouvait pas figurer que ces sortes de discours se fissent à deux pas de Monsieur, si ceux qui les faisaient n'étaient bien assurés de ses intentions ; que celles qui lui paraissaient à elle être dans nos esprits et même dans nos cœurs n'étaient pas mauvaises, dans le fonds ; que nous nous croyions outragés, à la vérité, par le Cardinal, ou plutôt par Servient, mais que la considération de la Reine étoufferait, en moins d'un rien, ce ressentiment, si la défiance ne l'envenimait ; que c'était à quoi il fallait remédier. Vous voyez la chute du discours, qui tomba, incontinent après, sur le chapeau. La contestation fut vive. Le Tellier refusa d'en faire la proposition à la cour ; Mme de Chevreuse le chargeant des conséquences, il y consentît, à condition que Mme de Chevreuse en écrivît, de son côté, et mandât qu'elle l'y avait comme forcé. La cour reçut ces agréables dépêches comme elle était en chemin à son retour de Bordeaux, et le Cardinal en remit la réponse à Fontainebleau. Le garde des Sceaux, qui ne voulait nullement que je fusse cardinal, parce qu'il voulait l'être, et qui voulait perdre le Mazarin, parce qu'il voulait aussi être ministre, crut qu'il ferait coup double, si il faisait voir à Monsieur que son avis n'était pas qu'il exposât sa personne au caprice du Mazarin, qui avait témoigné si publiquement ne pas approuver la conduite que Monsieur avait tenue dans l'absence de la cour. Comme il était persuadé qu'il était de mon intérêt que ce voyage se fît, parce qu'une déclaration de Monsieur présent pourrait beaucoup appuyer ma prétention, il s'imagina que je ne manquerais pas de le conseiller ; et qu'ainsi il lui ferait sa cour aux dépens du Cardinal et aux dépens même du coadjuteur, en marquant à Son Altesse beaucoup plus d'égard et beaucoup plus de soin pour sa personne ; que lui, au reste, il jouait ce personnage à jeu sûr, car il en faisait faire la proposition par Fremont, secrétaire des commandements de Monsieur, l'homme de toute sa maison du caractère le plus propre à être désavoué. Comme je connaissais parfaitement le personnage, qui n'était pas trop fin et qui était d'ailleurs assez de mes amis, je connus, dès le premier mot que je lui tirai de la bouche, qu'il avait été chifflé ; et je me résolus de parler comme lui, tant pour ne point donner dans le panneau, qui m'était tendu par l'endroit que Monsieur avait le plus faible, que parce que, dans la vérité, j'appréhendais pour sa personne. Tous mes amis se moquaient de moi sur cet article, ne pouvant seulement s'imaginer qu'en l'état où était le royaume, l'on osât penser à l'arrêter ; mais j'avoue que je ne me pouvais rassurer sur ce point, et que bien que je visse très clairement que mon intérêt était qu'il allât à Fontainebleau, et qu'il y était en plus d'un sens, je ne me pus jamais résoudre à le lui conseiller, parce qu'il me semblait, et qu'il me semble encore, que si l'on eût été assez hardi pour cela à la cour, le Cardinal eût pu trouver dans les suites des issues, pour le moins aussi sûres que celles qu'il pouvait espérer par l'autre voie. Je sais bien que ce coup eût fait une commotion générale dans les esprits ; je sais bien que le parti de Messieurs les Princes, joints avec les Frondeurs, en eût pris d'abord autant de force que de prétexte ; mais je sais bien aussi que Monsieur et Messieurs les Princes étant arrêtés, le parti contraire à la cour n'ayant plus à sa tête que leurs noms, dont l'on eût tous les jours affaibli la considération, parce que chacun s'en fût voulu servir à sa mode, ou se fût bientôt divisé, ou fût devenu populaire[1], ce qui eût été un grand malheur pour l'État, mais qui était toutefois d'une nature à n'être pas prévu par le Mazarin, et à ne pouvoir, par conséquent, lui servir de motif pour l'empêcher d'entreprendre sur la liberté de Monsieur. Sur le tout, je fus tout seul de mon avis en ce temps-là, et si seul que j'en avais quelque sorte de honte. J'ai su depuis que je n'avais pas tout à fait tort, et M. de Lionne me dit à Saint-Germain, un an ou deux devant qu'il mourût, que Servient l'avait proposé au Cardinal deux jours devant qu'il arrivât à Fontainebleau, en présence de la Reine ; que la Reine y avait consenti de tout son cœur ; et que le Mazarin avait rejeté la proposition comme folle. Ce qui est vrai est que l'appréhension que j'en eus ne parut fondée à personne et qu'elle fut même interprétée en un autre sens : l'on crut qu'elle n'était qu'un prétexte de celle que je pouvais avoir apparemment, que Monsieur ne se laissât gagner par la Reine. Je connaissais la portée de sa faiblesse[1], et j'avais beaucoup de raisons pour être convaincu qu'elle n'irait pas jusque-là. Mais ce qui m'étonna fut que, bien que Fremont eût essayé, comme je vous ai déjà dit, de lui faire peur du voyage de la cour, il n'en fut point du tout touché ; et je me souviens qu'il dit à Madame, qui y balançait un peu : « Je ne l'aurais pas hasardé avec le cardinal de Richelieu, mais il n'y a point de péril avec Mazarin. » Il ne laissa pas de témoigner au Tellier, adroitement et sans affectation, plus de bonnes dispositions qu'à l'ordinaire pour la cour et pour le Cardinal en particulier. Il affecta même, de concert avec moi, de ralentir un peu le commerce que j'avais avec lui, et il résolut, par mon avis, de consentir à la translation de Messieurs les Princes au Havre-de-Grâce[2], que je sus, la veille qu'il partit, lui devoir être proposée par la Reine à Fontainebleau. Je ne me ressouviens plus d'où je tenais ce secret, mais je sais bien que j'en fus informé à n'en pouvoir douter. Il étonna Monsieur jusques au point de le faire balancer au voyage, parce que le murmure qui s'était élevé au consentement qu'il avait donné pour Marcoussi lui faisait appréhender celui qu'il prévoyait encore plus grand et plus infaillible sur Le Havre. Mon avis fut que si il prenait le parti d'aller à la cour, il ne devait s'opposer à la translation qu'autant qu'il serait nécessaire pour donner plus d'agrément au consentement qu'il y donnerait. Vous avez vu ci-dessus les raisons pour lesquelles j'étais persuadé qu'il était, dans le fonds, très indifférent et à lui et aux Frondeurs en quel lieu fussent Messieurs les Princes, parce que la cour était également maîtresse de tous. Si elle eût su ce que Monsieur le Prince m'a dit depuis, qui est que si l'on ne l'eût tiré de Marcoussi, il s'en serait immanquablement sauvé par une entreprise qui était sur le point d'éclore, je ne m'étonnerais pas que le Cardinal eût eu impatience de l'en faire sortir ; mais comme il l'y croyait fort en sûreté, je n'ai jamais pu concevoir la raison qui le pouvait obliger à une action qui ne lui servait de rien et qui aigrissait contre lui tous les esprits. Je l'ai demandé depuis au Tellier, à Servient, et à Lionne, et il ne m'a pas paru qu'ils en sussent eux-mêmes une bonne. Cette translation tenait toutefois si fort au cœur de M. le cardinal Mazarin, que nous sûmes après qu'il fut transporté de joie quand il trouva, à Fontainebleau, que Monsieur n'en était pas si éloigné qu'il le pensait, et que sa joie avait éclaté jusques au ridicule quand on lui eut mandé de Paris que les Frondeurs étaient au désespoir de cette translation, car nous la jouâmes très bien, nous l'ornâmes de toutes les couleurs ; l'on vit deux jours après une stampe sur le Pont-Neuf et dans les boutiques des graveurs, qui représentait M. le comte de Harcourt armé de toutes pièces, menant en triomphe Monsieur le Prince. Vous ne pouvez croire l'effet que cette stampe, dont l'original n'était que trop vrai pour l'honneur du comte de Harcourt, qui fit le prévôt en cette occasion : vous ne sauriez, dis-je, vous imaginer la commisération qu'elle excita parmi le peuple[1]. Nous tirâmes Monsieur du pair, parce que du moment qu'il fut revenu de Fontainebleau, nous publiâmes et qu'il avait fait ses efforts pour empêcher la translation, et qu'il n'y avait donné les mains à la fin que parce qu'il ne se croyait pas lui-même en sûreté. Il faut avouer que l'on ne peut mieux jouer son personnage qu'il le joua à Fontainebleau. Il n'y fit pas un pas qui ne fût digne d'un fils de France ; il n'y dit pas une parole qui en dégénérât ; il parla sagement, fermement, honnêtement. Il n'oublia rien pour faire sentir à la Reine la vérité, il n'omit rien pour la faire connaître au Cardinal ; quand il vit qu'il était tombé en sens réprouvé[2], il se tira d'affaire habilement. Il revint à Paris, et il me dit en descendant de carrosse ces propres mots : « Mme de Chevreuse a été repoussée à la barrière[3] sur votre sujet, et le Cardinal m'a traité, sur le même article, de haut en bas, comme sur tous les autres. J'en suis ravi ; ce misérable nous aurait amusés et nous aurait tous fait périr avec lui : il n'est bon qu'à pendre. » Voici ce qui s'était passé à la cour sur mon sujet.

Mme de Chevreuse dit à la Reine et au Mazarin tout ce qu'elle avait vu de ma conduite pendant l'absence du Roi, et ce qu'elle avait vu était assurément un tissu de services considérables, que j'avais rendus à la Reine. Elle retomba ensuite sur les injustices que l'on m'avait toujours faites, sur le mépris que l'on m'avait témoigné quelquefois et sur les justes sujets de méfiance que je ne pouvais pas m'empêcher de prendre à chaque instant. Elle conclut par la nécessité de les lever, et par l'impossibilité d'y réussir que par le chapeau. La Reine s'emporta, le Cardinal s'en défendit, non pas par le refus, parce qu'il me l'avait offert trop souvent, mais par la proposition du délai, qu'il fonda sur la dignité de la conduite d'un grand monarque, qui ne doit jamais être forcé. Monsieur, venant à la charge pour soutenir Mme de Chevreuse, ébranla, au moins en apparence, le Mazarin, qui lui voulut marquer, au moins par ses paroles, le respect et la considération qu'il avait pour lui. Mme de Chevreuse, qui vit qu'on parlementait, ne douta point du succès de la capitulation, et d'autant moins que la Reine, à qui le Cardinal avait donné le mot, se radoucit beaucoup et dit même qu'elle donnait à Monsieur tout son ressentiment et qu'elle ferait ce que le conseil jugerait raisonnable. Ce conseil, qui était un nom spécieux, fut réduit à Monsieur le Cardinal, à Monsieur le Garde des Sceaux, au Tellier et à Servient. Monsieur se moqua de cet expédient, jugeant très sagement qu'il n'était proposé que pour me faire refuser la nomination par les formes. Laigue, qui était très grossier[1], se laissa enjôler par le Mazarin, qui lui fit croire que ce moyen était nécessaire pour vaincre l'opiniâtreté de la Reine. Mme de Chevreuse, à qui j'avais mandé que cette scène était ridicule, m'écrivit qu'elle voyait les choses de plus près que moi. Le Cardinal proposa l'affaire au conseil, et il conclut sa proposition par une prière très humble qu'il fit à la Reine de condescendre à la demande de M. le duc d'Orléans et à ce que le mérite et les services de Monsieur le Coadjuteur demandaient encore avec plus d'instance : ce furent ses propres paroles. Elles furent relevées avec une hauteur et une fermeté que l'on ne trouve pas souvent dans les conseils, quand il s'agit de combattre les avis des premiers ministres. Le Tellier et Servient se contentèrent de ne pas lui applaudir : mais le garde des Sceaux, lui, perdit tout respect : il l'accusa de prévarication et de faiblesse, il mit un genouil en terre devant la Reine pour la supplier, au nom du Roi son fils, de ne pas autoriser, par un exemple qu'il appela funeste, l'insolence d'un sujet qui voulait arracher les grâces l'épée à la main. La Reine fut émue, le pauvre Monsieur le Cardinal eut honte de sa mollesse et de sa trop grande bonté, et Mme de Chevreuse et Laigue eurent tout sujet de reconnaître que j'avais bien jugé et qu'ils avaient été cruellement joués. Il est vrai que j'en avais aussi donné, pour ma part, une occasion très belle et très naturelle. J'ai fait beaucoup de sottises en ma vie ; voici, à mon sens, la plus signalée.

J'ai remarqué plusieurs fois que quand les hommes ont balancé longtemps à entreprendre quelque chose, par la crainte de n'y pas réussir, l'impression qui leur reste de cette crainte fait, pour l'ordinaire, qu'ils vont trop vite dans la conduite de leurs entreprises. Voilà justement ce qui m'arriva. J'avais eu toutes les peines du monde à me résoudre à prétendre au cardinalat, parce que la prétention sans la certitude du succès me paraissait au-dessous de moi. Dès que l'on m'y eut engagé, le reste de cette idée m'obligea, pour ainsi dire, à me précipiter, de peur de demeurer trop longtemps en cet état, et au lieu de laisser agir Mme de Chevreuse auprès du Tellier, comme nous l'avions concerté, je lui parlai moi-même deux ou trois jours après elle, et je lui dis familièrement et en bonne amitié que j'étais bien fâché que l'on m'eût réduit, malgré moi, dans une condition où je ne pouvais plus être que chef de parti ou cardinal, que c'était à M. Mazarin à opter. M. Le Tellier rendit un très fidèle compte de cet apophtegme, qui servit de thème à l'opinion de Monsieur le Garde des Sceaux. Il le devait assurément laisser prendre à un autre, après l'obligation qu'il m'avait et après les engagements qu'il avait pris avec moi malgré moi-même. Mais je confesse aussi qu'il y avait bien de l'étourderie de mon côté, de l'avoir donné.

Il est moins imprudent d'agir en maître que de ne pas parler en sujet. Le Cardinal ne fut pas beaucoup plus sage dans l'apparat qu'il donna au refus de ma nomination[1], que je ne l'avais été dans ma déclaration au Tellier. Il crut me faire beaucoup de tort en faisant voir au public que j'avais un intérêt, quoique j'eusse toujours fait profession de n'en point avoir. Il ne distinguait pas les temps : il ne faisait pas réflexion qu'il ne s'agissait plus, comme disait Caumartin, de la défense de Paris et de la protection des peuples, où tout ce qui paraît particulier est suspect. Il ne me nuisit point par sa scène dans le public, où ma prétention paraissait et fort ordinaire et fort nécessaire, et il m'engagea, par cette même scène, à ne pouvoir jamais recevoir de tempérament sur cette même prétention. Pour vous dire le vrai, il n'y en avait point dont j'eusse été capable ; mais enfin sa conduite, en cela, ne fut pas prudente, et le maréchal de Rais, mon aïeul[1], qui a passé pour le plus habile courtisan de son temps, disait que l'une des plus nécessaires observations de la vie civile était celle de cacher, autant qu'il se peut, les refus que l'on est quelquefois obligé de faire à ceux que l'on peut craindre ou de qui l'on peut espérer.

Le Cardinal revint, quelque temps après, à Paris avec le Roi. Il offrit pour moi, à Mme de Chevreuse, Orkan, Saint-Lucien[2], le paiement de mes dettes, la charge de grand aumônier, et il ne tint pas à elle et à Laigue que je n'en prisse le parti. Je l'aurais refusé si il y eût ajouté douze chapeaux. J'étais engagé, et Monsieur, qui s'était défait de la pensée d'ériger autel contre autel[3], par l'impossibilité qu'il avait trouvée à Fontainebleau de diviser le cabinet et de me mettre en perspective vis-à-vis du Mazarin avec un bonnet rouge, Monsieur, dis-je, avait pris la résolution de faire sortir de prison Messieurs les Princes. Tout le monde a cru que j'avais eu beaucoup de peine à lui inspirer cette pensée, et l'on s'est trompé. Il y avait très longtemps que je lui en voyais des velléités. Je vous ai marqué de certains mots, de temps en temps, que j'avais observés, et qui me faisaient juger que la bonne conduite voulait même que nous eussions une attention très particulière sur ses mouvements. Mais il est vrai que ces velléités fussent demeurées très longtemps stériles et infructueuses, si je ne les eusse cultivées et échauffées. Il est vrai encore qu'il ne les avait jamais que comme son pis-aller, parce qu'il craignait naturellement Monsieur le Prince et comme offensé et comme supérieur, sans proportion, en gloire, en courage, en génie : ce qui faisait qu'il perdait, ou du moins qu'il mettait à part ces velléités, dès qu'il voyait le moindre jour à se pouvoir tirer, par une autre voie, de l'embarras où les contretemps du Cardinal le jetaient, à tous les instants, à l'égard du public, dont Monsieur ne voulait en façon du monde perdre l'amour. Caumartin, qui n'ignorait pas ce qu'il avait dans l'âme sur ce point, et qui savait d'ailleurs qu'il était fort rebuté de la guerre civile et qu'il la craignait beaucoup, se servit fort habilement de ces lumières pour lui proposer ma promotion comme une voie mitoyenne entre l'abandonnement au Cardinal et le renouvellement de la faction. Monsieur la prit avec joie, parce qu'il crut qu'elle ne ferait qu'une intrigue de cabinet, que l'on pourrait appliquer et pousser dans les suites, selon qu'il conviendrait. Dès qu'il vit que le Cardinal avait fermé cette porte, il ne balança pas sur la liberté de Messieurs les Princes. Je conviens que comme tous les hommes qui sont irrésolus de leur naturel ne se déterminent que difficilement pour les moyens, quoiqu'ils le soient pour la fin, il aurait été longtemps à porter sa résolution jusques à la pratique, si je ne lui en eusse ouvert et facilité le chemin. Je vous rendrai compte de ce détail, après vous avoir parlé de deux aventures assez bizarres que j'eus en ce temps-là.

 M. le cardinal Mazarin, étant revenu à Paris, ne songea qu'à diviser la Fronde, et les manières de Mme de Chevreuse lui en donnaient assez d'espérance ; car, quoiqu'elle connût très bien qu'elle tomberait à rien si elle se séparait de moi, et que par cette raison elle fût très résolue à ne le pas faire, elle ne laissait pas de se ménager soigneusement, à toutes fins, avec la cour, et de lui laisser croire qu'elle était bien moins attachée à moi par elle-même que par l'opiniâtreté de mademoiselle sa fille. Le Cardinal, qui était persuadé qu'il m'affaiblirait beaucoup auprès de Monsieur si il m'ôtait Mme de Chevreuse, pour qui il est vrai qu'il avait inclination naturelle, pensa qu'il ferait un grand coup pour lui si il me pouvait brouiller avec Mlle de Chevreuse, et il crut qu'il n'y en avait point de moyen plus sûr, que de me donner un rival qui lui fût plus agréable. Je crois que je vous ai parlé, dans le premier volume, de la tentative qu'il avait déjà faite par M. de Candale. Il s'imagina qu'il réussirait mieux par M. d'Aumale[1] qui était dans la vérité, en ce temps-là, beau comme un ange et qui pouvait aisément convenir à la demoiselle par la sympathie. Il s'était donné entièrement au Cardinal contre les intérêts même de M. de Nemours, son aîné, et il se sentit très obligé et très honoré de la commission que l'on lui donna. Il s'attacha à l'hôtel de Chevreuse, et il se conduisit d'abord si bien et même si délicatement, que je ne balançai pas à croire qu'il ne fût envoyé pour jouer le second acte de la pièce qui n'avait pas réussi à M. de Candale. J'observai avec soin toutes ses démarches, je me confirmai dans mon opinion, je m'en ouvris à Mlle de Chevreuse, je ne trouvai pas qu'elle me répondît à ma mode. Je me fâchai, l'on me rapaisa. Je me remis en colère, et Mlle de Chevreuse me disant devant lui, pour me plaire et pour le picoter, qu'elle ne concevait pas comme l'on pouvait souffrir un impertinent, je lui répondis : « Pardonnez-moi, Mademoiselle, l'on fait souvent grâce à l'impertinence en faveur de l'extravagance. » Le seigneur était, de notoriété publique, l'un et l'autre. Le mot fut trouvé bon et bien appliqué. L'on se défit de lui dans peu de jours à l'hôtel de Chevreuse, mais il se voulut aussi défaire de moi. Il aposta un filou appelé Grandmaisons pour m'assassiner. Le filou, au lieu de l'exécuter, m'en donna avis. Je le dis à l'oreille à M. d'Aumale, que je trouvai cheux Monsieur, en y ajoutant ces paroles : « J'ai trop de respect pour le nom de Savoie pour ne pas tenir le cas secret. » Il me nia le fait, mais d'une manière qui me le fit croire, parce qu'il me conjura de ne le pas publier. Je le lui promis, je lui ai tenu ma parole, et je n'y manque, aujourd'hui, que parce que je me suis fait vœu à moi-même de ne vous celer quoi que ce soit et parce que je suis persuadé que vous aurez la bonté de n'en jamais parler à personne.

L'autre aventure fut encore plus rare que celle-là et à proprement parler beaucoup plus falote[2]. Vous jugez aisément, par ce que vous avez déjà vu de

Mme de Guéméné, qu'il devait y avoir beaucoup de démêlés entre nous. Il me semble que Caumartin vous en comptait[1] un soir cheux vous le détail, qui vous divertit un quart d'heure. Tantôt elle s'allait plaindre à mon père, comme une bonne parente, de la vie scandaleuse que je menais avec sa nièce[2] ; tantôt elle en parlait à un chanoine de Notre-Dame, qui était homme de grande piété, qui m'en importunait beaucoup. Tantôt elle s'emportait publiquement avec des injures atroces contre la mère, contre la fille et contre moi. Quelquefois le ménage se rétablissait pour quelques jours, pour quelque semaine. Voici le comble de la folie. Elle fit très proprement accommoder une manière de cave, ou plutôt de serre d'orangers qui répond dans son jardin et qui est justement sous son petit cabinet, et elle proposa à la Reine de me prendre, en lui promettant qu'elle lui en donnerait les moyens pourvu qu'elle lui donnât sa parole de me laisser sous sa garde enfermé dans la serre. La Reine me l'a dit depuis ; Mme de Guéméné me l'a confessé. Le Cardinal ne le voulut pas, parce que, si je fusse disparu, le peuple s'en serait pris certainement à lui. De bonne fortune pour moi, elle ne s'avisa de ce bel expédient que dans le temps que le Roi était à Paris. Si c'eût été en celui du voyage de Guienne, j'étais perdu ; car comme j'allais quelquefois cheux elle la nuit, et seul, elle m'eût très facilement livré. Je reviens à Monsieur.

Je vous ai dit qu'il avait pris la résolution de faire sortir de prison Messieurs les Princes ; mais il n'y avait rien de plus difficile que la manière dont il serait à propos de s'y prendre. Ils étaient entre les mains du Cardinal, qui pouvait, par conséquent, en un quart d'heure, se donner, au moins par l'événement, le mérite de tous les efforts que Monsieur pourrait faire en des années ; et la plus petite apparence de ces efforts était capable de lui en faire prendre la résolution en un instant. Nous résolûmes, sur ces réflexions, de nous tenir couverts, avec toute la précaution possible, sur le fonds de notre dessein ; de réunir, sans considérer les offenses et les intérêts particuliers, tous ceux qui en avaient un commun à la perte du ministre ; de jeter des apparences d'intention non droite et non sincère pour la liberté de Monsieur le Prince, non pas seulement parmi les gens de la cour, mais parmi ceux mêmes de leur parti qui étaient les moins bien disposés pour les Frondeurs ; de donner des lueurs de division entre nous et d'en fortifier, de temps en temps, le soupçon par des accommodements avec Monsieur le Prince, que nous ferions séparés successivement les uns après les autres ; de réserver Monsieur pour le coup décisif, et, au moment de ce coup, de pousser tous ensemble le ministre et le ministère, les uns par le cabinet et les autres par le Parlement, et, sur le tout, de s'entendre d'abord uniquement avec une personne du parti des princes qui en eût la confiance et la clef.

Voilà bien des ressorts[1], mais il n'y en avait pas un qui ne fût nécessaire. Vous en voyez sans doute l'usage d'un coup d'œil. Ce qui fut d'heureux et même de merveilleux est qu'il n'y en eut aucun qui manquât ; que toutes les pièces eurent, avec justesse, le mouvement auquel on les avait destinées, et que les seules roues de la machine qui allèrent un peu plus vite que l'on ne l'avait projeté se remirent dans leur équilibre presque au moment de leur dérèglement. Je m'explique. Mme de Rhodes, qui conservait toujours beaucoup d'habitude avec le garde des Sceaux, lui donna une grande joie en lui faisant voir qu'elle aurait assez de pouvoir auprès de moi, par le moyen de Mlle de Chevreuse, pour m'obliger à ne pas rompre avec lui sur le dernier tour qu'il m'avait fait. Il avait fait son coup. Il m'avait ôté, à ce qu'il pensait, le chapeau ; il se croyait très heureux de trouver une bonne amie qui me dorât une pilule de cette espèce, et qui lui donnât lieu de demeurer lié à une cabale qui poussait le Mazarin, ce qui était son compte, et dont il avait paru toutefois absolument détaché, ce qui était aussi son jeu. Il nous était d'une si grande conséquence de ne pas unir au Cardinal le garde des Sceaux, qui connaissait notre manœuvre, comme ayant été des nôtres et comme y ayant même encore beaucoup de part, hors en ce qui regardait mon chapeau, que je pris ou feignis de prendre pour bon, même avec joie, tout ce qu'il lui plut de me dire de la comédie de Fontainebleau. Il joua fort bien, je ne jouai pas mal. Je trouvai qu'il lui eût été impossible de se défendre d'en user comme il en avait usé, vu les circonstances. Mlle de Chevreuse, qui l'appelait son papa, fit des merveilles : nous soupâmes cheux lui. Il nous donna la comédie en tout sens, et je me souviens, entre autres, que comme il était extrêmement bijoutier[1], et qu'il avait tous les doigts pleins de petites bagues, nous fûmes une partie du soir à raisonner sur les mesures qu'il fallait qu'il gardât pour ne pas blesser, en de certaines occasions, Mme de Bois-Dauphin. Vous verrez que ces folies ne nous furent pas inutiles et qu'elles coûtèrent cher à Mazarin. Il s'imagina que Mme de Rhodes, qu'il croyait beaucoup plus au garde des Sceaux qu'à moi, m'amusait par Mlle de Chevreuse, à qui il se figurait qu'elle faisait croire tout ce qu'elle voulait. Il ne pouvait douter, après ce qu'il avait vu à Fontainebleau, que le garde des Sceaux et moi nous ne fussions intimement mal, et je sais que quand il le connut, après sa sortie de la cour, que, nonobstant tout ce démêlé, nous nous étions accommodés pour le chasser, je sais, dis-je, qu'il dit en jurant que rien ne l'avait jamais tant surpris de tout ce qui lui était arrivé dans sa vie.

Mme de Rhodes ne nous fut pas moins utile du côté de Madame la Palatine[2]. Je vous ai déjà dit qu'elle en avait été extrêmement recherchée, et vous pouvez juger comme elle en fut reçue. Elle ménagea avec elle fort adroitement tous les préalables. Je la vis la nuit et je l'admirai. Je la trouvai d'une capacité étonnante, ce qui me parut particulièrement en ce qu'elle savait se fier. C'est une qualité très rare, et qui marque autant un esprit élevé au-dessus du commun. Elle fut ravie de me voir aussi inquiet que je l'étais sur le secret, parce qu'elle ne l'était pas moins que moi en son particulier. Je lui dis nettement que nous appréhendions que ceux du parti de Messieurs les Princes ne nous montrassent au Cardinal, pour le presser de s'accommoder avec eux. Elle m'avoua franchement que ceux du parti de Messieurs les Princes craignaient que nous ne les montrassions au Cardinal, pour le forcer de s'accorder avec nous. Sur quoi, lui ayant répondu que je lui engageais ma foi et ma parole que nous ne recevrions aucune propo-

sition de la cour, je la vis dans un transport de joie
que je ne vous puis exprimer ; et elle me dit qu'elle ne
nous pouvait pas donner la même parole, parce que
Monsieur le Prince était en un état où il était obligé
de recevoir tout ce qui lui pouvait donner sa liberté ;
mais qu'elle m'assurait que si je voulais traiter avec
elle, la première condition serait que quoi qu'il pût
promettre à la cour ne pourrait jamais l'engager au
préjudice de ce dont nous serions convenus. Nous
entrâmes ensuite en matière, je lui communiquai mes
vues, elle s'ouvrit des siennes, et après deux heures
de conférence, dans lesquelles nous convînmes de
tout, elle me dit : « Je vois bien que nous serons bientôt de même parti, si nous n'en sommes déjà. » Il faut
vous tout dire. Elle tira, en même temps, de dessous
son chevet (car elle était au lit), huit ou dix liasses de
chiffres, de lettres, de blanc-signés ; elle prit confiance
en moi de la manière du monde la plus obligeante.
Nous fîmes un petit mémoire de tout ce que nous
aurions à faire de part et d'autre ; et voici ce que nous
avions à faire.

Madame la Palatine devait dire à M. de Nemours,
au président Viole, à Arnauld et à Croissi que les
Frondeurs étaient ébranlés, pour servir Monsieur le
Prince ; mais qu'elle doutait extrêmement que l'intention du coadjuteur ne fût de se servir de son parti
pour abattre le Cardinal et non pas pour lui rendre la
liberté ; que celui qui lui avait fait des avances, et qui
ne voulait pas être nommé, lui avait parlé si ambigument, qu'elle en était entrée en défiance ; qu'à tout
hasard il fallait écouter, mais qu'il était nécessaire
d'être fort à l'erte, parce que les coups doubles
étaient fort à craindre. Madame la Palatine avait jugé
qu'il fallait qu'elle parlât ainsi d'abord, pour deux
raisons, dont la première était qu'il lui importait,
même pour le service de Monsieur le Prince, d'effacer
de l'esprit de beaucoup de gens de son parti l'opinion qu'ils avaient qu'elle était trop aliénée de la cour,
et l'autre de répandre dans le même parti un air de
défiance des Frondeurs qui allât jusques à la cour, et
qui l'empêchât de prendre l'alarme si chaude de leur
réunion. « Si j'étais, me dit Madame la Palatine, de
l'avis de ceux qui croient que le Mazarin se pourra

résoudre à rendre la liberté à Monsieur le Prince, je le servirais très mal en prenant cette conduite ; mais comme je suis convaincue, par tout ce que j'ai vu de la sienne depuis la prison, qu'il n'y consentira jamais, je suis persuadée et qu'il n'y a qu'à se mettre entre vos mains, et que nous ne nous y mettrions qu'à demi, si nous ne vous donnions nous-mêmes lieu de vous défendre des pièges que ceux des amis de Monsieur le Prince qui ne sont pas de mon sentiment vous croiraient tendre et qu'ils tendraient par l'événement à Monsieur le Prince même. Je sais bien que je hasarde[1] et que vous pouvez abuser de ma confiance ; mais je sais bien qu'il faut hasarder pour servir Monsieur le Prince, et je sais même de plus que l'on ne le peut servir, dans la conjoncture présente, sans hasarder précisément ce que je hasarde. Vous m'en montrez l'exemple, vous êtes ici sur ma parole, vous êtes entre mes mains. »

J'avais naturellement de l'inclination à servir Monsieur le Prince, pour qui j'avais eu toute ma vie et respect et tendresse particulière ; mais je vous avoue que je crois que le procédé et si net et si habile de la Palatine m'y eût engagé, quand je n'y aurais pas été aussi porté que je l'y étais par moi-même. Il y avait deux heures que je l'admirais ; je commençai à l'aimer ; car elle eut autant de bonté à me confier les raisons de ses sentiments, qu'elle avait eu d'habileté à me les persuader. Dès qu'elle vit que je répondais à sa franchise, non plus seulement par des honnêtetés sur les faits, mais encore par des ouvertures sur les motifs, elle quitta la plume avec laquelle elle écrivait son mémoire ; elle me fit le plan de son parti : elle me dit que le premier président voulait la liberté de Monsieur le Prince et par lui-même et encore plus par Champlâtreux ; mais qu'il l'espérait par la cour, et qu'il ne la voulait en façon du monde par la guerre ; que le maréchal de Gramont la souhaitait plus qu'homme de France, mais qu'elle n'en connaissait pas un plus propre à serrer ses liens, parce qu'il serait toute sa vie la dupe du cabinet[2] ; que Mme de Montbazon leur faisait tous les jours espérer M. de Beaufort, mais que l'on comptait sa foi pour rien et son pouvoir pour peu de chose ; que Arnauld et Viole voulaient la liberté de Messieurs les Princes par la cour, pour leurs intérêts particuliers, et que leur activité toute seule soutenait leurs espérances ; que Croissi était persuadé qu'il n'y avait rien à faire qu'avec moi ; mais qu'il était si emporté qu'il n'était pas encore temps de s'en ouvrir avec lui ; que M. de Nemours n'était qu'un fantôme agréable ; que le seul homme à qui elle se découvrirait et par qui elle négocierait avec moi serait Montreuil, duquel je vous ai tantôt parlé. Elle reprit, en cet endroit, son mémoire pour le continuer. Vous en avez vu le premier article. Le second fut que quand l'on jugerait nécessaire, ou pour empêcher ceux du parti des princes de courre trop vite au Mazarin (ce qui leur arrivait souvent à la moindre lueur qu'il leur faisait paraître de bonne intention pour leur liberté) ou pour quelque autre sujet que ce pût être, le second article, dis-je, fut que quand l'on jugerait à propos de faire paraître la Fronde, nous commencerions par Mme de Montbazon, qui croirait si bien elle-même avoir entraîné M. de Beaufort, que j'aurais toutefois disposé auparavant, que si le Cardinal en était averti, comme il était impossible qu'il ne le fût pas de tout ce qui se faisait dans un parti aussi divisé d'intérêts et de sentiments que celui des princes, il ne douterait pas lui-même que la Fronde ne se fût divisée, ce qui, au lieu de l'intimider, lui donnerait encore plus d'audace. Le troisième article fut qu'elle ne s'ouvrirait, sur mon sujet, à qui que ce soit, jusques à ce qu'elle eût vu tous les esprits de sa faction disposés à recevoir ce que l'on leur voudrait faire savoir. Nous nous jurâmes, après cela, un concert entier et parfait, et nous nous tînmes fidèlement et exactement parole.

Monsieur approuva en tout et partout ma négociation, qui n'était que le plan de notre conduite et ce qui était pourtant le plus pressé, parce qu'il n'y avait pas un instant où l'on ne la pût déconcerter par des pas contraires. Nous avions remis à la nuit suivante la discussion des conditions par lesquelles l'on commence d'ordinaire, et par lesquelles nous ne fîmes point difficulté de finir en cette occasion, parce que la Fronde avait la carte blanche et qu'il ne s'agissait que de combattre d'honnêteté. Monsieur n'en voulait point d'autre que l'amitié de Monsieur le Prince, le mariage de Mlle d'Alençon[1] avec Monsieur le Duc et la renonciation à la prétention de la connestablerie[2]. L'on m'offrait les abbayes de M. le prince de Conti, et vous croyez aisément que je ne les voulais pas. M. de Beaufort était bien aise que l'on ne le troublât point dans la possession de l'amirauté, et ce n'était pas une affaire. Mlle de Chevreuse n'était pas fâchée de devenir princesse du sang par le mariage de M. le prince de Conti ; et ce fut la première offre que Madame la Palatine fit à Mme de Rhodes. Tout cela fut réglé dès la seconde conférence ; mais il fut réglé, en même temps, qu'il ne s'en écrirait rien qu'à mesure que les traités particuliers se feraient, et cela pour la même raison pour laquelle il avait été résolu de n'en point faire de général : vous l'avez vue ci-dessus. Madame la Palatine me pressa beaucoup de recevoir en forme la parole de Messieurs les Princes de ne point traverser mon cardinalat. Je vous rendrai tantôt compte de la raison que j'eus pour ne la pas accepter en ce temps-là. La postérité aura peine à croire la justesse avec laquelle toutes ces mesures se gardèrent ; je ne puis encore la concevoir moi-même. Il est vrai que je trouvai un moyen sûr de remédier à ce qui les pouvait rompre le plus facilement, qui était le peu de secret et l'infidélité de Mme de Montbazon ; car quand nous jugeâmes, Madame la Palatine et moi, qu'il était temps que M. de Beaufort s'ouvrît encore plus qu'il n'avait fait jusque-là avec les amis de Monsieur le Prince, je lui fis voir que le secret qu'il garderait, sur le sujet de Monsieur et sur le mien, à Mme de Montbazon, lui donnerait un très grand mérite auprès d'elle, et ferait cesser les reproches qu'il m'avouait qu'elle lui faisait continuellement du pouvoir que j'avais sur son esprit. Il conçut ce que je lui disais, il en fut ravi. Arnauld crut avoir fait un miracle en faveur de son parti, d'avoir gagné M. de Beaufort par Mme de Montbazon. Mme de Nemours, sa bonne sœur, prétendait cette gloire. Madame la Palatine, qui était aussi plaisante qu'habile, s'en donnait toutes les nuits la comédie et à elle et à moi. Le prodige est que ce traité de M. de Beaufort demeura très secret[3], contre toute sorte d'apparence,

qu'il ne nuisît à rien et qu'il ne produisît justement que
l'effet que l'on en voulait, qui était de faire connaître à
ceux qui gouvernaient à Paris les affaires de Monsieur
le Prince, que l'unique ressource ne consistait pas
dans le Mazarin. Un des articles du traité de M. de
Beaufort portait qu'il ferait tous ses efforts pour
obliger Monsieur à prendre la protection de Messieurs
les Princes, et qu'il romprait même avec le coadjuteur
si il persistait dans l'opiniâtreté qu'il avait témoignée
jusque-là contre leur service. Mme de Montbazon
avait été négligée, dans les derniers temps, par la
cour, qui n'estimait ni sa fidélité ni sa capacité, et qui
de plus connaissait son peu de pouvoir. Cette circonstance ne nous fut pas inutile. Je ne sais si je ne
vous ai point déjà dit, en quelque endroit de cet
ouvrage, que ce qui est même méprisable n'est pas
toujours à mépriser.

Quand Madame la Palatine eut donné le temps à
son parti de se détromper des fausses lueurs avec lesquelles la cour l'amusait, et qu'elle eut mis les esprits
au point où elle les voulait, je me laissai pénétrer,
beaucoup davantage que je n'avais accoutumé, à
Arnauld et à Viole, qui se pressèrent extrêmement
de lui en apprendre la bonne nouvelle. Croissi, qui
m'avait toujours sollicité, fut l'entremetteur de
notre entrevue. Elle se fit la nuit cheux Madame la
Palatine. Nous conférâmes, nous signâmes le traité[1],
et M. de Beaufort et moi (je dis M. de Beaufort), pour
faire voir au parti des princes notre union, et que celui
qu'il avait signé auparavant tout seul n'était pas le
bon. Nous convînmes que ce traité serait mis en
dépôt entre les mains de Blancmesnil, qui, tel que
vous le connaissez, faisait en ce temps-là quelque
sorte de figure, à cause qu'il avait été des premiers à
déclamer dans le Parlement contre le Cardinal. Ce
traité est, à l'heure qu'il est, en original, entre les
mains de Caumartin, qui, étant avec moi à Joigni[2]
il y a huit ou dix ans, le trouva abandonné dans une
vieille armoire de garde-robe. Ce qu'il y eut de plaisant dans cette conférence, fut que, de concert avec la
Palatine, je leur fis le fin des intentions de Monsieur,
ce qui était la grosse corde, et qui, par toutes raisons,
ne se devait toucher que la dernière, et qu'eux pareil-

lement me faisaient aussi les fins de ce qu'ils en savaient d'ailleurs par le même concert. La différence est qu'elle voulait bien que je susse le dessous des cartes, parce qu'elle voyait bien que je ne gâterais rien au jeu, et qu'elle le leur cachait effectivement le plus qu'il lui était possible, pour la raison que je vous vas expliquer[1].

Monsieur, qui était l'homme du monde le plus incertain, ne se résolvait jamais que très difficilement aux moyens, quoiqu'il fût résolu à la fin. Ce défaut est une des sources des plus empoisonnées des fausses démarches des hommes. Il voulait la liberté de Messieurs les Princes, mais il y avait des moments où il la voulait par la cour. Cela ne se pouvait, parce que si la cour y eût donné, son premier soin eût été d'en exclure Monsieur, ou du moins de ne l'y admettre qu'après coup et comme une représentation. Il le jugeait très bien, et il me l'avait dit cent fois lui-même. Mais comme il était faible, et que les gens de ce caractère ne distinguent jamais assez ce qu'ils veulent de ce qu'ils voudraient, il se laissait aller quelquefois à M. le maréchal de Gramont, qui se laissait amuser du matin au soir par le Mazarin, et qui lui persuadait, une fois ou deux par semaine, que la cour était disposée à agir de bonne foi avec lui, pour donner la liberté à Messieurs les Princes. Je m'aperçus bientôt de l'effet des longues conversations de M. le maréchal de Gramont ; mais comme il me semblait que j'en effaçais toujours les impressions par une ou deux paroles, je n'y faisais pas beaucoup de réflexion, et d'autant moins que je ne pouvais pas m'imaginer que Monsieur, qui m'avait témoigné des appréhensions mortelles du manquement de secret, fût capable de s'y laisser entamer par l'homme du monde qu'il connaissait pour en avoir le moins, en toutes choses sans exception. Je me trompais toutefois ; car Monsieur, qui véritablement ne lui avait pas avoué qu'il traitât avec le parti des princes par les Frondeurs, avait fait presque pis en lui découvrant que les Frondeurs y traitaient pour eux-mêmes ; qu'ils l'avaient voulu persuader de faire la même chose ; qu'il l'avait refusé, et qu'au fond il n'y voulait entrer que conjointement avec la cour, dans l'opinion que la cour y marcherait de bon pied. Le premier président et le maréchal de Gramont, qui agissaient de concert, ne manquèrent pas de se faire honneur de cette importante nouvelle auprès de Viole, de Croissi et d'Arnauld, pour les empêcher de prendre aucune confiance aux Frondeurs, dont enfin la principale considération consistait en Monsieur. Jugez de l'effet de ce contretemps, si les mesures que j'avais prises avec Madame la Palatine ne l'eussent sauvé. Elle s'en servit très finement, cinq ou six jours durant, pour brouiller les espèces, que l'impétuosité de Viole avait un peu trop éclaircies ; et quand elle eut fait ce qu'elle désirait, et qu'elle crut que *comœdia in comœdia*[1] n'était plus de saison, elle se servit encore plus utilement du dénouement de la pièce que vous allez voir.

Nous jugeâmes à propos, Madame la Palatine et moi, que je m'expliquasse à Monsieur pour empêcher qu'une autre fois de pareils malentendus n'arrivassent, qui eussent été capables de déconcerter les mesures du monde les mieux prises. Je lui parlai avec liberté, je me plaignis avec ressentiment. Il eut honte, il eut regret. Il me paya d'abord d'une fausse monnaie, en me disant qu'il n'avait pas dit cela et cela au maréchal de Gramont ; mais qu'il était vrai qu'il avait estimé qu'il était bon de lui faire croire qu'il n'était pas si fort passionné pour les Frondeurs que la Reine se le voulait persuader. Enfin je n'en pus tirer que de méchantes raisons, qui me persuadèrent à moi-même que l'appréhension qu'il avait que la cour ne donnât tout d'un coup, sans sa participation, la liberté à Messieurs les Princes, lui avait fait faire ce faux pas. Comme je lui en eus fait voir la conséquence et pour lui-même et pour nous, il m'offrit, avec empressement, de faire tout ce qui serait nécessaire pour y remédier. Il écrivit une lettre antidatée de Limours[2], où il allait assez souvent, par laquelle il me faisait des railleries, même fort plaisantes, des négociations que le maréchal de Gramont prétendait avoir avec lui. Ces railleries étaient si bien circonstanciées, selon les instructions que la Palatine m'avait données, que les négociations du maréchal n'en paraissaient plus que chimériques. Madame la Palatine fit voir cette lettre, comme en grande confiance, à Viole, à Arnauld et à Croissi. Je fis semblant d'en être fâché. Je me radoucis, j'entrai dans la raillerie, et de ce jour le maréchal de Gramont et le premier président furent joués, jusques à celui de la liberté de Monsieur le Prince, d'une manière qui, en conscience, me faisait quelquefois pitié. Nous eûmes encore un petit embarras, qui se peut appeler domestique, dans ce temps-là. Le garde des Sceaux, qui, comme vous avez vu, s'était réuni avec nous pour la perte du Mazarin, appréhendait extrêmement la liberté de Monsieur le Prince, quoiqu'il ne s'en expliquât pas ainsi en nous parlant ; mais comme Laigue ne s'y était rendu que parce qu'il n'avait pas eu la force de me résister, il se servit de lui pour essayer de retarder nos efforts par Mme de Chevreuse. Je m'en aperçus, et j'eus bientôt abattu cette fumée[1] par le moyen de Mlle de Chevreuse, qui fit tant de honte à sa mère du balancement qu'elle témoignait pour son établissement, qu'elle revint à nous, et qu'elle ne nous fut pas même d'un médiocre usage auprès de Monsieur, dans la faiblesse duquel il y avait bien des étages. Il y avait très loin de la velléité à la volonté, de la volonté à la résolution, de la résolution au choix des moyens, du choix des moyens à l'application. Mais, ce qui était de plus extraordinaire, il arrivait même assez souvent qu'il demeurait tout court au milieu de l'application. Mme de Chevreuse nous aida sur ce point, et Laigue même, voyant l'affaire trop engagée, ne nous y nuisit pas. Mme de Rhodes ne s'oublia pas non plus auprès du garde des Sceaux, qui n'osa d'ailleurs tout à fait se déclarer. Enfin Monsieur signa son traité, mais d'une manière qui vous marquera mieux son génie que tout ce que je vous en ai dit. Caumartin l'avait dans sa poche avec un écritoire[2] de l'autre côté, il l'attrapa entre deux portes, il lui mit une plume entre ses doigts et il signa, à ce que Mlle de Chevreuse disait en ce temps-là, comme il aurait signé la cédule du sabbat[3], si il avait eu peur d'y être surpris par son bon ange. Le mariage de Mlle de Chevreuse avec M. le prince de Conti fut stipulé dans ce traité, car vous croyez bien qu'il n'en avait pas été fait de mention dans le mien ; et la promesse de ne point s'opposer à ma promotion y fut aussi insérée, mais par rapport à l'article du mariage et en marquant expressément que Monsieur ne m'avait pu faire consentir à recevoir pour moi cette parole de Monsieur le Prince, qu'après m'avoir fait voir que le changement de profession de monsieur son frère ne lui laissait plus aucun lieu d'y prétendre pour lui. Messieurs les Princes étaient de toutes ces négociations, comme si ils eussent été en pleine liberté. Nous leur écrivîmes, ils nous firent réponse ; et le commerce de Paris à Lyon n'a jamais été plus réglé. Bar, qui les gardait, était homme de peu de sens, et de plus, les plus fins y sont trompés. Monsieur le Prince dit, après qu'il fut sorti de prison, les moyens dont il s'était servi pour avoir des lettres. Je ne m'en ressouviens pas. Il me semble qu'il en recevait quelques-unes dans des pièces de quarante-huit[1] qui étaient creuses. Cette invention ne m'eût pas été d'usage dans ma prison, parce que l'on ne m'y laissait toucher aucun argent.

M. le cardinal Mazarin, qui avait pris goût, pour la seconde fois, aux acclamations du peuple, quand le Roi était revenu de Guienne, éprouva aussi bientôt, pour la seconde fois, que cette nourriture, quoique assaisonnée avec beaucoup de soin par la flatterie des courtisans, n'était pas d'une substance tout à fait solide : il s'en lassa dans peu de jours. Les Frondeurs n'en tinrent pas moins le pavé, je n'en étais pas moins souvent à l'hôtel de Chevreuse, qui est présentement à l'hôtel de Longueville, et qui, comme vous savez, n'est qu'à cent pas du Palais-Royal, où le Roi logeait. J'y allais tous les soirs, et mes vedettes se posaient réglément à vingt pas des sentinelles des gardes. J'en ai encore honte quand j'y pense ; mais ce qui m'en faisait dans le fonds du cœur, dès ce temps-là, paraissait grand au vulgaire, parce qu'il était haut, et excusable même aux autres, parce qu'il était nécessaire. L'on pouvait dire qu'il n'était pas nécessaire que j'allasse à l'hôtel de Chevreuse ; mais personne presque ne le disait, tant dans la faction l'habitude a de force en faveur de ceux qui ont gagné les cœurs. Souvenez-vous, si il vous plaît, de ce que je vous ai dit dans le premier volume de cet ouvrage sur ce sujet. Il n'y avait rien de si contraire à tout ce qui se passait à l'hôtel de Chevreuse que les confirmations, les conférences de Saint-Magloire[1] et autres telles occupations. J'avais trouvé l'art de les concilier ensemble, et cet art justifie, à l'égard du monde, ce qu'il concilie.

Le Cardinal, fatigué, à mon opinion, des alarmes que l'abbé Fouquet commençait à lui donner à Paris[2], pour se rendre nécessaire auprès de lui, et entêté de plus de sa capacité pour le gouvernement d'une armée (il m'en a parlé dix fois en sa vie, en faisant un galimatias de la distinction qu'il mettait entre le gouvernement et la conduite d'une armée), le Cardinal, dis-je, sortit, en ce temps-là, assez brusquement de Paris, pour aller en Champagne, et pour reprendre Rethel et Chasteau-Portien, que les ennemis avaient occupées, et dans lesquelles M. de Turenne prétendait d'hiverner. L'archiduc, qui s'était rendu maître de Mouzon, après un siège assez opiniâtré, lui avait donné un corps fort considérable de troupes, qui, joint à celles qu'il avait ramassées de tous ceux qui étaient attachés à Messieurs les Princes, formait une juste et belle armée. Le Cardinal lui en opposa une qui n'était pas moins forte; car il joignit à celle que le maréchal Du Plessis commandait déjà dans la province les troupes que le Roi avait ramenées de Guienne, et d'autres encore que Villequier[3] et Hocquincourt avaient maintenues et même grossies tout l'été. Je vous rendrai compte des exploits de ces deux armées, après que vous aurez vu ceux qui se firent dans le Parlement, un peu après que le Cardinal fut parti.

Nous résolûmes, dans un conseil qui fut tenu cheux Madame la Palatine, de ne le pas laisser respirer, et de l'attaquer dès le lendemain de l'ouverture du Parlement. Monsieur le Premier Président, qui était dans le fonds très bien intentionné pour Monsieur le Prince, avait fait témoigner à ses serviteurs qu'il le servirait avec zèle en tout ce qui serait purement des voies de justice; mais que si l'on prenait celles de la faction, il n'en pouvait jamais être. Il s'en expliqua même ainsi au président Viole, en ajoutant que le Cardinal, voyant que le Parlement ne pourrait pas s'empêcher de faire enfin justice à deux princes du sang qui la demandaient, et contre lesquels il n'y avait aucune accusation intentée, se rendrait infailliblement, pourvu que l'on ne lui donnât aucun lieu de croire que l'on eût des mesures avec les Frondeurs, et que le moindre soupçon de correspondance avec eux ferait qu'il n'y aurait aucune extrémité dont il ne fût capable, plutôt que d'avoir la moindre pensée pour leur liberté. Voilà ce que la Reine, le Cardinal et tous les subalternes disaient à tous les moments ; voilà ce que le premier président et le maréchal de Gramont se persuadaient être bon et sincère, et voilà ce qui eût tenu Monsieur le Prince, peut-être pour toute la vie du Mazarin, dans les fers, sans le bon sens et sans la fermeté de Madame la Palatine. Vous voyez par cette circonstance, encore plus que par toutes les autres que je vous ai marquées jusques ici, de quelle nécessité il était de couvrir notre jeu dans une conjoncture où, au moins pour l'ouverture de la scène, la contenance du premier président nous était très considérable. Il faut avouer qu'il n'y a jamais eu de comédie si bien exécutée. Monsieur fit croire au maréchal de Gramont qu'il voulait la liberté des princes, mais qu'il ne la voulait que par la cour, et parce qu'il n'y avait qu'elle qui la pût donner sans guerre civile, et parce qu'il avait découvert que les Frondeurs ne la voulaient pas dans le fonds. Les amis de Monsieur le Prince firent voir au premier président que, comme nous les voulions tromper en nous servant d'eux pour pousser le Mazarin, sous le prétexte de servir Monsieur le Prince, ils se voulaient servir de nous pour donner la liberté à Monsieur le Prince, sous le prétexte de pousser le Mazarin. Je donnais, par mes manières, toutes les apparences possibles et à ces discours et à ces soupçons. Cette conduite fit tous les effets que nous désirions. Elle échauffa, pour le service de Messieurs les Princes, et Monsieur le Premier Président et tous ceux du corps qui avaient de l'indisposition contre la Fronde ; elle empêcha que le Cardinal ne se précipitât dans quelque résolution qui ne nous plût pas, parce qu'elle lui donna lieu d'espérer qu'il détruirait les deux partis l'un par l'autre, et elle couvrit si bien notre marche que l'on ne faisait pas seulement de réflexion sur les avis qui venaient de toutes parts à la cour contre nous. L'on y croyait savoir le dessous des cartes. Le premier président ne pouvait quelquefois s'empêcher de dire à sa place de certaines paroles équivoques, qu'il croyait que nous n'entendions pas, et qui nous avaient été expliquées la veille cheux la Palatine. Nous nous y réjouissions de M. le maréchal de Gramont, qui croyait et disait que les Frondeurs seraient bientôt pris pour dupes. Il y eut sur ce détail mille et mille farces, dignes, sans exagération, du ridicule de Molière[1]. Revenons au Parlement.

La Saint-Martin de l'année 1650 arriva[2] : le premier président et l'avocat général Talon exhortèrent la Compagnie à demeurer dans la tranquillité, pour ne point donner d'avantage aux ennemis de l'État. Deslandes-Païen, conseiller de la Grande Chambre, dit qu'il avait été chargé, la veille, à neuf heures du soir, d'une requête de Madame la Princesse. Elle fut lue, et elle concluait à ce que Messieurs les Princes fussent amenés au Louvre ; qu'ils y fussent gardés par un officier de la maison du Roi ; que le procureur général fût mandé pour déclarer si il avait quelque chose à proposer contre leur innocence, et qu'à faute de ce faire, il fût incessamment pourvu à leur liberté. Ce qui fut d'assez plaisant à l'égard de cette requête fut qu'elle fut concertée l'avant-veille cheux Madame la Palatine, entre Croissi, Viole et moi, et qu'elle fut minutée[3], la veille, cheux le premier président, qui disait aux deux autres : « Voilà servir Monsieur le Prince dans les formes et en gens de bien, et non pas comme des factieux. » L'on mit le *soit montré*[4], sur la requête, ce qui était de la forme ; elle fut renvoyée au parquet, et l'on prit jour pour délibérer au mercredi d'après, qui était le 7 de décembre.

Ce jour-là, les chambres s'étant assemblées, Talon, avocat général, qui avait été mandé pour prendre ses conclusions sur la requête, dit que la Reine avait mandé la veille les gens du Roi, pour leur ordonner de faire entendre à la Compagnie que son intention était que le Parlement ne prît aucune connaissance de la requête présentée par Madame la Princesse, parce que tout ce qui regardait la prison de Messieurs les Princes n'appartenait qu'à l'autorité royale. Les conclusions de Talon, au nom du procureur général, furent que le Parlement renvoyât, par une députation, la requête à la Reine et la suppliât d'y avoir quelque égard.

Talon n'eut pas achevé de parler, que Crespin, doyen de la Grande Chambre, rapporta une autre requête de Mlle de Longueville[1], par laquelle elle demandait et la liberté de monsieur son père et la permission de demeurer à Paris pour la solliciter.

Aussitôt que la requête eut été lue, les huissiers vinrent avertir que Des Roches, capitaine des gardes de Monsieur le Prince, était à la porte, qui demandait qu'il plût à la Compagnie de le faire entrer pour lui présenter une lettre des trois princes. L'on lui donna audience. Il dit qu'un chevau-léger des troupes qui avait conduit Monsieur le Prince au Havre, lui avait apporté cette lettre. Elle fut lue, elle demandait que l'on leur fît leur procès ou que l'on leur donnât la liberté.

Le vendredi 9, le Parlement s'étant assemblé pour délibérer, Saintot, lieutenant des cérémonies, apporta à la Compagnie une lettre de cachet, par laquelle le Roi lui ordonnait de surseoir à toute délibération, jusques à ce qu'ils eussent député vers lui pour apprendre ses volontés. L'on députa dès l'après-dînée. La Reine reçut les députés dans le lit, où elle leur dit qu'elle se portait fort mal[2]. Le garde des Sceaux ajouta que l'intention du Roi, qui s'y trouva présent, était que le Parlement ne s'assemblât, pour quelque affaire que ce pût être, que la santé de la Reine, sa mère, ne fût un peu rétablie, afin qu'elle pût elle-même travailler avec plus d'application à tout ce qui serait de leur satisfaction.

Le 10, le Parlement résolut de ne donner de délai que jusques au 14[3]; et ce fut ce jour-là que Crespin, doyen du Parlement, ne sachant quel avis prendre, porta celui de demander à Monseigneur l'Archevêque une procession générale, pour demander à Dieu la grâce de n'en former que de bons.

Le 14, l'on eut une lettre de cachet pour empêcher que l'on ne délibérât. Elle portait que la Reine donnerait assurément au plus tôt satisfaction sur l'affaire de Messieurs les Princes. L'on n'eut aucun égard à cette lettre de cachet, et l'on commença la délibération. Le Nain, conseiller de la Grande Chambre, fut d'avis d'inviter M. le duc d'Orléans de venir prendre sa place, et il passa à cet avis au plus de voix. Vous jugez assez, par tout ce que vous avez ci-dessus, qu'il n'était pas encore temps que Monsieur parût. Il répondit aux députés qu'il ne se trouverait point à l'assemblée, que l'on y faisait trop de bruit, que ce n'était plus qu'une cohue ; qu'il ne concevait pas ce que le Parlement prétendait ; qu'il était inouï qu'il eût pris connaissance de semblables affaires ; qu'il n'y avait qu'à renvoyer les requêtes à la Reine. Vous remarquerez, si il vous plaît, que cette réponse, qui avait été résolue cheux la Palatine, dès nos premières conférences, parut, par l'adresse de Monsieur, lui avoir été inspirée par la cour ; car il ne répondit à Doujat et à Mainardeau, qui lui avaient été députés, qu'après en avoir conféré à la Reine, à qui il tourna son absence du Parlement d'une manière si délicate, qu'il se la fit demander. Ce qu'il dit aux députés acheva de confirmer la cour dans l'opinion que le maréchal de Gramont voyait clair et juste dans ses véritables intentions, et le premier président en fut encore plus persuadé que les Frondeurs demeureraient les dupes de l'intrigue ; comme il ne l'était pas lui-même du Mazarin à beaucoup près tant que M. le maréchal de Gramont, il n'était pas fâché que le Parlement lui donnât des coups d'éperon ; et quoiqu'il fît toujours semblant de les rabattre de temps en temps, il n'était pas difficile à connaître, et par lui-même quelquefois et toujours par ceux qui dépendaient de lui dans la Compagnie, qu'il voulait la liberté de Messieurs les Princes, quoiqu'il ne la voulût pas par la guerre.

Le 15, l'on continua la délibération.

Le 17 de même, avec cette différence toutefois que Deslandes-Païen, rapporteur de la requête de Messieurs les Princes, ayant été interrogé par le premier président si il n'avait rien à ajouter à son avis qu'il avait porté dès le 14 et répété dès le 15, y ajouta que si la Compagnie jugeait à propos de joindre aux remontrances qu'elle ferait de vive voix et par écrit pour la liberté des princes, une plainte en forme contre la conduite du cardinal Mazarin, il ne s'en éloignerait pas. Broussel opina encore plus fortement contre lui. Je n'ai pu pénétrer la raison pour laquelle le premier président s'attira, même un peu contre les formes, cette répétition d'avis du rapporteur que je viens de marquer ; mais je sais bien que l'on lui en voulut du mal au Palais-Royal, et d'autant plus que le Cardinal fut nommé dans cette répétition.

Le 18, la nouvelle arriva que M. le maréchal Du Plessis avait gagné une grande bataille contre M. de Turenne ; que le dernier, qui venait au secours de Rethel et qui l'avait trouvé déjà rendu au maréchal Du Plessis par Liponti[1], qui y commandait la garnison espagnole, s'étant voulu retirer, avait été forcé de combattre dans la plaine de Sompuis[2] ; qu'il s'était sauvé à toute peine, lui cinquième[3], après y avoir fait des merveilles ; qu'il y avait perdu plus de deux mille hommes tués sur la place, du nombre desquels était un des frères de l'électeur Palatin, et six colonels ; et près de quatre mille prisonniers, entre lesquels étaient don Stevan de Gamarre[4], la seconde personne de l'armée ; Bouteville, qui est aujourd'hui M. de Luxembourg, le comte de Bossut, le comte de Quintin, Haucour, Serisi, le chevalier de Jarzé et tous les colonels. L'on ajoutait que l'on avait pris vingt drapeaux et quatre-vingt-quatre étendards[5]. Vous ne doutez pas de la consternation du parti des princes, mais vous ne vous la pouvez pas figurer. Je n'eus toute la nuit cheux moi que des pleureux et des désespérés ; je trouvai Monsieur atterré.

Le 19, j'allai au Palais, où les chambres se devaient assembler ; le peuple me parut, dans les rues, morne, abattu, effrayé. Je connus dans ce moment, encore plus clairement que je n'avais fait jusques-là, que le premier président était bien intentionné pour Messieurs les Princes ; car M. de Rhodes, grand maître des cérémonies, étant venu commander au Parlement, de la part du Roi, de se trouver le lendemain à Notre-Dame, au *Te Deum* de la victoire, le premier président se servit naturellement et sans affectation de cette occasion, pour faire qu'il n'y eût que peu de gens qui opinassent, dans un temps où il voyait bien que personne n'opinerait apparemment que faiblement. Il n'y eut, en effet, que quinze ou seize conseillers qui parlèrent, le premier président ayant trouvé moyen de consumer le temps. Ils allèrent la plupart aux remontrances pour la liberté des princes, mais simplement, timidement, sans chaleur, sans parler contre le Mazarin[1], et il n'y eut que Mainardeau-Champré qui le nomma, mais avec des éloges, en lui donnant tout l'honneur de la bataille de Rethel, en disant, comme il était vrai, qu'il avait forcé le maréchal Du Plessis à la donner, et en avançant, avec une effronterie inconcevable, que la Compagnie ne pouvait mieux faire que de supplier la Reine de remettre Messieurs les Princes à la garde de ce bon et sage ministre, qui en aurait le même soin qu'il avait eu jusque-là de l'État. Ce qui me surprit et m'étonna fut que cet homme, non pas seulement ne fut pas sifflé dans l'assemblée des chambres, mais que même, en passant dans la salle, où il y avait une foule innombrable de peuple, il ne s'éleva pas une seule voix contre lui.

Cette circonstance, qui me fit voir à l'œil[2] le fonds de l'abattement du peuple, jointe à tout ce qui me parut l'après-dînée dans la vieille et dans la nouvelle Fronde (celle-ci était le parti des princes), me fit prendre la résolution de me déclarer, dès le lendemain, pour relever les courages. Jugez de la nécessité que je trouvai à cette conduite, par ce que vous avez vu jusques ici de l'intérêt que j'avais à ne me pas découvrir. Le tempérament que j'y apportai fut de laisser dans mon avis, par lequel je paraîtrais favorable à Messieurs les Princes en général, une porte, laquelle et le Mazarin et le premier président pussent croire que je me tinsse ouverte à dessein, pour ne me pas engager à les servir en particulier pour leur liberté. Je connaissais le premier président pour un homme tout d'une pièce ; et les gens de ce caractère ne manquent jamais de gober avec avidité toutes les apparences qui les confirment dans la première impression qu'ils ont prise. Je connaissais le Cardinal pour un esprit qui n'eût pas pu s'empêcher de croire qu'il n'y eût une arrière-boutique partout où il y avait de la place pour la bâtir ; et c'est presque jeu sûr, avec les hommes de cette humeur, de leur faire croire que l'on veut tromper ceux que l'on veut servir. Je me résolus, sur ces fondements, d'opiner, le lendemain, fortement contre les désordres de l'État, et de prendre mon thème sur ce que Dieu ayant béni les armes du Roi et éloigné les ennemis de la frontière, par la victoire de M. le maréchal Du Plessis, nous donnait le moyen de penser sérieusement aux maladies internes, qui étaient les plus dangereuses : à quoi je fis dessein d'ajouter que je me croyais obligé d'ouvrir la bouche sur l'oppression des peuples, dans un moment où la plainte ne pouvait plus donner aucun avantage aux Espagnols, atterrés par la dernière défaite ; que l'une des ressources de l'État, et même la plus assurée et la plus infaillible, était la conservation des membres de la maison royale ; que je ne pouvais voir qu'avec une extrême douleur Messieurs les Princes dans un air aussi mauvais que celui du Havre[1] ; et que je croyais que l'on devait faire de très humbles remontrances au Roi pour les en tirer, et pour les mettre en lieu où il n'y eût au moins rien à craindre pour leur santé. Je ne crus pas devoir nommer le Mazarin, afin de lui donner lieu à lui-même et au premier président de s'imaginer que ce ménagement pouvait être l'effet de quelque arrière-pensée que j'avais peut-être de me raccommoder avec lui plus facilement, après avoir ameuté et échauffé contre lui le parti de Messieurs les Princes par une demie déclaration qui, n'étant point pour la liberté, ne m'engageait à rien dans les suites. Je communiquai cette pensée, qui ne m'était venue qu'en dînant avec Mme de Lesdiguières, à Monsieur, à Madame la Palatine, à Mme de Chevreuse, à Viole, à Arnauld, à Croissi, au président de Bellièvre et à Caumartin. Il n'y eut que le dernier qui l'approuvât, tout le monde disant qu'il fallait laisser remettre les esprits, qui ne se fussent jamais remis. Je l'emportai enfin par mon opiniâtreté, mais je l'emportai d'une telle manière, que je connus clairement que si je ne réussissais pas, je serais désavoué par quelques-uns et blâmé par tous. Le coup était si nécessaire que je crus en devoir prendre le hasard.

Le lendemain, qui fut le 20, je le pris, je parlai comme je viens de vous le marquer[2]. Tout le monde reprit cœur ; l'on conçut que tout n'était pas perdu, et qu'il fallait que j'eusse vu le dessous des cartes. Le premier président ne manqua pas de donner à ce que j'avais espéré, et de dire au président Le Cogneux, au lever de l'assemblée, que mon avis avait été fort artificieux, mais que l'on voyait au travers mon animosité contre Messieurs les Princes. Le président de Mesme seul et unique ne donna pas dans le panneau. Il jugea que j'étais raccommodé avec Monsieur le Prince, et il s'en affligea, à un point qu'il y a des gens qui ont cru que sa douleur contribua à sa mort, qui arriva aussitôt après[1]. Il y eut fort peu de gens qui opinassent ce jour-là, parce qu'il fallut aller au *Te Deum*; mais l'on vit l'air des esprits et des visages sensiblement changé. La salle du Palais, instruite par ceux qui étaient dans les lanternes, rentra dans sa première humeur : elle retentit, quand nous sortîmes, des acclamations accoutumées, et j'eus ce jour-là trois cents carrosses cheux moi, ou je n'en eus pas un.

Le 22, l'on continua la délibération, et l'on s'aperçut de plus en plus que le Parlement ne suivait pas le char de triomphe du Mazarin. Son imprudence à avoir hasardé tout le royaume, dans la dernière bataille, y fut relevée de toutes les couleurs que l'on put croire capables de ternir celles de sa victoire.

Le 30 couronna l'ouvrage. Il produisit l'arrêt par lequel il fut ordonné que très humbles remontrances seraient faites à la Reine pour demander la liberté de Messieurs les Princes et le séjour de Mlle de Longueville à Paris. Il fut aussi arrêté de député un président et deux conseillers vers M. le duc d'Orléans, pour le prier d'employer pour le même effet son autorité. Il ne serait pas juste que j'oubliasse en ce lieu l'original de la fameuse chanson :

Il y a trois points dans cette affaire[2].

J'avais recordé[3], jusques à deux heures après minuit, M. de Beaufort cheux Mme de Montbazon, pour le faire parler au moins un peu juste dans une occasion aussi délicate et dans laquelle l'on prendrait plaisir de m'attribuer ce qu'il pourrait dire mal à propos ; j'y réussis, comme le voyez par la chanson, qui, dans la vérité, est rendue en vers mot à mot de la prose. Admirez, si il vous plaît, la force de l'imagination. Le vieux Machaut, doyen du Conseil, et qui n'était rien moins qu'un sot, me dit à l'oreille, en entendant cet avis : « L'on voit bien que cela n'est pas de son cru. » Et ce qui est encore de plus merveilleux est que les gens de la cour y entendirent finesse. Quand je demandai à M. de Beaufort pourquoi il avait parlé dans son avis de celui de M. d'Orléans, qui n'y pouvait pas opiner, puisqu'il n'était pas présent, il me répondit qu'il l'avait fait pour embarrasser le premier président. Cette repartie vaut la chanson.

Les gens du Roi ayant demandé audience pour les remontrances, la Reine les remit à huitaine, sous prétexte des remèdes qui lui avaient été ordonnés par les médecins. Monsieur répondit au président de Novion, qui lui avait été député, d'une manière ambiguë et conforme à la conduite qui avait été résolue. Les remèdes de la Reine durèrent huit ou dix jours de plus de ce qu'elle avait cru, ou plutôt de ce qu'elle avait dit, et les remontrances du Parlement ne se firent que le 20 de janvier 1651. Elles furent fortes, et le premier président n'oublia rien de tout ce qui les pouvait rendre efficaces.

Le 21, il en fit sa relation, c'est-à-dire il la voulut faire, car il en fut empêché par un bruit confus qui s'éleva tout d'un coup des bancs des Enquêtes, pour l'obliger à remettre cette relation, dans laquelle il ne s'agissait que de la liberté de deux princes du sang, et du repos ou du bouleversement du royaume, et pour délibérer sur une entreprise que l'on prétendait que le garde des Sceaux avait faite sur la jurisdiction au Parlement en la personne d'un secrétaire du Roi[1]. Cette bagatelle tint toute la matinée, et obligea Monsieur le Premier Président à ne faire sa relation que le 23. Il la finit en disant que la Reine avait répondu qu'elle ferait réponse dans peu de jours.

Nous fûmes avertis, dans ce temps-là, que le Cardinal, qui n'était revenu à Paris[2], après la bataille de Rethel, que parce qu'il ne douta point qu'elle ne dût atterrer tous ses ennemis, nous fûmes, dis-je, avertis que, se voyant déchu de cette espérance, il pensait à en faire sortir le Roi, et nous sûmes même que Beloi, qui était à lui quoique domestique de Monsieur, le lui conseillait et l'assurait que Monsieur, qui ne voulait point dans le fond la guerre civile, suivrait certainement la cour[3]. Mme Du Fretoi dit à Fremont, à qui elle ne se cachait pas, parce qu'il lui prêtait de l'argent, que son mari, qui était à Madame et en cabale avec

Beloi, était de ce sentiment, et qu'il ne l'avait pas pris sans fondement. Nous ne la croyions pas bien informée ; mais comme l'on ne pouvait jamais s'assurer pleinement de l'esprit de Monsieur, et comme d'ailleurs nous considérions que le Parlement était si engagé à la liberté de Messieurs les Princes, et que le premier président même s'était si hautement déclaré qu'il n'y avait plus lieu de craindre qu'ils pussent, ni l'un ni l'autre, faire le pas en arrière, nous crûmes qu'il n'y avait plus de péril que Monsieur s'ouvrît, ou du moins que le peu de péril qui y restait ne pouvait pas contrepeser[1] la nécessité que nous trouvions à engager Monsieur lui-même. Car, supposé que le Roi sortît de Paris, nous étions très assurés que Monsieur ne le suivrait pas si il avait rompu publiquement avec le Cardinal, au lieu que nous ne nous en pouvions pas répondre, si la cour prenait cette résolution dans le temps qu'il y gardait encore des mesures. Nous nous servîmes de ce disparate du Parlement, dont je vous viens de parler, à propos d'un secrétaire du Roi, pour faire appréhender à Monsieur que cet exemple n'instruisît la cour et ne lui donnât la pensée de faire de ces sortes de diversions dont elle avait mille moyens, dans des conjonctures où les moments étaient précieux et où il ne fallait qu'un instant pour déconcerter les plus sages résolutions du monde. Nous employâmes deux ou trois jours à persuader Monsieur que le temps de dissimuler était passé. Il le connaissait et il le sentait comme nous ; mais les esprits irrésolus ne suivent presque jamais ni leur vue ni leur sentiment, tant qu'il leur reste une excuse pour ne se pas déterminer. Celle qu'il nous alléguait était que si il se déclarait, le Roi sortirait de Paris, et qu'ainsi nous ferions la guerre civile. Nous lui répondions qu'il ne tenait qu'à lui, étant lieutenant général de l'État, de faire que le Roi ne sortît pas de Paris, et que la Reine ne pourrait pas refuser, dans une minorité, les assurances que l'on lui demanderait sur cela. Monsieur levait les épaules. Il remettait du matin à l'après-dînée, de l'après-dînée au soir. L'un des plus grands embarras que l'on ait auprès des princes est que l'on est souvent obligé, par la considération de leur propre service, de leur donner des conseils dont l'on ne leur peut dire la véritable raison. Celle qui nous faisait parler était le doute, ou plutôt la connaissance que nous avions de sa faiblesse, et c'était justement celle que nous n'osions lui témoigner. De bonne fortune pour nous, celui contre qui nous agissions[1] eut encore plus d'imprudence que celui pour lequel nous agissions n'eut de faiblesse ; car, justement trois ou quatre jours devant que la Reine répondît aux remontrances du Parlement, il dit à Monsieur des choses assez fortes devant la Reine, sur la confiance qu'il avait en moi. Le propre jour de la réponse, qui fut le dernier de janvier, il haussa de ton. Il parla à Monsieur, dans la petite chambre grise de la Reine, du Parlement, de M. de Beaufort et de moi comme de la chambre basse de Londres, de Fairfax et de Cromwell[2]. Il s'emporta jusques à l'exclamation en s'adressant au Roi. Il fit peur à Monsieur, qui fut si aise d'être sorti du Palais-Royal sain et sauf, qu'en montant dans son carrosse il dit à Joui, qui était à lui, qu'il ne se remettrait jamais entre les mains de cet enragé et de cette furie : il appela ainsi la Reine, parce qu'elle avait renchéri sur ce que le Cardinal avait dit au Roi. Joui, qui était de mes amis, m'avertit de la disposition où était Monsieur : je ne la laissai pas refroidir. Nous nous joignîmes, M. de Beaufort et moi, pour l'obliger à se déclarer, dès le lendemain, dans le Parlement. Nous lui fîmes voir qu'après ce qui s'était passé, il n'y avait plus aucune sûreté pour lui dans le tempérament ; que, si le Roi sortait de Paris, nous tomberions dans une guerre civile, où il demeurerait apparemment seul avec Paris, parce que le Cardinal, qui tenait Messieurs les Princes en ses mains, ferait avec eux ses conditions ; qu'il savait mieux que personne que nous l'avions plutôt retenu qu'échauffé, tant que nous avions cru pouvoir amuser le Mazarin ; mais que la chose étant dans sa maturité, nous le tromperions et nous serions des serviteurs infidèles, si nous ne lui disions qu'il n'y avait plus de temps à perdre, à moins qu'il ne se résolût à perdre toute créance dans le parti de Messieurs les Princes, qui commençait à entrer en défiance de son inaction ; qu'il fallait que le Cardinal fût le plus aveuglé de tous les hommes pour n'avoir pas déjà pris ces instants pour négocier avec eux et pour se donner le mérite de leur liberté, qui paraîtrait, par l'événement, avoir été appréhendée par Monsieur ; que tout ce qui avait été dit et fait par les Frondeurs ne passerait, en ce cas, que pour un artifice ; que nous ne doutions point que la cour ne fût sur le point de prendre ce parti ; que ce qu'elle venait de répondre au Parlement en était une marque assurée, parce qu'elle lui promettait la liberté de Messieurs les Princes aussitôt après que tout leur parti aurait désarmé ; que la réponse était captieuse, mais qu'elle était fine ; qu'elle engageait nécessairement, et sans qu'il y eût même prétexte de s'en défendre, à une négociation avec le parti des princes, que le Cardinal éluderait facilement, si Monsieur ne la pressait pas, ou qu'il tournerait contre Monsieur même, si Monsieur ne la pressait qu'à demi ; qu'il serait également honteux et périlleux à Son Altesse Royale ou de laisser Messieurs les Princes dans les fers après avoir traité avec eux, ou de laisser les moyens au Cardinal de leur faire croire à eux-mêmes qu'il aurait été le véritable auteur de leur liberté ; qu'il ne s'agissait de rien moins, dans le délai, que de ces deux inconvénients ; que l'assemblée du lendemain en déciderait peut-être, parce que la décision dépendrait de la manière dont le Parlement prendrait la réponse de la Reine ; que cette manière n'était pas problématique si Monsieur y voulait paraître, parce que sa présence assurerait la liberté de Messieurs les Princes et lui en donnerait l'honneur. Nous fûmes, depuis huit heures jusques à minuit sonné, à haranguer Monsieur sur ce ton. Madame, que nous avions fait avertir par le vicomte d'Autel, capitaine des gardes de Monsieur, fit des efforts incroyables pour le persuader. Il ne fut pas en son pouvoir. Elle s'emporta, elle lui parla avec aigreur, ce qu'elle n'avait fait, à ce qu'elle nous dit, et comme il éleva la voix en disant que si il allait au Palais se déclarer contre la cour, le Cardinal emmènerait le Roi, elle se mit à crier de son côté : « Qui êtes-vous, Monsieur ? n'êtes-vous pas lieutenant général de l'État ? ne commandez-vous pas les armes ? n'êtes-vous pas maître du peuple ? je réponds que moi seule je l'en empêcherai. » Monsieur demeura ferme, et ce que nous en pûmes tirer fut que je dirais, le lendemain, en son nom et de sa part, dans le Parlement, ce que nous désirions qu'il y allât dire lui-même. En un mot, il voulut que j'éprouvasse l'aventure, qu'il tenait fort incertaine, parce qu'il croyait que le Parlement n'aurait rien à dire contre la réponse de la Reine ; et son raisonnement était qu'il aurait l'honneur et le fruit de ma proposition si elle réussissait ; et que si le Parlement se contentait de la réponse de la Reine, il en serait quitte pour expliquer ce que j'aurais dit de sa part, c'est-à-dire pour me désavouer un peu honnêtement. Je connus très bien son intention, mais elle ne me fit pas balancer, car il y allait du tout ; et si je n'eusse porté, comme je fis le lendemain, la déclaration de Monsieur au Parlement, je suis encore persuadé et que le Cardinal eût éludé pour très longtemps la liberté de Messieurs les Princes, et que la fin eût été une négociation avec eux contre M. le duc d'Orléans. Madame, qui vit que je m'exposais pour le bien public, eut pitié de moi ; et elle fit tout ce qu'elle put pour faire que Monsieur me commandât de dire au Parlement ce que le Cardinal avait dit au Roi de la chambre basse de Londres, de Cromwell et de Fairfax. Elle crut que ce discours, rapporté au nom de Monsieur, l'engagerait encore davantage ; et elle avait raison. Il me le défendit expressément, à mon avis par la même considération, ce qui me fit encore plus juger qu'il attendait l'événement. Je courus tout le reste de la nuit pour avertir que l'on grondât, au commencement de la séance, contre la réponse de la Reine, qui était, dans la vérité, spécieuse, et qui portait que bien qu'il n'appartînt pas au Parlement de prendre connaissance de cette affaire, la Reine voulait bien, par un excès de bonté, avoir égard à ses supplications et donner la liberté à Messieurs les Princes. Elle contenait de plus une promesse positive d'abolition pour tous ceux qui avaient pris les armes. Il n'y avait, pour tout cela, qu'une petite condition préalable, qui était que M. de Turenne eût posé les armes, que Mme de Longueville eût renoncé à son traité avec Espagne, et que Stenai et Mouzon fussent évacués[1]. J'ai su depuis que cette réponse avait été inspirée au Mazarin par le garde des Sceaux. Il est constant qu'elle éblouit le premier président, qu'il la voulut faire passer pour bonne au Parlement, le dernier de janvier, qui est le jour auquel il fit la relation de ce qui s'était passé la veille au Palais-Royal, que le maréchal de Gramont, qui la croyait telle, l'avait si bien déguisée à Monsieur, qu'il ne se pouvait persuader qu'elle se pût seulement contrarier ; que le Parlement y donna, ce même jour que je vous viens de marquer, presque aussi à l'aveugle que le premier président, et il n'est pas moins constant que, le lendemain, qui fut le mercredi premier jour de février, tout le monde revint de cette illusion en s'étonnant de soi-même. Les Enquêtes commencèrent par un murmure sourd. L'on demanda après à Monsieur le Premier Président si la déclaration était expédiée, et comme il eut répondu que Monsieur le Garde des Sceaux avait demandé un jour ou deux pour la dresser, Viole dit que la réponse que l'on avait faite au Parlement n'était qu'un panneau que l'on avait tendu à la Compagnie pour l'amuser ; que devant que l'on pût avoir celle de Mme de Longueville et de M. de Turenne, le temps que l'on disait être pris pour le sacre du Roi, au 12 de mars[1], serait échu ; que quand la cour serait hors de Paris, l'on se moquerait du Parlement. Les deux Frondes s'élevèrent à ce discours, et quand je les vis bien échauffées, je fis signe de mon bonnet, et je dis que Monsieur m'avait commandé d'assurer la Compagnie que, la considération qu'il avait pour tous ses sentiments l'ayant confirmé dans ceux qu'il avait toujours eus naturellement pour messieurs ses cousins, il était résolu de concourir avec elle pour leur liberté et d'y contribuer tout ce qui serait en son pouvoir. Vous ne sauriez concevoir l'effet de ces trente ou quarante paroles : il me surprit moi-même. Les plus sages parurent aussi fous que le peuple, le peuple me parut plus fou que jamais et les acclamations passèrent tout ce que vous vous en pouvez figurer. Il n'en fallait pas moins pour rassurer Monsieur, « qui avait accouché toute la nuit, bien plus (me dit Madame le matin) que je n'ai jamais accouché de tous mes enfants ». Je le trouvai dans sa galerie, entouré de trente ou quarante conseillers qui l'accablaient de louanges ; il les prenait tous à part les uns après les autres pour se bien informer et assurer du succès, et, à chaque éclaircissement qu'il en tirait, il diminuait le bon traitement qu'il avait fait tout le matin à M. d'Elbeuf, qui, depuis la paix de Paris, s'était livré corps et âme au Cardinal, et qui était un de ses négociateurs auprès de Monsieur. Quand il se fut tout à fait éclairci de l'applaudissement que sa déclaration avait eu, il ne le regarda plus, il m'embrassa cinq ou six fois devant tout le monde, et M. Le Tellier étant venu lui demander, de la part de la Reine, si il avouait ce que j'avais dit de sa part au Parlement : « Oui, lui répondit-il, je l'avoue et je l'avouerai toujours de tout ce qu'il fera et de tout ce qu'il dira pour moi. » Nous crûmes, après une aussi grande déclaration que celle-là, que Monsieur ne ferait aucune difficulté de prendre ses précautions pour empêcher que le Cardinal n'emmenât le Roi, et Madame lui proposa de faire garder les portes de la ville, sous prétexte de quelque tumulte populaire. Il ne fut pas en son pouvoir de le lui persuader, et il avait scrupule, à ce qu'il disait, de tenir son Roi prisonnier, et comme ceux du parti de Messieurs les Princes l'en pressaient extrêmement, en lui disant que de là dépendait leur liberté, il leur dit qu'il allait faire une action qui lèverait la défiance qu'ils témoignaient avoir de lui, et il envoya querir sur-le-champ Monsieur le Garde des Sceaux, M. le maréchal de Villeroi et M. Le Tellier. Il leur commanda de dire à la Reine qu'il n'irait jamais au Palais-Royal tant que le Cardinal y serait, et qu'il ne pouvait plus traiter avec un homme qui perdait l'État. Il se tourna ensuite vers le maréchal de Villeroi, en lui disant : « Je vous charge de la personne du Roi, vous m'en répondrez. » J'appris cette belle expédition un quart d'heure après, et j'en fus très fâché, parce que je la considérai comme le moyen le plus propre pour faire sortir le Roi de Paris, qui était uniquement ce que nous craignions. Je n'ai jamais pu savoir ce qui obligea le Cardinal à l'y tenir après cet éclat. Il faut que la tête lui eût tout à fait tourné, et Servient, à qui je l'ai demandé depuis, en convenait. Il me disait que le Mazarin, ces douze ou quinze derniers jours, n'était plus un homme[1]. Cette scène se passa au palais d'Orléans, le second jour de février.

Le 3, il y en eut une autre au Parlement. Monsieur,

qui ne gardait plus de mesures avec le Cardinal, et qui se résolut de le pousser personnellement et même de le chasser, me commanda de donner part à la Compagnie, en son nom, de la comparaison du Parlement à la chambre basse et des particuliers à Fairfax et à Cromwell. Je l'alléguai comme la cause de l'éclat que Monsieur avait fait la veille, et je l'embellis de toutes ses couleurs. Je puis dire, sans exagération, qu'il n'y a jamais eu plus de feu en lieu du monde qu'il y en eut dans tous les esprits à cet instant. Il y eut des avis à décréter contre le Cardinal ajournement personnel. Il y en eut à le mander sur l'heure même pour venir rendre compte de son administration. Les plus doux furent de faire très humbles remontrances pour demander à la Reine son éloignement. Vous ne doutez pas de l'abattement du Palais-Royal à ce coup de foudre. La Reine envoya prier Monsieur d'agréer qu'elle lui menât Monsieur le Cardinal. Il répondit qu'il appréhendait qu'il n'y eût pas de sûreté pour lui dans les rues. Elle offrit de venir seule au palais d'Orléans : il s'en excusa avec respect, mais il s'en excusa. Il envoya, une heure après, faire défense aux maréchaux de France de ne reconnaître que ses ordres, comme lieutenant général de l'État, et au prévôt des marchands de ne faire prendre les armes que sous son autorité. Vous vous étonnerez, sans doute, de ce qu'après ces pas l'on ne fit pas celui de s'assurer des portes de Paris pour empêcher la sortie du Roi. Madame, qui tremblait de peur de cette sortie, redoubla, tous les jours, tous ses efforts, et ils ne servirent qu'à faire voir qu'un homme faible de son naturel n'est jamais fort en tout.

Le 4, Monsieur vint au Palais, et il assura la Compagnie d'une correspondance parfaite pour travailler ensemble au bien de l'État, à la liberté de Messieurs les Princes, à l'éloignement du Cardinal. Comme Monsieur achevait de parler, les gens du Roi entrèrent qui dirent que M. de Rhodes, grand maître des cérémonies, demandait à présenter une lettre de cachet du Roi. L'on balança un peu à lui donner audience, sur ce que Monsieur dit qu'étant lieutenant général de l'État, il ne croyait pas que, dans une minorité, l'on pût faire écrire le Roi au Parlement sans sa participation. Comme il ajouta toutefois qu'il ne laissait pas d'être de sentiment de la recevoir, l'on fit entrer M. de Rhodes. L'on lut la lettre ; elle portait ordre de quitter l'assemblée et d'aller, par députés, au plus grand nombre qu'il se pourrait, au Palais-Royal, pour y entendre les volontés du Roi. L'on résolut d'obéir et d'envoyer sur l'heure même les députés, mais de ne point désemparer[1], et d'attendre en corps, dans la Grande Chambre, les députés. Je reçus, comme l'on se levait pour aller auprès du feu, un billet de Mme de Lesdiguières, qui me mandait que, la veille, Servient avait concerté avec le garde des Sceaux et avec le premier président toute la pièce qui s'allait jouer ; qu'elle n'en avait pu découvrir le détail, mais qu'elle était contre moi. Je dis à Monsieur ce que je venais d'apprendre ; il me répondit qu'il n'en doutait point à l'égard du premier président, qui ne voulait la liberté de Messieurs les Princes que par la cour ; mais que si le vieux Pantalon (il appelait de ce nom le garde des Sceaux de Chasteauneuf, parce qu'il avait toujours une jaquette fort courte et un fort petit chapeau) était capable de cette folie et de cette perfidie tout ensemble, il mériterait d'être pendu de l'autre côté du Mazarin. Il le méritait donc, car il avait été l'auteur de la comédie que vous allez voir. Aussitôt que les députés furent arrivés au Palais-Royal, Monsieur le Premier Président dit à la Reine que le Parlement était sensiblement affligé de voir que, nonobstant les paroles qu'il avait plu à Sa Majesté de donner pour la liberté de Messieurs les Princes, l'on n'avait point reçu la déclaration que tout le public attendait de sa bonté et de sa promesse. La Reine répondit que M. le maréchal de Gramont était parti pour faire sortir de prison Messieurs les Princes, en prenant d'eux les sûretés nécessaires pour l'État (je vous parlerai tantôt de ce voyage) ; que ce n'était pas sur ce sujet, qui était consommé, qu'elle les avait mandés, mais sur un autre qui leur serait expliqué par Monsieur le garde des Sceaux. Il fit semblant de l'expliquer ; mais il parla si bas, sous prétexte d'un rhume, que personne ne l'entendit, pour avoir plus de lieu, à mon avis, de donner par écrit un sanglant manifeste contre moi, que M. Du Plessis eut bien de la peine à lire ; mais la Reine le soulageait en disant, de temps en temps, ce qui était sur le papier. En voici le contenu : « Que tous les rapports que le coadjuteur avait faits au Parlement étaient tous faux et controuvés[1] par lui, qu'il en avait menti (voilà la seule parole que la Reine ajouta à l'écrit) ; que c'était un méchant et dangereux esprit, qui donnait de pernicieux conseils à Monsieur ; qu'il voulait perdre l'État, parce que l'on lui avait refusé le chapeau ; et qu'il s'était vanté publiquement qu'il mettrait le feu aux quatre coins du royaume, et qu'il se tiendrait auprès, avec cent mille hommes qui étaient engagés avec lui, pour casser la tête à ceux qui se présenteraient pour l'éteindre. » L'expression eût été un peu forte et je vous assure que je n'avais rien dit qui en approchât ; mais elle était assez propre pour grossir la nuée que l'on voulait faire fondre sur moi, en la détournant de dessus la tête du Mazarin. L'on voyait le Parlement assemblé pour donner arrêt en faveur de messieurs les princes ; l'on voyait Monsieur, dans la Grande Chambre, déclaré personnellement contre le Cardinal ; et l'on s'imagina que la diversion, qui était nécessaire, se rendrait possible par une nouveauté aussi surprenante que serait celle qui mettrait, en quelque façon, le coadjuteur sur la sellette, en l'exposant, sans que le Parlement eût aucun lieu de se plaindre de la forme, à tous les brocards qu'il plairait au moindre de la Compagnie de lui donner. L'on n'oublia rien de tout ce qui pouvait inspirer du respect pour l'attaque et de tout ce qui pouvait affaiblir la défense. L'écrit fut signé des quatre secrétaires d'État ; et afin d'avoir plus de lieu de pouvoir étouffer tout d'un coup ce que je dirais apparemment pour ma justification, l'on fit suivre de fort près les députés par M. le comte de Brienne[2], avec ordre de prier Monsieur de vouloir bien aller conférer avec la Reine du peu qui restait pour consommer l'affaire de Messieurs les Princes. Vous verrez, par la suite, que le garde des Sceaux de Chasteauneuf avait inventé cet expédient, dans lequel il avait deux fins, dont l'une était d'éloigner par de nouveaux incidents la délibération qui allait directement à la liberté de Monsieur le Prince, et l'autre de tirer de la cour une déclaration si publique contre mon cardinalat, que la dignité même de la parole royale se trouvât engagée à mon exclusion. Voilà l'intérêt du garde des Sceaux. Servient, qui porta cette proposition au premier président, fut reçu à bras ouverts, parce que le premier président, qui ne voulait point que Monsieur le Prince se trouvât uni avec Monsieur et avec les Frondeurs en sortant de prison, ne cherchait qu'une occasion pour remettre sa liberté, qu'il tenait infaillible de toutes les façons, pour la remettre, dis-je, à une conjoncture où il ne leur en eût pas l'obligation aussi pure et aussi entière qu'il la leur aurait en celle-ci. Mainardeau, à qui le dessein fut communiqué, poussa plus loin ses espérances et celles de la cour; car M. de Lionne m'a dit depuis qu'il l'avait prié, ce jour-là, d'assurer la Reine qu'il ouvrirait l'avis de donner, sur une plainte aussi authentique, commission au procureur général pour informer contre moi, « ce qui, ajouta-t-il, sera d'une grande utilité, et en décréditant le coadjuteur par une procédure qui le mettra *in reatu*[1], et en changeant la carte à l'égard de Monsieur le Cardinal[2] ».

Les députés revinrent, entre onze heures et midi, au Palais, où Monsieur avait mangé un morceau à la buvette, afin de pouvoir achever la délibération ce jour-là. Le premier président affecta de commencer sa relation par la lecture de l'écrit qui lui avait été donné contre moi; et il crut qu'il surprendrait ainsi les esprits. Effectivement il réussit, au moins quant à ce point, et la surprise parut dans tous les visages; quoique je fusse averti, je ne l'étais pas du détail, et j'avoue que la forme de la machine ne m'était pas venue dans l'esprit. Dès que je la vis, j'en connus et j'en conçus la conséquence, et je la sentis encore plus vivement quand j'entendis Monsieur le Premier Président qui, se tournant froidement à gauche, dit: «Votre avis, Monsieur le Doyen.» Je ne doutai point que la partie ne fût faite, je ne me trompais pas; car il est vrai qu'elle avait été faite. Mais Mainardeau, qui devait ouvrir la tranchée, eut peur de la salve qu'il appréhenda du côté de la salle. Il y trouva une si grande foule de peuple en entrant, tant d'acclamations à la Fronde, tant d'imprécation contre le Mazarin, qu'il n'osa s'ouvrir, et qu'il se contenta de déployer pathétiquement la division qui était dans l'État et celle particulièrement qui paraissait dans la maison royale. Je ne puis vous dire de quel avis furent tous les conseillers de la Grande Chambre, et je crois qu'eux-mêmes ne l'eussent pu dire, si l'on les en eût pressés à la fin de leur discours. L'un fut de sentiment de faire des prières de quarante heures; l'autre de prier M. d'Orléans de prendre soin du public. Le bonhomme Broussel même oublia que l'assemblée avait été résolue et indiquée pour y traiter de l'affaire de Messieurs les Princes, et il ne parla qu'en général contre les désordres de l'État. Ce n'était pas mon compte, parce que je n'ignorais pas que tant que la délibération ne se fixerait pas, elle pourrait toujours retomber sur ce qui ne me convenait pas. La place dans laquelle j'opinais, qui était justement entre la Grande Chambre et les Enquêtes, me donna le temps de faire mes réflexions et de prendre mon parti, qui fut de traiter l'écrit qui avait été lu contre moi de pièce dressée par le Cardinal, de le mépriser sous le titre de satire et de libelle, d'éveiller par quelque passage court et curieux l'imagination des auditeurs, et de remettre ensuite la délibération dans son véritable sujet. Comme ma mémoire ne me fournit rien dans l'Antiquité qui eût rapport à mon dessein, je fis un passage d'un latin le plus pur et le plus approchant des Anciens qui fût en mon pouvoir[1], et je formai mon avis en ces termes :

« Si le respect que j'ai pour Messieurs les préopinants ne me fermait la bouche, je ne pourrais m'empêcher de me plaindre de ce qu'ils n'ont pas relevé l'indignité de cette paperasse que l'on vient de lire, contre toutes les formes, dans cette Compagnie, et que l'on voit formée des mêmes caractères qui ont profané le sacré nom du Roi pour animer des témoins à brevet. Je m'imagine qu'ils ont cru que ce libelle, qui n'est qu'une saillie de la fureur de M. le cardinal Mazarin, était trop au-dessous d'eux et de moi. Je n'y répondrai, Messieurs, pour m'accommoder à leur sentiment, que par un passage d'un Ancien qui me vient dans l'esprit : *Dans les mauvais temps, je n'ai point abandonné la ville; dans les bons, je n'ai point eu d'intérêts; dans les désespérés, je n'ai rien craint.* Je demande pardon à la Compagnie de la liberté que j'ai prise de sortir, par ce peu de paroles, du sujet de la délibération. Mon avis est, Messieurs, de faire très humbles remontrances au Roi, et de le supplier d'envoyer incessamment une lettre de cachet pour la liberté de Messieurs les Princes et une déclaration d'innocence en leur faveur, et d'éloigner de sa personne et de ses conseils M. le cardinal Mazarin. Mon sentiment est aussi, Messieurs, que la Compagnie résolve, dès aujourd'hui, de s'assembler lundi pour recevoir la réponse qu'il aura plu à Sa Majesté de faire à Messieurs les Députés[1]. »

Les Frondeurs applaudirent à mon opinion. Le parti des princes la reçut comme l'unique voie pour leur liberté ; l'on opina avec chaleur, et il passa tout d'une voix, ce me semble, à mon avis. J'assurerais au moins qu'il n'y en eut pas trois de contraires. L'on chercha longtemps mon passage, qui en latin a toute une autre grâce et même une autre force qu'en français. Monsieur le Premier Président, qui ne s'étonnait de rien, parla de la nécessité de l'éloignement du Cardinal selon toute la force de l'arrêt, et avec autant de vigueur que si il avait été proposé par lui-même, mais habilement et finement, et d'une manière qui lui donna même lieu de l'alléguer à Monsieur comme un motif d'accorder à la Reine l'entrevue qu'elle lui demandait par M. de Brienne. Monsieur s'en excusant sur le peu de sûreté qui y serait pour lui, le premier président insista, même avec larmes, et comme il vit Monsieur un peu ébranlé, il manda les gens du Roi. Talon, avocat général, fit une des plus belles actions qui se soit jamais faite en ce genre. Je n'ai jamais rien ouï ni lu de plus éloquent : il accompagna les paroles de tout ce qui leur put donner de la force. Il invoqua les mânes de Henri le Grand ; il recommanda la France, un genou en terre, à saint Louis. Vous vous imaginez peut-être que vous auriez ri à ce spectacle : vous en auriez été ému comme toute la Compagnie le fut, et si fort que je m'aperçus que les clameurs des Enquêtes commençaient à s'affaiblir. Le premier président, qui s'en aperçut comme moi, s'en voulut servir, et il proposa à Monsieur d'en prendre l'avis de la Compagnie. Je me souviens que Barillon vous racontait un jour cet endroit. Comme je vis que Monsieur s'ébranlait[2], et qu'il commençait à dire qu'il ferait ce que le Parlement lui conseillerait, je pris la parole, et je dis que le conseil que Monsieur demandait n'était pas si il irait ou si il n'irait pas au Palais-Royal, puisqu'il s'était déjà déclaré plus de vingt fois sur cela ; mais qu'il voulait seulement savoir de la Compagnie la manière dont elle jugerait à propos qu'il s'excusât vers la Reine. Monsieur m'entendit bien : il comprit qu'il s'était trop avancé ; il avoua mon explication, et M. de Brienne fut renvoyé avec cette réponse : que Monsieur rendrait à la Reine ses très humbles devoirs aussitôt que Messieurs les Princes seraient en liberté et que M. le cardinal Mazarin serait éloigné de la personne et des conseils. Nous appréhendions, dans la vérité, un coup de désespoir et de la Reine et du Mazarin, si Monsieur fût allé au Palais-Royal ; mais l'on eût pu trouver des tempéraments et des sûretés si nous n'eussions eu que cette considération[1]. Nous craignions beaucoup davantage sa faiblesse, et avec d'autant plus de sujet que nous avions remarqué que les délais et les défaites du Cardinal, pour ce qui regardait la liberté de Messieurs les Princes, n'avaient d'autre fondement que l'espérance qu'il ne pouvait perdre que la Reine regagnerait Monsieur ; et c'était dans cette vue qu'il avait fait partir le maréchal de Gramont et Lionne pour Le Havre-de-Grâce, comme pour aller prendre avec Messieurs les Princes les sûretés nécessaires pour leur liberté. Monsieur crut, par cette considération, l'affaire si avancée qu'il se laissa aller à envoyer avec eux Goulas, secrétaire de ses commandements. Il s'y engagea, dès le premier du mois, avec le maréchal de Gramont ; il en fut bien fâché le 2 au matin, parce que je lui en fis connaître la conséquence, qui était de donner à croire au Parlement que l'intention du Cardinal fût sincère pour la liberté des princes. Il se trouva par l'événement que j'avais bien jugé ; car le maréchal de Gramont, qui partit le même jour pour aller au Havre et qui dit publiquement, dans la cour de Luxembourg, que Messieurs les Princes avaient leur liberté et sans les Frondeurs, n'eut que le plaisir de leur rendre une visite. Il partit sans instructions ; l'on lui promit de les lui envoyer[2]. Quand l'on vit que Monsieur avait retiré le pied du panneau, l'on prit d'autres vues, et le pauvre maréchal, avec les meilleures intentions du monde, joua un des plus ridicules personnages qu'homme de sa qualité ait jamais joué. Vous allez voir, dans peu, la preuve convaincante que toutes les démarches, ou plutôt toutes les démonstrations que le Cardinal donnait depuis quelque temps de vouloir la liberté des princes, n'étaient que dans la vue de détacher Monsieur de leurs intérêts, sous prétexte de le réunir à la Reine. Je vous ai déjà dit que cette grande scène et des remontrances pour l'éloignement du Cardinal et du refus fait à M. de Brienne se passa le 4 de février. Elle ne fut pas la seule. Le vieux bonhomme La Vieuville[1], le marquis de Sourdis, le comte de Fiesque, Béthune et Montrésor se mirent dans la tête de faire une assemblée de noblesse pour le rétablissement de leurs privilèges[2]. Je m'y opposai fortement auprès de Monsieur, parce que j'étais persuadé qu'il n'y a rien de plus dangereux dans une faction que d'y mêler, sans nécessité, ce qui en a la façon. Je l'avais éprouvé plus d'une fois, et toutes les circonstances en devaient dissuader en cette occasion. Nous avions Monsieur, nous avions le Parlement, nous avions l'Hôtel de Ville. Ce composé paraissait faire le gros de l'État; tout ce qui n'était pas assemblée légitime le déparait. Il fallut céder à leurs désirs, auxquels je me rendis toutefois beaucoup moins qu'à la fantaisie d'Anneri, à qui j'avais l'obligation que vous avez vue ci-dessus. Il était secrétaire de cette assemblée; mais il en était encore beaucoup plus le fanatique. Cette assemblée, qui se tint ce jour-là à l'hôtel de La Vieuville, donna une grande terreur au Palais-Royal, où l'on fit monter six compagnies en garde. Monsieur s'en choqua et il envoya, en qualité de lieutenant général de l'État, commander à M. d'Espernon, colonel de l'infanterie, et à M. de Schomberg, colonel des Suisses, de ne recevoir ordre que de lui. Ils répondirent respectueusement, mais en gens qui étaient à la Reine.

Le 5, l'assemblée de noblesse se tint cheux M. de Nemours.

Le 6, les chambres étant assemblées et Monsieur ayant pris sa place au Parlement, les gens du Roi entrèrent et ils dirent à la Compagnie qu'ayant été demander audience à la Reine pour les remontrances, elle leur avait répondu qu'elle souhaitait plus que personne la liberté de Messieurs les Princes ; mais qu'il était juste de chercher les sûretés pour l'État ; que pour ce qui était de Monsieur le Cardinal, elle le tiendrait dans ses conseils tant qu'elle le jugerait utile au service du Roi, et qu'il n'appartenait pas au Parlement de prendre connaissance de quels ministres elle se servait. Monsieur le Premier Président eut toutes les bourrades que l'on se peut figurer, pour n'avoir pas fait plus d'instances ; l'on le voulut obliger d'envoyer demander l'audience pour l'après-dînée : tout le délai qu'il put obtenir ne fut que jusques au lendemain. Monsieur ayant dit que les maréchaux de France étaient dépendants du Cardinal, l'on donna arrêt, sur l'heure, par lequel il leur fut ordonné de n'obéir qu'à Monsieur. Comme j'étais, le soir, cheux moi, le prince de Guéméné et Béthune y entrèrent et me dirent que le Cardinal s'était sauvé, lui troisième ; qu'il était sorti de Paris[1], en habit déguisé, et que le Palais-Royal était dans une consternation effroyable. Comme je voulus monter en carrosse, sur cette nouvelle, pour aller trouver Monsieur, ils me prièrent d'entrer dans un petit cabinet où ils me pussent parler en particulier. Ce secret était que Chandenier, capitaine des gardes en quartier, était dans le carrosse du prince de Guéméné, qui me voulait dire un mot, mais qui ne voulait être vu d'aucun de mes domestiques. Je connaissais les deux hommes qui me parlaient pour n'être pas trop sages ; mais je les crus fous à lier et à mener aux Petites-Maisons[2], quand ils me nommèrent Chandenier. Je ne l'avais point vu depuis le collège et encore depuis les premières années du collège, où nous n'avions l'un et l'autre que neuf ou dix ans. Nous ne nous étions jamais rendu aucune visite ; il avait été fort attaché à M. le cardinal de Richelieu, dans la maison duquel j'avais été bien éloigné d'avoir aucune habitude. Il était capitaine des gardes en quartier ; je servais le mien dans la Fronde ; je le vois à ma porte le propre jour que la Fronde ôte de force au Roi son premier ministre ; je le vois dans ma chambre et il me demande d'abord si je ne suis pas serviteur du Roi. Je vous confesse que j'eusse eu grande peur, si je n'eusse été fort assuré que j'avais un fort bon corps de garde dans ma cour et bon nombre de gens fort braves et fort fidèles dans mon antichambre. Comme j'eus répondus à M. de Chandenier que j'étais au Roi comme lui, il me sauta au cou et il me dit : « Et moi, je suis au Roi comme vous, mais comme vous aussi contre le Mazarin, pour la cabale, cela s'entend, ajouta-t-il, car, au poste où je suis, je ne voudrais pas lui faire de mal autrement. » Il me demanda mon amitié ; il me dit qu'il n'était pas si mal auprès de la Reine que l'on le croyait ; qu'il trouverait bien dans sa place des moments à donner de bonnes bottes au Sicilien[1]. Il revint une autre fois cheux moi, avec les mêmes gens, entre minuit et une heure. Il y vint pour la troisième avec le grand prevôt[2], qui, à mon opinion, ne faisait pas ce pas sans concert avec la cour, quoiqu'il fît profession d'amitié avec moi depuis assez longtemps. De quelque manière que l'avis en soit venu à la Reine, il est constant qu'elle l'eut ; et il ne l'est pas moins qu'il ne se pouvait pas qu'elle ne l'eût, le prince de Guéméné et Béthune étant les deux hommes du royaume les moins secrets, et j'en avertis Chandenier, en leur présence, dès sa première visite. Il eut commandement de se retirer cheux lui en Poitou. Voilà toute l'intrigue que j'eus avec lui : vous en verrez la suite dans son temps. Aussitôt que Chandenier fut sorti de cheux moi, j'allai cheux Monsieur, que je trouvai environné d'une foule de courtisans qui applaudissaient au triomphe. Monsieur, qui ne me vit pas assez content à son gré, me dit qu'il gagerait que j'appréhendais que le Roi ne s'en allât. Je le lui avouai : il se moqua de moi ; il m'assura que si le Cardinal avait eu cette pensée, il l'aurait exécutée en l'emmenant avec lui[3]. Je lui répondis que le Cardinal me paraissait, depuis quelque temps, avoir tourné de tête et qu'à tout hasard, il serait bon d'y prendre garde, parce qu'avec ces sortes de gens les contretemps étaient toujours à craindre. Tout ce que je pus obtenir de Monsieur fut que je disse, comme de moi-même, à Chamboi, qui était mon ami et qui commandait la compagnie de gensdarmes de M. de Longueville, de faire quelque patrouille sans éclat dans le quartier du Palais-Royal. Chamboi avait fait couler dans Paris cinquante ou soixante de ses gensdarmes, de concert avec moi, depuis que j'avais traité avec Messieurs les Princes. Comme je faisais chercher Chamboi, Monsieur me rappela et il me défendit expressément de faire faire cette patrouille. L'entêtement qu'il avait sur ce point était inconcevable. Ce n'est pas la seule occasion où j'ai observé que la plupart des hommes ne font les grands maux que par les scrupules qu'ils ont pour les moindres. Monsieur craignait au dernier point la guerre civile, qu'il eût faite par nécessité si le Roi fût sorti. Il se faisait un crime de la seule pensée de l'empêcher. L'on raisonna beaucoup sur l'évasion du Cardinal, chacun y voulant chercher des motifs à sa mode. Je suis persuadé que la frayeur en fut l'unique cause, et qu'il ne se put donner à lui-même le temps qu'il eût fallu pour emmener le Roi et la Reine. Vous verrez dans peu qu'il ne tint pas à lui de les tirer de Paris bientôt après, et apparemment le dessein en était formé devant qu'il s'en allât : je n'ai jamais pu comprendre ce qui le put obliger à ne l'exécuter pas dans une occasion où il avait, à toutes les heures du jour, sujet de craindre que l'on ne s'y opposât.

Le 7, le Parlement s'assembla et ordonna, Monsieur y assistant, que très humbles remerciements seraient faits à la Reine pour l'éloignement de Monsieur le Cardinal, et qu'elle serait aussi suppliée de faire expédier une lettre de cachet pour faire sortir Messieurs les Princes, et d'envoyer une déclaration par laquelle les étrangers seraient à jamais exclus du Conseil du Roi. Monsieur le Premier Président s'étant acquitté de cette commission sur les quatre heures du soir, la Reine lui dit qu'elle ne pouvait faire de réponse qu'elle n'eût conféré avec M. le duc d'Orléans auquel elle envoya, pour cet effet, le garde des Sceaux, le maréchal de Villeroi et Le Tellier. Il leur répondit qu'il ne pouvait aller au Palais-Royal et que Messieurs les Princes ne fussent en liberté et que Monsieur le Cardinal ne fût encore plus éloigné de la cour.

Le 8, le premier président ayant fait sa relation au Parlement de ce que la Reine lui avait dit, Monsieur expliqua à la Compagnie les raisons de sa conduite à l'égard de l'entrevue que l'on demandait ; il fit remarquer que le Cardinal n'était qu'à Saint-Germain, d'où il gouvernait encore le royaume ; que son neveu et ses nièces étaient au Palais-Royal[1] ; et il proposa que l'on suppliât très humblement la Reine de s'expliquer si cet éloignement était pour toujours et sans retour. L'on ne peut s'imaginer jusques où l'emportement de la Compagnie alla ce jour-là. Il y eut des voix à ordonner qu'il n'y aurait plus de favoris en France. Je ne croirais pas, si je ne l'avais ouï, que l'extravagance des hommes eût pu se porter jusques à cette extrémité. Il passa enfin à l'avis de Monsieur, qui fut de faire expliquer la Reine sur la qualité de l'éloignement du Mazarin, et de presser la lettre de cachet pour la liberté des princes. Ce même jour, la Reine assembla dans le Palais-Royal MM. de Vendôme, de Mercœur, d'Elbeuf, d'Harcourt, de Rieux, de Lislebonne, d'Espernon, de Candale, d'Estrées, de l'Hospital, de Villeroi, Du Plessis-Praslin, d'Aumont, d'Hoquincourt, de Grancei, et elle envoya, par leur avis, MM. de Vendôme, d'Elbeuf et d'Espernon prier Monsieur de venir prendre sa place au Conseil, et lui dire que, si il ne le jugeait pas à propos, elle lui envoierait Monsieur le Garde des Sceaux pour concerter avec lui ce qui serait nécessaire pour consommer l'affaire de Messieurs les Princes. Monsieur accepta la seconde proposition : il s'excusa de la première en termes fort respectueux, et il traita fort mal M. d'Elbeuf, qui le voulait un peu trop presser pour aller au Palais-Royal. Ces messieurs dirent à M. le duc d'Orléans que la Reine leur avait aussi commandé de l'assurer que l'éloignement du Cardinal était pour toujours. Vous verrez bientôt que si Monsieur se fût mis, ce jour-là, entre les mains de la Reine, il y a grand lieu de croire qu'elle fût sortie de Paris et qu'elle l'eût emmené.

Le 9, Monsieur ayant dit au Parlement ce que la Reine lui avait mandé touchant l'éloignement du Cardinal, et les gens du Roi ayant ajouté que la Reine leur avait donné ordre de porter la même parole à la Compagnie, l'on donna l'arrêt, par lequel il fut dit que, vu la déclaration de la Reine, le cardinal Mazarin sortirait dans quinze jours du royaume et de toutes les terres de l'obéissance du Roi ; avec tous ses parents et tous ses domestiques étrangers : à faute de quoi serait procédé contre eux extraordinairement[2], et permis aux communes et à tous autres de leur courir sus.

J'eus un violent soupçon, au sortir du Palais, que l'on n'emmenât le Roi ce jour-là, parce que l'abbé Charrier[1], à qui le grand prévôt faisait croire la meilleure partie de ce qu'il voulait, me vint trouver tout échauffé pour m'avertir que Mme de Chevreuse et le garde des Sceaux me jouaient et ne me disaient pas tous leurs secrets, si ils ne m'avaient fait confidence du tour qu'ils avaient fait au Cardinal ; qu'il savait de science certaine et de bon lieu que c'étaient eux qui lui avaient persuadé de sortir de Paris, sous la parole qu'ils lui avaient donnée de le servir ensuite pour son rétablissement, et d'appuyer dans l'esprit de Monsieur les instances de la Reine, à laquelle il ne pourrait jamais résister en présence. L'abbé Charrier accompagna cet avis de toutes les circonstances que j'ai trouvées depuis répandues dans le monde, et qui ont fait croire, à tous ceux qui croient que tout ce qui leur paraît le plus fin est le plus vrai, que l'évasion du Mazarin était un grand coup de politique ménagé par Mme de Chevreuse et par Monsieur le garde des Sceaux de Chasteauneuf, pour perdre le Cardinal par lui-même. Ces misérables gazetiers de ce temps-là ont forgé, sur ce fonds, des contes de Peaux d'ânes[2] plus ridicules que ceux que l'on fait aux enfants. Je m'en moquai dès l'heure même, parce que j'avais vu et l'un et l'autre très embarrassés, quand ils apprirent que le Cardinal était parti, dans la crainte que le Roi ne le suivît bientôt. Mais comme je croyais avoir remarqué plus d'une fois que la cour se servait du canal du grand prévôt pour me faire couler de certaines choses, j'observai soigneusement les circonstances, et il me parut que beaucoup de celles que l'abbé Charrier me marquait, et qu'il m'avoua tenir du grand prévôt, allaient à me laisser voir que le Mazarin s'en allait paisiblement hors du royaume, attendre avec sûreté l'effet des grandes promesses du garde des Sceaux et de Mme de Chevreuse. Le bruit de ce grand coup de tête a été si universel, qu'il faut, à mon avis, qu'il ait été jeté pour plus d'une fin ; mais je suis encore persuadé que l'on fut bien aise de s'en servir pour m'ôter de l'esprit que l'on eût pensée de sortir de Paris, le jour que l'on faisait effectivement état d'en sortir. Ce qui augmenta fort mon soupçon est que la Reine, qui avait toujours jusques là donné des délais, s'était relâchée tout d'un coup et avait offert d'envoyer le garde des Sceaux à Monsieur et de terminer l'affaire de Messieurs les Princes. Je dis à Monsieur toutes mes conjectures ; je le suppliai d'y faire réflexion ; je le pressai, je l'importunai. Le garde des Sceaux, qui vint, sur le soir, régler avec lui les ordres que l'on promettait d'envoyer, dès le lendemain, pour la liberté des princes, l'assurant pleinement, je ne pus rien gagner sur lui, et je m'en revins cheux moi fort persuadé que nous aurions bientôt quelque scène nouvelle. Je n'étais presque pas endormi, quand un ordinaire[1] de Monsieur tira le rideau de mon lit et me dit que Son Altesse Royale me demandait. J'eus curiosité d'en savoir la cause, et tout ce qu'il m'en apprit fut que Mlle de Chevreuse était venue éveiller Monsieur. Comme je m'habillais, un page m'apporta un billet d'elle, où il n'y avait que ces deux mots : *Venez en diligence à Luxembourg[2], et prenez garde à vous par le chemin.* Je trouvai Mlle de Chevreuse assise sur un coffre, dans l'antichambre, qui me dit que madame sa mère, qui se trouvait mal, l'avait envoyée à Monsieur, pour lui faire savoir que le Roi était sur le point de sortir de Paris ; qu'il s'était couché à l'ordinaire, qu'il venait de se relever et qu'il était même déjà botté. Véritablement l'avis ne venait pas d'assez bon lieu. Le maréchal d'Aumont, capitaine des gardes en quartier, le faisait donner sous main et de concert avec le maréchal d'Albret, par la seule vue de ne pas rejeter le royaume dans une confusion aussi effroyable que celle qu'ils prévoyaient. Le maréchal de Villeroi avait fait donner au même instant le même avis par le garde des Sceaux. Mlle de Chevreuse ajouta qu'elle croyait que nous aurions bien de la peine à faire prendre une résolution à Monsieur, parce que la première parole qu'il lui avait dite, lorsqu'elle l'avait éveillé, était : « Envoyez querir le coadjuteur ; toutefois qu'y a-t-il à faire ? » Nous entrâmes dans la chambre de Madame, où Monsieur était couché avec elle. Il me dit d'abord : « Vous l'aviez bien dit. Que ferons-nous ? — Il n'y a qu'un parti, lui répondis-je, qui est de se saisir des portes de Paris. — Le moyen, à l'heure qu'il est ? »

reprit-il. Les hommes, en cet état, ne parlent presque
jamais que par monosyllabes. Je me souviens que je
le fis remarquer à Mlle de Chevreuse. Elle fit des
merveilles. Madame se passa elle-même. L'on ne put
jamais rien gagner de positif sur l'esprit de Monsieur,
et ce que j'en pus tirer fut qu'il enverrait de Souches,
capitaine de ses Suisses, cheux la Reine, pour la supplier de faire réflexion sur les suites d'une action de
cette nature. « Cela suffira, disait Monsieur, car,
quand la Reine verra que sa résolution est pénétrée,
elle n'aura garde de s'exposer à l'entreprendre. »
Madame, voyant que cet expédient, n'étant pas accompagné, serait capable de tout perdre, et que pourtant
Monsieur ne se pouvait résoudre à donner aucun
ordre, me commanda de lui apporter un écritoire qui
était sur la table de son cabinet, et elle écrivit ces
propres paroles dans une grande feuille de papier :

*Il est ordonné à Monsieur le Coadjuteur de faire prendre
les armes et d'empêcher que les créatures du cardinal Mazarin, condamné par le Parlement, ne fassent sortir le Roi de
Paris.*

MARGUERITE DE LORRAINE.

Monsieur, ayant voulu voir cette patente, l'arracha
d'entre les mains de Madame; mais il ne la put empêcher de dire à l'oreille à Mlle de Chevreuse : « Je te
prie, ma chère nièce[1], de dire au coadjuteur qu'il fasse
ce qu'il faut, et je lui réponds demain de Monsieur,
quoi qu'il dise aujourd'hui. » Monsieur me cria,
comme je sortais de sa chambre : « Au moins, Monsieur le Coadjuteur, vous connaissez le Parlement;
je ne me veux pour rien brouiller avec lui. » Mlle de
Chevreuse tira la porte en lui disant : « Je vous défie
de vous brouiller autant avec lui que vous l'êtes avec
moi. »

Vous jugez aisément de l'état où je me trouvai;
mais je crois que vous ne doutez pas du parti que je
pris. Le choix au moins n'en était pas embarrassant,
quoique l'événement en fût bien délicat. J'écrivis à
M. de Beaufort ce qui se passait, et je le priais de se
rendre, en toute diligence, à l'hôtel de Montbazon.
Mlle de Chevreuse alla éveiller le maréchal de La

Mothe, qui monta à cheval, en même temps, avec ce qu'il put ramasser des gens attachés à Messieurs les Princes. Je sais bien que Lanques et Coligni furent de cette troupe. M. de Montmorenci porta ordre de moi à L'Espinai de faire prendre les armes à sa colonelle, ce qu'il fit, et il se saisit de la porte de Richelieu[1]. Martineau ne s'étant pas trouvé à son logis, sa femme, qui était sœur de Mme de Pommereux, se jeta en jupe dans la rue, fit battre le tambour, et cette compagnie se posta à la porte Saint-Honoré. De Souches exécuta, dans ces entrefaites, sa commission ; il trouva le Roi dans le lit (car il s'y était remis) et la Reine dans les pleurs[2]. Elle le chargea de dire à Monsieur qu'elle n'avait jamais pensé à emmener le Roi, et que c'était une pièce de ma façon. Le reste de la nuit l'on régla les gardes ; M. de Beaufort et M. le maréchal de La Mothe se chargèrent des patrouilles de cavalerie. Enfin l'on s'assura comme il était nécessaire en cette occasion[3]. Je retournai cheux Monsieur pour lui rendre compte du succès ; il en fut très aise dans le fonds, mais il n'osa toutefois s'en expliquer, parce qu'il voulait attendre ce que le Parlement en penserait ; et j'eus beau lui représenter que le Parlement en penserait selon ce qu'il en dirait lui-même, je connus clairement que je courrais fortune d'être désavoué si le Parlement grondait, et vous observerez, si il vous plaît, qu'il n'y avait guère de matière plus propre à le faire gronder, parce qu'il n'y en a point qui soit plus contraire aux formes du Palais, que celle où il se traite d'investir le Palais-Royal. J'étais très persuadé, comme je le suis encore, qu'elle était bien rectifiée et même sanctifiée par la circonstance, car il est certain que la sortie du Roi pouvait être la perte de l'État ; mais je connaissais le Parlement et je savais que le bien qui n'est pas dans les formes y est toujours criminel à l'égard des particuliers. Je vous confesse que c'est un des rencontres de ma vie où je me suis trouvé le plus embarrassé. Je ne pouvais pas douter que les gens du Roi n'éclatassent, le lendemain au matin, avec fureur, contre cette action ; je ne pouvais pas ignorer que le premier président ne tonnât. J'étais très assuré que Longueil, qui, depuis que son frère avait été fait surintendant des Finances, avait renoncé à la Fronde, ne m'épargnerait pas par ses sous-mains, que je connaissais pour être encore plus dangereux que les déclamations des autres. Ma première pensée fut d'aller, dès les sept heures du matin, cheux Monsieur, le presser de se lever, ce qui était une affaire, et d'aller au Palais, ce qui en était encore une autre. Caumartin ne fut pas de cet avis, et il me dit pour raison que l'affaire dont il s'agissait n'était pas de la nature de celles où il suffit d'être avoué[1]. Je l'entendis d'abord, j'entrai dans sa pensée. Je compris qu'il y aurait trop d'inconvénients à faire seulement soupçonner que la chose n'eût pas été exécutée par les ordres positifs de Monsieur, et que la moindre résistance qu'il ferait paraître à se trouver à l'assemblée ferait naturellement ce mauvais effet. Je pris la résolution de ne point proposer à Monsieur d'y aller, mais de me conduire d'une manière qui l'obligeât toutefois d'y venir ; et le moyen que je pris pour cela fut que nous nous y trouvassions, M. de Beaufort, M. le maréchal de La Mothe et moi, fort accompagnés ; que nous nous y fissions faire de grandes acclamations par le peuple ; qu'une partie des officiers des colonelles dépendants de nous se partageassent ; que les uns vinssent au Palais pour y rendre le concours plus grand ; que les autres fussent cheux Monsieur comme pour lui offrir leur service, dans une conjoncture aussi périlleuse pour la ville qu'aurait été la sortie du Roi ; et que M. de Nemours s'y trouvât, en même temps, avec MM. de Coligni, de Lanques, de Tavanes et autres du parti des princes, qui lui dissent que c'était à ce coup que messieurs ses cousins lui devaient leur liberté, et qu'ils le suppliaient d'aller consommer son ouvrage au Parlement. M. de Nemours ne put faire ce compliment à Monsieur qu'à huit heures, parce qu'il avait commandé à ses gens de ne le pas éveiller plus tôt, sans doute pour se donner le temps de voir ce que la matinée produirait. Nous étions cependant au Palais dès les sept heures, où nous observâmes que le premier président gardait la même conduite, car il n'assemblait point les chambres, apparemment pour voir la démarche de Monsieur. Il était à sa place dans la Grande Chambre, jugeant les affaires ordinaires ; mais il montrait par son visage et par ses manières qu'il avait de plus grandes pensées dans l'esprit. La tristesse paraissait dans ses yeux, mais cette sorte de tristesse qui touche et qui émeut, parce qu'elle n'a rien de l'abattement. Monsieur arriva enfin, tard, et après que neuf heures furent sonnées, M. de Nemours ayant eu toutes les peines du monde à l'ébranler. Il dit, en arrivant, à la Compagnie qu'il avait conféré la veille avec Monsieur le garde des Sceaux, et que les lettres de cachet, nécessaires pour la liberté de Messieurs les Princes, seraient expédiées dans deux heures et partiraient incessamment. Le premier président prit ensuite la parole, et il dit avec un profond soupir : « Monsieur le Prince est en liberté, et le Roi, le Roi notre maître est prisonnier. » Monsieur, qui n'avait plus de peur, parce qu'il avait reçu plus d'acclamations dans les rues et dans la salle du Palais qu'il n'en avait jamais eu, et à qui Coulon avait dit à l'oreille que l'escopetterie[1] des Enquêtes ne serait pas moins forte, Monsieur, dis-je, lui repartit : « Il l'était entre les mains du Mazarin ; mais, Dieu merci, il ne l'est plus. » Les Enquêtes répondirent comme par un écho : « Il ne l'est plus, il ne l'est plus. » Monsieur, qui parlait toujours bien en public, fit un petit narré de ce qui s'était passé la nuit, délicat, mais suffisant pour autoriser ce qui s'était fait ; et le premier président ne se satisfit que par une invective assez aigre[2] qu'il fit contre ceux qui avaient supposé que la Reine eût une aussi mauvaise intention ; qu'il n'y avait rien de plus faux, et tout le reste. Je ne répondis que par un doux souris. Vous pouvez croire que Monsieur ne nomma pas ses auteurs ; mais il marqua, en général, au premier président qu'il en savait plus que lui. La Reine envoya quérir, dès l'après-dînée, les gens du Roi et ceux de l'Hôtel de Ville pour leur dire qu'elle n'avait jamais eu cette pensée, et pour leur commander même de faire garder les portes de la ville, afin d'en effacer l'opinion de l'esprit des peuples. Elle fut exactement obéie. Cela se passa le 10 de février.

Le 11, M. de La Vrillière[3], secrétaire d'État, partit avec toutes les expéditions nécessaires pour faire sortir Messieurs les Princes.

Le 13, Monsieur le Cardinal, qui ne s'éloigna des environs de Paris que depuis qu'il eut appris que l'on y avait pris les armes, se rendit au Havre-de-Grâce, où il fit toutes les bassesses imaginables à Monsieur le Prince, qui le traita avec beaucoup de hauteur et qui ne lui fit pas le moindre remerciement de la liberté qu'il lui donna, après avoir dîné avec lui[1]. Je n'ai jamais pu comprendre ce pas de ballet du Cardinal, qui m'a paru un des plus ridicules de notre temps, dans toutes ses circonstances[2].

Le 15, l'on eut la nouvelle à Paris de la sortie de Messieurs les Princes, et Monsieur alla voir la Reine. L'on ne parla de rien, et la conversation fut courte.

Le 16, Messieurs les Princes arrivèrent. Monsieur alla au-devant d'eux jusques à mi-chemin de Saint-Denis. Il les prit dans son carrosse, où nous étions aussi, M. de Beaufort et moi. Ils allèrent descendre au Palais-Royal, où la conférence ne fut pas plus échauffée ni plus longue que celle de la veille. M. de Beaufort demeura, tant qu'ils furent cheux la Reine, du côté de la porte Saint-Honoré ; j'allai entendre complies aux pères de l'Oratoire[3]. Le maréchal de La Mothe ne quitta pas les derrières du Palais-Royal. Messieurs les Princes nous reprirent à la Croix-du-Tirouer. Nous soupâmes cheux Monsieur où la santé du Roi fut bue avec le refrain de : « Point de Mazarin ! » Et le pauvre maréchal de Gramont et M. Danville furent forcés à faire comme les autres.

Le 17, Monsieur mena Messieurs les Princes au Parlement, et ce qui est remarquable est que ce même peuple qui, treize mois devant, avait fait des feux de joie pour leur prison en fit, tous ces derniers jours, avec autant de joie, pour leur liberté.

Le 20, la déclaration que l'on avait demandée au Roi contre le Cardinal fut apportée au Parlement, pour y être enregistrée, et elle fut renvoyée avec fureur, parce que la clause de son éloignement était couverte et ornée de tant d'éloges, qu'elle était proprement un panégyrique. Comme cette déclaration portait que tous étrangers seraient exclus des conseils, le bonhomme Broussel, qui allait toujours plus loin que les autres, ajouta dans son opinion : « Tous les cardinaux, parce qu'ils ont serment au Pape. » Le premier président, s'imaginant qu'il me ferait un grand déplaisir, admira le bon sens de Broussel ; il approuva son sentiment. Il était fort tard, l'on voulait dîner ; la plupart n'y firent pas de réflexion ; et comme tout ce qui se disait et tout ce qui se faisait, en ce temps-là, contre le Mazarin, ou directement ou indirectement, était si naturel qu'il n'eût pas été judicieux de s'y imaginer du mystère, je crois que je n'y eusse pas pris garde non plus que les autres, si Monsieur de Chaslons[1], qui avait pris ce jour-là sa place au Parlement, ne m'eût dit que lorsque Broussel eut proposé l'exclusion des cardinaux français, et que le Parlement eut témoigné par des voix confuses l'approuver, Monsieur le Prince avait fait paraître beaucoup de joie et qu'il s'était même écrié : « Voilà un bel écho. » Il faut que je vous fasse ici mon panégyrique. Je pouvais être un peu piqué de ce que, presque dès le lendemain d'un traité par lequel Monsieur se déclarait qu'il pensait à me faire cardinal, Monsieur le Prince appuyait une proposition qui allait directement à la diminution de cette dignité. Le vrai est que Monsieur le Prince n'y avait aucune part, qu'elle se fit naturellement, et qu'elle ne fut approuvée que parce que rien de tout ce qui s'avançait contre le Mazarin ne pouvait être désapprouvé ; mais j'eus lieu de croire, en ce temps-là, qu'il y avait eu du concert ; que Longueil avait fait donner dans le panneau le bonhomme Broussel ; que tous les gens marqués pour être serviteurs de Messieurs les Princes y avaient donné avec chaleur ; et j'eus encore autant de lieu d'espérer que j'en ferais évanouir la tentative, quand les Frondeurs, qui s'aperçurent que le premier président se voulait servir contre moi en particulier de la chaleur que le corps avait contre le général[2], m'offrirent de tourner tout court, de faire expliquer l'arrêt et de faire un éclat qui eût assurément obligé Monsieur le Prince à faire changer de ton à ceux de son parti. Il y eut, dans le même temps, une autre occasion qui m'eût encore donné si il m'eût plu, un moyen bien sûr et bien fort de brouiller les cartes, et d'embarrasser le théâtre d'une façon qui n'eût pas permis au premier président de s'égayer à mes dépens. Je vous ai déjà parlé de l'assemblée de la noblesse. La cour, qui est toujours disposée à croire le pis, était persuadée, quoique à tort, comme je vous l'ai déjà dit, qu'elle était de mon invention et que j'y faisais un grand fondement. Elle crut, par cette raison, qu'elle ferait un grand coup contre moi que de la dissiper ; et sur ce principe, qui était faux, elle faillit à se faire deux des préjudices les plus réels et les plus effectifs que ses ennemis les plus mortels lui eussent pu procurer. Pour obliger le Parlement, qui craint naturellement les États[1], à donner des arrêts contre cette assemblée de noblesse, elle envoya le maréchal de L'Hospital[2] à cette assemblée, lui dire qu'elle n'avait qu'à se séparer, puisque le Roi lui donnait sa foi et sa parole de faire tenir les États généraux le premier jour d'octobre. Je sais bien que l'on n'avait pas dessein de l'exécuter[3] ; mais je n'ignorais pas aussi que si Monsieur et Monsieur le Prince se fussent unis pour le faire exécuter, comme il était, dans le fonds, de leur intérêt, il se fût trouvé, par l'événement, que les ministres se fussent attiré, sans nécessité et pour une bagatelle, celui de tous les inconvénients qu'ils ont toujours le plus appréhendé. L'autre qu'ils hasardèrent par cette conduite fut qu'il ne tint presque à rien que Monsieur ne prît la protection de cette assemblée malgré moi ; et si il l'eût fait dans les commencements, comme je l'en vis sur le point, la Reine, contre son intérêt et contre son intention, qui conspiraient ensemble à diviser Monsieur et Monsieur le Prince, les eût unis davantage par un éclat qui, étant fait dès les premiers jours de la liberté, eût entraîné de nécessité l'obligé dans le parti du libérateur. Le temps donne des prétextes, et il donne même quelquefois des raisons qui sont des manières de dispenses pour les bienfaits, et il n'est jamais sage, dans leur nouveauté, d'en presser la méconnaissance. MM. de La Vieuville et de Sourdis, secondés par Montrésor, qui, depuis la disgrâce de La Rivière, avait repris assez de créance auprès de Monsieur, le piquèrent un soir si vivement, sur l'ingratitude que le Parlement lui témoignait de s'opiniâtrer à vouloir dissiper une assemblée qui s'était formée sous son autorité, qu'il leur promit que, si il continuait le lendemain, il déclarerait à la Compagnie qu'il s'en allait aux cordeliers, où l'assemblée se tenait, se mettre à sa tête pour recevoir les huissiers du Parlement qui seraient assez hardis pour lui venir signifier ses arrêts. Vous remarquerez, si il vous plaît, que depuis le jour que le Palais-Royal fut investi, Monsieur était si persuadé de son pouvoir sur le peuple, qu'il n'avait plus aucune peur du Parlement ; et que M. de Beaufort, qui entra dans le temps de cette conversation, l'anima encore si fort, qu'il se fâcha contre moi-même, avec aigreur, et qu'il me reprocha que j'avais contribué à l'obliger à souffrir que l'on insistât à la déclaration contre les cardinaux français ; qu'il savait bien que je ne m'en souciais pas, parce que ce ne serait qu'une chanson, même très impertinente et très ridicule, toutes les fois qu'il plairait à la cour ; mais que je devais songer à sa gloire, qui était trop intéressée à souffrir que les mazarins, c'est-à-dire ceux qui avaient fait tous leurs efforts pour soutenir ce ministre dans le Parlement, se vengeassent de ceux qui l'avaient servi pour le détruire, en quittant sa personne, pour attaquer sa dignité, en vue d'un homme à qui lui, Monsieur, la voulait faire tomber[1]. M. de Beaufort, outré de ce que le président Perraut[2], intendant de Monsieur le Prince, avait dit la veille, dans la buvette de la Chambre des comptes, qu'il s'opposerait au nom de son maître à l'enregistrement de ses provisions de l'amirauté, M. de Beaufort, dis-je, n'oublia rien pour l'enflammer, et pour lui mettre dans l'esprit qu'il ne fallait pas laisser passer ces deux occasions sans éprouver ce que l'on devait attendre de Monsieur le Prince, dont tous les partisans paraissaient, en l'une et en l'autre, s'unir beaucoup avec ceux de la cour.

Vous voyez que j'avais beau[3], et d'autant plus que je ne pouvais presque être d'un contraire sentiment, sans me brouiller, en quelque façon, avec tous les amis que j'avais dans le corps de la noblesse. Je ne balançai pas un moment, parce que je me résolus de me sacrifier moi-même à mon devoir, et de ne pas corrompre la satisfaction que je trouvais dans moi-même à avoir contribué, autant que j'avais fait, et à l'éloignement du Cardinal et à la liberté de Messieurs les Princes, qui étaient deux ouvrages extrêmement agréables au public, de ne la pas corrompre, dis-je, par des intrigues nouvelles et par des subdivisions de parti, qui, d'un côté, m'éloignaient toujours du gros de l'arbre, et qui, de l'autre, eussent toujours passé dans le monde pour des effets de la colère que je pouvais avoir contre le Parlement : je dis que je pouvais avoir, car, dans la vérité, je ne l'avais pas, et parce que le gros du corps, qui était toujours très bien intentionné pour moi, songeait beaucoup plus à donner des atteintes au Mazarin qu'à me faire du mal, et parce que je n'ai jamais compris que l'on se puisse émouvoir de ce que fait un corps. Je n'eus pas de mérite à ne me pas échauffer ; mais je crois en avoir eu un peu à ne pas me laisser ébranler aux avantages que ceux qui ne m'aimaient pas prirent de ma froideur. Leurs vanteries me tentèrent : je n'y succombai pas, et je demeurai ferme à soutenir à Monsieur qu'il devait dissiper l'assemblée de la noblesse, qu'il ne devait point s'opposer à la déclaration qui portait l'exclusion des conseils des cardinaux français, et que son unique vue devait être dorénavant d'assoupir toutes les partialités. Je n'ai jamais rien fait qui m'ait donné tant de satisfaction intérieure que cette action. Celle que je fis, à la paix de Paris[1], était mêlée de l'intérêt que je trouvais à ne pas devenir le subalterne de Fuensaldagne : je ne fus porté à celle-ci que par le pur principe de mon devoir. Je me résolus de m'y attacher uniquement. J'étais satisfait de mon ouvrage ; et si il eût plu à la cour et à Monsieur le Prince d'ajouter quelque foi à ce que je leur disais, je rentrais moi-même, de la meilleure foi du monde, dans les exercices purs et simples de ma profession[2]. Je passais dans le monde pour avoir chassé le Mazarin, qui en avait toujours été l'horreur, et pour avoir délivré les princes qui en étaient devenus les délices. C'était contentement et je le sentais ; et je le sentais au point d'être très fâché que l'on m'eût engagé à avoir prétendu le cardinalat. Je voulus marquer le détachement que j'en avais, par l'indifférence que je témoignais pour l'exclusion des conseils que l'on lui donnait. Je m'opposai à la résolution que Monsieur avait prise de se déclarer ouvertement dans le Parlement pour l'empêcher. Je fis qu'il se contenta d'avertir la Compagnie qu'elle allait trop loin, et que la première chose que le Roi ferait à sa majorité, comme il arriva, serait de révoquer cette déclaration. Je n'entrai en rien de l'opposition que le clergé de France y fit, par la bouche de M. l'archevêque d'Embrun[1] ; non pas seulement j'opinai sur ce sujet, dans le Parlement, comme les autres, mais j'obligeai même tous mes amis à opiner comme moi ; et comme le président de Bellièvre, qui voulait à toute force rompre en visière au premier président sur cette matière, qui, dans la vérité, se pouvait tourner facilement en ridicule contre un homme qui avait fait tous ses efforts pour soutenir cette même dignité en la personne du Mazarin, comme, dis-je, le président de Bellièvre m'eut reproché devant le feu de la Grande Chambre que je manquais aux intérêts de l'Église en la laissant traiter ainsi, je lui répondis tout haut : « L'on ne fait qu'un mal imaginaire à l'Église, et j'en ferais un solide à l'État si je ne faisais tous mes efforts pour y assoupir les divisions. » Cette parole plut beaucoup et à beaucoup de gens. Le peu d'action que j'eus, dans le même temps, touchant les états généraux, ne fut pas si approuvé. L'on se voulut imaginer qu'ils rétabliraient l'État, et je n'en fus pas persuadé. Je savais que la cour ne les avait proposés que pour obliger le Parlement, qui les appréhende toujours, à se brouiller avec la noblesse. Monsieur le Prince m'avait dit vingt fois, devant sa prison, qu'un roi, ni des princes du sang, n'en devaient jamais souffrir. Je connaissais la faiblesse de Monsieur incapable de régir une machine de cette étendue. Voilà les raisons que j'eus pour ne me pas donner, sur cet article, le mouvement que beaucoup de gens eussent souhaité de moi. Je crois encore que j'avais raison. Toutes ces considérations firent qu'au lieu de m'éveiller sur les États généraux, sur l'assemblée de la noblesse, sur la déclaration contre les cardinaux, je me confirmai dans la pensée de me reposer, pour ainsi dire, dans mes dernières actions ; et je cherchai même les voies de le pouvoir faire avec honneur. Ce que Monsieur de Chaslons m'avait dit de Monsieur le Prince, joint à ce qui me paraissait des démarches de beaucoup de ses serviteurs, commença à me donner ombrage, et cet ombrage me fit beaucoup de peine, parce que je prévoyais que si la Fronde se rebrouillait avec Monsieur le Prince, nous retomberions dans des confusions étranges[2]. Je pris le parti, dans cette vue, d'aller au-devant de tout ce qui y pourrait donner lieu. J'allai trouver Mlle de Chevreuse, je lui dis mes doutes ; et, après l'avoir assurée que je ferais pour ses intérêts, sans exception, tout ce qu'elle voudrait, je la priai de me permettre de lui représenter qu'elle devait toujours parler du mariage de M. le prince de Conti comme d'un honneur qu'elle recevait, mais comme d'un honneur qui n'était pourtant pas au-dessus d'elle ; que, par cette raison, elle ne devait pas le courre, mais l'attendre ; que toute la dignité y était conservée jusque-là, puisqu'elle avait été recherchée et poursuivie même avec de grandes instances ; qu'il s'agissait de ne rien perdre ; que je ne croyais pas que l'on voulût manquer à ce qui avait été non seulement promis dans la prison, et que, sur ce titre, je ne comptais pas pour fort solide, mais à ce qui avait été confirmé depuis par tous les engagements les plus solennels (vous remarquerez, si il vous plaît, que M. le prince de Conti soupait presque tous les soirs à l'hôtel de Chevreuse) ; mais qu'ayant des lueurs que les dispositions de Monsieur le Prince pour la Fronde n'étaient pas si favorables que nous avions eu sujet de l'espérer, j'étais persuadé qu'il était de la bonne conduite de ne se pas exposer à une aventure aussi fâcheuse que serait celle d'un refus à une personne de sa qualité ; qu'il m'était venu dans l'esprit un moyen, qui me paraissait haut et digne de sa naissance, pour nous éclaircir de l'intention de Monsieur le Prince, pour en accélérer l'effet si elle était bonne, pour en rectifier ou colorer[1] la suite si elle était mauvaise ; que ce moyen était que je disse à Monsieur le Prince que madame sa mère et elle m'avaient ordonné de l'assurer qu'elles ne prétendaient en façon du monde se servir des engagements qui avaient été pris par les traités ; qu'elles n'y avaient consenti que pour avoir la satisfaction de lui remettre ses paroles, et que je le suppliais, en leur nom, de croire que si elles lui faisaient la moindre peine, ou le moindre préjudice aux mesures qu'il pouvait avoir en vue de prendre à la cour, elles s'en désistaient de tout leur cœur et qu'elles ne laisseraient pas de demeurer, elles et leurs amis, très attachées à son service. Mlle de Chevreuse donna dans mon sens, parce qu'elle n'en avait jamais d'autre que celui de l'homme qu'elle aimait. Madame sa mère y tomba, parce que sa lumière naturelle lui faisait toujours prendre avec avidité ce qui était bon. Laigue s'y opposa, parce qu'il était lourd et que les gens de ce caractère ont toutes les peines du monde à comprendre ce qui est double. Bellièvre, Caumartin, Montrésor l'emportèrent à la fin, en lui expliquant ce double[1], et en lui faisant voir que si Monsieur le Prince avait bonne intention, ce procédé l'obligerait ; et que si il l'avait mauvaise, il le retiendrait et l'empêcherait au moins de penser à nous accabler dans un moment où nous en usions si respectueusement, si franchement et si honnêtement avec lui. Ce moment était ce que nous avions justement et uniquement à craindre, parce que la constitution des choses nous faisait déjà voir, plus que suffisamment, que si nous l'échappions d'abord, nous ne demeurerions pas longtemps sans en rencontrer de plus favorables. Jugez, je vous supplie, de la délicatesse de celui qui pouvait unir contre nous l'autorité royale, purgée du mazarinisme, et le parti de Monsieur le Prince, purgé de la faction. Sur le tout, quelle sûreté à M. le duc d'Orléans ? Vous voyez que j'avais raison de songer à prévenir l'orage et à nous faire un mérite de ce qui nous le pouvait attirer. Je fis mon ambassade à Monsieur le Prince, je mis entre ses mains la prétention de mon chapeau, j'y mis le mariage de Mlle de Chevreuse. Il s'emporta contre moi, il jura, il me demanda pour qui je le prenais. Je sortis persuadé, et je le suis encore, qu'il avait toute l'intention de l'exécuter[2].

Tout ce que je vous viens de dire de l'assemblée de noblesse, des États généraux, de la déclaration contre les cardinaux tant français qu'étrangers fut ce qui remplit la scène depuis le 17 février 1651 jusques au 3 d'avril. Je n'en ai pas daté les jours, parce que je vous aurais trop ennuyée par la répétition : elle fut continuelle et sans intermission aucune dans le Parlement sur ces matières, la cour chicanant toutes choses à son ordinaire et se relâchant aussi à son ordinaire de toutes choses. Elle fit tant par ses journées, qu'elle fit écrire le parlement de Paris à tous les parlements du royaume pour les exhorter à donner arrêt contre le cardinal Mazarin, et ils le donnèrent ; qu'elle fut obligée de donner une déclaration d'innocence à Messieurs les Princes, qui fut un panégyrique ; qu'elle fut forcée de donner une déclaration par laquelle les cardinaux, tant français qu'étrangers, seraient exclus des conseils du Roi, et que le Parlement n'eut pas de cesse que le Cardinal n'eût quitté Sedan et ne fût allé à Brusle, maison de M. l'électeur de Cologne[1]. Le Parlement faisait tous ces mouvements le plus naturellement du monde, s'imaginait-il ; les ressorts étaient sous le théâtre. Vous les allez voir.

Monsieur le Prince, qui était incessamment sollicité par la cour de s'accommoder, égayait de jour en jour le Parlement pour se rendre plus nécessaire et à la Reine et à Monsieur ; et comme j'avais intérêt à tenir en haleine et en honneur la vieille Fronde, je ne m'endormais pas de mon côté. La Reine, dont l'animosité la plus fraîche était contre Monsieur le Prince, me faisait parler dans le même temps qu'elle n'oubliait rien pour l'obliger à négocier. Le vicomte d'Autel, capitaine des gardes de Monsieur et mon ami particulier était frère du maréchal Du Plessis-Praslin, et il me pressa, sept ou huit jours durant, d'avoir une conférence secrète avec lui « pour affaires, me disait-il, où il y allait de ma vie et de mon honneur ». J'en fis beaucoup de difficulté, parce que je connaissais le maréchal Du Plessis pour un grand mazarin, et le vicomte d'Autel pour un bon homme très capable d'être trompé. Monsieur, à qui je rendis compte de l'instance que l'on me faisait, me commanda d'écouter le maréchal en prenant de toute manière mes précautions ; et ce qui l'obligea à me donner cet ordre fut que le maréchal lui fit dire par son frère qu'il se soumettait à tout ce qu'il lui plairait, si ce qu'il me devait dire n'était de la dernière importance à Son Altesse Royale. Je le vis donc la nuit cheux le vicomte d'Autel, qui avait sa chambre à Luxembourg, mais qui avait aussi son logis dans la rue d'Enfer. Il me parla sans façonner[2] de la part de la Reine ; il me dit qu'elle avait toujours de la bonté pour moi ; qu'elle ne me voulait point perdre ; qu'elle m'en donnait une marque en m'avertissant que j'étais sur le bord du précipice ; que Monsieur le Prince traitait avec elle ; qu'elle ne pouvait pas s'ouvrir davantage, n'étant pas assurée de moi ; mais si je voulais m'engager dans son service, qu'elle m'en ferait toucher le détail au doigt et à l'œil. Cela était, comme vous voyez, un peu trop général, et je répondis qu'en mon particulier, je ne douterais jamais de quoi que ce fût qu'il plût à la Reine de me faire dire ; mais qu'elle jugeait bien que Monsieur, étant aussi engagé qu'il était avec Monsieur le Prince, ne romprait avec lui, à moins non pas seulement que l'on lui fît voir des faits, mais qu'il les pût lui-même faire voir au public. Cette parole, qui était pourtant très raisonnable, aigrit beaucoup la Reine contre moi, et elle dit au maréchal : « Il veut périr, il périra. » Je l'ai su de lui-même plus de dix ans après. Voici ce qu'elle voulait dire : Servient et Lionne traitaient avec Monsieur le Prince et ils lui promettaient pour lui le gouvernement de Guienne, celui de Provence pour monsieur son frère, la lieutenance de Roi de Guienne et le gouvernement de Blaie pour M. de La Rochefoucauld, qui était du secret de la négociation et qui y était même présent. Monsieur le Prince devait avoir, par ce traité, toutes ses troupes entretenues dans ces provinces, à la réserve de celles qui seraient en garnison dans les places que l'on lui avait déjà rendues. Il avait mis Meille dans Clermont, Marsin[1] dans Stenai, Boutteville dans Bellegarde, Arnauld dans le château de Dijon, Persan dans Mouron[2]. Jugez quel établissement. Lionne m'a assuré, plusieurs fois depuis, que lui et Servient avaient fait, de très bonne foi, à Monsieur le Prince la proposition de la Guienne et de la Provence, parce qu'ils étaient persuadés qu'il n'y avait rien que la cour ne dût faire pour le gagner. Les gens qui veulent croire du mystère à toutes choses ont dit qu'ils ne pensèrent qu'à l'amuser. Ce qui a donné de la couleur à cette opinion est que la chose leur réussit justement comme si ils en eussent eu le dessein ; car Monsieur le Prince, qui ne douta point que deux hommes aussi dépendants du Cardinal n'auraient pas eu la hardiesse de lui faire des propositions de cette importance sans son ordre, et qui d'ailleurs trouva d'abord toute la facilité imaginable par le gouvernement de Guienne, dont il fut effectivement pourvu, en laissant celui de Bourgogne à M. d'Espernon, Monsieur le Prince, dis-je, ne douta point de l'aveu du Cardinal pour le gouvernement de Provence, et, devant que de l'avoir reçu, ou il consentit ou il se laissa entendre qu'il consentirait, l'on en a parlé diversement, au changement du Conseil[1], qui arriva le troisième jour d'avril, en la manière que je vous le vas raconter, après que je vous aurai suppliée de remarquer que cette faute de Monsieur le Prince est, à mon opinion, la plus grande contre la politique qu'il ait jamais faite.

Le 3 d'avril, Monsieur et Monsieur le Prince étant allés au Palais-Royal, Monsieur y apprit que Chavigni, qui était intime de Monsieur le Prince, y avait été mandé par la Reine, de Touraine où il était[2]. Monsieur, qui le haïssait mortellement, se plaignit à la Reine de ce qu'elle l'avait fait revenir sans lui en parler, et d'autant plus qu'elle lui allait, au moins selon le bruit commun, faire prendre place de ministre au Conseil. La Reine lui répondit fièrement qu'il avait bien fait d'autres choses sans elle. Monsieur sortit du Palais-Royal, et Monsieur le Prince le suivit. Après le Conseil, la Reine envoya M. de La Vrillière demander les Sceaux à M. de Chasteauneuf ; elle les donna, sur les dix heures du soir, à Monsieur le Premier Président, et elle envoya M. de Sulli[3] quérir son beau-père pour venir au Conseil tenir sa place de chancelier. La Tivolière, lieutenant de ses gardes, vint donner part à Monsieur, entre dix et onze, de ce changement. Mme et Mlle de Chevreuse n'oublièrent rien pour lui en faire voir la conséquence, qui ne devait pas être bien difficile à prouver à un lieutenant général de l'État, aussi vivement et aussi hautement offensé qu'il l'était[4]. Vous n'aurez pas de peine à croire que je ne conservai pas, en cette occasion, la modération sur laquelle je vous ai tantôt fait mon éloge. Monsieur nous parut très animé. Il nous assembla tous, c'est-à-dire Monsieur le Prince, M. le prince de Conti, M. de Beaufort, M. de Nemours, MM. de Brissac, de La Rochefoucauld, de Chaulnes, frère aîné de celui que vous connaissez, de Vitri, de La Mothe, d'Estampes, de Fiesque et de Montrésor. Il exposa le fait, et il demanda avis. Montrésor ouvrit celui d'aller redemander les Sceaux au premier président de la part de Son Altesse Royale. MM. de Chaulnes, de Brissac, de Fiesque et de Vitri furent du même sentiment. Le mien fut que celui qui venait d'être proposé était juste et fondé sur le pouvoir légitime de Monsieur, qu'il était même nécessaire ; mais que comme il était de sa bonté d'obvier à tout ce qui pourrait arriver de plus violent dans une action de cette nature, ma pensée n'était pas qu'il se fallût servir du peuple, comme M. de Chaulnes venait de le dire ; mais qu'il serait, ce me semblait, plus à propos que Monsieur fît exécuter la chose par son capitaine des gardes ; que M. de Beaufort et moi nous nous pourrions tenir sur les quais qui sont des deux côtés du Palais, pour contenir le peuple, qui n'avait besoin que de bride en tout où le nom de Monsieur paraissait. M. de Beaufort m'interrompit à ce mot et il me dit : « Je parlerai pour moi, Monsieur, quand j'opinerai. Pourquoi m'alléguer ? » Je faillis à tomber de mon haut. Il n'y avait pas eu entre nous la moindre ombre, je ne dis pas de division, mais de mécontentement. M. de Beaufort continua en disant qu'il ne répondrait pas que nous pussions contenir le peuple et l'empêcher de jeter peut-être dans la rivière le premier président. Quelqu'un du parti de Messieurs les Princes, je ne me ressouviens pas précisément si ce fut M. de Nemours ou M. de La Rochefoucauld, releva et orna ce discours de tout ce qui pouvait donner au mien couleur et figure d'une exhortation au carnage. Monsieur le Prince ajouta qu'il confessait qu'il n'entendait rien à la guerre des pots de chambre[1] ; qu'il se sentait même poltron pour toutes les occasions de tumulte populaire et de sédition, mais que si Monsieur croyait être assez outragé pour commencer la guerre civile, il était tout prêt à monter à cheval, à se retirer en Bourgogne, et à y faire des levées pour son service. M. de Beaufort se remit encore sur le même ton ; et ce fut précisément ce qui abattit Monsieur, parce que, voyant M. de Beaufort dans les sentiments de Monsieur le Prince, il crut que le peuple se partagerait entre lui et moi. Vous avez sans doute de la curiosité du sujet qui put obliger M. de Beaufort à cette conduite, et vous en serez très étonnée quand vous le saurez. Ganseville, qui était lieutenant de ses gardes, m'a dit depuis que Mme de Nemours, sa sœur, qu'il aimait fort, l'avait obligé, par ses larmes plutôt que par ses raisons, dans une conversation qu'il eut l'après-dînée avec elle, à ne se point séparer de M. de Nemours, qui était inséparable de Monsieur le Prince, et que ces efforts se firent de concert avec Mme de Montbazon, qu'il prétendait avoir été persuadée d'un côté par Vineuil et de l'autre par le maréchal d'Albret, qui tous deux s'accordaient, en ce temps-là, pour le désunir de la Fronde. Mme de Montbazon a toujours soutenu au président de Bellièvre qu'elle n'avait jamais été de ce complot, et qu'elle fut plus surprise que personne quand M. de Beaufort lui dit, le lendemain au matin, ce qui s'était passé. Le président de Bellièvre ne faisait aucun fonds sur tout ce qu'elle disait, et particulièrement sur cette matière, où M. de Beaufort prit si mal son parti qu'il tomba tout d'un coup à rien. Vous le verrez par la suite, et que, par conséquent, Mme de Montbazon avait raison de ne pas prendre sur elle sa conduite. Ganseville m'a souvent dit depuis que M. de Beaufort en fut au désespoir dès le lendemain. Je sais que Brillet, qui était son écuyer, a dit le contraire : tout cela est assez incertain. Ce qui m'en a paru de plus sûr est qu'il me crut perdu, voyant la cour et Monsieur le Prince réunis, et croyant que Monsieur n'aurait pas la force de me soutenir contre eux. Il ne jugea pas bien ; car je suis persuadé que si lui-même ne se fût pas détaché, Monsieur eût fait tout ce que nous eussions désiré, et qu'il l'eût même fait à jeu sûr. Il ne tint pas à moi de lui faire connaître qu'il le pouvait même sans lui, comme il était vrai ; car, comme il fut entré, après cette conférence, dans la chambre de Madame, où Mme et Mlle de Chevreuse l'attendaient, je lui proposai, en leur présence, d'amuser, sous prétexte de consulter encore sur le même sujet, Messieurs les Princes ; et je ne lui demandai que deux heures de temps pour faire prendre les armes aux colonelles, et pour lui faire voir qu'il était absolument maître du peuple[1]. Madame, qui pleurait de colère, et qui voulait, à toute force, que l'on prît ce parti, l'ébranla, et il dit : « Mais si nous prenons cette résolution, il faut les arrêter tous à cette heure, et eux et mon neveu de Beaufort. — Ils sont allés dans le cabinet des livres, répondit Mlle de Chevreuse, attendre Votre Altesse

Royale ; il n'y a qu'à donner un tour à la clef pour les y enfermer. J'envie cet honneur au vicomte d'Autel ; ce sera une belle chose qu'une fille arrête un gagneur de batailles. » Elle fit un saut en disant cela pour y aller. La grandeur de la proposition étonna Monsieur ; et comme je connaissais parfaitement son naturel, je ne la lui avais pas faite d'abord, et je ne lui avais parlé que de les amuser. Comme il avait de l'esprit, il jugea bien que, dès qu'il y aurait du bruit dans la ville, il serait absolument nécessaire de les arrêter, et son imagination lui en arracha la proposition. Si Mlle de Chevreuse n'eût rien dit, je ne l'eusse pas relevée, et Monsieur m'eût peut-être laissé faire, ce qui lui eût imposé la nécessité d'exécuter ce qu'il avait imaginé. L'impétuosité de Mlle de Chevreuse lui approcha d'abord toute l'action. Il n'y a rien qui effraie tant une âme faible. Il se mit à siffler, ce qui n'était jamais un bon signe, quoiqu'il ne fût pas rare ; il s'en alla rêver dans une croisée. Il nous remit au lendemain ; il passa dans le cabinet des livres, où il donna congé à la compagnie, et Messieurs les Princes sortirent du Palais-Royal[1], en se moquant publiquement, sur les degrés, de la guerre des pots de chambre.

Comme j'étais, le lendemain au matin, dans la chambre de Mme de Chevreuse, le président Viole y entra, fort embarrassé, à ce qui nous parut. Il se démêla de l'ambassade qu'il avait à porter, comme un homme qui en était fort honteux. Il mangea la moitié de ce qu'il avait à dire, nous comprîmes par l'autre qu'il venait déclarer la rupture du mariage. Mme de Chevreuse lui répondit galamment. Mlle de Chevreuse, qui s'habillait auprès du feu, se mit à rire. Vous jugez bien que nous ne fûmes pas surpris de la chose ; mais je vous avoue que je le suis encore de la manière : je n'ai jamais pu la concevoir ; mais, qui plus est, je n'ai jamais pu me la faire expliquer[2]. J'en ai parlé mille fois à Monsieur le Prince, j'en ai parlé à Mme de Longueville, j'en ai parlé à M. de La Rochefoucauld. Aucun d'eux ne m'a pu alléguer aucune raison de ce procédé, si peu ordinaire en de pareilles occasions, où l'on cherche au moins toujours des prétextes. L'on dit après que la Reine avait défendu cette alliance, et je n'en doute pas ; mais je sais bien que

Viole n'en dit pas un mot dans son compliment. Ce qui est encore de plus étonnant est que Mme de Longueville m'a dit vingt fois, depuis sa dévotion[1], qu'elle n'avait point rompu ce mariage ; que M. de La Rochefoucauld me l'a confirmé, et que Monsieur le Prince, qui est l'homme du monde le moins menteur, m'a juré d'autre part qu'il n'y avait ni directement ni indirectement contribué. Comme je disais un jour à Guitaut que cette variété m'étonnait, il me répondit qu'il n'en était point surpris, parce qu'il avait remarqué, sur beaucoup d'articles, que Monsieur le Prince et madame sa sœur avaient oublié la plupart des circonstances de ce qui s'était passé dans ces temps-là. Faites réflexion, je vous supplie, sur l'inutilité des recherches qui se font tous les jours, par les gens d'études, des siècles qui sont plus éloignés[2]. Aussitôt que Viole fut sorti de l'hôtel de Chevreuse, je reçus un billet de Joui, qui était à Monsieur, qui portait que Son Altesse Royale s'était levée de fort bon matin, qu'elle paraissait consternée, que le maréchal de Gramont l'avait entretenue fort longtemps ; que Goulas avait eu une conférence particulière avec lui ; que le maréchal de La Ferté-Imbault, qui était une manière de girasol[3], commençait à fuir ceux qui étaient marqués dans la maison pour être de mes amis. Le marquis de Sablonnières, qui commandait le régiment de Valois, et qui était aussi mon ami, entra un moment après pour m'avertir que Goulas était allé cheux Chavigni avec un visage fort gai, au sortir de la conversation qu'il avait eue avec Monsieur. Mme de Chevreuse reçut, au même instant, un billet de Madame, qui la chargeait de me dire que je me tinsse sur mes gardes, et qu'elle mourait de peur que les menaces que l'on faisait à Monsieur ne l'obligeassent à m'abandonner. Ces avis me portèrent à me faire un mérite auprès de Monsieur de ce que j'avais sujet de craindre de sa faiblesse, et de ce que je croyais nécessaire pour ma sûreté. Je déclarai ma pensée à l'hôtel de Chevreuse, en présence des gens les plus affidés du parti. Ils l'approuvèrent, et je l'exécutai. La voici : j'allai trouver Monsieur, je lui dis qu'ayant eu l'honneur et la satisfaction de le servir dans les deux choses qu'il avait eues le plus à cœur, qui étaient l'éloignement du

Mazarin et la liberté de messieurs ses cousins, je me sentirais obligé de rentrer purement dans les exercices de ma profession, quand je n'en aurais point d'autre raison que celle de prendre un temps aussi propre que celui-là pour m'y remettre ; que je serais le plus imprudent de tous les hommes, si je le manquais, dans une occasion où non seulement mon service ne lui était plus utile, mais où ma présence même lui serait assurément d'un embarras fort grand ; que je n'ignorais pas qu'il était accablé d'instances et d'importunité sur mon sujet ; que je le conjurais de les faire finir en me permettant de me retirer dans mon cloître[1]. Il serait inutile que je vous achevasse ce discours, vous en jugez assez la suite. Je ne puis vous exprimer le transport de joie qui me parut dans les yeux et sur le visage de Monsieur, quoiqu'il fût l'homme du monde le plus dissimulé et qu'il fît, en paroles, tous ses efforts pour me retenir. Il me promit qu'il ne m'abandonnerait jamais ; il m'avoua que la Reine l'en pressait ; il m'assura que quoique la réunion de la Reine et des princes l'obligeât à faire bonne mine, il n'oublierait jamais le cruel outrage qu'il venait de recevoir ; qu'il aurait fait des passe-merveilles, si M. de Beaufort ne lui avait point manqué ; que sa désertion était cause qu'il avait molli, parce qu'il avait cru qu'il pouvait partager le peuple ; que je me donnasse un peu de patience, et que je verrais qu'il saurait bien prendre son temps pour remettre les gens dans leur devoir. Je ne me rendis pas ; il se rendit, mais après de grandes promesses de me conserver toute sa vie dans son cœur et de conserver, par le canal de Joui, un commerce secret. Il voulut savoir mes sentiments sur la conduite qu'il avait à tenir, et il me mena chez Madame, qui était au lit, pour me les faire dire devant elle. Je lui conseillai de s'accommoder avec la cour, et de mettre pour unique condition que l'on ôtât les Sceaux à Monsieur le Premier Président ; ce que je fis, sans aucune animosité contre sa personne : car il est vrai que bien que nous fussions toujours de contraire parti, je l'aimais naturellement ; mais parce que j'eusse cru trahir ce que je devais à Monsieur, si je ne lui eusse représenté la honte qu'il y eût pour lui à souffrir que les Sceaux demeurassent à un homme qui les avait eus sans la participation du lieutenant général de l'État. Madame reprit tout d'un coup : « Et de Chavigni, vous n'en dites rien. — Non, Madame, lui répondis-je, parce qu'il est très bon qu'il demeure. La Reine le hait mortellement, il hait mortellement le Mazarin. L'on ne l'a remis au Conseil que pour plaire à Monsieur le Prince. Voilà deux ou trois grains qui altéreraient la composition du monde la plus naturelle ; laissez-le, Madame ; il y est admirable pour Monsieur, dont l'intérêt n'est pas qu'une confédération dans laquelle il n'entre que par force dure longtemps. » Vous remarquerez, si il vous plaît, que ce M. de Chavigni dont il est question avait été favori et même fils, à ce que l'on a cru, de M. le cardinal de Richelieu ; qu'il avait été fait par lui chancelier de Monsieur ; et que ce chancelier traitait si familièrement Monsieur, son maître, qu'un jour il lui fit tomber un bouton de son pourpoint, en lui disant : « Je veux bien que vous sachiez que Monsieur le Cardinal vous fera sauter, quand il voudra, comme je fais sauter ce bouton. » Je tiens ce que je vous dis de la bouche même de Monsieur. Vous voyez que Madame n'avait pas tout à fait tort de se ressouvenir de M. de Chavigni. Monsieur eut de la peine à le souffrir dans le Conseil : il se rendit pourtant à ma raison ; il n'opiniâtra que le garde des Sceaux. L'on le destitua[1] ; l'on crut, à la cour, que l'on en était quitte à bon marché, et l'on avait raison.

Au sortir de cheux Monsieur, j'allai prendre congé de Messieurs les Princes. Ils étaient avec Mme de Longueville et Madame la Palatine à l'hôtel de Condé. M. le prince de Conti reçut mon compliment en riant et en me traitant de bon père ermite. Mme de Longueville ne me parut pas y faire beaucoup de réflexion ; Monsieur le Prince en conçut la conséquence, et je vis clairement que ce pas de ballet l'avait surpris. Madame la Palatine en observa mieux que personne la cadence, comme vous verrez dans la suite. Je me retirai donc à mon cloître de Notre-Dame, où je ne m'abandonnai pas si fort à la Providence, que je ne me servisse aussi de moyens humains pour me défendre de l'insulte de mes ennemis[2]. Anneri, avec la noblesse du Vexin, me rejoignit ; Chasteaubriant, Chasteauregnaud[1], le vicomte de Lamet, Argenteuil, le chevalier d'Humières se logèrent dans le cloître. Balan et le comte de Crafort, avec cinquante officiers écossais qui avaient été des troupes de Montrose, furent distribués dans les maisons de la rue Neuve[2] qui m'étaient le plus affectionnées. Les colonels et les capitaines de quartier qui étaient dans mes intérêts eurent chacun leur signal et leur mot de ralliement. Enfin je me résolus d'attendre ce que le chapitre des accidents produirait, en remplissant exactement les devoirs de ma profession et en ne donnant plus aucune apparence d'intrigue du monde. Joui ne me voyait qu'en cachette ; je n'allais que la nuit à l'hôtel de Chevreuse, seul avec Malcler[3] ; je ne voyais plus que des chanoines et des curés. La raillerie en était forte au Palais-Royal et à l'hôtel de Condé. Je fis faire, en ce temps-là, une volière dans une croisée, et Nogent en fit le proverbe : « Le coadjuteur siffle ses linottes[4]. » La disposition de Paris me consolait fort du ridicule du Palais-Royal. J'y étais fort bien, et d'autant mieux que tout le monde y était fort mal. Les curés, les habitués[5], les mendiants avaient été informés avec soin des négociations de Monsieur le Prince. Je donnais des bottes à M. de Beaufort, qu'il ne parait pas avec toute l'adresse qui y eût été nécessaire ; M. de Chasteauneuf, qui s'était retiré à Montrouge après qu'on lui eut ôté les Sceaux, me donnait tous les avis qui lui venaient d'ordinaire très bons, et du maréchal de Villeroi et du commandeur de Jars. Monsieur, qui, dans le fond du cœur, était enragé contre la cour, entretenait très soigneusement le commerce que j'avais avec lui. Voici ce qui donna la forme à ces préalables. Le vicomte d'Autel vint cheux moi entre minuit et une heure, et il me dit que le maréchal Du Plessis, son frère, était dans le fond de son carrosse, à la porte. Comme il fut entré, il m'embrassa en me disant : « Je vous salue comme notre ministre. » Comme il vit que je souriais à ce mot, il ajouta : « Non, je ne raille point, il ne tiendra qu'à vous que vous ne le soyez. La Reine me vient de commander de vous dire qu'elle remet entre vos mains sa personne, celle du Roi son fils et sa couronne. Écoutez-moi. » Il me conta ensuite tout le prétendu traité de Monsieur le Prince avec Servient et Lionne, dont je vous ai déjà parlé. Il me dit que le Cardinal avait mandé à la Reine que si elle ajoutait le gouvernement de Provence à celui de Guienne, sur lequel elle venait de se relâcher, elle était déshonorée à tout jamais, et que le Roi son fils, quand il serait en âge, la considérerait comme celle qui aurait perdu son État; qu'elle voyait son zèle pour son service dans un avis aussi contraire à ses propres intérêts; que ce traité portant son rétablissement comme il le portait, il y pourrait trouver son compte, parce que le ministre d'un roi affaibli trouvait quelquefois plus d'avantages, pour son particulier, dans la diminution de l'autorité que dans son agrandissement (il eût eu peine à prouver cette thèse); mais qu'il aimait mieux être toute sa vie mendiant de porte en porte que de consentir que la Reine contribuât elle-même à cette diminution, et particulièrement pour la considération de lui Mazarin. Le maréchal Du Plessis, à ce dernier mot, tira la lettre de sa poche, écrite de la main du Cardinal, que je connaissais très bien[1].

Je ne me ressouviens pas d'avoir vu en ma vie une si belle lettre. Voici ce qui me la fit croire ostensive[2]. Ce n'est pas de ce qu'elle n'était pas en chiffre, car elle était venue par une voie si sûre que je ne m'en étonnai pas, mais elle finissait ainsi : « Vous savez, Madame, que le plus capital ennemi que j'aie au monde est le coadjuteur; servez-vous-en, Madame, plutôt que de traiter avec Monsieur le Prince aux conditions qu'il demande; faites-le cardinal, donnez-lui ma place, mettez-le dans mon appartement; il sera peut-être à Monsieur plus qu'à Votre Majesté; mais Monsieur ne veut point la perte de l'État; ses intentions, dans le fonds, ne sont point mauvaises. Enfin tout, Madame, plutôt que d'accorder à Monsieur le Prince ce qu'il demande. Si il l'obtenait, il n'y aurait plus qu'à le mener à Reims[3]. » Voilà la lettre du Cardinal; je ne me ressouviens peut-être pas des paroles, mais je suis assuré que c'en était la substance. Je crois que vous ne condamnerez pas le jugement que je fis dans mon âme de cette lettre. Je témoignai au maréchal que je la croyais très sincère, et qu'il ne se pouvait, par conséquent, que je ne m'en sentisse très obligé : mais comme, dans la vérité, je n'en pris que la moitié pour bonne du côté de la cour, je me résolus aussi, sans balancer, d'en user de même du mien, de ne pas accepter le ministère, et d'en tirer, si je pouvais, le cardinalat.

Je répondis au maréchal Du Plessis que j'étais sensiblement obligé à la Reine, et que pour lui marquer ma reconnaissance, je la suppliais de me permettre de la servir sans intérêt ; que j'étais très incapable du ministère pour toute sorte de raisons ; qu'il n'était pas même de la dignité de la Reine d'y élever un homme encore tout chaud et tout fumant, pour ainsi parler, de la faction ; que ce titre même me rendrait inutile à son service du côté de Monsieur et encore beaucoup davantage de celui du peuple, qui étaient les deux endroits qui, dans la conjoncture présente, lui étaient les plus considérables. « Mais, reprit tout d'un coup le maréchal Du Plessis, il faut quelqu'un pour remplir la niche : tant qu'elle sera vide, Monsieur le Prince dira toujours que l'on y veut remettre Monsieur le Cardinal, et c'est ce qui lui donnera de la force. — Vous avez d'autres sujets, lui répondis-je, bien plus propres à cela que moi. » À quoi le maréchal repartit : « Le premier président ne serait pas agréable aux Frondeurs ; la Reine, ni Monsieur, ne se fieront jamais à Chavigni. » Après bien des tours, je lui nommai M. de Chasteauneuf. Il se récria à ce nom. « Et quoi ? me dit-il, vous ne savez pas que c'est le plus grand ennemi que vous ayez au monde ? Vous ne savez pas que ce fut lui qui s'opposa à votre chapeau à Fontainebleau ? vous ne savez pas que ce fut lui qui écrivit de sa main ce beau mémorial qui fut envoyé à votre honneur et louange au Parlement ? » Voilà précisément où j'appris cette dernière circonstance, car je savais déjà toute la pièce de Fontainebleau. Je répondis au maréchal que je n'étais peut-être pas si ignorant qu'il se l'imaginait, mais que les temps avaient porté des raccommodements qui, à l'égard du public, avaient couvert le passé ; que je craignais comme la mort la nécessité des apologies. « Mais, reprit le maréchal, si nous vous mettons en main le mémoire envoyé au Parlement ? — Si vous me le mettez en main, lui repartis-je, j'abandonnerai

M. de Chasteauneuf ; car, en ce cas, le mémoire qui a été écrit depuis notre raccommodement me servira d'apologie. » Le maréchal s'agita beaucoup sur cet article, sur lequel il prit occasion de me dire, plus délicatement qu'à lui n'appartenait, que Monsieur m'avait aussi abandonné : ce qu'il coula pour découvrir comme j'étais avec lui. Je voulus bien lui en donner le contentement, en lui répondant qu'il était vrai, mais que je ne le traiterais pourtant pas comme M. de Chasteauneuf. J'ajoutai à la réponse un petit souris, comme si il m'eût échappé, pour lui faire voir que je n'étais peut-être pas si mal traité de Monsieur que l'on l'avait cru. Comme il vit que je m'étais refermé, après avoir jeté cette petite lueur, il me dit : « Il faudrait que vous vissiez vous-même la Reine. » Je ne fis pas semblant de l'avoir entendu ; il le répéta encore une fois, et puis, tout d'un coup, il jeta sur la table un papier, en disant : « Tenez, lisez ; vous fierez-vous à cela ? » C'était un écrit signé de la Reine, qui me promettait toute sûreté, si je voulais aller au Palais-Royal. « Non, dis-je au maréchal, et vous l'allez voir. » Je baisai le papier avec un profond respect, et je le jetai dans le feu en disant : « Quand me voulez-vous mener cheux la Reine ? » Je n'ai jamais vu un homme plus surpris que le maréchal. Nous convînmes que je me trouverais à minuit dans le cloître Saint-Honoré. Je n'y manquai pas. Il me mena au petit oratoire, par un degré dérobé. La Reine y entra un quart d'heure après[1]. Le maréchal sortit, et je demeurai seul avec elle ; elle n'oublia rien, pour me persuader de prendre le titre de ministre et l'appartement du Cardinal au Palais-Royal, que ce qui était précisément et uniquement nécessaire pour m'y résoudre, car je connus clairement qu'elle avait plus que jamais le Cardinal dans l'esprit et dans le cœur ; et quoiqu'elle affectât de me dire que, bien qu'elle l'estimât beaucoup et qu'elle l'aimât fort, elle ne voulait point perdre l'État pour lui, j'eus tout sujet de croire qu'elle y était plus disposée que jamais. Je fus convaincu, devant même que je sortisse de l'oratoire, que je ne me trompais pas dans mon jugement ; car aussitôt qu'elle eut vu que je ne me rendais pas sur le ministère, elle me montra le cardinalat, mais comme prix des efforts que je ferais, pour l'amour d'elle, me disait-elle, pour le rétablissement du Mazarin. Je crus qu'il était nécessaire que je m'ouvrisse, quoique le pas fût fort délicat. Mais j'ai, toute ma vie, estimé que quand l'on se trouve obligé à faire un discours que l'on prévoit ne devoir pas agréer, l'on ne lui peut trop donner d'apparences de sincérité, parce que c'est l'unique voie pour l'adoucir. Voici ce que, sur ce principe, je dis à la Reine :

« Je suis au désespoir, Madame, qu'il ait plu à Dieu de réduire les affaires dans un état qui ne permette pas seulement mais qui ordonne même à un sujet de parler à sa souveraine comme je vas parler à Votre Majesté. Elle sait mieux que personne que l'un de mes crimes auprès de Monsieur le Cardinal est de l'avoir prédit, et j'ai passé pour l'auteur de ce dont je n'ai jamais été que le prophète. L'on y est, Madame ; Dieu sait mon cœur, et qu'homme de France, sans exception, n'en est plus affligé que moi. Votre Majesté souhaite, et avec beaucoup de justice, de s'en tirer, et je la supplie très humblement de me permettre de lui dire qu'elle ne le peut faire, à mon opinion, tant qu'elle pensera au rétablissement de Monsieur le Cardinal : ce que je ne dis pas, Madame, dans la pensée que je le puisse persuader à Votre Majesté ; ce n'est que pour m'acquitter de ce que je lui dois. Je coule le plus légèrement qu'il m'est possible sur ce point, que je sais n'être pas agréable à Votre Majesté, et je passe à ce qui me regarde. J'ai, Madame, une passion si violente de pouvoir récompenser par mes services ce que mon malheur m'a forcé de faire dans les dernières occasions, que je ne reconnais plus de règles à mes actions que celles que je me forme sur le plus et le moins de ce peu d'utilité dont elles vous peuvent être. Je ne puis proférer ce mot sans revenir encore à supplier très humblement Votre Majesté de me le pardonner. Dans les temps ordinaires, il serait criminel, parce que l'on n'y doit considérer que la volonté du maître ; dans les malheurs où l'État est tombé, l'on peut et l'on est même obligé, lorsque l'on se trouve en de certains postes, à n'avoir égard qu'à son service, et c'est dont un homme de bien ne se doit jamais tenir dispensé.

« Je manquerais au respect que je dois à Votre Majesté, si je prétendais contrarier, par toute autre voie que par une très humble et très simple remontrance, les pensées qu'elle a pour Monsieur le Cardinal ; mais je crois que je n'en sors pas, vu les circonstances, en lui représentant, avec une profonde soumission, ce qui me peut rendre utile ou inutile à son service dans les conjonctures présentes. Vous avez, Madame, à vous défendre contre Monsieur le Prince, qui veut le rétablissement de Monsieur le Cardinal, à condition que vous lui donniez par avance de quoi le perdre quand il lui plaira. Vous avez besoin, pour lui résister, de Monsieur, qui ne veut point le rétablissement de Monsieur le Cardinal, et qui, supposé son exclusion, veut, sans exception, tout ce qu'il vous plaira. Vous ne voulez, Madame, ni donner à Monsieur le Prince ce qu'il demande, ni à Monsieur ce qu'il souhaite. J'ai toutes les passions du monde de vous servir contre l'un et de vous servir auprès de l'autre, et il est constant que je ne puis réussir qu'en prenant les moyens qui sont propres à ces deux fins. Monsieur le Prince n'a de force contre Votre Majesté que celle qu'il tire de la haine que l'on a contre Monsieur le Cardinal ; et Monsieur n'a de considération, hors celle de sa naissance, capable de vous servir utilement contre Monsieur le Prince, que celle qu'il emprunte de ce qu'il a fait contre le même Monsieur le Cardinal. Vous voyez, Madame, qu'il faudrait beaucoup d'art pour concilier ces contradictoires, quand même l'esprit de Monsieur serait gagné en sa faveur. Il ne l'est pas, et je vous proteste que je ne crois pas qu'il puisse l'être ; et que si il entrevoyait que je l'y voulusse porter, il se mettrait plutôt aujourd'hui que demain entre les mains de Monsieur le Prince. »

La Reine sourit à ces dernières paroles, et elle me dit : « Si vous le vouliez, si vous le vouliez. — Non, Madame, repris-je, je vous le jure sur tout ce qu'il y a au monde de plus sacré. — Revenez à moi, me dit-elle, et je me moquerai de votre Monsieur, qui est le dernier des hommes. » Je lui répondis : « Je vous jure, Madame, que si j'avais fait ce pas, et qu'il parût le moins du monde que je me fusse radouci pour Monsieur le Cardinal, je serais plus inutile auprès de Monsieur et dans le peuple, à votre service, que le prélat de Dol, parce que je serais sans comparaison plus haï de l'un et de l'autre. » La Reine se mit en colère, elle me dit que Dieu protégerait et ses intentions et l'innocence du Roi son fils, puisque tout le monde l'abandonnait. Elle fut plus d'un demi-quart d'heure dans de grands mouvements, dont elle revint après assez bonnement. Je voulus prendre ce moment pour suivre le fil du discours que je lui avais commencé ; elle l'interrompit en me disant : « Je ne vous blâme pas tant à l'égard de Monsieur que vous pensez. C'est un étrange seigneur. Mais, reprit-elle tout d'un coup, je fais tout pour vous ; je vous ai offert place dans le Conseil, je vous offre la nomination au cardinalat ; que ferez-vous pour moi ? — Si Votre Majesté, Madame, lui répondis-je, m'avait permis d'achever ce que j'avais tantôt commencé, elle aurait déjà vu que je ne suis pas venu ici pour recevoir des grâces, mais pour essayer de les mériter. » Le visage de la Reine s'épanouit à ce mot. « Et que ferez-vous ? me dit-elle fort doucement. — Votre Majesté me permet-elle, ou plutôt me commande-t-elle, lui répondis-je, de dire une sottise ? parce que ce sera manquer au respect que l'on doit au sang royal. — Dites, dites, reprit la Reine, même avec impatience. — J'obligerai, Madame, lui repartis-je, Monsieur le Prince de sortir de Paris devant qu'il soit huit jours, et je lui enlèverai Monsieur dès demain. » La Reine, transportée de joie, me tendit la main, en me disant : « Touchez là, vous êtes après-demain cardinal, et, de plus, le second de mes amis. »

Elle entra ensuite dans les moyens ; je les lui expliquai. Ils lui plurent jusques à l'emportement. Elle eut la bonté de souffrir que je lui fisse un détail et une manière d'apologie du passé. Elle conçut, ou elle fit semblant de concevoir une partie de mes raisons ; elle combattit les autres avec bonté et douceur ; elle revint ensuite à me parler du Mazarin, et à me dire qu'elle voulait que nous fussions amis. Je lui fis voir que je me rendrais absolument inutile à son service, pour peu que l'on touchât cette corde ; que je la conjurais de me laisser le caractère de son ennemi. « Mais, vraiment, dit la Reine, je ne crois pas qu'il y ait jamais eu une chose si étrange : il faut, pour me servir, que vous demeuriez ennemi de celui qui a ma confiance ? — Oui, Madame, lui répondis-je, il le faut, et n'ai-je pas dit à Votre Majesté, en entrant ici, que l'on est tombé dans un temps où un homme de bien a quelquefois honte de parler comme il y est obligé ? » J'ajoutai : « Mais, Madame, pour faire voir à Votre Majesté que je vas, même à l'égard de Monsieur le Cardinal, jusques où mon devoir et mon honneur me le permettent, je lui fais une proposition : qu'il se serve de l'état où je suis avec Monsieur le Prince, comme je me sers de l'état où Monsieur le Prince est avec lui ; il y pourra peut-être trouver son compte, comme j'y trouve le mien. » La Reine se prit à rire et de bon cœur, et puis elle me demanda si je dirais à Monsieur ce qui se venait de passer. Je lui répondis que je savais certainement qu'il l'approuverait, et que, pour le lui témoigner, le lendemain, au cercle[1], il lui parlerait d'un appartement qu'elle voulait faire accommoder ou faire à Fontainebleau. Comme je la suppliais de garder le secret, elle me répondit qu'elle en avait encore bien plus de sujet que je ne pensais. Elle me dit sur cela tout ce que la rage fait dire contre Servient et contre Lionne, qu'elle appela vingt fois des perfides[2]. Elle traita Chavigni de petit coquin[3], elle finit par Le Tellier, en disant : « Il n'est pas traître comme les autres, mais il est faible, et il n'est pas assez reconnaissant. — Mais, Madame, repris-je, je supplie Votre Majesté de me permettre de lui dire que tant que la niche du premier ministre sera vide, Monsieur le Prince en prendra une grande force, parce qu'il la fera toujours paraître comme toute prête à recevoir Monsieur le Cardinal. — Il est vrai, me répondit la Reine, et j'ai fait réflexion sur ce que vous en avez dit, la nuit passée, au maréchal Du Plessis. Le vieux Chasteauneuf est bon pour cela ; mais Monsieur le Cardinal y aura bien de la peine, car il le hait mortellement, et il en a sujet. Le Tellier croit qu'il n'y a que lui à mettre en cette place. Mais, à propos de cela, ajouta-t-elle, j'admire votre folie ; vous vous faites un point d'honneur de rétablir cet homme, qui est le plus grand ennemi que vous ayez sur la terre. Attendez. »

En disant cette parole, elle sortit du petit oratoire, elle y rentra aussitôt, et elle jeta sur un petit autel le mémoire qui avait été envoyé contre moi au Parlement, brouillé et raturé, mais écrit de la main de M. de Chasteauneuf. Je lui dis, après l'avoir lu : « Si il vous plaît, Madame, de me permettre de le montrer, je me séparerai dès demain de M. de Chasteauneuf ; mais Votre Majesté juge bien qu'à moins d'une justification de cette nature, je me déshonorerais. — Non, me répondit la Reine, je ne veux pas que vous le montriez : Chasteauneuf nous est bon ; et, au contraire, il faut que vous lui fassiez meilleure mine que jamais. » Elle me reprit des mains son papier. « Je le garde, me dit-elle, pour le faire voir, en temps et lieu, à sa bonne amie Mme de Chevreuse. Mais à propos de bonne amie, ajouta la Reine, vous en avez une meilleure que vous ne pensez peut-être ; devinez-la. C'est la Palatine », poursuivit-elle. Je demeurai tout étonné, parce que je croyais la Palatine encore dans les intérêts de Monsieur le Prince. « Vous êtes surpris, me dit la Reine : elle est moins contente de Monsieur le Prince que vous ne l'êtes. Voyez-la : je suis convenue avec elle que vous régliez ensemble ce qu'il faut mander sur tout ceci à Monsieur le Cardinal, car vous croyez facilement que je n'exécuterai rien sans avoir de ses nouvelles. Ce n'est pas, ajouta-t-elle, que cela soit nécessaire à l'égard de votre cardinalat, car il y est très résolu, et il reconnaît, de bonne foi, que vous ne pouvez plus vous-même vous en défendre ; mais enfin il le faut persuader pour Chasteauneuf, ce qui sera difficile. La Palatine vous dira encore d'autres choses. Il faut que Bartet[1] parte, le temps presse. Vous voyez comme Monsieur le Prince me traite ; il me brave tous les jours, depuis que j'ai désavoué mes deux traîtres. » C'est ainsi qu'elle appelait Servient et Lionne. Vous verrez qu'elle changea bientôt de sentiment à l'égard du dernier. Je pris ce moment, où elle rougissait de colère, pour lui bien faire ma cour, en lui répondant : « Devant qu'il soit deux jours, Madame, Monsieur le Prince ne vous bravera plus. Votre Majesté veut attendre des nouvelles de Monsieur le Cardinal, pour effectuer ce qu'elle me fait l'honneur de me promettre : je la supplie très humblement de me permettre que je n'attende rien pour la servir. » La Reine fut touchée de cette parole, qui lui parut honnête. Le vrai est qu'elle m'était de plus nécessaire ; car je voyais que Monsieur le Prince, depuis cinq ou six jours, gagnait du terrain par les éclats qu'il faisait contre Mazarin, et qu'il était temps que je parusse pour en prendre ma part. Je fis valoir, sans affectation, à la Reine, la démarche que je méditais, et j'achevai de lui en expliquer la manière, que j'avais déjà touchée dans le discours. Elle en fut transportée de joie. La tendresse qu'elle avait pour le Cardinal fit qu'elle eut un peu de peine à agréer que je continuasse à ne le pas épargner dans le Parlement, où l'on était obligé, à tous les quarts d'heure, de le déchirer. Elle se rendit toutefois à la considération de la nécessité. Comme j'étais déjà sorti de l'oratoire, elle me rappela pour me dire qu'au moins je me ressouvinsse que c'était Monsieur le Cardinal qui lui avait fait instance de me donner la nomination. À quoi je lui répondis que je m'en sentais très obligé, et que je lui en témoignerais toujours ma reconnaissance, en tout ce qui ne serait pas contre mon honneur ; qu'elle savait ce que je lui avais dit d'abord, et que je la pouvais assurer que je la tromperais doublement si je lui disais que je la pusse servir pour le rétablissement dans le ministère de Monsieur le Cardinal. Je remarquai qu'elle rêva un peu, et puis elle me dit d'un air assez gai : « Allez, vous êtes un vrai démon. Voyez la Palatine ; bon soir. Que je sache, la veille, le jour que vous irez au Palais. » Elle me mit entre les mains de Mme de Gabouri (car elle avait renvoyé le maréchal Du Plessis), qui me conduisit, par je ne sais combien de détours, presque à la porte de la cour des cuisines.

J'allai, le lendemain, la nuit, cheux Monsieur, qui eut une joie que je ne vous puis exprimer. Il me gronda toutefois beaucoup de ce que je n'avais pas accepté le ministère et l'appartement au Palais-Royal, en me disant que la Reine était une femme d'habitude, dans l'esprit de laquelle je me serais peut-être insinué. Je ne suis pas encore persuadé que j'ai eu tort en ce rencontre. L'on ne se doit jamais jouer avec la faveur : l'on ne la peut trop embrasser quand elle est véritable ; l'on ne s'en peut trop éloigner quand elle est fausse.

J'allai, au sortir de cheux Monsieur, cheux la Palatine, d'où je ne sortis qu'un moment devant la pointe du jour. J'ai fait tous les efforts que j'ai pu sur ma mémoire pour y rappeler les raisons qu'elle me dit du mécontentement qu'elle avait de Monsieur le Prince. Je sais bien qu'il y en avait trois ou quatre ; je ne me ressouviens que de deux, dont l'une fut, à mon sens, plus alléguée pour moi que pour la personne intéressée, et l'autre était, en tout sens, très solide et très véritable. Elle prenait part à l'outrage que Mlle de Chevreuse avait reçu, parce que c'était elle qui avait porté la première parole du mariage. Monsieur le Prince n'avait pas fait ce qu'il avait pu pour faire donner la surintendance des Finances au bon homme La Vieuville, père du chevalier du même nom, qu'elle aimait éperdument. Elle me dit que la Reine lui en avait donné parole positive ; elle y engagea la mienne. J'engageai la sienne pour mon cardinalat. Nous nous tînmes fidèlement parole de part et d'autre, et je crois, dans la vérité, lui devoir le chapeau, parce qu'elle ménagea si adroitement le Cardinal, qu'il ne put enfin s'empêcher, avec toutes les plus mauvaises intentions du monde, de le laisser tomber sur ma tête. Nous concertâmes, cette nuit-là et la suivante, tout ce qu'il y avait à régler touchant le voyage de Bartet. La Palatine écrivit par lui une grande dépêche en chiffre au Cardinal, qui est une des plus belles pièces qui se soit peut-être jamais faite ; elle lui parlait, entre autres, du refus que j'avais fait à la Reine de la servir à l'égard de son retour en France, si délicatement, si habilement, qu'il me semblait à moi-même que ce fût la chose du monde qui lui fût la plus avantageuse. Vous pouvez juger que je ne m'endormis pas du côté de Rome. Je préparai, de celui de Paris, les esprits à l'ouverture de la nouvelle scène que je méditais. L'importance des gouvernements de Guienne et de Provence fut exagérée ; le voisinage d'Espagne et d'Italie fut figuré. Les Espagnols qui n'étaient pas encore sortis de la ville de Stenai, quoique Monsieur le Prince en tînt la citadelle[1], ne furent pas oubliés. Après que j'eus un peu arrousé le public[2], je m'ouvris avec les particuliers. Je leur dis que j'étais au désespoir que l'état où je voyais les affaires m'obligeât de sortir de la retraite à laquelle je m'étais résolu ; que j'avais espéré qu'après tant d'agitation et tant de trouble, l'on pourrait jouir de quelque calme et d'une honnête tranquillité ; qu'il me paraissait que nous retombions dans une condition beaucoup plus mauvaise que celle dont nous venions de sortir, parce que les négociations que l'on faisait continuellement avec le Mazarin faisaient bien plus de mal à l'État que son ministère ; qu'elles entretenaient la Reine dans l'espérance de son rétablissement, et qu'ainsi rien ne se faisait que par lui ; et que, comme les prétentions de Monsieur le Prince étaient immenses et que la cour avait peine à se résoudre de les satisfaire, nous courrions fortune d'avoir une guerre civile pour préalable de son rétablissement, qui serait le prix de l'accommodement ; que Monsieur en serait la victime, mais que sa qualité la sauverait du sacrifice, et que les pauvres Frondeurs y demeureraient égorgés. Ce canevas, beau et fort, comme vous voyez, qui fut mis et étendu sur le métier par Caumartin, fut brodé par moi de toutes les couleurs que je crus les plus revenantes[1] à ceux à qui je les faisais voir[2]. Je réussis : je m'aperçus qu'en trois ou quatre jours j'avais fait mon effet ; et je mandai à la Reine, par la Palatine, que j'irais le lendemain au Palais. Jugez, si il vous plaît, de la joie qu'elle en eut par un emportement, qui ne mérite d'être remarqué que pour vous la faire voir. Il me semble que je vous ai déjà dit que Mme de Chevreuse avait toujours gardé assez de mesures avec la Reine, et qu'elle avait pris soin de lui faire croire qu'elle était beaucoup plus emportée par sa fille que par elle-même à tout ce qui se passait. Je ne puis bien vous dire ce que la Reine en crut effectivement, parce que j'ai observé sur ce point beaucoup de pour et contre. Ce qui s'en vit fut que Mme de Chevreuse ne cessa point d'aller au Palais-Royal, dans le temps même que Monsieur le Prince s'y croyait le maître, et de parler à la Reine avec beaucoup de familiarité dès que le traité qu'il croyait avoir conclu avec Servient et Lionne fut désavoué. Elle était dans le petit cabinet, avec mademoiselle sa fille, le jour que la Palatine venait d'écrire à la Reine que j'irais au Palais. La Reine appela Mlle de Chevreuse, et elle lui demanda si je continuais dans cette résolution. Mlle de Chevreuse lui ayant répondu que j'irais, la Reine la baisa deux ou trois fois, en lui disant : « Friponne, tu me fais autant de bien que tu m'as fait de mal. »

Vous avez vu, ci-devant, que Monsieur le Prince égayait de temps en temps le Parlement[1], pour se rendre plus considérable à la cour. Quand il sut que le Cardinal avait rompu le traité de Servient et de Lionne, il n'oublia rien pour l'enflammer afin de se rendre plus redoutable à la Reine. Il y avait tous les jours quelque nouvelle scène : tantôt l'on envoyait dans les provinces informer contre le Cardinal, tantôt l'on faisait des recherches de ses effets dans Paris ; tantôt l'on déclamait dans les chambres assemblées contre les Bartets, les Brachets et les Fouquets, qui allaient et venaient incessamment à Brusle[2] ; et comme, depuis ma retraite, j'avais cessé d'aller au Parlement, je m'aperçus que l'on se servait de mon absence pour faire croire que je mollissais à l'égard du Mazarin, et que j'appréhendais de me trouver dans les lieux où je pourrais être obligé à me déclarer sur son sujet. Un certain Montandré[3], méchant écrivain à qui Vardes avait fait couper le nez, pour je ne sais quel libelle qu'il avait fait contre Mme la maréchale de Guébriant, sa sœur, s'attacha, pour avoir du pain, à la misérable fortune du commandeur de Saint-Simon[4], chef des criailleurs du parti des princes, et m'attaqua sur ce ton par douze ou quinze libelles plus mauvais l'un que l'autre, en douze ou quinze jours. Je me les faisais apporter réglément sur l'heure de mon dîner, pour les lire publiquement, au sortir de table, devant tout ce qui se trouvait chez moi ; et quand je crus avoir fait connaître suffisamment aux particuliers que je méprisais ces sortes d'invectives, je me résolus de faire voir au public que je les savais relever. Je travaillai pour cela, avec soin, à une réponse courte, mais générale, que j'intitulai l'*Apologie de l'ancienne et légitime Fronde*, dont la lettre paraissait être contre le Mazarin, et dont le sens était proprement contre ceux qui se servaient de son nom pour abattre l'autorité royale. Je la fis crier et débiter dans Paris par cinquante colporteurs, qui parurent, en même temps, en différentes rues, et qui étaient soutenus, dans toutes, par des gens apostés pour cela[1]. J'allai, le même matin, au Palais, avec quatre cents hommes ; j'y pris ma place après avoir fait une profonde révérence à Monsieur le Prince, que je trouvai devant le feu de la Grande Chambre. Il me salua fort civilement. Il parla dans la séance, avec beaucoup d'aigreur, contre les transports d'argent faits hors du royaume par Cantarini, banquier du Cardinal. Vous jugez bien que je ne l'épargnai pas, et que tout ce qui était de la vieille Fronde se piqua de renchérir sur la nouvelle. Celle-ci en parut embarrassée ; et Croissi, qui en était et qui venait de lire l'*Apologie de l'ancienne*, dit à Caumartin : « La botte est belle, vous l'entendez mieux que nous. J'avais bien dit à Monsieur le Prince qu'il fallait faire taire ce coquin de Montandré. » Comme il ne se tut pourtant pas, je continuai aussi, de mon côté, à écrire et à faire écrire. Portail, avocat au Parlement et habile homme, fit, en ce temps-là, *La Défense du coadjuteur*, qui est d'une très grande éloquence[2]. Sarasin, secrétaire de M. le prince de Conti, fit contre moi *La Lettre du marguillier au curé*[3], qui est une fort belle pièce. Patru, bel esprit et fort poli, y répondit par une *Lettre du curé au marguillier*[4], qui est très ingénieuse. Je composai ensuite *Le Vrai et le Faux du prince de Condé et du cardinal de Rais ; Le Vraisemblable ; Le Solitaire ; Les Intérêts du temps ; Les Contretemps du sieur de Chavigni ; Le Manifeste de M. de Beaufort en son jargon*[5]. Joli, qui était à moi, fit *Les Intrigues de la paix*. Le pauvre Montandré s'était épuisé en injures, et il est constant que la partie n'était pas égale pour l'écriture. Croissi s'entremit pour faire cesser cette escarmouche. Monsieur le Prince la défendit aux siens, même en des termes fort obligeants pour moi. Je fis la même chose, en la manière la plus respectueuse pour lui qui me fut possible. L'on n'écrivit plus de part ni d'autre, et les deux Frondes ne s'égayèrent plus qu'aux dépens du Mazarin. Cette suspension de plumes ne se fit qu'après trois ou quatre mois de guerre bien échauffée ; mais j'ai estimé qu'il serait bon de réduire en ce petit endroit tout ce qui est de ces combats et de cette trêve, pour n'être pas obligé de rebattre une matière qui ne se peut tout à fait omettre, et qui, à mon sens, ne mérite pas d'être beaucoup traitée. Il y a plus de soixante volumes de pièces composées dans le cours de la guerre civile. Je crois pouvoir dire avec vérité qu'il n'y a pas cent feuillets qui méritent que l'on les lise.

Mon apparition au Palais plut si fort à la Reine, qu'elle écrivit, dès l'après-dînée, à Madame la Palatine de me témoigner la satisfaction qu'elle en avait, et de me commander, de sa part, de me trouver le lendemain, entre onze heures et minuit[1], à la porte du cloître Saint-Honoré. Gabouri m'y vint prendre, et il me mena dans le petit oratoire dont je vous ai déjà parlé, où je trouvai la Reine qui ne se sentait pas de la joie qu'elle avait de voir sur le pavé un parti déclaré contre Monsieur le Prince. Elle m'avoua qu'elle ne l'avait pas cru possible, au moins qu'il pût être en état de paraître sitôt. Elle me dit que M. Le Tellier ne pouvait encore se le persuader. Elle ajouta que Servient soutenait qu'il fallait que j'eusse un concert secret avec Monsieur le Prince. « Mais je ne m'étonne pas de celui-ci, reprit-elle ; c'est un traître qui s'entend avec lui et qui est au désespoir de ce que vous lui faites tête. Mais à propos de cela, continua-t-elle, il faut que je fasse réparation à Lionne, il a été trompé par Servient ; il n'y a point de sa faute en tout ce qui s'est passé ; et le pauvre homme est si affligé d'avoir été soupçonné, que je n'ai pu lui refuser la consolation qu'il m'a demandée, qui est que ce soit lui qui traite avec vous tout ce qu'il y aura à faire contre Monsieur le Prince. » Je vous ennuierais si je vous expliquais le détail qui avait justifié M. de Lionne dans l'esprit de la Reine, et je me contenterai de vous dire, en général, que son absolution ne me parut guère mieux fondée que les soupçons que l'on avait pris, au moins jusques là, de sa conduite. Je dis jusques là, parce que vous allez voir que celle qu'il eut, dans la suite, marqua un ménagement bien extraordinaire pour Monsieur le Prince. Mais de tout ce que je vis, en ce temps-là, dans les plaintes de la Reine, contre Lionne et contre Servient, sur le traité qu'ils avaient projeté pour le gouvernement de Provence, je ne puis encore, à l'heure qu'il est, m'en former à moi-même aucune idée qui aille à les condamner ni à les absoudre, parce que les faits mêmes qui ont été les plus éclaircis sur cette matière se trouvent dans une si grande involution[1] de circonstances obscures et bizarres, que je me ressouviens que l'on s'y perdait dans les moments mêmes qui en étaient les plus proches. Ce qui est de constant est que la Reine, qui m'avait parlé, comme vous avez vu le dernier de mai, de Servient et de Lionne, comme de deux traîtres, me parla du dernier, le 25 de juin, comme d'un fort homme de bien, et que le 28, elle me fit dire par la Palatine que le premier n'avait pas failli par malice, et que Monsieur le Cardinal était très persuadé de son innocence. J'ai toujours oublié de parler de ce détail à Monsieur le Prince, qui seul le pourrait éclaircir.

Je reviens à ma conférence avec la Reine : elle dura jusques à deux heures après minuit, et je crus voir très clairement et dans son cœur et dans son esprit qu'elle craignait le raccommodement avec Monsieur le Prince ; qu'elle souhaitait avec une extrême passion que Monsieur le Cardinal en quittât la pensée, à laquelle il donnait, ce disait-elle, par un excès de bonté comme un innocent, et qu'elle ne comptait pas pour un grand malheur la guerre civile. Comme elle convenait pourtant que le plus court serait d'arrêter, si il était possible, Monsieur le Prince, elle me commanda de lui en expliquer les moyens. Je n'ai jamais pu savoir la raison pour laquelle elle n'approuva pas celui que je lui proposai, qui était d'obliger Monsieur à exécuter la chose cheux lui. J'y avais trouvé jour, et je savais bien que je ne serais pas désavoué. Elle n'y voulut jamais entendre, sous prétexte que Monsieur ne serait jamais capable de cette résolution, et qu'il y aurait même trop de péril à la lui communiquer. Je ne sais si elle ne craignit point que Monsieur, ayant fait un coup de cet éclat, ne s'en servît après contre elle-même. Je ne sais si ce que Hocquincourt me dit, le lendemain, de l'offre qu'il lui avait faite de tuer Monsieur le Prince en l'attaquant dans une rue, ne lui avait pas fait croire que cette voie était encore plus décisive. Enfin elle rejeta absolument celle de Monsieur, qui était infaillible, et elle me commanda de conférer avec Hocquincourt, « qui vous dira, ajouta-t-elle, qu'il y a des moyens plus sûrs que celui que vous proposez ». Je vis Hocquincourt, le lendemain, à l'hôtel de Chevreuse, qui me conta familièrement tout le particulier de l'offre qu'il avait faite à la Reine. J'en eus horreur, et je suis obligé de dire, pour la vérité, que Mme de Chevreuse n'en eut pas moins que moi. Ce qui est d'admirable est que la Reine, qui m'avait renvoyé à lui la veille, comme à un homme qui lui avait fait une proposition raisonnable, nous témoigna, à Mme de Chevreuse et à moi, qu'elle approuvait extrêmement nos sentiments qui étaient assurément bien éloignés d'une action de cette nature ; et elle nous nia même absolument que Hocquincourt la lui eût expliquée ainsi. Voilà le fait sur lequel vous pouvez fonder vos conjectures[1]. M. de Lionne m'a dit depuis qu'un quart d'heure après que Mme de Chevreuse eut dit à la Reine que j'avais rejeté avec horreur la proposition d'Hocquincourt, la Reine dit à Sennetterre, à propos de rien : « Le coadjuteur n'est pas si hardi que je le croyais. »

Le lendemain, je reçus un billet de Montrésor, à quatre heures du matin, qui me priait d'aller cheux lui sans perdre un moment. J'y trouvai M. de Lionne, qui me dit que la Reine ne pouvait plus souffrir Monsieur le Prince, et qu'elle avait des avis certains qu'il formait une entreprise pour se rendre maître de la personne du Roi ; qu'il avait envoyé en Flandres pour faire un traité avec les Espagnols ; qu'il fallait que lui ou elle périssent ; qu'elle ne voulait pas se servir des voies du sang, mais que ce qui avait été proposé par Hocquincourt ne pouvait pas avoir ce nom, puisqu'il l'avait assurée, la veille, qu'il prendrait Monsieur le Prince sans coup férir, pourvu que je l'assurasse du peuple. Enfin je connus clairement, par tout ce que Lionne me dit, qu'il fallait que la Reine eût été encore fraîchement échauffée, et je trouvai, un moment après, que ma conjecture était bien fondée, car Lionne même m'apprit que Ondedei était arrivé avec un mémoire sanglant contre Monsieur le Prince, qui devait convaincre la Reine qu'elle n'avait pas lieu d'appréhender la trop grande douceur de Monsieur le Cardinal. Lionne me parut, en son particulier, très animé, et au-delà même de ce que la bienséance le pouvait permettre. Vous verrez, par la suite, que l'animosité de celui-ci était aussi affectée que celle de la Reine était naturelle. Tout contribua, ces jours-là, à aigrir son esprit. Le Parlement continuait avec chaleur sa procédure criminelle contre le Cardinal, qui se trouvait convaincu, par les registres de Cantarini, d'avoir volé neuf millions, et Monsieur le Prince avait obligé les chambres de s'assembler malgré toute la résistance du premier président, et de donner un nouvel arrêt contre les commerces que les gens de la cour entretenaient avec lui. Les ordres de Brusle, arrivant dans ces conjonctures, enflammèrent aisément la bile de la Reine, qui était assez naturellement susceptible d'un grand feu; et Lionne, qui croyait, à mon opinion, que Monsieur le Prince demeurerait, à la fin, maître du champ de bataille, soit par la faction, soit par la négociation, et qui, par cette raison, le voulait ménager, n'oublia rien pour m'engager à porter les choses à l'extrémité contre lui, apparemment pour découvrir tout mon jeu et pour tirer mérite de la connaissance qu'il lui en pourrait donner à lui-même. Il me pressa, à un point dont je suis encore surpris à l'heure qu'il est, de concourir à l'entreprise d'Hocquincourt, qui aboutissait, toujours en termes un peu déguisés, à assassiner Monsieur le Prince. Il me somma vingt fois, au nom de la Reine, de ce que je l'avais assurée que je lui ferais quitter le pavé[1]. Les instances allèrent jusques à l'emportement, et il ne me parut que très médiocrement satisfait de sa négociation avec moi, quoique je lui offrisse de faire arrêter Monsieur le Prince au palais d'Orléans, ou, en cas que la Reine continuât à ne pas vouloir prendre ce parti, à continuer moi-même à aller au Palais fort accompagné, et en état de m'opposer à ce que Monsieur le Prince pourrait entreprendre contre son service. Montrésor, qui était présent à cette conférence, a toujours cru que Lionne me parlait sincèrement; que son intention véritable était de perdre Monsieur le Prince, et qu'il ne prit le parti de le ménager qu'après qu'il eut vu que je ne voulais pas le sang, et qu'il crut, par cette raison, qu'il demeurerait à la fin le maître; et il est vrai qu'il me répéta, deux ou trois fois dans le discours, la parole de Machiavel, qui dit que la plupart des hommes périssent parce qu'ils ne sont qu'à demi méchants[1]. Je suis encore convaincu que Montrésor se trompait, que Lionne n'avait, dès qu'il commença à me parler, d'autre intention que de tirer de moi tout ce qui pouvait être de la mienne, pour en faire l'usage qu'il en fit ; et ce qui me l'a toujours persuadé est un certain air que je remarquai et dans son visage et dans ses paroles, qui ne se peut exprimer, mais qui prouve souvent beaucoup mieux que tout ce qui se peut expliquer. C'est une remarque que j'ai peut-être faite plus de mille fois en ma vie. J'observai aussi, en ce rencontre, qu'il y a des points inexplicables dans les affaires et inexplicables même dans leurs instants. La conversation que j'eus avec Lionne, cheux Montrésor, commença à cinq heures du matin et elle finit à sept. Lionne en avertit, à huit, M. le maréchal de Gramont, qui la fit savoir, à dix, par M. de Chavigni, à Monsieur le Prince. Il y a apparence que Lionne était bien intentionné pour lui[2]. Il est constant toutefois qu'il ne lui découvrit rien du détail ; qu'il ne nomma pas Hocquincourt, ce qui était toutefois le plus dangereux, et qu'il se contenta de lui faire dire que la Reine traitait avec le coadjuteur pour l'arrêter. Je n'ai jamais osé entamer avec M. de Lionne cette matière, qui, comme vous voyez, n'a pas été le plus bel endroit de sa vie. Monsieur le Prince, à qui j'en ai parlé, n'est pas plus informé que moi, à ce qui m'a paru, de l'irrégularité de cette conduite. La Reine, avec laquelle j'eus une fort longue conversation, deux jours après, sur le même sujet, en était aussi étonnée elle-même que vous le pouvez être. Ne doit-on pas admirer, après cela, l'insolence des historiens vulgaires, qui croiraient se faire tort si ils laissaient un seul événement dans leurs ouvrages, dont ils ne démêlassent pas tous les ressorts, qu'ils montent et qu'ils relâchent presque toujours sur des cadrans de collège[3] ?

L'avis que M. de Lionne fit donner à Monsieur le Prince ne demeura pas secret. Je l'appris le même jour, à huit heures du soir, par Mme de Pommereux, à qui Flammarin l'avait dit, aussi bien que le canal par lequel il avait été porté. J'allai, en même temps, cheux

Madame la Palatine, qui en avait déjà été informée d'ailleurs, et qui me dit une circonstance que j'ai oubliée et qui était toutefois très considérable, autant que je m'en puis ressouvenir, à propos de la faute que la Reine avait faite de se confier à Lionne. Je sais bien que Madame la Palatine ajouta que la première pensée de la Reine, après avoir reçu la dépêche de Brusle, dont je vous ai déjà parlé, avait été de m'envoyer quérir dans le petit oratoire, à l'heure ordinaire ; mais qu'elle n'avait osé de peur de déplaire à Ondedei, qui lui avait témoigné quelque ombrage de ces conférences particulières. La trahison de Lionne étourdit tellement ce même Ondedei, qu'il ne fut plus si délicat et qu'il pressa lui-même la Reine de me commander de l'aller trouver la nuit suivante. J'attendis Gabouri devant les jacobins[1], le rendez-vous du cloître Saint-Honoré, qui était connu de Lionne, n'ayant pas été jugé sûr ; il me mena dans la petite galerie, qui, par la même raison, fut choisie au lieu de l'oratoire. Je trouvai la Reine dans un emportement inconcevable contre Lionne, qui ne diminuait pourtant rien de celui qu'elle avait contre Monsieur le Prince. Elle revint encore à la proposition d'Hocquincourt, à laquelle elle donnait toujours un air innocent. Je la combattis avec fermeté, en lui soutenant que le succès ne pouvait l'être. Sa colère alla jusques aux reproches et jusques à me témoigner de la défiance de ma sincérité. Je souffris et les reproches et la défiance, avec tout le respect et toute la soumission que je lui devais ; et je lui répondis simplement ces propres paroles : « Votre Majesté, Madame, ne veut point le sang de Monsieur le Prince ; et je prends la liberté de lui dire qu'elle me remerciera un jour de ce que je m'oppose à ce qu'il soit répandu contre son intention ; il le serait, Madame, devant qu'il fût deux jours, si l'on prenait les moyens que M. d'Hocquincourt propose. » Imaginez-vous, si il vous plaît, que le plus doux auquel il s'était réduit était de se rendre maître, à la petite pointe du jour, du pavillon de l'hôtel de Condé, et de surprendre Monsieur le Prince au lit ; et considérez, je vous supplie, si ce dessein était praticable, sans massacre, dans une maison toute en défiance et contre l'homme du plus grand courage qui soit au monde. Après une contestation et fort vive et fort longue, la Reine fut obligée de se contenter que je continuasse de jouer le personnage que je jouais dans Paris, « avec lequel, lui dis-je, j'ose vous promettre, Madame, ou que Monsieur le Prince quittera le pavé à Votre Majesté, ou que je mourrai pour son service ; et ainsi mon sang effacera le soupçon que Ondedei vous donne de ma fidélité ». La Reine, qui vit que j'étais touché de ce qu'elle m'avait dit, me fit mille honnêtetés ; elle ajouta que je faisais injustice à Ondedei, et qu'elle voulait que je le visse. Elle l'envoya querir sur l'heure par Gabouri. Il vint habillé en vrai capitan de comédie et chargé de plumes comme un mulet. Ses discours me parurent encore plus fous que sa mine. Il ne parlait que de la facilité qu'il y avait à terrasser Monsieur le Prince et à rétablir Monsieur le Cardinal. Il traita les instances que je faisais à la Reine, de permettre que Monsieur arrêtât Monsieur le Prince cheux lui, de proposition ridicule et faite à dessein pour éluder les autres entreprises et plus faciles et plus raisonnables, que l'on pouvait faire contre lui. Enfin tout ce que je vis ce soir-là de cet homme ne fut qu'un tissu et d'impertinence et de fureur. Il se radoucit un peu, sur la fin, à la très humble supplication de la Reine, qui me paraissait avoir une grande considération pour lui ; et Madame la Palatine me dit, deux jours après, que tout ce que j'avais vu des manières de ce capitan avec la Reine n'était rien, au prix de ce qui s'était passé le lendemain, et qu'il l'avait traitée avec une insolence que l'on ne se fût pas pu imaginer. Elle fut un peu rabattue par le retour de Bertet[1], qui apporta une grande dépêche du Cardinal, qui blâmait, même avec beaucoup d'aigreur, ceux qui avaient empêché que la Reine ne donnât les mains à la proposition que je lui avais faite de faire arrêter Monsieur le Prince cheux Monsieur[2] ; qui faisait mes éloges sur cette proposition ; qui traitait Ondedei de fou, M. Le Tellier de poltron, MM. Servient et Lionne de dupes, et qui contenait une instance, même très pressante, à la Reine, de me faire expédier la nomination ; de faire M. de Chasteauneuf chef du Conseil, et de donner la surintendance des Finances à M. de La Vieuville. La Reine me fit commander, une heure après que la dépêche de Brusle fut déchiffrée, de l'aller trouver entre minuit et une heure : elle m'en fit voir le déchiffrement, qui me parut être le véritable. Elle me témoigna une joie sensible des sentiments où elle voyait Monsieur le Cardinal ; elle me fit promettre de les mettre, en en rendant compte à Monsieur, dans leur plus beau jour, et d'adoucir son esprit sur sujet le plus qu'il me serait possible : « Car je vois bien, ajouta-t-elle, qu'il n'y a que lui qui vous retienne, et que, si vous n'aviez point cet engagement, vous seriez mazarin. » Je fus très aise d'en être quitte à si bon marché, et je lui répondis que j'étais au désespoir d'être engagé, et que je n'y trouvais de consolation que la croyance où j'étais que je serais, par cet engagement, moins inutile à son service que par ma liberté. La Reine me dit ensuite que l'avis du maréchal de Villeroi était qu'elle attendît la majorité du Roi, qui était fort proche[1], pour faire éclater le changement qu'elle avait résolu pour les places du Conseil, parce que ce nouvel établissement, qui serait très désagréable à Monsieur le Prince, tirerait encore de la dignité et de la force d'une action qui donne un nouvel éclat à l'autorité. « Mais, reprit-elle tout à coup, il faudrait, par la même raison, remettre votre nomination ; M. de Chasteauneuf est de ce sentiment. » Elle sourit à ce mot, elle me dit : « Non, la voilà en bonne forme ; il ne faut pas donner à Monsieur le Prince le temps de cabaler à Rome contre vous. » Je répondis ce que vous vous pouvez imaginer à la Reine, qui fit effectivement cette action de la meilleure grâce du monde, parce que le Cardinal l'avait trompée la première en lui mandant qu'il fallait agir de bonne foi avec moi. Bluet, avocat du Conseil et intimissime d'Ondedei, m'a dit plusieurs fois depuis que celui-ci lui avait avoué, le soir qu'il arriva de Brusle à Paris, que le Cardinal ne lui avait rien recommandé avec plus d'empressement que de faire croire à la Reine même que son intention pour ma promotion était très sincère, parce que, dit-il à Ondedei, Mme de Chevreuse la pénétrerait infailliblement si elle savait elle-même ce que nous avons dans l'âme. Vous ne serez pas assurément surprise de ce qu'ils y avaient, qui était une résolution bien formée de me jouer, de se servir de moi contre Monsieur le Prince, de me traverser sous main à Rome, de traîner la promotion et de trouver dans le chapitre des accidents de quoi la révoquer. La fortune sembla, dans les commencements, favoriser leur projet; car comme je m'étais enfermé, le lendemain au soir, cheux l'abbé de Bernai pour écrire à Rome avec plus de loisir et pour dépêcher l'abbé Charrier, que j'y envoyais pour y solliciter ma promotion, j'en reçus une lettre qui m'apprit la mort de Pancirolle[1]. Ce contretemps, qui rompit en un instant les seules mesures qui m'y parussent certaines, m'embarrassa beaucoup, et avec d'autant plus de raison que je ne pouvais pas ignorer que le commandeur de Valencé[2], qui y était ambassadeur pour le Roi et qui avait pour lui-même de grandes prétentions au chapeau, ne fît contre moi tout ce qui serait en son pouvoir. Je ne laissai pas de faire partir l'abbé Charrier, qui, comme vous verrez par la suite, trouva fort peu d'obstacle à sa négociation, quoique Monsieur le Cardinal n'oubliât aucun de tous ceux qu'il y put mettre. Il est à remarquer que la Reine, dans toute la conversation que j'eus avec elle touchant cette dépêche de Monsieur le Cardinal, ne s'ouvrit en façon du monde de ce qu'il lui avait écrit par un billet séparé (à ce que M. de Chasteauneuf me dit le lendemain), touchant la proposition du mariage de Mlle d'Orléans, qui est présentement Mme de Toscane[3], avec le Roi. La grande Mademoiselle y avait beaucoup prétendu[4] : le Cardinal le lui avait fait espérer; comme elle vit qu'il n'en avait aucune intention dans le fonds, elle affecta de faire la Frondeuse, même avec emportement. Elle témoigna une chaleur inconcevable pour la liberté de Monsieur le Prince. Monsieur la connaissait si bien et il avait si peu de considération pour elle, que l'on ne faisait presque aucune réflexion sur ses démarches, dans les temps mêmes où elles eussent dû être, au moins par sa qualité, de quelque considération. Vous me pardonnerez, par cette raison, le peu de soin que j'ai eu jusques ici de vous en rendre compte. Monsieur le Cardinal, qui crut que Monsieur pourrait se flatter plus facilement de l'espérance de faire épouser au Roi la cadette, dont l'âge était en effet beaucoup plus sortable[1], manda à la Reine de lui donner toutes les lueurs possibles de cette alliance, mais de se garder sur toutes choses de les faire jeter par moi, parce que, ajouta-t-il, « le coadjuteur en serrerait les mesures plus brusquement et plus étroitement qu'il ne convient pour encore à Votre Majesté ». M. de Chasteauneuf me fit voir ces propres paroles dans un billet qu'il me jura avoir été copié sur l'original même de celui du Cardinal. Il priait la Reine de faire porter cette parole, ou plutôt cette vue, à Monsieur par Beloi, « si toutefois, portait le billet, l'on continue à être assuré de lui ». Monsieur m'a juré depuis, plus de vingt fois, que l'on ne lui avait jamais fait cette proposition, ni directement ni indirectement. Ces deux faits paraissent bien contraires : voici ce qui n'est pas moins inexplicable. Je vous ai déjà dit que le Cardinal blâmait extrêmement, par sa dépêche, ceux qui avaient dissuadé la Reine d'accepter la proposition que je lui avais faite de faire arrêter Monsieur le Prince au palais d'Orléans. Je m'attendais, par cette raison, qu'elle en prendrait la pensée et qu'elle me presserait même de lui tenir ce que je lui avais comme promis en le lui proposant. Je fus surpris au dernier point quand je trouvai qu'elle ne me parut pas seulement y avoir fait réflexion ; et je le suis encore, quand je la fais moi-même, que M. Le Tellier, M. Servient et Madame la Palatine, que j'ai mis depuis sur cette matière cent et cent fois, ne m'en ont pas paru plus savants que moi ; et ce qui m'étonne encore beaucoup davantage est qu'ils sont tous convenus que la lettre du Cardinal était véritable et sincère en ce point.

Je me confirme dans ce que j'ai dit ci-devant, qu'il y a des points dans les affaires qui échappent, par des rencontres même naturelles, aux plus clairvoyants, et que nous en rencontrerions bien plus fréquemment dans les histoires, si elles étaient toutes écrites par des gens qui eussent été eux-mêmes dans le secret des choses, et qui, par conséquent, eussent été supérieurs à la vanité ridicule de ces auteurs impertinents qui, étant nés dans la basse-cour et n'ayant jamais passé l'antichambre, se piquent de ne rien ignorer de tout ce qui s'est passé dans le cabinet[2]. J'admire à ce propos l'insolence de ces gens de néant en tout sens, qui, s'imaginant d'avoir pénétré dans tous les replis des cœurs de ceux qui ont eu le plus de part dans ces affaires, n'ont laissé aucun événement dont ils n'aient prétendu avoir développé l'origine et la suite. Je trouvai un jour, sur la table du cabinet de Monsieur le Prince, deux ou trois ouvrages de ces âmes serviles et vénales, et il me dit, en voyant que j'y avais jeté les yeux : « Ces misérables nous ont faits, vous et moi, tels qu'ils auraient été si ils s'étaient trouvés en nos places. » Cette parole est d'un grand sens[1].

Je reprends ce qui se passa sur la fin de la conversation que j'eus, cette nuit-là, avec la Reine. Elle affecta de me faire promettre que je ne manquerais pas d'aller au Palais toutes les fois que Monsieur le Prince s'y trouverait ; et Madame la Palatine, à qui je dis, le lendemain, que j'avais observé une application particulière de la Reine sur ce point, me répondit ces propres paroles : « J'en sais la raison ; Servient lui dit, à toutes les heures du jour, que vous êtes en concert avec Monsieur le Prince, et qu'il y aura des occasions où, par le même concert, vous ne vous trouverez pas aux assemblées du Parlement. » Je n'en manquai aucune, et je tins une conduite qui dut, au moins par l'événement, faire honte au jugement de M. Servient. Je n'y eus de complaisance pour Monsieur le Prince que celle qui ne lui pouvait plaire. J'applaudissais à tout ce qu'il disait contre Monsieur le Cardinal, mais je n'oubliais rien de tout ce qui pouvait éclairer et les négociations et les prétextes ; et cette conduite était d'un grand embarras à un parti dont l'intention, dans le fonds, n'était que de s'accommoder avec la cour, par les frayeurs qu'il prétendait de donner au ministre. L'inclination de Monsieur le Prince était très éloignée de la guerre civile[2], et celle de M. de La Rochefoucauld, qui gouvernait Mme de Longueville et M. le prince de Conti, était toujours portée à la négociation. Les conjonctures obligeaient les uns et les autres à des déclarations et à des déclamations qui eussent pu aller à leurs fins, si ces déclarations et ces déclamations n'eussent été soigneusement expliquées et commentées par les Frondeurs, et du côté de la cour et du côté de la ville. La Reine, qui était très fière, ne prit pas de confiance à des avances qui étaient toujours précédées par des menaces. Le Cardinal ne prit pas la peur, parce qu'il vit que Monsieur le Prince n'était plus dominant, au moins uniquement, dans Paris. Le peuple, instruit du dessous des chartes, ne prit plus bon tout ce que l'on lui voulut persuader, sous le prétexte du Mazarin, qu'il ne voyait plus. Ces dispositions, jointes à l'avis que Monsieur le Prince eut de ma conférence avec Lionne et à celui que le Bouchet lui donna de la marche de deux compagnies des gardes, l'obligèrent de sortir, le 6 de juillet, sur les deux heures du matin, de l'hôtel de Condé et de se retirer à Saint-Maur[1]. Il est constant qu'il n'avait point d'autre parti à prendre et que la place n'était plus tenable pour lui dans Paris, à moins qu'il se fût résolu à y faire, dès ce temps-là, ce qu'il y fit depuis, c'est-à-dire à moins qu'il s'y fût mis publiquement sur la défensive. Il ne le voulut pas, parce qu'il ne s'était pas encore résolu à la guerre civile, à laquelle il est constant qu'il avait une aversion mortelle. L'on a voulu blâmer son irrésolution, et je crois que l'on en doit plutôt louer le principe; et je méprise au dernier point l'insolence de ces âmes de boue qui ont osé écrire et imprimer qu'un cœur aussi ferme et aussi éprouvé que celui de César ait été capable, en cette occasion, d'une alarme mal prise. Ces auteurs impertinents et ridicules mériteraient que l'on les fouettât publiquement dans les carrefours.

Vous ne doutez pas du mouvement que la sortie de Monsieur le Prince fit dans tous les esprits. Mme de Longueville, quoique malade, l'alla joindre aussitôt après, et MM. de Conti, de Nemours, de Bouillon, de Turenne, de La Rochefoucauld, de Richelieu et de La Mothe se rendirent en même temps auprès de lui. Il envoya M. de La Rochefoucauld à Monsieur pour lui donner part des raisons qui l'avaient obligé à se retirer. Monsieur en fut et en parut étonné. Il en fit l'affligé. Il alla trouver la Reine, il approuva la résolution qu'elle prit d'envoyer M. le maréchal de Gramont à Saint-Maur, pour assurer Monsieur le Prince qu'elle n'avait eu aucun dessein contre sa personne. Monsieur qui crut que Monsieur le Prince ne reviendrait plus à Paris, après le pas qu'il avait fait, et qui s'imagina, par cette raison, qu'il l'obligerait à bon marché, chargea M. le maréchal de Gramont de toutes les assurances qu'il lui pouvait donner en son particulier. Vous verrez dans la suite, par cet exemple, qu'il y a toujours de l'inconvénient à s'engager sur des suppositions que l'on croit impossibles. Il est pourtant vrai qu'il n'y a presque personne qui en fasse difficulté. Aussitôt que Monsieur le Prince fut à Saint-Maur, il n'y eut pas un homme dans son parti qui ne pensât à l'accommoder avec la cour; et c'est ce qui arrive toujours dans les affaires dont le chef est connu pour ne pas aimer la faction. Un esprit bien sage ne la peut jamais aimer, mais il est de la sagesse de cacher son aversion quand l'on a le malheur d'y être engagé. Téligni beau-fils de M. l'amiral de Coligni, disait, la veille du jour de la Saint-Barthélemi, que son beau-père avait plus perdu dans le parti huguenot en laissant pénétrer sa lassitude, qu'en perdant les batailles de Moncontour et de Saint-Denis[1]. Voilà le premier coup que celui de Monsieur le Prince reçut, et d'autant plus dangereux qu'il n'y a peut-être jamais eu de corps auquel ces sortes de blessures fussent si mortelles que celui qui composait son parti. M. de La Rochefoucauld, qui en était un des membres des plus considérables par le pouvoir absolu qu'il avait sur l'esprit de M. le prince de Conti et sur celui de Mme de Longueville, était dans la faction ce que M. de Bullion[2] avait été autrefois dans les finances; M. le cardinal de Richelieu disait que celui-ci employait douze heures du jour à la création de nouveaux offices et les douze autres à leur suppression; et Matha appliquait cette remarque à M. de La Rochefoucauld, en disant qu'il faisait tous les matins une brouillerie et que tous les soirs il travaillait à un *rabiennement*, c'était son mot[3]. M. de Bouillon, qui n'était nullement content de Monsieur le Prince et qui ne l'était pas davantage de la cour[4], n'aidait pas à fixer les résolutions, parce que la difficulté de s'assurer des uns ou des autres brouillait à midi les vues qu'il avait prises à dix heures, ou pour la rupture ou pour l'accommodement. M. de Turenne, qui n'était pas plus satisfait des uns ni des autres que monsieur son frère, n'était pas, de plus, à beaucoup près, si décisif dans les affaires que dans la guerre. M. de Nemours, amoureux de Mme de Chastillon, trouvait dans la crainte de s'en éloigner des obstacles aux mouvements que la vivacité, plutôt que celle de son humeur, lui pouvait donner pour l'action. Chavigni, qui était rentré dans le cabinet, son unique élément, et qui y était rentré par le moyen de Monsieur le Prince, ne pouvait souffrir qu'il l'abandonnât, et il pouvait encore moins souffrir qu'il le tînt en bonne intelligence avec le Mazarin, qui était l'objet de son horreur. Viole, qui dépendait de M. de Chavigni, joignait aux sentiments toujours incertains de son ami sa timidité, qui était très grande, et son avidité, qui n'était pas moindre. Croissi, qui avait l'esprit naturellement violent, était suspendu entre l'extrémité à laquelle son inclination le portait, et la modération dont les mesures qu'il avait toujours gardées très soigneusement avec M. de Chasteauneuf l'obligeaient de conserver au moins les apparences. Mme de Longueville, sur le tout, voulait, en des moments, l'accommodement, parce que M. de La Rochefoucauld le souhaitait, et désirait, en d'autres, la rupture, parce qu'elle l'éloignait de monsieur son mari, qu'elle n'avait jamais aimé, mais qu'elle avait commencé à craindre depuis quelque temps[1]. Cette constitution des esprits auxquels Monsieur le Prince avait affaire eût embarrassé Sertorius[2]. Jugez, si il vous plaît, quel effet elle pouvait faire dans celui d'un prince du sang couvert de lauriers innocents, et qui ne regardait la qualité de chef de parti que comme un malheur, et même comme un malheur qui était au-dessous de lui. L'une de ses plus grandes peines, à ce qu'il m'a dit depuis, fut de se défendre des défiances qui sont naturelles et infinies dans les commencements des affaires, encore plus que dans leur progrès et dans leurs suites. Comme rien n'y est encore formé et que tout y est vague, l'imagination, qui n'y a point de bornes, se prend et s'étend même à tout ce qui est possible. Le chef est responsable, par avance, de tout ce que l'on soupçonne lui pouvoir tomber dans l'esprit. Monsieur le Prince se crut obligé, par cette raison, de ne point donner d'audience particulière à M. le maréchal de Gramont, quoiqu'il l'eût toujours fort aimé, et il se contenta de lui dire, en présence de toutes les personnes de qualité qui étaient avec lui, qu'il ne pouvait retourner à la cour tant que les créatures de Monsieur le Cardinal y tiendraient les premières places[1]. Tous ceux qui étaient dans les intérêts de Monsieur le Prince, et qui souhaitaient, pour la plupart, l'accommodement, trouvaient leur compte en cette proposition, qui, effrayant les subalternes du cabinet, les rendait plus souples aux différentes prétentions des particuliers. Chavigni, qui allait et venait de Paris à Saint-Maur et de Saint-Maur à Paris, se faisait un mérite auprès de la Reine, à ce qu'elle me dit elle-même, de ce que le premier feu que ce nouvel éclat de Monsieur le Prince avait jeté s'était plutôt attaché au Tellier, à Lionne et à Servient, qu'au Cardinal même. Il ne laissait pas de faire, en poussant ces trois sujets, l'effet qui lui convenait, qui était d'éloigner d'auprès de la Reine ceux dont le ministère véritable et solide offusquait le sien, qui n'était qu'apparent et qu'imaginaire. Cette vue, qui était assurément plus subtile que judicieuse, le charmait à un point qu'il en parla à Bagnols, le jour que Monsieur le Prince se fut déclaré contre eux, comme de l'action la plus sage et la plus fine qui eût été faite de notre siècle. « Elle amuse le Cardinal, lui dit-il, en lui faisant croire que l'on prend le change, et qu'au lieu de presser la déclaration contre lui, qui n'est pas encore expédiée, l'on se contente de clabauder[2] contre ses amis. Elle chasse du cabinet les seules personnes à qui la Reine se peut ouvrir, elle y en laisse d'autres auxquelles il faudra nécessairement qu'elle s'ouvre, faute d'autres, et elle oblige les Frondeurs ou à passer pour mazarins en épargnant ses créatures, ou à se brouiller avec la Reine en parlant contre elles. » Ce raisonnement, que Bagnols me rapporta un quart d'heure après, me parut aussi solide pour le dernier article qu'il me sembla frivole pour les autres. Je m'appliquai soigneusement à y remédier, et vous verrez par la suite que je n'y travaillai pas sans succès.

Je vous ai déjà dit que Monsieur le Prince se retira à Saint-Maur le 6 de juillet 1651.

Le 7, M. le prince de Conti vint au Palais, y porter les raisons que Monsieur le Prince avait eues de se retirer. Il ne parla qu'en général des avis qu'il avait reçus, de tous côtés, des desseins de la cour contre sa personne. Il déclara ensuite que monsieur son frère ne pouvait trouver aucune sûreté à la cour tant que MM. Le Tellier, Servient et Lionne n'en seraient pas éloignés. Il fit de grandes plaintes de ce que Monsieur le Cardinal s'était voulu rendre maître de Brisach[1] et de Sedan, et il conclut en disant à la Compagnie que Monsieur le Prince lui envoyait un gentilhomme, avec une lettre. Monsieur le Premier Président répondit à M. le prince de Conti que Monsieur le Prince aurait mieux fait de venir lui-même au Parlement prendre sa place. L'on fit entrer le gentilhomme ; il rendit sa lettre, qui n'ajoutait rien à ce que M. le prince de Conti avait dit. Monsieur le Premier Président prit la parole en donnant part à la Compagnie que la Reine lui avait envoyé un gentilhomme, à cinq heures du matin, pour lui donner avis de cette lettre de Monsieur le Prince et pour lui commander de faire entendre à la Compagnie que Sa Majesté ne désirait pas que l'on fît aucune délibération, qu'elle ne lui eût fait savoir sa volonté. M. le duc d'Orléans ajouta que sa conscience l'obligeait à témoigner que la Reine n'avait eu aucune pensée de faire arrêter Monsieur le Prince ; que les gardes qui avaient passé dans le faubourg Saint-Germain n'y avaient été que pour favoriser l'entrée de quelques vins que l'on voulait faire passer sans payer les droits ; que la Reine n'avait aucune part en ce qui s'était passé à Brisach. Enfin, Monsieur parla comme il eût fait si il eût été le mieux intentionné du monde pour la Reine. Comme je pris la liberté de lui demander, après la séance, si il n'avait pas appréhendé que la Compagnie lui demandât la garantie de la sûreté de Monsieur le Prince, dont il venait de donner des assurances si positives, il me répondit d'un air très embarrassé : « Venez cheux moi, je vous dirai mes raisons. » Il est certain qu'il s'était exposé, en parlant comme il avait fait, à cet inconvénient, qui n'était pas médiocre, et Monsieur le Premier Président, qui servait en ce moment la cour de très bonne foi, le lui évita très habilement en donnant le change à Machaut[2], qui avait touché cet expédient, et en suppliant simplement Monsieur de rassurer Monsieur le Prince et d'essayer de le faire revenir à la cour. Il affecta aussi de couler le temps de la séance, et ainsi l'on n'eut que celui de remettre l'assemblée au lendemain, et d'arrêter simplement qu'en attendant, la lettre de Monsieur le Prince serait portée à la Reine. Je reviens à ce que Monsieur me dit quand il fut revenu cheux lui. Il me mena dans le cabinet des livres, il en ferma les verrous, il jeta avec émotion son chapeau sur une table, et il s'écria en jurant : « Vous êtes une grosse dupe ou je suis une grosse bête. Croyez-vous que la Reine veuille que Monsieur le Prince revienne à la cour ? — Oui, Monsieur, lui dis-je sans balancer, pourvu qu'il y vienne en état de se laisser prendre ou assommer. — Non, me répondit-il, elle veut qu'il revienne à Paris en toute manière, et demandez à votre ami le vicomte d'Autel ce qu'il m'a dit aujourd'hui de sa part, comme j'entrais dans la Grande Chambre. » Voici ce qu'il lui avait dit : que le maréchal Du Plessis-Praslin, son frère, avait eu ordre de la Reine, à six heures du matin, de prier Monsieur, de sa part, d'assurer le Parlement que Monsieur le Prince ne courrait aucune fortune[1] si il lui plaisait de revenir à la cour. « Je n'ai pas été jusque-là, ajouta Monsieur, car j'ai mille raisons pour ne lui vouloir pas servir de caution, et ni l'un ni l'autre ne m'y ont obligé. Mais au moins vous voyez, continua-t-il, que je n'ai pu moins dire que ce que j'ai dit, et vous voyez de plus le plaisir qu'il y a d'avoir à agir entre tous ces gens-là. La Reine dit avant-hier qu'il faut qu'elle ou Monsieur le Prince quitte le pavé ; elle veut aujourd'hui que je l'y ramène et que je m'engage d'honneur au Parlement pour sa sûreté. Monsieur le Prince sortit hier au matin de Paris pour s'empêcher d'être arrêté, et je gage qu'il y reviendra devant qu'il soit deux jours[2], de la manière que tout cela tourne. Je veux m'en aller à Blois et me moquer de tout. » Comme je connaissais Monsieur et que je savais de plus que Rarai, qui était à lui, mais qui était serviteur de Monsieur le Prince, avait dit, la veille, que l'on se tenait à Saint-Maur très assuré du palais d'Orléans, je ne doutai point que la colère de Monsieur ne vînt de son embarras, et que son embarras ne fût l'effet des avances qu'il avait faites lui-même à Monsieur le Prince, dans la pensée qu'elles ne l'obligeraient jamais à rien, parce qu'il était persuadé qu'il ne reviendrait plus à la cour. Comme il vit et que la Reine, au lieu de prendre le parti de le pousser, lui offrait des sûretés en cas qu'il voulût revenir à Paris, et que cette conduite lui fit croire qu'elle serait capable de mollir sur la proposition de joindre à l'éloignement du Cardinal celui de Lionne, du Tellier et de Servient, il s'effraya ; il crut que Monsieur le Prince reviendrait au premier jour à Paris ; et qu'il se servirait de la faiblesse de la Reine, non pas pour pousser effectivement les ministres, mais pour lui en faire sa cour en se raccommodant avec elle, et en en tirant ses avantages particuliers, pour prix de la complaisance qu'il aurait pour elle en les rappelant. Monsieur crut, sur ce fondement, qu'il ne pouvait trop ménager la Reine, qui lui avait fait, la veille, des reproches des mesures qu'il gardait encore avec Monsieur le Prince, « après ce qu'il vous a fait, lui dit-elle, sans ce que je ne vous en ai pas encore dit ». Vous remarquerez, si il vous plaît, qu'elle ne s'en est jamais expliquée plus clairement, ce qui me fait croire que ce n'était rien. Monsieur, qui venait de charger M. le maréchal de Gramont de toutes les douceurs et de toutes les promesses possibles touchant la sûreté de Monsieur le Prince, car ce fut l'après-dînée de ce même jour, 7 de juillet, que le maréchal de Gramont fit ce voyage de Saint-Maur, dont je vous ai parlé ci-dessus, et qui avait été concerté la veille avec la Reine, Monsieur, dis-je, crut qu'ayant fait, d'une part, ce que la Reine avait désiré, et prenant, de l'autre, avec Monsieur le Prince tous les engagements qu'il lui pouvait donner pour sa sûreté, il s'assurait ainsi lui-même de tous les deux côtés. Voilà justement où échouent toutes les âmes timides. La peur, qui grossit toujours les objets, donne du corps à toutes leurs imaginations : elles prennent pour formé tout ce qu'elles se figurent dans la pensée de leurs ennemis, et elles tombent presque toujours dans des inconvénients très effectifs, par la frayeur qu'elles prennent de ceux qui ne sont qu'imaginaires.

Monsieur vit, le 6 au soir, dans l'esprit de la Reine, de la disposition à s'accommoder avec Monsieur le Prince, quoiqu'elle l'assurât du contraire, et il ne pouvait ignorer que l'inclination de Monsieur le

Prince ne fût de s'accommoder avec la Reine. La timidité lui fait croire que ces dispositions produiront leur effet dès le 8 ; et il fait, dès le 7, sur ce fondement, qui est faux, des pas qui n'auraient pu être judicieux que supposé que l'accommodement eût été fait dès le 5. Je le lui fis avouer à lui-même, devant que de le quitter, par ce dilemme : « Vous appréhendez que Monsieur le Prince ne revienne à la cour, parce que vous croyez qu'il en sera le maître. Prenez-vous un bon moyen pour l'en éloigner, en lui en ouvrant toutes les portes et en vous engageant vous-même à sa sûreté ? Voulez-vous qu'il y revienne pour avoir plus de facilité à le perdre ? Je ne vous crois pas capable de cette pensée à l'égard d'un homme à qui vous donnez votre parole, à la face de tout un parlement et de tout le royaume. Le voulez-vous faire revenir pour l'accommoder effectivement avec la Reine ? Il n'y a rien de mieux, pourvu que vous soyez bien assuré qu'ils ne s'accommoderont pas ensemble contre vous-même, comme ils firent il n'y a pas longtemps ; mais je m'imagine, Monsieur, que Votre Altesse Royale a bien su prendre ses sûretés. » Monsieur, qui n'en avait pris aucune, eut honte de ce que je lui représentais avec assez de force, et il me dit : « Voilà des inconvénients ; mais que faire en l'état où sont les choses ? Ils se raccommoderont tous ensemble, et je demeurerai seul comme l'autre fois. — Si vous me commandez, Monsieur, lui répondis-je, de parler à la Reine, de votre part, aux termes que je vas proposer à Votre Altesse Royale, j'ose vous répondre que vous verrez, au moins bientôt, clair à vos affaires. » Il me donna la carte blanche, ce qu'il faisait toujours avec facilité quand il se trouvait embarrassé. Je la remplis d'une manière qui lui agréa ; je lui expliquai le tour que je donnerais à ce que je dirais à la Reine. Il l'approuva, et je fis supplier la Reine, par Gabouri, dès le soir même, de me permettre d'aller, à l'heure accoutumée, dans la petite galerie. Monsieur, à qui je fis savoir par Joui que la Reine m'avait mandé de m'y rendre, à minuit, m'envoya, sus les neuf heures, chercher à l'hôtel de Chevreuse, où je soupais, pour me dire qu'il m'avouait qu'il n'avait été de sa vie si embarrassé qu'il l'était ;

qu'il convenait qu'il y avait beaucoup de sa faute ; mais qu'il était pardonnable de faillir dans une occasion où il semblait que tout le monde ne cherchait qu'à rompre toutes mesures ; que Monsieur le Prince lui avait fait dire par Croissi, à sept heures du matin, des choses qui lui donnaient lieu de croire qu'il ne reviendrait point à Paris, que M. de Chavigni lui en avait parlé, à sept du soir, d'une manière qui lui faisait juger qu'il y pourrait être au moment où il me parlait. Il ajouta que la Reine était une étrange femme ; qu'elle lui avait témoigné, la veille, qu'elle était très aise que Monsieur le Prince eût quitté la partie, et que ce qu'elle lui ferait dire par le maréchal de Gramont ne serait que pour la forme ; qu'elle lui avait fait dire ce jour-là, à six heures du matin, qu'il fallait faire tous ses efforts pour l'obliger à revenir ; qu'il m'avait envoyé querir pour me recommander encore de bien prendre garde à la manière dont je parlerais à la Reine : « Parce qu'enfin, me dit-il, je vous déclare que, voyant comme je le vois, qu'elle se va raccommoder avec Monsieur le Prince, je ne me veux brouiller ni avec l'une ni avec l'autre. » J'essayai de faire comprendre à Monsieur que le vrai moyen de se brouiller avec tous les deux serait de ne pas suivre la voie qu'il avait prise, ou du moins résolue, de faire expliquer la Reine. Il vétilla beaucoup sur la manière dont il était convenu à midi ; et je connus encore, en ce rencontre, que, de toutes les passions, la peur est celle qui affaiblit davantage le jugement, et que ceux qui en sont possédés aiment et retiennent les expressions qu'elle leur inspire, même dans les temps où ils se défendent, ou plutôt où l'on les défend des mouvements qu'elle leur donne : j'ai fait cette observation trois ou quatre fois en ma vie. Comme ma conversation avec Monsieur s'échauffait plus sur les termes, que sur la substance des choses dont il me paraissait que je l'avais assez convaincu, M. le maréchal de Gramont entra, qui venait de rendre compte à la Reine du voyage de Saint-Maur dont je vous ai déjà parlé, et comme il était fort piqué du refus que Monsieur le Prince lui avait fait de l'écouter en particulier, il donna à son voyage et à sa négociation un air de ridicule, qui ne me fut pas inutile. Monsieur, qui était l'homme du monde qui aimait le mieux à se jouer, prit un plaisir sensible à la description des états de la Ligue, assemblés à Saint-Maur : ce fut ainsi que le maréchal appela le Conseil devant lequel il avait parlé. Il peignit fort plaisamment tous les gens qui le composaient, et je m'aperçus que cette idée de plaisanterie diminua beaucoup, dans l'esprit de Monsieur, de la frayeur qu'il avait conçue du parti de Monsieur le Prince. Je reçus, au moment que M. le maréchal de Gramont sortit d'auprès de Monsieur, un billet de Madame la Palatine, qui ne servit pas moins à lui faire concevoir que les mesures du Palais-Royal n'étaient pas si sûres, qu'il fût encore temps d'y bâtir comme sur des fondements bien assurés. Voici les propres paroles du billet : « Je vous prie que je vous puisse voir, au sortir de cheux la Reine : il est nécessaire que je vous parle. J'ai été aujourd'hui à Saint-Maur, où l'on ne sait pas ce que l'on peut, et je sors du Palais-Royal, où l'on sait encore moins ce que l'on veut. » J'expliquai ces mots à Monsieur à ma manière, je lui dis qu'ils signifiaient que tout était encore en son entier dans l'esprit de la Reine, et je l'assurai que, pourvu qu'il ne changeât rien à l'ordre qu'il m'avait donné de négocier de sa part avec elle, je lui rapporterais de quoi le tirer de la peine où je le voyais. Il me le permit, quoique avec des restrictions que la timidité produit toujours en abondance. J'allai cheux la Reine et je lui dis que Monsieur m'avait commandé de l'assurer encore de ce qu'il lui avait protesté, la veille, touchant la sortie de Monsieur le Prince, qui était que non seulement il ne l'avait pas sue, mais encore qu'il la désapprouvait et qu'il la condamnait au dernier point ; qu'il n'entrerait en rien de tout ce qui serait contre le service du Roi et contre le sien ; que Monsieur le Cardinal étant éloigné, il ne favoriserait en façon du monde les prétextes que l'on voulait prendre de la crainte de son retour, parce qu'il était persuadé que la Reine effectivement n'y pensait plus ; que Monsieur le Prince ne songeait qu'à animer son fantôme pour effaroucher les peuples, et que lui Monsieur n'avait d'autre dessein que de les radoucir ; que l'unique moyen, pour y réussir, était de supposer le retour de Monsieur le Cardinal pour impossible, parce que, tant que l'on ferait paraître que l'on le craignît comme proche, l'on tiendrait les peuples et même les parlements en défiance et en chaleur. Je commençai ma légation vers la Reine par ce préambule, qui, pour vous dire le vrai, n'était pas fort nécessaire en cet endroit, pour essayer de juger, par la manière dont elle recevrait un discours dont le fonds lui était très désagréable, si un avis que l'on me donna en sortant de cheux Monsieur était bien fondé. Valon, qui était à lui, m'assura, comme je montais en carrosse, qu'il avait ouï Chavigni qui disait à l'oreille à Goulas que la Reine était, depuis midi, dans une fierté qui lui faisait craindre qu'elle n'eût quelque négociation cachée et souterraine avec Monsieur le Prince. Je n'en trouvai aucune apparence, ni dans son air ni dans ses paroles. Elle écouta tout ce que je lui dis fort paisiblement et sans s'émouvoir, et je fus obligé de passer plus tôt que je n'avais cru au véritable sujet de mon ambassade, qui était de la supplier de s'expliquer pour une bonne fois, avec Monsieur, de la manière dont il plaisait à Sa Majesté qu'il se conduisît à l'égard de Monsieur le Prince ; que l'ouverture pleine et entière était encore plus de son service, en cette conjoncture, que de l'intérêt de Monsieur, parce que les moindres pas qui ne seraient pas concertés seraient capables de donner des avantages à Monsieur le Prince, d'autant plus dangereux qu'ils jetteraient de la défiance dans les esprits, dans une occasion où la confiance se pouvait presque dire uniquement nécessaire. La Reine m'arrêta à ce mot, et elle me dit, d'un air qui paraissait fort naturel et même bon : « À quoi ai-je manqué ? Monsieur se plaint-il de moi depuis hier ? — Non, Madame, lui répondis-je ; mais Votre Majesté lui témoigna hier, à midi, qu'elle était très aise que Monsieur le Prince fût sorti de Paris, et elle lui a fait dire, à ce matin, par le vicomte d'Autel, qu'il ne lui pouvait rendre un service plus signalé qu'en obligeant Monsieur le Prince de revenir. — Écoutez-moi, reprit la Reine tout d'un coup et sans balancer, et si j'ai tort, je consens que vous me le disiez avec liberté. Je convins hier, à midi, avec Monsieur, que nous enverrions, pour la forme seulement, le maréchal de Gramont à Monsieur le Prince et que nous tromperions même l'ambassadeur, qui, comme vous savez, n'a point de secret. J'apprends hier, à minuit, que Monsieur a envoyé Goulas, à neuf heures du soir, à Chavigni pour lui ordonner de donner, de sa part, à Monsieur le Prince, toutes les paroles les plus positives et les plus particulières et d'union et d'amitié. J'apprends, au même instant, qu'il a dit au président de Nesmond qu'il ferait des merveilles au Parlement pour son cousin. Puis-je moins faire, dans l'émotion où je vois tout le monde sur l'évasion de Monsieur le Prince, que de prendre au moins quelque date pour me défendre à l'égard de Monsieur même des reproches qu'il est très capable de me faire peut-être dès demain. Je ne me prends pas à vous de sa conduite ; je sais bien que vous n'êtes pas des concerts qui passent par le canal de Goulas et de Chavigni ; mais aussi, puisque vous ne les pouvez empêcher, vous ne devez pas trouver étrange que je prenne au moins quelques précautions. De plus, continua la Reine, je vous avoue que je ne sais où j'en suis. Monsieur le Cardinal est à cent lieues d'ici : tout le monde me l'explique à sa mode[1]. Lionne est un traître ; Servient veut ou que je sorte demain de Paris, ou que je fasse aujourd'hui tout ce qui plaira à Monsieur le Prince, et cela à votre honneur et louange ; Le Tellier ne veut que ce que j'ordonnerai ; le maréchal de Villeroi attend les volontés de Son Éminence. Cependant Monsieur le Prince me met le couteau à la gorge, et voilà Monsieur qui, pour rafraîchissement[2], dit que c'est ma faute et qui veut se plaindre de moi, parce que lui-même m'abandonne. » Je confesse que je fus touché de ce discours de la Reine, qui sortait de source. Elle remarqua que j'en étais ému ; elle me témoigna qu'elle m'en savait bon gré, et elle me commanda de lui dire, avec liberté, mes pensées sur l'état des choses. Voici les propres termes dans lesquels je lui parlai, que j'ai transcrits sur ce que j'en écrivis moi-même le lendemain :

« Si Votre Majesté, Madame, se peut résoudre à ne plus penser effectivement au retour de Monsieur le Cardinal, elle peut, sans exception, tout ce qui lui plaira, parce que toutes les peines que l'on lui fait ne viennent que de la persuasion où l'on est qu'elle ne songe qu'à ce retour. Monsieur le Prince est persuadé qu'il peut tout obtenir en vous le faisant espérer. Monsieur, qui croit que Monsieur le Prince ne se trompe pas dans cette vue, le ménage à tout événement. Le Parlement, à qui l'on présente, tous les matins, cet objet, ne remet rien de sa chaleur ; le peuple augmente la sienne. Monsieur le Cardinal est à Brusle, et son nom fait autant de mal à Votre Majesté et à l'État, que pourrait faire sa personne si elle était encore dans le Palais-Royal. — Ce n'est qu'un prétexte, reprit la Reine comme en colère ; ne fais-je pas assurer tous les jours le Parlement que son éloignement est pour toujours et sans aucune espérance de retour ? — Oui, Madame, lui répondis-je ; mais je supplie très humblement Votre Majesté de me permettre de lui dire qu'il n'y a rien de secret de tout ce qui se dit et de tout ce qui se fait au contraire de ces déclarations publiques, et qu'un quart d'heure après que Monsieur le Cardinal eut rompu le traité de M. Servient et de M. de Lionne, touchant le gouvernement de Provence, tout le monde fut également informé que le premier article était son rétablissement à la cour. Monsieur le Prince n'a pas avoué à Monsieur qu'il y eût consenti, mais il est convenu que Votre Majesté le lui avait fait proposer et comme condition nécessaire, et il le dit publiquement à qui le veut entendre. — Passons, passons, dit la Reine : il ne sert de rien d'agiter cette question. Je ne puis faire sur cela plus que je n'ai fait. L'on le veut croire, quoi que je dise ; il faut donc agir sur ce que l'on veut croire. — En ce cas, Madame, lui répondis-je, je suis persuadé qu'il y a bien plus de prophéties à faire que de conseils à donner. — Dites vos prophéties, repartit la Reine ; mais surtout qu'elles ne soient pas comme celles des barricades. Tout de bon, ajouta-t-elle, dites-moi, en homme de bien, ce que vous croyez de tout ceci. Vous voilà cardinal, autant vaut[1] : vous seriez un méchant homme si vous vouliez le bouleversement de l'État. Je vous confesse que je ne sais où j'en suis. Je n'ai que des traîtres ou des poltrons à l'entour de moi. Dites-moi vos pensées en toute liberté. — Je commençais, Madame, lui dis-je, quoique avec peine, parce que je sais que ce qui regarde Monsieur le Cardinal est sensible à Votre

Majesté ; mais je ne me puis empêcher de lui dire encore que, si elle se peut résoudre aujourd'hui à ne plus penser à son retour, elle sera demain plus absolue qu'elle n'était le premier jour de la Régence, et que si elle continue à le vouloir rétablir, elle hasarde l'État. — Pourquoi, reprit-elle, si Monsieur et Monsieur le Prince y consentaient ? — Parce que, Madame, lui répondis-je, Monsieur n'y consentira que quand l'État sera hasardé, et que Monsieur le Prince n'y consentira que pour le hasarder[1]. » Je lui expliquai, en cet endroit, le détail de ce qui était à craindre. Je lui exagérai l'impossibilité de séparer Monsieur du Parlement, et l'impossibilité de regagner, sur ce point, le Parlement par une autre voie que par celle de la force, qui mettrait la couronne en péril. Je lui remis devant les yeux les prétentions immenses de Monsieur le Prince, de M. de Bouillon, de M. de La Rochefoucauld. Je lui fis voir au doigt et à l'œil qu'elle dissiperait, quand il lui plairait, par un seul mot, pourvu qu'il partît du cœur, ces fumées si épaisses et si noires ; et comme je m'aperçus qu'elle était touchée de ce que je lui disais, et qu'elle prenait particulièrement goût à ce que je lui représentais du rétablissement de son autorité, je crus qu'il était assez à propos de prendre ce moment pour lui expliquer la sincérité de mes intentions : « Et plût à Dieu, Madame, lui ajoutai-je, qu'il plût à Votre Majesté de commencer à rétablir son autorité par ma propre perte ! L'on lui dit, à toutes les heures du jour, que je pense au ministère[2], et Monsieur le Cardinal s'est accoutumé à ces paroles : "Il veut ma place." Est-il possible, Madame, que l'on me croie assez impertinent pour m'imaginer que l'on puisse devenir ministre par la faction, et que je connaisse si peu la fermeté de Votre Majesté, que je puisse croire que je conquerrerai sa faveur à force d'armes ? Mais ce qui n'est que trop vrai est que ce qui se dit ridiculement du ministère se fait réellement à l'égard des autres prétentions que chacun a. Monsieur le Prince vient d'obtenir la Guienne ; il veut Blaie pour M. de La Rochefoucauld, il veut la Provence pour monsieur son frère ; M. de Bouillon veut Sedan ; M. de Turenne veut commander en Allemagne ; M. de Nemours veut l'Auvergne ; Viole veut être secrétaire d'État ; Chavigni veut demeurer en poste ; et moi, Madame, je demande le cardinalat. Plaît-il à Votre Majesté de se mettre en état de se moquer de toutes nos prétentions, et de les régler absolument selon ses intérêts et selon ses volontés ? elle n'a qu'à renvoyer, pour une bonne fois, Monsieur le Cardinal en Italie, rompre tous les commerces que les particuliers conservent avec lui, effacer, de bonne foi, les idées qui restent et qui se renforcent même tous les jours de son retour, et déclarer ensuite qu'ayant bien voulu donner au public la satisfaction qu'il a souhaitée, elle croit qu'il est de sa dignité de refuser aux particuliers les grâces qu'ils ont demandées ou prétendues sous ce prétexte[1]. Nul ne perdra plus que moi, Madame, à cette conduite, qui révoque ma nomination d'une manière qui sera agréée généralement de tout le monde, mais assurément de nul sans exception plus que de moi-même, parce que je ne me la crois nécessaire que pour des raisons qui cesseront dès que Votre Majesté aura rétabli les choses dans l'ordre où elles doivent être. — N'ai-je pas fait tout ce que vous me proposez ? reprit la Reine ; n'ai-je pas assuré dix fois Monsieur, Monsieur le Prince et le Parlement que Monsieur le Cardinal ne reviendrait jamais ? Avez-vous pour cela cessé de prétendre, et vous qui parlez, tout le premier ? — Non, Madame, lui dis-je, personne n'a cessé de prétendre, parce qu'il n'y a personne qui ne sache que Monsieur le Cardinal gouverne plus que jamais[2]. Votre Majesté me fait l'honneur de ne se pas cacher de moi sur ce sujet ; mais ceux à qui elle ne le dit pas en savent peut-être encore plus que moi, et c'est ce qui perd tout, Madame, parce que tout le monde se croit en droit de se défendre de ce que l'on croit d'autant moins légitime que Votre Majesté le désavoue publiquement. — Mais tout de bon, dit la Reine, croyez-vous que Monsieur abandonnât Monsieur le Prince, si il était bien assuré que Monsieur le Cardinal ne revînt pas ? — En pouvez-vous douter, Madame, lui répondis-je, après ce que vous avez vu ces jours passés ? Il l'eût arrêté chez lui si vous l'eussiez voulu, quoiqu'il ne se croie nullement assuré qu'il ne doive pas revenir. » La Reine rêva un peu sur ma réponse, et puis, tout d'un coup, elle me dit, même avec précipitation et comme ayant impatience de finir ce discours : « C'est un plaisant moyen de rétablir l'autorité royale que de chasser le ministre d'un roi malgré lui. » Elle ne me laissa pas reprendre la parole, et elle la continua en me commandant de lui dire mes sentiments sur l'état des choses, comme elles étaient : « Car, ajouta-t-elle, je ne puis faire davantage sur ce point que ce que j'ai déjà fait et ce que je fais tous les jours. » J'entendis bien qu'elle ne voulait pas s'expliquer plus clairement. Je n'insistai pas directement, mais je fis la même chose en satisfaisant à ce qu'elle m'avait commandé, qui était de lui dire mes pensées, car je repris ainsi le discours :

« Pour obéir, Madame, à Votre Majesté, il faut que je retombe dans les prophéties que j'ai tantôt pris la liberté de lui toucher. Si les choses continuent comme elles sont, Monsieur sera dans une perpétuelle défiance que Monsieur le Prince ne se raccommode avec Votre Majesté par le rétablissement de Monsieur le Cardinal, et il se croira obligé, par cette vue, et de le ménager toujours et de s'entretenir avec soin dans le Parlement et parmi le peuple. Monsieur le Prince ou s'unira avec lui pour s'assurer contre ce rétablissement, si il n'y trouve pas son compte, ou il partagera le royaume pour le souffrir jusques à ce qu'il y trouve plus d'intérêt à le chasser. Les particuliers qui ont quelque considération ne songeront qu'à en tirer leurs avantages, qui auront mille subdivisions et dans la cour et dans la faction. Voilà, Madame, bien des matières pour la guerre civile, qui, se mêlant dans une étrangère, aussi grande que celle que nous avons aujourd'hui, peut porter l'État sur le penchant de sa ruine. — Si Monsieur voulait, reprit la Reine. — Il ne voudra jamais, Madame, lui répondis-je : l'on trompe Votre Majesté, si l'on le lui fait espérer ; je me perdrais auprès de lui, si je le lui avais seulement proposé. Il craint Monsieur le Prince, mais il ne l'aime point ; il ne peut plus se fier à Monsieur le Cardinal. Il aura, dans des moments, de la faiblesse pour l'un et pour l'autre, selon ce qu'il en appréhendera ; mais il ne quittera jamais l'ombre du public, tant que ce public fera un corps, et il le fera encore longtemps sur une matière sur laquelle Votre Majesté elle-même est obligée de l'échauffer toujours par de nouvelles déclarations. »

Je connus en cet endroit, encore plus que je n'avais jamais fait, qu'il est impossible que la cour conçoive ce que c'est que le public. La flatterie, qui en est la peste, l'infecte toujours au point qu'elle lui cause un délire incurable sur cet article, et je remarquai que la Reine traitait, dans son imagination, ce que je lui en disais de chimère, avec la même hauteur que si elle n'eût jamais eu aucun sujet de faire réflexion sur des barricades. Je coulai sur cela, par cette considération, plus légèrement que la matière ne le portait, et elle m'en donna d'ailleurs assez de lieu, parce qu'elle me rejeta dans le particulier de la manière d'agir de Monsieur le Prince, en me demandant ce que je disais de la proposition qu'il avait faite pour l'éloignement de MM. Le Tellier, Lionne et Servient. Comme j'eusse été bien aise de pouvoir pénétrer si cette proposition n'était point le hausse-pied de quelque négociation souterraine, je souris à cette question de la Reine, avec un respect que j'assaisonnai d'un air de mystère. La Reine, dont tout l'esprit consistait en air[1], l'entendit, et elle me dit : « Non, il n'y a rien que ce que vous voyez comme moi et comme tout le monde. Monsieur le Prince a voulu tirer de moi de quoi chasser douze ministres, par l'espérance de m'en laisser un, qu'il m'aurait peut-être ôté le lendemain. L'on n'a pas donné dans ce panneau ; il en tend un autre : il me veut ôter ceux qui me restent, c'est-à-dire il propose de me les ôter, car si l'on lui veut donner la Provence, il me laissera Le Tellier, et peut-être que j'obtiendrai Servient pour le Languedoc. Qu'en dit Monsieur ? — Il prophétise, Madame, lui répondis-je ; car, comme je l'ai déjà dit à Votre Majesté, que peut-on dire en l'état où sont les affaires ? — Mais enfin qu'en dit-il ? reprit la Reine ; ne se joindra-t-il pas à Monsieur le Prince pour me faire faire encore ce pas de ballet ? — Je ne le crois pas, Madame, repartis-je, quand je me ressouviens de ce qu'il m'en a dit aujourd'hui, et je n'en doute pas quand je fais réflexion qu'il y sera peut-être forcé dès demain. — Et vous, dit la Reine, que ferez-vous ? — Je me déclarerai, en plein

Parlement, répliquai-je, et en chaire même, contre la proposition, si Votre Majesté se résout à se servir de l'unique et souverain remède; et j'opinerai apparemment comme les autres, si elle laisse les choses en l'état où elles sont. »

La Reine, qui s'était fort contenue jusque-là, s'emporta à ce mot; elle éleva même sa voix, et elle me dit que je ne lui avais donc demandé cette audience que pour lui déclarer la guerre en face. « Je suis bien éloigné, Madame, et de cette insolence et de cette folie, lui répondis-je, puisque je n'ai supplié Votre Majesté de me permettre d'avoir l'honneur de la voir aujourd'hui, que pour savoir, de la part de Monsieur, ce qu'il vous plaît, Madame, de lui commander, pour prévenir celle dont Monsieur le Prince vous menace. Il y a quelque temps que je disais à Votre Majesté que l'on est bien malheureux de tomber dans des temps où un homme de bien est obligé, même par son devoir, de manquer au respect qu'il doit à son maître. Je sais, Madame, que je ne l'observe pas en vous parlant comme je fais sur le sujet de Monsieur le Cardinal; mais je sais, en même temps, que je parle et que j'agis en bon sujet, et que tous ceux qui font autrement sont des prévaricateurs, qui plaisent, mais qui trahissent et leur conscience et leur devoir. Votre Majesté me commande de lui dire mes pensées avec liberté, et je lui obéis. Qu'elle me ferme la bouche: elle verra ma soumission, et que je rapporterai simplement à Monsieur, et sans réplique, ce dont elle me fera l'honneur de me charger. » La Reine reprit tout d'un coup un air de douceur, et elle me dit: « Non, je veux, au contraire, que vous me disiez vos sentiments: expliquez-les-moi à fonds. » Je suivis son ordre à la lettre: je lui fis une peinture, la plus au naturel qu'il me fut possible, de l'état où les affaires étaient réduites; j'achevai le crayon que vous en avez déjà vu ébauché. Je lui dis toute la vérité, avec la même sincérité et la même exactitude que j'aurais eues si j'avais cru en devoir rendre compte à Dieu, un quart d'heure après. La Reine en fut touchée, et elle dit, le lendemain, à Madame la Palatine, qu'elle était convaincue que je parlais du cœur, mais que j'étais aveuglé moi-même par la préoccupation. Ce qui me parut est qu'elle l'était beaucoup elle-même par l'attachement qu'elle avait pour Monsieur le Cardinal, et que son inclination l'emportait toujours sur les velléités que je lui voyais, de temps en temps, d'entrer dans les ouvertures que je lui faisais pour rétablir l'autorité royale aux dépens et des mazarins et des Frondeurs. Je remarquai que, sur la fin de la conversation, elle prit plaisir à me faire parler sur ce sujet, et que, comme elle vit que je le faisais effectivement avec sincérité et avec bonne intention, elle m'en témoigna de la reconnaissance. J'appréhenderais de vous ennuyer, si je m'étendais davantage sur un détail qui n'est déjà que trop long; et je me contenterai de vous dire que le résultat fut que je ferais tous mes efforts pour obliger Monsieur à ne se point joindre à Monsieur le Prince pour demander l'éloignement de MM. Le Tellier, Servient et Lionne, en lui donnant parole, de la part de la Reine, qu'elle ne s'accommoderait pas elle-même avec Monsieur le Prince, sans la participation et le consentement de Monsieur. J'eus bien de la peine à tirer cette parole, et la difficulté que j'y trouvai me confirma dans l'opinion où j'étais que les lueurs d'accommodement entre le Palais-Royal et Saint-Maur n'étaient pas tout à fait éteintes. Je le crus encore bien davantage, quand je vis qu'il m'était impossible d'obliger la Reine à s'ouvrir de ses intentions touchant la conduite que Monsieur devait prendre, ou pour procurer le retour de Monsieur le Prince à la cour, ou pour le traverser. Elle affecta de me dire qu'elle n'avait point changé de sentiment à cet égard, depuis ce qu'elle en avait dit à Monsieur même; mais je connus clairement, et à ses manières et même à quelques-unes de ses paroles, qu'elle en avait changé plus de trois fois depuis que j'étais dans la galerie; et je me ressouvins de ce que Madame la Palatine m'avait écrit, que l'on ne savait au Palais-Royal ce que l'on y voulait. Je ne laissai pas d'insister et de presser la Reine, parce que je jugeais bien que Monsieur, qui était très clairvoyant, ne recevant par moi qu'une parole vague et générale, à laquelle il n'ajouterait pas beaucoup de foi, parce qu'il se défiait beaucoup des intentions de la Reine pour lui, ne manquerait pas de jeter et d'arrêter toute sa réflexion, et avec beaucoup de raison, sur le peu d'éclaircissement que je lui rapportais du véritable dessein de la Reine ; et je ne doutais pas que, par cette considération, il ne fît encore de nouveaux pas vers Monsieur le Prince : ce que je n'estimais pas être de son service, non plus que de celui du Roi. Je parlai sur cela à la Reine avec vigueur, mais je n'y gagnai rien, et, de plus, je n'y pouvais rien gagner, parce qu'elle n'était pas elle-même déterminée. Je vous expliquerai ce détail dans la suite.

Il était presque jour quand je sortis du Palais-Royal ; et ainsi je n'eus pas le temps d'aller cheux Madame la Palatine, qui m'écrivit un billet, à six heures du matin, par lequel elle me faisait savoir qu'elle m'attendait dans un carrosse de louage devant les Incurables[1]. J'y allai aussitôt, dans un carrosse gris. Elle m'expliqua son billet du soir. Elle me dit que Monsieur le Prince lui avait paru fort fier, mais qu'elle avait connu clairement, par les discours de Mme de Longueville, qu'il ne connaissait pas sa force, en ce qu'il croyait ses ennemis beaucoup plus unis et beaucoup plus concertés qu'ils n'étaient ; que la Reine ne savait ou elle en était ; qu'un moment elle voulait, à toutes conditions, le retour de Monsieur le Prince, que, l'autre, elle remerciait Dieu de ce qu'il était sorti de Paris ; que cette variété venait des différents conseils que l'on lui donnait ; que Servient lui disait que l'État était perdu si Monsieur le Prince s'éloignait ; que Le Tellier balançait ; que l'abbé Fouquet, qui était nouvellement revenu de Brusle, l'assurait que Monsieur le Cardinal serait au désespoir, si elle ne se servait de l'occasion que Monsieur le Prince lui avait donnée lui-même de le pousser ; que l'aîné Fouquet soutenait savoir le contraire, de science certaine ; que tout irait ainsi jusques à ce que l'oracle de Brusle eût décidé ; et, sur le tout, qu'elle, La Palatine, était persuadée qu'il y avait des propositions sous terre qui aidaient encore à tenir la Reine dans ses incertitudes. Voilà ce que Madame la Palatine me dit avec précipitation, parce que le temps d'aller au Palais pressait et Monsieur avait envoyé déjà deux fois cheux moi. Je le trouvai prêt à monter en carrosse ; je lui rendis compte, en fort peu de paroles, de ma commission. Je lui exposai le fait, ou plutôt le dit tout simplement. Il en tira d'abord ce que j'avais prédit à la Reine ; et dès qu'il vit que la parole qu'elle lui faisait donner n'était ni précédée ni suivie d'aucun concert pour agir ensemble, dans la conjoncture dont il s'agissait, il se mit à chiffler et à me dire : « Voilà une bonne drogue ! Allons, allons au Palais. — Mais encore, Monsieur, lui dis-je, il me semble qu'il serait bon que Votre Altesse Royale résolût ce qu'elle y dira. — Qui diable le peut savoir ? qui le peut prévoir ? Il n'y a ni rime ni raison avec tous ces gens ici. Allons, et quand nous serons dans la Grande Chambre, nous trouverons peut-être que ce n'est pas aujourd'hui samedi. »

Ce l'était pourtant et le 8 de juillet 1651.

Aussitôt que Monsieur eut pris sa place, M. Talon, avocat général, entra avec ses collègues, et dit qu'il avait porté à la Reine, la veille, la lettre que Monsieur le Prince avait écrite au Parlement ; que Sa Majesté avait fort agréé la conduite de la Compagnie, et que Monsieur le Chancelier avait mis entre les mains de Monsieur le Procureur général un écrit par lequel elle serait informée des volontés du Roi. Cet écrit portait que la Reine était extrêmement surprise de ce que Monsieur le Prince avait pu douter de la vérité des assurances qu'elle avait données tant de fois ; qu'elle n'avait eu aucun dessein contre sa personne ; qu'elle ne s'étonnait pas moins des soupçons qu'il témoignait touchant le retour de Monsieur le Cardinal ; qu'elle déclarait qu'elle voulait religieusement observer la parole qu'elle avait donnée sur ce sujet au Parlement ; qu'elle ne savait rien du mariage de M. de Mercœur[1] ni des négociations de Sedan[2] ; qu'elle avait plus de sujet que personne de se plaindre de ce qui s'était passé à Brisach (je vous entretiendrai tantôt de ces trois derniers articles) ; que pour ce qui était de l'éloignement de MM. Le Tellier, Servient et Lionne, elle voulait bien que l'on sût qu'elle ne prétendait pas d'être gênée dans le choix des ministres du Roi son fils, ni dans celui de ses domestiques ; et que la proposition que l'on lui faisait sur ce point était d'autant plus injuste, qu'il n'y avait aucun des trois nommés qui eût seulement fait un pas pour le rétablissement de M. le cardinal Mazarin. La Compagnie s'échauffa beaucoup, après la lecture de cet écrit, sur ce qu'il n'était pas signé, ce qui, dans les circonstances, n'était d'aucune conséquence. Mais comme, dans ces sortes de compagnies, tout ce qui est de la forme touche les petits esprits et amuse même les plus raisonnables, l'on employa toute la matinée proprement à rien, et l'on remit l'assemblée au lundi, en suppliant, en attendant, Monsieur de s'entremettre pour l'accommodement. Il y eut, dans cette séance, beaucoup de chaleur entre M. le prince de Conti et Monsieur le Premier Président. Celui-ci, qui n'était nullement content, en son particulier, de Monsieur le Prince, qu'il croyait, quoique à mon opinion, sans fondement, avoir obligé à plus de reconnaissance qu'il n'en avait reçu, celui-ci, dis-je, parla avec force contre la retraite de Saint-Maur, et l'appela même un triste préalable de la guerre civile. Il ajouta deux ou trois paroles qui semblaient marquer les mouvements passés et causés par MM. les princes de Condé[1]. M. le prince de Conti les releva, même avec menaces, en disant qu'en tout autre lieu il lui apprendrait à demeurer dans le respect qui est dû aux princes du sang. Le premier président repartit hardiment qu'il ne craignait rien, et qu'il avait lieu de se plaindre lui-même que l'on l'osât interrompre dans sa place, où il représentait la personne du Roi. L'on s'éleva de part et d'autre. Monsieur, qui était très aise de les voir commis[2] les uns avec les autres, ne s'en mêla que quand il ne put plus s'en défendre ; et il dit à la fin, aux uns et aux autres, que tout le monde ne devait s'appliquer qu'à radoucir les esprits, et cætera.

Comme Monsieur fut de retour cheux lui, il me mena dans le cabinet des livres, il ferma la porte et les verrous lui-même, il jeta son chapeau sur la table, et puis il me dit, d'un ton fort ému, qu'il n'avait pas eu le temps devant que d'aller au Palais, de me dire une chose qui me surprendrait, quoique pourtant elle ne me dût pas surprendre ; qu'il savait, depuis minuit, que le vieux Pantalon (il appelait ainsi M. de Chasteauneuf) traitait, par le canal de Saint-Romain[3] et de Croissi, avec Chavigni, l'accommodement de Monsieur le Prince avec la Reine ; qu'il n'ignorait pas tout ce qu'il y avait à dire sur cela ; mais qu'il ne fallait pas disputer contre les faits; que celui-là était sûr: « Et si vous en doutez, ajouta-t-il en me jetant une lettre, tenez, voyez, lisez. » Cette lettre, qui était de la main de M. de Chasteauneuf, était adressée à Croissi, et portait, entre autres, ces propres mots: *Vous pouvez assurer M. de Chavigni que le commandeur de Jars, qui n'est jamais dupe qu'en bagatelle, est convaincu que la Reine marche de bon pied, et que non pas seulement les Frondeurs, mais que Le Tellier même ne sait rien de notre négociation. Le soupçon de M. de Saint-Romain n'est pas fondé.*

Vous remarquerez, si il vous plaît, que Le Grand, premier valet de chambre de Monsieur, ayant vu tomber ce billet de la poche de Croissi, l'avait ramassé, et qu'il l'avait apporté à Monsieur. Il n'attendit pas que j'eusse achevé de le lire pour me dire: « Avais-je tort de vous dire, à ce matin, que l'on ne sait où l'on est avec tous ces gens-là. L'on dit toujours qu'il n'y a point d'assurance au peuple; l'on a menti, il y a mille fois plus de solidité que dans les cabinets. Je veux m'aller loger aux Halles. — Vous croyez donc, Monsieur, lui répondis-je, que l'accommodement est fait? — Non, dit-il, je ne crois pas qu'il le soit; mais je crois qu'il le sera peut-être à ce soir. — Et moi, Monsieur, je serais persuadé qu'il ne se peut faire par ce canal, si il m'était permis d'être d'un autre sentiment que celui de Votre Altesse Royale. » Cette question fut agitée avec chaleur. Je soutins mon opinion par l'impossibilité qui me paraissait au succès d'une négociation dans laquelle tous les négociateurs se trouvaient, par un rencontre assez bizarre, avoir par éminence[1], au moins pour cette occasion très épineuse en elle-même, toutes les qualités les plus propres à rompre l'accommodement du monde le plus facile. Monsieur demeura dans son sentiment, parce que sa faiblesse naturelle lui faisait toujours voir ce qu'il appréhendait comme infaillible et même comme proche. Ce fut à moi de céder, comme vous pouvez croire, et de recevoir l'ordre qu'il me donna de faire dire, dès l'après-dînée, à la Reine, par Madame la Palatine, que son sentiment était qu'elle s'accommodât, en toute manière, avec Monsieur le Prince, et que le Parlement et le peuple étaient si échauffés contre tout ce qui avait la moindre teinture de mazarinisme, qu'il ne fallait plus songer qu'à applaudir à celui qui a été assez habile, me dit-il même avec aigreur, pour nous primer[1] à recommencer l'escarmouche contre le Sicilien. J'eus beau lui représenter que, supposé même pour sûr ce qu'il croyait très proche, et ce que je tiendrais fort éloigné si j'osais le contredire, le parti qu'il prenait avait des inconvénients terribles et celui particulièrement de précipiter encore davantage la Reine dans la résolution que l'on craignait, et même de l'obliger à prendre encore plus de mesures contre le ressentiment de Monsieur : il crut que ces raisons que je lui alléguais n'étaient que des prétextes pour couvrir la véritable qui me faisait parler, qu'il alla chercher dans l'appréhension qu'il s'imagina que j'avais qu'il ne s'accommodât lui-même avec Monsieur le Prince ; et il me dit qu'il prendrait si bien ses mesures du côté de Saint-Maur, que je ne devais pas craindre qu'il tombât dans l'inconvénient que je lui marquais, et que si la Reine l'avait gagné de la main[2] une fois, il le lui saurait bien rendre. Il ajouta : « Je ne suis pas si sot qu'elle croit, et je songe plus à vos intérêts que vous n'y songez vous-même. » Je confesse que je n'entendis pas ce que signifiait, en cet endroit, cette dernière parole. Je m'en doutai aussitôt après, car il ajouta : « Monsieur le Prince, quoique enragé contre vous, vous nomme-t-il dans la lettre qu'il a écrite au Parlement ? » Je m'imaginai que Monsieur me voulait faire valoir ce silence, et me le montrer comme une marque du ménagement que l'on avait pour moi, à sa considération, et des précautions qu'il prendrait, de ce côté-là, sur mon sujet, en cas de besoin. Je jugeai, de ce discours et de plusieurs autres qui le précédèrent et qui le suivirent, que la persuasion où il était que la Reine et Monsieur le Prince étaient ou accommodés, ou du moins sur le point de s'accommoder, était ce qui l'avait obligé à me commander d'en faire presser la Reine en son nom, dans la vue et de témoigner à elle-même qu'il ne se sentirait pas désobligé de son accommodement, et de tirer mérite auprès de Monsieur le Prince du conseil qu'il en donnait à la Reine. Je fus tout à fait confirmé dans mon soupçon par une conversation de plus d'une heure qu'il eut, un moment après que je l'eus quitté, avec Rarai, qui était serviteur particulier de Monsieur le Prince, comme je vous l'ai déjà dit, quoiqu'il fût domestique de Monsieur. Je combattis, de toute ma force, les sentiments de Monsieur, qui, dans la vérité, étaient plutôt des égarements de frayeur que des raisonnements. Je ne l'ébranlai point, et j'éprouvai, en ce rencontre, ce que j'ai encore observé en d'autres occasions, que la peur qui est flattée par la finesse est insurmontable.

Vous ne doutez pas que je ne fusse cruellement embarrassé au sortir de cheux Monsieur. Madame la Palatine ne le fut guère moins que moi du compliment que je la priai, de la part de Monsieur, de faire à la Reine. Elle en revint toutefois, et plus tôt et plus aisément, en faisant réflexion sur la constitution des choses, « qui, dit-elle très sensément, redresseront les hommes, au lieu que, pour l'ordinaire, ce sont les hommes qui redressent les choses ». Mme de Beauvais lui venait de mander que Mestaier, valet de chambre du Cardinal, venait d'arriver de Brusle, « et peut-être, ajouta-t-elle, cet homme nous apporte-t-il de quoi tout changer en un instant » : ce qu'elle disait à l'aventure, et par la seule vue que Monsieur le Cardinal ne pourrait jamais rien approuver de tout ce qui passerait par le canal de Chavigni. Son pressentiment fut une prophétie ; car il se trouva qu'en effet Mestaier avait apporté des anathèmes plutôt que des lettres contre les propositions qui avaient été faites ; et que, bien qu'il fût l'homme du monde qui reçût toujours le plus agréablement, en apparence, ce qu'il ne voulait pas en effet, il n'avait gardé, en ce rencontre, aucune mesure qui approchât seulement de sa conduite ordinaire : ce que nous attribuâmes, Madame la Palatine et moi, à la force de l'aversion qu'il avait pour les négociateurs. Chasteauneuf lui était très suspect ; Chavigni était sa bête ; Saint-Romain lui était odieux, et par l'attachement qu'il avait à M. de Chavigni et par celui qu'il avait eu, à Munster, à M. d'Avaux. Madame la Palatine, qui ne savait pas encore, quand je lui parlai, ce que Mestaier avait apporté, quoiqu'elle sût qu'il était arrivé, trouva à propos que je retournasse cheux Monsieur, pour lui dire que ce courrier aurait pu peut-être avoir donné à la Reine de nouvelles vues, et qu'elle jugeait qu'il ne serait que mieux, par cette considération, qu'elle n'exécutât pas la commission qu'il lui avait donnée par moi devant que l'on pût être informé de ce détail. Monsieur, que j'allai retrouver sur-le-champ, s'arma contre cette ouverture, qui était très sage, par une préoccupation qui lui était fort ordinaire, aussi bien qu'à beaucoup d'autres. La plupart des hommes examinent moins les raisons de ce que l'on leur propose contre leurs sentiments, que celles qui peuvent obliger celui qui les propose à s'en servir. Ce défaut est très commun, et il est grand. Je connus clairement que Monsieur ne reçut ce que je lui dis, de la part de Madame la Palatine, que comme un effet de l'entêtement qu'il croyait que nous avions l'un et l'autre contre Monsieur le Prince. J'insistai, il demeura ferme, et je connus encore, en cet endroit, qu'un homme qui ne se fie pas à soi-même ne se fie jamais véritablement à personne. Il avait plus de confiance en moi, sans comparaison, qu'en tous ceux qui l'ont jamais approché : sa confiance n'a jamais tenu un quart d'heure contre sa peur.

Si le compliment que Monsieur faisait faire à la Reine eût été en des mains moins adroites que celles de Madame la Palatine, j'eusse été encore beaucoup plus en peine de l'événement. Elle le ménagea si habilement, qu'il servit au lieu de nuire : à quoi elle fut très bien servie elle-même par la fortune, qui fit arriver ce Mestaier, dont je vous viens de parler, justement au moment où il était absolument nécessaire pour rectifier ce qu'il ne tenait pas à Monsieur de gâter ; car la Reine, qui était toujours soumise à M. le cardinal Mazarin, mais qui l'était doublement quand ce qu'il lui mandait convenait à sa colère, se trouva, lorsque Madame la Palatine commença à lui parler, dans une disposition si éloignée d'aucun accommodement avec Monsieur le Prince, que ce que la Palatine lui dit de la part de Monsieur ne produisit en elle d'autre mouvement que celui que nous pouvions souhaiter, qui était de faire donner la carte blanche à Monsieur, de l'obliger à se confesser, pour ainsi dire, de son balancement ; d'y chercher des excuses, mais de celles qui assuraient l'avenir, et de désirer avec impatience de me parler. Madame la Palatine fut même chargée par la Reine de faire savoir, par mon canal, à Monsieur, le détail de la dépêche de Mestaier, et de me commander d'aller, entre onze et minuit, au lieu accoutumé. Madame la Palatine ne douta pas, non plus que moi, que Monsieur ne dût avoir une grande joie de ce que je lui allais porter, et nous nous trompâmes beaucoup l'un et l'autre ; car aussitôt que je lui eus dit que la Reine lui offrait tout sans exception, pourvu qu'il voulût de son côté s'unir parfaitement et sincèrement à elle contre Monsieur le Prince, il tomba dans un état que je ne vous puis bien exprimer qu'en vous suppliant de vous ressouvenir de celui où il n'est pas possible que vous ne vous soyez trouvée quelquefois. N'avez-vous jamais agi sur des propositions qui ne vous plaisaient pas, et n'est-il pas vrai toutefois que quand ces suppositions ne se sont pas trouvées bien fondées, vous avez senti dans vous-même un combat qui s'y est formé entre la joie de vous être trompée à votre avantage et le regret d'avoir perdu les pas que vous y aviez faits ? Je me suis retrouvé mille fois moi-même dans cette idée. Monsieur était ravi de ce que la Reine était bien plus éloignée de l'accommodement qu'il n'avait cru ; mais il était au désespoir d'avoir fait les avances qu'il avait faites vers Monsieur le Prince, et qu'il avait faites dans la vue de cet accommodement, qu'il croyait bien avancé. Les hommes qui se rencontrent en cet état sont, pour l'ordinaire, assez longtemps à croire qu'ils ne se sont pas trompés, même après qu'ils s'en sont aperçus, parce que la difficulté qu'ils trouvent à découdre le tissu qu'ils ont commencé fait qu'ils se font des objections à eux-mêmes ; et ces objections, qui leur paraissent être des effets de leur raisonnement, ne sont presque jamais que des suites naturelles de leur inclination. Monsieur était timide et paresseux au souverain degré. Je vis, dans le moment que je lui appris le changement de la Reine, un air de gaieté et d'embarras tout ensemble sur son visage : je ne puis l'exprimer, mais je me le peins encore fort bien à moi-même ; et quand je n'aurais pas eu d'ailleurs la lumière que j'avais des pas qu'il avait faits vers Monsieur le Prince, j'aurais lu dans ses yeux qu'il avait reçu quelque nouvelle sur son sujet, qui lui donnait de la joie et qui lui faisait de la peine. Ses paroles ne démentirent pas sa contenance. Il voulut douter de ce que je lui disais, quoiqu'il n'en doutât pas. C'est le premier mouvement des gens qui sont de cette humeur et qui se trouvent en cet état. Il passa aussitôt au second, qui est de chercher à se justifier de la précipitation qui les a jetés dans l'embarras. « Il est bien temps, me dit-il tout d'un coup ; la Reine fait des choses qui obligent les gens... » Il s'arrêta à ce mot, de honte, à mon avis, de m'avouer ce qu'il avait fait. Il tourna quelque temps, il siffla, il alla rêver un moment auprès de la cheminée, et puis il me dit : « Que diable direz-vous à la Reine ? Elle voudra que je lui promette que je ne concourrerai pas à pousser les ministreaux[1], et comment lui puis-je promettre, après ce que j'ai promis à Monsieur le Prince ? » Il me dit, en cet endroit, un galimatias parfait pour me justifier ce qu'il avait fait dire à Monsieur le Prince depuis vingt-quatre heures ; et je connus que ce galimatias n'allait principalement qu'à me faire croire qu'il croyait lui-même ne m'en avoir pas [fait] le fin[2] la veille. Je pris tout pour bon, et je suis encore persuadé qu'il crut avoir réussi dans son dessein. Le lieu que je lui donnai de se l'imaginer lui donna lieu à lui-même de s'ouvrir beaucoup plus qu'il n'eût fait assurément si il m'eût cru mal satisfait, et j'en tirai enfin tout le détail de ce qu'il avait fait. Le voici en peu de mots. Comme il avait posé pour fondement que Monsieur le Prince était ou accommodé, ou sur le point de s'accommoder avec la cour, il crut pour certain qu'il n'hasardait[3] rien en lui offrant tout dans une conjoncture où il ne craignait pas que l'on acceptât ses offres contre la cour, parce que l'on s'accommodait avec elle. Vous voyez, d'un coup d'œil, le frivole de ce raisonnement. Monsieur, qui avait beaucoup d'esprit, le connut parfaitement dès qu'il se vit hors du péril qui le lui avait inspiré ; mais, comme il est toujours plus aisé de s'apercevoir du mal que du remède, il le chercha longtemps sans le trouver, parce qu'il ne le cherchait que dans les moyens de satisfaire les uns et les autres. Il y a des occasions où ce parti est absolument impossible, et quand il l'est, il est pernicieux, en ce qu'il mécontente infailliblement les deux parties. Il n'est pas moins incommode au négociateur, parce qu'il a toujours un air de fourberie. Il ne tint pas à moi, par l'un et l'autre de ces motifs, de le dissuader à Monsieur : il ne fut pas en mon pouvoir, et j'eus ordre de faire agréer à la Reine que Monsieur se déclarât dans le Parlement contre les trois sous-ministres, en cas que Monsieur le Prince continuât à demander leur éloignement, et j'eus, en même temps, permission de l'assurer que, moyennant cette condition, Monsieur se déclarerait, dans la suite, contre Monsieur le Prince, en cas que Monsieur le Prince eût, après celle-là, de nouvelles prétentions. Comme je ne croyais pas qu'il fût ni juste ni sage d'outrer, de tout point, la Reine par un éclat de cette nature, je représentai à Monsieur, avec force, qu'il avait beau jeu pour faire coup double, et même triple, en obligeant la Reine par la conservation des sous-ministres, qui, dans le fonds, était assez indifférente ; en faisant voir que Monsieur le Prince, ne se contentant pas de la destitution du Mazarin, voulait saper les fondements de l'autorité royale, en ne laissant pas même l'ombre de l'autorité à la Régente ; et en satisfaisant, en même temps, le public par une aggravation, pour ainsi parler, contre le Cardinal, que je proposai en même temps, et que je m'assurai même de faire agréer à la Reine. Madame la Palatine m'avait dit qu'elle avait vu, dans une lettre écrite par le Cardinal à la Reine, qu'il la suppliait de ne rien refuser de tout ce que l'on lui demanderait contre lui, et parce qu'il était persuadé que le plus que l'on désirerait, après l'excès auquel on s'était porté, tournerait plutôt en sa faveur qu'autrement ce qu'il y aurait d'esprits modérés, et parce qu'il convenait assez à son service que l'on amusât les factieux, c'était son mot, à des clabauderies[1] qui ne pouvaient être tout au plus que des répétitions fort inutiles. Je ne tenais pas ce raisonnement de Monsieur le Cardinal bien juste, mais je m'en servis pour former la conduite que j'eusse souhaité que Monsieur eût voulu prendre, et je raisonnais ainsi :

« Si Monsieur concourt à l'exclusion des sous-ministres, il fait apparemment le compte de Monsieur le Prince, en ce qu'il obligera peut-être la Reine d'accorder à Monsieur le Prince tout ce qu'il lui demandera. Il ne fera pas le sien du côté de la cour, parce qu'il outrera de plus en plus la Reine, et qu'il outragera de plus tous ceux qui l'approchent. Il ne fera pas non plus du côté du public ; car, comme il dit lui-même, Monsieur le Prince l'a gagné de la main ; et comme c'est lui qui a fait le premier la proposition de se défaire de ces restes du mazarinisme, il en a la fleur de la gloire, ce qui, dans les peuples, est le principal. Voilà donc un grand inconvénient, qui est celui de faire à la Reine une peur dont Monsieur le Prince se peut servir pour son avantage ; voilà, dis-je, un grand inconvénient, qui est, de plus, accompagné d'un grand déchet de réputation, en ce qu'il fait voir Monsieur agissant en second avec Monsieur le Prince, et entraîné à une conduite dont, non pas seulement il n'aura pas l'honneur, mais qui lui tournera même à honte, parce que l'on prétendra que c'était à lui à commencer à la prendre. Quelle utilité trouvera-t-il qui puisse compenser ces inconvénients ? L'on ne s'en peut imaginer d'autre que celle d'ôter à la Reine des gens que l'on croit affectionnés au Cardinal. Est-ce un avantage, quand l'on pense que les Fouquets, les Bartets et les Brachets passeront également la moitié des nuits auprès d'elle ? que les Estrées, les Souvrés et les Senneterres y demeureront tout le jour, et que ceux-ci y seront d'autant plus dangereux que la Reine sera encore plus aigrie par l'éloignement des autres ?

« Je suis convaincu, par toutes ces considérations, que Monsieur doit faire, à la première assemblée des chambres, le panégyrique de Monsieur le Prince, sur la fermeté qu'il témoigne contre le retour de M. le cardinal Mazarin, confirmer tout ce qui s'est dit en son nom par M. le prince de Conti, touchant la nécessité des précautions qu'il est bon de prendre contre son rétablissement, combattre publiquement, et par des raisons solides, celle que l'on cherche dans l'éloignement des trois ministres, faire voir qu'elle est injurieuse à la Reine, à laquelle on doit assez de respect et même assez de reconnaissance pour les paroles qu'elle réitère, en toutes occasions, de l'exclusion à jamais de M. le cardinal Mazarin, pour ne pas abuser, à tous moments, de sa bonté, par de nouvelles conditions, auxquelles on ne voit plus de fin. Ajouter que si la proposition d'aller ainsi de branche en branche venait d'un fonds dont l'on fût moins assuré que de celui de Monsieur le Prince, elle serait très suspecte, parce que le gros de l'arbre n'est pas encore déraciné : la déclaration contre le Cardinal n'est pas encore expédiée ; l'on sait que l'on conteste encore sur des paroles. Au lieu de la presser, au lieu de couronner, ou plutôt de cimenter cet ouvrage, dont tout le monde est convenu, l'on fait des propositions nouvelles, qui peuvent faire naître des scrupules dans les esprits des mieux intentionnés. Tel croit se sanctifier en mettant une pierre sur le tombeau du Mazarin, qui croirait faire un grand péché si il en jetait seulement une petite contre ceux dont il plaira dorénavant à la Reine de se servir. Rien ne justifierait davantage ce ministre coupable, que de donner le moindre lieu de croire que l'on voulût tirer en exemple journalier et même fréquent ce qui s'est passé à son égard. La justice et la bonté de la Reine ont consacré ce que nous avons fait avec des intentions très pures et très sincères pour son service et pour le bien de l'État. Il faut, de notre part, y répondre par des actions dans lesquelles l'on connaisse que notre principal soin est d'empêcher que ce que le salut du royaume nous a forcés de faire contre le ministre ne puisse blesser en rien la véritable autorité du Roi.

« Nous avons, en ce rencontre, un avantage très signalé : la déclaration publique que la Reine a fait faire, tant de fois, et à Messieurs les Princes et au Parlement, qu'elle exclut pour jamais Monsieur le Cardinal du ministère, nous met en droit, sans blesser l'autorité royale, qui nous doit être sacrée, de chercher toutes les assurances possibles à cette parole, qui ne lui doit pas être moins inviolable. C'est à quoi Son Altesse Royale doit s'appliquer ; mais, pour s'y appliquer et avec dignité et avec succès, il ne doit pas, à mon opinion, prendre le change ; et il doit faire craindre au Parlement que l'on ne le lui veuille donner, en lui proposant des diversions qui ne sont que frivoles, au prix de ce qu'il y a effectivement à faire. Ce qui presse véritablement est de bien fonder la déclaration contre Monsieur le Cardinal. La première que l'on a apportée était son panégyrique ; celle à laquelle l'on travaille n'est, au moins à ce que l'on nous dit, causée que sur les remontrances du Parlement et sur le consentement de la Reine, et ainsi pourrait être expliquée dans les temps. Son Altesse Royale peut dire demain à la Compagnie que la fixation, pour ainsi parler, de cette déclaration est la précaution véritable et solide à laquelle il faut s'appliquer ; et que cette fixation ne peut être plus sûre qu'en y insérant que le Roi l'exclut et de son royaume et de ses conseils, parce qu'il est de notoriété publique et incontestable que c'est lui qui a rompu la paix générale à Munster[1]. Si Monsieur éclate demain dans le Parlement sur ce ton, que je lui réponds de faire agréer ce soir par la Reine, il se réunit avec elle, en donnant une cruelle botte au Mazarin. Il se donne l'honneur, dans le public, de le pousser personnellement et solidement ; il l'ôte à Monsieur le Prince en faisant voir qu'il affecte de n'attaquer que son ombre, et il fait connaître à tous les esprits sages et modérés qu'il ne veut pas souffrir que sous le prétexte du Mazarin, l'on continue à donner tous les jours de nouvelles atteintes à l'autorité royale. »

Voilà ce que je conseillai à Monsieur ; voilà ce que je lui donnai par écrit devant que de sortir de cheux lui ; voilà ce qu'il porta à Madame, qui était au désespoir de ce qu'il s'était engagé avec Monsieur le Prince ; voilà ce qu'il approuva de toute son âme ; et voilà toutefois ce qu'il n'osa faire, parce que, n'ayant pas douté, comme je vous l'ai déjà dit, que Monsieur le Prince ne s'accommodât avec la cour, il lui avait promis (à jeu sûr, à ce qu'il croyait par cette raison) de se déclarer avec lui contre les sous-ministres. Il l'avoua à Madame, encore plus en détail qu'il ne me l'avait expliqué, et tout ce que je pus tirer de lui fut qu'il donnât sa parole à la Reine, et qu'il s'employât fidèlement auprès de Monsieur le Prince pour l'empêcher de pousser sa pointe contre les trois susnommés, et que si il n'y pouvait réussir et que lui fût obligé à parler contre eux, il déclarerait, en même temps, à Monsieur le Prince que ce serait pour la dernière fois, et que, la Reine demeurant dans les termes de la parole donnée pour l'éloignement de Monsieur le Cardinal, il ne se séparerait plus de ses intérêts. Madame, qui aimait M. Le Tellier, et qui était très fâchée, et par cette raison et par beaucoup d'autres, que Monsieur ne fît pas davantage, lui fit promettre qu'il ferait le malade le lendemain, dans la vue de retarder l'assemblée des chambres et de se donner, par ce moyen, le temps de l'obliger à quelque chose de plus. Aussitôt qu'elle eut obtenu ce point, elle le fit savoir à la Reine, en lui mandant, en même temps, que je faisais des merveilles pour son service. Ce témoignage, qui fut reçu très agréablement, parce qu'il fut porté dans un instant où la Reine était très satisfaite de Madame, ce qui ne lui était pas ordinaire, facilita beaucoup ma négociation. J'allai le soir chez la Reine, que je trouvai avec un visage fort ouvert ; et ce qui me fit voir qu'elle était contente de moi fut que ce visage ouvert ne se referma pas, même après que je lui eus déclaré, et que je ne croyais pas que l'on pût empêcher Monsieur de concourir avec Monsieur le Prince contre les sous-ministres, et que je ne me pourrais pas empêcher moi-même d'y opiner, si l'on en délibérait au Parlement. Vous devez être si fatiguée de tous ces dits et redits des conversations passées, que je crois qu'il est mieux que je n'entre pas dans le détail de celle-ci, qui fut assez longue, et que je me contente de vous rendre compte du résultat, qui fut que je m'appliquerais de toute ma force à faire que Monsieur tînt fidèlement la parole que je donnais à la Reine de sa part, qu'il ferait tous ses efforts pour adoucir l'esprit de Monsieur le Prince en faveur des trois nommés, et qu'en cas qu'il ne le pût, qu'il fût obligé lui-même, par cette considération, de les pousser, et que, par la même raison, je fusse forcé d'y concourir de ma voix, je déclarerais à Monsieur qu'au cas que, dans la suite, Monsieur le Prince fît encore de nouvelles propositions, je n'y entrerais plus, quand même Monsieur s'y laisserait emporter. Je me défendis longtemps de cette dernière clause, et parce que, dans la vérité, elle m'engageait beaucoup, et parce qu'elle me paraissait même être au dernier point contre le respect, en ce qu'elle confondait et qu'elle égalait, pour ainsi parler, mes engagements avec ceux de la maison royale. Il fallut enfin y passer, et je n'eus aucune peine à le faire agréer à Monsieur, qui fut si aise de se trouver dans la liberté de ne point rompre avec Monsieur le Prince, même de concert avec la Reine, qu'il fut ravi de tout ce qui avait facilité ce traité. Je vous en dirai les suites, après que je vous aurai supplié de faire réflexion sur deux circonstances de ce qui se passa dans cette dernière conversation que j'eus avec la Reine.

Il m'arriva, en lui parlant de MM. Le Tellier, Servien et Lionne, de les nommer les trois sous-ministres ; elle releva ce mot avec aigreur, en me disant : « Dites les deux. Ce traître de Lionne peut-il porter ce nom ? c'est un petit secrétaire de Monsieur le Cardinal. Il est vrai que parce qu'il l'a déjà trahi deux fois, il pourra être un jour secrétaire d'État. » Cette remarque s'est rendue par l'événement assez curieuse[1].

La seconde est que lorsque j'eus promis à la Reine de ne me pas accommoder avec Monsieur le Prince dans les suites, quand même Monsieur s'y accommoderait, et que j'eus ajouté que je le dirais moi-même à Monsieur, dès le lendemain, elle s'écria plutôt qu'elle ne prononça : « Quelle surprise pour M. Le Tellier ! » Elle se referma tout d'un coup, et quoique je fisse ce qui fut en moi pour pénétrer ce qu'elle avait voulu dire, je n'en pus rien tirer. Je revins à Monsieur.

Je le vis, le lendemain au matin, cheux Madame ; il fut très satisfait de ma négociation. Il me témoigna que l'engagement que j'avais pris, en mon particulier, avec la Reine, ne lui pourrait jamais faire aucune peine, parce qu'il était très résolu lui-même, passé cette occasion, à ne jamais concourir en rien avec Monsieur le Prince, pourvu que la Reine demeurât dans la parole donnée pour l'exclusion du Mazarin. Madame ajouta tout ce qui le pouvait obliger à se confirmer dans cette pensée. Elle fit même encore une nouvelle tentative pour lui persuader de commencer au moins, dès ce jour-là, à voir si il ne pourrait rien gagner sur l'esprit de Monsieur le Prince. Il trouva de méchantes excuses. Il dit qu'il pourrait prendre des mesures plus certaines en se donnant tout ce jour pour attendre ce que Monsieur le Prince lui-même lui ferait dire. Il en eut effectivement un gentilhomme, sur le midi, mais pour savoir simplement des nouvelles de sa santé, ou plutôt pour savoir si il irait au Palais le lendemain. Monsieur, qui faisait semblant d'avoir pris médecine, ne laissa pas d'aller cheux la Reine, le soir, à qui il confirma, avec serment, tout ce que je lui avais promis par son ordre. Il lui protesta qu'il ne s'ouvrirait, en façon du monde, de ce qu'elle lui faisait espérer qu'elle céderait, encore pour cette fois, à Monsieur le Prince, en cas que Monsieur ne le pût gagner sur l'article des sous-ministres. « À votre seule considération, lui ajouta-t-elle, et sur la parole que vous me donnez que vous serez pour moi dans toutes les autres prétentions de Monsieur le Prince, qui seront infinies. » Elle le conjura ensuite de lui tenir fidèlement la parole, qu'il lui avait fait donner par moi, de faire tous ses efforts pour obliger Monsieur le Prince de se désister de son instance. Il l'assura qu'il avait envoyé, dès midi, le maréchal d'Estampes à Saint-Maur pour cet effet, ce qui était vrai. (Il s'était ravisé après l'avoir refusé à Madame, comme je vous l'ai tantôt dit.) Il attendit même, au Palais-Royal, la réponse du maréchal d'Estampes, qui fut négative, et qui portait expressément que Monsieur le Prince ne se désisterait jamais de son instance. Monsieur revint cheux lui fort embarrassé, au moins à ce qu'il me parut. Il rêva tout le soir, et il se retira de beaucoup meilleure heure qu'à l'ordinaire.

Le lendemain, qui fut le mardi 11 de juillet, les chambres s'assemblèrent et M. le prince de Conti se trouva au Palais, fort accompagné. Monsieur dit à la Compagnie qu'il avait fait tous ses efforts, et auprès de la Reine et auprès de Monsieur le Prince, pour l'accommodement, qu'il n'avait pu rien gagner ni sur l'un ni sur l'autre, et qu'il priait la Compagnie de joindre ses offices aux siens. M. le prince de Conti prit la parole, aussitôt que Monsieur eut fini, pour dire qu'il y avait un gentilhomme de monsieur son frère à la porte de la Grande Chambre. L'on le fit entrer. Il rendit une lettre de Monsieur le Prince, qui n'était proprement qu'une répétition de la première.

Le premier président pressa, assez longtemps, Monsieur de faire encore de nouveaux efforts pour l'ac-

commodement. Il s'en défendit d'abord, par la seule
habitude que tous les hommes ont à se faire prier,
même des choses qu'ils souhaitent ; il le refusa ensuite,
sous le prétexte de l'impossibilité de réussir ; mais,
en effet, comme il me l'avoua le jour même, parce
qu'il eut peur de déplaire à M. le prince de Conti, ou
plutôt à toute la jeunesse, qui criait et qui demandait
que l'on délibérât contre les restes du mazarinisme.
Le premier président fut obligé de ployer. L'on manda
les gens du Roi, pour prendre leurs conclusions sur
la réquisition de Monsieur le Prince. L'indisposition
parut très grande, ce jour-là, contre les sous-ministres,
et toute l'adresse du premier président, jointe à
la froideur de Monsieur qui ne parut nullement
échauffé contre eux, ne put aller qu'à faire remettre la
délibération au lendemain, en ordonnant toutefois
que la lettre de Monsieur le Prince serait portée, dès
le jour même, à la Reine. Monsieur fut aussi prié par
le Parlement de continuer ses offices pour l'accommodement. La chaleur qui avait paru dans les esprits,
jointe à celle de la salle du Palais, qui fut très grande,
fit que Monsieur se remercia[1] beaucoup de ce qu'il
n'avait pas cru le conseil que je lui avais donné, de
s'opposer à la déclaration de Monsieur le Prince
contre les sous-ministres. Il m'en fit une manière de
raillerie au sortir du Palais, et je lui répondis que je le
suppliais de me permettre de ne me défendre que le
lendemain à pareille heure. L'après-dînée, Monsieur
alla à Rambouillet[2], où il avait donné rendez-vous à
Monsieur le Prince, et il eut une fort longue conversation avec lui, dans les allées du jardin. Il me dit, le
soir, qu'il n'avait rien oublié pour lui persuader de
ne pas insister à son instance contre les ministres ; il
le dit à Madame, qui en fut très persuadée. Je le suis
encore, parce qu'il est constant qu'il n'appréhendait
rien tant au monde que le retour à Paris de Monsieur
le Prince, et qu'il se croyait très assuré qu'il n'y reviendrait pas, si ces messieurs demeuraient à la cour. La
Reine me dit, le lendemain, qu'elle savait de science
certaine qu'il n'avait combattu pour elle que très faiblement, « et tout de même, me dit-elle, que si il avait
eu l'épée à la main[3] ». Il n'est pas possible que, dans
les conversations que j'ai eues depuis avec Monsieur

le Prince, je ne me sois éclairci de ce détail ; mais j'avoue que je ne me ressouviens nullement de ce qu'il m'en a dit. Ce qui est certain est que la facilité qu'il eut à laisser mettre l'affaire en délibération fit croire à la Reine qu'il la jouait ; elle me soupçonna ce jour-là, et encore davantage le lendemain, d'être de la partie. Vous verrez par la suite qu'elle ne me fit pas longtemps cette injustice.

Le lendemain, qui fut le 12, le Parlement s'assembla, et M. l'avocat général Talon fit son rapport de l'audience qu'il avait eue de la Reine, qui lui avait répondu simplement que la seconde lettre de Monsieur le Prince ne contenant rien que ce qui était dans la première, elle n'avait rien à ajouter à la réponse qu'elle y avait faite. M. le duc d'Orléans donna part à la Compagnie des conférences qu'il avait eues, la veille, et avec la Reine et avec Monsieur le Prince. Il déclara qu'il n'avait pu rien gagner ni sur l'une ni sur l'autre. Il se tint couvert, au dernier point, sur le particulier des trois sujets, et il crut qu'il satisferait la Reine par cette modération. Il exagéra même avec emphase les sujets de défiance que Monsieur le Prince prétendait d'avoir ; et il s'imagina qu'il contenterait Monsieur le Prince par cette exagération. Il ne réussit ni à l'un ni à l'autre. La Reine fut persuadée qu'il lui avait manqué de parole, et elle eut assez de raison de le croire, quoique je ne sois pas convaincu qu'il l'eût fait dans le fonds. Monsieur le Prince se plaignit beaucoup, le soir, de sa conduite, au moins à ce que le comte de Fiesque dit à M. de Brissac. Voilà le sort des gens qui veulent assembler les contradictoires, en contentant tout le monde. Talon ayant pris ses conclusions, qui pour cette fois ne répondirent pas à la fermeté qui lui était ordinaire, et qui parurent plutôt un galimatias affecté qu'un discours digne du sénat, l'on commença à opiner. Il y eut deux avis ouverts d'abord : l'un fut celui des conclusions, qui allait à remercier la Reine des nouvelles assurances qu'elle avait données que l'éloignement de Monsieur le Cardinal était pour jamais et de la prier de donner quelque satisfaction à Monsieur le Prince (voilà ce que je viens d'appeler galimatias) ; l'autre avis fut de Deslandes-Païen, qui, quoique parent proche de

Mme de Lionne, déclama contre les trois sous-ministres, et opina à demander en forme leur éloignement[1]. Vous jugez bien que je ne combattis pas son sentiment au Palais, quoique je l'eusse combattu dans le cabinet de Monsieur. Je mêlai dans mon avis de certains traits qui servirent à me démêler de la multitude, c'est-à-dire qui me distinguèrent de ceux qui n'opinèrent qu'à l'aveugle contre le nom du Mazarin. Cette distinction m'était nécessaire à l'égard de la Reine ; elle m'était bonne à l'égard de tous ceux qui n'approuvaient pas la conduite de Monsieur le Prince. Ils étaient en nombre dans le Parlement, et le bonhomme Laisné, même, conseiller de la Grande Chambre, homme de peu de sens, mais d'une vie intègre, et passionné contre le Mazarin, ne laissa pas de se déclarer ouvertement contre la réquisition de Monsieur le Prince, et il soutint qu'elle était injurieuse à l'autorité royale. Cette circonstance, jointe à quelques autres, obligea Monsieur de m'avouer, le soir, que j'avais mieux jugé que lui, et que si il se fût opposé à la proposition, comme je le lui avais conseillé, il en eût été loué et suivi. Il fit croire, en ne la blâmant pas, qu'il l'approuvait. Ceux mêmes qui l'eussent combattue avec plaisir, y donnèrent avec joie. Je n'étais pas d'un poids à faire dans les esprits l'effet que Monsieur y eût fait par son opposition : c'est pourquoi je ne m'y opposai pas. Je connus que si il s'y fût opposé, beaucoup de gens y eussent concouru avec lui ; et je crus avoir assez de cette vue pour pouvoir, sans crainte de me nuire dans le public, donner des atteintes indirectes à une action dont il m'était bon, pour toutes raisons, de diminuer le mérite, quoique je fusse obligé, par celle de Monsieur et du peuple, d'y contribuer au moins de ma voix.

J'entends bien mieux ce galimatias, que je ne vous l'explique ; et il est vrai qu'il ne se peut même bien concevoir que par ceux qui se sont trouvés, en ce temps-là, dans les délibérations de cette compagnie. J'y ai remarqué, peut-être plus de vingt fois, que ce qui y passait, dans un moment, comme incontestablement bon, y eût passé, dans le suivant, comme incontestablement mauvais, si l'on eût donné un autre tour à une forme souvent légère, à une parole quelquefois frivole. Le secret est d'en savoir discerner et prendre les instants. Monsieur manqua en ce point; j'essayai de suppléer, en ce qui me regardait, d'une manière qui ne donnât pas l'avantage sur moi à Monsieur le Prince de pouvoir dire que j'épargnasse les restes du mazarinisme, et qui ne laissât pas de noter, en quelque façon, sa conduite. Voici les propres paroles dans lesquelles je formai mon avis, que je fis imprimer et publier, dès le lendemain, dans Paris, pour la raison que je vous expliquerai dans la suite :

« J'ai toujours été persuadé[1] qu'il eût été à souhaiter qu'il n'eût paru dans les esprits aucune inquiétude sur le retour de M. le cardinal Mazarin, et que même l'on ne l'eût pas cru possible, son éloignement ayant été jugé nécessaire par le vœu commun de toute la France. Il semble que l'on ne puisse douter de son retour, sans douter en même temps du salut de l'État, dans lequel il jetterait assurément la confusion et le désordre. Si les scrupules qui paraissent, sur ce sujet, dans les esprits sont solides, ils produiront infailliblement cet effet si funeste, et s'ils n'ont point de fondement, ils ne laissent pas de donner une juste appréhension d'une très dangereuse suite, par le prétexte qu'ils donneront à toutes les nouveautés.

« Pour les étouffer tout d'un coup, et pour ôter aux uns l'espérance et aux autres le prétexte, j'estime que l'on ne saurait prendre, en cette manière, d'avis trop décisifs. Et comme on parle de beaucoup de commerces qui alarment le public et qui inquiètent les esprits, je crois qu'il serait à propos de déclarer criminels et perturbateurs du repos public ceux qui négocieront avec M. le cardinal Mazarin, ou pour son retour, en quelque sorte et matière que ce puisse être.

« Si les sentiments que Son Altesse Royale témoigna, il y a quelques mois, en cette compagnie, sur le sujet de ceux qui y furent nommés, eussent été suivis, les affaires auraient maintenant une autre face. L'on ne serait pas tombé dans ces défiances ; le repos de l'État serait assuré, et nous ne serions pas présentement en peine de supplier M. le duc d'Orléans, comme c'est mon avis, de s'employer auprès de la Reine pour éloigner de la cour les restes et les créatures de M. le cardinal Mazarin, qui ont été nommés.

« Je sais que la forme avec laquelle on demande cet éloignement est extraordinaire, et il est vrai que si l'aversion d'un de Messieurs les Princes du sang était toujours la règle de la fortune des hommes, cette dépendance diminuerait beaucoup de l'autorité du Roi et de la liberté de ses sujets ; et l'on pourrait dire que ceux du Conseil et les autres qui n'ont de subsistance que par la cour, auraient beaucoup de maîtres.

« Je crois pourtant qu'il y a exception dans ce rencontre. Il s'agit d'une affaire qui est une suite comme naturelle de celle de M. le cardinal Mazarin : il s'agit d'un éloignement qui peut lever beaucoup des ombrages que l'on prend pour son retour ; d'un éloignement qui ne peut être que très utile, qui a été souhaité et proposé à cette compagnie par M. le duc d'Orléans, dont les intentions, toutes pures et toutes sincères pour le service du Roi et le bien de l'État, sont connues de toute l'Europe, et dont les sentiments, étant oncle du Roi et lieutenant général de l'État, ne tirent point à conséquence à l'égard de qui que ce soit.

« Il faut espérer de la prudence de Leurs Majestés, et de la sage conduite de M. le duc d'Orléans, que les choses se disposeront en mieux, que les défiances seront levées, que les soupçons seront dissipés, et que nous verrons bientôt l'union rétablie dans la maison royale, qui a toujours été le vœu de tous les gens de bien qui ont souhaité la liberté de Messieurs les Princes, particulièrement par cette considération, avec tant d'ardeur, qu'ils se sont trouvés bien heureux lorsqu'ils y ont pu contribuer de leurs suffrages.

« Pour former donc mon opinion, je suis d'avis de déclarer criminels et perturbateurs du repos public ceux qui négocieront avec M. le cardinal Mazarin, ou pour son retour, en quelque sorte et manière que ce puisse être ; supplier très humblement Monsieur de s'employer auprès de la Reine pour éloigner de la cour les créatures de M. le cardinal Mazarin qui ont été nommés[1], et appuyer les remontrances de la Compagnie sur ce sujet ; le remercier des soins qu'il prend incessamment pour la réunion de la maison royale, si importante à la tranquillité de l'État et de toute la chrétienté, puisque j'ose dire qu'elle est le seul préalable nécessaire à la paix générale. »

Je vous supplie[1] d'observer que Monsieur voulut absolument que je le citasse dans mon avis, comme premier auteur de la proposition contre les sous-ministres, parce qu'il ne doutait point qu'elle n'eût une approbation générale ; que je ne lui obéis en ce point qu'avec beaucoup de peine, parce que je ne jugeais pas que ce qu'il avait dit, de temps en temps, fort en général, contre les amis de Monsieur le Cardinal fût un fondement assez solide pour avancer et pour soutenir un fait aussi positif et aussi spécifique que celui-là ; que l'émotion des esprits fit que l'on le reçut pour aussi bon que si il eût été bien véritable ; que cette émotion, quoique grande, n'empêcha pas que beaucoup de gens ne fissent une sérieuse réflexion sur ce que M. Laisné avait expliqué clairement dans son avis, et sur ce que j'avais touché dans le mien, de l'atteinte donnée à l'autorité royale ; que Monsieur, qui s'en aperçut, eut regret d'avoir été si vite et crut qu'il pouvait, avec sûreté et sans se perdre dans le public, se mitiger un peu. Quelle foule de mouvements tous opposés ! quelle contrariété ! quelle confusion ! L'on l'admire dans les histoires, l'on ne la sent pas dans l'action. Rien ne paraissait plus naturel ni plus ordinaire que ce qui se faisait et ce qui se disait ce jour-là. J'y ai fait depuis réflexion et je confesse que j'ai encore peine à comprendre, à l'heure qu'il est, la multitude, la variété et l'agitation des mouvements que ma mémoire m'en représente. Comme, en opinant, l'on retombait toujours, à la fin, à peu près dans le même avis, l'on ne sentait presque pas ce mouvement ; et je me souviens que Deslandes-Païen me disait au lever de la séance : « C'est une belle chose que de voir une grande compagnie aussi unie. » Remarquez, si il vous plaît, que Monsieur, qui avait plus de discernement, s'aperçut très bien qu'elle l'eût été si peu en cas de besoin, qu'il m'avoua que tous ces mêmes hommes qui parlaient si uniformément, à la réserve de fort peu d'entre eux, qu'il semblait même qu'ils eussent été concertés, qu'il m'avoua, dis-je, que ces mêmes hommes eussent tourné à lui si il se fût déclaré contre la proposition. Il eut regret de ne l'avoir pas fait ; mais il eut honte, et avec raison, de changer pleinement, et il se contenta de me commander de faire dire à la Reine, par Madame la Palatine, qu'il espérait qu'il trouverait lieu d'adoucir son avis. La réponse de la Reine fut que je me trouvasse, à minuit, à l'oratoire. Elle me parut aigrie, au dernier point, de tout ce qui s'était passé le matin au Palais ; elle traita Monsieur de perfide ; elle ne me tira du pair que pour me faire encore plus sentir qu'elle ne me traitait pas mieux dans le fonds de son cœur. Il ne me fut pas difficile de me justifier et de lui faire voir et que je n'avais pu ni dû m'empêcher d'opiner comme j'avais fait, et comme je ne le lui avais pas celé auparavant à elle-même : je la suppliai d'observer que mon avis n'était pas moins contre Monsieur le Prince que contre Monsieur le Cardinal[1]. Je lui excusai même la conduite de Monsieur, autant qu'il me fut possible, sur ce qu'en effet il ne lui avait pas promis de ne pas opiner contre les ministres ; et comme je vis que les raisons ne faisaient aucun effet dans son esprit, et que la préoccupation, dont le propre est de s'armer particulièrement contre les faits, tirait même ombrages de ceux qui lui devaient être les plus clairs, je crus que l'unique moyen de les lui lever serait d'éclairer le passé par l'avenir, parce que j'avais éprouvé plusieurs fois que le seul remède contre les préventions est l'espérance. Je flattai la Reine de celle que Monsieur se radoucirait dans la suite de la délibération, qui devait encore durer un jour ou deux ; et comme je prévoyais que cet adoucissement de Monsieur ne serait pas au point qui serait nécessaire pour conserver les sous-ministres, je prévins ce que je disais, avec un peu trop d'exagération, de son effet, par une proposition qui me disculpait, par avance, de celui qu'elle n'aurait pas. Cette conduite est toujours bonne quand l'on agit avec des gens dont le génie n'est pas capable de ne pas juger par l'événement, parce que le même caractère qui produit ce défaut fait que ceux qui l'ont ne raisonnent jamais cohéremment des effets à leurs causes. J'offris, sur ce fondement, à la Reine de faire imprimer et publier, dès le lendemain, l'avis que j'avais porté au Parlement, et je me servis de cette offre pour lui faire croire que si je ne me fusse tenu pour très assuré que la fin de la délibération ne devait pas être avantageuse à Monsieur le Prince, je n'eusse pas aggravé, par un éclat de cette nature, auquel rien ne m'obligeait, une action où je lui avais déjà donné plus d'atteinte que la politique même ordinaire ne me le permettait. La Reine donna, sans balancer, à cette lueur, qui lui plaisait. Elle crut que ce que je lui proposais n'avait point d'autre origine que celle que je lui marquais. La satisfaction qu'elle trouva dans cette pensée fit qu'elle se donna à elle-même des idées plus douces, sans les sentir, de ce qui s'était passé le matin ; qu'elle entra avec moins d'aigreur dans le détail de ce qui se pouvait passer le lendemain ; et que quand elle connut, vingt-quatre après[1], que le radoucissement de Monsieur ne lui serait pas d'une aussi grande utilité, au moins pour la conjoncture présente, qu'elle se l'était imaginé, elle ne s'en prit plus à moi. Il ne se faut pas jouer à tout le monde par ces sortes de diversions : elles ne sont bonnes qu'avec les gens qui ont peu de vue et qui sont emportés. Si la Reine eût été capable et de lumière et de raison, en cette occasion, ou plutôt, si elle eût été servie par des personnes qui eussent préféré à leur conservation particulière son véritable service, elle eût connu qu'il n'y avait qu'à ployer dans ce moment, comme elle l'avait promis à Monsieur, puisque Monsieur ne faisait pas davantage pour elle ; elle n'était pas encore susceptible de la vérité sur ce fait, et moins de ma part que d'aucune autre. Je la lui déguisai par cette considération, comme les autres ; et je crus y être obligé pour demeurer plus en état de la servir, dans la suite, elle-même, Monsieur et le public.

Le lendemain, qui fut le 13 de juillet, le Parlement s'assembla ; l'on continua la délibération, qui demeura presque toujours sur le même ton, à la réserve de cinq ou six voix, qui allèrent à déclarer MM. Le Tellier, Servient et Lionne perturbateurs du repos public. Quelqu'un, dont j'ai oublié le nom, y ajouta l'abbé de Montaigu[2].

Le 14, l'arrêt fut donné, conformément à l'avis de Monsieur, qui passa de cent neuf voix contre soixante-deux. L'arrêt portait que la Reine serait remerciée de la parole qu'elle avait donnée de ne point faire revenir le cardinal Mazarin ; qu'elle serait très humblement suppliée d'en envoyer une déclaration au Parlement, comme aussi de donner à Monsieur le Prince toutes les sûretés nécessaires pour son retour ; et qu'il serait incessamment informé contre ceux qui entretenaient avec lui quelque commerce. Monsieur, qui empêcha que messieurs les sous-ministres fussent nommés dans l'arrêt, crut qu'il avait fait au-delà de tout ce qu'il avait promis à la Reine. Il ne douta point non plus que Monsieur le Prince ne fût content de lui, parce que les sûretés que l'on demandait pour Monsieur le Prince emportaient certainement, quoique tacitement, l'éloignement des sous-ministres. Il sortit du Palais très satisfait de lui-même ; mais personne ne le fut de lui. La Reine ne prit ce qu'il avait fait que comme une duplicité, ridicule pour lui et inutile pour elle. Monsieur le Prince ne le reçut que comme une marque que Monsieur était appliqué à se ménager au moins avec la cour. La Reine ne dissimula point du tout son sentiment ; Monsieur le Prince ne dissimula pas assez le sien. Madame, qui était très en colère, releva de toutes ses couleurs celui de tous les deux. Monsieur eut peur, et la peur, qui n'applique jamais un remède à propos, le porta à des soumissions vers la Reine, qui, étant sans mesure, augmentèrent la défiance qu'elle avait de lui, et des avances vers Monsieur le Prince, qui firent un effet directement contraire à ce que Monsieur souhaitait avec le plus d'ardeur. Son unique désir était de contenter l'une et l'autre, et de le faire toutefois d'une telle manière que Monsieur le Prince ne revînt pas à la cour et qu'il demeurât paisible dans son gouvernement ; l'unique moyen pour parvenir à cette dernière fin était de lui procurer des satisfactions qui le pussent remplir pour quelque temps, mais qui ne l'assurassent pas pour le présent, au moins assez pour lui donner lieu de revenir à Paris. Voilà ce que je lui avais proposé ; voilà ce que Madame avait appuyé de toute sa force. Il en connut l'utilité, il le voulut : la faiblesse lui fit prendre le chemin tout opposé. Il s'ôta, par ses basses et fausses excuses, la créance qui lui était nécessaire dans l'esprit de la Reine pour la porter, de concert même avec lui, à un accommodement raisonnable avec Monsieur le Prince. Il donna tant d'assurances à Monsieur le Prince de son amitié pour lui, en vue de réparer le ménagement qu'il avait témoigné à l'égard des sous-ministres, que, soit que Monsieur le Prince crût ces assurances véritables, soit qu'il prît confiance dans la frayeur même qu'il savait que Monsieur avait de lui, il prit le parti de revenir à Paris, sous le prétexte que, les créatures du cardinal Mazarin en étant éloignées, il n'appréhendait plus d'y être arrêté[1]. J'ouvrirai cette nouvelle scène, après que je vous aurai suppliée de faire une réflexion, qui marque, à mon sens, autant que chose du monde, le privilège et l'excellence de la sincérité. Monsieur n'avait pas promis à la Reine de ne se pas déclarer contre les sous-ministres ; au contraire, il lui avait signifié, en termes formels, qu'il s'y déclarerait : il ne le fait qu'à demi, il les ménage, il leur épargne le dégoût d'être nommés dans l'arrêt. Il ne s'emporte point contre la Reine, quoiqu'elle ne lui tienne pas elle-même ce à quoi elle s'était engagée, qui était de les abandonner, en cas que Monsieur ne pût empêcher Monsieur le Prince de les pousser. La Reine toutefois se plaint, avec une aigreur inconcevable, de Monsieur ; elle lui fait à lui-même, dès l'après-dînée, des reproches aussi rudes et aussi violents que si il lui avait fait toutes les perfidies imaginables. Elle se prétend dégagée par son procédé de la parole qu'elle lui avait donnée de ne pas opiniâtrer la conservation des sous-ministres ; elle ne le dit pas seulement, mais elle le croit, et cela, parce qu'au sortir de la conversation dans laquelle Madame lui fit peur, il envoya le maréchal d'Estampes à la Reine lui demander proprement une abolition, et qu'il la lui demanda lui-même l'après-dînée, en lui faisant des excuses, « qui ne pouvaient être, me dit-elle à moi-même, que d'un homme coupable ». J'allai, le soir, cheux elle, par le commandement de Monsieur. Je ne lui fis, pour mon particulier, aucune apologie : je supposai qu'elle ne pouvait avoir oublié ce que je lui avais toujours dit, par avance, de ce que je ferais en cette occasion ; elle s'en ressouvint même avec bonté. Elle me dit positivement qu'elle ne se pouvait plaindre de moi, et je connus clairement qu'elle me parlait du cœur. Madame la Palatine, qui était présente à la conversation, dit à la Reine : « Que ne ferait point la sincérité dans la conduite d'un fils de France, puisque dans celle d'un coadjuteur de Paris, aussi contraire à votre volonté, elle oblige Votre Majesté à la louer ? » Madame la Palatine n'oublia rien pour faire connaître à la Reine qu'elle ne devait pas attendre les remontrances du Parlement pour éloigner les sous-ministres, parce qu'il serait plus de sa dignité de les prévenir ; mais elle ne put rien gagner sur son esprit ou plutôt sur son aigreur, qui, en de certains moments, lui tenait lieu de tout. M. le maréchal d'Estrées m'a dit depuis qu'il y avait encore quelque chose de plus que son aigreur, et que Chavigni la flattait qu'il pourrait obliger Monsieur le Prince à souffrir que l'on expliquât l'arrêt ; et ce qui me fait croire que le maréchal d'Estrées avait raison est que je sais, de science certaine, que le même Chavigni pressa, en ce temps-là, Monsieur le Premier Président de biaiser un peu dans ses remontrances, sur quoi la réponse de celui-ci fut remarquable et digne d'un grand magistrat : « Vous avez, Monsieur, été l'un de ceux qui ont le plus poussé ces messieurs ; vous changez : je n'ai rien à vous dire ; mais le Parlement ne change point. » La Reine ne fut pas, tout ce jour-là, de l'opinion de Monsieur le Premier Président, car il me parut qu'elle crut que l'arrêt se pourrait interpréter dans la suite, et que peut-être Monsieur le Premier Président le pourrait interpréter lui-même dans sa remontrance. Elle ne lui faisait pas justice en ce rencontre, comme vous le verrez dans peu.

Cet arrêt fut donné le 14 de juillet, et comme messieurs les sous-ministres n'y étaient pas dénommés, il ouvrit un grand champ aux réflexions et, par conséquent, aux négociations, depuis le 14 jusques au 18, qui fut le jour auquel les remontrances furent faites. Je pourrais vous rendre compte de ce qui s'en disait en ce temps-là ; mais comme ce qui s'en disait n'était, à proprement parler, que l'écho des bruits que le Palais-Royal et Saint-Maur jetaient, apparemment avec dessein, dans le monde, je crois que le récit en serait aussi superflu qu'incertain ; et je me contenterai de vous dire que ce que j'en pus pénétrer, dans le moment, ne fut qu'un empressement ridicule de négocier dans tous les subalternes des deux partis. Cet empressement, en des conjonctures pareilles, n'est jamais sans négociation ; mais il est constant qu'il en produit encore beaucoup plus d'imaginaires que d'effectives. Le hasard y donna lieu en faisant que les remontrances, faute de la signature de l'arrêt et de je ne sais quel obstacle fort naturel du côté du Palais-Royal, fussent différées jusques au 18. Tout ce qui est vuide, dans les temps de faction et d'intrigue, passe pour mystérieux à tous les gens qui ne sont pas accoutumés aux grandes affaires. Ce vuide, qui ne fut rempli, le 15, le 16 et le 17, que de négociations, qui ne furent, au moins par l'événement, que d'une substance très légère, le fut pleinement, le 18, par les remontrances du Parlement. Le premier président les porta avec toute la force possible, et quoiqu'il se contînt juste dans les termes de l'arrêt, en ne nommant pas les sous-ministres, il les désigna si bien que la Reine s'en plaignit, même avec aigreur, en disant que le premier président était d'une humeur incompréhensible et plus fâcheux que ceux qui étaient les plus mal intentionnés. Elle m'en parla en ces termes ; et comme je pris la liberté de lui répondre que le chef d'une compagnie ne pouvait, sans prévarication, s'empêcher d'expliquer les sentiments de son corps, quoique ce ne fussent pas les siens en son particulier, elle me dit avec colère : « Voilà des maximes de républicain. » Je ne vous rapporte ce petit détail que parce qu'il vous fera concevoir le malheur où l'on tombe dans les monarchies, quand ceux qui les gouvernent n'en connaissent pas les règles les plus légitimes et même les plus communes. Je vous rendrai compte des suites des remontrances, après que je vous aurai fait le récit d'une historiette qui arriva au Palais, dans le temps de la délibération dont je viens de vous entretenir.

La curiosité de la matière y attira beaucoup de dames, qui voyaient la séance des lanternes et qui en entendaient aussi les opinions. Mme et Mlle de Chevreuse s'y trouvèrent, avec beaucoup d'autres, le 13 de juillet, qui fut la veille du jour auquel l'arrêt fut donné ; mais elles furent démêlées[1] d'entre toutes les autres par un certain Maillart, qui était un criailleur à gages dans le parti de Messieurs les Princes. Comme les dames craignent la foule, elles ne sortirent des lanternes qu'après que Monsieur et tout le monde fut retiré. Elles furent reçues dans la salle avec une huée de vingt ou trente gueux, de la qualité de leur chef, qui était savetier de sa profession. Mon nom n'y fut pas oublié. Je n'appris cette nouvelle qu'à l'hôtel de Chevreuse, où j'allai dîner après avoir ramené Monsieur cheux lui. J'y trouvai Mme de Chevreuse dans la fureur, et mademoiselle sa fille dans les larmes. J'essayai de les consoler, en les assurant qu'elles en auraient une prompte satisfaction par la punition de ces insolences, dont je m'offris de faire faire, dès le jour même, une punition exemplaire. Ces indignes victimes furent rebutées, même avec indignation de ce qu'elles avaient été seulement proposées. « Il fallait du sang de Bourbon pour réparer l'affront qui avait été fait à celui de Lorraine[1]. » Ce furent les propres paroles de Mlle de Chevreuse ; et tout le tempérament que Mme de Rhodes, instruite par M. de Caumartin, y put faire agréer fut qu'elles retourneraient, le lendemain, au Palais, si bien accompagnées qu'elles seraient en état de se faire respecter et de faire connaître à M. le prince de Conti qu'il avait intérêt à empêcher que ceux de son parti ne fissent plus d'insolence. Montrésor, qui se trouva par hasard à l'hôtel de Chevreuse, n'oublia rien pour faire concevoir et sentir aux dames les inconvénients qu'il y avait à faire une cause particulière de la publique, dans un moment qui pouvait attirer et même produire des circonstances aussi grandes et aussi affreuses que celles où un prince du sang pouvait périr. Quand il vit que tous ses efforts étaient sans effet, et vers la mère et vers la fille, il les tourna vers moi, et il fit tout ce qui fut en son pouvoir pour m'obliger à remettre mon ressentiment à un autre temps. Il me tira même à part, pour me représenter avec plus de liberté, la joie et le triomphe de mes ennemis, si je me laissais emporter à l'impétuosité de ces dames. Je lui répondis ces propres mots : « J'ai tort, et par la considération de ma profession et par celle même des affaires que j'ai sur les bras, d'être aussi engagé que je le suis avec Mlle de Chevreuse ; mais j'ai raison, supposé cet engagement, qui est pris et sur lequel il est trop tard de délibérer, de chercher et de trouver, dans la conjoncture présente, sa satisfaction. Je n'assassinerai pas M. le prince de Conti. Elle n'a qu'à commander sur tout ce qui n'est pas ou poison ou assassinat. Ce n'est plus à moi à qui il faut parler. » Caumartin prit, à cet instant, la vue, que je vous viens de marquer, d'aller en triomphe au Palais, non pas comme bonne, mais comme la moins mauvaise, vu la disposition de la demoiselle. Il l'alla proposer à Mme de Rhodes, qui avait pouvoir sur son esprit : elle fut agréée. Les dames se trouvèrent dans les lanternes, le lendemain 14, qui fut le jour de l'arrêt, avec plus de quatre cents gentilshommes et plus de quatre mille hommes du gros bourgeois. Ceux du bas peuple, qui avaient accoutumé de clabauder dans la salle, s'éclipsèrent de frayeur, et M. le prince de Conti, qui n'avait point été averti de cette assemblée, dont les ordres furent donnés et exécutés avec un secret qui eut du prodige, fut obligé de passer, avec de grandes révérences, devant Mme et Mlle de Chevreuse, et de souffrir que Maillart, qui fut attrapé sur le degré de la Sainte-Chapelle, eût force coups de bâtons. Voilà la fin de l'une des plus délicates aventures qui me soient jamais arrivées dans le cours de ma vie. Elle pouvait être pernicieuse et cruelle par l'événement, parce qu'en ne faisant que ce que j'étais obligé de faire, vu les circonstances, j'étais perdu presque autant de réputation que de fortune, si ce qui pouvait fort naturellement y arriver y fût arrivé. J'en concevais tout l'inconvénient, mais je le hasardais ; et je ne me suis jamais même reproché cette action comme une faute, parce que je suis persuadé qu'elle a été de la nature de celles que la politique condamne et que la morale justifie. Je reviens à la suite des remontrances. La Reine y répondit avec un air plus gai et plus libre qu'elle n'avait accoutumé. Elle dit aux députés qu'elle envoierait, dès le lendemain, au Parlement, la déclaration que l'on lui demandait contre M. le cardinal Mazarin, et que pour ce qui regardait Monsieur le Prince, elle ferait savoir sa volonté à la Compagnie, après qu'elle en aurait conféré avec M. le duc d'Orléans. Cette conférence, qui fut effectivement le soir même, produisit, en apparence, l'effet que l'on souhaitait ; car la Reine témoigna à Monsieur qu'elle se relâcherait de ce que l'on lui demandait à l'égard des sous-ministres, en cas qu'il le désirât véritablement. La vérité est qu'elle affecta de lui faire valoir ce à quoi elle s'était résolue, dès le matin, beaucoup moins sur les remontrances du Parlement que sur la permission qu'elle en avait reçue de Brusle. Nous nous en doutâmes, Madame la Palatine et moi, parce que son changement parut justement au moment que nous venions d'apprendre que Marsac en était arrivé la nuit. Nous en sûmes bientôt après le détail, qui était que le Cardinal mandait à la Reine qu'elle ne devait point balancer à éloigner les sous-ministres[1], et que ses ennemis la servaient en ne donnant point de bornes à leur fureur. Bertet me dit, quelques jours après, le contenu de la dépêche, qui était fort belle. Monsieur revint cheux lui triomphant dans son imagination.

La Reine envoya querir, dès le lendemain, les députés pour leur commander de donner part de sa résolution au Parlement. Celle que Monsieur le Prince prit, le 21, de venir prendre sa place[2], étonna Monsieur à un point que je ne vous puis exprimer, quoiqu'elle ne le dût pas surprendre. Je le lui avais prédit mainte et mainte fois. Il y vint, sur les huit heures du matin, accompagné de M. de La Rochefoucauld et de cinquante ou soixante gentilshommes ; et comme il trouva la Compagnie assemblée pour la réception de deux conseillers, il lui dit qu'il se venait réjouir avec elle de ce qu'elle avait obtenu l'éloignement des ministres ; mais que cet éloignement ne pouvait être sûr que par un article qui en fût inséré dans la déclaration que la Reine avait promis d'envoyer au Parlement. Monsieur le Premier Président lui répondit, avec un ton fort doux, par le récit de ce qui s'était passé au Palais-Royal, et il ajouta qu'il ne serait ni de la justice, ni du respect que l'on devait à la Reine, de lui demander tous les jours de nouvelles conditions ; que la parole de Sa Majesté suffisait par elle-même ; qu'elle avait eu de plus la bonté d'en rendre le Parlement dépositaire ; qu'il eût été à souhaiter que Monsieur le Prince eût témoigné la confiance qu'il y devait prendre, en allant descendre au Palais-Royal plutôt qu'à celui de la Justice ; qu'il ne pouvait s'empêcher, en la place où il était, de lui faire paraître son étonnement sur cette conduite. Monsieur le Prince repartit que la fâcheuse expérience qu'il avait faite, depuis peu, dans sa prison, faisait que l'on ne devait point trouver étrange si il ne s'exposait pas sans précaution ; qu'il était de notoriété publique que le cardinal Mazarin régnait plus absolument que jamais dans le cabinet ; que, sur le tout, il allait de ce pas conférer avec Monsieur sur ce sujet, et qu'il suppliait la Compagnie de ne pas délibérer de ce qui le regardait qu'en présence de Son Altesse Royale. Il alla ensuite cheux Monsieur, à qui il parla de son entrée au Parlement, comme d'une chose qui avait été concertée la veille, avec lui cheux Rambouillet, où il est vrai qu'ils s'étaient promenés ensemble deux ou trois heures. Ce qui est de merveilleux est qu'il dit à Madame, au retour de cette conversation, que Monsieur le Prince était si effarouché (il se servit de ce mot), qu'il ne croyait pas qu'il se pût résoudre à rentrer dans Paris de dix ans après l'enterrement du Cardinal, et que, quand il eut entretenu Monsieur le Prince, qui vint cheux lui au sortir du Palais, il me dit à moi-même ces propres paroles : « Monsieur le Prince ne voulait pas hier revenir à Paris ; il y est aujourd'hui ; et il faut, pour la beauté de l'histoire, que j'agisse avec lui comme si il y était venu de concert avec moi. Il me dit à moi-même que nous le résolûmes hier ensemble. » Vous remarquerez, si il vous plaît, que Monsieur le Prince, à qui j'ai parlé de ce détail, sept ou huit ans après, m'a assuré qu'il avait dit la veille à Monsieur qu'il viendrait au Parlement ; qu'il avait vu à son visage qu'il eût mieux aimé qu'il n'y fût pas venu ; mais qu'il ne s'y était point opposé, et qu'il lui en témoigna même de la joie, quand il l'alla trouver au sortir du Palais. Les effets de la faiblesse sont inconcevables, et je maintiens qu'ils sont plus prodigieux que ceux des passions les plus violentes. Elle assemble plus souvent qu'aucune les contradictoires[1]. Monsieur le Prince retourna à Saint-Maur, Monsieur alla cheux la Reine lui faire des excuses, ou plutôt des explications de la visite de Monsieur le Prince. La Reine connut, par son embarras, que sa conduite était plutôt un effet de sa faiblesse que de sa mauvaise volonté : elle en eut pitié, mais de cette sorte de pitié qui porte au mépris et qui ramène aussitôt à la colère. Elle ne put s'empêcher d'en faire paraître à Monsieur, même beaucoup plus qu'elle ne l'avait projeté, et elle dit, le soir, à Madame la Palatine, qu'il était plus difficile que l'on ne le croyait de dissimuler avec ceux que l'on méprise. La Reine lui commanda, en même temps, de me dire de sa part qu'elle savait que je n'avais aucune part dans ces infamies de Monsieur (ce fut son mot), et qu'elle ne doutait pas que je ne lui tinsse la parole que je lui avais donnée, de me déclarer contre Monsieur le Prince ouvertement, en cas qu'après l'éloignement des sous-ministres il continuât à troubler la cour. Monsieur, qui crut qu'il satisferait, en quelque façon, la Reine en agréant que je prisse cette conduite, eut une extrême joie lorsque je lui dis que je ne me pouvais pas défendre d'exécuter ce à quoi il avait trouvé bon lui-même que je me fusse engagé. Je vis la Reine, le lendemain ; je l'assurai que si Monsieur le Prince revenait à Paris, comme l'on le disait, accompagné et armé, j'y marcherais en même état, et que, pourvu qu'elle persistât à me permettre de parler et d'imprimer à mon ordinaire contre Monsieur le Cardinal, je lui répondais que je ne quitterais pas le pavé et que je le tiendrais sous le titre que, le Cardinal et ses créatures étant éloignés, il n'était pas juste que l'on continuât à se servir de leur nom pour anéantir, en vue de quelques intérêts particuliers, l'autorité royale. Je ne vous puis exprimer la satisfaction que la Reine me témoigna, et elle se lâcha jusques à me dire : « Vous me disiez, il y a quelque temps, que les hommes ne croient jamais les autres capables de ce qu'ils ne le sont pas eux-mêmes ; que cela est vrai ! » Je n'entendis pas, en ce temps-là, ce que cette parole signifiait. Bertet me l'expliqua depuis, parce que la Reine lui avait fait le même discours, en se plaignant que les sous-ministres, et particulièrement M. Le Tellier, qui n'était qu'à Chaville[1], préféraient la haine qu'ils avaient contre moi à son service et lui mandaient tous les jours que je la trompais ; que c'était moi qui faisais agir Monsieur comme il agissait, et qu'elle verrait bientôt que je ne tiendrais pas le pavé, ou que je le tiendrais de concert avec Monsieur le Prince.

Tout ce que je vous viens de dire se passa du vendredi 21 juillet au dimanche au soir 23. Je reçus, comme j'étais prêt de me mettre au lit, un billet de Madame la Palatine, qui me mandait qu'elle m'attendait au bout du Pont-Neuf. Je l'y trouvai dans un carrosse de louage, que le chevalier de La Vieuville menait. Elle n'eut que le temps de me dire que je me rendisse en diligence au Palais-Royal. Aussitôt que j'y fus, la Reine me dit, avec un visage fort troublé, qu'elle venait d'avoir avis certain que Monsieur le Prince devait, le lendemain, aller au Parlement fort accompagné, demander l'assemblée des chambres et obliger la Compagnie à faire insérer dans la déclaration contre le Cardinal l'exclusion des sous-ministres, « de laquelle, ajouta-t-elle avec une colère qui me parut naturelle, je ne me soucierais guère, si il n'y allait que de leur intérêt; mais vous voyez, continuat-elle, qu'il n'y a point de fin aux prétentions de Monsieur le Prince et qu'il va à tout si l'on ne trouve quelque moyen de l'arrêter. Il vient d'arriver de Saint-Maur, et vous avouerez que l'avis que l'on m'avait donné de son dessein, et sur lequel je vous ai mandé, était bon. Que fera Monsieur? Que ferezvous? » Je répondis à la Reine qu'elle savait bien, par les expériences passées, qu'il serait difficile que je lui répondisse de Monsieur; mais que je lui répondais bien que je ferais tous mes efforts pour l'obliger à faire ce qu'il lui devait en cette occasion; et qu'en cas qu'il ne s'en acquittât pas, je ferais connaître à Sa Majesté qu'il n'y aurait au moins aucune faute de ma part. Je lui promis de me trouver au Palais, en mon particulier, avec tous mes amis et de m'y conduire d'une manière qui la satisferait. Je lui fis agréer même que si je ne pouvais obliger Monsieur à se déclarer pour elle, je fisse ce qui serait en moi pour le persuader d'aller au moins pour quelques jours à Limours, sous le prétexte d'y faire quelques remèdes[1], ce qui ferait voir au Parlement et au public qu'il n'approuvait pas la conduite de Monsieur le Prince.

Toutes ces ouvertures plurent infiniment à la Reine,

et elle eut hâte de m'envoyer cheux Monsieur, que je trouvai couché avec Madame. Je les fis éveiller et je leur rendis compte de ma légation. Monsieur, cheux qui Monsieur le Prince était allé descendre en arrivant, avait pris de lui-même l'expédient que j'étais résolu de lui proposer, et il avait répondu à Monsieur le Prince, qui le pressait de se trouver au Palais, qu'il lui était impossible, et qu'il se trouvait si mal qu'il était obligé d'aller prendre l'air, pour quelques jours, à Limours. Je fis une sottise notable en cette occasion ; car, au lieu de faire valoir ce voyage à la Reine, comme la suite de ce que je lui avais proposé à elle-même, je lui mandai simplement par Bertet, qui m'attendait au bout de la rue de Tournon, que je l'avais trouvé résolu. Comme les petits esprits ne tiennent jamais pour naturel rien de ce que l'art peut produire, la Reine ne put s'imaginer que cette résolution de Monsieur se fût rencontrée par un pur hasard si justement avec ce que je lui en avais dit à elle-même au Palais-Royal. Elle retomba dans ses soupçons que je ne fusse de toutes les démarches de Monsieur. Celles que je fis dans la suite lui donnèrent du regret de cette injustice, à ce qu'elle m'avoua elle-même.

La première fut que je me trouvai, dès le lendemain lundi 24 de juillet, au Palais, avec bon nombre de noblesse et de gros bourgeois. Monsieur le Prince entra dans la Grande Chambre et il demanda l'assemblée de la Compagnie. Le premier président la refusa sans balancer, en lui disant qu'il ne la lui pouvait accorder tant qu'il n'aurait pas vu le Roi. Il y eut sur cela beaucoup de paroles qui consumèrent le temps de la séance : l'on se leva et Monsieur le Prince retourna à Saint-Maur, d'où il envoya M. de Chavigni à Monsieur, lui faire des plaintes beaucoup plus fortes et même plus aigres que celles qu'il lui avait faites la veille ; car j'ai oublié de vous dire que lorsque Monsieur lui eut déclaré qu'il faisait état d'aller passer quelques jours à Limours, il n'avait pas témoigné en être beaucoup fâché. Je ne sais ce qui l'obligea à changer de sentiment ; mais je sais qu'il en changea, et qu'il fit presser, par Chavigni, Monsieur de revenir à Paris, à un point qu'il l'y obligea. Il m'envoya Joui, en montant en carrosse, pour me commander de dire à la Reine qu'elle verrait, par l'événement, que ce retour était pour son service.

Je m'acquittai fidèlement de ma commission ; mais comme Joui m'avait dit que Chavigni n'avait persuadé Monsieur que par la peur qu'il lui avait faite de Monsieur le Prince, j'appréhendai que la continuation de cette peur ne l'obligeât à expliquer, dans la suite, ce service qu'il promettait à la Reine, d'une manière qui ne lui fût pas agréable ; et je jugeai à propos, par cette raison, de l'assurer du mien beaucoup plus fortement et plus positivement que de celui de Monsieur. Elle le remarqua et elle y prit confiance, ce qui ne manque presque jamais à l'égard des offres qui font voir des effets prochains. C'est ce qu'elle dit à Monsieur, qui alla descendre cheux elle, à son retour à Paris, et qui le lui voulait faire valoir comme un effet de la passion qu'il avait de ménager et de modérer, ce disait-il, les emportements de Monsieur le Prince. Comme elle ne le put faire expliquer sur le détail de ce qu'il ferait, dans cette vue, au Parlement, le lendemain au matin, elle s'écria de son fausset et du plus aigre : « Toujours pour moi à l'avenir, toujours contre moi dans le présent. » Elle menaça ensuite, elle tonna après. Monsieur s'ébranla ; il ne se rassura pas à son logis, où il ne fut pas plus tôt arrivé que Madame lui dit tout ce que la fureur lui suggéra. Je ne contribuai pas à lui cacher les abîmes que Madame lui faisait voir ouverts. Celui dont M. de Chavigni lui avait fait le plus d'horreur était la haine du peuple, qu'il lui avait montrée comme inévitable, si il paraissait, le moins du monde, ne pas convenir avec Monsieur le Prince, dont tous les pas étaient directement contre le Cardinal.

Madame, qui n'ignorait pas la délicatesse ou plutôt la faiblesse qu'il avait sur cet article, dont on lui faisait des monstres à tout moment, lui proposa de faire en sorte que la Reine donnât de nouvelles assurances au Parlement et de la déclaration contre le Cardinal et de la durée pour toujours de l'éloignement des sous-ministres. Monsieur ajouta : « Et de la sûreté de Monsieur le Prince. » Madame, à qui il avait témoigné cent et cent fois qu'il n'appréhendait rien tant au monde que son retour, s'emporta à ce mot, et elle lui représenta qu'il semblait qu'il prît plaisir à agir incessamment et contre ses intérêts et contre ses vues. La conclusion fut qu'il était encore engagé pour cette fois ; qu'il en fallait sortir, et qu'après cette assemblée, à laquelle il n'avait pu refuser à Monsieur le Prince de se trouver, il irait infailliblement à Limours songer à sa santé ; et que ce serait à Monsieur le Prince à démêler ses affaires comme il lui plairait. Il ajouta que c'était aussi à la Reine, de son côté, à faire dire au Parlement ce qui le pouvait empêcher d'ajouter foi aux apparences favorables que la cour donnait, mille fois par jour, en faveur du Mazarin. Madame fit savoir, dès le soir, à la Reine, ce qui s'était passé entre elle, Monsieur et moi ; et le premier président, à qui elle envoya, sur l'heure, M. de Brienne, lui manda qu'il serait, en effet, très à propos qu'elle envoyât, le lendemain au matin, une lettre de cachet au Parlement, par laquelle elle lui ordonnât de l'aller trouver sur les onze heures par députés, et qu'elle lui fît dire en sa présence, par Monsieur le Chancelier, qu'elle croyait qu'ils dussent venir ces jours passés cheux Monsieur le Chancelier pour y travailler à la déclaration contre M. le cardinal Mazarin ; qu'elle ajoutât de sa bouche qu'elle avait mandé les députés pour rendre le Parlement dépositaire de la parole royale, qu'elle donnait à Monsieur le Prince, qu'il pouvait demeurer à Paris en toute sûreté ; qu'elle n'avait eu aucune pensée de le faire arrêter ; que les sieurs Servient, Le Tellier et Lionne étaient éloignés pour toujours et sans aucune espérance de retour. Voilà ce que Monsieur le Premier Président envoya à la Reine par écrit, en priant M. de Brienne de l'assurer que, moyennant une déclaration de cette nature, il obligerait Monsieur le Prince à se modérer. Il se servit de cette expression.

Le lendemain, qui fut le mercredi 26 de juillet, le Parlement s'assembla. Saintot, lieutenant des cérémonies, apporta la lettre de cachet dont je vous viens de parler. Monsieur le Premier Président alla au Palais-Royal avec deux conseillers de chaque chambre. Monsieur le Chancelier parla comme je vous ai marqué ; la Reine s'expliqua comme je viens de vous le dire. Monsieur s'en alla à Limours en disant qu'il n'en pouvait revenir que le lundi d'après ; et Monsieur le Prince, qui avait enrichi et augmenté de beaucoup sa livrée[1], au lieu de retourner à Saint-Maur, marcha, avec une nombreuse suite, et même avec beaucoup de pompe, à l'hôtel de Condé, où il logea.

Je suis assuré qu'il y a déjà quelque temps que vous me demandez le détail, ou plutôt le dedans, de ce qui se passait dans cette grande machine du parti de Monsieur le Prince, dont les mouvements vous ont, si je ne me trompe, paru assez singuliers, pour vous donner de la curiosité pour les ressorts qui la faisaient agir. Il m'est impossible de satisfaire, sur ce point, votre désir, et parce qu'une infinité de circonstances en est échappée à ma mémoire, et parce que je me souviens, en général, que la multitude d'intérêts différents qui en agitaient et le corps et les parties, en brouillait si fort, dans le temps même, toutes les espèces[2], que je n'y connaissais presque rien. Mme de Longueville, MM. de Bouillon, M. de Nemours, M. de La Rochefoucauld, M. de Chavigni formaient un chaos inexplicable d'intentions et d'intrigues, non pas seulement distinctes, mais opposées. Je sais bien que ceux mêmes qui étaient le plus engagés dans leur cause confessaient qu'ils n'en pouvaient démêler la confusion. Je sais bien que Viole donna, le dernier jour de ce mois de juillet dont il s'agit, à un de ses amis des plus intimes, des raisons du voyage que Mme de Longueville fit, le 28, à Mouron, et que Croissi, le 4 d'août, en donna d'autres, directement contraires, du même voyage à l'homme du monde qu'il eût voulu le moins tromper. Je rappelle dans ma mémoire vingt circonstances de cette nature, qui ne me donnent de lumière sur tout ce détail que celle dont j'ai besoin pour vous assurer que si j'entrais dans le particulier de tous les mouvements que Monsieur le Prince et ceux de son parti se donnèrent dans ces moments, je ne vous ferais, à proprement parler, qu'un crayon fort défectueux des conjectures que nous formions tous les matins à l'aventure et que nous condamnions tous les soirs à l'hasard[3].

Comme la Fronde était plus unie, je suis persuadé que ceux du parti qui lui était contraire en pouvaient raisonner plus juste. Je ne le suis pas moins qu'ils ne laisseraient pas de s'égarer souvent, si ils entreprenaient de suivre par un récit, avec exactitude, tous les pas qu'elle fit dans ces mouvements. Je vous rends un compte fidèle de ce que je sais certainement, et je crois qu'il est plus du respect et de la vérité que je vous dois de vous donner une histoire défectueuse que problématique. C'est par cette raison que je n'ai touché que fort légèrement ce qui se passa à Saint-Maur. L'on ferait des volumes de ce qui s'en disait en ce temps-là, et la seule résolution que Mme de Longueville y prit, de se retirer en Berri avec Madame la Princesse, eut autant de sens et d'interprétations différentes, qu'il y eut d'hommes et de femmes à qui il plut d'en raisonner. Je reviens à ce qui se passa au Parlement.

Je vous ai dit ci-dessus que M. le duc d'Orléans avait pris le parti de faire un second voyage à Limours. Monsieur le Prince, l'ayant su, vint cheux lui à dix heures du soir pour lui en faire sa plainte ; et il l'obligea de mander à Monsieur le Premier Président qu'il se trouverait, le lundi suivant, à l'assemblée des chambres. Comme il ne s'y était engagé que par faiblesse, et parce qu'il n'avait pas la force de dédire[1] en face Monsieur le Prince, il fit le malade le dimanche, et il envoya s'excuser pour le lundi. Monsieur le Prince fit trouver, le mardi au matin, quelques conseillers des Enquêtes dans la Grande Chambre, pour demander l'assemblée. Le premier président s'en excusa sur l'absence de Monsieur. L'on murmura, l'on affecta de grossir à Monsieur ce murmure. Chavigni lui représenta Monsieur le Prince dans toute sa pompe et tenant le pavé, avec une superbe livrée et une nombreuse suite. Monsieur crut qu'il se rendrait maître du peuple, s'il ne venait prendre sa part des crieries contre le Cardinal. Il apprit que, le dimanche au soir, les femmes avaient crié, dans la rue Saint-Honoré, à la portière du carrosse du Roi : « Point de Mazarin ! » Il sut que Monsieur le Prince avait trouvé le Roi dans le Cours, et qu'il était, pour le moins, aussi bien accompagné que lui[2] ; enfin il eut peur, il revint le mardi à Paris, et[3]

Le mercredi second jour d'août, au Palais, où je me trouvai avec tous mes amis et un très grand nombre de bons bourgeois, Monsieur le Premier Président y fit le rapport de tout ce qui s'était passé, le 26 du passé[1], au Palais-Royal, et il y exagéra beaucoup la bonté que la Reine avait eue de rendre le Parlement dépositaire de la parole qu'elle avait donnée pour la sûreté de Monsieur le Prince. Il lui demanda ensuite si il avait vu le Roi. Il répondit que non, qu'il n'y avait aucune sûreté pour lui, qu'il était averti, et de bon lieu, qu'il y avait eu depuis peu des conférences secrètes pour l'arrêter, qu'en temps et lieu il nommerait les auteurs de ces conseils. En prononçant cette dernière parole, il me regarda fièrement et d'une manière qui fit que tout le monde jeta en même temps les yeux sur moi. Monsieur le Prince reprit la parole, en disant que Ondedei devait arriver ce soir-là à Paris, et qu'il revenait de Brusle; que Bertet, Fouquet, Silhon, Brachet y faisaient des voyages continuels; que M. de Mercœur avait épousé, depuis peu de jours, la Mancini; que le maréchal d'Aumont avait ordre de tailler en pièces les régiments de Condé, de Conti et d'Enghien[2], et que cet ordre était l'unique cause qui les avait empêchés de joindre l'armée du Roi.

Après que Monsieur le Prince eut cessé de parler, Monsieur le Premier Président dit qu'il avait peine de le voir en cette place devant qu'il eût vu le Roi, et qu'il semblait qu'il voulût élever autel contre autel. Monsieur le Prince s'aigrit à ce mot, et marqua, en s'en justifiant, que ceux qui parlaient contre lui ne le faisaient que pour leur intérêt particulier. Le premier président repartit, avec fierté, qu'il n'en avait jamais eu, mais qu'il n'avait à rendre compte de ses actions qu'au Roi. Il exagéra ensuite le malheur où l'État pouvait tomber, par la division de la maison royale; et puis, en se tournant vers Monsieur le Prince, il lui dit d'un air pathétique: « Est-il possible, Monsieur, que vous n'ayez pas frémi vous-même d'une sainte horreur, en faisant réflexion sur ce qui se passa lundi dernier au Cours? » Monsieur le Prince répondit qu'il en avait été au désespoir, et que ce n'avait été que par rencontre, dans lequel il n'y avait point eu de sa faute, puisqu'il n'avait pas eu lieu de s'imaginer qu'il pût trouver le Roi au retour du bain, par un temps aussi froid que celui qu'il faisait.

Il y eut, à cet instant, deux malentendus qui faillirent

à changer la carte et à la tourner contre moi. Monsieur, qui entendit un grand applaudissement à ce que Monsieur le Prince venait de dire, parce que l'on trouva, dans la vérité, qu'il s'était très bien défendu sur ce dernier article, qui, de soi-même, n'était pas trop favorable, Monsieur, dis-je, ne distingua pas que l'applaudissement de la Compagnie n'allait qu'à ce point : il crut que le gros approuvait ce qu'il avait avancé du péril de sa personne. Il appréhenda d'être enveloppé dans ce soupçon, et il s'avança lui-même pour s'en tirer à dire qu'il était vrai que les défiances de Monsieur le Prince n'étaient pas sans fondement ; que le mariage de M. de Mercœur était véritable ; que l'on continuait d'avoir beaucoup de commerces avec le Mazarin. Le premier président, qui vit que Monsieur appuyait, en quelque manière, ce que Monsieur le Prince avait dit du péril où il était, dans le même discours par lequel il m'avait désigné, crut qu'il m'avait abandonné, et comme il était beaucoup mieux intentionné pour Monsieur le Prince que pour moi, quoiqu'il le fût mieux pour la cour que pour lui, il se tourna brusquement du côté gauche en disant : « Votre avis, Monsieur le Doyen », et en ne doutant pas que, dans une délibération dont la matière était la sûreté de Monsieur le Prince, il ne se trouvât beaucoup de voix qui me noteraient.

Je m'aperçus d'abord du dessein, qui m'embarrassa beaucoup, mais qui ne m'embarrassa pas longtemps, parce que je me ressouvins de ce que M. de Guise François fit dans ce même Parlement, quand M. le prince de Condé Louis y porta sa plainte contre ceux qui l'avaient porté sur le bord de l'échafaud dans le règne de François II[1]. Il dit à la Compagnie qu'il était tout prêt de se dépouiller de sa qualité de prince du sang, pour combattre ceux qui avaient été cause de sa prison ; et M. de Guise, qui était celui qu'il marquait, supplia le Parlement de faire agréer à Monsieur le Prince qu'il eût l'honneur de lui servir de second dans ce duel. Comme j'opinais justement après la Grande Chambre, j'eus le temps de faire cette réflexion, qui était d'autant meilleure que je jugeai bien que ce serait proprement à moi à ouvrir les avis, parce que ces bons vieillards n'en portent jamais qui signifient quelque chose, lorsque l'on les fait opiner sur un sujet sur lequel ils ne sont pas préparés. Je ne me trompai pas dans ma vue. Le doyen exhorta Monsieur le Prince à rendre ses devoirs au Roi ; Broussel harangua contre le Mazarin ; Champrond effleura un peu la matière, mais assez légèrement pour me laisser lieu de prétendre qu'elle n'avait pas été touchée, et pour dire, dans mon opinion, que je suppliais ces messieurs qui avaient parlé devant moi de me pardonner, si je m'étonnais de ce qu'ils n'avaient pas fait assez de réflexion, au moins à mon sens, sur l'importance de cette délibération ; que la sûreté de Monsieur le Prince faisait, dans la conjoncture présente, celle de l'État ; que les doutes qui paraissaient sur ce sujet donnaient des prétextes très fâcheux dans toutes leurs circonstances. Je conclus à donner commission au procureur général pour informer contre ceux qui auraient tenu des conseils secrets pour arrêter Monsieur le Prince. Il se mit le premier à rire en m'entendant parler ainsi ; presque toute la Compagnie en fit de même. Je continuai mon avis fort sérieusement, en ajoutant que j'étais, sur le reste, de celui de M. Champrond, qui allait à ce qu'il fût fait registre des paroles de la Reine ; que Monsieur le Prince fût prié par toute la Compagnie d'aller voir le Roi ; que M. de Mercœur fût mandé pour venir rendre compte, le lundi suivant, à la Compagnie, de son prétendu mariage ; que les arrêts rendus contre les domestiques du Cardinal fussent exécutés ; qu'Ondedei fût pris au corps, et que Bertet, Brachet, l'abbé Fouquet et Silhon seraient assignés par-devant MM. Broussel et Meusnier, pour répondre aux faits que le procureur général pourrait proposer contre eux.

Il passa à cela de toutes les voix. Monsieur le Prince, qui témoigna en être très satisfait, dit qu'il n'en fallait pas moins pour l'assurer. Monsieur le mena, dès l'après-dînée, cheux le Roi et cheux la Reine, desquels il fut reçu avec beaucoup de froideur ; et Monsieur le Premier Président dit le soir à M. de Turenne, de qui je l'ai su depuis, que si Monsieur le Prince avait su jouer la balle qu'il lui avait servie le matin, il avait quinze sur la partie contre moi[1]. Il est constant qu'il y eut deux ou trois moments, dans cette séance, où la plainte de Monsieur le Prince donna à la Compagnie et des impressions et des mouvements qui me firent peur : je changeai les uns et j'éludai les autres par le moyen que je viens de vous raconter, ce qui confirme ce que je vous ai déjà dit plus d'une fois, que tout peut dépendre d'un instant dans ces assemblées.

La Reine fut, sans comparaison, plus touchée de l'atteinte que l'on avait donnée au mariage de M. de Mercœur, qu'aux autres coups, et plus importants et plus essentiels, que l'on avait portés à son autorité. Elle me commanda de l'aller trouver ; elle me chargea de conjurer Monsieur, en son nom, d'empêcher que l'on ne poussât cette affaire. Elle lui en parla à lui-même les larmes aux yeux ; et elle marqua visiblement que ce qu'elle croyait être le plus personnel au Cardinal était ce qui était et ce qui serait toujours le plus sensible à elle-même. M. Le Tellier lui ôta cette fantaisie de l'esprit, en lui écrivant que c'était un bonheur que la faction s'amusât après cette bagatelle ; qu'elle en devait avoir de la joie, et d'autant plus qu'il serait très volontiers caution que ces mouvements ne serait[1] qu'un feu de paille, qui passerait en quatre jours et qui tournerait en ridicule, parce que, dans le fonds, l'on ne pourrait rien faire de solide contre le mariage. La Reine comprit enfin cette vérité, quoique avec peine, et elle consentit que M. de Mercœur vînt au Palais.

Le lundi 7 d'août. Ce qui s'y passa sur cette affaire, ce jour-là et le suivant, est de si peu de conséquence qu'il ne mérite pas votre attention. Je me contenterai de vous dire que M. de Mercœur répondit d'abord comme aurait fait Jean Doucet[2], dont il avait effectivement toutes les manières, et qu'à force d'être harcelé, il s'échauffa si bien qu'il embarrassa cruellement Monsieur et Monsieur le Prince, en soutenant au premier qu'il l'avait sollicité de ce mariage trois mois durant, et au second qu'il y avait consenti positivement et expressément. La plus grande partie de ces deux séances se passa en dénégations et en explications, et dans la fin de la dernière, l'on lut la déclaration contre M. le cardinal Mazarin, qui fut renvoyée à Monsieur le Chancelier, parce que l'on n'y avait pas inséré, et que le Cardinal avait empêché la paix de Munster, et qu'il avait fait faire au Roi le voyage et le siège de Bordeaux contre l'avis de M. le duc d'Orléans. L'on voulut aussi qu'elle portât que l'une des causes pour laquelle il avait fait arrêter Monsieur le Prince était le refus qu'il avait fait de consentir au mariage de M. de Mercœur avec Mlle Mancini.

La Reine, outrée de la continuation de la conduite de Monsieur le Prince, qui marchait dans Paris avec une suite plus grande et plus magnifique que celle du Roi[1] et que celle de Monsieur, en qui elle trouvait un changement continuel, la Reine, dis-je, presque au désespoir, se résolut de jouer à quitte ou à double. M. de Chasteauneuf flatta en cela son inclination. Elle y fut confirmée par une dépêche de Brusle, laquelle jetait feu et flamme. Elle dit clairement à Monsieur qu'elle ne pouvait plus demeurer en l'état où elle était; qu'elle lui demandait une déclaration positive ou pour ou contre elle. Elle me somma, en sa présence, de lui tenir la parole que je lui avais donnée de ne point balancer à éclater contre Monsieur le Prince, si il continuait à agir comme il avait commencé. Monsieur, voyant que je ne hésitais pas à prendre ce parti, auquel il avait trouvé bon lui-même que je me fusse engagé, s'en fit honneur auprès de la Reine, et il crut la payer par ce moyen de ce qu'il ne la payait pas de sa personne, qu'il n'aimait pas naturellement à exposer. Il lui trouva une douzaine de raisons pour lui faire agréer qu'il ne se trouvât plus au Parlement. Il lui insinua que ma présence, qui y entraînerait la meilleure partie de sa maison, ferait assez connaître et à la Compagnie et au public sa pente et ses intentions. La Reine se consola assez aisément de son absence, quoiqu'elle fît semblant d'en être très fâchée. Elle connut, en cette occasion, sans en pouvoir douter, que j'agissais sincèrement pour son service. Elle vit clairement que je ne balançais à rien de ce que je lui avais promis. Ce fut en cet endroit où elle eut la bonté de me parler de la manière qu'il me semble que je vous ai tantôt touchée. Elle s'abaissa, mais sans feintise et du bon du cœur, jusques à me faire des excuses des défiances qu'elle avait eues de ma conduite et de l'injustice qu'elle m'avait faite (ce fut son terme).

Elle voulut que je conférasse avec M. de Châteauneuf de la proposition qu'il lui avait faite de ne pas demeurer toujours sur la défensive, comme elle avait fait jusques là, et d'attaquer Monsieur le Prince dans le Parlement.

Je vous rendrai compte de la suite de cette proposition, après que je vous aurai expliqué la raison qui porta la Reine à prendre en moi beaucoup plus de confiance qu'elle n'y en avait eu jusque-là. Les incertitudes de Monsieur l'avaient si fort effarouchée qu'elle ne savait quelquefois à qui s'en prendre; et les sous-ministres, qui entretenaient toujours un fort grand commerce avec elle, à la réserve de Lionne, qu'elle haïssait mortellement, n'oubliaient rien pour lui mettre dans l'esprit que Monsieur ne faisait, dans le fonds, quoi que ce soit que par mes mouvements. Elle en remarqua quelques-uns de si irréguliers et même si opposés à mes maximes, qu'elle ne me les put attribuer; et je sais qu'elle écrivit un jour à Servient, à ce propos: « Je ne suis point la dupe du coadjuteur; mais je serais la vôtre si je croyais ce que vous m'en mandez aujourd'hui. » Bertet m'a dit qu'il était présent quand elle écrivit ce billet: il ne se ressouvenait pas précisément sur quel sujet. Quand sa patience fut à bout, et qu'elle se fut résolue, et par les conseils de M. de Chasteauneuf et par la permission qu'elle en reçut de Brusle, de pousser Monsieur le Prince, elle fut ravie d'avoir lieu de se pouvoir fier à moi pour l'y servir. Elle chercha ce lieu avec plus d'application qu'elle n'avait fait, et en voici une marque. Elle mena Madame aux carmélites, avec elle, un jour de quelque solennité de leur ordre; elle la prit au sortir de la communion, elle lui fit faire serment de lui dire la vérité de ce qu'elle lui demanderait, et ce qu'elle lui demanda fut si je la servais fidèlement auprès de Monsieur. Madame lui répondit, sans aucun scrupule, qu'en tout ce qui ne regardait pas le rétablissement de Monsieur le Cardinal, je la servais, non pas seulement avec fidélité, mais avec ardeur. La Reine, qui connaissait et qui estimait la véritable piété de Madame, ajouta foi à son témoignage, et à son témoignage rendu dans cette circonstance.

Il se trouva, par bonheur, que, dès le lendemain, j'eus occasion de m'expliquer à la Reine devant Monsieur : ce que je fis sans balancer et d'une manière qui lui plut ; et ce qui la toucha encore plus que tout cela fut que Monsieur, qui n'avait pas paru jusques à ce moment bien ferme à tenir ce qu'il avait promis, en de certaines occasions, à la Reine, ne lui manqua point en celle-ci, au moins si pleinement que les autres fois. Il ne fut pas au pouvoir de Monsieur le Prince de le mener au Palais, quoiqu'il y employât tous ses efforts ; et la Reine attribua à mon industrie ce que je croyais, dès ce temps-là, et ce que j'ai toujours cru depuis n'avoir été que l'effet de l'appréhension qu'il eut de se trouver dans une mêlée qu'il avait sujet de croire pouvoir être proche, et par l'emportement où il voyait la Reine, et par le nouvel engagement que je venais de prendre avec elle. Je reviens à la conférence que j'eus avec M. de Chasteauneuf par le commandement de la Reine.

Je l'allai trouver à Montrouge avec M. le président de Bellièvre, qui avait écrit sous lui le mémoire qu'il avait proposé à la Reine d'envoyer au Parlement, et dont il est vrai que les caractères paraissaient avoir beaucoup moins d'encre que de fiel. M. de Chasteauneuf, qui n'avait que quelques semaines à attendre pour se voir à la tête du Conseil, comme je vous l'ai dit ci-dessus, joignait, en ce rencontre, à sa bile, et à son humeur très violente, une grande frayeur que Monsieur le Prince ne se raccommodât à la cour et ne troublât son nouvel emploi. Je crois que cette considération avait encore aigri son style. Je lui en dis ma pensée avec liberté. Le président de Bellièvre m'appuya : il en adoucit quelques termes, il y laissa toute la substance. Je le rapportai à la Reine, qui le trouva trop doux. Elle l'envoya par moi à Monsieur, qui le trouva trop fort. Monsieur le Premier Président, à qui elle le communiqua par le canal de M. de Brienne, y trouva trop de vinaigre ; mais il y mit du sel, ce fut l'expression dont il se servit en le rendant à M. de Brienne, après l'avoir gardé un demi-jour. Voici le précis de ce qu'il contenait : le reproche de toutes les grâces que la maison de Condé avait reçues de la cour ; la plainte de la manière dont Monsieur le Prince s'était conduit depuis sa liberté ; la spécification de cette manière, les cabales dans les provinces, le renfort des garnisons qui étaient dans ses places ; la retraite de Madame la Princesse et de Mme de Longueville à Mouron ; les Espagnols dans Stenai ; ses intelligences avec l'archiduc ; la séparation de ses troupes de celles du Roi. Le commencement de cet écrit était orné d'une protestation solennelle de ne jamais rappeler le cardinal Mazarin ; et la fin, d'une exhortation aux compagnies souveraines et à l'Hôtel de Ville de Paris à se maintenir dans la fidélité.

Le jeudi 17 jour d'août, sur les dix heures du matin, cet écrit fut lu en présence du Roi et de la Reine et de tous les grands qui étaient à la cour, à Messieurs du Parlement, qui avaient été mandés par députés au Palais-Royal ; et l'après-dînée, la même cérémonie se fit au même lieu à l'égard de la Chambre des comptes, de la Cour des aides et du prévôt des marchands[1].

Le vendredi 18, Monsieur le Prince, fort accompagné, se trouva à l'assemblée des chambres, qui se faisait pour la réception d'un conseiller. Il dit à la Compagnie qu'il la venait supplier de lui faire justice des impostures dont on l'avait noirci dans l'esprit de la Reine ; que si il était coupable, il se soumettait à être puni ; que si il était innocent, il demandait le châtiment de ses calomniateurs ; que comme il avait impatience de se justifier, il priait la Compagnie de députer, sans délai, vers M. le duc d'Orléans, pour l'inviter de venir prendre sa place. Monsieur le Prince crut que Monsieur ne pourrait pas tenir contre une semonce du Parlement : il se trompa, et Mainardeau et Doujat, que l'on y envoya sur l'heure, rapportèrent, pour toute réponse, qu'il avait été saigné et qu'il ne savait pas même quand sa santé lui permettrait d'assister à la délibération. Monsieur le Prince alla cheux lui au sortir du Palais. Il lui parla avec une hauteur respectueuse, qui ne laissa pas de faire peur à Monsieur, qui n'appréhendait rien tant au monde que d'être compris dans les éclats de Monsieur le Prince, comme fauteur couvert du Mazarin. Il laissa espérer à Monsieur le Prince qu'il pourrait se trouver, le lendemain, à l'assemblée des chambres. Je m'en doutai à midi, sus une parole que Monsieur laissa échapper. Je l'obligeai à changer de résolution, en lui faisant voir qu'il ne fallait plus après cela de ménagement avec la Reine, et encore plus en lui insinuant, sans affectation, le péril de la commise[1] et du choc, qui, dans la conjoncture, était comme inévitable.

Cette idée lui saisit si fortement l'imagination, que Monsieur le Prince et M. de Chavigni, qui le relayèrent tout le soir, ne le purent obliger à se rendre aux instances qu'ils lui firent de se trouver le lendemain au Palais. Il est vrai que, sur les onze heures, Goulas, à force de le tourmenter, lui fit signer un billet par lequel Monsieur déclarait qu'il n'avait point approuvé l'écrit que la Reine avait fait lire aux compagnies souveraines contre Monsieur le Prince, particulièrement en ce qu'il l'accusait d'intelligence avec Espagne. Ce même billet justifiait, en quelque façon, Monsieur le Prince de ce que les Espagnols étaient encore dans Stenai, et de ce que les troupes de Monsieur le Prince n'avaient pas joint l'armée du Roi. Monsieur le signa, en se persuadant à lui-même qu'il ne signait rien, et il dit, le lendemain, à la Reine qu'il fallait bien contenter d'une bagatelle Monsieur le Prince, dans une occasion où il était même de son service qu'il ne rompît pas tout à fait avec lui, pour se tenir en état de travailler à l'accommodement lorsqu'elle croirait en avoir besoin. La Reine, qui était très satisfaite de ce qui se venait de passer le matin du jour dont Monsieur lui fit ce discours l'après-dînée, le voulut bien prendre pour bon, et il me parut effectivement, le soir, que cet écrit de Monsieur ne l'avait point touchée. Je n'ai pourtant guère vu d'occasion où elle en eût, ce me semble, plus de sujet. Mais ce ne fut pas la première fois de ma vie où je remarquai que l'on a une grande pente à ne se point aigrir dans les bons événements. Voici celui que l'assemblée des chambres, du samedi 19, produisit.

Monsieur le Premier Président ayant fait la relation de ce qui s'était passé au Palais-Royal le 17, et fait faire la lecture de l'écrit que la Reine avait donné aux députés, Monsieur le Prince prit la parole, en disant qu'il était porteur d'un papier de M. le duc d'Orléans qui contenait sa justification ; il ajouta quelques paroles tendant au même effet ; et, en concluant qu'il serait très obligé à la Compagnie si elle voulait supplier la Reine de nommer ses accusateurs, il mit sur le bureau le billet de Monsieur et un autre écrit, beaucoup plus ample, signé de lui-même. Cet écrit était une réponse fort belle à celui de la Reine. Il marquait sagement et modestement les services de feu Monsieur le Prince et les siens. Il faisait voir que ses établissements n'étaient pas à comparer à ceux du Cardinal. Il parlait de son instance contre les sous-ministres, comme d'une suite très naturelle et très nécessaire de l'éloignement de M. le cardinal Mazarin. Il répondait, à ce que l'on lui avait objecté de la retraite de madame sa femme et de madame sa sœur en Berri, que la seconde était dans les carmélites de Bourges et que la première demeurait en celle de ses maisons qui lui avait été ordonnée pour séjour dans le temps de sa prison[1]. Il soutenait qu'il n'avait tenu qu'à la Reine et que les Espagnols fussent sortis de Stenai, et que les troupes qui étaient sous son nom eussent joint l'armée du Roi ; et il alléguait pour témoin de cette vérité M. le duc d'Orléans. Il demandait justice contre ses calomniateurs ; et, sur ce que la Reine lui avait reproché qu'il l'avait comme forcée au changement du Conseil qui avait paru aussitôt après sa liberté, il répondait qu'il n'avait eu aucune part à cette mutation, que l'obstacle qu'il avait apporté à la proposition que Monsieur le Coadjuteur et M. de Montrésor avaient faite de faire prendre les armes au peuple et d'ôter de force les Sceaux à Monsieur le Premier Président.

Aussitôt que l'on eut achevé la lecture de ces deux écrits, Monsieur le Prince dit qu'il ne doutait pas que je ne fusse l'auteur de celui qui avait été fait contre lui, et que c'était un ouvrage digne d'un homme qui avait donné un conseil aussi violent que celui d'armer Paris et d'arracher les Sceaux de force à celui à qui le Roi les avait confiés. Je répondis à Monsieur le Prince que je croirais manquer au respect que je devais à Monsieur si je disais seulement un mot pour me justifier d'une action qui s'était passée en sa présence. Monsieur le Prince ayant reparti que MM. de Beaufort et de La Rochefoucauld, qui étaient présents, pouvaient rendre témoignage de la vérité qu'il avançait, je lui dis que je le suppliais très humblement de me permettre, par la raison que je venais d'alléguer, de ne reconnaître personne que Monsieur pour témoin, et pour juge de ma conduite; mais qu'en attendant, je pouvais assurer la Compagnie que je n'avais rien fait ni rien dit, en ce rencontre, qui ne fût d'un homme de bien, et que surtout personne ne me pouvait ôter ni l'honneur ni la satisfaction de n'avoir jamais été accusé d'avoir manqué à ma parole.

Ces derniers mots ne furent rien moins que sages. Ils font, à mon sens, une des grandes imprudences que j'aie jamais faites. Monsieur le Prince, quoique animé par M. le prince de Conti, qui le poussa, ce qui fut remarqué de tout le monde, comme pour le presser de s'en ressentir, ne s'emporta point : ce qui ne peut être en lui qu'un effet de la grandeur de son courage et de son âme. Quoique je fusse, ce jour-là, fort accompagné, il était sans comparaison plus fort que moi ; et il est constant que si l'on eût tiré l'épée dans ce moment, il eût eu incontestablement tout l'avantage. Il eut la modération de ne le pas faire ; je n'eus pas celle de lui en avoir obligation. Comme je payai de bonne mine et que mes amis payèrent d'une grande audace, je ne remerciai du succès que ceux qui m'y avaient assisté, et je ne songeai qu'à me préparer à me trouver, le lendemain, au Palais, en meilleur état. La Reine fut transportée de joie de voir que Monsieur le Prince avait trouvé des gens qui lui pussent disputer le pavé. Elle sentit jusques à la tendresse l'injustice qu'elle m'avait faite quand elle m'avait soupçonné de concert avec lui. Elle me dit tout ce que sa colère contre son parti lui put inspirer de plus tendre pour un homme qui faisait au moins ce qu'il pouvait pour lui en rompre les mesures[1]. Elle ordonna au maréchal d'Albret de commander trente gensdarmes pour se poster où je le désirerais. M. le maréchal de Schomberg eut le même ordre pour autant de chevau-légers. Pradelle[2] m'envoya le chevalier de Rarai, capitaine aux gardes et qui était mon ami particulier, avec quarante hommes choisis entre les sergents et les plus braves soldats du régiment. Anneri, avec la noblesse du Vexin, ne fut pas oublié. MM. de Noirmoutier, de Fosseuse, de Chasteaubriant, de Barradas, de Chas-

teauregnaud, de Montauban, de Sainte-Maure[1], de
Saint-Auban, de Laigue, de Montaigu, de Lamet,
d'Argenteuil, de Quérieux, et le chevalier d'Humières,
se partagèrent et les hommes et les postes. Quérin,
Brigalier et L'Espinai, officiers dans les colonelles
de la ville, donnèrent des rendez-vous à un très grand
nombre de bons bourgeois, qui avaient tous des pistolets et des poignards sous le manteau. Comme j'avais
l'habitude avec les buvetiers, je fis couler, dès le soir,
dans les buvettes, quantité de gens à moi, par lesquelles la salle du Palais se trouvait ainsi, même sans
que l'on s'en aperçût, presque investie de toutes parts.
Comme j'avais résolu de poster le gros de mes amis à
la main gauche de la salle, en y entrant par les grands
degrés, j'avais mis dans une des chambres des consignations trente des gentilshommes du Vexin, qui
devaient, en cas de combat, prendre en flanc et par-derrière le parti de Monsieur le Prince. Les armoires
de la buvette de la quatrième, qui répondait dans la
Grande Chambre, étaient pleine de grenades; enfin
il est vrai que toutes mes mesures étaient si bien
prises, et par le dedans du Palais et par le dehors, où
le pont Notre-Dame et le pont Saint-Michel, qui
étaient passionnés pour moi, ne faisaient qu'attendre
le signal, que, selon toutes les apparences du monde,
je ne devais pas être battu. Monsieur, qui tremblait
de frayeur, quoiqu'il fût fort à couvert dans sa maison,
voulut, selon sa louable coutume, se ménager, à tout
événement, des deux côtés. Il agréa que Rarai, Beloi,
Valon, qui étaient à lui, suivissent Monsieur le
Prince, et que le vicomte d'Autel, le marquis de
Sablonnières et celui de Genlis, qui étaient aussi ses
domestique, vinssent avec moi. L'on eut tout le
dimanche, de part et d'autre, pour se préparer.

Le lundi 21 d'août, tous les serviteurs de Monsieur
le Prince se trouvèrent, à sept heures du matin, cheux
lui, et mes amis se trouvèrent cheux moi, entre cinq
et six. Il arriva, comme je montais en carrosse, une
bagatelle qui ne mérite de vous être rapportée que
parce qu'il est bon d'égayer quelquefois le sérieux par
le ridicule. Le marquis de Rouillac, fameux par son
extravagance, qui était accompagnée de beaucoup de
valeur, se vint offrir à moi; le marquis de Canillac,

homme du même caractère, y vint dans le même moment. Dès qu'il eut vu Rouillac, il me fit une grande révérence, mais en arrière, et en me disant : « Je venais, Monsieur, pour vous assurer de mon service ; mais il n'est pas juste que les deux plus grands fous du royaume soient du même parti : je m'en vas à l'hôtel de Condé. » Et vous remarquerez, si il vous plaît, qu'il y alla.

J'arrivai au Palais un quart d'heure auparavant Monsieur le Prince, qui y vint extrêmement accompagné. Je crois toutefois qu'il n'avait pas tant [de] gens que moi ; mais il avait, sans comparaison, plus de personnes de qualité, comme il était et naturel et juste. Je n'avais pas voulu que ceux qui étaient attachés à la cour et qui fussent venus de bon cœur avec moi pour la faire à la Reine s'y trouvassent, de peur qu'ils ne me donnassent quelque teinture ou plutôt quelque apparence de mazarinisme : de sorte qu'à la réserve de trois ou quatre, qui, quoique attachés à la Reine, passaient pour être mes amis en leur particulier, je n'avais auprès de moi que la noblesse frondeuse, qui n'approchait pas en nombre celle qui suivait Monsieur le Prince. Ce désavantage était, à mon opinion, plus que suffisamment récompensé et par le pouvoir que j'avais assurément beaucoup plus grand parmi le peuple, et par les postes dont je m'étais assuré. Chasteaubriant, qui était demeuré dans les rues pour observer la marche de Monsieur le Prince, m'étant venu dire, en présence de beaucoup de gens, que Monsieur le Prince serait dans un demi-quart d'heure au Palais, qu'il avait pour le moins autant de monde que nous, mais que nous avions pris nos postes, ce qui nous était d'un grand avantage, je lui répondis : « Il n'y a certainement que la salle du Palais où nous les sussions mieux prendre que Monsieur le Prince. » Je sentis dans moi-même, en disant cette parole, qu'elle échappait d'un mouvement de honte que j'avais de souffrir une comparaison d'un prince de la naissance et de la valeur de Monsieur le Prince avec moi. Ma réflexion ne démentit point mon mouvement. J'eusse fait plus sagement si je l'eusse conservée plus longtemps, comme vous l'allez voir.

Comme Monsieur le Prince eut pris sa place, il dit à la Compagnie qu'il ne pouvait assez s'étonner de l'état où il trouvait le Palais ; qu'il paraissait plutôt un camp qu'un temple de justice ; qu'il y avait des postes pris, des gens commandés, des mots de ralliement[1], et qu'il ne concevait pas qu'il se pût trouver dans le royaume des gens assez insolents pour prétendre de lui disputer le pavé. Il répéta deux fois cette dernière parole. Je lui fis une profonde révérence, et je lui dis que je suppliais très humblement Son Altesse de me pardonner si je lui disais que je ne croyais pas qu'il y eût personne dans le royaume qui fût assez insolent pour prétendre de lui disputer le haut du pavé, mais que j'étais persuadé qu'il y en avait qui ne pouvaient et ne devaient, par leur dignité, quitter le pavé qu'au Roi. Monsieur le Prince me repartit qu'il me le ferait bien quitter. Je lui répondis qu'il ne serait pas aisé. La cohue s'éleva à cet instant. Les jeunes conseillers de l'un et de l'autre parti s'intéressèrent dans ce commencement de contestation, qui commençait, comme vous voyez, assez aigrement. Les présidents se jetèrent entre Monsieur le Prince et moi ; ils le conjurèrent d'avoir égard au temple de la justice et à la conservation de la ville. Ils le supplièrent d'agréer que l'on fît sortir de la salle tout ce qu'il y avait de noblesse et de gens armés. Il le trouva bon, et il pria même M. de La Rochefoucauld de l'aller dire, de sa part, à ses amis : ce fut le terme dont il se servit. Il fut beau et modeste dans sa bouche ; il n'y eut que l'événement qui empêcha qu'il ne fût ridicule dans la mienne. Il ne l'en est pas moins dans ma pensée, et j'ai encore regret de ce qu'il dépara la première réponse que j'avais faite à Monsieur le Prince, touchant le pavé, qui était juste et raisonnable. Comme il eut prié M. de La Rochefoucauld d'aller faire sortir ses amis, je me levai en disant très imprudemment : « Je vas prier les miens de se retirer. » Le jeune d'Avaux, que vous voyez présentement le président de Mesme[2], et qui était, en ce temps-là, dans les intérêts de Monsieur le Prince, me dit : « Vous êtes donc armé ? — Qui en doute ? » lui répondis-je. Et voilà ma seconde sottise en un demi-quart d'heure. Il n'est jamais permis à un inférieur de s'égaler en parole à celui à qui il doit du respect, quoiqu'il s'y égale dans l'action ; et il l'est aussi peu à un ecclésiastique de confesser qu'il est armé, même quand il l'est. Il y a des matières sur lesquelles il est constant que le monde veut être trompé. Les occasions justifient assez souvent, à l'égard de la réputation publique, les hommes de ce qu'ils font contre leur profession : je n'en ai jamais vu qui les justifient de ce qu'ils disent qui y soit contraire.

Comme je sortais de la Grande Chambre, je rencontrai, dans le parquet des huissiers, M. de La Rochefoucauld, qui rentrait. Je n'y fis point de réflexion, et j'allai dans la salle pour prier mes amis de se retirer. Je revins après le leur avoir dit ; et comme je mis le pied sur la porte du parquet, j'entendis une fort grande rumeur, dans la salle, de gens qui criaient : « Aux armes ! » Je me voulus retourner pour voir ce que c'était ; mais je n'en eus pas le temps, parce que je me sentis le cou pris entre les deux battants de la porte, que M. de La Rochefoucauld avait fermée sur moi, en criant à MM. de Coligni et de Ricousse de me tuer. Le premier se contenta de ne le pas croire ; le second lui dit qu'il n'en avait point d'ordre de Monsieur le Prince. Montrésor, qui était dans le parquet des huissiers, avec un garçon de Paris appelé Noblet, qui m'était affectionné, soutenait un peu un des battants, qui ne laissait pas de me presser extrêmement. M. de Champlâtreux, qui était accouru au bruit qui se faisait dans la salle, me voyant en cette extrémité, poussa avec vigueur M. de La Rochefoucauld : il lui dit que c'était une honte et une horreur qu'un assassinat de cette nature ; il ouvrit la porte et il me fit entrer[1]. Ce péril ne fut pas le plus grand de ceux que je courus en cette occasion, comme vous l'allez voir, après que je vous aurai dit ce qui la fit naître et cesser.

Deux ou trois criailleurs de la lie du peuple, du parti de Monsieur le Prince, qui n'étaient arrivés dans la salle que comme j'en ressortais, s'avisèrent de crier en me voyant de loin : « Au mazarin ! » Beaucoup de gens du même parti, et Chavagnac entre autres, m'ayant fait civilité lorsque je passai, et m'ayant témoigné joie de l'adoucissement qui commençait à paraître, deux gardes de Monsieur le Prince, qui étaient aussi fort éloignés, mirent l'épée à la main. Ceux qui étaient les plus proches de ces deux premiers crièrent : «Aux armes !» Chacun les prit. Mes amis mirent l'épée et le poignard à la main ; et, par une merveille qui n'a peut-être jamais eu d'exemple, ces épées, ces poignards et ces pistolets demeurèrent un moment sans action ; et, dans ce moment, Crenan, qui commandait la compagnie de gensdarmes de M. le prince de Conti, mais qui était aussi de mes anciens amis, et qui se trouva, par bonheur, en présence avec Laigue, avec lequel il avait logé dix ans durant, lui dit : «Que faisons-nous ? Nous allons faire égorger Monsieur le Prince et Monsieur le Coadjuteur. *Schelme*[1] qui ne remettra l'épée dans le fourreau !» Cette parole, proférée par un des hommes du monde dont la réputation pour la valeur était la plus établie, fit que tout le monde, sans exception, suivit son exemple. Cet événement est peut-être l'un des plus extraordinaires qui soit arrivé dans notre siècle.

La présence d'esprit et de cœur d'Argenteuil ne l'est guère moins. Il se trouva, par hasard, fort près de moi quand je fus pris par le cou dans la porte et il eut assez de sang-froid pour remarquer que Pesche, un fameux séditieux du parti de Monsieur le Prince, me cherchait des yeux, le poignard à la main, en disant : «Où est le coadjuteur ?» Argenteuil, qui se trouva, par bonheur, près de moi, parce qu'il s'était avancé pour parler à quelqu'un, qu'il connaissait, du parti de Monsieur le Prince, jugea qu'au lieu de revenir à son gros et de tirer l'épée, ce que tout homme médiocrement vaillant eût fait en cette occasion, il ferait mieux d'observer et d'amuser Pesche, qui n'avait qu'à faire un demi-tour à gauche pour me donner du poignard dans les reins. Il exécuta si adroitement cette pensée, qu'en raisonnant avec lui et en me couvrant de son long manteau de deuil, il me sauva la vie[2], qui était d'autant plus en péril, que mes amis, qui me croyaient rentré dans la Grande Chambre, ne songeaient qu'à pousser ceux qui étaient devant eux.

Vous vous étonnerez, sans doute, de ce qu'ayant pris si bien mes précautions partout ailleurs, je n'avais pas garni de mes amis et le parquet des huissiers et les lanternes ; mais votre étonnement cessera, quand je vous aurai dit que j'y avais fait toute la réflexion nécessaire et que j'avais bien prévu les inconvénients de ce manquement, mais que je n'y avais pas trouvé de remède, parce que le seul qui s'y pouvait apporter, qui était de les remplir de gens affidés, était impraticable, ou du moins n'était praticable qu'en s'attirant d'autres inconvénients encore plus grands. Presque tout ce que j'avais de gens de qualité auprès de moi avait son emploi, et son emploi nécessaire, dans les différents postes qu'il était de nécessité d'occuper. Il n'y eût rien eu de si odieux que de mettre des gens, ou du peuple ou du bas étage, dans ces sortes de lieux, où l'on ne laisse entrer, dans l'ordre, que des personnes de condition. Si l'on les eût vus occupés par des gens de moindre étoffe[1], au préjudice d'une infinité de noms illustres que Monsieur le Prince avait avec lui, les indifférents du Parlement se fussent prévenus infailliblement contre un spectacle de cette nature. Il m'était important de laisser à ma conduite tout l'air de défensive ; et je préférai cet avantage à celui d'une plus grande sûreté. Il faillit à[2] m'en coûter cher ; car, outre l'aventure de la porte, de laquelle je viens de vous entretenir, Monsieur le Prince, avec lequel j'ai parlé depuis, fort souvent, de cette journée, m'a dit qu'il avait fait son compte sur cette circonstance, et que si le bruit de la salle eût duré encore un moment, il me sautait à la gorge pour me rendre responsable de tout le reste. Il le pouvait, ayant assurément dans les lanternes beaucoup plus de monde que moi ; mais je suis persuadé que la suite eût été très funeste aux deux partis, et qu'il eût eu lui-même grand peine de s'en tirer. Je reprends la suite de mon récit.

Aussitôt que je fus rentré dans la Grande Chambre, je dis à Monsieur le Premier Président que je devais la vie à son fils, qui fit effectivement, en cette occasion, tout ce que la générosité la plus haute peut produire. Il était, en tout ce qui n'était pas contraire à la conduite et aux maximes de monsieur son père, attaché jusques à la passion à Monsieur le Prince. Il était très persuadé, quoique à tort, que j'avais eu part dans les séditions qui s'étaient vingt fois élevées contre monsieur son père, dans le cours du siège de Paris ; rien ne l'obligeait d'en prendre davantage au péril où j'étais que la plupart de Messieurs du Parlement, qui demeuraient fort paisiblement dans leurs places ; il s'intéressa à ma conservation jusques au point de s'être commis lui-même avec le parti, qui, au moins en cet endroit, était le plus fort. Il y a peu d'actions plus belles, et j'en conserverai avec tendresse la mémoire jusque dans le tombeau. J'en témoignai publiquement ma reconnaissance à Monsieur le Premier Président, en rentrant dans la Grande Chambre, et j'ajoutai que M. de La Rochefoucauld avait fait tout ce qui avait été en lui pour me faire assassiner. Il me répondit ces propres paroles : « Traître, je me soucie peu de ce que tu deviennes. » Je lui repartis ces propres mots : « Tout beau, notre ami la Franchise (nous lui avions donné ce quolibet dans notre parti), vous êtes un poltron (je mentais, car il est assurément fort brave), et je suis un prêtre : le duel nous est défendu. » M. de Brissac, qui était immédiatement au-dessus de lui, le menaça de coups de bâton ; il menaça M. de Brissac de coups d'éperon. Messieurs les Présidents, qui crurent, et avec raison, que ces dits et redits étaient un commencement de querelle qui allait passer au-delà des paroles, se jetèrent entre nous.

Monsieur le Premier Président, qui avait mandé un peu auparavant les gens du Roi, se joignit à eux, et pour conjurer pathétiquement Monsieur le Prince, par le sang de saint Louis, de ne point souffrir que le temple qu'il avait donné à la conservation de la paix et à la protection de la justice, fût ensanglanté, et pour m'exhorter, par mon sacre, à ne pas contribuer au massacre du peuple que Dieu m'avait commis. Monsieur le Prince agréa que deux de Messieurs allassent dans la Grande Salle faire sortir ses serviteurs, par le degré de la Sainte-Chapelle ; deux autres firent la même chose à l'égard de mes amis, par le grand escalier qui est à la main gauche en sortant de la salle. Dix heures sonnèrent, la Compagnie se leva, et ainsi finit cette matinée qui faillit à abîmer[1] Paris.

Il me semble que vous me demandez quel personnage M. de Beaufort jouait dans ces dernières scènes, et qu'après le rôle que vous lui avez vu dans les premières, vous vous étonnez du silence dans lequel il vous paraît comme enseveli, depuis quelque temps. Vous verrez dans ma réponse la confirmation de ce que j'ai remarqué déjà plus d'une fois dans cet ouvrage, que l'on ne contente jamais personne quand l'on entreprend de contenter tout le monde. M. de Beaufort se mit dans l'esprit, ou plutôt Mme de Montbazon le lui mit après qu'il eut rompu avec moi, qu'il se devait et pouvait ménager entre la Reine et Monsieur le Prince, et il affecta même si fort l'apparence de ce ménagement, qu'il affecta de se trouver tout seul, et sans être suivi de qui que ce soit, à ces deux assemblées du Parlement, desquelles je viens de vous entretenir. Il dit même, tout haut, à la dernière, d'un ton de Caton qui ne lui convenait pas : « Pour moi, je ne suis qu'un particulier qui ne me mêle de rien. » Je me tournai à M. de Brissac, en répondant : « Il faut avouer que M. d'Angoulesme et M. de Beaufort ont une bonne conduite » : ce que je ne proférai pas si bas que Monsieur le Prince ne l'entendît. Il s'en prit à rire. Vous observerez, si il vous plaît, que M. d'Angoulesme avait plus de quatre-vingt-dix ans, et qu'il ne bougeait plus de son lit[1]. Je ne vous marque cette bagatelle que parce qu'elle signifie que tout homme que la fortune seule a fait homme public devient presque toujours, avec un peu de temps, un particulier ridicule. L'on ne revient plus de cet état, et la bravoure de M. de Beaufort, qu'il signala encore en plus d'une occasion depuis le retour de Monsieur le Cardinal, contre lequel il se déclara sans balancer, ne le put relever de sa chute. Mais il est temps de rentrer dans le fil de ma narration.

Vous comprenez aisément l'émotion de Paris, dans le cours de la matinée que je viens de vous décrire. La plupart des artisans avaient leur mousquet auprès d'eux, en travaillant dans leurs boutiques. Les femmes étaient en prières dans les églises ; mais ce qui est encore vrai est que Paris fut plus touché, l'après-dînée, de la crainte de retomber dans le péril, qu'il ne l'avait été, le matin, de s'y voir. La tristesse parut plus universelle sur les visages de tous ceux qui n'étaient pas tout à fait engagés dans l'un ou l'autre des partis. La réflexion, qui n'était plus divertie par le mouvement, trouva sa place dans les esprits de ceux mêmes qui y avaient le plus de part. Monsieur le Prince dit au comte de Fiesque, au moins à ce que celui-ci raconta, le soir, cheux sa femme, publiquement : « Paris a failli aujourd'hui à être brûlé ; quel feu de joie pour le Mazarin ! et ce sont ses deux plus capitaux ennemis qui ont été sur le point de l'allumer. » Je concevais très bien, de mon côté, que j'étais sur la pente du plus fâcheux et du plus dangereux précipice où un particulier se fût peut-être jamais trouvé. Le mieux qui me pouvait arriver était d'avoir avantage sur Monsieur le Prince, et ce mieux se fût terminé, si il y eût péri, à passer pour l'assassin du premier prince du sang, à être immanquablement désavoué par la Reine, et à donner tout le fruit et de mes peines et de mes périls au Cardinal par l'événement, qui ne manque jamais de tourner toujours en faveur de l'autorité royale tous les désordres qui passent jusques aux derniers excès[1]. Voilà ce que mes amis, au moins les sages, me représentaient ; voilà ce que je me représentais à moi-même. Mais quel moyen ? quel remède ? quel expédient de se tirer d'un embarras où l'on a eu raison de se jeter, et où l'engagement en fait une seconde, qui est pour le moins aussi forte que la première ? Il plut à la providence de Dieu d'y donner ordre.

Monsieur[2], accablé des cris de tout Paris, qui courut d'effroi au palais d'Orléans, mais plus pressé encore par sa frayeur, qui lui fit croire qu'un mouvement aussi général que celui qui avait failli d'arriver ne s'arrêterait pas au Palais : Monsieur, dis-je, fit promettre à Monsieur le Prince qu'il n'irait, le lendemain, que lui sixième au Palais, pourvu que je m'engageasse à n'y aller qu'avec un pareil nombre de gens. Je suppliai Monsieur de me pardonner si je ne recevais pas ce parti, et parce que je manquerais, si je l'acceptais, au respect que je devais à Monsieur le Prince, avec lequel je savais que je ne devais faire aucune comparaison, et parce que je n'y trouvais aucune sûreté pour moi, ce nombre de séditieux, qui criaillait contre moi, n'ayant point de règle et ne reconnaissant point de chef ; que ce n'était que contre ces sortes de gens que j'étais armé ; que je savais le respect que je devais à Monsieur le Prince ; qu'il y avait si peu de compétence[1] d'un gentilhomme à lui, que cinq cents hommes étaient moins à lui qu'un laquais à moi. Monsieur, qui vit que je ne donnais pas à sa proposition et à qui Mme de Chevreuse, à laquelle il avait envoyé Ornane pour la persuader, manda que j'avais raison : Monsieur, dis-je, alla trouver la Reine pour lui représenter les grands inconvénients que la continuation de cette conduite produirait infailliblement. Comme, de son naturel, elle ne craignait rien et prévoyait peu, elle ne fit aucun cas des remontrances de Monsieur, et d'autant moins, qu'elle eût été ravie, dans le fonds, des extrémités qu'elle s'imaginait et possibles et proches. Quand Monsieur le Chancelier, qui lui parla fortement, et les Bertets et les Brachets, qui étaient cachés dans les greniers du Palais-Royal et qui appréhendaient d'y être trouvés dans une émotion générale, lui eurent fait connaître que la perte de Monsieur le Prince et la mienne, arrivées dans une conjoncture pareille, jetterait les choses dans une confusion que le seul nom du Mazarin pourrait même rendre fatale à la maison royale, elle se laissa fléchir plutôt aux larmes qu'aux raisons du genre humain, et elle consentit de donner aux uns et aux autres un ordre du Roi, par lequel il leur serait défendu de se trouver au Palais.

Monsieur le Premier Président, qui ne douta point que Monsieur le Prince n'accepterait pas ce parti que l'on ne lui pouvait, dans la vérité, imposer avec justice, parce que sa présence y était nécessaire, alla cheux la Reine avec M. le président de Nesmond ; il lui fit connaître qu'il serait contre toute sorte d'équité de défendre à Monsieur le Prince d'assister en un lieu où il ne se trouvait que pour demander à se justifier des crimes que l'on lui imposait. Il lui marqua la différence qu'elle devait mettre entre un premier prince du sang, dont la présence au Palais était de nécessité dans cette conjoncture, et un coadjuteur de Paris, qui n'y avait même jamais séance que par une grâce assez extraordinaire que le Parlement lui avait faite[2]. Il ajouta que la Reine devait faire réflexion que rien ne le pouvait obliger à parler ainsi que la force de son devoir, puisqu'il lui avouait ingénument que la manière dont j'avais reçu le petit service que son fils avait essayé de me rendre le matin (ce fut le terme dont il se servit) l'avait touché si sensiblement, qu'il se faisait une contrainte extrême à soi-même en la prônant[1] sur un sujet qui peut-être ne me serait pas fort agréable. La Reine se rendit et à ces raisons et aux instances de toutes les dames de la cour, qui, l'une pour une raison et l'autre pour l'autre, appréhendaient, au dernier point, le fracas presque inévitable du lendemain. Elle m'envoya M. de Charost, capitaine des gardes en quartier, pour me défendre, au nom du Roi, d'aller le lendemain au Palais. Monsieur le Premier Président, que j'avais été voir et remercier, le matin, au lever du Parlement, me vint rendre ma visite comme M. de Charost sortait [de] cheux moi ; il me conta fort sincèrement le détail de ce qu'il venait de dire à la Reine. Je l'en estimai, parce qu'il avait raison, et je lui témoignai de plus que j'en étais très aise, parce qu'il me tirait avec honneur d'un très méchant pas. « Il est très sage, me répondit-il, de le penser ; il est encore plus honnête de le dire. » Il m'embrassa tendrement en me disant cette dernière parole. Nous nous jurâmes amitié. Je la tiendrai toute ma vie à sa famille, avec tendresse et avec reconnaissance.

Le lendemain, qui fut le mardi vingt-deuxième jour d'août, le Parlement s'assembla. L'on fit garder, à tout hasard, le Palais par deux compagnies de bourgeois, à cause du reste d'émotion qui paraissait encore dans la ville. Monsieur le Prince demeura dans la quatrième des Enquêtes, parce qu'il n'était pas de la forme qu'il assistât à une délibération dans laquelle il demandait ou que l'on le justifiât ou que l'on lui fît son procès. L'on ouvrit beaucoup de différents avis. Il passa à celui de Monsieur le Premier Président, qui fut que tous les écrits, tant ceux de la Reine et de M. le duc d'Orléans, que celui de Monsieur le Prince, seraient portés au Roi et à la Reine par les députés de la Compagnie, et que très humbles remontrances seraient faites sur l'importance desdits écrits ; que la Reine serait suppliée de vouloir étouffer cette affaire, et M. le duc d'Orléans prié de s'entremettre de l'accommodement.

Comme Monsieur le Prince sortait de cette assemblée, suivi d'une foule de ceux du peuple qui étaient à lui, je me trouvai tête pour tête devant son carrosse, assez près des cordeliers, avec la procession de la Grande Confrérie que je conduisais[1]. Comme elle est composée de trente ou quarante curés de Paris et qu'elle est toujours suivie de beaucoup de peuple, j'avais cru que je n'y avais pas besoin de mon escorte ordinaire, et j'avais même affecté de n'avoir auprès de moi que cinq ou six gentilshommes, qui étaient MM. de Fosseuse, de Lamet, de Quérieux, de Chasteaubriant, et les chevaliers d'Humières et de Sévigné. Trois ou quatre de ceux de la populace, qui suivaient Monsieur le Prince, crièrent dès qu'ils me virent : « Au mazarin ! » Monsieur le Prince, qui avait, ce me semble, dans son carrosse MM. de La Rochefoucauld, de Rohan et de Gaucour, en descendit aussitôt qu'il m'eut aperçu. Il fit taire ceux de sa suite qui avaient commencé à crier ; il se mit à genou[2] pour recevoir ma bénédiction ; je la lui donnai, le bonnet en tête, je l'ôtai aussitôt, et je lui fis une très profonde révérence. Cette aventure est, comme vous voyez, assez plaisante. En voici une autre qui ne le fut pas tant par l'événement, et c'est, à mon sens, celle qui m'a coûté ma fortune, et qui a failli à me coûter plusieurs fois la vie.

La Reine fut si transportée de joie des obstacles que Monsieur le Prince rencontrait à ses desseins, et elle fut si satisfaite de la netteté de mon procédé, que je puis dire avec vérité que je fus quelques jours en faveur. Elle ne pouvait assez témoigner à son gré, à ceux qui l'approchaient, la satisfaction qu'elle avait de moi. Madame la Palatine était persuadée qu'elle parlait du cœur. Mme de Lesdiguières me dit que Mme de Beauvais, qui était assez de ses amies, l'avait assurée que je faisais chemin dans son esprit. Ce qui me le persuada plus que tout le reste fut que la Reine, qui ne pouvait souffrir que l'on donnât la moindre atteinte à la conduite de M. le cardinal Mazarin, entra en raillerie, et de bonne foi, d'un mot que j'avais dit de lui. Bertet, je ne me souviens pas à propos de quoi, m'avait dit, quelques jours auparavant, que le pauvre Monsieur le Cardinal était quelquefois bien empêché ; et je lui avais répondu : « Donnez-moi le Roi de mon côté deux jours durant, et vous verrez si je le serai. » Il avait trouvé cette sottise assez plaisante, et comme il était lui-même fort badin, il ne s'était pu empêcher de la dire à la Reine. Elle ne s'en fâcha nullement, elle en rit de bon cœur; et cette circonstance, sur laquelle Mme de Chevreuse, qui connaissait parfaitement la Reine, fit beaucoup de réflexion, jointe à une parole qui lui fut rapportée par Mme de Lesdiguières, lui fit naître une pensée que vous allez voir, après que je vous aurai rendu compte de cette parole.

Mme de Carignan[1] disait un jour, devant la Reine, que j'étais fort laid, et c'était peut-être l'unique fois de sa vie où elle n'avait pas menti. La Reine lui répondit: « Il a les dents fort belles, et un homme n'est jamais laid avec cela. » Mme de Chevreuse, ayant su ce discours par Mme de Lesdiguières, à qui Mme de Niesle[2] l'avait rapporté, se ressouvint de ce qu'elle avait ouï dire à la Reine, en beaucoup d'occasions, que la seule beauté des hommes étaient les dents, parce que c'était l'unique qui fût d'usage. « Essayons, me dit-elle, un soir que je me promenais avec elle dans le jardin de l'hôtel de Chevreuse : si vous voulez bien jouer votre personnage, je ne désespère de rien. Faites seulement le rêveur quand vous êtes auprès de la Reine; regardez continuellement ses mains; pestez contre le Cardinal; laissez-moi faire du reste. » Nous concertâmes le détail, et nous le jouâmes juste comme nous l'avions concerté[3]. Je demandai deux ou trois audiences secrètes, de suite, à la Reine, à propos de rien. Je ne fournis, dans ces audiences, à la conversation que ce qui y était bon pour l'obliger à chercher le sujet pour lequel je les lui avais demandées. Je suivis, de point en point, les leçons de Mme de Chevreuse; je poussai l'inquiétude et l'emportement contre le Cardinal jusques à l'extravagance. La Reine, qui était naturellement très coquette, entendait les airs. Elle en parla à Mme de Chevreuse, qui fit la surprise et l'étonnée, mais qui ne la fit qu'autant qu'il le fallut pour mieux jouer son jeu, en faisant semblant de revenir de loin, et de faire, à cause de ce que la Reine lui en disait, une réflexion à laquelle elle n'aurait jamais pensé sans cela, sur ce qu'elle avait remarqué, en arrivant à Paris[4], de mes emportements contre le Cardinal. « Il est vrai, Madame, disait-elle à la Reine, que Votre Majesté me fait ressouvenir de certaines circonstances qui se rapportent assez à ce que vous me dites. Le coadjuteur me parlait, des journées entières, de toute la vie passée de Votre Majesté, avec une curiosité qui me surprenait, parce qu'il entrait même dans le détail de mille choses qui n'avaient aucun rapport au temps présent. Ces conversations étaient les plus douces du monde tant qu'il ne s'agissait que de vous ; il n'était plus le même homme si il arrivait que l'on nommât par hasard le nom de Monsieur le Cardinal ; il disait même des rages de Votre Majesté, et puis, tout d'un coup, il se radoucissait, mais jamais pour Monsieur le Cardinal. Mais, à propos, il faut que je rappelle dans ma mémoire la manie[1] qui lui monta un jour à la tête contre feu Buchinchan (je ne m'en ressouviens pas précisément) : il ne pouvait souffrir que je disse qu'il était fort honnête homme. Ce qui m'a toujours empêchée de faire réflexion sur mille et mille choses de cette nature, que je vois d'une vue, est l'attachement qu'il a pour ma fille : ce n'est pas que, dans le fonds, cet attachement soit si grand que l'on croit. Je voudrais bien que la pauvre créature n'en eût pas plus pour lui qu'il en a pour elle. Sur le tout, je ne me puis imaginer, Madame, que le coadjuteur soit assez fou pour se mettre cette vision dans la fantaisie[2]. »

Voilà l'une des conversations de Mme de Chevreuse avec la Reine ; il y en eut vingt ou trente de cette nature, dans lesquelles il se trouva, à la fin, que la Reine persuada à Mme de Chevreuse que j'étais assez fou pour m'être mis cette vision dans l'esprit, et dans lesquelles pareillement Mme de Chevreuse persuada à la Reine que je l'y avais effectivement beaucoup plus fortement qu'elle ne l'avait cru d'abord elle-même. Je ne m'oubliai pas de ma part : je jouai bien, je passai, dans les conversations que j'avais avec la Reine, de la rêverie à l'égarement. Je ne revenais de celui-ci que par des reprises, qui, en marquant un profond respect pour elle, marquaient toujours du chagrin et quelquefois de l'emportement contre Monsieur le Cardinal. Je ne m'aperçus pas que je me brouillasse à la cour par cette conduite ; mais Mlle de

Chevreuse, à laquelle madame sa mère avait jugé nécessaire de la faire agréer, pour la raison que vous verrez ci-après, prit en gré de la troubler, au bout de deux mois, par la plus grande et la plus signalée de toutes les imprudences. Je vous rendrai compte de ce détail, après que je me serai satisfait moi-même sur une omission qu'il y a déjà assez longtemps que je me reproche dans cet ouvrage.

Presque tout ce qui y est contenu n'est qu'un enchaînement de l'attachement que la Reine avait pour M. le cardinal Mazarin, et il me semble que, par cette raison, je devais, même beaucoup plus tôt, vous en expliquer la nature, de laquelle je crois que vous pouvez juger plus sûrement, si je vous expose, au préalable, quelques événements de ses premières années, que je considère comme aussi clairs et aussi certains que ceux que j'ai vus moi-même, parce que je les tiens de Mme de Chevreuse, qui a été la seule et véritable confidente de sa jeunesse. Elle m'a dit plusieurs fois que la Reine n'était espagnole ni d'esprit ni de corps; qu'elle n'avait ni le tempérament ni la vivacité de sa nation; qu'elle n'en tenait que la coquetterie, mais qu'elle l'avait au souverain degré; que M. de Bellegarde, vieux, mais poli et galant à la mode de la cour de Henri III, lui avait plu[1]; qu'elle s'en était dégoûtée, parce qu'en prenant congé d'elle, lorsqu'il alla commander l'armée à La Rochelle, et lui ayant demandé, en général, la permission d'espérer d'elle une grâce devant son départ, il s'était réduit à la supplier de vouloir bien mettre la main sur la garde de son épée; qu'elle avait trouvé cette manière si sotte, qu'elle n'en avait jamais pu revenir; qu'elle avait agréé la galanterie de M. de Montmorenci[2], beaucoup plus qu'elle n'avait aimé sa personne; que l'aversion qu'elle avait pour les manières de M. le cardinal de Richelieu, qui était aussi pédant en amour qu'il était honnête homme pour les autres choses, avait fait qu'elle n'avait jamais pu souffrir la sienne; que le seul homme qu'elle avait aimé avec passion avait été le duc de Buchinchan; qu'elle lui avait donné rendez-vous, une nuit, dans le petit jardin du Louvre; que Mme de Chevreuse, qui était seule avec elle, s'étant un peu éloignée, elle entendit du bruit comme de deux personnes qui se luttaient ; que s'étant rapprochée de la Reine, elle la trouva fort émue, et M. de Buchinchan à genoux devant elle ; que la Reine, qui s'était contentée, ce soir, de lui dire, en remontant dans son appartement, que tous les hommes étaient brutaux et insolents, lui avait commandé, le lendemain au matin, de demander à M. de Buchinchan si il était bien assuré qu'elle ne fût pas en danger d'être grosse[1] ; que depuis cette aventure, elle, Mme de Chevreuse, n'avait eu aucune lumière d'aucune galanterie de la Reine ; qu'elle lui avait vu, dès l'entrée de la Régence, une grande pente pour Monsieur le Cardinal ; mais qu'elle n'avait pu démêler jusques où cette pente l'avait portée ; qu'il était vrai qu'elle avait été chassée de la cour sitôt après, qu'elle n'aurait pas eu le temps d'y voir clair, quand même il y aurait eu quelque chose ; qu'à son retour en France, après le siège de Paris, la Reine, dans les commencements, s'était tenue si couverte avec elle qu'elle n'avait pu y rien pénétrer ; que depuis qu'elle s'y était raccoutumée, elle lui avait vu, dans des moments, de certains airs qui avaient beaucoup de ceux qu'elle avait eus autrefois avec Buchinchan ; qu'en d'autres, elle avait remarqué des circonstances qui lui faisaient juger qu'il n'y avait entre eux qu'une liaison intime d'esprits[2] ; que l'une des plus considérables était la manière dont le Cardinal vivait avec elle, peu galante et même rude, « ce qui toutefois, ajoutait Mme de Chevreuse, a deux faces, de l'humeur dont je connais la Reine : Buchinchan me disait autrefois qu'il avait aimé trois reines, qu'il avait été obligé de gourmer toutes trois ; c'est pourquoi je ne sais qu'en juger ». Voilà comme Mme de Chevreuse m'en parlait. Je reviens à ma narration.

Je n'étais pas assez chatouillé de la figure que je faisais contre Monsieur le Prince, quoique je m'en tinsse très honoré, pour ne pas concevoir, dans toute leur étendue, les précipices du poste où j'étais. « Où allons-nous ? dis-je à M. de Bellièvre, qui me paraissait trop aise de ce que Monsieur le Prince ne m'avait pas dévoré ; pour qui travaillons-nous ? Je sais que nous sommes obligés de faire ce que nous faisons ; je sais que nous ne pouvons mieux faire ; mais nous devons-nous réjouir d'une nécessité qui nous porte à un mieux duquel il n'est presque pas possible que nous ne retombions bientôt dans le pis ? — Je vous entends, me répondit le président de Bellièvre, et je vous arrête en même temps pour vous dire ce que j'ai appris de Cromwell (M. de Bellièvre l'avait vu et connu en Angleterre) ; il me disait un jour que l'on ne monte jamais si haut que quand l'on ne sait où l'on va. — Vous savez, dis-je à M. de Bellièvre, que j'ai horreur pour Cromwell ; mais, quelque grand homme que l'on nous le prône, j'y ajoute le mépris si il est de ce sentiment : il me paraît d'un fou. » Je ne vous rapporte ce dialogue, qui n'est rien en soi, que pour vous faire voir l'importance qu'il y a à ne parler jamais des gens qui sont dans les grands postes. M. le président de Bellièvre, en rentrant dans son cabinet, où il y avait force gens, dit, sans y faire réflexion, cette parole, comme une marque de l'injustice que l'on me faisait quand on disait que mon ambition était sans mesure et sans borne ; elle fut rapportée au Protecteur qui s'en ressouvint avec aigreur, dans une occasion dont je vous parlerai dans la suite, et qui dit à M. de Bordeaux, ambassadeur de France en Angleterre[1] : « Je ne connais qu'un homme au monde qui me méprise, qui est le cardinal de Rais. » Cette opinion faillit à me coûter cher. Je reprends le fil de ma narration.

Monsieur, qui était très aise de s'être tiré à si bon marché des embarras que vous avez vus ci-dessus, ne songea qu'à les éviter pour l'avenir, et il alla, le 26, à Limours, pour faire voir, ce dit-il à la Reine, qu'il n'entrait en rien de tout ce que Monsieur le Prince faisait.

Le lundi 28 et le lendemain, Monsieur le Prince fit tous ses efforts au Parlement pour obliger la Compagnie à presser la Reine, ou à le justifier, ou à donner les preuves de l'écrit qu'elle avait envoyé contre lui. Mais Monsieur le Premier Président demeura ferme à ne souffrir aucune délibération jusques à ce que M. le duc d'Orléans fût revenu ; et comme il était persuadé qu'il ne reviendrait pas sitôt, il consentit qu'il fût prié, par la Compagnie, de venir prendre sa place ; Monsieur le Prince y alla lui-même, l'après-dînée du 29, accompagné de M. de Beaufort, pour l'en presser.

Il n'y gagna rien, et Joui vint, à minuit, de la part de Monsieur, cheux moi, pour me dire tout ce qui s'était passé dans leur conversation, et pour me commander d'en rendre compte à la Reine, dès le lendemain.

Ce lendemain, qui fut le 30, Monsieur le Prince vint au Palais et il eut le plaisir d'y voir M. de Vendôme jouant l'un des plus ridicules personnages que l'on se puisse imaginer : il y demanda acte de la déclaration qu'il faisait, qu'il n'avait pas ouï parler, depuis l'année 1648, de la recherche de Mlle Mancini, et vous pouvez croire qu'il ne persuada personne. Monsieur le Prince ayant demandé ensuite au premier président si la Reine avait répondu aux remontrances que la Compagnie avait faites sur ce qui le regardait, l'on envoya querir les gens du Roi, qui dirent qu'elle avait remis à répondre au retour de M. le duc d'Orléans, qui était à Limours. Monsieur le Prince se plaignit de ce délai, comme d'un déni de justice ; beaucoup de voix s'élevèrent, et Monsieur le Premier Président fut obligé, après beaucoup de résistance, à faire la relation de ce qui s'était passé au Palais-Royal, le samedi précédent, qui était le jour auquel il avait fait les remontrances. Il les avait portées avec force, et il n'y avait rien oublié de tout ce qui pouvait faire voir à la Reine l'utilité et même la nécessité de la réunion de la maison royale. Il finit le rapport qu'il en fit au Parlement, en disant que la Reine l'avait remis, aussi bien que les gens du Roi, au retour de M. d'Orléans.

M. le président de Mesme, qui était allé à Limours de la part de la Compagnie, pour l'inviter à venir prendre sa place, n'en avait rapporté qu'une réponse fort ambiguë ; et ce qui marqua encore davantage qu'apparemment il ne viendrait pas fut que M. de Beaufort, qui avait accompagné, la veille, Monsieur le Prince à Limours, dit que Monsieur lui avait commandé de prier la Compagnie, de sa part, de ne le point attendre, comme il avait été résolu, pour consommer ce qui concernait la déclaration contre Monsieur le Cardinal.

Le 31, Monsieur le Prince vint encore au Palais, et y fit de grandes plaintes de ce que la Reine n'avait point encore fait de réponse aux remontrances : il est vrai qu'elle fit dire simplement, par Monsieur le

Chancelier, aux gens du Roi, qu'elle attendait M. de Brienne, qu'elle avait envoyé à Limours à cinq heures du matin. Vous croyez sans doute que cet envoi de M. de Brienne à Limours fut ou pour remercier Monsieur de la fermeté qu'il témoignait à ne point venir au Parlement, ou pour l'y confirmer ; et vous aurez encore plus de sujet d'en être persuadée, quand je vous aurai dit que la Reine m'avait commandé, la veille, de lui écrire, de sa part, qu'elle était pénétrée de la reconnaissance (elle se servit de ce mot) qu'elle conserverait toute sa vie, de ce qu'il avait résisté aux instances de Monsieur le Prince. La nuit changea tout cela, ou plutôt le moment de la nuit dans lequel Mestaier, valet de chambre de Monsieur le Cardinal, arriva avec une dépêche qui portait, entre autres choses, ces propres mots, à ce que j'ai su depuis du maréchal Du Plessis, qui m'a dit les avoir lus dans l'original : « Donnez, Madame, à Monsieur le Prince, toutes les déclarations d'innocence qu'il voudra ; tout est bon pourvu que vous l'amusiez et que vous l'empêchiez de prendre l'essor. » Ce qui est d'admirable est que la Reine m'avait dit à moi-même, trois jours devant, qu'elle eût souhaité, du meilleur de son cœur, que Monsieur le Prince eût déjà été en Guienne, « pourvu, ajouta-t-elle, que le monde ne croie pas que ce soit moi qui l'y aie poussé ». Ce point d'histoire est un de ceux qui m'a obligé de vous dire, déjà dans une autre occasion, qu'il y en a d'inexplicables à ceux mêmes qui s'en sont trouvés les plus proches[1]. Je me souviens qu'en ce temps-là nous fîmes tout ce qui fut en nous, Madame la Palatine et moi, pour démêler la cause de cette variation si prompte ; que nous soupçonnâmes qu'elle ne fût l'effet de quelque négociation souterraine, et que nous crûmes avoir pleinement éclairci que notre conjecture n'était pas fondée. Ce qui me confirme dans cette opinion est que :

Le 1er de septembre, la Reine fit dire, en sa présence, par Monsieur le Chancelier, au Parlement, qu'elle avait mandé au Palais-Royal, que comme les avis qui lui avaient été donnés, touchant l'intelligence de Monsieur le Prince avec les Espagnols, n'avaient pas eu de suite, Sa Majesté voulait bien croire qu'ils n'étaient pas véritables, et que :

Le 4, Monsieur le Prince déclara, en pleine assemblée des chambres, que cette parole de la Reine n'était pas une justification suffisante pour lui, puisqu'elle marquait qu'il y eût eu du crime, si la première accusation eût été poursuivie. Il insista pour avoir un arrêt en forme, et il s'étendit sur cela avec tant de chaleur, qu'il parut visiblement que le prétendu adoucissement de la Reine n'avait pas été de concert avec lui. Comme toutefois ce radoucissement n'avait pas été non plus de celui de Monsieur, il fit le même effet, dans son esprit, que si il y eût un raccommodement véritable. Il rentra dans ses soupçons, il changea tout à fait de ton en répondant à Doujat et à Mainardeau, députés du Parlement, dès le 2, pour le prier de venir prendre sa place, qu'il n'y manquerait pas.

Il y alla effectivement ; il me soutint, tout le soir du 3, qu'un changement si soudain ne pouvait avoir eu d'autre cause qu'une négociation couverte : il crut que la Reine, qui lui fit des serments du contraire, le jouait ; et, le 4, il appuya, avec tant de chaleur, la proposition de Monsieur le Prince, qu'il n'y eut que trois voix dans la Compagnie qui n'allassent pas à faire des remontrances à la Reine, pour obtenir une déclaration d'innocence en forme, en faveur de Monsieur le Prince, qui pût être enregistrée devant la majorité. Vous remarquerez, si il vous plaît, que la majorité échéait le 7. Monsieur le Premier Président ayant dit, en opinant, qu'il était juste d'accorder cette déclaration à Monsieur le Prince, mais qu'il était aussi nécessaire qu'il rendît auparavant ses devoirs au Roi, fut interrompu par un grand nombre de voix confuses qui demandaient la déclaration contre le Cardinal.

Ces deux déclarations furent apportées au Parlement, le 5, avec une troisième pour la continuation du Parlement, mais seulement pour les affaires publiques.

Le 6, celle qui concernait le Cardinal et l'autre, qui était pour la continuation du Parlement, furent publiées à l'audience ; mais la première, c'est-à-dire celle qui regardait l'innocence de Monsieur le Prince, fut remise au jour de la majorité, sous prétexte de la rendre plus authentique et plus solennelle par la présence du Roi ; mais, en effet, dans la vue de se donner du temps pour voir ce que l'éclat de la majesté royale, que l'on avait projeté d'y faire paraître dans toute sa pompe, produirait dans l'esprit des peuples. Ce qui me le fait croire est que Servient dit, deux jours après, à un homme de créance, de qui je ne l'ai su que plus de dix ans après, que si la cour se fût bien servie de ce moment, elle aurait opprimé et les princes et les Frondeurs. Cette pensée était folle ; et les gens qui eussent bien connu Paris n'eussent pu être assurément de cette opinion.

Monsieur le Prince, qui n'avait pas plus de confiance à la cour qu'aux Frondeurs, n'était pas si mal fondé dans la défiance qu'il prit des uns et des autres : il ne se voulut pas trouver à la cérémonie[1] ; et il se contenta d'y envoyer M. le prince de Conti, qui rendit au Roi une lettre en son nom, par laquelle il suppliait Sa Majesté de lui pardonner si les complots et les calomnies de ses ennemis ne lui permettaient pas de se trouver au Palais, et il ajoutait que le seul motif du respect qu'il avait pour elle l'en empêchait. Cette dernière parole, qui semblait marquer sur la considération de ce respect il y eût pu aller en sûreté, aigrit la Reine au-delà de tout ce que j'en avais vu jusques à ces moments ; et elle me dit le soir ces propres mots : « Monsieur le Prince périra, ou je périrai. » Je n'étais pas payé pour adoucir son esprit dans cette occasion. Comme je ne laissai pas de lui représenter, par le seul principe d'honnêteté, que l'expression de Monsieur le Prince pouvait avoir un autre sens et plus innocent, comme il était vrai, elle me dit d'un ton de colère : « Voilà une fausse générosité ; que je les hais ! »

Ce qui est constant est que la lettre de Monsieur le Prince était très sage et très mesurée.

Monsieur le Prince, qui, après le voyage de Trie[2], revint à Chantilli, y apprit que la Reine avait déclaré, le jour de la majorité, qui fut le 7 du mois, les nouveaux ministres[3]. Et ce qui acheva de le résoudre à s'éloigner encore davantage de la cour fut l'avis qu'il eut, dans le même moment, par Chavigni, que Monsieur ne s'était pu empêcher de dire en riant, à propos de cet établissement : « Celui-ci durera plus que celui du jeudi saint. » Il ne laissa pas de supposer, dans la lettre qu'il écrivit à Monsieur, pour se plaindre de ce même établissement et pour lui rendre compte des raisons qui l'obligeaient à quitter la cour : il ne laissa pas, dis-je, de supposer, et sagement, que Monsieur partageait l'offense avec lui. Monsieur, qui dans le fonds était ravi de lui voir prendre le parti de l'éloignement, ne le fut guères moins de se pouvoir, ou plutôt de se vouloir persuader à soi-même que Monsieur le Prince était content de lui, et, par conséquent, la dupe du concert dont il avait été avec la Reine touchant la nomination des ministres. Il crut que, par cette raison, il pourrait demeurer bien avec lui à tout événement, et le faible qu'il avait toujours à tenir des deux côtés l'emporta même plus loin et plus vite, en cette occasion, qu'il n'avait accoutumé ; car il eut tant de précipitation de faire paraître de l'amitié à Monsieur le Prince, au moment de son départ, qu'il ne garda presque aucune mesure avec la Reine, et qu'il ne prit pas même le soin de lui expliquer le sous-main des fausses avances qu'il fit pour le rappeler. Il lui dépêcha un gentilhomme pour le prier de l'attendre à Augerville ; il donna, en même temps, charge à ce gentilhomme de n'arriver à Augerville que quand il saurait que Monsieur le Prince en serait parti[1]. Comme il se défiait de la Reine, il ne lui voulut pas faire la confidence de cette méchante finesse, qu'il ne faisait que pour persuader à Monsieur le Prince qu'il ne tenait pas à lui qu'il ne demeurât à la cour. La Reine, qui sut l'envoi du gentilhomme et qui n'en sut pas le secret, crut qu'il n'avait pas tenu à Monsieur de retenir Monsieur [le] Prince. Elle en prit ombrage, elle m'en parla ; je lui dis ingénument ce que j'en croyais, qui était le vrai, quoique Monsieur ne m'eût fait sur cela qu'un galimatias fort embarrassé et fort obscur. La Reine ne crut pas que je la trompasse ; mais elle s'imagina que j'étais trompé, et que Chavigni s'était rendu maître de l'esprit de Monsieur, à mon préjudice. Cette opinion n'était point fondée. Monsieur haïssait Chavigni plus que les démons ; et le seul principe de sa conduite, en tout ce que je viens de dire, ne fut que sa timidité, qui cherchait toujours à se rassurer par des ménagements, même ridicules, avec tous les partis. Mais, devant que d'entrer plus avant dans la suite de ce récit, je crois qu'il est à propos que je vous rende compte d'un détail assez curieux, qui concerne ce M. de Chavigni, que vous avez déjà vu et que vous verrez encore, au moins pour quelque temps, sur le théâtre.

Je crois que je vous ai déjà dit que Monsieur avait été sur le point de demander son éloignement à la Reine, un peu après le changement du jeudi saint ; et qu'il ne changea de sentiment que sur ce que je lui représentai qu'il était de son intérêt de laisser dans le Conseil un homme qui fût aussi capable que l'était celui-là d'éveiller et de nourrir la division et la défiance entre ceux de la conduite desquels Son Altesse Royale n'était pas contente. Il se trouva, par l'événement, que ma vue n'avait pas été fausse ; l'attachement qu'il eut à Monsieur le Prince contribua beaucoup à rendre à la Reine toutes les actions de ce parti très suspectes, parce qu'elle ne pouvait ignorer la haine envenimée que Chavigni avait pour le Cardinal. Elle fut très bien informée qu'il avait été l'instigateur principal de l'expulsion des trois sous-ministres ; le ressentiment qu'elle en eut l'obligea à lui commander de se retirer cheux lui en Touraine, trois ou quatre jours après cette expulsion. Il s'en excusa, sous le prétexte de la maladie de sa mère ; il s'en défendit par l'autorité de Monsieur le Prince. Quand Monsieur le Prince n'en eut plus assez dans Paris pour l'y conserver, la Reine se fit un plaisir de l'y voir sans emploi ; et elle me dit, avec une aigreur inconcevable contre lui : « J'aurai la joie de le voir sur le pavé comme un laquais. » Elle lui fit dire, par cette raison, par M. le maréchal de Villeroi, qu'il y pouvait demeurer, le propre jour de l'établissement des nouveaux ministres. Il s'en excusa, sous le prétexte de ses affaires domestiques : il se retira en Touraine, où il n'eut pas la force de demeurer. Il revint à Paris, dans l'absence du Roi, où il joua un personnage triste et ridicule, qui lui coûta à la fin la vie et l'honneur. M. de La Rochefoucauld a dit très sagement qu'un des plus grands secrets de la vie est de savoir s'ennuyer[1].

Devant que je reprenne la suite de mon discours, il est nécessaire que je vous explique ce qui se passa entre Monsieur le Prince et M. de Turenne. Aussitôt après que Monsieur le Prince fut sorti de Paris pour aller à Saint-Maur, MM. de Bouillon et de Turenne s'y rendirent, y offrirent leurs services à Monsieur le Prince, avec lequel ils paraissaient effectivement tout à fait engagés. Monsieur le Prince m'a dit depuis que, la veille du jour qu'il quitta Saint-Maur pour aller à Trie, d'où il ne revint plus à la cour, M. de Turenne lui avait encore promis si positivement de le servir, qu'il avait même accepté et reçu un ordre signé de sa main, par lequel il ordonnait à La Moussaie, qui commandait pour lui dans Stenai, de lui remettre la place, et que la première nouvelle qu'il eut, après cela, de M. de Turenne, fut qu'il allait commander l'armée du Roi. Vous remarquerez, si il vous plaît, que Monsieur le Prince est l'homme que j'aie jamais connu le moins capable d'une imposture préméditée. Je n'ai jamais osé faire expliquer sur ce point M. de Turenne ; mais ce que j'en ai tiré de lui, en lui en parlant indirectement, est qu'aussitôt après la liberté de Monsieur le Prince il eut tous les sujets du monde d'être mécontent de son procédé à son égard ; qu'il lui préféra en tout M. de Nemours, qui n'approchait pas de son mérite et qui ne lui avait pas, à beaucoup près, rendu tant de services, et que, par cette raison, il se crut libre de ses premiers engagements. Vous observerez, si il vous plaît, que je n'ai jamais vu personne moins capable d'une vilenie que M. de Turenne[1]. Reconnaissons encore de bonne foi qu'il y a des points inexplicables dans les histoires. Je reprends le fil de ma narration.

Monsieur le Prince, n'ayant demeuré qu'un jour ou deux à Augerville, prit le chemin de Bourges, qui était proprement celui de Bordeaux, et la Reine, qui, comme je vous ai déjà dit, ce me semble, eût été bien aise, si elle eût suivi son inclination, de l'éloignement de Monsieur le Prince mais qui avait reçu de Brusle une leçon contraire, n'osa s'opiniâtrer contre l'avis de Monsieur, qui, fortifié par les conseils de Chavigni, et persuadé d'ailleurs que la cour avait des négociations secrètes avec Monsieur le Prince, feignait, à toutes fins, un grand empressement pour faire en sorte que Monsieur le Prince ne s'éloignât pas. Ce qui le confirma pleinement dans cette conduite fut qu'une ouverture qui fut faite, en ce temps-là, à ce que l'on crut, par M. Le Tellier, lui fit croire qu'il jouait à jeu sûr et que son empressement, qui paraîtrait aller à rappeler monsieur son cousin, n'irait effectivement qu'à le tenir en paix dans son gouvernement, à quoi Monsieur prétendait qu'il trouverait son compte en toutes manières. Cette ouverture fut que l'on offrit à Monsieur le Prince qu'il demeurât paisible dans ses gouvernements jusques à ce que l'on eût assemblé les États. Cette proposition est de la nature de ces choses dont j'ai déjà parlé, qui ne s'entendent point, parce qu'il est impossible d'expliquer et même de concevoir ce qui leur peut avoir donné l'être. Il est constant qu'elle vint de la cour, soit du Tellier, soit d'un autre, et il ne l'est pas moins qu'il n'y avait rien au monde de si contraire aux véritables intérêts de la cour, parce que ce repos imaginaire de Monsieur le Prince, dans ses gouvernements, lui donnait lieu d'y conserver et d'y fortifier, et d'y augmenter ses troupes qui y étaient en quartier d'hiver. Cette proposition fut reçue par Monsieur avec une joie qui me surprit au dernier point, parce qu'il m'avait dit plus de mille fois, que, de l'humeur dont il connaissait le Mazarin, susceptible de toute négociation, il ne croyait rien de plus opposé à ses intérêts, de lui, Monsieur, que les interlocutoires entre Monsieur le Prince et la cour. En pouvait-on trouver un plus dangereux sur ce fondement, que celui que cette proposition ouvrait ? Ce qui est de plus merveilleux fut que ce qui était assurément très pernicieux à la cour et à Monsieur fut rejeté par Monsieur le Prince, et que son destin le porta à préférer et à son inclination et à ses vues le caprice de ses amis et de ses serviteurs. Je ne sais de ce détail que ce que Croissi, qui fut envoyé par Monsieur à Bourges, m'en a dit depuis à Rome ; mais je suis persuadé qu'il m'en a dit le vrai, parce qu'il n'avait aucun intérêt à me le déguiser. En voici le particulier :

Monsieur le Prince, qui était, par son inclination, très éloigné de la guerre civile, parut d'abord à Croissi très disposé à recevoir les propositions qu'il lui portait de la part de Monsieur, et avec d'autant plus de facilité que les offres que l'on lui faisait le laissaient, pour très longtemps, dans la liberté de choisir entre les partis qu'il avait à prendre. Il est extrêmement difficile de se résoudre à refuser des propositions de cette nature, quand elles arrivent justement dans les instants où l'on est pressé de prendre un parti qui n'est pas de son inclination. Je vous ai déjà dit que celle de Monsieur le Prince était très éloignée de la faction et de la guerre civile, et tous ceux qui étaient auprès de lui s'en fussent aussi passés très aisément, si ils eussent pu convenir ensemble des conditions pour son accommodement. Chacun l'eût voulu faire pour y trouver son avantage particulier : personne ne se croyait en état de le pouvoir, parce que personne n'avait assez de créance dans son esprit pour exclure les autres de la négociation. Ils voulurent tous la guerre, parce qu'aucun d'eux ne crut pouvoir faire la paix ; et cette disposition générale, se joignant à l'intérêt que Mme de Longueville trouvait à demeurer éloignée de monsieur son mari, forma un obstacle invincible à l'accommodement.

L'on ne connaît pas ce que c'est que le parti, quand l'on s'imagine que le chef en est le maître : son véritable service y est presque toujours combattu par les intérêts, même assez souvent imaginaires, des subalternes. Ce qui est encore de plus fâcheux est qu'il arrive [que] souvent son honnêteté, presque toujours sa prudence, prennent parti avec eux contre lui-même. Croissi m'a dit que le soulèvement des amis de Monsieur le Prince alla, en ce rencontre, jusques au point que de faire entre eux un traité, à Mouron, où Monsieur le Prince était allé voir madame sa sœur, par lequel ils s'obligèrent de l'abandonner et de former un tiers parti sous le nom et sous l'autorité de M. le prince de Conti, en cas que Monsieur le Prince s'accommodât avec la cour, aux conditions que Monsieur lui avait fait proposer. J'aurais eu peine à croire ce qu'il m'assurait sur cela, même avec serment, vu la faiblesse et le ridicule de cette fantastique faction, si ce que j'avais vu, incontinent après sa liberté, ne m'en eût fourni un exemple assez pareil. J'ai oublié de vous dire, en traitant cet endroit, que Mme de Longueville, quatre ou cinq jours après qu'elle fut revenue de Stenai, me demanda, en présence de M. de La Rochefoucauld, si je ne voulais pas bien être plus dans les intérêts de M. le prince de Conti que dans ceux de Monsieur le Prince. La subdivision est ce qui perd presque tous les partis : elle y est presque toujours l'effet de cette sorte de finesse qui, par son caractère particulier, est opposée à la prudence. C'est ce que les Italiens appellent *comoedia in comoedia*.

Je vous supplie très humblement de ne vous pas étonner si, dans la suite de cette narration, vous ne trouvez pas la même exactitude que j'ai observée jusques ici, en ce qui regarde les assemblées du Parlement. La cour s'étant éloignée de Paris aussitôt la majorité qui fut le 7 du mois de septembre[1], pour aller en Berri et en Poitou, et M. le duc d'Orléans, y agissant également entre la Reine et Monsieur le Prince, le théâtre du Palais se trouva ainsi beaucoup moins rempli qu'il n'avait accoutumé ; et l'on peut dire que, depuis le jour de la majorité, qui fut, comme je viens de dire, le 7 de septembre, jusques à l'ouverture de la Saint-Martin suivante, qui fut le 20 de novembre, il n'y eut aucune scène considérable que celles du 7 et du 14 d'octobre, dans lesquelles Monsieur dit à la Compagnie que le Roi lui avait envoyé un plein pouvoir pour traiter avec Monsieur le Prince, et qu'il avait nommé, pour le suivre et le servir dans cette négociation, MM. d'Aligre et de La Marguerie, conseillers d'État, et MM. de Mesme, Mainardeau et Cumont, du Parlement. Cette députation n'eut point de lieu, parce que Monsieur le Prince, à qui M. le duc d'Orléans avait offert d'aller conférer avec lui à Richelieu, avait refusé la proposition comme captieuse du côté de la cour et faite à dessein pour ralentir l'ardeur de ceux qui s'engageaient avec lui. Il était arrivé à Bordeaux le 12, l'on en eut nouvelle le 26 à Paris, et ce même jour le Roi partit pour Fontainebleau, où il ne séjourna que deux ou trois jours. M. de Chasteauneuf et M. le maréchal de Villeroi pressèrent la Reine au dernier point de ne pas donner le temps au parti des princes de se former[2].

Leurs Majestés marchèrent à Bourges. Elles en chassèrent M. le prince de Conti avec toute sorte de facilité ; les habitants s'étant déclarés pour leur service, ils rasèrent, avec beaucoup de joie, la grosse tour [qui] se rendit sans coup férir. Palluau fut laissé, avec trois ou quatre mille hommes, au blocus de Mouron[1], défendu par Persan; et M. le prince de Conti et Mme de Longueville se retirèrent à Bordeaux en grande diligence. M. de Nemours les accompagna dans ce voyage dans le cours duquel il s'attacha à Mme de Longueville plus que Mme de Chastillon et M. de La Rochefoucauld ne l'eussent souhaité. Monsieur le Prince crut qu'il avait engagé dans son parti M. de Longueville, dans la conférence qu'il eut avec lui à Trie : ce qui n'eut pourtant aucun effet, M. de Longueville étant demeuré en repos à Rouen. Le mouvement que les troupes commandées par M. le comte de Tavannes, du côté de Stenai, donnèrent par l'ordre de Monsieur le Prince, aussitôt qu'il eut quitté la cour, ne fut guère plus considérable, le comte de Grampré, qui avait quitté, par son mouvement, le service de Monsieur le Prince, leur ayant donné une même crainte auprès de Villefranche, et une autre auprès de Givet.

La désertion de Marsin dans la Catalogne fut, en récompense, d'un très grand poids. Il commandait dans cette province lorsque Monsieur le Prince fut arrêté. Comme on le connaissait pour être son serviteur très particulier, l'on ne jugea pas à la cour qu'il fût à propos d'y prendre confiance ; l'on envoya ordre à l'intendant de se saisir de sa personne. Il fut remis en liberté aussitôt après celle de Monsieur le Prince, et fut rétabli même dans son emploi. Quand Monsieur le Prince se retira de la cour après sa prison, et qu'il prit le chemin de Guienne, la Reine pensa à gagner Marsin et elle lui envoya les patentes de vice-roi de Catalogne, qu'il avait passionnément souhaitées, en y ajoutant toutes les promesses imaginables pour l'avenir. Comme il avait été averti à temps de la sortie et de la marche [de] Monsieur le Prince, il appréhenda le même traitement qu'il avait reçu l'autre fois. Il quitta la Catalogne devant qu'il eût reçu les offres de la Reine ; et il se jeta dans le Languedoc avec Baltasar, Lussan, Mont-Pouillan, La Marcousse, et ce qu'il put débaucher de ses troupes[2]. Cette défection donna un merveilleux avantage aux Espagnols dans cette province, et l'on peut dire qu'elle en a coûté la perte à la France.

Monsieur le Prince ne s'endormait pas du côté de Guienne. Il engagea toute la noblesse dans son parti. Le vieux maréchal de La Force se déclara même pour lui ; et le comte Daugnon, gouverneur de Brouage, qui tenait toute sa fortune du duc de Brézé, crut être obligé d'en témoigner sa reconnaissance à Madame la Princesse, qui était sœur de son bienfaéteur.

L'on n'oublia pas de rechercher l'appui des étrangers. Lesné[1] fut envoyé en Espagne, où il conclut le traité de Monsieur le Prince avec le Roi Catholique, et Monsieur l'Archiduc, qui commandait dans le Pays-Bas et qui venait de prendre Bergues-Saint-Winox, faisait de son côté des préparatifs qui coûtèrent dans la suite Dunkerque et Gravelines à la France[2], et qui obligèrent, dès ce temps-là, la cour à tenir sur la frontière une partie des troupes, qui eussent été d'ailleurs très nécessaires en Guienne. Ces nuées ne firent pas tout le mal, au moins pour le dedans du royaume, que leur grosseur et leur noirceur en pouvaient faire appréhender. Monsieur le Prince ne fut pas servi, dans ses levées, comme sa qualité et sa personne le méritaient. Le maréchal de La Force n'en usa pas, en son particulier, d'une manière qui fut conforme au reste de sa vie. Les tours de La Rochelle, qui étaient entre les mains du comte Daugnon, ne tinrent que fort peu de temps contre M. le comte d'Harcourt, qui commandait l'armée du Roi[3]. Les Espagnols, auxquels il remit Bourg, place voisine de Bordeaux, entre les mains, ne le secoururent qu'assez faiblement. Monsieur le Prince ne put faire d'autres conquêtes que celle d'Agen et celle de Saintes. Il fut obligé de lever le siège de Cognac ; et le plus grand capitaine du monde, sans exception, connut, ou plutôt fit connaître, dans toutes ces occasions, que la valeur la plus héroïque et la capacité la plus extraordinaire ne soutiennent qu'avec beaucoup de difficulté les nouvelles troupes contre les vieilles.

Comme je me suis fixé, dès le commencement de cet ouvrage, à ne m'arrêter proprement que sur ce que j'ai connu par moi-même, je ne touche ce qui s'eſt passé en Guienne, dans ces premiers mouvements de Monsieur le Prince, que très légèrement, et purement autant que la connaissance vous en eſt nécessaire, par le rapport et la liaison qu'elle a à ce que j'ai présentement à vous raconter de ce que je voyais à Paris, et de ce que je pénétrais de la cour.

Il me semble que j'ai déjà marqué ci-dessus que la cour s'avança de Bourges à Poitiers, pour être en état de remédier de plus près aux démarches de Monsieur le Prince. Comme elle vit qu'il ne donnait pas dans le panneau qu'elle lui avait tendu, par le moyen d'une négociation pour laquelle elle prétendait, quoiqu'à faux à mon opinion, avoir gagné Gourville, elle ne garda plus aucune mesure à son égard ; et elle envoya une déclaration contre lui au Parlement, par laquelle elle le déclarait criminel de lèse-majesté[1], et cætera.

Voici, à mon sens, le moment final et décisif de la révolution[2]. Il y a très peu de gens qui en aient connu la véritable importance. Chacun s'en est voulu former une imaginaire. Les uns se sont figuré que le mystère de ce temps-là consista dans les cabales qu'ils se persuadent avoir été faites dans la cour, pour et contre le voyage du Roi. Il n'y a rien de plus faux : il se fit d'un concert uniforme de tout le monde. La Reine brûlait d'impatience d'être libre, et en lieu où elle pût rappeler Monsieur le Cardinal quand il lui plairait. Les sous-ministres la fortifièrent par toutes leurs lettres dans la même pensée. Monsieur souhaitait plus que personne l'éloignement de la cour, parce que sa pensée naturelle et dominante lui faisait toujours trouver une douceur sensible à tout ce qui pouvait diminuer les devoirs journaliers auxquels la présence du Roi l'engageait. M. de Chasteauneuf joignait au désir qu'il avait de rendre, par un nouvel éclat, Monsieur le Prince encore plus irréconciliable à la cour, la vue de se gagner l'esprit de la Reine dans le cours d'un voyage dans lequel l'absence du Cardinal et l'éloignement des sous-ministres lui donnait lieu d'espérer qu'il se pourrait rendre encore et plus agréable et plus nécessaire. Monsieur le Premier Président y concourut de son mieux, et parce qu'il le crut très utile au service, et parce que la hauteur avec laquelle M. de Chasteauneuf le traitait lui était devenue insupportable. M. de La Vieuville ne fut pas fâché, à ce qui me parut, de n'être pas trop éclairé, dans les premiers jours, de la fonction de la surintendance ; et

Bordeaux, qui était son confident principal[1], me fit un discours qui me marqua même de l'impatience que le Roi fût déjà hors de Paris. Celle des Frondeurs n'était pas moindre et parce qu'ils voyaient la nécessité qu'il y avait effectivement à ne pas laisser établir Monsieur le Prince au-delà de Loire, et parce qu'ils se tenaient beaucoup plus assurés de l'esprit de Monsieur lorsque la cour était éloignée, que quand il en était proche. Voilà ce qui me parut de la disposition de tout le monde, sans exception à l'égard du voyage du Roi, et je ne comprends pas sur quoi l'on a pu fonder cette diversité d'avis que l'on a prétendu et même écrit, ce me semble, avoir été dans le Conseil sur ce sujet.

Vous voyez donc qu'il n'y eut aucun mystère au départ du Roi! mais, en récompense, il y en eut beaucoup dans les suites de ce départ, parce que chacun y trouva tout le contraire de ce qu'il s'en était imaginé. La Reine y rencontra plus d'embarras, sans comparaison, qu'elle n'en avait à Paris, par les obstacles que M. de Chasteauneuf mettait au rappel de Monsieur le Cardinal. Les sous-ministres eurent des frayeurs mortelles que l'habitude et la nécessité n'établissent à la fin, dans l'esprit de la Reine, et assiégée par M. de Villeroi, par le commandeur de Jars, et lassée de leurs avis, M. de Chasteauneuf, qui, de son côté, ne trouva pas le fondement qu'il avait cru aux espérances dont il s'était flatté lui-même à cet égard, parce que la Reine demeura toujours dans un concert très étroit avec le Cardinal et avec tous ceux qui étaient véritablement attachés à ses intérêts. Monsieur devint, en fort peu de temps, moins sensible au plaisir de la liberté que l'absence de la cour lui donnait, qu'aux affres qu'il prit, même assez subitement, des bruits qui se répandirent des négociations souterraines qu'il croyait encore plus dangereuses, par la raison de l'éloignement. M. de La Vieuville, qui craignait plus que personne le retour du Mazarin, me dit, quinze jours après le départ du Roi, que nous avions tous été des dupes de ne nous y être pas opposés. J'en convins en mon nom et en celui de tous les Frondeurs. J'en conviens encore aujourd'hui de bonne foi, et que cette faute fut une des plus lourdes que chacun pût faire, dans cette conjoncture, en son particulier : je dis chacun de ceux qui ne désiraient pas le rappel de M. le cardinal Mazarin ; car il est vrai que ceux qui étaient dans ses intérêts jouaient le droit du jeu[1]. Ce qui nous la fit faire fut l'inclination naturelle que tous les hommes ont à chercher plutôt le soulagement présent dans ce qui leur fait peine qu'à prévenir ce qui leur en doit faire un jour. J'y donnai, de ma part, comme tous les autres, et l'exemple ne fait pas que j'en aie moins de honte. Notre bévue fut d'autant plus grande, que nous en avions prévu les inconvénients, qui étaient, dans la vérité, non pas seulement visibles, mais palpables, et qu'imprudemment nous prîmes le parti de courre les plus grands pour éviter les plus petits. Il y avait, sans comparaison, moins de péril pour nous à laisser respirer et fortifier Monsieur le Prince dans la Guienne, qu'à mettre la Reine, comme nous faisions, en pleine liberté de rappeler son favori[2]. Cette faute est l'une de celles qui m'a obligé de vous dire, ce me semble, quelquefois, que la source la plus ordinaire des manquements des hommes est qu'ils s'affectent trop du présent et qu'ils ne s'affectent pas assez de l'avenir. Nous ne fûmes pas longtemps sans connaître et sans sentir que les fautes capitales qui se commettent, dans les partis qui sont opposés à l'autorité royale, les déconcertent si absolument, qu'elles imposent presque toujours [à] ceux qui y ont eu leur poste une nécessité de faillir, quelque conduite qu'ils puissent suivre. Je m'explique.

Monsieur, ayant proprement mis la Reine en liberté de rappeler le cardinal Mazarin, ne pouvait plus prendre que trois partis, dont l'un était de consentir à son retour, l'autre de s'y opposer de concert avec Monsieur le Prince, et le troisième de faire un tiers parti dans l'État. Le premier était honteux, après les engagements publics qu'il avait pris. Le second était peu sûr par la raison des négociations continuelles que les subdivisions qui étaient dans le parti de Monsieur le Prince rendaient aussi journalières qu'inévitables. Le troisième était dangereux pour l'État et impraticable même de la part de Monsieur, parce qu'il était au-dessus de son génie.

M. de Chasteauneuf, se trouvant avec la cour hors

de Paris, ne pouvait que flatter la Reine par l'espérance du rétablissement de son ministre, ou s'opposer à ce rétablissement par les obstacles qu'il y pouvait former par le cabinet. L'un était ruineux, parce que l'état où étaient les affaires faisait voir ces espérances trop proches, pour espérer que l'on les pût rendre illusoires. L'autre était chimérique, vu l'humeur et l'opiniâtreté de la Reine.

Quelle conduite pouvais-je prendre, en mon particulier, qui pût être sage et judicieuse ? Il fallait nécessairement ou que je servisse la Reine selon son désir, pour le retour du Cardinal, ou que je m'y opposasse avec Monsieur, ou que je me ménageasse entre les deux. Il fallait, de plus, ou que je m'accommodasse avec Monsieur le Prince, ou que je demeurasse brouillé avec lui. Et quelle sûreté pouvais-je trouver dans tous ces partis ? Ma déclaration pour la Reine m'eût perdu irrémissiblement, dans le Parlement, dans le peuple, et dans l'esprit de Monsieur : sur quoi je n'aurais eu pour garantie que la bonne foi du Mazarin. Ma déclaration pour Monsieur devait, selon toutes les règles du monde, m'attirer, un quart d'heure après, la révocation de ma nomination au cardinalat. Pouvais-je demeurer en rupture avec Monsieur le Prince, dans le temps que Monsieur ferait la guerre au Roi conjointement avec lui ? Pouvais-je me raccommoder avec Monsieur le Prince, au moment que la Reine me déclarait qu'elle ne se résolvait à me laisser la nomination que sur la parole que je lui donnais que je ne me raccommoderais pas ? Le séjour du Roi à Paris eût tenu la Reine dans des égards qui eussent levé beaucoup de ces inconvéni[ents] et qui eussent adouci les autres. Nous contribuâmes à son éloignement, au lieu de mettre les obstacles presque imperceptibles qui étaient, en plus d'une manière, dans nos mains. Il en arriva ce qui arrive toujours à ceux qui manquent de certains moments qui sont capitaux et décisifs dans les affaires. Comme nous ne voyions plus de bon parti à prendre, nous prîmes tous, à notre mode, ce qui nous parut le moins mauvais dans chacun : ce qui produit toujours deux mauvais effets, dont l'un est que ce composé, pour ainsi dire, d'esprit et de vues, est toujours confus et brouillé, et l'autre qu'il n'y a jamais que la pure fortune qui le démêle. J'expliquerai cela, et je l'appliquerai au détail duquel il s'agit, après que je vous aurai rendu compte de quelques faits assez curieux et assez remarquables de ce temps-là.

La Reine, qui avait toujours eu dans l'esprit de rétablir M. le cardinal Mazarin, commença à ne se plus tant contraindre sur ce qui regardait son retour, dès qu'elle se sentit en liberté ; et MM. de Chasteauneuf et de Villeroi connurent, aussitôt que la cour fut arrivée à Poitiers[1], que les espérances qu'ils avaient conçues ne se trouveraient pas, au moins par l'événement, bien fondées. Le succès que M. le comte de Harcourt avait en Guienne, la conduite du parlement de Paris, qui ne voulait point du Cardinal, mais qui défendait, sous peine de la vie, les levées que Monsieur le Prince faisait pour s'opposer à son retour, la division publique et déclarée qui était, dans la maison de Monsieur, entre les serviteurs de Monsieur le Prince et mes amis, donnaient du courage à ceux qui étaient dans les intérêts du ministre auprès de la Reine. Elle n'en avait que trop, par elle-même, en tout ce qui était de son goût. Hocquincourt, qui fit un voyage secret à Brusle, fit voir au Cardinal un état de huit mille hommes prêts à le prendre sur la frontière et à l'amener en triomphe jusques à Poitiers[2]. Je sais, d'un homme qui était présent à la conversation, que rien ne le toucha plus sensiblement que l'imagination de voir une armée avec son écharpe[3] (car Hocquincourt avait pris la verte en son nom), et que cette faiblesse fut remarquée de tout le monde. La Reine ne quitta pas la voie de la négociation, dans le moment même qu'elle projetait de prendre celle des armes. Gourville allait et venait du côté de Monsieur le Prince. Bertet vint à Paris pour gagner M. de Bouillon, M. de Turenne et moi. Cette scène est assez curieuse pour s'y arrêter un peu plus longtemps.

Je vous ai déjà dit que MM. de Bouillon et de Turenne étaient séparés de Monsieur le Prince, ils vivaient l'un et l'autre d'une manière fort retirée dans Paris ; et, à la réserve de leurs amis particuliers, peu de gens les voyaient. J'étais de ce nombre, et comme j'en connaissais, pour le moins autant que personne, le mérite et le poids, je n'oubliai rien et pour le faire connaître et peser à Monsieur, et pour obliger les deux frères à entrer dans ses intérêts. L'aversion naturelle qu'il avait pour l'aîné, sans savoir trop pourquoi, l'empêcha de faire ce qu'il se devait à soi-même en ce rencontre ; et le mépris que le cadet avait pour lui, sachant très bien pourquoi, n'aida pas au succès de ma négociation. Celle de Bertet, qui arriva justement à Paris dans cette conjoncture, se trouva commune entre M. de Bouillon et moi, par le rencontre de Madame la Palatine, qui était elle-même notre amie commune, et à laquelle Bertet avait ordre de s'adresser directement.

Elle nous assembla cheux elle, entre minuit et une heure, et elle nous présenta Bertet, qui, après un torrent d'expressions gasconnes, nous dit que la Reine, qui était résolue de rappeler M. le cardinal Mazarin, n'avait pas voulu exécuter sa résolution sans prendre nos avis, et cætera. M. de Bouillon, qui me jura une heure après, en présence de Madame la Palatine, qu'il n'avait encore jusques-là reçu aucune proposition, au moins formée, de la part de la cour, me parut embarrassé ; mais il s'en démêla à sa manière, c'est-à-dire en homme qui savait, mieux qu'aucun que j'aie jamais connu, parler le plus quand il disait le moins. M. de Turenne, qui était plus laconique et, dans le vrai, beaucoup plus franc, se tourna de mon côté et il me dit : « Je crois que M. Bertet va tirer par le manteau tous les gens à manteau noir qu'il trouve dans la rue, pour leur demander leur opinion sur le retour de Monsieur le Cardinal ; car je ne vois pas qu'il y ait plus de raison de la demander à monsieur mon frère et à moi qu'à tous ceux qui ont passé aujourd'hui sur le Pont-Neuf. — Il y en a beaucoup moins à moi, lui répondis-je ; car il y a des gens qui ont passé aujourd'hui sur le Pont-Neuf, qui pourraient donner leur avis sur cette matière, et la Reine sait bien que je n'y puis jamais entrer. » Bertet me repartit brusquement et sans balancer : « Et votre chapeau, Monsieur, que deviendra-t-il ? — Ce qu'il pourra, lui dis-je. — Et que donnerez-vous à la Reine pour ce chapeau ? ajouta-t-il. — Ce que je lui ai dit cent et cent fois, lui répondis-je. Je ne m'accommoderai. point avec Monsieur le Prince si l'on ne révoque point ma nomination; je m'y accommoderai demain et je prendrai l'écharpe isabelle si l'on continue seulement à m'en menacer. » La conversation s'échauffa, et nous en sortîmes toutefois assez bien, M. de Bouillon ayant remarqué, comme moi, que l'ordre de Bertet était de se contenter de ce que j'avais dit mille fois à la Reine sur ce sujet, en cas qu'il n'en pût tirer davantage.

Pour ce qui était de M. de Bouillon et de M. de Turenne, la confabulation fut bien plus longue ; je dis confabulation[1], parce qu'il n'y avait rien de plus ridicule que de voir un petit Basque, homme de rien, entreprendre de persuader à deux des plus grands hommes du monde de faire la plus signalée de toutes les sottises, qui était de se déclarer pour la cour, devant que d'y avoir pris aucune mesure. Ils ne le crurent pas ; ils y en prirent de bonnes bientôt après. L'on promit à M. de Turenne le commandement des armées, et l'on assura à M. de Bouillon la récompense immense qu'il a tirée depuis pour Sedan[2]. Ils eurent la bonté pour moi de me confier leur accommodement, quoique je fusse de parti contraire, et il se rencontra, par l'événement, que cette confiance leur valut leur liberté.

Monsieur, qui fut averti qu'ils allaient servir le Roi et qu'ils devaient sortir de Paris à tel jour et à telle heure, me dit, comme je revenais de leur dire adieu, qu'il les fallait arrêter et qu'il en allait donner l'ordre au vicomte d'Hostel, capitaine de ses gardes. Jugez, je vous supplie, en quel embarras je me trouvai, en faisant réflexion, d'un côté, sur le juste sujet que l'on aurait de croire que j'avais trahi le secret de mes amis, et, de l'autre, sur le moyen dont je me pourrais servir pour empêcher Monsieur d'exécuter ce qu'il venait de résoudre. Je combattis d'abord la vérité de l'avis que l'on lui avait donné. Je lui représentai les inconvénients d'offenser, sur des soupçons, des gens de cette qualité et de ce mérite ; et comme je vis et qu'il croyait son avis très sûr, comme il l'était en effet, et qu'il persistait dans son dessein, je changeai de ton, et je ne songeai plus qu'à gagner du temps pour leur donner à eux-mêmes celui de s'évader. La fortune favorisa mon intention. Le vicomte d'Hostel, que l'on chercha, ne se trouva point ; Monsieur s'amusa à une médaille que Bruneau[1] lui apporta tout à propos, et j'eus le temps de mander à M. de Turenne, par Varenne, qui me tomba sous la main comme par miracle, de se sauver sans y perdre un moment. Le vicomte d'Hostel manqua ainsi les deux frères de deux ou trois heures ; le chagrin de Monsieur n'en dura guère davantage. Je lui dis la chose comme elle s'était passée, cinq ou six jours après, l'ayant trouvé en bonne humeur. Il ne m'en voulut point de mal ; il eut même la bonté de me dire que si je m'en fusse ouvert à lui, dans le temps, il eût préféré à son intérêt celui que j'y avais, sans comparaison plus considérable, par la raison du secret qui m'avait été confié, et cette aventure ne nuisit pas, comme vous pouvez croire, à serrer la vieille amitié qui était entre M. de Turenne et moi.

Vous avez déjà vu, en plus d'un endroit de cette histoire, que celle que M. de La Rochefoucauld avait pour moi n'était pas si bien confirmée. Voici une marque que j'en reçus, qui mérite de n'être pas omise. M. Talon[2], qui est présentement secrétaire du cabinet, et qui était, dès ce temps-là, attaché aux intérêts du Cardinal, entra un matin dans ma chambre comme j'étais au lit ; et, après m'avoir fait un compliment et s'être nommé (car je ne le connaissais pas seulement de visage), il me dit que bien qu'il ne fût pas dans mes intérêts, il ne pouvait s'empêcher de m'avertir du péril où j'étais ; que l'horreur qu'il avait pour les mauvaises actions et le respect qu'il avait pour ma personne l'obligeait à me dire que Gourville et La Roche-Cochon[3], domestique de M. de La Rochefoucauld, et major de Damvilliers, avaient failli à m'assassiner la veille, sur le quai qui est vis-à-vis du Petit-Bourbon. Je remerciai, comme vous pouvez juger, M. Talon, pour qui effectivement je conserverai jusques au dernier soupir une tendre reconnaissance ; mais l'habitude que j'avais à recevoir des avis de cette nature fit que je n'y fis pas toute la réflexion que je devais et au nom et au mérite de celui qui me le donnait, et que je ne laissai pas d'aller le lendemain au soir cheux Mme de Pommereux, seul dans mon carrosse, et sans autre [suite] que celle de deux pages et de trois ou quatre laquais.

M. Talon revint cheux moi, le lendemain au matin,

et, après qu'il m'eut témoigné de l'étonnement du peu d'attention que j'avais fait sur son premier avis, il ajouta que ces messieurs m'avaient encore manqué, d'un quart d'heure, la veille, auprès des Blancs-Manteaux[1], sur les neuf heures du soir, qui était justement l'heure que j'étais sorti de cheux Mme de Pommereux. Ce second avis, qui me parut plus particularisé que l'autre, me tira de mon assoupissement. Je me tins sur mes gardes ; je marchai en état de n'être pas surpris. Je m'informai, par M. Talon même, de tout le détail ; je fis arrêter et interroger La Roche-Cochon, qui déposa, devant le lieutenant criminel[2], que M. de La Rochefoucauld lui avait commandé de m'enlever et de me mener à Damvilliers ; qu'il avait pris, pour cet effet, soixante hommes choisis de la garnison de cette place ; qu'il les avait fait entrer dans Paris séparément ; que lui et Gourville, ayant remarqué que je revenais tous les soirs de l'hôtel de Chevreuse, entre minuit et une heure, avec dix ou douze gentilshommes seulement, en deux carrosses, avaient posté leurs gens sous la voûte de l'arcade qui est vis-à-vis du Petit-Bourbon, que comme ils avaient vu que je n'avais pas pris le chemin du quai un tel jour, ils m'étaient allés attendre, le lendemain, auprès des Blancs-Manteaux, où ils m'avaient encore manqué, parce que celui qui était en garde à la porte du logis de Mme de Pommereux, pour observer quand j'en sortirais, s'était amusé à boire dans un cabaret prochain. Voilà la déposition de La Roche-Cochon, dont le lieutenant criminel fit voir l'original à Monsieur, en ma présence. Vous croyez aisément qu'il ne m'eût pas été difficile, après un aveu de cette nature, de le faire rouer, et que si il eût été appliqué à la question, il eût peut-être confessé quelque chose de plus que le dessein de l'enlèvement. Le comte de Pas, frère de M. de Feuquières et de celui qui porte aujourd'hui le même nom, à qui j'avais une obligation considérable, vint me conjurer de lui donner la vie : je la lui accordai, et j'obligeai Monsieur de commander au lieutenant criminel de cesser la procédure ; et comme il me disait qu'il fallait au moins la pousser jusques à la question, pour en tirer au moins la vérité tout entière, je lui répondis, en présence de tout ce qui était dans le cabinet de Luxembourg : « Il est si beau, si honnête et si extraordinaire, Monsieur, à des gens qui font une entreprise de cette nature, d'hasarder de la manquer et de se perdre eux-mêmes par une action aussi difficile qu'est celle d'enlever un homme qui ne va pas la nuit sans être accompagné, et de le conduire à soixante lieues de Paris, au travers du royaume : il est si beau, dis-je, d'hasarder cela plutôt que de se résoudre à l'assassiner, qu'il vaut mieux, à mon sens, ne pas pénétrer plus avant, de peur que nous ne trouvions quelque chose qui dépare une générosité qui honore notre siècle. » Tout le monde se prit à rire, et peut-être que vous en ferez de même. La vérité est que je voulus témoigner ma reconnaissance au comte de Pas, qui m'avait obligé, deux ou trois mois auparavant, sensiblement, en me renvoyant pour rien tout le bétail de Commerci, qui était à lui, de bonne guerre, parce qu'il les avait repris après les vingt-quatre heures[1], et que j'appréhendai que si la chose allait plus loin et que l'on perçât la vérité de l'assassinat, qui n'était déjà que trop clair, je ne pusse plus tirer des mains du Parlement ce malheureux gentilhomme. Je fis cesser les poursuites, par les instances que j'en fis au lieutenant criminel, et je suppliai Monsieur de faire transférer, de son autorité, à la Bastille, le prisonnier, qu'il ne voulut point, à toutes fins, remettre en liberté, quoique je l'en pressasse. Il se la donna lui-même cinq ou six mois après, s'étant sauvé de la Bastille, où il était, à la vérité, très négligemment gardé[2]. Un gentilhomme qui est à moi et qui s'appelle Malclerc, ayant pris avec lui La Forest, lieutenant du prévôt de l'Île, arrêta Gourville à Montlhéri, où il passait pour aller à la cour, avec laquelle M. de La Rochefoucauld avait toujours des négociations souterraines[3] ; il y parut en cette occasion, car Gourville ne fut pas trois ou quatre heures entre les mains des archers, qu'il n'arrivât un ordre du premier président pour le relâcher.

Il faut avouer que je ne me sauvais de cette entreprise que par une espèce de miracle. Le jour que je fus manqué sur le quai, j'allai cheux M. de Caumartin et je lui dis que j'étais si las de marcher toujours dans les rues avec deux ou trois carrosses pleins de gentilshommes et de mousquetons, que je le priais de me mettre dans le sien et de me mener, sans livrée, à l'hôtel de Chevreuse, où je voulais aller de bonne heure, quoique je fisse état d'y demeurer à souper. M. de Caumartin en fit beaucoup de difficulté, à cause du péril auquel j'étais continuellement exposé ; et il n'y consentit que sur la parole que je lui donnai qu'il ne se chargerait point de moi au retour, et que mes gens me reviendraient prendre, le soir, à l'hôtel de Chevreuse, à leur ordinaire. Je me mis donc dans le fonds de son carrosse, les rideaux à demi tirés, et je me souviens qu'ayant vu sur le quai des gens à collets de bufre[1], il me dit : « Voilà peut-être qui est là à votre intention. » Je n'y fis aucune réflexion. Je passai tout le soir à l'hôtel de Chevreuse ; et, par hasard, je ne trouvai auprès de moi, lorsque j'en sortis, que neuf gentilshommes, qui était justement un nombre très propre à me faire assassiner. Mme de Rhodes, qui avait ce soir-là un carrosse de deuil tout neuf, voyant qu'il pleuvait, me pria de la mettre dans le mien, parce que le sien la barbouillerait. Je m'en défendis en lui faisant la guerre de sa délicatesse. Mlle de Chevreuse courut jusques sur le degré après moi, pour m'y obliger, et voilà ce qui me sauva la vie, parce que je passai par la rue Saint-Honoré pour aller à l'hôtel de Brissac, où Mme de Rhodes logeait, et qu'ainsi j'évitai le quai où l'on m'attendait. Ajoutez cette circonstance à celle des Blancs-Manteaux et à celle d'une générosité aussi extraordinaire que celle de M. Talon, qui, étant dans des intérêts directement contraires aux miens, eut la probité de me donner l'avis de l'entreprise : ajoutez, dis-je, à ces deux circonstances celle que je vous viens de raconter de Mme de Rhodes, et vous avouerez que les hommes ne sont pas les maîtres de la vie des hommes. Je reviens à ce que je vous ai tantôt promis des suites qu'eut le voyage du Roi.

Je vous disais, ce me semble, que voyant, comme nous le vîmes clairement, en moins de quinze jours, que nous n'avions plus de parti à prendre, après la faute que nous avions faite, qui n'eût des inconvénients terribles, nous tombâmes, comme il arrive toujours en pareil cas, dans le plus dangereux de tous, qui est de n'en point prendre de décisif et de prendre quelque chose de chacun. Monsieur ne prit point les armes avec Monsieur le Prince, et il crut, par cette raison, faire beaucoup pour la cour. Il se déclara, dans Paris et dans le Parlement, contre le retour du Mazarin, et il s'imagina, par cette considération, qu'il contentait le public. M. de Chasteauneuf conserva quelque temps, à Poitiers, l'espérance de pouvoir amuser la Reine, par l'espérance qu'il lui donnait à elle-même du rétablissement de son ministre, dans telle et telle conjoncture qu'il croyait éloignée. Comme il connut et que l'impatience de la Reine et que l'empressement même du Cardinal approchaient ces conjonctures beaucoup plus qu'il ne se l'était imaginé, il prit le parti de la sincérité et il s'opposa directement au retour, avec cette sorte de liberté qui est toujours aussi inutile qu'elle est odieuse, toutes les fois que l'on ne l'emploie qu'au défaut du succès de l'artifice. Le Parlement, qui se sentait trop engagé à l'exclusion du Mazarin pour en souffrir le rétablissement, éclatait avec fureur aux moindres apparences qu'il en voyait. Comme, d'autre part, il ne voulait rien faire qui fût contraire aux formes et qui choquât l'autorité royale, il rompait lui-même toutes les mesures que l'on pouvait prendre pour empêcher ce rétablissement. Je le voulais, en mon particulier, moins que personne; mais, comme je voulais aussi peu le raccommodement avec Monsieur le Prince, pour les raisons que vous avez vues ci-dessus, je ne laissais pas d'y contribuer, malgré moi, par une conduite qui, quoique judicieuse dans le moment parce qu'elle était nécessaire, était inexcusable dans son principe, qui était d'avoir fait une de ces fautes capitales après lesquelles l'on ne peut plus rien faire qui soit sage[1]. Voilà ce qui nous perdit, à la fin, les uns et les autres, comme vous l'allez voir par la suite.

Monsieur, qui était l'homme du monde qui aimait le mieux à se donner à lui-même des raisons qui l'empêchassent de se résoudre, s'était toujours voulu persuader que la Reine ne porterait jamais jusques à l'effet l'intention, qu'il confessait qu'elle avait et qu'elle aurait toujours, de faire revenir à la cour M. le cardinal Mazarin. Quand il ne fut plus en son pouvoir de se tromper soi-même, il crut que l'unique remède serait d'embarrasser la Reine sans la désespérer; et je remarquai, en cette occasion, ce que j'ai encore observé en plusieurs autres, qui est que les hommes ont une pente merveilleuse à s'imaginer qu'ils amuseront les autres par les mêmes moyens par lesquels ils sentent qu'ils peuvent être eux-mêmes amusés. Monsieur n'agissait jamais que quand il était pressé, et Fremont l'appelait *l'interlocutoire incarné*. De tous les moyens que l'on pouvait prendre pour le presser, le plus efficace et le plus infaillible était celui de la peur; et il se sentait, par la règle des contraires, une pente naturelle à ne point agir quand il n'avait point de frayeur. Le même tempérament qui produit cette inclination fait celle que l'on a à ne se point résoudre lorsque l'on se trouve embarrassé. Il jugea de la Reine par lui-même; et je me souviens qu'un jour je lui représentais qu'il était judicieux et même nécessaire de changer de conduite, selon la différence des esprits auxquels l'on avait à faire, et qu'il me répondit ces propres mots : « Abus ! tout le monde pense également; mais il y a des gens qui cachent mieux leurs pensées les uns que les autres. »

La première réflexion que je fis sur ces paroles fut que la plus grande imperfection des hommes est la complaisance qu'ils trouvent à se persuader que les autres ne sont pas exempts des défauts qu'ils se reconnaissent à eux-mêmes. Monsieur se trompa, dans ce rencontre, encore plus qu'en aucun autre; car la hardiesse de la Reine fit qu'elle n'eut pas besoin du désespoir, où Monsieur ne la voulait pas jeter, pour se porter à l'exécution de la résolution que Monsieur voulut arrêter; et cette même hardiesse perça encore tous les embarras par lesquels il prétendait de la traverser. Il voulait toujours se figurer qu'en ne se joignant pas à Monsieur le Prince, et en négociant toujours, tantôt par M. Danville, tantôt par Sommeri[1], qu'il envoya à la cour, il amuserait la Reine, qu'il croyait pouvoir être retenue par l'appréhension qu'elle avait de sa déclaration. Il voulait s'imaginer qu'en animant le Parlement contre le retour du ministre, comme il faisait publiquement, il ne donnerait à la cour que de ces sortes d'appréhensions qui sont plus capables de retenir que de précipiter. Comme il parlait fort bien, il nous fit un beau plan sur cela, au président de Bellièvre et à moi, dans le cabinet des livres, dont nous ne demeurâmes toutefois nullement persuadés. Nous le combattîmes par une infinité de raisons ; mais il détruisit toutes les nôtres par une seule que j'ai touchée ci-dessus, en nous disant : « Nous avons fait la sottise de laisser sortir de Paris la Reine, nous ne saurions plus faire que des fautes ; nous ne saurions plus prendre de bon parti, il faut aller au jour la journée ; et, cela supposé, il n'y a à faire que ce que je vous dis. » Ce fut en cet endroit où je lui proposai le tiers parti que l'on m'a tant reproché depuis et que je n'avais imaginé que l'avant-veille. En voici le projet.

Je puis dire, avec vérité et sans vanité, que, dès que je vis la Reine hors de Paris avec une armée, je ne doutai presque plus de l'infaillibilité du rétablissement du Cardinal, parce que je ne crus pas que la faiblesse de Monsieur, les contretemps du Parlement, les négociations inséparables des différentes cabales qui partageaient le parti des princes, pussent tenir longtemps contre l'opiniâtreté de la Reine et contre le poids de l'autorité royale. Je ne crois pas me louer en disant que j'eus cette vue d'assez bonne heure, parce que je conviens de bonne foi que, ne l'ayant eue que depuis que le Roi fut à Poitiers, je ne la pris que beaucoup trop tard. Je vous ai dit, ci-devant, qu'il ne s'est jamais fait une faute si lourde que celle que nous fîmes quand nous ne nous opposâmes pas au voyage ; et elle l'est d'autant plus, qu'il n'y avait rien de si aisé à voir que ce qui nous en arriverait ; et ce pas de clerc, que nous fîmes tous sans exception, à l'envi l'un de l'autre, est un de ceux qui m'a obligé de vous dire quelquefois que toutes les fautes ne sont pas humaines, parce qu'il y en a de si grossières que des gens qui ont le sens commun ne les pourraient pas faire.

Comme j'eus vu, pesé et senti la conséquence de celle dont il s'agit, je pensai, en mon particulier, aux moyens de la réparer ; et après avoir fait toutes les réflexions que vous venez de voir répandues dans les feuilles précédentes, sur l'état des choses, je n'y trouvai que deux issues, dont l'une fut celle de laquelle je vous ai parlé ci-dessus, qui était du goût et du génie de Monsieur, et à laquelle il avait donné d'abord, et de lui-même. Elle me pouvait être bonne, en mon particulier, parce qu'enfin Monsieur, ne se déclarant point pour Monsieur le Prince et entretenant la cour par des négociations, me donnait toujours lieu de gagner temps et de faire venir mon chapeau. Mais ce parti ne me paraissait honnête qu'autant qu'il se serait rendu absolument nécessaire, parce qu'il ne se pouvait, vu l'avantage qu'il donnerait peut-être, par l'événement, au Cardinal, qu'il ne fût très suspect à tous ceux qui étaient dans les intérêts de ce que l'on appelait le public. Je ne voulais nullement perdre ce public ; et cette considération, jointe aux autres que je vous ai marquées ci-dessus, faisait que je n'étais pas satisfait d'une conduite dont l'apparence n'était pas bonne et dont le succès d'ailleurs était fort incertain.

L'autre issue que je m'imaginai était plus grande, plus noble, plus élevée ; et ce fut celle aussi à laquelle je me fermai[1] sans balancer. Ce fut de faire en sorte que Monsieur formât publiquement un tiers parti, séparé de celui de Monsieur le Prince, et composé de Paris et de la plupart des grandes villes du royaume, qui avaient beaucoup de disposition au mouvement, et dans une partie desquelles j'avais de bonnes correspondances. Le comte de Fuensaldagne, qui croyait qu'il n'y avait que la défiance où j'étais de la mauvaise volonté de Monsieur le Prince contre moi qui me fît garder des ménagements avec la cour, m'avait envoyé don Antonio de La Crusca pour me faire des propositions qui m'avaient donné la première vue du projet dont je vous parle ; car il m'avait offert de faire un traité secret par lequel il m'assisterait d'argent, et par lequel toutefois il ne m'obligerait à rien de toutes les choses qui pouvaient faire juger que j'eusse correspondance avec Espagne. L'idée que je me formai sur cela et sur beaucoup d'autres circonstances qui concoururent, en ce temps-là, fut de proposer à Monsieur qu'il déclarât publiquement dans le Parlement que, voyant que la Reine était résolue à rétablir le cardinal Mazarin dans le ministère, il était résolu, de son côté, à s'y opposer par toutes les voies que sa naissance et les engagements publics lui permettaient ; qu'il ne serait ni de sa prudence ni de sa gloire de se contenter des remontrances du Parlement, que la Reine éluderait au commencement et mépriserait à la fin, cependant que le Cardinal faisait des troupes pour entrer en France et pour se rendre maître de la personne du Roi, comme il l'était déjà de l'esprit de la Reine ; que, comme oncle du Roi, il se croyait obligé de dire à la Compagnie qu'il était de sa justice de se joindre à lui, dans une occasion où il ne s'agissait, à proprement parler, que de la manutention[1] de ses arrêts et des déclarations qui étaient dues à ses instances ; qu'il ne serait pas moins de sa sagesse, parce qu'elle n'ignorait pas que toute la ville conspirerait avec lui à un dessein si nécessaire au bien de l'État ; qu'il n'avait pas voulu s'expliquer si ouvertement avec elle devant s'être mis en état de les pouvoir assurer du succès par l'ordre qu'il avait déjà mis aux affaires ; qu'il avait tant d'argent, qu'il était déjà assuré de tant et tant de places, et cætera ; sur le tout, que ce qui devait toucher la Compagnie plus que quoi que ce soit et lui faire même embrasser avec joie l'heureuse nécessité où elle se voyait de travailler avec lui au bien de l'État, était l'engagement public qu'il prenait, dès ce moment, avec elle, et de n'avoir jamais aucune intelligence avec les ennemis de l'État, et de n'entendre jamais, directement ni indirectement, à aucune négociation qui ne fut proposée en plein Parlement, les chambres assemblées ; qu'au reste, il désavouait tout ce que Monsieur le Prince avait fait et faisait avec les Espagnols ; et que, par cette raison et par celle des négociations fréquentes et suspectes de tous ceux de son parti, il n'y voulait avoir aucune communication que celle que l'honnêteté requérait à l'égard d'un prince de son mérite. Voilà ce que je proposai à Monsieur, et ce que j'appuyai de toutes les raisons qui lui pouvaient faire voir la possibilité de la pratique, de laquelle je suis encore très persuadé. Je lui exagérai tous les inconvénients de la conduite contraire, et je lui prédis tout ce qu'il vit depuis de celle du Parlement, qui, au moment qu'il donnerait des arrêts contre le Cardinal, déclarerait criminels de lèse-majesté ceux qui s'opposeraient à son retour.

Monsieur demeura ferme dans sa résolution, soit qu'il craignit, comme il disait, l'union des grandes villes, qui pouvait, à la vérité, devenir dangereuse à l'État, soit qu'il appréhendât que Monsieur le Prince ne se raccommodât avec la cour contre lui, à quoi toutefois je lui avais marqué plus d'un remède, soit, et c'est ce qui me parut, que le fardeau fût trop pesant pour lui. Il est vrai qu'il était au-dessus de sa portée, et que, par cette raison, j'eus tort de l'en presser. Il est vrai, de plus, que l'union des grandes villes, en l'humeur où elles étaient, pouvait avoir de grandes suites[1]. J'en eus scrupule, parce que, dans la vérité, j'ai toujours appréhendé ce qui pouvait faire effectivement du mal à l'État, et Caumartin ne put jamais être de cet avis par cette considération. Ce qui m'y emporta, et, si je l'ose dire, et contre mon inclination, et contre mes maximes, fut la confusion où nous allions tomber en prenant l'autre chemin, et le ridicule d'une conduite par laquelle il me semblait que nous allions tous combattre à la façon des anciens Andabates[2].

La dernière conversation que j'eus, sur ce détail, avec Monsieur, dans la grande allée des Tuileries, fut assez curieuse, et, par l'événement, assez prophétique. Je lui dis : « Que deviendrez-vous, Monsieur, quand Monsieur le Prince sera raccommodé à la cour, ou poussé en Espagne ? quand le Parlement donnera des arrêts contre le Cardinal et déclarera criminels ceux qui s'opposeront à son retour ? quand vous ne pourrez plus, avec honneur et sûreté, être ni mazarin ni frondeur ? » Monsieur me répondit : « Je serai fils de France, vous deviendrez cardinal et vous demeurerez coadjuteur. » Je lui repartis, sans balancer, comme par un enthousiasme[3] : « Vous serez fils de France à Blois, et je serai cardinal au bois de Vincennes[4]. » Monsieur ne s'ébranla point, quoi que je lui pusse dire, et il fallut se réduire au parti de brousser à l'aveugle[5], de jour à jour : c'est le nom que Patru donnait à notre manière d'agir. Je vous en expliquerai le détail, après que je vous aurai rendu compte d'un embarras très fâcheux que j'eus en ce temps-là.

Bertet, qui, comme vous avez déjà vu, était venu à Paris pour négocier avec MM. de Bouillon et avec moi, avait aussi eu ordre de la Reine de voir Mme de Chevreuse, et d'essayer de lui persuader de s'attacher encore plus intimement à elle qu'elle n'avait fait jusque-là. Il la trouva dans une disposition très favorable pour sa négociation. Laigue était rempli[1] et de plus l'homme du monde le plus changeant de son naturel. Il y avait déjà quelque temps que Mlle de Chevreuse m'avait averti qu'il disait tous les jours à madame sa mère qu'il fallait finir, que tout était en confusion, que nous ne savions tous où nous allions. Bertet, qui était vif, pénétrant et insolent, s'étant aperçu du faible, en prit le défaut habilement ; il menaça, il promit, enfin il engagea Mme de Chevreuse à lui promettre qu'elle ne serait contraire en rien au retour de Monsieur le Cardinal, et qu'en cas qu'elle ne me pût gagner sur cet article, elle ferait tous ses efforts pour empêcher que M. de Noirmoutier, qui était gouverneur de Charleville et du Mont-Olimpe, ne demeurât pas dans mes intérêts, quoiqu'il tînt ces deux places de moi. Noirmoutier se laissa corrompre par elle, sous des espérances qu'elle lui donna de la part de la cour ; et quand je le voulus obliger à offrir son service à Monsieur, lorsque le Cardinal entra avec ses troupes dans le royaume, il me déclara qu'il était au Roi ; qu'en tout ce qui me serait personnel, il passerait toujours pardessus toute sorte de considération ; mais que, dans la conjoncture présente, où il s'agissait d'un démêlé de Monsieur avec la cour, il ne pouvait manquer à son devoir. Vous pouvez juger du ressentiment que j'eus de cette action. J'éclatai contre lui avec fureur, et au point que, quoique j'allasse tous les jours cheux Mlle de Chevreuse, qui se déclara ouvertement contre madame sa mère en cette occasion, je ne saluais ni lui ni Laigue, et ne parlais presque pas à Mme de Chevreuse. Je reprends la suite de mon discours.

La Saint-Martin de l'année 1651 ayant ouvert le Parlement, il députa MM. Doujat et Baron vers M. le duc d'Orléans, qui était à Limours, pour le prier de venir prendre sa place au sujet d'une déclaration que le Roi avait envoyée au Parquet, dès le 8 du mois d'octobre, par laquelle il déclarait Monsieur le Prince criminel de lèse-majesté[2].

Monsieur vint au Palais le 20 de novembre, et Monsieur le Premier Président, ayant exagéré, même avec emphase, tout ce qui se passait en Guienne, conclut par la nécessité qu'il y avait de procéder à l'enregistrement de la déclaration, pour obéir aux très justes volontés du Roi : ce fut son expression. Monsieur, qui, comme vous avez vu ci-dessus, avait pris sa résolution, répondit au premier président que ce n'était pas une affaire à précipiter ; qu'il fallait se donner du temps pour travailler à l'accommodement ; qu'il s'y appliquait de tout son pouvoir ; que M. Danville était en chemin pour lui apporter des nouvelles de la cour ; qu'il était étrange que l'on pressât une déclaration contre un prince du sang, et que l'on ne songeât pas seulement aux préparatifs que le cardinal Mazarin faisait pour entrer à main armée dans le royaume.

Je vous ennuierais fort inutilement, si je m'attachais au détail de ce qui se passa dans les assemblées des chambres, qui commencèrent, comme je viens de vous le dire, le 20 de novembre, puisque celles du 23, du 24, du 28 de ce mois, et du 1er et du 2 de décembre, ne furent, à proprement parler, employées qu'à une répétition continuelle de la nécessité de l'enregistrement de la déclaration, que Monsieur le Premier Président pressait au nom du Roi, et des raisons différentes que Monsieur alléguait pour obliger la Compagnie à le différer. Tantôt il attendait le retour d'un gentilhomme qu'il avait envoyé à la cour pour négocier ; tantôt il assurait que M. Danville devait arriver de la cour, au premier jour, avec des radoucissements ; tantôt il incidentait sur la forme que l'on devait garder lorsqu'il s'agissait de condamner un prince du sang ; tantôt il soutenait que le préalable nécessaire de toutes choses était de songer à se précautionner contre le retour du Cardinal ; tantôt il produisait des lettres de Monsieur le Prince, adressées au Roi et au Parlement même, et par lesquelles il demandait à se justifier. Comme il vit et que le Parlement ne voulait pas même souffrir que l'on lût ses lettres, parce qu'elles venaient d'un prince qui avait les armes à la main contre son Roi, et que ce même esprit portait le gros de la Compagnie à l'enregistrement, il quitta la partie, et il envoya M. de Choisi au Parlement, le 4, pour le prier de ne le point attendre pour la délibération qui concernait la déclaration, parce qu'il avait résolu de n'y point assister. L'on opina ; et il passa de six-vingts voix, après qu'il y eut eu trois ou quatre avis différents, plus en la forme qu'en la substance, à faire lire, publier et registrer au greffe la déclaration, pour être exécutée selon sa forme et teneur.

Ce qui consterna Monsieur fut que Croissi ayant proposé, à la fin de l'assemblée, de prendre jour pour délibérer sur le retour du cardinal Mazarin, dont personne ne doutait plus, ne fut presque pas écouté. Monsieur m'en parla le soir, et il me dit qu'il était résolu de faire agir le peuple pour éveiller le Parlement ; et je lui répondis ces propres paroles : « Le Parlement, Monsieur, ne s'éveillera que trop en paroles contre le Cardinal ; mais il s'endormira trop en effet. Considérez, si il vous plaît, ajoutai-je, que quand M. de Croissi a parlé, il était midi sonné, et que tout le monde voulait dîner. » Monsieur ne prit que pour une raillerie ce que je lui disais tout de bon et comme je le pensais, et il commanda à Ornane, maître de sa garde-robe, de faire faire une manière d'émotion par le Maillart, duquel je vous ai parlé dans le second volume de cet ouvrage. Ce misérable mena, pour mieux couvrir son jeu, vingt ou trente gueux criailler de Monsieur. Ils allèrent de là cheux Monsieur le Premier Président, qui leur fit ouvrir sa porte, et les menaça, avec son intrépidité ordinaire, de les faire pendre[1].

L'on donna, le 7, arrêt en pleine assemblée de chambres pour empêcher, à l'avenir, ces insolences ; mais l'on ne laissa pas d'y faire réflexion sur la nécessité de lever les prétextes qui y donnaient lieu, et l'on s'assembla, le 9, pour délibérer touchant les bruits qui couraient du prochain retour de Monsieur le Cardinal, Monsieur ayant dit qu'ils n'étaient que trop vrais, le premier président essaya d'éluder, par la proposition qu'il fit de mander les gens du Roi, et de faire lire les informations qui, suivant les arrêts précédents, devaient avoir été faites contre le Cardinal. M. Talon représenta qu'il ne s'agissait point de ces informations ; que, le Cardinal ayant été condamné par une déclaration du Roi, il ne fallait point chercher d'autre preuve ; et que, si il fallait informer, ce ne pouvait être que contre les contraventions à cette déclaration. Il conclut à députer vers Sa Majesté pour l'informer des bruits qui couraient de ce retour, et pour la supplier de confirmer la parole royale qu'Elle avait donnée, sur ce sujet, à tous ses peuples. Il ajouta que défenses seraient faites à tous les gouverneurs de provinces et de places de donner passage au Cardinal, et que tous les parlements seraient avertis de cet arrêt et exhortés d'en donner un pareil. Après ces conclusions, l'on commença à opiner ; mais, la délibération n'ayant pu se consommer, et Monsieur s'étant trouvé mal, le dimanche au soir, l'assemblée fut remise au mercredi 13. Elle produisit, presque tout d'une voix, l'arrêt conforme aux conclusions, qui portaient, outre ce que je vous en ai dit ci-dessus, que le Roi serait supplié de donner part au Pape et aux autres princes étrangers des raisons qui l'avaient obligé à éloigner le Cardinal de sa personne et de ses conseils.

Il y eut, ce jour-là, un intermède qui vous fera connaître que ce n'était pas sans raison que j'avais prévu la difficulté du personnage que j'aurais à jouer, dans la conduite que nous prenions. Machaut-Fleuri, serviteur passionné de Monsieur le Prince, ayant dit en opinant que le trouble de l'État n'était causé que par des gens qui voulaient à toute force emporter le chapeau de cardinal, je l'interrompis pour lui répondre que j'étais si accoutumé à en voir dans ma maison, qu'apparemment je n'étais pas assez ébloui de sa couleur pour faire, en sa considération, tout le mal dont il m'accusait. Comme l'on ne doit jamais interrompre les avis, il s'éleva une fort grande clameur en faveur de Machault. Je suppliai la Compagnie d'excuser ma chaleur, « laquelle toutefois, ajoutai-je, ne procède pas, pour cette fois, de défaut de mépris ».

Quelqu'un ayant dit aussi, en opinant, qu'il fallait procéder à l'égard du Cardinal comme l'on avait procédé autrefois à l'égard de l'amiral de Coligni, c'est-à-dire mettre sa tête à prix, je me levai, aussi bien que tous les autres conseillers clercs[1], parce qu'il est défendu par les canons aux ecclésiastiques d'assister aux délibérations dans lesquelles il y a eu avis ouvert à la mort.

Le 18, messieurs des Enquêtes allèrent, par députés, à la Grande Chambre pour demander l'assemblée, sur une lettre que M. le cardinal Mazarin avait écrite à M. d'Elbeuf, en lui demandant conseil touchant son retour en France. Monsieur le Premier Président avoua la lettre ; il dit que M. d'Elbeuf[2] la lui avait envoyée ; qu'il avait, en même temps, dépêché au Roi pour lui en rendre compte et faire voir la conséquence ; et qu'il attendait la réponse de son envoyé, après laquelle il promettait d'assembler la Compagnie, si il ne plaisait à Sa Majesté de lui donner satisfaction. Les Enquêtes ne se contentèrent pas de cette parole de Monsieur le Premier Président ; elles renvoyèrent le lendemain, qui fut le 19[1], leurs députés à la Grande Chambre, et l'on fut obligé d'assembler.

Le 20, après y avoir invité M. le duc d'Orléans, le premier président ayant dit à la Compagnie que le sujet de l'assemblée était la lettre dont j'ai parlé ci-dessus et un voyage que M. de Navailles[2] avait fait vers M. d'Elbeuf, les gens du Roi furent mandés, qui, par la bouche de M. Talon, conclurent à ce qu'en exécution de l'arrêt d'un tel jour et an, les députés du Parlement se rendissent au plus tôt vers le Roi, pour l'informer de ce qui se passe sur la frontière ; que Sa Majesté fût suppliée d'écrire à l'électeur de Cologne, pour faire sortir le cardinal Mazarin de ses terres et seigneuries ; que M. le duc d'Orléans fût prié d'envoyer au Roi, en son nom, à cette même fin, comme aussi au maréchal d'Hocquincourt et autres commandants de troupes, pour leur donner avis du dessein que le cardinal de Mazarin avait de rentrer en France ; que quelques conseillers de la cour fussent nommés pour se transporter sur la frontière, et pour dresser des procès-verbaux de ce qui se passerait à l'égard de ce retour ; qu'il fût fait défenses aux maires et échevins des villes de lui donner passage, ni lieu d'assemblée à aucunes troupes qui le dussent favoriser, ni retraite à aucun de ses parents, ni domestiques ; que le sieur de Navailles fût ajourné à comparoir[3] en personne à ladite cour, pour rendre compte du commerce qu'il entretenait avec lui, et que l'on publierait monitoire pour être informé de la vérité de ces commerces. Voilà le gros des conclusions conformément auxquelles l'arrêt fut donné.

Vous croyez sans doute que le cardinal Mazarin est foudroyé par le Parlement, en voyant que les gens du Roi même forment et enflamment les exhalaisons qui produisent un aussi grand tonnerre ? Nullement. Au même instant que l'on donnait cet arrêt, avec une chaleur qui allait jusques à la fureur, un conseiller ayant dit que les gens de guerre qui s'assemblaient sur la frontière, pour le service du Mazarin, se moqueraient de toutes les défenses du Parlement si elles ne leur étaient signifiées par des huissiers qui eussent de bons mousquets et de bonnes piques, ce conseiller, dis-je, du nom duquel je ne me ressouviens pas, mais qui, comme vous voyez, ne parlait pas de trop mauvais sens, fut repoussé par un soulèvement général de toutes les voix, comme si il eût avancé la plus forte impertinence du monde ; et toute la Compagnie s'écria, même avec véhémence, que le licenciement des gens de guerre n'appartenait qu'à Sa Majesté.

Je vous supplie d'accorder, si il vous est possible, cette tendresse de cœur pour l'autorité du Roi, avec l'arrêt qui, au même moment, défend à toutes les villes de donner passage à celui que cette même autorité veut rétablir. Ce qui est de merveilleux est que ce qui paraît un prodige aux siècles à venir ne se sent pas dans les temps, et que ceux mêmes que j'ai vus depuis raisonner sur cette matière, comme je fais à l'heure qu'il est, eussent juré, dans les instants dont je vous parle, qu'il n'y avait rien de contradictoire entre la restriction et entre l'arrêt. Ce que j'ai vu dans nos troubles m'a expliqué, en plus d'une occasion, ce que je n'avais pu concevoir auparavant dans les histoires[1]. L'on y trouve des faits si opposés les uns aux autres, qu'ils en sont incroyables ; mais l'expérience nous fait connaître que tout ce qui est incroyable n'est pas faux.

Vous verrez encore des preuves de cette vérité dans les suites de ce qui se passa au Parlement, que je reprendrai après vous avoir entretenue de quelques circonstances qui regardent la cour.

Il y eut, en ce temps-là, contestation dans le cabinet sur la manière dont la cour se devait conduire à l'égard du Parlement, les uns soutenant qu'il le fallait ménager avec soin, et les autres prétendant qu'il était plus à propos de l'abandonner à lui-même : ce fut le mot dont Brachet se servit, en parlant à la Reine. Il lui avait été inspiré et dicté par Mainardeau-Champré, conseiller de la Grande Chambre et homme de bon sens, qui lui avait donné charge de dire à la Reine, de sa part, que le mieux qu'elle pouvait faire était de laisser tomber, à Paris, toutes choses dans la confusion, qui sert toujours au rétablissement de l'autorité royale, quand elle vient jusques à un certain point ; qu'il fallait, pour cet effet, commander à Monsieur le Président d'aller faire sa charge de garde des Sceaux à la cour, d'y appeler M. de La Vieuville avec tout ce qui avait trait aux finances, d'y faire venir le Grand Conseil, et cætera.

Cet avis, qui était fondé sur les indispositions que l'on croyait qu'un abandonnement de cet éclat produirait, dans une ville où l'on ne peut désavouer que tous les établissements ordinaires n'aient un enchaînement, même très serré, les uns avec les autres : cet avis, dis-je, fut combattu, avec beaucoup de force, par tous ceux qui appréhendaient que les ennemis du Cardinal ne se servissent utilement, contre ses intérêts, de la faiblesse de M. le président Le Bailleul, qui, par l'absence du premier président, demeurait à la tête du Parlement[1], et de la nouvelle aigreur qu'un éclat comme celui-là produirait encore dans l'esprit des peuples. Le Cardinal balança longtemps entre les raisons qui appuyaient l'un et l'autre parti, quoique la Reine, qui, par son goût, croyait toujours que le plus aigre était le meilleur, se fût déclarée d'abord pour le premier. Ce qui décida, à ce que le maréchal de La Ferté m'a dit depuis, fut le sentiment de M. de Senneterre, qui écrivit fortement au Cardinal pour l'appuyer, et qui lui fit même peur des expressions, fort souvent trop fortes, du premier président, lesquelles faisaient quelquefois, ajoutait Senneterre, plus de mal que ses intentions ne pouvaient jamais faire de bien. Cela était trop exagéré. Enfin le premier président sortit de Paris, par ordre exprès du Roi, et il ne prit pas même congé du Parlement, à quoi il fut porté par M. de Champlâtreux, assez contre son inclination[2]. M. de Champlâtreux eut raison, parce qu'enfin il eût pu courre fortune, dans l'émotion qu'un spectacle comme celui-là eût pu produire. Je lui allai dire adieu, la veille de son départ, et il me dit ces propres paroles : « Je m'en vas à la cour, et je dirai la vérité ; après quoi il faudra obéir au Roi. » Je suis persuadé qu'il le fit effectivement comme il le dit. Je reviens à ce qui se passa au Parlement.

Le 29 décembre, les gens du Roi entrèrent dans la Grande Chambre. Ils présentèrent une lettre de cachet du Roi qui portait injonction à la Compagnie de différer l'envoi des députés qui avaient été nommés, par l'arrêt du 13, pour aller trouver le Roi, parce qu'il leur avait plus que suffisamment expliqué autrefois son intention. M. Talon ajouta qu'il était obligé, par le devoir de sa charge, de représenter l'émotion qu'une telle députation pourrait causer dans un temps aussi trouble. « Vous voyez, continua-t-il, tout le royaume branle ; et voilà encore une lettre du parlement de Rouen qui vous écrit qu'il a donné l'arrêt contre le cardinal Mazarin, conforme au vôtre du 13. »

M. le duc d'Orléans prit la parole ensuite. Il dit que le cardinal Mazarin était arrivé le 25 à Sedan ; que les maréchaux d'Hocquincourt et de La Ferté l'allaient joindre avec une armée pour le conduire à la cour, et qu'il était temps de s'opposer à ses desseins, desquels l'on ne pouvait plus douter[1]. Je ne vous puis exprimer à quel point alla le soulèvement des esprits. L'on eut peine à attendre que les gens du Roi eussent pris leurs conclusions, qui furent à faire partir incessamment les députés pour aller trouver le Roi, à déclarer, dès à présent, le cardinal Mazarin et ses adhérents criminels de lèse-majesté ; à enjoindre aux communes de leur courre sus, à défendre aux maires et échevins des villes de leur donner passage ; à vendre sa bibliothèque et tous ses meubles. L'arrêt ajouta que l'on prendrait préférablement, sur le prix, la somme de cent cinquante mille livres pour être données à celui qui représenterait ledit Cardinal vif ou mort. À cette parole, tous les ecclésiastiques se levèrent pour la raison que j'ai marquée dans une pareille occasion.

Vous vous imaginez sans doute que les affaires sont bien aigries, et vous en serez encore bien plus persuadée quand je vous aurai dit que le 2 de janvier suivant, c'est-à-dire le 2 de janvier 1652, l'on donna encore, sur les conclusions des gens du Roi et sur l'avis que l'on eut que le Cardinal avait déjà passé Épernai, l'on donna, dis-je, un second arrêt par lequel il fut ordonné, de plus, que l'on inviterait tous les autres parlements à donner un arrêt pareil à celui du 29 décembre ; que l'on envoirait deux conseillers, avec les quatre qui avaient été nommés, sur les rivières[1], avec ordre d'armer les communes, et que les troupes de M. le duc d'Orléans seraient commandées pour s'opposer à la marche du Cardinal, et que les ordres seraient envoyés pour leur subsistance. N'est-il pas vrai qu'il y avait apparence, après ces conclusions et après cet arrêt, que le Parlement voulait la guerre ? Nullement.

Un conseiller ayant dit que le premier pas, pour cette subsistance, était d'avoir de l'argent et d'en prendre dans les parties casuelles ce qui y était du droit annuel[2], fut rebuté avec indignation et avec clameur ; et la même Compagnie, qui venait d'ordonner la marche des troupes de Monsieur pour s'opposer à celle du Roi, traita la proposition de prendre ses deniers avec la même religion et le même scrupule, qu'elle eût pu avoir dans la plus grande tranquillité du royaume. Je dis, à la levée du Parlement, à Monsieur, qu'il voyait que je ne lui avais pas menti quand je lui avais tant répété que l'on ne faisait jamais bien la guerre civile avec les conclusions des gens du Roi. Il dut s'en apercevoir, quoique d'une autre manière.

Le lendemain 11 ; car le Parlement s'étant assemblé et le marquis de Sablonnières, mestre de camp du régiment de Valois, étant entré et ayant dit à Monsieur que Le Coudrai-Geniers, qui était l'un des commissaires pour armer les communes, avait été tué, et que Bitault, qui était l'autre, était prisonnier des ennemis, la commotion fut si générale dans tous les esprits, qu'elle n'eût pu être plus grande quand il se serait agi de l'assassinat du monde le plus noir et le plus horrible, médité et exécuté en pleine paix[3]. Je me souviens que Bachaumont, qui était ce jour-là derrière moi, me dit à l'oreille, en se moquant de ses confrères : « Je vas acquérir une merveilleuse réputation ; car j'opinerai à écarteler M. d'Hocquincourt, qui a été assez insolent pour charger des gens qui arment les communes contre lui. » La colère que le Parlement eut de cette prévarication de M. d'Hocquincourt, et contre laquelle il décréta en forme, fut cause, à mon opinion, que l'on ne refusa pas l'audience à un gentilhomme de Monsieur le Prince, qui apportait une lettre et une requête de sa part ; car je ne vois pas par quelle autre raison l'on eût pu recevoir ce paquet envoyé au Parlement après l'enregistrement de la déclaration, puisque ce même Parlement avait refusé de voir une lettre et une remontrance de Monsieur le Prince, de cette même nature, le 2 de décembre, qui était un temps dans lequel il n'y avait encore aucune procédure en forme qui eût été faite contre lui dans la Compagnie.

Je fis remarquer cette circonstance, le soir du 11, à M. Talon, qui avait conclu lui-même à entendre l'envoyé ; et il me répondit ces propres mots : « Nous ne savons plus tous ce que nous faisons ; nous sommes hors des grandes règles. » Il ne laissa pas d'insister, dans ses conclusions, à ce que l'on ne touchât point aux deniers du Roi, qu'il maintint devoir être sacrés, quoi qu'il pût arriver. Jugez, je vous supplie, comme cela se pouvait accorder avec l'autre partie des conclusions qu'il avait données, deux ou trois [jours] devant, par lesquelles il armait les communes et faisait marcher les troupes pour s'opposer à celles du Roi. J'ai admiré, mille fois en ma vie, le peu de sens de ces malheureux gazetiers qui ont écrit l'histoire de ce temps-là. Je n'en ai pas vu un seul qui ait seulement fait une réflexion légère sur ces contradictions, qui en sont pourtant les pièces les plus curieuses et les plus remarquables. Je ne pouvais concevoir, dès ce temps-là, celles que je remarquais dans la conduite de M. Talon, parce qu'il était assurément homme d'un esprit ferme et d'un jugement solide, et je crus quelquefois qu'elles étaient affectées. Je me souviens que je perdis cette pensée, après y avoir fait de grandes réflexions, et que j'eus des raisons, du détail desquelles je n'ai pas la mémoire assez fraîche, pour demeurer persuadé qu'il était emporté, comme tous les autres, par les torrents qui courent, dans ces sortes de temps, avec une impétuosité qui agitait les hommes, en un même moment, de différents côtés.

Voilà justement ce qui arriva à M. Talon dans la délibération de laquelle nous parlons ; car, après qu'il eut conclu à faire entrer l'envoyé de Monsieur le Prince et à lire sa lettre et sa requête, il ajouta qu'il fallait envoyer l'un et l'autre au Roi et n'y point délibérer que l'on n'eût sa réponse. La lettre de Monsieur le Prince au Parlement n'était qu'un offre[1] qu'il faisait à la Compagnie de sa personne et de ses armes contre l'ennemi commun ; et la requête tendait à ce qu'il fût sursis à l'exécution de la déclaration qui avait été registrée contre lui, jusques à ce que les déclarations et arrêts rendus contre le Cardinal eussent eu leur plein et entier effet. L'on ne put achever la délibération, quoique l'on eût opiné jusques à trois heures après midi. Elle fut consommée le lendemain, qui fut le 12, et arrêt fut donné, par lequel il fut dit que l'on redemanderait M. Bitault, et M. Geniers, qui n'était que prisonnier, à M. d'Hocquincourt ; et qu'en cas de refus, on rendait responsable lui et toute sa postérité de tout ce qui leur pourrait arriver ; que la déclaration et arrêt contre le Cardinal seraient exécutés ; que défenses seraient faites à tous les sujets du Roi de reconnaître le maréchal d'Hocquincourt et autres qui assistent le Cardinal, en qualité de commandants de troupes de Sa Majesté, et qu'il serait sursis à l'exécution de la déclaration et arrêts rendus contre Monsieur le Prince jusques à ce que la déclaration et arrêts rendus contre le Cardinal aient été entièrement exécutés.

Ce qui se passa au Parlement le 16 et le 19 de janvier n'est d'aucune considération. M. de Nemours, qui revenait de Bordeaux et qui passait en Flandres pour en ramener les troupes que les Espagnols donnaient à Monsieur le Prince, arriva à Paris le soir du 19. Il est nécessaire de reprendre un peu de plus haut le détail de ce qui concerne cette marche de M. de Nemours, qui donna à Monsieur beaucoup d'ombrage.

Je vous ai déjà dit, ce me semble, que M. le duc d'Orléans était cruellement embarrassé, cinq ou six fois par jour, parce qu'il était persuadé que tout était à l'aventure et qu'il était même impossible de faire bien. Il y avait des moments où il prenait de cette sorte de courage que le désespoir produit ; et c'était dans ces moments où il disait que le pis qui lui pouvait arriver serait d'être en repos à Blois ; mais Madame, qui n'estimait pas ce repos pour lui, troublait souvent la douceur des idées qu'il s'en formait, et lui donnait, par conséquent, des appréhensions fréquentes des inconvénients qu'il ne craignait déjà que trop naturellement. La constitution où étaient les affaires n'aidait pas à lui donner de la hardiesse ; car, outre qu'il marchait toujours sur des précipices, les allures qu'il était obligé d'y suivre et d'y prendre étaient d'une nature à faire glisser les gens qui eussent été les plus fermes et les plus assurés. Comme il ne pouvait oublier le jeudi saint[1], et qu'il craignait d'ailleurs extrêmement la dépendance dans laquelle il croyait qu'il tomberait infailliblement, si il s'unissait absolument avec Monsieur le Prince, il se contraignait lui-même, dans toutes ses démarches, à un point qu'il forçait, dix fois par jour, les plus naturelles ; et dans le temps qu'il espérait encore que l'on pourrait traverser le retour de Monsieur le Cardinal par d'autres moyens que ceux de la guerre civile, il s'accoutuma si bien à garder les mesures qui étaient convenables à cette disposition, que quand il fut obligé de les changer, il tomba dans une conduite hétéroclite[2] et toute pareille à celle du Parlement.

Vous aviez déjà vu, en plusieurs occasions, que cette Compagnie, dans une même séance, commandait à des troupes de marcher et leur défendait, en même temps, de pourvoir à leur subsistance ; qu'elle armait les peuples contre les gens de guerre, qui avaient leur commission et leur ordre en bonne forme de la cour, et qu'elle éclatait, au même moment, contre ceux qui proposaient que l'on licenciât ces gens de guerre ; qu'elle enjoignait aux communes de courre sus aux généraux des armes du Roi qui assisteraient le Mazarin, et qu'elle défendait au même instant, sur peine de la vie, de faire aucune levée sans commission expresse de Sa Majesté. Monsieur, qui se figurait qu'en demeurant uni avec le Parlement, il fronderait le Mazarin sans dépendance de Monsieur le Prince, se laissa couler par cette jonction encore plus aisément dans la pente où il ne tombait déjà que trop naturellement par son irrésolution. Elle l'obligeait à tenir des deux côtés toutes les fois qu'il avait lieu de le faire. Ce qui était de son inclination lui devint nécessaire par son union avec une compagnie qui n'agissait jamais que sur le fondement d'accorder les ordonnances royaux avec la guerre civile. Ce ridicule est en quelque manière couvert dans les temps, à l'égard du Parlement, par la majesté d'un grand corps que la plupart des gens croient infaillible; il paraît toujours de bonne heure dans les particuliers, quels qu'ils soient, fils de France ou princes du sang. Je le disais tous les jours à Monsieur, qui en convenait, et puis revenait toujours à me dire en chiflant : « Qu'y a-t-il de mieux à faire ? » Je crois que ce mot servit de refrain, plus de cinquante fois, à tout ce qui se dit dans une conversation que j'eus avec lui le jour que M. de Nemours arriva à Paris. Monsieur me témoignant beaucoup de chagrin de ce que les troupes qu'il allait querir en Flandres fortifieraient trop Monsieur le Prince, « qui s'en servira après, ajouta-t-il, à ses fins et comme il lui plaira », je lui dis que j'étais au désespoir de le voir dans un état où rien ne lui pouvait donner de la joie, et où tout le pouvait et le devait affliger. « Si Monsieur le Prince est battu, lui disais-je, que ferez-vous avec le Parlement, qui attendrait les conclusions des gens du Roi quand le Cardinal serait avec une armée à la porte de la Grande Chambre ? Que ferez-vous si Monsieur le Prince est victorieux, puisque vous êtes déjà en défiance de quatre mille hommes que l'on est sur le point de lui amener ? »

Quoique j'eusse été très fâché, et par la raison de l'engagement que j'avais sur ce point avec la Reine, et par celle même de mon intérêt particulier, qu'il se fût uni intimement avec Monsieur le Prince, avec lequel, d'ailleurs, il ne pouvait s'unir sans se soumettre, même avec honte, vu l'inégalité des génies, je n'eusse pas laissé de souhaiter qu'il n'eût pas la faiblesse, et d'envie et de crainte, qu'il avait à son égard, parce qu'il me semblait qu'il y avait des tempéraments à prendre, par lesquels il pouvait faire servir Monsieur le Prince à ses fins, sans lui donner tous les avantages qu'il en appréhendait. Je conviens que ces tempéraments étaient difficiles dans l'exécution, et, par conséquent, qu'ils étaient impossibles à Monsieur, qui ne reconnaissait presque jamais de différence entre le difficile et l'impossible. Il est incroyable quelle peine j'eus à lui persuader que la bonne conduite voulait qu'il fît ses efforts à ce que le Parlement ne se déclarât pas contre ces troupes auxiliaires qui devaient venir à Monsieur le Prince. Je lui représentai avec force toutes les raisons qui l'obligeaient à ne les pas opprimer, dans la conjoncture où étaient les affaires, et à ne pas accoutumer la Compagnie à condamner les pas qui se faisaient contre le Mazarin.

Je convenais qu'il fallait blâmer publiquement l'union avec les étrangers pour soutenir la gageure ; mais je soutenais qu'il fallait, en même temps, éluder les délibérations que l'on voudrait faire sur ce sujet ; et j'en proposais les moyens, qui, par les diversions qui étaient naturelles et par les faiblesses du président Le Bailleul, eussent été même comme imperceptibles. Monsieur demeura très longtemps ferme à laisser aller la chose dans son cours, « parce que, ajouta-t-il, Monsieur le Prince n'est déjà que trop fort » ; et après que je l'eus convaincu par mes raisons, il fit ce que tous les hommes qui sont faibles ne manquent jamais de faire en pareille occasion : ils tournent si court, quand ils changent de sentiment, qu'ils ne mesurent plus leurs allures ; ils sautent au lieu de marcher ; et il prit tout d'un coup le parti, quoi que je lui pusse dire au contraire, de justifier la marche de ces troupes étrangères, et de la justifier dans le Parlement par des illusions qui ne trompent personne et qui ne servent qu'à faire voir que l'on veut tromper. Cette figure est de la rhétorique de tous les temps ; mais il faut avouer que celui du cardinal Mazarin l'a étudiée et pratiquée et plus fréquemment et plus insolemment que tous les autres. Elle y a été non seulement journellement employée, mais consacrée dans les arrêts, dans les édits et dans les déclarations ; et je suis persuadé que cet outrage public fait à la bonne foi a été, comme il me semble que je vous l'ai déjà dit dans la première partie de cet ouvrage, la principale cause de nos révolutions.

Monsieur me dit qu'il prétendrait dans le Parlement que ces troupes n'étaient pas espagnoles, parce que les hommes qui les composaient étaient allemands. Vous remarquerez, si il vous plaît, qu'il y avait trois ou quatre ans qu'elles servaient l'Espagne, en Flandres, sous le commandement d'un cadet de Witemberg[1], qui était nommément à la solde du Roi Catholique, et que beaucoup de gens de qualité, même du Pays-Bas, y étaient officiers. J'eus beau représenter à Monsieur que ce que nous blâmions tous les jours le plus dans la conduite du Cardinal était cette manière d'agir et de parler, si contraire aux vérités les plus reconnues, je n'y gagnai rien ; et il me répondit, en se moquant de moi, que je devais avoir observé que le monde veut être trompé. Ce mot est vrai, et il se vérifia même en cette occasion.

Je vous supplie de me permettre que je fasse ici une pause, pour observer qu'il n'est pas étrange que les historiens qui traitent des matières dans lesquelles ils ne sont pas entrés par eux-mêmes s'égarent si souvent, puisque ceux mêmes qui en sont les plus proches ne se peuvent défendre, dans une infinité d'occasions, de prendre pour des réalités des apparences quelquefois fausses dans toutes leurs circonstances. Il n'y eut pas un homme, je ne dis pas dans le Parlement, mais dans Luxembourg même, qui ne crût, en ce temps-là, que mon unique application auprès de Monsieur ne fût de rompre les mesures que Monsieur le Prince avait avec lui. Je n'y eusse pas certainement manqué, si j'eusse seulement entrevu qu'il eût eu la moindre disposition à en prendre de bonnes et d'essentielles ; mais je vous assure qu'il était si éloigné de celles mêmes auxquelles l'état des affaires l'obligeait, par toutes les règles de la bonne conduite, que j'étais forcé de travailler avec soin à lui persuader de demeurer, au moins avec quelque sorte de justesse, dans celle-ci, dans le moment même que tout le monde se figurait que je ne songeais qu'à l'en détourner.

Je n'étais pourtant pas fâché du bruit que les serviteurs de Monsieur le Prince répandaient du contraire, quoique ces bruits me coûtassent, de temps en temps, quelques bourrades, que l'on me donnait en opinant dans les assemblées des chambres. J'espérai, au commencement, de m'en pouvoir servir utilement pour entretenir la Reine ; elle ne s'y laissa pas amuser longtemps ; et comme elle sut que, bien que je lui tinsse fidèlement la parole que je lui avais donnée de ne me point accommoder avec Monsieur le Prince, je ne laissais pas de déconseiller à Monsieur de rompre avec lui, elle m'en fit faire des reproches par Brachet, qui vint à Paris dans ce temps-là. Je lui fis écrire sous moi un mémoire qui lui justifiait clairement que je ne manquais en rien, comme il était vrai, à tout ce que je lui avais promis, parce que je ne m'étais engagé à quoi que ce soit qui fût contraire à ce que j'avais conseillé à Monsieur. Brachet me dit, à son retour, que la Reine en était convenue, après qu'il lui eut fait peser mes raisons ; mais que M. de Chasteauneuf s'était récrié, en proférant ces propres paroles : « Je ne suis pas, Madame, non plus que le coadjuteur, de l'avis du rappel de Monsieur le Cardinal ; mais il est si criminel à un sujet de dicter un mémoire pareil à celui que je viens de voir, que, si j'étais son juge, je le condamnerais sans balancer sur cet unique chef. » La Reine eut la charité de commander à Brachet de me raconter ce détail, et de me dire que Monsieur le Cardinal aurait plus de fidélité pour moi que ce scélérat, quoique je ne lui en donnasse pas sujet. Ce furent ses propres paroles. Je reviens au Parlement.

Ce qui s'y passa, depuis le 12 de janvier 1652 jusques au 24 du même mois, ne mérite pas votre attention, parce que l'on n'y parla presque que de l'affaire de MM. Bitault et Geniers ; que l'on y traita toujours comme si il se fût agi d'un assassinat, qui eût été commis de sang-froid sur les degrés du Palais.

Le 24, M. le président de Bellièvre et les autres députés qui avaient été à Poitiers firent leur relation des remontrances qu'ils avaient faites au Roi, au nom du Parlement, contre le retour du Cardinal, avec toute la véhémence et toute la force imaginable. Ils dirent que Sa Majesté, après en avoir communiqué avec la Reine et son Conseil, leur avait fait répondre, en sa présence, par Monsieur le Garde des Sceaux, que quand le Parlement avait donné ses derniers arrêts, il n'avait pas vu sans doute que M. le cardinal Mazarin n'avait fait aucune levée de gens de guerre que par les ordres exprès de Sa Majesté ; qu'il lui avait été commandé d'entrer en France et d'y amener ses troupes ; et qu'ainsi le Roi ne trouvait pas mauvais ce que la Compagnie avait fait jusques à ce jour, mais qu'il ne doutait pas aussi que quand elle aurait appris le détail dont il venait de l'informer et su, de plus, que M. le cardinal Mazarin ne demandait que le moyen de se justifier, elle ne donnât à tous ses peuples l'exemple de l'obéissance qu'ils lui devaient[1].

Jugez, si il vous plaît, quelle commotion put faire,

dans le Parlement, une réponse si peu conforme aux paroles solennelles que la Reine lui avait réitérées plus de dix fois. M. le duc d'Orléans ne l'apaisa pas, en disant que le Roi lui avait envoyé Ruvigni[1] pour lui faire le même discours, et pour lui ordonner de renvoyer dans leurs garnisons les régiments qui étaient sous son nom. La chaleur fut encore augmentée par les arrêts de Toulouse et de Rouen, donnés contre le Mazarin, dont l'on affecta la lecture dans ce moment, aussi bien que celle d'une lettre du parlement de Bretagne, qui demandait à celui de Paris union contre les violences de M. le maréchal de La Meilleraie[2]. M. Talon harangua, avec une véhémence qui avait quelque chose de la fureur, contre le Cardinal ; il tonna en faveur du parlement de Rennes contre le maréchal de La Meilleraie ; mais il conclut à des remontrances sur le retour du premier et à des informations contre le désordre des troupes du maréchal d'Hocquincourt. Le feu s'exhala en paroles ; midi sonna, et l'on remit la délibération au lendemain 25. Elle produisit un arrêt conforme à ces conclusions que je viens de vous rapporter, avec une addition toutefois qui y fut mise, particulièrement en vue du maréchal de La Meilleraie, qui était qu'il ne serait procédé, au Parlement, à la réception d'aucun duc, pair, ni maréchal de France, que le Cardinal ne fût hors du royaume.

Le pur hasard fit un incident, dans cette séance, qui fut pris par la plupart des gens pour un grand mystère. M. le maréchal d'Estampes ayant dit, en opinant, sans aucun dessein, que le Parlement devait s'unir avec Monsieur pour chasser l'ennemi commun, quelques conseillers le suivirent dans leur avis sans y entendre aucune finesse ; et quelques autres le contredirent par ce pur esprit que je vous ai quelquefois dit être opposé à tout ce qui est ou paraît concert dans ces sortes de compagnies. M. le président de Novion, qui était raccommodé intimement avec la cour, prit très habilement cette conjoncture pour la servir ; et jugeant très bien que la personne du maréchal d'Estampes, qui était domestique de Monsieur, lui donnait lieu de faire croire qu'il y avait de l'art à ce qui n'avait été, dans la vérité, jeté qu'à l'aventure, il s'éleva, avec M. le président de Mesme, contre ce mot d'union, comme contre la parole du monde la plus criminelle. Il exagéra, avec éloquence, l'injure que l'on faisait au Parlement de le croire capable d'une jonction qui produirait infailliblement la guerre civile. La tendresse de cœur pour l'autorité royale saisit tout d'un coup toutes les imaginations; l'on poussa les voix jusques à la clameur contre la proposition du pauvre maréchal d'Estampes, et l'on la rejeta, avec fureur, de la même manière que si elle n'eût pas été avancée, peut-être plus de cinquante fois, depuis six semaines, par trente conseillers; de la même manière que si le Parlement n'eût pas remercié Monsieur, dans toutes ses séances, des obstacles qu'il apportait au retour du Cardinal; et enfin de la même manière que si les gens du Roi même n'eussent pas conclu, en deux ou trois rencontres différentes, à le prier de faire marcher ses troupes pour cet effet. Il faut revenir à ce que je vous ai déjà dit quelquefois, que rien n'est plus peuple[1] que les compagnies.

M. le duc d'Orléans, qui était présent à cette scène, en fut atterré; et ce fut ce qui le détermina à joindre ses troupes à celles de Monsieur le Prince[2]. Il y avait longtemps qu'il les lui faisait espérer, et parce qu'il n'avait pas la force de les lui refuser, et parce qu'il en était pressé au dernier point par M. de Beaufort, qui y avait un intérêt personnel, en ce qu'il les devait commander; mais il m'avoua, le soir du jour dans lequel ce ridicule acte se joua, qu'il avait eu bien de la peine à s'y résoudre; mais qu'il confessait que puisqu'il n'y avait rien à espérer du Parlement, qu'il se perdrait lui-même et qu'il perdrait aussi tous ceux qui étaient embarqués avec lui; qu'il ne fallait pas laisser périr Monsieur le Prince; et peu s'en fallut qu'il ne me proposât de me raccommoder même avec lui. Il n'en vint toutefois pas jusque-là, soit qu'il fît réflexion sur mes engagements, qui ne lui étaient pas inconnus, soit, et c'est ce qui m'en parut, que la peur qu'il avait de se mettre dans la dépendance de Monsieur le Prince fût plus forte dans son esprit que celle qu'il venait de prendre de ce contretemps du Parlement. Vous verrez la suite de toutes ces dispositions, après que je vous aurai rendu compte de ce qui se passa à la cour en ce temps-là.

Je vous ai déjà dit, ce me semble, que M. de Chasteauneuf avait, à la fin, pris le parti de s'expliquer clairement avec la Reine contre le rétablissement du Cardinal, ce qu'il fit, à mon opinion, sans aucune espérance de réussir, et dans la seule vue de tirer mérite dans le public de la retraite, qu'il voyait inévitable et qu'il était bien aise de faire croire, au moins au peuple, être la suite et l'effet de la liberté avec laquelle il avait dissuadé le rappel du ministre. Il demanda son congé, il l'obtint[1].

M. le cardinal Mazarin arriva à la cour, où il fut reçu comme vous pouvez vous l'imaginer. Il y trouva M. Le Tellier, que MM. de Chasteauneuf et de Villeroi y avaient déjà fait revenir pour je ne sais quelle fin, dont l'on faisait un mystère en ce temps-là, et le détail de laquelle je ne me puis remettre. Il détermina le Roi à prendre le chemin de Saumur, quoique beaucoup de gens lui conseillassent de marcher en Guienne pour achever de pousser Monsieur le Prince. Il crut qu'il était plus à propos d'opprimer d'abord M. de Rohan, qui, étant gouverneur d'Angers, s'était déclaré, avec la ville et le château, pour les princes. Angers, assiégé par MM. de La Meilleraie et d'Hocquincourt, ne tint que fort peu et ne coûta que peu de monde. Le Pont-de-Cé, où Beauvau commandait pour les princes, fut pris d'abord et presque sans résistance par MM. de Navailles et de Broglio[2]. Le Roi partit de Saumur et il alla à Tours, où M. l'archevêque de Rouen[3] jeta les premiers fondements de sa faveur, par les plaintes qu'il porta au Roi, au nom des évêques qui se trouvèrent à la cour, contre les arrêts qui avaient été rendus au Parlement contre M. le cardinal Mazarin. Leurs Majestés se rendirent ensuite à Blois, où M. Servient les rejoignit. Le maréchal d'Hocquincourt s'en approcha avec l'armée, qui faisait des désordres incroyables, faute de paiement[4]. Nous verrons ses progrès, après que je vous aurai rendu compte de ce qui se passait cependant à Paris.

Je suis persuadé que je vous ennuierais, si j'entrais dans le détail de ce qui se traita au Parlement, dans les assemblées des chambres, depuis le 25 de janvier jusques au 15 de février. Il n'y en eut, ce me semble, qu'une ou deux, tout au plus, qui ne furent employées qu'à donner des arrêts pour le rétablissement des fonds destinés au paiement des rentes de l'Hôtel de Ville que la cour, selon sa louable coutume, retirait aujourd'hui pour mettre la confusion dans Paris, et remettait le lendemain de peur de l'y mettre trop grande. Ce qui fut de plus considérable dans le Palais, en ce temps-là, fut que la Grande Chambre donna arrêt, le 8 de février, à la requête du procureur général, par lequel elle défendait à qui que ce soit, sans exception, de lever des troupes sans commission du Roi. Jugez, je vous supplie, comme cela se pouvait accorder avec sept ou huit arrêts que vous avez vus ci-dessus.

Le 15 de février, le Parlement et la Ville reçurent deux lettres de cachet par lesquelles le Roi leur donnait part et de la rébellion de M. de Rohan et de la marche des troupes d'Espagne, que M. de Nemours amenait, et leur en faisait voir les inconvénients en les exhortant à l'obéissance. Monsieur prit la parole ensuite. Il représenta que M. de Rohan ne s'était rendu maître de la ville et du château d'Angers, que pour exécuter les arrêts de la Compagnie qui ordonnaient à tous les gouverneurs de places de s'opposer aux entreprises du Cardinal; que Boislève, lieutenant général[1] d'Angers et partisan passionné de ce ministre, en avait une toute formée sur cette place, et qu'ainsi M. de Rohan avait été obligé de le prévenir et de se saisir même de sa personne; qu'il ne pouvait concevoir comme l'on pouvait concilier ce qui se passait tous les jours au Parlement; que les chambres assemblées avaient donné sept ou huit arrêts consécutifs, portant injonction aux gouverneurs des provinces et des villes de se déclarer contre le Cardinal, et qu'il n'y avait que deux jours que la Tournelle, à la requête de l'évêque d'Avranche, frère de Boislève, avait donné arrêt contre M. le duc de Rohan, qui n'était coupable que d'avoir exécuté ceux des chambres assemblées; que la Grande Chambre venait d'en donner un par lequel elle défendait de lever des troupes sans commission du Roi, et qu'il n'y avait rien de plus contraire à la prière que le Parlement en corps avait faite et réitérée plusieurs fois à lui duc d'Orléans, d'employer toutes ses forces pour l'expulsion du Cardinal; qu'au reste, il se croyait obligé d'avertir la Compagnie que tous les arrêts rendus n'avaient point encore été envoyés ni aux bailliages ni aux parlements, ainsi qu'il avait été ordonné. Il ajouta que M. Danville l'était venu trouver de la part du Roi et qu'il lui avait apporté la carte blanche pour l'obliger à consentir au rétablissement du Cardinal; mais que rien au monde ne l'y pourrait jamais obliger, non plus qu'à se séparer des sentiments du Parlement, et cætera.

MM. les présidents Le Bailleul et de Novion soutinrent avec fermeté que les arrêts de la Grande Chambre et de la Tournelle, dont Monsieur venait de se plaindre, étaient juridiques, en ce qu'ils étaient rendus par des chambres où le nombre des juges était complet. Cette raison, aussi impertinente que vous la voyez, vu la matière, satisfit la plupart des vieillards, noyés, ou plutôt abîmés, dans les formes du Palais. La jeunesse, échauffée par Monsieur, s'éleva et força M. Le Bailleul à mettre la chose en délibération. M. Talon, avocat général, éluda finement de s'expliquer sur les deux arrêts de la Grande Chambre et de la Tournelle, par la diversion qu'il donna à la Compagnie d'une déclamation, qui lui fut fort agréable, contre l'évêque d'Avranche, odieux et par l'infamie de sa vie et par l'attachement d'esclave qu'il avait au Cardinal. Il s'égaya, à ce propos, sur la non-résidence des évêques, contre laquelle il fit donner effectivement un arrêt sanglant; et il conclut à ce qu'il fût fait défense aux maires et échevins des villes, aussi bien qu'aux gouverneurs de places, de livrer passage aux troupes espagnoles conduites par M. de Nemours.

Ce fut en cet endroit où Monsieur exécuta ce que je vous ai dit ci-devant qu'il avait résolu, et même il y renchérit. Il soutint que ces troupes n'étaient point espagnoles; qu'il les avait prises à sa solde. Ce discours, qui fut assez étendu, consomma du temps; l'heure sonna et l'assemblée fut remise au lendemain 16.

Il n'y en eut point toutefois, parce que Monsieur envoya, dès le matin, s'excuser sous le prétexte d'une colique. Voici la véritable raison du délai.

Les derniers contretemps du Parlement l'avaient embarrassé au-dessus de tout ce que je vous en puis exprimer; et je crois qu'il m'avait dit, cent fois en moins de deux jours : « C'est une chose cruelle que de se trouver en un état où l'on ne peut rien faire qui soit bien. Je n'y avais jamais fait d'attention. Je le sens, je l'éprouve. » Son agitation, qui avait, comme la fièvre, ses accès et ses redoublements, ne fut jamais plus sensible que le jour qu'il commanda, ou plutôt qu'il permit à M. de Beaufort de faire agir ses troupes ; et comme je lui représentais qu'il me semblait qu'après les déclarations qu'il avait tant de fois réitérées dans le Parlement et partout ailleurs contre le Mazarin, le pas de donner du mouvement à ses troupes contre lui n'ajoutait pas tant à la mesure du dégoût qu'il avait déjà donné à la cour qu'il le dût tant appréhender, il me répondit ces mémorables paroles, sur lesquelles j'ai fait depuis mille et mille réflexions : « Si vous étiez né fils de France, infant d'Espagne, roi de Hongrie, ou prince de Galles, vous ne me parleriez pas comme vous faites. Sachez que nous autres princes nous ne comptons les paroles pour rien, mais que nous n'oublions jamais les actions. La Reine ne se ressouviendrait pas demain à midi de toutes mes déclamations contre le Cardinal, si je le voulais souffrir demain au matin. Si mes troupes tirent un coup de mousquet, elle ne me le pardonnera pas, quoi que je puisse faire, d'ici à deux mille ans. »

La conclusion générale que je tirai de ce discours fut que Monsieur était persuadé que tous les princes du monde, sur de certains chapitres, étaient faits les uns comme les autres ; et la particulière, qu'il n'était pas si animé contre le Cardinal, qu'il ne pensât à ne pas rendre la réconciliation impossible en cas de nécessité. Il m'en parut toutefois, un quart d'heure après cet apophtegme, plus éloigné que jamais : car M. Danville étant entré dans le cabinet des livres, où j'étais seul avec Monsieur, et l'ayant extrêmement pressé, au nom et de la part de la Reine, de lui promettre de ne point joindre ses troupes à celles de M. de Nemours qui s'avançaient, Monsieur demeura inflexible dans sa résolution, et il parla même, sur ce sujet, avec un fort grand sens et avec tous les sentiments qu'un fils de France, qui se trouve forcé par les conjonctures à une action de cette nature, peut et doit conserver dans ce malheur. Voici le précis de ce qu'il dit :

Qu'il n'ignorait pas que le personnage qu'il soutenait, en cette occasion, ne fût le plus fâcheux du monde, vu qu'il ne lui pouvait jamais rien apporter, et qu'il lui ôtait, par avance, et le repos et la satisfaction ; qu'il était assez connu pour ne laisser aucun soupçon que ce qu'il faisait fût l'effet de l'ambition ; que l'on ne le pouvait pas non plus attribuer à la haine, de laquelle l'on savait qu'il n'avait jamais été capable contre personne ; que rien ne l'y avait porté que la nécessité où il s'était trouvé de ne pas laisser périr l'État entre les mains d'un ministre incapable et abhorré du genre humain ; qu'il l'avait soutenu, dans la première guerre de Paris[1], contre le mouvement de sa conscience, par la seule considération de la Reine ; qu'il l'avait défendu, quoique avec le même scrupule, mais par la même raison, dans tout le cours des mouvements de Guienne ; que la conduite déplorable qu'il y tint, un temps, et l'usage qu'il voulut faire, dans l'autre, des avantages que celle de lui Monsieur lui avait procurés, l'usage, dis-je, qu'il en voulut faire contre lui-même, l'avaient forcé de penser à sa sûreté ; et qu'il avouait, quoique à sa confusion, que Dieu s'était servi de ce motif pour l'obliger à prendre le parti que son devoir lui dictait depuis si longtemps ; qu'il n'avait point pris ce parti comme un factieux qui se cantonne dans un coin du royaume et qui y appelle les étrangers ; qu'il ne s'était uni qu'avec les parlements, qui ont, sans comparaison, plus d'intérêt que personne à la conservation de l'État[2] ; que Dieu avait béni ses intentions, particulièrement en ce qu'il avait permis que l'on se défît de ce malheureux ministre, sans y employer le feu et le sang ; que le Roi avait accordé aux vœux et aux larmes de ses peuples cette justice, encore plus nécessaire pour son service que pour la satisfaction de ses sujets ; que tous les corps du royaume, sans en excepter aucun, en avaient témoigné leur joie par des arrêts, par des remerciements, par des feux et des réjouissances publiques ; que l'on était sur le point de voir l'union rétablie dans la maison royale, qui aurait réparé, en moins de rien, les pertes que les avantages que les ennemis avaient tirés de sa division y avaient causées ; que le mauvais démon de la France[3] venait de susciter ce scélérat pour remettre partout la confusion ; qu'elle était la plus dangereuse de toutes les possibles, parce que ceux mêmes qui avaient l'intention du monde la plus épurée de tout intérêt étaient ceux qui y pouvaient le moins remédier ; que dans la plupart des désordres qui étaient arrivés jusque-là dans l'État, l'on en avait pu espérer la fin, par la satisfaction que l'on pouvait toujours essayer de donner à ceux qui les avaient causés par leur ambition ; et qu'ainsi ce qui, presque toujours, avait fait le mal en avait été, au moins pour le plus souvent, le remède ; que ce grand symptôme n'était pas de la même nature ; qu'il était arrivé par une commotion universelle de tout le corps ; que les membres étaient dans l'impuissance de s'aider, en leur particulier, pour leur soulagement, parce qu'il n'y avait plus de remède, que de pousser au-dehors le venin qui avait infecté tout le corps ; que les parlements s'étaient si engagés que, quand lui Monsieur d'Orléans et Monsieur le Prince s'en relâcheraient, ils ne les pourraient pas ramener ; et que lui Monsieur d'Orléans et Monsieur le Prince y étaient si obligés par leur propre sûreté, qu'ils se déclareraient contre les parlements si ils étaient capables de changer.

« Me conseilleriez-vous, Brion, disait Monsieur (il appelait le plus souvent ainsi M. le duc Danville, du nom qu'il portait quand il était son premier écuyer), me conseilleriez-vous de me fier aux paroles du Mazarin, après ce qui s'est passé ? Le conseilleriez-vous à Monsieur le Prince ? Et supposé que nous ne nous y puissions fier, croyez-vous que la Reine doive balancer à nous donner la satisfaction que toute la France, ou plutôt que toute l'Europe lui demande avec nous ? Nul ne sent plus que moi le déplorable état où je vois le royaume, et je ne puis regarder, sans frémissement, les étendards d'Espagne, quand je fais réflexion qu'ils sont sur le point de se joindre à ceux de Languedoc et de Valois[1] ; mais le cas qui me force n'est-il pas de ceux qui ont fait dire, et qui ont fait dire avec justice, que nécessité n'a point de loi ? Et me puis-je défendre d'une conduite qui est l'unique qui me puisse défendre, moi et tous mes amis, de la colère de la Reine et de la vengeance de son ministre ? Il a toute l'autorité royale en main ; il est maître de toutes les places ; il dispose de toutes les vieilles troupes ; il pousse Monsieur le Prince dans un coin du royaume ; il menace le Parlement et la capitale ; il recherche lui-même la protection d'Espagne, et nous savons le détail de ce qu'il a promis, en passant dans le pays de Liège, à don Antonio Pimentel. Que puis-je faire en cet état, ou plutôt que ne dois-je point faire, si je ne veux me déshonorer, et passer pour le dernier, je ne dis pas des princes, mais des hommes ? Quand j'aurai laissé opprimer Monsieur le Prince, quand j'aurai laissé subjuguer la Guienne, quand le Cardinal sera avec une armée victorieuse aux portes de Paris, dira-t-on : "Le duc d'Orléans est estimable d'avoir sacrifié sa personne, le Parlement et la ville à la vengeance du Mazarin, plutôt que d'avoir employé les armes des ennemis de la couronne" ? Et ne dira-t-on pas, au contraire : "Le duc d'Orléans est un lâche et un innocent, de même prendre des scrupules qui ne conviendraient pas même à un capuchin[1], si il était aussi engagé que l'est le duc d'Orléans" ? »

Voilà ce que Monsieur dit à M. Danville, avec ce torrent d'éloquence qui lui était naturel, toutes les fois qu'il parlait sans préparation.

Il n'en fût pas apparemment demeuré là, si l'on ne le fût venu avertir que M. le président de Bellièvre était dans sa chambre. Il sortit du cabinet des livres, et il m'y laissa avec Danville, qui m'entreprit, en mon particulier, avec une véhémence très digne du bon sens de la maison de Ventadour[2], pour me persuader que j'étais obligé, et par la haine que Monsieur le Prince avait pour moi et par les engagements que j'avais pris avec la Reine, d'empêcher que Monsieur ne joignît ses troupes à celles de M. de Nemours. Voici ce que je lui répondis, en propres termes, ou plutôt ce que je lui dictai sur ses tablettes, avec prière de les faire lire à la Reine et à Monsieur le Cardinal :

« J'ai promis de ne me point accommoder avec Monsieur le Prince ; j'ai déclaré que je ne pouvais quitter le service de Monsieur et que je ne pouvais, par conséquent, m'empêcher de le servir en tout ce qu'il ferait pour s'opposer au rétablissement de M. le cardinal Mazarin. Voilà ce que j'ai dit à la Reine devant Monsieur ; voilà ce que j'ai dit à Monsieur devant la Reine, et voilà ce que je tiens fidèlement. Le comte de Fiesque assure tous les jours M. de Brissac que Monsieur le Prince me donnera la carte blanche quand il me plaira : ce que je reçois avec tout le respect que je dois, mais sans y faire aucune réponse. Monsieur me commande de lui dire mon sentiment sur ce qu'il peut faire de mieux, supposé la résolution où il est de ne consentir jamais au retour du Cardinal, et je crois que je suis obligé, en conscience et en honneur, de lui répondre qu'il lui donnera tout l'avantage si il ne forme un corps de troupes assez considérable pour s'opposer aux siennes, et pour faire une diversion de celles avec lesquelles il opprime Monsieur le Prince[1]. Enfin je vous supplie de dire à la Reine que je ne fais que ce que je lui ai toujours dit que je ferais, et qu'elle ne peut avoir oublié ce que je lui ai dit tant de fois, qui est qu'il n'y a aucun homme dans le royaume qui soit plus fâché que moi que les choses y soient dans un état qui fasse qu'un sujet puisse et doive même parler ainsi à sa maîtresse. »

J'expliquai, à ce propos, à M. Danville ce qui s'était passé autrefois sur cela, dans les conversations que j'avais eues avec la Reine. Il en fut touché, parce qu'il était, dans la vérité, bien intentionné et passionné pour la personne du Roi ; et il s'affecta si fort, particulièrement de l'effort que je lui dis que j'avais fait pour faire connaître à la Reine qu'il ne tenait qu'à elle de se rendre maîtresse absolue de tous nos intérêts, et des miens encore plus que de ceux des autres, qu'il s'ouvrit, bien plus qu'il n'avait fait, de tendresse pour moi, et qu'il me dit : « Ce misérable, en parlant du Cardinal, va tout perdre ; songez à vous, car il ne pense qu'à vous empêcher d'être cardinal. Je ne vous en puis pas dire davantage. » Vous verrez, dans peu, que j'en savais plus sur ce chef que celui qui m'en avertissait.

Comme nous étions sur ce discours, Monsieur rentra dans le cabinet des livres, en s'appuyant sur M. le président de Bellièvre. Il dit à M. Danville qu'il allât cheux Madame, qui l'avait envoyé chercher. Il s'assit, et il me dit : « Je viens de raconter à Monsieur le Président ce que j'ai dit devant vous à M. Danville ; mais il faut que je vous dise, à tous deux, ce dont je n'ai eu garde de m'ouvrir devant lui. Je suis cruellement embarrassé, car je vois que ce que je lui ai soutenu être nécessaire, et ce qui l'est en effet, ne laisse pas d'être très mauvais : ce qui, je crois, n'est jamais arrivé en aucune affaire du monde qu'en celle-ci. J'y ai fait réflexion toute la nuit ; j'ai rappelé dans ma mémoire toute l'intrigue de la Ligue, toute la faction des Huguenots, tous les mouvements du prince d'Orange, et je n'y ai rien trouvé de si difficile que ce que je rencontre à toutes les heures, ou plutôt à tous les moments, devant moi. » Il ramassa et il exagéra, en cet endroit, tout ce que vous avez vu jusques ici répandu dans cet ouvrage sur cette matière, et je lui répondis, aussi en cet endroit, tout ce que vous y avez pu remarquer de mes pensées. Comme il est impossible de fixer une conversation dont le sujet est l'incertitude même, il se répondait au lieu de me répondre ; et ce qui arrive toujours, en ce cas, est que celui qui se répond ne s'en aperçoit jamais, et ainsi l'on ne finit point. Je suppliai Monsieur, par cette raison, de me permettre que je misse par écrit mes sentiments sur l'état des choses ; et je lui dis qu'il ne fallait pour cela qu'une heure. Je n'étais pas fâché, pour vous dire le vrai, de trouver lieu, à tout événement, de lui faire confirmer par M. de Bellièvre ce que je lui avais avancé dans les occasions. Il me prit au mot ; il passa dans la galerie, où il y avait une infinité de gens, et j'écrivis sur la table du cabinet des livres ce que vous allez voir, dont j'ai encore l'original[1] :

« Je crois qu'il ne s'agit pas présentement de discuter ce que Son Altesse Royale a pu ou dû faire jusques ici ; et je suis même persuadé qu'il y a inconvénient, dans les grandes affaires, à rebattre le passé (c'était un des plus grands défauts de Monsieur), si ce n'est pour mémoire, et simplement autant qu'il peut avoir rapport à l'avenir. Monsieur n'a que quatre partis à prendre : ou à s'accommoder avec la Reine, c'est-à-dire avec M. le cardinal Mazarin ; ou à s'unir intimement avec Monsieur le Prince ; ou à faire un tiers parti dans le royaume ; ou à demeurer en l'état où il est aujourd'hui, c'est-à-dire tenir un peu de tous les côtés : avec la Reine, en demeurant uni avec le

Parlement, qui, en frondant le Cardinal, ne laisse pas de garder des mesures, à l'égard de l'autorité royale, qui rompent, deux fois par jour, celles de Monsieur le Prince ; avec Monsieur le Prince, en joignant ses troupes à celles de M. de Nemours ; avec le Parlement, en parlant contre le Mazarin et en ne se servant pas toutefois de l'autorité que sa naissance et l'amour que le peuple de Paris a pour lui, pour pousser cette Compagnie plus loin qu'elle ne veut aller.

« De ces quatre partis, le premier, qui est celui de se raccommoder avec le Cardinal, a toujours été exclu de toutes les délibérations par Son Altesse Royale, parce qu'elle a supposé qu'il n'était ni de sa dignité, ni de sa sûreté. Le second, qui est de s'unir absolument et entièrement avec Monsieur le Prince, n'y a pas été reçu non plus, parce que Monsieur n'a pas voulu se pouvoir seulement imaginer qu'il eût été capable de se proposer à soi-même (ce sont les termes dont il s'était servi) de se séparer du Parlement et de s'abandonner, par ce moyen, et à la discrétion de Monsieur le Prince et aux retours[1] de M. de La Rochefoucauld. Le troisième parti, qui est celui d'en former un troisième dans le royaume, a été rejeté par Son Altesse Royale, et parce qu'il peut avoir des suites trop dangereuses pour l'État, et parce qu'il ne pourrait réussir qu'en forçant le Parlement à prendre une conduite contraire à ses manières et à ses formes, ce qui est impossible que par des moyens qui sont encore plus contraires à l'inclination et aux maximes de Monsieur.

« Le quatrième parti, qui est celui que Son Altesse Royale suit présentement, est celui-là même qui lui cause les peines et les inquiétudes où elle est, parce qu'en tenant quelque chose de tous les autres, il a presque tous les inconvénients de chacun, et n'a, à proprement parler, les avantages d'aucun. Pour obéir à Monsieur, je vas déduire[2] mes sentiments sur tous les quatre. Quoique je pusse trouver, en mon particulier, mes avantages dans le raccommodement avec Monsieur le Cardinal, et quoique, d'autre part, je sois si fort déclaré contre lui que mes avis, sur tout ce qui le regarde, puissent et doivent même être suspects, je ne balance pas à dire à Son Altesse Royale qu'elle ne peut, sans se déshonorer, prendre de tempérament sur cet article, vu la disposition de tous les parlements, de toutes les villes et de tous les peuples, et qu'elle le peut encore moins avec sûreté, vu la disposition des choses, celle de Monsieur le Prince, et cætera. Les raisons de ce sentiment sautent aux yeux, et je ne les touche qu'en passant. Je supplie Monsieur de ne me point commander de m'expliquer sur le second parti, qui est celui de s'unir entièrement avec Monsieur le Prince, pour deux raisons, dont la première est que les engagements que j'ai pris, en mon particulier et même par son consentement, avec la Reine, sur ce point, lui devraient donner lieu de croire que mes avis y pourraient être intéressés ; et la seconde est que je suis convaincu que si il s'était résolu à se séparer du Parlement, ce qui écherrait à délibérer ne serait pas si il faudrait s'unir à Monsieur le Prince, mais ce qu'il faudrait que Monsieur fît pour se tenir Monsieur le Prince soumis à lui-même ; et cette soumission de Monsieur le Prince à Son Altesse Royale est une des principales raisons qui m'avait obligé de lui proposer le tiers parti, sur lequel il faut que je m'explique un peu plus au long, parce qu'il est comme nécessaire de le traiter conjointement avec le quatrième, qui est celui de prendre quelque chose de tous les quatre.

« Monsieur le Prince a fait des pas vers l'Espagne, qui ne se peuvent jamais accorder que par miracle avec la pratique du Parlement ; et lui ou ceux de son parti en font journellement vers la cour, qui s'accordent encore moins avec la constitution présente de ce corps. Monsieur est inébranlable dans la résolution de ne se point séparer de ce corps : ce qu'il serait obligé de faire, si il s'unissait de tout point avec un prince qui, d'un côté par ses négociations, ou au moins par celles de ses serviteurs, avec le Mazarin, donne des défiances continuelles à cette compagnie, et qui l'oblige en même temps, une fois ou deux par jour, par sa jonction publique avec l'Espagne, à se déclarer ouvertement contre lui. Il se trouve que Monsieur, dans le même instant qu'il ne peut s'unir avec Monsieur le Prince, par la considération que je viens de dire, il se trouve, dis-je, qu'il est obligé d'empêcher que Monsieur le Prince périsse, parce que sa ruine donnerait trop de force au Cardinal. Cela supposé, il ne reste plus de choix qu'entre le tiers parti et celui que Son Altesse Royale suit aujourd'hui. Il est donc à propos, devant que d'entrer dans le détail et dans l'explication du tiers parti, d'examiner les inconvénients et les avantages de ce dernier.

« Le premier avantage que je remarque est qu'il a l'air de sagesse, ce qui est toujours bon, parce que la prudence est celle de toutes les vertus sur laquelle le commun des hommes distingue moins justement l'essentiel de l'apparent. Le second est que, comme il n'est pas décisif, il laisse ou il paraît toujours laisser Son Altesse Royale dans la liberté du choix, et par conséquent dans la faculté de prendre ce qui lui pourra convenir dans le chapitre des accidents. Le troisième avantage de cette conduite est que, tant que Monsieur la suivra, il ne renoncera pas à la qualité de médiateur, que sa naissance lui donne naturellement, et laquelle toute seule lui peut donner lieu en un moment, pourvu qu'il soit bien pris, de revenir avec bienséance et même avec fruit de tous les pas désagréables à la cour qu'il a faits jusques ici et qu'il sera peut-être obligé de faire à l'avenir. Voilà, à mon sens, les trois sortes d'utilités qui se peuvent remarquer dans la conduite que Monsieur a prise. Pesons-en les inconvénients : ils se présentent en foule, et ma plume aurait peine à les démêler. Je ne m'arrête qu'au capital, parce qu'il embrasse tous les autres.

« Son Altesse Royale offense tous les partis en donnant de la force à l'unique avec lequel il ne veut point de réconciliation, assez apparemment pour abattre le sien propre aussi bien que les autres, et trop même certainement pour obliger celui de Monsieur le Prince à s'accommoder avec la cour ; et cela justement dans le même moment qu'il lui en donne un prétexte très spécieux, puisqu'il assiste tous les jours aux délibérations d'une compagnie qui condamne ces armes et qui enregistre, sans y balancer, les déclarations contre lui. Monsieur voit et sent plus que personne l'importance de cet inconvénient ; mais il croit, au moins en des instants, que la garantie du Parlement et de Paris l'en peut défendre en tout cas : ce que j'ai toujours pris la liberté de lui contester avec tout le respect que je lui dois, parce qu'il ne se peut que le Parlement, en continuant à se contenir dans ses formes, ne tombe à rien dans la suite d'une guerre civile, et que la ville, que Monsieur laisse dans le cours ordinaire de sa soumission au Parlement, ne coure sa fortune, parce qu'elle suivra sa conduite. C'est proprement cette conduite qui, en dépit de toute la France et même de toute l'Europe, rétablira le Cardinal par les mêmes moyens par lesquels elle l'a déjà ramené dans le royaume. Il le vient de traverser avec quatre ou cinq mille aventuriers, quoique Monsieur ait un nombre de troupes considérable, pour le moins aussi bonnes et aussi aguerries que celles qui ont conduit ce ministre à Poitiers ; quoique la plupart des parlements soient déclarés contre lui, quoiqu'il n'y ait presque pas une grande ville dans l'État de laquelle la cour se puisse assurer, quoique tous les peuples soient enragés contre le Mazarin. Ceci paraît un prodige, il n'est rien moins ; car qu'y a-t-il de plus naturel, quand l'on fait réflexion que ce Parlement n'agissant que par des arrêts qui, en défendant les levées et le divertissement des deniers du Roi, favorisent beaucoup plus le Cardinal qu'ils ne lui font de mal en le déclarant criminel ? quand l'on pense que ces villes, dont le branle naturel est de suivre celui du Parlement, font justement comme lui, et quand l'on songe que ces gens de guerre n'ont de mouvement que par des ressorts qui, par la considération des égards que Son Altesse Royale observe vers le Parlement, ont une infinité de rapports nécessaires avec un corps dont la pratique journalière est de condamner ce mouvement ? Il paraît aux étrangers que Monsieur conduit le Parlement, parce que cette compagnie déclame, comme lui, contre le Cardinal. Dans le vrai, le Parlement conduit Monsieur, parce qu'il fait que Monsieur ne se sert que très médiocrement des moyens qu'il a en main pour nuire au Cardinal. L'appréhension de déplaire à ce corps est l'un des motifs qui l'ont empêché de faire agir ses troupes, et de travailler aussi fortement qu'il le pouvait à en faire de nouvelles.

« La même politique voudra qu'il compense la jonction qu'il va faire de ses régiments avec l'armée de M. de Nemours par la complaisance et même par l'approbation qu'il donnera, par sa présence, à toutes les délibérations que l'on fera, même avec fureur, contre leur marche. Ainsi il offensera la Reine, il outrera le Cardinal, il ne satisfera pas Monsieur le Prince, il ne contentera pas les Frondeurs. Il sera agité par toutes ces vues, encore plus qu'il ne l'a été jusques ici, parce que les objets qui les lui donnent se grossiront à tous les instants, et la catastrophe de la pièce[1] sera le retour d'un homme dont la ruine est crue si facile que le rétablissement n'en peut être que très honteux. J'ai pris la liberté de proposer à Son Altesse Royale un remède à ces inconvénients, et je l'expliquerai encore en ce lieu, pour ne manquer à rien de ce qu'elle m'a commandé de lui déduire.

« Elle m'a fait l'honneur de me dire, plusieurs fois, que l'obstacle le plus grand qu'elle trouve à se résoudre à un parti décisif, qu'elle avoue être nécessaire si il est possible, est qu'elle ne le peut faire par elle-même sans se brouiller avec le Parlement, parce que le Parlement n'en peut jamais prendre un de cette nature par la raison de l'attachement qu'il a à ses formes, et qu'elle le peut encore moins du côté de Monsieur le Prince, et par cette même considération et par celle de la juste défiance qu'elle a des différentes cabales, qui ne partagent pas seulement, mais qui divisent son parti. Ces deux vues sont assurément très sages et très judicieuses, et ce sont celles qui m'avaient obligé de proposer à Monsieur un moyen qui me paraissait presque sûr pour remédier aux deux inconvénients que l'on ne peut nier être très considérables et très dangereux.

« Ce moyen était que Monsieur formât un tiers parti, composé des parlements et des grandes villes du royaume, indépendant et même séparé, par profession publique, des étrangers et de Monsieur le Prince même, sous le prétexte de son union avec eux. L'expédient qui me paraissait propre à rendre ce moyen possible était que Monsieur s'expliquât, dans les chambres assemblées, clairement et nettement de ses intentions, en disant à la Compagnie que la considération qu'il avait eue jusques ici pour elle l'avait obligé à agir contre ses vues, contre sa sûreté, contre sa gloire ; qu'il louait son intention, mais qu'il la priait de considérer que la conduite ambiguë qu'elle produisait anéantirait celle à laquelle tout le royaume conspirait contre le cardinal Mazarin ; que ce ministre, qui était l'objet de l'horreur de tous les peuples, triomphait de leur haine avec quatre ou cinq mille hommes, qui l'avaient conduit en triomphe à la cour, parce que le Parlement donnait tous les jours des arrêts en sa faveur, au moment même qu'il déclamait avec le plus d'aigreur contre lui ; que lui Monsieur était demeuré, par la complaisance qu'il avait pour ce corps, dans des ménagements qui avaient en leur manière contribué au même effet ; que, le mal augmentant, il ne pouvait plus s'empêcher d'y chercher des remèdes ; qu'il n'en manquait pas, mais qu'il était bien aise de les concerter avec la Compagnie, qui devait aussi, de son côté, prendre une bonne résolution et se fixer, pour une bonne fois, aux moyens efficaces de chasser le Mazarin, puisqu'elle avait jugé tant de fois que son expulsion était de la nécessité du service du Roi ; que l'unique moyen pour y parvenir était de bien faire la guerre, et que, pour la bien faire, il la fallait faire sans scrupule ; que le seul qu'il prétendait dorénavant d'y conserver était celui qui regardait les ennemis de l'État, avec lesquels il déclarait qu'il ne voulait ni union ni même commerce ; qu'il ne prétendait pas que l'on lui eût grande obligation de ce sentiment, parce qu'il sentait ses forces et qu'il connaissait qu'il n'avait aucun besoin de leur secours ; que par cette considération, et encore plus par celle du mal que la liaison avec les étrangers peut toujours faire à la couronne, il n'approuvait ni ne concourait à rien de ce que Monsieur le Prince avait fait à cet égard ; mais qu'à la réserve de cet article, il était résolu de ne plus garder de mesures et de faire comme lui, de lever des hommes et de l'argent, de se rendre maître des bureaux[1], de se saisir des deniers du Roi et de traiter comme ennemis ceux qui s'y opposeraient, en quelques formes et manières que ce pût être. Je croyais que Son Altesse Royale pouvait ajouter que la Compagnie n'ignorait pas que, le peuple de Paris étant aussi bien intentionné pour lui qu'il l'était, il lui était plus aisé d'exécuter ce qu'il lui proposait que de le dire ; mais que la considération qu'il avait pour elle faisait qu'il voulait bien lui donner part de sa résolution devant que de la porter à l'Hôtel de Ville, où il était résolu de la déclarer dès l'après-dînée, et d'y délivrer en même temps ses commissions.

« Je supplie Monsieur de se ressouvenir que, lorsque je lui proposai ce parti, je pris la liberté de l'assurer, sur ma tête, que ce discours, étant accompagné des circonstances que je lui marquai en même temps, c'est-à-dire d'assemblée de noblesse, de clergé, de peuple, ne recevrait pas un mot de contradiction. J'allai plus loin, et je me souviens que je lui dis que le Parlement, qui n'y donnerait, le premier jour, que par étonnement, y donnerait le second du meilleur de son cœur. Les compagnies sont ainsi faites, et je n'en ai vu aucune dans laquelle trois ou quatre jours d'habitude ne fasse[1] recevoir pour naturel ce qu'elles n'ont même commencé que par contrainte. Je représentai à Monsieur que quand il aurait mis les affaires en cet état, il ne devrait plus craindre que le Parlement se séparât de lui; il ne pourrait plus appréhender d'être livré à la cour par les négociations des différentes cabales du parti des princes, puisque ceux qui, dans le Parlement, étaient dans les intérêts de la cour, en auraient un trop personnel et trop proche pour laisser pénétrer leur sentiment, et puisque Monsieur le Prince serait lui-même si dépendant de Son Altesse Royale, que son principal soin serait de le ménager; car il n'y aurait, à mon opinion, aucun lieu d'appréhender qu'il se fût raccommodé à la cour, si Monsieur eût pris ce parti, vu l'état des choses, la force de celui de Monsieur, la déclaration du public et les mesures secrètes que Son Altesse Royale eût pu garder avec lui. Elle sait mieux que personne si elle n'est pas maîtresse absolue du peuple de Paris, et si, quand il lui plaira de parler décisivement en fils de France, et en fils de France qui est et qui se sent chef d'un grand parti, il y a un seul homme dans le Parlement et dans l'Hôtel de Ville qui ose, je ne dis pas lui résister, mais le contredire. Elle n'aura pas sans doute oublié que je lui avais proposé, en même temps, des préalables, pour le dehors, qui n'étaient ni éloignés ni difficiles : le ralliement du débris des troupes de M. de Montrose, le licenciement de celles de Neufbourg[2], la déclaration de huit ou dix des plus grandes villes du royaume. Monsieur n'a pas voulu entendre à ce parti, parce qu'il le croit d'une suite trop dangereuse pour l'État. Dieu veuille que celui qu'il a pris ne lui soit pas plus périlleux, et que la confusion, où apparemment elle le jettera, ne soit plus à craindre que la commotion dans laquelle il y aurait au moins un fils de France au gouvernail[1] ! »

J'avais dans Paris trois cents officiers au moins, et le vicomte de Lamet avait ménagé deux mille chevaux du licenciement de Neufbourg. J'étais assuré d'Orléans, de Troies, de Limoges, de Marseille, de Senlis et de Toulouse.

Voilà ce que j'écrivis sur la table du cabinet des livres, en moins de deux heures. Je le lus à Monsieur, en présence de M. le président de Bellièvre, qui l'approuva et l'appuya avec bien plus de force que je n'avais jamais fait moi-même. La contestation s'échauffa, Monsieur soutenant que, sans un fracas de cette nature (c'est ainsi qu'il l'appela), il empêcherait bien que le Parlement ne se déclarât contre la marche des troupes de M. de Nemours, qui était ce qu'il appréhendait plus que toutes choses, parce qu'il y allait joindre les siennes. Vous verrez qu'il ne se trompa pas dans cette vue. Il est vrai encore que je ne fus pas moins trompé sur un autre chef ; car je soutins toujours à Monsieur, avec le président de Bellièvre, qui était de mon avis qu'il ne serait pas en son pouvoir d'empêcher que le Parlement ne procédât à l'exécution de la déclaration contre Monsieur le Prince, quoiqu'il eût donné arrêt par lequel il s'engageait de ne le pas faire jusques à ce que le Cardinal fût hors du royaume ; car la cour trouva si peu de jour à cette exécution, du côté du Parlement, qu'elle n'osa même la lui proposer.

Ces succès contribuèrent beaucoup à la perte de Monsieur ; car ils l'endormirent et ils ne le sauvèrent pas. J'entrerai dans la suite de ce détail, après que je vous aurai rendu compte de ce qui se passa dans cette conversation, touchant ma promotion au cardinalat, et de cette promotion qui se fit en effet justement en ce temps-là.

Monsieur, qui était l'homme du monde le plus

éloigné de croire que l'on fût capable de parler sans intérêt, me dit, dans la chaleur de la dispute, qu'il ne concevait pas celui que je pouvais m'imaginer dans un parti qui, en rompant toute mesure avec la cour, ferait assurément révoquer ma nomination. Je lui répondis que j'étais, à l'heure qu'il était, cardinal, ou que je ne le serais de longtemps ; mais que je le suppliais d'être persuadé que, quand ma promotion dépendrait de ce moment, je ne changerais en rien mes sentiments, parce que je les lui disais pour son service et nullement pour mes intérêts. « Et vous n'avez, Monsieur, ajoutai-je, pour vous bien persuader de cette vérité qu'à vous ressouvenir, s'il vous plaît, que le propre jour qu'elle m'a nommé, je lui ai déclaré à elle-même que je ne quitterai jamais votre service. Je crois que je lui tiens aujourd'hui fidèlement ma parole en vous donnant le conseil que je crois le plus conforme à votre gloire ; et pour vous le faire voir, je supplie très humblement Votre Altesse Royale de lui envoyer le mémoire que je viens d'écrire. »

Monsieur eut honte de ce qu'il m'avait dit. Il me fit mille honnêtetés. Il jeta le mémoire dans le feu, et il sortit du cabinet tout aussi aheuri[1], me dit à l'oreille le président de Bellièvre, qu'il y était entré.

Je vous viens de dire que j'avais répondu à Monsieur que j'étais cardinal à l'heure où je lui parlais, ou que je ne le serais de longtemps. Je ne m'étais trompé que de peu, car je le fus effectivement cinq ou six jours après[2]. J'en reçus la nouvelle le dernier de ce mois de février, par un courrier que le grand-duc me dépêcha.

Je vous dirai comme la chose se passa à Rome, après que je vous aurai fait des excuses de vous avoir sans doute autant ennuyée que j'ai fait, et par la longueur de ce dernier mémoire, et par celle du discours de Monsieur à M. Danville, qui sont remplis de mille circonstances que vous aurez déjà trouvées comme semées dans les différents endroits de cet ouvrage. Mais comme la plupart de ces circonstances sont celles qui ont formé ce corps monstrueux et presque incompréhensible, même dans le genre du merveilleux historique[3], dans lequel il semble que tous les membres n'aient pu avoir aucuns mouvements qui leur fussent naturels, et même qui ne fussent contraires les uns aux [autres], j'ai cru qu'il était même heureux de rencontrer, dans le cours de la narration, une manière qui m'obligeât de les ramasser toutes ensemble, afin que vous puissiez, avec plus de facilité, découvrir, d'un coup d'œil, ce qui, n'étant que répandu dans les lieux différents, offusque la vérité de l'histoire par des contradictions, que rien ne peut jamais bien démêler que l'assemblage des raisonnements et des faits. J'en reviens à ma promotion.

Vous avez vu, dans le second volume de cette histoire, que j'avais envoyé à Rome l'abbé Charrier, qui trouva la face de cette cour tout à fait changée, par la retraite plutôt que par la disgrâce de la signora Olimpia, belle-sœur du Pape. Innocent s'était laissé toucher à des manières de réprimandes que l'Empereur, à l'instigation des jésuites, lui avait fait faire par son nonce de Vienne. Il ne voyait plus la signora; et il soulageait le cruel ennui que l'on a toujours cru qu'il en avait par des conversations assez fréquentes avec Mme la princesse de Rossane, femme de son neveu[1], qui, quoique très spirituelle, n'approchait pas du génie de la signora, mais qui, en récompense, était beaucoup plus jeune et beaucoup plus belle. Elle s'acquit effectivement du pouvoir sur son esprit, et au point que la signora Olimpia en eut une cruelle jalousie, qui, en donnant encore de nouvelles lumières à son esprit, déjà extrêmement éclairé et habile par lui-même, lui fit enfin trouver le moyen de ruiner sa belle-fille auprès du Pape, et de rentrer dans sa première faveur. Ma nomination tomba justement dans le temps où celle de Mme la princesse de Rossane était la plus forte; et il parut, en cette occasion, que la fortune voulût réparer la perte que j'avais faite en la personne de Pancirolle: c'est le seul endroit de ma vie où je l'ai trouvée favorable. Je vous ai dit ailleurs les raisons pour lesquelles j'avais lieu de croire que Mme la princesse de Rossane me le pourrait être, et sans comparaison davantage que la signora Olimpia, qui ne faisait rien qu'à force d'argent, et vous croyez aisément qu'il n'eût pas été aisé de me résoudre à en donner pour un chapeau[2].

L'abbé Charrier trouva à Rome tout ce que j'y avais espéré de Mme de Rossane, et le premier avis qu'elle lui donna fut de se défier au dernier point de l'ambassadeur, qui joignait aux ordres secrets que la cour lui avait donnés contre moi, la passion effrénée qu'il avait lui-même pour la pourpre[1]. L'abbé Charrier profita très habilement de cet avis, car il joua toujours l'ambassadeur en lui témoignant une confiance abandonnée, et en lui faisant voir, en même temps, la promotion très éloignée. La haine que le Pape avait conservée depuis longtemps pour la personne de M. le cardinal Mazarin contribua à ce jeu, et l'intérêt de monsignor Chigi, secrétaire d'État, qui a été depuis le pape Alexandre VII, y concourut aussi avec beaucoup d'effet[2]. Il était assuré du chapeau pour la première promotion, et il n'oublia rien de ce qui la pouvait avancer. Monsignor Azzolini[3], qui était secrétaire des brefs et qui avait été attaché à Pancirolle, avait hérité de son mépris pour le Cardinal et de sa bonne volonté pour moi. Ainsi M. le bailli de Valençai fut amusé[4]; et il ne fut même averti de la promotion qu'après qu'elle fut faite. Le pape Innocent m'a dit qu'il savait, de science certaine, qu'il avait dans sa poche la lettre du Roi pour la révocation de ma nomination, avec ordre toutefois de ne la pas rendre que dans la dernière nécessité et à l'entrée du consistoire où les cardinaux seraient déclarés; et l'abbé Charrier m'avait dépêché deux courriers pour me donner le même avis. Ce qui est constant est ce que j'ai su depuis par Champfleuri, capitaine des gardes de Monsieur le Cardinal, qu'aussitôt qu'il eut reçu la nouvelle de ma promotion, qu'il apprit à Saumur, il lui commanda, à lui Champfleuri, d'aller chez la Reine en diligence, et de la conjurer de sa part de se contraindre et d'en faire paraître de la joie[5].

Je ne puis m'empêcher, en cet endroit, de rendre honneur à la vérité, et de faire justice à mon imprudence, qui faillit à me faire perdre le chapeau. Je m'imaginai, et très mal à propos, qu'il n'était pas de la dignité du poste où j'étais de l'attendre, et que ce petit délai de trois ou quatre mois que Rome fut obligé de prendre, pour régler une promotion de seize sujets, n'était pas conforme aux paroles qu'elle m'avait données, ni aux recherches qu'elle m'avait faites. Je me fâchai, et j'écrivis une lettre ostensive à l'abbé Charrier, sur un ton qui n'était assurément ni du bon sens, ni de la bienséance. C'est la pièce la plus passable, pour le style, de toutes celles que j'aie jamais faites ; je l'ai cherchée pour l'insérer ici, et je ne l'ai pu retrouver[1]. La sagesse de l'abbé Charrier, qui la supprima à Rome, fit qu'elle me donna de l'honneur par l'événement, parce que tout ce qui est haut et audacieux est toujours justifié, et même consacré par le succès. Il ne m'empêcha pas d'en avoir une véritable honte ; je la conserve encore, et il me semble que je répare, en quelque façon, ma faute en la publiant. Je reprends le fil de ma narration.

J'en étais demeuré, ce me semble, au 16 de février de l'année 1652.

Il y eut, le lendemain 17, une assemblée des chambres, dans laquelle vous verrez, à mon avis, plus que suffisamment, comme dans un tableau raccourci, ce qui se passa dans toutes celles qui furent même assez fréquentes depuis ce jour jusques au premier d'avril. Monsieur y prit d'abord la parole pour représenter à la Compagnie que la lettre du Roi, qui y avait été lue le 15 et qui le taxait de donner la main à l'entrée des ennemis dans le royaume, ne pouvait être que l'effet des calomnies dont on le noircissait dans l'esprit de la Reine ; que les gens de guerre que M. de Nemours amenait étaient des Allemands, auxquels l'on ne pouvait pas donner ce nom, et cætera. Voilà ce qui occupa proprement toutes les assemblées dont je vous viens de parler. Le président Le Bailleul qui présidait, les commençant presque toutes par l'exagération de la nécessité de délibérer sur la lettre de Sa Majesté, les gens du Roi concluant toujours à commander aux communes de courre sus aux troupes de M. de Nemours, et Monsieur ne se lassant point de soutenir qu'elles n'étaient point espagnoles, et qu'après la déclaration qu'il faisait, qu'aussitôt que le Cardinal serait hors du royaume, elles se mettraient à la solde du Roi, il était fort superflu d'opiner sur leur sujet. Cette contestation recommençait presque tous les jours, même à différentes reprises ; et il est vrai, comme je vous le viens de dire, que Monsieur en éluda toujours la délibération. Mais il est vrai aussi que ce faux avantage l'amusa, et qu'il fut si aise d'avoir ce qu'on lui avait soutenu qu'il n'aurait pas, qu'il ne voulut pas seulement examiner si ce qu'il avait lui suffisait : c'est-à-dire qu'il ne distingua pas assez entre la connivence et la déclaration du Parlement. Le président de Bellièvre lui dit très sagement, douze ou quinze jours après la conversation dont je vous viens de parler, que lorsque l'on a à combattre l'autorité royale, la première toute seule[1] peut être très pernicieuse par l'événement ; il lui expliqua ce dictum très sensément. Vous en voyez la substance d'un coup d'œil.

Hors la contestation de laquelle je viens de vous rendre compte, dans laquelle il y eut toujours quelque grain de ce contradictoire que je vous ai tant de fois expliqué, il n'y eut rien dans toutes ces assemblées de chambres qui soit digne, à mon sens, de votre curiosité. L'on lut, en quelques-unes, les réponses que la plupart des parlements de France firent, en ce temps-là, à celui de Paris, toutes conformes à ses intentions, en ce qu'ils lui donnaient part des arrêts qu'ils avaient rendus contre le Cardinal. L'on employa les autres à pourvoir à la conservation des fonds destinés au paiement des rentes de l'Hôtel de Ville et des gages des officiers. L'on résolut, dans celle du 13 de mars, de faire, sur ce sujet, une assemblée des cours souveraines dans la Chambre de Saint-Louis. Je ne me trouvai à aucunes de celles qui furent faites depuis le premier de mars, et parce que le cérémonial romain ne permet pas aux cardinaux de se trouver en aucune cérémonie publique jusques à ce qu'ils aient reçu le bonnet, et parce que, cette dignité ne donnant aucun rang au Parlement que lorsque l'on y suit le Roi, la place que je n'y pouvais avoir en son absence que comme coadjuteur, qui est au-dessous de celle des ducs et pairs, ne se fût pas bien accordée avec les prééminences de la pourpre. Je vous confesse que j'eus une joie sensible d'avoir un prétexte et même une raison de ne me plus trouver à ces assemblées, qui, dans la vérité, étaient devenues des cohues, non pas seulement ennuyeuses, mais insupportables[2]. Je vous ferai voir que, dans la suite, elles n'eurent pas beaucoup plus d'agrément, après que j'aurai touché, le plus légèrement qui me sera possible, un petit détail qui concerne Paris, et quelque chose en général de ce qui regarde la Guienne.

Vous vous pouvez ressouvenir que je vous ai parlé de M. de Chavigni dans le second volume de cet ouvrage, et que je vous ai dit qu'il se retira en Touraine un peu après que le Roi eut été déclaré majeur. Il ne trouva pas le secret de s'y savoir ennuyer, mais il s'y ennuya beaucoup en récompense, et au point qu'il revint à Paris aussitôt qu'il en eut un prétexte ; et ce prétexte fut la nécessité qu'il trouva, dans les avis que M. de Gaucour lui donna, de remédier aux cabales que je faisais auprès de Monsieur, contre les intérêts de Monsieur le Prince. Ce M. de Gaucour était homme de grande naissance, car il était de la maison de ces puissants et anciens comtes de Clermont en Beauvoisis, si fameux dans nos histoires. Il avait de l'esprit et du savoir-faire ; mais il s'était trop érigé en négociateur, ce qui n'est pas toujours la meilleure qualité pour la négociation. Il était attaché à Monsieur le Prince ; il avait à Paris sa principale correspondance ; et son principal soin fut, au moins à ce qui m'en parut, de me ruiner dans l'esprit de Monsieur. Comme il n'y trouva pas facilité, il recourut à M. de Chavigni, qui revint à Paris, en diligence, ou par cette raison, ou sous ce prétexte. M. de Rohan, qui y arriva dans ce temps-là, très satisfait de la défense d'Angers, quoiqu'elle eût été fort médiocre, se joignit à eux pour ce même effet. Ils m'attaquèrent en forme, comme fauteur[1] couvert du Mazarin ; et cependant que leurs émissaires gagnaient ceux de la lie du peuple qu'ils pouvaient corrompre par argent, ils n'oublièrent rien pour ébranler Monsieur par leurs calomnies, qui étaient appuyées de toute l'intrigue du cabinet, dans laquelle Rarai, Beloi et Goulas, partisans de Monsieur le Prince, n'étaient pas ignorants.

J'éprouvai, en ce rencontre, que les plus habiles courtisans peuvent être de fort grosses dupes, quand ils se fondent trop sur leurs conjectures. Celles que ces messieurs tirèrent de ma promotion au cardinalat furent que je n'avais obtenu le chapeau que par le moyen des grands engagements que j'avais pris avec la cour. Ils agirent sur ce principe ; ils me déchirèrent auprès de Monsieur sur ce titre. Comme il en savait la vérité, il s'en moqua. Ils m'établirent dans son esprit au lieu de m'y perdre, parce qu'en fait de calomnie, tout ce qui ne nuit pas sert à celui qui est attaqué ; et vous allez voir le piège que les attaquants se tendirent à eux-mêmes en cette occasion. Je disais un jour à Monsieur que je ne concevais pas comme il ne se lassait point de toutes les sottises que l'on lui disait tous les jours contre moi, sur le même ton, et il me répondit en ces propres termes : « Ne comptez-vous pour rien le plaisir que l'on a à connaître, tous les matins, la méchanceté des gens couverte du nom de zèle, et, tous les soirs, leur sottise déguisée en pénétration ? » Je dis à Monsieur que je recevais cette parole avec respect, et comme une grande et belle leçon pour tous ceux qui avaient l'honneur d'approcher des grands princes.

Ce que les serviteurs de Monsieur le Prince faisaient contre moi, parmi le peuple, faillit à me coûter plus cher. Ils avaient des criailleurs à gages, qui m'étaient plus incommodes, en ce temps-là, qu'ils ne l'avaient été auparavant, parce qu'ils n'osaient paraître devant la nombreuse suite de gentilshommes et de livrée qui m'accompagnait. Comme je n'avais pas encore reçu le bonnet, que les cardinaux français ne prennent que de la main du Roi, à qui le camérier du Pape est dépêché pour cet effet, je ne pouvais plus marcher en public qu'*incognito*, selon les règles du cérémonial ; et ainsi, lorsque j'allais à Luxembourg, c'était toujours dans un carrosse gris et sans livrée, et je montais même dans le cabinet des livres par le petit degré, qui répond dans la galerie, afin d'éviter et le grand escalier et le grand appartement. Un jour que j'y étais avec Monsieur, Bruneau y entra tout effaré, pour m'avertir qu'il y avait lieu dans la cour[1] une assemblée de deux ou trois cents de ces criailleurs, qui disaient que je trahissais Monsieur et qu'ils me tueraient.

Monsieur me parut consterné à cette nouvelle. Je le remarquai, et l'exemple du maréchal de Clermont, assommé entre les bras du dauphin[2], qui, tout au plus, ne pouvait pas avoir eu plus de peur que j'en voyais à Monsieur, me revenant dans l'esprit, je pris le parti que je crus le plus sûr, quoiqu'il parût le plus hasardeux, parce que je ne doutai point que la moindre apparence que Son Altesse Royale laisserait échapper à sa frayeur ne me fît assassiner ; et parce que je doutai encore moins que l'appréhension de déplaire à ceux qui criaient contre le Mazarin, dont il redoutait le murmure jusques au ridicule, jointe à son naturel, qui craignait tout, ne lui en fît donner beaucoup plus qu'il n'en fallait pour me perdre. Je lui dis que je le suppliais de me laisser faire, et qu'il verrait, dans peu, quel mépris l'on devait faire de ces canailles achetées à prix d'argent. Il m'offrit ses gardes, mais d'une manière à me faire connaître que je lui faisais fort bien ma cour de ne les pas accepter. Je descendis, quoique M. le maréchal d'Estampes se fût jeté à genoux devant moi pour m'en empêcher, je descendis, dis-je, avec MM. de Chasteauregnaud et d'Hacqueville, qui étaient seuls avec moi, et j'allai droit à ces séditieux, en leur demandant qui était leur chef. Un gueux d'entre eux, qui avait une vieille plume jaune à son chapeau, me répondit insolemment : « C'est moi. » Je me tournai du côté de la rue de Tournon, en disant : « Gardes de la porte, que l'on me pende ce coquin à ces grilles. » Il me fit une profonde révérence ; il me dit qu'il n'avait pas cru manquer au respect qu'il me devait ; qu'il était venu seulement avec ses camarades pour me dire que le bruit courait que je voulais mener Monsieur à la cour et le raccommoder avec le Mazarin ; qu'ils ne le croyaient pas ; qu'ils étaient mes serviteurs et prêts à mourir pour mon service, pourvu que je leur promisse d'être toujours bon frondeur[1]. Ils m'offrirent de m'accompagner ; mais je n'avais pas besoin de cette escorte pour le voyage que j'avais résolu, comme vous l'allez voir. Il n'était pas au moins fort long, car Mme de La Vergne, mère de Mme de Lafaïette, et qui avait épousé en secondes noces le chevalier de Sévigné, logeait où loge présentement madame sa fille.

Cette Mme de La Vergne était honnête femme dans le fonds, mais intéressée au dernier point et plus susceptible de vanité pour toute sorte d'intrigue, sans exception, que femme que j'aie jamais connue[2]. Celle dans laquelle je lui proposai, ce jour-là, de me rendre de bons offices, était d'une nature à effaroucher d'abord une prude. J'assaisonnai mon discours de tant de protestations de bonne intention et d'honnêteté qu'il ne fut pas rebuté ; mais aussi ne fut-il reçu que sous les promesses solennelles que je fis de ne prétendre jamais qu'elle étendît les offices que je lui demandais au-delà de ceux que l'on peut rendre en conscience, pour procurer une bonne, chaste, pure, simple et sainte amitié. Je m'engageai à tout ce que l'on voulut. L'on prit mes paroles pour bonnes, et l'on se sut même très bon gré d'avoir trouvé une occasion toute propre à rompre, dans la suite, le commerce que j'avais avec Mme de Pommereux, que l'on ne croyait pas si innocent. Celui dans lequel je demandais que l'on me servît ne devait être que tout spirituel et tout angélique ; car c'était celui de Mlle de La Louppe, que vous avez vue depuis sous le nom de Mme d'Olonne[1]. Elle m'avait fort plu quelques jours auparavant, dans une petite assemblée qui s'était faite dans le cabinet de Madame ; elle était jolie, elle était belle, elle était précieuse par son air et par sa modestie. Elle logeait tout proche de Mme de La Vergne ; elle était amie intime de mademoiselle sa fille ; elles avaient même percé une porte par laquelle elles se voyaient sans sortir du logis. L'attachement que M. le chevalier de Sévigné avait pour moi, l'habitude que j'avais dans sa maison, ce que je savais de l'adresse de sa femme, contribuèrent beaucoup à mes espérances. Elles se trouvèrent fort vaines par l'événement ; car bien que l'on ne m'arrachât pas les yeux, bien que l'on ne m'étouffât pas à force de m'interdire les soupirs, bien que je m'aperçusse, à de certains airs, que l'on n'était pas fâché de voir la pourpre soumise, toute armée et toute éclatante qu'elle était, l'on se tint toujours sur un pied de sévérité, ou plutôt de modestie, qui me lia la langue, quoiqu'elle fût assez libertine, et qui doit étonner ceux qui n'ont point connu Mlle de La Louppe, et qui n'ont ouï parler que de Mme d'Olonne. Cette historiette, comme vous voyez, n'est pas trop à l'honneur de ma galanterie. Je passe, pour un moment, aux affaires de Guienne.

Comme je ne fais profession de vous rendre compte précisément que de ce que j'ai vu moi-même, je ne toucherai ce qui se passa en ce pays-là que fort légèrement, et simplement autant qu'il est nécessaire de le faire pour vous faire mieux entendre ce qui y a eu du rapport du côté de Paris. Je ne vous puis pas même assurer si je serai bien juste dans le peu que je vous en dirai, parce que je n'en parlerai que sur des mémoires qui peuvent ne l'être pas eux-mêmes. J'ai fait tout ce qui a été en moi pour tirer de Monsieur le Prince le détail de ses actions de guerre, dont les plus petites ont toujours été plus grandes que les plus héroïques des autres hommes, et ce serait avec une joie sensible que j'en relèverais et que [j'en] honorerais cet ouvrage. Il m'avait promis de m'en donner un extrait, et il l'aurait fait, à mon sens, si l'inclination et la facilité qu'il a à faire des merveilles n'étaient égalées par l'aversion et par la peine qu'il a [à] les raconter.

Je vous ai déjà dit que M. le comte d'Harcourt commandait les armes du Roi en Guienne, et qu'il y avait les troupes de l'Europe les plus aguerries. Toutes celles de Monsieur le Prince étaient de nouvelle levée, à la réserve de ce que M. de Marsin avait amené de Catalogne, qui ne faisaient pas un corps assez considérable pour se pouvoir opposer à celles du Roi. Monsieur le Prince, à le bien prendre, soutint les affaires par sa seule personne. Vous avez vu ci-dessus qu'il s'était saisi de Saintes. Il laissa, pour y commander, M. le prince de Tarente[1]. Il retourna en Guienne et il se campa auprès de Bourg. Le comte d'Harcourt l'y suivit et détacha le chevalier d'Auberterre pour le reconnaître. Ce chevalier fut poussé par le régiment de Baltasar[2], qui donna le temps à Monsieur le Prince de se poster sur une hauteur, où il fit paraître son corps si grand, quoiqu'il fût très petit, que le comte d'Harcourt ne l'y osa attaquer. Il se retira à Libourne après cette action, qui fut d'un très grand capitaine. Il y laissa quelque infanterie et il alla à Bergerac, place fameuse par les guerres de la religion, et il fit travailler à en relever les fortifications[3]. M. de Saint-Luc, lieutenant de Roi en Guienne, crut qu'il pourrait surprendre M. le prince de Conti, qui était logé avec de nouvelles troupes à Caudecoste, près d'Agen ; et il s'avança de ce côté-là avec deux mille hommes de pied et sept cents chevaux, composés des meilleurs qui fussent dans l'armée du Roi. Il fut surpris lui-même par Monsieur le Prince, qui fut averti de son dessein et qu'il vit au milieu de ses quartiers, devant qu'il eût eu la première nouvelle de sa marche. Il ne s'ébranla pas néanmoins ; il se posta sur une hauteur, à laquelle l'on ne pouvait aller que par un défilé. L'on passa presque tout le jour à escarmoucher, cependant que Monsieur le Prince attendait trois canons qu'il avait mandés d'Agen. Il en avait un pressant besoin ; car il n'avait en tout avec lui, en comptant les troupes de M. le prince de Conti, que cinq cents hommes de pied et deux mille chevaux, et tous gens de nouvelle levée. La faiblesse ne donne pas pour l'ordinaire la hardiesse ; celle de Monsieur le Prince fit plus en cette occasion, car elle lui donna de la vanité ; et c'est, je crois, la seule fois de sa vie qu'il en a eu. Il se ressouvint que la frayeur que sa présence pourrait inspirer aux ennemis les pourrait ébranler. Il leur renvoya quelques prisonniers qui leur apprirent qu'il était là en personne. Il les chargea en même temps ; ils plièrent d'abord, et l'on peut dire qu'il les renversa moins par le choc de ses armes que par le bruit de son nom. La plupart de l'infanterie se jeta dans Miradoux, où elle fut assiégée incontinent. Les régiments de Champagne et de Lorraine, que Monsieur le Prince ne voulait recevoir qu'à discrétion[1], défendirent cette méchante place avec une valeur incroyable, et ils donnèrent le temps à M. le comte d'Harcourt de la secourir. Monsieur le Prince envoya son artillerie et ses bagages à Agen[2] ; il mit des garnisons dans quelques petites places qui pouvaient incommoder les ennemis ; et ensuite, il se rendit lui-même à Agen, ayant avec lui MM. de La Rochefoucauld, de Marsin et de Montespan[3], pour observer les desseins de M. le comte d'Harcourt, qui laissa, de son côté, quelques-unes de ses troupes au siège de Staffort, ce me semble, et de La Plume, et qui, avec les autres, fit attaquer quelques fortifications que l'on avait commencées à un des faubourgs d'Agen, par MM. de Lislebonne, chevalier de Créqui[4], et Coudrai-Montpensier. Ils se signalèrent à cette attaque, qui fut faite en présence de Monsieur le Prince ; mais ils furent repoussés avec une vigueur extraordinaire, et le comte d'Harcourt s'alla consoler de sa perte par la prise de ces deux ou trois petites places dont je vous ai parlé ci-dessus.

Monsieur le Prince, qui avait fait dessein de revenir à Paris, pour les raisons que je vous vas dire, se résolut de laisser, pour commander en Guienne, M. le prince de Conti, et M. de Marsin, en qualité de lieutenant général sous monsieur son frère ; mais il crut qu'il serait à propos, devant qu'il partît, qu'il s'assurât tout à fait d'Agen, qui était, à la vérité, déclaré pour lui, mais qui, n'ayant point de garnison, pouvait à tous les moments changer de parti. Il gagna les jurats, qui consentirent qu'il fît entrer dans la ville le régiment de Conti. Le peuple, qui ne fut pas du sentiment de ces magistrats, se souleva et il fit des barricades. Monsieur le Prince m'a dit qu'il courut plus de fortune, en cette occasion, qu'il n'en aurait couru dans une bataille. Je ne me ressouviens pas du détail, et ce que je m'en puis remettre est que MM. de La Rochefoucauld, de Marcillac et de Montespan haranguèrent dans l'Hôtel de Ville et qu'ils calmèrent la sédition, à la satisfaction de Monsieur le Prince. Je reviens à son voyage.

MM. de Rohan, de Chavigni et de Gaucour le pressaient, par tous les courriers, de ne pas s'abandonner si absolument aux affaires des provinces qu'il ne songeât à celle de la capitale, qui était en tout sens la capitale. M. de Rohan se servit de ce mot dans une de ses lettres que je surpris. Ces messieurs étaient persuadés que je rompais toutes leurs mesures auprès de Monsieur, qui, à la vérité, rejetait tout ce qu'il ne voulait pas faire pour les intérêts de Monsieur le Prince, sur les ménagements que le poste où j'étais à Paris l'obligeait d'avoir pour moi. Il confessait quelquefois, en parlant à moi-même, qu'il se servait de ce prétexte, en de certaines occasions ; et il y en eut même où il me força, à force de m'en persécuter, à donner des apparences qui pussent confirmer ce qu'il leur voulait persuader. Je lui représentai plusieurs fois qu'il ferait tant par ses journées, qu'il obligerait Monsieur le Prince de venir à Paris, qui était, de toutes les choses du monde, celle qu'il craignait le plus. Mais comme le présent touche toujours, sans comparaison, davantage les âmes faibles que l'avenir même le plus proche, il aimait mieux s'empêcher de croire que Monsieur le Prince pût faire ce voyage dans quelque temps, que de se priver du soulagement qu'il trouvait, dans le moment même, à rejeter sur moi les murmures et les plaintes que ses ministres lui faisaient sur mille chefs, à tous les instants. Ces ministres, qui se trouvèrent bien plus fatigués que satisfaits de ses méchantes défaites, pressèrent Monsieur le Prince, au dernier point, d'accourir lui-même au besoin pressant, et leurs instances furent puissamment fortifiées par les nouvelles qu'il reçut en même temps de M. de Nemours, qu'il est bon de traiter un peu en détail.

M. de Nemours entra, en ce temps-là, sans aucune résistance, dans le royaume, toutes les troupes du Roi étant divisées ; et quoique M. d'Elbeuf et MM. d'Aumont, Digbi et de Vaubecourt[1] en eussent à droit, à gauche, il pénétra jusques à Mantes et il y passa la Seine sur le pont[2], qui lui fut livré par M. le duc de Sulli, gouverneur de la ville et mécontent de la cour parce que l'on avait ôté les Sceaux à Monsieur le Chancelier son beau-père. Il campa à Houdan, et il vint à Paris avec M. de Tavannes, qui commandait ce qu'il avait conservé des troupes de Monsieur le Prince, et Clinchamp, qui était officier général dans les étrangères.

Voilà le premier faux pas que cette armée fit ; car si elle eût marché sans s'arrêter et que M. de Beaufort l'eût jointe avec les troupes de Monsieur, comme il la joignit depuis, elle eût passé la Loire sans difficulté et eût fort embarrassé la marche du Roi. Tout contribua à ce retardement : l'incertitude de Monsieur, qui ne se pouvait déterminer pour l'action, même dans les choses les plus résolues ; l'amour de Mme de Montbazon, qui amusait à Paris M. de Beaufort ; la puérilité de M. de Nemours, qui était bien aise de montrer son bâton de général à Mme de Chastillon ; et la fausse politique de Chavigni, qui croyait qu'il serait beaucoup plus maître de l'esprit de Monsieur, quand il lui éblouirait les yeux par ce grand nombre d'écharpes de couleurs toutes différentes : ce fut le terme dont il se servit en parlant à Croissi, qui fut assez imprudent pour me le redire, quoiqu'il fût beaucoup plus dans les intérêts de Monsieur le Prince que dans les miens. Je ne tins pas le cas secret à Monsieur, qui en fut fort piqué. Je pris ce temps pour le supplier de trouver bon que je fisse voir, en sa présence, à ces messieurs, qu'ils n'étaient pas en état d'éblouir des yeux sans comparaison moins forts, en tout sens, que les siens[1]. Comme il me voulut faire expliquer, l'on lui vint dire que MM. de Beaufort et de Nemours entraient dans sa chambre. Je l'y suivis, quoique ce ne fût pas ma coutume parce que je n'avais pas encore le bonnet ; et comme l'on entra en conversation publique, car il y avait du monde jusques à faire foule, je mis mon chapeau sur ma tête[2] aussitôt qu'il eut mis le sien. Il le remarqua, et à cause de ce que je venais de lui dire, et à cause que je ne l'avais jamais voulu faire, quoiqu'il me le commandât toujours. Il en fut très aise, et il affecta d'entretenir la conversation plus d'une grosse heure, après laquelle il me prit en particulier et me ramena dans la galerie. Vous jugez bien qu'il fallait qu'il fût bien en colère ; car je crois qu'il y avait dans sa chambre plus de cinquante écharpes rouges[3], sans les isabelles. Cette colère dura tout le soir, car il me dit, le lendemain, que Goulas, secrétaire de ses commandements et intime de M. de Chavigni, étant venu lui dire, avec un grand empressement, que tous ces officiers étrangers prenaient de grands ombrages des longues conversations que j'avais avec lui, il l'avait rebuté avec une fort grande aigreur, en lui disant : « Allez au diable, vous et vos officiers étrangers ; si ils étaient aussi bons frondeurs que le cardinal de Rais, ils seraient à leur poste, et ils ne s'amuseraient pas à ivrogner dans les cabarets de Paris. » Ils partirent enfin, et, en vérité, plus par mes instances que par celle de Chavigni, qui croyait toujours que je n'oubliais rien pour les retarder ; car Monsieur répara bientôt, même avec soin, ce qu'il avait laissé échapper dans la colère, parce qu'il lui convenait (au moins se l'imaginait-il ainsi) de me faire servir de prétexte, quelquefois à ce qu'il faisait, et presque toujours à ce qu'il ne faisait pas. Vous verrez quelle marche ces troupes prirent, après que je vous aurai rendu compte de ce qui se passa à Orléans dans ce même temps.

Il ne se pouvait pas que cette importante ville ne fût très dépendante de Monsieur, étant son apanage[4], et, de plus, ayant été quelque temps son plus ordinaire séjour[1]. M. le marquis de Sourdis, de plus, qui en était gouverneur, était dans ses intérêts. Monsieur y avait envoyé, outre cela, M. le comte de Fiesque, pour s'opposer aux efforts que M. Le Gras, maître des requêtes, faisait pour persuader aux habitants d'ouvrir leurs portes au Roi, à qui, dans la vérité, elles eussent été d'une fort grande utilité. MM. de Beaufort et de Nemours, qui en voyaient encore de plus près la conséquence, parce qu'ils avaient pris leur marche de ce côté-là, écrivirent à Monsieur qu'il y avait dans la ville une faction très puissante pour la cour, et que sa présence y était très nécessaire. Vous croyez facilement qu'elle l'était encore beaucoup plus à Paris. Monsieur ne balança pas un moment, et tout le monde, sans exception, fut d'un même avis sur ce point. Mademoiselle s'offrit d'y aller : ce que Monsieur ne lui accorda qu'avec beaucoup de peine, par la raison de la bienséance, mais encore plus par celle du peu de confiance qu'il avait en sa conduite. Je me souviens qu'il me dit, le jour qu'elle prit congé de lui : « Cette chevalerie serait bien ridicule, si le bon sens de Mmes de Fiesque et de Frontenac ne la soutenait[2]. » Ces deux dames allèrent effectivement avec elle, aussi bien que M. de Rohan et MM. de Croissi et de Bermont, conseillers du Parlement. Patru disait, un peu trop librement, que comme les murailles de Jéricho étaient tombées au son des trompettes[3], celles d'Orléans s'ouvriraient au son des violons. M. de Rohan passait pour les aimer un peu trop violemment[4]. Enfin tout ce ridicule réussit par la vigueur de Mademoiselle, qui fut effectivement très grande ; car, quoique le Roi fût très proche avec des troupes, et que M. Molé, garde des Sceaux et premier président, fût à la porte, qui demandait à entrer de sa part, elle passa l'eau dans un petit bateau ; elle obligea les bateliers, qui sont toujours en nombre sur le port, de démurer une petite poterne qui était demeurée fermée depuis fort longtemps, et elle marcha, avec le concours et l'acclamation du peuple, droit à l'Hôtel de Ville, où les magistrats étaient assemblés pour délibérer si l'on recevrait Monsieur le Garde des Sceaux[5]. Vous pouvez croire qu'elle décida.

MM. de Beaufort et de Nemours la vinrent joindre aussitôt, et ils résolurent avec elle de se saisir ou de Gergeau[1] ou de Gien, qui sont de petites villes, mais qui ont toutes deux des ponts sur la rivière de Loire. Celui de Gergeau fut vivement attaqué par M. de Beaufort; mais il fut encore mieux défendu par M. de Turenne, qui venait de prendre le commandement de l'armée du Roi, qu'il partageait toutefois avec M. le maréchal d'Hocquincourt; et celle de Monsieur fut obligée de quitter cette entreprise, après y avoir perdu le baron de Sirot, homme de réputation, et qui y servait de lieutenant général[2]. Il se vantait, et je crois avec vérité, qu'il avait fait le coup de pistolet avec le grand Gustave, roi de Suède, et le brave Christian, roi de Danemark.

M. de Nemours, qui avait naturellement et aversion et mépris pour M. de Beaufort, quoique son beau-frère, se plaignit de sa conduite à Mademoiselle, comme si elle avait été cause de ce que le dessein sur Gergeau n'eût pas réussi. Ils eurent sur cela des paroles dans l'antichambre de Mademoiselle, et un prétendu démenti que M. de Beaufort voulut assez légèrement, au moins à ce que l'on disait en ce temps-là, avoir reçu, produisit un prétendu soufflet, que M. de Nemours ne reçut aussi, à ce que j'ai ouï dire à des gens qui y étaient présents, qu'en imagination. C'était au moins un de ces soufflets problématiques dont il est parlé dans les *Petites lettres* du Port-Royal[3]. Mademoiselle accommoda, au moins en apparence, cette querelle, et après une grande contestation qui n'avait pas servi à en adoucir les commencements, il fut résolu que l'on irait à Montargis, poste important dans la conjoncture, parce que de là l'armée des princes, qui serait ainsi entre Paris et le Roi, pourrait donner la main à tout. M. de Nemours, qui souhaitait avec passion de pouvoir secourir Mouron, opiniâtra longtemps qu'il serait mieux d'aller passer la rivière de Loire à Blois, pour prendre par les derrières l'armée du Roi, qui, par la crainte d'abandonner trop pleinement les provinces de delà à celles de Monsieur, aurait encore plus de difficulté à se résoudre d'avancer vers Paris, qu'elle n'y en trouverait par l'obstacle que Montargis lui pourrait mettre. L'autre avis l'emporta dans le conseil de guerre, et par le nombre et par l'autorité de Mademoiselle, et j'ai ouï dire même aux gens du métier qu'il le devait emporter par la raison, parce qu'il eût été ridicule d'abandonner tout ce qui était proche de Paris aux forces du Roi, dont l'on voyait clairement que l'unique dessein était de s'en approcher, ou pour gagner la capitale ou pour l'ébranler. Chavigni en parla à Monsieur, en ces propres termes, en présence de Madame, qui me le redit le lendemain ; et je ne comprends pas sur quoi se sont pu fonder ceux qui se sont voulu imaginer qu'il y eût de la contestation sur cet article à Luxembourg. Monsieur n'eût pas manqué, si cela eût été, de me faire valoir ce qu'il n'eût pas déféré aux conseils des serviteurs de Monsieur le Prince. Ils furent tous du même sentiment et Goulas pestait même hautement contre la conduite de M. de Nemours, qui veut, ce disait-il, sauver Mouron et perdre Paris. Je reviens au voyage de Monsieur le Prince.

Je vous ai déjà dit que ceux qui agissaient pour ses intérêts, auprès de Monsieur, le pressaient de revenir à Paris, et que leurs instances furent fortement appuyées par la nécessité qu'il crut à soutenir, ou plutôt à réparer, par sa présence, ce que l'incapacité et la mésintelligence de MM. de Beaufort et de Nemours diminuaient du poids que la valeur et l'expérience des troupes qu'ils commandaient devaient donner à leur parti. Comme Monsieur le Prince avait à traverser presque tout le royaume, il lui fut nécessaire de tenir sa marche extrêmement couverte. Il ne prit avec lui que MM. de La Rochefoucauld, de Marcillac, le comte de Lévis, Guitaut, Chavagnac, Gourville et un autre, du nom duquel je ne me souviens pas[1]. Il passa, avec une extrême diligence, le Périgord, le Limousin, l'Auvergne et le Bourbonnais. Il fut manqué de peu, auprès de Chastillon-sur-Loing, par Sainte-Maure, pensionnaire du Cardinal, qui le suivait avec deux cents chevaux, sur un avis que quelqu'un, qui avait reconnu Guitaut, en donna à la cour. Il trouva dans la forêt d'Orléans quelques officiers de ses troupes, qui étaient en garnison à Lorris, et il fut reçu de toute l'armée avec toute la joie que vous vous pouvez imaginer. Il dépêcha de là Gourville à Monsieur, pour lui rendre compte de sa marche et pour l'assurer qu'il serait à lui dans trois jours. Les instances de toute l'armée, fatiguée jusques à la dernière extrémité de l'ignorance de ses généraux, l'y retinrent davantage ; et, de plus, il n'a jamais eu peine à demeurer dans les lieux où il a pu faire de grandes actions. Vous en allez voir une des plus belles de sa vie.

Il parut, au premier pas que Monsieur le Prince fit dès qu'il eut joint l'armée, que l'avis de M. de Nemours, duquel je vous ai parlé ci-dessus, n'était pas le bon ; car il marcha droit à Montargis, qu'il prit sans coup férir, Mondreville, qui s'était jeté dans le château avec huit ou dix gentilshommes et deux cents hommes de pied, l'ayant rendu d'abord. Il y laissa quelque garnison, et il marcha, sans perdre un moment, droit aux ennemis, qui étaient dans des quartiers séparés. Le Roi était à Gien, M. de Turenne avait son quartier général à Briare, et celui de M. d'Hocquincourt était à Bléneau.

Comme Monsieur le Prince sut que les troupes du dernier étaient dispersées dans les villages, il s'avança vers Chasteaurenard ; il tomba, comme un foudre[1], au milieu de tous ces quartiers. Il tailla en pièces tout ce qui était de cavalerie de Maignas, de Roquespine, de Beaujeu, de Bourlemont et de Moret, qui essayaient de gagner le logement des dragons[2], comme il leur avait été ordonné ; mais trop tard. Il força ensuite, l'épée à la main, le quartier même des dragons, cependant que Tavannes traitait de même celui des Cravattes[3]. Il poussa les fuyards jusques à Bléneau, où il trouva M. d'Hocquincourt en bataille, avec sept cents chevaux, qui chargea avec vigueur les gens de Monsieur le Prince, qui, dans l'obscurité de la nuit, s'étaient égarés et divisés, et qui, de plus, malgré les efforts de leurs commandants, s'amusaient à piller un village. Monsieur le Prince les rallia et les remit en bataille, à la vue des ennemis, quoiqu'ils fussent bien plus forts que lui, et quoiqu'il fût obligé, par la grande [résistance] qu'il trouva, de tenir bride en main à la première charge, dans laquelle il eut un cheval tué sous lui. Il les chargea avec tant de vigueur, à la seconde, qu'il les renversa pleinement, et au point qu'il ne fut plus au pouvoir de M. d'Hocquincourt de les rallier. M. de Nemours fut fort blessé en cette occasion, et MM. de Beaufort, de La Rochefoucauld et de Tavannes s'y signalèrent. M. de Turenne, qui avait averti, dès le matin, le maréchal d'Hocquincourt que ses quartiers étaient trop séparés et trop exposés, et que M. d'Hocquincourt avait averti, le soir, que Monsieur le Prince venait à lui, M. de Turenne, dis-je, sortit de Briare ; il se mit en bataille auprès d'un village qui s'appelle, ce me semble, Ousoi[1]. Il jeta cinquante chevaux dans un bois qui se trouvait entre lui et les ennemis, et par lequel l'on ne pouvait passer sans défiler. Il les en retira aussitôt, pour obliger Monsieur le Prince à s'engager dans ce défilé, par l'opinion qu'il aurait que la retraite de ces cinquante maîtres[2] eût été d'effroi. Son stratagème lui réussit ; car Monsieur le [Prince] jeta effectivement dans le bois trois ou quatre cents chevaux, qui, à la sortie, furent renversés par M. de Turenne, et qui eussent eu peine à se retirer, si Monsieur le Prince n'eût fait avancer de l'infanterie, qui arrêta sur cul[3] ceux qui les suivaient. M. de Turenne se posta sur une hauteur derrière ce bois, et il y mit son artillerie, qui tua beaucoup de gens de l'armée des princes, et entre autres Marei, frère du maréchal de Grancei, domestique de Monsieur, et qui servait de lieutenant général dans ses troupes. L'on demeura tout le reste du jour en présence, et, sur le soir, chacun se retira dans son camp. Il est difficile de juger qui eut plus de gloire en cette journée, ou de Monsieur le Prince ou de M. de Turenne. L'on peut dire, en général, qu'ils y firent tous deux ce que les deux plus grands capitaines du monde y pouvaient faire. M. de Turenne y sauva la cour[4], qui, à la nouvelle de la défaite de M. d'Hocquincourt, fit charger son bagage, sans savoir précisément où elle pourrait être reçue ; et M. de Senneterre m'a dit depuis, plusieurs fois, que c'est le seul endroit où il ait vu la Reine abattue et affligée. Il est constant que si M. de Turenne n'eût soutenu l'affaire par sa grande capacité, et si son armée eût eu le sort de celle de M. d'Hocquincourt, il n'y eût pas eu une ville qui n'eût fermé les portes à la cour. Le même M. de Senneterre ajoutait que la Reine le lui avait dit ce jour-là en pleurant.

L'avantage de Monsieur le Prince sur le maréchal d'Hocquincourt ne fut pas à beaucoup près d'une si grande utilité à son parti, parce qu'il ne le poussa pas dans les suites jusques où sa présence l'eût vraisemblablement porté, si il fût demeuré à l'armée[1]. Vous verrez ce qui s'y passa en son absence, après que je vous aurai rendu compte et du premier effet du voyage de Monsieur le Prince à Paris, et d'un petit détail qui me regarde en mon particulier.

Vous avez vu, ci-dessus, que Monsieur le Prince avait envoyé Gourville à Monsieur, aussitôt qu'il eut joint l'armée, pour lui dire qu'il serait dans trois jours à Paris. Cette nouvelle fut un coup de foudre pour Monsieur. Il m'envoya querir aussitôt, et il s'écria en me voyant : « Vous me l'aviez bien dit, quel embarras ! quel malheur ! nous voilà pis que jamais. » J'essayai de le remettre, mais il me fut impossible ; et tout ce que j'en pus tirer fut qu'il ferait bonne mine et qu'il cacherait son sentiment à tout le monde, avec le même soin avec lequel il l'avait déguisé à Gourville. Il s'acquitta très exactement de sa parole, car il sortit du cabinet de Madame avec le visage du monde le plus gai.

Il publia la nouvelle avec de grandes démonstrations de joie, et il ne laissa pas de me commander, un quart d'heure après, de ne rien oublier pour troubler la fête, c'est-à-dire pour essayer de mettre les choses en état d'obliger Monsieur le Prince à ne faire que fort peu de séjour à Paris. Je le suppliai de [ne] me point donner cette commission, « laquelle, Monsieur, lui dis-je, n'est pas de votre service, pour deux raisons, dont la première est que je ne la puis exécuter qu'en donnant au Cardinal un avantage qui ne vous convient pas, et l'autre, que vous ne la soutiendrez jamais, de l'humeur dont il a plu à Dieu de vous faire ». Cette parole dite à un fils de France vous paraîtra sans doute peu respectueuse ; mais je vous supplie de considérer que Saint-Rémi, lieutenant de ses gardes, la lui avait dite à propos d'une bagatelle, deux ou trois jours devant ; que Monsieur avait trouvé l'expression plaisante, et qu'il la redisait, depuis ce jour-là, à toute occasion. Dans la vérité, elle n'était pas impropre pour celle dont il s'agissait, comme vous le verrez par la suite. La contestation fut assez forte, je résistai longtemps. Je fus obligé de me rendre et d'obéir. J'eus même plus de temps pour travailler à ce qu'il m'ordonnait que je n'avais cru ; car Monsieur le Prince, au-devant duquel Monsieur alla même jusques à Juvisi, le 1er d'avril, dans la croyance qu'il arriverait ce jour-là à Paris, n'y fut que le 11 ; de sorte que j'eus tout le loisir nécessaire pour ménager M. Le Febvre, prévôt des marchands, qui me devait sa charge et qui était mon ami particulier. Il n'eut pas peine de persuader M. le maréchal de L'Hospital, gouverneur de Paris, qui était très bien intentionné pour la cour. Ils firent une assemblée à l'Hôtel de Ville[1], dans laquelle ils firent résoudre que Monsieur le Gouverneur irait trouver Son Altesse Royale, pour lui dire qu'il paraissait à la Compagnie qu'il était contre ordre que l'on reçût Monsieur le Prince dans la ville, devant qu'il se fût justifié de la déclaration du Roi, qui avait été vérifiée au Parlement contre lui.

Monsieur, qui fut transporté de joie de ce discours, répondit que Monsieur le Prince ne venait que pour conférer avec lui de quelques affaires particulières, et qu'il ne séjournerait que vingt-quatre heures à Paris. Il me dit, aussitôt que le maréchal fut sorti de sa chambre : « Vous êtes un galant homme, *havete fatto polito*[2]. Chavigni sera bien attrapé. » Je lui répondis, sans balancer : « Je ne vous ai jamais, Monsieur, si mal servi ; souvenez-vous, si il vous plaît, de ce que je vous dis aujourd'hui. » M. de Chavigni, qui apprit en même temps le mouvement de l'Hôtel de Ville et la réponse de Monsieur, lui en fit des réprimandes et des bravades, qui passèrent jusques à l'insolence et à la fureur. Il déclara à Monsieur que Monsieur le Prince était en état de demeurer sur le pavé tant qu'il lui plairait, sans être obligé d'en demander congé à personne. Il fit, par le moyen de Pesche[3], fameux séditieux, un concours de cent ou cent vingt gueux, sur le Pont-Neuf, qui faillirent à piller la maison de M. Du Plessis-Guénégaud, et il effraya si fort Monsieur, qu'il l'obligea à faire une réprimande publique et au maréchal de L'Hospital et au prévôt des marchands, parce qu'ils avaient enregistré dans le greffe de la ville la réponse que Son Altesse Royale leur dit ne leur avoir faite qu'en particulier et qu'en confiance. Comme je voulus, le soir, insinuer à Monsieur que j'avais eu raison de ne lui pas conseiller ce qui s'était fait, il m'interrompit brusquement, en me disant ces propres paroles : « Il ne faut pas juger par l'événement. J'avais raison hier, vous l'avez aujourd'hui : que faire entre tous ces gens-ci ? » Il devait ajouter : « et avec moi ? » Je l'y ajoutai de moi-même ; car, comme je vis que, malgré toutes ces expériences, il continuait dans la même conduite qu'il avait mille fois condamnée, en me parlant à moi-même, depuis que Monsieur le Prince fut allé en Guienne, je me le tins pour dit, et je me résolus de demeurer, tout le plus qu'il me serait possible, dans l'inaction, qui n'est, à la vérité, jamais bien sûre à de certaines gens, dans les temps qui sont fort troublés, mais que je me croyais nécessaire, et par les manières de Monsieur, que je ne pouvais redresser, et par la considération de l'état où je me trouvais dans le moment, que je vous supplie de me permettre que je vous explique un peu plus au long.

La vérité me force de vous dire qu'aussitôt que je fus cardinal, je fus touché des inconvénients de la pourpre, parce que j'avais fait peut-être plus de mille fois en ma vie réflexion que je l'avais trop été de l'éclat de la coadjutorerie. Une des sources de l'abus que les hommes font presque toujours de leur dignité est qu'ils s'en éblouissent d'abord qu'ils en sont revêtus, et l'éblouissement est cause qu'ils tombent dans les premières fautes, qui sont les plus dangereuses par une infinité de raisons. La hauteur que j'avais affectée dès que je fus coadjuteur me réussit, parce qu'il parut que la bassesse de mon oncle l'avait rendue nécessaire. Mais je connus clairement que sans cette considération, et même sans les autres assaisonnements que la qualité des temps, plutôt que mon adresse, me donna lieu d'y mettre, je connus, dis-je, clairement qu'elle n'eût pas été d'un bon sens, ou au moins qu'elle ne lui eût pas été attribuée. Les réflexions que j'avais eu le temps de faire sur cela m'obligèrent à y avoir une attention particulière à l'égard du chapeau, dont la couleur vive et éclatante fait tourner la tête à la plupart de ceux qui en sont honorés. La plus sensible, à mon opinion, et la plus palpable de ces illusions est la prétention de précéder les princes du sang, qui peuvent devenir nos maîtres à tous les instants, et qui, en attendant, le sont presque toujours, par leur considération, de tous nos proches. J'ai de la reconnaissance pour les cardinaux de ma maison, qui m'ont fait sucer avec le lait cette leçon par leur exemple ; et je trouvai une occasion assez heureuse de la débiter, le propre jour que je reçus la nouvelle de ma promotion. Chasteaubriant, dont vous avez déjà vu le nom dans la seconde partie de cette histoire, me dit, en présence d'une infinité de gens qui étaient dans ma chambre : « Nous ne saluerons plus les premiers, présentement », ce qu'il disait, parce que, bien que je fusse très mal avec Monsieur le Prince et que je marchasse presque toujours fort accompagné, je le saluais, comme vous pouvez croire, partout où je le rencontrais, avec tout le respect qui lui était dû par tant de titres. Je lui répondis : « Pardonnez-moi, Monsieur, nous saluerons toujours les premiers, et plus bas que jamais. À Dieu ne plaise que le bonnet rouge me fasse tourner la tête au point de disputer le rang aux princes du sang. Il suffit à un gentilhomme d'avoir l'honneur d'être à leurs côtés. » Cette parole, qui a depuis, à mon sens, comme vous le verrez dans la suite, conservé en France le rang au chapeau par l'honnêteté de Monsieur le Prince et par son amitié pour moi ; cette parole, dis-je, fit un fort bon effet, et elle commença à diminuer l'envie : ce qui est le plus grand de tous les secrets.

Je me servis encore, pour cet effet, d'un autre moyen. MM. les cardinaux de Richelieu et Mazarin, qui avaient confondu le ministériat dans la pourpre, avaient attaché à celle-ci de certaines hauteurs qui ne conviennent à l'autre que quand elles sont jointes ensemble. Il eût été difficile de les séparer en ma personne, au poste où j'étais à Paris. Je le fis de moi-même, en y mettant des circonstances qui firent que l'on ne le pouvait attribuer qu'à ma modération ; et je déclarai publiquement que je ne recevrais purement que les honneurs qui avaient toujours été rendus aux cardinaux de mon nom. Il n'y a que manière en la plupart des choses du monde. Je ne donnai la main à personne sans exception ; je n'accompagnai les maréchaux de France, les ducs et pairs, le chancelier, les princes étrangers, les princes bâtards, que jusques au haut de mon degré : tout le monde fut très content.

Le troisième expédient auquel je pensai fut de ne rien oublier de tout ce que la bienséance me pourrait permettre pour rappeler tous ceux qui s'étaient éloignés de moi dans les différentes partialités[1]. Il ne se pouvait qu'ils ne fussent en bon nombre, parce que ma fortune avait été si variable et si agitée, qu'une partie des gens avait appréhendé d'y être enveloppée en de certains temps, et qu'une partie s'était opposée à mes intérêts en quelques autres. Ajoutez à ceux-là ceux qui avaient cru qu'ils pouvaient faire leur cour à mes dépens. Je vous ennuierais si j'entrais dans ce détail, et je me contenterai de vous dire que M. de Berci vint cheux moi à minuit ; que je vis M. de Novion cheux le P. dom Carrouges, chartreux ; que [je] vis, aux célestins, M. le président Le Cogneux[2]. Tout le monde fut ravi de se raccommoder avec moi, dans un moment où la mitre de Paris recevait un aussi grand éclat de la splendeur du bonnet. Je fus ravi de me raccommoder de tout le monde, dans un instant où mes avances ne se pouvaient attribuer qu'à générosité. Je m'en trouvai très bien ; et la reconnaissance de quelques-uns de ceux auxquels j'avais épargné le dégoût du premier pas m'a payé plus que suffisamment de l'ingratitude de quelques autres. Je maintiens qu'il est autant de la politique que de l'honnêteté de ceux qui sont les plus puissants de soulager la honte des moins considérables, et de leur tendre la main, quand ils n'osent eux-mêmes la présenter.

La conduite que je suivis, avec application, sur ces différents chefs que je viens de vous marquer, convenait en plus d'une manière à la résolution que j'avais faite de rentrer, autant qu'il serait en mon pouvoir, dans le repos que les grandes dignités, que la fortune avait assemblées dans ma personne, pouvaient, ce me semblait, même assez naturellement me procurer.

Je vous ai déjà dit que l'incorrigibilité, si j'ose ainsi parler, de Monsieur m'avait rebuté à un point que je ne pouvais plus seulement m'imaginer qu'il y eût le moindre fondement du monde à faire sur lui. Voici un incident qui vous fera connaître que j'eusse été bien aveugle si j'eusse été capable de compter sur la Reine.

Vous vous pouvez souvenir de ce que je vous ai dit, sur la fin du second volume, d'une imprudence de Mlle de Chevreuse, à propos du personnage que je jouais de concert avec madame sa mère, à l'égard de la Reine. Elle en mit de part sa fille, contre mon sentiment, laquelle d'abord entendit très bien la raillerie ; et je me souviens même qu'elle prenait plaisir à me faire répéter la comédie de la Suissesse : c'est ainsi qu'elle appelait la Reine. Il arriva un soir qu'y ayant beaucoup de monde cheux elle, quelqu'un montra une lettre qui venait de la cour et qui portait que la Reine était fort embellie. La plupart des gens se prirent à rire, et je ne sais, en vérité, pourquoi je ne fis pas comme les autres. Mlle de Chevreuse, qui était la personne du monde la plus capricieuse, le remarqua, et elle me dit qu'elle ne s'en étonnait pas, après ce qu'elle avait remarqué depuis quelque temps ; et ce qu'elle avait remarqué, s'imaginait-elle, était que j'avais beaucoup de refroidissement pour elle, et que j'avais même un commerce avec la cour, dont je ne lui disais rien. Je crus d'abord qu'elle se moquait, parce qu'il n'y avait pas seulement ombre d'apparence à ce qu'elle me disait ; et je ne connus qu'elle parlait tout de bon, qu'après qu'elle m'eut dit qu'elle n'ignorait rien de ce qu'un tel valet de pied de la Reine m'apportait tous les jours. Il est vrai qu'il y avait un valet de pied [de] la Reine, qui, depuis quelque temps, venait très souvent cheux moi ; mais il est vrai aussi qu'il ne m'apportait rien, et qu'il ne s'y était adonné que parce qu'il était parent d'un de mes gens. Je ne sais par quel hasard elle sut cette fréquentation ; je sais encore moins ce qui la put obliger à en tirer des conséquences. Enfin elle les tira ; elle ne put s'empêcher de murmurer et de menacer. Elle dit, en présence de Séguin, qui avait été valet de chambre de madame sa mère, et qui avait quelque charge cheux le Roi ou cheux la Reine, que je lui avais avoué mille fois que je ne concevais pas comme l'on eût pu être amoureux de cette Suissesse. Enfin elle fit si bien par ses journées, que la Reine eut vent que je l'avais traitée de Suissesse, en parlant à Mlle de Chevreuse. Elle ne me l'a jamais pardonné, comme vous verrez par la suite ; et j'appris que ce mot obligeant était allé jusques à elle, justement trois ou quatre jours devant que Monsieur le Prince arrivât à Paris. Vous concevez aisément que cette circonstance, qui ne me marquait pas que j'eusse lieu d'espérer qu'il pût y avoir, à l'avenir, beaucoup de douceur pour moi à la cour, n'affaiblissait pas les pensées que j'avais déjà de sortir d'affaire. Le lieu de la retraite n'était pas trop affreux ; l'ombre des tours de Notre-Dame y pouvait donner du rafraîchissement, et le chapeau de cardinal la défendait encore du mauvais vent. J'en concevais les avantages, et je vous assure qu'il ne tint pas à moi de les prendre[1]. Il ne plut pas à la fortune. Je reviens à ma narration.

Le 11 d'avril, Monsieur le Prince arriva à Paris, et Monsieur fut au-devant de lui à une lieue de la ville.

Le 12, ils allèrent ensemble au Parlement. Monsieur prit la parole, d'abord qu'il fut entré, pour dire à la Compagnie qu'il amenait monsieur son cousin, pour l'assurer qu'il n'avait, ni n'aurait jamais d'autre intention que celle de servir le Roi et l'État ; qu'il suivrait toujours les sentiments de la Compagnie ; et qu'il offrait de poser les armes, aussitôt que les arrêts qui ont été rendus par elle contre le cardinal Mazarin eussent été exécutés. Monsieur le Prince parla ensuite sur le même ton, et il demanda même que la déclaration publique qu'il en faisait fût mise sur le registre.

M. le président Bailleul lui répondit que la Compagnie recevait toujours à honneur de le voir en sa place ; mais qu'il ne lui pouvait dissimuler la sensible douleur qu'elle avait de lui voir les mains teintes du sang des gens du Roi, qui avaient été tués à Bléneau. Un vent s'éleva à ce mot, du côté des bancs des Enquêtes, qui faillit à étouffer, par son impétuosité, le pauvre président Bailleul : cinquante ou soixante voix le désavouèrent d'une volée, et je crois qu'elles eussent été suivies de beaucoup d'autres, si M. le président de Nesmond n'eût interrompu et apaisé la cohue, par la relation qu'il fit des remontrances qu'il avait portées, par écrit, au Roi, à Sulli, avec les autres députés de la Compagnie. Elles furent très fortes et très vigoureuses contre la personne et contre la conduite du

Cardinal. Le Roi leur fit répondre, par Monsieur le Garde des Sceaux, qu'il les considérerait, après que la Compagnie lui aurait envoyé les informations sur lesquelles il voulait juger lui-même. Les gens du Roi entrèrent dans ce moment, et ils présentèrent une déclaration et une lettre de cachet qui portait cet ordre au Parlement, avec celui d'enregistrer, sans délai, la déclaration par laquelle il était sursis à celle du 6 de septembre et aux arrêts donnés contre Monsieur le Cardinal.

Les gens du Roi, qui furent appelés aussitôt, conclurent, après une fort grande invective contre le Cardinal, à de nouvelles remontrances pour représenter au Roi l'impossibilité où la Compagnie se trouvait d'enregistrer cette déclaration, qui, contre toute sorte de règles et de formes, soumettait à de nouvelles procédures judiciaires, susceptibles de mille contredits et de mille reproches[1], la déclaration du monde la plus authentique et la plus revêtue de toutes les marques de l'autorité royale, et qui, par conséquent, ne pouvait être révoquée que par une autre déclaration qui fût aussi solennelle, et qui eût les mêmes caractères. Ils ajoutèrent qu'il fallait que les députés se plaignissent à Sa Majesté de ce que l'on avait refusé de lire les remontrances en sa présence ; qu'ils insistassent sur ce point, aussi bien que sur celui de ne point envoyer les informations que la cour demandait ; et que l'on fît registre de tout ce qui s'était passé ce jour-là au Parlement, dont la copie serait envoyée à Monsieur le Garde des Sceaux. Voilà les conclusions que M. Talon donna avec une force et avec une éloquence merveilleuses. L'on commença ensuite la délibération, laquelle, faute de temps, fut remise au lendemain 13. L'arrêt suivit, sans contestation aucune, les conclusions ; et il y ajouta que la déclaration qui avait été faite par M. le duc d'Orléans et par Monsieur le Prince serait portée au Roi par les députés ; que les remontrances et le registre seraient envoyés à toutes les compagnies souveraines de Paris et à tous les parlements du royaume, pour les convier de députer aussi de leur part ; et qu'assemblée générale[2] serait faite incessamment à l'Hôtel de Ville, à laquelle M. d'Orléans et Monsieur le Prince seraient conviés de se trouver, et de faire les mêmes déclarations qu'ils avaient faites au Parlement ; et que cependant la déclaration du Roi contre le cardinal Mazarin et tous les arrêts rendus contre lui seraient exécutés.

Les assemblées des chambres du 15, du 17 et du 18 ne furent presque employées qu'à discuter les difficultés qui se présentèrent pour le règlement de cette assemblée générale de l'Hôtel de Ville : par exemple, si Monsieur et Monsieur le Prince seraient présents à la délibération de l'Hôtel de Ville, ou si ils se retireraient après avoir fait leur déclaration ; si le Parlement pouvait ordonner l'assemblée de l'Hôtel de Ville, ou si il devait simplement convier le prévôt des marchands et les autres officiers de la ville, et quelques principaux bourgeois de chaque quartier de s'assembler.

Le 19, cette assemblée se fit, à laquelle seize députés du Parlement se trouvèrent. M. d'Orléans et Monsieur le Prince y firent leur déclaration, toute pareille à celles qu'ils avaient faites au Parlement ; et après qu'ils se furent retirés, et que le procureur du Roi de la ville[1] eut conclu à faire de très humbles remontrances au Roi, et, par écrit, contre le cardinal Mazarin, M. Aubri, président aux Comptes, et plus ancien conseiller de ville, prit la parole pour dire qu'il était trop tard pour commencer à délibérer, et qu'il était nécessaire de remettre l'assemblée au lendemain. Il avait raison en toute manière, car sept heures étaient sonnées, et il avait intelligence avec la cour.

Le 20, Monsieur et Monsieur le Prince allèrent au Parlement ; et Monsieur dit à la Compagnie qu'il savait que M. le maréchal de L'Hospital, gouverneur de Paris, et Monsieur le Prévôt des marchands avaient reçu une lettre de cachet qui leur défendait de continuer l'assemblée ; que cette lettre n'était qu'une paperasse du Mazarin, et qu'il priait la Compagnie d'envoyer querir, sur l'heure, le prévôt des marchands et les échevins, et de leur enjoindre de n'y avoir aucun égard. L'on n'eut pas la peine de les mander : ils vinrent d'eux-mêmes à la Grande Chambre, pour y donner part de cette lettre de cachet, et pour dire, en même temps, qu'ils avaient indiqué une assemblée du Conseil de la Ville[2] pour aviser à ce qu'il y aurait à faire. L'on opina, après les avoir fait sortir, et l'on les fit rentrer aussitôt, pour leur dire que la Compagnie ne désapprouvait pas cette assemblée du Conseil de Ville, parce qu'elle était dans l'ordre et selon la coutume ; mais qu'elle les avertissait qu'une assemblée générale, et faite pour des affaires de cette importance, ne devait ni ne pouvait être arrêtée par une simple lettre de cachet. L'on lut ensuite la lettre qui devait être envoyée à tous les parlements du royaume ; elle était courte, mais forte, décisive et pressante.

L'après-dînée du même jour, l'assemblée de l'Hôtel de Ville se fit ainsi qu'elle y avait été résolue, le matin, par le Conseil. Le président Aubri ouvrit celui des conclusions. Des Nots, apothicaire, qui parla fort bien, ajouta qu'il fallait écrire à toutes les villes de France où il y aurait ou parlement, ou évêché, ou présidial[1], pour les inviter à faire une pareille assemblée et de pareilles remontrances contre le Cardinal. Cet avis, qui fut supérieur de beaucoup, ce jour-là, ayant été embrassé de plus de sept voix, fut le moindre en nombre dans l'assemblée suivante, qui fut celle du 22. Quelqu'un ayant dit que cette union des villes était une espèce de ligue contre le Roi, la pluralité revint à celui de M. le président Aubri, qui était de se contenter de faire des remontrances au Roi, pour lui demander l'éloignement de M. le cardinal Mazarin et le retour de Sa Majesté à Paris. Ce même jour, Messieurs les Princes allèrent à la Chambre des comptes, et ils y firent enregistrer les mêmes protestations qu'ils avaient faites au Parlement et à la ville[2]. L'on y résolut aussi les remontrances contre le Cardinal.

Le 23, Monsieur dit au Parlement que l'armée du Mazarin s'étant saisie, sous prétexte de l'approche du Roi, de Melun et de Corbeil[3], contre la parole, que le maréchal de L'Hospital avait donnée, que les troupes ne s'avanceraient pas du côté de Paris plus près que de douze lieues, il était obligé de faire approcher les siennes. Il alla ensuite, accompagné de Monsieur le Prince, à la Cour des aides, où les choses se passèrent comme dans les autres compagnies[4].

Quoique je vous puisse répondre de la vérité de tous les faits que je viens de poser à l'égard des assemblées qui se firent en ce temps-là, c'est-à-dire depuis le

1ᵉʳ de mars jusques au 23 d'avril, parce qu'il n'y en a aucun que je n'aie vérifié moi-même sur les registres du Parlement ou sur ceux de l'Hôtel de Ville, je n'ai pas cru qu'il fût de la sincérité de l'histoire que je m'y arrêtasse avec autant d'attention ou plutôt avec autant de réflexion que je l'ai fait à propos des assemblées des chambres auxquelles j'avais assisté en personne. Il y a autant de différence entre un récit que l'on fait sur des mémoires, quoique bons, et une narration de faits que l'on a vus soi-même, qu'il y en a entre un portrait auquel l'on ne travaille que sur des ouï-dire et une copie que l'on tire sur les originaux. Ce que j'ai trouvé dans ces registres ne peut être tout au plus que le corps ; il est au moins constant que l'on n'y saurait reconnaître l'esprit des délibérations, qui s'y discerne assez souvent beaucoup davantage par un coup d'œil, par un mouvement, par un air, qui est même quelquefois presque imperceptible, que par la substance des choses qui paraissent plus importantes, et qui sont toutefois les seules dont les registres nous doivent et puissent tenir compte. Je vous supplie de recevoir cette petite observation comme une marque de l'exactitude que j'ai, et que j'aurai toute ma vie, à ne manquer à rien de ce que je dois à l'éclaircissement d'une matière sur laquelle vous m'avez commandé de travailler. Le compte que je vas vous rendre de ce que je remarquai, en ce temps-là, du mouvement intérieur de toutes les machines, est plus de mon fait, et j'espère que je serai assez juste.

Il n'est pas possible, qu'après avoir vu le consentement uniforme de tous les corps conjurés à la ruine de M. le cardinal Mazarin, vous ne soyez très persuadée qu'il est sur le bord du précipice et qu'il faut un miracle pour le sauver. Monsieur le fut, comme vous, au sortir de l'Hôtel de Ville, et il me fit la guerre, en présence du maréchal d'Estampes et du vicomte d'Hostel, de ce que j'avais toujours cru que le Parlement et la ville lui manqueraient. Je confesse encore, comme je le lui confessai à lui-même ce jour-là, que je m'étais trompé sur ce point, et que je fus surpris, au-delà de tout ce que vous vous en pouvez imaginer, du pas que le Parlement avait fait. Ce n'est pas que la cour n'y eût contribué tout ce qui était en elle ; et l'imprudence du Cardinal, qui y précipita cette Compagnie malgré elle, était certainement plus que suffisante pour m'épargner, ou du moins pour me diminuer la honte que je pouvais avoir de n'avoir pas eu d'assez bonnes vues. Il s'avisa de faire commander, au nom du Roi, au Parlement de révoquer et d'annuler, à proprement parler, tout ce qu'il avait fait contre le Mazarin, justement au moment que Monsieur le Prince arrivait à Paris; et l'homme du monde qui gardait le moins de mesure et le moins de bienséance à l'égard des illusions, et qui les aimait le mieux, même où elles n'étaient pas nécessaires, affecta de ne s'en point servir dans une occasion où je crois qu'un fort homme de bien l'eût pu employer sans scrupule.

Il est certain que rien n'était plus odieux en soi-même que l'entrée de Monsieur le Prince dans le Parlement, quatre jours après qu'il eut taillé en pièces quatre quartiers[1] de l'armée du Roi; et je suis convaincu que si la cour ne se fût point pressée et qu'elle fût demeurée dans l'inaction à cet instant, tous les corps de la ville, qui dans la vérité commençaient à se lasser de la guerre civile, eussent été fatigués, dès le suivant, d'un spectacle qui les y engageait même ouvertement. Cette conduite eût été sage. La cour prit la contraire, et elle ne manqua pas aussi de faire un contraire effet; car, en désespérant le public, elle l'accoutuma en un quart d'heure à Monsieur le Prince. Ce ne fut plus celui qui venait de défaire les troupes du Roi; ce fut celui qui venait à Paris pour s'opposer au retour du Mazarin. Ces espèces[2] se confondirent même dans l'imagination de ceux qui eussent juré qu'elles ne s'y confondaient pas. Elles ne se démêlent, dans les temps où tous les esprits sont prévenus, que dans les spéculations des philosophes, qui sont peu en nombre, et qui, de plus, y sont toujours comptés pour rien, parce qu'ils ne mettent jamais à la main la hallebarde. Tous ceux qui crient dans les rues, tous ceux qui haranguent dans les compagnies, se saisissent de ces idées. Voilà justement ce qui arriva par l'imprudence du Mazarin; et je me souviens que Bachaumont, que vous connaissez, me disait, le propre jour que les gens du Roi présentèrent au Parlement la dernière lettre de cachet dont je vous ai parlé, que le Cardinal avait trouvé le secret de faire Boislève frondeur. C'était tout dire ; car ce Boislève était le plus décrié de tous les mazarins.

Vous croyez, sans doute, que Monsieur et Monsieur le Prince ne manquèrent pas cette occasion de profiter de l'imprudence de la cour. Nullement. Ils n'en manquèrent aucune de corrompre, pour ainsi parler, celle-là ; et c'est particulièrement en cet endroit où il faut reconnaître qu'il y a des fautes qui ne sont pas tout à fait humaines. Vous ne serez pas surprise de celles de Monsieur ; mais je le suis encore de celles de Monsieur le Prince, qui était, dès ce temps-là, l'homme du monde le moins propre naturellement à les commettre. Sa jeunesse, son élévation, son courage, lui pouvaient faire faire des faux pas d'une autre nature, desquels l'on n'eût pas eu sujet de s'étonner. Ceux que je vas marquer ne pouvaient avoir aucun de ces principes. L'on leur en peut encore moins trouver dans les qualités opposées, desquelles homme qui vive ne l'a jamais pu soupçonner ; et c'est ce qui me fait conclure que l'aveuglement dont l'Écriture nous parle si souvent est, même humainement parlant, sensible, et palpable quelquefois dans les actions des hommes. Y avait-il rien de plus naturel à Monsieur le Prince, ni plus selon son inclination, que de pousser sa victoire et d'en prendre les avantages qu'il en eût pu apparemment tirer si il eût continué à faire agir en personne son armée ? Il l'abandonne, au lieu de prendre ce parti, à la conduite de deux novices[1] ; et les inquiétudes de M. de Chavigni, qui le rappelle à Paris sur un prétexte ou sur une raison qui, au fonds, n'avait point de réalité, l'emportent dans son esprit sur son inclination toute guerrière et sur l'intérêt solide qui l'eût dû attacher à ses troupes. Y avait-il rien de plus nécessaire à Monsieur et à Monsieur le Prince que de fixer, pour ainsi dire, le moment heureux dans lequel l'imprudence du Cardinal venait de livrer à leur disposition le premier parlement du royaume, qui avait balancé à se déclarer jusques-là, et qui avait même fait, de temps en temps, des démarches non pas seulement faibles, mais ambiguës ? Au lieu de se servir de cet instant, en achevant d'engager tout à fait le Parlement, ils lui font de ces sortes de peurs qui ne manquent jamais de dégoûter dans les commencements, et d'effaroucher dans les suites les compagnies, et ils lui laissent de ces sortes de libertés qui les accoutument d'abord à la résistance, et qui la produisent infailliblement à la fin.

Je m'explique. Aussitôt que l'on eut la nouvelle de l'approche de Monsieur le Prince, il y eut des placards affichés et une grande émeute faite sur le Pont-Neuf[1]. Il n'y eut point de part, et il n'y en put même avoir, car il n'était pas encore arrivé à Paris, lorsqu'elle arriva, ce qui fut le 2 de mars. Mais il est vrai qu'elle fut commandée par Monsieur, comme je vous l'ai dit dans un autre lieu.

Le 25 d'avril, le bureau des entrées de la porte Saint-Antoine fut rompu et pillé par la populace, et M. de Cumont, conseiller du Parlement, qui s'y trouva par hasard, l'étant venu dire à Monsieur, dans le cabinet des livres où j'étais, eut pour réponse ces propres paroles : « J'en suis fâché, mais il n'est pas mauvais que le peuple s'éveille de temps en temps ; il n'y a personne de tué, le reste n'est pas grande chose. »

Le 30 du même mois, le prévôt des marchands et quatre autres officiers de la ville, qui revenaient de cheux Monsieur, faillirent à être massacrés au bas de la rue de Tournon ; et ils se plaignirent, dès le lendemain, dans les chambres assemblées, qu'ils n'avaient reçu aucun secours, quoiqu'ils l'eussent fait demander et à Luxembourg et à l'hôtel de Condé.

Le 10 de mai, le procureur du Roi de la ville et deux échevins eussent été tués dans la salle du Palais sans M. de Beaufort, qui eut très grande peine à les sauver.

Le 13, M. Quelin, conseiller du Parlement et capitaine de son quartier, ayant mené sa compagnie au Palais pour la garde ordinaire, fut abandonné de tous les bourgeois qui la composaient, et qui criaient qu'ils n'étaient pas faits pour garder des mazarins ; et le 24 du même mois, M. Molé de Sainte-Croix porta sa plainte, en plein Parlement, de ce que, le 20, il avait été attaqué et presque mis en pièces par les séditieux.

Vous observerez, si il vous plaît, que toute la canaille, qui seule faisait ce désordre, n'avait dans la bouche que le nom et le service de Messieurs les

Princes, qui, dès le lendemain, la désavouèrent dans les assemblées des chambres. Ce désaveu, qui se faisait même, au moins pour l'ordinaire, de très bonne foi, donnait lieu aux arrêts sanglants que le Parlement donnait à toutes occasions contre ces séditieux[1]; mais il n'empêchait pas que ce même Parlement ne crût que ceux qui désavouaient la sédition ne l'eussent faite ; et ainsi il ne diminuait rien de la haine que beaucoup de particuliers en concevaient, et il accoutumait le corps à donner des arrêts qui n'étaient pas, au moins à ce qu'il s'imaginait, du goût de Messieurs les Princes. Je sais bien, comme je l'ai dit ailleurs, que, dans les temps où il y a de la faction et du trouble, ce malheur est inséparable des pouvoirs populaires, et nul ne l'a plus éprouvé que moi ; mais il faut avouer aussi que Monsieur et Monsieur le Prince n'eurent pas toute l'application nécessaire à sauver les apparences de ce qu'ils ne faisaient pas en effet. Monsieur, qui était faible, craignait de se brouiller avec le peuple en réprimant avec trop de véhémence les criailleurs ; et Monsieur le Prince, qui était intrépide, ne faisait pas assez de réflexion sur les mauvais et puissants effets que ces émotions faisaient à son égard dans les esprits de ceux qui en avaient peur.

Il faut que je me confesse en cet endroit, et que je vous avoue que comme j'avais intérêt à affaiblir le crédit de Monsieur le Prince dans le public, je n'oubliai, pour y réussir, aucune des couleurs que je trouvai sur ce sujet, assez abondamment, dans les manières de beaucoup de gens de son parti. Jamais homme n'a été plus éloigné que Monsieur le Prince d'employer ces sortes de moyens ; il n'y en a jamais eu un seul sur qui il fût plus aisé d'en jeter l'envie et les apparences. Pesche était tous les jours dans la cour de l'hôtel de Condé, et le commandeur de Saint-Simon[2] ne bougeait de l'antichambre. Il faut que ce dernier se soit mêlé d'un étrange métier, puisque je, nonobstant sa qualité, n'ai pas honte de le confondre avec un misérable criailleur de la lie du peuple. Il est certain que je me servis utilement de ces deux noms contre les intérêts de Monsieur le Prince, qui, dans la vérité, n'avait de tort, à cet égard, que celui de ne pas faire assez d'attention à leurs sottises. J'ose dire, sans manquer au respect que je lui dois, qu'il fut moins excusable en celle qu'il n'eut pas à s'opposer d'abord à de certaines libertés que des particuliers prirent, dans tous les corps, de lui résister en face et de l'attaquer même personnellement. Je sais bien que la douceur naturelle de Monsieur, jointe à l'ombrage que monsieur son cousin lui donnait toujours, l'obligeait quelquefois à dissimuler; mais je sais bien aussi qu'il eut lui-même trop [de] douceur en ces rencontres, et que si il eût pris les choses sur le ton qu'il les pouvait prendre, dans le moment que la cour lui donna si beau jeu, il eût soumis Paris et Monsieur même à ses volontés, sans violence. La même vérité qui m'oblige à remarquer la faute m'oblige à en admirer le principe; et il est si beau à l'homme du monde du courage le plus héroïque d'avoir péché par excès de douceur, que ce qui ne lui [a] pas succédé[1] dans la politique doit être au moins admiré et exalté par tous les gens de bien dans la morale. Il est nécessaire d'expliquer en peu de paroles ce détail.

M. le procureur général Fouquet, connu pour mazarin, quoiqu'il déclamât à sa place contre lui comme tous les autres, entra dans la Grande Chambre le 17 d'avril, et, en présence de M. le duc d'Orléans et de Monsieur le Prince, requit, au nom du Roi, que Monsieur le Prince lui donnât communication de toutes les associations et de tous les traités qu'il avait faits et dedans et dehors le royaume; et il ajouta qu'en cas que Monsieur le Prince la refusât, il demandait acte de sa réquisition et de l'opposition qu'il faisait à l'enregistrement de la déclaration, que Monsieur le Prince venait de faire, qu'il poserait les armes aussitôt que M. le cardinal Mazarin serait éloigné.

M. Mainardeau opina publiquement, dans la grande assemblée de l'Hôtel de Ville, qui fut faite le 20 avril, à ne point faire de remontrances contre le Cardinal qu'après que Messieurs les Princes auraient posé les armes.

Le 22 du même mois, MM. les présidents des Comptes, à la réserve du premier[2], ne se trouvèrent pas à la Chambre, sous je ne sais quel prétexte, qui parut, en ce temps-là, assez léger: je ne me ressouviens pas du détail. M. Perrochel, un instant après, soutint à Messieurs les Princes, en face, qu'il fallait donner arrêt qui portât défense de lever aucunes troupes sans la permission du Roi ; et, le même jour, M. Amelot, premier président de la Cour des aides, dit à Monsieur le Prince, ouvertement, qu'il s'étonnait de voir sur les fleurs de lis un prince qui, après avoir tant de fois triomphé des ennemis de l'État, venait de s'unir avec eux, et cætera. Je ne vous rapporte ces exemples que comme des échantillons. Il y en eut tous les jours quelqu'un de cette espèce, et il n'y en eut point, pour peu considérable qu'il parût sur l'heure, qui ne laissât dans les esprits une de ces sortes d'impressions qui ne se sentent pas d'abord, mais qui se réveillent dans les suites. Il est de la prudence d'un chef de parti de souffrir tout ce qu'il doit dissimuler, mais il ne doit pas dissimuler ce qui accoutume les corps ou les particuliers à la résistance. Monsieur, qui, par son humeur et par l'ombrage que Monsieur le Prince lui faisait à tous les instants, ne voulait déplaire à qui que ce soit ; Monsieur le Prince, qui n'était dans la faction que par force, n'étudiait pas avec assez d'application les principes d'une science dans laquelle l'amiral de Coligni disait que l'on ne pouvait jamais être docteur. Ils laissèrent l'un et l'autre non seulement la liberté, mais encore la licence des suffrages à tous les particuliers. Ils crurent, dans toutes les occasions dont je viens de parler, que le plus de voix qu'ils y avaient eues leur suffisait, comme il leur aurait effectivement suffi, si il ne s'était agi que d'un procès ; ils ne connurent pas d'assez bonne heure la différence qu'il y a entre la liberté et la licence des suffrages ; ils ne purent se persuader qu'un discours haut, sentencieux et décisif, fait à propos et dans des moments qui se trouvent quelquefois décisifs par eux-mêmes, eût pu faire et produire cette distinction, sans la moindre ombre de violence[1] ; et ainsi ils laissèrent toujours, dans Paris, un air de parti contraire, qui ne manque jamais de s'épaissir quand il est agité par les vents qu'y jette l'autorité royale.

Si il eût plu à Monsieur et à Monsieur le Prince de faire sortir de Paris, même avec civilité, le moindre de ceux qui leur manquèrent au respect dans ces rencontres, les compagnies mêmes dont ils étaient membres y eussent donné leurs suffrages. Le président Amelot fut désavoué publiquement par la Cour des aides de ce qu'il avait dit à Monsieur le Prince. Elle eût opiné à son éloignement, si Monsieur le Prince eût voulu ; elle l'en aurait remercié le jour même, et le lendemain elle aurait tremblé. Le secret, dans ces grands mouvements, est de retenir les gens dans l'obéissance par des frayeurs qui ne leur soient causées que par les choses dont ils aient été eux-mêmes les instruments. Ces peurs sont, pour l'ordinaire, les plus efficaces et toujours les moins odieuses. Vous verrez ce que la conduite contraire produisit. Mais ce qui aida fort à produire la conduite contraire fut la démangeaison de négociation (c'est ainsi que le vieux Saint-Germain l'appelait), qui, à proprement parler, était la maladie populaire du parti de Monsieur le Prince.

M. de Chavigni, qui avait été, dès son enfance, nourri dans le cabinet, ne pensait qu'à y rentrer par toute voie. M. de Rohan, qui n'était, à parler proprement, bon qu'à danser, ne se croyait lui-même bon que pour la cour. Goulas ne voulait que ce que voulait M. de Chavigni : voilà des naturels bien susceptibles de propositions de négociations. Monsieur le Prince était, par son inclination, par son éducation et par les maximes, plus éloigné de la guerre civile qu'homme que j'aie jamais connu sans exception ; et Monsieur, dont le caractère dominant était d'avoir toujours peur et défiance, était celui de tous ceux que j'aie jamais vus le plus capable de donner dans tous les panneaux, à force de les craindre tous. Il était en cela semblable aux lièvres. Voilà des esprits bien portés à recevoir les propositions de négociation.

Le fort de M. le cardinal Mazarin était proprement de ravauder, de donner à entendre, de faire espérer ; de jeter des lueurs, de les retirer ; de donner des vues, de les brouiller. Voilà un génie tout propre à se servir des illusions que l'autorité royale a toujours abondamment en main pour engager à des négociations. Il y engagea, dans la vérité, tout le monde ; et cet engagement fut ce qui produisit, en partie, comme je vous le viens de dire, la conduite que je vous ai expliquée ci-dessus, en ce qu'il amusa par de fausses espérances d'accommodement ; et ce fut encore ce qui acheva, pour ainsi dire, de la gâter et de la corrompre, en ce qu'il donna du courage à ceux qui, dans la ville et dans le Parlement, avaient de bonnes intentions pour la cour, et qu'il l'ôta à ceux qui étaient de bonne foi dans le parti. Je vous expliquerai ce détail après que je vous aurai rendu compte du mouvement des armées de l'un et de l'autre parti, et de celui que je fus obligé de me donner, contre mon inclination et contre ma résolution, dans ces conjonctures.

Le Roi, dont le dessein avait toujours été de s'approcher de Paris, comme il me semble que je vous l'ai déjà dit, partit de Gien aussitôt après le combat de Bléneau, et il prit son chemin par Auxerre, par Sens et par Melun, jusques à Corbeil, cependant que MM. de Turenne et d'Hocquincourt, qui s'avancèrent avec l'armée jusques à Moret, couvraient sa marche, et que MM. de Beaufort et de Nemours, qui avaient été obligés de quitter Montargis faute de fourrage, s'étaient allés camper à Étampes. Leurs Majestés étant passées jusques à Saint-Germain, M. de Turenne se posta à Palaiseau : ce qui obligea Messieurs les Princes de mettre garnison dans Saint-Cloud, au pont de Neuilli et à Charenton. Vous croyez aisément que tous ces mouvements de troupes ne se faisaient pas sans beaucoup de désordre et de pillage ; et ce pillage, qui était trouvé tout aussi mauvais au Parlement que celui des tireurs de laine[1] sur le Pont-Neuf, y donnait tous les jours quelque scène qui n'aurait pas été indigne du *Catholicon*[2]. Celle dans laquelle je jouais mon personnage à Luxembourg n'était pas assurément de la même nature. J'y allais tous les jours réglément, et parce que Monsieur le voulait ainsi, pour faire voir à Monsieur le Prince qu'en cas de besoin il serait toujours assuré de moi, et parce qu'il me convenait aussi, en mon particulier, que le public vît que ce que les partisans de Monsieur le Prince publiaient incessamment contre moi, de mon intelligence avec le Mazarin, n'était ni cru ni approuvé de Son Altesse Royale. J'étais toujours dans le cabinet des livres, parce que le défaut du bonnet, que je n'avais pas encore reçu de la main du Roi, faisait que je ne paraissais pas en public. Monsieur le Prince était très souvent en même temps dans la galerie ou dans la chambre. Monsieur allait et venait sans cesse de l'un à l'autre, et parce qu'il ne demeurait jamais en place, et parce qu'il l'affectait même quelquefois pour différentes fins. Le commun du monde, qui prend toujours plaisir à être mystérieux, voulait que l'agitation qui lui était naturelle fût l'effet des différentes impressions que nous lui donnions.

Monsieur [le Prince] m'attribuait tout ce que Monsieur ne faisait pas pour le bien du parti. Le peu d'ouverture que j'avais laissé aux offres qu'il avait fait faire pour moi à M. de Brissac, par le moyen de M. le comte de Fiesque, l'avait encore tout fraîchement aigri. Il y eut même des rencontres où Monsieur crut qu'il lui convenait qu'il ne s'adoucît pas à mon égard. Les libelles recommencèrent ; j'y répondis. La trêve de l'écriture se rompit ; et ce fut en cette occasion, ou au moins dans les suivantes, où je mis au jour quelques-uns de ces libelles desquels je vous ai parlé dans le second volume de cet ouvrage, quoique ce n'en fût pas le lieu, pour n'être pas obligé de retoucher une matière qui est trop légère en elle-même pour être rebattue tant de fois. Je me contenterai de vous dire que *Les Contretemps du sieur de Chavigni, premier ministre de Monsieur le Prince*, que je dictai en badinant à M. Caumartin, touchèrent à un point cet esprit altier et superbe, qu'il ne put s'empêcher d'en verser des larmes, en présence de douze ou quinze personnes de qualité qui étaient dans sa chambre. L'un de ceux-là me l'ayant dit, le lendemain, je lui répondis en présence de MM. de Liancourt et de Fontenai[1] : « Je vous supplie de dire à M. de Chavigni que, connaissant en sa personne autant de bonnes qualités que j'en connais, je travaillerais à son panégyrique encore plus volontiers que je n'ai fait au libelle qui l'a tant touché. »

Je vous ai dit ci-dessus que j'avais fait la résolution de demeurer tout le plus qu'il me serait possible dans l'inaction, parce qu'il est vrai que j'avais beaucoup à perdre et rien à gagner dans le mouvement. J'accomplis, en partie, cette résolution, parce qu'il est vrai que je n'entrai presque en rien de tout ce qui se fit en ce temps-là, étant très convaincu qu'il n'y avait rien de bon à faire pour l'ordinaire, et que le bon même ne se ferait pas dans le peu d'occasions où il était possible, à cause des vues différentes et compliquées que chacun avait et même que chacun devait avoir, vu l'état des choses. Je m'enveloppai donc, pour ainsi dire, dans mes grandes dignités auxquelles j'abandonnai les espérances de ma fortune; et je me souviens qu'un jour, M. le président de Bellièvre me disant que je me devais donner plus de mouvement, je lui repartis sans balancer: « Nous sommes dans une grande tempête, où il me semble que nous voguons tous contre le vent. J'ai deux bonnes rames en main, dont l'une est la masse de cardinal et l'autre la crosse de Paris. Je ne les veux pas rompre et je n'ai présentement qu'à me soutenir. »

Je vous ai déjà dit que l'obligation de voir Monsieur très souvent me força à ne pas garder toutes les apparences de cette inaction. Je me trouvai nécessité à ne la pas même observer pleinement et entièrement par les criailleries des partisans de Monsieur le Prince, qui m'attaquèrent par leurs libelles, comme fauteur du Mazarin. Je fus obligé d'y répondre, et cet éclat, joint à la cour assidue que je faisais à Luxembourg, qui paraissait d'autant plus mystérieuse qu'elle paraissait couverte, par la raison que vous avez déjà vue, quoiqu'elle fût publique; cet éclat, dis-je, fit trois effets très mauvais contre moi. Le premier fut qu'il fit croire, même aux indifférents, que je ne pouvais demeurer en repos; le second, qu'il persuada à Monsieur le Prince que j'étais irréconciliable avec lui; et le troisième, qu'il acheva d'aigrir, au dernier point, la cour contre moi, parce que je ne me pouvais défendre contre les libelles de Monsieur le Prince qu'en insérant dans les miens des choses qui ne pouvaient être agréables à Monsieur le Cardinal.

Cet embarras n'était évitable que par des inconvénients qui étaient encore plus grands que l'embarras. Je ne me pouvais défendre du premier que par une retraite entière, qui n'eût été ni de la bienséance, dans un temps où l'on l'eût attribuée à la peur que l'on eût cru que j'eusse eue de Monsieur le Prince, ni du respect et du service que je devais à Monsieur, dans un moment où ma présence, au moins selon ce qu'il se l'imaginait, lui était nécessaire. Je ne pouvais me parer du second qu'en me raccommodant avec Monsieur le Prince, ou en lui laissant prendre contre moi, dans le public, tous les avantages qu'il lui plairait. Ce dernier parti eût été d'un innocent ; l'autre était impraticable, et par les engagements que j'avais sur cet article particulier avec la Reine, et par la disposition de Monsieur, qui me voulait toujours tenir en laisse, pour me lâcher en cas de besoin. Je ne pouvais éviter le troisième sans faire des pas vers la cour, desquels Monsieur le Cardinal n'eût pas manqué de se servir pour me perdre. En voici un exemple.

Aussitôt que j'eus reçu la nouvelle de ma promotion, j'envoyai Argenteuil au Roi et à la Reine pour leur en rendre compte, et je lui donnai charge expresse de ne point voir Monsieur le Cardinal, auquel j'étais bien éloigné, comme vous avez vu, de m'en croire obligé, et que j'étais, de plus, bien aise de marquer, par une circonstance de cette nature, et dans le Parlement et dans le peuple, pour mon ennemi. Monsieur eut ou l'honnêteté ou la prudence de me dire, de lui-même, qu'il avouait que l'ordre que je donnais sur cela à Argenteuil était nécessaire ; mais qu'il y fallait toutefois un *retentum*[1] (ce fut son mot) ; et, qu'en l'état où étaient les choses et où elles seraient peut-être quand il arriverait à Saumur, où la cour était à cette heure-là, il était à propos de lui laisser la bride plus longue et de ne lui pas ôter la liberté de conférer secrètement avec le Cardinal, si il le souhaitait, et si Madame la Palatine, à qui j'adressais Argenteuil pour le présenter à la Reine, croyait qu'il y pût y avoir quelque utilité : « Que savons-nous, ajouta Monsieur, si, par l'événement, cela ne pourra pas être bon à quelque chose, même pour le gros des affaires ? La bonne conduite veut que l'on ne perde pas les occasions naturelles d'amuser, quand l'on a affaire à des amuseurs en titre d'office. Le Mazarin ne manquera jamais de dire : *la conférence* ; mais quel inconvénient ? C'est un menteur fieffé que personne ne croit, et il la dira, fausse comme véritable. » Voilà les paroles de Monsieur : elles furent prophétiques. Monsieur le Cardinal voulut voir Argenteuil cheux Madame la Palatine, la nuit. Il lui dit, par excès de tendresse pour moi, que si j'avais été assez malhabile pour lui avoir ordonné de le voir publiquement, il y aurait suppléé, pour me servir, par un refus public. Il entra bonnement dans tous mes égards, dans tous mes intérêts. Il lui voulut faire croire qu'il était résolu de partager le ministériat avec moi. Véritablement, Argenteuil n'était pas encore revenu à Paris que Monsieur était averti par Goulas, non pas de ce qui s'était passé réellement à l'égard de cette visite, mais de tout ce qui s'y fût passé effectivement, si elle eût été recherchée par moi et faite à l'insu de Son Altesse Royale et contre son service. Cet échantillon vous fait voir les replis de la pièce qui était sur le métier, et peut contribuer, ce me semble, à justifier la conduite que j'eus en ce temps-là.

J'écris, par votre ordre, l'histoire de ma vie, et le plaisir que je me fais de vous obéir avec exactitude a fait que je m'épargne si peu moi-même. Vous avez pu jusques ici vous apercevoir que je ne me suis pas appliqué à faire mon apologie. Je m'y trouve forcé en ce rencontre, parce que c'est celui où l'artifice de mes ennemis a rencontré le plus de facilité à surprendre la crédulité du vulgaire. Je savais que l'on disait, en ce temps-là : « Est-il possible que le cardinal de Rais ne soit pas content d'être, à son âge, cardinal et archevêque de Paris ? Et comme se peut-il mettre dans l'esprit que l'on conquerre, à force d'armes, la première place dans les conseils du Roi ? » Je sais qu'encore aujourd'hui les misérables gazettes de ce temps-là sont pleines de ces ridicules idées. Je conviens qu'elles l'eussent été encore sans comparaison davantage dans mes espérances et dans mes vues, qui, en vérité, en étaient très éloignées, je ne dis pas seulement par la force de la raison, à cause des conjonctures, mais je dis même par mon inclination, qui me portait avec tant de rapidité et aux plaisirs et à la gloire, que le ministériat, qui trouble beaucoup ceux-là et qui rend toujours celle-ci odieuse, était encore moins à mon goût qu'à ma portée. Je ne sais si je fais mon apologie en vous parlant ainsi ; je ne crois pas au moins vous faire mon éloge. Sur le tout, je vous dois la vérité, qui ne me servira pas beaucoup devant la postérité pour ma décharge, mais qui, au moins, ne sera pas inutile pour faire connaître que la plupart des hommes du commun qui raisonnent sur les actions de ceux qui sont dans les grands postes sont tout au moins des dupes présomptueux. Je m'aperçois bien qu'il y a trop de prolixité dans cette disgression. Vous l'attribuerez peut-être à vanité : je ne le crois pas, et je sens que le plaisir que j'ai à me pouvoir justifier est uniquement l'effet de celui que je trouve à n'être pas désapprouvé de vous.

Il n'est pas possible que, lorsque vous faites réflexion sur l'embarras où j'étais, dans le temps que je viens de vous décrire, vous ne vous ressouveniez de ce que je vous ai déjà dit plus d'une fois, qu'il y en a où il est impossible de bien faire. Je crois que Monsieur me répétait ces paroles cent fois par jour, avec des soupirs et des regrets incroyables de ne m'avoir pas cru, quand je lui représentais et qu'il tomberait en cet état, et qu'il y ferait tomber tout le monde. Il était encore aggravé, à mon égard, par les contretemps, que je puis, ce me semble, appeler domestiques, qui m'arrivèrent dans ces conjonctures.

Vous avez déjà vu que Mme de Chevreuse, Noirmoutier et Laigue avaient commencé à faire, en quelque façon, bande à part, et que, sous le prétexte de ne pouvoir entrer ni directement ni indirectement dans les intérêts de Monsieur le Prince, ils s'étaient séparés effectivement de ceux de Monsieur, quoiqu'ils y gardassent toujours les mesures de l'honnêteté et du respect. Celles qu'ils avaient avec la cour étaient beaucoup plus étroites. L'abbé Fouquet avait succédé, pour cette négociation, à Bertet. Je l'appris par Monsieur même, qui m'obligea, ou plutôt qui me força à la pénétrer plus que je n'eusse fait sans son ordre exprès ; car, dans la vérité, depuis ce qui s'était passé à l'hôtel de Chevreuse quand Monsieur le Cardinal rentra dans le royaume, je n'y comptais plus rien, et je ne continuais même à y aller que parce que j'y voyais Mlle de Chevreuse, qui ne m'avait point manqué. Je me sentais obligé à Monsieur de ce qu'il n'avait ajouté aucune foi aux mauvais offices que Chavigni et Goulas me rendaient, du matin au soir, sur les correspondances de l'hôtel de Chevreuse avec la cour, qui donnaient, à la vérité, un beau champ de me calomnier ; et ainsi je me sentis aussi plus obligé moi-même à les éclairer.

Cette considération fit que, contre mon inclination, je pris quelques mesures avec l'abbé Fouquet. Je dis contre mon inclination ; car le peu qui m'avait paru de cet esprit cheux Mme de Guéméné, où il allait voir assez souvent une Mlle de Ménessin, qui était sa parente, ne m'avait pas donné du goût pour sa personne. Il était, en ce temps-là, fort jeune ; mais il avait, dès ce temps-là, un je ne sais quel air d'emporté et de fou qui ne me revenait pas. Je le vis deux ou trois fois, sur la brune[1], cheux Le Febvre de La Barre, qui était fils du prévôt des marchands et son ami, sous prétexte de conférer avec lui pour rompre les cabales que Monsieur le Prince faisait pour se rendre maître du peuple. Notre commerce ne dura pas longtemps, et parce que, de mon côté, j'en tirai d'abord les éclaircissements qui m'étaient nécessaires, et parce que lui, du sien, se lassa bientôt des conversations qui n'allaient à rien. Il voulait, dès le premier moment, que je fusse mazarin sans réserve, comme lui ; il ne concevait pas qu'il fût à propos de garder des mesures. Je crois qu'il peut être devenu depuis un habile homme ; mais je vous assure qu'en ce temps-là il ne parlait que comme un écolier qui ne fût sorti que la veille du collège de Navarre[2]. Je crois que cette qualité put ne lui pas nuire auprès de Mlle de Chevreuse, de laquelle il devint amoureux, et laquelle devint aussi amoureuse de lui. La petite de Roie, qui était une Allemande, fort jolie, qui était à elle, m'en avertit. Je me consolai assez aisément, avec la suivante, de l'infidélité de la maîtresse, dont, pour vous dire le vrai, le choix ne m'humilia point. Je ne laissai pas de prendre la liberté de faire quelques railleries de l'abbé Fouquet, qui se persuada, ou qui se voulut persuader, qu'elles avaient passé jeu, et que j'avais dit que je lui ferais donner des coups de bâton. Je n'y avais jamais pensé ; il en a eu le même ressentiment que si la chose eût été vraie. Il contribua beaucoup à ma prison ; et M. Le Tellier me dit à Fontainebleau, après que je fus revenu des pays étrangers, qu'il avait proposé maintes fois à la Reine de me tuer. Ma colère contre lui ne fut pas si grande : elle se mesura à ma jalousie, qui ne fut que médiocre.

Mlle de Chevreuse n'avait que de la beauté, de laquelle l'on se rassasie quand elle n'est pas accompagnée. Elle n'avait de l'esprit que pour celui qu'elle aimait ; mais comme elle n'aimait jamais longtemps, l'on ne trouvait pas aussi, longtemps, qu'elle eût de l'esprit. Elle s'indisposait contre ses amants, comme contre ses hardes[1]. Les autres femmes s'en lassent : elle les brûlait, et ses filles avaient toutes les peines du monde à sauver une jupe, des coiffes, des gants, un point de Venise. Je crois que si elle eût pu mettre au feu ses galants, quand elle s'en lassait, elle l'eût fait du meilleur de son cœur. Madame sa mère, qui la voulut brouiller avec moi, quand elle se résolut de s'unir entièrement à la cour, n'y put réussir, quoiqu'elle eût fait en sorte que Mme de Guéméné lui eût fait lire un billet de ma main, par laquelle[2] je m'étais donné corps et âme à elle, comme les sorciers se donnent au diable[3]. Dans l'éclat qu'il y eut entre l'hôtel de Chevreuse et moi, à l'entrée du Cardinal dans le royaume, elle éclata avec fureur en ma faveur ; elle changea deux mois après, à propos de rien et sans savoir pourquoi. Elle prit tout d'un coup de la passion pour Charlotte, une fille de chambre fort jolie, qui était à elle, qui allait à tout ; elle ne lui dura que six semaines, après lesquelles elle devint amoureuse de l'abbé Fouquet, jusques au point de l'épouser si il eût voulu.

Ce fut dans ce temps que Mme de Chevreuse, se voyant assez hors d'œuvre[4] à Paris, prit le parti d'en sortir et de se retirer à Dampierre, sous l'espérance que Laigue, qui avait fait un voyage à la cour, lui rapporta qu'elle y serait très bien reçue. Je déchargeai à Mlle de Chevreuse mon cœur, qui en vérité n'était pas fort gros, et je ne laissai pas de faire accompagner la mère et la fille, et au sortir de Paris et même dans la campagne, jusques à Dampierre, par tout ce que j'avais auprès de moi et de noblesse et de cavalerie. Je ne puis finir ce léger crayon que je vous donne ici de l'état où je me trouvais à Paris, sans rendre la justice que je dois à la générosité de Monsieur le Prince.

Angerville, qui était à M. le prince de Conti, vint de Bordeaux, en dessein d'entreprendre sur moi ; au moins Monsieur le Prince le crut-il ou le soupçonna-t-il. J'ai honte de n'être pas plus éclairci de ce détail, parce que l'on ne le peut jamais assez être des bonnes actions, et particulièrement de celles dont l'on doit avoir de la reconnaissance. Monsieur le Prince, le rencontrant dans la rue de Tournon, lui dit qu'il le ferait pendre, si il ne partait dans deux heures pour aller retrouver son maître.

Quelques jours après, Monsieur le Prince étant cheux Prudhomme, qui logeait dans la rue d'Orléans, et ayant en file dans la rue sa compagnie de gardes et un fort grand nombre d'officiers, M. de Rohan y arriva, tout échauffé, pour lui dire qu'il me venait de laisser en beau début ; que j'étais à l'hôtel de Chevreuse très mal accompagné, et que je n'avais auprès de moi que le chevalier d'Humières, enseigne de mes gendarmes avec trente maîtres. Monsieur le Prince lui répondit en souriant : « Le cardinal de Rais est trop fort ou trop faible. » Marigni me raconta, presque dans le même temps, que, s'étant trouvé dans la chambre de Monsieur le Prince, et ayant remarqué qu'il lisait avec attention un livre, il avait pris la liberté de lui dire qu'il fallait que ce fût un bel ouvrage, puisqu'il y prenait tant de plaisir, et que Monsieur le Prince lui répondit : « Il est vrai que j'y en prends beaucoup, car il me fait connaître mes fautes, que personne n'ose me dire. » Vous observerez, si il vous plaît, que ce livre était celui qui était intitulé : *Le Vrai et le Faux du prince de Condé et du cardinal de Rais*[1], qui pouvait piquer et fâcher Monsieur le Prince, parce que je reconnais de bonne foi que j'y avais manqué au respect que je lui devais. Ces paroles sont belles, hautes, sages, grandes, et proprement des apophtegmes, desquels le bon sens de Plutarque aurait honoré l'antiquité avec joie.

Je reprends le fil de ce qui se passait en ce temps-là dans les chambres assemblées, dont vous avez déjà vu la meilleure partie dans ces observations, sur lesquelles il y a déjà quelque temps que je me suis même assez étendu.

Je vous y ai parlé de la démangeaison de négociation comme de la maladie qui régnait dans le parti des princes. M. de Chavigni en avait une réglée, mais secrète, avec Monsieur le Cardinal, par le canal de M. de Fabert[2]. Elle ne réussit pas, parce que le Cardinal ne voulait point, dans le fonds, d'accommodement, et il n'en recherchait que les apparences, pour décrier dans le Parlement et dans le peuple M. le duc d'Orléans et Monsieur le Prince. Il employa pour cela le roi d'Angleterre, qui proposa au Roi, à Corbeil, une conférence. Elle fut acceptée à la cour, et elle le fut aussi à Paris par Monsieur et par Monsieur le Prince, auxquels la reine d'Angleterre en parla. Monsieur en donna part au Parlement le 26 d'avril, et fit partir, dès le lendemain, MM. de Rohan, de Chavigni et Goulas pour aller à Saint-Germain, où le Roi était allé de Corbeil. Je pris la liberté de demander le soir à Monsieur si il avait quelque certitude, ou au moins quelque lumière, que cette conférence pût être bonne à quelque chose; et il me répondit en chifflant: «Je ne le crois pas, mais que faire? Tout le monde négocie, je ne veux pas demeurer tout seul.» Permettez-moi, je vous supplie, de marquer cette réponse comme l'époque de toute la conduite que Monsieur tint à l'égard de toutes les négociations que vous verrez dans la suite. Il n'y eut jamais d'autre vue que celle-là; il n'y apporta jamais ni plus de dessein, ni plus d'art, ni plus de finesse. Il ne me fit jamais d'autre réponse, quand je lui représentais les inconvénients de cette conduite; ce que je ne faisais pourtant jamais, qu'il ne me l'eût commandé plus de cinq ou six fois.

Je crois que vous ne vous étonnez plus de mon inaction; elle vous surprendra encore moins quand je vous aurai dit qu'après la négociation de laquelle je vous viens de parler, qui n'alla à rien qu'à décrier le parti, comme vous l'allez voir, il y en eut cinq ou six autres, ou plutôt qu'il y en eut un tissu, que MM. de Rohan et de Chavigni, Goulas, Gourville et Mme de Chastillon tinrent, à différentes reprises, sur le métier. Ils ne travaillèrent pas tout seuls à l'ouvrage: je le brodai de tout ce qui en pouvait rehausser les couleurs dans le public. Comme il me convenait de rejeter sur ce parti-là la haine et l'envie du mazarinisme, dont il essayait de me charger en toutes occasions, je n'oubliais rien de tout ce qui était en moi pour découvrir et pour faire éclater dans le monde les avantages que les particuliers qui le composaient n'oubliaient pas de leur côté de rechercher dans les traités. Les propositions du gouvernement de Guienne pour Monsieur le Prince, de la Provence pour monsieur son frère, de l'Auvergne pour M. de Nemours; les cent mille écus et le *pour*[1] que l'on demandait pour M. de La Rochefoucauld; le bâton de maréchal de France pour M. Du Daugnon[2], les lettres de duc pour M. de Montespan; la surintendance des Finances pour M. Dognon[3]; le pouvoir de faire la paix générale à Monsieur; et à Monsieur le Prince celui de nommer des ministres, y furent figurés de toute leur étendue. Je ne crus pas être imposteur en publiant que tout ce que je viens de vous dire avait été proposé, parce qu'il est vrai que les avis que j'avais de la cour me l'assuraient.

Je ne voulais pas jurer qu'il n'y eut, dans ces avis, de l'exagération sur de certains points. Ce que je sais, de science certaine, est que Monsieur le Cardinal faisait espérer tout ce que l'on prétendait, et qu'il ne fut jamais un instant dans la pensée d'en tenir quoi que ce soit. Il se donna le plaisir de donner au public le spectacle de MM. de Rohan, de Chavigni et de Goulas conférant avec lui, et devant le Roi, et en particulier, au moment même que Monsieur et Monsieur le Prince disaient publiquement, dans les chambres assemblées, que le préalable de tous les traités était de n'avoir aucun commerce avec le Mazarin. Il joua la comédie en leur présence, dans laquelle il se fit retenir, comme par force, par le Roi, qu'il suppliait à mains jointes de lui permettre qu'il pût s'en retourner en Italie. Il se donna la satisfaction de montrer à toute la cour Gourville, qu'il ne laissait pas de faire monter par un escalier dérobé. Il se donna la joie d'amuser Gaucour, qui, par sa profession de négociateur, donnait encore plus d'éclat à la négociation.

Enfin, les choses en vinrent au point, que Mme de Chastillon[4] alla publiquement à Saint-Germain. Nogent disait qu'il ne lui manquait, en entrant dans le château, que le rameau d'olive à la main. Elle y fut reçue et traitée effectivement comme Minerve aurait pu l'y être. La différence fut que Minerve aurait apparemment prévu le siège d'Étampes, que Monsieur le Cardinal entreprit dans le même instant, et dans lequel il ne tint presque à rien qu'il n'ensevelît tout le parti de Monsieur le Prince[1]. Vous verrez le détail de ce siège dans la suite, et je ne le touche ici que parce qu'il servit de clôture à ces négociations que je viens de marquer, et que j'ai été bien aise de renfermer toutes ensemble dans ces deux ou trois pages, afin que je ne fusse pas obligé d'interrompre si fréquemment le fil de ma narration.

Vous l'interrompez sans doute vous-même, à l'heure qu'il est, en me disant qu'il fallait que M. le cardinal Mazarin fût bien habile pour jeter, aussi utilement pour lui, tant de fausses apparences d'accommodement; et je vous supplie de me permettre de vous répondre que toutes les fois que l'on dispose de l'autorité royale, l'on trouve des facilités incroyables à amuser ceux qui ont beaucoup d'aversion à faire la guerre au Roi. Je ne sais si j'excuse Monsieur le Prince, je ne sais si je le loue : je dis la vérité, que j'ai pris la liberté de lui dire à lui-même. Il ne s'en fallut pas beaucoup qu'il n'y eût des gens dans le Parlement qui ne prissent la même, le jour que Monsieur y parla des conférences que MM. de Rohan, de Chavigni et Goulas avaient eues à Saint-Germain avec le Cardinal.

Ce fut le 30 d'avril. Le murmure y fut si grand que Monsieur, qui craignit l'éclat, dit publiquement qu'il ne les y renvoirait jamais que le Cardinal n'en fût sorti. L'on y résolut aussi que Monsieur le Procureur Général[2] irait à la cour pour solliciter les passeports nécessaires pour les députés qui devaient faire les nouvelles remontrances, et pour se plaindre des désordres que les gens de guerre commettaient aux environs de Paris.

Le 3 de mai, Monsieur le Procureur Général fit la relation de ce qu'il avait fait à Saint-Germain, en conséquence des ordres de la Compagnie, et il dit que le Roi entendrait les remontrances lundi 6 du mois, et que Sa Majesté était très fâchée que la conduite de Monsieur et de Monsieur le Prince l'obligeassent[3] à tenir son armée si près de Paris. L'on commença, ce jour-là, la garde des portes, pour laquelle toutefois le corps de ville souhaita une lettre de cachet, qui en portât le commandement. La cour l'envoya, parce qu'elle vit bien que Monsieur, à la fin, la ferait faire de son autorité. Elle était à la vérité plus que nécessaire, le désordre et le tumulte populaire croissant dans Paris à vue d'œil.

Le 6, les remontrances du Parlement et de la Chambre des comptes furent portées au Roi, avec une grande force, et le 7, celles de la Cour des aides et celles de la Ville se firent. La réponse du Roi aux unes et aux autres fut qu'il ferait retirer ses troupes, quand celles des princes seraient éloignées. Monsieur le Garde des Sceaux, qui parla au nom de Sa Majesté, ne proféra pas seulement le nom de Monsieur le Cardinal.

Le 10, il fut arrêté, au Parlement, que l'on envoirait les gens du Roi à Saint-Germain, et pour y demander réponse touchant l'éloignement du cardinal Mazarin, et pour insister encore sur l'éloignement des armées des environs de Paris.

Le 11, Monsieur le Prince vint au Palais pour avertir la Compagnie que le pont de Saint-Cloud était attaqué[1]. Il sortit aussitôt ; il fit prendre les armes à ce qu'il trouva de bourgeois de bonne volonté ; il les mena jusques au bois de Boulogne, où il apprit que ceux qui avaient cru qu'ils emporteraient d'emblée le pont de Saint-Cloud, y ayant trouvé de la résistance, s'étaient retirés. Il se servit de l'ardeur de ce peuple pour se saisir de Saint-Denis, où deux cents Suisses étaient en garnison. Il les prit l'épée à la main et sans aucune forme de siège, ayant passé le premier le fossé ; et il revint, le lendemain au matin, à Paris, après y avoir laissé le régiment de Conti, ce me semble, pour le garder. Il y fut inutile, car Renneville ou Saint-Mesgrin, je ne sais plus précisément lequel ce fut, le reprit, deux jours après, avec toute sorte de facilité, les bourgeois s'étant déclarés pour le Roi. La Lande, qui y commandait pour Monsieur le Prince, fit une assez grande résistance dans les voûtes de l'église de l'abbaye, qu'il défendit deux ou trois jours.

Le 14, il y eut un grand mouvement au Parlement, où plusieurs voix confuses s'élevèrent pour demander que l'on délibérât sur les moyens que l'on pourrait tenir pour empêcher les séditions et les insolences qui se commettaient journellement dans la ville et même dans la salle du Palais[2]. Monsieur, qui en fut averti et qui eut peur que, sous ce prétexte, les mazarins du Parlement ne fissent faire à la Compagnie quelque pas qui fût contraire à ses intérêts, vint au Palais assez à l'improviste, et il proposa qu'elle lui donnât un plein pouvoir. Ce discours, qui fut inspiré à Monsieur par M. de Beaufort, à la chaude[1], sans dessein et très légèrement, fit trois mauvais effets, dont le premier fut que tout le monde se persuada qu'il avait été fait après une profonde délibération; le second, qu'il diminua beaucoup de la dignité de Monsieur, dont la naissance et le poste n'avaient pas besoin, vu les conjonctures, d'une autorité empruntée, pour calmer les séditions; et le troisième, que les présidents en prirent tant de courage, qu'ils osèrent dire en face à Monsieur que personne n'ignorait le respect que l'on lui devait, et que, par cette raison, il n'était pas à propos de mettre cette proposition dans le registre. Il n'y a rien de si dangereux que les propositions qui paraissent mystérieuses et qui ne le sont pas, parce qu'elles attirent toute l'envie qui est inséparable du mystère, et qu'elles sont même un obstacle aux avantages que l'on prétend d'en tirer.

Le 15, Monsieur fit une fâcheuse expérience de cette vérité, car il eut le déplaisir de voir un ajournement personnel, donné par les trois chambres, à un imprimeur, qui avait mis au jour un libelle qui portait que le Parlement avait remis toute son autorité et celle de la ville entre les mains de Monsieur. Il me dit le soir, en jurant, qu'il ne s'étonnait plus que M. du Maine, dans la Ligue, n'avait pu souffrir les impertinences de cette Compagnie[2]. Il se servit de cette expression, à laquelle il en ajouta une autre, qui est encore plus licencieuse[3]. Je lui répondis quelque chose dont je ne me souviens plus, mais je sais qu'il le mit sur ses tablettes, en riant et en me disant : « Je le paraphraserai[4] à Monsieur le Prince. »

Le 16, M. le président de Nesmond fit la relation des remontrances que le Roi fit lire en la présence des députés, après qu'il en fut toutefois quelque difficulté[5]. Il leur répondit qu'il y ferait réponse par écrit, dans deux ou trois jours. Monsieur le Procureur Général fit ensuite le rapport de sa députation, et il dit qu'ayant demandé l'éloignement des troupes à dix lieues de Paris, et expliqué la déclaration que Messieurs les Princes avaient faite, de faire aussi retirer celles qu'ils avaient au pont de Saint-Cloud et à Neuilli, le Roi avait nommé de sa part M. le maréchal de L'Hospital, et envoyé un passeport en blanc pour celui qui serait envoyé par Monsieur pour conférer ensemble des moyens de procéder à cet éloignement. Il ajouta que le comte de Béthune[1], qui avait été choisi par Monsieur à cet effet, en avait conféré avec MM. de Bouillon, de Villeroi et Le Tellier ; et que Sa Majesté se relâchait, à la considération de sa bonne ville de Paris, à accorder cet éloignement, pourvu que Messieurs les Princes exécutassent aussi de bonne foi ce à quoi ils s'étaient aussi engagés sur le même chef. Monsieur le Procureur Général, qui était assisté de M. Bignon[2], avocat général, présenta ensuite à la Compagnie un écrit signé LOUIS, et plus bas : GUÉNÉGAUD, qui portait que le Roi manderait au plus tôt deux présidents et deux conseillers de chaque chambre pour leur faire entendre ses volontés à l'égard des remontrances. Le Parlement en ordonna de nouvelles sur ces rapports, dans lesquelles le nom du Cardinal fut encore pour ainsi dire réaggravé[3].

Le 24 et 28 mai ne produisirent rien de considérable dans les chambres assemblées.

Le 29, les députés des Enquêtes entrèrent dans la Grande Chambre et y demandèrent l'assemblée des chambres, pour délibérer sur les moyens qu'il y avait de faire la somme des cent cinquante mille livres promises à celui qui représenterait en justice le cardinal Mazarin. Le Clerc de Courcelle, qui vit qu'à ce même moment le grand vicaire de Monsieur de Paris entrait au parquet des gens du Roi, pour y conférer de la descente de la châsse de sainte Geneviève[4], dit assez plaisamment : « Nous sommes aujourd'hui en dévotion de fête double ; nous ordonnons des processions, et nous travaillons à faire assassiner un cardinal. » Il est temps de parler du siège d'Estampes.

Vous avez [vu] ci-dessus, que l'on était convenu, dans les deux partis, que l'on éloignerait de dix lieues les troupes des environs de Paris. M. de Turenne, qui avait déjà, quelque temps auparavant, assez maltraité celles de Messieurs les Princes dans le faubourg d'Estampes, où les régiments de Bourgogne, d'infanterie, et ceux de Wurtemberg et de Brow, de cavalerie, avaient beaucoup souffert, se résolut de les opprimer toutes en gros dans la ville même ; et la faiblesse de la place, jointe à l'absence de tous les généraux, lui fit croire que la chose n'était pas impraticable. Le comte de Tavannes, qui y commandait pour Monsieur le Prince (car MM. de Beaufort et de Nemours étaient à Paris), fit l'une des plus belles et des plus vigoureuses résistances qui se soit faite de nos jours. Il y eut beaucoup de sang répandu de part et d'autre ; les chevaliers de La Vieuville[1] et de Parabère y furent tués du côté du Roi, et MM. de Vardes et de Schomberg y furent blessés. Les attaques y furent fréquentes et vives ; la défense n'y fut pas moindre. Le petit nombre eût enfin cédé au plus fort, si M. de Lorraine ne fût arrivé à propos, qui obligea M. de Turenne à lever le siège. Cette marche de M. de Lorraine mérite de vous être expliquée[2].

Il y avait assez longtemps que les Espagnols le pressaient d'entrer en France et de secourir Messieurs les Princes. Monsieur et Madame l'en sollicitaient avec empressement. Il ne répondait à ceux-là qu'en leur demandant de l'argent ; il ne répondait à ceux-ci qu'en leur demandant Jametz, Clermont et Stenai[3], qui avaient autrefois été de son domaine, et que le Roi avait donnés depuis à Monsieur le Prince. Monsieur me força un jour de dicter à Fremont une instruction pour Le Grand, qu'il envoyait à Bruxelles pour le persuader ; et je puis dire, avec vérité, que ç'a été le seul trait de plume que j'aie fait dans tout le cours de cette guerre. Je disais toujours à Monsieur que je me voulais conserver la satisfaction de pouvoir au moins penser, dans moi-même, que je n'étais en rien d'une affaire où tout allait *a la peggio*[4] et je l'avais presque accoutumé à ne me plus demander même mon sentiment sur ce qui s'y passait, en lui répondant toujours par monosyllabe. Il m'en grondait un jour, et je le lui avouai en lui disant : « Et le monosyllabe, Monsieur, est unique ; car c'est toujours non. »

Je ne pus tenir la même conduite à l'égard de la marche de M. de Lorraine ; car il voulut absolument, et Madame encore plus que lui, que je dressasse l'instruction dont je viens de parler. Je ne sais si elle ébranla M. de Lorraine, ou si elle le trouva ébranlé. Il marcha avec son armée, qui était composée de huit mille hommes, et de vieilles et bonnes troupes ; il les laissa à Lagni et il vint à Paris, où il entra à cheval, avec un applaudissement incroyable du peuple. Monsieur et Monsieur le Prince allèrent au-devant de lui jusques au Bourget, le dernier de mai, et ils y furent accompagnés de MM. de Beaufort, de Nemours, de Rohan, de Sulli, de La Rochefoucauld, de Gaucour, de Chavigni et de don Gabriel de Tolède. Il se trouva, par hasard, que ces deux derniers figurèrent ensemble dans cette entrée. Monsieur, qui haïssait M. de Chavigni, me le dit, le soir, avec un emportement de joie ; et je lui répondis que j'étais surpris de ce qu'il me paraissait étonné de cela ; que M. de Chavigni ne faisait que ce que le président Jeannin, qui avait été l'un des plus grands ministres d'Henri IV, avait fait autrefois[1] ; que la différence n'était qu'au temps ; que le président Jeannin avait escadronné[2] avec les Espagnols devant qu'il fût ministre, et que M. de Chavigni n'y escadronnait qu'après. Monsieur fut très satisfait de l'apologie, et il la fit courir malicieusement dans Luxembourg, à un tel point, que je la retrouvai sur le degré et dans les cours une heure après.

Je gardai beaucoup plus de mesure à l'égard de M. de Lorraine, quoiqu'il fût frère de Madame, à laquelle j'étais très particulièrement attaché. Je me contentai de lui envoyer un gentilhomme et de l'assurer de mes services. Monsieur souhaita que je le visse : en quoi il se trouva de la difficulté, parce que les ducs de Lorraine prétendent la main[3] cheux les cardinaux. Nous nous trouvâmes cheux Madame, et, après, dans la galerie, cheux Monsieur, où il n'y a point de rang, et où, de plus, quand il y en aurait eu, il n'y se serait point trouvé d'embarras parce qu'il ne me disputait pas le pas en lieu tiers[4]. Cette conférence ne se passa qu'en civilités et qu'en railleries, dans lesquelles il était inépuisable. Il lui vint, deux ou trois[5]... après, dans l'esprit une nouvelle envie de m'entretenir. Madame me commanda de le voir au noviciat des jésuites. Je lui dis d'abord que j'étais très fâché que le cérémonial romain ne m'eût pas permis de lui rendre mes devoirs cheux lui, comme je l'aurais souhaité ; et il me paya sur-le-champ en même monnaie, en me répondant qu'il était au désespoir que le cérémonial de l'Empire l'eût empêché de se rendre cheux moi, ce qu'il eût souhaité. Il me demanda ensuite, sans aucun préalable, si son nez me paraissait propre à recevoir des chiquenaudes. Il pesta tout d'une suite contre l'archiduc, contre Monsieur et contre Madame, qui lui en faisaient recevoir douze ou quinze par jour, en l'obligeant de venir au secours de Monsieur le Prince, qui lui détenait son bien[1]. Il entra de là dans un détail de propositions et d'ouvertures, auxquelles je vous proteste que je n'entendis rien. Je crus que je ne pouvais mieux lui répondre que par des discours auxquels je vous assure qu'il n'entendit pas grand-chose. Il s'en est ressouvenu toute sa vie ; et lorsqu'il revint en Lorraine[2], le premier compliment qu'il me fit faire par M. l'abbé de Saint-Mihiel[3], fut qu'il ne doutait pas que nous nous entendrions dorénavant l'un l'autre bien mieux que nous ne nous étions entendus à Paris au noviciat.

J'eusse eu tort, pour vous dire le vrai, de m'expliquer plus clairement avec lui, sachant ce que je savais de ce qui se passait de tous côtés à son égard. J'étais très bien averti que la cour lui donnait à peu près la carte blanche, et je n'ignorais pas que bien qu'il la pût remplir presque à sa mode, il ne laissait pas d'écouter de simples propositions, qui étaient bien au-dessous de celles que l'on lui offrait.

Mme de Chevreuse, qui n'était pas encore sortie de Paris en ce temps-là, lui dit, plutôt en riant que sérieusement, qu'il pouvait faire la plus belle action du monde, si il faisait lever le siège d'Estampes, en quoi il satisferait pleinement et Monsieur [et] les Espagnols ; et si, au même moment, il ramenait ses troupes en Flandres, en quoi il plairait au dernier point à la Reine, de qui il avait en tout temps fait profession publique d'être serviteur particulier. Comme ce parti, qui tenait des deux côtés, plut à son incertitude naturelle, il le prit sans balancer, et Mme de Chevreuse s'en fit honneur à la cour, qui, de sa part, ne fut pas fâchée de couvrir la nécessité où elle se trouva, de lever le siège d'Estampes, de quelque apparence de négociation, qu'elle grossit dans le monde de mille et mille particularités, que les raisonnements du vulgaire honorent toujours de mille et mille mystères. Il n'y eut rien au monde de plus simple que ce qui se fit en ce rencontre ; et quoique je ne fusse plus du tout, en ce temps-là, du secret ni de la mère ni de la fille, comme vous avez vu ci-dessus, j'en fus assez instruit, malgré l'une et l'autre, pour vous pouvoir assurer pour certain ce que je vous en dis[1]. La conduite que M. de Lorraine prit, dès le lendemain, est une marque que je ne me trompe pas, ou du moins une preuve que M. de Lorraine ne fut pas longtemps content de lui-même à l'égard de cette action ; car, quoiqu'il eût soutenu d'abord à Monsieur qu'il lui avait rendu un service signalé, en obligeant la cour à lever le siège d'Estampes, il me parut, aussitôt après, qu'il eut honte d'avoir fait ce traité[2], et que cette honte l'obligea à leur accorder ce qu'ils lui demandèrent, qui était de ne point s'en retourner encore et de demeurer à Villeneuve-Saint-George[3], jusques à ce que les troupes sorties d'Estampes fussent effectivement en lieu de sûreté.

M. de Turenne, voyant que M. de Lorraine ne tenait pas la parole qu'il avait donnée de reprendre le chemin des Pays-Bas, marcha à Corbeil, en dessein d'y passer la Seine et de le combattre. Il y eut des allées et des venues en explication de ce qui avait été promis ou non promis, pendant lesquelles l'armée lorraine se retrancha, M. de Turenne s'étant avancé avec celle du Roi, ayant passé la rivière d'Ierre[4], et s'étant mis en bataille en présence des Lorrains, l'on n'attendait, de part et d'autre, que le signal du combat, qui certainement eût été sanglant, vu la bonté des troupes qui composaient les deux armées, mais qui apparemment eût succédé à l'avantage des troupes du Roi, parce que celles de Lorraine n'avaient pas assez de terrain. Dans cet instant, que l'on peut appeler fatal, milord Germain vint dire à M. de Turenne que M. de Lorraine était prêt d'exécuter ce dont l'on était convenu à telle et à telle condition. L'on négocia sur l'heure même. Le roi d'Angleterre[5], qui, sur l'apparence d'une bataille, avait joint M. de Turenne, fit lui-même des allées et des venues ; et l'on convint que M. de Lorraine sortirait du royaume dans quinze jours, et du poste où il était, dès le lendemain ; qu'il remettrait entre les mains de M. de Turenne les bateaux qui lui avaient été envoyés de Paris, pour faire un pont sur la rivière, et qu'aussi M. de Turenne ne se pourrait servir de ces bateaux pour passer la Seine et pour empêcher le passage des troupes sorties d'Estampes ; que celles de Messieurs les Princes, qui étaient dans son camp, pussent rentrer dans Paris en sûreté, et que le Roi fît fournir des vivres à l'armée lorraine dans sa retraite. Ces deux dernières conditions ne reçurent pas beaucoup de contradiction, M. de Turenne disant qu'il était très persuadé que l'armée lorraine épargnerait au Roi, par le soin qu'elle prendrait à se pourvoir elle-même, la peine et la dépense que l'on stipulait ; et que, pour ce qui était de la liberté que l'on demandait pour les troupes des princes, de se pouvoir rendre à Paris en sûreté, il la leur accordait avec joie, parce qu'il était assuré que la ville en serait bien plus effrayée que rassurée. M. de Beaufort, qui avait amené au camp cinq cents ou six cents bourgeois volontaires, dit, le lendemain au soir, à Monsieur, qu'ils avaient été si épouvantés, qu'il avait peur lui-même qu'ils ne donnassent l'alarme à toute la ville. Monsieur le Prince, qui était malade en ce temps-là, n'avait pas été d'avis, par cette raison, que l'on les laissât sortir dans cette conjoncture. Je reviens au Parlement.

J'ai eu si peu de part dans les dernières assemblées et dans les dernières occasions desquelles je viens de parler, qu'il y a déjà quelque temps que je me fais à moi-même un scrupule de les insérer dans un ouvrage qui ne doit être proprement qu'un simple compte que vous m'avez commandé de vous rendre de mes actions.

Il est vrai que la nouvelle de ma promotion tomba justement sur un point où l'état des choses que je vous ai expliquées ci-devant eût fait de moi une figure presque immobile, quand même j'aurais continué d'assister tous les jours aux délibérations du Parlement. La pourpre, qui m'en ôta la séance, en fit une figure muette dans le Palais. Je vous ai dit qu'elle ne le fut guère moins en effet à Luxembourg ; et je puis assurer, de bonne foi, qu'elle n'y eut presque qu'un mouvement imaginaire, et tel qu'il plut aux spéculatifs de se fantasier[1]. Mais comme il leur plut de se fantasier toutes choses sur mon sujet, j'étais continuellement exposé à la défiance des uns, à la frayeur des autres et au raisonnement de tous. Ce personnage, qui n'est jamais que de pure défensive, et encore tout au plus, est très dangereux dans les temps dans lesquels l'on le joue ; il est très incommode dans ceux dans lesquels l'on le décrit, parce qu'il a toujours beaucoup d'apparence de vaine gloire et d'amour-propre. Il semble que l'on s'incorpore soi-même dans tout ce qui s'est passé de considérable dans un État, quand, dans un ouvrage qui ne doit regarder que sa personne, l'on s'étend sur des matières auxquelles l'on n'a eu aucune part. Cette considération m'a fait chercher avec soin les moyens de démêler celles qui sont de cette nature du reste [de] cette histoire, qui n'est que particulière ; et il m'a été impossible de les trouver, parce que la figure, quoique médiocre, que j'ai faite dans les temps qui ont précédé et qui ont suivi ceux dans lesquels je n'ai point agi, leur donne tant de rapport et tant d'enchaînement les uns avec les autres, qu'il serait très difficile que l'on vous les pût bien faire entendre, si l'on les déliait tout à fait. Voilà ce qui m'oblige à continuer le récit de ce qui se passa dans ces temps-là, que j'abrégerai toutefois le plus qu'il me sera possible, parce que ce n'est jamais qu'avec une extrême peine que j'écris sur les mémoires d'autrui[2]. Je poserai les faits, je n'y raisonnerai point ; je déduirai ce qui me paraîtra le plus de poids ; j'omettrai ce qui me semblera le plus léger ; et, en ce qui regarde les assemblées du Parlement, je n'observerai les dates qu'à l'égard de celles qui ont produit des délibérations considérables. Je ne parlerai pas seulement des autres ; et je suis persuadé que je vous les représente plus que suffisamment, en vous disant qu'elles ne furent presque employées qu'en déclamations contre le Cardinal, en plaintes et en arrêts contre les insolences et les séditions du peuple, et en désaveux faits par Messieurs les Princes de ces séditions, qui, dans la vérité, n'étaient, au moins pour la plupart, que trop naturelles.

Le 1 de juin, Monsieur envoya au Parlement pour

savoir quelle place il donnerait à M. de Lorraine dans l'assemblée des chambres. Il répondit, tout d'une voix, que, M. de Lorraine étant, comme il était, ennemi de l'État, il ne lui en pouvait donner aucune. Monsieur, qui me fit l'honneur de venir cheux moi, deux ou trois jours après, parce que j'étais malade d'une fluxion sur les yeux, me dit : « Eussiez-vous cru que le Parlement m'eût fait cette réponse ? » Et je lui répondis : « J'aurais bien moins cru, Monsieur, que vous eussiez hasardé de vous l'attirer. » Il me repartit en colère : « Si je ne l'eusse hasardé, Monsieur le Prince eût dit que j'eusse été mazarin. » Vous voyez en ce mot le principe de tout ce que Monsieur faisait en ce temps-là.

Le 7, l'on fit un fort grand bruit au Parlement de l'approche des troupes de Lorraine, qui avaient passé Lagni, et qui faisaient beaucoup de désordres dans la Brie ; et l'on y parla de leur marche, avec la même surprise et la même horreur que l'on aurait pu faire si il n'y avait eu dans le royaume aucune partialité.

Le 10, M. le président de Nesmond fit la relation de ce qui s'était passé en sa députation vers le Roi, qui s'était avancé à Melun dès le commencement du siège d'Estampes. La réponse de Sa Majesté fut que la Compagnie pouvait envoyer qui il lui plairait pour conférer avec ceux qu'elle voudrait choisir, et pour aviser aux moyens de rétablir le calme dans le royaume. L'on opina ensuite et l'on résolut de renvoyer à la cour les mêmes députés pour entendre la volonté du Roi, et renouveler toutefois les remontrances contre le cardinal Mazarin. Monsieur et Monsieur le Prince n'avaient pas été de l'avis de l'arrêt, et ils avaient soutenu qu'il ne fallait recevoir aucune proposition de conférence, dont le préalable ne fût l'éloignement réel et effectif du Mazarin.

Le 14, les plaintes se renouvelèrent contre l'approche des troupes de Lorraine, et elles furent au point que les gens du Roi furent mandés au Parlement. Ils conclurent à ce que M. le duc d'Orléans fût prié de les faire retirer. Un conseiller, du nom duquel je ne me ressouviens pas, ayant dit qu'il ne concevait pas comme l'on prétendait qu'il fût utile à la Compagnie qu'elles se retirassent en l'état où elle était avec la cour, Mainardeau répondit que, cette raison obligeant encore davantage le Parlement à lever tous les prétextes que l'on pouvait prendre pour le calomnier dans l'esprit du Roi, il était d'avis de donner arrêt par lequel il serait enjoint aux communes de leur courir sus[1]. L'on en demeura à dire que l'on en parlerait plus au long quand Monsieur serait au Palais. Vous croyez apparemment que la retraite de M. de Lorraine, de laquelle je vous ai déjà parlé et qui fut sue le 16 à Paris, ne fit pas une grande commotion dans les esprits, puisqu'elle avait été souhaitée de tant de gens ; elle fut incroyable, et je remarquai que beaucoup de ceux qui avaient crié hautement contre son approche crièrent le plus hautement contre son éloignement. Il n'est pas étrange que les hommes ne se connaissent pas : il y a des temps où l'on peut dire même qu'ils ne se sentent point.

Le 20, le président de Nesmond fit la relation de ce qui s'était passé à sa députation à Melun, et la lecture de la réponse qui lui avait été faite par le Roi, dont la substance était : que bien que Sa Majesté ne pût ignorer que la demande que l'on faisait de l'éloignement de M. le cardinal Mazarin ne fût qu'un prétexte, Elle ne laisserait peut-être pas de lui accorder ce qu'il demande tous les jours lui-même avec insistance, après avoir réparé son honneur par les déclarations que l'on doit à son innocence, si Elle était assurée qu'Elle peut avoir de bonnes et de réelles sûretés de la part de Messieurs les Princes, pour l'exécution des offres qu'ils ont faites, en cas de son éloignement ; que Sa Majesté désire donc d'apprendre :

1º Si ils renonceront, en ce cas, à toute ligue et à toutes associations faites avec les princes étrangers ;

2º Si ils n'auront plus aucune prétention ;

3º Si ils se rendront auprès de Sa Majesté ;

4º Si ils feront sortir les étrangers qui sont dans le royaume ;

5º Si ils licencieront leurs troupes ;

6º Si Bordeaux rentrera dans son devoir, aussi bien que M. le prince de Conti et Mme de Longueville ;

7º Si les places que Monsieur le Prince a fortifiées se remettront en leur premier état.

Voilà les principales des douze questions sur lesquelles M. le duc d'Orléans s'emporta, et même avec beaucoup d'émotion, en disant qu'il était inouï que l'on mît ainsi sur la sellette un fils de France et un prince du sang, et que la déclaration qu'ils avaient faite l'un et l'autre, qu'ils poseraient les armes aussitôt que le cardinal Mazarin serait hors du royaume, était plus que suffisante pour satisfaire la cour, si elle avait de bonnes intentions. L'on opina, mais la délibération, n'ayant pu être achevée, fut remise au lendemain 21.

Monsieur ne s'y étant pu trouver, parce qu'il avait eu la nuit une fort grande colique, l'on n'y traita, en présence de Monsieur le Prince, que d'un fonds que l'on cherchait pour la subsistance des pauvres, qui souffraient beaucoup dans la ville[1], et de celui qui était nécessaire pour faire la somme des cent cinquante mille livres pour la tête à prix[2]. Il fut dit, à l'égard de ce dernier chef, que l'on ferait incessamment inventaire de ce qui restait des meubles du Cardinal.

M. de Beaufort fit, ce jour-là, une lourderie[3] digne de lui. Comme il y avait eu, le matin, une fort grande émeute dans le Palais, dans laquelle MM. de Vassan et Partial[4] auraient été massacrés sans lui, il crut qu'il ferait mieux, pour détourner le peuple du Palais, de l'assembler dans la place Royale ; il y donna un rendez-vous public pour l'après-dînée. Il y amassa quatre ou cinq mille gueux, à qui il est constant qu'il y fit proprement un sermon qui n'allait qu'à les exhorter à l'obéissance qu'ils devaient au Parlement. J'en sus tout le détail par des gens de créance que j'y avais envoyés moi-même exprès. La frayeur, qui avait déjà saisi la plupart des présidents et des conseillers, leur fit croire que cette assemblée n'avait été faite que pour les perdre. Ils firent parler M. de Beaufort de toutes les manières qui pouvaient redoubler leur alarme, et ils la prirent si chaude qu'il ne fut pas au pouvoir de Monsieur, ni de Monsieur le Prince, de rassurer messieurs les présidents, qui ne purent jamais se résoudre d'aller au Palais. Ce qui arriva, le même soir, à M. le président de Maisons, dans la rue de Tournon, ne les rassura pas. Il faillit à être tué par une foule de peuple, comme il sortait de cheux Monsieur, et Monsieur le Prince et M. de Beaufort eurent beaucoup de peine à le sauver. Cette journée fit voir que M. de Beaufort ne savait pas que qui assemble un peuple l'émeut toujours. Il y parut ; car, deux ou trois jours après ce beau sermon, la sédition fut plus forte qu'elle n'avait encore été dans la salle du Palais[1] ; et M. le président de Novion fut même poursuivi dans les rues et courut toute la risque[2] qu'un homme peut courir.

Le 25, Messieurs les Princes déclarèrent, dans les chambres assemblées, qu'aussitôt que M. le cardinal Mazarin serait hors du royaume, ils exécuteraient fidèlement tous les articles qui étaient portés dans la réponse du Roi, et envoiraient ensuite des députés pour conclure ce qui resterait à faire ; et l'on donna ensuite arrêt, par lequel il fut dit que les députés du Parlement retourneraient incessamment à la cour pour porter cette déclaration au Roi.

Le 26, aucun président ne se trouva au Palais.

Le 27, M. le président de Novion y fut et donna un sanglant arrêt contre les séditieux.

L'on n'employa les autres jours qu'à donner les ordres nécessaires pour la sûreté de la ville, à quoi l'on était très embarrassé, parce que ceux de la garde étaient assez souvent ceux-là mêmes qui se soulevaient.

Il est temps, ce me semble, que je reprenne ce qui est de la guerre.

Monsieur le Prince, qui avait eu quelques accès de fièvre tierce, alla jusques à Linas recevoir ses troupes, qui revenaient d'Estampes ; et comme la cour n'avait observé en façon du monde ce qu'elle avait promis, touchant l'éloignement des siennes des environs de Paris, il ne s'y crut pas plus obligé de son côté, et il posta sa petite armée à Saint-Cloud, poste considérable, parce que le pont lui donnait lieu de la porter, en cas de besoin, où il lui plairait. M. de Turenne, qui était avec celle du Roi aux environs de Saint-Denis, où Sa Majesté était venue elle-même pour être plus proche de Paris, fit un pont de bateaux à Épinai, en intention de venir attaquer les ennemis devant qu'ils eussent le temps de se retirer. M. de Tavannes en eut avis et il l'envoya aussitôt à Monsieur le Prince, qui se rendit au camp en toute diligence. Il le leva sur le soir, et il marcha vers Paris, en dessein d'arriver au jour à Charenton, d'y passer la Marne et de prendre un poste dans lequel il ne pourrait être attaqué[3].

M. de Turenne ne lui en donna pas le temps, car il attaqua son arrière-garde dans le faubourg Saint-Denis. Monsieur le Prince en fut quitte pour quelques hommes qu'il perdit du régiment de Conti, et il manda à Monsieur, par le comte de Fiesque, qu'il lui répondait qu'il gagnerait le faubourg Saint-Antoine, dans lequel il prétendait qu'il aurait plus de lieu de se défendre[1]. C'est en cet endroit où je regrette, plus que je n'ai jamais fait, que Monsieur le Prince ne m'ait pas tenu la parole qu'il m'avait donnée, de me donner le mémoire de ses actions. Celle qu'il fit en ce rencontre est l'une des plus belles de sa vie. J'ai ouï dire à Lanques, qui ne le quitta point ce jour-là, qui est homme du métier et qui est plus mécontent de lui que personne qui vive, qu'il y eut quelque chose de surhumain dans sa valeur et dans sa capacité en cette occasion. Je serais inexcusable si j'entreprenais de décrire le détail de l'action du monde la plus grande et la plus héroïque, sur des mémoires qui courent les rues et que j'ai ouï dire à des gens de guerre être très mauvais, et je me contenterai de vous dire qu'après le combat du monde le plus sanglant et le plus opiniâtré, il sauva ses troupes, qui n'étaient qu'une poignée du monde, attaquée par M. de Turenne, et par M. de Turenne renforcé de l'armée de M. le maréchal de La Ferté[2]. Il y perdit le comte de Bossut, flamand, La Roche-Giffart, et Flammarin et Lauresse, du nom de Montmorenci, MM. de La Rochefoucauld, de Tavannes, de Coigni, le vicomte de Melun et le chevalier de Forts, y furent blessés. Esclainvilliers le fut du côté du Roi, et MM. de Saint-Mesgrin et de Mancini tués[3].

Je ne vous puis exprimer l'agitation de Monsieur dans le cours de ce combat. Tout le possible lui vint dans l'esprit, et, ce qui arrive toujours en ce rencontre, tout l'impossible succéda dans son imagination à tout le possible. Joui, qu'il m'envoya sept fois en moins de trois heures, me dit qu'il avait peur un moment que la ville ne se révoltât contre lui; qu'il craignait, un instant après, qu'elle ne se déclarât trop pour Monsieur le Prince. Il envoya des gens inconnus pour voir ce qui se faisait cheux moi, et rien ne le rassura véritablement que le rapport que l'on lui fit que je n'avais que mon suisse à ma porte. Il dit à Bruneau, de qui je le sus le lendemain, que le mal n'était pas grand dans la ville puisque je ne me précautionnais pas davantage. Mademoiselle, qui avait fait tous ses efforts pour obliger Monsieur à aller dans la rue Saint-Antoine pour faire ouvrir la porte à Monsieur le Prince, qui commençait à être très pressé dans le faubourg, prit le parti d'y aller elle-même. Elle entra dans la Bastille, où Louvières n'osa, par respect, lui refuser l'entrée ; elle fit tirer le canon sur les troupes du maréchal de La Ferté, qui s'avançaient pour prendre en flanc celles de Monsieur le Prince. Elle harangua ensuite la garde qui était à la porte Saint-Antoine. Elle s'ouvrit, et Monsieur le Prince y entra avec son armée, plus couverte de gloire que de blessures, quoiqu'elle en fût chargée[1]. Ce combat si fameux arriva le 2 de juillet.

Le 4, l'Assemblée générale de l'Hôtel de Ville, qui avait été ordonnée le 1 par le Parlement, pour aviser à ce qui était à faire pour la sûreté de la ville, fut tenue l'après-dînée. Monsieur et Monsieur le Prince s'y trouvèrent, sous prétexte de remercier la ville de ce qu'elle avait donné l'entrée à leurs troupes, le jour du combat, mais, dans la vérité, pour l'engager à s'unir encore plus étroitement avec eux ; au moins, voilà ce que Monsieur en sut. Voici le vrai, que je n'ai su que longtemps depuis, de la bouche même de Monsieur le Prince, qui me l'a dit trois ou quatre ans après à Bruxelles[2]. Je ne me ressouviens pas précisément si il me confirma ce qui était fort répandu dans le public, de l'avis que M. de Bouillon lui avait donné que la cour ne songerait jamais sérieusement et de bonne foi à se raccommoder avec lui, jusques à ce qu'elle connût clairement qu'il fût effectivement maître de Paris. Je sais bien que je lui demandai à Bruxelles, si ce que l'on avait dit sur cela était véritable ; mais je ne me puis remettre ce qu'il me répondit sur ce particulier de M. de Bouillon.

Voici ce qu'il m'apprit du gros de l'affaire. Il était persuadé que je le desservais beaucoup auprès de Monsieur, ce qui n'était pas vrai, comme vous l'avez vu ci-devant ; mais il l'était aussi que je lui nuisais beaucoup dans la ville, ce qui n'était pas faux, par les raisons que je vous ai aussi expliquées ci-dessus.

Il avait observé que je ne me gardais nullement, et que je me servais même avec quelque affectation du prétexte de l'incognito auquel le cérémonial m'obligeait, pour faire voir ma sécurité et la confiance que j'avais en la bonne volonté du peuple, au milieu de ses plus grands mouvements. Il se résolut, et très habilement, de s'en servir de sa part pour faire une des plus belles et des plus sages actions qui ait peut-être été pensée de tout le siècle. Il fit dessein d'émouvoir le peuple le matin du jour de l'Assemblée de l'Hôtel de Ville, de marcher droit à mon logis, sur les dix heures, qui était justement l'heure où l'on savait qu'il y avait le moins du monde, parce que c'était celle où, pour l'ordinaire, j'étudiais ; de me prendre civilement dans son carrosse, de me mener hors de la ville, et de me faire, à la porte, une défense en forme de n'y plus rentrer. Je suis convaincu que le coup était sûr, et qu'en l'état où était Paris, les mêmes gens qui eussent mis la hallebarde à la main pour me défendre, si ils eussent eu loisir d'y faire réflexion, en eussent approuvé l'exécution, étant certain que, dans les révolutions qui sont assez grandes pour tenir tous les esprits dans l'inquiétude, ceux qui priment[1] sont toujours applaudis, pourvu que d'abord ils réussissent. Je n'étais point en défense. Monsieur le Prince se fût rendu maître du cloître, sans coup férir ; et j'eusse peut[-être] été à la porte de la ville devant qu'il y eût eu une alarme assez forte pour s'y opposer. Rien n'était mieux imaginé : Monsieur, qui eût été atterré du coup, y eût donné des éloges. L'Hôtel de Ville, auquel Monsieur le Prince en eût donné part sur l'heure même, en eût tremblé. La douceur avec laquelle Monsieur le Prince m'aurait traité, aurait été louée et admirée. Il y aurait eu un grand déchet de réputation pour moi à m'être laissé surprendre, comme en effet j'avoue qu'il y avait eu beaucoup et d'imprudence et de témérité à n'avoir pas prévu ce possible[2]. La fortune tourna contre Monsieur le Prince ce beau dessein, et elle lui donna le succès le plus funeste que la conjuration la plus noire eût pu produire.

Comme la sédition avait commencé vers la place Dauphine, par des poignées de paille que l'on forçait tous les passants de mettre à leur chapeau[3], M. de

Cumont, conseiller au Parlement et serviteur particulier de Monsieur le Prince, qui y avait été obligé comme les autres qui avaient passé par là, alla en grande diligence à Luxembourg pour en avertir Monsieur et le supplier d'empêcher que Monsieur le Prince, qui était dans la galerie, ne sortît dans cette émotion ; « laquelle apparemment, dit Cumont à Monsieur, est faite, ou par les mazarins, ou par le cardinal de Rais, pour faire périr Monsieur le Prince ». Monsieur courut aussitôt après monsieur son cousin, qui descendait le petit escalier pour monter en carrosse, et pour venir cheux moi et y exécuter son dessein. Il le retint par autorité et même par force ; il le fit dîner avec lui et il le mena ensuite à l'Hôtel de Ville, où l'Assemblée dont je vous ai parlé, se devait tenir. Ils en sortirent après qu'ils eurent remercié la compagnie et témoigné la nécessité qu'il y avait de songer aux moyens de se défendre contre le Mazarin. La vue d'un trompette, qui arriva, dans ce temps-là, de la part du Roi, et qui porta ordre de remettre l'Assemblée à huitaine, échauffa le peuple qui était dans la Grève, et qui criait sans cesse qu'il fallait que la ville s'unît avec Messieurs les Princes. Quelques officiers, que Monsieur le Prince avait mêlés, le matin, dans la populace, n'ayant point reçu l'ordre qu'ils attendaient, ne purent employer sa fougue ; elle se déchargea sur l'objet le plus présent[1].

L'on tira dans les fenêtres de l'Hôtel de Ville ; l'on mit le feu aux portes, l'on entra dedans l'épée à la main, l'on massacra M. Le Gras, maître des requêtes, M. Janvri, conseiller au Parlement, M. Miron, maître des comptes[2], un des plus hommes de bien et des plus accrédités dans le peuple qui fussent à Paris. Vingt-cinq ou trente bourgeois y périrent aussi ; et M. le maréchal de L'Hospital ne fut tiré de ce péril que par un miracle et par le secours de M. le président Barentin. Un garçon de Paris, appelé Noblet, duquel je vous ai déjà parlé à propos de ce qui m'arriva avec M. de La Rochefoucauld dans le parquet des huissiers, eut encore le bonheur de servir utilement le maréchal en cette occasion. Vous vous pouvez imaginer l'effet que le feu de l'Hôtel de Ville et le sang qui y fut répandu produisirent dans Paris. La consternation d'abord y fut générale ; toutes les boutiques y furent fermées en moins d'un clin d'œil. L'on demeura quelque temps en cet état, l'on se réveilla un peu vers les six heures, en quelques quartiers, où l'on fit des barricades pour arrêter les séditieux, qui se dissipèrent toutefois presque d'eux-mêmes. Il est vrai que Mademoiselle y contribua : elle alla elle-même, accompagnée de M. de Beaufort, à la Grève, où elle en trouva encore quelques restes, qu'elle écarta. Ces misérables n'avaient pas rendu tant de respect au saint sacrement que le curé de Saint-Jean leur présenta, pour les obliger d'éteindre le feu qu'ils avaient mis aux portes de l'Hôtel de Ville.

Monsieur de Chaslons[1] vint cheux moi, au plus fort de ce mouvement ; et la crainte qu'il avait pour ma personne l'emporta sur celle qu'il devait avoir pour la sienne, dans un temps où les rues n'étaient sûres pour personne sans exception. Il me trouva avec si peu de précaution qu'il m'en fit honte, et je ne puis encore concevoir, à l'heure qu'il est, ce qui me pouvait obliger à en avoir si peu, dans une occasion où j'en avais, ou du moins où j'en pouvais avoir tant de besoin. C'est l'une de celles qui m'a persuadé, autant que chose du monde, que les hommes sont souvent estimés par les endroits par lesquels ils sont les plus blâmables. L'on loua ma fermeté ; l'on devait blâmer mon imprudence ; celle-ci était effective, l'autre n'était qu'imaginaire ; et la vérité est que [je] n'avais fait aucune réflexion sur le péril. Je n'y fus plus insensible quand l'on me l'eut fait faire. M. de Caumartin envoya sur-le-champ querir cheux lui mille pistoles (car je n'en avais pas vingt cheux moi), avec lesquelles je fis quelques soldats. Je les joignis à des officiers réformés écossais, que j'avais toujours conservés des restes du comte de Montrose. Le marquis de Sablonnières, mestre de camp du régiment de Valois, m'en donna cent des meilleurs hommes, commandés par deux capitaines du même régiment, qui étaient mes domestiques. Quérieux m'amena trente gensdarmes de la compagnie du cardinal Antoine, qu'il commandait[2]. Bussi-Lamet m'envoya quatre hommes choisis dans la garnison de Mézières. Je garnis tout mon logis et toutes les tours de Notre-Dame de grenades ; je pris mes mesures, en cas d'attaque, avec les bourgeois, des ponts Notre-Dame et de Saint-Michel, qui m'étaient fort affectionnés. Enfin je me mis en état de disputer le terrain et de n'être plus exposé à l'insulte.

Ce parti paraissait plus sage que celui de l'aveugle sécurité dans laquelle j'étais auparavant. Il ne l'était pas davantage, au moins par comparaison à celui que j'eusse choisi, si j'eusse su connaître mes véritables intérêts et prendre l'occasion que la fortune me présentait. Il n'y avait rien de plus naturel et à ma profession et à l'état où j'étais que de quitter Paris, après une émotion qui jetait la haine publique sur le parti qui, dans ce temps-là, paraissait m'être le plus contraire. Je n'eusse point perdu ceux des Frondeurs qui étaient de mes amis, parce qu'ils eussent considéré ma retraite comme une résolution de nécessité. Je me fusse insensiblement, et presque sans qu'ils eussent pu s'en défendre eux-mêmes, [rétabli] dans l'esprit des pacifiques, parce qu'ils m'eussent regardé comme exilé pour une cause qui leur était commune. Monsieur n'eût pas pu se plaindre de ce que j'abandonnais un lieu où il paraissait assez qu'il n'était plus le maître. M. le cardinal Mazarin même eût été obligé, en ce cas, et par la bienséance et par l'intérêt, de me ménager ; et il ne se pouvait même que naturellement l'aigreur que la cour avait contre moi ne diminuât de beaucoup par une conduite qui eût beaucoup contribué à noircir celle de ses ennemis. Les circonstances dont j'eusse pu accompagner ma retraite eussent empêché facilement que je n'eusse participé à la haine publique que l'on avait contre le Mazarin, parce que je n'avais qu'à me retirer au pays de Rais, sans aller à la cour, ce qui eût même purgé le soupçon du mazarinisme pour le passé. Ainsi je fusse sorti de l'embarras journalier où j'étais et de celui que je prévoyais pour l'avenir, et que je prévoyais sans en pouvoir jamais prévoir l'issue. Ainsi j'eusse attendu, en patience, ce qu'il eût plu à la Providence d'ordonner de la destinée des deux partis, sans courre aucune des risques auxquelles j'étais exposé à tous les moments des deux côtés. Ainsi je me fusse approprié l'amour publique[1], que l'horreur que l'on a d'une action concilie toujours infailliblement à celui qu'elle fait souffrir. Ainsi je me fusse trouvé, à la fin des troubles, cardinal et archevêque de Paris, chassé de son siège par le parti qui était publiquement joint avec l'Espagne ; purgé de la faction par ma retraite hors de Paris ; purgé du mazarinisme par ma retraite hors de la cour ; et le pis du pis qui me pouvait arriver, après tous ces avantages, était d'être sacrifié par les deux partis, si ils se fussent réunis contre moi, à l'emploi de Rome[1], qu'ils eussent été ravis de me faire accepter avec toutes les conditions que j'eusse voulu, et qui à un cardinal archevêque de Paris ne peut jamais être à charge, parce qu'il y a mille occasions dans lesquelles il a toujours lieu d'en revenir. J'eus toutes ces vues, et plus grandes et plus étendues qu'elles ne sont sur ce papier[2]. Je ne doutai pas un instant que ce ne fussent les justes et les bonnes ; je ne balançai pas un moment à ne les pas suivre. L'intérêt de mes amis, qui s'imaginaient que je trouverais à la fin, dans le chapitre des accidents, lieu de les servir et de les élever, me représenta d'abord qu'ils se plaindraient de moi, si je prenais un parti qui me tirait d'affaire et qui les y laissait. Je ne me suis jamais repenti d'avoir préféré leur considération à la mienne propre ; elle fut appuyée par mon orgueil, qui eût eu peine à souffrir que l'on eût cru que j'eusse quitté le pavé à Monsieur le Prince. Je me reproche et je me confesse de ce mouvement, qui eut toutefois, en ce temps-là, un grand pouvoir sur moi. Il fut imprudent, il fut faible ; car je maintiens qu'il y a autant de faiblesse que d'imprudence à sacrifier ses grands et solides intérêts à des pointilles[3] de gloire, qui est toujours fausse, quand elle nous empêche de faire ce qui est plus grand que ce qu'elle nous propose. Il faut reconnaître de bonne foi qu'il n'y a que l'expérience qui puisse apprendre aux hommes à ne pas préférer ce qui les pique dans le présent à ce qui les doit toucher bien plus essentiellement dans l'avenir. J'ai fait cette remarque une infinité de fois. Je reviens à ce qui regarde le Parlement.

Je vous expliquerai, en peu de paroles, tout ce qui s'y passa depuis le 4 de juillet jusques au 13. La face en fut très mélancolique : tous les présidents au mortier s'étant retirés, et beaucoup des conseillers même s'étant aussi absentés, par la frayeur des séditions, que le feu et le massacre de l'Hôtel de Ville n'avaient pas diminuée, cette solitude obligea ceux qui restaient à donner arrêt qui portait défense de désemparer[1] : en quoi ils furent mal obéis. Il se trouvait, par la même raison, fort peu de monde aux assemblées de l'Hôtel de Ville. Le provôt des marchands qui ne s'était sauvé de la mort que par un miracle, le jour de l'incendie[2], n'y assistait plus. M. le maréchal de L'Hospital demeurait clos et couvert dans sa maison[3]. Monsieur fit établir, en sa place, par une assemblée peu nombreuse, M. de Beaufort pour gouverneur, et M. de Broussel pour provôt des marchands. Le Parlement ordonna à ses députés, qui étaient à Saint-Denis, de presser leur réponse, et, en cas qu'ils ne la pussent obtenir, de revenir dans trois jours prendre leurs places.

Le 13, les députés écrivirent à la Compagnie, et ils lui envoyèrent la réponse du Roi par écrit. En voici la substance : « Que bien que Sa Majesté eût tout sujet de croire que l'instance que l'on faisait pour l'éloignement de M. le cardinal Mazarin ne fût qu'un prétexte, Elle voulait bien lui permettre de se retirer de la cour, après que les choses nécessaires pour établir le calme dans le royaume auraient été réglées et avec les députés du Parlement, qui étaient déjà présents à la cour, et avec ceux qu'il plairait à Messieurs les Princes d'y envoyer. » Messieurs les Princes, qui avaient connu que le Cardinal ne proposait jamais de conférence que pour les décrier dans les esprits des peuples, se récrièrent, à cette proposition ; et Monsieur dit, avec chaleur, qu'elle n'était qu'un piège que l'on leur tendait, et que lui, ni monsieur son cousin, n'avaient aucun besoin d'envoyer des députés en leur nom, puisqu'ils avaient toute confiance à ceux du Parlement. L'arrêt qui suivit fut conforme au discours de Monsieur, et ordonna aux députés de continuer leurs instances pour l'éloignement du Cardinal. Messieurs les Princes écrivirent aussi au président de Nesmond, pour l'assurer qu'ils continuaient dans la résolution de poser les armes aussitôt que le Cardinal serait effectivement éloigné.

Le 17, les députés mandèrent au Parlement que le Roi était parti de Saint-Denis pour aller à Pontoise ; qu'il leur avait commandé de le suivre ; que, sur la difficulté qu'ils en avaient faite, il leur avait ordonné de demeurer à Saint-Denis.

Le 18, ils écrivirent qu'ils avaient reçu un nouvel ordre de Sa Majesté de se rendre incessamment à Pontoise. La Compagnie s'émut beaucoup, et donna arrêt par lequel il fut dit que les députés retourneraient à Paris incessamment. Monsieur, Monsieur le Prince et M. de Beaufort sortirent eux-mêmes, avec huit cents hommes de pied et douze cents chevaux, pour les ramener, et pour faire croire au peuple que l'on les tirait d'un fort grand péril.

La cour ne s'endormait pas de son côté; elle lâchait à tous moments des arrêts du Conseil qui cassaient ceux du Parlement. Elle déclara nul tout ce qui s'était fait, tout ce qui se faisait et tout ce qui se ferait dans les assemblées de l'Hôtel de Ville; et elle ordonna même que les deniers destinés au paiement de ses rentes ne seraient portés dorénavant qu'au lieu où Sa Majesté ferait sa résidence.

Le 19, M. le président de Nesmond fit la relation de ce qu'il avait fait à la cour avec les autres députés. Cette relation, qui était toute remplie de dits et de contredits, ne contenait rien en substance de plus que ce que vous en avez vu dans les précédentes, à la réserve d'un article d'une lettre écrite par M. Servient aux députés, qui portait qu'en cas que Monsieur et Monsieur le Prince continuassent à faire difficulté d'envoyer des députés en leur nom, Sa Majesté consentait qu'ils chargeassent ceux du Parlement de leurs intentions. Cette même lettre assurait que le Roi éloignerait Monsieur le Cardinal de ses conseils aussitôt que l'on serait convenu des articles qui pourraient être contestés dans la conférence, et qu'il n'attendrait pas même pour le faire qu'ils fussent exécutés. L'on opina ensuite; mais l'on ne put finir la délibération que le 20. Il passa à déclarer que, le Roi étant détenu prisonnier par le cardinal Mazarin, M. le duc d'Orléans serait prié de prendre la qualité de lieutenant général de Sa Majesté, et Monsieur le Prince convié à prendre sous lui le commandement des armes[1], tant et si longtemps que le cardinal Mazarin ne serait pas hors du royaume; que la copie de l'arrêt serait envoyée à tous les parlements de France, qui seraient priés d'en donner un pareil. Ils ne déférèrent point à la prière ; car, à la réserve de celui de Bordeaux, il n'y en eut aucun qui en délibérât seulement ; et, bien au contraire, celui de Bretagne avait mis surséance[1] à ceux qu'il avait donnés auparavant, jusques à ce que les troupes espagnoles, qui étaient entrées en France, fussent tout à fait hors du royaume. Monsieur ne fut pas mieux obéi sur ce qu'il écrivit de sa nouvelle dignité à tous les gouverneurs de provinces, et il m'avoua de bonne foi, quelque temps après, qu'un seul, à l'exception de M. de Sourdis, ne lui avait fait réponse[2]. La cour les avait avertis de leur devoir par un arrêt solennel, que le Conseil donna en cassation de celui du Parlement qui établissait la lieutenance générale. Son autorité n'était pas même établie, au moins en la manière qu'elle le devrait être, dans Paris ; car, deux misérables ayant été condamnés à être pendus le 23, pour avoir mis le feu à l'Hôtel de Ville, les compagnies de bourgeois qui furent commandées pour tenir la main à l'exécution refusèrent d'obéir.

Le 24, l'on ordonna que l'on ferait une Assemblée générale à l'Hôtel de Ville, pour aviser aux moyens de trouver de l'argent pour la subsistance des troupes, et que l'on vendrait les statues qui étaient dans le palais Mazarin[3], pour faire le fonds de la tête à prix.

Le 26, Monsieur dit, dans les chambres assemblées, que, sa nouvelle qualité de lieutenant général l'obligeant à former un conseil, il priait la Compagnie de nommer deux de son corps qui y entrassent, et de lui dire aussi si elle n'approuvait pas qu'il priât Monsieur le Chancelier d'y assister. Il passa à cet avis, et M. Bignon même, avocat général, et le Caton de son temps, n'y fut pas contraire ; car il dit dans ses conclusions, qui furent d'une force et d'une éloquence admirable, que le Parlement n'avait point donné à Monsieur la qualité de lieutenant général, mais qu'il la pouvait prendre dans la conjoncture, comme l'ayant de droit par sa naissance, qui le constituait naturellement le premier magistrat du royaume. Il allégua sur cela Henri le Grand, qui, étant premier prince du sang, s'était appelé ainsi dans un discours qu'il avait fait dans le temps des troubles. *A linea.*

Le 27, le Conseil fut établi par M. le duc d'Orléans,

et il fut composé de Monsieur, de Monsieur le Prince, de MM. de Beaufort, de Nemours, de Sulli, de Brissac, de La Rochefoucauld et de Rohan ; les présidents de Nesmond et de Longueil ; Aubri et Larcher, présidents des Comptes ; Dorieux et Le Noir, de la Cour des aides[1].

Le 29, il fut résolu, dans l'Assemblée de l'Hôtel de Ville, de lever huit cent mille livres[2] pour fortifier les troupes de Son Altesse Royale, et d'écrire à toutes les grandes villes du royaume pour les exhorter à s'unir avec la capitale. Le Roi ne manqua pas de casser, par des arrêts du Conseil, tous ceux du Parlement et toutes ces délibérations de l'Hôtel de Ville.

Je crois que je me suis acquitté exactement de la parole que je vous ai donnée de ne vous guère importuner de mes réflexions sur tout ce qui se passa dans les temps que je viens de parcourir plutôt que de décrire. Ce n'est pas, comme vous le jugez aisément, faute de matière ; il n'y en peut guère avoir qui en soit plus digne, ni qui en dût être plus féconde. Les événements en sont bizarres, rares, extraordinaires ; mais, comme je n'étais pas proprement dans l'action et que je ne la voyais même que d'une loge qui n'était qu'au coin du théâtre, je craindrais, si j'entrais trop avant [dans] le détail, de mêler dans mes vues mes conjectures ; et j'ai tant de fois éprouvé que les plus raisonnables sont souvent fausses, que je les crois toujours indignes de l'histoire, et d'une histoire particulièrement qui n'est faite que pour une personne à laquelle on doit, par tant de titre, une vérité pleinement incontestable. En voici deux, sur cette matière, qui sont de cette nature.

L'une est que, bien que je ne puisse vous démêler en particulier les différents ressorts des machines que vous venez de voir sur le théâtre, parce que j'en étais dehors, je puis vous assurer que l'unique qui faisait agir si pitoyablement Monsieur était la persuasion où il était que, tout étant à l'aventure, le parti le plus sage était celui de suivre toujours le flot, c'était son expression ; et que ce qui obligeait Monsieur le Prince à se conduire comme il se conduisait était l'aversion qu'il avait à la guerre civile, qui fomentait et réveillait même à tout moment, dans le plus intérieur de son cœur, l'espérance de la terminer promptement par une négociation. Vous remarquerez, si il vous plaît, qu'elles n'eurent jamais d'intermission[1]. Je vous ai expliqué le détail de ces différents mouvements dans ce que je vous ai expliqué ci-dessus ; mais je crois qu'il n'est pas inutile de vous le marquer encore en général dans le cours d'une narration laquelle vous présente, à tous les instants, des incidents dont vous me demandez sans doute les raisons, que j'omets, parce que je n'en sais pas le particulier.

Je vous ai dit déjà que j'avais rebuté Monsieur par mes monosyllabes. Je m'y étais fixé à dessein, et je ne les quittai que lorsqu'il s'agit de la lieutenance générale. Je la combattis de toute ma force, parce qu'il me força de lui en dire mon sentiment[2]. Je la lui traitai d'odieuse, de pernicieuse et d'inutile, et je m'en expliquai et si hautement et si clairement, que je lui dis que je serais au désespoir que tout le monde ne sût pas sur cela mes sentiments, et que l'on crût que ceux qui avaient mon caractère particulier dans le Parlement fussent capables d'y donner leur voix. Je lui tins ma parole. M. de Caumartin s'y signala même par l'avis contraire. Je croyais devoir cette conduite au Roi, à l'État et à Monsieur même. J'étais convaincu, comme je le suis encore, que les mêmes lois qui nous permettent quelquefois de nous dispenser de l'obéissance exacte nous défendent toujours de ne pas respecter le titre du sanctuaire, qui, en ce qui regarde l'autorité royale, est le plus essentiel. J'étais de plus en état, à vous dire le vrai, de soutenir mes maximes et mes démarches ; car la contenance que j'avais tenue dans la révolution de l'Hôtel de Ville avait saisi l'imagination des gens, et leur avait fait croire que j'avais beaucoup plus de force que je n'en avais en effet. Ce qui la fait croire l'augmente ; j'en avais fait l'expérience ; je m'en étais servi avec fruit, aussi bien que des autres moyens que je trouvai encore en abondance dans les dispositions de Paris, qui s'aigrissait tous les jours contre le parti des princes, et par les taxes desquelles l'on se voyait menacé, et par le massacre de l'Hôtel de Ville, qui avait jeté l'horreur dans tous les esprits[3], et par le pillage des environs, où l'armée, qui, depuis le combat de Saint-Antoine, était campée dans le faubourg Saint-Victor, faisait des ravages incroyables. Je profitais de tous ces désordres. Je les relevais d'une manière qui me rendait agréable à tous ceux qui les blâmaient ; je ramenais doucement et insensiblement à moi tous ceux des pacifiques qui n'étaient pas attachés, par profession particulière, au Mazarin. Je réussis dans ce manège au point que je me trouvai, à Paris, en état de disputer le pavé à tout le monde, et qu'après m'être tenu sur la défensive trois semaines, dans mon logis, avec les précautions que je vous ai marquées ci-dessus, j'en sortis même avec pompe, nonobstant le cérémonial romain[1]. J'allai tous les jours à Luxembourg ; je passai au milieu de gens de guerre que Monsieur le Prince avait dans le faubourg, et je crus que j'étais assez assuré du peuple, pour croire que j'en pouvais user ainsi avec sûreté. Je ne m'y trompai pas, au moins par l'événement. Je reviens au Parlement.

Le 6 d'août, Beschefert, substitut du procureur général, apporta aux chambres assemblées deux lettres du Roi, l'une adressée à la Compagnie, l'autre au président de Nesmond, avec une déclaration du Roi, qui portait la translation du Parlement à Pontoise[2]. La cour avait pris cette résolution, après avoir connu que son séjour à Saint-Denis n'avait pas empêché que le Parlement et l'Hôtel de Ville n'eussent fait les pas que vous avez vus ci-devant. L'on s'émut fort dans l'assemblée des chambres à cette nouvelle. L'on opina, et il fut dit que les lettres et la déclaration seraient mises au greffe, pour y être fait droit après que le cardinal Mazarin serait hors de France. Ce parlement de Pontoise, composé de quatorze officiers[3], à la tête desquels étaient MM. les présidents Molé, de Novion et Le Cogneux, qui s'étaient, un peu auparavant, retirés de Paris, en habit déguisé, fit des remontrances au Roi, tendant à l'éloignement du cardinal Mazarin. Le Roi lui accorda ce qu'il lui demandait, à l'instance même de ce bon et désintéressé ministre, qui sortit effectivement de la cour et se retira à Bouillon[4]. Cette comédie, très indigne de la majesté royale, fut accompagnée de tout ce qui la pouvait rendre encore plus ridicule. Les deux Parlements se foudroyèrent par des arrêts sanglants qu'ils donnaient les uns contre les autres.

Le 13 d'août, celui de Paris ordonna que ceux qui assisteraient à l'assemblée de Pontoise seraient rayés du tableau et du registre.

Le 17 du même mois, celui de Pontoise vérifia la déclaration du Roi, qui portait injonction du parlement de Paris de se rendre à Pontoise dans trois jours, à peine de suppression de leurs charges.

Le 22, Monsieur et Monsieur le Prince firent déclaration au Parlement, à la Chambre des comptes et à la Cour des aides, que vu l'éloignement du cardinal Mazarin, ils étaient prêts de poser les armes, pourvu qu'il plût à Sa Majesté de donner une amnistie, d'éloigner ses troupes des environs de Paris, de retirer celles qui étaient en Guienne, et donner une route et sûreté pour la retraite de celles d'Espagne, permettre à Messieurs les Princes d'envoyer vers Sa Majesté, pour conférer de ce qui pourrait rester à ajuster. Le Parlement donna arrêt ensuite, par lequel il fut ordonné que Sa Majesté serait remerciée de l'éloignement du Cardinal, et très humblement suppliée de revenir en sa bonne ville de Paris.

Le 26, le Roi fit vérifier au parlement de Pontoise l'amnistie, qu'il donna à tous ceux qui avaient pris les armes contre lui; mais avec des restrictions qui faisaient que peu de gens y pouvaient trouver leur sûreté.

Les 29 et 31 d'août et le 2 de septembre, l'on ne parla presque à Paris, dans les chambres assemblées, que du refus que la cour avait fait à Monsieur et à Monsieur le Prince des passeports qu'ils lui avaient demandés pour MM. le maréchal d'Estampes, comte de Fiesque et Goulas, et de la réponse que le Roi avait faite à une lettre de Monsieur. Cette réponse était en substance: qu'il s'étonnait que M. le duc d'Orléans n'eût pas fait réflexion qu'après l'éloignement de M. le cardinal Mazarin, il n'avait autre chose à faire, suivant sa parole et sa déclaration, qu'à poser les armes, renoncer à toutes associations et traités, et faire retirer les étrangers: après quoi ceux qui viendraient de sa part seraient très bien reçus.

Le 2 de septembre, l'on opina sur cette réponse du Roi, mais l'on n'eut pas le temps d'achever la délibération; il fut seulement arrêté que défenses seraient faites aux lieutenants criminel et particulier[1] de faire publier aucune déclaration du Roi, sans ordre du Parlement : ce qui fut ordonné sur l'avis que l'on eut que ces officiers avaient reçu commandement du Roi de faire publier et afficher dans la ville celle d'amnistie, qui avait été vérifiée à Pontoise.

Le 3, l'on acheva la délibération sur la réponse du Roi à Monsieur ; il fut arrêté que les députés de la Compagnie iraient trouver le Roi pour le remercier de l'éloignement de M. le cardinal Mazarin et pour le supplier de revenir en sa bonne ville de Paris ; que M. le duc d'Orléans et Monsieur le Prince seraient priés d'écrire au Roi et de l'assurer qu'ils mettraient bas les armes aussitôt qu'il aurait plu à Sa Majesté d'envoyer les passeports nécessaires pour la retraite des étrangers, et une amnistie en bonne forme et qui fût vérifiée dans tous les parlements du royaume ; que Sa Majesté serait aussi suppliée de recevoir les députés de Messieurs les Princes ; que la Chambre des comptes et la Cour des aides de Paris seraient conviées de faire la même députation ; qu'assemblée générale serait faite dans l'Hôtel de Ville, et que l'on écrirait à M. le président de Mesme, qui s'était aussi retiré à Pontoise, afin qu'il sollicitât les passeports.

Permettez-moi, je vous supplie, de faire une pause en cet endroit, et de considérer avec attention cette illusion scandaleuse et continuelle avec laquelle un ministre se joue effrontément du nom et de la parole sacrée d'un grand roi, et avec laquelle, d'autre part, le plus auguste parlement du royaume, la Cour des pairs, se joue, pour ainsi parler, d'elle-même, par des contradictions perpétuelles et plus convenables à la légèreté d'un collège qu'à la majesté d'un sénat. Je vous ai déjà dit quelquefois que les hommes ne se sentent pas dans ces sortes de fièvre d'État, qui tiennent de la frénésie. Je connaissais, en ce temps-là, des gens de bien qui étaient persuadés, jusques au martyre, si il eût été nécessaire, de la justice de la cause de Messieurs les Princes. J'en connaissais d'autres, et d'une vertu désintéressée et consommée, qui fussent morts avec joie pour la défense de celle de la cour. L'ambition des grands se sert de ces dispositions comme il convient à leurs intérêts. Ils aident à aveugler le reste des hommes, et ils s'aveuglent eux-mêmes après, encore plus dangereusement que le reste des hommes.

Le bonhomme M. de Fontenai, qui avait été deux fois ambassadeur à Rome, qui avait de l'expérience, du bon sens, et de l'intention sincère et droite pour l'État, déplorait tous les jours avec moi la léthargie dans laquelle les divisions domestiques font tomber même les meilleurs citoyens à l'égard du dehors de l'État. L'archiduc reprit, cette année-là, Graveline et Dunkerque[1]. Cromwell prit, sans déclaration de guerre et avec une insolence injurieuse à la couronne, sous je ne sais quel prétexte de représaille, une grande partie des vaisseaux du Roi. Nous perdîmes Barcelone et la Catalogne, et la clef de l'Italie avec Casal[2]. Nous vîmes Brisach révolté, sur le point de retomber entre les mains de la maison d'Autriche[3]; nous vîmes les drapeaux et les étendards d'Espagne voltigeant sur le Pont-Neuf; les écharpes jaunes de Lorraine parurent dans Paris, avec la même liberté que les isabelles et que les bleues. L'on s'accoutumait à ces spectacles et à ces funestes nouvelles de tant de pertes. Cette habitude, qui pouvait avoir de terribles conséquences, me fit peur, et certainement beaucoup plus pour l'État que pour ma personne. M. de Fontenai, qui en était pénétré, et qui le fut même de ce qu'il m'en vit touché, m'exhorta à sortir moi-même de la léthargie, « où vous êtes, me dit-il, à votre mode. Car enfin si vous vous considérez tout seul, vous avez pris le bon parti; mais si vous faites réflexion sur l'état où est la capitale du royaume, à laquelle vous êtes attaché par tant de titres, croyez-vous n'être pas obligé à vous donner plus de mouvement que vous ne vous en donnez ? Vous n'avez aucun intérêt, vos intentions sont bonnes; faut-il que par votre inaction vous fassiez autant de mal à l'État, que les autres en font par leurs mouvements les plus irréguliers ? »

M. de Sève-Chastignonville, que vous avez vu depuis dans le conseil du Roi, et qui était mon ami très particulier et homme d'une grande intégrité, m'avait fait, depuis un mois ou six semaines, même avec empressement, des instances pareilles. M. de Lamoignon, qui est présentement premier président du parlement de Paris et qui a eu, dès sa jeunesse, toute la réputation que mérite une aussi grande capacité que la sienne, jointe à une aussi grande vertu, me faisait tous les jours le même discours. M. de Valençai, conseiller d'État, qui n'avait pas, à beaucoup près, les talents des autres, mais qui était aussi bien qu'eux colonel de son quartier, me venait dire tous les dimanches au matin à l'oreille : « Sauvez l'État, sauvez la ville ! J'attends vos ordres. » M. des Roches, chantre de Notre-Dame, et qui avait la colonelle du cloître, homme de peu de sens, mais de bonne intention, pleurait réglément avec moi, deux ou trois fois la semaine, sur le même sujet.

Ce qui me toucha le plus sensiblement, de toutes ces exhortations, fut une parole de M. de Lamoignon, dont j'estimais autant le bon sens que la probité. « Je vois, Monsieur, me dit-il, un jour qu'il se promenait avec moi dans ma chambre, qu'avec un désintéressement parfait, qu'avec l'intention du monde la plus droite, vous allez tomber de l'amour publique dans la haine publique. Il y a déjà quelque temps que les esprits, qui étaient tous pour vous dans les commencements, se sont partagés ; vous avez regagné du terrain par les fautes de vos ennemis ; je vois que vous commencez à le reperdre, et que les Frondeurs croient que vous ménagez le Mazarin, et que les mazarins croient que vous appuyez les Frondeurs. Je sais que cela n'est pas vrai, et je juge même qu'il ne peut être vrai ; mais ce qui me fait peur pour vous est qu'il commence à être cru par une espèce de gens dont l'opinion forme toujours, avec le temps, la réputation publique. Ce sont ceux qui ne sont ni frondeurs ni mazarins, et qui ne veulent que le bien de l'État. Cette espèce de gens ne peut rien dans le commencement des troubles ; elle peut tout dans les fins[1]. »

Il n'y a rien, comme vous voyez, de plus sensé que ce discours ; mais, comme il ne m'était pas tout à fait nouveau et que j'avais déjà fait beaucoup de réflexions qui au moins en approchaient, il ne m'émut pas au point du dernier mot par lequel il le termina : « Voici d'étranges temps, Monsieur, ajouta-t-il, voici d'étranges conjonctures. Il est d'un homme sage d'en sortir avec précipitation, même à perte, parce que l'on court fortune d'y perdre tout son honneur, quoique l'on s'y conduise avec toute sorte de sagesse. Je doute fort que le connétable de Saint-Paul ait été aussi coupable et ait eu d'aussi mauvaises intentions que l'on nous le dit[1]. » Cette dernière parole, qui est d'un sens droit et profond, me pénétra, et d'autant plus, que le P. dom Carrouges, chartreux, que j'avais été voir la veille dans sa cellule, m'avait dit, à propos de la conduite que je tenais : « Elle est si nette, elle est si haute, que tous ceux qui n'en seraient pas capables, au poste où vous êtes, en conçoivent du mystère, et, dans les temps embarrassés, malheureux, tout ce qui passe pour mystère est odieux. » Je vous rendrai compte de l'effet que tous ces discours dont je vous viens de parler firent sur mon esprit, après que j'aurai touché, le plus brièvement qu'il me sera possible, quelques faits particuliers qui méritent de n'être pas omis.

Vous avez vu ci-dessus que le Roi, après qu'il eut établi le parlement de Pontoise, était allé à Compiègne. Il n'y mena pas M. de Bouillon, qui mourut, en ce temps-là, d'une fièvre continue[2]; mais il y fit venir Monsieur le Chancelier, qui sortit de Paris[3] déguisé, et qui préféra le conseil du Roi à celui de Monsieur, dans lequel il est vrai qu'il eût fort bien [fait] de ne pas entrer. Il n'y a que sa faiblesse qui puisse excuser un pas de cette nature à un chancelier de France ; mais je ne suis pas moins persuadé qu'il n'y a aussi que la mollesse du gouvernement du cardinal Mazarin qui eût pu remettre à la tête de tous les conseillers et de toutes les justices du royaume un chancelier qui avait été capable de le faire. L'un des plus grands maux que le ministériat de M. le cardinal Mazarin ait fait au royaume est le peu d'attention qu'il a eu à en garder la dignité. Le mépris qu'il en a fait lui a réussi ; et ce succès est un second malheur que je tiens encore plus grand que le premier, parce qu'il couvre et qu'il pallie les inconvénients qui arriveront infailliblement tôt ou tard à l'État, de l'habitude que l'on en a prise.

La Reine, qui avait de la hauteur, eut assez de peine à se résoudre au rappel du chancelier ; mais le Cardinal était le maître et au point que, quand il s'enthousiasma de M. de Bouillon, entre les mains de qui il mit même les Finances, il répondit à la Reine, qui l'avertissait de ne se pas fier à un homme de cet esprit et de cette ambition : « Il vous appartient bien, Madame, de me donner des avis. » Je sus cette particularité trois jours après par Varenne, à qui M. de Bouillon lui-même l'avait dit.

Il ne serait pas juste d'oublier, en ce lieu, la mort de M. de Nemours, qui fut tué en duel, dans le marché aux chevaux, par M. de Beaufort[1]. Vous vous pouvez ressouvenir de ce que je vous ai dit de leur querelle, à propos du combat de Gergeau. Elle se renouvela par la dispute de la préséance dans le conseil de Monsieur. M. de Nemours força presque M. de Beaufort à se battre ; il y périt sur-le-champ, d'un coup de pistolet dans la tête[2]. M. de Villars, que vous connaissez, le servait en cette occasion, et il tua Héricourt, lieutenant des gardes de M. de Beaufort[3]. Je reviens à Luxembourg.

Vous croyez aisément que la confusion de Paris n'aidait pas à mettre l'ordre dans la cour de Monsieur. La mort [de] M. de Valois, qui arriva le jour de saint Laurent[4], y mit la douleur, qui fait toujours la consternation, quand elle tombe sur le point de l'incertitude et de l'embarras. Un avis donné à Monsieur, justement dans cet instant, par Mme de Choisi, d'une négociation de M. de Chavigni avec la cour, du détail de laquelle je vous parlerai dans la suite, le toucha infiniment. Les nouvelles qui arrivaient de tous côtés, assez mauvaises pour le parti, le trouvant en cet état, agitaient son esprit encore plus qu'il ne l'était dans son assiette naturelle, quoiqu'elle ne fût jamais bien ferme. Persan avait été obligé de rendre Mouron à Palluau[5], qui fut fait maréchal de France après cette expédition. M. le comte d'Harcourt avait presque toujours eu avantage dans la Guienne, et Bordeaux même se trouvait divisé en tant de folles partialités, qu'il eût été difficile d'y faire aucun fondement. Marigni disait, assez plaisamment, que Madame la Princesse et Mme de Longueville, M. le prince de Conti et Marsin, le Parlement, les jurats et L'Ormée[6], Marigni et Sarasin y avaient chacun leur faction. Il avait commencé à Commerci une manière de *Catholicon* de ce qu'il avait vu en ce pays-là, qui en faisait une image bien ridicule. Je n'en sais pas assez le détail pour vous en entretenir, et je me contente de vous dire que ce qui en était revenu à Monsieur ne contribuait pas à lui donner du repos dans ces agitations, et à lui faire croire que le parti où il était engagé fût le bon.

La providence de Dieu, qui, par des ressorts inconnus à ceux mêmes qu'elle fait agir, dispose les moyens pour leur fin, se servit des exhortations de ces messieurs, que je viens de vous nommer, pour me porter à changer ma conduite, justement au moment dans lequel ce changement trouvait Monsieur dans des dispositions susceptibles de celle que je lui pourrais inspirer. La plus grande difficulté fut à me l'inspirer à moi-même; car, quoique je n'eusse, dans le vrai, que de très bonnes et de très sincères intentions pour l'État, et quoique je ne souhaitasse que de sortir d'affaire avec quelque sorte d'honneur, je ne laissais pas de vouloir conserver un certain décorum, qu'il était assez difficile de rencontrer bien juste dans la conjoncture présente. Je convenais avec ces messieurs qu'il y avait de la honte à demeurer les bras croisés, et à laisser périr la capitale et peut-être l'État, mais ils convenaient aussi, avec moi, qu'il y avait fort peu d'honneur à revenir d'aussi loin que de contribuer au rétablissement d'un ministre odieux à tout le royaume, et dans la perte duquel je m'étais autant distingué[1]. Nous ne pouvions douter, ni les uns ni les autres, que tous les pas que nous ferions pour la paix, feraient cet effet infailliblement, quoique indirectement, parce que nous ne pouvions ignorer que ce rétablissement était l'unique vue de la Reine.

M. de Fontenai me convainquit à la fin, par ce raisonnement, qu'il me fit une après-dînée dans les chartreux, en nous promenant: « Vous voyez que le Mazarin n'est qu'une manière de godenot[2], qui se cache aujourd'hui, qui se montrera demain; mais vous voyez aussi que, soit qu'il se cache, soit qu'il se montre, le filet qui l'avance et qui le retire est celui de l'autorité royale, lequel ne se rompra pas sitôt apparemment, de la manière que l'on se prend à le rompre. Beaucoup de ceux mêmes qui lui paraissent le plus contraires seraient bien fâchés qu'il pérît; beaucoup d'autres seront très consolés qu'il se sauve ; personne ne travaille véritablement et entièrement à sa ruine ; et vous-même, Monsieur (il parlait à moi), vous-même vous n'y donnez que mollement, parce qu'il y a une infinité d'occasions dans lesquelles l'état où vous êtes avec Monsieur le Prince ne vous permet pas de vous étendre contre la cour aussi librement et aussi pleinement que vous le feriez sans cette considération. Je conclus qu'il est impossible que le Cardinal ne se rétablisse pas, ou par une négociation avec Monsieur le Prince, qui entraînera Monsieur toutes les fois qu'il lui plaira de se raccommoder et de le raccommoder à la cour, ou par la lassitude des peuples, qui ne s'aperçoivent déjà que trop clairement que l'on ne sait faire, dans ce parti, ni la paix ni la guerre. Dans tous ces deux cas, que je tiens pour infaillibles, vous perdez beaucoup ; car, si vous ne vous tirez d'embarras, devant que le mouvement finisse par un accommodement de la cour avec Monsieur le Prince, vous aurez peine à vous démêler d'une intrigue dans laquelle et la cour et Monsieur le Prince songeront assurément à vous faire périr.

« Si la révolution vient par la lassitude des peuples, en êtes-vous mieux ? Et cette lassitude, de laquelle l'on se prend toujours à ceux qui ont le plus brillé dans le mouvement, ne peut-elle pas corrompre et tourner contre vous-même la sage inaction dans laquelle vous êtes demeuré depuis quelque temps ? Voilà, ce me semble, ce que vous pouvez prévoir ; mais voilà aussi ce que vous ne pouvez éviter, qu'en en trouvant l'issue devant que la guerre civile se termine par l'un ou l'autre de ces moyens que je viens de vous expliquer. Je sais bien que l'engagement où vous êtes avec Monsieur, et même avec le public, touchant le Mazarin, ne vous permet pas de travailler à son rétablissement ; et vous savez que, par cette raison, je ne vous ai jamais rien proposé, tant qu'il a été à la cour. Il n'y est plus ; et, quoique son éloignement ne soit qu'un jeu et qu'une illusion, il ne laisse pas de vous donner lieu de faire de certaines démarches qui conduisent naturellement à ce qui vous est bon. Paris, tout soulevé qu'il est, souhaite avec passion la présence du Roi[1], et ceux qui la demanderont les premiers seront ceux qui en auront l'agrément dans le peuple. J'avoue que ce peuple, selon ses principes, ne sait ce qu'il demande, car cette présence contribuera apparemment à y ramener plus tôt le Mazarin ; mais enfin il la demande ; et, comme le Cardinal est éloigné, ceux qui la demanderont les premiers ne passeront pas pour mazarins. C'est votre unique compte ; car, comme vous n'avez point d'intérêt particulier, et que vous ne voulez dans le fond que le bien de l'État et la conservation de votre réputation dans le public, vous faites l'un sans nuire à l'autre.

« Je conviens que, si vous pouviez empêcher le rétablissement du Cardinal, le parti que je vous propose ne serait ni d'un politique, ni d'un homme de bien ; car ce rétablissement doit être considéré, par une infinité de raisons, comme une calamité publique ; mais, supposé, comme vous le supposez vous-même, qu'il soit infaillible par la mauvaise conduite de ses ennemis, je ne conçois pas comme la vue d'une chose que vous ne pouvez empêcher vous peut empêcher vous-même de chercher à sortir de l'embarras où vous [vous] trouvez, par une porte qui vous ouvre un champ et de gloire et de liberté. Paris, dont vous êtes archevêque, gémit sous le poids ; le Parlement n'y est plus qu'un fantôme ; l'Hôtel de Ville est un désert ; Monsieur et Monsieur le Prince n'y sont maîtres qu'autant qu'il plaît à la canaille la plus insensée ; les Espagnols, les Allemands et les Lorrains sont dans ses faubourgs, qui ravagent jusque dans ses jardins[1]. Vous qui en êtes le pasteur et le libérateur, en deux ou trois rencontres vous avez été obligé de vous garder dans votre propre maison trois semaines durant ; et vous savez bien qu'encore aujourd'hui vos amis sont en peine, quand vous n'y marchez pas armé. Ne comptez-vous pour rien de faire finir toutes ces misères, et manquerez-vous le moment unique que la Providence vous donne pour vous donner l'honneur de les terminer ? Le Cardinal, qui est un homme de contretemps, peut revenir demain ; et, si il était à la cour, le parti que je vous propose vous serait plus impraticable qu'à homme qui vive. Ne perdez pas l'instant qui vous convient aussi, par la raison des contraires, plus qu'à homme qui vive. Prenez avec vous votre clergé, menez-le à Compiègne remercier le Roi de l'éloignement du Mazarin ; demandez-lui son retour dans la capitale ; entendez-vous avec ceux des corps qui ne veulent que le bien, qui sont presque tous vos amis particuliers et qui vous considèrent déjà comme leur chef naturel par votre dignité, dans une occasion qui lui est si propre et si convenable. Si le Roi revient effectivement à Paris, toute la ville vous en aura l'obligation ; si il vous refuse, elle ne laissera pas d'avoir de la reconnaissance de votre intention. Si vous pouvez gagner Monsieur sur ce point, vous sauvez tout l'État, parce que je suis persuadé que si il savait jouer son personnage en ce rencontre, il ramènerait le Roi à Paris et que le Mazarin n'y reviendrait jamais. Je suppose qu'il y revienne dans les temps, prévenez ce hasard, que je vois bien que vous craignez à cause du reproche que le peuple vous en pourrait faire, prévenez, dis-je, ce hasard par l'emploi de Rome, auquel vous m'avez dit plusieurs fois que vous étiez résolu, plutôt que de figurer avec lui. Vous êtes cardinal, vous êtes archevêque de Paris, vous avez l'amour public, vous n'avez que trente-sept ans : sauvez la ville, sauvez l'État[1] ! »

Voilà, en substance, ce que M. de Fontenai me dit, et même ce qu'il me dit avec une rapidité qui n'était nullement de sa froideur ordinaire ; et il est vrai que j'en fus touché ; car, quoiqu'il ne m'apprît rien à quoi je n'eusse déjà pensé, comme vous l'avez vu par les réflexions que j'avais faites à mon égard sur l'incendie de l'Hôtel de Ville, je ne laissai pas de me sentir plus ému de ce qu'il m'en représentait sur cette matière que de tout ce qui m'en avait été dit jusque-là et même que de tout ce que je m'en étais moi-même imaginé.

Il y avait déjà assez longtemps que cette députation du clergé nous roulait dans l'esprit, à M. de Caumartin et à moi, et que nous en examinions et les manières et les suites. Je dois à M. Joli la justice de dire que ce fut lui le premier[2] qui l'imagina, aussitôt que M. le cardinal Mazarin se fut éloigné[3]. Nous joignîmes tout ensemble à la substance les circonstances que nous y jugeâmes les plus nécessaires ou les plus utiles. La première et la plus importante en tout sens fut de porter Monsieur à approuver du moins cette conduite ;

et les dispositions où je vous ai marqué ci-dessus qu'il était nous donnaient lieu de croire que nous le pourrions tenter avec fruit. J'employai, pour cet effet, celles des raisons qui étaient le plus à son usage dans ce que je vous ai dit ci-devant, à propos des sentiments de M. de Fontenai. J'y ajoutai les avantages qu'il se donnerait à lui-même en procurant une amnistie bonne, véritable, non fallacieuse, et au Parlement et à la ville, que l'on ne lui refuserait pas certainement, si il faisait voir à la cour un désir sincère de s'accommoder. Je lui fis voir que quand sa retraite à Blois, après laquelle il respirait[1] depuis si longtemps, aurait été précédée du soin qu'il aurait eu de chercher dans la paix les sûretés nécessaires et au public et aux particuliers, elle ne lui pourrait donner que de la gloire, et d'autant plus qu'elle ne serait considérée que comme l'effet de la ferme résolution qu'il aurait prise de n'avoir aucune part au rétablissement du ministre ; que celle que je prétendais en mon particulier de faire à Rome, devant que ce rétablissement s'effectuât, se pourrait attribuer à nécessité, parce que beaucoup de gens croiraient que j'y serais forcé par la crainte de ne pouvoir trouver ma sûreté dans les suites de ce rétablissement ; que sa naissance le mettait au-dessus et de ces discours et de ces soupçons ; et que, si il faisait pour le public, devant que de se retirer, ce qui lui serait assurément très aisé du côté de la cour, il serait à Blois avec quatre gardes, chéri, respecté, honoré et des Français et des étrangers, et en état de profiter, même pour le bien de l'État, toutes les fois qu'il lui plairait, de toutes les fautes qui se feraient dans tous les partis.

Je vous supplie d'observer que, quand je fis ce discours à Monsieur, j'étais averti de bonne part qu'il avait eu, cinq ou six [jours] devant, la dernière frayeur que je ne m'accommodasse avec Monsieur le Prince. Il me l'avait lui-même assez témoigné, quoique indirectement. Mais Joui, à qui il s'en était ouvert à fonds, à propos d'un je ne sais quel avis qu'il avait eu que M. de Brissac y travaillait de nouveau, m'avait dit que Monsieur s'était récrié : « Si cela est, nous avons la guerre civile pour l'éternité. » Vous jugez bien que cette circonstance ne me détourna pas de la résolution que j'avais prise de le tenter. Je n'eus pas lieu de m'en repentir; car, aussitôt que je fus entré en matière, il entra lui-même dans tout ce que je lui disais. Il me railla sur la cessation des monosyllabes, ce qui était toujours signe en lui qu'il approuvait ce dont on lui parlait. Il ajouta ensuite des raisons aux miennes, ce qui en est un certain en tout le monde; et puis, tout d'un coup, il revint comme si il fût parti de bien loin, ce qui était son air, particulièrement quand il n'avait bougé d'une place; et il me dit: «Mais que ferons-nous de Monsieur le Prince?» Je lui répondis: «C'est à Votre Altesse Royale, Monsieur, à savoir où Elle en est avec lui, car l'honneur est préférable à toutes choses; mais, comme j'ai lieu de croire que les négociations que l'on voit à droit et à gauche se font en commun, je m'imagine que vous vous pouvez entendre sur ce que je vous propose, comme vous vous entendez sur le reste. — Vous vous jouez, me repartit-il; mais je ne suis pas, sur ce point, si embarrassé que vous le pourriez croire. Monsieur le Prince a plus d'impatience que vous d'être hors de Paris, et il aimerait mieux [être] à la tête de quatre escadrons dans les Ardennes[1], que de commander à douze millions de gens tels que nous les avons ici, sans excepter le président Charton.» Il était vrai; et Croissi, qui était un des hommes du monde qui avait le moins de secret, défaut qui est assez rare aux gens qui sont accoutumés aux grandes affaires, me disait tous les jours que Monsieur le Prince séchait d'ennui, et qu'il était si las d'entendre parler de Parlement, de Cour des aides, de Chambre des comptes et d'Hôtel de Ville, qu'il disait souvent que monsieur son grand-père n'avait jamais été plus fatigué des ministres de La Rochelle[2].

Je ne laissai pas de connaître, à ce discours de Monsieur, qu'il cherchait des raisons pour se satisfaire lui-même à l'égard de Monsieur le Prince. J'affectai, pour me satisfaire moi-même, de ne lui en fournir ni de ne lui en suggérer aucune; je demeurai dans la règle des monosyllabes sur ce fait particulier, sur lequel il ne tint pas toutefois à Monsieur de me faire parler, non plus que sur les différentes négociations dont les bruits couraient toujours, faux ou vrais. Je me contentai de prendre ou plutôt de former ma mission. En voici la substance. Monsieur me commanda de faire une assemblée générale des communautés ecclésiastiques ; de faire députer à la cour de toutes ces communautés ; d'y mener et d'y présenter moi-même la députation, qui serait à l'effet de supplier le Roi de donner la paix à ses peuples et de revenir dans sa bonne ville de Paris ; de travailler par le moyen de mes amis dans les autres corps de la ville pour le même effet ; de faire savoir à la cour, par Madame la Palatine, sans aucune lettre toutefois, au moins que l'on pût montrer, que Son Altesse Royale donnait le premier branle à ce mouvement ; de ne rien négocier pourtant en détail que lorsque je serais moi-même à Compiègne, où je dirais à la Reine qu'elle voyait bien que Monsieur ne ferait ni même ne souffrirait les démarches de tous les corps, s'il n'avait de très bonnes et de très sincères intentions ; qu'il voulait la paix et qu'il la voulait de bonne foi ; que les engagements publics qu'il avait pris contre M. le cardinal Mazarin ne lui avaient pas permis de la conclure, ni même de l'avancer tant qu'il avait été à la cour ; que, présentement qu'il en était dehors, il souhaitait avec passion de faire connaître à Sa Majesté qu'il n'y avait eu que cet obstacle qui l'eût empêché d'y travailler avec succès ; qu'il lui déclarait par moi qu'il renonçait à tous les intérêts particuliers ; qu'il n'en prétendait ni pour lui ni pour aucun de ceux de son parti ; qu'il ne demandait que la sûreté publique, pour laquelle il n'y avait qu'à expliquer quelques articles de l'amnistie et qu'à la revêtir de quelques formes qui se trouveraient être par l'événement autant du service du Roi que de la satisfaction des particuliers ; qu'après qu'il aurait eu celle de voir le Roi dans le Louvre, il se retirerait avec autant de joie que de promptitude à Blois, en résolution de n'y penser qu'à son repos et qu'à son salut ; et que tout ce qui se ferait après cela à la cour ne serait plus sur son compte, pourvu que l'on voulût bien ne l'y pas mettre et le laisser dans sa solitude, où il promettait de demeurer de bonne foi.

Cette dernière période était, comme vous voyez, substantielle. Monsieur ajouta à cette instruction un ordre précis et particulier d'assurer la Reine que, si Monsieur le Prince ne se voulait contenter de pouvoir demeurer en repos dans son gouvernement, avec la pleine jouissance de toutes ses pensions et de toutes ses charges, il l'abandonnerait. Comme je lui représentai qu'il me paraissait qu'il pouvait et qu'il devait même adoucir cette expression : « Point de fausse générosité, reprit-il en colère ; je sais ce que je dis, et je le saurai bien soutenir et justifier. » Voilà précisément comme je sortis de cheux Monsieur. J'exécutai ses ordres à la lettre, et je ne rencontrai dans leur exécution aucune difficulté que du côté duquel je n'en devais pas attendre. Ce que je vas vous raconter est incroyable.

Après que j'eus ménagé tous les préalables que je crus nécessaires à un projet de cette nature, j'envoyai Argenteuil ou Joli à Madame la Palatine (je ne me ressouviens pas précisément lequel ce fut), pour en conférer avec elle. Elle l'approuva au dernier point ; mais elle m'écrivit que, si je désirais effectivement qu'il réussît, c'est-à-dire qu'il obligeât le Roi de revenir à Paris, il était nécessaire que je surprisse la cour, parce que, si je lui donnais le loisir de consulter l'oracle[1], il ne répondrait que selon ce qui lui aurait été inspiré et soufflé par les prêtres des idoles[2], lesquels (me mandait-elle par un chiffre que j'avais avec elle, que nous avions toujours cru être indéchiffrable) aiment mieux que tout le temple périsse, que vous y mettiez seulement une pierre pour le réparer. Elle me demanda seulement cinq jours de délai pour avoir le temps d'en donner avis elle-même au Cardinal. Elle le tourna d'une manière qui le força, pour ainsi dire, à y donner les mains et à écrire à la Reine qu'elle devait recevoir au moins agréablement ma députation.

Dès que les Tellier, les Servient, les Ondedei et les Fouquet en eurent le vent, ils s'y opposèrent de toute leur force, disant que ce ne pouvait être qu'un piège dans lequel je voulais faire tomber la cour, et que, si mon intention avait été droite et sincère, j'aurais commencé par une négociation et non pas par une proposition qui forçât le Roi de revenir à Paris sans avoir pris ses sûretés préalablement, ou de s'attirer les plaintes de toute la ville en n'y revenant pas. Madame la Palatine, qui avait l'ordre du Cardinal en main, se sentait bien forte et leur répondait que, quand j'aurais la meilleure volonté du monde, je ne pouvais pas me conduire autrement que je me conduisais, parce qu'il était beaucoup moins sûr pour moi de me commettre à une négociation dans laquelle l'on me pouvait tendre à moi-même mille et mille pièges, qu'à une députation sur laquelle enfin le pis du pis pour moi était de faire connaître une bonne intention sans effet. Ondedei soutenait que l'unique fin de ma proposition était de pouvoir aller à la cour en sûreté pour prendre mon bonnet. Madame la Palatine repartait que la réception de ce bonnet, qui n'était qu'une pure cérémonie, m'était, comme il était vrai, de toutes les choses du monde la plus indifférente. L'abbé Fouquet revenait à la charge, et soutenait que les intelligences qu'il avait dans Paris y rétabliraient le Roi au premier jour, sans qu'il en eût l'obligation à des gens qui ne proposaient de l'y remettre que pour être plus en état de s'y maintenir eux-mêmes contre lui.

MM. Le Tellier et Servient, qui avaient été, au commencement, de leur avis, se rendirent, sur la fin, et à l'ordre du Cardinal, et peut-être aux fortes et solides raisons de la Palatine; et la Reine, qui avait tenu l'abbé Charrier, que j'avais envoyé pour obtenir les passeports, trois jours entiers à Compiègne, même depuis la parole qu'elle avait donnée de les accorder, les fit expédier, et elle y ajouta même beaucoup d'honnêtetés. Je partis aussitôt après[1] avec les députés de tous les corps ecclésiastiques de Paris et près de deux cents gentilshommes qui m'accompagnaient, outre lesquels j'avais avec moi cinquante gardes de Monsieur. J'eus avis à Senlis que l'on avait résolu à la cour de n'y pas loger mon cortège; et Bautru même, qui s'était mis de mon cortège, pour pouvoir sortir de Paris, dont les portes étaient gardées, me dit qu'il me conseillait de n'y pas entrer avec tant de gens. Je lui répondis que je ne croyais pas aussi qu'il m'eût conseillé de marcher seul avec des chanoines, des curés et des religieux, dans un temps où il y avait, à la campagne, un nombre infini de coureurs de tous les partis. Il en convint et il prit les devants, pour expliquer à la Reine et cette escorte et ce cortège, que l'on lui avait très ridiculement grossi. Tout ce qu'il put obtenir fut que l'on me donnerait logement pour quatre-vingts chevaux. Vous remarquerez, si il vous plaît, que j'en avait cent douze, seulement pour les carrosses.

Cette faiblesse ne me fit que pitié ; ce qui me donna de l'ombrage fut que je ne trouvai point sur mon chemin l'escouade des gardes du corps qui avait accoutumé, en ce temps-là, d'aller au-devant des cardinaux, la première fois qu'ils paraissaient à la cour. Ma défiance se fût changée en appréhension, si j'eusse su ce que je n'appris qu'à mon retour à Paris, qui est que la cause pour laquelle l'on ne m'avait pas fait cet honneur était que l'on n'était pas encore bien résolu de ce que l'on ferait de ma personne, les uns soutenant qu'il me fallait arrêter, les autres, qu'il était nécessaire de me tuer, et quelques-uns disant qu'il y avait trop d'inconvénients à violer, en cette occasion, la foi publique. M. le prince Thomas[1] fit dire à mon père, par le P. Senaut, de l'Oratoire, le propre jour que je retournai à Paris, qu'il avait été de ce dernier avis ; qu'il ne nommait personne, mais qu'il y avait au monde des gens bien scélérats. Madame la Palatine ne me témoigna pas que l'on eût été jusque-là ; mais elle me dit, dès le lendemain que je fus arrivé, qu'elle m'aimait mieux à Paris qu'à Compiègne[2]. La Reine me reçut pourtant fort bien ; elle se fâcha devant moi contre l'exempt des gardes qui ne m'avait pas rencontré, et qui s'était égaré, disait-elle, dans la forêt. Le Roi me donna le bonnet le matin du lendemain[3], et audience l'après-dînée.

Je lui parlai ainsi[4] :

« Sire, tous les sujets de Votre Majesté lui peuvent représenter leurs besoins ; mais il n'y a que l'Église qui ait droit de vous parler de vos devoirs ; nous le devons, Sire, par toutes les obligations que notre caractère nous impose, mais nous le devons particulièrement quand il s'agit de la conservation des peuples, parce que la même puissance qui nous a établis médiateurs entre Dieu et les hommes, fait que nous sommes naturellement leurs intercesseurs envers les rois, qui sont les images vivantes de la Divinité sur la terre[5].

« Nous nous présentons donc à Votre Majesté en qualité de ministres de la parole ; et, comme les dispensateurs légitimes des oracles éternels, nous vous annonçons l'évangile de la paix, en vous remerciant des dispositions que vous y avez déjà données, et en vous suppliant très humblement d'accomplir cet ouvrage si glorieux à Votre Majesté et si nécessaire au repos de vos peuples ; et nous vous le demandons avec autorité, parce que nous vous parlons au nom de Celui de qui les ordres vous doivent être aussi sacrés qu'ils le sont au moindre de vos sujets. Mais, Sire, cette dignité que nous sommes obligés de conserver, et dans nos actions et dans nos paroles, ne diminue en rien le respect que nous devons à votre personne sacrée ; elle l'augmente au contraire et nous confirme de plus en plus dans votre service, parce que nous ne saurions élever notre esprit, en pensant que nous avons l'honneur d'être les premiers sujets de Votre Majesté[1], que nous ne confessions, en même temps, que cette qualité nous oblige encore plus particulièrement que le reste des hommes à vous donner toutes les marques imaginables de notre obéissance et de notre fidélité.

« Nous le faisons, Sire, par des paroles que nous pouvons dire effectives, puisqu'elles ont été précédées par des effets. L'Église de Paris n'a jamais fait de vœux que pour les avantages de votre couronne, et ses oracles n'ont parlé que pour votre service. Elle ne croit pas, Sire, qu'elle puisse donner une suite plus convenable à toutes ses autres actions, que la supplication très humble qu'elle fait présentement à Votre Majesté, de donner la paix à la ville capitale de votre royaume, parce qu'elle est persuadée que cette paix n'est pas plus nécessaire pour le soulagement des misérables que pour l'affermissement solide et véritable de votre autorité.

« Nous voyons nos campagnes ravagées, nos villes désertes, nos maisons abandonnées, nos temples violés, nos autels profanés[2] ; nous nous contenterions de lever les yeux au Ciel et de lui demander justice de ces impiétés et de ces sacrilèges, qui ne peuvent être assez punis par la main des hommes, et, pour ce qui touche nos propres misères, le respect que nous avons pour tout ce qui porte le caractère de Votre Majesté nous obligerait sans doute, même dans le plus grand effort de nos souffrances, à étouffer les gémissements et les plaintes que nous causent vos armes, si votre intérêt, Sire, encore plus pressamment que le nôtre, n'animait nos paroles, et si nous n'étions fortement persuadés que, comme notre véritable repos consiste dans notre obéissance, votre véritable grandeur consiste dans votre justice et dans votre bonté ; et qu'il est même de la dignité d'un grand monarque d'être au-dessus de beaucoup de formalités, qui sont aussi inutiles et aussi préjudiciables, en quelques rencontres, qu'elles peuvent être nécessaires en d'autres occasions ; et Votre Majesté, Sire, me permettra de lui dire, avec la même liberté que me donne mon caractère, qu'il n'y en a jamais eu de plus superflues que celles dont il s'agit aujourd'hui, puisque vous avez tous les avantages essentiels, et puisque vous avez effectivement les cœurs de tous vos peuples ; et c'est en cet endroit, Sire, où je me sens forcé, par le secret instinct de ma conscience, de déchirer ce voile qui ne couvre que trop souvent, dans les cours des grands princes, les vérités les plus importantes et les plus nécessaires.

« Je ne doute point, Sire, que l'on ne vous parle très différemment des dispositions de Paris : nous les connaissons, Sire, plus particulièrement que le reste des hommes, parce que nous sommes les véritables dépositaires de l'intérieur des consciences, et, par conséquent, du plus secret des cœurs ; et nous vous protestons, par la même vérité qui nous les a confiées, que nous n'en voyons point dans vos peuples qui ne soient très conformes à votre service ; que vous serez, quand il vous plaira, aussi absolu dans Paris que dans Compiègne ; que rien ne vous y doit faire ombrage, et qu'il n'y a personne qui y puisse partager ni les affections des peuples, ni l'autorité de Votre Majesté ; et nous ne saurions, Sire, vous justifier cette vérité par des preuves plus claires et plus convaincantes, qu'en vous suppliant très humblement de considérer qu'il faut bien que vous ayez les cœurs de ceux qui n'attendent qu'un seul de vos regards pour se laisser vaincre. Je me trompe, Sire, je parle improprement, je sens que je blesse par cette parole les oreilles de Votre Majesté : elle ne veut vaincre que ses ennemis, et ses armes sans doute n'ont point d'autres objets que ceux qu'Henri le Grand, aïeul de Votre Majesté, choisit dans les plaines d'Ivry[1]. Je dis qu'il choisit, Sire, parce qu'il distingua les Français et les étrangers par cette belle parole, qu'il prononça à la tête de son armée : "Sauvez les Français." Il fit cette distinction, l'épée à la main, et l'observa encore plus religieusement après toutes ses victoires.

« Ce Parlement qui, dans les grandes agitations de l'État, était demeuré dans Paris, contre ses intentions et contre ses ordres, fut continué dans sa séance et dans ses fonctions par ce grand et sage prince, dès le lendemain qu'il y fut entré en victorieux et en triomphant ; il fit publier l'amnistie générale le même jour dans le Palais[2] ; et il semble que ce prince, tout admirable, eût cru qu'il eût manqué quelque chose à sa clémence, si il ne l'eût fait éclater dans le même lieu où l'on avait, en quelque rencontre, rendu si peu de justice et de déférence à ses volontés. Et il faut avouer que la providence de Dieu prit un soin tout particulier de couronner sa modération et sa justice, parce que son autorité, qui avait été si violemment attaquée et presque abattue, se trouva relevée, par sa prudence et par sa douceur, en un point et plus haut et plus fixe que n'avait jamais été celle de ses prédécesseurs.

« Si je n'appréhendais de donner la moindre apparence d'une comparaison aussi injuste que serait celle d'un siècle furieux, et qui attaqua, pour ainsi parler, la royauté dans son trône, et de ces derniers temps, où il faut avouer que les intentions des sujets de Votre Majesté n'ont rien eu de semblable ni d'approchant[3], je dirais, Sire, en cette occasion, ce que l'on doit dire, à mon sens, à Votre Majesté, dans toutes les rencontres de votre vie : que vous suivrez sans doute les vestiges de ce grand monarque, et que vous n'aurez pas moins de bonté pour une grande ville qui vous offre avec ardeur le sang de tous ses citoyens, pour le répandre pour votre service, que le grand Henri n'en eut pour des sujets rebelles qui lui disputaient sa couronne et qui attentaient à sa vie.

« J'ai, Sire, un droit tout particulier et domestique de vous proposer cet exemple. Dans cette fameuse conférence, qui fut tenue dans l'abbaye de Saint-Antoine aux faubourgs de Paris, le roi Henri le Grand dit au cardinal de Gondi[4] qu'il était résolu de ne s'arrêter à aucune formalité dans une affaire où la paix seule était essentielle. Je ne connaîtrais nullement le mérite et la valeur de ce discours si je prétendais le pouvoir orner par des paroles : je me contente, Sire, de le rapporter fidèlement à Votre Majesté, et de le rapporter avec le même esprit que le cardinal de Gondi l'a reçu.

« Ainsi, Sire, en imitant et la modération et la prudence de ce grand monarque, vous régnerez d'un règne semblable à celui de Dieu, parce que votre autorité n'aura de bornes que celles qu'elle se donnera à elle-même, par les règles de la raison et de la justice[1]. Ainsi vous rétablirez solidement l'autorité royale, dans laquelle consiste véritablement le repos, la sûreté et le bonheur de tous vos sujets. Ainsi vous réunirez les cœurs de tous vos peuples, partagés par tant de factions différentes, et dont la division ne sera jamais que fatale à votre service. Ainsi vous réunirez toutes vos compagnies souveraines dans ce même lieu, où elles ont soutenu, avec tant de vigueur et avec tant de gloire, les droits de vos ancêtres. Ainsi vous réunirez la maison royale. Ainsi vous aurez dans vos conseils et à la tête de vos armées M. le duc d'Orléans, dont l'expérience, la modération et les intentions absolument désintéressées peuvent être si utiles et sont si nécessaires pour la conduite de votre État. Ainsi vous y aurez Monsieur le Prince, si capable de vous seconder dans vos conquêtes.

« Et quand nous pensons, Sire, qu'un seul moment peut produire tous ces avantages, et quand nous pensons, en même temps, que ce moment n'est pas encore arrivé, nous sentons dans nos âmes des mouvements mêlés de douleur et de joie, d'espérance et de crainte. Quelle apparence que la fin de nos maux ne soit pas proche, puisqu'ils ne tiennent plus qu'à quelques formalités légères et qu'un instant peut assoupir ? Quelle apparence qu'elles ne fussent pas déjà terminées, si la justice de Dieu ne voulait peut-être châtier nos péchés et nos crimes, par des maux que nous endurons contre toutes les règles de la politique, même la plus humaine ? Il est, Sire, de votre devoir de prévenir par des actions de piété et de justice les châtiments du Ciel, qui menacent un royaume dont vous êtes le père ;

il est, Sire, de votre devoir d'arrêter, par une bonne et prompte paix, le cours de ces profanations abominables qui déshonorent la terre et qui attirent les foudres du Ciel ; vous le devez comme chrétien, vous le devez et vous le pouvez comme roi.

« Un grand archevêque de Milan porta autrefois cette parole au plus grand des empereurs chrétiens[1] dans une occasion moins importante que celle dont il s'agit présentement et qui regardait moins les intérêts de Dieu. L'Église de Paris vous la porte aujourd'hui, Sire, avec plus de sujet, et Dieu veuille que ce soit avec autant de succès ! Dieu veuille inspirer à Votre Majesté la résolution et l'application de ce remède si prompt et si salutaire, qui consiste dans son retour à Paris, que nous vous demandons, Sire, avec tous les respects que vous doivent des sujets très soumis, mais avec tous les mouvements que peuvent former des cœurs passionnés pour le véritable service de Votre Majesté et pour le repos de son royaume.

« Ainsi, Sire, dès le commencement de votre vie, vous accomplirez un des plus considérables points du testament du plus grand et du plus saint de vos prédécesseurs. Saint Louis, étant à l'article de la mort, recommanda très particulièrement au Roi son fils la conservation des grandes villes de son royaume, comme le moyen le plus propre pour conserver son autorité. Ce grand prince devait ces sentiments si raisonnables et si bien fondés à l'éducation de la reine Blanche de Castille, sa mère ; et Votre Majesté, Sire, devra sans doute ces mêmes maximes aux conseils de cette grande Reine qui vous a donné à vos peuples et qui anime, par des vertus qui sont sans comparaison et sans exemple, le même sang qui a coulé dans les veines de Blanche et les mêmes avantages qu'elle a autrefois possédés dans la France[2]. »

La réponse du Roi fut honnête, mais générale, et j'eus même beaucoup de peine à la tirer par écrit[3].

Voilà ce qui parut à tout le monde de mon voyage de Compiègne : voici ce qui s'y passa dans le secret.

Je dis à la Reine, dans une audience particulière qu'elle me donna dans son petit cabinet, que je ne venais pas seulement à Compiègne en qualité de député de l'Église de Paris, mais que j'en avais encore une autre, que j'estimais beaucoup davantage, parce que je la croyais beaucoup moins inutile à son service que l'autre : que c'était celle d'envoyé de Monsieur, qui m'avait commandé d'assurer Sa Majesté qu'il était dans la résolution de la servir réellement et effectivement, promptement et sans aucun délai ; et, en proférant ce dernier mot, je tirai de ma poche un petit billet signé GASTON, qui contenait ces mêmes paroles. Le premier mouvement de la Reine fut d'une joie extraordinaire, et cette joie tira d'elle, à mon opinion, plus que l'art[1], quoi que l'on en ait voulu dire depuis, ces propres paroles : « Je savais bien, Monsieur le Cardinal, que vous me donneriez à la fin des marques de l'affection que vous avez pour moi. » Comme je commençais à entrer en matière, Ondedei gratta à la porte ; et, comme je voulus me lever de mon siège pour l'aller ouvrir, la Reine me prit par le bras et elle me dit : « Demeurez là, attendez-moi. » Elle sortit, elle entretint Ondedei près d'un quart d'heure. Elle revint, elle me dit que Ondedei lui venait de donner un paquet d'Espagne. Elle me parut embarrassée et changée dans sa manière de me parler, au-delà de tout ce que je vous puis dire. Bluet, duquel je vous ai parlé dans le second volume de cette histoire, m'a dit que Ondedei, qui avait su que j'avais demandé à la Reine une audience particulière, l'était venu interrompre, en lui disant qu'il avait reçu ordre de M. le cardinal Mazarin de la conjurer de ne m'en donner aucune de cette nature, qui ne servirait qu'à donner de l'ombrage à ses fidèles serviteurs.

Ce Bluet m'a juré plus d'une fois qu'il avait vu cette lettre en original entre les mains d'Ondedei, et qu'il ne la reçut que justement dans le temps où j'étais enfermé avec la Reine dans le petit cabinet. Il est vrai aussi que j'observai que, quand elle y rentra, elle se mit auprès d'une fenêtre dont les vitres descendent jusques au plancher, et qu'elle me fit asseoir en lieu où tout ce qui était dans la cour la pouvait voir et moi aussi. Ce que je vous raconte est assez bizarre, et j'aurais encore peine à le croire, si tout ce que j'observai dans la suite ne m'avait fait connaître que la défiance était si généralement répandue à Compiègne, et en tous les particuliers et sur tous les particuliers, que qui ne l'a pas vu ne le peut concevoir. MM. Servient et Le Tellier se haïssaient cordialement. Ondedei était leur espion, comme il l'était de tout le monde. L'abbé Fouquet aspirait à la seconde place dans l'espionnage, Bertet, Brachet, Ciron et le maréchal Du Plessis y étaient pour leur vade[1]. Madame la Palatine m'avait informé de la charte du pays ; mais je vous confesse que je ne me l'étais pu figurer au point que je la trouvai.

La Reine toutefois ne put s'empêcher, nonobstant l'avis d'Ondedei, de me témoigner et joie et reconnaissance. « Mais comme, ajouta-t-elle, les conversations particulières feraient philosopher le monde plus qu'il ne convient à Monsieur et à vous-même, à cause des égards qu'il faut garder vers le peuple, voyez la Palatine, et convenez avec elle de quelque heure secrète où vous puissiez voir M. Servient. » Bluet me disait depuis que c'était celui que Ondedei lui avait suggéré pour parler d'affaire avec moi, parce que c'était celui qui avait paru le plus malintentionné pour moi, et que Servient, qui craignit les mauvais offices des subalternes, avait refusé d'entrer en aucune négociation particulière avec moi, à moins qu'il eût pour collègue, ou plutôt pour témoin, M. Le Tellier, « qui ne manquera pas, dit-il à la Reine, de faire suggérer à Monsieur le Cardinal que je prends des mesures avec le cardinal de Rais ; et c'est pour cela, Madame, que je supplie très humblement Votre Majesté qu'il en soit de part ». Je ne sais ce que je vous dis de cela que par Bluet, qui était, à la vérité, un assez bon auteur pour ce petit détail, car il était intime d'Ondedei. Ce qui me fait croire qu'il ne l'avait pas inventé est que je trouvai effectivement cheux Madame la Palatine, où j'allai entre onze heures et minuit, M. Le Tellier avec M. Servient, dont je fus assez surpris, parce que je n'avais pas lieu de croire qu'il eût de fort bonnes dispositions pour moi. Je vous rendrai compte, dans la suite, des raisons que j'avais de le soupçonner.

Il me parut que ces messieurs avaient déjà été informés par la Reine de ce que j'avais à leur proposer. En voici la substance : que Monsieur était résolu de conclure la paix de bonne foi, et que, pour faire connaître à la Reine la sincérité de ses intentions, il avait voulu, contre toutes les règles et tous les usages de la politique ordinaire, commencer par les effets ; qu'il lui eût été difficile d'en donner un plus efficace et plus essentiel, qu'une députation aussi solennelle de l'Église de Paris, résolue et exécutée à la face de Monsieur le Prince et des troupes d'Espagne, logées dans les faubourgs, et qu'il offrait, sans balancer, sans négocier, sans demander ni directement ni indirectement aucun avantage particulier, de se déclarer contre tous ceux qui s'opposeraient et à la paix et au retour du Roi dans Paris, pourvu que l'on lui donnât pouvoir de promettre à Monsieur le Prince que l'on le laisserait en repos dans ses gouvernements, en renonçant de sa part à toute association avec les étrangers, et que l'on envoyât une amnistie pleine, entière, et non captieuse, pour être vérifiée par le parlement de Paris.

Il eût été difficile de s'imaginer qu'une proposition de cette nature n'eût pas été, je ne dis pas reçue, mais applaudie, parce que, supposé même qu'elle n'eût pas été sincère, ce qu'ils pouvaient soupçonner, au moins selon leurs maximes corrompues, ils en eussent pu toujours tirer leur avantage en plus d'une manière. Ce qui me fit juger que ce ne fut pas la défiance qu'ils eussent de moi qui les empêcha d'en profiter, mais celle qu'ils avaient l'un de l'autre, fut qu'ils se regardèrent, et qu'ils attendirent, même assez longtemps, qui s'expliquerait le premier. La suite et encore davantage l'air de la conversation, qui ne se peut exprimer, me marquèrent plus que suffisamment que je ne me trompais pas dans ma conjecture. Je n'en tirai que des galimatias, et Madame la Palatine, qui, quoique très connaissante de cette cour, en fut surprise au dernier point, m'avoua, le lendemain au matin, qu'il y entrait beaucoup de ce que j'avais soupçonné, « quoique, à tout hasard, ajouta-t-elle, je sois résolue, si vous y consentez, de leur parler comme si j'étais persuadée que ce ne soit que la défiance qu'ils ont de vous qui les empêche d'agir comme des hommes ; car il est vrai, continua-t-elle, que ce que j'en ai vu cette nuit n'est pas humain ». J'y donnai les mains, pourvu qu'elle ne parlât que comme d'elle-même ; car il est vrai qu'après ce qui m'avait paru de leur manière d'agir, je ne me pouvais pas résoudre à aller aussi loin et que je l'avais résolu et que j'en avais le pouvoir. Elle y suppléa ; car elle ne dit pas seulement à la Reine ce qui s'était passé la nuit cheux elle, mais elle y ajouta ce qu'il n'avait tenu qu'à ces messieurs qu'il s'y fût passé. Enfin elle l'assura que, moyennant ce que je vous ai marqué ci-dessus, Monsieur abandonnerait Monsieur le Prince et se retirerait à Blois, après quoi il ne se mêlerait plus de ce qui pourrait arriver. C'était là le grand mot et qui devait décider. La Reine l'entendit et même elle le sentit. Tous les subalternes entreprirent de le lui vouloir faire passer pour un piège, en lui disant que Monsieur ne donnait cette lueur que pour attirer et tenir le Roi dans Paris, au moment même que lui Monsieur s'y donnait une nouvelle autorité par l'honneur qu'il s'y donnerait du retour du Roi, très agréable au public, et par la porte que l'on voyait qu'il affectait de se réserver en ne s'expliquant point sur celui de M. le cardinal Mazarin.

J'ai déjà remarqué que je connus clairement que ce raisonnement était moins l'effet d'aucune défiance qu'ils eussent en effet, sur une matière qui commençait à être assez éclaircie par l'état des choses, que de la crainte que chacun d'eux avait, en son particulier, de faire quelque pas vers moi que son compagnon pût interpréter auprès du Cardinal ; et il est aisé de juger que, si la conduite qu'ils tinrent, en cette occasion, leur eût été inspirée par la défiance qu'eux-mêmes inspirèrent dans l'esprit de la Reine, ils eussent cherché des tempéraments qui les eussent pu empêcher de tomber dans le piège qu'ils eussent appréhendé, et qui, d'autre part, eussent contribué à ne pas aigrir et les esprits et les affaires, dans un moment où il était si nécessaire de les radoucir. L'événement, qui fut favorable à la cour, a justifié cette conduite, et je sais que les ministres ont dit depuis qu'ils étaient si assurés des dispositions de Paris, qu'ils n'avaient pas besoin de ces ménagements. Jugez-en, je vous supplie, par ce que vous allez voir, après que je vous aurai encore supplié d'observer une ou deux circonstances, qui, quoique très légères, vous marqueront l'état où tous ces espions de profession, dont je vous ai tantôt parlé, mettaient la cour.

La Reine leur était si soumise et elle craignait leurs

rapports à un tel point, qu'elle conjura Madame la Palatine de dire à Ondedei, sans affectation, qu'elle lui avait fait de grandes railleries de moi, et elle lui dit à lui-même que je l'avais assurée que Monsieur le Cardinal était un honnête homme, et que je ne prétendais pas à sa place. Je vous puis assurer, à mon tour, que je ne lui avais dit ni l'une ni l'autre de ces sottises. Elle n'oublia pas non plus de faire sa cour à l'abbé Fouquet, en se moquant avec lui de la dépense que j'avais faite en ce voyage. Il est vrai qu'elle fut immense, pour le peu de temps qu'il dura. Je tenais sept tables servies en même temps, et j'y dépensais huit cents écus par jour[1]. Ce qui est nécessaire n'est jamais ridicule. La Reine me dit, lorsque je reçus ses commandements, qu'elle remerciait Monsieur, qu'elle se sentait très obligée, qu'elle espérait qu'il continuerait à suivre les dispositions nécessaires au retour du Roi, qu'elle l'en priait et qu'elle ne ferait pas un pas sans le concerter avec lui ; sur quoi je lui répondis : « Je crois, Madame, qu'il aurait été à propos de commencer dès aujourd'hui. » Elle rompit le discours.

J'eus sujet de me consoler des railleries de M. l'abbé Fouquet, par la manière dont je fus reçu à Paris. J'y rentrai avec un applaudissement incroyable[2], et j'allai descendre à Luxembourg, où je rendis compte à Monsieur de ma légation. Il faillit à tomber de son haut. Il s'emporta, il pesta contre la cour ; il entra vingt fois cheux Madame, il en sortit autant de fois, et puis il me dit tout d'un coup : « Monsieur le Prince s'en veut aller. Le comte de Fuensaldagne lui mande qu'il a ordre de lui mettre entre les mains toutes les forces d'Espagne ; mais il ne le faut pas laisser partir. Ces gens-là nous viendraient étrangler dans Paris. Il faut que la cour y ait des intelligences que nous ne connaissons pas. Pourrait-elle agir comme elle fait, si elle ne sentait ses forces ? »

Voilà l'une des moindres périodes d'un discours de Monsieur, qui dura plus d'une grande heure ; je ne l'interrompais pas, et même, quand il m'interrogeait, je ne lui répondais presque que par monosyllabes. Il s'impatienta à la fin, et il me commanda de lui dire mon sentiment, en ajoutant : « Je vous pardonne vos monosyllabes quand je fais ce qu'il plaît à Monsieur le Prince contre vos sentiments ; mais, quand je suis vos sentiments, comme je l'ai fait en cette occasion, je veux que vous me parliez à fonds. — Il est juste, Monsieur, lui répondis-je, que je parle toujours ainsi à Votre Altesse Royale, quelques sentiments qu'il lui plaise de prendre. Je ne désavoue pas les miens en ce rencontre ; je fais plus, car je ne m'en repens pas. Je ne considère point les événements : la fortune en décide ; mais elle n'a aucun pouvoir sur le bon sens. Le mien est moins infaillible que celui des autres, parce que je ne suis pas si habile ; mais, pour cette fois, je le tiens aussi droit que si il avait bien réussi, et il ne me sera pas difficile de le justifier à Votre Altesse Royale. »

Monsieur m'arrêta en cet endroit, même avec précipitation, et il me dit : « Ce n'est pas ce que j'ai voulu dire. Je sais bien que nous avons eu raison ; mais enfin ce n'est pas assez d'avoir raison en ce monde, et c'est encore moins de l'avoir eue. Qu'est-il besoin de faire ? Nous allons être pris à la gorge : vous voyez comme moi que la cour ne peut pas être aveuglée au point d'agir comme elle fait, et qu'il faut ou qu'elle soit accommodée avec Monsieur le Prince, ou qu'elle soit maîtresse de Paris sans moi. » Madame, qui avait impatience de savoir à quoi cette scène se terminerait, entra à ce mot dans le cabinet des livres, et, pour vous dire le vrai, j'en eus une grande joie, parce qu'en tout où elle n'était pas prévenue, elle avait le sens droit, quoique son esprit fût assez borné. Monsieur continuant devant elle à me commander de lui dire mon sentiment, je le suppliai de me permettre de le lui mettre par écrit : ce qui était toujours le mieux avec lui, parce que sa vivacité faisait qu'il interrompait à tout moment le fil de ce que l'on lui disait. Voici ce que j'ai transcrit sur l'original que j'ai retrouvé par un fort grand hasard :

« Je crois que Son Altesse Royale doit supposer pour certain que la hauteur de la cour vient moins de la connaissance qu'elle ait de ses forces, que de la confusion où l'absence du Cardinal et la multitude de ses agents la mettent deux ou trois fois par jour ; mais, comme une partie de la discussion dont il s'agit présentement doit être fondée sur ce principe, il n'est pas juste que Monsieur m'en croie sur ma parole, qui enfin n'est fondée elle-même que sur ce que je crois en avoir vu à Compiègne, et en quoi, par conséquent, je puis me tromper. Je le supplie, par cette raison, de prendre, comme par préalable à toutes choses, la résolution de s'éclaircir sur ce point, et de pénétrer si ce que je crois avoir vu à Compiègne est fondé, c'est-à-dire, pour me mieux expliquer, si il et vrai que la cour ait véritablement la hauteur qui m'y a paru, et si cette hauteur est l'effet ou de la confusion que je vous viens de marquer, ou de la défiance et de l'aversion qu'elle ait pour ma personne. Son Altesse Royale peut voir clair à ce détail en deux jours, par le canal de M. Danville, et par celui de ceux de sa maison, qui sont plus agréables que moi à la Reine. Si j'ai vu faux, il ne m'y paraît rien de nouveau qui la doive empêcher de pousser sa pointe et de travailler à la paix, comme elle l'avait résolu, en se servant des gens qui seront écoutés à la cour plus favorablement que moi. Si je ne me suis pas trompé dans ma conjecture, il s'agit de délibérer si Monsieur doit changer de pensée, ne plus songer à s'accommoder et faire la guerre tout de bon, au risque de tout ce qui en peut arriver, ou se sacrifier lui-même au repos de l'État et à la tranquillité publique. Ceux à qui il commande de lui dire leurs sentiments sur cette matière sont fort embarrassés, parce qu'il n'y va rien moins pour eux que de passer ou pour des factieux qui veulent éterniser la guerre civile, ou pour des traîtres qui vendent leur parti, ou pour des idiots qui traitent dans le cabinet les affaires d'État, comme ils traiteraient en Sorbonne des cas de conscience ; et le malheur est que ce ne sera pas leur bonne ou mauvaise conduite, ni leur bonne ou mauvaise intention, qui leur donneront ou qui les défendront de ces titres ; ce sera la fortune, ou même la propre conduite de leurs ennemis. Cette observation ne m'empêchera pas de parler à Son Altesse Royale, en cette occasion, avec la même liberté que je me sentirais, si je n'y mettais rien du mien, dans une conjoncture où je suis assuré que l'on ne peut rien dire qui ne soit mal, par la même raison qui fait que l'on n'y peut rien faire qui soit bien.

« Monsieur n'a, ce me semble, que deux partis à

prendre, comme je viens de dire, supposé que la cour soit dans les dispositions où je la crois, qui sont ou de plier à tout ce qu'elle voudra, et de consentir qu'elle se rétablisse dans Paris par elle-même, sans lui en avoir aucune obligation et sans avoir donné aucune sûreté au public, ou de s'y opposer avec vigueur et avec fermeté, et de l'obliger, par une et grande et forte résistance, à entrer en traité et à pacifier l'État par les mêmes moyens que l'on a toujours cherchés à la fin des guerres civiles. Si le respect que je dois à Son Altesse Royale me permettait de me compter seulement pour un zéro, dans une aussi grande affaire que celle-ci, je prendrais la liberté de lui dire que le premier parti me serait bon, parce qu'il me conduirait au travers, à la vérité, de quelques murmures qu'il élèverait contre moi dans les commencements, au poste que je suis persuadé ne m'être pas mauvais. Les Frondeurs diraient d'abord que mes conseils auraient été faibles; les pacifiques, dont le nombre est toujours le plus grand dans la fin des troubles, diraient qu'ils sont sages et d'un homme de bien. Je serais, sur le tout, cardinal et archevêque de Paris, relégué, si vous voulez, à Rome, mais relégué pour un temps, et, pour ce temps-là même, dans les plus grands emplois. Les politiques se joindraient, par l'événement, aux pacifiques; le feu contre le Mazarin serait ou éteint ou assoupi par son rétablissement; les murmures qui se seraient élevés contre moi seraient oubliés, ou l'on ne s'en ressouviendrait que pour faire dire encore davantage que je serais un habile et galant homme, qui me serais tiré fort adroitement d'un très méchant pas.

« Voilà comme se traite dans les esprits des hommes la réputation des particuliers. Il n'en va pas ainsi de celle des grands princes, parce que leur naissance et leur élévation étant toujours plus que suffisantes pour tirer leur personne et leur fortune du naufrage, ils n'en peuvent jamais sauver leur réputation par les mêmes excuses qui en préservent les subalternes. Quand Monsieur aura laissé transférer le Parlement, interdire l'Hôtel de Ville, enlever les chaînes de Paris, exiler la moitié des compagnies souveraines, l'on ne dira pas: "Qu'eût-il fait pour l'empêcher? il se fût peut-être perdu lui-même"; l'on dira: "Il n'a tenu qu'à lui de l'empêcher ; ce n'était pas une affaire, il n'avait qu'à le vouloir." L'on m'objectera que, par la même raison, quand il aura fait la paix, quand il sera retiré à Blois, quand le cardinal Mazarin sera rétabli, l'on m'objectera, dis-je, que l'on fera ces mêmes discours ; mais je soutiens que la différence y sera très grande et tout entière en ce que Monsieur peut ne pas prévoir, au moins à l'égard des peuples, ce rétablissement du Mazarin, et ne peut pas ne point voir, comme présent, dès à cette heure, cette punition de Paris, qui, si il ne s'y oppose, arrivera peut-être dès demain. J'appréhende pour le gros de l'État le rétablissement de M. le cardinal Mazarin ; il ne me ferait pas de peine, au moins pour le présent, pour Paris. Ce n'est ni son humeur ni son intérêt de le châtier ; et, si il était à la cour à l'heure qu'il est, je craindrais moins pour la ville que je ne crains. Ce qui me fait trembler pour elle est l'aigreur naturelle de la Reine, la violence de Servient, la dureté du Tellier, l'emportement d'un abbé Fouquet, la folie d'un Ondedei. Tout ce que ces gens-là conseilleront dans les premiers mouvements d'une réduction, tout ce qu'ils exécuteront sera sur le compte de Monsieur, et de Monsieur qui sera encore ou dans Paris ou à la porte de Paris ; au lieu que tout ce qui arriverait, après qu'il aurait fait un traité raisonnable, qu'il aurait pris toutes les sûretés convenables à une affaire de cette nature, de concert même avec le Parlement et avec tous les autres corps de la ville, et après qu'ensuite il se serait retiré à Blois, au lieu, dis-je, que tout ce qui arriverait après cela, je dis tout, sans excepter même le retour du Cardinal, serait purement sur le compte de la cour, à la décharge et à l'honneur même de Monsieur. Voilà mes pensées touchant le premier parti ; voici mes réflexions sur le second, qui est celui de continuer, ou plutôt de renouveler la guerre.

« Monsieur ne le peut plus faire, à mon sens, qu'en retenant auprès de lui Monsieur le Prince. La cour a gagné beaucoup de terrain, dans les provinces particulièrement, où l'ardeur des parlements est beaucoup attiédie. Paris même n'est pas, à beaucoup près, comme il était ; et, quoiqu'il s'en faille beaucoup qu'il ne soit aussi comme l'on le veut persuader à la cour, il est constant qu'il est nécessaire de le soutenir, et que les moments mêmes commencent à y devenir précieux. La personne de Monsieur le Prince n'y est pas aimée ; sa valeur, sa naissance, ses troupes y sont toujours d'un très grand poids. Enfin je suis persuadé que, si Monsieur prend le second parti, le premier pas qu'il doit faire est de s'assurer de monsieur son cousin ; le second, à mon avis, est de s'expliquer publiquement, sans délai, et dans le Parlement et dans l'Hôtel de Ville, de ses intentions et des raisons qu'il a de les avoir ; d'y faire mention des avances qu'il a faites, par moi, à la cour et du dessein formé qu'elle a de rentrer dans Paris sans donner aucune sûreté, ni aux compagnies souveraines, ni à la ville ; et de la résolution que lui Monsieur a prise de s'y opposer de toute sa force, et de traiter comme ennemis tous ceux qui, directement ou indirectement, auront le moindre commerce avec elle.

« Le troisième pas, à mon opinion, est d'exécuter avec vigueur ces déclarations et de faire la guerre comme si l'on ne devait jamais penser à faire la paix. Le pouvoir que Son Altesse Royale a dans le peuple me fait croire, même sans en douter, que tout ce que [je] viens de proposer est possible[1] ; mais j'ajoute qu'il ne le sera plus dès qu'elle n'y emploiera pas toute son autorité, parce que les démarches contraires qu'elle a laissé faire vers la cour ont rendu plus difficiles celles qui lui sont présentement nécessaires. C'est à elle à considérer ce qu'elle peut attendre de Monsieur le Prince, ce qu'elle en doit craindre, jusques où elle veut aller avec les étrangers, où elle s'en veut tenir avec le Parlement, ce qu'elle veut résoudre sur l'Hôtel de Ville ; car, à moins que de se fixer sur tous ces points, d'y prendre des résolutions certaines, de ne s'en départir point et de se résoudre à ne plus garder ces tempéraments qui prétendent l'impossible, en prétendant de concilier les contradictoires, Monsieur retombera dans tous les inconvénients où il s'est vu, et qui seront sans comparaison plus dangereux que par le passé, en ce que l'état où sont les choses fait qu'ils seront décisifs. Il ne m'appartient pas de décider sur une matière de cette conséquence ; c'est à Monsieur à se résoudre : *sola mihi obsequii gloria relicta est*[2]. »

Voilà ce que j'écrivis à la hâte, et presque d'un trait de plume, sur la table du cabinet des livres de Luxembourg. Monsieur le lut avec application. Il le porta à Madame. L'on raisonna sur ce fond tout le soir ; l'on ne conclut rien, Monsieur balançant toujours et ne choisissant point.

Je trouvai M. de Caumartin cheux M. le président de Bellièvre, qui s'était fait porter, à cause d'une fluxion qu'il avait sur l'œil, dans une maison du faubourg Saint-Michel où il y avait plus d'air que cheux lui, au retour de cette conférence. Je lui rapportai le précis du raisonnement que vous venez de voir. Il m'en gronda, en me disant ces propres paroles : « Je ne sais à quoi vous pensez ; car vous [vous] exposez à la haine de tous les deux partis en disant trop la vérité de tous les deux » ; et je lui répondis ces propres mots : « Je sais bien que je manque à la politique, mais je satisfais à la morale ; et j'estime plus l'une que l'autre. » Le président de Bellièvre prit la parole et dit : « Je ne suis pas de votre sentiment, même selon la politique. Monsieur le Cardinal joue le droit du jeu, en l'état où sont les affaires. Elles sont si incertaines, et particulièrement avec Monsieur, qu'un homme sage n'en peut prendre sur soi la décision. »

Monsieur m'envoya querir, deux heures [après], cheux Mme de Pommereux, et je trouvai à la porte de Luxembourg un page qui me dit, de sa part, que je l'allasse attendre dans la chambre de Madame. Il n'avait pas voulu que je l'allasse interrompre dans le cabinet des livres, parce qu'il y était enfermé avec Goulas, qu'il questionnait sur le sujet que vous allez voir. Il vint, quelque temps après, cheux Madame, et il me dit d'abord : « Vous m'avez tantôt dit que le premier pas qu'il fallait que je fisse, en cas que je me résolusse à la continuation de la guerre, serait de m'assurer de Monsieur le Prince : comment diable le puis-je faire ? — Vous savez, Monsieur, lui répondis-je, que je ne suis pas avec lui en état de vous répondre sur cela ; c'est à Votre Altesse Royale à savoir ce qu'elle y peut et ce qu'elle n'y peut pas. — Comment voulez-vous que je le sache ? reprit-il, Chavigni a un traité presque conclu avec l'abbé Fouquet. Vous souvient-il de l'avis que Mme de Choisi me donna dernièrement assez en général ? J'en viens d'apprendre tout le détail. Monsieur le Prince jure qu'il n'est point de tout cela et que Chavigni est un traître ; mais qui le sait ? »

Ce détail était que Chavigni traitait avec l'abbé Fouquet, et qu'il promettait à la cour de faire tous ses efforts pour obliger Monsieur le Prince à s'accommoder, à des conditions raisonnables, avec M. le cardinal Mazarin. Une lettre de l'abbé Fouquet à M. Le Tellier, qui fut prise par un parti allemand[1] et qui fut apportée à Tavannes, justifia pleinement Monsieur le Prince de cette négociation ; car elle portait, en termes formels, qu'en cas que Monsieur le Prince ne se voulût pas mettre à la raison, lui, Chavigni, s'engageait à la Reine à ne rien oublier pour le brouiller avec Monsieur.

Monsieur le Prince, qui eut en main l'original de cette lettre, s'emporta contre lui au dernier point : il le traita de perfide en parlant à lui-même. M. de Chavigni, outré de ce traitement, se mit au lit et il n'en releva pas. M. de Bagnols, qui était de ses amis et des miens aussi, me vint prier de l'aller voir. Je le trouvai sans connaissance, et je rendis à sa famille tout ce que j'avais souhaité de rendre à sa personne. Je me souviens que Mme Du Plessis-Guénégault était dans sa chambre, où il expira deux ou trois jours après[2].

M. de Guise revint, presque au même temps, de sa prison d'Espagne, et il me fit l'honneur de me venir voir dès le lendemain qu'il fut arrivé[3]. Je le suppliai de se modérer, à ma considération, dans les plaintes très aigres qu'il faisait contre M. de Fontenai, qu'il prétendait avoir mal vécu avec lui à l'égard des révolutions de Naples, dans le temps de son ambassade de Rome ; et il déféra à mon instance, avec une honnêteté digne d'un si grand nom.

J'avais toujours aussi réservé à traiter, en ce lieu, de l'affaire de Brisach, que j'ai touchée dans le second volume de cette histoire, parce que ce fut à peu près le temps où M. le comte d'Harcourt quitta l'armée et le service du Roi, pour se jeter dans cette importante place[4]. Mais, comme je n'ai pu retrouver le mémoire très beau et très fidèle que j'en avais, écrit de la main d'un officier de la garnison, qui avait du sens et de la candeur, j'aime mieux en passer le détail sous silence et me contenter de vous dire que le bon génie de la France défendit et sauva les fleurs de lis, dans ce poste fameux et important, en dépit de toutes les imprudences du Cardinal et de toutes les infidélités de Mme de Guébriant, par la bonne intention de Charlevoix, et par les incertitudes du comte d'Harcourt. Je reprends le fil de mon discours.

L'irrésolution de Monsieur était d'une espèce toute particulière. Elle l'empêchait souvent d'agir, quand même il était le plus nécessaire d'agir; elle le faisait quelquefois agir, quand même il était le plus nécessaire de ne point agir. J'attribue l'un et l'autre à son irrésolution, parce que l'un et l'autre venait, à ce que j'en ai observé, des vues différentes et opposées qu'il avait, et qui lui faisaient croire qu'il pourrait se servir utilement, quoique différemment, de ce qu'il faisait ou de ce qu'il ne faisait pas, selon les différents partis qu'il prendrait. Il me semble que je m'explique mal et que vous m'entendrez mieux par l'exposition des fautes que je prétends avoir été les effets de cette irrésolution.

Je proposai à Monsieur, le premier ou le second jour de septembre, de travailler de bonne foi à la paix; mais je lui représentai que rien n'était plus important que de se tenir couvert, au dernier point, de ce dessein vers la cour même, pour les raisons que vous avez vues ci-devant. Il en convint. Il y eut, le 5, une assemblée de l'Hôtel de Ville, que Monsieur le Prince lui-même procura, pour faire croire au peuple qu'il n'était pas contraire au retour du Roi; et le président de Nesmond, au moins à ce que l'on m'a dit depuis, fut celui qui lui persuada que cette démonstration lui était nécessaire. Je ne me suis jamais ressouvenu de lui en parler. Cette assemblée résolut de faire une députation solennelle au Roi pour le supplier de revenir en sa bonne ville de Paris. Elle n'était nullement du compte de Monsieur, qui, ayant résolu de se donner l'honneur et le mérite de celle de l'Église, ne devait pas souffrir qu'elle fût précédée par celle de la ville, des suites de laquelle d'ailleurs il ne pouvait pas s'assurer. Il s'y engagea pourtant, sans balancer, et non pas seulement à la souffrir, mais à y assister lui-même. Je ne le sus que le soir, et je lui en parlai, avec liberté, comme d'une glissade. Il me répondit : « Cette députation n'est qu'une chanson. Qui ne sait que l'Hôtel de Ville ne peut rien ? Monsieur le Prince me l'a demandé ; il croit que cela lui est bon pour adoucir les esprits aigris par le feu de l'Hôtel de Ville. Mais de plus (voici le mot qui est à remarquer), qui sait si nous exécuterons la résolution que nous avons faite pour la députation de l'Église ? Il faut aller au jour la journée en ces diables de temps, et ne pas tant songer à la cadence. » Cette réponse vous explique, ce me semble, mon galimatias.

En voici un autre exemple. Le Roi ayant refusé, comme vous l'allez voir, cette députation de l'Hôtel de Ville, le bonhomme Broussel, qui eut scrupule de souffrir que son nom fût allégué comme un obstacle à la paix, alla déclarer, le 24, à l'Hôtel de Ville, qu'il se déportait de[1] sa magistrature. Comme j'en fus averti d'assez bonne heure pour l'empêcher de faire cette démarche, je l'allai dire à Monsieur, qui pensa un peu, et puis il me dit : « Cela nous serait bon si la cour avait bien répondu à nos bonnes intentions ; mais je conviens que cela ne nous vaut rien pour le présent. Mais il faut aussi que vous conveniez que, si elle revient à elle, comme il n'est pas possible qu'elle demeure toujours dans son aveuglement, nous ne serions pas fâchés que ce bonhomme fût hors de là. »

Vous voyez, en ce discours, l'image et l'effet de l'incertitude. Je ne vous rapporte ces deux exemples que comme des échantillons d'un long tissu de procédés de cette nature, desquels Monsieur, qui avait assurément beaucoup de lumière, ne se pouvait toutefois corriger. Il faut aussi avouer que la cour ne lui donnait pas lieu, par le profit qu'elle sut faire de ses fautes, d'y faire beaucoup de réflexion. La fortune toute seule les tourna à son avantage, et, si Monsieur et Monsieur le Prince se fussent servis, comme ils eussent pu, du refus qu'elle fit de recevoir la députation de l'Hôtel de Ville, elle eût couru grande risque de n'en avoir de longtemps. Elle répondit à Piètre, procureur du Roi de la ville, qui était allé demander audience pour les échevins et quarteniers, qu'elle ne la leur pouvait accorder tant qu'elle reconnaîtrait M. de Beaufort pour gouverneur et M. de Broussel pour prévôt des marchands. Le président Viole me dit, aussitôt qu'il eut appris cette nouvelle : « Je n'approuvais pas cette députation, parce que je croyais qu'il y pourrait avoir plus de mal que de bien pour Monsieur et pour Monsieur le Prince. Tout y est bon pour eux présentement, par l'imprudence de la cour. » L'abdication volontaire du bonhomme Broussel consacra, pour ainsi parler, cette imprudence. Ce qui est vrai est qu'il y avait des tempéraments à prendre, même en conservant la dignité du Roi, qui n'eussent pas aigri les esprits au point que ce refus les aigrit. Si l'on en eût fait l'usage que l'on en pouvait faire, les ministres s'en fussent repentis pour longtemps. Ils poussèrent cette affaire et toutes les autres de ce temps-là avec une hauteur et avec une étourderie qui les devait perdre. Elle les a sauvés par un miracle ; mais la flatterie et la servitude des cours font qu'elles ne croient jamais devoir aux miracles rien de ce qui tourne à leurs avantages.

Ce qui est admirable est que la cour se conduisait comme je viens de vous l'expliquer, justement dans le moment que le parti de Messieurs les Princes se fortifiait, et même très considérablement. M. de Lorraine, qui crut qu'il avait satisfait, en sortant du royaume, au traité qu'il avait fait avec M. de Turenne à Villeneuve-Saint-George, fit tirer deux coups de canon aussitôt qu'il fut arrivé à Vaneau-les-Dames, qui est dans le Barrois. Il rentra en Champagne, avec toutes ses troupes et un renfort de trois mille chevaux allemands, commandés par le prince Ulric de Wurtemberg. M. le chevalier de Guise[1] servait sous lui de lieutenant général, et le comte de Pas, duquel j'ai déjà parlé en quelque lieu, y avait joint, ce me semble, quelque cavalerie. M. de Lorraine remarcha vers Paris, à petites journées, enrichissant son armée du pillage ; et il se vint camper auprès de Villeneuve-Saint-George, où les troupes de Monsieur, commandées par M. de Beaufort, celles de Monsieur le Prince, car il était malade à Paris[2], commandées par M. le prince de Tarente et de Tavannes, et celles d'Espagne commandées par Clinchamp, sous le nom de M. de

Nemours, le vinrent joindre. Ils résolurent tous ensemble de s'approcher de M. de Turenne, qui, tenant Corbeil et Melun et tout le dessus de la rivière, ne manquait de rien, au lieu que les confédérés, qui étaient obligés de chercher à vivre aux environs de Paris, pillaient les villages et renchérissaient, par conséquent, les denrées dans la ville. Cette considération, jointe à la supériorité du nombre qu'ils avaient sur M. de Turenne, les obligea à chercher l'occasion de le combattre. Il s'en défendit avec cette capacité qui est connue et respectée de tout l'univers, et le tout se passa en rencontres de partis et en petits combats de cavalerie, qui ne décidèrent rien.

L'imprudence, ou plutôt l'ignorance et du Cardinal et des sous-ministres, fut sur le point de précipiter leur parti, par une faute qui leur devait être plus préjudiciable sans comparaison que la défaite même de M. de Turenne. Prévost, chanoine de Notre-Dame et conseiller au Parlement[1], autant fou qu'un homme le peut être, au moins de tous ceux à qui l'on laisse la clef de leur chambre, se mit dans l'esprit de faire une assemblée, au Palais-Royal, des véritables serviteurs du Roi : c'était le titre. Elle fut composée de quatre cents ou cinq cents bourgeois, dont il n'y en avait pas soixante qui eussent des manteaux noirs. M. Prévost dit qu'il avait reçu une lettre de cachet du Roi, qui lui commandait de faire main basse sur tous ceux qui auraient de la paille au chapeau et qui n'y mettraient pas du papier[2]. Il l'eut effectivement, cette lettre. Voilà le commencement de la plus ridicule levée de boucliers qui se soit faite depuis la procession de la Ligue. Le progrès fut que toute cette compagnie fut huée comme l'on hue les masques, en sortant du Palais-Royal, le 24 de septembre, et que, le 26, M. le maréchal d'Estampes, qui y fut envoyé par Monsieur, les dissipa par deux ou trois paroles. La fin de l'expédition fut qu'ils ne s'assemblèrent plus, de peur d'être pendus, comme ils en furent menacés, le même jour, par un arrêt du Parlement, qui porta défenses, sur peine de la vie, et de s'assembler et de prendre aucune marque. Si Monsieur et Monsieur le Prince se fussent servis de cette occasion, comme ils le pouvaient, le parti du Roi était exterminé[3] ce jour-là de

Paris pour très longtemps. Le Maire, le parfumeur, qui était un des conjurés, courut cheux moi, pâle comme un mort et tremblant comme la feuille, et je me souviens que je ne le pouvais rassurer et qu'il se voulait cacher dans la cave. Je pouvais moi-même avoir peur ; car, comme l'on savait que je n'étais pas dans les intérêts de Monsieur le Prince, le soupçon pouvait assez facilement tomber sur moi. Monsieur n'était pas, comme vous avez vu, dans les dispositions de se servir de ces conjonctures, et Monsieur le Prince était si las de tout ce qui s'appelait peuple, qu'il n'y faisait plus seulement de réflexion. Croissi m'a dit depuis qu'il ne tint pas à lui de le réveiller à ce moment et de lui faire connaître qu'il ne le fallait pas perdre. Je ne me suis jamais ressouvenu de lui en parler.

Voici une autre faute, qui n'est pas, à mon opinion, moindre que la première. M. de Lorraine, qui aimait beaucoup la négociation, y entra d'abord qu'il fut arrivé, et il me dit, en présence de Madame, qu'elle le suivait partout ; qu'il était sorti de Flandres, de lassitude de traitailler avec le comte de Fuensaldagne, et qu'il la retrouvait à Paris malgré lui : « Car que faire autre chose ici, dit-il, où il n'y a pas jusques au baron du Jour[1] qui ne prétende faire son traité à part ? » Ce baron du Jour était une manière d'homme assez extraordinaire de la cour de Monsieur ; et M. de Lorraine ne pouvait pas mieux exprimer qu'il y avait un grand cours de négociation qu'en marquant qu'elle était descendue jusques à lui ; et ce qui lui faisait encore croire qu'elle était montée jusques à Monsieur était qu'il avait remarqué, que depuis quelque temps, il ne l'avait pas pressé de s'avancer, comme il avait fait auparavant. Son observation était vraie et il est constant que Monsieur, qui voulait la paix de bonne foi, craignait, et avec raison, que Monsieur le Prince, se voyant renforcé d'un secours aussi considérable, n'y mît des obstacles invincibles.

Il fut très aise, par cette considération, de voir que M. de Lorraine fût dans la disposition de négocier aussi lui-même, et d'envoyer à la cour M. de Joyeuse-Saint-Lambert[2], « lequel, me dit Monsieur, n'aura que le caractère de M. de Lorraine, et ne laissera pas de pénétrer si il n'y a rien à faire pour moi ». Je lui répondis ces propres paroles : « Il sera, Monsieur, peut-être plus heureux que moi ; je le souhaite, mais je ne le crois pas. » Je fus prophète ; car ce M. de Joyeuse fut douze jours à la cour sans avoir aucune réponse. Il en fit une, je pense, de sa tête, qui fut un galimatias auquel personne ne put rien entendre, que la cour, qui le désavoua. M. le maréchal d'Estampes, que Monsieur y avait encore envoyé, sous l'espérance que M. Le Tellier avait fait donner à Madame qu'il y serait écouté comme particulier, sur tout ce qu'il y pourrait dire de la part de Monsieur, en revint, pour le moins, aussi mal satisfait que M. de Saint-Lambert ; et

Le 30 de septembre, M. Talon acheva d'éclaircir Monsieur et le public des intentions de la Reine, en envoyant au Parlement par M. Doujat, à cause de son indisposition[1], les lettres qu'il avait reçues de Monsieur le Chancelier et de Monsieur le Premier Président, en réponse de celles qu'il leur avait écrites ensuite de la délibération du 26. Ces lettres portaient que le Roi, ayant transféré son Parlement à Pontoise et interdit toutes fonctions à ses officiers dans Paris, il n'en pouvait recevoir aucune députation, jusques à ce qu'ils eussent obéi. Je ne vous puis exprimer la consternation de la Compagnie : elle fut au point que Monsieur eut peur qu'elle ne l'abandonnât, et que cette appréhension lui fit faire un très méchant pas, car elle l'obligea à tirer une lettre de sa poche, par laquelle la Reine lui écrivait presque des douceurs ; et cette lettre lui était venue par le maréchal d'Estampes, qui, quoique très bien intentionné pour la cour, ne l'avait pas prise pour bonne, non plus que Monsieur, qui me l'avait montrée la veille, en me disant : « Il faut que la Reine me croie bien sot de m'écrire de ce style, dans le temps qu'elle agit comme elle fait. » Vous voyez donc qu'il n'était pas la dupe de cette lettre, ou plutôt qu'il ne l'avait pas été jusque-là, car il en devint effectivement la dupe, quand il la voulut faire valoir au Parlement, parce que le Parlement s'en persuada que Monsieur traitait son accommodement en particulier avec la cour ; et ainsi il jeta de la défiance de sa conduite dans la Compagnie, au lieu de s'y donner de considération. Il ne se put jamais défaire de cet air de mystère sur ce chef, quoi que Madame lui pût dire ; il le crut toujours nécessaire à sa sûreté, pour empêcher, ce disait-il, les gens de courre sans lui à l'accommodement, et cet air de négociation, joint aux apparences que le parti de Monsieur le Prince en donnait à tous les instants, fut ce qui, à mon avis, fit la paix, beaucoup plus tôt que les négociations les plus réelles et les plus effectives ne l'eussent pu faire. Les grandes affaires consistent encore plus dans l'imagination que les petites ; celle des peuples fait quelquefois toute seule la guerre civile. Elle fit en ce rencontre la paix ; l'on ne la doit pas attribuer à leur lassitude, parce qu'il s'en fallait bien qu'elle fût au point de les obliger, je ne dis pas à rappeler, je dis même à recevoir le Mazarin. Il est constant qu'ils ne souffrirent son retour, que quand ils se persuadèrent qu'ils ne le pouvaient plus empêcher ; mais quand le corps du public en fut persuadé, les particuliers y coururent ; et ce qui en persuada et les particuliers et le public fut la conduite des chefs.

La manière mystérieuse dont Monsieur parla, dans ces dernières assemblées, pour faire paraître qu'il avait encore de la considération à la cour, acheva ce qui était déjà bien commencé. Tout le monde crut la paix faite, tout le monde la voulut faire pour soi.

Aussitôt que l'on sut la négociation de M. de Joyeuse, qui retourna, le 3 d'octobre, de Saint-Germain, où le Roi était revenu, le Parlement mollit et se laissa entendre publiquement que, pourvu que le Roi donnât une amnistie pleine et entière, et qui fût vérifiée dans le parlement de Paris, il ne chercherait point d'autres sûretés. Il ne [s']expliqua pas de ce détail par un arrêt[1] ; mais il fit presque le même effet, en suppliant M. le duc d'Orléans de s'en satisfaire, lui-même, et de l'écrire au Roi.

Le 10, M. Servin, ayant représenté qu'il serait à propos de prier M. le duc de Beaufort de se déporter du gouvernement de Paris, à cause du refus que le Roi avait fait de recevoir les députés de l'Hôtel de Ville tant qu'il en retiendrait le titre ; M. Servin, dis-je, qui aurait été étouffé dans un autre temps par les clameurs publiques, ne fut ni rebuté, ni sifflé ; et il fut dit même, la même matinée, que les conseillers du

Parlement, qui étaient officiers dans les colonelles, iraient, si il leur plaisait, à Saint-Germain, dans les députations de l'Hôtel de Ville, qui ne faisaient toutefois, dans les instances qu'ils faisaient au Roi pour revenir en sa bonne ville de Paris, aucune mention de la vérification de l'amnistie au parlement de Paris. Quel galimatias !

Le 11, Monsieur promit à la Compagnie de tirer la démission du gouvernement de Paris de M. de Beaufort ; et MM. Doujat et Servin y firent la relation des plaintes qu'ils avaient faites, la veille, à M. le duc d'Orléans, des désordres des troupes, et de la parole qu'il leur avait donnée de les faire retirer. M. de Lorraine, que je trouvai, ce jour-là, dans la rue Saint-Honoré, et qui avait failli à être tué par les bourgeois de la garde de la porte Saint-Martin, parce qu'il voulait sortir de la ville[1], releva de toutes ses couleurs l'uniformité de cette conduite. Il me dit qu'il travaillait à un livre qui porterait ce titre, et qu'il le dédierait à Monsieur : « Ma pauvre petite sœur en pleurera, ajouta-t-il, mais qu'importe ? elle s'en consolera avec Mlle Claude[2]. »

Le 12, Monsieur fit beaucoup d'excuses au Parlement de ce que les troupes ne s'éloignaient pas avec autant de promptitude qu'elles auraient fait sans les mauvais temps. Vous êtes sans doute fort étonnée de ce que je parle, en cette façon, de ces mêmes troupes, qui, huit ou dix jours auparavant, étaient publiquement, avec leurs écharpes rouges et jaunes, sur le pavé, en état de combattre même avec avantage celles du Roi. Un historien qui décrirait des temps qui seraient plus éloignés de son siècle chercherait des liaisons à des incidents aussi peu vraisemblables et aussi contradictoires, si l'on peut parler ainsi, que sont ceux-là. Il n'y eut pas plus d'intervalle que celui que je vous ai marqué entre les uns et les autres ; il n'y eut pas plus de mystère. Tout ce que les politiques du vulgaire se sont voulu figurer, pour concilier ces événements, n'est que fiction, n'est que chimère. J'en reviens toujours à mon principe, qui est que les fautes capitales font, par des conséquences presque inévitables, que ce qui paraît et est en effet le plus étrange et le plus extravagant est possible.

Le 13, les colonels reçurent ordre du Roi d'aller par députés à Saint-Germain ; M. de Sève, le plus ancien, y porta la parole[1]. Le Roi leur donna à dîner et il leur fit même l'honneur d'entrer dans la salle, cependant le repas. Ce même jour, Monsieur le Prince partit de Paris avec une joie qui passait tout ce que vous vous pouvez figurer[2] : il y avait très longtemps qu'il en avait le dessein. Beaucoup de gens ont cru que l'amour de Mme de Chastillon l'y avait retenu ; beaucoup d'autres sont persuadés qu'il avait espéré jusques à la fin de s'accommoder avec la cour. Je ne me puis remettre ce qu'il m'a dit sur ce point ; car il n'est pas possible que, dans les grandes conversations que j'ai eues avec lui sur le passé, je ne lui en aie parlé.

Le 14, M. de Beaufort fit un compliment court et mauvais au Parlement, sur ce qu'il avait remis le gouvernement de Paris.

Le 16, Monsieur déclara nettement au Parlement que le Roi avait désavoué, en tout et partout, M. de Joyeuse ; mais il ajouta, selon son style ordinaire, qu'il attendait quelque meilleure nouvelle d'heure en heure. Comme il vit que je m'étonnais de la continuation de cette conduite, il me dit ces propres paroles : « Voudriez-vous répondre de Paris, d'un quart d'heure à l'autre ? Que sais-je si, dans un moment, le peuple ne me livrerait pas au Roi, si il croyait que je n'eusse aucune mesure avec lui ? Que sais-je si, dans un instant, il ne me livrera pas à Monsieur le Prince, si il lui prenait fantaisie de revenir sur ses pas et de le soulever ? » Je crois que vous êtes moins surprise de la conduite de Monsieur en voyant ses principes. L'on dit que l'on ne doit jamais combattre contre les principes ; ceux de la peur se peuvent encore moins attaquer que tous les autres : ils sont inabordables.

Le 19, Monsieur dit au Parlement qu'il avait reçu une lettre du Roi qui lui mandait qu'il viendrait le lundi, qui était le 21, à Paris : à quoi il ajouta qu'il était fort surpris de ce que Sa Majesté n'envoyait pas au préalable une amnistie, qui fût vérifiée dans le parlement de Paris. La consternation fut extrême. L'on opina, et l'on arrêta de supplier le Roi d'accorder cette grâce et au Parlement et à ses peuples.

Cette lettre du Roi à Monsieur lui fut apportée le

18 au soir ; il m'envoya querir aussitôt, et il me dit que la conduite de la cour était incompréhensible ; qu'elle jouait à perdre l'État et qu'il ne tenait à rien qu'il ne fermât les portes au Roi. Je lui répondis que, pour ce qui était de la conduite de la cour, je la concevais fort bien ; qu'elle n'hasardait rien, connaissant comme elle faisait ses bonnes et pacifiques intentions ; qu'il me paraissait qu'elle agissait, au moins dans ses fins, avec beaucoup de prudence, qu'elle avait tâté le pavé bien plus qu'elle ne l'avait fait dans les commencements ; que je ne voyais pas quelle difficulté elle pouvait faire de revenir à Paris, après que Monsieur avait permis, dès le 14 de ce mois, le rétablissement du prévôt des marchands et des échevins, ordonné et exécuté sans aucun concert avec lui. Monsieur jura cinq ou six fois de suite, et, après avoir un peu rêvé, il me dit : « Allez ; je veux demeurer deux heures tout seul ; revenez à ce soir sur les huit heures. »

Je le trouvai dans le cabinet de Madame, qui le catéchisait, ou plutôt qui l'exhortait ; car il était dans un emportement inconcevable, et l'on eût dit, de la manière dont il parlait, qu'il était à cheval, armé de toutes pièces et prêt à couvrir de sang et de carnage les campagnes de Saint-Denis et de Grenelle[1]. Madame était épouvantée ; et je vous avoue que, quoique je connusse assez Monsieur pour ne me pas donner avec précipitation des idées si cruelles de ses discours, je ne laissai pas de croire qu'il était, en effet, plus ému qu'à son ordinaire ; car il me dit d'abord : « Eh bien ! qu'en dites-vous ? Y a-t-il sûreté à traiter avec la cour ? — Nulle, Monsieur, lui répondis-je, à moins que de s'aider soi-même par de bonnes précautions ; et Madame sait que je n'ai jamais parlé autrement à Votre Altesse Royale. — Non, assurément, reprit Madame. — Mais ne m'aviez-vous pas dit, continua Monsieur, que le Roi ne viendrait pas à Paris sans prendre des mesures avec moi ? — Je vous avais dit, Monsieur, lui repartis-je, que la Reine me l'avait dit, mais que les circonstances avec lesquelles elle me l'avait dit m'obligeaient à avertir Votre Altesse Royale qu'elle n'y devait faire aucun fondement. » Madame prit la parole : « Il ne vous l'a que trop dit, mais vous ne l'avez pas cru. » Monsieur reprit : « Il est vrai, je ne me plains pas de lui, mais je me plains de cette maudite Espagnole. — Il n'est pas temps de se plaindre, repartit Madame ; il est temps d'agir d'une façon ou de l'autre. Vous vouliez la paix quand il ne tenait qu'à vous de faire la guerre ; vous voulez la guerre, quand vous ne pouvez plus faire ni la paix ni la guerre. — Je ferai demain la guerre, reprit Monsieur d'un ton guerrier, et plus facilement que jamais. Demandez-le à M. le cardinal de Rais. »

Il croyait que j'allais lui disputer cette thèse. Je m'aperçus qu'il le voulait pour pouvoir dire après qu'il aurait fait des merveilles si l'on ne l'avait retenu. Je ne lui en donnai pas lieu ; car je lui répondis froidement et sans m'échauffer : « Sans doute, Monsieur. — Le peuple n'est-il pas toujours à moi ? reprit Monsieur. — Oui, Monsieur, lui repartis-je. — Monsieur le Prince ne reviendra-t-il pas si je le mande ? ajouta-t-il. — Je le crois, Monsieur, lui dis-je. — L'armée d'Espagne ne s'avancera-t-elle pas si je le veux ? continua-t-il. — Toutes les apparences y sont, Monsieur », lui répliquai-je. Vous attendez, après cela, ou une grande résolution ou du moins une grande délibération : rien moins ; et je ne vous saurais mieux expliquer l'issue de cette conférence, qu'en vous suppliant de vous ressouvenir de ce que vous avez vu quelquefois à la comédie italienne. La comparaison est beaucoup irrespectueuse, et je ne prendrais pas la liberté de la faire si elle était de mon invention ; ce fut Madame elle-même à qui elle vint dans l'esprit, aussitôt que Monsieur fut sorti du cabinet, et elle la fit moitié en riant, moitié en pleurant. « Il me semble, me dit-elle, que je vois Trivelin qui dit à Scaramouche[1] : "Que je t'aurais dit de belles choses, si tu n'avais pas eu assez d'esprit pour ne me pas contredire !" »

Voilà comme finit la conversation. Monsieur concluant que, bien qu'il fût très fâcheux que le Roi vînt à Paris sans concert avec lui et sans une amnistie vérifiée au Parlement, il n'était toutefois pas de son devoir ni de sa réputation de s'y opposer, parce que personne ne pouvait ignorer qu'il ne le pût, si il le voulait, et qu'ainsi tout le monde lui ferait justice, en reconnaissant qu'il n'y avait que la considération et le repos de l'État qui l'obligeât à prendre une conduite qui, pour son particulier, lui devait faire de la peine. Madame, qui pourtant, dans le fonds, était de son avis, au moins pour l'opération, pour les raisons que vous avez vues ci-devant, ne lui put laisser passer pour bonne cette expression, et elle lui dit avec fermeté et même avec colère : « Ce raisonnement, Monsieur, serait bon à M. le cardinal de Rais, et non pas à un fils de France ; mais il ne s'agit plus de cela, et il ne faut songer qu'à aller de bonne grâce au-devant du Roi. » Il se récria à ce mot, comme si elle lui eût proposé de s'aller jeter dans la rivière. « Allez-vous-en donc, Monsieur, tout à cette heure, reprit-elle. — Et où diable irai-je ? » répondit-il. Il se tourna à ce mot, et rentra cheux lui, où il me commanda de le suivre. Ce fut pour me demander si la Palatine ne m'avait rien fait savoir du retour du Roi. Je lui dis que non, comme il était vrai ; mais il ne fut pas vrai longtemps ; car, une heure après, j'en reçus un billet, qui portait que la Reine lui avait commandé de m'en faire part, et de m'écrire que Sa Majesté ne doutait point que je n'achevasse, en cette occasion, ce que j'avais si bien et si heureusement commencé à Compiègne. Madame la Palatine me faisait beaucoup d'excuse, dans un billet séparé et écrit en chiffre, de ce qu'elle m'en avait donné l'avis si tôt[1]. « Vous connaissez le terrain, ajoutait-elle ; l'on est à Saint-Germain comme l'on était à Compiègne. » C'était assez dire pour moi. Tout ce que je vous viens de dire se passa le 20 d'octobre.

Le 21, le Roi, qui avait couché à Ruel, revint à Paris[2], et il envoya, de Ruel même, Nogent et M. Danville à Monsieur, pour prier Monsieur de venir au-devant de lui : il ne s'y put jamais résoudre, quoiqu'ils l'en pressassent extrêmement. Ils avaient raison, et je suis encore persuadé que Monsieur n'avait pas tort. Ce n'est pas qu'il y eût aucun dessein contre sa personne, au moins à ce que j'ai ouï dire depuis à M. le maréchal de Villeroi ; mais je crois que si il eût été au-devant du Roi, et que le Roi s'en fût voulu assurer, il y eût pu réussir, vu la disposition où était le peuple. Ce n'est pas qu'elle ne fût, dans le fonds, très bonne pour Monsieur, et, sans comparaison, meilleure que pour la cour; mais il y avait une agitation et un égarement dans les esprits qui se pouvait, à mon sens, tourner à tout; et je ne sais si l'éclat de la majesté royale, tombant tout d'un coup sur cette agitation et sur cet égarement, ne l'eût pas emportée. Je dis que je ne le sais pas, parce qu'il est constant que, dans la constitution où étaient les esprits, la pente du menu peuple et même celle du moyen était encore tout entière pour Monsieur; mais enfin il y avait, à mon sens, raison et fondement suffisant pour l'empêcher de se hasarder, particulièrement hors des murailles. Je m'étonnais bien plus que les ministres exposassent la personne du Roi au mécontentement, à la défiance et à la frayeur de Monsieur, aux craintes d'un parlement qui avait sujet de croire que l'on le venait étrangler et au caprice d'un peuple qui avait toujours de l'attachement pour des gens desquels le Cardinal était bien loin d'être assuré[1]. L'événement a tellement justifié la conduite que la cour tint en cette occasion, qu'il est presque ridicule de la blâmer. J'estime qu'elle fut imprudente, aveugle et téméraire au-delà de tout ce que l'on en peut exprimer. Je ne dirai pas sur ce chef, comme sur l'autre, que je ne sais pas: je dirai que je sais, et de science certaine que, si Monsieur eût voulu, la Reine et les sous-ministres eussent été ce jour-là séparés du Roi.

Les courtisans se laissent toujours amuser aux acclamations du peuple, sans considérer qu'elles se font presque également pour tous ceux pour qui elles se font. J'entendais ce soir-là, dans le Louvre, des gens qui flattaient la Reine sur ces acclamations; et M. de Turenne, qui était au cercle derrière moi, me disait à l'oreille: « Ils en firent presque autant dernièrement pour M. de Lorraine. » Je l'eusse bien étonné, si je lui eusse répondu: « Il y a bien des gens qui, au milieu de ces acclamations, ont proposé à Monsieur de supplier le Roi d'aller loger à l'Hôtel de Ville. » Il était vrai: M. de Beaufort même l'en avait pressé avec douze ou quinze conseillers du Parlement. Il y en a de certains qui vivent encore, et desquels, si je les nommais, l'on serait bien étonné. Monsieur n'y voulut point entendre; et je m'y opposai de toute ma force, quand Monsieur me dit que l'on lui avait fait cette proposition. Elle était, à mon opinion, possible quant au succès présent, restant certain qu'il n'y avait pas un officier dans les colonelles qui n'eût été massacré par ses soldats, s'il eût seulement fait mine de branler contre le nom de Monsieur ; mais respect, conscience, et tout ce que vous vous pouvez imaginer sur cela à part, la proposition était écervelée, vu les circonstances et les suites. Vous voyez, d'un coup d'œil, les uns et les autres dans ce que je vous ai dit ci-dessus. Ce ne fut assurément que par le principe de mon devoir que je n'y donnai pas ; car je me croyais beaucoup plus en péril que je ne m'y suis cru de ma vie.

J'allai attendre le Roi au Louvre[1], où je demeurai, deux ou trois heures devant qu'il arrivât, avec Mme de Lesdiguières et M. de Turenne. Il me demanda bonnement et avec inquiétude si je me croyais en sûreté. Je lui serrai la main, parce que je m'aperçus que Froulé, qui était un grand mazarin, l'avait entendu et je lui répondis : « Oui, Monsieur, et en tout sens. Mme de Lesdiguières sait bien que j'ai raison. » Je ne l'avais pourtant pas ; car je suis persuadé que, si l'on m'eût arrêté ce jour-là, il n'en fût rien arrivé. Ce que je vous dis de ces possibilités de l'un et de l'autre côté vous paraît sans doute contradictoire, et j'avoue qu'il ne se peut concevoir que par ceux qui ont vu les choses, et encore qui les ont vues par le dedans.

La Reine me reçut admirablement ; elle dit au Roi de m'embrasser comme celui à qui il devait particulièrement son retour à Paris. Cette parole, qui fut entendue de beaucoup de gens, me donna une véritable joie, parce que je crus que la Reine ne l'aurait pas dite publiquement, si elle avait eu dessein de me faire arrêter. Je demeurai au cercle jusques à ce que l'on allât au Conseil. Comme je sortais, je trouvai dans l'antichambre Joui, qui me dit que Monsieur me l'avait envoyé pour savoir s'il était vrai que l'on m'eût fait prendre place au Conseil, et pour m'ordonner d'aller cheux lui. Je rencontrai, comme j'y entrai, M. d'Aligre, qui en sortait, et qui venait de lui commander, de la part du Roi, de sortir de Paris, dès le lendemain, et de se retirer à Limours[2]. Cette faute a encore été consacrée par l'événement ; mais elle est, à mon sens, une des plus grandes et des plus signalées qui ait jamais été commise dans la politique. Vous me direz que la cour connaissait Monsieur; et je vous répondrai qu'elle le connaissait si peu en cette occasion, qu'il ne s'en fallut rien qu'il ne prît, ou plutôt qu'il n'exécutât la résolution, qu'il prit en effet, de s'aller poster dans les halles, d'y faire les barricades, de les pousser jusques au Louvre, et d'en chasser le Roi. Je suis convaincu qu'il y eût réussi, même avec facilité, si il l'eût entrepris, et que le peuple n'eût balancé à rien, voyant Monsieur en personne, et Monsieur ne prenant les armes que pour s'empêcher d'être exilé. L'on m'a accusé d'avoir beaucoup échauffé Monsieur dans ce rencontre: voici la vérité.

Lorsque j'entrai à Luxembourg, il me parut consterné, parce qu'il s'était mis dans l'esprit que le commandement que M. d'Aligre venait de lui porter, de la part du Roi, n'était que pour l'amuser, et pour lui faire croire que l'on ne pensait pas à l'arrêter. Il était dans une agitation inconcevable; il s'imaginait que toutes les mousquetades que l'on tirait (et l'on en tire toujours beaucoup, de ces jours de réjouissance) étaient celles du régiment des gardes qui marchait pour l'investir. Tous ceux qu'il envoyait lui rapportaient que tout était paisible, et que rien ne branlait; mais il ne croyait personne, et il mettait, à tous moments, la tête à la fenêtre, pour mieux entendre si le tambour ne battait pas. Enfin il prit un peu de courage, ou au moins il en prit assez pour me demander si j'étais à lui: à quoi je ne lui répondis que par ce demi-vers du *Cid*:

Tout autre que mon père...

Ce mot le fit rire, ce qui lui était fort rare, quand il avait peur. «Donnez-m'en une preuve, continua-t-il, raccommodez-vous avec M. de Beaufort. — Très volontiers, Monsieur», lui répondis-je. Il m'embrassa, et alla ouvrir la porte de la galerie, qui répond à la porte de la chambre où il couchait, et où il était pour lors. J'en vis sortir M. de Beaufort, qui se jeta à mon cou, et qui me dit: «Demandez à Son Altesse Royale ce que je lui viens de dire sur votre sujet. Je connais les gens de bien. Allons, Monsieur, chassons les mazarins à tous les diables pour une bonne fois. » La conversation commença ainsi ; Monsieur la soutint par un discours amphibologique, qui, dans la bouche de Gaston de Foix, m'eût marqué un grand exploit, mais qui, dans celle de Gaston de France, ne me présagea qu'un grand rien[1]. M. de Beaufort appuya, de toute sa force, la nécessité et la possibilité de la proposition qu'il faisait, qui était que Monsieur marchât, à la petite pointe du jour, droit aux halles, et qu'il y fît les barricades, qu'il pousserait après où il lui conviendrait. Monsieur se tourna vers moi en me disant, comme l'on fait au Parlement : « Votre avis, Monsieur le Doyen. » Voici, en propres termes, ce que je lui répondis. Je l'ai transcrit sur l'original que je dictai à Montrésor, cheux moi, au retour de cheux Monsieur, et que j'ai encore de sa main.

« Je crois, Monsieur, que je devrais en effet parler, en cette occasion, comme Monsieur le Doyen, mais comme Monsieur le Doyen quand il opina à faire des prières de quarante heures. Je ne sache guère d'occasion où l'on en ait eu plus de besoin. Elles me seraient, Monsieur, encore bien plus nécessaires qu'à un autre, parce que je ne puis être d'aucun avis qui n'ait des apparences cruelles et même des inconvénients terribles. Si mon sentiment est que vous souffriez le traitement injurieux que l'on vous fait, le public, qui va toujours au mal, n'aura-t-il pas ou sujet ou prétexte de dire que je trahis vos intérêts, et que mon avis ne sera que la suite de tous les obstacles que j'ai mis aux desseins de Monsieur le Prince ? Si j'opine à ce que Votre Altesse Royale désobéisse et suive les vues de M. de Beaufort, pourrai-je m'empêcher de passer pour un homme qui souffle de la même bouche le chaud et le froid, qui veut la paix quand il espère d'en tirer ses avantages en la traitant, qui veut la guerre quand l'on n'a pas voulu qu'il la traitât, qui conseille de mettre Paris à feu et à sang et d'attacher ce feu à la porte du Louvre, en entreprenant sur la personne du Roi ? Voilà, Monsieur, ce que l'on dira, et ce que vous-même pourrez croire peut-être en de certains moments. J'aurais lieu, après avoir prédit à Votre Altesse Royale, peut-être plus de mille fois, qu'elle tomberait par ses incertitudes en l'état où elle se voit, j'aurais lieu, dis-je, de la supplier, avec tout le respect que je lui dois, de me dispenser de lui parler sur une matière qui est moins en son entier à mon égard, que d'homme qui vive. Je ne me servirai toutefois que de la moitié de ce droit, c'est-à-dire, quoique je ne fasse pas état de me déterminer moi-même sur le sentiment que Votre Altesse Royale doit préférer, je ne laisserai pas de lui exposer les inconvénients de tous les deux, avec la même liberté que si je croyais me pouvoir fixer moi-même à l'un ou à l'autre.

« Si elle obéit, elle est responsable à tout le public de tout ce qu'il souffrira dans la suite. Je ne juge point du détail de ce qu'il souffrira, car qui peut juger d'un futur qui dépend des *mezzi termini*[1] du Cardinal, de l'impétuosité d'Ondedei, de l'impertinence de l'abbé Fouquet, de la violence de Servient ? Mais enfin vous répondrez de tout ce qu'ils feront au public, parce qu'il sera persuadé qu'il n'aura tenu qu'à vous de l'empêcher. Si vous n'obéissez pas, vous courez fortune de bouleverser l'État. »

Monsieur m'interrompit à ce mot, et il me dit même avec précipitation : « Ce n'est pas de quoi il s'agit ; il s'agit de savoir si je suis en état, c'est-à-dire en pouvoir de ne pas obéir. — Je le crois, Monsieur, lui répondis-je ; car je ne vois pas comme la cour se pourra prendre à vous faire obéir. Il faudra que le Roi marche en personne à Luxembourg, et ce sera une grosse affaire. » M. de Beaufort exagéra l'impossibilité qu'il y trouverait, et au point que je m'aperçus que Monsieur commençait à s'en persuader ; et il était tout propre, supposé cette persuasion, à prendre parti de demeurer cheux lui les bras croisés, parce que, de sa pente, il allait toujours à ne point agir. Je crus que j'étais obligé par toutes sortes de raisons à lui éclaircir cette thèse : ce que je fis en lui représentant qu'elle méritait d'être considérée et traitée avec distinction ; que je convenais que le peuple ne souffrirait pas apparemment que l'on allât prendre Monsieur dans Luxembourg, à moins que le Roi n'eût mis à cette entreprise de certains préalables que le temps pourrait amener ; que si il accoutumait les peuples à reconnaître l'autorité, que je ne doutais point qu'il n'y pût réussir, et même bientôt, parce que je ne doutais pas qu'il ne les y accoutumât bientôt par sa présence ; que tous les instants l'augmenteraient ; qu'il en avait déjà plus à dix heures du soir, qui venaient de sonner à la montre de Monsieur, qu'il n'en avait à cinq, et que la preuve en était palpable en ce qu'il s'était saisi de la porte de la Conférence, qu'il faisait garder paisiblement et sans que personne en murmurât, seulement par le régiment des gardes, qui n'en aurait pas seulement approché si il avait plu à Monsieur de la faire fermer seulement un quart d'heure entre trois et quatre ; que si Son Altesse Royale laissait prendre tous les postes de Paris comme celui-là et matrasser[1] le Parlement, comme l'on le matrasserait peut-être le lendemain au matin, je ne croyais pas qu'il y eût grande sûreté pour lui, peut-être dès l'après-dînée. Ce mot remit la frayeur dans le cœur de Monsieur, et il s'écria : « C'est-à-dire que je ne puis rien pour la défensive. — Non, Monsieur, lui répondis-je, vous y pouvez tout aujourd'hui et demain au matin. Je n'en voudrais pas répondre demain au soir. »

M. de Beaufort, qui crut que mon discours allait à proposer et à appuyer l'offensive, vint à la charge comme pour me soutenir ; mais je l'arrêtai tout court en lui disant : « Je vois bien, Monsieur, que vous ne prenez pas ma pensée ; je ne parle à Son Altesse Royale comme je fais, que parce que j'ai vu qu'il croyait qu'il pouvait demeurer à Luxembourg, en toute sûreté, malgré le Roi. Je ne serai jamais d'aucun avis en l'état où les affaires sont réduites. Ç'a toujours été à Monsieur à décider. C'est même à lui [à] proposer, et à nous à exécuter. Il ne sera jamais dit que je lui aie conseillé ni de souffrir le traitement qu'il reçoit, ni de faire demain au matin les barricades. Je lui ai tantôt dit les raisons que j'ai pour cela. Il m'a commandé de lui expliquer les inconvénients que je crois aux deux partis ; je m'en suis acquitté. » Monsieur me laissa parler tant que je voulus[2], et, après qu'il eut fait trois ou quatre tours de chambre, il revint à moi et il me dit : « Si je me résous à disputer le pavé, vous déclarerez-vous pour moi ? » Je lui répondis : « Oui, Monsieur, et sans balancer ; je le dois, je suis attaché à votre service, je n'y manquerai pas certainement, et vous n'avez qu'à commander ; mais j'en serai au désespoir, parce qu'en l'état où sont les choses, un homme de bien ne peut pas n'y pas être, quoi que vous fassiez. » Monsieur, qui n'avait qu'une bonté de facilité[1], mais qui n'était pas tendre, ne laissa pas d'être ému de ce que je lui disais. Les larmes lui vinrent aux yeux ; il m'embrassa, et puis tout d'un coup il me demanda si je croyais qu'il pût se rendre maître de la personne du Roi. Je lui répondis qu'il n'y avait rien au monde de plus impossible, la porte de la Conférence étant gardée comme elle était. M. de Beaufort lui en proposa des moyens qui étaient impraticables en tout sens. Il offrait de s'aller poster à l'entrée du Cours, avec la maison de Monsieur[2]. Enfin il dit mainte folie, à ce qu'il me paraissait. Je persistai dans ma manière de parler et d'agir, et je connus, devant que de sortir de Luxembourg, et, pour vous dire le vrai, avec plaisir, que Monsieur prendrait le parti d'obéir, car je lui vis une joie sensible de ce que je m'étais défendu d'appuyer l'offensive. Il ne laissa pas de nous en entretenir tout le reste du soir, et de nous commander même de faire tenir nos amis tous prêts et de nous trouver, dès la pointe du jour, à Luxembourg. M. de Beaufort s'aperçut, comme moi, que Monsieur avait pris sa résolution, et il me dit en descendant l'escalier : « Cet homme n'est pas capable d'une action de cette nature. — Il est encore bien moins capable de la soutenir, lui répondis-je ; et je crois que vous êtes enragé de la lui proposer, en l'état où sont les affaires. — Vous ne le connaissez pas encore, me repartit-il ; si je ne la lui avais proposée, il me le reprocherait d'ici à dix ans. »

Je trouvai, en arrivant cheux moi, Montrésor qui m'y attendait, et qui se moqua fort de mes scrupules ; car il appela ainsi tous les égards qu'il remarqua dans l'écrit que vous venez de voir et que je lui dictai. Il m'assura fort que Monsieur avait plus d'envie d'être à Limours que la Reine n'en avait de l'y envoyer ; et, sur le tout, il convint que la cour avait fait une faute terrible de l'y pousser, parce que la peur de n'y pas être en sûreté lui pouvait aisément faire entreprendre ce à quoi il n'eût jamais pensé, si l'on l'eût le moins du monde ménagé. L'événement a encore justifié cette imprudence, qui était d'autant plus grande, que la cour, qui avait sujet de me croire outré et en défiance, ne me faisait pas, à mon sens, la justice de croire que j'eusse pour l'État d'aussi bons sentiments que je les avais en effet. Je suis convaincu que, vu l'humeur de Monsieur, incorrigible de tout point, la division du parti, irrémédiable par une infinité de circonstances, et le deshingandement[1] (si l'on se peut servir de ce mot) passé, présent et à venir de toutes ses parties, l'on n'eût pu soutenir ce que l'on eût entrepris, et que, par cette raison, toutes les autres même à part, il n'y en eût point eu à conseiller à Monsieur d'entreprendre. Mais je ne suis pas moins persuadé que, si il eût entrepris, il eût réussi pour le moment, et qu'il eût poussé le Roi hors de Paris. Ce que je dis paraîtra à beaucoup de gens pour un paradoxe ; mais toutes les grandes choses qui ne sont pas exécutées paraissent toujours impraticables à ceux qui ne sont pas capables des grandes choses ; et je suis assuré que tel ne s'est point étonné des barricades de M. de Guise, qui s'en fût moqué comme d'une chimère, si l'on les lui eût proposées un quart d'heure auparavant qu'elles fussent élevées[2]. Je ne sais si je n'ai point déjà dit, en quelque endroit de cet ouvrage, que ce qui a le plus distingué les hommes est que ceux qui ont fait les grandes actions ont vu devant les autres le point de leur possibilité.

Je reviens à Monsieur. Il partit pour Limours, un peu devant la pointe du jour, et il affecta même de sortir une heure plus tôt qu'il ne nous l'avait dit, à M. de Beaufort [et] à moi. Il nous fit dire par Joui, qui nous attendait à la porte de Luxembourg, qu'il avait eu ses raisons pour cette conduite, que nous les saurions un jour, et que nous nous accommodassions avec la cour, si il nous était possible. Je n'en fus pas surpris en mon particulier ; M. de Beaufort en pesta beaucoup.

Le 22, le Roi tint son lit de justice au Louvre. Il y fit lire quatre déclarations. La première fut celle de l'amnistie, et la seconde celle du rétablissement du Parlement à Paris[3] ; la troisième portait un ordre de sortir de Paris à MM. de Beaufort, de Rohan, Viole, Thou, Broussel, Portail, Bitault, Croissi, Machaut-Fleuri, Martineau et Perraut[4] ; par la même déclaration, il était défendu au Parlement de se mêler dorénavant d'aucune affaire [d']État[1] ; la quatrième établissait une chambre des vacations. L'on avait arrêté, le matin, devant que le Roi fût entré, que l'on ferait instance auprès de Sa Majesté pour le rétablissement des exilés. Ils obéirent tous le même jour.

J'allai, l'après-dînée cheux la Reine, qui, après avoir été quelque temps au cercle, me commanda d'entrer avec elle dans son petit cabinet. Elle me traita parfaitement bien ; elle me dit qu'elle savait que j'avais adouci, autant qu'il m'avait été possible, et les affaires et les esprits ; qu'elle croyait que je l'aurais fait encore et plus promptement et plus publiquement, si je n'avais été obligé d'observer beaucoup d'égards avec mes amis, qui n'étaient pas tous de même opinion, qu'elle me plaignait ; qu'elle voulait m'aider à sortir de l'embarras où je me trouvais. Voilà, comme vous voyez, bien de l'honnêteté et même bien de la bonté, en apparence. Voici le fonds.

Elle était plus animée contre moi que jamais, parce que Beloi, qui était domestique de Monsieur, mais qui était toujours en secret à quelque autre, et qui avait repris des mesures à la cour depuis que les affaires de Monsieur le Prince avaient décliné, l'avait fait avertir, le matin, dès qu'elle fut éveillée, que j'avais offert à Monsieur de faire ce qu'il me commanderait. Il ne savait rien du détail de ce qui s'était passé, le soir, entre Monsieur, M. de Beaufort et moi ; mais, comme il entra dans sa chambre, aussitôt que nous en fûmes sortis, avec Joui, Monsieur, qui était dans l'agitation et dans le trouble, leur dit : « Si je voulais, je ferais bien danser l'Espagnole. » Beloi, ou par curiosité, ou malicieusement, lui répondit : « Mais, Monsieur, Votre Altesse Royale est-elle bien assurée de M. le cardinal de Rais ? — Le cardinal de Rais est homme de bien, dit Monsieur ; il ne me manquera pas. » Joui, qui l'avait entendu, me le rapporta fidèlement le matin, et je ne doutai pas que Beloi ne l'eût aussi rapporté à la Reine, qui d'ailleurs ne pouvait pas savoir qu'au même moment que j'avais fait à Monsieur l'offre à laquelle mon honneur m'obligeait, je n'avais rien oublié de tout ce que ce même honneur me permettait pour empêcher le bouleversement de l'État. Je fis, à l'instant même que Joui me donna cet avis, une grande réflexion sur les scrupules dont Montrésor m'avait tant fait la guerre la veille. Il est vrai qu'ils ne réussissent pas dans les cours, au moins pour l'ordinaire ; mais il y a des gens qui préfèrent au succès la satisfaction qu'ils trouvent dans eux-mêmes.

Vous vous seriez étonnée de la manière dont je répondis à la Reine, si je ne vous avais, au préalable, rendu compte de ce petit détail, qui comprend la raison que j'eus de lui parler comme je fis ; je dis : que j'eus de plus, car vous avez vu que, devant même, je lui parlais presque toujours avec la même sincérité. Je lui dis donc que j'avais une joie sensible d'avoir enfin rencontré le moment, que j'avais souhaité si passionnément depuis longtemps, de la pouvoir servir sans restriction ; que, tant que Monsieur avait été engagé dans le mouvement, je n'avais pu suivre mon inclination, par la raison de mes engagements avec lui, sur lesquels elle savait que je ne l'avais jamais trompée ; que, si j'avais eu l'honneur de la voir en particulier, la veille du jour où je lui parlais, j'en aurais usé à mon ordinaire, parce que je n'en aurais pas pu user autrement avec honneur ; que Monsieur, étant sorti de Paris, en pensée et en résolution de ne plus entrer dans aucune affaire publique, m'avait rendu ma liberté, c'est-à-dire qu'il m'avait proprement remis dans mon naturel, dont j'avais une joie que je ne pouvais assez exprimer à Sa Majesté. Elle me répondit le plus honnêtement du monde ; mais je m'aperçus qu'elle me voulait faire parler sur les dispositions de Monsieur. Elle eut contentement ; car je l'assurai, et avec beaucoup de vérité, qu'il était fort résolu à demeurer en repos dans sa solitude. « Il ne l'y faut pas laisser, reprit-elle ; il peut être utile au Roi et à l'État. Il faut que vous l'alliez querir, et que vous nous le rameniez. »

Je faillis tomber de mon haut, car je vous avoue que je ne m'attendais pas à ce discours. Je le compris pourtant bientôt, non pas qu'elle me l'expliquât clairement ; mais elle me fit entendre que, la dignité du Roi étant satisfaite par l'obéissance que Monsieur lui avait rendue, il ne tiendrait qu'à lui de se rétablir plus que jamais dans ses bonnes grâces, en couronnant la bonne conduite qu'il venait de prendre par des complaisances justes, raisonnables, et dans lesquelles même il pourrait trouver son compte. Vous voyez que ces expressions n'étaient pas extrêmement obscures. Quand la Reine vit que je n'y répondais que par des termes généraux, elle se referma, non pas seulement sur la matière, mais encore sur la manière dont elle m'avait traité auparavant. Elle rougit, et elle me parla pourtant plus froidement, ce qui était toujours en elle un signe de colère. Elle se remit pourtant un peu après, et elle me demanda si j'avais toujours confiance en Mme de Chevreuse : à quoi je lui répondis que j'étais toujours beaucoup son serviteur. Elle reprit brusquement cette parole, et il me parut même qu'elle la reprit avec joie, en me disant : « J'entends bien, vous en avez davantage en la Palatine, et vous avez raison. — J'en ai beaucoup, Madame, lui répondis-je, en Madame la Palatine ; mais je supplie Votre Majesté de me permettre que je n'en aie plus qu'à elle-même. — Je le veux bien, me dit-elle assez bonnement. Adieu : toute la France est là dedans qui m'attend. »

Je vous supplie de trouver bon que je vous rende compte, en cet endroit, d'un détail qui y est nécessaire, et qui vous fera connaître que ceux qui sont à la tête des grandes affaires ne trouvent pas moins d'embarras dans leur propre parti, que dans celui de leurs ennemis. Les miens, quoique tout-puissants dans l'État, l'un par sa naissance, par son mérite et par sa faction, l'autre par sa faveur, n'avaient pu, avec tous leurs efforts, m'obliger à quitter mon poste ; et je puis dire, sans vanité, que je l'aurais conservé, et même avec dignité, en lâchant seulement un peu la voile, si les différents intérêts, ou plutôt si les différentes visions de mes amis ne m'eussent forcé à prendre une conduite qui me fit périr, par la pensée qu'elle donna que je voulais tenir contre le vent. Pour vous faire entendre ce détail, qui est assez curieux, il est, à mon avis, nécessaire que je vous fasse celui qui concerne un certain nombre de gens que l'on appelait mes amis ; je dis : que l'on appelait, parce que tous ceux qui passaient pour cela dans le monde ne l'étaient pas.

Par exemple, je n'avais pas rompu avec Mme de Chevreuse, ni avec Laigue. Noirmoutier n'avait rien oublié de toutes les avances qu'il m'avait pu faire pour se raccommoder avec moi ; et les instances de tous mes amis m'avaient obligé de les recevoir et de vivre civilement avec lui. Montrésor, qui, à toutes fins, m'avait déclaré cent fois en sa vie qu'il n'était dans mes intérêts qu'avec subordination à ceux de la maison de Guise, ne laissait pas de prétendre droit à pouvoir entrer dans mes affaires, parce qu'enfin il avait été du secret de quelques-unes. Ce droit, qui est proprement celui de s'intriguer pour négocier, lui était commun avec ces autres que je vous viens de nommer immédiatement devant lui. Il ne s'en servit pas en cette dernière occasion tant que les autres, quoiqu'il en parlât autant et plus qu'eux. Il se contenta de prôner cheux moi, les soirs, sur un ton fâcheux ; mais il ne fit point de mauvais pas du côté de la cour, comme fit M. de Noirmoutier, qui, pour se faire valoir à M. le cardinal Mazarin, qu'il alla voir sur la frontière, lui montra une lettre de moi, avec une fausse date, par laquelle je l'avais chargé autrefois d'une commission qu'il rapportait au temps présent. Monsieur le Cardinal se douta de la fourbe[1], sur je ne sais quelle circonstance, dont je ne me ressouviens pas présentement, et il ne lui a jamais pardonné.

Mme de Chevreuse n'en usa pas ainsi ; mais comme elle n'avait pas trouvé à la cour ni la considération, ni la confiance qu'elle en avait espérées, elle cherchait fortune, et elle eût bien voulu se mêler, au retour du Roi dans Paris, d'une affaire qui paraissait grosse, parce que l'on la regardait comme un préalable nécessaire à celui de Monsieur le Cardinal à la cour. Laigue, qui m'avait traité assez familièrement devant son départ, recommença à me voir soigneusement et presque sur l'ancien pied[2] ; et Mlle de Chevreuse même, par l'ordre de madame sa mère, si je ne suis fort trompé, me fit des avances pour se raccommoder avec moi. Elle avait les plus beaux yeux du monde, et un air à les tourner qui était admirable, et qui lui était particulier. Je m'en aperçus le soir qu'elle arriva à Paris ; mais je dis simplement que je m'en aperçus. J'en usai honnêtement avec la mère, avec la fille et avec Laigue, et rien de plus. L'on pourrait croire qu'il n'y aurait, en ces rencontres, qu'à en user ainsi pour se tirer d'affaire ; mais il n'est pas vrai, parce que les avances que ceux qui s'adoucissent font aux puissances tournent toujours infailliblement au désavantage de celui qui les désavoue en ne les suivant pas ; et, de plus, il est bien difficile que ceux qui sont désavoués n'en conservent toujours quelque ressentiment, et ne donnent au moins dans la chaleur quelque coup de dent. Je sais que Laigue m'en donna, même grossièrement, et à droit et à gauche. Je n'ai rien su sur cela de Mme de Chevreuse, qui d'ailleurs a de la bonté, ou plutôt de la facilité naturelle. Mlle de Chevreuse ne me pardonna pas ma résistance à ses beaux yeux ; et l'abbé Fouquet, qui servait en ce temps-là son quartier auprès d'elle, a dit, depuis sa mort, à un homme de qualité, de qui je le sais, qu'elle me haïssait autant qu'elle m'avait aimé. Je puis jurer, avec toute sorte de vérité, que je ne lui en avais jamais donné le moindre sujet. La pauvre fille mourut d'une fièvre maligne, qui l'emporta en vingt-quatre heures, devant que les médecins se fussent seulement doutés qu'il pût y avoir le moindre péril à sa maladie. Je la vis un moment, avec madame sa mère, qui était au chevet de son lit, et qui ne s'attendait à rien moins qu'à la perte qu'elle en fit le lendemain matin à la pointe du jour[1].

J'avais une seconde espèce d'amis, c'est-à-dire de gens qui s'étaient fourrés dans le parti de la Fronde, et qui, dans les subdivisions du parti, s'étaient joints particulièrement à moi ; et de ceux-là, les volées[2] étaient différentes. Elles s'accordaient toutes en un point, qui était qu'ils espéraient beaucoup pour leur intérêt particulier de mon accommodement, ce qui était la disposition toute prochaine à croire que j'aurais pu faire tout ce que je n'aurais pas fait pour eux. Ces sortes de gens sont très fâcheux, parce que, dans les grands partis, ils font une multitude d'hommes à laquelle, pour mille différents respects[3], l'on ne se peut ouvrir de ce que l'on peut ou de ce que l'on ne peut pas, et auprès de laquelle, par conséquent, l'on ne se peut jamais justifier. Ce mal est sans remède, et il est de ceux-là où il ne faut chercher que la satisfaction de sa conscience. Je l'ai eue, toute ma vie, plus tendre[4] sur cet article, qu'il ne convient à un homme qui s'est mêlé d'aussi grandes affaires que moi. Il n'y a guère de matière où le scrupule soit plus inutile, et tout ensemble plus incommode. Je n'en souffris pas en effet par l'événement, dans l'occasion dont il s'agit ; mais j'en avais déjà assez souffert par la prévoyance.

La troisième espèce d'amis que j'avais, en ce temps-là, était un nombre choisi de gens de qualité qui étaient unis avec moi et d'intérêt et d'amitié, qui étaient de mon secret, et avec lesquels je concertais de bonne foi ce que j'avais à faire. Ceux-là étaient MM. de Brissac, de Bellièvre et de Caumartin, parmi lesquels M. de Montrésor, comme je vous l'ai déjà dit, se mêlait, par la rencontre de beaucoup d'affaires précédentes auxquelles il avait eu part. Il n'y en avait pas un dans ce petit nombre qui ne fût en droit de prétendre. La qualité de M. de Brissac et l'attachement qu'il avait pour moi, dans les affaires les plus épineuses, m'obligeaient à préférer ses intérêts aux miens propres, et d'autant plus qu'il n'avait pas profité de ce que j'avais stipulé pour lui, quand Messieurs les Princes furent arrêtés, touchant le gouvernement d'Anjou. Ce ne fut, à la vérité, ni la faute de la cour, ni la mienne, le traité qu'il en avait commencé n'ayant manqué que par le défaut d'argent qu'il ne put fournir ; mais enfin il n'avait rien, et il était juste, au moins à mon égard, qu'il fût pourvu. M. le président de Bellièvre avait, dès ce temps-là, des vues pour la première présidence[1] ; mais, comme il était homme de bon sens, il n'y pensa plus, dès qu'il vit que la cour prenait le dessus ; et dès le jour que Monsieur et Monsieur le Prince envoyèrent à Saint-Germain MM. de Rohan, de Chavigni et Goulas, il me dit ces propres paroles : « Je vas me remettre dans ma coquille, il n'y a plus rien à faire ; je ne veux plus être nommé à rien. » Il me tint parole ; et une grande et dangereuse fluxion, qu'il eut effectivement sur un œil, lui en donna même le prétexte et lui en facilita le moyen. M. de Caumartin s'était allé marier en Poitou un mois ou cinq semaines devant que le Roi revînt, et il était encore cheux lui quand la cour arriva à Paris. Il avait eu certainement plus de part que personne dans le secret des affaires ; il y avait agi avec plus de foi[2] et plus de capacité, et il n'y avait eu même d'intérêt particulier que celui que son honneur l'obligea d'y prendre, dans une occasion où il savait, mieux qu'homme qui fût au monde, qu'il n'en pouvait avoir aucun qui fût effectif. L'injustice que l'on lui a faite sur ce sujet m'oblige à en expliquer le détail.

Vous avez vu, dans le second volume de cette histoire, que Monsieur fut entraîné par Monsieur le Prince à demander à la Reine l'éloignement des sous-ministres, et qu'il ne tint pas à moi que Monsieur ne fît pas ce pas qui, dans la vérité, n'était en aucune manière bon à rien, et à lui moins qu'à personne. Laigue, qui les crut perdus, et qui était l'homme du monde qui s'incapriciait[1] le plus de ses nouveaux amis, se mit dans l'esprit de procurer la charge de secrétaire de la Guerre, qui est celle de M. Le Tellier, à Nouveau[2]. Mme de Chevreuse s'ouvrit de cette vision devant le petit abbé de Bernai, qui le dit à M. de Caumartin. Il ne le trouva pas bon et il eut raison. Il vint cheux moi ; il me demanda si ce dessein était venu jusques à moi ; je me mis à sourire et à lui dire que je croyais qu'il me croyait fou ; qu'il savait bien que je le savais mieux que personne que nous n'étions pas en état de faire des secrétaires d'État ; et que, de plus, si nous étions en cet état, ce ne serait pas pour M. de Nouveau que nous travaillerions. Il s'emporta contre Mme de Chevreuse et contre Laigue, et il n'avait pas tort « car, quoique je sache bien, dit-il, que leur proposition est impertinente, elle marque toujours que je ne dois pas prendre grande confiance en leur amitié. — Il est vrai, lui répondis-je, et je leur en dirai dès demain au matin mon sentiment, d'une manière qui leur fera voir que j'en suis encore plus mécontent que vous. — Ce qui est admirable, ajoutai-je, est qu'à l'instant que je fais tous mes efforts auprès de Monsieur pour l'empêcher de pousser M. Le Tellier, ces gens-là font, par leur conduite, qu'il croira que c'est moi qui le veux précipiter. »

Je fis, dès le lendemain, de grands reproches à Mme de Chevreuse et à Laigue. Ils nièrent le fait. Cet éclaircissement fit de bruit ; ce bruit alla à M. Le Tellier, qui crut que l'on disputait déjà de sa charge. Il m'a paru qu'il ne l'a jamais pardonné ni à M. de Caumartin ni à moi. La plupart des inimitiés qui sont dans les cours ne sont pas mieux fondées ; et j'ai observé que celles qui ne sont pas bien fondées sont les plus opiniâtres. La raison en est claire. Comme les offenses de cette espèce ne sont que dans l'imagination, elles ne manquent jamais de croître et de grossir dans un fonds qui n'est toujours que trop fécond en mauvaises humeurs qui les nourrissent. Pardonnez-moi, je vous supplie, cette petite disgression, qui même n'est pas inutile au sujet que je traite, puisqu'elle vous marque l'obligation que j'avais, encore plus grande, à tirer d'affaire M. de Caumartin, en m'accommodant. Ce ne fut pourtant pas lui qui embarrassa mon accommodement : il connaissait fort bien qu'il n'y avait plus assez d'étoffe pour en faire un trafic considérable. Il m'avait dit plusieurs fois, devant qu'il partît pour aller en Poitou, qu'il était rude, mais qu'il était nécessaire que nous pâtissions, même de la mauvaise conduite de nos ennemis ; qu'il n'y avait plus d'avantage à tirer pour les particuliers ; qu'il ne fallait songer qu'à sauver le vaisseau, dans lequel ils se pourraient remettre à la voile selon les occasions ; et que ce vaisseau, qui était moi, ne se pouvait sauver, en l'état où les affaires étaient tombées par l'irrésolution de Monsieur, qu'en prenant le largue[1], et en se jetant à la mer du côté du Levant, c'est-à-dire de Rome. Je me souviens qu'il ajouta, le propre jour qu'il me dit adieu, ces propres paroles : « Vous ne vous soutenez plus que sur la pointe d'une aiguille, et, si la cour connaissait ses forces à votre égard, elle vous pousserait comme elle va pousser les autres. Votre courage vous fait tenir une contenance qui la trompe et qui l'amuse ; servez-vous de cet instant pour en tirer tout ce qui vous est bon pour votre emploi de Rome : elle fera sur cela tout ce que vous voudrez. »

Voilà, comme vous voyez, des dispositions assez bonnes et sages pour ne pas embarrasser une négociation. Il ne restait donc que M. de Montrésor, qui disait, du matin au soir, qu'il ne prétendait rien, et qui avait même tourné en ridicule une lettre par laquelle Chandenier lui avait écrit, de la province, qu'il ne doutait pas que je ne le rétablisse dans sa charge et que je ne le fisse duc et pair en cette occasion. Ce fut toutefois ce M. de Montrésor même qui troubla toute la fête, et qui la troubla sans aucun intérêt, et par un pur travers d'esprit.

Un soir que nous étions tous ensemble cheux moi auprès du feu, et que nous discutions ce qu'il serait à propos de répondre à M. Servient, qui avait fait à M. de Brissac les propositions pour moi que vous verrez dans la suite, Joli, qui y était présent, dit, à propos de je ne sais quoi qui se rencontra dans le cours de la conversation, qu'il avait reçu une lettre de Caumartin ; il la lut, et cette lettre portait, même avec force, ce que [je] viens de vous dire de ses sentiments. Je remarquai que Montrésor, qui ne l'aimait pas d'inclination, fit une mine de mystère, mêlé de chagrin ; et, comme je connaissais extrêmement ses manières et son humeur, je jetai quelques paroles pour l'obliger à s'expliquer. Il n'y eut pas peine, car il s'écria tout d'un coup, même en jurant : « Nous ne sommes pas gens à manger des pois au veau[1]. *Schelme*, qui dira que Son Éminence se doive et puisse accommoder avec honneur, sans y faire trouver à ses amis leurs avantages : qui le dira les y voudra trouver pour lui seul. » Ces paroles, jointes à un chagrin que je lui avais vu depuis quelques jours contre la Palatine, me firent voir qu'il croyait que Caumartin, qui était son ami particulier, eût ménagé quelque chose avec elle pour son profit et au desçu[2] des autres. Je fis tout mon possible pour l'en détromper, je n'y réussis pas ; il réussit mieux à tromper les autres, car il jeta le même soupçon dans l'esprit de M. de Brissac, qui était un homme de cire[3], et plus susceptible qu'aucun que j'aie jamais connu des premières impressions.

M. de Brissac réveilla là-dessus Mme de Lesdiguières, qui l'aimait de tout son cœur, en ce temps-là. L'on ne manque jamais, quand l'on est dans ces sortes d'indispositions, à les fortifier de toutes les idées qui peuvent faire croire que les partis qui sont contraires à celui que l'on craint que l'on ne prenne sont non seulement possibles, mais aisés. Cette imagination se glisse dans tous les esprits, elle coule jusques aux subalternes ; l'on s'en parle à l'oreille ; ce secret ne produit au commencement qu'un petit murmure ; ce murmure devient un bruit qui fait trois ou quatre effets pernicieux et à l'égard de son propre parti et à l'égard de celui même auquel l'on a affaire.

Voilà justement ce qui m'arriva, et je fus étonné et que tous mes amis se partagèrent sur ce que je ferais ou ne ferais pas, sur ce que je pouvais ou ne pouvais pas, et que la cour me regarda comme un homme qui prétendait ou partager le ministère, ou en faire acheter bien chèrement l'abdication. Je connus, je sentis le péril et l'inconvénient de ce poste ; je me résolus de les boire, et je m'y résolus par ce même principe qui m'a fait toute ma vie prendre trop sur moi. Il n'y a rien de plus mauvais, selon les maximes de la politique. Le monde ne nous en a le plus souvent aucune obligation. Les bonnes intentions se doivent moins outrer que quoi que ce soit. Je me suis très mal trouvé de n'avoir pas observé cette règle, et dans les grandes affaires et dans les domestiques ; mais il faut avouer que nous ne nous corrigeons guère de ce qui flatte notre morale et notre inclination ensemble ; je n'ai jamais pu me repentir de cette conduite, quoiqu'elle m'ait coûté ma prison et toutes les suites de ma prison, qui n'ont pas été médiocres. Si j'eusse suivi la contraire, si j'eusse accepté les offres de M. Servient, si je me fusse tiré d'embarras, j'aurais évité tous les malheurs qui m'ont presque accablé ; je n'aurais pu me défendre d'abord de celui qui est inévitable à tous ceux qui sont à la tête des grandes affaires, et qui en sortent sans faire trouver des avantages à ceux qui y sont engagés avec eux. Le temps aurait assoupi ces plaintes, que la fortune même aurait pu tourner, par de bons événements, en ma faveur ; je conçois fort bien ces vérités, mais je ne les regrette pas ; je me suis satisfait moi-même en me conduisant autrement ; et comme à la réserve de la religion et de la bonne foi, tout doit être, au moins à mon opinion, égal aux hommes, je crois que je puis raisonnablement être content de ce que j'ai fait.

Je refusai donc les propositions de M. Servient, qui étaient que le Roi me donnerait la surintendance de ses affaires en Italie, avec cinquante mille écus de pension, que l'on paierait jusques à la somme de cent mille écus de mes dettes ; que l'on me délivrerait comptant celle de cinquante mille pour mon ameublement ; et que je demeurerais trois ans à Rome, après lesquels il me serait loisible de revenir faire à Paris mes fonctions[1]. Je ne rebutai pourtant pas M. Servient de but en blanc ; j'en usai toujours honnêtement avec lui. Il me vit cheux moi, je lui rendis sa visite, nous négociâmes ; mais il jugea bien que je ne voulais pas conclure, parce qu'il n'entrait en rien de ce qui concernait les intérêts de mes amis, quoique je l'eusse tâté sur ce chef, auquel, dans le fonds, il était contraire au dernier point, à ce que j'ai su depuis. Madame la Palatine, à laquelle j'avais beaucoup plus de confiance qu'à lui, n'était pas, au commencement, tout à fait persuadée que l'on ne pût rien faire pour eux. Elle s'aperçut dans peu qu'elle s'était trompée en cela elle-même ; elle s'aperçut même de pis, et que les mauvais offices et de Servient et de l'abbé Fouquet allaient à plus qu'à rompre mes négociations. Elle m'en avertit ; elle me déclara même qu'elle ne se voulait plus trouver cheux Joli, où elle avait accoutumé de me venir trouver, en chaise, par une porte de derrière, entre dix et onze du soir ; elle me fit connaître qu'il y avait du péril pour moi en ces conférences secrètes, et elle me dit nettement ou que je devais conclure, ou que je devais traiter directement avec le Cardinal même, parce que tous les subalternes, l'un par un principe, l'autre par un autre, m'étaient fort contraires.

Je vous ai dit ci-devant les raisons pour lesquelles je ne me pouvais résoudre à conclure pour moi seul, et ces raisons étaient tous les jours réglément fortifiées par de nouveaux avis que Mme de Lesdiguières me donnait, que je n'avais qu'à faire bonne mine, qu'à demeurer cheux moi ; que le Cardinal, qui s'amusait sur la frontière à vétiller proprement dans l'armée de M. de Turenne, où vous pouvez vous imaginer qu'il n'était pas fort nécessaire ; que le Cardinal, dis-je, qui mourait d'impatience de revenir à Paris, et qui n'osait y rentrer tant que j'y serais, me ferait un pont d'or pour en sortir, et qu'il m'accorderait tout ce que je lui demanderais[2]. M. de Brissac, qui croyait que ces avis venaient de M. le maréchal de Villeroi, comme il était vrai, était de plus ravi de le croire pour son propre intérêt. Monsieur le Premier[3] fit à Mme de Lesdiguières un discours de la même nature, en lui disant qu'il savait de science certaine que l'on brûlait d'envie de s'accommoder avec moi ; et je me souviens que Joli, qui se trouva présent quand l'on me rapporta cette parole, s'approcha de moi et me dit à l'oreille : « Encore une contusion ! » C'en était effectivement ; car, quoique tous ces bruits ne me persuadassent pas, ils me retenaient, ils m'empêchaient de conclure, et ils m'obligèrent à la fin à me résoudre à croire Madame la Palatine, et à traiter directement avec Monsieur le Cardinal. J'écrivis à Monsieur de Chaslons que je le priais de l'aller trouver, de lui expliquer franchement et nettement mes pensées, et d'en tirer pour M. de Brissac la permission de récompenser le gouvernement d'Anjou[1], et quelques misères proprement pour MM. de Montmorenci, d'Argenteuil, de Chasteaubriand, et cætera. Il n'y eût pas eu ombre de difficulté à l'égard de ces derniers ; je suis persuadé qu'il n'y en eût guère eu davantage pour M. de Brissac, le Cardinal ayant une passion très grande de se défaire de moi par l'emploi de Rome. Langlade[2], qui passa en ce temps-là à Chaslons, retarda, sans y penser, le voyage de Monsieur de Chaslons, en lui disant que Monsieur le Cardinal devait être en un tel lieu, à un tel jour[3]. Ce délai causa ma prison, parce que Servient et l'abbé Fouquet la précipitèrent, en faisant voir [à] la Reine qu'il y avait trop de péril à demeurer en l'état où l'on est et en lui grossissant tout ce qui, dans la vérité, n'avait pas même la réalité la plus légère. Ils lui disaient sans cesse que je continuais à ménager et à échauffer les rentiers, à cabaler dans les colonelles, et cætera.

Il arriva un incident qui contribua infiniment à aigrir la cour contre moi. Le Roi tint, le 13 de novembre, son lit de justice au Parlement, pour y faire enregistrer une déclaration par laquelle il déclarait Monsieur le Prince criminel de lèse-majesté, et il m'envoya, la veille, Saintot, lieutenant des cérémonies, pour me commander de sa part de m'y trouver. Je répondis à Saintot que je suppliais très humblement Sa Majesté de me permettre de lui représenter que je croyais qu'il ne serait ni de la justice ni de la bienséance, qu'en l'état où j'étais avec Monsieur le Prince, je donnasse ma voix dans une délibération dans laquelle il s'agissait de le condamner. Saintot me repartit que quelqu'un ayant prévu, en présence de la Reine, que je m'en excuserais par cette raison, elle avait répondu qu'elle ne valait rien, et que M. de Guise, qui devait sa liberté aux instances de Monsieur le Prince, s'y trouvait bien : sur quoi je dis à Saintot que, si j'étais de la profession de M. de Guise, j'aurais une extrême joie de le pouvoir imiter dans les belles actions qu'il venait de faire à Naples[1]. Vous ne sauriez vous imaginer à quel point la Reine s'emporta contre mon excuse ; l'on lui expliqua comme un indice convaincant des ménagements que j'avais pour Monsieur le Prince ; et ce que je ne faisais, dans le vrai, que par un pur principe d'honnêteté, à laquelle je suis encore persuadé que j'étais obligé, passa, dans son esprit, pour une conviction, des mesures, ou que j'avais prises avec lui, ou que j'allais y prendre. Rien n'était plus faux, mais rien n'était plus cru, et il le fut au point que la Reine se résolut de jouer à quitte et à double et de me faire périr.

Touteville, capitaine aux gardes, et l'un des satellites de l'abbé Fouquet[2], loua une maison assez proche de celle de Mme de Pommereux, dans laquelle il pût poster des gens pour m'attaquer. Le Fei[3], officier dans l'artillerie et l'un de ces ridicules conjurés du Palais-Royal, fit des tentatives à Péan, qui était à cette heure-là mon contrôleur, et que vous avez vu depuis mon maître d'hôtel, pour l'obliger à lui donner avis des heures nocturnes dans lesquelles l'on croyait que je sortais. Pradelle eut un ordre signé de la main du Roi de m'attaquer dans les rues, et de me prendre mort ou vif. Celui qui fut donné au maréchal de Vitri, lorsqu'il tua le maréchal d'Ancre[4], n'était pas plus précis. Je n'ai su celui de Pradelle que depuis mon retour en France des pays étrangers, par le moyen de M. l'archevêque de Reims[5], qui dit, il y a deux ou trois ans, à MM. de Chaslons et de Caumartin, qu'il l'avait vu en original. J'eus quelque vent, dans le même temps, du dessein de Touteville ; et je ne le considérai que comme une vision d'un écervelé qui se plaignait de moi, parce que j'avais servi contre lui un de mes amis pour la recherche d'une certaine Mme Darmet. Je devais faire au moins plus de réflexion sur les offres que Le Fei avait faites à mon contrôleur ; mais je ne les regardai que comme des inquiétudes de subalternes, qui faisaient espionner mes actions.

M. de Brissac me dit un jour qu'il serait bon que je prisse garde à moi avec plus de précaution, que l'on lui donnait des avis de tous les côtés, et qu'il venait même de recevoir un billet par lequel celui qui l'écrivait, sans se nommer, le conjurait de faire en sorte que je n'allasse pas ce jour-là à Rambouillet[1], où l'on avait pris fantaisie de se promener, quoique l'on fût bien avant dans le mois de novembre. Je ne doutai point que ce billet ne vînt de quelque homme de la cour, qui avait eu la curiosité de sonder et mon cœur et mes forces. J'y allai avec deux cents gentilshommes ; j'y trouvai un fort grand nombre d'officiers des gardes, et, entre autres, Rubentel, affidé confident de l'abbé Fouquet. Je ne sais si ils avaient dessein de m'attaquer, mais je savais bien que je n'étais pas en état d'être attaqué. Ils me saluèrent avec de profondes révérences ; j'entrai en conversation avec quelques-uns d'eux que je connaissais, et je revins chez moi, tout aussi satisfait de ma personne, que si je n'eusse pas fait une sottise. C'en était une effectivement, qui n'était bonne qu'à aigrir la cour de plus en plus contre moi. L'on se pique, l'on s'emporte, et, dans la passion, il est très difficile de conserver une conduite qui ne déborde point. Voici encore en quoi la mienne ne fut pas juste.

Je faisais état[2] de prêcher l'Avent, au moins les dimanches et les fêtes de l'Avent, dans les plus grandes églises de Paris ; et je commençai le jour de la Toussaints à Saint-Germain, paroisse du Roi[3]. Leurs Majestés me firent l'honneur d'assister au sermon, et je les en allai remercier le lendemain. Comme, depuis ce temps-là, les avis que l'on me donnait de toutes parts[4] multiplièrent, je n'allai plus au Louvre : en quoi je fis, à mon opinion, une faute ; car je crois que cette circonstance détermina plus la Reine à me faire arrêter que toutes les autres. Je dis seulement que je le crois, parce que, pour le bien savoir, il serait nécessaire de savoir au préalable si M. le cardinal Mazarin avait ordonné que l'on m'arrêtât, ou si simplement il l'approuva quand il vit que l'on y avait réussi[1]. Je ne le sais pas précisément, les gens de la cour même m'en ayant depuis parlé fort différemment.

Lionne m'a toujours assuré le second. Quelqu'un, dont je ne me souviens pas, m'a dit qu'il avait ouï le contraire de M. Le Tellier. Ce qui est constant est que, sans une circonstance que vous allez voir, je n'eusse plus été au Louvre, et que je me fusse tenu sur mes gardes, et que, nonobstant les ordres de M. de Pradelle, j'eusse apparemment embarrassé le théâtre au moins assez longtemps pour attendre des nouvelles de M. le cardinal Mazarin. Tout le monde me le conseillait, et je me souviens que M. d'Hacqueville me dit un soir avec colère : « Vous avez bien gardé votre maison trois semaines pour Monsieur le Prince ; est-il possible que vous ne la puissiez garder trois jours pour le Roi ? »

Voici ce qui m'en empêcha. Mme de Lesdiguières, que j'avais sujet de croire être très bien avertie, et qui l'était en effet très bien d'ordinaire, me pressa extrêmement d'aller au Louvre, en me disant que, si j'y pouvais aller en sûreté, il fallait que je convinsse que ce serait beaucoup le meilleur pour moi, par la raison de la bienséance, et cætera. Je convins de la proposition, mais je ne convins pas de la sûreté. « N'y a-t-il que cette considération qui vous en empêche ? reprit-elle. — Non, lui répondis-je. — Allez-y donc demain, me dit-elle ; car nous savons le dessous des chartes. » Ce dessous des chartes était qu'il s'était tenu un conseil secret[2], dans lequel, après de grandes contestations, il avait été résolu que l'on s'accommoderait avec moi et que l'on me donnerait même satisfaction pour mes amis. Je suis très assuré que Mme de Lesdiguières ne me trompait point ; je ne le suis pas moins que M. le maréchal de Villeroi ne trompait point Mme de Lesdiguières. Il fut trompé lui-même, et, par cette raison, je ne lui en ai jamais voulu parler.

J'allai ainsi au Louvre, le 19 de décembre, et j'y fus arrêté, dans l'antichambre de la Reine, par M. de Villequier, qui était capitaine des gardes en quartier[3]. Il s'en fallut très peu que M. d'Hacqueville ne me sauvât. Comme j'entrai dans le Louvre, il se promenait dans la cour ; il me joignit à la descente de mon carrosse, et il vint avec moi cheux Mme la maréchale de Villeroi, où j'allai attendre qu'il fût jour cheux le Roi. Il m'y quitta, pour aller en haut, où il trouva Montmège[1], qui lui dit que tout le monde disait que j'allais être arrêté. Il descendit en diligence pour m'en avertir et pour me faire sortir par la cour des cuisines, qui répondait justement à l'appartement de Mme de Villeroi. Il ne m'y trouva plus ; mais il ne m'y manqua que d'un moment, et ce moment m'eût infailliblement donné la liberté. J'en ai la même obligation à M. d'Hacqueville ; mais je suis assuré que, de l'humeur et de la cordialité dont il est, il n'en eut pas la même joie. M. de Villequier me mena dans son appartement, où les officiers de la bouche m'apportèrent à dîner. L'on trouva très mauvais à la cour que j'eusse bien mangé, tant l'iniquité et la lâcheté des courtisans est extrême. Je ne trouvai pas bon que l'on m'eût fait retourner mes poches, comme l'on fait aux coupeurs des bourses : M. de Villequier eut ordre de faire cette cérémonie, qui n'était pas ordinaire. L'on n'y trouva qu'une lettre du roi d'Angleterre, qui me chargeait de tenter du côté de Rome si l'on ne lui pourrait point donner quelque assistance d'argent[2]. Ce nom de lettre d'Angleterre se répandit dans la basse-cour ; il fut relevé par un homme de qualité, au nom duquel je me crois obligé de faire grâce, à la considération de l'un de ses frères qui est de mes amis. Il crut faire sa cour de le gloser, d'une manière qui fut odieuse. Il sema le bruit que cette lettre était du Protecteur[3]. Quelle bassesse !

L'on me fit passer, sur les trois heures, toute la grande galerie du Louvre, et l'on me fit descendre par le pavillon de Mademoiselle. Je trouvai un carrosse du Roi, dans lequel M. de Villequier monta avec moi et cinq ou six officiers des gardes du corps. Le carrosse fit douze ou quinze pas du côté de la ville, mais il tourna tout d'un coup à la porte de la Conférence. Il était escorté par M. le maréchal d'Albret, à la tête des gensdarmes ; par M. de La Vauguion, à la tête des chevau-légers ; et par M. de Vennes, lieutenant-colonel du régiment des gardes, qui y commandait huit compagnies. Comme l'on voulait gagner la porte Saint-Antoine, il y en avait deux ou trois autres devant lesquelles il fallait passer ; il y avait à chacune un bataillon des Suisses, qui avaient les piques baissées vers la ville. Voilà bien des précautions, et des précautions bien inutiles. Rien ne branla dans la ville. La douleur et la consternation y parurent ; mais elles n'allèrent pas jusques au mouvement, soit que l'abattement du peuple fût en effet trop grand, soit que ceux qui étaient bien intentionnés pour moi perdissent le courage, ne voyant personne à leur tête. L'on m'en a parlé depuis diversement. Le Houx, boucher, mais homme de crédit dans le peuple et de bon sens, m'a dit que toute la boucherie de la place aux Veaux fut sur le point de prendre les armes, et que, si M. de Brissac ne lui eût dit que l'on [me] ferait tuer si l'on les prenait, il eût fait les barricades, dans tout ce quartier-là, avec toute sorte de facilité. L'Espinai m'a confirmé la même chose de la rue Montmartre[1]. Il me semble que M. le marquis de Chasteauregnaud, qui se donna bien du mouvement, ce jour-là, pour émouvoir le peuple, m'a dit qu'il n'y avait pas trouvé jour[2] ; et je sais bien que Malclerc, qui courut pour le même dessein les ponts de Notre-Dame et de Saint-Michel, qui étaient fort à moi, y trouva les femmes dans les larmes, mais les hommes dans l'inaction et dans la frayeur. Personne du monde ne peut juger de ce qui fût arrivé, si il y eût eu une épée tirée. Quand il n'y en a point de tirée dans ces rencontres, tout le monde juge qu'il n'y pouvait rien avoir ; et si il n'y eût point eu de barricades à la prise de M. Broussel, l'on se serait moqué de ceux qui auraient cru qu'elles eussent été seulement possibles.

J'arrivai à Vincennes entre huit et neuf heures du soir et, M. le maréchal d'Albret m'ayant demandé, à la descente du carrosse, si je n'avais rien à faire savoir au Roi, je lui répondis que je croirais manquer au respect que je lui devais si je prenais cette liberté. L'on me mena dans une grande chambre, où il n'y avait ni tapisserie, ni lit[3] ; celui que l'on y apporta, sur les onze heures, était de taffetas de la Chine, étoffe peu propre pour un ameublement d'hiver. J'y dormis très bien, ce que l'on ne doit pas attribuer à fermeté, parce que le malheur fait naturellement cet effet en moi. J'ai éprouvé, en plus d'une occasion, qu'il m'éveille le jour et qu'il m'assoupit la nuit. Ce n'est pas force, et je l'ai connu après que je me suis bien examiné moi-même, parce que j'ai senti que ce sommeil ne vient [que] de l'abattement où je suis, dans les moments où la réflexion que je fais sur ce qui me chagrine n'est pas divertie par les efforts que je fais pour m'en garantir. Je trouve une satisfaction sensible à me développer, pour ainsi parler, moi-même, et à vous rendre compte des mouvements les plus cachés et les plus intérieurs de mon âme.

Je fus obligé de me lever, le lendemain, sans feu, parce qu'il n'y avait point de bois pour en faire, et les trois exempts[1] que l'on avait mis auprès de moi eurent la bonté de m'assurer que je n'en manquerais pas le lendemain. Celui qui demeura seul à ma garde le prit pour lui, et je fus quinze jours, à Noël, dans une chambre grande comme une église, sans me chauffer. Cet exempt s'appelait Croisat; il était Gascon, et il avait été, au moins à ce que l'on disait, valet de chambre de M. Servient. Je ne crois pas que l'on eût pu trouver encore sous le ciel un autre homme fait comme celui-là. Il me vola mon linge, mes habits, mes souliers; et j'étais obligé de demeurer quelquefois dans le lit huit ou dix jours, faute d'avoir de quoi m'habiller. Je ne crus pas que l'on me pût faire un traitement pareil sans un ordre supérieur et sans un dessein formé de me faire mourir de chagrin. Je m'armai contre ce dessein et je me résolus à ne pas mourir, au moins de cette sorte de mort. Je me divertis, au commencement, à faire la vie de mon exempt, qui, sans exagération, était aussi fripon que Lazarille de Tormes et que le Buscon[2]. Je l'accoutumai à ne me plus tourmenter, à force de lui faire connaître que je ne me tourmentais de rien. Je ne lui témoignai jamais aucun chagrin, je ne me plaignis de quoi que ce soit, et je ne lui laissai pas seulement voir que je m'aperçusse de ce qu'il disait pour me fâcher, quoiqu'il ne proférât pas un mot qui ne fût à cette intention. Il fit travailler à un petit jardin de deux ou trois toises, qui était dans la cour du donjon; et comme je lui demandai ce qu'il en prétendait faire, il me répondit que son dessein était d'y planter des asperges : vous remarquerez qu'elles ne viennent qu'au bout de trois ans. Voilà l'une de ses plus grandes douceurs ; il y en avait tous les jours une vingtaine de cette force. Je les buvais toutes avec douceur, et cette douceur l'effarouchait, parce qu'il disait que je me moquais de lui.

Les instances du chapitre et des curés de Paris, qui firent pour moi tout ce qui était en leur pouvoir, quoique mon oncle, qui était le plus faible des hommes et, de plus, jaloux jusques au ridicule de moi, ne les appuyât que très mollement, leurs instances, dis-je, obligèrent la cour à s'expliquer des causes de ma prison, par la bouche de Monsieur le Chancelier, qui, en la présence du Roi et de la Reine, dit à tous ces corps que Sa Majesté ne m'avait fait arrêter que pour mon propre bien, et pour m'empêcher d'exécuter ce que l'on avait sujet de croire que j'avais dans l'esprit. Monsieur le Chancelier m'a dit, depuis mon retour en France, que ce fut lui qui fit trouver bon à la Reine qu'il donnât ce tour à son discours, sous prétexte d'éluder plus spécieusement la demande, que faisait l'Église de Paris en corps[1], ou que l'on me fît mon procès, ou que l'on me rendît la liberté ; et il ajoutait que son véritable dessein avait été de me servir, en faisant que la cour avouait ainsi mon innocence, au moins pour les faits passés.

Il est vrai que mes amis prirent un grand avantage de cette réponse, qui fut relevée de toutes ses couleurs, en deux ou trois libelles très spirituels. M. de Caumartin fit, dans cette occasion et dans les suivantes, tout ce que l'amitié la plus véritable et tout ce que l'honneur le plus épuré peuvent produire. M. d'Hacqueville y redoubla ses soins et son zèle pour moi. Le chapitre de Notre-Dame fit chanter tous les jours une antienne[2] publique et expresse pour ma liberté. Aucun des curés ne me manqua, à la réserve de celui de Saint-Barthélemi[3]. La Sorbonne se signala ; il y eut même beaucoup de religieux qui se déclarèrent. Monsieur de Chaslons échauffait les cœurs et les esprits, et par sa réputation et par son exemple. Ce soulèvement obligea la cour à me traiter un peu mieux que dans les commencements. L'on me donna des livres, mais par compte[4], et sans papier ni encre ; et l'on m'accorda un valet de chambre, et un médecin, à propos duquel je suis bien aise de ne pas omettre une circonstance qui est remarquable. Ce médecin, qui était homme de mérite et de réputation dans sa profession, et qui s'appelait Vacherot, me dit, le jour qu'il entra à Vincennes, que M. de Caumartin l'avait chargé de me dire que Goisel, cet avocat qui avait prédit la liberté de M. de Beaufort, l'avait [assuré] que j'aurais la mienne dans le mois de mars, mais qu'elle serait imparfaite, et que je ne l'aurais entière et pleine qu'au mois d'août. Vous verrez par les suites que le présage fut juste.

Je m'occupai fort à l'étude dans tout le cours de ma prison de Vincennes, qui dura quinze mois, et au point que les jours ne me suffisaient pas et que j'y employais même les nuits. J'y fis un étude[1] particulier de la langue latine, qui me fit connaître que l'on ne s'y peut jamais trop appliquer, parce que c'est un étude qui comprend toutes les autres[2]. Je travaillai sur la grecque, que j'avais fort aimée autrefois, et à laquelle je retrouvai encore un nouveau goût. Je composai à l'imitation de Boëce, une *Consolation de théologie*[3], par laquelle je prouvais que tout homme qui est prisonnier doit essayer d'être le *vinctus in Christo*[4], dont parle saint Paul. Je ramassai, dans une manière de *silva*[5], beaucoup de matières différentes, et entre autres une application, à l'usage de l'Église de Paris, de ce qui était contenu dans le livre des actes de celle de Milan, dressé par les cardinaux Borromées[6], et j'intitulai cet ouvrage : *Partus Vincennarum*[7]. Mon exempt n'oubliait rien pour troubler la tranquillité de mes études et pour tenter de me donner du chagrin. Il me dit un jour que le Roi lui avait commandé de me faire prendre l'air et de me mener sur le haut du donjon. Comme il crut que j'y avais pris du divertissement, il m'annonça avec une joie qui paraissait dans ses yeux, qu'il avait reçu un contrordre ; je lui répondis qu'il était venu tout à propos, parce que l'air, qui était trop vif au-dessus du donjon, m'avait fait mal à la tête. Quatre jours après, il me proposa de descendre au jeu de paume, pour y voir jouer mes gardes ; je le priai de m'en excuser, parce qu'il me semblait que l'air y devait être trop humide. Il m'y força en me disant que le Roi, qui avait plus de soin de ma santé que je ne le croyais, lui avait commandé de me faire faire exercice. Il me pria de l'excuser à son tour de ce qu'il ne m'y faisait plus descendre, pour « quelque considération, ajouta-t-il, que je ne vous puis dire ». Je m'étais mis, pour vous dire le vrai, assez au-dessus de toutes ces petites chicaneries, qui ne me touchaient point dans le fonds et pour lesquelles je n'avais que du mépris ; mais je vous confesse que je n'avais pas la même supériorité d'âme pour la substance (si l'on se peut servir de ce terme) de la prison ; et la vue de me trouver tous les matins en me réveillant, entre les mains de mes ennemis, me faisait assez sentir que je n'étais rien moins que stoïque. Âme qui vive ne s'aperçut de mon chagrin ; mais il fut extrême par cette unique raison ou déraison, car c'est un effet de l'orgueil humain ; et je me souviens que je me disais, vingt fois le jour, à moi-même que la prison d'État était le plus sensible de tous les malheurs sans exception. Je ne connaissais pas encore assez celui des dettes[1].

Vous avez déjà vu que je divertissais mon ennui par mon étude. J'y joignais quelquefois du relâchement[2]. J'avais des lapins sur le haut du donjon, j'avais des tourterelles dans une des tourelles, j'avais des pigeons dans l'autre. Les continuelles instances de l'Église de Paris faisaient que l'on m'accordait, de temps en temps, ces petits divertissements ; mais l'on les troublait toujours par mille et mille chicanes. Ils ne laissaient pas de m'amuser, et d'autant plus agréablement, que je les avais aussi prévus mille et mille fois, en faisant réflexion à quoi je me pourrais occuper, si il m'arrivait jamais d'être arrêté. Il n'est pas concevable combien l'on se trouve soulagé quand l'on rencontre, dans les malheurs où l'on tombe, les consolations, quoique petites, que l'on s'y est imaginées par avance.

Je ne m'occupais pas si fort à ces diversions, que je ne songeasse avec une extrême application à me sauver ; et le commerce que j'eus toujours au-dehors, et sans discontinuation, me donnait lieu d'y pouvoir penser, et avec espérance et avec fruit.

Le neuvième jour de ma prison, un garde, appelé Carpentier, s'approcha de moi comme son camarade dormait (il y en avait toujours deux qui me gardaient à vue, et même la nuit), et il me mit un billet dans la main, que je reconnus d'abord pour être de celle de Mme de Pommereux. Il n'y avait dans le billet que ces paroles : « Faites-moi réponse ; fiez-vous au porteur. »

Ce porteur me donna un crayon et un petit morceau de papier, dans lequel j'accusai la réception du billet. Mme de Pommereux avait trouvé habitude[1] à la femme de ce garde, et elle lui avait donné cinq cents écus pour ce premier billet. Le mari était accoutumé à cette manière de trafic, et il n'avait pas été inutile à la liberté de M. de Beaufort. Il est mort, lui et toute sa famille ; j'en parle, par cette considération, plus librement. Comme tout ce qui est écrit peut être vu, par des accidents imprévus, permettez-moi, je vous supplie, de ne point entrer dans le détail de tous les autres commerces que j'eus après celui-là, et dans lesquels il faudrait nommer des gens qui vivent encore. Il suffit que je vous dise que, nonobstant le changement de trois exempts et de vingt-quatre gardes du corps qui se succédèrent dans le cours de ces quinze mois les uns aux autres, mon commerce ne fut jamais interrompu et qu'il fut toujours aussi réglé que l'est celui de Paris à Lyon[2].

Mme de Pommereux et MM. de Caumartin et d'Hacqueville m'écrivaient réglément deux fois la semaine, et je leur faisais réglément réponse deux fois la semaine. Voici les différentes matières de ce commerce. Elles tendaient toutes à ma liberté. La voie la plus courte était celle de se sauver de prison. Je fis pour cela deux entreprises, dont l'une me fut suggérée par mon médecin, qui était homme de mathématique. Il prit la pensée de limer la grille d'une petite fenêtre qui était dans la chapelle où j'entendais la messe, et d'y attacher une espèce de machine avec laquelle je fusse, à la vérité, descendu, même assez aisément, du troisième étage du donjon ; mais, comme ce n'eût été que la moitié du chemin de fait et qu'il eût fallu remonter l'enceinte, de laquelle d'ailleurs l'on n'eût pu redescendre, il quitta cette pensée, laquelle était effectivement impraticable, et nous nous réduisîmes à une autre, qui ne manqua que parce qu'il ne plut pas à la Providence de la faire réussir. J'avais remarqué, dans le temps que l'on me menait sur la tour, qu'il y avait tout au haut un creux dont je n'ai jamais pu deviner l'usage. Il était plein à demi de pierrailles, mais l'on pouvait y descendre et s'y cacher. Je pris sur cela la pensée de choisir le temps que mes gardes seraient allés dîner et que Carpentier serait de jour, d'enivrer son camarade, qui était un vieillard, appelé Toneille, qui tombait comme mort dès qu'il avait bu deux verres de vin, ce que Carpentier avait éprouvé plus d'une fois, et de me servir de ce moment pour monter au haut de la tour sans que l'on s'en aperçût, et pour me cacher dans le trou dont je vous viens de parler, avec quelques pains et quelques bouteilles d'eau et de vin. Carpentier convenait de la possibilité et même de la facilité de ce premier pas, qui était d'autant plus aisé, que les deux gardes qui le devaient relever, lui et son camarade, avaient toujours eu l'honnêteté[1] de ne point entrer dans ma chambre et de demeurer à la porte jusques à ce qu'ils pussent juger que je fusse éveillé ; car je m'étais accoutumé à dormir l'après-dînée, ou plutôt à faire semblant de dormir. Ce n'est pas qu'il ne leur fût ordonné de ne m'y laisser seul ; mais il y a toujours des gens qui sont plus honnêtes les uns que les autres. Carpentier devait attacher des cordes à la fenêtre de la galerie par laquelle M. de Beaufort s'était sauvé, et jeter dans le fossé une machine de tissu que M. Vacherot avait travaillée la nuit dans sa chambre, par le moyen de laquelle l'on eût pu croire que je me fusse élevé au-dessus de la petite muraille que l'on y avait faite depuis la sortie de M. de Beaufort. Il devait en même temps donner l'alarme comme si il m'avait vu passer dans la galerie, et montrer son épée teinte de sang, comme si même il m'eût blessé en me poursuivant. Toute la garde fût accourue au bruit ; l'on eût trouvé les cordes à la fenêtre ; l'on eût vu la machine et du sang dans le fossé ; huit ou dix cavaliers eussent paru le pistolet à la main dans le bois, comme pour me recevoir ; il y en eût eu un qui fût sorti des portes avec une calotte rouge sur la tête ; ils se seraient séparés, et celui qui aurait eu la calotte rouge aurait tiré du côté de Mézières[2] ; l'on eût tiré le canon à Mézières, trois ou quatre jours après, comme si j'y fusse effectivement arrivé. Qui eût pu s'imaginer que j'eusse été dans le trou ? L'on n'eût pas manqué de lever la garde du bois de Vincennes et de n'y laisser que des mortes-payes[1] ordinaires, qui eussent fait voir, pour deux sols, à tout Paris, et la fenêtre et les cordes, comme ils firent celles de M. de Beaufort. Mes amis y fussent venus par curiosité comme tous les autres, ils m'eussent habillé en femme, en moine, comme il vous plaira, et j'en fusse sorti sans qu'il y eût seulement ombre de soupçon ni de difficulté.

Je ne crois pas qu'il y eût eu rien au monde de si ridicule pour la cour, si elle eût été attaquée en cette manière. Elle est si extraordinaire, qu'elle en paraît impossible. Elle était même facile[2] ; et je suis convaincu qu'elle aurait infailliblement réussi, si un garde appelé L'Escarmouceré ne l'eût rompue par un incident que la pure fortune y jeta. L'on l'envoya à la place d'un autre qui tomba malade ; et, comme c'était un homme dur, vieux et exact, il dit à l'exempt qu'il ne concevait pas comme il ne faisait pas mettre une porte à l'entrée du petit escalier qui monte à la tour. Elle y fut posée le lendemain au matin, et ainsi mon entreprise fut rompue. Ce même garde m'assura le soir, en bonne amitié, qu'il m'étranglerait si il plaisait à Sa Majesté de le lui commander.

Je n'étais pas si attaché aux moyens de me tirer de moi-même de la tour de Vincennes, que je ne pensasse aussi à ceux qui pouvaient obliger mes ennemis à m'en tirer. L'abbé Charrier, qui partit pour Rome, dès le lendemain que je fus arrêté, y trouva le pape Innocent irrité jusques à la fureur, et sur le point de lancer les foudres[3] sur les auteurs d'une action sur laquelle les exemples des cardinaux de Guise, Martinusius et Clesel marquaient ses devoirs[4]. Il s'en expliqua, avec un très grand ressentiment, à l'ambassadeur de France. Il envoya M. Marini, archevêque d'Avignon, en qualité de nonce extraordinaire, pour ma liberté. Le Roi prit, de son côté, l'affaire avec hauteur ; il défendit à monsignor Marini de ne point passer Lyon. Le Pape craignit d'exposer son autorité et celle de l'Église à la fureur d'un insensé ; il usa de ce mot en parlant à l'abbé Charrier et en lui ajoutant : « Donnez-moi une armée, et je vous donnerai un légat. » Il était difficile de lui donner cette armée ; mais il n'eût pas été impossible, si ceux qui étaient obligés d'être mes amis en cette occasion, ne m'eussent point manqué.

Vous avez vu dans le deuxième volume de cet ouvrage, que Mézières était dans mes intérêts, par l'amitié que Bussi-Lamet avait pour moi, et que Charleville et le Mont-Olimpe y devaient être, parce que M. de Noirmoutier tenait ces deux places de moi. Vous y avez vu aussi que ce dernier m'avait manqué, lorsque M. le cardinal Mazarin rentra en France. Il crut se justifier en disant à tout le monde qu'il me servirait envers tous et contre tous, en ce qui me serait personnel ; et, comme il y a peu de choses qui le soit davantage que la prison, il se joignit publiquement avec Bussi-Lamet, aussitôt que je fus arrêté, et ils écrivirent ensemble une lettre au Cardinal, par laquelle ils lui déclarèrent qu'ils ne se pourraient pas empêcher de se porter à toutes sortes d'extrémités, si l'on me retenait plus longtemps en prison. Ces trois places, qui sont inattaquables quand elles sont d'un même parti, étaient d'une extrême importance dans un temps où Monsieur le Prince, qui, dès la première nouvelle qu'il eut de ma détention, déclara qu'il ferait sans exception tout ce que mes amis souhaiteraient pour ma liberté, où Monsieur le Prince, dis-je, offrit à ces deux gouverneurs de faire marcher toutes les forces d'Espagne à leur secours ; où Belle-Isle, dont M. de Rais était le maire[1], n'était pas à mépriser, à cause de l'Angleterre, dont la France n'était nullement assurée dans ce moment-là[2], et où Bordeaux et Brouage tenaient encore pour Monsieur le Prince[3]. Beaucoup de gens sont persuadés qu'il y avait de quoi former une affaire considérable, c'est-à-dire qu'il y avait assez d'étoffe, et en ce que vous venez d'en voir et en beaucoup d'autres choses de cette nature, par exemple en la disposition du vicomte d'Hostel, qui était dans Béthune, et qui eût assurément branlé pour moi, si il eût vu la partie bien faite. Le malheur fut qu'il n'y eut personne qui sût bien tailler cette étoffe. M. le duc de Rais avait bonne intention, mais il n'était pas capable d'un grand dessein, et, de plus, sa femme et son beau-père le retenaient[4]. M. de Brissac, qui avait eu commandement de se retirer cheux lui, ne savait primer en rien. M. le duc de Noirmoutier eût été le plus entreprenant, mais il fut gagné d'abord par Mme de Chevreuse et par Laigue, auxquels le Cardinal dit, en termes exprès, qu'ils lui répondraient des actions de leur ami, et que, si il tirait un coup de pistolet, ils verraient l'un et l'autre ce qu'il leur en arriverait. M. de Noirmoutier, qui n'avait pas d'ailleurs, comme vous avez vu, trop d'amitié pour moi, se rendit aux instances de ses amis et à celles de sa femme, qui n'est pas une des merveilles de son sexe, et il donna parole à la cour qu'il ne me donnerait que des apparences, et qu'il ne ferait rien en effet : il tint sa parole. M. le maréchal de Villeroi donna avis de cet engagement de M. de Noirmoutier avec la cour à Mme de Lesdiguières, le quatorzième jour de ma prison. Il ne traversa en rien le siège de Stenai, que le Roi fit en ce temps-là[1] ; il éluda toutes les propositions de Monsieur le Prince, et il se contenta de parler et d'écrire toujours en ma faveur et de tirer force coups de canon quand l'on buvait à ma santé. Il eût eu pourtant peine à soutenir longtemps ce personnage, si Bussi-Lamet, qui avait de l'esprit et de la décision, eût vécu, et il dit à Malclerc, qui y avait été envoyé de la part de mes amis, ces propres mots : « Noirmoutier veut amuser le tapis[2], mais je le ferai parler français, ou je lui surprendrai sa place. » Le pauvre homme mourut d'apoplexie la nuit même. Le chevalier de Lamet, qui était major dans la place, y étant demeuré le maître par cette mort, le vicomte, son frère aîné, s'y jeta, et il demeura très fidèlement dans mes intérêts. L'abbé de Lamet, leur cousin et le mien, et qui était mon maître de chambre, n'en bougea, et il m'y servit aussi avec tout le zèle possible[3] ; mais enfin, une place ne pouvant rien sans l'autre, l'on n'agit point, et Mézières, Charleville et le Mont-Olimpe furent pour moi, et ne firent rien pour moi. Il ne laissa pas de m'en coûter une bonne somme de deniers, que M. de Rais prêta pour la subsistance de la garnison. J'en ai payé depuis et le capital et les intérêts, qui montent à beaucoup : je ne me ressouviens pas de la quantité.

Vous pouvez juger que tout ce détail, dont j'étais

ponctuellement informé, n'était pas la moindre de mes occupations dans ma prison ; mais l'une de mes principales applications y était de cacher que j'en fusse informé ; et je me souviens que M. de Pradelle, qui commandait les compagnies des gardes suisses et françaises qui étaient dans le château, et qui avait permission de me voir aussi bien que M. de Maupeou de Noisi, qui était aussi capitaine aux gardes, je me souviens, dis-je, que M. de Pradelle me dit, un jour, qu'il était au désespoir d'être obligé de m'apprendre une nouvelle qui m'affligerait, qui était la mort de M. de Bussi-Lamet, et que, bien que je la susse aussi bien que lui, j'en fis le surpris, et qu'après avoir fait semblant d'y rêver un peu, je lui répondis : « J'en suis très affligé, et je n'y trouve qu'une consolation, qui est qu'il n'a au moins rien fait, devant que de mourir, contre le service du Roi. J'appréhendais toujours qu'il ne s'emportât à cause de l'amitié qu'il avait pour moi. » Je lui vis de la joie dans les yeux à ces paroles, parce qu'il en inféra que je n'avais aucune nouvelle dans ma prison ; et l'un de mes gardes me dit qu'il l'avait ouï parler à Noisi avec exultation sur ce fondement, et qu'il lui avait dit : « Au moins, la cour ne se plaindra pas de nous, et ne dira pas que celui-ci écrit comme saint Thomas[1]. » C'est ce que M. le cardinal Mazarin avait dit, en se plaignant que Bar n'avait pas gardé assez exactement Monsieur le Prince. Ce M. de Pradelle eut la bonté de me consoler, dans la même conversation, de l'appréhension que j'avais que l'on ne fît quelque chose à Mézières contre le service du Roi, et il m'assura que la place était entre les mains du commandant que Sa Majesté y avait envoyé. Vous observerez, si il vous plaît, que j'avais reçu un billet, la veille, du vicomte de Lamet, qui me marquait qu'il en était le maître, et qu'il m'en rendrait bon compte. Je reçus toutefois pour bon ce qu'il plut à Pradelle de me dire sur cela, et sur la plupart des discours de cette nature que l'on fait sans cesse aux prisonniers d'État. Je dis la plupart, parce qu'il y en eut quelques-uns à l'égard desquels je ne pus agir ainsi. Par exemple, Pradelle, qui ne me parlait pour l'ordinaire que du beau temps et des choses qui étaient arrivées devant que j'eusse été arrêté, s'avisa un jour de m'annoncer l'heureux retour de M. le cardinal Mazarin à Paris[1] ; il embellit son récit de tous les ornements qu'il crut qui me pouvaient déplaire, et il exagéra, même avec emphase, la réception magnifique qui lui avait été faite à l'Hôtel de Ville. Je la savais déjà, et que M. Vedeau l'avait harangué avec une bassesse incroyable. Je répondis froidement à M. de Pradelle que je n'en étais point surpris. Il reprit : « Et vous n'en serez pas même fâché, Monsieur, quand vous saurez l'honnêteté que Monsieur le Cardinal a pour vous ; il m'a commandé de vous venir assurer de ses très humbles services, et de vous supplier de croire qu'il n'oubliera rien pour vous servir. » Je ne fis pas semblant d'avoir pris garde à ce compliment, et je lui fis je ne sais quelle question sur un sujet qui n'avait aucun rapport à celui-là. Il y rentra, et, comme il me pressa de lui répondre, je lui dis que, dès la première parole, je lui aurais témoigné ma reconnaissance, si je n'étais persuadé que le respect qu'un prisonnier doit au Roi ne lui permet pas de s'expliquer de quoi que ce soit qui regarde sa liberté, que lorsqu'il a plu à Sa Majesté de la lui rendre. Il m'entendit ; il m'exhorta à répondre à Monsieur le Cardinal plus obligeamment, et il ne me persuada pas.

Voici une occasion plus considérable, dans laquelle je n'eus pas plus de facilité. Les avis que M. le cardinal Mazarin avait de Rome, et l'émotion des esprits, qui paraissait et qui croissait même à Paris, touchant ma prison, l'obligèrent à donner au moins quelques démonstrations touchant ma liberté ; et il se servit pour cet effet de la crédulité de monsignor Bagni, nonce en France, homme de bien et d'une naissance très relevée, mais facile et tout propre à être trompé. Il me l'envoya, accompagné de MM. de Brienne et Le Tellier, pour me proposer ma liberté et de grands avantages, en cas que je voulusse donner ma démission de la coadjutorerie de Paris. Comme j'avais été averti par mes amis de cette démarche, je la reçus avec un discours très étudié et très ecclésiastique, qui fit même honte au pauvre monsignor Bagni, et qui lui attira ensuite une fort rude réprimande de Rome. Ce discours, qui m'avait été envoyé par M. de Caumartin, et qui était fort beau et fort juste, fut imprimé dès le lendemain. La cour en fut touchée au vif. Elle changea et mon exempt et mes gardes ; mais, comme je vous l'ai dit ci-dessus, la providence de Dieu ne m'abandonna pas, et elle fit que ces changements n'altérèrent point du tout mon commerce.

Comme je fus revenu de mon exil, la Reine, mère du Roi, me pressa un jour extrêmement, à Fontainebleau, de lui en conter le détail, sur la parole qu'elle me donnait, avec serment, de ne jamais nommer aucun de ceux qui y avaient eu part ; et je m'en défendis, en la suppliant de ne me pas commander de m'expliquer sur une chose dont la révélation pourrait nuire à tous ceux qui, dans les siècles à venir, pourraient être prisonniers. Cette raison la satisfit.

Voilà bien des minuties qui ne sont pas dignes de votre attention ; mais, comme elles composent un petit détail qui donne l'idée du manège de ces prisons d'État, dont peu de gens se sont avisés de traiter, je n'ai pas cru qu'il fût mal à propos de les toucher. En voici encore deux.

Les instances du chapitre de Notre-Dame obligèrent la cour à permettre à un de son corps d'être auprès de moi, et l'on choisit pour cet emploi un chanoine de la famille de MM. de Bragelonne, qui avait été nourri[1] au collège auprès de moi et auquel même j'avais donné ma prébende. Il ne trouva pas le secret de se savoir ennuyer, ou plutôt il s'ennuya trop dans la prison, quoiqu'il s'y fût enfermé avec joie pour l'amour de moi. Il y tomba dans une profonde mélancolie. Je m'en aperçus, et je fis ce qui était en moi pour l'en faire sortir ; mais il ne voulut jamais m'écouter sur cela. La fièvre double-tierce[2] le saisit, et il se coupa la gorge avec un rasoir au quatrième accès. L'unique honnêteté que l'on eut eue pour moi, dans tout le cours de ma prison, fut que l'on ne me dit le genre de sa mort dans tout le temps que je fus à Vincennes, et je ne l'appris que par M. le premier président de Bellièvre, le jour que l'on me tira du donjon de Vincennes pour me transférer à Nantes. Mais le tragique de cette mort fut commenté par mes amis, et ne diminua pas la compassion du peuple à mon égard. Cette compassion ne diminuait pas non plus les frayeurs de Monsieur le Cardinal ; elles le portèrent jusques à prendre la pensée de me transférer à Amiens, à Brest, au

Havre-de-Grâce. J'en fus averti, je fis le malade. L'on envoya Vesou pour voir si effectivement je l'étais. L'on m'a parlé différemment de son rapport. Ce qui empêcha ma translation fut la mort de Monsieur l'Archevêque[1], qui émut à un point tous les esprits, que la cour pensa plus à les adoucir qu'à les effaroucher. La manière dont je fus servi en ce rencontre a du prodige.

Mon oncle mourut à quatre heures du matin ; à cinq l'on prit possession de l'archevêché en mon nom, avec une procuration de moi en très bonne forme[2] ; et M. Le Tellier, qui vint à cinq et un quart dans l'église, pour s'y opposer de la part du Roi, y eut la satisfaction d'entendre que l'on fulminait mes bulles dans le jubé. Tout ce qui est surprenant émeut les peuples. Cette scène l'était au dernier point, n'y ayant rien de plus extraordinaire que l'assemblage de toutes les formalités nécessaires à une action de cette espèce, dans un temps où l'on ne croyait pas qu'il fût possible d'en observer une seule. Les curés s'échauffèrent encore plus qu'à leur ordinaire[3] ; mes amis soufflaient le feu ; les peuples ne voyaient plus leur archevêque, le nonce, qui croyait avoir été doublement joué par la cour, parlait fort haut et menaçait de censures. Un petit livre fut mis au jour, qui prouvait qu'il fallait fermer les églises[4]. Monsieur le Cardinal eut peur, et comme ses peurs allaient toujours à négocier, il négocia : il n'ignorait pas l'avantage que l'on trouve à négocier avec des gens qui ne sont point informés ; il croyait, la moitié des temps, que j'étais de ce nombre ; il le crut en celui-là, et il me fit jeter cent et cent vues de permutations, d'établissements, de gros clochers, de gouvernements, de retour dans les bonnes grâces du Roi, de liaison solide avec le ministre.

Pradelle et mon exempt ne me parlaient du soir au matin que sur ce ton. L'on me donnait bien plus de liberté qu'à l'ordinaire ; l'on ne pouvait plus souffrir que je demeurasse dans ma chambre, pour peu qu'il fît beau sur le donjon. Je ne faisais pas semblant de faire seulement réflexion sur ces changements, parce que je savais par mes amis le dessous des chartes. Ils me mandaient que je me tinsse couvert, et que je ne m'ouvrisse en façon du monde, parce qu'ils étaient informés, à n'en pouvoir douter, que quand l'on viendrait à fondre la cloche[1], l'on ne trouverait rien de solide, et que la cour ne songeait qu'à me faire expliquer sur la possibilité de ma démission, afin de refroidir et le clergé et le peuple. Je suivis ponctuellement l'instruction de mes amis, et au point que M. de Noailles, capitaine des gardes en quartier, m'étant venu trouver de la part du Roi et m'ayant fait un discours très éloigné de ses manières et de son inclination honnête et douce (car le Mazarin l'obligea de me parler en aga des janissaires[2] beaucoup plus qu'en officier d'un roi chrétien), je le priai de trouver bon que je lui fisse ma réponse par écrit. Je ne me ressouviens pas des paroles, mais je sais bien qu'elle marquait un souverain mépris pour les menaces et pour les promesses, et une résolution inviolable de ne point quitter l'archevêché de Paris.

Je reçus, dès le lendemain, une lettre de mes amis, qui me marquaient l'effet admirable que ma réponse, qu'ils firent imprimer toute la nuit, avait fait dans les esprits, et qui me donnaient avis que M. le premier président de Bellièvre devait, le jour suivant, faire une seconde tentative. Il y vint effectivement, et il m'offrit, de la part du Roi, les abbayes de Saint-Lucien de Beauvais, de Saint-Mars de Soissons, de Saint-Germain d'Auxerre, de Barbeau, de Saint-Martin de Pontoise, de Saint-Aubin d'Angers et d'Orkan, « pourvu, ajouta-t-il, que vous renonciez à l'archevêché de Paris et que... » (il s'arrêta à ce mot, en me regardant et en me disant : « Jusques ici je vous ai parlé comme ambassadeur de bonne foi, je vas commencer à me moquer du Sicilien, qui est assez sot pour m'employer à une proposition de cette sorte ») ; « et pourvu donc, continua-t-il, que vous donniez douze de vos amis pour cautions que vous ratifierez votre démission dès le premier moment que vous serez en liberté. Ce n'est pas tout, ajouta-t-il, il faut que je sois de ces douze, qui seront MM. de Rais, de Brissac, de Montrésor, de Caumartin d'Hacqueville, et cætera. »

« Écoutez-moi, reprit-il tout d'un coup, et ne me répondez point, je vous supplie, que je ne vous aie parlé tant qu'il m'aura plu. La plupart de vos amis sont persuadés que vous n'avez qu'à tenir ferme, et que la cour vous donnera votre liberté, en se contentant de se défaire de vous et de vous envoyer à Rome. Abus ! Elle veut, *in ogni modo*[1], votre démission. Quand je dis la cour, j'entends le Mazarin ; car la Reine est au désespoir que l'on pense seulement à vous tirer de prison. Le Tellier dit qu'il faut que Monsieur le Cardinal ait perdu le sens. L'abbé Fouquet est enragé, et Servient n'y consent que parce que les autres sont d'un avis contraire. Il faut donc supposer pour incontestable qu'il n'y a que le Mazarin qui veuille votre liberté, et qu'il ne la veut que parce qu'il croit qu'il se venge suffisamment en vous faisant perdre l'archevêché de Paris. C'est au moins l'excuse qu'il prend ; car, dans le fonds, ce n'est pas ce qui le détermine, ce n'est que la peur qu'il a, dans ce moment, du nonce, du chapitre, des curés, du peuple ; je dis dans ce moment de la mort de Monsieur l'Archevêque, qui, tout au plus, peut produire un soulèvement qui, n'étant point appuyé, tombera à rien. Je soutiens, de plus, qu'il n'en produira point ; que le nonce menacera et ne fera rien ; que le chapitre fera des remontrances et qu'elles seront inutiles ; que les curés prôneront et qu'ils en demeureront là ; que le peuple criera et qu'il ne prendra pas les armes. Je vois tout cela de près, et que ce qui en arrivera sera d'être transféré ou au Havre ou à Brest, et de demeurer entre les mains et à la disposition de vos ennemis, qui en useront dans les suites comme il leur plaira. Je sais bien que le Mazarin n'est pas sanguinaire, mais je tremble quand je pense que Noailles vous a dit que l'on était résolu d'aller vite et de prendre les voies dont les autres États avaient donné tant d'exemples[2] ; et ce qui me fait trembler est la résolution que l'on a eue de parler ainsi. Les grandes âmes disent quelquefois, pour leurs fins, de ces sortes de choses sans les faire ; les basses ont plus de peine à les dire qu'à les faire.

« Vous croyez que la conclusion que je vas tirer de tout ce que je viens de vous dire sera qu'il faut que vous donniez votre démission. Nullement. Je suis venu ici pour vous dire que vous êtes déshonoré si vous donnez votre démission ; et que c'est en cette occasion où vous êtes obligé de remplir, au péril de votre vie, et de votre liberté, que vous estimez assurément plus que votre vie, la grande attente où tout le monde est sur votre sujet. Voici l'instant où vous devez, plus que jamais, mettre en pratique ces apophtegmes dont nous vous avons tant fait la guerre : je ne compte le fer et le poison pour rien ; rien ne me touche que ce qui est dans moi ; l'on meurt également partout. Voilà justement comme il faut répondre à tous ceux qui vous parleront de votre démission. Vous vous en êtes acquitté dignement jusques ici, et l'on aurait tort de s'en plaindre ; je n'en aurais pas moins, si je prétendais de vous obliger à changer de sentiment. Ce n'est pas ce que je vous demande : ce que je souhaite est que vous me disiez bonnement si, en cas que vous puissiez avoir votre liberté pour une feuille de chêne[1], vous consentirez à l'accepter. »

Je souris à cette parole. « Attendez, me dit-il ; je vas vous faire avouer qu'il n'est pas impossible. Une démission de l'archevêché de Paris, datée du bois de Vincennes, est-elle bonne ? — Non, lui répondis-je ; mais vous voyez aussi que l'on ne s'en contente pas et que l'on veut des cautions pour la ratification. — Et si je vois jour, reprit le premier président, à ce que l'on ne vous demande plus de cautions, qu'en direz-vous ? — Je donnerai demain ma démission », lui répondis-je. Il m'expliqua en cet endroit tout ce qu'il avait fait ; il me dit qu'il ne s'était jamais voulu charger d'aucune proposition jusques à ce qu'il eût connu clairement, et que l'intention véritable du Cardinal était de me donner ma liberté, et que sa disposition était pareillement de se relâcher des conditions qu'il avait demandées pour la sûreté de ma démission ; qu'il n'y en avait aucune qui ne lui fût venue dans l'esprit ; que sa première pensée avait été d'exiger une promesse par écrit du chapitre, des curés, de la Sorbonne, qui s'engageassent à ne me plus reconnaître, en cas que je refusasse de la ratifier lorsque je serai en liberté ; que la seconde avait été de me faire mener au Louvre, d'y assembler tous les corps ecclésiastiques de la ville, de m'obliger à donner ma parole au Roi en leur présence. Enfin il n'y a sorte d'impertinence, ajouta le premier président, de laquelle il ne se soit avisé pour satisfaire sa défiance.

« Vous le voyez, par ce que je viens de vous en dire, qui ne fait pourtant pas la moitié de ce que j'en ai vu. Comme je le connais, je ne l'ai contredit sur rien. Toutes ces ridicules visions se sont évanouies d'elles-mêmes. Celle des douze cautions, qui est à la vérité plus praticable que les autres, subsiste encore; mais elle se dissipera comme les autres, pourvu que vous demeuriez ferme à ne la pas accepter. Je la disputerai avec opiniâtreté contre vous, vous la refuserez avec fermeté, comme croyant qu'elle vous est honteuse, et nous ferons venir le Sicilien à un autre expédient, qu'il prendra, parce qu'il le croira très propre à vous tomber. Cet expédient est de vous confier ou à M. d'Hocquincourt ou à M. le maréchal de La Meilleraie, jusques à ce que le Pape ait reçu votre démission. Le Cardinal croira qu'elle est sûre, si le Pape l'accepte; et il est si ignorant de nos mœurs qu'il me le disait encore hier. »

Je pris la parole en cet endroit, et je dis à Monsieur le Premier Président que l'expédient ne valait rien, parce que le Pape ne l'accepterait pas : « Qu'importe ? me repartit-il, c'est le pis qui nous puisse arriver; et, pour remédier à ce pis, il faut, quand l'on vous fera cette proposition, que vous stipuliez que, quoi qui arrive, vous ne pourrez jamais être remis entre les mains du Roi que sur mon billet; et j'en prendrai un bien signé de celui qui se chargera de votre garde. Vous devez vous fier en moi. Mettez-vous en l'état que je vous marque : j'ai un pressentiment que Dieu pourvoira au reste. »

Nous discutâmes à fonds la matière; nous examinâmes tout ce qui se pouvait imaginer sur le choix qui se devait faire de M. d'Hocquincourt ou de M. de La Meilleraie; nous convînmes de tous nos faits, et il sortit de Vincennes les larmes aux yeux, en disant à M. de Pradelle : « Je trouve une opiniâtreté invincible; je suis au désespoir. Ce n'est pas l'archevêché qui le tient. Il ne s'en soucie plus; mais il croit que son honneur est blessé par les propositions que l'on lui fait de cautions, de garantie. Il ne se rendra jamais; je ne veux plus me mêler de tout ceci; il n'y a rien à faire. »

Pradelle, qui était bien plus à l'abbé Fouquet qu'au Cardinal, et qui savait que l'abbé Fouquet ne voulait en aucune manière ma liberté, lui porta en diligence ces bonnes nouvelles, et il en reçut aussi, en même temps, la commission de me faire entrevoir sans affectation, dans les conversations qu'il avait avec moi, l'archevêché de Reims[1] et des récompenses immenses, afin que, lorsque l'on me proposerait de moindres, je me tinsse plus ferme et que ma fermeté aigrît encore davantage le Mazarin. Je m'aperçus de ce jeu avec assez de facilité, en joignant ce que je savais de sûr par M. de Bellièvre et par mes amis et ce que j'apprenais de différent par Pradelle et par d'Avanton, qui était mon exempt. Celui-ci, qui était uniquement dépendant de M. de Noailles, son capitaine, qui n'y entendait aucune finesse et qui n'allait qu'au service du Roi, ne me grossissait rien. L'autre, dont le but était de m'empêcher d'accepter le parti que l'on me ferait, par l'espérance qu'il me ferait concevoir d'en obtenir de plus considérables, continuait à me jeter des lueurs éclatantes. Je me résolus de répondre par l'art à l'artifice : je dis à d'Avanton que je ne concevais pas la manière d'agir de la cour ; que, quoique je fusse dans les fers, je ne les trouvais pas assez pesants pour souhaiter de les rompre par toutes voies ; qu'enfin il fallait agir avec sincérité avec tout le monde, et avec les prisonniers comme avec les autres ; que l'on me faisait, en même temps, des propositions toutes opposées ; que Monsieur le Premier Président m'offrait sept abbayes ; que M. de Pradelle me montrait des archevêchés. D'Avanton, qui, dans le vrai, ne voulait que le bien de l'affaire, ne manqua pas de rendre compte à son capitaine de mes plaintes. M. le cardinal Mazarin, qui avait pris une frayeur mortelle des curés et des confesseurs de Paris, et qui, par cette considération, brûlait d'impatience de finir, en fut outré contre Pradelle ; il l'en gourmanda au dernier point ; il soupçonna le vrai, qui était qu'il agissait par les ordres de l'abbé Fouquet ; et le chagrin qu'il eut de voir qu'il trouvait, dans les siens mêmes, des obstacles à ses volontés, contribua beaucoup, à ce que M. de Bellièvre me dit dès le lendemain, à le faire conclure à ce que je donnasse ma démission, datée du donjon de Vincennes ; que le Roi me pourvût des sept abbayes que je vous ai nommées ; que je fusse remis entre les mains de M. le maréchal de La Meilleraie, pour être gardé par lui dans le château de Nantes[1], et pour être remis en liberté aussitôt qu'il aurait plu à Sa Sainteté d'accepter ma démission ; que, quoi qu'il pût arriver de cette démission, je ne pourrais jamais être remis entre les mains de Sa Majesté, qu'après que M. le premier président de Bellièvre aurait écrit de sa main à M. le maréchal de La Meilleraie qu'il l'agréait ; et que, pour plus grande sûreté de cette dernière clause, le Roi signerait de sa main un papier par lequel il permettrait à M. le maréchal de La Meilleraie de donner cette promesse par écrit à M. le premier président de Bellièvre. Tout cela fut exécuté, et, le lundi saint, l'un et l'autre me vinrent prendre à Vincennes et ils me menèrent ensemble, dans un carrosse du Roi, jusques au Port-à-l'Anglais.

Comme le maréchal était tout estropié de la goutte, il ne put monter jusques à ma chambre, ce qui donna le temps à M. de Bellièvre, qui m'y vint prendre, de me dire, en descendant les degrés, que je me gardasse bien de donner une parole que l'on m'allait demander. Le maréchal, que je trouvai au bas de l'escalier, me la demanda effectivement, de ne me point sauver. Je lui répondis que les prisonniers de guerre donnaient des paroles, mais que je n'avais jamais ouï dire que l'on en exigeât des prisonniers d'État. Le maréchal se mit en colère et il me dit nettement qu'il ne se chargerait donc pas de ma personne. M. de Bellièvre, qui n'avait pas pu, devant mon exempt, devant Pradelle et devant mes gardes, s'expliquer avec moi du détail, prit la parole, et il dit : « Vous ne vous entendez pas ; Monsieur le cardinal ne refuse pas de vous donner sa parole, si vous voulez vous y fier absolument et ne lui donner auprès de lui aucune garde ; mais, si vous le gardez, Monsieur, à quoi vous servirait cette parole ? car tout homme que l'on garde en est quitte. »

Le premier président jouait à jeu sûr, car il savait que la Reine avait fait promettre au maréchal qu'il me ferait toujours garder à vue. Il regarda M. de Bellièvre, et il lui dit : « Vous savez si je puis faire ce que vous me proposez ; allons, continua-t-il en se tournant vers moi, il faut donc que je vous garde, mais ce sera d'une manière de laquelle vous ne vous plaindrez jamais. »

Nous sortîmes ainsi, escortés des gensdarmes, des chevau-légers et des mousquetaires du Roi ; et les gardes de M. le cardinal Mazarin, qui, à mon opinion, n'eussent pas dû être de ce cortège, y parurent même avec éclat.

Nous quittâmes le premier président au Port-à-l'Anglais, et nous continuâmes notre route jusques à Beaugenci, où nous nous embarquâmes après avoir changé d'escorte. La cavalerie retourna à Paris ; et Pradelle, qui avait pour enseigne Morel, qui est présentement, ce me semble, à Madame, se mit dans notre bateau, avec une compagnie du régiment des gardes, qui suivait dans un autre. L'exempt, les gardes du corps, la compagnie du régiment me quittèrent le lendemain que je fus arrivé à Nantes, et je demeurai purement à la garde de M. le maréchal de La Meilleraie, qui me tint parole, car l'on ne pouvait rien ajouter à la civilité avec laquelle il me garda. Tout le monde me voyait ; l'on me cherchait même tous les divertissements possibles ; j'avais presque tous les soirs la comédie. Toutes les dames de la ville s'y trouvaient ; elles y soupaient souvent.

Mme de La Vergne, qui avait épousé en secondes noces M. le chevalier de Sévigné, et qui demeurait en Anjou, avec son mari, m'y vint voir et y amena Mlle de La Vergne, sa fille, qui est présentement Mme de Lafaïette. Elle était fort jolie et fort aimable, et elle avait, de plus, beaucoup d'air de Mme de Lesdiguières. Elle me plut beaucoup ; la vérité est que je ne lui plus guère, soit qu'elle n'eût pas d'inclination pour moi, soit que la défiance que sa mère et son beau-père lui avaient donnée, dès Paris, même avec application, de mes inconstances et de mes différentes amours, la missent en garde contre moi. Je me consolai de sa cruauté avec la facilité qui m'était assez naturelle ; et la liberté que M. le maréchal de La Meilleraie me laissait avec les dames de la ville, qui était à la vérité très entière, m'était d'un fort grand soulagement. Ce n'est pas que l'exactitude de la garde ne fût égale à l'honnêteté. L'on ne me perdait jamais de vue que quand j'étais retiré dans ma chambre ; et l'unique porte qui était à cette chambre était gardée par six gardes, jour et nuit. Il n'y avait qu'une fenêtre très haute, qui répondait de plus dans la cour, dans laquelle il y avait toujours un grand corps de garde, et celui qui m'accompagnait toutes les fois que je sortais, composé de ces six hommes dont j'ai parlé ci-dessus, se postait sur la terrasse d'une tour dont il me voyait quand je me promenais dans un petit jardin, qui est sur une manière de bastion ou de ravelin[1] qui répond sur l'eau. M. de Brissac, qui se trouva dans le château de Nantes, à la descente du carrosse, et MM. de Caumartin, Hacqueville, abbés de Pontcarré et Amelot[2], qui y vinrent bientôt après, furent plus étonnés de l'exactitude de la garde, qu'ils ne furent satisfaits de la civilité, quoiqu'elle fût très grande. Je vous confesse que j'en fus moi-même fort embarrassé, particulièrement quand j'appris, par un courrier de l'abbé Charrier, que le Pape ne voulait point agréer ma démission : ce qui me fâcha beaucoup, parce que l'agrément du Pape ne l'eût pas validée, et m'eût toutefois donné ma liberté. Je dépêchai en diligence à Rome Malcler, qui a l'honneur d'être connu de vous, et je le chargeai d'une lettre par laquelle j'expliquais au Pape mes véritables intérêts, je donnai de plus une instruction très ample à Malcler, par laquelle je lui marquais tous les expédients de concilier la dignité du Saint-Siège avec l'acceptation de cette démission. Rien ne put persuader Sa Sainteté, elle demeura inflexible. Elle crut qu'il y allait trop de sa réputation de consentir, même pour un instant, à une violence aussi injurieuse à toute l'Église, et elle dit ces propres paroles à l'abbé Charrier et à Malcler, qui la pressaient les larmes aux yeux : « Je sais bien que mon agrément ne validerait pas une démission qui a été extorquée par la force ; mais je sais bien aussi qu'il me déshonorerait, quand l'on dirait que je l'ai donné à une démission qui est datée d'une prison. »

Vous croyez aisément que cette disposition du Pape m'obligeait à de sérieuses réflexions, qui furent même, dans la suite, encore plus éveillées par celles du maréchal de La Meilleraie. Il était de tous les hommes le plus bas à la cour, et la nourriture[3] qu'il avait prise à celle de M. le cardinal de Richelieu avait fait de si fortes impressions dans son esprit, que, bien qu'il eût beaucoup d'aversion pour la personne de

M. le cardinal Mazarin, il tremblait dès qu'il entendait nommer son nom[1]. Je ne fus pas deux jours entre ses mains, que je ne m'aperçusse de cet esprit de servitude, et qu'il ne s'aperçût lui-même qu'il s'était engagé dans une affaire qui [se] pourrait rendre difficile dans l'événement. Ses frayeurs redoublèrent à la première nouvelle qu'il eut que l'on incidentait[2] à Rome. Il m'en parut ému au-delà de ce que la bienséance même l'eût pu permettre. Quand le Cardinal lui eut mandé qu'il savait de science certaine que la difficulté que faisait le Pape venait de moi, il ne se put plus contenir; il m'en fit des reproches, et, au lieu de recevoir mes raisons, qui étaient fondées sur la pure et simple vérité, il affecta de croire, ou plutôt de vouloir croire, que je la lui déguisais. Je me le tins pour dit, et je ne doutai plus qu'il ne se préparât des prétextes pour me rendre à la cour, quand il lui conviendrait de le faire. Cette conduite est ordinaire à tous ceux qui ont plus d'artifice que de jugement; mais elle n'est pas sûre à ceux qui ont plus d'impétuosité que de bonne foi. J'en fis faire l'expérience au maréchal, car je le fis expliquer ses intentions en l'échauffant insensiblement: il se trahit soi-même, en me les découvrant avec beaucoup d'imprudence, en présence de tout ce qui était avec nous dans la cour du château. Il me lut une lettre, par laquelle l'on lui écrivait que l'on avait donné avis à la cour que je promettais à Monsieur, qui était à Blois, de lui ménager M. le maréchal de La Meilleraie, et au point que je ne désespérais pas qu'il ne lui donnât retraite au Port-Louis[3]. Je lui dis qu'il aurait tous les jours de ces tire-laisse[4], et que la cour, qui n'avait songé qu'à apaiser Paris en m'en éloignant, ne songeait plus qu'à me tirer de ses mains par ses artifices. Il se tourna de mon côté comme un possédé, et il me dit d'une voix haute et animée: «En un mot, Monsieur, je veux bien que vous sachiez que je ne ferai pas la guerre au Roi pour vous. Je tiendrai fidèlement ma parole; mais aussi faudra-t-il que Monsieur le Premier Président tienne celle qu'il a donnée au Roi.» Je joignis à ces sentences un petit voyage de quinze jours qu'il fit, deux jours après, au Port-Louis, et l'affectation qu'il eut d'envoyer à La Meilleraie[5] madame sa femme, qui n'était revenue de Paris que huit ou dix jours auparavant, et je me résolus de penser tout de bon à me sauver.

Monsieur le Premier Président, à qui la cour avait déjà fait une manière [de] tentative, m'en pressait, et Montrésor me fit donner un petit billet, par le moyen d'une dame de Nantes : « Vous devez être conduit à Brest, dans la fin du mois, si vous ne vous sauvez. » La chose était très difficile. Le préalable fut d'amuser le maréchal en lui faisant croire, aussitôt qu'il fut revenu du Port-Louis, que Rome commençait à s'adoucir ; et Joli lui faisait voir des déchiffrements[1] qui paraissaient fort naturels. Je connus encore en cette occasion que les gens les plus défiants sont souvent les plus dupes. Je m'ouvris ensuite à M. de Brissac, qui faisait de temps en temps des voyages à Nantes, et qui me promit de me servir. Comme il avait un fort grand équipage, il marchait toujours avec beaucoup de mulets, et l'on lui faisait la guerre qu'il en avait presque autant pour sa garde-robe que le Roi. Cette quantité de coffres me donna la pensée qu'il ne serait pas impossible que je me fourrasse dans l'un de ces bahuts. L'on le fit faire exprès un peu plus grand qu'à l'ordinaire. L'on fit un trou par le dessous, afin que je pusse respirer. Je l'essayai même, et il me parut que ce moyen était praticable, et d'autant plus aisé qu'il était simple, et qu'il n'était pas même nécessaire de le communiquer à beaucoup de gens. M. de Brissac l'avait extrêmement approuvé ; il fit un voyage de trois ou quatre jours à Machecoul[2], qui le changea absolument. Il s'ouvrit de ce projet à Mme de Rais et à monsieur son beau-père ; ils l'en dissuadèrent : celle-là, à mon avis, par la haine qu'elle avait pour moi, et celui-ci par son tour d'esprit naturel, qui, nonobstant beaucoup de parties qu'il avait d'un très grand seigneur, allait toujours au mal. M. de Brissac revint donc à Nantes convaincu, à ce qu'il disait, que j'étoufferais dans ce bahut, et touché, à la vérité, du scrupule que l'on lui avait donné que, si il faisait une action de cette nature, il violerait trop ouvertement le droit d'hospitalité. Je n'oubliai rien pour lui persuader qu'il violerait aussi beaucoup celui de l'amitié, si il me laissait transférer à Brest, m'en pouvant empêcher. Il en convint, et il me donna parole et qu'il n'irait plus à Machecoul et qu'il me servirait pour ma liberté en tout ce qui ne regarderait pas le dedans du château. Nous prîmes toutes nos mesures sur un plan que je me fis à moi-même, aussitôt que le premier m'eut manqué.

Je vous ai déjà dit que je m'allais quelquefois promener sur une manière de ravelin, qui répond sur la rivière de Loire; et j'avais observé que, comme nous étions au mois d'août, la rivière ne battait pas contre la muraille et laissait un petit espace de terre entre elle et le bastion. J'avais aussi remarqué qu'entre le jardin qui était sur ce bastion et la terrasse sur laquelle mes gardes demeuraient quand je me promenais, il y avait une porte que Chalucet y avait fait mettre pour empêcher les soldats d'y aller manger son verjus[1]. Je formai sur ces observations mon dessein, qui fut de tirer, sans faire semblant de rien, cette porte après moi, qui, étant à jour par des treillis, n'empêcherait pas les gardes de me voir, mais qui les empêcherait au moins de pouvoir venir à moi; de me faire descendre par une corde que mon médecin et l'abbé Rousseau[2], frère de mon intendant, me tiendraient, et de faire trouver des chevaux au bas du ravelin et pour moi et pour quatre gentilshommes que je faisais état de mener avec moi. Ce projet était d'une exécution très difficile. Il ne se pouvait exécuter qu'en plein jour, entre deux sentinelles qui n'étaient qu'à trente pas l'une de l'autre, à la portée du demi-pistolet[3] de mes six gardes, qui me pouvaient tirer à travers des barreaux de la porte. Il fallait que les quatre gentilshommes qui devaient venir avec moi et favoriser mon évasion fussent bien justes à se trouver au bas du ravelin, parce que leur apparition pouvait aisément donner de l'ombrage. Je ne me pouvais pas passer d'un moindre nombre, parce que j'étais obligé de passer par une place qui est toute proche et qui était le promenoir ordinaire des gardes du maréchal. Si mon dessein n'eût été que de sortir de prison, il eût suffi d'avoir les égards nécessaires à tout ce que je viens de vous marquer; mais, comme il s'étendait plus loin, et que j'avais formé celui d'aller droit à Paris et d'y paraître publiquement, j'avais encore d'autres précautions à observer, qui étaient, sans comparaison, plus difficiles. Il fallait que je passasse, en diligence, de Nantes à Paris, si je ne voulais être arrêté par les chemins, où les courriers du maréchal de La Meilleraie ne manqueraient pas de donner l'alarme; il fallait que je prisse mes mesures à Paris même, où il m'était aussi important que mes amis fussent avertis de ma marche, qu'il me l'était que les autres n'en fussent point informés. Voilà bien des cordes, dont la moindre qui eût manqué eût déconcerté la machine[1]. Je vous rendrai compte de leur effet après que j'aurai fait une réflexion qui me paraît nécessaire en cet endroit.

Il me semble que je vous ai déjà dit ailleurs que tout ce qui est fort extraordinaire ne paraît possible, à ceux qui ne sont capables que de l'ordinaire, qu'après qu'il est arrivé. Je l'ai observé cent et cent fois; et je suis trompé si Longinus, ce fameux chancelier de la reine Zénobie, ne l'a remarqué devant moi[2]. J'ai une réminiscence obscure que je l'ai lu dans son divin ouvrage : *De Sublimi genere.* Il n'y eût rien eu de plus extraordinaire, dans notre siècle, que le succès d'une évasion comme la mienne[3]; si il se fût terminé à me rendre maître de la capitale du royaume en brisant mes fers. Je ne me dus pas cette pensée: ce fut Caumartin qui me la donna. Je l'embrassai avec ardeur; et ce qui me fait croire qu'elle n'était ni extravagante ni impraticable fut et que M. le premier président de Bellièvre, qui avait un intérêt considérable qu'elle ne s'entreprît pas sans qu'il y eût espérance d'y réussir, l'approuva, et qu'aussitôt que Monsieur le Chancelier et Servient, qui étaient à Paris, surent que j'y marchais, ils ne pensèrent tous deux qu'à me quitter la place et à s'enfuir. Ce fut le premier mot que Servient, qui n'était pas timide[4], proféra, quand il reçut la lettre de M. le maréchal de La Meilleraie. Joignez à cela le *Te Deum* qui fut chanté dans Notre-Dame pour ma liberté[5], et les feux de joie qui furent faits en beaucoup de quartiers de la ville, quoique l'on ne me vît pas, et jugez de l'effet que j'avais lieu d'espérer de ma présence.

En voilà assez pour répondre à ceux qui m'ont blâmé de mon entreprise, et je les supplie seulement de s'examiner bien eux-mêmes et de se demander, dans leur intérieur, si ils eussent cru que la déclaration que je fis en plein Parlement contre M. le cardinal

Mazarin, le lendemain de la bataille de Rethel[1], eût
réussi comme elle fit, si l'on la leur eût proposée un
quart d'heure devant qu'elle réussît. Je suis persuadé
que presque tout ce qui s'est entrepris de grand est de
cette espèce ; je le suis, de plus, qu'il est souvent nécessaire de le hasarder ; mais je le suis encore qu'il était
judicieux, dans l'occasion dont il s'agit, parce que le
pis du pis était de faire une action de grand éclat, que
j'eusse poussée, si j'y eusse trouvé lieu, et à laquelle
j'eusse donné un air de modération et de sagesse, si le
terrain ne m'eût pas paru aussi ferme que je me l'étais
imaginé ; car mon projet était de n'entrer à Paris
qu'avec toutes les apparences d'un esprit de paix, de
déclarer, et au Parlement et à l'Hôtel de Ville, que je
n'y allais que pour prendre possession de mon archevêché ; de prendre effectivement cette possession dans
mon église ; de voir ce que ces spectacles produiraient dans l'esprit d'un peuple échauffé par l'état des
choses ; car Arras était assiégé par Monsieur le
Prince[2]. Le Roi, qui m'eût vu dans Paris, n'eût pas
apparemment fait attaquer les lignes comme il fit ;
les serviteurs de Monsieur le Prince, qui étaient en
bon nombre dans la ville, se seraient certainement
joints à mes amis[3] ; la fuite de Monsieur le Chancelier et de M. Servient aurait fait perdre cœur aux
mazarins ; la collusion de M. le premier président de
Bellièvre m'aurait été d'un avantage signalé. M. Nicolaï, premier président de la Chambre des comptes, a
dit depuis que, comme il n'y avait pas eu contre moi
une seule ombre de formalité observée, sa compagnie
n'aurait pas hésité un moment à faire à l'égard de ma
possession tout ce qui dépendait d'elle. J'aurais connu,
en faisant ces premières démarches, jusques où j'aurais dû et pu porter les secondes. Si, comme je l'ai
dit ci-dessus, j'eusse rencontré le chemin plus embarrassé que je ne l'aurais cru, je n'avais qu'à faire un pas
en arrière, à traiter l'affaire purement en ecclésiastique
et me retirer, après ma prise de possession, à Mézières, où deux cents chevaux m'eussent passé avec
toute sorte de facilité, toutes les troupes du Roi étant
éloignées. Le vicomte de Lamet était dedans, et Noirmoutier même, quoique accommodé sous main à la
cour, comme vous avez vu ci-devant, eût été obligé

de garder de grandes mesures avec moi, et pour ne se pas déshonorer tout à fait dans le monde, et pour la considération même de son intérêt particulier, parce que Charleville et le Mont-Olimpe ne sont que comme un rien sans Mézières. Il avait, de plus, en quelque façon, renoué avec moi, depuis que j'étais sorti de Vincennes ; et, comme il croyait que j'aurais au premier jour ma liberté, il avait pris cet instant pour se raccommoder avec moi et pour m'envoyer Branchecour, capitaine d'infanterie dans la garnison de Mézières. Il m'apporta une lettre signée de lui et du vicomte de Lamet ; et ils m'écrivaient tous deux comme étant et ayant toujours été dans mes intérêts, et y voulant vivre et mourir. Un billet séparé du vicomte me marquait que M. le duc de Noirmoutier[1] affectait de faire le zélé pour moi plus que jamais, pour couvrir le passé par un éclat qui, en l'état où étaient les choses, ne le pouvait plus, au moins selon son opinion, commettre avec la cour. Comme Mézières n'est pas considérable sans Charleville et sans le Mont-Olimpe, je n'y eusse pu rien faire de grand, dans la défiance où j'étais de Noirmoutier ; mais j'y eusse toujours trouvé de quoi me retirer ; et c'était justement ce dont j'avais le plus de besoin, dans l'occasion de laquelle je vous parle. Tout ce plan fut renversé en un moment, quoique aucune des machines sur lesquelles il était bâti n'eût manqué.

Je me sauvai un samedi 8 d'août, à cinq heures du soir ; la porte du petit jardin se referma après moi presque naturellement ; je descendis, un bâton entre les jambes, très heureusement, du bastion, qui avait quarante pieds de haut[2]. Un valet de chambre, qui est encore à moi, qui s'appelle Fromentin, amusa mes gardes en les faisant boire. Ils s'amusaient eux-mêmes à regarder un jacobin qui se baignait et qui, de plus, se noyait. La sentinelle, qui était à vingt pas de moi, mais en lieu d'où elle ne pouvait pourtant me joindre, n'osa me tirer, parce que, lorsque je lui vis compasser sa mèche[3], je lui criai que je le ferais pendre si il tirait, et il avoua, à la question, qu'il crut, sur cette menace, que le maréchal était de concert avec moi. Deux petits pages qui se baignaient, et qui, me voyant suspendu à la corde, crièrent que je me sauvais, ne furent pas écoutés, parce que tout le monde s'imagina qu'ils appelaient les gens au secours du jacobin qui se baignait. Mes quatre gentilshommes se trouvent à point nommé au bas du ravelin, où ils avaient fait semblant de faire abreuver leurs chevaux, comme si ils eussent voulu aller à la chasse. Je fus à cheval moi-même, devant qu'il y eût seulement la moindre alarme, et, comme j'avais quarante-deux relais posés entre Nantes et Paris, j'y serais arrivé infailliblement le mardi à la pointe du jour, sans un accident que je puis dire avoir été le fatal et le décisif du reste de ma vie. Je vous en rendrai compte après que je vous aurai parlé d'une circonstance qui est importante, en ce qu'elle marque le peu de confiance que l'on doit prendre aux chiffres.

J'en avais un avec Madame la Palatine, que nous appelions l'*indéchiffrable*, parce qu'il nous avait toujours paru que l'on ne le pouvait pénétrer qu'en sachant le mot dont l'on serait convenu. Nous y avions une confiance si abandonnée, que nous n'avions jamais douté d'écrire familièrement, par les courriers ordinaires, nos secrets les plus importants et les plus cachés. Ce fut par ce chiffre que j'écrivis à Monsieur le Premier Président que je me sauverais le 8 d'août; ce fut par ce chiffre que Monsieur le Premier Président me manda que je me sauvasse à tout risque; ce fut par ce chiffre que je donnai les ordres nécessaires pour régler et pour placer mes relais; ce fut par ce chiffre que nous convînmes, Anneri, Laillevaux et moi, du lieu où la noblesse du Vexin me devait joindre pour entrer avec moi dans Paris. Monsieur le Prince, qui avait un des meilleurs déchiffreurs du monde, qui s'appelait, ce me semble, Martin, me tint ce chiffre six semaines à Bruxelles, et il me le rendit, en m'avouant que ce Martin lui avait confessé qu'il était indéchiffrable. Voilà de grandes preuves pour la qualité d'un chiffre. Il fut dégradé[1], quelque temps après, par Joli, qui, quoique non déchiffreur de profession, en trouva la clef en rêvant, et me l'apporta à Utrecht, où j'étais pour lors. Pardonnez-moi, je vous supplie, cette petite disgression, qui peut ne pas être inutile. Je reprends le fil de ma narration.

Aussitôt que je fus à cheval, je pris la route de Mauve, qui est, si je ne me trompe, à cinq lieues de Nantes, sur la rivière, et où nous étions convenus que M. de Brissac et M. le chevalier de Sévigné m'attendraient avec un bateau pour la passer. La Ralde, écuyer de M. le duc de Brissac, qui marchait devant moi, me dit qu'il fallait galoper d'abord pour ne pas donner le temps aux gardes du maréchal de fermer la porte d'une petite rue du faubourg où était leur quartier, et par laquelle, il fallait nécessairement passer. J'avais un des meilleurs chevaux du monde, et qui avait coûté mille écus à M. de Brissac. Je ne lui abandonnai pas toutefois la main[1], parce que le pavé était très mauvais et très glissant ; mais un gentilhomme à moi, qui s'appelait Boisguérin, m'ayant crié de mettre le pistolet à la main, parce qu'il voyait deux gardes du maréchal, qui ne songeaient pourtant pas à nous, je l'y mis effectivement ; et en le présentant à la tête de celui de ces gardes qui était le plus près de moi, pour l'empêcher de se saisir de la bride de mon cheval, le soleil, qui était encore haut, donna dans la platine[2] ; la réverbération fit peur à mon cheval, qui était vif et vigoureux, il fit un grand soubresaut, et il retomba des quatre pieds. J'en fus quitte pour l'épaule gauche qui se rompit contre la borne d'une porte. Un gentilhomme à moi, appelé Beauchesne, me releva ; il me remit à cheval ; et, quoique je souffrisse des douleurs effroyables et que je fusse obligé de me tirer les cheveux, de temps en temps, pour m'empêcher de m'évanouir, j'achevai ma course de cinq lieues devant que Monsieur le Grand Maître[3], qui me suivait à toute bride avec tous les cocus de Nantes, au moins si l'on en veut croire la chanson de Marigni[4], m'eût pu joindre. Je trouvai au lieu destiné M. de Brissac et M. le chevalier de Sévigné, avec le bateau. Je m'évanouis en y entrant. L'on me fit revenir en me jetant un verre d'eau sur le visage. Je voulus remonter à cheval quand nous eûmes passé la rivière ; mais les forces me manquèrent, et M. de Brissac fut obligé de me faire mettre dans une fort grosse meule de foin, où il me laissa avec un gentilhomme à moi, appelé Montet[5], qui me tenait entre ses bras. Il emmena avec lui Joli, qui, seul avec Montet, m'avait pu suivre, les chevaux des trois autres ayant manqué ; et il tira droit à Beaupréau[1] en dessein d'y assembler la noblesse pour me venir tirer de ma meule de foin.

Cependant qu'elle se mettra en état de cela, je me sens obligé de vous raconter deux ou trois actions particulières de mes pauvres domestiques, qui ne méritent pas d'être oubliées. Paris, docteur de Navarre[2], qui avait donné le signal avec son chapeau, aux quatre gentilshommes qui me servirent en cette occasion, fut trouvé sur le bord de l'eau par Coulon, écuyer du maréchal, qui le prit, en lui donnant même quelques gourmades[3]. Le docteur ne perdit point le jugement, et il dit à Coulon, d'un ton niais et normand : « Je le dirai à Monsieur le Maréchal que vous vous amusez à battre un pauvre prêtre, parce que vous n'osez vous prendre à Monsieur le Cardinal, qui a de bons pistolets à l'arçon de sa selle. » Coulon prit cela pour bon, et il lui demanda où j'étais. « Ne le voyez-vous pas, répondit le docteur, qui entre dans ce village ? » Vous remarquerez, si il vous plaît, qu'il m'avait vu passer l'eau. Il se sauva ainsi, et il faut avouer que cette présence d'esprit n'est pas commune. En voici une de cœur qui n'est pas moindre. Celui pour qui le docteur me voulut faire passer, quand il dit à Coulon que j'entrais dans un village qu'il lui montrait, était ce Beauchesne dont je vous ai parlé ci-dessus, dont le cheval était outré[4], et qui n'avait pu me suivre. Coulon, le prenant pour moi, courut à lui, et, comme il se voyait soutenu par beaucoup de cavaliers qui étaient près de le joindre, il l'aborda le pistolet à la main. Beauchesne l'arrêta sur cul[5] en la même posture, et il eut la fermeté de s'apercevoir, dans cet instant, qu'il y avait un bateau à dix ou douze pas de lui. Il se jeta dedans ; et cependant qu'il arrêtait Coulon, en lui montrant un de ses pistolets, il mit l'autre à la tête du batelier et le força de passer la rivière. Sa résolution ne le sauva pas seulement, mais elle contribua à me faire sauver moi-même, parce que le grand maître, ne trouvant plus ce bateau, fut obligé d'aller passer l'eau beaucoup plus bas.

Voici une autre action, qui n'est pas de même espèce, mais qui servit encore davantage à ma liberté. Je vous ai déjà dit qu'aussitôt que l'abbé Charrier m'eut mandé que le Pape refusait d'admettre ma démission, je dépêchai Malcler pour en solliciter l'agrément. La cour lui joignit Gaumont, qui portait l'original de cette démission à M. le cardinal d'Est[1], avec ordre de la solliciter parce qu'il n'y avait plus d'ambassadeur de France à Rome[2]. Gaumont s'étant trouvé fatigué à Lyon et y ayant pris la résolution de s'aller embarquer à Marseille, Malcler continua dans celle de prendre la route des montagnes ; et, comme elle est la plus courte, Gaumont jugea à propos de lui remettre le paquet adressé à M. le cardinal d'Est. Sa simplicité fut grande, comme vous voyez, et il n'avait pas étudié, de plus, la maxime que j'ai toujours pratiquée, et que j'ai toujours enseignée à mes gens : de ne jamais compter, dans les grandes affaires, la fatigue, le péril et la dépense pour quelque chose. Il s'en trouva mal en ce rencontre. L'original de la démission ne se trouva plus dans le paquet, qui se retrouva toutefois très bien fermé. Quand Gaumont s'en plaignit, Malcler, qui était d'ailleurs plus brave que lui, se plaignit de lui-même de son méchant artifice. Ce contretemps donna lieu au Pape de laisser en doute le cardinal d'Est, si l'inaction de Rome procédait ou de la mauvaise volonté de Sa Sainteté envers la cour, ou du défaut de l'original de la démission. Malcler avait ordre de supplier le Pape, en mon nom, en cas qu'il ne la voulût pas admettre, d'amuser le tapis afin de me donner le temps de me sauver. Il lui en donna de plus, comme vous voyez, un beau prétexte. Le cardinal d'Est, qui fut amusé lui-même, amusa aussi lui-même le Mazarin. Les instances de celui-ci vers le maréchal, pour me remettre entre les mains du Roi, en furent moins fréquentes et moins vives, et j'eus la satisfaction de devoir au zèle et à l'esprit de deux de mes gens (car l'abbé Charrier eut aussi part à cette intrigue) le temps, que j'eus, par ce moyen, tout entier, de songer et de pourvoir à ma liberté. Je reviens à ma meule de foin.

J'y demeurai caché plus de sept heures, avec une incommodité que je ne puis vous exprimer. J'avais l'épaule rompue et démise ; j'y avais une contusion terrible ; la fièvre me prit sur les neuf heures du soir ; l'altération qu'elle me donnait était encore cruellement augmentée par la chaleur du foin nouveau. Quoique je fusse sur le bord de la rivière, je n'osais boire, parce que, si nous fussions sortis de la meule, Montet et moi, nous n'eussions eu personne pour raccommoder le foin qui eût paru remué et qui eût donné lieu, par conséquent, à ceux qui couraient après moi d'y fouiller. Nous n'entendions que des cavaliers qui passaient à droit et à gauche. Nous reconnûmes même Coulon à sa voix. L'incommodité de la soif est incroyable et inconcevable à qui ne l'a pas éprouvée. M. de La Poise-Saint-Offanges, homme de qualité du pays, que M. de Brissac avait averti en passant cheux lui, vint, sur les deux heures après minuit, me prendre dans cette meule de foin, après qu'il eut remarqué qu'il n'y avait plus de cavalerie aux environs. Il me mit sur une civière à fumier, et il me fit porter par deux paysans dans la grange d'une maison qui était à lui, à une lieue de là. Il m'y ensevelit encore dans le foin ; mais, comme j'y avais de quoi boire, je m'y trouvais même délicieusement.

M. et Mme de Brissac m'y vinrent prendre au bout de sept ou huit heures, avec quinze ou vingt chevaux, et ils me menèrent à Beaupréau, où je trouvai l'abbé de Bélesbat qui les y était venu voir, et où je ne demeurai qu'une nuit, et jusques à ce que la noblesse fût assemblée. M. de Brissac était fort aimé dans tout le pays ; il mit ensemble, dans ce peu de temps, plus de deux cents gentilshommes. M. de Rais, qui l'était encore plus dans son quartier, le joignit, à quatre lieues de là, avec trois cents. Nous passâmes presque à la vue de Nantes, d'où quelques gardes du maréchal sortirent pour escarmoucher. Ils furent repoussés vigoureusement, jusque dans la barrière, et nous arrivâmes à Machecoul, qui est dans le pays de Rais, avec toute sorte de sûreté. Je ne manquai pas, dans ce bonheur, de chagrins domestiques. Mme de Brissac, qui s'était portée[1] en héroïne dans tout le cours de cette action, me dit, en me quittant et en me donnant une bouteille d'eau impériale[2] : « Il n'y a que votre malheur qui m'ait empêchée d'y mettre du poison. » Elle se prenait à moi de la perfidie que M. de Noirmoutier m'avait faite sur son sujet, et de laquelle je vous ai parlé dans le second volume[3]. Mais il est impossible que vous conceviez combien je fus touché de cette parole, et je sentis, au-delà de tout ce que je vous en puis exprimer, qu'un cœur bien tourné est sensible, jusques à l'excès de la faiblesse, aux plaintes d'une personne à laquelle il croit être obligé.

Je ne le fus pas, à beaucoup près tant, à la dureté de Mme de Rais et de monsieur son père. Ils ne purent s'empêcher de me témoigner leur mauvaise volonté, dès que je fus arrivé. Celle-là se plaignit de ce que je ne lui avais pas confié mon secret, quoiqu'elle ne fût partie de Nantes que la veille que je me sauvai. Celui-ci pesta assez ouvertement contre l'opiniâtreté que j'avais à ne me pas soumettre aux volontés du Roi, et il n'oublia rien pour persuader à M. de Brissac de me porter à envoyer à la cour la ratification de ma démission[1]. La vérité est que l'un et l'autre mouraient de peur du maréchal de La Meilleraie, qui, enragé qu'il était et de mon évasion et encore plus de ce qu'il avait été abandonné de toute la noblesse, menaçait de mettre tout le pays de Rais à feu et à sang[2]. Leur frayeur alla jusques au point que de s'imaginer ou de vouloir faire croire que mon mal n'était que délicatesse, qu'il n'y avait rien de démis, et que j'en serais quitte pour une contusion[3]. Le chirurgien affidé de M. de Rais le disait à qui le voulait entendre, et qu'il était bien rude que j'exposasse, pour une délicatesse, toute ma maison, qui allait être investie au premier jour dans Machecoul. J'étais cependant dans mon lit, où je sentais des douleurs incroyables et où je ne pouvais pas seulement me tourner. Tous ces discours m'impatientèrent au point que je pris la résolution de quitter ces gens-là et de me jeter dans Belle-Isle, où je pouvais au moins me faire transporter par mer. Le trajet était fort délicat, parce que M. le maréchal de La Meilleraie avait fait prendre les armes à toute la côte. Je ne laissai pas de le hasarder.

Je m'embarquai au port de La Roche[4], qui n'est qu'à une petite demi-lieue de Machecoul, sur une chaloupe que La Gisclaie, capitaine de vaisseau et bon homme de mer, voulut piloter lui-même. Le temps nous obligea de mouiller au Croisic, où nous courûmes fortune d'être découverts par une chaloupe qui nous vint reconnaître la nuit. La Gisclaie, qui savait la langue et les pays, s'en démêla fort bien. Nous nous remîmes à la voile le lendemain à la pointe du jour, et nous découvrîmes, quelque temps après, une barque longue de Biscaïens[1], qui nous donnèrent chasse. Nous la prîmes, à la considération de M. de Brissac, qui n'eût pas pris plaisir d'être mené en Espagne, parce qu'il ne se sauvait pas de prison comme moi, et que l'on eût pu, par conséquent, lui tourner à crime ce voyage. Comme la barque longue faisait force de vent sur nous et que même elle nous le gagnait, nous crûmes que nous ne ferions que mieux de nous jeter à terre dans l'île de Ruis[2]. La barque fit quelque mine de nous y suivre ; elle bordeya[3] assez longtemps à notre vue, après quoi elle reprit la mer. Nous nous y remîmes la nuit, et nous arrivâmes à Belle-Isle à la petite pointe du jour.

Je souffris tout ce que l'on peut souffrir dans ce trajet, et j'eus besoin de toute la force de ma constitution, pour défendre et pour sauver de la gangrène une contusion aussi grande que la mienne, et à laquelle je n'appliquai jamais d'autre remède que du sel et du vinaigre.

Je ne trouvai pas à Belle-Isle les mêmes dégoûts qu'à Machecoul ; je n'y trouvai pas, dans le fonds, beaucoup plus de fermeté. L'on s'imagina, au pays de Rais, que le commandeur de Neufchaise, qui était à La Rochelle, aurait ordre, au premier jour, de m'investir dans Belle-Isle[4]. L'on y apprit que le maréchal faisait appareiller deux barques longues à Nantes. Ces avis étaient bons et véritables ; mais il s'en fallait bien qu'ils fussent si pressants que l'on les croyait. Il fallait du temps pour les rendre tels, et plus qu'il ne m'en eût fallu pour me remettre. La frayeur qui était à Machecoul inspira de l'indisposition à Belle-Isle, et je commençai à m'en apercevoir, en ce que l'on commença à croire que je n'avais pas en effet l'épaule démise, et que la douleur que je recevais de ma contusion faisait que je m'imaginais que mon mal était plus grand qu'il ne l'était en effet. L'on ne se peut imaginer le chagrin que l'on a de ces sortes de murmures, quand l'on sent qu'ils sont injustes. Ce qui est vrai est que ce chagrin change bientôt de nature, parce que l'on n'est pas longtemps sans s'apercevoir qu'ils ne sont que les effets ou de la frayeur ou de la lassitude. Il entrait de l'une et de l'autre dans ceux dont je vous parle en ce lieu.

Le chevalier de Sévigné, homme de cœur, mais intéressé, craignait que l'on ne lui rasât sa maison, et M. de Brissac, qui croyait avoir suffisamment réparé la paresse, plutôt que la faiblesse, qu'il avait témoignée dans le cours de ma prison, était bien aise de finir, et de ne pas exposer son repos à une agitation à laquelle l'on ne voyait plus de fin. Je n'avais pas moins d'impatience qu'eux de les voir hors d'une affaire à laquelle ils n'étaient plus engagés que pour l'amour de moi. La différence est que je ne croyais pas le péril si pressant, ni pour eux ni pour moi, que je ne pusse au moins, à mon opinion, prendre le temps et de me faire traiter et de me pourvoir d'un bâtiment raisonnable pour naviguer. Ils me voulurent persuader de passer en Hollande, sur un vaisseau de Hambourg qui était à la rade, et je ne crus pas que je dusse confier ma personne à un inconnu qui me connaissait, et qui me pouvait mener à Nantes comme en Hollande. Je leur proposai de me faire venir une frégate de corsaires de Biscaïe, qui était mouillée à notre vue, à la pointe de l'île, et ils appréhendèrent de se criminaliser[1] par ce commerce avec les Espagnols. Tant fut procédé que[2] je m'impatientai de toutes les alarmes que l'on prenait, ou que l'on voulait prendre à tous les moments, et que je m'embarquai sur une barque de pêcheur, où il n'y avait que cinq mariniers de Belle-Isle, Joli, deux gentilshommes à moi, dont l'un s'appelait Boisguérin et l'autre Sales, et un valet de chambre que mon frère m'avait prêté. La barque était chargée de sardines, ce qui nous vint assez à propos, parce que nous n'avions que fort peu d'argent. Mon frère m'en avait envoyé ; mais l'homme qui le portait avait été arrêté par les garde-côtes. Monsieur son beau-père n'avait pas eu l'honnêteté de m'en offrir. M. de Brissac me prêta quatre-vingts pistoles, et celui qui commandait dans Belle-Isle, quatre. Nous quittâmes nos habits ; nous prîmes de méchants haillons de quelques soldats de la garnison, et nous nous mîmes à la mer à l'entrée de la nuit, en dessein de prendre la route de Saint-Sébastien qui est dans le Guipúzcoa. Ce n'est pas qu'elle ne fût assez longue pour un bâtiment de cette nature ; car il y a de Belle-Isle à Saint-Sébastien quatre-vingts fort grandes lieues ; mais c'était le lieu le plus proche de tous ceux où je pouvais aborder avec sûreté. Nous eûmes un fort gros temps toute la nuit. Il calma à la pointe du jour, mais ce calme ne nous donna pas beaucoup de joie, parce que notre boussole, qui était unique, tomba, par je ne sais quel accident, dans la mer.

Nos mariniers, qui se trouvèrent fort étonnés et qui d'ailleurs étaient assez ignorants, ne savaient où ils étaient, et ne prirent de route que celle qu'un vaisseau qui nous donna la chasse nous força de courir. Ils reconnurent à son garbe[1] qu'il était turc et de Salé[2]. Comme il brouilla ses voiles[3] sur le soir, nous jugeâmes qu'il craignait la terre, et que, par conséquent, nous n'en pouvions être loin. Les petits oiseaux, qui se venaient percher sur notre mât, nous le marquaient d'ailleurs assez. La question était quelle terre ce pouvait être, car nous craignions autant celle de France que les Turcs. Nous bordeyâmes toute la nuit dans cette incertitude ; nous y demeurâmes tout le lendemain, et un vaisseau dont nous voulûmes nous approcher pour nous en éclaircir nous tira, pour toute réponse, trois volées de canon. Nous avions fort peu d'eau et nous appréhendions d'être chargés en cet état par un gros temps, auquel il y avait déjà quelque apparence. La nuit fut assez douce et nous aperçûmes, à la pointe du jour, une chaloupe à la mer. Nous nous en approchâmes avec beaucoup de peine, parce qu'elle appréhendait que nous ne fussions corsaires. Nous parlâmes espagnol et français à trois hommes qui étaient dedans ; ils n'entendaient ni l'une ni l'autre langue. L'un d'eux se mit à crier : *San-Sebastien*, pour nous donner à connaître qu'il en était ; nous lui montrâmes de l'argent, et nous lui répondîmes : *San-Sebastien*, pour lui faire entendre que c'était où nous voulions aller. Il se mit dans notre barque, et il nous y conduisit, ce qui lui fut aisé parce que nous n'en étions pas fort éloignés.

Nous ne fûmes pas plutôt arrivés que l'on nous demanda notre charte-partie[4], qui est si nécessaire à la mer, que tout homme qui y navigue sans l'avoir est pendable, et sans autre forme de procès. Le patron de notre barque n'avait pas fait cette réflexion, croyant que je n'en avais pas de besoin. Le défaut de ce papier, joint aux méchants habits que nous avions, obligea les gardes du port à nous dire que nous avions la mine d'être pendus le lendemain au matin. Nous leur répondîmes que nous étions connus de M. le baron de Vatteville, qui commandait pour le roi d'Espagne dans le Guipúzcoa. Ce mot fit [que] l'on nous mit dans une hôtellerie et que l'on nous donna un homme qui mena Joli à M. de Vatteville, qui était au Passage[1], et qui d'abord jugea par ses habits tout déchirés qu'il était un imposteur. Il ne le lui témoigna pourtant pas, à tout hasard, et il vint me voir, dès le lendemain au matin, dans mon hôtellerie. Il me fit un fort grand compliment, mais embarrassé, et d'un homme qui avait accoutumé, au poste où il était, de voir souvent des trompeurs. Ce qui commença à l'assurer fut l'arrivée de Beauchesne, que j'avais dépêché à Paris de Beaupréau, et que mes amis me renvoyèrent en diligence, aussitôt qu'ils eurent appris que je m'étais embarqué pour Saint-Sébastien. Il le trouva si bien informé des nouvelles, qu'il eut lieu de croire que ce n'était pas un courrier supposé ; et il l'en trouva même beaucoup mieux instruit qu'il n'eût voulu, car ce fut lui qui lui apprit que l'armée de France avait forcé celle d'Espagne dans les lignes d'Arras, et cet avis, que M. de Vatteville fit passer en diligence à Madrid, fut le premier que l'on y eut de cette défaite. Beauchesne me l'apporta avec une diligence incroyable, sur une frégate de corsaire biscaïen, qu'il trouva à la pointe de Belle-Isle et qui fut ravi de se charger de sa personne et de son passage, sachant qu'il me venait chercher à Saint-Sébastien. Mes amis me l'envoyaient pour m'exhorter à prendre le chemin de Rome, plutôt que celui de Mézières, où ils appréhendaient que je ne voulusse me jeter. Cet avis était certainement le plus sage ; il n'a pas été le plus heureux par l'événement. Je le suivis sans hésiter, quoique ce ne fût pas sans peine.

Je connaissais assez la cour de Rome pour savoir que le poste d'un réfugié et d'un suppliant n'y est pas agréable ; et mon cœur, qui était piqué au jeu contre

M. le cardinal Mazarin, était plein de mouvements qui m'eussent porté, avec plus de gaieté, dans les lieux où j'eusse pu donner un champ plus libre à mes ressentiments. Je n'ignorais pas que je ne pouvais pas espérer de M. le duc de Noirmoutier tout ce qui me conviendrait peut-être dans les suites ; mais je n'ignorais pas non plus qu'étant le maître dans Mézières, comme je l'y étais, et m'y rendant en personne, il n'était pas impossible que je n'engageasse M. de Noirmoutier, qui enfin gardait les apparences avec moi, et qui même, aussitôt qu'il eut appris ma liberté, m'avait dépêché un gentilhomme, en commun avec le vicomte de Lamet, pour m'offrir retraite dans leurs places. Mes amis ne doutaient pas que je ne la trouvasse, et même très sûre, dans Mézières. Ils craignaient qu'elle ne fût pas de la même nature à Charleville, et, comme la situation de ces places fait que l'une sans l'autre n'est pas fort considérable, ils crurent que, vu la disposition de M. de Noirmoutier, je ferais mieux de ne faire aucun fondement pour ma retraite. Je répète encore ici ce que je vous ai déjà dit, que je ne sais si il n'y eut pas lieu de mieux espérer, non pas de la bonne intention de Noirmoutier, mais de l'état où il se fût trouvé lui-même. Le conseil de mes amis l'emporta sur mes vues. Ils me représentèrent que l'asile naturel d'un cardinal et d'un cardinal et d'un évêque persécuté était le Vatican ; mais il y a des temps dans lesquels il n'est pas malaisé de prévoir que ce qui devrait servir d'asile peut facilement devenir un lieu d'exil. Je le prévis et je le choisis. Quelque événement que ce choix ait eu, je ne m'en suis jamais repenti, parce qu'il eut pour principe la déférence que je rendis aux conseils de ceux à qui j'avais obligation. Je l'estimerais davantage si il avait été l'effet de ma modération, et du désir de n'employer à mon rétablissement que les voies ecclésiastiques.

Il ne tint pas aux Espagnols que je ne prisse un autre parti. Aussitôt que M. de Vatteville m'eut reconnu pour le cardinal de Rais, ce qu'il fit en huit ou dix heures, et par les circonstances que je vous ai marquées et par un secrétaire bordelais qu'il avait, qui m'avait vu à Paris plusieurs fois, il me mena cheux lui, dans un appartement qui était au plus haut étage, et il m'y tint si couvert que, quoique M. le maréchal de Gramont, qui n'était qu'à trois lieues de Saint-Sébastien[1], eût donné avis à la cour, par un courrier exprès, que j'y étais arrivé, il fut trompé lui-même le jour suivant, au point d'en avoir dépêché un autre pour s'en dédire. Je fus trois semaines dans un lit sans me pouvoir remuer, et le chirurgien du baron de Vatteville, qui était fort capable, ne voulut point entreprendre de me traiter, parce qu'il était trop tard. J'avais l'épaule absolument démise, et il me condamna à être estropié pour tout le reste de ma vie. J'envoyai Boisguérin au roi d'Espagne, auquel j'écrivis, pour le supplier de me permettre de passer par ses États pour aller à Rome. Ce gentilhomme fut reçu et de Sa Majesté Catholique et de don Louis de Haro[2] au-delà de tout ce que je vous en puis exprimer. L'on le dépêcha dès le lendemain; l'on lui donna une chaîne de huit cents écus; l'on m'envoya une litière du corps, et l'on m'envoya en diligence don Cristoval de Crassembac, allemand, mais espagnolisé et secrétaire des langues, très confident de don Louis. Il n'y a point d'efforts que ce secrétaire ne fît pour m'obliger d'aller à Madrid. Je m'en défendis par l'inutilité dont ce voyage serait au service du Roi Catholique, et par l'avantage que mes ennemis en prendraient contre moi. L'on ne comprenait point ces raisons, qui étaient pourtant, comme vous voyez, assez bonnes, et, comme je m'en étonnais, Vatteville, qui, en présence du secrétaire, avait été de son avis, même avec véhémence, me dit : « Ce voyage coûterait cinquante mille écus au Roi, peut-être l'archevêché de Paris à vous : il ne serait bon à rien ; et cependant il faut que je parle comme l'autre, ou je serais brouillé à la cour. Nous agissons sur le pied de Philippe II, qui avait pour maxime d'engager toujours les étrangers par des démonstrations publiques. Vous voyez comme nous l'appliquons : ainsi du reste. » Cette parole est considérable, et je l'ai moi-même appliquée depuis, plus d'une fois, en faisant réflexion sur la conduite du conseil d'Espagne. Il m'a paru, en plus d'une occasion, qu'il pèche autant par l'attachement trop opiniâtre qu'il a à ses maximes générales, que l'on pèche en France par le mépris que l'on fait et des générales et des particulières.

Quand don Cristoval vit qu'il ne me pouvait pas persuader d'aller à Madrid, il n'oublia rien pour m'obliger à m'embarquer sur une frégate de Dunkerque, qui était à Saint-Sébastien, et il me fit des offres immenses, en cas que je voulusse aller en Flandres traiter avec Monsieur le Prince, me déclarer avec Mézières, Charleville et le Mont-Olimpe. Il avait raison de me proposer ce parti, qui était en effet du service du roi son maître. Vous avez vu celles que j'eus de ne le pas accepter. Ce qui fut très honnête est que tous mes refus n'empêchèrent pas qu'il ne me fît apporter un petit coffre de velours vert, dans lequel il y avait quarante mille écus en pièces de quatre. Je ne crus pas les devoir recevoir, ne faisant rien pour le service du Roi Catholique; je m'en excusai, sur ce titre, avec tout le respect que je devais; et, comme je n'avais, ni pour moi ni pour les miens, ni linge, ni habit, et que les quatre cents écus que je tirai de la vente de mes sardines furent presque consommés en ce que je donnai aux gens de M. de Vatteville, je le priai de me prêter quatre cents pistoles, dont je lui fis ma promesse, et que je lui ai rendues depuis[1].

Après que je me fus un peu rétabli, je partis de Saint-Sébastien et je pris la route de Valence pour m'embarquer à Vinaros[2], où don Cristoval me promit que don Juan d'Autriche[3], qui était à Barcelone, m'envoirait et une frégate et une galère. Je passai, dans une litière du corps du roi d'Espagne, toute la Navarre, sous le nom de marquis de Saint-Florent, sous la conduite d'un maître d'hôtel de Vatteville, qui disait que j'étais un gentilhomme de Bourgogne[4], qui allais servir le roi dans le Milanais. Comme j'arrivai à Tudele, ville assez considérable, qui est au-delà de Pampelune, je trouvai le peuple assez ému. L'on y faisait, la nuit, des feux et des corps de garde. Les laboureurs des environs s'étaient soulevés, parce que l'on leur avait défendu la chasse. Ils étaient entrés dans la ville, ils y avaient fait beaucoup de violence, et ils y avaient même pillé quelques maisons. Un corps de garde, qui fut posé, à dix heures du soir, devant l'hôtellerie dans laquelle je logeais, commença à me donner quelque soupçon que l'on n'en eût pris de moi; mais une litière du roi, avec les muletiers de sa livrée, me rassurait. Je vis entrer, à minuit, un certain don Martin, dans ma chambre, avec une épée fort longue et une grande rondache[1] à la main. Il me dit qu'il était le fils du logis, et qu'il me venait avertir que le peuple était fort ému ; qu'il croyait que je fusse un Français qui fût venu pour fomenter la révolte des laboureurs ; que l'alcade[2] ne savait lui-même ce qui en était ; qu'il était à craindre que la canaille ne prît ce prétexte pour me piller et pour m'égorger ; et que le corps de garde même qui était devant le logis commençait à murmurer et à s'échauffer.

Je priai don Martin de leur faire voir, sans affectation, la litière du roi, de leur faire parler les muletiers, de les mettre en conversation avec don Pedro, maître d'hôtel de M. de Vatteville. Il entra justement dans ma chambre à ce moment, pour me dire que c'étaient des *endemoniados*[3], qui n'entendaient ni rime ni raison, et qu'ils l'avaient menacé lui-même de le massacrer. Nous passâmes ainsi toute la nuit, ayant pour sérénades une multitude de voix confuses qui chantaient, ou qui plutôt hurlaient des chansons contre les Français. Je crus, le lendemain au matin, qu'il était à propos de faire voir à ces gens-là, par notre assurance, que nous ne nous tenions pas pour Français ; et je voulus sortir pour aller à la messe. Je trouvai sur le pas de la porte une sentinelle qui me fit rentrer assez promptement, en me mettant le bout de son mousquet dans la tête, et en me disant qu'il avait ordre de l'alcade de me commander, de la part du roi, de me tenir dans mon logis. J'envoyai don Martin à l'alcade pour lui dire qui j'étais, et don Pedro y alla avec lui. Il me vint trouver en même temps ; il quitta sa baguette à la porte de ma chambre ; il mit un genou en terre en m'abordant, il baisa le bas de mon justaucorps ; mais il me déclara qu'il ne pouvait me laisser sortir, qu'il n'en eût ordre du comte de San-Estevan, vice-roi de Navarre, qui était à Pampelune. Don Pedro y alla avec un officier de la ville, et il en revint avec beaucoup d'excuses. L'on me donna cinquante mousquetaires d'escorte, montés sur des ânes, qui m'accompagnèrent jusques à Cortes.

Je continuai mon chemin par l'Aragon, et j'arrivai à Saragosse, qui est la capitale de ce royaume, grande et belle ville. Je fus surpris, au dernier point, d'y trouver que tout le monde parlait français dans les rues. Il y en a, en effet, une infinité[1], et particulièrement d'artisans, qui sont plus affectionnés à l'Espagne que les naturels du pays. Le duc de Montéléon, Néapolitain, de [la] maison de Pignatelli, vice-roi d'Aragon, m'envoya, à trois ou quatre lieues au-devant de moi, un gentilhomme, pour me dire qu'il y fût venu lui-même avec toute la noblesse, si le roi son maître ne lui eût mandé d'obéir à l'ordre contraire qu'il savait que je lui en donnerais. Ce compliment, fort honnête, comme vous voyez, fut accompagné de mille et mille galanteries, et de tous les rafraîchissements imaginables, que je trouvai à Saragosse. Permettez-moi, si il vous plaît, de m'y arrêter un peu, pour vous rendre compte de quelques circonstances qui m'y parurent assez curieuses. L'on trouve, devant que d'entrer dans la ville de ce côté-là, l'Alcázar des anciens rois maures, qui est présentement à l'Inquisition[2]. Il y a auprès une allée d'arbres, dans laquelle je vis un prêtre qui se promenait. Le gentilhomme du vice-roi me dit que ce prêtre était le curé d'Osca[3], ville très ancienne en Aragon, et que ce curé faisait la quarantaine pour avoir enterré, depuis trois semaines, son dernier paroissien qui était effectivement le dernier de douze mille personnes mortes de la peste dans sa paroisse[4].

Ce même gentilhomme du vice-roi me fit voir tout ce qu'il y avait de remarquable à Saragosse, toujours sous le nom de marquis de Saint-Florent. Mais il n'y fit pas la réflexion que *Nouestra Sennora del Pilar*[5], qui est un des plus célèbres sanctuaires de toute l'Espagne, ne se pouvait pas voir sous ce titre. L'on ne montre jamais à découvert cette image miraculeuse qu'aux souverains et qu'aux cardinaux. Le marquis de Saint-Florent n'était ni l'un ni l'autre, de sorte que, quand l'on me vit dans le balustre, avec mon justaucorps de velours noir et ma cravate, le peuple infini qui était accouru de toute la ville au son de la cloche, qui ne sonne que pour cette cérémonie, crut que j'étais le roi d'Angleterre. Il y avait, je crois, plus de deux cents carrosses de dames, qui me firent cent et cent galanteries, auxquelles je ne répondais que comme un homme qui ne parlait pas trop bien espagnol. Cette église est belle en elle-même, mais les ornements et les richesses en sont immenses, et le trésor magnifique. L'on m'y montra un homme qui servait à allumer les lampes, qui y sont en nombre prodigieux, et l'on me dit que l'on l'avait vu sept ans, à la porte de cette église, avec une seule jambe. Je l'y vis avec deux. Le doyen, avec tous les chanoines, m'assurèrent que toute la ville l'avait vu comme eux, et que, si je voulais attendre encore deux jours, je parlerais à plus de vingt mille hommes, même de dehors, qui l'avaient vu comme ceux de la ville. Il avait recouvert[1] sa jambe, à ce qu'ils disaient, en se frottant de l'huile de ses lampes. L'on célèbre tous les ans la fête de ce miracle avec un concours incroyable, et il est vrai qu'encore à une journée de Saragosse je trouvai les grands chemins couverts et remplis de gens de toute qualité qui y couraient.

J'entrai de l'Aragon dans le royaume de Valence, qui se peut dire, non pas seulement le pays le plus fin[2], mais encore le plus beau jardin du monde. Les grenadiers, les orangers, les limoniers[3] y font les palissades des grands chemins. Les plus belles et les plus claires eaux du monde leur servent de canaux. Toute la campagne, qui est émaillée d'un million de fleurs différentes qui flattent la vue, y exhale un million d'odeurs différentes qui charment l'odorat. J'arrivai ainsi à Vinaros, où don Fernand Carillo Quatralve, des galères de Naples, me joignit, le lendemain, avec la patronne de cette escouade[4], belle et excellente galère, et renforcée de la meilleure partie de la chiorme[5] et de la soldatesque de la capitane, que l'on avait presque désarmée pour cet effet. Don Fernand me rendit une lettre de don Juan d'Autriche, aussi belle et aussi galante que j'en aie jamais vu. Il me donnait le choix de cette galère ou d'une frégate de Dunkerque, qui était à la même plage, et qui était montée de trente-six pièces de canon. Celle-ci était plus sûre pour passer le golfe de Léon[6], dans une saison aussi avancée, car nous étions dans le mois d'octobre. Je choisis la galère et vous verrez que je n'en fis pas mieux.

Don Cristoval de Cardonne, chevalier de Saint-

Jacques, arriva à Vinaros un quart d'heure après don Fernand Carillo, et il me dit que M. le duc de Montalte, vice-roi de Valence, l'avait envoyé pour m'offrir tout ce qui dépendait de lui ; qu'il savait que j'avais refusé ce que le Roi Catholique m'avait offert à Saint-Sébastien ; qu'il n'osait, par cette raison, me presser de recevoir ce que le *pagador*[1] des galères avait ordre de m'apporter ; mais que, comme il savait que la précipitation de mon voyage ne m'avait pas permis de me charger de beaucoup d'argent, que j'étais fort libéral et que je ne serais pas fâché de faire quelque régal à la chiorme, il espérait que je ne refuserais pas quelque petit rafraîchissement pour elle. Ce rafraîchissement consistait en six grandes caisses pleines de toutes sortes de confitures de Valence, de douze douzaines de paires de gants d'Espagne, exquis et d'une bourse de senteur[2] dans laquelle il y avait deux mille pièces d'or, fabrique des Indes[3], qui revenaient à deux mille deux cents ou trois cents pistoles. Je reçus le présent sans en faire aucune difficulté, en lui répondant que, comme je ne me trouvais pas en état de servir Sa Majesté Catholique, je croirais que je manquerais à mon devoir, en toute manière, si je recevais les grandes sommes qu'elle avait eu la bonté de me faire apporter à Saint-Sébastien et offrir à Vinaros ; mais que je croirais aussi manquer au respect que je devais à un aussi grand monarque, si je n'acceptais le dernier présent dont il lui plaisait de m'honorer. Je le reçus donc, mais je donnai, devant que de m'embarquer, les confitures au capitaine de la galère, les gants à don Fernand, et l'or à don Pedro pour M. le baron de Vatteville, en lui écrivant que, comme il m'avait dit plusieurs fois qu'il était assez embarrassé à cause de l'excessive dépense qui y était nécessaire à faire achever l'amiral des Indes d'Occident[4], qu'il faisait construire à Saint-Sébastien, je lui envoyais un petit grain d'or pour soulager son mal de tête : c'est ainsi qu'il appelait le chagrin que la fabrique de ce vaisseau lui donnait. Ma manière d'agir en ce rencontre fut un peu outrée. J'eus raison de donner les rafraîchissements de victuailles au capitaine ; il était indifférent de retenir les gants d'Espagne ou de les donner à don Fernand ; il eût été de la bonne conduite de retenir les deux mille et tant de pistoles. Les Espagnols ne me l'ont jamais pardonné, et ils ont toujours attribué, à mon aversion pour leur nation ce qui n'était en moi, dans la vérité, qu'une suite de la profession que j'avais toujours faite de ne prendre de l'argent de personne.

Je m'embarquai, à la seconde garde de la nuit, avec un gros temps, mais qui ne nous incommodait pas beaucoup, parce que nous avions vent en poupe. Nous faisions quinze milles par heure et nous arrivâmes, le lendemain, devant le jour, à Majorque. Comme il y avait de la peste en Aragon, tout ce qui venait de la côte d'Espagne était bandi[1] à Majorque. Il y eut beaucoup d'allées et de venues pour nous faire donner pratique[2], à laquelle le magistrat de la ville[3] s'opposait avec vigueur. Le vice-roi, qui n'est pas à beaucoup près si absolu en cette île que dans les autres royaumes d'Espagne, et qui avait eu ordre du roi son maître de me faire toutes les honnêtetés possibles, fit tant, par ses instances, que l'on me permit, à moi et aux miens, d'entrer dans la ville, à condition de n'y point coucher. Cela vous paraît sans doute assez extravagant, parce que l'on porte le mauvais air dans une ville quoique l'on n'y couche pas. Je le dis, l'après-dînée, à un cavalier majorquain, qui me répondit ces propres paroles, que je remarquai, parce qu'elles se peuvent appliquer à mille rencontres que l'on fait dans la vie : « Nous ne craignons pas que vous nous apportiez du mauvais air, parce que nous savons bien que vous n'êtes pas passé à Osca ; mais, comme vous en avez approché, nous sommes bien aises de faire, en votre personne, un exemple qui ne vous incommode point et qui nous accommode pour les suites. » Cela, en espagnol, est plus substantiel et même plus galant qu'en français.

Le vice-roi, qui était un comte aragonais dont j'ai oublié le nom, me vint prendre sur le môle avec cent ou cent vingt carrosses pleins de noblesse, et la mieux faite qui soit en Espagne. Il me mena à la messe au Seo (l'on appelle de ce nom les cathédrales en ce pays-là), où je vis trente ou quarante femmes de qualité, plus belles l'une que l'autre, et ce qui est de merveilleux est qu'il n'y en a point de laides dans toute l'île ; au moins elles y sont très rares. Ce sont pour la plupart des beautés fort délicates et des teints de lis et de roses. Les femmes du bas peuple, que l'on voit dans les rues, sont de cette espèce ; elles ont une coiffure particulière, qui est fort jolie. Le vice-roi me donna un magnifique dîner dans une superbe tente de brocart d'or, qu'il avait fait élever sur le bord de la mer. Il me mena après entendre une musique dans un couvent de filles, qui ne cédaient point en beauté aux dames de la ville. Elles chantèrent à la grille, à l'honneur de leur saint, des airs et des paroles plus galantes et plus passionnées que ne sont les chansons de Lambert[1]. Nous allâmes nous promener, sur le soir, aux environs de la ville, qui sont les plus beaux du monde et tout pareils aux campagnes du royaume de Valence. Nous revînmes cheux la vice-reine, qui était plus laide qu'un démon, et qui, étant assise sous un grand dais et toute brillante de pierreries, donnait un merveilleux lustre à soixante dames qui étaient auprès d'elle, et qui avaient été choisies entre les plus belles de la ville. L'on me ramena, avec cinquante flambeaux de cire blanche, dans la galère, au son de toute l'artillerie des bastions, et d'une infinité de hautbois et de trompettes. J'employai à ces divertissements les trois jours que le mauvais temps m'obligea de passer à Majorque[2].

J'en partis le 4, avec un vent frais et en poupe ; je fis cinquante grandes lieues en douze heures et j'entrai fort heureusement, devant la nuit, au port Mahón[3], qui est le plus beau de la Méditerranée. Son embouchure est fort étroite, et je ne crois pas que deux galères à la fois y pussent passer en voguant. Il s'élargit tout d'un coup et fait un bassin oblong, qui a une grande demi-lieue de large et une bonne lieue de long. Une grande montagne, qui l'environne de tous les côtés, fait un théâtre qui, par la multitude et par la hauteur des arbres dont elle est couverte, et par des ruisseaux qu'elle jette avec une abondance prodigieuse, outre mille et mille scènes qui sont sans exagération plus surprenantes que celles de l'Opéra[4]. Cette même montagne, ces arbres, ces rochers couvrent le port de tous les vents, et, dans les plus grandes tempêtes, il est toujours aussi calme qu'un bassin de fontaine et aussi uni qu'une glace. Il est partout d'une égale profondeur, et les galions des Indes y donnent fonds[1] à quatre pas de terre. Véritablement, comble de toute perfection, ce port est dans l'île de Minorque, qui donne encore plus de chairs et de toute sorte de victuailles nécessaires à la navigation que celle de Majorque ne produit de grenades, d'oranges et de limons.

Le temps grossit extrêmement après que nous fûmes entrés dans ce port, et au point que nous fûmes obligés d'y demeurer quatre jours. Nous en fîmes pourtant quatre partances[2]; mais le vent nous refusa toujours. Don Fernand Carillo, qui était homme de qualité, jeune de vingt-quatre ans, fort honnête et fort civil, chercha à me donner tous les divertissements que l'on pouvait trouver en ce beau lieu. La chasse y était la plus belle du monde en toute sorte de gibier, et la pêche en profusion. En voici une manière qui est particulière, ce me semble, à ce port. Il prit cent Turcs de la chiorme, il les mit de rang, il leur fit tenir à tous un câble d'une prodigieuse grosseur; il fit plonger quatre de ces esclaves, qui attachèrent ce câble à une fort grosse pierre, et la tirèrent après, à force de bras, avec leurs compagnons, au bord de l'eau. Ils n'y réussirent qu'après des efforts incroyables; ils n'eurent guère moins de peine à casser cette pierre à coups de marteau. Ils trouvèrent dedans sept ou huit écailles, moindres que des huîtres en grandeur, mais d'un goût sans comparaison plus relevé. L'on les fit cuire dans leur eau, et le manger en est délicieux[3].

Le temps s'étant adouci, nous fîmes voile pour passer le golfe de Léon, qui commence en cet endroit. Il a cent lieues de long et quarante de large, et il est extrêmement dangereux, tant à cause des montagnes de sable que l'on prétend qu'il élève et qu'il roule quelquefois, que parce qu'il n'y a point de port sous vent[4]. La côte de Barbarie, qui le borne d'un côté, n'est pas abordable; celle de Languedoc, qui le joint de l'autre, est très mauvaise; enfin le trajet n'en est pas agréable pour des galères, pour peu que la saison soit avancée et elle l'était beaucoup, car nous étions fort proches de la Toussaints, qui fait toujours à la mer de grands coups de vent. Don Fernand de Carillo, qui était un des hommes d'Espagne le plus aventurier[1], m'avoua qu'une médiocre frégate eût été meilleure, en ce rencontre, que la plus forte galère. Il se trouva, par l'événement, que la moindre felouque eût été aussi bonne que la meilleure frégate[2]. Nous passâmes le golfe en trente-six heures, avec le plus beau temps du monde et avec un vent qui, ne laissant pas de nous servir, ne nous obligeait presque pas à mettre sur les bougies de la chambre de poupe ces lanternes de verre dont on les couvre. Nous entrâmes ainsi dans le canal qui est entre la Corse et la Sardaigne. Don Fernand Carillo, qui vit quelques nuages qui lui faisaient appréhender changement de temps, me proposa de donner fond à Porto-Condé, qui est un port déshabité dans la Sardaigne : ce que j'agréai. Son appréhension s'étant évanouie avec les nuages, il changea d'avis pour ne pas perdre le beau temps, et ce fut un grand bonheur pour moi ; car M. de Guise, qui allait à Naples sur l'armée navale de France[3], était mouillé à Porto-Condé avec six galères. Don Fernand Carillo, qui le sut deux jours après, me dit qu'il se fût moqué de ces six galères, parce que la sienne, qui avait quatre cent cinquante hommes de chiorme, se fût aisément tirée d'affaire ; mais c'eût été toujours une affaire dont un homme qui se sauve de prison se passe encore plus facilement qu'un autre. La forteresse de Saint-Boniface[4], qui est en Corse et aux Génois, tira quatre coups de canon en nous voyant, et, comme nous en passions trop loin pour en être salués, nous jugeâmes qu'elle nous faisait quelque signal, et il était vrai, car elle nous avertissait qu'il y avait des ennemis à Porto-Condé.

Nous ne le prîmes pas ainsi, et nous crûmes qu'elle nous voulait faire connaître qu'une petite frégate que nous voyions devant nous, au sortir du canal, était turquesque, comme elle en avait le garbe. Don Fernand prit fantaisie de l'attaquer, et il me dit qu'il me donnerait, si je lui permettais, le plaisir d'un combat, qui ne durerait qu'un quart d'heure. Il commanda que l'on donnât chasse à la frégate, qui paraissait effectivement faire force de voile pour s'enfuir. Le pilote, qui n'avait d'attention qu'à cette frégate, en manqua pour un banc de sable, qui ne paraît pas véritablement au-dessus de l'eau, mais qui était si connu qu'il est même marqué dans les chartes marines. La galère toucha. Comme il n'y a rien à la mer de si dangereux, tout le monde s'écria : *Misericordia !* Toute la chiorme se leva pour essayer de se déferrer[1] et de se jeter à la nage. Don Fernand Carillo, qui jouait au piquet avec Joli, dans la chambre de poupe, me jeta la première épée qu'il trouva devant lui, en me criant que je la tirasse, il tira la sienne, et il sortit sur la coursie[2], chargeant à coups d'estramaçon[3] tout ce qu'il trouvait devant lui. Tous les officiers et toute la soldatesque[4] firent la même chose, parce qu'ils appréhendaient que la chiorme, où il y avait beaucoup de Turcs, ne relevassent la galère, c'est-à-dire ne s'en rendissent les maîtres, comme il est arrivé quelquefois en de semblables occasions. Quand tout le monde se fut remis en sa place, il me dit, de l'air du monde le plus froid et le plus assuré : « J'ai ordre, Monsieur, de vous mettre en sûreté, voilà mon premier soin. Il y faut pourvoir. Je verrai, après cela, si la galère est blessée. » En proférant cette dernière parole, il me fit prendre à fois de corps[5] par quatre esclaves, et il me fit porter dans la felouque. Il y mit avec moi trente mousquetaires espagnols, auxquels il commanda de me mener sur un petit écueil qui paraissait à cinquante pas de là, et où il n'y avait place que pour quatre ou cinq personnes. Les mousquetaires étaient dans l'eau jusques à la ceinture : ils me firent pitié ; et, quand je vis que la galère n'était pas blessée, je les y voulus renvoyer ; mais ils me dirent que si les Corses qui étaient sur le rivage me voyaient sans une bonne escorte, ils ne manqueraient pas de me venir piller et égorger. Ces barbares s'imaginent que tout ce qui fait naufrage est à eux.

La galère ne se trouva pas blessée, ce qui fut une manière de prodige. L'on ne laissa pas d'être plus de deux heures à la relever. La felouque me vint reprendre, et je remontai sur la galère. Comme nous sortions du canal, nous aperçûmes encore la frégate, qui, voyant que la galère ne la suivait plus, avait repris sa route. Nous lui donnâmes chasse, elle la prit. Nous la joignîmes en moins de deux heures, et nous trouvâmes, en effet, qu'elle était turquesque, mais entre les mains des Génois, qui l'avaient prise sur le Turc et qui l'avaient armée. Je fus, pour vous dire le vrai, très aise que l'aventure se fût terminée ainsi. Cette guerre ne me plaisait pas ; elle n'était pas grande, mais une égratignure qui me fût arrivée l'eût pu rendre ridicule. Don Fernand Carillo, qui était un jeune homme fort brave, me la proposa, et je n'eus pas la force de l'en refuser, quoique je visse bien que c'était une imprudence. Le temps se chargeant un peu, l'on crut qu'il était à propos d'entrer dans Porto-Vecchio, qui est un port déshabité de la Corsègue[1]. Un trompette du gouverneur génois d'un fort qui en est assez proche vint nous avertir, de la part de son capitaine, que M. de Guise était, avec six galères de France, à Porto-Condé ; qu'apparemment il nous avait vus passer et qu'il pourrait nous venir la même nuit surprendre sur le fer[2].

Nous résolûmes de nous remettre à la mer, quoique le temps commençât à être fort et gros et qu'il y eût même quelque péril à sortir la nuit de Porto-Vecchio, parce qu'il a, à sa bouche, un écueil de rocher qui jette un courant assez fâcheux. La bourrasque augmenta avec la lune, et nous eûmes une des plus grandes tempêtes qui se soient peut-être jamais vues à la mer. Le pilote royal des galères de Naples, qui était sur notre galère et qui naviguait depuis cinquante ans, disait qu'il n'avait jamais rien vu de pareil. Tout le monde était en prières, tout le monde se confessait, et il n'y eut que don Fernand Carillo, qui se communiait tous les jours, quand il était à terre, et qui était d'une piété angélique, il n'y eut, dis-je, que lui, qui ne se jetât aux pieds des prêtres avec empressement. Il laissait faire les autres ; mais il ne fit rien en son particulier, et il me dit à l'oreille : « Je crains bien que toutes ces confessions, que la seule peur produit, ne vaillent rien. » Il demeura toujours sur le tabernacle[3], donnant les ordres avec une froideur admirable ; et en donnant du courage, mais doucement et honnêtement, à ces vieux soldats du terce[4] de Naples, qui faisaient paraître un peu d'étonnement, je me souviens toujours qu'il les appela *sennores soldados de Carlos quinto*[5].

Le capitaine particulier de la galère, qui s'appelait Villanueva, se fit apporter, au plus fort du danger, ses manches en broderie et son écharpe rouge, en disant qu'un véritable Espagnol devait mourir avec la marque de son roi[1]. Il se mit dans un grand fauteuil, et il donna un coup de pied dans les mâchoires à un pauvre Néapolitain qui, ne pouvant se tenir sur le coursier, marchait à quatre pattes en criant : *Sennor don Fernando, por l'amor de Dios, confession*. Le capitan, en le frappant, lui dit : *Enemigo de Dios, pides confession*[2] *?* Et, comme je lui représentais que la preuve n'était pas bonne, il me répondit que *este veillaco*[3] scandalisait toute la galère. Vous ne vous pouvez imaginer l'horreur d'une grande tempête ; vous vous en pouvez imaginer aussi peu le ridicule. Un observantin[4] sicilien prêchait, au pied de l'arbre[5], que saint François lui avait apparu et l'avait assuré que nous ne péririons pas. Ce ne serait jamais fait, si j'entreprenais de vous décrire les frayeurs et les impertinences que l'on voit en ces rencontres.

Le grand péril ne dura que sept heures ; nous nous mîmes ensuite un peu à couvert sous la Pianouse[6]. Le temps s'adoucit, et nous gagnâmes Porto-Longone[7]. Nous y passâmes la Toussaints et la fête des Morts, parce que le vent nous était contraire pour sortir du port. Le gouverneur espagnol m'y fit toutes les civilités imaginables, et, comme il vit que le mauvais temps continuait, il me conseilla d'aller voir Porto-Ferrare, qui est dans l'île d'Elbe aussi bien que Porto-Longone. Il n'y a que cinq milles de l'une à l'autre par terre, et j'y allai à cheval.

Je vous ai tantôt dit qu'il n'y a rien de si agréable, dans le théâtre rustique de l'Opéra, que la scène du Port-Mahón ; et je vous puis dire présentement, avec autant de vérité, qu'il n'y a rien de si pompeux, dans les représentations les plus magnifiques que vous en ayez vues, que tout ce qui paraît de cette place. Il faudrait être homme de guerre pour vous la décrire, et je me contenterai de vous dire que sa force passe sa magnificence ; elle est l'unique imprenable qui soit au monde, et le maréchal de La Meilleraie en convenait. Il l'alla visiter après qu'il eut pris Porto-Longone, dans le temps de la Régence, et, comme il était impétueux, il dit au commandeur Grifoni, qui y commandait pour le grand-duc, que la fortification était bonne, mais que, si le Roi son maître lui commandait de l'attaquer, il lui en rendrait bon compte en six semaines. Le commandeur Grifoni lui répondit que Son Excellence prenait un trop long terme, et que le grand-duc était si fort serviteur du Roi, qu'il ne faudrait qu'un moment. Le maréchal eut honte de son emportement, ou plutôt de sa brutalité, et il la répara en disant : « Vous êtes un galant homme, Monsieur le Commandeur, et je suis un sot. Je confesse que votre place est imprenable. » Le maréchal me fit ce conte à Nantes, et le commandeur me le confirma à Porto-Ferrare, où il commandait encore quand j'y passai.

Le vent nous ayant permis de sortir de Porto-Longone, nous prîmes terre à Piombin[1], qui est dans la côte de Toscane. Je quittai, en ce lieu, la galère, après avoir donné aux officiers, aux soldats et à la chiorme tout ce qui me restait d'argent, sans excepter la chaîne d'or que le roi d'Espagne avait donnée à Boisguérin. Je la lui achetai, et je la revendis au facteur[2] du prince Ludovisio, qui est prince de Piombin. Je ne me réservai que neuf pistoles, que je crus me pouvoir mener jusques à Florence.

Je suis obligé de dire, pour la vérité, que jamais gens ne méritèrent mieux des gratifications que ceux qui étaient sur cette galère. Leur discrétion à mon égard n'a peut-être jamais eu d'exemple. Ils étaient plus de six cents hommes, dont il n'y en avait pas un qui ne me connût ; il n'y en eut jamais un seul qui en donnât seulement, ni à moi, ni [à] aucun autre, la moindre démonstration[3]. Leur reconnaissance fut égale à leur discrétion. Celle que je leur avais témoignée de leur honnêteté les toucha tellement, qu'ils pleuraient tous quand je les quittai pour prendre terre à Piombin.

C'est où je termine le troisième volume et la seconde partie de mon Histoire, parce que ce fut proprement le lieu où je recouvrai ma liberté, laquelle, jusque-là, avait été traversée par beaucoup d'aventures. Je vas travailler au reste du compte que je vous dois de ma vie, et qui en contiendra la troisième et dernière partie.

Troisième partie

Je ne demeurai que quatre heures à Piombin; j'en partis aussitôt que j'eus dîné et je pris la route de Florence. Je trouvai, à trois ou quatre lieues de Volterre[1], un signor Annibal — je ne me ressouviens pas du nom de sa maison : il était gentilhomme de la chambre du grand-duc[2], et il venait de sa part, sur l'avis que le gouverneur de Porto-Ferrare lui avait donné de me faire compliment et me prier d'agréer de faire une légère quarantaine devant que d'entrer plus avant dans le pays.

Il était un peu brouillé avec les Génois, et il appréhendait que, sur le prétexte de communication avec les gens qui venaient de la côte d'Espagne, suspecte de contagion, ils n'interdissent le commerce de la Toscane. Le signor Annibal me mena dans une maison, qui est sous Volterre, qui s'appelle *l'Hospitalité* et qui est bâtie sur le champ de bataille où Catilina fut tué. Elle était autrefois au grand Laurent de Médicis[3], et elle est tombée, par alliance, dans la maison de Corsini. J'y demeurai neuf jours, et j'y fus toujours servi magnifiquement par les officiers du grand-duc. L'abbé Charrier, qui, sur le premier avis de mon arrivée à Porto-Ferrare, était venu de Florence en poste, m'y vint trouver, et le bailli de Gondi[4] m'y vint prendre avec les carrosses du grand-duc, pour me mener et coucher à Camogliane, belle et superbe maison qui est au marquis Nicolini, son parent proche.

J'en partis le lendemain au matin, d'assez bonne heure pour aller coucher à l'Ambrosiane, qui est un lieu de chasse où le grand-duc était depuis quelques jours. Il me fit l'honneur de venir au-devant de moi, à une lieue de là, jusques à Empoli, qui est une assez jolie ville ; et le premier mot qu'il me dit, après le premier compliment, fut que je n'avais pas trouvé en Espagne les Espagnols de Charles Quint. Comme il me menait dans mon appartement à l'Ambrosiane, et que je me vis, dans ma propre chambre, dans un fauteuil au-dessus de lui, je lui demandai si je jouais bien la comédie. Il ne m'entendait pas d'abord. Comme il eut connu que je lui voulais marquer par là que je ne me méconnaissais pas moi-même, et que je ne prenais pas la main sur lui sans y faire au moins la réflexion que je devais, il me dit ces propres paroles : « Vous êtes le premier cardinal qui m'ait parlé ainsi ; vous êtes aussi le premier pour qui je fasse ce que je fais, sans peine. »

Je demeurai trois jours avec lui à l'Ambrosiane, et, le second, il entra tout ému dans ma chambre, en me disant : « Je vous apporte une lettre du duc d'Arcos, vice-roi de Naples, qui vous fera voir l'état où est le royaume de Naples. » Cette lettre portait que M. de Guise y était descendu ; qu'il y avait eu un grand combat auprès de la Tour des Grecs, qu'il espérait que les Français ne feraient point de progrès ; qu'au moins les gens de guerre lui faisaient espérer ainsi : « Car comme, disait-il, *io non soi soldato*, je suis obligé de m'en rapporter à eux. » La confession, comme vous voyez, est assez plaisante pour un vice-roi. Le grand-duc me fit beaucoup d'offres, quoique le cardinal Mazarin l'eût fait menacer, de la part du Roi même, de rupture, s'il me donnait passage par ses États. Rien ne put être plus ridicule ; et le grand-duc lui répondit par son résident, qui me l'a confirmé depuis, qu'il le priait de lui donner une invention de faire agréer au Pape et au sacré collège le refus qu'il m'en pourrait faire. Je ne pris, de toutes les offres du grand-duc, que quatre mille écus, que je me crus nécessaires, parce que l'abbé Charrier m'avait dit qu'il n'y avait encore aucune lettre de change qui fût arrivée à Rome pour moi. J'en fis ma promesse, et je les dois encore au grand-duc, qui a trouvé bon que je le misse le dernier dans le catalogue de mes créanciers, comme celui qui est assurément le moins pressé de son remboursement.

J'allai de l'Ambrosiane à Florence, où je demeurai deux jours avec M. le cardinal Jean-Carle de Médicis[1] et M. le prince Léopold, son frère, qui a été aussi depuis cardinal. Ils me donnèrent une litière du grand-duc, qui me porta à Sienne, où je trouvai M. le prince Mathias[2], qui en était le gouverneur. Il ne se peut rien ajouter aux honnêtetés que je reçus de toute cette maison, qui a véritablement hérité du titre de *magnifique*, que quelques-uns d'eux ont porté et que tous ont mérité. Je continuai mon chemin dans leur litière et avec leurs officiers ; et comme les pluies furent excessives en Italie cette année, je faillis à me noyer auprès de Ponte-Centine, dans un torrent, dans lequel un coup de tonnerre, qui effraya mes mulets, fit tomber, la nuit, ma litière. Le péril y fut certainement fort grand.

Comme je fus à une demi-journée de Rome, l'abbé Rousseau, qui, après m'avoir tenu à Nantes la corde avec laquelle je me sauvai, s'était sauvé lui-même fort résolument et fort heureusement du château, et qui était venu m'attendre à Rome, l'abbé Rousseau, dis-je, vint au-devant de moi pour me dire que la faction de France s'était fort déclarée à Rome contre moi[3], et qu'elle menaçait même de m'empêcher d'y entrer. Je continuai mon chemin, je n'y trouvai aucun obstacle, et j'arrivai, par la porte Angélique, à Saint-Pierre, où je fis ma prière, et d'où j'allai descendre chez l'abbé Charrier. J'y trouvai monsignor Febei, maître des cérémonies, qui m'y attendait et qui avait ordre du Pape de me diriger dans ces commencements. Monsignor Franzoni, trésorier de la Chambre et qui est présentement cardinal, y arriva ensuite, avec une bourse dans laquelle il y avait quatre mille écus en or, que Sa Sainteté m'envoyait avec mille et mille honnêtetés. J'allai, dès le soir, en chaise, inconnu, chez la signora Olimpia et chez Mme la princesse de Rossane[4], et je revins coucher, sans être accompagné que de deux gentilshommes, chez l'abbé Charrier.

Le lendemain au matin, comme j'étais encore au lit,

l'abbé de La Rocheposay, que je ne connaissais point du tout, entra dans ma chambre, et après qu'il m'eut fait son premier compliment sur quelque alliance qui est entre nous, il me dit qu'il se croyait obligé de m'avertir que M. le cardinal d'Est, protecteur de France[1], avait des ordres terribles du Roi ; qu'il se tenait, à l'heure même qu'il me parlait, une congrégation des cardinaux français chez lui, qui allait décider du détail de la résolution que l'on y prendrait contre moi ; mais que la résolution y était déjà prise en gros, conformément aux ordres de Sa Majesté, de ne me point souffrir à Rome et de m'en faire sortir à quelque prix que ce fût. Je répondis à M. l'abbé de La Rocheposay que j'avais eu de si violents scrupules de ces manières d'armements que j'avais autrefois faits à Paris, que j'étais résolu de mourir plutôt mille fois que de songer jamais à aucune défensive ; que, d'un autre côté, je ne croyais pas qu'il fût du respect à un cardinal d'être venu si près du Pape pour sortir de Rome sans lui baiser les pieds, et qu'ainsi tout ce que je pouvais faire, dans l'extrémité où je me trouvais, était de m'abandonner à la Providence et d'aller à la messe dans un quart d'heure, tout seul, si il lui plaisait, avec lui, dans une petite église qui était à la vue du logis. L'abbé de La Rocheposay s'aperçut que je me moquais de lui, et il sortit de chez moi assez mal satisfait de la négociation de laquelle, à mon avis, il avait été chargé par le pauvre cardinal Antoine[2], bonhomme, mais faible au-delà de l'imagination. Je ne laissai pas de faire donner au Pape avis de ces menaces, et il envoya aussitôt le comte Vidman, noble vénitien et colonel de sa garde, à l'abbé Charrier, pour lui dire qu'il répondrait de ma personne, en cas que s'il voyait la moindre apparence de mouvement dans la faction de France, il ne disposât pas, comme il lui plairait, de ses Suisses, de ses Corses, de ses lanciers et de ses chevau-légers. J'eus l'honnêteté de faire donner avis de cet ordre à M. le cardinal d'Est, quoique indirectement, par monsignor Scotti, et M. le cardinal d'Est eut aussi la bonté de me laisser en repos.

Le Pape me donna une audience de quatre heures dès le lendemain, où il me donna toutes les marques d'une bonne volonté qui était bien au-dessus de l'ordinaire et d'un génie qui était bien au-dessus du commun. Il s'abaissa jusques au point de me faire des excuses de ce qu'il n'avait pas agi avec plus de vigueur pour ma liberté ; il en versa des larmes, même avec abondance, en me disant : « *Dio lo pardoni* à ceux qui ont manqué à me donner le premier avis de votre prison. Ce *forfante*[1] de Valençay me surprit, et il me vint dire que vous étiez convaincu d'avoir entrepris sur la personne du Roi. Je ne vis aucun courrier ni de vos proches, ni de vos amis. L'ambassadeur eut tout le loisir de débiter ce qu'il lui plut et d'amortir le premier feu du sacré collège, dont la moitié crut que vous étiez abandonné de tout le royaume, en ne voyant ici personne de votre part. »

L'abbé Charrier, qui, faute d'argent, était demeuré dix ou douze jours à Paris depuis ma détention, m'avait instruit de tout ce détail à *l'Hospitalité*, et il avait même ajouté qu'il y serait peut-être demeuré encore longtemps, si l'abbé Amelot ne lui eût apporté deux mille écus. Ce délai me coûta cher ; car il est vrai que si le Pape eût été prévenu par un courrier de mes amis, il n'eût pas donné d'audience à l'ambassadeur, ou qu'il ne la lui aurait donnée qu'après qu'il aurait eu lui-même pris ces résolutions. Cette faute fut capitale, et d'autant plus qu'elle était de celles que l'on peut aisément s'empêcher de commettre. Mon intendant avait quatorze mille livres de mon argent quand je fus arrêté ; mes amis n'en manquaient pas, ni même à mon égard, comme il parut par les assistances qu'ils me donnèrent dans les suites. Ce n'est pas l'unique occasion dans laquelle j'aie remarqué que l'aversion que la plupart des hommes ont à se dessaisir fait qu'ils ne le font jamais assez tôt, même dans les rencontres où ils sont les plus résolus de le faire. Je ne me suis jamais ouvert à qui que ce soit de ce détail, parce qu'il touche particulièrement quelques-uns de mes amis. Je suis uniquement à vous, et je vous dois la vérité tout entière.

Le Pape tint consistoire, le jour qui suivit l'audience[2] dont je viens de vous rendre compte, tout exprès pour me donner le chapeau. « Et comme, me dit-il, *vostro protettore di quattro baiocchi*[3] (il n'appelait jamais autrement le cardinal d'Est) est tout propre à faire quelque impertinence en cette occasion, il le faut amuser et lui faire croire que vous ne viendrez au consistoire. » Cela me fut aisé, parce que j'étais, dans la vérité, très mal de mon épaule, et si mal que Nicolo, le plus fameux chirurgien de Rome, disait que si l'on n'y travaillait en diligence, je courais fortune de tomber dans des accidents encore plus fâcheux. Je me mis au lit sous ce prétexte, au retour de chez le Pape. Il fit courir je ne sais quel bruit touchant ce consistoire, qui aida à tromper les Français. Ils y allèrent tous bonnement, et ils furent fort étonnés quand ils m'y virent entrer avec les maîtres des cérémonies et en état de recevoir le chapeau. MM. les cardinaux d'Est et Des Ursins sortirent, et le cardinal Bichi demeura. L'on ne peut s'imaginer l'effet que ces sortes de pièces font en faveur de ceux qui les jouent bien, dans un pays où il est moins permis de passer pour dupe qu'en lieu du monde.

La disposition où le Pape était pour moi, qui allait jusques au point de penser à m'adopter pour neveu, et l'indisposition qu'il avait cruelle contre M. le cardinal Mazarin, eût apparemment donné, dans peu, d'autres scènes, s'il ne fût tombé malade, trois jours après, de la maladie dont il mourut au bout de cinq semaines[1], de sorte que tout ce que je pus faire devant le conclave fut de me faire traiter de ma blessure. Nicolo me démit l'épaule pour la seconde fois, pour me la remettre. Il me fit des douleurs inconcevables, et il ne réussit pas à son opération.

La mort du Pape arriva, et comme j'avais été presque toujours au lit, je n'avais eu que fort peu de temps pour me préparer au conclave, qui devait être toutefois, selon les apparences, d'un fort grand embarras pour moi. M. le cardinal d'Est disait publiquement qu'il avait ordre du Roi, non pas seulement de ne point communiquer avec moi, mais même de ne me pas saluer. Le duc de Terra-Nueva, ambassadeur d'Espagne, m'avait fait toutes les offres imaginables de la part du roi son maître, aussi bien que le cardinal de Harrach, au nom de l'Empereur. Le vieux cardinal de Médicis[2], doyen du sacré collège et protecteur d'Espagne, prit d'abord une inclination naturelle pour moi. Mais vous jugez assez, par ce que vous avez vu de Saint-Sébastien et de Vinaros, que je n'avais pas de disposition d'entrer dans la faction d'Autriche. Je n'ignorais pas qu'un cardinal étranger, persécuté par son Roi, ne pouvait faire qu'une figure très médiocre dans un lieu où les égards que le général et les particuliers ont pour les couronnes ont encore plus de force qu'ailleurs, par les intérêts plus pressants et plus présents que tout le monde trouve à ne leur pas déplaire. Il m'était toutefois, non pas seulement d'importance, mais de nécessité pour les suites, de ne pas demeurer sans mesures, dans un pays où la prévoyance n'est pas moins de réputation que d'utilité : je me trouvai, pour vous dire le vrai, fort embarrassé dans cette conjoncture. Voici comme je m'en démêlai.

Le pape Innocent, qui était un grand homme, avait eu une application particulière au choix qu'il avait fait des sujets pour les promotions des cardinaux, et il est constant qu'il ne s'y était que fort peu trompé. La signora Olimpia le força, en quelque façon, par l'ascendant qu'elle avait sur son esprit, à honorer de cette dignité Maldachin, son neveu, qui n'était encore qu'un enfant[1] ; mais l'on peut dire qu'à la réserve de celui-là, tous les autres choix furent ou bons ou soutenus par des considérations qui les justifièrent. Il est même vrai qu'en la plupart le mérite et la naissance concoururent à les rendre illustres. Ceux de ce nombre qu'ils ne trouvèrent pas attachés aux couronnes par la nomination ou par la faction, se trouvèrent tout à fait libres à la mort du Pape, parce que le cardinal Pamphile, son neveu, ayant remis son chapeau pour épouser Mme la princesse de Rossane, et le cardinal Astalli, que Sa Sainteté avait adopté, ayant été dégradé depuis du népotisme, même avec honte[2], il n'y avait plus personne qui pût se mettre à la tête de cette faction dans le conclave. Ceux qui se rencontrèrent en cet état, que l'on peut appeler de liberté, étaient MM. les cardinaux Chigi[3], Lomelin, Ottoboni, Imperiali, Aquaviva, Pio, Borromée, Albizzi, Gualtieri, Azzolin, Omodei, Cibo, Odescalchi, Vidman, Aldobrandin. Dix de ceux-là, qui furent Lomelin, Ottoboni, Imperiali, Borromée, Aquaviva, Pio, Gualtieri, Albizzi, Omodei, Azzolin, se mirent dans l'esprit de se servir de leur liberté pour affranchir le sacré collège de cette coutume qui assujettit à la reconnaissance des voix qui ne devraient reconnaître que les mouvements du Saint-Esprit. Ils résolurent de ne s'attacher qu'à leur devoir et de faire une profession publique, en entrant dans le conclave, de toute sorte d'indépendance et de faction et de couronne. Comme celle d'Espagne était, en ce temps-là, la plus forte à Rome, et par le nombre des cardinaux et par la jonction des sujets qui étaient assujettis à la maison de Médicis, ce fut celle aussi qui éclata le plus contre cette indépendance de l'*Escadron volant* : c'est le nom que l'on donna à ces dix cardinaux que je viens de vous nommer ; et je pris ce moment de l'éclat que le cardinal Jean-Carle de Médicis fit, au nom de l'Espagne, contre cette union, pour entrer moi-même dans leur corps : à quoi je mis toutefois le préalable qui y était nécessaire à l'égard de la France ; car je priai monsignor Scotti, qui y avait été nonce extraordinaire et qui était agréable à la cour, d'aller chez tous les cardinaux de la faction leur dire que je les suppliais de me dire ce que j'avais à faire pour le service du Roi ; que je ne demandais pas le secret, et qu'il me suffisait que l'on me dît jour à jour les pas que j'aurais à faire pour remplir mon devoir.

M. le cardinal Grimaldi fit une réponse fort civile et même fort obligeante à monsignor Scotti ; mais MM. les cardinaux d'Est, Bichi et Des Ursins me traitèrent de haut en bas, même avec mépris. Je déclarai, dès le lendemain, publiquement, que comme l'on ne me voulait donner aucun moyen de servir la France, je croyais que je ne pouvais rien faire de mieux que de me mettre au moins dans la faction la plus indépendante de celle d'Espagne. J'y fus reçu avec toutes les honnêtetés imaginables, et l'événement fit voir que j'avais eu raison.

Je n'en eus pas tant dans la conduite que j'eus au même moment avec M. de Lionne. Il s'était raccommodé avec M. le cardinal Mazarin, qui l'envoya à Rome pour agir contre moi, et qui, pour s'y tenir avec plus de dignité, lui donna la qualité d'ambassadeur extraordinaire vers les princes d'Italie. Comme il était assez ami de Montrésor, il le vit avant que de partir, et il le pria de m'écrire qu'il n'oublierait rien pour adoucir les choses et que je le connaîtrais par les effets. Il parlait sincèrement : son intention pour moi était bonne. Je n'y répondis pas comme je devais, et cette faute n'est pas la moindre de celles que j'ai commises dedans ma vie. Je vous en dirai le détail et les raisons de ma conduite, qui n'était pas bonne, après que je vous aurai rendu compte du conclave.

Le premier pas que fit l'Escadron volant, dans l'intervalle des neuf jours qui sont employés aux obsèques du Pape, fut de s'unir avec le cardinal Barberin[1], qui avait dans l'esprit de porter au pontificat le cardinal Sachetti[2], homme d'une représentation pareille à celle du feu président Le Bailleul, de qui Ménage disait qu'il n'était bon qu'à peindre[3]. Le cardinal Sachetti n'avait effectivement qu'un fort médiocre talent ; mais comme il était créature du pape Urbain et qu'il avait toujours été fidèlement attaché à sa maison, Barberin l'avait en tête, et avec d'autant plus de fermeté, que son exaltation paraissait et était en effet difficile au dernier point. M. le cardinal Barberin, dont la vie est angélique, a un travers dans l'humeur, qui le rend, comme ils disent en Italie, *inamorato del' impossibile*[4]. Il ne s'en fallait guère que l'exaltation de Sachetti ne fût de ce genre. L'amitié étroite entre lui et Mazarin, qui avait été, sinon domestique, au moins commensal de son frère, n'était pas une bonne recommandation pour lui vers l'Espagne ; mais ce qui l'éloignait encore plus de la chaire de Saint-Pierre était la déclaration publique que la maison de Médicis, qui était d'ailleurs à la tête de la faction d'Espagne, avait faite contre lui dès le précédent conclave.

Ceux de l'Escadron qui avaient en vue de faire pape le cardinal Chigi, crurent que l'unique moyen, pour engager M. le cardinal Barberin à le servir, serait de l'y obliger par reconnaissance, et de faire sincèrement et de bonne foi tous leurs efforts pour porter au pontificat Sachetti, voyant qu'ils seraient pourtant inutiles par l'événement, ou du moins qu'ils ne seraient utiles qu'à les lier si étroitement et si intimement avec le cardinal Barberin, qu'il ne pourrait s'empêcher lui-même de concourir dans la suite à ce qu'ils désiraient.

Voilà l'unique secret de ce conclave, sur lequel tous ceux à qui il a plu d'écrire ont dit mille et mille impertinences, et je soutiens que le raisonnement de l'Escadron était fort juste. Le voici : « Nous sommes persuadés que Chigi est le sujet du plus grand mérite qui soit dans le collège, et nous ne le sommes pas moins que l'on ne le peut faire pape qu'en faisant tous nos efforts pour réussir à Sachetti. Le pis du pis est que nous réussissions à Sachetti, qui n'est pas trop bon, mais qui est toujours un des moins mauvais. Selon toutes les apparences du monde, nous n'y réussirons pas : auquel cas nous ferons tomber Barberin à Chigi par reconnaissance et par l'intérêt de nous conserver. Nous y ferons venir l'Espagne et Médicis, par l'appréhension que nous n'emportions à la fin le plus de voix pour Sachetti, et la France, par l'impossibilité où elle se trouvera de l'empêcher. » Ce raisonnement beau et profond, auquel il faut avouer que M. le cardinal Azzolin eut plus de part que personne, fut approuvé tout d'une voix dans la Transpontine[1], où l'Escadron volant s'assembla dans les premiers jours des obsèques, et après même que l'on y eut examiné mûrement les difficultés de ce dessein, qui eussent paru insurmontables à des esprits médiocres. Les grands noms sont toujours de grandes raisons aux petits génies. France, Espagne, Empire, Toscane étaient des mots tous propres à épouvanter les gens. Il n'y avait aucune apparence que le cardinal Mazarin pût agréer Chigi, qui avait été nonce à Munster dans le temps de la négociation de la paix et qui s'était déclaré ouvertement, en plus d'une occasion, contre Servien, qui y était plénipotentiaire de France. Il n'y avait pas de vraisemblance que l'Espagne lui dût être favorable. Le cardinal Trivulce[2], le plus capable sujet de sa faction et peut-être de tout le sacré collège, déclamait publiquement contre lui comme contre un bigot, et il appréhendait, dans le fond, extrêmement son exaltation, par la crainte qu'il avait de sa sévérité, peu propre à souffrir la licence de ses débauches, qui, à la vérité, étaient scandaleuses. Il n'était pas croyable que le cardinal Jean-Charles de Médicis pût être bien intentionné pour lui, et par la même raison et par celle de sa naissance ; car il était siennois et connu pour aimer passionnément sa patrie, qui est pareillement connue pour n'aimer pas la domination de Florence[1].

Toutes ces considérations furent examinées. L'on pesa l'apparent, le douteux et le possible, et l'on se fixa à la résolution que je viens de vous marquer, avec une sagesse qui était d'autant plus profonde qu'elle paraissait hasardeuse. Il faut avouer qu'il n'y a peut-être jamais eu de concert où l'harmonie ait été si juste qu'en celui-ci, et il semblait que tous ceux qui y entrèrent ne fussent nés que pour agir les uns avec les autres. L'activité d'Imperiali y était tempérée par le flegme de Lomelin ; la profondeur d'Ottoboni se servait utilement de la hauteur d'Aquaviva ; la candeur d'Omodei et la froideur de Gualtieri y couvraient, quand il était nécessaire, l'impétuosité de Pio et la duplicité d'Albizzi ; Azzolin, qui est un des plus beaux et des plus faciles esprits du monde, veillait avec une application d'esprit continuelle aux mouvements de ces différents ressorts ; et l'inclination que MM. les cardinaux de Médicis et Barberin, chefs des deux factions les plus opposées, prirent d'abord pour moi, suppléa dans les rencontres, en ma personne, au défaut des qualités qui m'étaient nécessaires pour y tenir mon coin[2]. Tous les acteurs firent bien ; le théâtre fut toujours rempli ; les scènes ne furent pas beaucoup diversifiées ; mais la pièce fut belle, et d'autant plus qu'elle fut simple, quoi qu'aient écrit les compilateurs de conclaves. Il n'y eut de mystère que celui que je vous ai expliqué ci-devant. Il est vrai que les épisodes en furent curieuses : je m'explique.

Le conclave fut, si je ne me trompe, de quatre-vingts jours[3]. Nous donnions tous les matins et toutes les après-dînées[4] trente-deux et trente-trois voix à Sachetti, et ces voix étaient celles de la faction de France, des créatures du pape Urbain, oncle de M. le cardinal Barberin, et de l'Escadron volant. Celles des Espagnols, des Allemands et des Médicis se répandaient sur différents sujets dans tous les scrutins, et ils affectaient d'en user ainsi pour donner à leur conduite un air plus ecclésiastique et plus épuré d'intrigue et de cabale que le nôtre n'avait. Ils ne réussirent pas dans leur projet, parce que les mœurs très déréglées de M. le cardinal Jean-Charles de Médicis et de M. le cardinal Trivulce, qui étaient proprement les âmes de leur faction, donnaient bien plus de lustre à la piété exemplaire de M. le cardinal Barberin qu'ils ne lui en pouvaient ôter par leurs artifices. Et le cardinal Cesi, pensionnaire d'Espagne et l'homme le plus singe en tout sens que j'aie jamais connu, me disait un jour à ce propos fort plaisamment : « Vous nous battrez à la fin, car nous nous décréditons en ce que nous nous voulons faire passer pour gens de bien. » Cela paraît ridicule, et cela est pourtant vrai. Le faux trompe quelquefois, mais il ne trompe pas longtemps, quand il est relevé par d'habiles gens. Leur faction perdit, en peu de jours, le *concetto*[1] (qu'ils appellent en ce pays-là) de vouloir le bien. Nous gagnâmes de bonne heure cette réputation, et parce que, dans la vérité, Sachetti, qui était aimé à cause de sa douceur, passait pour homme de bonne et droite intention, et parce que le ménagement que la maison de Médicis était obligée d'avoir pour le cardinal Capponi, quoiqu'elle ne l'eût pas voulu en effet pour pape, nous donna lieu de faire croire dans le monde qu'elle voulait installer dans la chaise de Saint-Pierre *la volpe*[2], c'est ainsi qu'on appelait le cardinal Capponi, parce qu'il passait pour un fourbe.

Ces dispositions, jointes à plusieurs autres, qui seraient trop longues à déduire, firent que la faction d'Espagne s'aperçut qu'elle perdait du terrain, et quoique cette perte n'allât pas jusques au point de lui faire croire que nous pensions faire le pape sans elle, elle ne laissa pas d'appréhender que, son parti ayant beaucoup de vieillards, et le nôtre beaucoup de jeunes, le temps ne pût être facilement pour nous. Nous surprîmes une lettre de l'ambassadeur d'Espagne au cardinal Sforce[3], qui faisait voir cette crainte en termes exprès, et nous comprîmes même, par l'air de cette lettre encore plus que par les paroles, que cet ambassadeur n'était pas trop content de la manière d'agir des Médicis. Je fus trompé, ou ce fut monsignor Febei qui surprit cette lettre. Cette semence fut cultivée avec beaucoup de soin dès qu'elle eut paru, et l'Escadron, qui, par le canal de Borromée, milanais, et d'Aquaviva, néapolitain, gardait toujours beaucoup de mesures d'honnêteté avec l'ambassadeur d'Espagne, n'oublia pas de lui faire pénétrer qu'il était du service du roi son maître, et de son intérêt particulier de lui ambassadeur, de ne se pas si fort abandonner aux Florentins, qu'il assujettît et à leurs maximes et à leur caprice la conduite d'une grande couronne pour laquelle tout le monde avait du respect. Cette poudre s'échauffa peu à peu, et elle prit feu dans son temps.

Je vous ai déjà dit que la faction de France donnait de toute sa force à Sachetti avec nous. La différence est qu'elle y donnait à l'aveugle croyant qu'elle y pourrait réussir, et que nous y donnions avec une lumière presque certaine que nous ne pourrions pas l'emporter, ce qui faisait qu'elle ne prenait point de mesures hypothétiques, si l'on peut parler ainsi, c'est-à-dire qu'elle ne songeait pas à se résoudre quel parti elle prendrait, en cas qu'elle ne pût réussir à Sachetti. Comme le nôtre était pris, selon cette disposition, que nous tenions presque pour constante, nous nous appliquions par avarice à affaiblir celle de France, pour le temps dans lequel nous jugions qu'elle nous serait opposée. Je donnai par hasard l'ouverture à Jean-Charles de débaucher le cardinal Des Ursins, qu'il eut à bon marché, et ainsi, dans le moment que la faction d'Espagne ne songeait qu'à se défendre de Sachetti, et que celle de France ne pensait qu'à le poster, nous travaillions pour une fin sur laquelle ni l'une ni l'autre ne faisait aucune réflexion : à diviser celle-là et à affaiblir celle-ci. L'avantage de se trouver en cet état est grand, mais il est rare. Il fallait pour cela un rencontre pareil à celui dans lequel nous étions, qui ne se verra peut-être pas en dix mille ans. Nous voulions Chigi, et nous ne le pouvions avoir qu'en faisant tout ce qui était en notre pouvoir pour l'exaltation de Sachetti, et nous étions moralement assurés que ce que nous faisions pour Sachetti ne pourrait réussir, de sorte que la bonne conduite nous portait à ce à quoi nous étions obligés par la bonne foi. Cette utilité n'était pas la seule : notre manœuvre couvrait notre marche, et nos ennemis tiraient à faux, parce qu'ils visaient toujours où nous n'étions pas. Vous verrez le succès de cette conduite, après que je vous aurai expliqué celle de Chigi, et la raison pour laquelle nous avions jeté les yeux sur lui.

Il était créature du pape Innocent, et le troisième de la promotion de laquelle j'avais été le premier. Il avait été inquisiteur à Malte et nonce à Munster[1], et il avait acquis en tous ces lieux la réputation d'une intégrité sans tache. Ses mœurs avaient été sans reproche dès son enfance. Il savait assez d'humanités pour faire paraître au moins une teinture suffisante des autres sciences. Sa sévérité paraissait douce ; ses maximes paraissaient droites ; il se communiquait peu, mais ce peu qu'il se communiquait était mesuré et sage, s'ajustant *col silenzio*[2], mieux qu'homme que j'aie jamais connu ; et tous les dehors d'une piété véritable et solide relevaient merveilleusement toutes les qualités, ou plutôt toutes ces apparences. Ce qui leur donnait un corps au moins fantastique était ce qui s'était passé à Munster entre Servien[3] et lui. Celui-là, qui était connu et reconnu pour le démon exterminateur de la paix, s'y était cruellement brouillé avec le Contarin, ambassadeur de Venise, homme sage et homme de bien. Chigi se signala pour le Contarin, sachant qu'il ferait fort bien sa cour à Innocent. L'opposition de Servien, qui était dans l'exécration des peuples, lui concilia l'amour public et lui donna de l'éclat. La morgue qu'il garda avec le cardinal Mazarin, lorsqu'il se trouva, ou à Aix-la-Chapelle, ou à Brühl en revenant de Munster, plut à Sa Sainteté. Elle le rappela à Rome, et elle le fit secrétaire d'État et cardinal. On ne le connaissait que par les endroits que je vous viens de marquer. Comme Innocent était un génie fort et perçant, il découvrit bientôt que le fond de celui de Chigi n'était ni bon ni si profond qu'il se l'était imaginé ; mais cette pénétration du Pape ne nuisit pas à la fortune de Chigi et, au contraire, elle y servit, parce qu'Innocent, qui se voyait mourant, ne voulut point condamner son propre choix, et que Chigi, qui, par la même raison, ne craignait le Pape que médiocrement, se fit un honneur de se faire passer dans le monde pour un homme d'une vertu inébranlable et d'une rigidité inflexible. Il ne faisait point la cour à la signora Olimpia, qui était abhorrée dans Rome ; il blâmait assez ouvertement tout ce que le public n'approuvait pas de cette cour-là ; et tout le monde, qui est et qui sera éternellement dupe en ce qui flatte son aversion, admirait sa fermeté, et sa vertu, sur un sujet sur lequel l'on ne devait tout au plus louer que son bon sens, qui lui faisait voir qu'il semait de la gloire, et de la graine pour le pontificat futur, dans un champ où il n'avait plus rien à cueillir pour le présent.

Le cardinal Azzolin, qui avait été secrétaire des brefs dans le même temps que l'autre avait été secrétaire d'État, avait remarqué dans ses maximes de certaines finoteries[1] qui n'avaient pas de rapport à la candeur de laquelle il faisait profession. Il me le dit devant que nous entrassions dans le conclave ; mais il ajouta, en me le disant, que sur le tout il n'en voyait point de meilleur, et que, de plus, sa réputation était si bien établie, même dans l'esprit de nos amis de l'Escadron, que ce qu'il leur en pourrait dire ne passerait auprès d'eux que comme un reste de quelque petit démêlé qu'ils avaient eu ensemble par la compétence[2] de leurs charges. Je fis d'autant moins de réflexion sur ce qu'Azzolin m'en disait, que j'étais moi-même tout à fait préoccupé[3] en faveur de Chigi. Il avait ménagé avec soin l'abbé Charrier dans le temps de ma prison ; il lui avait fait croire qu'il faisait des efforts incroyables pour moi auprès du Pape ; il pestait contre lui avec l'abbé Charrier, et avec plus d'emportement même que l'abbé Charrier, de ce qu'il ne poussait pas avec assez de vigueur le cardinal Mazarin sur mon sujet. L'abbé avait chez lui toutes les entrées, comme s'il avait été son domestique[4] ; et il était persuadé qu'il était mieux intentionné et plus échauffé pour moi que moi-même. Je n'eus pas sujet d'en douter dans tout le cours du conclave.

J'étais assis immédiatement au-dessus de lui au scrutin, et tant qu'il durait, j'avais lieu de l'entretenir. Ce fut, je crois, par cette raison qu'il affecta de ne vouloir écouter que moi sur ce qui regardait son pontificat. Il répondit à quelques-uns de ceux de l'Escadron, qui s'ouvrirent à lui de leurs desseins, d'une manière si désintéressée, qu'il les édifia. Il ne se trouvait ni aux fenêtres où l'on va prendre l'air, ni dans les corridors où l'on se promène ensemble. Il était toujours enfermé dans sa cellule, où il ne recevait même aucune visite. Il recevait de moi quelques avis que je lui donnais au scrutin ; mais il les recevait toujours ou d'une manière si éloignée du désir de la tiare, qu'il attirait mon admiration, ou tout au plus avec des circonstances si remplies de l'esprit ecclésiastique, que la malignité la plus noire n'eût pas pu s'imaginer d'autre désir que celui dont parle saint Paul, quand il dit que : *Qui episcopatum desiderat, bonum opus desiderat*[1]. Tous les discours qu'il me faisait n'étaient pleins que de zèle pour l'Église et de regret de ce que Rome n'étudiait pas assez l'Écriture, les conciles, la Tradition. Il ne se pouvait lasser de m'entendre parler des maximes de la Sorbonne. Comme l'on ne se peut jamais si bien contraindre qu'il n'échappe toujours quelque chose du naturel, il ne se put si bien couvrir que je ne m'aperçusse qu'il était homme de minuties[2] : ce qui est toujours signe non pas seulement d'un petit génie, mais encore d'une âme basse. Il me parlait un jour des études de sa jeunesse, et il me disait qu'il avait été deux ans à écrire d'une même plume. Cela n'est qu'une bagatelle ; mais comme j'ai remarqué plusieurs fois que les plus petites choses sont souvent de meilleures marques que les plus grandes, cela ne me plut pas. Je le dis à l'abbé Charrier, qui était un de mes conclavistes. Je me souviens qu'il m'en gronda, en me disant que j'étais un maudit qui ne savait pas estimer la simplicité chrétienne.

Pour abréger, Chigi fit si bien, par sa dissimulation profonde, que, nonobstant sa petitesse, qu'il ne pouvait cacher à l'égard de beaucoup de petites choses, sa physionomie, qui était basse, et sa mine qui tenait beaucoup du médecin, quoiqu'il fût de bonne naissance : il fit si bien, dis-je, que nous crûmes que nous renouvellerions en sa personne, si nous le pouvions porter au pontificat, la gloire et la vertu des saint Grégoire et des saint Léon[3]. Nous nous trompâmes dans cette espérance. Nous réussîmes à l'égard de son exaltation, parce que les Espagnols appréhendèrent, par les raisons que je vous ai marquées ci-dessus, que l'opiniâtreté des jeunes ne l'emportât à la fin sur celle des vieux, et que Barberin désespéra à la fin de pouvoir réussir pour Sachetti, vu l'engagement et la déclaration publique des Espagnols et des Médicis. Nous nous résolûmes de prendre, quand il en serait temps, ce défaut, pour insinuer aux deux partis l'avantage que ce leur serait à l'un et à l'autre de penser à Chigi. Nous fîmes état que Borromée ferait voir aux Espagnols qu'ils ne pourraient mieux faire, vu l'aversion que la France avait pour lui, et que je ferais voir à M. le cardinal Barberin que, n'ayant personne dans ses créatures qu'il lui fût possible de porter au pontificat, il acquerrait un mérite infini envers toute l'Église, de le faire tomber sans aucune apparence d'intérêt au meilleur sujet. Nous crûmes que nous trouverions du secours pour notre dessein dans les dispositions des particuliers des factions, et voici sur quoi nous nous fondions.

Le cardinal Montalte, qui était de celle d'Espagne, homme d'un petit talent, mais bon, de grande dépense, et qui avait un air de fort grand seigneur, avait une grande frayeur que le cardinal Fiorenzola, jacobin et esprit vigoureux, ne fût proposé par M. le cardinal Grimaldi, qui était son ami intime et dont les travers avaient assez de rapport à celui de Fiorenzola. Nous résolûmes de nous servir utilement de l'appréhension de Montalte, pour lui donner presque insensiblement de l'inclination pour Chigi. Le vieux cardinal de Médicis, qui était l'esprit du monde le plus doux, était la moitié du jour fatigué et de la longueur du conclave et de l'impétuosité du cardinal Jean-Charles, son neveu, qui ne l'épargnait pas quelquefois lui-même. J'étais très bien avec lui, et au point de donner même de la jalousie à M. le cardinal Jean-Charles ; et ce qui m'avait particulièrement procuré l'honneur de son amitié était sa candeur naturelle, qui avait fait qu'il avait pris plaisir à ma manière d'agir avec lui. Je faisais profession publique de l'honorer, et je lui rendais même avec soin mes devoirs. Mais je n'avais pas laissé de m'expliquer clairement avec lui sur mes engagements avec M. le cardinal Barberin et avec l'Escadron. Ma sincérité lui avait plu, et il se trouva par l'événement qu'elle me fut plus utile que n'aurait été l'artifice. Je ménageai avec application son esprit, et je jugeai que je me trouverais bientôt en état de le disposer peu à peu et à le radoucir pour M. le cardinal

Barberin, qui était brouillé avec toute sa maison, et à ne pas regarder M. le cardinal Chigi comme un homme si dangereux que l'on lui avait voulu faire croire. L'on ne s'endormait pas, comme vous voyez, à l'égard de l'Espagne, et de la Toscane, quoique l'on y parût à elle-même sans action, parce qu'il n'était pas encore temps de se découvrir. L'on n'eut pas moins d'attention vers la France, dont l'opposition à Chigi était encore plus publique et plus déclarée que celle des autres. M. de Lionne, neveu de Servien, en parlait à qui le voulait entendre comme d'un pédant, et il ne présumait pas que l'on le pût seulement mettre sur les rangs. M. le cardinal Grimaldi, qui, dans le temps de leur prélature, avait eu je ne sais quel malentendu avec lui, disait publiquement qu'il n'avait qu'un mérite d'imagination. Il ne se pouvait que M. le cardinal d'Est n'appréhendât, comme frère du duc de Modène, l'exaltation d'un sujet désintéressé et ferme, qui sont les deux qualités que les princes d'Italie craignent uniquement dans un pape.

Vous avez vu ci-devant qu'il y avait eu même du personnel entre lui et M. le cardinal Mazarin en Allemagne, et nous jugeâmes qu'il était à propos, par toutes ces considérations, d'adoucir les choses autant que nous le pourrions de ce côté-là, qui, quoique faible, nous pourrait peut-être faire obstacle : je dis quoique faible, et peut-être, parce que, dans la vérité, la faction de France ne faisait pas une figure si considérable dans ce conclave que nous ne pussions prétendre, et que nous ne prétendissions, en effet, de pouvoir faire un pape malgré elle. Ce n'est pas qu'elle manquât de sujets, et même capables. Est, qui était protecteur, suppléait par sa qualité, par sa dépense et par son courage à ce que l'obscurité de son esprit et l'ambiguïté de ses expressions diminuaient de sa considération. Grimaldi joignait à la réputation de vigueur qu'il a toujours eue, un air de supériorité aux manières serviles des autres cardinaux de sa faction, et il élevait par là au-dessus d'eux sa réputation. Bichi, habile et rompu dans les affaires, y devait tenir naturellement un grand poste. M. le cardinal Antoine brillait par sa libéralité, et M. le cardinal Des Ursins par son nom. Voilà bien des circonstances qui devaient faire qu'une faction ne fût pas méprisable. Il s'en fallait fort peu que celle de France ne le fût avec toutes ces circonstances, parce qu'elles se trouvèrent compliquées avec d'autres qui les empoisonnèrent. Grimaldi, qui haïssait Mazarin, autant qu'il en était haï, n'agissait presque en rien, et d'autant moins qu'il croyait, et avec raison, que Lionne, qui avait au-dehors le secret de la cour, ne le lui confiait pas. Est, qui tremblait avec tout son courage, parce que le marquis de Caracène entra justement en ce temps-là, dans le Modenais avec toute l'armée du Milanais, faisait qu'il n'osait s'étendre de toute sa force contre l'Espagne. Je vous ai déjà dit que les Médicis n'étaient point brouillés avec Des Ursins ; Antoine n'était ni intelligent ni actif, et de plus l'on n'ignorait pas que, dans le fond du cœur, et à coup près, le cardinal Barberin, qui était très mal à la cour de France, ne l'emportât. Lionne n'y pouvait pas prendre une entière confiance, parce qu'il ne pouvait pas s'assurer que le cardinal Barberin, qui voulait aujourd'hui Sachetti qui était agréable à la France, n'en voulût pas demain un autre qui lui fût désagréable ; et cette même considération diminuait encore de beaucoup la confiance que Lionne eût pu prendre au cardinal d'Est, parce que l'on savait qu'il gardait toujours beaucoup d'égard avec le cardinal Barberin, et par l'amitié qui avait été de longtemps entre eux, et par la raison de la duchesse de Modène, qui était sa nièce. Bichi n'était pas selon le cœur de Mazarin, qui le croyait trop fin et très mal disposé pour lui, comme il était vrai. Voilà, comme vous voyez, un détail qui vous peut empêcher de vous étonner de ce que la faction d'une couronne puissante et heureuse n'était pas aussi considérée qu'elle le devait être dans une conjoncture pareille. Vous en serez encore moins surprise, quand il vous plaira de faire réflexion sur le premier mobile qui donnait le mouvement à des ressorts aussi mal assortis, ou plutôt aussi dérangés qu'étaient ceux que je viens de vous montrer.

Lionne n'était connu à Rome que pour un petit secrétaire de M. le cardinal Mazarin. L'on l'y avait vu, dans le temps du ministère de M. le cardinal de Richelieu, particulier d'un assez bas étage, et de plus brelandier[1] et concubinaire public. Il eut depuis quelque espèce d'emploi en Italie, touchant les affaires de Parme[2] ; mais cet emploi n'avait pas été assez grand pour le devoir porter d'un saut à celui de Rome, ni son expérience assez consommée pour lui confier la direction d'un conclave[3], qui est incontestablement de toutes les affaires la plus aiguë. Les fautes de ce genre sont assez communes dans les États qui sont dans la prospérité, parce que l'incapacité de ceux qu'ils emploient s'y trouve souvent suppléée par le respect que l'on a pour leur maître. Jamais royaume ne s'est plus confié en ce respect que la France, dans le temps du ministère de M. le cardinal Mazarin. Ce n'est pas jeu sûr : il l'éprouva dans l'occasion dont il s'agit. M. de Lionne n'y eut ni assez de dignité, ni assez de capacité pour tenir l'équilibre entre tous les ressorts qui se démanchaient. Nous le reconnûmes en peu de jours, et nous nous en servîmes très utilement pour notre fin.

Je vous ai déjà dit, ce me semble, qu'ayant été averti que Lionne avait mécontenté M. le cardinal Des Ursins sur un reste de pension, qui n'était que de mille écus, j'en informai M. le cardinal de Médicis assez à temps pour lui donner lieu de le gagner à une condition si petite, que, pour l'honneur de la pourpre, je crois que je ferai bien mieux de ne la point dire. Vous verrez, dans la suite, que nous nous servîmes avec encore plus de fruit de l'indisposition que M. le cardinal Bichi avait pour lui, pour diviser et pour déconcerter encore la faction de France plus qu'elle ne l'était. Mais comme ce n'était pas celle que nous appréhendions le plus, quoique ce fût celle qui nous fût la plus opposée, nous n'avancions notre travail, du côté qui la regardait, que subordinément au progrès que nous faisions des deux autres, d'où nous craignions, et avec raison, de trouver plus de difficulté.

Vous avez déjà vu les raisons pour lesquelles nous ne pouvions pas ignorer que l'Espagne et les Médicis donneraient malaisément à Chigi, et vous avez aussi vu la manœuvre que nous faisions pour lever, peu à peu et même imperceptiblement, leur indisposition. Je dis imperceptiblement, et ce fut là notre plus grand embarras ; car si Barberin se fût seulement le moins du monde aperçu que nous eussions eu la moindre vue de Chigi, il nous aurait échappé infailliblement, parce qu'avec toute la vertu imaginable il a tout le caprice possible, et qu'il ne se fût jamais empêché de s'imaginer que nous le trompions sur le sujet de Sachetti. Ce fut proprement en cet endroit où j'admirai la bonne foi, la prévoyance, la pénétration et l'activité de l'Escadron, et particulièrement d'Azzolin, qui fut celui qui se donna le plus de mouvement. Il ne s'y fit pas un pas à l'égard de Barberin et de Sachetti qui n'eût pu être avoué par la morale du monde la plus sévère. Comme l'on voyait clairement que tout ce que l'on faisait pour lui serait inutile par l'événement, l'on n'oublia aucune démarche de celles que l'on jugea être utiles à lever les indispositions que l'on prévoyait se devoir trouver de la part de France, d'Espagne, de Florence, et même de Barberin, à l'exaltation de Chigi, lorsqu'elle serait en état d'être proposée. Comme l'on ne pouvait douter que pour peu que Barberin s'aperçût de notre dessein, il n'entrât en défiance de nous-mêmes, nous couvrîmes avec une application si grande et si heureuse notre marche, qu'il ne la connut lui-même que par nous, et quand nous crûmes qu'il était nécessaire qu'il la connût. Ce qui était de plus embarrassant pour nous était que, comme nous avions plus de besoin encore de lui que des autres parce qu'enfin nous en tirions notre principale force, il fallait que, par préalable même à tout le reste, nous travaillassions à lever les obstacles que nous prévoyions même très grands à notre dessein dans la faction.

Nous savions que l'unique et journalière application des vieux cardinaux qui en étaient, et qui voyaient comme nous l'impossibilité de réussir à l'exaltation de Sachetti, était de faire comprendre à Barberin qu'il lui serait d'une extrême honte que l'on prît un pape qui ne fût pas de ses créatures. Tous conspiraient à lui donner cette vue ; chacun prétendait de se l'appliquer en son particulier. Ginetti ne doutait pas que l'attachement qu'il avait de tout temps à sa maison, ne lui en dût donner la préférence ; Cecchini était persuadé qu'elle était due à son mérite ; Rapaccioli, qui n'avait pourtant que quarante-six ans ou un peu plus, je ne m'en souviens pas précisément, s'imaginait que sa piété, sa capacité et son peu de santé l'y pourraient porter, même avec facilité ; Fiorenzola se laissait chatouiller par les imaginations de Grimaldi, dont le naturel est de croire aisément tout ce qu'il désire. Ceux qui n'ont pas vu les conclaves ne se peuvent figurer les illusions des hommes en ce qui regarde la papauté, et l'on a raison de l'appeler *rabbia papale*[1].

Cette illusion toutefois était toute propre à nous faire manquer notre coup, parce que la clameur de toute la faction du pape Urbain était toute propre à faire appréhender à Barberin de perdre en un moment toutes ses créatures, s'il choisissait un pape hors d'elle. Cet inconvénient, comme vous voyez, était fort grand ; mais nous trouvâmes le remède dans le même lieu d'où nous appréhendions le mal ; car la jalousie qui était entre eux les obligea, par avance, à faire tant de pas les uns contre les autres, qu'ils fâchèrent Barberin, parce qu'ils n'eurent pas la même circonspection que nous à cacher leurs sentiments sur l'impossibilité de l'exaltation de Sachetti. Il crut qu'ils voulaient croire cette impossibilité, pour relever leur propre intérêt. Il les considéra au commencement comme des ingrats et comme des ambitieux, et cette indisposition fit que, quand il vint lui-même à connaître qu'il ne pouvait en effet réussir à Sachetti, il se résolut plus facilement à sortir de sa faction et à se persuader qu'il hasarderait moins de perdre ses créatures en leur faisant voir qu'il était emporté dans une autre par ses alliés, que de l'aigrir toute entière par la préférence de l'une à l'autre. Car il faut remarquer qu'elles cédaient toutes à Sachetti à cause de son âge et de ses manières, qui, dans la vérité, étaient aimables. Ce n'est pas qu'à mon opinion il n'eût été de lui comme de Galba, digne de l'empire, s'il n'eût point été empereur[2] ; mais enfin l'on n'en était pas là. Les autres créatures de Barberin s'étaient réglées sur ce point ; mais comme ils ne croyaient pas son exaltation possible, cette différence ne faisait qu'augmenter la jalousie enragée qu'ils avaient par avance les uns contre les autres.

Le vieux Spada, rompu et corrompu dans les

affaires, se déclara contre Rapaccioli, jusqu'à faire un libelle contre lui, par lequel il l'accusait d'avoir cru que le diable pourrait être reçu à pénitence[1]. Montalte dit publiquement qu'il avait de quoi s'opposer en forme à l'exaltation de Fiorenzola. Cesi, dont je vous ai déjà parlé, fit une description assez plaisante de la beauté du carnaval que la signora Vasti, belle et galante, nièce de Cecchini, donnerait au public, si son oncle était pape. Toutes ces aigreurs, toutes ces niaiseries, peu dignes à la vérité d'un conclave, déplurent au dernier point à Barberin, esprit et pieux et sérieux, et ne nuisirent pas à notre dessein dans la suite, que vous allez voir.

Il me semble que je vous ai déjà dit que ce conclave dura quatre-vingts jours, ou peu plus ou peu moins. Il y en eut plus des deux tiers employés comme je vous l'ai dit ci-devant, parce que M. le cardinal Barberin ne se pouvait ôter de l'esprit que nous emporterions enfin Sachetti par notre opiniâtreté. Nous pouvions moins que personne le désabuser, par la raison que vous avez déjà vue, et je ne sais si la chose n'eût pas été encore bien plus loin, si Sachetti même, qui se lassait de se voir ballotté[2] réglément quatre fois par jour, sans aucune apparence de réussir, ne lui eût lui-même ouvert les yeux. Ce ne fut pas toutefois sans beaucoup de peine. Il y réussit enfin ; et après que nous eûmes observé toutes les brèves et les longues[3], pour ne lui laisser aucun lieu de soupçonner que nous eussions part à cette démarche de Sachetti, à laquelle, dans le vrai, nous n'en avions aucune, nous discutâmes avec lui la possibilité des sujets de sa faction. Nous nous aperçûmes d'abord qu'il s'y trouvait lui-même fort embarrassé, et même avec beaucoup de raison. Nous n'en fûmes pas fâchés, parce que cet embarras, nous donnant lieu de tomber sur les sujets des autres factions, nous porta insensiblement jusqu'à Chigi.

M. le cardinal Barberin, qui a, dès son enfance, aimé jusqu'à la passion la piété, et qui estimait beaucoup celle qu'il croyait en Chigi, se rendit avec assez de facilité, et il n'y eut, à vrai dire, qu'un scrupule, qui fut que Chigi, qui était fort ami des jésuites, pourrait peut-être donner atteinte à la doctrine de saint

Augustin, pour laquelle Barberin a plus de respect que de connaissance[1]. Je fus chargé de m'en éclaircir avec lui, et je m'acquittai de ma commission d'une manière qui ne blessa ni mon devoir, ni la prétendue tendresse de conscience de Chigi. Comme, dans les grandes conversations que j'avais eues avec lui dans les scrutins, il m'avait pénétré, ce qui lui était fort aisé parce que je ne me couvrais pas auprès de lui, il avait connu que je n'approuvais pas qu'on s'entêtât pour les personnes, et qu'il suffisait d'éclaircir la vérité. Il me témoigna entrer lui-même dans ces sentiments, et j'eus sujet de croire qu'il était tout propre, par ces maximes, à rendre la paix à l'Église. Il s'en expliqua lui-même assez publiquement et raisonnablement ; car Albizzi, pensionnaire des jésuites, s'étant emporté, même avec brutalité, contre l'extrémité, ce disait-il, de l'esprit de saint Augustin, Chigi prit la parole avec vigueur, et il parla comme le respect que l'on doit au docteur de la grâce le requiert. Ce rencontre assura absolument Barberin, et beaucoup plus encore que tout ce que je lui en avais dit.

Dès qu'il eut pris son parti, nous commençâmes à mettre en œuvre les matériaux que nous n'avions fait jusque-là que disposer. Nous agîmes, chacun de son côté, selon que nous l'avions projeté. Nous nous expliquâmes de ce que nous avions le plus souvent caché avec soin, ou que nous n'avions tout au plus qu'insinué. Borromée et Aquaviva se développèrent plus pleinement vers l'ambassadeur d'Espagne. Azzolin brilla dans les diverses factions avec plus de liberté. Je m'étendis de toute ma force vers le cardinal doyen ; il prit confiance en moi sur le désir qu'il avait d'adoucir le grand-duc par les Barberins. Le cardinal Barberin l'y eut tout entière sur la joie qu'il en aurait. Azzolin ou Lomellin, je ne me souviens pas précisément lequel ce fut, découvrit que Bichi, qui était allié de Chigi, était très bien intentionné pour lui dans le fond. Il entra dans le commerce habilement, et si bien que Bichi, qui ne crut pas que le Mazarin eût assez de confiance en lui pour concourir sur sa parole à l'exaltation de Chigi, employa, pour le persuader, Sachetti, qui, lassé, comme il me semble que je vous l'ai déjà dit, de se voir ballotté inutilement tous les soirs et tous les matins, lui dépêcha un courrier pour l'avertir que Chigi serait pape en dépit de la France, si elle faisait tant que de lui donner l'exclusion, comme l'on disait[1] ; car, aussitôt que l'on le vit sur les rangs, tous les subalternes, selon le style de la nation, publièrent que le Roi ne le souffrirait jamais. Mazarin ne fut pas de leur sentiment, et il renvoya par le même courrier ordre à Lionne de ne le point exclure. Il eut raison ; car je suis persuadé que si l'exclusion fût arrivée, Chigi eût été pape trois jours plus tôt qu'il ne le fut. Les couronnes ne doivent jamais hasarder facilement ces exclusions : il y a des conclaves où elles peuvent réussir ; il y en a d'autres où le succès en serait impossible. Celui-là était du nombre. Le sacré collège était fort, et de plus il sentait sa force.

Les choses étant en l'état que je viens de poser, MM. les cardinaux de Médicis et Barberin, qui avaient pris et reçu par moi leurs paroles, me chargèrent sur les neuf heures du soir, d'en aller porter la nouvelle à M. le cardinal Chigi. Je le trouvai au lit ; je lui baisai la main. Il m'entendit et il me dit en m'embrassant : *Ecco l'effetto de la buona vicinanza*[2]. Je vous ai déjà dit que j'étais au scrutin auprès de lui. Tout le collège y accourut ensuite. Il m'envoya querir sur les onze heures, après que tout le monde fut sorti de sa cellule, et je ne vous puis exprimer les bontés avec lesquelles il me traita. Nous l'allâmes tous prendre, le lendemain au matin[3], dans sa cellule et nous l'accompagnâmes à la chapelle du scrutin où il eut, ce me semble, toutes les voix à la réserve d'une ou tout au plus de deux. Le soupçon tomba sur le vieux Spada, Grimaldi et Rosetti, lesquels, à la vérité, furent les seuls qui improuvèrent, au moins publiquement, son exaltation. Grimaldi me dit à moi-même que j'avais fait un choix dont je me repentirais en mon particulier, et il se trouva par l'événement qu'il eut raison. J'attribuai son discours à son travers ; l'aversion de Spada, à l'envie qui lui était naturelle ; et celle de Rosetti, à l'appréhension qu'il avait de la sévérité de Chigi. Je crois encore que je ne me trompais pas dans ce jugement, quoique j'avoue qu'ils ne se trompaient pas eux-mêmes pour le fond.

Ce qui est constant est que jamais élection de pape n'a été plus universellement applaudie. Il ne se défaillit pas à lui-même dans les premiers moments, qui, par une imperfection assez bizarre de la nature humaine, surprennent davantage les gens qui les attendent avec le plus d'impatience. La suite a fait voir qu'il n'était pas assez homme de bien pour n'en avoir pas eu beaucoup en ce rencontre. Il fut si éloigné d'en donner aucune marque, que nous eûmes sujet de croire qu'il en avait de la douleur. Il pleura amèrement au moment que l'on relisait le scrutin qui le faisait pape ; et comme il vit que je le remarquai, il m'embrassa d'un bras et prit de l'autre Lomellin, qui était au-dessous de lui, et il nous dit à l'un et l'autre : « Pardonnez cette faiblesse à un homme qui a toujours aimé ses proches avec tendresse et qui s'en voit séparé pour jamais. » Nous descendîmes, après les cérémonies accoutumées, à Saint-Pierre ; il affecta de ne s'asseoir que sur le coin de l'autel, quoique les maîtres des cérémonies lui dissent que la coutume était que les papes se missent justement sur le milieu. Il y reçut l'adoration du sacré collège avec beaucoup plus de modestie que de grandeur, avec beaucoup plus d'abattement que de joie ; et lorsque je m'approchai à mon tour pour lui baiser les pieds, il me dit en m'embrassant, si haut que les ambassadeurs d'Espagne et de Venise et le connétable Colonne[1] l'entendirent : « Signor cardinal de Rais, *ecce opus manuum tuarum*[2]. » Vous pouvez juger de l'effet que fit cette parole. Les ambassadeurs la dirent à ceux qui étaient auprès d'eux ; elle se répandit en moins d'un rien dans toute l'église. Chastillon, frère de Barillon[3], me la redit une heure après, en me rencontrant comme je sortais, et je retournai cheux moi accompagné de plus de six-vingts carrosses, qui étaient pleins de gens très persuadés que j'allais gouverner le pontificat. Je me souviens que Chastillon me dit à l'oreille : « Je suis résolu de compter les carrosses pour en rendre ce soir un compte exact à M. de Lionne ; il ne faut pas épargner cette joie au cocu[4]. »

Je vous ai promis quelques épisodes, je vas vous tenir ma parole. Vous avez déjà vu que la faction de France avait eu ordre du Roi, non pas seulement de ne pas communiquer avec moi, mais même de ne me pas saluer. M. le cardinal d'Est évita avec soin de me rencontrer ; quand il ne le put, il tourna la tête de l'autre côté, ou il fit semblant de ramasser un mouchoir, ou de parler à quelqu'un. Enfin, comme il a toujours affecté de paraître ecclésiastique, il affecta aussi, à mon opinion, de témoigner en cette occasion qu'une conduite qui blessait même l'apparence de la charité chrétienne lui faisait de la peine. Antoine me saluait toujours fort honnêtement, quand personne ne le voyait ; mais comme il était fort bas à la cour et fort timide, il se redressait en public ; et Des Ursins, qui était l'âme du monde la plus vile, me morguait[1] également partout. Bichi me saluait toujours civilement, et Grimaldi n'observait l'ordre qu'en ce qu'il ne me visitait pas, car il me parlait même dans la rencontre[2] et toujours fort honnêtement. Ce détail vous paraît sans doute une minutie ; mais ce qui fait que je ne l'omets pas est qu'il me paraît être une véritable et bien naturelle image de la lâche politique des courtisans. Chacun d'eux la monte et la baisse à son cran, et leur inclination la règle sans comparaison davantage que leur véritable intérêt. Ils se conduisirent tous dans le conclave différemment sur mon sujet. J'observai qu'ils en furent tous également à la cour ; j'ai appliqué depuis cet exemple à mille autres. Je vivais avec autant d'honnêteté à leur égard que si ils eussent fort bien vécu avec moi. J'avais toujours la main au bonnet devant eux, de cinquante pas, et je poussai ma civilité jusques à l'humilité. Je disais à qui le voulait entendre que je leur rendais ces respects, non pas seulement comme à mes confrères, mais encore comme à des serviteurs de mon Roi. Je parlais en Français, en chrétien, en ecclésiastique ; et Des Ursins m'ayant un jour morgué si publiquement que tout le monde s'en scandalisa, je renouvelai d'honnêteté pour lui à un point que tout le monde s'en édifia. Ce qui arriva, le lendemain, releva cette modestie ou plutôt cette affectation de modestie. Le cardinal Jean-Carle de Médicis, qui était naturellement impétueux, s'éleva contre moi sur ce que j'étais, ce disait-il, trop uni avec l'Escadron. Je lui répondis avec toute la considération que je devais et à sa personne et à sa maison. Il ne laissa pas de s'échauffer et de me dire que je me devais souvenir des obligations que ma maison avait à la sienne : sur quoi je lui dis que je ne les oublierais jamais et que Monsieur le Cardinal doyen[1] et Monsieur le Grand-Duc en étaient très persuadés. « Je ne le suis pas, moi, reprit-il tout d'un coup, que vous vous souveniez bien que, sans la reine Catherine, vous seriez un gentilhomme comme un autre à Florence[2]. — Pardonnez-moi, Monsieur, lui répondis-je en présence de douze ou quinze cardinaux, et pour vous faire voir que je sais bien ce que je serais à Florence, je vous dirai que si j'y étais selon ma naissance, j'y serais autant au-dessus de vous, que mes prédécesseurs y étaient au-dessus des vôtres, il y a quatre cents ans[3]. » Je me tournai ensuite vers ceux qui étaient présents, et je leur dis : « Vous voyez, Messieurs, que le sang français s'émeut aisément contre la faction d'Espagne. » Le grand-duc et le cardinal doyen eurent l'honnêteté de ne se point aigrir de cette parole ; et le marquis Riccardi, ambassadeur du premier, me dit, au sortir du conclave, qu'elle lui avait même plu et qu'il avait blâmé le cardinal Jean-Carle.

Il y eut une autre scène, quelques jours après, qui me fut assez heureuse. Le duc de Terra-Nueva, ambassadeur d'Espagne, présenta un mémorial au sacré collège, à propos de je ne sais quoi dont je ne me ressouviens point, et il donna dans ce mémorial la qualité de fils aîné de l'Église au roi son maître. Comme le secrétaire du collège le lisait, je remarquai cette expression, qui ne fut point, à mon sens, observée par les cardinaux de la faction ; il est au moins certain qu'elle ne fut pas relevée. Je leur en laissai tout le temps, afin de ne faire paraître ni précipitation ni affectation. Comme je vis qu'ils demeuraient tous dans un profond silence, je me levai, je sortis de ma place, et en m'avançant du côté de Monsieur le Cardinal doyen, je m'opposai en forme à l'article du mémorial dans lequel le Roi Catholique était appelé le fils aîné de l'Église[4]. Je demandai acte de mon opposition, et l'on me l'accorda en bonne forme, signé de quatre maîtres des cérémonies. M. le cardinal Mazarin eut la bonté de dire au Roi et à la Reine mère, en plein cercle, que cette pièce avait été concertée avec l'ambassadeur d'Espagne pour m'en faire honneur en France. Il n'est jamais honnête à un ministre d'être imposteur ; mais il n'est pas même politique de porter l'imposture au-delà de toute apparence.

Je ne puis finir cette matière des conclaves, sans vous en faire une peinture qui vous les fasse connaître, et qui efface l'idée que vous avez sans doute prise sur le bruit commun. Ce que je viens même de vous exposer de celui d'Alexandre VII ne vous en aura pas détrompée, parce que vous y avez vu des murmures, des plaintes, des aigreurs ; et c'est ce qu'il est, à mon opinion, nécessaire de vous expliquer[1]. Il est certain qu'il y eut dans ce conclave plus de ces murmures, de ces plaintes et de ces aigreurs qu'en aucun autre que j'aie vu ; mais il ne l'est pas moins que, à la réserve de ce qui se passa entre M. le cardinal Jean-Charles et moi, dont je vous ai rendu compte, d'une parole encore sans comparaison plus légère qu'il s'attira d'Imperiali, à force de le presser, et du libelle de Spada contre Rapaccioli, il n'y eut pas dans ces murmures, dans ces plaintes et dans ces aigreurs extérieures, la moindre étincelle, je ne dis pas de haine, mais même d'indisposition. L'on y vécut toujours ensemble avec le même respect et la même civilité que l'on observe dans les cabinets des rois, avec la même politesse que l'on avait dans la cour de Henri III[2], avec la même familiarité que l'on voit dans les collèges, avec la même modestie qui se remarque dans les noviciats, et avec la même charité, au moins en apparence, qui pourrait être entre des frères parfaitement unis. Je n'exagère rien et j'en dis encore moins que je n'en ai vu dans les autres conclaves dans lesquels je me suis trouvé. Je ne me puis mieux exprimer sur ce sujet, qu'en vous disant que, même dans celui d'Alexandre, que l'impétuosité de M. le cardinal Jean-Charles de Médicis éveilla, ou plutôt dérégla un peu, la réponse que je lui fis ne fut excusée que parce qu'il n'y était pas aimé ; que celle d'Imperiali y fut condamnée, et que le libelle de Spada y fut détesté et désavoué, dès le lendemain au matin, par lui-même, à cause de la honte que l'on lui en fit. Je puis dire avec vérité que je n'ai jamais vu, dans aucun des conclaves auxquels j'ai assisté, ni un seul cardinal, ni un seul conclaviste s'emporter ; j'en ai vu même fort peu qui s'y soient échauffés. Il est rare d'y entendre une voix élevée, ou d'y remarquer un visage changé. J'ai souvent essayé d'y trouver de la différence dans l'air de ceux qui venaient d'être exclus, et je puis dire avec vérité qu'à la réserve d'une seule fois, je n'y en ai jamais trouvé. L'on y est si éloigné même du soupçon de ces vengeances dont l'erreur commune charge l'Italie, qu'il est même assez ordinaire que l'excluant y boive, à son dîner, du vin que l'exclu du matin lui vient d'envoyer. Enfin j'ose dire qu'il n'y a rien de plus grand, ni de plus sage, que l'extérieur ordinaire d'un conclave. Je sais bien que la forme qui s'y pratique, depuis la bulle de Grégoire, contribue beaucoup à le régler[1] ; mais il faut avouer qu'il n'y a que les Italiens au monde capables d'observer cette règle avec autant de bienséance qu'ils le font. Je reviens à la suite de ma narration.

Vous croyez aisément que je ne manquai pas, dans le cours du conclave, de prendre les sentiments de M. le cardinal Chigi et de mes amis de l'Escadron sur la conduite que j'avais à tenir après que j'en serais sorti. Je prévoyais qu'elle serait assez difficile, et du côté de Rome et du côté de France, et je connus, dès les premières conversations, que je ne me trompais pas dans ma prévoyance. Je commençai par les embarras que je trouvai à Rome, que j'expliquerai de suite, pour ne point interrompre le fil du récit, et je ne reviendrai à ce que je fis du côté de France qu'après que je vous aurai exposé la conduite que je pris en Italie.

Mes amis, qui n'étaient nullement pratiques de ce pays-là, et qui, selon le génie de notre nation, qui traite toutes les autres par rapport à elle, s'imaginaient qu'un cardinal persécuté pouvait et devait même vivre presque en homme privé à Rome, m'écrivaient par toutes leurs lettres qu'il était de la bienséance que je demeurasse toujours dans la maison de la Mission[2], où je m'étais effectivement logé sept ou huit jours après que je fus arrivé. Ils ajoutaient qu'il était nécessaire que je ne fisse aucune dépense, et parce que, tous mes revenus étant saisis en France avec une rigueur extraordinaire, je n'en pourrais pas soutenir même une médiocre, et parce que cette modestie ferait un effet admirable dans le clergé de Paris, duquel j'aurais un grand besoin dans les suites. Je parlai sur ce ton à M. le cardinal Chigi, qui passait pour le plus grand ecclésiastique qui fût au-delà des monts, et je fus bien surpris quand il me dit : « Non, non, Monsieur ; quand vous serez rétabli dans votre siège, vivez comme il vous plaira, parce que vous serez dans un pays où l'on ne saura ce que vous pouvez et ce que vous ne pouvez pas. Vous êtes à Rome, où vos ennemis disent tous les jours que vous êtes décrédité en France : il est de nécessité de faire voir qu'ils ne disent pas vrai. Vous n'êtes pas ermite, vous êtes cardinal et cardinal d'une volée que nous appelons en ce pays *dei cardinaloni*[1]. Nous y estimons peut-être plus qu'ailleurs la modestie ; mais il faut à un homme de votre âge, de votre naissance et de votre sorte, qu'elle soit tempérée ; et il faut de plus qu'elle soit si volontaire, qu'il n'y ait pas seulement le moindre soupçon qu'elle soit forcée. Il y a beaucoup de gens à Rome qui aiment à assassiner ceux qui sont à terre : n'y tombez pas, mon cher Monsieur, et faites réflexion, je vous supplie, quel personnage vous jouerez dans les rues avec les six estafiers[2] dont vous parlez, quand vous y trouverez un petit bourgeois de Paris qui ne s'arrêtera pas devant vous et qui vous bravera, pour faire sa cour au cardinal d'Est. Vous ne deviez pas venir à Rome si vous n'étiez pas en résolution et en pouvoir d'y soutenir votre dignité. Nous ne mettons point l'humilité chrétienne à la perdre, et je n'ai rien à vous dire, si ce n'est que le pauvre cardinal Chigi, qui vous parle, qui n'a que cinq mille écus de rente et qui est sur le pied du plus gueux des cardinaux moines, ne peut aller aux fonctions sans quatre carrosses de livrées, roulant ensemble, quoiqu'il soit assuré qu'il ne trouvera personne dans les rues qui manque en sa personne au respect que l'on doit à la pourpre[3]. »

Voilà une petite partie de ce que le cardinal Chigi me disait tous les jours, et de tout ce que mes autres amis, qui n'étaient pas, ou du moins qui ne faisaient pas les ecclésiastiques si zélés que lui, m'exagéraient encore beaucoup davantage. M. le cardinal Barberin éclatait encore plus que tous les autres contre ce projet de retranchement. Il m'offrait sa bourse ; mais comme [je] ne la voulais pas prendre, et comme même j'eusse été fort aise de n'être pas à charge à mes proches et à mes amis de France, je me trouvais fort en peine ; et d'autant plus, que je les voyais très disposés à croire que la grande dépense ne m'était nullement nécessaire à Rome. Je n'ai guères eu dans ma vie de rencontre plus fâcheux que celui-là, et je vous puis dire avec vérité que je ne sais qu'une occasion où j'aie eu plus de besoin de faire un effort terrible sur moi, pour m'empêcher de faire ce que j'aurais souhaité. Si je me fusse cru, je me serais réduit à deux estafiers. La nécessité l'emporta. Je connus visiblement que je tomberais dans le mépris, si je ne me soutenais avec éclat : je cherchai un palais pour me loger, je rassemblai toute ma maison, qui était fort grande ; je fis des livrées modestes, mais nombreuses, de quatre-vingts personnes ; je tins une grande table. Les abbés de Courtenai et de Sévigné[1] se rendirent auprès de moi. Campi, qui avait commandé le régiment italien de M. le cardinal Mazarin, et qui s'était depuis attaché à moi, me joignit. Tous mes domestiques y accoururent. Ma dépense fut très grande dans le conclave ; elle fut très grande quand j'en fus sorti[2]. Elle fut nécessaire, et l'événement fit connaître que le conseil de mes amis d'Italie était mieux fondé que celui de mes amis de France ; car, M. le cardinal d'Est ayant défendu, dès le lendemain de la création du Pape, à tous les Français, de la part du Roi, de s'arrêter devant moi dans les rues, et même aux supérieurs des églises françaises de me recevoir, je fusse tombé dans le ridicule si je n'eusse été en état de faire respecter ma dignité, et vous allez connaître clairement cette vérité par la réponse que le Pape me fit, lorsque je le suppliai de me prescrire de quelle manière il lui plaisait que je me conduisisse à l'égard de ces ordres de M. le cardinal d'Est. Je vous la dirai, après que je vous aurai rendu compte des premières démarches qu'il fit après sa création.

Il fit apporter, dès le lendemain même, avec apparat son cercueil sous son lit[3] ; il donna, le jour suivant, un habit particulier aux caudataires[4] des cardinaux ; il défendit, le troisième, aux cardinaux de porter le deuil, au moins en leurs personnes, même de leurs pères. Je me le tins pour dit, et je dis moi-même à Azzolin, qui en convint, que nous étions pris pour dupes, et que le Pape ne serait jamais qu'un fort pauvre homme. Le cavalier Bernin[1], qui a bon sens, remarqua, deux ou trois [jours] après, que le Pape n'avait observé, dans une statue qu'il lui faisait voir, qu'une petite frange qui était au bas de la robe de celui qu'elle représentait. Ces observations paraissent légères, elles sont certaines. Les grands hommes peuvent avoir de grands faibles, ils ne sont pas même exempts de tous les petits ; mais il y en a dont ils ne sont pas susceptibles ; et je n'ai jamais vu, par exemple, qu'ils aient entamé un grand emploi par une bagatelle[2].

Azzolin, qui fit les mêmes remarques que moi, me conseilla de ne pas perdre un moment à engager Rome à ma protection par la prise du *pallium* de l'archevêché de Paris. Je le demandai dans le premier consistoire, devant que l'on eût seulement fait réflexion que je pensasse à le demander. Le Pape me le donna naturellement, et sans y faire lui-même de réflexion[3]. La chose était dans l'ordre et il ne le pouvait refuser selon les règles ; mais vous verrez par les suites que ce n'étaient pas les règles qui le réglaient. Ce pas me fit croire qu'il n'aurait pas au moins de peine à faire que l'on me traitât de cardinal à Rome. Je me plaignis à lui des ordres que M. le cardinal d'Est avait donnés à tous les Français. Je lui représentai qu'il ne se contentait pas de faire le souverain dans Rome, en me dégradant des honneurs temporels, mais qu'il y faisait encore le souverain pontife, en m'interdisant les églises françaises. L'étoffe[4] était large, je ne m'en fis pas faute. Le Pape, à qui M. de Lionne s'était plaint, avec un éclat qui passa jusques à l'insolence, de la concession du *pallium* me parut fort embarrassé. Il parla beaucoup contre le cardinal d'Est ; il déplora la misérable coutume (ce fut son mot) qui avait assujetti plutôt qu'attaché les cardinaux aux couronnes, jusques au point d'avoir formé entre eux même des schismes scandaleux ; il s'étendit même avec emphase sur la thèse ; mais j'eus mauvaise opinion de mon affaire, quand je vis qu'il demeurait si longtemps sur le général, sans descendre au particulier, et je m'aperçus aussitôt après que ma crainte n'était pas vaine, parce qu'il s'expliqua enfin, après beaucoup de circonlocutions, en ces termes : « La politique de mes prédécesseurs ne m'a pas laissé un champ aussi libre que mes bonnes intentions le mériteraient. Je conviens qu'il est honteux au collège et même au Saint-Siège de souffrir la licence que le cardinal d'Est, ou plutôt que le cardinal Mazarin se donne en ce rencontre ; mais les Espagnols l'ont prise presque pareille sous Innocent à l'égard du cardinal Barberin[1] ; et même, sous Paul V, le maréchal d'Estrées n'en usa guère mieux vers le cardinal Borghèse[2]. Ces exemples, dans un temps ordinaire, n'autoriseraient pas le mal, et je les saurais bien redresser ; mais vous devez faire réflexion, *charo mio signor cardinale*, que la chrétienté est en feu, qu'il n'y a que le pape Alexandre qui le puisse éteindre ; qu'il est obligé par cette raison, de fermer, en beaucoup de rencontres, les yeux, pour ne se pas mettre en état de se trouver inutile à un bien aussi public et aussi nécessaire que celui de la paix générale. Que direz-vous, quand vous saurez ce que Lionne m'a déclaré insolemment, depuis trois jours, sur ce que je vous ai donné le *pallium*, que la France ne me donnerait aucune part au traité dont l'on parle[3], et qui n'est pas si éloigné que l'on le croit ? Ce que je vous dis n'est pas que je vous veuille abandonner, mais seulement pour vous faire voir qu'il faut que je me conduise avec beaucoup de circonspection, et qu'il est bon aussi que vous m'aidiez de votre côté, et que nous donnions tous deux *tempo al tempo*[4]. »

Si j'eusse voulu faire bien ma cour à Sa Sainteté, je n'avais qu'à me retirer après ce discours, qui, comme vous voyez, n'était qu'un préparatoire à ne point recevoir la réponse que je demandais ; mais comme elle m'était absolument nécessaire et même pressée, parce que je me pouvais rencontrer à tous les instants dans l'embarras dont il s'agissait, je ne crus pas que je dusse en demeurer là avec le Pape, et je pris la liberté de lui repartir, avec un profond respect, en lui représentant que peut-être, au sortir du Vatican, je trouverais dans la rue le cardinal d'Est, qui, n'étant que cardinal-diacre, devait s'arrêter devant moi[1] ; que je rencontrerais infailliblement des Français, dont Rome était toute pleine ; que je le suppliais de me donner ses ordres, avec lesquels je ne pouvais plus faillir et sans lesquels je ne savais ce que j'avais à faire ; que si je souffrais que l'on ne me rendît pas ce que le cérémonial veut que l'on rende aux cardinaux, j'appréhendais que le sacré collège n'approuvât pas ma conduite ; que si je me mettais en devoir de me le faire rendre, je craignais de manquer au respect que je devais à Sa Sainteté, à laquelle seule il touchait de régler tout ce qui nous regardait et les uns et les autres ; que je la suppliais très humblement de me prescrire précisément ce que je devais faire, et que je l'assurais que je n'aurais pas la moindre peine à exécuter tout ce qu'il lui plairait de m'ordonner, parce que je croyais qu'il y aurait autant de gloire pour moi à me soumettre à ses ordres, qu'il y aurait de honte de reconnaître ceux de M. le cardinal d'Est.

Ce fut à cet instant où je reconnus, pour la première fois, le génie du pape Alexandre, qui mettait partout la finesse. C'est un grand défaut, et d'autant plus grand quand il se rencontre dans les hommes de grande dignité, qu'ils ne s'en corrigent jamais, parce que le respect que l'on a pour eux, qui étouffe les plaintes, fait qu'ils demeurent presque toujours persuadés qu'ils fascinent tout le monde, même dans les occasions où ils ne trompent personne. Le Pape, qui, dans la vue de se disculper, ou plutôt de se débarrasser de ma conduite, soit à l'égard de la France, soit à celui du sacré collège, eût souhaité que je lui eusse contesté ce qu'il me proposait, reprit promptement et même vitement la parole de me soumettre, que vous venez de voir, et il me dit : « Le cardinal d'Est au nom du Roi ! » Le ton avec lequel il prononça ce mot, joint à ce que le marquis Riccardi, ambassadeur de Florence, m'avait dit d'un tour assez pareil qu'il avait donné, trois ou quatre jours devant, à une conversation qu'il avait eue avec lui, ce ton, dis-je, me fit juger que le Pape s'attendait que je prendrais le change, que je verbaliserais[2] sur la distinction des ordres du Roi et de ceux de M. le cardinal d'Est, et qu'ainsi il aurait lieu de dire à M. de Lionne qu'il m'avait exhorté à l'obéissance ; et à mes confrères, qu'il ne m'avait recommandé que de demeurer dans les termes du respect que je devais au Roi. Je ne lui donnai lieu ni de l'un ni de l'autre, car je lui répondis, sans balancer, que c'était justement ce qui me mettait en peine, et sur quoi je le suppliais de décider, parce que, d'un côté, le nom du Roi paraissait, pour lequel je devais avoir toutes sortes de soumissions, et que de l'autre, je voyais celui de Sa Sainteté si blessé, que je ne croyais pas devoir, en mon particulier, donner les mains à une atteinte de cette nature, que je n'en eusse au moins un ordre exprès. Le Pape battit beaucoup de pays[1] pour me tirer, ou plutôt pour se tirer lui-même de la décision que je lui demandais. Je demeurai fixe et ferme. Il courut, il s'égaya[2], ce qui est toujours facile aux supérieurs. Il me répéta plusieurs fois que le Roi était un grand monarque ; il me dit d'autres fois que Dieu était encore plus puissant que lui. Tantôt il exagérait les obligations que les ecclésiastiques avaient à conserver les libertés et les immunités de l'Église ; tantôt il s'étendait sur la nécessité de ménager, dans la conjoncture présente, l'esprit des rois. Il me recommanda la patience chrétienne ; il me recommanda la vigueur épiscopale. Il blâma le cérémonial auquel l'on était trop attaché à la cour de Rome ; il le loua, comme son observation étant nécessaire pour le maintien de la dignité. Le sens de son discours était que, quoi que je pusse faire, je ne pourrais rien faire qu'il ne pût dire m'avoir défendu. Je le pressai de s'expliquer, autant que l'on peut presser un homme qui est assis dans la chaire de saint Pierre ; je n'en pus rien tirer[3]. Je rendis compte de mon audience à M. le cardinal Barberin et à mes amis de l'Escadron ; et je vous rendrai celui de la conduite qu'ils me firent prendre, après que je vous aurai entretenue, et d'une conversation que M. de Lionne avait eue avec le Pape, quelques jours auparavant, et de ce qui se passait entre M. de Lionne et moi dans le même temps.

Lionne, qui n'était rétabli à la cour que depuis peu, fut touché au vif de ce que le Pape m'avait donné le *pallium,* parce qu'il appréhendait que M. le cardinal Mazarin ne se prît à lui d'une action qu'il craignait que l'on imputât à sa négligence. Il n'en avait pas été averti, ce qui pouvait être un grand crime auprès d'un homme qui lui avait dit, en partant, qu'il n'y en avait pas un à Rome qui ne lui servît volontiers d'espion. L'appréhension qu'il eut de la réprimande l'obligea à en faire une terrible au Pape ; car la manière dont il lui parla ne se peut pas appeler une plainte. Il lui déclara en face que, nonobstant mes bulles, ma prise de possession et mon *pallium*, le Roi ne me tenait ni me tiendrait jamais pour archevêque de Paris. Voilà une des plus douces phrases de l'oraison ; les figures en furent remplies de menaces, d'arrêts du Parlement de décrets de Sorbonne, de résolutions du clergé de France. L'on jeta quelques mots un peu enveloppés de schisme, et l'on s'expliqua clairement et nettement de l'exclusion entière et absolue, que l'on donnerait au Pape du congrès pour la paix générale, que l'on supposait devoir se traiter au premier jour. Le dernier point effraya le pape Alexandre à un tel point, qu'il fit un million d'excuses à Lionne, si basses et même si ridicules, qu'elles seraient incroyables à la postérité. Il lui dit, les larmes aux yeux, que je l'avais surpris ; qu'il ferait au premier jour une congrégation de cardinaux agréables au Roi, pour examiner ce qui se pourrait faire pour sa satisfaction ; que lui, M. de Lionne, n'avait qu'à travailler en diligence aux mémoires de tout ce qui s'était passé dans la guerre civile ; qu'il en ferait très bonne et très briève justice à Sa Majesté. Enfin il contenta si bien et si pleinement M. de Lionne, qu'il écrivit à M. le cardinal Mazarin, par un courrier exprès, en ces propres termes : « J'espère que je donnerai, dans peu de jours, une nouvelle encore meilleure que celle-ci à Votre Éminence, qui sera que le cardinal de Rais sera au château Saint-Ange. Le Pape ne compte pour rien les amnisties accordées au parti de Paris, et il m'a dit que le cardinal de Rais ne s'en peut servir, parce qu'il n'y a que le Pape qui puisse absoudre les cardinaux, comme il n'y a que lui qui les puisse condamner. Je ne lui ai pas laissé passer, à tout hasard, cette alternative, et je lui ai répondu que le parlement de Paris prétendait qu'il les peut condamner, et qu'il aurait déjà fait le procès au cardinal de Rais, si Votre Éminence ne s'y était opposée avec vigueur, par le pur motif du respect qu'il a pour le Saint-Siège, et pour Sa Sainteté en son particulier. Le Pape m'a témoigné qu'il vous en était, Monseigneur, très obligé, et m'a chargé de vous assurer qu'il ferait plus de justice au Roi que le parlement de Paris ne lui en aurait pu faire[1]. » Voilà l'un des articles de la lettre de M. de Lionne.

Je vous supplie d'observer que la conversation que j'eus avec le Pape, dont je viens de vous raconter le détail, ne fut précédée que de deux ou trois jours de celle que M. de Lionne eut avec lui, et qui fut la matière de la lettre que vous venez de voir. Quand même elle ne fût pas venue à ma connaissance, je n'eusse pas laissé de m'apercevoir de l'indisposition du Pape, dont j'avais non seulement des indices, mais des lumières certaines. Monsignor Febei, premier maître des cérémonies, homme sage et homme de bien, et qui, de concert avec moi, avait servi le Pape très dignement pour son exaltation, m'avertit qu'il le trouvait beaucoup changé à mon égard, et à un point, ajouta-t-il, que j'en suis scandalisé *al maggior segno*[2]. Le Pape même avait dit à l'abbé Charrier qu'il ne comprenait pas le plaisir qu'il prenait à faire courir le bruit dans Rome que je gouvernais le pontificat. Le P. Hilarion, bernardin et abbé de Sainte-Croix-en-Jérusalem, qui était un des plus honnêtes hommes du monde, et avec lequel j'avais fait une étroite amitié, me conseilla, sur ce discours du Pape à l'abbé Charrier, de faire un tour à la campagne, sous prétexte d'y aller prendre l'air, mais en effet pour lui faire voir que j'étais bien éloigné de m'empresser à la cour. Je suivis son avis, et j'allai passer un mois ou cinq semaines à Grotta-Ferrata qui est à quatre lieues de Rome, qui était autrefois le Tusculum de Cicéron, et qui est à présent une abbaye de Saint-Basile[3]. Elle est à M. le cardinal Barberin. Le lieu est extrêmement agréable, et il ne me paraît pas même flatté dans ce que son ancien seigneur en dit dans ses *épîtres*. Je m'y divertissais par la vue de ce qui paraît encore de ce grand homme ; les colonnes de marbre blanc qu'il fit apporter de Grèce pour son vestibule y soutiennent l'église des religieux qui sont italiens, mais qui font l'office en grec, et qui ont un chant particulier, mais très beau. Ce fut dans ce séjour où j'eus connaissance de la lettre de M. de Lionne de laquelle je viens de vous parler. Croissy m'en apporta une copie tirée sur l'original. Il est nécessaire que je vous explique, et qui était ce Croissi[1], et le fonds de l'intrigue qui me donna lieu de voir cette lettre.

Croissi était un conseiller du parlement de Paris, qui s'était beaucoup intrigué[2] dans les affaires du temps, comme vous avez vu dans les autres volumes de cet ouvrage. Il avait été à Munster avec M. d'Avaux; il avait même été envoyé par lui vers Ragotski, prince de Transylvanie[3]. Il s'était brouillé, pour ses intérêts, avec M. Servient; et cette considération, jointe à son esprit qui était naturellement inquiet, le porta à se signaler contre le Mazarin, aussitôt que les mouvements de sa compagnie lui en eurent donné lieu. L'habitude que M. de Saint-Romain, son ami particulier, avait auprès de M. le prince de Conti, et celle de M. Courtin, qui a l'honneur d'être connu de vous[4], auprès de Mme de Longueville, l'attachèrent dans le temps du siège de Paris, à leurs intérêts. Il se jeta dans ceux de Monsieur le Prince, aussitôt qu'il se fut brouillé à la cour; il le servit utilement dans le cours de sa prison. Il fut du secret de la négociation et du traité que la Fronde fit avec lui; il ne quitta pas son engagement quand nous nous rebrouillâmes avec Monsieur le Prince, après sa liberté; mais il garda toujours toutes les mesures d'honnêteté avec nous. Il fut arrêté peu de jours après ma détention, à Paris, où il était revenu contre l'ordre du Roi, et où il se tenait caché; il fut mené au bois de Vincennes, où j'étais prisonnier; il y fut logé dans une chambre qui était au-dessus de la mienne. Nous trouvâmes moyen d'avoir commerce ensemble. Il descendait ses lettres, la nuit, par un filet, qu'il laissait couler vis-à-vis de l'une de mes fenêtres. Comme j'étudiais toujours jusques à deux heures après minuit et que mes gardes s'endormaient, je recevais les siennes et j'attachais les miennes au même filet. Je ne lui fus pas inutile, par les avis que je lui donnai dans le cours de son procès, auquel l'on travaillait avec ardeur. Monsieur le Chancelier le vint interroger deux fois à Vincennes. Il était accusé d'intelligence avec Monsieur le Prince, même depuis sa condamnation et depuis sa retraite parmi les Espagnols. C'était lui qui avait proposé le premier, dans le Parlement, de mettre à prix la tête de M. le cardinal Mazarin, ce qui n'était pas une pièce bien favorable à sa justification. Il sortit toutefois de prison sans être condamné, quoiqu'il fût coupable, par l'assistance de M. le premier président de Bellièvre, qui était de ses juges, et qui me dit, le jour qu'il me vint prendre à Vincennes, qu'il lui avait fait un certain signe, du détail duquel je ne me ressouviens pas, qui l'avait redressé et sauvé dans la réponse qu'il faisait à un des interrogatoires de Monsieur le Chancelier. Enfin il sortit d'affaires sans être jugé, et de prison sur la parole qu'il donna de se défaire de sa charge et de quitter ou Paris ou le royaume : je ne sais plus proprement lequel ce fut.

Il vint à Rome, il m'y trouva ; il se logea, si je ne me trompe, avec Châtillon, de qui il était ami. Ils venaient ensemble, presque tous les soirs, chez moi, n'y osant venir de jour, parce que les Français avaient défense de me voir. Ils avaient l'un et l'autre habitude particulière avec le petit Fouquet, qui est présentement évêque d'Agde[1], qui était aussi à Rome en ce temps-là, qui trouvait mauvais que M. de Lionne prît la liberté de coucher avec madame sa femme, avec laquelle le petit Fouquet était fort bien, et qui, de plus, ayant en vue l'emploi de Rome pour lui-même, était bien aise de faire jouer au mari un mauvais personnage, qui lui donna lieu de lui donner des bottes du côté de la cour. Il crut que le meilleur moyen d'y réussir serait de brouiller et d'embarrasser la principale ou plutôt l'unique négociation qu'il y avait, qui était celle de mon affaire ; et il s'adressa pour cet effet à Croissy, en le priant de m'assurer qu'il m'avertirait ponctuellement de tous les pas qui s'y feraient ; que j'aurais les copies des dépêches du cocu (il n'appelait jamais autrement Lionne), devant qu'elles sortissent de Rome ; que j'aurais celles du Mazarin un quart d'heure après que le cocu les aurait reçues ; et que lui Fouquet était maître de tout ce qu'il me proposait, parce qu'il l'était absolument de Mme de Lionne, de laquelle son mari ne se cachait aucunement, et laquelle, de plus, était enragée contre son mari, parce qu'il était passionnément amoureux, en ce temps-là, d'une petite femme de chambre qu'elle avait, qui était fort jolie et qui s'appelait Agathe. Cet avantage si grand, comme vous voyez, que je me trouvais avoir sur Lionne, fut la principale cause pour laquelle je ne fis pas assez de cas des avances qu'il m'avait faites par M. de Montrésor. Il ne m'en devait pas empêcher, et j'eus tort. Deux choses contribuèrent à me faire faire cette faute.

La première fut le plaisir que nous avions tous les soirs, Croissy, Châtillon et moi, à tourner le cocu en ridicule ; et j'observai, quoique trop tard, en ce rencontre, ce que j'ai encore remarqué en d'autres, qu'il faut s'appliquer avec soin dans les grandes affaires à se défendre du goût que l'on y trouve encore plus que dans les autres à la plaisanterie : elle y amuse, elle y chatouille, elle y flatte ; ce goût en plus d'une occasion, a coûté cher à Monsieur le Prince. L'autre incident qui m'aigrit d'abord contre Lionne fut qu'au sortir du conclave il envoya, par ordre exprès de la cour, à ce qu'il m'a dit depuis à Saint-Germain, un expéditionnaire appelé La Borne, qui était celui du cardinal Mazarin, au palais de Notre-Dame-de-Lorette, dans lequel je logeais, avec une signification en forme, par laquelle il était ordonné à tous mes domestiques sujets du Roi, sous peine de crime de lèse-majesté, de me quitter comme rebelle à Sa Majesté et traître à ma patrie. Ces termes me fâchèrent. Le nom du Roi sauva l'expéditionnaire de l'insulte ; mais le chevalier de Bois-David, qui était à moi, jeune et folâtre, lui fit, comme il sortait, quelque commémoration de cornes, très applicable au sujet. Ainsi l'on s'engage souvent plus par un mot que par une chose ; et cette réflexion m'a obligé de me dire à moi-même, plus d'une fois, que l'on ne peut assez peser les moindres mots dans les plus grandes affaires. Je reviens à la lettre que Croissi m'apporta à Grotta-Ferrata.

J'en fus surpris, mais de cette sorte de surprise qui n'émeut point. J'ai toute ma vie senti que ce qui est incroyable a fait toujours cet effet en moi. Ce n'est pas que je ne sache que ce qui est incroyable est souvent vrai ; mais comme il ne doit pas l'être dans l'ordre de la prévoyance, je n'ai jamais pu en être touché, parce que j'en ai toujours considéré les événements comme des coups de foudres, qui ne sont pas ordinaires, mais qui peuvent toujours arriver. Nous fîmes toutefois de grandes réflexions, Croissi, l'abbé Charrier et moi, sur cette lettre. J'envoyai celui-ci à Rome en communiquer le contenu à M. le cardinal Azzolin, qui ne fit pas grand cas des paroles du Pape, sur lesquelles M. de Lionne faisait tant de fondement, et qui dit à l'abbé Charrier, très habilement et très subtilement, qu'il était persuadé que Lionne, qui avait intérêt de couvrir ou plutôt de déguiser et de déparer[1] à la cour de France la prise du *pallium*, grossissait les paroles et les promesses de Sa Sainteté, « qui d'ailleurs, ajouta Azzolin, est le premier homme du monde à trouver des expressions qui montrent tout et qui ne donnent rien ». Il me conseilla de retourner à Rome, de faire bonne mine, de continuer à témoigner au Pape une parfaite confiance et en sa justice et en sa bonne volonté, et d'aller mon chemin comme si je ne savais rien de ce qu'il avait dit à Lionne. Je le crus, j'en usai ainsi.

Je déclarai, en y arrivant, selon ce que mes amis m'avaient conseillé devant que j'en sortisse, que j'avais tant de respect pour le nom du Roi, que je souffrirais toutes choses sans exception de tous ceux qui auraient le moins du monde de son caractère ; que non pas seulement M. de Lionne, mais que même M. Gueffier, qui était simple agent de France[2], vivraient avec moi comme il leur plairait ; que je leur ferais toujours dans les rencontres toutes les civilités qui seraient en mon pouvoir, que pour ce qui était de Messieurs les Cardinaux mes confrères, j'observerais la même règle, parce que j'étais persuadé qu'il ne pouvait y avoir aucune raison au monde capable de dispenser les ecclésiastiques de tous les devoirs, même extérieurs, de l'union et de la charité qui doit être entre eux ; que cette règle, qui est de l'Évangile et par conséquent bien supérieure à celle des cérémoniaux, m'apprenait que je ne devais pas prendre garde avec eux s'ils étaient mes aînés, s'ils étaient mes cadets ; que je m'arrêterais également devant eux, sans faire réflexion s'ils me rendraient la pareille ou s'ils ne me la rendraient pas, s'ils me salueraient ou s'ils ne me salueraient point ; que pour ce qui était des particuliers qui n'auraient point de caractère particulier du Roi, et qui ne rendraient point en ma personne le respect qu'ils devaient à la pourpre, je ne pourrais pas avoir la même conduite, parce qu'elle tournerait au déchet[1] de sa dignité par les conséquences que ces gens du monde ne manquent jamais de tirer à leur avantage contre les prérogatives de l'Église ; que comme toutefois je me sentais, et par mon inclination et par mes maximes, très éloigné de tout ce qui pouvait avoir le moindre air de violence, j'ordonnerais à mes gens de n'en faire aucune aux premiers de ceux qui manqueraient à ce qu'ils me devaient, et que je me contenterais qu'ils coupassent les jarrets aux chevaux de leurs carrosses. Vous croyez aisément que personne ne s'exposa à recevoir un affront de cette nature. La plupart des Français s'arrêtèrent devant moi ; ceux qui crurent devoir obéir aux ordres de M. le cardinal d'Est évitèrent avec soin de me rencontrer dans les rues.

Le Pape, à qui le cardinal Bichi grossit beaucoup la déclaration publique que j'avais faite sur la conduite que je prendrais, m'en parla sur un ton de réprimande, en me disant que je ne devais pas menacer ceux qui obéiraient aux ordres du Roi. Comme je connaissais déjà sa manière toute artificieuse, je crus que je ne devais répondre que d'une façon qui l'obligeât lui-même à s'expliquer, ce qui est une règle infaillible pour agir avec les gens de ce caractère. Je lui dis que je lui étais sensiblement obligé de la bonté qu'il avait de me donner ses ordres ; que je souffrirais dorénavant tout du moindre Français, et qu'il me suffirait, pour me justifier dans le sacré collège, que je pusse dire que c'était par commandement de Sa Sainteté. Le Pape reprit ce mot avec chaleur, et il me répondit : « Ce n'est pas ce que je veux dire. Je ne prétends pas que l'on ne rende pas ce que l'on doit à la pourpre ; vous allez d'une extrémité à l'autre. Gardez-vous bien d'aller faire ce discours dans Rome. » Je ne repris pas avec moins de promptitude ces paroles du Pape ; je le suppliai de me pardonner si je n'avais pas bien pris son sens. Je présumai qu'il approuvait le gros de la conduite que j'avais prise, et qu'il ne m'en avait recommandé que le juste tempérament. Il ne crut pas qu'il me dût dire qu'il avait un peu son compte[1] en ce qu'il m'avait parlé amphibologiquement ; j'avais le mien en ce que je n'étais pas obligé de changer mon procédé. Ainsi finit mon audience, au sortir de laquelle je fis les éloges de Sa Sainteté à *Monsignor il maestro di camera,* qui m'accompagnait. Il le dit le soir au Pape, qui lui répondit avec une mine refrognée : *Questi maledetti Francesi sono più furbi di noi altri*[2]. Ce maître de chambre, qui était monsignor Bandinelli qui fut depuis cardinal, le dit deux jours après au P. Hilarion, abbé de Sainte-Croix-en-Jérusalem, de qui je le sus. Je continuai à vivre sur ce pied jusqu'à un voyage que je fis aux eaux de Saint-Cassien, qui sont en Toscane[3], pour essayer de me remettre d'une nouvelle incommodité qui m'était survenue à l'épaule par ma faute.

Je vous ai déjà dit que le plus fameux chirurgien de Rome n'avait pu réussir à la remettre, quoiqu'il me l'eût démise de nouveau pour cet effet. Je me laissai enjôler par un paysan des terres du prince Borghèse, sur la parole d'un gentilhomme de Florence, mon allié, de la maison de Mazzinghi, qui m'assura qu'il avait vu des guérisons prodigieuses de la façon de ce charlatan. Il me démit l'épaule pour la troisième fois, avec des douleurs incroyables, mais il ne la rétablit point. La faiblesse qui me resta de cette opération, m'obligea de recourir aux eaux de Saint-Cassien, qui ne me furent que d'un médiocre soulagement. Je revins passer le reste de l'été à Caprarole[4], qui est une fort belle maison à quarante milles de Rome, et qui est à M. de Parme, et j'y attendis la *rinfrescata*[5], après laquelle je retournai à Rome, où je trouvai le Pape aussi changé sur toutes choses, sans exception, qu'il me l'avait déjà paru pour moi. Il ne tenait plus rien de sa prétendue piété que son sérieux quand il était à l'église : je dis son sérieux et non pas sa modestie, car il paraissait beaucoup d'orgueil dans sa gravité. Il ne continua pas seulement l'abus du népotisme, en faisant venir ses parents à Rome ; il le consacra en le faisant approuver par les cardinaux, auxquels il en demanda leur avis en particulier, pour n'être point obligé de suivre celui qui pourrait être contraire à sa volonté. Il était vain jusqu'au ridicule et au point de se piquer de sa noblesse, comme un petit noble de la campagne à qui les élus[1] la contesteraient. Il était envieux de tout le monde sans exception. Le cardinal Cesi disait qu'il le ferait mourir de colère, à force de lui dire du bien de saint Léon. Il est constant que monsignor Magalotti se brouilla presque avec lui, parce qu'il lui parut qu'il croyait mieux savoir *la Crusca*[2]. Il ne disait pas un mot de vérité; et le marquis Riccardi, ambassadeur de Florence, écrivit au grand-duc ces propres paroles, à la fin d'une dépêche qu'il me montra: *In fine, Serenissimo Signore, habbiamo un papa chi non dice mai una parola di verità*[3].

Il était continuellement appliqué à des bagatelles. Il osa proposer un prix public pour celui qui trouverait un mot latin pour exprimer «chaise roulante», et il passa une fois sept ou huit jours à chercher si *mosca* venait de *musca*, ou si *musca* venait de *mosca*[4]. M. le cardinal Imperiali m'ayant dit le détail de ce qui s'était passé en deux ou trois académies, qui s'étaient tenues sur ce digne sujet, je crus qu'il exagérait pour se divertir; et je perdis cette pensée dès le lendemain; car le Pape nous ayant envoyé querir, M. le cardinal Rapaccioli et moi, et nous ayant commandé de monter avec lui dans son carrosse, il nous tint, trois heures entières que la promenade dura, sur les minuties les plus fades que la critique la plus basse d'un petit collège eût pu produire; et Rapaccioli, qui était un fort bel esprit, me dit, quand nous fûmes sortis de sa chambre, où nous le reconduisîmes, qu'aussitôt qu'il serait arrivé chez lui, il distillerait le discours du Pape pour voir ce qu'il pourrait tirer de bon sens d'une conversation de trois heures, dans laquelle il avait toujours parlé tout seul. Il eut une affectation, quelques jours après, qui parut être d'une grande puérilité. Il mena tous les cardinaux aux sept églises[5], et comme le chemin était trop long pour le pouvoir faire, avec un aussi grand cortège, dans le cours d'une matinée, il leur donna à dîner dans le réfectoire de Saint-Paul, et il les fit servir à portion à part, comme l'on sert les pèlerins dans le temps du jubilé. Véritablement, toute la vaisselle d'argent qui fut employée, avec profusion, à ce service fut faite exprès et d'une forme qui avait rapport aux ustensiles ordinaires des pèlerins. Je me souviens, entre autres, que les vases dans lesquels l'on nous servit le vin étaient tout à fait semblables aux calebasses de Saint-Jacques[1].

Mais rien ne fit plus paraître, à mon sens, son peu de solidité, que le faux honneur qu'il se voulut donner de la conversion de la reine de Suède[2]. Il y avait plus de dix-huit mois qu'elle avait abjuré son hérésie, quand elle prit la pensée de venir à Rome. Aussitôt que le pape Alexandre l'eut appris, il en donna part au sacré collège en plein consistoire, par un discours fort étudié. Il n'y oublia rien pour nous faire entendre qu'il avait été l'unique instrument dont Dieu s'était servi pour cette conversion. Il n'y eut personne dans Rome qui ne fût très bien informé du contraire ; et jugez, s'il vous plaît, de l'effet qu'une vanité aussi mal entendue y put produire. Il ne vous sera pas difficile de concevoir que ces manières de Sa Sainteté ne me devaient pas donner une grande idée de ce que je pouvais espérer de sa protection ; et je reconnus de plus, en peu de jours, que sa faiblesse pour les grandes choses augmentait à la mesure de son attachement aux petites.

L'on fait tous les ans un anniversaire[3] pour l'âme de Henri le Grand, dans l'église de Saint-Jean-de-Latran, où les ambassadeurs de France et les cardinaux de la faction ne manquent jamais d'assister. Le cardinal d'Est prit en gré de déclarer qu'il ne m'y souffrirait pas. Je le sus ; je demandai audience au Pape pour l'en avertir. Il me la refusa, sous prétexte qu'il ne se portait pas bien. Je lui fis demander ses ordres sur cela par monsignor Febei, qui n'en put rien tirer que des réponses équivoques. Comme je prévoyais que s'il arrivait là quelque fracas entre M. le cardinal d'Est et moi, où il y eût le moins du monde de sang répandu, le Pape ne manquerait pas de m'accabler, je n'oubliai rien de tout ce que je pus faire honnêtement pour m'attirer un commandement pour ne me point trouver à la cérémonie. Comme je n'y pus pas réussir et que je ne voulus pas d'ailleurs me dégrader moi-même du titre de cardinal français, en m'excluant des fonctions qui étaient particulières à la nation, je me résolus de m'abandonner.

J'allai à Saint-Jean-de-Latran, fort accompagné. J'y

pris ma place, j'assistai au service, je saluai fort civilement, et en entrant et en sortant, Messieurs les Cardinaux de la faction. Ils se contentèrent de ne me pas rendre le salut, et je revins chez moi très satisfait d'en être quitte à si bon marché. J'eus une pareille aventure à Saint-Louis, où le sacré collège se trouvait le jour de la fête du patron de cette église[1]. Comme j'avais su que La Bussière, qui est présentement maître de chambre des ambassadeurs à Rome et qui était, en ce temps-là, écuyer de M. de Lionne, avait dit publiquement que l'on ne m'y souffrirait pas, je fis toutes mes diligences pour obliger le Pape à prévenir ce qui pourrait arriver. Je lui en parlai à lui-même, même avec force ; il ne se voulut jamais expliquer. Ce n'est pas que, d'abord que je lui en parlai, il ne me dit qu'il ne voyait pas ce qui me pouvait obliger à me trouver à des cérémonies dont je me pouvais fort honnêtement excuser sur les défenses que le Roi avait faites de m'y recevoir ; mais comme je lui dis que si je reconnaissais ces ordres comme des ordres du Roi, je ne voyais pas moi-même comme je me pourrais défendre d'obéir à ceux par lesquels Sa Majesté commandait tous les jours de ne me point reconnaître pour archevêque de Paris, il tourna tout court. Il me dit que c'était à moi à me consulter ; il me déclara qu'il ne défendrait jamais à un cardinal d'assister aux fonctions du sacré collège, et je sortis de mon audience comme j'y étais entré. J'allai à Saint-Louis en état d'y disputer le pavé. La Bussière arracha de la main du curé l'aspergès[2], comme il me voulait présenter l'eau bénite, qu'un gentilhomme à moi m'apportait. M. le cardinal Antoine ne me fit pas le compliment que l'on fait, en ces occasions, à tous les autres cardinaux. Je ne laissai pas de rendre ma place, d'y demeurer durant tout le temps de la cérémonie et de me maintenir par là à Rome dans le poste et dans le train de cardinal français.

La dépense qui était nécessaire pour cet effet n'était pas la moindre des difficultés que j'y trouvais. Je n'étais plus à la tête d'une grande faction, que j'ai toujours comparée à une nuée, dans laquelle chacun se figure ce qu'il lui plaît. La plupart des hommes me considéraient, dans les mouvements de Paris, comme un sujet tout propre à profiter de toutes les révolutions ; mes racines étaient bonnes, chacun en espérait du fruit, et cet état m'attirait des offres immenses, et telles, que si je n'eusse eu encore plus d'aversion à emprunter que je n'avais d'inclination à dépenser, j'aurais compté, dans la suite, mes dettes par plus de millions d'or, que je ne les ai comptées par des millions de livres. Je n'étais pas à Rome dans la même posture : j'y étais réfugié et persécuté par mon Roi ; j'y étais maltraité par le Pape. Les revenus de mon archevêché et de mes bénéfices étaient saisis. On avait fait des défenses expresses à tous les banquiers français de me servir ; l'on avait poussé l'aigreur jusqu'au point d'avoir demandé des paroles de ne me point assister à ceux que l'on avait sujet de croire le pouvoir et le vouloir faire. L'on avait même affecté, pour me décréditer, de déclarer à tous mes créanciers que le Roi ne permettrait jamais qu'ils touchassent un double[1] de tout ce qui était de mes revenus sous sa main. L'on avait de plus affecté de dissiper ces revenus avec une telle profanation que deux bâtards de l'abbé Fouquet étaient publiquement nourris et entretenus, chez la portière de l'archevêché, sur un fonds qui était pris de cette recette. L'on n'avait oublié aucune des précautions qui pouvaient empêcher mes fermiers de me secourir, et l'on avait pris toutes celles qui devaient obliger mes créanciers à m'inquiéter, par des procédures, qui leur eussent été inutiles dans le temps, mais dont les frais eussent retombé sur moi dans la suite.

L'application que l'abbé Fouquet eut sur ce dernier article ne lui réussit qu'à l'égard d'un boucher, aucun de mes autres créanciers n'ayant voulu branler. Celle du cardinal Mazarin eut plus d'effet sur les autres chefs. Les receveurs de l'archevêché ne m'assistèrent que faiblement ; quelques-uns même de mes amis prirent le prétexte des défenses du Roi, pour s'excuser de me secourir. M. et Mme de Liancourt envoyèrent à Monsieur de Châlons deux mille écus, quoiqu'ils en eussent offert vingt [mille] à mon père, de qui ils étaient les plus particuliers et les plus intimes amis ; et leur excuse fut la parole qu'ils avaient donnée à la Reine. L'abbé Amelot[2], qui se mit à la tête d'être évêque par la faveur de M. le cardinal Mazarin, répondit à ceux qui lui voulurent persuader de m'assister, que j'avais tant témoigné de distinction à M. de Caumartin, dans la visite qu'ils m'avaient rendue l'un et l'autre à Nantes, qu'il ne croyait pas qu'il se dût brouiller pour moi avec lui, au moment qu'il lui donnait des marques d'une estime particulière ; et M. de Luynes, avec lequel j'avais fait une amitié assez étroite depuis le siège de Paris, crut qu'il y satisferait en me faisant toucher six mille livres. Enfin MM. de Châlons, Caumartin, Bagnols et de La Houssaye, qui eurent la bonté de prendre, en ce temps-là, le soin de ma subsistance, s'y trouvèrent assez embarrassés, et l'on peut dire qu'ils ne rencontrèrent de véritables secours qu'en M. de Mannevillette, qui leur donna pour moi vingt-quatre mille livres ; M. Pinon du Martray, qui leur en fit toucher dix-huit mille ; Mme d'Asserac, qui en fournit autant ; M. d'Hacqueville, qui, du peu qu'il avait pour lui-même, en donna cinq ; Mme de Lesdiguières, qui en prêta cinquante mille ; M. de Brissac, qui en envoya six mille. Ils trouvèrent le reste dans leur propre fonds. MM. de Châlons et de La Houssaye en donnèrent quarante mille ; M. de Caumartin cinquante-cinq mille ; M. de Rais, mon frère, suppléa, même avec bonté, au reste ; et il l'eût fait encore de meilleure grâce, si sa femme eût eu autant d'honnêteté et autant de bon naturel que lui. Vous me direz peut-être qu'il est étonnant qu'un homme qui paraissait autant abîmé[1] que moi dans la disgrâce ait pu trouver d'aussi grandes sommes ; et je vous répondrai qu'il l'est encore sans comparaison beaucoup davantage que l'on ne m'en ait pas offert de plus considérables, après les engagements qu'un nombre infini de gens avaient avec moi.

J'insère, par reconnaissance, dans cet ouvrage, les noms de ceux qui m'ont assisté. J'y épargne, par honnêteté, la plupart de ceux qui m'ont manqué, et j'y aurais même supprimé avec joie les autres que j'y nomme si l'ordre que vous m'avez donné, de laisser des *Mémoires*[2] qui pussent être de quelque instruction à messieurs vos enfants[3], ne m'avait obligé à ne pas ensevelir tout à fait dans le silence un détail qui leur peut être de quelque utilité. Ils sont d'une naissance qui peut les élever assez naturellement aux plus grandes places, et rien n'est, à mon sens, plus nécessaire à ceux qui s'y peuvent trouver que d'être informés, dès leur enfance, qu'il n'y a que la continuation du bonheur qui fixe la plupart des amitiés. J'avais le naturel assez bon pour ne le pas croire, quoique tous les livres me l'eussent déclaré. Il n'est pas concevable combien j'ai fait de fautes sur le principe contraire ; et j'ai été vingt fois sur le point, dans ma disgrâce, de manquer du plus nécessaire, parce que je n'avais jamais appréhendé, dans mon bonheur, de manquer du superflu. C'est par la même considération de messieurs vos enfants que j'entrerai dans une minutie qui ne serait pas, sans cette raison, digne de votre attention. Vous ne pouvez pas vous imaginer ce que c'est que l'embarras domestique[1] dans les disgrâces. Il n'y a personne qui ne croie faire honneur à un malheureux quand il le sert. Il y a très peu d'honnêtes gens à cette épreuve, parce que cette disposition, ou plutôt cette indisposition, se coule si imperceptiblement dans les esprits de ceux qu'elle domine, qu'ils ne la sentent pas eux-mêmes ; et elle est de la nature de l'ingratitude. J'ai fait souvent réflexion sur l'un et l'autre de ces défauts[2], et j'ai trouvé qu'ils ont cela de commun, que la plupart de ceux qui les ont ne soupçonnent pas seulement qu'ils les aient. Ceux qui sont atteints du second ne s'en aperçoivent pas, parce que la même faiblesse qui les y porte, les porte aussi, comme par un préalable, à diminuer dans leur propre imagination le poids de l'obligation qu'ils ont à leur bienfaiteur. Ceux qui sont sujets au premier ne s'en doutent pas davantage, parce que la complaisance qu'ils trouvent à s'être attachés avec fidélité à une fortune qui n'est pas bonne fait qu'ils ne connaissent pas eux-mêmes le chagrin qu'ils en ont plus de dix fois par jour.

Mme de Pommereux m'écrivit un jour, à propos d'un malentendu qui était arrivé entre MM. de Caumartin et La Houssaye, que les amis des malheureux étaient un peu difficiles ; elle devait ajouter : et les domestiques[3]. La familiarité, de laquelle un grand seigneur qui est honnête homme se défend moins qu'un autre, diminue insensiblement du respect dont l'on ne se dispense jamais dans l'exercice journalier de la grandeur. Cette familiarité produit, au commencement, la liberté de parler : celle-là est bientôt suivie de la liberté de se plaindre. La véritable sève de ces plaintes, c'est l'imagination que l'on a, que l'on serait bien mieux ailleurs qu'auprès d'un disgracié. L'on ne s'avoue pas à soi-même cette imagination, parce que l'on connaît qu'elle ne conviendrait pas à l'engagement d'honneur que l'on a pris, ou au fond de l'affection que l'on ne laisse pas assez souvent de conserver dans ces indispositions. Ces raisons font que l'on se déguise, même de bonne foi, ce que l'on sent dans le plus intérieur de son cœur, et que le chagrin que l'on a de la mauvaise fortune à quoi l'on a part prend, à tout moment, d'autres objets. La préférence de l'un à l'autre, souvent nécessaire et même inévitable en mille et mille occasions, leur paraît toujours une injustice. Tout ce que le maître fait pour eux, même de plus difficile, n'est que devoir ; tout ce qu'il ne fait pas, même de plus impossible, est ingratitude ou dureté ; et ce qui est encore pis que tout ce que je viens de vous dire est que le remède qu'un véritable bon cœur veut apporter à ces inconvénients aigrit le mal au lieu de le guérir, parce qu'il le flatte. Je m'explique.

Comme j'avais toujours vécu avec mes domestiques comme avec mes frères, je ne m'étais pas seulement imaginé que je pusse jamais trouver parmi eux que de la complaisance et que de la douceur. Je commençai à m'apercevoir dans la galère[1] que la familiarité a beaucoup d'inconvénients ; mais je crus que je pourrais remédier à ces inconvénients par le bon traitement ; et le premier pas que je fis, en arrivant à Florence, fut de partager avec ceux qui m'avaient suivi dans mon voyage, et avec les autres qui m'avaient joint par le chemin, l'argent que le grand-duc m'avait prêté. Je leur donnai à chacun six-vingts pistoles, proprement pour s'habiller, et je fus très étonné, en arrivant à Rome, de les trouver, au moins pour la plupart, sur le pied gauche[2] et dans des prétentions, sur plusieurs chefs, sans comparaison plus grandes que l'on ne les a dans les maisons des premiers ministres. Ils trouvèrent mauvais que l'on ne tapissât pas de belles tapisseries les chambres que l'on leur avait marquées dans mon palais. Cette circonstance n'est qu'un échantillon de cent et cent de cette nature ; et c'est tout vous dire, que les choses en vinrent au point, et par leur murmure et par leur division, qui suit toujours de fort près les murmures, que je fus obligé, pour ma propre satisfaction, de faire un mémoire exact, dans le grand loisir que j'avais aux eaux de Saint-Cassien, de ce que j'avais donné à mes gentilshommes depuis que j'étais arrivé à Rome, et que je trouvai que si j'avais été loger dans le Louvre, à l'appartement de M. le cardinal Mazarin, il ne m'aurait pas, à beaucoup près, tant coûté. Boisguérin[1] seul, qui fut à la vérité fort malade à Saint-Cassien et que j'y laissai avec ma litière et mon médecin, me coûta, en moins de quinze mois qu'il fut auprès de moi, cinq mille huit cents livres d'argent déboursé et mis entre ses mains. Il n'en eût peut-être pas tant tiré, s'il eût été domestique de M. le cardinal Mazarin. Sa santé l'obligea de changer d'air et de revenir en France, où il ne me parut pas, depuis, qu'il se ressouvînt beaucoup de la manière dont je l'avais traité. Je suis obligé de tirer de ce nombre de murmurateurs domestiques Malcler[2], qui a l'honneur d'être connu de vous, qui toucha de moi beaucoup moins que les autres, parce qu'il ne se trouva pas, par hasard, dans le temps des distributions. Il était continuellement en voyage, comme vous verrez dans la suite de cette narration, et je suis obligé de vous dire, pour la vérité, que je ne lui vis jamais un moment de chagrin ni d'intérêt. M. l'abbé de Lamet[3], mon maître de chambre, qui n'a jamais voulu toucher un sol de moi dans tout le cours de ma disgrâce, était moins capable du dernier qu'homme que je connaisse ; son humeur, naturellement difficultueuse, faisait qu'il était assez susceptible du premier, parce qu'il était échauffé par Joly, qui, avec un bon cœur et des intentions très droites, a une sorte de travers dans l'esprit, tout à fait contraire à la balance qu'il est nécessaire de tenir bien droite dans l'économie, ou plutôt dans le gouvernement d'une grande maison. Ce n'était pas sans peine que je me ménageais entre ces deux derniers et l'abbé Charrier, entre lesquels la jalousie était assez naturelle. Celui-ci penchait absolument vers l'abbé Bouvier, mon agent, et expéditionnaire à la cour de Rome, auquel toutes mes lettres de change étaient adressées. Joly prit parti pour l'abbé Rousseau, qui, comme frère de mon intendant, prétendait qu'il devait faire l'intendance, de laquelle, à la vérité, il n'était pas capable.

Je vous fais encore des excuses de vous entretenir de toutes ces bagatelles, sur lesquelles d'ailleurs vous ne doutez pas que je n'épargnasse avec joie les petits défauts de ceux que je viens de vous marquer, quand il vous plaira de faire réflexion qu'ils ne m'ont pas empêché de faire, pour mes domestiques, sans exception, ce qui a été en mon pouvoir, depuis que je suis de retour en France. Je ne touche, comme je vous ai dit, cette matière, que parce que messieurs vos enfants ne la trouveront peut-être en lieu du monde si spécifiée, et je ne l'ai jamais rencontrée, au moins particularisée, dans aucun livre. Vous me demanderez peut-être quel fruit je prétends qu'ils en tirent ? Le voici. Qu'ils fassent réflexion, une fois la semaine, et qu'il est de la prudence de ne pas toujours s'abandonner à toute sa bonté, et qu'un grand seigneur, qui n'en peut jamais trop avoir dans le fond de son âme, la doit, par bonne conduite, cacher avec soin dans son cœur, pour en conserver, particulièrement dans la disgrâce, la dignité. Il n'est pas croyable ce que ma facilité naturelle, si contraire à cette maxime, m'a coûté de chagrins et de peines. Je crois que vous voyez suffisamment, par ces échantillons, la difficulté du personnage que je soutenais.

Vous l'allez encore mieux concevoir par le compte que je vous supplie de me permettre que je vous rende de la conduite que je fus obligé de prendre, en même temps, du côté de France.

Aussitôt que je fus sorti du château de Nantes, M. le cardinal Mazarin fit donner un arrêt du conseil du Roi, par lequel il était défendu à mes grands vicaires de décerner aucuns[1] mandements sans en avoir communiqué au conseil de Sa Majesté. Quoique cet arrêt tendît à ruiner la liberté qui est essentielle au gouvernement de l'Église, l'on pouvait prétendre que ceux qui le rendaient affectaient de sauver quelques apparences, d'ordre et de discipline, en ce qu'au moins ils reconnaissaient ma juridiction. Ils rompirent bientôt toutes mesures, en déclarant, par un autre arrêt donné à Péronne[1], mon siège vacant, ce qui arriva un mois ou deux auparavant que le Saint-Siège le déclarât rempli en me donnant le *pallium* de l'archevêché de Paris en plein consistoire. L'on manda, en même temps, à la cour, MM. Chevalier et L'Advocat, chanoines de Notre-Dame, mes grands vicaires[2], et l'on se servit du prétexte de leur absence pour forcer le chapitre à prendre l'administration de mon diocèse[3]. Ce procédé si peu canonique ne scandalisa pas moins l'Église de Rome que celle de France. Les sentiments de l'une et de l'autre se trouvèrent conformes de tout point. Je les observai, et même les fortifiai avec application ; et après que je leur eus laissé tout le temps que je crus nécessaire, vu le flegme[4] du pays où j'étais, pour purger ma conduite de tout air de précipitation, j'en formai une lettre que j'écrivis au chapitre de Notre-Dame de Paris, et que j'insérerai ici, parce qu'elle vous fera connaître d'une vue, ce qui se passa depuis ma liberté à cet égard[5].

« Messieurs,
« Comme l'une des plus grandes joies que je ressentis, aussitôt après que Dieu m'eut rendu la liberté, fut de recevoir les témoignages si avantageux d'affection et d'estime que vous me rendîtes, et en particulier par la réponse obligeante que vous fîtes d'abord à la lettre que je vous avais écrite, et en public par les publiques actions de grâces que vous offrîtes à Dieu pour ma délivrance, je vous puis aussi assurer que, parmi tant de traverses et de périls que j'ai courus depuis, je n'ai point eu d'affliction plus sensible que d'apprendre les tristes nouvelles de la manière dont on a traité votre compagnie pour la détacher de mes intérêts, qui ne sont autres que ceux de l'Église, et vous faire abandonner, par des résolutions forcées et involontaires, celui dont vous aviez soutenu le droit et l'autorité avec tant de vigueur et tant de constance.

« La fin qu'il a plu à Dieu de donner à mes voyages et à mes travaux, en m'amenant dans la capitale du royaume de Jésus-Christ et l'asile le plus ancien et le plus sacré de ses ministres persécutés par les grands du monde, n'a pu me faire oublier ce qu'on a fait dans Paris pour vous assujettir ; et l'accueil si favorable que m'avait daigné faire le chef de tous les évêques et le père de tous les fidèles, avant que Dieu le retirât de ce monde, ces marques si publiques et si glorieuses de bonté et d'affection, dont il lui avait plu d'honorer mon exil et mon innocence, et la protection apostolique qu'il m'avait fait l'honneur de me promettre avec tant de tendresse et de générosité[1], n'ont pu entièrement adoucir l'amertume que m'a causée, depuis six mois, l'état déplorable auquel votre compagnie a été réduite.

« Car, comme les marques extraordinaires de votre fidèle amitié vers moi ont attiré sur vous leur aversion, et qu'on ne vous a persécutés que parce que vous vous étiez toujours opposés à la persécution que je souffrais, j'ai été blessé dans le cœur de toutes les plaies que votre corps a reçues ; et la même générosité qui m'oblige à conserver jusqu'à la fin de ma vie des sentiments tout particuliers de reconnaissance et de gratitude pour vos bons offices m'oblige maintenant encore davantage à ressentir des mouvements non communs de compassion et de tendresse pour vos afflictions et pour vos souffrances.

« J'ai appris, Messieurs, avec douleur, que ceux qui, depuis ma liberté, m'ont fait un crime de votre zèle pour moi, ne m'ont reproché, par un écrit public et diffamant, d'avoir fait faire dans la ville capitale des actions scandaleuses et injurieuses à Sa Majesté, que parce que vous aviez témoigné à Dieu, par l'un des cantiques de l'Église, la joie que vous aviez de ma délivrance, après la lui avoir demandée par tant de prières[2]. J'ai su que cette action de votre piété, qui a réjoui tous ceux qui étaient affligés du violement de la liberté ecclésiastique par la détention d'un cardinal et d'un archevêque, a tellement irrité mes ennemis, qu'ils en ont pris occasion de vous traiter de séditieux et de perturbateurs du repos public ; qu'ils se sont servis de ce prétexte pour faire mander en cour mes deux grands vicaires et autres personnes de votre corps, sous ombre de[3] leur faire rendre compte de leurs actions, mais, dans la vérité, pour les exposer au mépris, pour les outrager par les insultes et les moqueries, et les abattre, si ils pouvaient, par les menaces.

« Mais ce qui m'a le plus touché a été d'apprendre que cette première persécution, qu'on a faite à mes grands vicaires et à quelques autres de vos confrères, n'a servi que de degré pour se porter ensuite à une plus grande, qu'on a faite à tout votre corps. On ne les a écartés que pour l'affaiblir, et prendre le temps de leur exil pour vous signifier un arrêt du 22 d'août dernier, par lequel des séculiers, usurpant l'autorité de l'Église, déclarent mon siège vacant, et vous ordonnent, ensuite de cette vacance prétendue, de nommer, dans huit jours, des grands vicaires pour gouverner mon diocèse, en la place de ceux que j'avais nommés, avec menaces qu'il y serait pourvu autrement, si vous refusiez de le faire.

« Je ne doute point que vous n'ayez tous regardé la seule proposition d'une entreprise si outrageuse à la dignité épiscopale comme une injure signalée qu'on faisait à l'Église de Paris, en lui témoignant par cette ordonnance qu'on la jugeait capable de consentir à un si honteux asservissement de l'épouse de Jésus-Christ, à une si violente usurpation de l'autorité ecclésiastique par une puissance séculière, qui est toujours vénérable en se tenant dans ses légitimes bornes, et à une dégradation si scandaleuse de votre archevêque.

« Mais aussi, parce qu'on savait combien de vous-mêmes vous étiez éloignés de vous porter à rien de semblable, j'ai su qu'outre cette absence de vos confrères, on s'était servi de toutes sortes de voies pour gagner les uns, pour intimider les autres et pour affaiblir ceux mêmes qui seraient les plus désintéressés en leur particulier, par l'appréhension de perdre vos droits et vos privilèges. Et afin que tout fût conforme à ce même esprit, j'apprends, par la lecture de l'acte de signification de cet arrêt qui m'a été envoyé, que deux huissiers à la chaîne[1], étant entrés dans votre assemblée, déclarèrent qu'ils vous signifiaient cet arrêt par exprès commandement, à ce que vous n'en prétendissiez cause d'ignorance et que vous eussiez à obéir ; et, parce que l'on sait que les premières impressions de la crainte et de la frayeur sont toujours les plus puissantes, ne voulant point vous laisser de temps pour vous reconnaître, ils vous enjoignirent de délibérer à l'heure même sur cet arrêt, vous déclarant qu'ils ne sortiraient point du lieu jusques à ce que vous l'eussiez fait.

« Cependant il y a sujet de louer Dieu de ce que ce procédé si extraordinaire a rendu encore plus visible à tout le monde l'outrage que mes ennemis ont voulu faire à l'Église en ma personne. Quelque violence qu'on ait employée pour vous empêcher d'agir selon les véritables mouvements de votre cœur, et quelque frayeur qu'on ait répandue dans les esprits, on n'a pu vous faire consentir à cette sacrilège dégradation d'un archevêque par un tribunal laïque; et le refus que vous en avez fait, malgré toutes les instances de mes ennemis, leur sera dans la postérité une conviction plus que suffisante de s'être emportés à des attentats si insupportables contre l'Église, que ceux mêmes qu'ils ont opprimés et réduits à n'avoir plus de liberté n'en ont pu concevoir que de l'horreur.

« Ainsi, au lieu de déclarer mon siège vacant, selon les termes de cet arrêt, vous avez reconnu que mes grands vicaires étaient les véritables et légitimes administrateurs de la juridiction spirituelle dans mon diocèse, et qu'il n'y avait qu'une violence étrangère qui les empêchait de l'exercer. Vous avez résolu de faire des remontrances au Roi pour leur retour aussi bien que pour le mien, et vous avez témoigné par là combien les plaies que l'on voulait faire à mon caractère vous étaient sensibles. Voilà votre véritable disposition. Tout ce qui s'est fait de plus ne doit être imputé qu'aux injustes violateurs des droits inviolables de l'Église.

« J'ai su, Messieurs, qu'il y a eu plusieurs d'entre vous qui sont demeurés fermes et immobiles dans cet orage, et qui ont conservé en partie l'honneur de votre corps par une courageuse résistance à toutes les entreprises de mes ennemis.

« Mais j'ai su encore que ceux qui n'ont pas été si fermes, et qui n'ont osé s'opposer ouvertement à l'injure qu'on voulait faire à leur archevêque, ne se sont laissés aller à cet affaiblissement que parce qu'on ne voulait pas leur permettre de suivre la loi de l'Église, mais les contraindre de se rendre à une nécessité qu'on prétendait n'avoir point de loi. Ils ont agi, non comme des personnes libres, mais comme des personnes réduites dans les dernières extrémités. Ils ont souffert, dans ce rencontre, le combat que décrit saint Paul, de la chair contre l'esprit; et ils peuvent dire sur ce sujet: "Nous n'avons pas fait le bien que nous voulions; mais nous avons fait le mal que nous ne voulions pas[1]."

« Tout le monde sait que, lorsqu'on vous a fait prendre l'administration spirituelle de mon diocèse, mes grands vicaires n'étaient que depuis peu de jours absents, et qu'il y avait sujet de croire qu'ils devaient être bientôt de retour. Or qui jamais ouït dire qu'un diocèse doive passer pour désert et abandonné, et qu'on doive obliger un chapitre à usurper l'autorité de son évêque quatre jours après qu'on aura mandé ses grands vicaires en cour ?

« Le passage même des décrétales[2] qu'on m'a écrit avoir été l'unique fondement de cet avis ne détruit-il pas clairement ce qu'on veut qu'il établisse ? *Si un évêque*, dit ce décret du pape Boniface VIII[3], *est pris par des païens ou des schismatiques, ce n'est pas le métropolitain*[4], *mais le chapitre, qui doit administrer le diocèse, dans le spirituel et le temporel, comme si le siège était vacant par mort, jusqu'à ce que l'évêque sorte d'entre les mains de ces païens ou de ces schismatiques et soit remis en liberté; ou que le Pape, à qui il appartient de pourvoir aux nécessités de l'Église, et que le chapitre doit consulter au plus tôt sur cette affaire, en ait ordonné autrement.*

« Voilà ce qu'est ce décret : c'est-à-dire voilà la condamnation formelle de tout ce qu'on a voulu entreprendre contre l'autorité que Dieu m'a donnée. Car si il y avait lieu de se servir de ce décret pour m'ôter l'exercice de ma charge, ç'aurait été lorsque j'étais en prison, puisqu'il ne parle que de ce qu'on doit faire lorsqu'un évêque est prisonnier: ce qu'on a été si éloigné de prétendre que, durant tout le temps de ma prison jusques au jour de ma délivrance, mes grands vicaires ont toujours paisiblement gouverné mon diocèse en mon nom et sous mon autorité. Et en effet, comment mes ennemis auraient-ils pu se servir de ce décret, sans vouloir prendre à l'égard de moi la place peu honorable des païens ou des schismatiques, qui, n'ayant point ou de crainte pour Dieu ou de respect pour l'Église, ne font point de conscience de persécuter les ministres de Dieu et les prélats de l'Église, et de les réduire à la servitude et à la misère d'une prison ?

« Que si l'on ne s'en est pas pu servir lorsque j'étais dans la captivité, parce que je n'étais pas retenu par des païens ou des schismatiques, qui est la seule espèce de ce décret, comment aurait-on pu s'en servir lorsque Dieu avait rompu mes liens, puisque le Pape y ordonne expressément que cette administration du chapitre ne doit durer que jusques à ce que l'évêque soit en liberté ? De sorte que, si vous aviez pris auparavant l'administration de mon diocèse, lorsque j'étais retenu captif (ce que vous n'avez jamais voulu faire), vous auriez dû nécessairement la quitter, selon la décision expresse de ce décret, aussitôt que Dieu m'a rendu ma liberté.

« Que si l'on prétend que l'absence d'un archevêque qui est libre, et les empêchements qu'une puissance séculière peut apporter aux fonctions de ses grands vicaires, donnent le même droit aux chapitres de prendre en main l'administration d'un diocèse que si l'évêque était captif parmi les schismatiques ou les infidèles, on prétend confondre des choses qui sont entièrement différentes : un évêque captif avec un évêque libre ; un évêque qui ne peut agir, ni par soi ni par autrui, avec un évêque qui le peut et qui le doit ; un chapitre, un clergé, un peuple qui ne peut recevoir aucuns ordres ni aucunes lettres de son évêque, avec un chapitre et un diocèse qui en peut recevoir et qui les doit recevoir avec respect, selon tous les canons de l'Église, lorsqu'il est reconnu pour évêque par toute l'Église.

« Quand un évêque est prisonnier entre les mains des infidèles, c'est une violence étrangère qui suspend les fonctions épiscopales, qui le met dans une impuissance absolue de gouverner son diocèse, et sur laquelle l'Église n'a aucun pouvoir ; mais ici, l'évêque étant libre comme je le suis, grâces à Dieu, il peut envoyer ses ordres et établir des personnes qui le gouvernent en son absence ; et les empêchements que la passion et l'animosité y voudraient apporter ne doivent être considérés que comme des entreprises et des attentats contre l'autorité épiscopale, auxquels des ecclésiastiques ne peuvent déférer sans trahir l'honneur et l'intérêt de l'Église. Et comme, lorsque la personne d'un évêque est captive parmi les infidèles, il n'y a rien que son Église ne doive faire pour le racheter, jusques à vendre les vases sacrés, si elle ne peut trouver autrement de quoi payer sa rançon : ainsi, lorsqu'on veut retenir, non sa personne, parce qu'on ne le peut pas, mais son autorité captive, son Église doit employer tout ce qu'elle a de pouvoir, non contre lui, mais pour lui ; non pour usurper son autorité, mais pour la défendre contre ceux qui la veulent anéantir.

« Car vous savez, Messieurs, que c'est dans ces rencontres de persécutions et de troubles que le clergé doit se tenir plus que jamais inséparablement uni avec son évêque ; et que, comme les mains se portent naturellement à la conservation de la tête, lorsqu'elle est menacée de quelque danger, les premiers ecclésiastiques d'un diocèse, qui sont les mains des prélats, par lesquels ils agissent et conduisent les peuples, ne doivent jamais s'employer avec plus de vigueur et plus de zèle à maintenir l'autorité de leur chef et de leur pasteur, que lorsqu'elle est plus violemment attaquée et que la puissance séculière se veut attribuer le droit d'interdire les fonctions ecclésiastiques à ses grands vicaires, et de faire passer en d'autres mains, selon qu'il lui plaît, l'administration de son diocèse.

« Mais si l'on peut dire qu'un évêque laisse son siège désert et abandonné, et qu'ainsi d'autres en peuvent prendre la conduite malgré lui parce qu'on le persécute et qu'on veut empêcher qu'il ne le gouverne par lui-même ou par ses officiers, tant de grands prélats, que diverses persécutions ou pour la foi ou pour de prétendus intérêts d'État et des querelles touchant la liberté de l'Église ont obligé autrefois de s'enfuir ou de se cacher, et qui ne laissaient pas cependant de gouverner leurs diocèses par leurs lettres et par leurs ordres, qu'ils envoyaient à leurs clergés et à leurs peuples, auraient dû demeurer tout ce temps-là sans autorité, comme des déserteurs de leurs sièges ; et leurs prêtres auraient eu droit de s'attribuer leur puissance, et de leur ôter par un détestable schisme l'usage de leur caractère.

« Le grand saint Cyprien, évêque de Carthage[1], pour n'apporter que ce seul exemple de l'antiquité, ayant vu la persécution qui s'allumait contre lui, et que les païens, dans l'amphithéâtre, avaient demandé qu'on l'exposât aux lions, se crut obligé de se retirer pour ne pas exciter par sa présence la fureur des infidèles contre son peuple : ce qui donna sujet à quelques prêtres de son Église, qui ne l'aimaient pas, de se servir de son absence pour usurper son autorité et s'attribuer la puissance que Dieu lui avait donnée sur les fidèles de Carthage. Mais il fit bien voir que son siège n'était point désert, quoiqu'il fût absent et caché et que la persécution l'empêchât de faire publiquement les fonctions d'un évêque. Jamais il ne gouverna son Église avec plus de fermeté et plus de vigueur. Il établit des vicaires pour la conduire en son nom et sous son autorité ; il excommunia ces prêtres qui lui voulaient ravir sa puissance, avec tous ceux qui les suivraient ; il fit par ses lettres tout ce qu'il aurait fait en présence. Le compte qu'il en rendit lui-même, écrivant au clergé de Rome[2], montre bien clairement que jamais il n'avait moins abandonné son Église, que lorsque la proscription qu'on avait faite de sa personne et de ses biens l'avait contraint de s'en éloigner. Du lieu de sa retraite, il envoyait des mandements pour la conduite qu'on devait tenir vers ceux qui étaient tombés dans la persécution. Il ordonnait des lecteurs, des sous-diacres et des prêtres, qu'il envoyait à son clergé. Il consolait les uns et exhortait les autres, et travaillait surtout à empêcher que son absence ne donnât lieu à ses ennemis de faire un schisme dans son Église, et de séparer de lui une partie du troupeau qui était commis à sa conduite.

« Que si ce saint évêque de Carthage n'avait rien perdu du droit de gouverner son Église pour être devenu caché et comme invisible à son Église même, combien plus un archevêque de Paris conserve-t-il toujours le droit de gouverner la sienne lorsqu'il n'est point caché ni invisible, mais qu'il est exposé à la plus grande lumière du monde ; qu'il s'est retiré près du chef de tous les évêques et du père commun de tous les rois catholiques; qu'il y est reconnu par Sa Sainteté pour légitime prélat de son siège, et qu'il exerce publiquement, dans la maîtresse de toutes les Églises, les fonctions sacrées de sa dignité de cardinal?

« Et il ne sert de rien de dire que, le sujet de la proscription de saint Cyprien étant la guerre que les païens faisaient à la foi, on ne doit pas étendre cet exemple à la proscription d'un archevêque qui n'est persécuté que pour de prétendus intérêts d'État; car, pour quelque sujet que l'on proscrive un prélat, tant qu'il demeure revêtu de la dignité épiscopale et que l'Église n'a rendu aucun jugement contre lui, comme nulle proscription et nulle interdiction qui vienne de la part des puissances séculières ne peut empêcher qu'il ne soit évêque et qu'il ne remplisse son siège, elle ne peut aussi empêcher qu'il n'ait le droit et le pouvoir d'en exercer les fonctions, lequel il a reçu de Jésus-Christ et non des rois, et qu'ainsi tout son clergé ne soit obligé en conscience de déférer à ses ordres dans l'administration spirituelle de son diocèse.

« C'est donc en vain qu'on veut couvrir la violence d'un procédé inouï et sans exemple par le sujet dont on le prétexte[1], c'est-à-dire par des accusations chimériques et imaginaires de crimes d'État, qui n'ont commencé à m'être publiquement imputées, pour me faire perdre l'exercice de ma charge, dont je jouissais par mes grands vicaires, étant en prison, que depuis le jour qu'il a plu à Dieu de me rendre la liberté.

« Que si j'ai été évêque étant prisonnier, ne le suis-je pas étant libre? Si je l'étais étant à Nantes, ne le suis-je plus étant à Rome? Suis-je le premier prélat qui soit tombé dans la disgrâce de la cour, et qui ait été contraint de se retirer hors du royaume? Que si tous ceux à qui cet accident est arrivé n'ont pas laissé de gouverner leurs diocèses par des grands vicaires, selon la discipline inviolable de l'Église, quel est ce nouvel abus de la puissance séculière qui foule aux pieds toutes les lois ecclésiastiques? Quelle est cette nouvelle servitude et ce nouveau joug qu'on veut imposer à l'Église de Jésus-Christ, en faisant dépendre l'exercice divin de la puissance épiscopale de tous les caprices et de toutes les jalousies des favoris?

« Feu M. le cardinal de Richelieu, n'étant encore

qu'évêque de Luçon, fut relégué en Avignon après la mort du maréchal d'Ancre[1] ; et cependant, quoiqu'il fût hors du royaume, jamais on ne s'avisa de porter son chapitre à prendre le gouvernement de son évêché, comme si son siège eût été désert ; et ses grands vicaires continuèrent toujours de le gouverner en son nom et sous son autorité.

« Et n'avons-nous pas vu encore que feu M. l'archevêque de Bordeaux[2], ayant été obligé de sortir de France et de se retirer au même comtat d'Avignon, il ne cessa point pour cela de conduire son archevêché, non seulement par ses grands vicaires, mais aussi par ses ordres et ses règlements, qu'il envoyait du lieu de sa retraite, et dont j'en ai moi-même vu plusieurs de publics et d'imprimés ?

« Pour être à Rome, qu'on peut appeler la patrie commune de tous les évêques, perd-on le droit que l'on conserve dans Avignon ? Et pourquoi l'Église ne jouira-t-elle pas, sous le règne du plus chrétien et du plus pieux prince du monde, de l'un des plus sacrés et des plus inviolables de ses droits, dont elle a joui paisiblement sous le règne du feu roi son père ?

« Mais ce qui m'a causé une sensible douleur a été d'avoir appris qu'il se soit trouvé deux prélats[3] assez indifférents pour l'honneur de leur caractère, et assez dévoués à toutes les passions de mes ennemis, pour entreprendre de conférer les ordres sacrés dans mon Église, ou plutôt de les profaner par un attentat étrange : n'y ayant rien de plus établi, dans toute la discipline ecclésiastique, que le droit qu'a chaque évêque de communiquer la puissance sacerdotale de Jésus-Christ à ceux qui lui sont soumis, sans qu'aucun évêque particulier le puisse faire contre son gré, que par une entreprise qui le rend digne d'être privé des fonctions de l'épiscopat, dont il viole l'unité sainte, selon l'ordonnance de tous les anciens conciles, que celui de Trente a renouvelée.

« Que si les conciles, lors même que le siège est vacant par la mort d'un évêque, défendent aux chapitres de faire conférer les ordres sans une grande nécessité, telle que serait une vacance qui durerait plus d'un an, et si ce que le concile de Trente a établi sur ce sujet n'est qu'un renouvellement de ce que nous voyons avoir été établi par les conciles de France, qui défendent à tous évêques d'ordonner des clercs et de consacrer des autels dans une Église à qui la mort a ravi son propre pasteur, n'est-il pas visible que ce qui n'aurait pas été légitime quand mon siège aurait été vacant par ma mort, le peut être encore moins par la violence qu'on a exercée contre moi qui suis vivant et en liberté, et que la précipitation avec laquelle on s'est porté à cette entreprise la rend tout à fait inexcusable et digne de toutes les peines les plus sévères des saints canons?

« Mais il est temps, Messieurs, que l'Église de Paris sorte de l'oppression sous laquelle elle gémit, qu'elle rentre dans l'ordre dont une violence étrangère l'a tirée.

« Je ne doute point que ceux mêmes qui ont eu moins de fermeté pour s'opposer à l'impétuosité de ce torrent ne bénissent Dieu lorsqu'ils verront cesser tous les prétextes qui ont donné lieu à ce scandaleux interrègne de la puissance épiscopale.

« On ne peut plus dire que l'on ignore le lieu où je suis; on ne peut plus me considérer comme enfermé dans un conclave. Je ne puis plus trouver moi-même de prétexte et de couleur à cette longue patience si contraire à toutes les anciennes pratiques de l'Église, et qui me donnerait un scrupule étrange, si Dieu, qui pénètre les cœurs, ne voyait dans le mien que la cause de mon silence n'a été que ce profond respect que j'ai toujours conservé et que je conserverai éternellement pour tout ce qui porte le nom du Roi, et l'espérance que ces grandes et saintes inclinations qui brillent dans l'âme de Sa Majesté le porteront à connaître l'injure que l'on a faite sous son nom à l'Église.

« Je ne puis croire, Messieurs, que le Saint-Esprit, qui vient de témoigner, par l'élection de ce grand et digne successeur de saint Pierre, une protection toute particulière à l'Église universelle, n'ait déjà inspiré dans le cœur de notre grand monarque des sentiments très favorables pour le rétablissement de celle de Paris. Je ne fais point de doute que ce zèle ardent que j'ai fait paraître, dans toutes les occasions, pour son service n'ait effacé de son âme royale ces fausses impressions qui ne peuvent obscurcir l'innocence, et je suis persuadé que, dans un temps où l'Église répand avec abondance les trésors de ses grâces[1], la piété du successeur de saint Louis ne voudrait pas permettre qu'elles passassent par des canaux qui ne fussent pas ordinaires et naturels. J'ai toutes sortes de sujets de croire que mes grands vicaires sont présentement dans Paris, que la bonté du Roi les y a rappelés pour exercer leurs fonctions sous mon autorité, et que Sa Majesté aura enfin rendu la justice que vous lui demandez continuellement par tous vos actes, puisque vous protestez toujours, même dans leur titre, que vous ne les faites qu'à cause de leur absence. Je leur adresse donc, Messieurs, la bulle de notre Saint-Père le Pape[2], pour la faire publier selon les formes ; et en cas qu'ils ne soient pas à Paris, ce que j'aurais pourtant peine à croire, je l'envoie à MM. les archiprêtres de la Madeleine et de Saint-Séverin[3], pour en user selon mes ordres et selon la pratique ordinaire du diocèse. Par le même mandement, je leur donne l'administration de mon diocèse en l'absence de mes grands vicaires, et je suis persuadé que ces résolutions vous donneront beaucoup de joie, puisqu'elles commencent à vous faire voir quelques lumières de ce que vous avez tant souhaité, et qu'elles vous tirent de ces difficultés où vous avait mis l'appréhension de voir le gouvernement de mon archevêché désert et abandonné. J'aurais, au sortir du conclave, donné ces ordres, si je n'eusse mieux aimé que vous les eussiez reçus en même temps que je reçois des mains de Sa Sainteté la plénitude de la puissance archiépiscopale, par le *pallium* qui en est la marque et la consommation. Je prie Dieu de me donner les grâces nécessaires pour l'employer selon mes obligations à son service et à sa gloire, et je vous demande vos prières qui implorent sur moi les bénédictions du Ciel. Je les espère, Messieurs, de votre charité et suis, Messieurs, votre très affectionné serviteur et confrère. »

Le cardinal de Rais,
archevêque de Paris.
À Rome, ce 22ᵉ mai 1655.

Cette lettre eut tout l'effet que je pouvais désirer. Le chapitre, qui était très bien disposé pour moi, quitta avec joie l'administration. Il ne tint pas à la cour de l'en empêcher ; mais elle ne trouva pour elle, dans ce corps, que trois ou quatre sujets, qui n'étaient pas les ornements de leur compagnie.

M. d'Aubigny, du nom de Stuart, s'y signala autant par sa fermeté, que le bonhomme Ventadour s'y fit remarquer par sa faiblesse[1]. Enfin mes grands vicaires reprirent avec courage le gouvernement de mon diocèse, et M. le cardinal Mazarin fut obligé de leur faire donner une lettre de cachet pour les tirer de Paris et les faire venir à la cour pour une seconde fois. Je vous rendrai compte de la suite de cette violence, après que je vous aurai entretenue d'un détail qui sera curieux en ce qu'il sera proprement le caractère du malheur le plus sensible, à mon opinion, qui soit attaché à la disgrâce.

Une lettre que je reçus de Paris, quelque temps après que je fus entré dans le conclave, m'obligea à y dépêcher en poste Malcler. Cette lettre, qui était de M. de Caumartin, portait que M. de Noirmoutier traitait avec la cour, par le canal de Mme de Chevreuse et de Laigue ; que celle-là avait assuré le Cardinal que celui-ci ne me donnerait que des apparences et qu'il ne ferait rien contre ses intérêts ; que le Cardinal lui avait déclaré à elle-même que Laigue n'entrerait jamais en exercice de la charge de capitaine des gardes de Monsieur, qui lui avait été donnée à la prison de Messieurs les Princes, jusqu'à ce que le Roi fût maître de Mézières et de Charleville ; que Noirmoutier avait dépêché Longuerue, lieutenant de Roi de la dernière, à la cour, pour l'assurer, non pas seulement en son nom, mais même en celui du vicomte de Lamet[2], tout au moins d'une inaction entière, cependant que l'on traiterait du principal ; que cet avis venait de Mme de Lesdiguières, qui apparemment le tenait du maréchal de Villeroi, et que je devais compter là-dessus. Cette affaire, comme vous voyez, méritait de la réflexion ; et celle que j'y fis, jointe au besoin que j'avais de pourvoir à ma subsistance, m'obligea, comme je viens de vous le dire, à envoyer en France Malcler, avec ordre et de faire concevoir à mes amis la nécessité qui me forçait à des dépenses qu'ils ne croyaient pas trop nécessaires, et de faire ses efforts pour obliger MM. de Noirmoutier et de Lamet à ne se point accommoder avec la cour, jusqu'à ce que le Pape fût fait. J'avais déjà de grandes espérances de l'exaltation de Chigi, et j'avais si bonne opinion et de son zèle pour les intérêts de l'Église et de sa reconnaissance pour moi, que je ne comptais presque plus sur ces places, que comme sur des moyens que j'aurais, en consentant à l'accommodement de leur gouverneur, de faire connaître que je mettais l'unique espérance de mon rétablissement en la protection de Sa Sainteté. Malcler trouva, en arrivant à Paris, que l'avis qui m'avait été donné n'était que trop bien fondé; il ne tint pas même à M. de Caumartin de l'empêcher d'aller à Charleville, parce qu'il croyait que son voyage ne servirait qu'à faire faire la cour à M. de Noirmoutier. Monsieur de Châlons, que Malcler vit en passant, essaya aussi de le retenir par la même raison: il voulut absolument suivre son ordre. Il fut reconnu, en passant à Montmirail, par un des gens de Mme de Noirmoutier, ce qui l'obligea de la voir. Il eut l'adresse de lui faire croire qu'il se rendait aux raisons qu'elle lui alléguait en foule, pour l'empêcher d'aller trouver son mari. Il se démêla, par cette ruse innocente, de ce mauvais pas, qui, vu l'humeur de la dame, était très capable de le mener à la Bastille. Il vit MM. de Noirmoutier et de Lamet à une lieue de Mézières, chez un gentilhomme nommé M. d'Haudrey. Le premier ne lui parla que des obligations qu'il avait à Mme de Chevreuse, de la parfaite union qui était entre lui et Laigue, et des sujets qu'il avait de se plaindre de moi: ce qui est le style ordinaire de tous les ingrats. Le second lui témoigna toutes sortes de bonnes volontés pour moi; mais il lui laissa voir, en même temps, une grande difficulté à se pouvoir séparer des intérêts ou plutôt de la conduite du premier, vu la situation des deux places, dont il est vrai que l'une n'est pas fort considérable sans l'autre. Enfin Malcler, qui se réduisit à leur demander, pour toute grâce, en mon nom, de différer seulement leur accommodement jusqu'à la création d'un nouveau pape, ne tira de Noirmoutier que des railleries sur ce qu'il s'était lui-même laissé surprendre aux fausses lueurs avec lesquelles j'affectais d'amuser tout le monde touchant l'exaltation de Chigi ; et il revint à Paris, où il apprit de Monsieur de Châlons la création du pape Alexandre.

Mes amis, auxquels je l'avais mandé par Malcler, en conçurent toutes les espérances que vous vous pouvez imaginer. Vous n'avez pas de peine à croire la douleur que M. de Noirmoutier eut de sa précipitation. Il avait conclu son accommodement avec Monsieur le Cardinal un peu après que Malcler lui eut parlé, et il était venu à Paris pour le consommer. Il désira de voir Malcler, aussitôt qu'il eut appris que Chigi était effectivement pape. Il découvrit qu'il était encore à Paris, quoique mes amis, qui se défiaient beaucoup et de son secret et de sa bonne foi, lui eussent dit qu'il en était parti ; et il fit tant, qu'il le vit dans le faubourg Saint-Antoine. Il n'oublia rien pour excuser, ou plutôt pour colorer la précipitation de son accommodement ; il ne cacha point la cruelle douleur qu'il avait de n'avoir pas accordé le petit délai que l'on lui avait demandé. Sa honte parut et dans son discours et dans son visage. Je ne fus plus cet homme malhonnête et tyran, qui voulait sacrifier tous mes amis à mon ambition et à mon caprice. L'on ne parla dans la conversation que de tendresse que l'on avait pour moi, que des expédients que l'on cherchait avec Mme de Chevreuse et avec Laigue, pour me raccommoder solidement avec la cour, qu'à des facilités que l'on espérait d'y trouver. La conclusion fut une instance très grande de prendre dix mille écus, par lesquels l'on espérait, dans le pressant besoin que j'avais d'argent, d'adoucir à mon égard et de couvrir à celui du monde le cruel tour que l'on m'avait fait. Malcler refusa les dix mille écus, quoique mes amis le pressassent beaucoup de les recevoir. Ils m'en écrivirent, même avec force, et ils ne me persuadèrent pas ; et je me remercie encore aujourd'hui de mon sentiment. Il n'y a rien de plus beau que de faire des grâces à ceux qui nous manquent ; il n'y a rien, à mon sens, de plus faible que d'en recevoir. Le christianisme, qui nous commande le premier, n'aurait pas manqué de nous enjoindre le second, s'il était bon. Quoique mes amis eussent été de l'avis de ne pas refuser les offres de M. de Noirmoutier, parce qu'il les avait faites de lui-même, ils ne crurent pas qu'il fût de la bienséance d'en solliciter de nouvelles vers les autres, au moment que la bonne conduite les obligeait à affecter même de faire des triomphes de l'exaltation de Chigi. Ils suppléèrent, de leurs propres fonds, à ce qui était de plus pressant et de plus nécessaire, et Malcler vint me trouver à Rome, où je vous assure qu'il ne fut pas désavoué du refus qu'il avait fait de recevoir l'argent de M. de Noirmoutier.

Ce que vous venez de voir de la conduite de celui-ci est l'image véritable de celle que tous ceux qui manquent à leurs amis dans les disgrâces ne manquent jamais de suivre. Leur première application est de jeter dans le monde des bruits sourds de mécontentements qu'ils feignent avoir de ceux qu'ils veulent abandonner ; et la seconde est de diminuer, autant qu'ils peuvent, le poids des obligations qu'ils leur ont. Rien ne leur peut être plus utile pour cet effet, que de donner des apparences de reconnaissance vers d'autres dont l'amitié ne leur puisse être d'aucun embarras. Ils trompent ainsi l'inconstante attention que la moitié des hommes ont pour les ingratitudes qui ne les touchent pas personnellement, et ils éludent la véritable reconnaissance par la fausse. Il est vrai qu'il y a toujours des gens plus éclairés auxquels il est difficile de donner le change, et je me souviens, à ce propos, que Montrésor, à qui j'avais fait donner une abbaye de douze mille livres de rente, lorsque Messieurs les Princes furent arrêtés, ayant dit un jour chez le comte de Béthune qu'il en avait l'obligation à M. de Joyeuse, le prince de Guéméné lui répondit : « Je ne croyais pas que M. de Joyeuse eût donné ses bénéfices en cette année-là. » M. de Noirmoutier fit, pour justifier son ingratitude, ce que M. de Montrésor n'avait fait que pour flatter l'entêtement qu'il avait pour M. de Guise. J'excusai celui-ci par le principe de son action ; je fus vraiment touché de celle de l'autre. L'unique remède contre ces sortes de déplaisirs, qui sont plus sensibles dans les disgrâces que les disgrâces mêmes, est de ne jamais faire le bien que pour le bien même. Ce moyen est le plus assuré : un mauvais naturel est incapable de le prendre, parce que c'est la plus pure vertu qui nous l'enseigne. Un bon cœur n'y a guère moins de peine, parce qu'il joint aisément, dans les motifs des grâces qu'il fait, à la satisfaction de sa conscience les considérations de son amitié. Je reviens à ce qui concerne ce qui se passa, en ce temps-là, à l'égard de l'administration de mon diocèse[1].

Aussitôt que la cour eut appris que le chapitre l'avait quittée, elle manda mes deux grands vicaires, aussi bien que M. Loisel, curé de Saint-Jean, chanoine de l'Église de Paris, et M. Biet, chanoine, qui s'étaient signalés pour mes intérêts.

DOSSIER

CHRONOLOGIE
1613-1679

L'ASCENSION DES GONDI

1516. Antoine de Gondi, banquier à Lyon, arrière-grand-père du mémorialiste, fonde la branche française de sa maison en épousant Marie-Catherine de Pierrevive.

1565. Albert de Gondi, fils d'Antoine, épouse Claude-Catherine de Clermont qui lui apporte en dot la terre de Retz, laquelle lui vient de son premier mariage.

1568. Pierre Ier de Gondi, frère d'Albert, devient évêque de Paris.

1573. Albert de Gondi est promu maréchal de France.

1581. Henri III érige la terre de Retz en duché-pairie au profit d'Albert de Gondi.

1587. Élevé à la pourpre, Pierre Ier prend le nom de cardinal de Gondi.

1598. Philippe-Emmanuel de Gondi, troisième fils d'Albert, reçoit la charge de général des galères.
Henri Ier de Gondi, deuxième fils d'Albert, succède à son oncle Pierre Ier comme évêque de Paris.

1602. Mort d'Albert de Gondi, premier duc de Retz.
Naissance de Pierre II de Gondi, fils aîné de Philippe-Emmanuel; il sera le troisième et dernier duc de Retz.

1610. Naissance de Henri III[1] de Gondi, deuxième fils de Philippe-Emmanuel.

1613. *15 septembre*: naissance à Paris de François VI de La Rochefoucauld, ennemi capital du cardinal de Retz et moraliste.
20 septembre: baptême à Montmirail du troisième fils de

---

1. Henri II de Gondi, deuxième duc de Retz, était le fils de Charles de Gondi, frère aîné de Henri Ier et de Philippe-Emmanuel. Voir l'arbre généalogique.

Philippe-Emmanuel, Jean-François-Paul de Gondi, futur cardinal de Retz et mémorialiste.

1618. Henri Ier de Gondi, évêque de Paris, reçoit à son tour le chapeau de cardinal. Il est le premier cardinal de Retz.

1622. Mort du premier cardinal de Retz. Son frère Jean-François lui succède sur le siège de Paris érigé en archevêché.
Mort accidentelle de Henri III de Gondi, destiné à l'Église. Ses abbayes bretonnes de Buzay et de Quimperlé passent à son cadet Jean-François-Paul.

LA MONTÉE D'UN JEUNE AMBITIEUX

1623. *5 juin* : Jean-François-Paul de Gondi reçoit la tonsure.
1624. *29 avril* : Richelieu entre au Conseil du roi.
13 août : il devient principal ministre.
1625. Jean-François-Paul de Gondi perd sa mère, Marguerite de Silly, et entre comme pensionnaire au collège de Clermont.
1626. *5 février* : naissance à Paris de Marie de Rabutin-Chantal, future Mme de Sévigné, cousine par alliance du cardinal de Retz.
1627. Philippe-Emmanuel de Gondi prend les ordres et entre à l'Oratoire. Son fils Jean-François-Paul devient chanoine de Notre-Dame.
1630. *11 novembre* : la journée des Dupes consolide la position politique de Richelieu.
1631. En juillet, Jean-François-Paul de Gondi est reçu bachelier. À la rentrée, il entreprend ses études de théologie à la Sorbonne. On l'appelle communément l'abbé de Retz.
1633. *Août* : aux noces de Pierre II de Gondi, son frère aîné, l'abbé de Retz tente d'enlever Mlle de Scépeaux, sœur de la mariée.
1635. *19 mai* : la France déclare la guerre à l'Espagne.
Pierre II de Gondi doit céder le généralat des galères, qu'il avait hérité de son père, à un neveu de Richelieu, le marquis de Pontcourlay.
1636. C'est la dramatique année de Corbie (place frontière perdue en août, reprise en novembre).
Octobre : complot avorté contre Richelieu à Amiens.
Décembre : l'empereur Ferdinand II déclare la guerre à la France.
1637. *Janvier* : création du *Cid*.
1638. *Janvier* : l'abbé de Retz, qui mène de front études, conquêtes féminines (Mme de Guéméné, Mme de La Meilleraye, Mme de Pommereuil) et duels, est reçu premier à la licence de théologie devant l'abbé de La Mothe-Houdancourt, parent et protégé de Richelieu.
Mars-décembre : pour fuir le courroux du tout-puissant ministre, il voyage en Italie en compagnie des trois frères Tallemant.

5 septembre : naissance du futur roi Louis XIV à Saint-Germain-en-Laye.

1639. Rédaction probable de *La Conjuration de Fiesque* qui sera publiée anonymement en 1665.

1640. L'abbé de Retz hérite de son cousin La Rochepot, tué devant Arras, la seigneurie lorraine de Commercy.

1641. Conspiration du comte de Soissons contre Richelieu, à laquelle l'abbé de Retz affirme avoir participé.
6 juillet : mort du comte de Soissons au combat de La Marfée, près de Sedan.
16 décembre : Jules Mazarin, collaborateur de Richelieu, est promu cardinal.

1642. L'abbé de Retz se fait connaître comme prédicateur.
4 décembre : mort de Richelieu que Mazarin remplace au Conseil.

1643. *14 mai* : mort de Louis XIII, début de la régence d'Anne d'Autriche.
18 mai : le cardinal Mazarin devient principal ministre.
19 mai : victoire de Rocroi, remportée sur les Espagnols par le duc d'Enghien, futur prince de Condé.
12 juin : nomination de l'abbé de Retz (qui n'est pas encore sous-diacre) comme coadjuteur de son oncle l'archevêque de Paris avec future succession.
2 septembre : arrestation du duc de Beaufort, dispersion de la cabale des Importants.
Octobre : l'abbé de Retz passe son doctorat en théologie.
Novembre : c'est vraisemblablement le moment où il fait retraite à la maison de Saint-Lazare, chez saint Vincent de Paul, et prend les ordres.

1644. *31 janvier* : l'abbé de Retz est sacré à Notre-Dame de Paris. Il portera le titre d'archevêque de Corinthe *in partibus*.
15 septembre : élection du pape Innocent X.

1645. *26 mai* : à l'ouverture de l'Assemblée du clergé, le coadjuteur prononce un discours qui blesse la mémoire de Louis XIII et Richelieu.
Il refuse Notre-Dame à l'évêque polonais venu célébrer par procuration le mariage de Marie-Louise de Gonzague avec le roi Ladislas IV.

1646. À Pâques, il se dispute avec Gaston d'Orléans, oncle de Louis XIV, pour une affaire de préséance à Notre-Dame.
30 juillet : il prononce le discours de clôture de l'Assemblée du clergé et déplaît à nouveau à la Cour.
10 octobre : naissance à Paris de Françoise-Marguerite de Sévigné, future comtesse de Grignan.

L'AVENTURE POLITIQUE
DU COADJUTEUR

1648. La Fronde parlementaire explose à Paris.
13 mai : par l'arrêt d'union, le Parlement invite les autres cours souveraines de Paris à se joindre à lui dans la Chambre Saint-Louis pour réformer l'État.
31 mai : le duc de Beaufort s'évade du donjon de Vincennes.
31 juillet : déclaration royale entérinant les propositions de réforme de la Chambre Saint-Louis qui tendent à détruire la monarchie absolue.
25 août : le coadjuteur prononce un sermon politique (qui sera publié) à Saint-Louis-des-jésuites.
26 août : il préside à Notre-Dame le *Te Deum* chanté pour célébrer la victoire de Lens. Arrestation du président de Blancmesnil et du conseiller Broussel. Démarche vaine du coadjuteur en leur faveur.
Nuit du 26 au 27 août : ayant été tourné en dérision par les courtisans, le coadjuteur décide de tout faire pour chasser Mazarin du pouvoir.
27 août : journée des Barricades.
28 août : libération de Broussel et Blancmesnil.
24 octobre : déclaration royale confirmant celle du 31 juillet. Traités de Westphalie (Münster et Osnabrück). La guerre cesse avec l'empereur mais continue avec l'Espagne.
Décembre : conciliabules subversifs de Noisy-le-Roi visant à renverser Mazarin. Le coadjuteur y participe activement.

1649. *Nuit du 5 au 6 janvier* : départ de la Cour pour Saint-Germain-en-Laye. Au lieu de la suivre, le coadjuteur rejoint la rébellion.
6 janvier : les troupes de Condé commencent l'investissement de Paris.
18 janvier : le coadjuteur est admis à siéger au Parlement comme conseiller d'honneur-né au lieu et place de l'archevêque absent.
25 janvier : il prononce un sermon politique à Saint-Paul.
28 janvier : le régiment de chevau-légers qu'il a levé à ses frais se fait étriller par les troupes royales au pont d'Antony. C'est la *première aux Corinthiens*.
30 janvier : en Angleterre, exécution du roi Charles Ier.
8 février : défaite des frondeurs à Charenton. Le Parlement et la municipalité inclinent à la paix que le coadjuteur tente d'empêcher.
11 mars : la paix de Rueil met fin à la Fronde parlementaire.
15 mars : discours du coadjuteur contre la paix. Il ne se ral-

liera qu'en mai, à peu près au moment où il devient l'amant de Mlle de Chevreuse.

18 août : retour de la Cour à Paris.

Novembre : le coadjuteur relance l'agitation politique en exploitant le mécontentement des rentiers.

11 décembre : attentat mystérieux contre le carrosse vide de Condé.

22 décembre : le coadjuteur et le duc de Beaufort sont inculpés de tentative d'assassinat contre Condé. Ils se rapprochent de la Cour.

1650. *14 janvier* : accord secret de la Cour et de la vieille Fronde contre Condé. Le cardinalat est promis au coadjuteur.

18 janvier : arrestation des princes : Condé, son frère Conti et son beau-frère Longueville.

22 janvier : non-lieu en faveur de Beaufort et du coadjuteur dans l'affaire de l'attentat contre Condé.

Février : la Cour s'en va combattre les partisans des princes en Normandie. À Paris, le coadjuteur agit en sous-main contre Mazarin.

Juillet-août : la Cour combat les partisans des princes en Guyenne. Le coadjuteur tente d'utiliser Gaston d'Orléans contre Mazarin.

Novembre : devant la mauvaise volonté d'Anne d'Autriche et de Mazarin qui entravent sa promotion cardinalice, le coadjuteur décide de se ranger aux côtés des princes que le gouvernement royal a fait transférer au Havre.

Décembre : le coadjuteur travaille activement au rapprochement de la vieille Fronde et de la Fronde des princes.

1651. *Fin janvier* : adoption du traité d'union des Frondes.

1er février : poussé par le coadjuteur, Gaston d'Orléans rompt avec Mazarin.

4 février : à la demande du coadjuteur, le Parlement réclame le renvoi de Mazarin.

Nuit du 6 au 7 février : Mazarin quitte Paris.

Nuit du 9 au 10 février : Anne d'Autriche et Louis XIV vont quitter Paris à leur tour. Au nom de Gaston d'Orléans, le coadjuteur fait garder les portes de la ville, bloquer le Palais-Royal où réside la famille royale et barrer les ponts. Le roi et sa mère sont prisonniers de la Fronde. Ils ne l'oublieront jamais.

16 février : retour triomphal des princes, libérés par Mazarin en fuite.

15 avril : rupture de l'union des Frondes à l'initiative de Condé. Le coadjuteur se retire ostensiblement de la scène politique.

15-16 mai : distribution, sur le Pont-Neuf, du premier pamphlet de Retz, *Défense de l'ancienne et légitime Fronde*, dirigé contre Condé.

Mai-juin : entrevues secrètes d'Anne d'Autriche et du coadjuteur.

Début août : accord conclu entre la régente et le coadjuteur : celui-ci s'opposera à Condé devenu tout-puissant et sera cardinal.

17 août : la régente fait lire au Parlement une déclaration accusatrice contre Condé. Le prince demande justice contre le coadjuteur qu'il considère comme l'auteur du texte.

21 août : au Parlement, altercation entre Condé et le coadjuteur. Chacun est accompagné d'une suite armée. On manque d'en venir aux mains. La Rochefoucauld, fidèle de Condé, coince le coadjuteur par le cou entre les deux battants de la porte du parquet des huissiers.

7 septembre : au Parlement, proclamation de la majorité de Louis XIV.

27 septembre : la Cour quitte Paris pour marcher contre Condé qui a pris les armes.

Début octobre : l'ambassadeur de France à Rome demande officiellement le chapeau de cardinal pour le coadjuteur.

19 décembre : le coadjuteur incite le Parlement à s'opposer au retour de Mazarin. Ce dernier est sur le point d'arriver à Sedan avec une armée.

1652 *Janvier* : le coadjuteur propose à Gaston d'Orléans de prendre la tête d'un tiers parti opposé à la fois à Condé rebelle et à Mazarin de retour. Son agent à Rome, l'abbé Charrier, multiplie cadeaux, flatteries et menaces pour hâter sa promotion cardinalice.

19 février : le pape Innocent X, ennemi de Mazarin, élève le coadjuteur au cardinalat. Jean-François-Paul de Gondi devient ainsi le second cardinal de Retz. Mais il ne peut plus siéger au Parlement.

Avril : la guerre civile, commencée en octobre en Guyenne, se rapproche de Paris.

11 avril : Condé arrive à Paris. Retz se retire une nouvelle fois de la vie publique et reprend contre le prince la guerre des pamphlets.

2 juillet : combat du faubourg Saint-Antoine. Les soldats de Condé, vaincus, vont être écrasés sous les murs de Paris quand ils sont sauvés par Mlle de Montpensier, fille aînée de Gaston d'Orléans, qui leur fait ouvrir la porte Saint-Antoine.

4 juillet : journée des Pailles (incendie de l'Hôtel de Ville). La terreur condéenne règne à Paris.

19 août : Mazarin repart pour l'exil afin d'apaiser les esprits.

10-13 septembre : le cardinal de Retz séjourne à la Cour qui réside à Compiègne. Il a pris la tête d'une délégation du clergé venue demander la paix et le retour du roi à Paris. Il reçoit la barrette cardinalice des mains de Louis XIV

mais ne réussit pas à s'entendre avec le gouvernement royal.
13 octobre: Condé vaincu quitte Paris.
21 octobre: Louis XIV et sa mère rentrent à Paris à la tête de forces imposantes.
22 octobre: Gaston d'Orléans, disgracié, quitte Paris pour aller vivre le reste de ses jours à Blois. Une amnistie est proclamée.
26 octobre: Louis XIV rappelle Mazarin qui insiste sur la nécessité d'éloigner Retz.
19 décembre: Retz, couvert par l'amnistie, mais que la Cour, méfiante, veut empêcher de nuire à l'avenir, est arrêté au Louvre par le marquis de Villequier, capitaine des gardes, et incarcéré dans le donjon de Vincennes.
28 décembre: grâce à la diligence de Mme de Pommereuil, Retz emprisonné commence à correspondre secrètement avec ses amis.

1653. *3 février*: retour triomphal de Mazarin à Paris.

LA LUTTE POUR L'ARCHEVÊCHÉ

1653. *Janvier-mars*: interventions, aussi nombreuses qu'inutiles, en faveur de la liberté de Retz.
Juillet-août: Louis XIV fait savoir à Retz qu'il sera libéré s'il consent à abandonner ses droits à l'archevêché de Paris et à aller habiter Rome. Retz refuse.
Septembre: le pape Innocent X réclame en vain la libération de Retz.

1654. *21 mars*: Jean-François de Gondi, archevêque de Paris, meurt. Du fond de sa prison, Retz réussit à prendre possession du siège par procuration. Il est l'archevêque légitime de la capitale, contre la volonté de Louis XIV et de Mazarin.
28 mars: abattu par quinze mois de prison, Retz signe sa démission d'archevêque de Paris.
30 mars: Retz quitte Vincennes pour le château de Nantes où il va être interné sous la surveillance du maréchal de La Meilleraye, en attendant l'acceptation de sa démission par le pape.
Avril-août: séjour de Retz à Nantes. Comme Innocent X refuse d'entériner sa démission, Mazarin envisage de transférer le prisonnier à Brest ou à Brouage.
8 août: Retz s'évade du château de Nantes mais se brise l'épaule dans sa fuite.
9 août: Retz révoque sa démission d'archevêque de Paris.
17 août: Retz en fuite aborde à Belle-Île, fief de sa famille.
9 septembre: Retz quitte Belle-Île dans une barque de pêcheur.

12 septembre: il arrive à Saint-Sébastien, refuse d'entrer au service du roi d'Espagne mais demande l'autorisation de traverser le pays pour aller à Rome.
1ᵉʳ-14 octobre: Retz traverse l'Espagne en litière.
14 octobre: il embarque à Vinaroz sur une galère qui appareille aussitôt.
3 novembre: il débarque à Piombino, dans le grand-duché de Toscane.
28 novembre: il arrive à Rome et reçoit un accueil favorable d'Innocent X.
2 décembre: en consistoire, il reçoit le chapeau de cardinal.
12 décembre: Louis XIV demande au pape d'instruire le procès de Retz.
14 décembre: Retz riposte par une lettre circulaire aux évêques français qui met le pouvoir royal en accusation et blesse inutilement Louis XIV et Mazarin.

1655. *7 janvier*: mort du pape Innocent X.
15 janvier: ouverture du conclave. Retz y travaille à faire élire le cardinal Chigi dont Mazarin ne veut pas.
7 avril: Chigi est élu et prend le nom d'Alexandre VII. Retz va répétant qu'il a fait l'élection.
7 mai: Louis XIV écrit au nouveau pape pour exiger le châtiment de Retz.
14 mai: Alexandre VII remet à Retz le pallium, insigne de son autorité archiépiscopale.
17 mai: soumis aux pressions de la cour de France, Alexandre VII propose de soumettre le cas de Retz à une congrégation de cardinaux.
Mai-juin: depuis Rome, Retz sème le désordre dans le diocèse de Paris. Il interdit aux vicaires généraux désignés par le chapitre sur ordre de la Cour d'exercer leurs fonctions et en nomme d'autres.
Août: Alexandre VII fait savoir à Retz qu'il doit démissionner de l'archevêché de Paris sous peine de voir commencer son procès.
2 septembre: Retz va prendre les eaux de San Casciano en Toscane.
15 novembre: nomination de la congrégation qui doit examiner son cas.

1656. *Janvier-juillet*: Retz continue à intervenir à distance dans le gouvernement de son diocèse. Il suscite ainsi l'indignation du roi et du pape et perd l'appui de l'Assemblée du clergé comme des curés de Paris.
Début août: déguisé, Retz quitte l'Italie et commence une vie errante et vagabonde à travers l'Europe.
Fin août: il est à Besançon, en territoire espagnol.
25 septembre: une lettre de Retz à l'Assemblée du clergé

arrive à Paris. Il menace de jeter l'interdit sur le diocèse si ses droits d'archevêque ne lui sont pas rendus.

31 octobre : une autre lettre de Retz arrive à Paris. Elle désigne le chanoine de Contes, doyen du chapitre, comme vicaire général. C'est la dernière décision du cardinal en tant qu'archevêque de Paris.

LA PROSCRIPTION
ET LA MISE À L'ÉCART

Novembre 1656-juillet 1657 : Retz voyage en Allemagne sous de faux noms puis gagne la Hollande.

1657. À la fin de l'année, publication de la *Très humble et très importante remontrance au Roi sur la remise des places maritimes de Flandres entre les mains des Anglais*. Retz y cloue Mazarin au pilori pour sa politique étrangère machiavélique qui livre des villes catholiques (Dunkerque surtout) à la domination des puritains anglais.

1658. *Avril* : Retz va rendre visite à Condé proscrit qui réside à Bruxelles mais refuse d'entrer dans son parti.

1659. *8 mai* : suspension d'armes, prélude à la paix, entre la France et l'Espagne. Retz retourne à Bruxelles pour se concerter avec Condé.

7 novembre : paix des Pyrénées. Condé, prince du sang, rentre en grâce, non Retz qui reste proscrit.

1660. Retz remue le ciel et la terre pour obtenir sa grâce mais refuse toujours de démissionner de son archevêché. Il se rend à Londres pour obtenir le soutien du roi Charles II, restauré en mai et pour le compte de qui il a négocié avec Rome.

1661. *9 mars* : mort de Mazarin. Retz l'apprend en Angleterre et, plein d'espoir, il passe aux Pays-Bas espagnols. Mais, à Valenciennes, il apprend qu'il sera immédiatement arrêté s'il ose franchir la frontière française.

8 juin : les vicaires généraux de Retz autorisent la signature du Formulaire condamnant Jansenius en réservant la distinction du droit et du fait. Du coup, le cardinal passe pour janséniste et doit se justifier auprès du pape.

5 septembre : à Nantes, arrestation du surintendant Fouquet.

Fin décembre : démuni d'argent, Retz capitule devant les exigences du gouvernement royal. Il convient avec le secrétaire d'État Le Tellier de se retirer dans sa seigneurie de Commercy et d'y signer sa démission d'archevêque de Paris.

1662. *14 février* : Retz arrive à Commercy et signe sa démission.

26 février : Louis XIV interdit à Retz de venir à Paris avant l'installation de son successeur. Il désigne Pierre de Marca, archevêque de Toulouse, pour le siège de Paris.

5 juin : Alexandre VII accepte la démission de Retz et confère à Pierre de Marca ses pouvoirs spirituels.

29 juin : mort de Pierre de Marca qui n'a pas pris possession de son siège. Mort de Philippe-Emmanuel de Gondi, le père de Retz.

30 juin : Louis XIV désigne l'évêque de Rodez, Hardouin de Péréfixe, comme archevêque de Paris.

20 août : rupture des relations entre la France et le Saint-Siège, consécutive à l'attentat commis par la garde corse du pape contre le palais Farnèse, résidence de l'ambassadeur du roi. La nomination de Péréfixe reste en suspens.

Octobre : à la demande de Louis XIV, Retz rédige un mémoire sur les mesures à prendre pour faire céder le pape. Le gouvernement royal appliquera son programme point par point.

1663. Retz administre sa seigneurie de Commercy, aménage le château et les jardins.

1664. *12 février* : le traité de Pise met fin au conflit entre la France et le Saint-Siège.

19 avril : Hardouin de Péréfixe prend possession de l'archevêché de Paris.

6 juin : autorisé à s'absenter de Commercy, Retz va saluer le roi à Fontainebleau et passe quelques jours à Paris qu'il n'a pas vu depuis douze ans.

1665. *Avril* : le pape demande à Louis XIV de faire rapporter les censures émises par la Sorbonne contre un livre du jésuite espagnol Mathieu de Moya affirmant l'infaillibilité pontificale. Le roi ordonne à Retz de se rendre à Rome pour arranger l'affaire.

Début juin : Retz, qui a vendu en viager sa seigneurie de Commercy pour éponger ses énormes dettes, arrive à Rome où il va séjourner plus d'un an. Il espère devenir l'ambassadeur de Louis XIV auprès du Saint-Siège.

1666. *20 janvier* : mort d'Anne d'Autriche.

Avril : le pape condamne le livre de Mathieu de Moya à cause de sa morale relâchée. C'est un succès pour Retz.

Juin : arrivée à Rome du nouvel ambassadeur de France, le duc de Chaulnes. Retz doit retourner à Commercy.

1667. *22 mai* : mort du pape Alexandre VII.

26 mai : ouverture du conclave auquel Retz participe. Il recueille sept voix et travaille à faire élire le candidat de la France, le cardinal Rospigliosi.

12 juin : élection du cardinal Rospigliosi qui prend le nom de Clément IX.

Août : retour de Retz à Commercy.

1668. Septembre : par la *paix de l'Église*, le pape Clément IX apaise provisoirement la querelle janséniste.

1669. À Commercy, Retz réduit son train de vie pour pouvoir payer ses dettes.
7 décembre : mort du pape Clément IX.
20 décembre : ouverture du conclave en l'absence de Retz qui n'est pas encore arrivé à Rome.

1670. *19 janvier* : Retz entre en conclave. Il contribue à faire élire le vieux cardinal Altieri qui prend le nom de Clément X.
10 mai : Retz quitte Rome pour retourner à Commercy.

1672. Retz multiplie les séjours à l'abbaye bénédictine de Saint-Mihiel, peu éloignée de Commercy, dont l'abbé, dom Henri Hennezon, est son directeur de conscience.

1675. *12 mai* : mariage de la nièce de Retz, Paule-Françoise-Marguerite de Gondi, avec le comte de Sault, futur duc de Lesdiguières.
30 mai : Retz écrit au pape et au Sacré Collège qu'il renonce à sa dignité de cardinal. Il vivra désormais comme un simple moine bénédictin.
Mi-juin : Retz se retire à l'abbaye de Saint-Mihiel.
22 juin : le pape Clément X refuse la démission de Retz.
5 et 24 juillet : lettres de Mme de Sévigné à Mme de Grignan. L'épistolière recommande à sa fille d'inciter les amis de Retz à faire pression sur lui pour qu'il écrive « son histoire ».
27 juillet : mort de Turenne, tué à l'ennemi.
9 septembre : le Sacré Collège refuse à son tour la démission de Retz.
Mi-octobre : Retz quitte Saint-Mihiel pour retourner à Commercy. Depuis quelques mois, il a commencé la rédaction de ses *Mémoires*.

1676. Retz poursuit la rédaction de ses *Mémoires*, s'applique aux bonnes œuvres, paie ses dettes.
29 avril : mort de son frère aîné, Pierre II de Gondi, troisième duc de Retz.
22 juillet : mort du pape Clément X. Malgré sa mauvaise santé, Retz doit reprendre le chemin de Rome pour son dernier conclave.
20 septembre : élection du cardinal Odescalchi qui prend le nom d'Innocent XI.

1677. Au printemps Retz, dont la vue a beaucoup baissé, arrête la rédaction des *Mémoires*. Dom Robert Desgabets, sous-prieur de Breuil, tout près de Commercy, organise pour le distraire des entretiens sur le cartésianisme, les rencontres de Commercy.

1678. À partir d'avril, Retz partage son temps entre l'abbaye de Saint-Denis, dont il a la commende, et la capitale.

1679. *14 août* : à Saint-Denis, Retz est pris d'une forte fièvre.
24 août : il meurt à Paris chez sa nièce, Paule-Françoise-

Marguerite, duchesse de Lesdiguières, où il s'est fait transporter.
Nuit du 25 au 26 août : il est inhumé dans l'église abbatiale de Saint-Denis. Par la volonté de Louis XIV, rien ne signale sa tombe.
1717. Première édition des *Mémoires* de Retz.

NOTICE SUR LE TEXTE

Inachevés, les *Mémoires* du cardinal de Retz ont paru pour la première fois en 1717, à Amsterdam et à Nancy, à l'initiative du libraire lorrain Jean-Baptiste Cusson[1]. Philippe d'Orléans exerçait depuis deux ans la régence au nom du tout jeune roi Louis XV et la curiosité du public pour les troubles qui avaient accompagné la précédente régence, celle d'Anne d'Autriche, assura à l'ouvrage un succès immédiat. Onze autres éditions suivirent dans le courant de XVIIIe siècle et quatre encore au début du XIXe. Établies sans doute à partir de l'une ou l'autre des copies que l'on avait faites de l'œuvre, elles diffèrent sur de nombreux points de détail, présentent des lacunes signalées par des points de suspension, se montrent souvent fautives. La plus soignée est celle de 1719, imprimée à Amsterdam, qui contient aussi *La Conjuration de Fiesque*.

Il a fallu attendre 1837 pour voir paraître la première édition réalisée à partir du manuscrit autographe, retrouvé en 1797, entré à la Bibliothèque nationale en 1834. Œuvre de Jean-Jacques Champollion dit Champollion-Figeac et de son fils Aimé, elle constitue le tome XXV de la « Nouvelle Collection des Mémoires pour servir à l'histoire de France », encore appelée collection Michaud et Poujoulat, du nom de ses promoteurs. Puis, dans les dernières décennies du XIXe siècle, Alphonse Feillet, Jules Gourdault et François-Régis Chantelauze donnent au public l'édition de référence des *Œuvres du Cardinal de Retz* dans la « Collection des Grands Écrivains de la France » ; les *Mémoires*, qu'un impressionnant apparat scientifique de notes et de variantes accompagne, y occupent les quatre premiers volumes et une partie du cinquième.

---

1. Mme Palatine, belle-sœur de Louis XIV, écrit le 14 octobre 1717 : « Les moines de Saint-Mihiel possèdent en original les *Mémoires* du cardinal de Retz. Ils les ont fait imprimer et on les vend à Nancy ; mais il manque dans cet exemplaire beaucoup de choses. »

Les éditions ultérieures ont, en général, démarqué celle des G.E.F. Cependant, si savante soit-elle, celle-ci ne donne plus entièrement satisfaction aujourd'hui. Car ses auteurs ont postulé que le manuscrit autographe ne représentait qu'un état du texte parmi d'autres et l'ont traité en conséquence. Or, les travaux d'André Bertière ont démontré depuis que cet autographe était *la* source unique dont les autres versions des *Mémoires* dérivaient. Tout éditeur de Retz doit donc lui donner impérativement la priorité. Mais la tâche se révèle malaisée en raison des imperfections de ce document.

Il est rare de détenir le manuscrit autographe d'une œuvre littéraire du XVIIe siècle. Celui des *Mémoires*, paginé de façon continue, est tout entier de la main de Retz à l'exception de quelque quatre-vingt-dix pages, dictées à des secrétaires que le cardinal avait recrutés parmi les moines bénédictins du voisinage puis revues, corrigées et annotées par lui. Relié à l'origine en quatre volumes, il l'est aujourd'hui en trois (qui ne correspondent nullement aux trois parties de l'œuvre). Il porte, au département des manuscrits français de la Bibliothèque nationale, les cotes 10 325, 10 326 et 10 327. Hâtivement rédigé, d'une écriture souvent difficile à déchiffrer (surtout dans le troisième volume où l'inspiration faiblit), il n'a jamais été mis au net en vue d'une publication : tâtonnements, repentirs, inadvertances, *lapsus calami* n'y manquent donc pas.

Mais il y a plus grave : le document a été amputé de ses 258 premières pages sur un total de 2 818 sans qu'on sache quand, par qui ni pourquoi. Il manque de plus un feuillet et demi : on a arraché les pages 327-328[1] et la moitié supérieure des pages 329-330. Et il ne subsiste que quelques fragments de la troisième partie. Enfin d'innombrables ratures le défigurent au point de le rendre parfois illisible. Les unes sont dues à Retz lui-même, toujours à la recherche de l'expression juste. D'autres sont des biffures de décence, œuvres de censeurs sourcilleux acharnés à expurger tel ou tel passage jugé moralement scandaleux[2].

Pour rectifier les erreurs, pour combler les lacunes, pour restituer les passages caviardés par les censeurs, on est bien obligé d'avoir recours aux copies manuscrites ainsi qu'aux éditions anciennes, si imparfaites soient-elles. On a recensé en tout sept copies, les unes complètes (mais amputées de tout le début comme l'autographe), les autres partielles. Deux d'entre elles seulement ont été faites du vivant de Retz, sous son contrôle et se montrent donc proches de l'autogaphe[3]. Les cinq autres, postérieures

1. Une volonté de discrétion à l'égard d'une dame expliquerait cette mutilation, signalée page 89 de la présente édition.
2. Il arrive qu'un second intervenant, après avoir effacé la correction à l'aide d'un réactif, rétablisse le texte primitif en interligne.
3. La première, déposée à la Bibliothèque nationale sous la cote 10 328, est une copie partielle, exécutée sans doute par les moines de Saint-Mihiel (le format du papier à tranche dorée est identique à celui de l'autographe).

à la mort du cardinal et dont deux sont aujourd'hui perdues[1], diffèrent de l'autographe sur certains points et diffèrent aussi entre elles. Mais elles sont indispensables car elles donnent, seules, le texte de la troisième partie. Quant aux éditions du XVIIIe siècle, elles offrent l'immense intérêt de révéler dix fragments de ce début des *Mémoires* qui manque partout ailleurs. Mais elles présentent aussi des lacunes qui ne se rencontrent pas dans les versions manuscrites et l'on sait qu'elles sont souvent fautives.

Dans ces conditions, publier aujourd'hui les *Mémoires* reste une entreprise minutieuse et délicate puisque, sur certains points de détail, on a le choix entre plusieurs possibilités. La présente édition reproduit le texte, paru en 1984, que la regrettée Marie-Thérèse Hipp a mis au point pour la Bibliothèque de la Pléiade. Elle a adopté le parti suivant : pour le gros de l'ouvrage, suivre systématiquement la leçon de la plus sûre des sources, le manuscrit autographe, sauf dans les rares cas où il est illisible ou dénué de sens ; pour le début manquant, s'en remettre à l'édition de 1719, la plus soignée de celles du XVIIIe siècle ; pour la troisième partie, reproduire la copie manuscrite conservée à la Bibliothèque municipale de Nancy[2], probablement assez proche de l'original perdu.

Contrairement à l'édition de la Pléiade, celle de la collection «Folio» n'est pas une édition critique : les variantes qui font l'originalité des différentes versions de l'œuvre n'y figurent pas. Selon l'usage actuel, orthographe et ponctuation (Retz met beaucoup de virgules mais fort peu de points) ont été modernisées[3]. Mais la graphie des noms propres, actualisée dans les notes (*Étampes, Rueil, Bartet, Vitry*) reste, dans le texte, celle du manuscrit autographe (*Estampes, Ruel, Bertet, Vitri*). De même, la graphie *Rais*, adoptée à partir de 1671 par le mémorialiste, est maintenue systématiquement sauf dans les notes et dans les passages issus des éditions du XVIIIe siècle où *Retz* la remplace. Il en résulte une légère disparité.

Pour conserver sa couleur au texte, Marie-Thérèse Hipp a gardé, tels quels, les archaïsmes de style fréquents chez Retz. Le lecteur trouvera donc constamment *si il* (et non *s'il*), je *vas* (pour je *vais*), faire *de* bruit, *chiffler* (au lieu de *siffler*). Il rencontrera plus souvent *cheux* moi, *cheux* vous que *chez* moi, *chez* vous. Il constatera que

---

La seconde fut établie à l'intention du meilleur ami de Retz, Louis-François Le Fèvre de Caumartin, qui y a porté ses observations.

1. L'une, complète, a appartenu au XIXe siècle à la famille Hachette et servi à la confection de l'édition des G.E.F. L'autre, partielle, découverte par André Bertière à la Bibliothèque municipale d'Ajaccio, a disparu après 1959.

2. Découverte par André Bertière, c'est la seule copie complète subsistant aujourd'hui.

3. Devant les nasales, Retz substitue *u* à *o* : *umbrage*. Il écrit *aureille*, *auser*, hésite entre *colère* et *cholère*, *corde* et *chorde*. Il préfère *f* à *ph*, même dans les mots d'origine grecque, comme au XVIe siècle : *triomfe, profétiser, filosofe*.

le cardinal hésite entre *chaise* et *chaire*[1], emploie couramment des formes anciennes, condamnées par les grammairiens, comme *soutindrent, retindrent*, il *envoirait* ou il *envoierait*[2]. C'est qu'autour de 1675, à plus de soixante ans, Retz écrit encore la langue de sa jeunesse. Il accorde le participe présent avec le nom que celui-ci qualifie[3] mais pas le participe passé. Il met au singulier, par syllepse de nombre, le verbe qui a plusieurs sujets synonymes. Il truffe son vocabulaire de nombreux termes empruntés aux écrivains burlesques comme Scarron: adjectifs (*aheuri*) et surtout substantifs (*filoutage, finoterie, rabiennement*...).

On notera par ailleurs que, dans l'ensemble du texte des *Mémoires*, les mots *Roi, Reine* et *Cardinal*, écrits avec une majuscule, désignent toujours Louis XIV, Anne d'Autriche et Mazarin.

L'annotation, abondante sans excès, vise à fournir au lecteur un minimum de renseignements sur les personnages cités par Retz, sur les événements historiques ou les faits de mentalité qu'il évoque. Elle s'efforce d'expliquer, le plus clairement possible, les termes et les expressions du xviie siècle qui sont devenus incompréhensibles pour nos contemporains du fait de l'évolution de la langue française. Elle recourt, occasionnellement, à des documents d'époque qui permettent de compléter, de confirmer ou d'infirmer les assertions du mémorialiste.

On espère qu'ainsi conçue, cette édition des *Mémoires* de Retz permettra au lecteur d'aujourd'hui de bien comprendre tout ce qui nous sépare du xviie siècle et d'échapper ainsi à la tentation de l'anachronisme.

---

1. Le xviie siècle ne fait pas encore clairement la distinction entre *chaise* et *chaire*. Page 220, Retz nous montre les Parisiennes qui vont « porter leurs *chaires* dans le jardin de l'Arsenal » pour assister au siège de la Bastille par les frondeurs. Plus loin (p. 398), il constate, « au sortir de la *chaise* » de Saint-Germain-l'Auxerrois, le bon effet du sermon qu'il vient de prononcer. Furetière oppose à la *chaire* de l'évêque (le siège pontifical) la *chaise* du prédicateur ou du professeur.

2. Quelques exemples de ces formes archaïques : « mes attachements me *retindrent* à Paris » (p. 74) ; « il fut arrêté, au Parlement, que l'on *envoirait* les gens du Roi à Saint-Germain » (p. 764).

3. Retz écrit par exemple : « Mme de Fruges, que vous voyez *traînante* dans les cabinets » (p. 63). Saint-Simon, pourtant beaucoup plus jeune que lui, pratique encore l'accord en genre et en nombre du participe présent.

ORIENTATION BIBLIOGRAPHIQUE

Le lecteur ne trouvera pas ici une bibliographie complète[1] de Retz mais seulement un choix de publications — livres et articles de revue — qui pourront le guider dans la lecture des *Mémoires*. Il sera ainsi mieux à même de comprendre un texte d'accès difficile pour nos contemporains tant la société, les mentalités et la langue ont changé depuis le xviie siècle.

1. PRINCIPALES ÉDITIONS DES *MÉMOIRES*

1717. *Mémoires de Monsieur le Cardinal de Retz.* À Amsterdam, et se trouve à Nancy, chez J.-B. Cusson, MDCCXVII, 3 vol.
1719. *Mémoires du Cardinal de Retz.* Nouvelle édition augmentée de plusieurs éclaircissements historiques et de quelques pièces du Cardinal et autres, servant à l'histoire de ce temps-là. À Amsterdam, chez J.-F. Bernard et H. du Sauzet, MDCCXIX[2], 4 vol.
1837. *Mémoires du Cardinal de Retz* publiés pour la première fois sur le manuscrit autographe par MM. Champollion-Figeac et Aimé Champollion fils, tome XXV de la «Collection des Mémoires pour servir à l'histoire de France» (collection Michaud et Poujoulat), 1 vol.
1870-1880. *Œuvres du Cardinal de Retz.* Nouvelle édition revue sur les plus anciennes impressions et les autographes, et augmentée de morceaux inédits, de variantes, de notices, de notes, d'un lexique des mots et locutions remarquables, d'un portrait, de fac-similé, etc., par MM. A. Feillet, J. Gourdault

---

1. Pour une bibliographie complète à la date de sa parution (1977), voir la thèse de doctorat d'André Bertière, *Le Cardinal de Retz mémorialiste.*
2. *La Conjuration de Fiesque* figure à la suite des *Mémoires* dans cette édition.

et R. Chantelauze, « Collection des Grands Écrivains de la France », Hachette, 10 vol. Les *Mémoires* occupent les quatre premiers volumes et une partie du cinquième.

1949. *Mémoires du Cardinal de Retz*, Introduction et Notes de Gaëtan Picon, Club Français du Livre, 3 vol.

1956. *Mémoires, La Conjuration de Fiesque*[1], *Pamphlets*. Textes présentés et annotés par Maurice Allem et Édith Thomas, « Bibliothèque de la Pléiade », Gallimard, 1 vol. (1re éd. 1939).

1984. *Œuvres*. Édition établie par Marie-Thérèse Hipp et Michel Pernot. Contient *La Conjuration de Fiesque*, les *Pamphlets* et les *Mémoires*, « Bibliothèque de la Pléiade », Gallimard, 1 vol. (nouvelle éd., 2000).

1987. *Mémoires* précédés de *La Conjuration du comte de Fiesque*. Texte établi par Simone Bertière, Classiques Garnier, 3 vol. Édition reprise en 1999 dans la « Pochothèque », Librairie Générale Française, 1 vol.

2. OUVRAGES HISTORIQUES. ÉTUDES SUR LA FRONDE

BLUCHE (François), éd., *Dictionnaire du Grand Siècle*, Fayard, 1990.

CARRIER (Hubert), *La Presse de la Fronde (1648-1653) : les Mazarinades*, Genève, Droz, 2 vol., 1989 et 1991.

CHÉRUEL (Adolphe), *Histoire de France pendant la minorité de Louis XIV*, Hachette, 4 vol., 1879-1880.

CHÉRUEL (Adolphe), *Histoire de France sous le ministère de Mazarin (1651-1661)*, Hachette, 3 vol., 1882.

COURTEAULT (Henri), *La Fronde à Paris, premières et dernières journées*, Firmin-Didot, 1930.

FEILLET (Alphonse), *La Misère au temps de la Fronde et saint Vincent de Paul*, Didier, 1868.

La Fronde en questions, Actes du XVIIIe colloque du Centre méridional de rencontres sur le XVIIe siècle, Publications de l'Université de Provence, 1989.

GRAND-MESNIL (Marie-Noëlle), *Mazarin, la Fronde et la presse*, collection « Kiosque », A. Colin, 1967.

JACQUART (Jean), « La Fronde des princes dans la région parisienne et ses conséquences matérielles », dans *Revue d'Histoire moderne et contemporaine*, octobre 1960.

JOUHAUD (Christian), *Mazarinades : la Fronde des mots*, Aubier, 1985.

MÉTHIVIER (Hubert), *La Fronde*, Presses universitaires de France, 1984.

---

1. L'édition de référence de *La Conjuration de Fiesque*, l'œuvre de jeunesse de Retz, est celle de Derek A. Watts, Oxford, Clarendon Press, 1967.

MOUSNIER (Roland), « Quelques raisons de la Fronde. Les causes des journées révolutionnaires parisiennes de 1648 », dans XVIIe siècle, n° 2-3, 1949.

MOUSNIER (Roland), « Les idées politiques à Paris pendant la Fronde », dans *Bulletin de la Société d'histoire de Paris et de l'Île-de-France*, 1957-1959.

MOUSNIER (Roland), « Les institutions monarchiques et l'état social pendant la Fronde », dans XVIIe siècle, n° 18, 1963.

MOUSNIER (Roland), *Paris capitale au temps de Richelieu et de Mazarin*, A. Pedone, 1978.

MOUSNIER (Roland), *Les Institutions de la France sous la monarchie absolue*, Presses universitaires de France, 2 vol., 1974 et 1980.

PERNOT (Michel), « Le cardinal de Retz, historien de la Fronde », dans *Revue d'histoire littéraire de la France*, n° 1, 1989.

PERNOT (Michel), *La Fronde*, de Fallois, 1994.

PERNOT (Michel), « Le rôle politique du cardinal de Retz pendant la Fronde », dans XVIIe siècle, n° 192, 1996.

SOLNON (Jean-François), *La Cour de France*, Fayard, 1987.

TAPIÉ (Victor L.), *La France de Louis XIII et de Richelieu*, Flammarion, 1967.

3. ÉTUDES BIOGRAPHIQUES

BATIFFOL (Louis), *Biographie du cardinal de Retz* (jointe à l'édition des *Œuvres complètes* de Retz dans la collection des G.E.F.), 1929.

BERTIÈRE (Simone), *La Vie du cardinal de Retz*, de Fallois, 1990.

CHANTELAUZE (Régis), *Le Cardinal de Retz et les Jansénistes*, 1867, étude rééditée en appendice de SAINTE-BEUVE, *Port-Royal*, « Bibliothèque de la Pléiade », Gallimard, tome III, 1955.

CHANTELAUZE (Régis), *Le Cardinal de Retz et l'Affaire du chapeau. Études historiques suivies de correspondances inédites de Retz, Mazarin, etc.*, Didier, 2 vol., 1878.

CHANTELAUZE (Régis), *Le Cardinal de Retz et ses Missions diplomatiques à Rome*, Paris, 1879.

DETHAN (Georges), *Gaston d'Orléans, conspirateur et prince charmant*, Fayard, 1959.

DULONG (Claude), *Anne d'Autriche*, Imprimerie nationale, 1980.

GAZIER (Augustin), *Les Dernières Années du cardinal de Retz (1655-1679)*, E. Thorin, 1875.

GOUBERT (Pierre), *Mazarin*, Fayard, 1990.

KLEINMANN (Ruth), *Anne d'Autriche*, Fayard, 1993.

LAURAIN-PORTEMER (Madeleine), *Études mazarines*, de Boccard, 1981.

MONGRÉDIEN (Georges), *Le Grand Condé*, Hachette, 1959.

PERNOT (Michel), « Le cardinal de Retz, archevêque de Paris (1654-1662). Grandeur et servitude d'un prélat opposant à la monarchie absolue », dans *Grandeur et servitude au siècle de Louis XIV*, Presses universitaires de Nancy, 1999.

4. TRAVAUX LITTÉRAIRES

BERTIÈRE (André), *Le Cardinal de Retz mémorialiste*, Klincksieck, 1977.

Cardinal de Retz, numéro spécial de la *Revue d'histoire littéraire de la France*, n° 1, 1989.

CARRIER (Hubert), « Sincérité et création littéraire dans les *Mémoires* du cardinal de Retz », dans XVIIe siècle, n° 94-95, 1971.

CARRIER (Hubert), « Un désaveu suspect de Retz : *l'Avis désintéressé sur la conduite de Monseigneur le Coadjuteur* », dans XVIIe siècle, n° 124, 1979.

COIRAULT (Yves), « Le silence et la gloire : Saint-Simon et l'exemple de Retz », dans *Mélanges offerts au professeur R. Pintard*, Klincksieck, 1975.

DELON (Jacques), « Les conférences de Retz sur le cartésianisme » dans XVIIe siècle, n° 124, 1979.

DELON (Jacques), *Le Cardinal de Retz orateur*, Aux amateurs de livres, 1989.

FUMAROLI (Marc), *La Diplomatie de l'esprit*, Hermann, 1998 ; Gallimard, « Tel », 2001. Reprend les deux études suivantes : « Les mémoires du XVIIe siècle au carrefour des genres en prose » (1971) et « Apprends, ma confidente, apprends à me connaître. Les *Mémoires* de Retz et le traité *Du Sublime* » (1981).

GUSDORF (Georges), « Conditions et limites de l'autobiographie », dans *Formen der Selbstdarstellung, Festgabe für Fritz Neubert*, Berlin, 1956.

HIPP (Marie-Thérèse), *Mythes et réalités. Enquête sur le roman et les mémoires (1660-1700)*, Klincksieck, 1976.

HIPP (Marie-Thérèse), « Néologismes et procédés burlesques dans les *Mémoires* du cardinal de Retz », dans *Mélanges offerts au professeur A. Lanly*, Publications de l'université de Nancy II, 1979.

LEJEUNE (Philippe), « Autobiographie et Mémoires (XVIIe-XVIIIe siècles) ou existence et naissance de l'autobiographie », dans *Revue d'histoire littéraire de la France*, 1975.

LETTS (Janet T.), *Le Cardinal de Retz, historien et moraliste du possible*, Nizet, 1966.

MORTIER (Roland), « Le style du cardinal de Retz », dans *Stil und Formprobleme in der Literatur*, Heidelberg, 1959.

WATTS (Derek A.), « Le sens des métaphores théâtrales chez le cardinal de Retz et quelques écrivains contemporains », dans *Mélanges offerts au professeur R. Pintard*, Klincksieck, 1975.

WATTS (Derek A.), *Cardinal de Retz. The Ambiguities of a Seventeenth-Century Mind*, Oxford University Press, 1980.

WATTS (Derek A.), « Jugements sur la Cour chez le cardinal de Retz et quelques mémorialistes contemporains », dans *La Cour au miroir des mémorialistes (1530-1682)*, Klincksieck, 1991.

NOTES

Page 55.

1. Le problème d'érudition posé par l'identification de la confidente de Retz a été discuté dans la préface de la présente édition, p. 37-38.

2. *L'histoire de ma vie* : les *Mémoires* s'intitulaient primitivement *Vie du Cardinal de Rais*. Voir la préface, p. 41-42.

3. *Je vas* : forme considérée comme vieillie au XVIIe siècle mais constante sous la plume de Retz. Voir la notice sur le texte, p. 999.

4. *En récitant* : en racontant.

5. Jacques-Auguste de Thou (1553-1617), conseiller au parlement de Paris en 1578, président à mortier en 1595, fidèle serviteur des rois Henri III et Henri IV, est l'auteur d'une *Histoire universelle* en latin et d'une autobiographie.

Page 56.

1. Sur la maison de Gondi, voir la préface p. 8-9 et l'arbre généalogique, p. 1178.

2. Retz est né le 20 septembre 1613, jour de son baptême, ou la veille.

3. En réalité, Retz se rengorge à l'idée d'avoir été, comme tant d'illustres personnages, un homme à augure.

4. *Appeler* : provoquer en duel. Retz se bat pour tenter d'échapper à la carrière ecclésiastique que son père a prévue pour lui. Il sert ici de second à Antoine Doni, seigneur d'Attichy, mort en 1637. Véritable plaie sociale, car ils décimaient la noblesse, les duels étaient, en principe, sévèrement punis par les édits royaux.

5. *Minimes* : ordre de religieux mendiants fondé au XVe siècle par saint François de Paule. Son couvent du bois de Vincennes avait été établi par Henri III en 1585.

6. *Il passa sur moi* : il l'emporta sur moi.

7. Henri de Lorraine, comte d'Harcourt (1601-1666), un des

meilleurs généraux français de la guerre de Trente ans. Pendant la Fronde, il se rangea d'abord aux côtés de Mazarin puis passa dans le camp des princes.

Page 57.

1. *Se gourmer* : se battre à coups de poing.
2. Louis II de La Trémoille, marquis puis, en 1650, duc de Noirmoutier (1612-1666). Il embrassa la carrière militaire. Il sera souvent question de lui dans la suite des *Mémoires*.
3. Le père du cardinal de Retz, Philippe-Emmanuel de Gondi (1581-1662), général des galères en 1598, renonça au monde en 1627, après la mort de sa femme, pour devenir prêtre de l'Oratoire. Il abuse de son autorité pour contraindre son fils à la vertu.
4. Les familles aristocratiques s'efforçaient de faire des hautes fonctions de l'État et de l'Église des biens héréditaires. Trois Gondi s'étaient succédé sur le siège de Paris depuis 1568 : Pierre de Gondi, cardinal en 1587 ; Henri de Gondi, neveu du précédent, cardinal en 1618 ; Jean-François de Gondi, frère du précédent, premier archevêque de la capitale en 1622, oncle du mémorialiste.

Page 58.

1. Henri de Gondi, deuxième duc de Retz (1590-1659). Il ne laissa que des filles.
2. Louis de Bourbon, duc de Mercœur (1612-1668), fils aîné de César de Vendôme, petit-fils de Henri IV. Il épousa en 1651 l'aînée des nièces de Mazarin, Laure Mancini. Après la mort de sa femme (1657), il entra dans les ordres et devint cardinal en 1666 sous le nom de cardinal de Vendôme.
3. Pierre de Gondi (1602-1676), frère aîné du mémorialiste. Son mariage avec Catherine de Gondi (1612-1677), l'aînée des filles de Henri, fit passer le titre ducal de la branche aînée à la branche cadette : il fut le troisième duc de Retz.
4. Marguerite de Gondi (1615-1670), connue sous le nom de Mlle de Scépeaux puis, après le mariage de sa sœur Catherine, sous le nom de Mlle de Retz, épousa en 1645 le duc de Brissac.

Page 59.

1. Buzay était une abbaye bénédictine située aux environs de Machecoul, capitale du duché de Retz, au sud-ouest de Nantes.
2. *Flûtes* : navires gros porteurs hollandais qui avaient permis d'abaisser le coût des transports maritimes.
3. *La rade de Retz* : la baie de Bourgneuf-en-Retz, centre d'expédition du sel vers les pays du Nord.

Page 60.

1. *Morbidezza* : grâce, douceur des formes et des matières. Au

XVIIᵉ siècle, la familiarité avec l'italien était une preuve de culture. On rencontre beaucoup d'italianismes chez Retz.

2. Philippe de Clérembault, comte de Palluau (1606-1665), promu maréchal de France en 1652 après avoir pris la place forte condéenne de Saint-Amand-Montrond.

3. Catherine de Gondi, devenue Mme de Retz par son mariage avec Pierre de Gondi, troisième duc de Retz.

4. René de Vassé, seigneur d'Ecquilly, était le fils d'une tante du mémorialiste.

5. Cet événement est l'extinction de la maison de Gondi. Le troisième duc de Retz, Pierre, frère aîné du mémorialiste, mourut en 1676 et sa veuve Catherine en 1677. Leur fille Paule, mariée en 1675 au fils du duc de Lesdiguières, prit, après 1677, le titre de duchesse de Retz qui passa ainsi dans un autre lignage. Le passage fournit un indice intéressant pour la date de composition des *Mémoires* (voir préface, p. 36).

Page 61.

1. Jean-Jacques de Barillon (1601-1645), président aux Enquêtes du parlement de Paris en 1628, opposant à Richelieu et Mazarin, mort prisonnier d'État à Pignerol.

2. Cette comtesse de Sault, morte en 1656, était une cousine germaine du mémorialiste.

3. Jean-François de Gondi, premier archevêque de Paris, était connu pour ses mauvaises mœurs. Voir l'historiette de Tallemant Des Réaux intitulée « Feu Monsieur de Paris », Bibl. de la Pléiade, t. II, p. 37-38.

4. Marie Galateau, demoiselle de Roche, de famille parlementaire bordelaise, fit une grande impression sur Retz par sa beauté.

5. *Sera sifflée* : sera instruite de ce qu'elle doit dire ou faire dans telle ou telle circonstance.

Page 62.

1. Anne de Rohan, princesse de Guéméné (1604-1685), épouse de Louis de Rohan, son cousin germain. Retz éprouva pour elle une vive passion.

2. Madame Du Fargis, née Madeleine de Silly, était la sœur de la mère de Retz. Confidente de Marie de Médicis et d'Anne d'Autriche, elle a été mêlée à toutes sortes d'intrigues et de galanteries. Elle mourut en 1639.

3. Urbain de Maillé, marquis de Brézé (1597-1650), était le beau-frère de Richelieu.

4. Henri II, duc de Montmorency (1595-1632), gouverneur du Languedoc en 1614, maréchal de France en 1629. Il espérait la dignité de connétable, conférée en 1538 à son grand-père Anne et en 1595 à son père le duc Henri Iᵉʳ. Déçu dans ses espérances, il suivit Gaston d'Orléans dans la révolte. Vaincu, blessé et capturé au combat de Castelnaudary, il fut condamné à mort et

décapité à Toulouse, Louis XIII lui ayant refusé sa grâce. Avec lui finit la branche aînée de la maison de Montmorency, une des plus illustres du royaume.

5. Charles de La Porte, seigneur puis duc de La Meilleraye (1602-1664), cousin germain de Richelieu, grand maître de l'artillerie en 1634, maréchal de France en 1639. Sa deuxième femme, Marie de Cossé-Brissac, inspira une vive passion à Retz.

6. La charge de maréchal général des camps et armées du roi, instituée en 1621 en faveur du vieux Lesdiguières, accordée en 1660 à Turenne, portée sous Louis XV par le maréchal de Saxe et, sous Louis-Philippe, par le maréchal Soult.

Page 63.

1. Marion de Lorme (ou Delorme) fut, avec Ninon de Lenclos, la femme galante la plus célèbre du premier XVIIe siècle. Aussi distinguée par son esprit que par sa beauté, elle tint une véritable cour et collectionna les amants illustres (1613-1650). Sa vie romanesque a fourni à Victor Hugo le sujet d'un drame.

2. Jacques Vallée, seigneur Des Barreaux (1602-1673), se démit d'une charge de conseiller au Parlement pour pouvoir mener une vie consacrée à la poésie et aux plaisirs. Il professa toute sa vie une solide incrédulité mais composa, en temps de maladie, un sonnet d'esprit chrétien, le sonnet de *La Pénitence*.

3. *Traînante*: au XVIIe siècle, le participe présent s'accorde parfois encore en genre avec le substantif qu'il accompagne.

4. Georges Villiers, marquis puis duc de Buckingham, favori des rois d'Angleterre Jacques Ier et Charles Ier de 1617 à 1628. Son gouvernement se signala par ses échecs extérieurs (par exemple en 1627 devant La Rochelle), son népotisme et ses abus variés. Il fut assassiné par le puritain John Felton.

Page 64.

1. Jean de Lingendes (1595-1665), familier de Richelieu, était réputé comme prédicateur.

2. Retz refuse ici d'entrer dans la clientèle de Richelieu, de devenir sa *créature*, son *domestique*.

3. C'est en fait à vingt-cinq ans que Retz a écrit *La Conjuration de Fiesque*.

4. Pierre-Yvon de La Leu, seigneur de Lozières, conseiller au Parlement, ami de Retz.

5. François Le Métel, seigneur de Boisrobert (1592-1662), créature de Richelieu qui l'employait à la composition de ses œuvres littéraires, l'un des fondateurs de l'Académie française.

6. Les carmélites, branche féminine du Carmel, apparurent au milieu du XVe siècle et furent réformées au siècle suivant par sainte Thérèse d'Avila. Il y avait au XVIIe siècle deux couvents de carmélites à Paris : les grandes carmélites au faubourg Saint-Jacques et les petites carmélites, proches des Halles.

Page 65.

1. Louis de Bourbon, comte de Soissons (1604-1641), cousin germain du Grand Condé. Ce prince du sang fut l'un des adversaires les plus constants de Richelieu. En 1641, il prit la tête d'une révolte armée, battit l'armée royale au combat de La Marfée, près de Sedan, mais mourut mystérieusement après sa victoire. Il avait coutume de relever la visière de son casque avec le canon de son pistolet et a dû faire partir le coup par mégarde.

2. *Le prévôt de l'Île* : le prévôt de l'Île-de-France, chef de la maréchaussée de la province, ancêtre de notre gendarmerie.

3. *Contusion* : les dictionnaires du temps ne signalent pas cet emploi du mot au sens figuré.

4. *Expira* : vint à son terme. Retz veut dire que la session des examens de licence prit fin.

Page 66.

1. Henri de La Mothe-Houdancourt (1612-1684), alors abbé de Souillac, frère du maréchal de La Mothe, l'un des généraux de la Fronde.

2. Amador de La Porte, frère consanguin de la mère de Richelieu et père du maréchal de La Meilleraye, était entré dans l'ordre de Malte. Il y exerçait la charge de grand prieur de France.

3. Charles-François d'Abra de Raconis (vers 1580-1646), familier de Richelieu, adversaire déterminé du jansénisme.

4. Richelieu entreprit la reconstruction de la Sorbonne, sur les plans de Lemercier, à partir de 1629. La chapelle ne fut pas achevée avant 1653.

5. Marguerite-Claude de Gondi, sœur du père de Retz, épouse de Florimond d'Hallwin, marquis de Piennes et de Maignelais, connue pour sa piété et sa charité.

Page 67.

1. François-Annibal, marquis de Cœuvres, duc d'Estrées en 1643 (1573-1670), était le frère de Gabrielle d'Estrées, la maîtresse de Henri IV. Maréchal de France en 1626, il occupa l'ambassade de Rome de 1636 à 1642.

2. Les chevaliers de Saint-Jean de Jérusalem (ou de l'Hôpital) durent quitter la Palestine après la victoire du Croissant sur la Croix. Ils se replièrent successivement à Chypre (1291), à Rhodes (1308) puis à Malte (1530). L'ordre était gouverné par un grand maître élu par les chevaliers dont beaucoup étaient Français. Il possédait dans toute l'Europe des établissements appelés commanderies.

3. La Sapience, à Rome, était une sorte d'université tenue par les dominicains, concurrente du Collège romain des jésuites.

4. L'empereur, le roi de France, le roi d'Espagne envoyaient un ambassadeur d'obédience au pape pour le féliciter à son avènement ou pour négocier certaines affaires délicates.

5. Toussaint Rose ou Roze (1611-1701). Après avoir été secrétaire de Mazarin, il devint l'un des quatre secrétaires du cabinet de Louis XIV. *Il avait la plume,* c'est-à-dire qu'il imitait si parfaitement l'écriture du roi que ce dernier lui laissait le soin de rédiger à sa place une foule de lettres.

Page 68.

1. *Custodi nos*: terme de droit canon. Il désigne un prête-nom qui garde un bénéfice ecclésiastique pour le compte d'une autre personne et qui, n'en ayant que le titre, en abandonne les revenus au véritable détenteur.

2. La Vénus de Médicis, statue du IIIe siècle avant Jésus-Christ, se trouve aujourd'hui à Florence, au musée des Offices.

3. *La stampe*: l'estampe.

4. Robert Arnauld d'Andilly (1589-1674). Frère du Grand Arnauld et de la mère Angélique, il se retira à Port-Royal des Champs après son veuvage et s'y livra au jardinage et au travail intellectuel (rédaction de livres de piété, traductions d'auteurs spirituels anciens et modernes). Mme de Sévigné plaisant son zèle apostolique : « Nous faisions la guerre au bonhomme d'Andilly qu'il avait plus envie de sauver une âme qui était dans un beau corps qu'une autre » (*Correspondance*, Bibl. de la Pléiade, t. II, p. 373).

Page 69.

1. *Port-Royal* : abbaye de religieuses cisterciennes, fondée en 1204 à vingt-cinq kilomètres au sud-ouest de Paris, réformée en 1608-1609 par sa jeune abbesse, la mère Angélique (Angélique Arnauld), principal foyer en France de la pensée janséniste. À la veille de la Fronde, le monastère, à son apogée, dispose de deux établissements : Port-Royal des Champs, dans la vallée de Chevreuse et Port-Royal de Paris, au faubourg Saint-Jacques. Les *Solitaires*, pieux laïques soucieux de perfection intérieure, désireux de rompre avec le monde, habitent la maison des Granges, enseignent dans les petites écoles, composent livres de piété et ouvrages pédagogiques. D'autres personnes, comme ici la princesse de Guéméné, font retraite à Port-Royal de Paris.

2. *L'Arsenal et la place Royale* : l'expression désigne Mme de La Meilleraye qui demeure à l'Arsenal, résidence du grand maître de l'artillerie, et Mme de Guéméné qui habite un hôtel de la place Royale (aujourd'hui place des Vosges).

3. *Ruel* : aujourd'hui Rueil-Malmaison. Le cardinal de Richelieu y possédait un modeste château entouré d'admirables jardins.

Page 70.

1. Retz s'attribue volontiers un rôle de première grandeur dans le déclenchement et le déroulement des événements historiques. C'est là le produit de son imagination.

2. Charles d'Angennes Du Fargis, comte de La Rochepot, était le fils de Mme Du Fargis. Il fut tué au siège d'Arras, en 1640, et laissa tous ses biens à Retz.

3. Mme Du Fargis, jugée pour ses cabales, fut condamnée à mort en 1631. Réfugiée à Commercy, seigneurie qu'elle tenait de sa mère, elle fut seulement exécutée en effigie. Son mari fut mis à la Bastille en 1635 pour avoir cherché à contrecarrer la politique antiespagnole de Richelieu.

4. *Monsieur*: Gaston d'Orléans. L'appellation désignait le frère du roi.

5. Louis XIII avait déclaré la guerre à l'Espagne le 19 mai 1635. Au début d'août 1636, l'armée espagnole entra en Picardie et prit Corbie. La route de Paris s'ouvrait à elle mais la contre-attaque put s'organiser à partir d'Amiens. Le prince Thomas de Savoie était le cinquième fils du duc de Savoie Charles-Emmanuel Ier et le beau-frère du comte de Soissons. Ottavio Piccolomini, noble siennois, fut l'un des principaux chefs militaires de la guerre de Trente ans.

Page 71.

1. Marie-Madeleine de Vignerot était la nièce de Richelieu. Née en 1604, elle épousa en 1620 le marquis de Combalet mais se trouva veuve deux ans plus tard. En 1630, Richelieu voulut la marier au comte de Soissons qui se déroba, à la grande colère du cardinal. Louis XIII la fit duchesse d'Aiguillon en 1638. Elle vécut jusqu'en 1675.

2. Claude de Bourdeilles, comte de Montrésor (1608 ?-1663), petit-neveu de Brantôme, participa à deux complots contre Richelieu et dut s'enfuir en Angleterre. De retour en France après la mort du cardinal, il prit part à la cabale des Importants, ce qui lui valut d'être emprisonné à Vincennes. Il en sortit pour se lancer dans la Fronde aux côtés de Retz mais se laissa acheter par Mazarin en 1650. Il a rédigé des *Mémoires*. L'Espinay est beaucoup moins connu.

3. On retrouve ici le phénomène des clientèles nobiliaires.

4. L'affaire d'Amiens est racontée en ces termes par La Rochefoucauld : « Un jour que le Roi tint conseil dans un petit château, à une lieue d'Amiens, où Monsieur, Monsieur le Comte et le Cardinal se trouvèrent, le Roi sortit le premier, pour retourner à Amiens, et quelques affaires ayant retenu plus d'une demi-heure le Cardinal avec ces deux princes, ils furent pressés par Saint-Ibar, par Montrésor et par Varicarville d'exécuter leur entreprise ; mais la timidité de Monsieur et la faiblesse de Monsieur le Comte la rendirent vaine... » (Bibl. de la Pléiade, p. 46).

5. Sedan était une petite principauté indépendante venue par mariage entre les mains de la maison de La Tour d'Auvergne. Le duc de Bouillon était alors Frédéric-Maurice de La Tour d'Auvergne (1605-1652), frère aîné de Turenne. En 1642, après

sa participation à la conspiration de Cinq-Mars, il perdit Sedan, confisquée par la Couronne. Il se lança dans la Fronde aux côtés de Retz pour récupérer sa principauté mais sans y parvenir. Il a laissé des *Mémoires*.

6. M. de Rais est Pierre de Gondi, frère aîné du mémorialiste, duc de Retz depuis 1633.

7. Antoine III, comte de Guiche puis, en 1648, duc de Gramont (1604-1678), maréchal de France et mémorialiste.

8. Léon Bouthillier, comte de Chavigny (1608-1652), fils du plus fidèle des collaborateurs de Richelieu, Claude Bouthillier. Secrétaire d'État en 1632, rival de Mazarin dès 1639, il dut quitter le pouvoir en 1643, tâta du château de Vincennes en 1648, revint un moment au gouvernement en 1651 et mourut sans avoir réalisé son rêve : devenir premier ministre.

Page 72.

1. *Mademoiselle* : Anne-Marie-Louise d'Orléans, dite la Grande Mademoiselle (1627-1693), fille aînée de Gaston d'Orléans. Elle avait été ondoyée à sa naissance sans être baptisée en cérémonie.

2. *Le dôme* : la partie centrale du palais des Tuileries, couverte d'un dôme hémisphérique par Philibert Delorme.

3. *Les sous-ministres* : chargé de mépris, le terme désigne les collaborateurs directs de Richelieu puis de Mazarin dans le gouvernement du royaume. Il souligne que ces personnages appartiennent à la clientèle du premier ministre.

Page 73.

1. L'un des thèmes essentiels qui sous-tendent les *Mémoires* apparaît ici pour la première fois.

2. La *Gazette* nous apprend que le baptême de Mademoiselle fut célébré au Louvre le 17 juillet 1636. En le plaçant après l'attentat avorté d'Amiens (octobre 1636), Retz renverse la chronologie des faits. On sait qu'il ne dispose d'aucune documentation pour cette période de sa vie.

Page 74.

1. Retz partage l'admiration de ses contemporains pour les vertus héroïques, la grandeur de l'ancienne Rome. Il prend cependant ses distances vis-à-vis de ce modèle, sans doute sous l'influence du christianisme.

2. Louis Gouffier, duc de Roannez (ou Roannais) était gouverneur du Poitou.

3. Alexandre de Campion (1610-1670) appartenait à la clientèle du comte de Soissons et fut de tous les complots auxquels ce prince participa. À la mort de son patron, il dut fuir à Bruxelles. Revenu en France sous la régence d'Anne d'Autriche, il participa à la cabale des Importants et à la Fronde. Son frère Henri (1613-1663) est connu comme mémorialiste.

Page 75.

1. Robert d'Artois (1287-1343) et Charles de Bourbon (1490-1527) sont choisis ici comme exemples de princes passés à l'ennemi pour se venger des mauvais procédés de leur souverain légitime. Le premier servit Édouard III d'Angleterre, le second Charles Quint.

Page 76.

1. *Toute cette année et toute la suivante* : 1639 et 1640.
2. Le point de vue exprimé ici par Retz est typiquement aristocratique : pour un prince de sang royal, tout doit céder à l'honneur du nom et à la gloire du lignage. C'est en application de ce principe que Condé trouvera légitime de s'allier à l'Espagne en pleine guerre avec ce pays.

Page 77.

1. Si le comte de Soissons, prince du sang, avait épousé Mme de Combalet, la nièce de Richelieu, il lui aurait donné la main gauche au lieu de la droite en raison de la différence considérable de condition entre les deux époux. Pleinement valable au plan religieux, un mariage *de la main gauche* ne comportait pas tous les effets civils, en particulier en matière d'héritage.
2. *Le période* : le plus haut point.

Page 78.

1. *Humeur* : le mot est parfois masculin.
2. Don Miguel de Salamanca, secrétaire d'État espagnol, envoyé en France par le tout-puissant comte-duc d'Olivarès, l'homologue de Richelieu en Espagne.
3. Il est fort douteux que Retz ait joué un grand rôle dans le complot du comte de Soissons : les mémoires rédigés par les principaux conjurés ne font aucune allusion à lui. On remarquera cependant que les anciens domestiques de Monsieur le Comte, comme Saint-Ibar ou Varicarville, se retrouvent à ses côtés pendant la Fronde.

Page 79.

1. Nicolas de L'Hospital, marquis de Vitry (1581-1644), maréchal de France en 1617 pour avoir abattu Concini sur ordre de Louis XIII, expiait à la Bastille les actes arbitraires qu'il avait commis étant gouverneur de Provence. François de Bassompierre (1579-1646), maréchal de France en 1622, était une des victimes de la journée des Dupes. Adrien de Monluc, comte de Cramail (1568-1646), petit-fils de Blaise de Monluc, était emprisonné pour avoir conspiré. Charles d'Angennes, comte Du Fargis, oncle de Retz et père de La Rochepot, avait traversé la politique étrangère de Richelieu. Henri d'Escoubleau, marquis Du Coudray-Montpensier, était un fidèle de Gaston d'Orléans.

2. Les prisonniers politiques de la Couronne jouissaient d'avantages matériels justifiés par leur naissance et la longue durée de leur détention (Bassompierre et Cramail passèrent douze ans à la Bastille).

3. Concino Concini, venu en France en 1600 à la suite de Marie de Médicis, accumula les dignités après la mort de Henri IV : marquis d'Ancre, maréchal de France, premier ministre de fait. Louis XIII le fit abattre, dans la cour du Louvre, par Vitry, alors capitaine des gardes (avril 1617).

4. En réalité soixante-treize et vingt-sept.

Page 80.

1. Charles Leclerc Du Tremblay, frère puîné du père Joseph, le confident de Richelieu. Il occupait sa fonction depuis 1626.

2. La milice bourgeoise de Paris se composait de seize unités (une par quartier) appelées *colonelles*. Chaque colonelle était divisée en compagnies. Colonels et capitaines se recrutaient principalement parmi les officiers de justice du roi.

Page 81.

1. Le Grand Conseil était une cour souveraine (tribunal jugeant en dernier ressort) chargée d'examiner les affaires pour lesquelles les parlements auraient manqué d'impartialité et de rendre la justice *retenue* (personnelle) du roi.

2. La Chambre des comptes de Paris, cour souveraine elle aussi, administrait le domaine royal, vérifiait les comptes des officiers qui manipulaient les *deniers du roi*, jugeait ceux d'entre eux qui avaient malversé. Il lui appartenait aussi d'enregistrer les *édits* (c'est-à-dire les lois) relatifs au domaine et aux impôts, les baux des fermes des taxes indirectes, etc. Il existait huit autres Chambres des comptes dans le royaume.

3. La rue des Prouvelles (ou des Prouvaires) joint les Halles à la rue Saint-Honoré.

Page 82.

1. *À coup près* : peu s'en faut.

2. La Cour des aides, cour souveraine elle aussi, jugeait en dernier ressort les affaires relatives à la levée des impôts et enregistrait les édits *bursaux* (lois créant ou augmentant les impôts). Il en existait d'autres en province. Ce qui importe ici, c'est de voir les officiers du roi entrer dans une conspiration contre Richelieu : il y a là comme une préfiguration de la Fronde.

3. Par ses libéralités, Retz cherche à se constituer une clientèle dans les milieux populaires parisiens. Débutant, cadet et d'Église, il n'a pas en effet la possibilité de recruter des fidèles parmi la noblesse. Sa tentative peut fort bien lui avoir été inspirée par César et les démagogues romains. Le duc de Beaufort, lui aussi, cherchera à asseoir sa puissance sur le peuple parisien

Page 83.

1. *Nanon et Babet* : Retz veut dire qu'il connaissait jusqu'aux enfants des familles qu'il secourait. Nanon est le diminutif d'Anne, Babet celui d'Élisabeth.

2. Grâce aux largesses des parents de Retz, saint Vincent de Paul avait pu fonder la congrégation des prêtres de la Mission, voués à l'évangélisation des campagnes. En 1632, il put les installer au faubourg Saint-Denis dans une ancienne maladrerie de l'ordre de Saint-Lazare, d'où le nom de lazaristes donnés aux prêtres de la Mission. À partir de 1633, ceux-ci organisèrent, tous les mardis, des conférences pour enseigner aux ecclésiastiques l'art de prêcher l'Évangile aux paysans.

3. Depuis l'abdication de Charles Quint (1556), la maison d'Autriche se divisait en deux branches, la branche autrichienne (issue du frère de l'empereur, Ferdinand) et la branche espagnole (issue du fils de l'empereur, le roi Philippe II).

4. Henri II d'Orléans, duc de Longueville (1595-1663), descendait de Dunois, le compagnon de Jeanne d'Arc. Il présidera la délégation française au congrès de Westphalie et se lancera dans la Fronde à l'instigation de sa deuxième femme, la sœur du Grand Condé, Anne-Geneviève de Bourbon.

Page 84.

1. Henri II de Lorraine, cinquième duc de Guise (1614-1664). D'abord destiné à l'Église en tant que cadet et pourvu de l'archevêché de Reims, il renonça à la carrière ecclésiastique après la mort de son père et de ses deux frères (il n'avait pas reçu les ordres) pour devenir le chef de sa maison. Il mena une vie aventureuse, se jeta dans le parti du comte de Soissons, dut s'exiler après la mort de celui-ci. En 1647, il tenta en vain de faire valoir les droits qu'il prétendait avoir sur le royaume de Naples. Fait prisonnier par les Espagnols, il ne fut libéré qu'en 1652. En 1654, il fit une seconde tentative sur Naples, aussi infructueuse que la première et mourut grand chambellan.

2. Guillaume de Lamboy (vers 1600-1670), originaire de Liège, un des principaux généraux impériaux de la guerre de Trente ans.

3. Gaspard III de Coligny, marquis puis duc de Châtillon, petit-fils de l'amiral de Coligny.

4. Au XVIIe siècle, le mot *ordre* hésite encore entre les deux genres.

Page 85.

1. *Les figures* : les planches représentent la bataille, avec les portraits des principaux personnages.

2. Le cimetière Saint-Jean était situé derrière l'Hôtel de Ville.

3. Marguerite, fille unique du duc Henri Ier de Rohan, très riche et très romanesque. Il n'était pas rare, à cette époque, qu'un jeune noble enlevât la jeune fille sur laquelle il avait jeté son dévolu.

4. Le combat de La Marfée, livré le 6 juillet 1641, fut une victoire du comte de Soissons et de Lamboy sur le maréchal de Châtillon. Victoire sans lendemain du fait de la mort du vainqueur.

Page 86.

1. À l'époque de Richelieu et de Mazarin, la vie intellectuelle parisienne avait pour cadre de petites assemblées de gens de lettres, d'érudits et de beaux esprits, les académies. Celle que Retz tenait au petit archevêché rassemblait des écrivains comme Saint-Amant, Blot, Sarasin, Gomberville, l'abbé d'Aubignac, Marigny, Scarron, l'avocat Patru. Ménage y vint à partir de 1643. Chapelain y fut très assidu de 1646 à 1648.

2. Denise de Bordeaux, épouse peu vertueuse de François de Pommereux (ou Pommereuil), président au Grand Conseil. Les deux époux se séparèrent après dix ans de vie commune.

Page 87.

1. L'archevêché de Paris commençant, comme il le dit, à flatter son ambition, le jeune Retz a tout intérêt à être bien vu des dévots qui, dans la vie politique et sociale du temps, s'efforcent de faire triompher l'idéal catholique. Monsieur Vincent lui applique un passage de l'Évangile selon saint Marc (XII, 34).

2. Jean Mestrezat (ou Métrezat) (1592-1657) était *ministre* (c'est-à-dire pasteur) de l'Église réformée. Comme le culte protestant était interdit à Paris, il officiait au temple de Charenton, le plus proche de la capitale.

3. Cette Mme d'Harambure était une cousine de Tallemant Des Réaux, huguenot lui-même, on le sait.

4. Jacques Nompar de Caumont, duc de La Force (1558-1652), maréchal de France depuis 1622, vivait retiré sur ses terres en raison de son grand âge. Henri de La Tour d'Auvergne, vicomte de Turenne, frère du duc de Bouillon, né en 1611, commandait alors en Italie et en Roussillon. Ni l'un ni l'autre ne se trouvaient à Paris à la fin de 1641 et en 1642.

5. En réalité vingt-sept.

6. *Un pédant de Genève* : les protestants se considéraient comme les adeptes d'une religion savante et nourrissaient un complexe de supériorité vis-à-vis des catholiques.

7. Françoise de Lorraine (1592-1669), fille unique du duc de Mercœur, l'un des chefs de la Ligue. Mariée par Henri IV à son bâtard César de Vendôme pour faire passer l'héritage des Mercœur dans la maison de Bourbon. Elle non plus ne séjournait pas à Paris à l'époque où Retz disputait avec Mestrezat.

Page 88.

1. *Monsieur de Lisieux* : Philippe Cospeau, né à Mons en 1568 dans une humble famille, évêque de Lisieux depuis 1632, très lié aux Gondi.

2. Saint Ambroise (entre 330 et 340-397), l'un des quatre Pères de l'Église latine, mena de front ses tâches pastorales d'évêque de Milan et une activité politique intense. Retz le prend souvent pour référence.

3. C'est Bossuet qui obtiendra, en 1668, la conversion de Turenne.

4. François-Christophe de Lévis-Ventadour, comte de Brion (1603-1661), duc de Damville en 1648, était premier écuyer de Monsieur. Il se fit capucin à deux reprises.

5. Élisabeth de Vendôme (1614-1664), fille de César de Vendôme, petite-fille de Henri IV. Elle épousa en 1643 le duc de Nemours que Beaufort tuera en duel en 1652.

Page 89.

1. Jeanne-Olympe Hurault de L'Hospital (1604-1670), épouse de Jean de Choisy (chancelier de Monsieur), mère du célèbre abbé de Choisy, connue dans le monde des précieuses. Les pointillés qui interrompent le récit signalent l'emplacement du feuillet et demi arraché au manuscrit autographe (voir notice sur le texte, p. 998).

2. Vincent Voiture (1598-1648), poète et bel esprit, un des premiers membres de l'Académie française, encensé de son vivant au-delà de toute mesure.

3. La comédie, la collation prolongée tard dans la nuit, la danse jusqu'à l'aube sont les trois éléments de la fête au XVIIᵉ siècle.

4. On avait surnommé les minimes *bonshommes* parce qu'ils occupaient, dans le bois de Vincennes, un ancien monastère de l'ordre de Grandmont dont les religieux étaient appelés bonshommes. Ces minimes ou bonshommes avaient un second couvent à Chaillot dont il est question ici.

Page 90.

1. *La Savonnerie* : manufacture royale de tapis, fondée en 1607 dans une ancienne savonnerie, entre Chaillot et le Cours-la-Reine.

Page 91.

1. Les augustins (ou mieux les ermites de saint Augustin) étaient un ordre de religieux mendiants voués à l'étude et à la prédication (Luther fut l'un d'eux). Les augustins déchaussés, réformés au XVIᵉ siècle, marchaient pieds nus. Retz écrit *capuchins* et non capucins, de l'italien *capuccini*.

2. Tel que le raconte Retz, l'épisode est invraisemblable. Ni Turenne, qui faisait campagne, ni Mme de Vendôme, qui vivait à Anet, ne pouvaient se trouver là et Richelieu ne résidait pas à Rueil où l'on ne joua donc pas la comédie. — Le mémorialiste a construit toute l'histoire à partir d'une aventure survenue en 1647 à Voiture et à Mme de Lesdiguières et racontée par Talle-

mant Des Réaux. Ces deux personnages furent en effet suivis dans le bois de Boulogne, à la nuit tombée, par huit augustins déchaussés qui revenaient d'une baignade à Saint-Cloud. La comparaison des deux textes est tout à l'avantage de Retz qui, par la puissance de l'imagination créatrice, construit, à partir d'un incident banal, un récit d'une grande beauté. On notera aussi, dans cet épisode inventé de toutes pièces, la pertinence des analyses psychologiques.

Page 92.

1. Marie de Lorraine (1615-1688), sœur du cinquième duc de Guise. Elle ne se maria pas.
2. *Je suivis ma pointe* : je conduisis mon entreprise à son terme.
3. Le château d'Anet, élevé par Philibert Delorme pour Diane de Poitiers, la favorite d'Henri II, appartenait alors aux Vendôme. En disant qu'il alla plus loin qu'à Anet, Retz veut dire qu'il s'avança dans la faveur de Mlle de Vendôme. Le passage, qui n'est pas clair, a été raturé et surchargé dans le manuscrit.

Page 93.

1. À cause des liens étroits des Gondi avec le parti dévot, adversaire de la politique étrangère de Richelieu.
2. Henri II de Mesmes, président à mortier (c'est-à-dire l'un des présidents de la Grand-Chambre) du parlement de Paris, mort en 1650.
3. Aucune loi n'était exécutoire dans le ressort du Parlement s'il ne l'avait préalablement enregistrée. Avant l'enregistrement, il pouvait présenter des remontrances, c'est-à-dire des objections sur le contenu de la loi. Richelieu n'appréciait guère ces remontrances, d'où l'emprisonnement du président Barillon (voir n. 1, p. 61).
4. On prétendait que le duc de Vendôme fabriquait de la fausse monnaie.

Page 94.

1. François Sublet de Noyers, baron de Dangu (1578-1645), secrétaire d'État de la Guerre en 1636, l'un des principaux collaborateurs de Richelieu.
2. *Monsieur le Grand* : le grand écuyer, Henri Coëffier, marquis de Cinq-Mars, décapité en 1642 pour avoir conspiré contre Richelieu avec le soutien des Espagnols.
3. François-Auguste de Thou, fils du magistrat cité n. 5, p. 55, exécuté avec Cinq-Mars pour n'avoir pas révélé le complot ourdi par celui-ci.
4. *Caractère* : comportement.
5. Les adversaires de Richelieu avaient répandu l'idée — totalement fausse — que Louis XIII subissait avec peine la « tyrannie » du cardinal et souhaitait sa mort.

Page 95.

1. *Tercero* (mot espagnol) : entremetteur.
2. *Religion* : couvent.

Page 96.

1. L'anecdote est peut-être vraie. Elle peut aussi avoir été empruntée par Retz à la vie de Bayard. Révélatrice des mœurs du temps, elle n'est guère édifiante à nos yeux.
2. Jean, seigneur de Souvré, premier gentilhomme de la Chambre et capitaine du château de Fontainebleau, mort en 1656.
3. Destiné à l'Église (il est déjà chanoine de Notre-Dame), Retz porte un costume austère, d'allure ecclésiastique. Le collet est un rabat de lingerie dépourvu de dentelles.

Page 97.

1. En vertu du concordat de Bologne, conclu en 1516 entre François Ier et Léon X, c'est le roi qui nommait les évêques, les chapitres ayant perdu le droit de les élire.
2. Charles, duc de Schomberg (1601-1656), gendre de la marquise de Maignelais, jouit d'un grand crédit sous Louis XIII. Gouverneur du Languedoc en 1632, il reçut le bâton de maréchal après sa victoire de Leucate sur les Espagnols en 1636.
3. *Sonder le gué* : examiner les dangers que peut présenter une affaire, voir comment s'y prendre pour les surmonter.
4. Sublet de Noyers aurait voulu, dit-on, être jésuite. Il se fit enterrer dans l'église du noviciat de la Compagnie qu'il avait contribué à faire bâtir.
5. Jacques Sirmond (1559-1651), savant jésuite, confesseur de Louis XIII en 1637.

Page 98.

1. Sublet de Noyers fut disgracié pour avoir proposé à Louis XIII malade de confier la régence pleine et entière à Anne d'Autriche. Son collègue Chavigny lui avait peut-être suggéré cette démarche.
2. François de Vendôme, duc de Beaufort (1616-1669), deuxième fils de César de Vendôme. Gentilhomme de haute mine et de faible cervelle, il embrassa la carrière des armes, prit la tête de la cabale des Importants dirigée contre Mazarin et fut emprisonné à Vincennes pour cette raison en septembre 1643. Il s'évada en mai 1648 et put jouer un rôle de premier plan dans la Fronde à cause de sa popularité dans le petit peuple de Paris dont il affectait de parler le langage (on le surnommait le *roi des Halles*). Il fut tué au siège de Candie, en Crète, en combattant les Turcs.
3. Augustin Potier de Blancmesnil, d'une grande famille de robe, évêque de Beauvais depuis 1617, aumônier de la reine

Anne d'Autriche, mort en 1650. Les écrits contemporains confirment, dans l'ensemble, le féroce jugement de Retz.

4. *Momerie* : mascarade et, au sens figuré, hypocrisie.

5. Anne d'Autriche témoigna beaucoup de confiance au père de Retz mais ne songea nullement à le faire premier ministre. Retz ne manque jamais une occasion de souligner le rôle considérable que lui ou les siens auraient pu jouer si...

6. Léon d'Aubusson, comte de La Feuillade, était connu pour ses bons mots.

7. On retrouve cette expression dans une chanson attribuée à Blot : *On va disant que la Reine est si bonne / Qu'elle ne veut faire mal à personne...*

Page 99.

1. Bien entendu, l'élévation de Retz à la coadjutorerie résulte beaucoup plus des démarches du clan Gondi et de l'obligation où se trouvait la régente de satisfaire le plus possible de gens puissants que des anecdotes qui viennent d'être rapportées.

2. Le roi nommait les évêques. Le pape leur conférait ensuite l'institution canonique. La nomination pontificale revêtait la forme de bulles, lettres écrites en caractères gothiques sur parchemin et scellées de boules de plomb, d'où leur nom. La délivrance des bulles permettait à la chancellerie romaine de percevoir des droits élevés. Nommé coadjuteur de Paris avec droit de succession le 12 juin 1643, Retz reçut le 10 novembre suivant ses bulles datées du 5 octobre et signées du pape Urbain VIII.

3. Retz écrit toujours *Toussaints* (fête de tous les saints).

4. L'église Saint-Jean-en-Grève, située derrière l'Hôtel de Ville.

5. Le thème du *theatrum mundi* est un des *leitmotive* des *Mémoires*. Sur la scène du monde, Retz est l'« interprète superbe d'un rôle toujours grand et toujours divers » (M.-Th. Hipp).

Page 100.

1. Sur la maison de Saint-Lazare, voir n. 2, p. 83. Les prêtres de la Mission y organisaient des retraites destinées aux ordinands, les clercs qui se préparaient à recevoir le sacrement de l'ordre. Rappelons que Retz, qui vient d'être élevé à l'épiscopat, n'est pas encore sous-diacre.

2. *Ceux de mon oncle* : les mœurs de mon oncle. Le mot pouvait encore avoir les deux genres au temps de Vaugelas.

Page 101.

1. Le membre de phrase transcrit ici en italiques est souligné sur le manuscrit autographe. Mais si Retz rature souvent, il ne souligne pas et c'est vraisemblablement un censeur indigné par cet aveu du coadjuteur (un moine bénédictin ?) qui est l'auteur de ce soulignage. — Les commentateurs ont trop souvent vu dans ce passage célèbre une profession de foi satanique, une adhésion

déterminée et réfléchie du mémorialiste au Mal. La réalité est plus prosaïque. Adonné au péché de la chair, Retz ne se sent pas capable d'y renoncer malgré son élévation à l'épiscopat. Il décide donc de ne faire aucun effort pour combattre son penchant à la luxure (tient-il pour rien le secours de la grâce ?) et de continuer ses *galanteries*. C'est là ce qu'il appelle « faire le mal par dessein ». Mais il le fera discrètement pour que le scandale public de ses mauvaises mœurs ne rejaillisse pas sur l'Église.

2. De fait, Retz administra le diocèse de Paris dans l'esprit du concile de Trente, prêcha souvent, veilla à la qualité intellectuelle de son clergé. Il acquit rapidement l'estime des chanoines et des curés. Sauf sur le chapitre des mœurs, on doit le considérer comme un bon archevêque.

3. *Le plus glorieux* : le plus vaniteux.

4. *Donner la main* : céder la droite par déférence.

5. Il a fallu une décision du Conseil du roi pour adjuger la préséance à Retz sur le duc de Guise, l'ancien archevêque de Reims. Les ducs et pairs en effet ne le cédaient qu'aux princes du sang et prétendaient même avoir le pas sur les cardinaux. Le succès de Retz est le résultat de son privilège de juridiction dans les limites du diocèse de Paris.

6. *Rencontre* : événement. Le mot est encore des deux genres.

Page 102.

1. Au début de sa régence, Anne d'Autriche offrit à Beaufort la charge de grand écuyer. Il la refusa, espérant mieux, mais n'obtint rien d'autre. D'où irritation.

2. Henri II de Bourbon, prince de Condé (1588-1646), le père du Grand Condé. Il présidait le Conseil de régence.

3. Le duc de Longueville avait quitté Mme de Montbazon, sa maîtresse, pour épouser en 1642 Anne-Geneviève de Bourbon (1619-1679), sœur du Grand Condé. Les deux femmes se vouèrent dès lors une haine implacable. Le destinataire des lettres dont parle Retz était le fils aîné du maréchal de Châtillon (voir n. 3, p. 84), Maurice, comte de Coligny, mort en 1644 en duel. Nous retrouverons Mme de Longueville, devenue une des héroïnes de la Fronde, dans la suite des *Mémoires*. Après la guerre civile, elle versa dans le jansénisme et vécut retirée du monde.

4. Louis d'Astarac, vicomte de Fontrailles, passa sa vie à conspirer avant de se laisser acheter par Mazarin. Pendant la Fronde, il fut un temps un agent de Retz.

5. Charles-Léon, comte de Fiesque, fut un adversaire résolu de Mazarin. Sa femme, Gilonne d'Harcourt, était une des *maréchales de camp* de la Grande Mademoiselle.

6. Hippolyte de Béthune, neveu de Sully.

Page 103.

1. *Mélancoliques* : timorés, irrésolus, sujets à des sautes d'humeur,

au chagrin, voire à la folie. Au XVIIᵉ siècle, la mélancolie est l'un des quatre tempéraments déterminés par la présence des *humeurs* dans le corps humain.

2. Louis Barbier, abbé de La Rivière (1595-1670). Malgré une naissance obscure, il réussit à entrer au service de Gaston d'Orléans dont il devint le confident et le premier aumônier grâce à sa connaissance de Rabelais. Il s'efforça en vain d'accéder au cardinalat par la politique, d'abord en se vendant à Mazarin puis en faisant allégeance à Condé. Il dut se contenter de devenir en 1655 évêque de Langres.

3. *Monsieur le Duc*: le fils aîné du prince de Condé. Il s'agit ici du Grand Condé, considéré comme un héros à cause de sa victoire de Rocroi.

4. *L'on tenait cabinet*: on tenait conseil.

5. Cette entreprise contre la vie de Mazarin, niée ici par Retz, est confirmée par les *Mémoires* de Henri de Campion.

Page 104.

1. *Maître de camp*: colonel.

2. Tout en détestant ses méthodes de gouvernement, qu'il juge tyranniques, Retz rend ici hommage au génie politique de Richelieu, au point de le comparer à Alexandre et à César, personnages qui, connus par les *Vies parallèles* de Plutarque, ont fasciné le XVIIᵉ siècle.

3. *Le parti de la religion*: le parti protestant. Sa destruction s'imposait au pouvoir royal comme une nécessité absolue, en raison de ses prises d'armes réitérées. Luynes et Richelieu l'ont parfaitement compris. Le premier cardinal de Retz ne l'a nullement projetée. Il s'est contenté de l'appuyer énergiquement.

4. En réalité, la lutte de la France contre la maison d'Autriche avait commencé dès le XVIᵉ siècle, sous François Iᵉʳ et Henri II. Interrompue en 1559, elle allait être reprise par Henri IV lorsque ce roi fut assassiné. L'entreprise de Richelieu s'inscrit donc dans une tradition politique dictée par les intérêts vitaux du royaume.

5. Le 19 mai 1643, cinq jours après la mort de Louis XIII.

6. Le chancelier Pierre Séguier (1588-1672). Issu d'une vieille famille de robe, il accéda à la chancellerie en 1635 et fut le bras droit de Richelieu pour le maintien de l'ordre à l'intérieur du royaume. Quelque peu sacrifié par Mazarin pendant la Fronde, il retrouva la plénitude de son rôle en 1656.

7. Claude Bouthillier, le plus ancien et le plus fidèle collaborateur de Richelieu, disgracié en 1643. Son fils est le comte de Chavigny (voir n. 8, p. 71).

Page 105.

1. Guillaume Bautru, comte de Serrant (vers 1585-1665), fit une carrière de courtisan et de bel esprit. Célèbre par ses bons mots et ses propos piquants (qui lui valurent quelques raclées), il

remplit diverses missions diplomatiques et appartint à l'Académie française dès sa fondation.

2. Retz fait sans doute allusion ici à l'amour que le duc de Buckingham avait déclaré à Anne d'Autriche dans les jardins d'Amiens.

3. Depuis que Catherine de Médicis, mère de Charles IX, l'avait emporté sur Antoine de Bourbon (le père de Henri IV) qui lui disputait la régence, le dernier état de la coutume admettait que la mère du roi mineur devait exercer la régence, les princes du sang l'aidant de leurs conseils.

4. Affirmation inexacte : le régiment de Picardie était à Rocroi.

5. Catherine-Henriette Bellier (vers 1615-1690), épouse de Pierre de Beauvais et première femme de chambre d'Anne d'Autriche, surnommée *Cateau la Borgnesse*. Elle joua le rôle d'une espionne à la solde de Mazarin et déniaisa le jeune Louis XIV.

Page 106.

1. *Les Weimariens* : les mercenaires allemands de Bernard de Saxe-Weimar (1604-1639), passés sous les ordres de Guébriant, puis de Turenne, à la mort de leur général qui s'était mis à la solde de la France.

2. En réalité trois mois et demi. Beaufort avait reçu la garde des deux fils de Louis XIII pendant l'agonie du roi.

Page 107.

1. Jean Chapelain (1595-1674), protégé de Richelieu, poète réputé (auteur d'une épopée intitulée *La Pucelle*), membre de l'Académie française à sa fondation.

2. Charles-Amédée de Savoie, duc de Nemours (1624-1652), venait d'épouser Élisabeth de Vendôme.

3. Pour épouser Suzanne de Pons, fille d'honneur d'Anne d'Autriche, le duc de Guise voulait faire annuler le mariage qu'il avait contracté aux Pays-Bas avec la comtesse de Bossut.

Page 108.

1. Jean-Armand de Maillé, duc de Brézé (1619-1646), avait hérité de son oncle Richelieu les fonctions de grand maître et surintendant général de la navigation (« la charge d'amiral », dit Retz). Il avait été tué dans un combat naval devant la place espagnole d'Orbetello, en Toscane.

2. Le 31 janvier 1644, à Notre-Dame de Paris. Prélats consécrateurs : l'archevêque de Paris, les évêques d'Orléans et de Meaux.

3. Retz accomplit ici une des fonctions de l'épiscopat, la visite des maisons religieuses pour y redresser d'éventuels abus. Les religieuses de la Conception, appelées habituellement *récollettes*, suivaient la règle franciscaine.

Page 109.

1. *Ce manœuvre*: employé au sens d'intrigue, le mot pouvait être masculin.

2. Son souci d'améliorer le clergé de son diocèse range Retz parmi les évêques réformateurs, fidèles à l'esprit du concile de Trente.

Page 110.

1. Antoine de Barillon, seigneur de Morangis (1599-1672), était le frère du président de Barillon (voir n. 1, p. 61).

2. Fondés en 1084 par saint Bruno, les chartreux s'efforçaient de concilier érémitisme et cénobitisme puisqu'ils vivaient en collectivité mais chacun dans sa cellule. Ils disposaient à Paris, rue d'Enfer, d'une très vaste maison.

3. Abel Servien (1593-1659) est surtout connu comme diplomate, négociateur des traités de Westphalie. Parti pour l'Allemagne en décembre 1643, il ne pouvait pas se trouver à Paris à l'époque dont parle Retz.

4. L'Assemblée du clergé, composée de députés des différentes provinces ecclésiastiques du royaume, se tenait régulièrement tous les cinq ans (les années en 5 et les années en 0). Elle votait au roi le don gratuit, contribution du clergé aux finances du royaume. Elle s'occupait aussi de questions religieuses. Chaque session durait plusieurs mois et des assemblées extraordinaires pouvaient s'ajouter aux assemblées ordinaires. Celle dont il s'agit ici se tint de mai 1645 à juillet 1646.

5. L'Assemblée du clergé tenue à Mantes s'était révoltée en 1641 contre les exigences financières de Richelieu qui avait renvoyé dans leurs diocèses deux archevêques et quatre évêques.

Page 111.

1. *Monsieur d'Arles*: François Adhémar de Monteil, comte de Grignan (1603-1689), oncle du gendre de Mme de Sévigné, archevêque d'Arles en 1641.

2. *Varmie*: diocèse du nord de la Pologne. La cathédrale se trouvait dans la ville de Frombork. Copernic fit partie du chapitre.

3. Marie-Louise de Gonzague (vers 1612-1667), fille de Charles Ier de Gonzague, duc de Nevers et de Mantoue, épousa par procuration le 5 novembre 1645, dans la chapelle du Palais-Royal, le roi de Pologne Ladislas IV.

4. Henriette-Marie (1609-1669), fille de Henri IV et de Marie de Médicis, épousa le roi d'Angleterre Charles Ier, à Notre-Dame de Paris, le 11 mai 1625.

Page 113.

1. Au diocèse de Metz, on appelait *suffragant* un évêque auxiliaire chargé d'accomplir les fonctions épiscopales lorsque le titu-

laire du siège — souvent un Guise ou un prince lorrain — ne résidait pas ou se trouvait trop jeune. L'allusion de Retz vise le cardinal Charles de Lorraine (1525-1574), frère du duc François de Guise, qui, évêque de Metz en 1550-1551 et en 1555, traitait ses suffragants avec condescendance

2. La confusion paraît étonnante : *insolito* a pour équivalent français *insolite* alors qu'*insolemment* se traduit en italien par *insolentemente.*

Page 114.

1. En octobre 1643, Anne d'Autriche et ses fils s'étaient installés au Palais-Cardinal, légué à la Couronne par Richelieu. Le bâtiment prit alors le nom de Palais-Royal.

Page 115.

1. Le 1ᵉʳ avril 1646.
2. *Compétence* : rivalité.
3. *Théologal* : dans un chapitre, chanoine chargé de l'enseignement de la doctrine.
4. Il s'agit du couvent des carmes déchaux (déchaussés) qui marchaient pieds nus. Il se trouvait rue de Vaugirard. Son emplacement est occupé aujourd'hui par l'Institut catholique.

Page 116.

1. *Petit-Bourg* : Évry-Petit-Bourg, aujourd'hui Évry, chef-lieu de l'Essonne. L'abbé de La Rivière y possédait un château.
2. Henri de Chabot (1616-1655) épousa en octobre 1645 Marguerite de Rohan, unique héritière du duc Henri Iᵉʳ de Rohan. Il devint ainsi le premier duc de Rohan-Chabot.
3. Allusion au geste de saint Ambroise interdisant à l'empereur Théodose l'entrée de la cathédrale de Milan au lendemain du massacre de Thessalonique (390).

Page 117.

1. Jean de Choisy, seigneur de Balleroy (?-1660), est le père de l'abbé de Choisy, le mémorialiste. Il fit bâtir le château de Balleroy.
2. Armand de Bourbon, prince de Conti (1629-1666), frère du Grand Condé, était destiné à l'Église parce qu'il était maladif et bossu. Mais, en 1646, il n'était pas encore question de lui conférer le cardinalat car il achevait seulement ses études. On le retrouvera dans la suite des *Mémoires* comme généralissime de la Fronde.
3. Sur cette très lointaine parenté, voir n. 1, p. 413.
4. *Il faillit à transir* : il fut sur le point d'être saisi de.

Page 119.

1. *Monsieur de Sens* : Octave de Bellegarde, mort avant la fin de la session.

2. *Monsieur de Chaslons* : Félix Vialart de Herse (1618-1680), d'opinion janséniste, fidèle ami de Retz.

3. *Politique par livre* : ayant étudié la politique dans les livres, en particulier ceux de Machiavel.

Page 120.

1. René de Rieux, évêque de Léon, avait été privé de son siège en 1635 pour avoir aidé Marie de Médicis à s'enfuir du royaume. Il retrouvera son diocèse en 1648.

Page 121.

1. Le mémorialiste cède ici la parole à l'historien. La rédaction du passage a été très travaillée, ainsi que le prouvent les nombreux repentirs qui figurent dans le manuscrit. Il suit pas à pas les étapes par lesquelles est passée la construction de la monarchie absolue, « la principale cause de subversion » (J.-P. Morelon).

2. L'allusion concerne la Grande Charte, imposée en 1215 au roi Jean sans Terre par les barons anglais révoltés et les *fueros*, privilèges dont jouissaient en Espagne les habitants du royaume d'Aragon et des provinces basques du royaume de Castille. L'expression *autorité réglée* signifie autorité limitée, par opposition à l'autorité absolue.

3. Ces coutumes appelées *lois fondamentales* du royaume depuis le règne de Henri III, formaient comme une sorte de constitution dont les parlements étaient les gardiens.

4. *Libertinage* : esprit d'indépendance, refus de soumission.

5. Nicole Oresme (vers 1325-1382), conseiller de Charles V, et Jean Jouvenel (Juvénal) Des Ursins (vers 1360-1431), conseiller de Charles VI ne peuvent être invoqués à l'appui de la thèse présentée ici par Retz.

6. Georges Ier d'Amboise (1460-1510), archevêque de Rouen et cardinal, joua sous Louis XII le rôle d'un véritable premier ministre. À la mort d'Alexandre VI (1503), il chercha sans succès à se faire élire pape.

7. Anne, duc de Montmorency (1493-1567), connétable de France en 1538, prit une part prépondérante à la direction des affaires du royaume sous les règnes de François Ier, Henri II et Charles IX.

8. *MM. de Guise* : le duc François de Guise (1519-1563) et son frère le cardinal Charles de Lorraine (1525-1574), maîtres du pouvoir sous le court règne de François II.

Page 122.

1. Les rois de France avaient trop emprunté et, comme ils payaient mal leurs dettes, ils ne jouissaient pas d'un bon crédit. Aussi, depuis François Ier, se procuraient-ils de l'argent grâce au crédit de la ville de Paris. Les *rentiers*, qui achetaient les rentes de

l'Hôtel de Ville, prêtaient en théorie à celle-ci, en réalité à l'État. La Couronne engageait certains de ses revenus à la ville pour le paiement des intérêts dus aux rentiers. En 1605, Henri IV céda aux remontrances du prévôt des marchands (équivalent d'un maire) François Miron et renonça à la suppression de certaines de ces rentes.

2. Henri Ier, duc de Rohan (1579-1638), gendre de Sully, conduisit les révoltes du parti protestant sous Louis XIII puis guerroya en Italie et en Allemagne. Sa fille unique, Marguerite, épousa Henri de Chabot (voir n. 2, p. 116).

3. Charles d'Albert, duc de Luynes (1578-1621), dirigea les affaires du royaume au nom du jeune Louis XIII après la mort de Concini, se faisant remarquer à la fois par son avidité et son peu de capacité.

4. Sur la *tyrannie* de Richelieu, Retz partage le point de vue de nombreux nobles et de nombreux magistrats. Cette tyrannie consista en une affirmation inconnue jusque-là de l'autorité de l'État, rendue nécessaire par la guerre étrangère. Le cardinal augmenta dans d'énormes proportions les impôts afin de faire face aux dépenses militaires et ne toléra aucune forme d'opposition à sa politique. Il réprima sans pitié les révoltes des contribuables comme les complots de la noblesse. Pour faire prévaloir partout la volonté royale, il généralisa l'emploi des *intendants*, administrateurs fidèles et dévoués qui se substituèrent aux officiers de justice et de finances, propriétaires de leur emploi.

5. Tous ces personnages, issus du monde de la robe, ont manifesté leur hostilité à la monarchie absolue. « Je hais ces mots de puissance absolue », écrit par exemple le magistrat poète Guy Du Faur de Pibrac (1528-1584).

Page 123.

1. En 193, la garde prétorienne, après avoir assassiné l'empereur Pertinax, vendit la dignité impériale au plus offrant.

2. Dans l'empire ottoman, sultans ou vizirs détrônés par les révolutions de palais étaient étranglés avec une cordelette.

3. Pépin le Bref (714-768), fils de Charles Martel et père de Charlemagne, maire du palais, détrôna en 751 le dernier roi mérovingien Childéric III.

4. Hugues Capet (vers 941-996), comte de Paris, fonda en 987 la dynastie capétienne bien que la famille carolingienne ne fût pas éteinte.

Page 124.

1. À partir de novembre 1629, Richelieu porta le titre de principal ministre d'État.

2. *Le portrait et le parallèle* : genres littéraires qui ont joui de la plus grande faveur au XVIIe siècle. Fruit d'une observation attentive, méthodiquement conduit, le portrait doit permettre la

connaissance individuelle. Sa visée est toujours élogieuse ou polémique. Les portraits sont fréquemment groupés par deux, sous le patronage de Plutarque. Ici, « à un portrait d'apparat répond une caricature » (A. Bertière), à la grandeur de Richelieu s'oppose la bassesse de Mazarin. La « galerie » des pages 214-220 est un des passages les plus célèbres des *Mémoires*.

3. Le *je-ne-sais-quoi* : expression très employée au XVIIe siècle pour désigner quelque chose d'indéfinissable.

4. Ce propos de Retz est à nuancer. Richelieu, qui n'était rien sans le roi, devait lui rendre un compte minutieux de sa politique.

Page 125.

1. *Toutefois* : toutes les fois que.
2. *Piper* : tricher au jeu.
3. La Valteline est la haute vallée de l'Adda, affluent du Pô. Elle constitue la route la plus courte de Milan à Vienne et fut disputée, au XVIIe siècle, entre les Ligues grises, alliées des Suisses, soutenues par la France et les puissances catholiques, l'Espagne et le Saint-Siège. Mazarin servit comme officier dans l'armée pontificale.
4. Le cardinal Antonio Barberini (1608-1671), neveu du pape Urbain VIII. Ce fut en réalité Richelieu qui obtint en 1634 la nomination de Mazarin comme nonce extraordinaire en France.
5. Selon Tacite (*Annales*, livre I, chapitre X), Auguste désigna Tibère comme son successeur pour que l'indignité de celui-ci rehaussât sa propre gloire.
6. Trivelin est un célèbre personnage de la comédie italienne, intrigant et spirituel, tantôt valet, tantôt aventurier.

Page 126.

1. Giuseppe-Zongo Ondedei, ecclésiastique italien arrivé en France en 1646, l'un des agents les plus actifs et les plus dévoués de Mazarin, évêque de Fréjus en 1654, mort en 1674.

Page 127.

1. Retz exprime ici un point de vue partagé par de nombreux adversaires de Richelieu, scandalisés par la délégation de pouvoir consentie par Louis XIII à son ministre et par le tour systématique que le cardinal donnait à l'exercice de l'autorité royale.
2. En particulier les parlements. La société du XVIIe siècle était d'essence corporative. L'individu n'y avait que peu d'importance en lui-même et tirait toute sa valeur du corps auquel il appartenait : lignage noble, compagnie d'officiers, corps ecclésiastique, métier, etc.
3. Retz adhère ici aux conceptions politiques des parlementaires pour qui le roi ne devait pas se servir de sa *puissance absolue* (sauf dans les cas extrêmes) mais seulement de sa *puissance*

réglée, limitée par les coutumes du royaume ainsi que par les privilèges des territoires (provinces, villes) et des corps.

Page 128.

1. Allusion aux nombreuses révoltes antifiscales, citadines et surtout paysannes, qui rythmèrent la vie du royaume de France sous le ministère de Richelieu. Les plus considérables furent le soulèvement des Croquants, entre Garonne et Loire (1636-1637) et celui des Va-nu-pieds en Normandie (1639).
2. Michel Particelli, seigneur d'Émery (1596-1650), d'une famille lyonnaise originaire de Lucques, remplit diverses fonctions avant de devenir surintendant des Finances en juillet 1647. Sa politique fiscale (les *édits* dont parle ici Retz), formidablement impopulaire, servit de prétexte au déclenchement de la Fronde.
3. Les maîtres des requêtes étaient des officiers de justice qui siégeaient au tribunal des requêtes de l'Hôtel et qui rapportaient les affaires au Conseil privé. C'est parmi eux que la monarchie recrutait les intendants.
4. Selon la tradition, trois paysans prêtèrent en 1307 le serment de délivrer leur pays de la domination tyrannique des ducs d'Autriche. Ainsi serait née la Suisse. Le terme de *ligues* signifie ici l'ensemble des cantons.
5. Les Pays-Bas se soulevèrent contre leur souverain, le roi d'Espagne Philippe II, à partir de 1566. L'implacable duc d'Albe (1508-1582) ne réussit pas à réprimer la révolte, conduite par Guillaume de Nassau, prince d'Orange, surnommé le Taciturne (1533-1584). En 1579, les Pays-Bas du nord, protestants, proclamèrent leur indépendance sous le nom de Provinces-Unies. On réserva dès lors le nom de Pays-Bas aux provinces du sud, restées catholiques et soumises à la couronne espagnole.

Page 129.

1. C'est-à-dire dans l'esprit des plus habiles courtisans, des politiques les plus avisés.
2. Retz a bien écrit ici *tariffe*. L'édit du tarif (septembre 1646) réformait les droits d'octroi sur les marchandises entrant dans Paris dans un sens favorable à l'État et très défavorable aux contribuables.
3. *Les loix* : les coutumes, les traditions qui mettaient des bornes à l'autorité royale.
4. Les Français du XVIIe siècle considéraient que les cardinaux-ministres, Richelieu puis Mazarin, avaient profané le *mystère de la monarchie* en substituant leur autorité à celle du roi. Selon la théorie du *corps mystique* de la monarchie en effet, ce dernier, la tête, était seul capable de sentir, de comprendre et d'interpréter les aspirations de son peuple, le corps. Il recevait même pour cela des secours d'En-Haut. Aucun ministre ne pouvait bénéficier d'un tel charisme. Richelieu ou Mazarin ne pouvaient donc pra-

tiquer qu'une politique en désaccord avec les intérêts profonds du peuple.

Page 130.

1. Tout le passage qui suit est emprunté par Retz à l'*Histoire du temps* (voir la préface, p. 39, n. 4).

2. C'est en effet à la Cour des aides, cour souveraine en matière fiscale, qu'appartenaient la vérification et l'enregistrement des édits relatifs aux impôts. Le Parlement revendique ce rôle pour lui-même.

3. Les actes d'une régente n'ayant pas, aux yeux des Français, la même valeur, la même plénitude que ceux du roi majeur, la nécessité de leur obéir ne s'imposait pas à eux avec force. De plus, en Angleterre, le Parlement venait de remporter la guerre civile engagée depuis 1642 contre le roi Charles Ier. Certes, le parlement d'Angleterre n'était nullement l'homologue du parlement de Paris. Il correspondait, outre-Manche, à nos États généraux. Mais les magistrats pouvaient jouer sur la ressemblance des vocables.

4. Grand officier de la Couronne, le chancelier dirigeait la chancellerie royale, conservait les sceaux de l'État et commandait à tous les officiers de justice du royaume. Il présidait les conseils en l'absence du roi et du premier ministre. Depuis 1635, c'était Pierre Séguier.

5. Le premier président d'une cour souveraine était nommé par le roi, en général parmi les présidents à mortier (présidents de la Grand-Chambre). Cependant, en 1647, c'était Mathieu Molé, ancien procureur général de la compagnie.

6. Pour la vérification des édits royaux, les huit chambres du Parlement se réunissaient sous la présidence du premier président.

7. Une déclaration était une loi qui complétait ou modifiait la législation en vigueur.

Page 131.

1. L'un de ces textes instituait un emprunt forcé sur les gens riches habitant Paris, ville échappant à l'impôt direct ; on l'appela la *taxe des aisés*.

2. Administration et justice n'étant pas encore pleinement séparées, les décisions des institutions monarchiques prenaient le nom d'*arrêts*. On voit se dérouler ici un conflit de compétence entre arrêt du Conseil et arrêt du Parlement. Le Parlement, parce qu'il tirait son origine de la *Curia regis*, le Conseil des rois capétiens du Moyen Âge, estimait que ses arrêts avaient la même valeur que ceux du Conseil du roi. La Chambre des vacations remplissait les fonctions du Parlement pendant les vacances de celui-ci (7 septembre-12 novembre).

3. Il s'agissait de transformer en propriétaires pleins, non sou-

mis aux droits seigneuriaux, tous les tenanciers du domaine royal (le roi était le seigneur d'une grande partie de la ville de Paris), moyennant le paiement d'une année de leurs revenus.

4. Michel Particelli, seigneur de Thoré, président à la troisième chambre des Enquêtes.

5. Le prévôt des marchands (Retz écrit toujours *provôt*), désigné pour deux ans par un collège électoral restreint, dirigeait et présidait le Bureau de ville de Paris. Les électeurs élisaient toujours le candidat du roi.

Page 132.

1. En ajoutant douze offices de maîtres des requêtes aux soixante-douze qui existaient, Mazarin voulait procurer de l'argent à l'État : ces offices étaient en effet des charges vénales. La mesure lésait les intérêts des maîtres des requêtes en exercice : leur rôle allait se trouver diminué, leurs profits amenuisés et la considération qu'ils tiraient de leur fonction affaiblie.

2. La Grand-Chambre du Parlement avec ses vingt-cinq conseillers et ses sept à dix présidents, les présidents à mortier, jugeait les causes les plus considérables.

3. Les gens du roi (ce que nous appelons le ministère public) étaient le procureur général, son substitut et les deux avocats généraux. Ils se réunissaient dans une pièce spéciale, le *parquet*.

Page 133.

1. Le 29 avril 1648, à l'annonce d'un nouvel édit qui lésait les magistrats. Cet édit accordait bien pour neuf ans le renouvellement de la *paulette* (du nom du financier Paulet qui en avait eu l'idée et qui l'avait affirmée pour la première fois) ou *droit annuel*, la taxe qui permettait l'hérédité sans condition des charges mais moyennant l'abandon par les officiers de justice de quatre années de leurs gages. La mesure ne concernait pas le Parlement : par ce moyen, Mazarin espérait rompre le front de la magistrature mais sa manœuvre ne réussit pas.

2. L'arrêt d'union des cours souveraines est daté du 13 mai 1648.

3. La chambre Saint-Louis était une vaste salle située à l'extrémité nord-ouest du Palais.

4. Que des magistrats du Grand Conseil, rival du Parlement, fassent cause commune avec celui-ci en dit long sur les rancœurs de la robe vis-à-vis de Mazarin.

Page 134.

1. Nicolas Potier de Novion (1618-1693), neveu de l'évêque de Beauvais. Il était président à mortier depuis 1645 et deviendra premier président en 1677.

2. Henri de Guénégaud, seigneur Du Plessis (1609-1676), secrétaire d'État depuis 1643. Il fit élever, à partir de 1648, un superbe

hôtel où Boileau vint lire ses premières satires et Racine ses premières tragédies.

3. *Même* adverbe prend encore l'*s* du pluriel.
4. *Deux heures de relevée* : deux heures de l'après-midi.
5. L'arrêt d'union des cours souveraines avait la portée d'une révolution politique. Il visait à substituer l'autorité de ces cours à celle de la régente et de son premier ministre. « C'est une espèce de république dans la monarchie », dit Anne d'Autriche.
6. Michel Le Tellier (1603-1685), fidèle de Mazarin, secrétaire d'État de la guerre depuis avril 1643. À partir de 1654, il exercera sa charge conjointement avec son fils, le marquis de Louvois qui lui succédera en 1666. Il terminera sa carrière comme chancelier de France.

Page 135.

1. *Le palais d'Orléans* : le palais du Luxembourg, édifié pour Marie de Médicis à partir de 1615, habité par Gaston d'Orléans depuis 1643.
2. Le 26 juin 1648. Cet arrêt confirme celui du 13 mai.
3. *Exagérer* : exprimer avec force.

Page 136.

1. Trente-deux magistrats siégeaient dans la chambre Saint-Louis, quatorze du Parlement et six de chacune des autres cours souveraines.
2. Les *intendants de justice, police et finances* étaient, dans les provinces, les agents les plus efficaces de la monarchie. Nommés par lettres de commission (et par conséquent révocables, contrairement aux officiers), ils devaient veiller au maintien de l'ordre public, surveiller les officiers de justice, les contraindre à remplir correctement leurs fonctions. Depuis 1642, ils pouvaient se charger de la répartition et de la levée de la taille, le principal impôt direct, au détriment des officiers de finances. Bien que choisis parmi les maîtres des requêtes, ils étaient détestés des officiers parce qu'ils incarnaient la monarchie absolue.

Page 137.

1. Les *partisans* ou *traitants* étaient des financiers qui prêtaient de l'argent frais à l'État et prenaient à ferme la levée des impôts indirects. On appelait *parti* un contrat passé entre le roi et un groupe de financiers en vue de la levée de certaines taxes. Les partisans ne manquaient pas d'ajouter au montant de l'impôt à lever celui d'une commission substantielle. D'où leur impopularité. Mais le pouvoir royal ne pouvait se passer de leurs services sous peine de manquer de liquidités.
2. *Au plus de voix* : à la majorité des voix.
3. *Serait* : Retz accorde le verbe avec le sujet le plus proche. C'est une survivance du latin.

Page 138.

1. Il est exact que beaucoup de courtisans, de grands seigneurs et de magistrats confiaient de grosses sommes aux partisans pour que ceux-ci les investissent et les fassent fructifier dans leurs opérations financières.

2. Les *Mémoires* de Mme de Motteville confirment sur ce point ceux de Retz.

Page 139.

1. *Bigearre* : fantasque, extravagant.

2. Le prince de Condé battit les Espagnols à Lens le 20 août 1648. Il n'était plus Monsieur le Duc mais Monsieur le Prince depuis la mort de son père en décembre 1646.

3. Gaspard IV, comte de Coligny, duc de Châtillon à la mort de son père le maréchal (voir n. 3, p. 84). Arrière-petit-fils de l'amiral de Coligny, il avait abjuré le protestantisme en 1643. Il combattit sur les principaux champs de bataille de son temps et mourut pendant la Fronde, des suites d'une blessure reçue à l'affaire de Charenton.

4. L'ascendant du prince de Condé sur Retz est patent dès le début des *Mémoires*. Il faut dire que l'héroïsation de Monsieur le Prince a commencé au lendemain de Rocroi et que son prestige est alors au zénith.

5. La duchesse de Lesdiguières, petite-fille d'Albert de Gondi, était une cousine germaine de Retz.

Page 140.

1. Ces deux personnages appartenaient à la maison de Gaston d'Orléans, Montrésor comme grand veneur et Geoffroy, marquis de Laigue, comme capitaine des gardes.

Page 141.

1. *La contraire* : la résolution contraire, celle qui n'est ni droite ni innocente.

Page 142.

1. Nicolas IV de Neufville, marquis de Villeroi (1597-1685), maréchal de France en 1646, gouverneur du petit roi Louis XIV qui le fera duc et pair en 1663.

2. L'église Saint-Louis des jésuites, rue Saint-Antoine, était la chapelle de la maison professe des pères et un haut lieu de l'éloquence sacrée. C'est aujourd'hui l'église Saint-Paul-Saint-Louis. Le sermon de Retz a été publié. Il figure aux pages 107-131 du tome IX de ses *Œuvres* dans la « Collection des Grands Écrivains de la France ».

Page 143.

1. Gaston-Jean-Baptiste, comte de Comminges (1613-1670),

lieutenant (commandant en second) des gardes de la reine depuis 1643, homme de confiance d'Anne d'Autriche.

2. Pierre Broussel (vers 1576-1654) était l'un des plus anciens conseillers de la Grand-Chambre et l'un des parlementaires les plus acharnés contre les impôts. Il était très populaire en raison de son train de vie modeste et de son désintéressement. Retz l'appelle le *bonhomme* Broussel à cause de son grand âge (*bonhomme* : vieillard).

3. René Potier de Blancmesnil, président en la première chambre des Enquêtes, neveu de l'évêque de Beauvais, parent du président Potier de Novion.

4. Martin Le Roy, seigneur de Gomberville (1600-1674), janséniste, poète et romancier, membre de l'Académie française. Il fréquentait aussi l'académie que Retz réunissait au petit archevêché.

5. *En rochet et camail* : en costume de chœur d'évêque. Le rochet est un surplis à manches étroites. Le camail se porte par-dessus le rochet, des épaules à la ceinture.

6. Le Marché-Neuf se trouvait à droite du pont Saint-Michel en entrant dans l'île de la Cité.

Page 144.

1. Selon Mme de Motteville, le maréchal de La Meilleraye avait reçu mission d'aller par les rues pour apaiser le peuple.

2. François de Comminges, comte de Guitaut (1581-1663), oncle du comte de Comminges, capitaine des gardes de la reine. C'est lui qui avait arrêté Beaufort (1643). C'est lui qui aura à arrêter Condé (1650). La même année, il abandonnera sa charge à son neveu pour devenir gouverneur de Saumur.

3. Nicolas Bautru, comte de Nogent, frère cadet de Guillaume Bautru (voir n. 1, p. 105).

4. *Galimatias* : discours obscur à force de subtilité.

Page 145.

1. Cher à Retz, le thème du théâtre revient en force dans ce passage.

2. *Chiffler* : forme vieillie de siffler.

3. Mlle de Guerchi, une des filles d'honneur de la reine. Elle mourut pour s'être fait avorter.

Page 146.

1. *Le capitan* : personnage de la comédie italienne, faux brave.

Page 147.

1. *Très affectionné* : fidèle, loyal.

2. Le lieutenant civil était le principal magistrat du Châtelet, juridiction parisienne équivalant à un bailliage. Depuis 1643, c'était Dreux d'Aubray (1600-1666), le père et l'une des victimes de la marquise de Brinvilliers.

Page 148.

1. *Consulter* : discuter, délibérer.

Page 149.

1. C'est ici l'un des rares passages des *Mémoires* où Retz joue un rôle tout à fait ridicule.
2. *L'émotion* : l'émeute, la révolte, la sédition.
3. *Crocheteur* : portefaix.
4. *Les Quinze-Vingts* : hôpital fondé par saint Louis pour abriter trois cents chevaliers revenus aveugles de Terre sainte.
5. La Croix-du-Tiroir (ou la Croix-du-Trahoir), au croisement des rues Saint-Honoré et de l'Arbre-sec, était un des principaux carrefours de l'ancien Paris. On pouvait y voir une potence (l'arbre sec), une roue, une grande croix de pierre et une fontaine. C'est là que la révolte des *maillotins* avait éclaté en 1382.

Page 150.

1. Selon les *Mémoires* de Guy Joly, la pierre aurait atteint Retz au côté pendant qu'il confessait le crocheteur abattu par La Meilleraye.
2. Aucun autre mémorialiste ne confirme ce que dit ici Retz.
3. *Devait produire* : aurait dû produire. L'imparfait du verbe devoir suivi d'un infinitif a le sens d'un conditionnel au XVIIᵉ siècle.
4. *Les pestes* : les gens nuisibles, les mauvais conseillers.

Page 151.

1. Les *Mémoires* de Guy Joly et de Mme de Motteville confirment les railleries que Retz essuya de la part de la reine et de sa cour.
2. En raison de l'affront public qu'il venait de recevoir, Retz résolut de se venger car, dit Saint-Evremond « personne n'était plus honnête avec ses égaux et ses inférieurs ; mais quand il se croyait blessé par les procédés des gens plus élevés que lui, aucune considération ne pouvait arrêter ni modérer ses hauteurs et ses ressentiments ».
3. *Commune* : menu peuple, populace.

Page 152.

1. *Se désheurer* : changer ses heures habituelles.
2. Suzanne de Beaudéan, fille d'honneur de la reine, était l'épouse du duc de Navailles, capitaine des chevau-légers de Mazarin. Françoise Bertaut (vers 1621-1689), veuve du président de Motteville, était l'intime confidente d'Anne d'Autriche. Ses *Mémoires*, source de premier ordre pour l'histoire du XVIIᵉ siècle, ne parurent qu'en 1723.
3. Louis VII de Rohan (1599-1667), grand veneur de France, fils du duc de Montbazon.

Page 153.

1. Vraisemblablement rédigée au début de 1639, *La Conjuration du comte Jean-Louis de Fiesque* n'est connue en 1648 que par des exemplaires manuscrits. Les proches de Retz ne manquent cependant pas de rapprocher celui-ci de son héros, qui est aussi son modèle.
2. *Emportement* : colère.
3. François Le Bascle, seigneur d'Argenteuil, ancien serviteur du comte de Soissons devenu l'homme de confiance de Retz. Le personnage est très mal connu.

Page 155.

1. Plutarque et ses *Vies Parallèles* ont joué un rôle immense dans la formation des hommes du XVIIe siècle.
2. *Monsieur de Sens* : Louis-Henri de Gondrin de Pardaillan, oncle de Mme de Montespan, archevêque de Sens depuis 1646, était un prélat d'une grande rigidité de mœurs après une jeunesse licencieuse.
3. L'éthique aristocratique imposait jusque-là à Retz une fidélité sans faille à la reine qui lui avait accordé la coadjutorerie de Paris. Étant l'obligé d'Anne d'Autriche, il devait être son serviteur. Mais les railleries qu'il a dû essuyer au Palais-Royal et les projets que la Cour nourrit à son sujet le libèrent de cette sujétion. Il n'a plus à témoigner de la reconnaissance à qui use de mauvais procédés à son égard. Il reprend donc sa liberté d'action.

Page 156.

1. Le Miron dont parle ici Retz était le frère du prévôt des marchands. Il exerçait les fonctions de maître des comptes, c'est-à-dire de conseiller à la Chambre des comptes de Paris. Désireux de se venger des avanies que la Cour lui a fait subir, Retz travaille ici à dresser contre l'autorité royale la milice bourgeoise du quartier du Louvre et du Palais-Royal.
2. *Les gensdarmes* : la cavalerie lourde. Leur armure s'est allégée depuis le siècle précédent et ils ont troqué la lance pour le pistolet.
3. Gens du peuple et petits bourgeois portaient des manteaux gris, les grands bourgeois des manteaux noirs.

Page 157.

1. *Faire une recrue*, c'est recruter des soldats. Le chevalier d'Humières est un chevalier de Malte.
2. Retz s'endort paisiblement à la veille d'une bataille, à la façon des grands capitaines, comme Condé avant Rocroi !
3. *Hoquetons* : casaques brodées portées par les archers assurant la police de la ville et, par extension, ces archers eux-mêmes.
4. *L'enseigne* est le porte-drapeau du régiment de milice bourgeoise que commande Miron.

5. S'il est exact que Retz s'est efforcé de dresser la milice bourgeoise contre la Cour, il est faux qu'il soit le *deus ex machina* de la journée des Barricades comme il voudrait nous le faire croire ici.

Page 158.

1. Dominique Séguier, évêque de Meaux, mort en 1659.
2. À presque tous les carrefours de Paris se trouvaient des tambours sur lesquels s'enroulaient des chaînes que l'on tendait en travers des rues en cas de danger. Le matin du 27 août 1648, les bourgeois commencent par tendre ces chaînes, non seulement pour se défendre contre les soldats du roi mais aussi pour se protéger du petit peuple des crocheteurs et des gagne-deniers, prompt à piller en cas de troubles. Puis ils renforcent leur dispositif à l'aide de *barricades* faites de barriques remplies de terre, de pierres, de fumier, d'objets de toute nature. En raison de l'étroitesse des rues et du grand nombre de barricades (1 260), il devient impossible de circuler dans la capitale. Voir Roland Mousnier, *Paris capitale au temps de Richelieu et de Mazarin*, A. Pedone, 1978.
3. *L'ancienne guerre des Anglais* : la guerre de Cent ans.
4. Louis de Cossé, troisième duc de Brissac (1625-1661), cousin de Retz par son mariage avec Mlle de Scépeaux que Retz avait voulu enlever douze ans plus tôt. Partisan fidèle de Retz pendant toute la Fronde.
5. *Hausse-cou* ou *hausse-col* : pièce d'armure protégeant le cou et les épaules.

Page 161.

1. Mathieu Molé, seigneur de Champlâtreux (1584-1656), entré au Parlement en 1606, en avait été le procureur général de 1614 à 1641 avant d'accéder à la première présidence. Pendant la Fronde, il s'efforça de rester le plus qu'il put dans la légalité. On le retrouvera garde des sceaux en 1651 lors de la disgrâce temporaire du chancelier Séguier. Il a laissé d'importants *Mémoires*.
2. *Être congru dans sa langue*, c'est s'exprimer avec précision et exactitude.
3. *Il se passa lui-même* : il se surpassa.
4. *Lettres de cachet* : lettres signées du roi, contresignées par un secrétaire d'État et fermées par un cachet de cire (contrairement aux *lettres patentes*). Elles ordonnent ici l'élargissement de Broussel et de Blancmesnil.

Page 162.

1. Mme de Motteville confirme sur ce point le texte de Retz : « Jamais triomphe de roi ou d'empereur romain n'a été plus grand que celui de ce pauvre petit homme qui n'avait rien de recommandable que d'être entêté du bien public et de la haine des impôts. »
2. En réalité, la tranquillité complète ne revint que le 29 août.

3. René de Longueil, seigneur puis marquis de Maisons, était président à mortier depuis 1642. Il fut surintendant des Finances de mai 1650 à septembre 1651. Son château de Maisons (aujourd'hui Maisons-Laffitte) est l'œuvre de François Mansart.

4. Pierre Viole, seigneur d'Atis, était président en la quatrième chambre des Enquêtes depuis 1647.

5. *Intimissime* : les superlatifs en *-issime* commençaient à s'imposer en français. Retz donne ici à cet adjectif néologique une coloration ironique.

Page 163.

1. *Agissante* : voir n. 3, p. 63.

2. *Les sacs* : nous dirions aujourd'hui les dossiers. On avait coutume d'enfermer dans un sac toutes les pièces d'un procès.

3. Louis Charton était un esprit inquiet et turbulent, avide d'honneurs, qui se lança très tôt dans la Fronde. On raconte qu'il dut se cacher dans un cabinet d'aisances pour échapper au massacre de l'Hôtel de Ville, le 4 juillet 1652.

4. *Cheux vous* : Retz avait d'abord écrit : « comme vous l'avez vu *à Livri* ». Il a ensuite remplacé *à Livri* par *cheux vous*. Comme Livri était la résidence de l'abbé de Coulanges, chez qui Mme de Sévigné séjournait souvent, la leçon est capitale pour l'identification de la dédicataire des *Mémoires*.

5. Le carat est une unité de poids utilisée en joaillerie pour mesurer l'or ou le diamant. Au figuré, comme ici, il désigne le degré, l'intensité.

6. *Le dérangement des lois* : la disparition des coutumes qui mettaient des bornes à l'autorité royale. Vers 1675, Retz réfléchit sur la Fronde en historien. Il en recherche la cause profonde qu'il découvre dans la pratique absolutiste excessive de Richelieu, continuée par Mazarin.

Page 165.

1. Cette visite de Broussel au Palais-Royal après sa libération n'est attestée nulle part.

2. *Pantalon* : personnage de la comédie italienne, vieillard éternellement dupé par ses proches.

3. Sous le ministère de Mazarin, la détresse financière de l'État ne permettait pas de payer régulièrement aux rentiers les intérêts auxquels ceux-ci avaient droit.

4. *Les quartiers d'hiver* : lieu de cantonnement des troupes entre deux campagnes. Les armées sont normalement au repos pendant l'hiver.

5. *Travers* : bizarrerie d'humeur.

Page 166.

1. Alfonso Pérez de Vivero, comte de Fuensaldaña, commandant en chef des troupes espagnoles cantonnées aux Pays-Bas.

2. L'archiduc Léopold-Guillaume de Habsbourg (1614-1662), frère de l'empereur Ferdinand III, gouverneur des Pays-Bas espagnols de 1647 à 1656.

3. Le Parlement voulait obliger Mazarin à diminuer d'un quart le montant de l'impôt direct, la taille, que les besoins de la guerre avaient porté à un niveau insupportable.

Page 167.

1. Gaspard de Châtillon, seigneur de Coligny (1514-1572), amiral de France en 1552, chef du parti protestant en 1569, l'une des principales victimes de la Saint-Barthélemy.
2. Jacques Le Coigneux, président à mortier depuis 1630. Son fils aîné lui succéda dans sa charge.
3. *Aller au sabbat* : se compromettre gravement.
4. *Sur les fleurs de lis* : en séance publique du Parlement. Les sièges des magistrats étaient garnis d'un tissu orné de fleurs de lis.
5. *Faire si bien par ses journées* : faire si bien que.
6. *À Ruel* : chez la duchesse d'Aiguillon, nièce de Richelieu.
7. Jean-Louis, baron d'Erlach (1595-1650), était le major général de l'armée *weimarienne* au service de la France. On redoutait fort les mercenaires allemands, brutaux et pillards, qu'il commandait.

Page 168.

1. *Consolatif* : consolant.
2. Chavigny fut arrêté le 18 septembre 1648. De son côté, le marquis de Châteauneuf fut exilé en Berry. Mazarin soupçonnait ces deux personnages d'avoir fomenté les troubles récents.

Page 169.

1. Pressée par le Parlement, Anne d'Autriche avait dû autoriser l'établissement d'une chambre de justice chargée de poursuivre et de punir les partisans. Le président de Mesmes devait l'organiser.
2. Retz dévoile ici les desseins cachés de Mazarin par la bouche du président Viole. Les *Carnets* du ministre le confirment.
3. Le Parlement met sur le même plan Concini et Mazarin, malgré la naturalisation du second (avril 1639).
4. *Toucher la grosse corde* : aborder le point principal d'une affaire. La grosse corde était le sol argenté du violon.

Page 170.

1. Les princes du sang et les ducs et pairs siégeaient au Parlement, à partir de l'âge de vingt-cinq ans, dans les occasions graves et solennelles. Le Parlement se transformait alors en cour des pairs et reconstituait le Conseil (*Curia regis*, *Cour-le-roi*) des rois capétiens du Moyen Âge.
2. Le prévôt des marchands et les quatre échevins constituaient le Bureau de ville qui dirigeait les affaires parisiennes.

Notes

3. Nommé par commission royale, le premier président d'une cour souveraine était toujours choisi parmi les magistrats les plus favorables à l'autorité royale.

Page 171.

1. Mazarin avait refusé à Condé de lui accorder la surintendance de la mer, vacante par la mort du duc de Brézé, son beau-frère.
2. Le marquis de Noirmoutier servait alors comme maréchal de camp dans l'armée de Condé.
3. La grotte, salle fraîche et lieu de retraite, était un élément essentiel de l'esthétique des jardins au XVIe et au XVIIe siècle.
4. La mère du Grand Condé, Charlotte-Marguerite de Montmorency, morte en 1650.
5. *Poncires* : sorte de gros citrons.

Page 172.

1. *Les trois états assemblés* : les États généraux, formés des représentants des trois ordres — clergé, noblesse, tiers état — composant la société.
2. *Continuantes* : voir n. 3, p. 63.
3. *L'ouverture* : l'occasion.

Page 173.

1. Selon un usage ancien, il arrive à Retz d'omettre le chiffre du millénaire quand il donne une date.

Page 174.

1. *Esprit de classe* : esprit de corps. Retz se montre ici frappé par le comportement versatile des collectivités.
2. Philippe, duc d'Anjou (1640-1701), plus tard duc d'Orléans, frère de Louis XIV.
3. Marguerite de Lorraine (1613-1672), sœur du duc Charles IV, épousée secrètement le 3 janvier 1632 par Gaston d'Orléans qui n'obtint que difficilement la reconnaissance de ce mariage.

Page 175.

1. Le bonnet carré était la coiffure des prêtres, des juges, des avocats, des médecins.
2. *Un gredin de Sicile* : Mazarin, dont le père était d'origine sicilienne.
3. Broussel opine (donne son avis) le premier comme étant l'un des doyens de la Grand-Chambre.

Page 176.

1. En juillet 1648, la chambre Saint-Louis rédigea une charte en vingt-sept articles qui opérait la réforme de l'État. L'article 6 interdisait de maintenir quelqu'un en prison plus de vingt-quatre

heures sans l'interroger. Mais, dans sa rédaction finale, il restreignait le privilège aux seuls officiers : Chavigny ne pouvait donc pas en profiter. Il y a là une influence de la procédure anglaise d'*habeas corpus*.

Page 177.

1. *De grandes prises* : de grandes querelles.
2. Ce faisant, le parlement de Paris s'érigeait en pouvoir prépondérant dans l'État. Pour reprendre une expression de Mazarin, il *faisait les fonctions de roi*. De cour de justice, il se transformait en assemblée politique. Il semblait donc que la fin de la monarchie absolue fût proche.
3. La déclaration royale du 24 octobre 1648 sanctionnait la capitulation de la Cour devant le Parlement. Elle donnait force de loi aux propositions de la chambre Saint-Louis : le libre enregistrement des édits fiscaux par les cours souveraines, l'abolition des intendants, la réduction de la taille, l'*habeas corpus*, etc. Le même jour fut signée à Münster la paix de Westphalie qui mettait victorieusement fin à la guerre contre l'empereur. Retz n'en parle pas. Il est vrai que la guerre continuait contre l'Espagne.

Page 178.

1. Le duc de Beaufort avait réussi à s'évader du donjon de Vincennes le 31 mai 1648.
2. *Méconnaissant* : ingrat.
3. Le maréchal de La Meilleraye avait été nommé surintendant des Finances en juillet 1648, après la révocation de Particelli d'Émery.
4. *Du depuis* : à partir de ce moment (locution archaïque).
5. Hercule de Rohan, duc de Montbazon (1568-1654), le père de Mme de Chevreuse, voulait abandonner sa charge de gouverneur de Paris en raison de son grand âge. Son fils aurait dû lui succéder (il avait la *survivance* de la fonction) mais ne le souhaitait pas. Si le duc de Montbazon négocie avec le maréchal d'Estrées, c'est parce que la tradition imposait au nouveau gouverneur de donner à l'ancien une compensation pour les revenus auxquels ce dernier renonçait.

Page 179.

1. Le bâton était le signe de l'autorité temporelle et du commandement militaire, la crosse symbolisait l'autorité spirituelle.
2. Retz n'avoue pas que c'est lui-même qui a intrigué pour devenir gouverneur de Paris et qu'il a échoué. Mme de Motteville écrit par exemple : « Le coadjuteur avait demandé le gouvernement de Paris ; on le lui avait refusé. » L'archevêque de Lyon, Camille de Neufville de Villeroi, était à la fois archevêque et gouverneur du Lyonnais depuis 1646 : il était donc possible de

cumuler autorité temporelle et autorité spirituelle, de « croiser le bâton avec la crosse ».

3. Retz accuse ici le comte de Brancas, neveu du maréchal d'Estrées, de délation. Son propos est rien moins que clair.

4. François-Théodore de Nesmond (1598-1664), président à mortier depuis 1636.

Page 180.

1. Cet incident décida le Parlement à alléger la taxe qui frappait chaque muid de vin entrant dans Paris.

2. *Des verdures et des pastourelles* : les verdures sont des tapisseries à décor de feuillages, les pastourelles (ou mieux pastorales) un genre littéraire élégiaque mettant en scène des bergers et des bergères. Au figuré, l'expression signifie : des choses douces et innocentes.

3. *La Saint-Martin* : le 11 novembre.

4. Trente-deux millions seulement dit Mme de Motteville, mieux informée que Retz.

5. De fait, la déclaration du 24 octobre 1648 ne fut pas appliquée.

Page 181.

1. *Mettre les tailles en parti* : affermer à des financiers, des partisans, l'administration de l'impôt direct. Mazarin l'avait fait pour des raisons d'efficacité et cela avait fait scandale. La déclaration du 24 octobre avait rendu aux officiers, chargés traditionnellement de l'assiette et de la perception des tailles, leurs anciennes attributions.

Page 183.

1. Les offices du Parlement conféraient à leurs titulaires, après vingt ans d'exercice ou mort en charge, la noblesse transmissible au premier degré. Beaucoup de parlementaires appartenaient à des familles nobles depuis plusieurs générations. Mais l'origine bourgeoise de ces lignages de robe était encore trop proche pour que le prince de Condé pût les considérer à l'égal des gentilshommes.

2. Un grand nombre de discours rythment les *Mémoires*. Ils équilibrent les développements descriptifs ou narratifs. Stylistiquement très travaillés, rehaussés de sentences, ils témoignent de l'influence sur Retz des historiens de l'Antiquité. Ils permettent au mémorialiste de gommer le passé réel au profit d'un passé largement imaginé.

3. Retz énonce ici une des causes majeures de l'échec final de la Fronde parlementaire.

Page 184.

1. Phrase inachevée, dont le sens demeure obscur.

2. Très au fait des questions extérieures, Mazarin connaissait mal les traditions politiques françaises, en particulier le rôle et la puissance du Parlement. Mais la Fronde a d'autres causes directes que l'ignorance du premier ministre.

3. En réalité, Mazarin pensait surtout à continuer la pratique autoritaire de Richelieu. Mais ce qu'on avait supporté de Louis XIII et de son premier ministre, on ne l'acceptait pas d'une simple régente et d'un étranger décrié.

Page 185.

1. Sur le mystère de la monarchie, voir n. 4, p. 129.
2. *Cet espèce de silence* : Retz accorde l'adjectif démonstratif avec le substantif *silence*.
3. Le parlement de Bordeaux avait cassé une décision du gouverneur de Guyenne, le duc d'Épernon, autorisant l'exportation de grains en période de disette. Celui d'Aix-en-Provence s'opposait à Mazarin depuis la fin de 1647 au sujet du *semestre* (doublement du nombre des charges, chaque demi-parlement siégeant pendant six mois).

Page 186.

1. *Le désespoir du retour* : l'impossibilité d'un retour en arrière.
2. Jugement fort pertinent. Malgré sa participation au pouvoir législatif par l'enregistrement des lois, le Parlement restait avant tout une cour de justice d'autant moins apte à gouverner qu'elle se composait de plus de deux cents membres divisés par des rivalités de personnes et de familles. Mais son esprit de corps et l'art consommé avec lequel il soignait sa popularité le rendaient difficilement maniable.
3. Allusion aux difficultés rencontrées, pendant les guerres de Religion, par l'arrière-grand-père et le grand-père de Condé, *protecteurs* du parti protestant, avec les autorités civiles et religieuses des villes huguenotes.
4. Charles de Lorraine, duc du Maine, plus connu sous le nom de duc de Mayenne (1554-1611), chef de la Ligue après la mise à mort de son frère aîné le duc Henri de Guise (1589). Battu par Henri IV à Arques et Ivry, il fit sa soumission en 1595.
5. L'allusion vise le traité de Joinville, conclu le 31 décembre 1584 par le duc Henri de Guise avec les représentants du roi d'Espagne Philippe II. L'alliance était dirigée contre le roi Henri III.
6. C'est plutôt Mayenne que Guise qui maintint dans ses intérêts une partie du Parlement, formée d'ailleurs de ligueurs modérés. Une autre partie, fidèle à Henri IV, se transporta à Tours à l'automne 1589.

Page 188.

1. Le voyage dont Retz parle ici est probablement celui de 1674-1675. Le problème, insoluble, que pose ce passage est

de savoir si le discours tenu à Condé a été bien noté par Laigue ou s'il a été composé après coup, au moment de la rédaction des *Mémoires*.

Page 189.

1. *Couru* : Retz laisse généralement le participe passé invariable.
2. Condé s'était emparé de Dunkerque, le 11 octobre 1646, après un siège de treize jours seulement, grâce à des mines qui ruinèrent les remparts. Il se proposa de prendre Paris en lui coupant les vivres. En effet, une grande partie du pain consommé par les Parisiens était fabriqué hors de la ville, près des moulins, et vendu sur les marchés au pain. Le meilleur était celui de Gonesse, bourgade située à quelque dix-huit kilomètres au nord de la capitale.

Page 190.

1. *Catholicon* : remède universel. L'expression « catholicon d'Espagne » vient de la *Satire Ménippée* où l'on voit deux charlatans, un Espagnol et un Lorrain, vanter les mérites de leur catholicon dans la cour du Louvre, pendant les États généraux de la Ligue. Au temps de la Fronde c'est l'argent espagnol qui est ainsi désigné. Pour bien comprendre toute la portée de la démarche que Retz s'apprête à faire auprès des autorités espagnoles de Bruxelles, il ne faut pas oublier que France et Espagne sont toujours en guerre.
2. Mme de Longueville partageait le ressentiment de son mari auquel Mazarin avait refusé la charge vacante de colonel général des Suisses et Grisons. Elle était de plus en très mauvais termes avec son frère Condé et Retz venait de rompre avec celui-ci.

Page 191.

1. Mlle de Bourbon était le nom porté par Mme de Longueville avant son mariage. Par l'expression *monsieur son frère aîné*, il faut entendre *l'aîné de ses frères*, c'est-à-dire Condé lui-même.
2. La découverte chez Mme de Montbazon de lettres compromettantes pour Mme de Longueville (voir n. 3, p. 102) entraîna un duel entre le comte de Coligny, son chevalier servant, et le duc de Guise. Coligny mourut des blessures reçues pendant le combat.
3. Les contemporains accusaient le jeune prince de Conti d'entretenir avec sa sœur aînée des relations incestueuses.
4. Le maréchal de La Mothe-Houdancourt (1605-1657), vaincu en 1644 devant Lerida en Catalogne, avait été emprisonné sous une inculpation de haute trahison. Innocenté par le parlement de Grenoble, il rêvait de vengeance.
5. Le duc de Bouillon voulait récupérer Sedan (voir n. 5, p. 71).

Page 192.

1. Éléonore-Catherine-Fébronie de Berg, mariée en 1634 au duc de Bouillon, était originaire des Pays-Bas espagnols.
2. *Proche*, ici, est adverbe et demeure invariable. Au bas de la page, les pointillés remplacent six lignes illisibles du manuscrit autographe.

Page 193.

1. Il fallait être un prêtre de mauvaises mœurs mais plein d'esprit comme l'était Retz pour oser assimiler une maîtresse à un bénéfice, c'est-à-dire à une charge ecclésiastique !
2. François, deuxième duc de La Rochefoucauld (1613-1680), l'auteur des *Maximes*. À cette date, comme son père, le premier duc, vivait encore, il portait le titre de prince de Marcillac. Il était gouverneur du Poitou et l'amant de Mme de Longueville.

Page 194.

1. Enceinte des œuvres de La Rochefoucauld, Mme de Longueville séjournait à Noisy-le-Roi, aux environs de Saint-Germain-en-Laye, dans une maison appartenant à l'archevêque de Paris où se tinrent des conciliabules subversifs rassemblant les dirigeants de la future Fronde parlementaire, dont Retz qui n'en parle pas dans ses *Mémoires*.
2. Nous ne connaissons pas la nature de la proposition faite, selon Retz, par Jean Gravé, seigneur de Launay, l'un des partisans les plus en vue.

Page 195.

1. *La teinture* : l'apparence.
2. Jacques Carpentier de Marigny (1615-1670) était allé chercher fortune à la cour de Suède. Homme de lettres, client de Retz, il fut un ardent frondeur et publia divers pamphlets contre Mazarin.
3. La mazarinade de Marigny s'intitulait *Paraphrase de Marigny sur les glands*. Son texte n'est pas connu.
4. La faculté de théologie de Paris et l'épiscopat français se montrèrent hostiles au prêt à intérêt, considéré comme une forme d'usure, pendant tout le XVIIe siècle.
5. Dans la nuit du 5 au 6 janvier 1649.

Page 196.

1. Revenue de Noisy-le-Roi à Paris, la duchesse de Longueville invoqua sa grossesse pour ne pas aller à Saint-Germain.
2. Le duc de Longueville était gouverneur de Normandie.

Page 197.

1. Jérôme Le Féron, président en la seconde chambre des Enquêtes et colonel de la milice bourgeoise, fut prévôt des mar-

chands de mars 1646 à août 1650 mais se laissa totalement éclipser par le premier échevin Fournier, frondeur déterminé.

2. *Interlocutoire* : se dit d'un jugement, d'un arrêt ordonnant une plus ample information.

3. *Une couleur* : un prétexte.

4. *Il menassa* : forme ancienne mais encore courante.

5. *Un étau* : un étal.

6. René-Bernard-Renaud de Sévigné (vers 1610-1676), chevalier de Malte. Son frère aîné, Charles de Sévigné, avait épousé une cousine germaine de Retz, Marguerite de Vassé. De cette union naquit un fils, Henri, marié à Marie de Rabutin-Chantal, la dédicataire très vraisemblable des *Mémoires*. Ce chevalier de Sévigné était le beau-père de Mme de La Fayette (le second mari de sa mère) en qui Antoine Adam avait cru reconnaître la confidente de Retz (voir la préface, n. 1, p. 37).

Page 198.

1. Montargis : la régente et Mazarin punissent le Parlement de sa rébellion en l'envoyant dans une petite ville dénuée de commodités.

Page 199.

1. *Revêtu* : protégé. En termes de fortification, un ouvrage revêtu, un fossé par exemple, est recouvert de pierres ou de briques.

Page 200.

1. *La police* : l'administration.

2. Dreux Hennequin, conseiller à la Grand-Chambre et abbé de Bernay en Normandie, prétendait avoir la meilleure table de Paris.

3. Les Six Corps constituaient une sorte d'aristocratie du négoce parisien. C'étaient les drapiers, les épiciers, les merciers, les pelletiers, les bonnetiers et les orfèvres.

Page 202.

1. La maréchale de La Meilleraye, Marie de Cossé, était la sœur du duc de Brissac.

2. Charles II de Lorraine, duc d'Elbeuf (1596-1657) était le petit-fils de René de Lorraine, septième fils du premier duc de Guise, Claude. Apparenté aux chefs de la Ligue, il était gouverneur de Picardie.

Page 203.

1. Fournier exerça les fonctions de premier échevin d'août 1647 à août 1649. Il était président en l'élection de Paris. Une élection répartissait le montant de la taille entre les paroisses et jugeait en première instance les procès relatifs aux impôts.

Page 204.

1. Le président Le Coigneux avait été, de 1633 à 1635, chancelier et chef du conseil de Gaston d'Orléans qui passa en exil à Bruxelles une partie de cette période.

Page 206.

1. *Le dernier* : en réalité le premier (*lapsus calami*).

Page 207.

1. *L'air du bureau* : la disposition des esprits.

Page 208.

1. Le *Journal* d'Olivier Lefèvre d'Ormesson donne une version différente de cette séance du Parlement : il affirme que le duc d'Elbeuf consentit à n'être que le second du prince de Conti par respect pour la haute naissance de ce dernier.

Page 209.

1. Le marquis de Ragny était oncle par alliance de Retz.
2. *Répéter* : réclamer (terme juridique).
3. Pierre Martin, curé de Saint-Eustache, Jean Rousse, curé de Saint-Roch, Pierre Loisel, curé de Saint-Jean-en-Grève, Henri Duhamel, curé de Saint-Merry. Retz se sert d'eux pour manipuler l'opinion publique.
4. La ville de Paris était divisée en seize quartiers, chaque quartier en quatre cinquantaines, chaque cinquantaine en quatre dizaines. À la tête de toutes ces circonscriptions, le Bureau de ville disposait d'agents d'exécution, les quarteniers (ou quartiniers), les cinquanteniers et les dizainiers. Retz les utilise, à l'instar des curés, pour diriger l'opinion.
5. Pendant la Fronde, les camps en présence se sont combattus à l'aide de pamphlets mais aussi de couplets satiriques. Le triolet est un court poème de huit vers dont les deux derniers répètent les deux premiers, le premier et le quatrième étant identiques. Celui que Marigny composa pour ridiculiser le duc d'Elbeuf était ainsi conçu : *Monsieur d'Elbeuf et ses enfants / Ont fait tous quatre des merveilles. / Ils sont pompeux et triomphants, / Monsieur d'Elbeuf et ses enfants. / L'on dira jusqu'à deux mille ans, / Comme une chose sans pareille : / « Monsieur d'Elbeuf et ses enfants / Ont fait tous quatre des merveilles »* (voir p. 349, n. 2).
6. Louis-François Le Fèvre de Caumartin (1624-1687), ami de Mme de Sévigné et le plus intime ami de Retz (voir n. 3, p. 998).

Page 210.

1. *La bête* : la bête noire.

Page 211.

1. *Donner le relais* : terme de chasse. Lâcher après la bête que

l'on poursuit les chiens postés en relais qui viennent remplacer ceux qui sont fatigués. Au figuré, c'est envoyer quelqu'un à la rescousse.

2. Retz s'exerce ici avec succès au maniement d'une collectivité, le Parlement, et il esquisse une analyse de la psychologie des foules.

Page 212.

1. *Jointure* : finesse, habileté, adresse à trouver l'opportunité des choses.

2. Pomponne II de Bellièvre (1606-1657), président à mortier depuis 1642, successeur de Mathieu Molé comme premier président.

3. Voir n. 2, p. 185.
4. Voir p. 192.
5. La seconde Chambre des enquêtes.

Page 213.

1. Le duc d'Elbeuf, le duc de Bouillon et le maréchal de La Mothe sont les lieutenants généraux du prince de Conti, général en chef. Selon l'usage des armées du temps, ils commanderont par roulement, chacun selon son jour, à commencer par le duc d'Elbeuf.

2. Le capitaine de la Bastille, Du Tremblay, frère du défunt père Joseph, refuse de rendre la forteresse aux frondeurs. Assiégé et canonné le lendemain 12 janvier, il se rend le 13 à midi car il ne dispose que de vingt-deux soldats. Nommé capitaine de la Bastille, le vieux conseiller Broussel abandonne ces fonctions à son fils Jérôme, seigneur de Louvières.

3. Charles de Bourdeilles, comte de Matha, était petit-neveu de Brantôme et cousin germain de Montrésor. Maximilien Échelard, marquis de La Boulaye, était le gendre du duc de Bouillon. Retz ressuscite ici le climat romanesque et héroïque dans lequel se complaisaient les frondeurs.

4. *L'Astrée*, le roman d'Honoré d'Urfé, publié entre 1607 et 1627, a profondément marqué la sensibilité du XVIIe siècle. La Fontaine âgé le lisait encore avec plaisir.

5. Dans *L'Astrée*, Marcilly est la capitale du royaume de Forez dont la reine est Galathée. Lindamor aime Galathée mais celle-ci est amoureuse de Céladon.

Page 214.

1. Achille Courtin dirigeait alors le conseil du prince de Conti. Retz lui a toujours reproché d'avoir été, par ses indiscrétions, à l'origine de sa brouille avec La Rochefoucauld.

2. Ici commence la célèbre galerie de portraits (voir p. 124, n. 2), morceau de bravoure des *Mémoires*, remarquablement travaillé.

Page 215.

1. Ambroise Spinola (1569-1630), général génois au service de l'Espagne. Son fait d'armes le plus éclatant, la prise de Bréda sur les Hollandais (15 juin 1625) a été immortalisé par le pinceau de Diego Velasquez.
2. Retz est fasciné par les Guises. François de Lorraine, deuxième duc de Guise (1519-1563) est le plus grand capitaine français du XVIe siècle, celui qui a victorieusement défendu Metz contre Charles Quint (1552) et qui a repris Calais aux Anglais (1558). Son fils Henri, troisième duc de Guise, a joué avec éclat, à la tête de la Ligue, ce rôle de chef de parti qui offre tant d'attraits aux yeux du coadjuteur.

Page 216.

1. Allusion à Dionysius Cato, contemporain des Antonins, auteur d'un recueil de distiques intitulé *De moribus*, à la mode au temps de la Fronde.
2. Beaufort s'efforçait de parler le langage du petit peuple sans toujours bien le connaître et il se rendait ridicule en employant une foule de termes mal à propos. « Il savait tous les mots de la langue, écrivait Segrais, mais il les employait fort mal. » Il parlait par exemple des *hémisphères* de Richelieu pour dire les *émissaires*. Retz pastichera férocement le langage de Beaufort dans un pamphlet intitulé *Manifeste de Monseigneur le duc de Beaufort, général des armées de Son Altesse Royale* (juin 1652).

Page 217.

1. « *Soldat* se dit de tout homme qui est brave » (Furetière). Retz concède à La Rochefoucauld la bravoure du soldat mais lui refuse les talents du chef de guerre.

Page 218.

1. En 1663, Mme de Sablé avait organisé une consultation à propos des *Maximes* de La Rochefoucauld : les lecteurs reprochèrent à ce livre de nier la vérité de la vertu. L'auteur répondit qu'il avait peint l'humanité telle que le péché l'a corrompue.
2. Ce long portrait, entièrement composé de notations négatives, est sans doute destiné à répondre au portrait que La Rochefoucauld venait de faire de Retz (voir éd. Folio de La Rochefoucauld, p. 213-215). Voir à ce sujet André Bertière, « À propos du portrait du cardinal de Retz par La Rochefoucauld. L'intérêt d'une version peu connue », *Revue d'histoire littéraire de la France*, t. LIX, 1959, p. 519-544.
3. Dès 1658, Mme de Longueville opère sa conversion sous l'influence de la mère Angélique et des jansénistes. Jusqu'à sa mort en 1679, elle se consacrera à la dévotion, portant le cilice et se donnant la discipline.
4. Marie de Rohan (1600-1679), duchesse de Chevreuse en

1622, ne cessa de conspirer contre Richelieu par attachement à la personne d'Anne d'Autriche. Revenue d'exil en 1643, elle entra dans la cabale des Importants et se brouilla alors avec la reine. On la retrouve jouant sa partie dans la Fronde.

5. En 1626, le duc de Lorraine Charles IV avait donné asile à Mme de Chevreuse après l'échec du complot de Chalais et l'avait mise au nombre de ses maîtresses. Mais ce n'est pas lui qui l'a jetée dans les affaires.

6. *Buchinchan* (ou Bouquinquan) est la version francisée de Buckingham.

7. Le marquis de Châteauneuf (1580-1653), garde des sceaux en 1630 après la journée des Dupes, trahit Richelieu dès 1632 pour les beaux yeux de Mme de Chevreuse, ce qui lui valut d'être interné pendant dix ans au château d'Angoulême. On le retrouvera garde des sceaux de mars 1650 à avril 1651.

Page 219.

1. Charlotte-Marie de Lorraine (1627-1652), deuxième des trois filles de Mme de Chevreuse. Elle deviendra la maîtresse de Retz en avril 1649.

2. Anne de Gonzague (1616-1684), sœur de la reine de Pologne (voir n. 3, p. 111), épouse du fils de l'électeur palatin Frédéric V, le comte Édouard de Bavière. Elle mena une vie de plaisirs et d'intrigues à la cour de France et passa ses dernières années dans la pénitence.

3. Sur Mme de Montbazon, voir p. 102, n. 3.

4. *Le grand Gustave* : le roi de Suède Gustave II Adolphe (1594-1632), tué à la bataille de Lützen en menant, avec sa témérité habituelle, une charge de cavalerie.

Page 220.

1. Retz refuse de terminer la galerie de portraits en se peignant lui-même. Il s'en remet au jugement de sa confidente et donc de ses lecteurs. Pourquoi ? D'abord parce qu'il pense, sous l'influence de la pensée janséniste, qu'il est très difficile, sinon impossible, de se connaître vraiment soi-même. Ensuite parce qu'il se peint sans cesse, à chaque page de son autobiographie. Enfin parce qu'il ne veut pas imiter son ennemi La Rochefoucauld, auteur d'un autoportrait complaisant.

2. *Chaires* : chaises.

Page 221.

1. Les frères Prudhomme tenaient, dans le quartier du Marais, un hôtel garni et un établissement de bains fréquentés par les gens de qualité.

2. Selon une requête présentée au Parlement en septembre 1648, Jacques Du Hamel, gouverneur de Saint-Dizier, aurait reçu mission d'assassiner Beaufort.

3. *Un fantôme* : un fantoche

Page 222.

1. Louis-Charles d'Albert, duc de Luynes, fils du feu connétable de Luynes, et François-Marie de L'Hospital, marquis de Vitry, gouverneur de Meaux.

2. Par cet arrêt (19 janvier 1649), le Parlement s'empare des *deniers royaux*, c'est-à-dire des recettes de l'État. Il usurpe un droit régalien pour se donner les moyens de sa rébellion. Pour parler comme Mazarin, il fait à nouveau les fonctions de roi.

3. César de Choiseul-Stainville, comte Du Plessis-Praslin (1598-1675), maréchal de France depuis 1645.

Page 223.

1. Chassée de son royaume par la guerre civile, la reine d'Angleterre, fille de Henri IV, logeait alors au Louvre.

2. Henriette-Anne, fille de Charles Ier et de Henriette de France, née en 1644, épousa en 1661 Philippe d'Orléans, frère de Louis XIV. En 1670, elle négociera le traité de Douvres entre la France et l'Angleterre et mourra presque subitement à son retour. Son oraison funèbre est l'un des chefs-d'œuvre de Bossuet.

3. En réalité vingt mille livres. Retz s'attribue l'initiative de ce cadeau, ce que personne ne confirme, et double la somme.

4. Allusion au cheval de l'empereur Caligula, Incitatus, que son propriétaire, si l'on en croit Suétone, aurait voulu faire consul.

5. *Cartel* : accord entre belligérants pour le paiement des rançons ou l'échange des prisonniers.

6. *Cornette* : officier portant l'étendard d'une compagnie de cavalerie.

7. Le grand prévôt de France ou prévôt de l'Hôtel était chargé de la police de la Cour et des châteaux royaux. Sous le règne de Henri III, le père de Richelieu avait rempli la charge.

Page 224.

1. Affirmation inexacte. Les Parisiens souffraient beaucoup du blocus de la capitale par les soldats de Condé qui interceptaient les convois de ravitaillement et pillaient la banlieue proche. Le commerce s'interrompit, le chômage devint à peu près général. Aux halles, le setier de froment, qui valait douze à treize livres vers Noël 1648, atteignit soixante livres au début de mars 1649. De plus, au mois de janvier, une inondation de la Seine ravagea la ville.

2. Affirmation exagérée. Il n'y eut en réalité que trois véritables foyers de rébellion, Rouen, Aix et Bordeaux dont aucun ne fit peser une grave menace sur l'autorité royale. Tout le reste se borna à des péripéties sans grande importance.

3. Louis-Emmanuel de Valois, comte d'Alais (1596-1653), était le fils de Charles de Valois, duc d'Angoulême, le bâtard de Charles IX

4. Il ne faut pas confondre Charles III de Lorraine, prince d'Harcourt et futur duc d'Elbeuf (1620-1692), avec son oncle le comte d'Harcourt qui a fait l'objet de la note 7, page 56.

5. Ce duc de Retz était Henri de Gondi, cousin germain du coadjuteur. Il est le type même de ces personnages que le mémorialiste présente comme de puissants auxiliaires de la Fronde et qui se révélèrent totalement inefficaces.

Page 225.

1. L'archevêque de Paris avait normalement séance au Parlement en tant que conseiller d'honneur-né. Mais comme Retz n'était que coadjuteur, il lui fallut obtenir le consentement de son oncle, de qui il prenait la place.

2. Louis de Rochechouart, comte de Maure (1602-1667), oncle de Mme de Montespan, entra dans la Fronde à cause du ressentiment nourri par sa femme contre Anne d'Autriche.

Page 226.

1. Quelques jours plus tard, le 28 janvier 1649, le régiment de chevau-légers levé à ses frais par Retz et commandé par le chevalier de Sévigné se fit étriller par les soldats de Condé. Retz ne souffle mot de cette défaite. On appelait ce régiment le régiment de Corinthe à cause du titre porté par le coadjuteur. On surnomma plaisamment sa déroute la *première aux Corinthiens.*

2. *Fescan* ou *Fécan* : vallée comprise aujourd'hui dans le tracé de l'avenue Daumesnil.

3. Tancrède de Rohan (1630-1649), fils putatif du duc Henri de Rohan, était né en réalité des amours de la duchesse de Rohan (fille de Sully) et du duc de Candale.

4. Omer Talon (1595-1652), avocat général depuis 1632. Il est bien connu des historiens pour ses discours qui, sous une forme ampoulée, expriment les préventions des parlementaires vis-à-vis de la monarchie absolue. Il a laissé d'intéressants *Mémoires.*

5. En attaquant Charenton, Condé voulait s'emparer du dernier passage par lequel le blé de la Brie pouvait encore entrer à Paris.

6. Les nombreux accès de goutte du duc de Bouillon prêtaient le flanc à la satire : *Le brave Monsieur de Bouillon / Est incommodé de la goutte, / Il est hardi comme un lion, / Le brave Monsieur de Bouillon ; / Mais s'il faut rompre un bataillon, / Ou mettre le Prince en déroute, / Le brave Monsieur de Bouillon / Est incommodé de la goutte.*

Page 227.

1. Voir n. 3, p. 139.

2. Le comte de Briolle ou de Briord, mestre de camp du régiment de Condé-cavalerie, eut un fils qui fut un familier de Mme de Sévigné. L'expression « celui que vous connaissez » semble, une nouvelle fois, désigner celle-ci comme la confidente de Retz.

3. *S'étonna* : prit peur.

Page 228.

1. Jean-Louis de Nogaret, chevalier de La Valette, frère naturel du duc d'Épernon, le gouverneur de Guyenne. Il était lieutenant général des armées du roi. Dans la nuit du 11 au 12 février 1649, il distribua deux pamphlets, œuvre d'Anthime-Denis Cohon, évêque démissionnaire de Dol-de-Bretagne. L'un s'intitulait *Lis et fais*, l'autre *À qui aime la vérité*.

Page 231.

1. Ce projet d'assassinat n'a laissé aucune trace dans les mémoires et les documents du temps. On peut donc légitimement douter de sa réalité. Si Retz en affirme formellement l'existence, c'est que son importance historique de chef de la Fronde s'en trouve rehaussée.
2. La personnalité de l'évêque Cohon (1595-1670) abonde en contradictions. De naissance obscure, il s'éleva jusqu'à l'épiscopat par le talent, le travail et la protection de Richelieu. Évêque de Nîmes de 1634 à 1644, il se comporta dans ces fonctions en serviteur dévoué de la monarchie absolue. En butte à l'hostilité des protestants nîmois, il troqua son diocèse contre celui de Dol. En 1648, il se démit de son évêché pour demeurer à Paris comme espion et propagandiste de Mazarin. Les frondeurs le surnommèrent *évêque de Dol et de Fraude*. Après la Fronde, il redevint évêque de Nîmes et gouverna son diocèse dans l'esprit de la Réforme catholique.

Page 233.

1. Religieux cistercien, le moine Arnolfini reste peu connu. Il mourut en 1656.

Page 234.

1. Allusion à l'Évangile selon saint Matthieu (XII, 8). Celui-ci explique en effet que, le jour du sabbat, les prêtres juifs qui offrent deux agneaux en holocauste ne violent pas le repos prescrit par la loi. Retz compare le billet de créance de l'envoyé espagnol aux deux agneaux sacrifiés : nul n'a le droit d'y toucher sous peine de sacrilège sauf ceux qui, comme les prêtres juifs, sont habilités à le faire.
2. On se rappelle que Mme de Bouillon était originaire des Pays-Bas espagnols.

Page 235.

1. Dans la nuit du 28 au 29 janvier 1649, Mme de Longueville avait accouché d'un garçon, fils de La Rochefoucauld, à l'Hôtel de Ville. Prénommé Charles-*Paris* (le parrain était le prévôt des marchands Le Féron), le bébé venait d'être baptisé par Retz en l'église Saint-Jean-en-Grève. Duc de Longueville en 1671, il sera tué au passage du Rhin en 1672.

Page 236.

1. En 1591, le cardinal de Gondi, évêque de Paris, fidèle de Henri IV, s'était vu refuser l'entrée de Paris par les ligueurs du duc de Mayenne.
2. *Jouer le droit du jeu* : respecter les règles, les usages.

Page 237.

1. En d'autres termes, une trahison.

Page 239.

1. Le président Henri de Mesmes avait un frère, Jean-Antoine, également président à mortier. Le fils de Jean-Antoine, Jean-Jacques de Mesmes, succéda à son père en 1672. C'était un ami de Mme de Sévigné.

Page 240.

1. *Il s'atêta* : il s'attaqua.
2. La Raillière était un fermier des aides, taxes qui frappaient les produits de grande consommation comme le vin. Ses multiples exactions l'avaient envoyé à la Bastille le 26 janvier 1649. Il y restera jusqu'au 4 avril.
3. *Piller* : déchirer. Au sens propre, c'est un terme de vénerie qui s'applique aux chiens. Au sens figuré, comme ici, c'est déchirer en paroles, injurier.
4. *Il passa à l'entendre* : on se prononça à la majorité (cent quinze voix contre soixante-dix) pour l'entendre. À nouveau, le Parlement usurpe les fonctions royales.
5. L'envoyé espagnol reste couvert parce qu'il représente le Roi Catholique.

Page 241.

1. *Registrer* : enregistrer (terme vieilli).
2. La forme *enverrait* ne l'avait pas encore emporté sur la forme *envoierait*.
3. Retz retranscrit le discours de l'envoyé espagnol, parfois mot pour mot, d'après le *Journal du Parlement*.

Page 242.

1. *L'envie* : l'odieux.
2. *Planer* : se tenir à l'écart, voir les choses de haut.
3. *Faire tête* : résister.
4. *Chatouillée* : agréablement flattée.

Page 243.

1. *Le plus de voix* : la majorité.
2. *Eurent le dernier* : perdirent la partie, ne purent riposter.

Page 244.

1. *Maître Gonin* était un célèbre escamoteur du Pont-Neuf ; par extension, homme adroit et rusé, voire fripon.

Page 245.

1. *Retentum* : article que les juges n'exprimaient pas dans un arrêt mais qui en faisait secrètement partie et était exécuté.
2. *Bonne chère* : bon accueil, bon visage.
3. *Rouse* : ruse. Allusion railleuse à l'accent italien de Mazarin.
4. Conclure la paix avec l'Espagne dans le dos de la régente et du premier ministre.

Page 246.

1. Jacques Rouxel de Médavy, comte de Grancey (1603-1680), de très ancienne famille normande, maréchal de France en 1651.
2. Frédéric-Maurice de Durfort, comte de Rauzan ou Rosan (1627-1649), mourut de ses blessures au mois de mai suivant. Son frère aîné, Jacques-Henri de Durfort, duc de Duras (1626-1704), neveu de Turenne, retrouva le service du roi en 1657 et reçut le bâton en 1675.
3. Le château de Grosbois se trouve sur le territoire de Boissy-Saint-Léger.

Page 247.

1. Retz souligne ici la principale faiblesse de la Fronde parlementaire. Le parlement de Paris n'était rien sans la monarchie et il a conservé un fond de fidélité à l'autorité royale qui ne lui a pas permis d'accomplir une véritable révolution politique.

Page 249.

1. Le maître d'armes Jean Le Clerc ou Bussy-Le Clerc, devenu procureur au Parlement, fut, pendant la Ligue, un des chefs de la faction extrémiste des Seize et, comme tel, un des responsables de la journée du 15 novembre 1591, dirigée contre les modérés du Parlement.
2. Le 15 novembre 1591, le premier président Barnabé Brisson (1531-1591), éminent juriste, auteur du *Code Henri III*, fut arrêté et pendu après une parodie de procès en compagnie de deux autres magistrats. Le duc de Mayenne, chef de la Ligue, fit pendre le mois suivant quatre des assassins de Brisson. Mais Bussy-Le Clerc réussit à s'enfuir à Bruxelles.
3. Les ligueurs s'opposaient à l'avènement de Henri IV au trône de France. En sa qualité de petit-fils de Henri IV, Beaufort ne peut pas s'inspirer de leur exemple qui fascine cependant Retz.

Page 253.

1. C'est avec l'adverbe *beaucoup* que se fait l'accord du verbe.
2. Retz se garde bien d'ajouter qu'il a également proposé de

confisquer la vaisselle des particuliers et d'envoyer à la fonte les vases sacrés des églises.

3. Retz se défie — à juste titre — de la versatilité du peuple.

Page 254.

1. L'intérêt passionné que Retz porte à la Ligue aveugle son jugement sur le duc de Mayenne, chef de parti d'une grande médiocrité.

2. Retz assimile audacieusement le duc Henri de Guise et son frère le cardinal Louis, mis à mort sur ordre de Henri III, aux trois fils du prêtre Mattathias, Judas, Jonathas et Simon Maccabée qui dirigèrent, de 166 à 142 avant J.-C. la lutte du peuple juif contre la monarchie séleucide. Alors que les Maccabées luttaient pour l'indépendance de la Judée, les Guises s'étaient inféodés à l'Espagne. La comparaison ne tient pas.

3. *Faire de Paris notre capital* : faire de Paris notre principale préoccupation.

Page 256.

1. *L'insulte* : l'attaque, l'assaut.

Page 257.

1. Charlotte de La Tour d'Auvergne, sœur du duc de Bouillon et de Turenne. Restée célibataire, d'humeur impérieuse, elle exerçait un puissant ascendant sur Turenne, d'où le surnom de *gouvernante* que lui donne Mme de Bouillon.

2. *Faire peine* : donner du mal, du fil à retordre.

3. Charles de Monchy, marquis d'Hocquincourt (1599-1658), gouverneur de Péronne, s'était distingué dans la guerre contre les Espagnols. Maréchal de France en 1651, il passera à l'ennemi en 1655 pour les beaux yeux de frondeuses mal repenties, Mme de Châtillon et Mme de Montbazon. Il trouvera la mort à la bataille des Dunes, dans les rangs espagnols.

4. Antoine-François de Lamet, marquis de Bussy, gouverneur de Mézières depuis 1637.

Page 258.

1. Il s'agit, bien entendu, de Guillaume de Nassau, prince d'Orange, surnommé le Taciturne.

2. Les passeports accordés par le chancelier aux parlementaires députés à la Cour.

3. Faute d'effectifs suffisants, Condé ne réussit jamais à bloquer parfaitement l'immense ville de Paris. Il chercha plutôt à barrer les routes et les voies d'eau empruntées par le ravitaillement de la capitale. De là les nombreuses sorties des frondeurs visant à escorter le bétail sur pied ou les charrettes chargées de farine. Le pain de Gonesse, lui, entrait à Paris de nuit, porté à dos d'homme, dans des hottes.

Page 259.

1. Antoine-Agésilas de Grossoles, marquis de Flammarens, avait épousé une cousine germaine de Mme de Sévigné. Il sera tué le 2 juillet 1652 au combat de la porte Saint-Antoine.

2. Le roi d'Angleterre Charles Ier avait été décapité le 30 janvier 1649. Sa mort fut connue à Paris le 19 février. Il était normal que Gaston d'Orléans, frère de la reine d'Angleterre, lui fît porter des condoléances. Mais son envoyé en profite pour nouer des intelligences avec La Rochefoucauld blessé.

Page 260.

1. Condé souhaitait que son jeune frère Conti, contrefait, entrât dans l'Église et devînt cardinal. Mais Conti ne voulait rien entendre et s'était jeté dans la Fronde pour prouver qu'il n'avait pas l'âme ecclésiastique. On sait que La Rivière, de son côté, n'obtint jamais le chapeau.

2. Retz écrit indifféremment *bizarre* ou *bigearre*.

Page 261.

1. Les soldats de la Fronde, dénués de valeur militaire, faisaient piètre figure devant les mercenaires aguerris de Condé.

Page 264.

1. Le Parlement étant le gardien des lois fondamentales du royaume, sa participation à la Fronde peut, seule, donner à celle-ci un vernis de légalité. C'est pourquoi Retz s'abrite derrière lui. L'attitude du duc de Bouillon, elle, illustre une des faiblesses du camp frondeur : la rivalité d'intérêts entre grands seigneurs et magistrats.

2. Charles de Lorraine, duc d'Aumale (1556-1631), neveu de François de Guise, cousin du duc de Mayenne, l'un des chefs de la Ligue. À l'avènement de Henri IV, il livra plusieurs places aux Espagnols et fut, pour cette raison, condamné à mort en 1595. Il refusa toujours de se soumettre et vécut en exil, à Bruxelles, jusqu'à son décès. Retz prend bien soin de se démarquer des ligueurs et cherche à prouver qu'il se révolte contre le seul Mazarin et non contre l'autorité royale.

Page 266.

1. *Avoir la voix* : avoir le consentement, l'approbation.

Page 267.

1. Affirmation inexacte. La réponse de la régente au Parlement fut bel et bien lue dans la séance du 27 février 1649.

Page 268.

1. Jean-Édouard Molé, seigneur de Champlâtreux, maître des requêtes depuis 1643, sera président à mortier en 1657. Il

sauvera la vie de Retz lors de la fameuse journée du 21 août 1651.

2. Nicolas Le Pelletier, seigneur de La Houssaye figure en 1665 parmi les créanciers remboursés par Retz. Sa famille comptait parmi les relations de Mme de Sévigné.

Page 269.

1. *Muid* : mesure de capacité. À Paris, il valait mille huit cent soixante-treize litres de blé, de seigle ou d'orge mais trois mille deux cent soixante-seize litres d'avoine.

Page 270.

1. Le prince de Conti ne faisait rien sans consulter La Rochefoucauld, son *oracle*.
2. *Le dessous des chartes* : le dessous des cartes.

Page 271.

1. Erreur flagrante de Retz : ces localités ne se trouvent pas entre Marne et Seine mais plus à l'ouest, Ivry et Vitry sur la rive gauche du fleuve, Villejuif et Bicêtre entre Seine et Bièvre. Le Port-à-l'Anglais était un peu à l'est de Vitry.
2. Voir n. 1, p. 129.
3. *Tout d'une pièce* : peu accommodant et sans génie.

Page 273.

1. *Ce tempérament [...] ne sauvait pas au Cardinal* : ces ménagements n'évitaient pas au Cardinal...
2. Les négociations se déroulèrent en réalité de la façon suivante : Gaston d'Orléans, Mazarin et les ministres s'installèrent dans une chambre de Rueil, les députés du Parlement dans une salle voisine et les deux délégations communiquèrent par députés interposés. De temps à autre, Mazarin se rendait à Saint-Germain-en-Laye pour rendre des comptes à la régente.
3. *Très galant* : très aimable, très obligeant.

Page 274.

1. *Toper* : accepter, consentir. On sait que le duc d'Elbeuf manquait cruellement d'argent et en cherchait de tous les côtés.

Page 276.

1. *Emporter* : entraîner.
2. *En titre d'office* : attitré.

Page 277.

1. *Contretemps* : contradictions.

Page 278.

1. *Grosse* : lourde de conséquences.

2. Pontavert était la localité où la route de Paris aux Pays-Bas franchissait l'Aisne.

Page 279.

1. François de Lamet, mestre de camp d'un régiment de cavalerie dans l'armée de Turenne, était apparenté au coadjuteur : sa grand-mère paternelle était la cousine de la grand-mère maternelle de Retz.

2. Par solidarité lignagère, Turenne s'était fait l'instrument des ambitions politiques de son frère aîné, soucieux de récupérer Sedan. Mazarin avait prévu sa trahison. Mais il ne rendit jamais Sedan.

Page 280.

1. *Une chanson* : un conte en l'air, une sornette.

Page 282.

1. *Immédiatement* : sans intermédiaire.
2. *Ce grand œuvre* : cette affaire capitale, par assimilation au grand œuvre de l'alchimiste, la recherche de la pierre philosophale.

Page 283.

1. Comme la tentative de Turenne pour secourir les frondeurs assiégés dans Paris fit long feu, on peut se demander si la phrase finale figurait bien dans l'exposé de Retz lorsqu'il le prononça ou si elle n'a pas plutôt été ajoutée au moment de la rédaction des *Mémoires*.

Page 284.

1. L'Espagne était épuisée financièrement et devait faire face à la révolte du Portugal et de la Catalogne.

Page 285.

1. *Si quelqu'une de nos cordes manquait* : si tout ne se passait pas comme prévu.

Page 286.

1. Dès cette époque, Retz est couvert de dettes. Et pour la première fois, la Cour, tentatrice, fait miroiter le cardinalat à ses yeux éblouis.

Page 287.

1. *De très grandes parties* : de très grandes qualités intellectuelles.
2. Ces réflexions de Retz imposent deux conclusions au lecteur : les grands seigneurs frondeurs recherchaient avant tout dans la révolte les avantages qu'ils n'avaient pas pu obtenir autrement (Sedan pour Bouillon, l'amirauté pour Beaufort, etc.) ; tous avaient besoin du Parlement pour colorer leur révolte d'un

soupçon de légitimité. Malgré leurs efforts, leurs conciliabules et leurs intrigues, ce n'étaient ni Beaufort ni Bouillon ni Retz qui menaient le jeu politique, c'était le Parlement.

Page 288.

1. *Dans le fonds de courre* (métaphore cynégétique) : au terme de la poursuite, à la fin de la compétition entre chasseurs pour être le premier à forcer la bête.

2. Le duc de Bouillon envisageait toujours la conclusion de deux traités avec l'Espagne, le premier sans le Parlement (pour inciter Fuensaldaña à marcher au secours de Paris), le second de concert avec le Parlement (pour aboutir à la paix entre les deux royaumes). Mais Retz ne croyait plus à la possibilité du second traité à cause des tractations en cours à Rueil entre le Parlement et la Cour.

3. Fouquet de Croissy était conseiller au Parlement et ardent frondeur. En août 1649, il lancera dans le public *Le Courrier du temps*, pamphlet de trente-deux pages vraisemblablement financé par Retz et recensant tous les griefs du public à l'égard de Mazarin.

Page 291.

1. *Attacher une escarmouche* : engager une action militaire. L'expression est prise ici au sens figuré.

Page 293.

1. Mme de Chevreuse, brouillée avec Anne d'Autriche, vivait en exil à Bruxelles depuis le milieu de 1645.

2. *Qui avait mon caractère* : qui avait ma signature, qui pouvait agir en mon nom. Retz aurait donc entretenu un ambassadeur personnel aux Pays-Bas espagnols. En réalité, Laigue était à Bruxelles le représentant du parti des frondeurs et son pouvoir était signé du prince de Conti. Même chose pour Noirmoutier. Mais Retz aime grandir son rôle au sein de la Fronde.

Page 294.

1. Il n'entrait guère dans Paris qu'une cinquantaine de muids de blé par jour, quantité insuffisante à la consommation de la ville. Et comme les soldats de Condé rançonnaient les boulangers, les plaintes affluaient dans le camp royal. Mais Gaston d'Orléans et Condé répondaient avec mépris qu'ils n'étaient pas marchands de blé.

2. *Lit de justice* : séance solennelle du Parlement, en présence du roi et des ducs et pairs. Le souverain y faisait entendre sa volonté par la voix du chancelier et obligeait les magistrats à l'exécuter.

Page 295.

1. *Se voyants* : depuis le XVIe siècle, on considère que le participe présent varie en nombre mais non en genre ; toutefois, au

XVIIe, le participe présent s'accorde parfois encore en genre avec le substantif (voir p. 63, n. 3).

2. Le 8 mars 1649, les frondeurs ne pouvaient plus compter sur le secours militaire de Turenne que ses officiers et ses soldats, gagnés par l'or de Mazarin, avaient lâché dès le 2. Le maréchal avait dû s'enfuir. La Cour le savait, les députés envoyés à Rueil par le Parlement aussi. Retz, lui, n'était-il pas au courant ? Son récit en tout cas s'éloigne trop ici de la réalité des faits pour être crédible.

3. C'est le financier Barthélemy Herwarth (1607-1676) qui fournit cet argent à Mazarin et alla le distribuer aux troupes de Turenne.

Page 296.

1. Le recrutement des soldats, des *gens de guerre* était un droit régalien. Seuls des officiers munis d'une commission royale pouvaient *faire des troupes* comme dit Retz. Le Parlement empiète donc une fois de plus sur l'autorité royale en s'arrogeant ce droit.

2. *Entendre à* : consentir à.

3. Vaincu à La Bouille par le comte d'Harcourt, menacé dans Rouen par les troupes royales, le duc de Longueville était tout à fait incapable de tenir sa promesse.

Page 297.

1. Henri, duc de La Trémoille (1599-1674) était le plus grand seigneur du Poitou. Sa noblesse, illustre, remontait au XIe siècle.

2. Charles II, marquis de La Vieuville, fils aîné de l'ancien surintendant des Finances de Louis XIII, représentait le roi en Champagne en qualité de *lieutenant de roi*, c'est-à-dire d'adjoint au gouverneur de la province.

Page 298.

1. Sur Vassé, voir n. 4, p. 60.

Page 299.

1. *Le général* : la paix générale.

Page 301.

1. Henri-Auguste de Loménie, comte de Brienne (1595-1666), secrétaire d'État des Affaires étrangères et mémorialiste.

2. La paix de Rueil interdisait au Parlement de siéger désormais les chambres assemblées sauf pour la réception des nouveaux membres et pour les *mercuriales*, séances au cours desquelles le procureur général rappelait ses devoirs à la compagnie. Ces séances se tenaient le mercredi, d'où leur nom.

Page 302.

1. Retz ne donne qu'une version incomplète (douze articles sur dix-neuf) et condensée de la paix de Rueil. On comprend

mal qu'il passe sous silence l'article 3, le plus important aux yeux de l'historien parce qu'il confirme la validité des concessions arrachées à la monarchie en 1648, en particulier celle de la déclaration royale du 24 octobre. La Couronne et le Parlement ont traité d'égal à égal et le Parlement a réussi à maintenir ses conquêtes politiques de l'année précédente. Le pouvoir royal devra donc, un jour ou l'autre, reprendre aux magistrats ce qu'il leur a abandonné.

2. Grâce à la possession de Lagny, Condé interdisait aux bateaux chargés du blé de la Brie de gagner Paris.

Page 303.

1. Sur le *lieu commun* de Beaufort, voir n. 2, p. 497.
2. *Les oraisons* : les discours. Le maréchal de La Mothe était fort peu éloquent. Retz écrit une *demie* période parce qu'au XVIIe siècle on accorde presque toujours *demi* avec le substantif qu'il qualifie.

Page 304.

1. Retz ici prend modèle sur les historiens de l'Antiquité.
2. *Parce qu'elle nous amusera* : parce qu'elle nous fera perdre notre temps.

Page 306.

1. *Coter* : noter, indiquer.
2. Brillet était l'écuyer de Beaufort.

Page 307.

1. *Brouiller les espèces* : mettre de la confusion.
2. *En spéculation* : en théorie.

Page 308.

1. Bien après Retz, Saint-Simon parlera des « félonies héréditaires » de la maison de Bouillon.

Page 309.

1. *Mitonner* : faire cuire à feu doux ; au sens figuré préparer doucement, secrètement.

Page 310.

1. Voir n. 1, p. 283 et n. 2, p. 295.
2. *Périphraser* : délayer sa pensée.
3. *Être à l'erte* : être sur ses gardes ; l'expression est un italianisme.

Page 311.

1. Retz ne donne qu'un récit incomplet de cette séance du 13 mars 1649 au Parlement. Il omet les épisodes qui ne sont pas à l'avantage des généraux de la Fronde.

2. Le reproche de pusillanimité formulé par Retz à l'égard du président de Mesmes n'est pas fondé. Au vrai, le coadjuteur nourrissait une vigoureuse rancœur contre ce magistrat qui avait osé s'opposer à ce qu'il vînt siéger au Parlement à la place de son oncle l'archevêque.

Page 312.

1. *Qui était bien voulu* : qui était bien vu.
2. Du Boile : cet agitateur est très mal connu. C'était un avocat au Châtelet, homme méprisable pour ses débauches et ses friponneries selon Olivier Lefèvre d'Ormesson. Emprisonné à diverses reprises, il recrutait le plus gros de sa clientèle dans les prisons.
3. *Dans la Grève* : sur la place de Grève, devant l'Hôtel de Ville.

Page 313.

1. Depuis 1617, le premier président habitait l'ancien hôtel du bailliage, situé à l'intérieur de l'enceinte du Palais, à l'ouest de la Sainte-Chapelle.

Page 314.

1. En Angleterre, la monarchie avait été abolie le 7 février 1649.
2. *Attenter* : commettre un attentat, un acte d'hostilité.
3. Les autres mémoires du temps confirment ici l'exactitude du texte de Retz.

Page 315.

1. Retz expédie en quelques lignes le récit de la séance du 15 mars 1649. Pour une fois, il oublie de se mettre en valeur. C'est qu'il prononça ce jour-là un discours recommandant de poursuivre la guerre civile et qu'il ne veut pas apparaître comme un fauteur de troubles impénitent.

Page 317.

1. On se souvient que le président de Thoré était le fils de l'ancien surintendant Particelli. On visait donc le père à travers le fils. Mais on s'en prenait aussi à l'audacieux qui, sorti de la finance, avait osé se faire recevoir président au Parlement.
2. Voir n. 3 p. 240.

Page 318.

1. Don Gabriel de Tolède : Retz est le seul mémorialiste à parler de ce personnage, à l'identification très malaisée.

Page 319.

1. On ignore si Retz a accepté ou refusé l'argent espagnol. Mais le bruit de ce cadeau se répandit rapidement et Mazarin s'en fait l'écho dans son XIIIe carnet.

2. Amélie-Élisabeth de Nassau, veuve du landgrave de Hesse-Cassel Guillaume V et régente pour son fils le landgrave Guillaume VI, était la cousine germaine de Turenne.

3. On retrouve ici le problème d'érudition posé par la n. 2, p. 295 : les chefs de la Fronde, dont Retz, ont-ils dû attendre le 16 mars pour apprendre la déconfiture de Turenne, survenue le 2 ? Mme de Motteville, en tout cas, affirme que Retz était au courant dès le 8 mais aurait caché la nouvelle aux Parisiens.

Page 321.

1. *Cette figure* : cette manière de donner force de persuasion à son discours.

2. Maurice de Nassau (1567-1625), fils de Guillaume d'Orange, avait réussi à devenir, grâce à ses succès militaires contre les Espagnols, une sorte de monarque militaire à la tête de la république des Provinces-Unies. La trêve de Douze ans (1609), conclue à l'initiative de Jan Van Oldenbarnevelt (1547-1619), grand pensionnaire de Hollande, affaiblit sa position politique. Pour la restaurer, il profita du conflit religieux qui opposait les gomaristes (calvinistes rigoureux) aux arminiens pour faire juger, condamner et exécuter son adversaire.

3. Leurs Hautes Puissances les États généraux des Provinces-Unies, organe politique suprême de la république néerlandaise siégeant à La Haye.

Page 322.

1. En 1656.
2. C'est-à-dire qu'elles ne vivent que l'espace d'un matin.

Page 323.

1. *Sa fleur* : sa fraîcheur.

Page 324.

1. *La Tartarie* : l'Asie centrale. Pour les contemporains de Retz, le type même de la contrée inconnue, mystérieuse, sauvage.
2. *Rafraîchissement* : au sens figuré, consolation.

Page 325.

1. Dammartin-en-Goële, au nord-ouest de Meaux. Les Espagnols préparaient donc une offensive de grand style en direction de Paris.
2. *Enchantés* : ensorcelés.

Page 326.

1. *Apparemment* : vraisemblablement.
2. Voir n. 2, p. 293.
3. Le séminaire de Saint-Magloire, dirigé par les oratoriens, où le père de Retz s'était retiré.

Page 327.

1. Roger Du Plessis (1599-1674), marquis de Liancourt, duc de La Roche-Guyon depuis 1643, était premier gentilhomme de la chambre du roi. Comme beaucoup d'amis de Retz, il adhérait au jansénisme.

2. *Nous dégrossâmes* : nous affinâmes (de l'ancien français *dégrosser*).

Page 328.

1. Après ses campagnes victorieuses en Catalogne, le maréchal de La Mothe avait reçu de Louis XIII le titre de duc de Cardonne (Cardona, au nord-ouest de Barcelone). En cas de paix favorable à l'Espagne, la Catalogne repassant sous le sceptre de Philippe IV, le maréchal risquait de perdre son duché. Il prenait donc des assurances pour l'avenir.

Page 331.

1. Allusion à une gravure politique intitulée *Le Salut de la France dans les armes de Paris*. Elle représentait tous les chefs de la Fronde, parlementaires et généraux, embarqués sur la nef héraldique de la capitale.

Page 332.

1. *Commise* : ici, discussion.
2. Le maréchal de La Mothe épousa Louise de Prie, fille du marquis de Toucy, en novembre 1650.

Page 333.

1. *Il jouait le droit du jeu* : voir n. 2, p. 236.

Page 335.

1. En fait, Retz ne rapporte pas ce discours : ou il a oublié de le faire ou il a jugé cela inutile.
2. *Un grain* : une quantité infime (le grain, mesure de Paris, équivalait à 0,532 g).

Page 336.

1. *Il assaisonna ce tour* : il donna du piquant à sa façon de s'exprimer.

Page 338.

1. *Fièvres quartaines* : fièvres quartes. L'adjectif *quartaines*, archaïque, ne subsistait plus que dans des expressions toutes faites (imprécations, proverbes).

2. Les faits ne se sont pas exactement déroulés comme le dit Retz : dès le 16 mars, les généraux de la Fronde remirent leurs propositions d'accommodement à Mathieu Molé qui les communiqua le lendemain au gouvernement royal.

3. Ces deux personnages étaient les adjoints du duc de Longueville, gouverneur de Normandie, François de Matignon, comte de Thorigny pour la Basse-Normandie, François d'Harcourt, marquis de Beuvron, pour la Haute Normandie.

Page 339.

1. Léon de Matignon, frère du comte de Thorigny, était évêque de Lisieux depuis 1646. À maints égards, la Fronde fut une réaction de défense des autonomies provinciales contre l'emprise, jugée excessive, de l'État.

Page 340.

1. *Quartier*: trimestre (quart d'année). En raison du grand nombre d'offices, beaucoup d'officiers servaient à tour de rôle, par quartier, dans le même emploi. Ici, Anctauville était sur le point de succéder à Varicarville comme conseiller du duc de Longueville.

Page 342.

1. *Celui-ci*: ce temps-ci.
2. Retz n'exagère pas l'avidité des généraux de la Fronde. À l'heure de l'accommodement qui suit leur révolte, ils présentent les exigences les plus variées, réclament titres, honneurs, pensions, gouvernements de places ou de provinces. C'est là, selon la tradition des soulèvements aristocratiques, le prix de leur ralliement. Mme de Motteville a pu écrire que « par leurs cahiers ils demandaient toute la France ». À leur avidité, l'évêque Cohon avait eu l'habileté d'opposer, dans un pamphlet anonyme, le désintéressement de Mazarin qui ne détenait ni une charge de cour ni un gouvernement de province.
3. Les *Mémoires* de Mme de Motteville et ceux de Mathieu Molé énumèrent en détail les prétentions aristocratiques. Retz se contente de trois exemples qu'il laisse dans le vague.
4. *Pour récompense*: pour compensation.
5. Le gouvernement de l'Anjou.
6. *Tirer du pair*: distinguer, élever au-dessus des autres et aussi tirer d'un mauvais pas.

Page 343.

1. Imaginée par le duc de Bouillon, cette déclaration visait à réparer le tort causé à la réputation des généraux de la Fronde par une plaquette de huit pages exposant leurs prétentions. Cette plaquette avait été mise dans le public par les bons soins de Mazarin.

Page 345.

1. *Un blanc*: un blanc-seing.
2. *Sans déchet*: sans amoindrissement.

Page 347.

1. *Un hausse-pied* : un marchepied. Au sens figuré c'est ce qui conduit à quelque chose.
2. Voir p. 329-331.
3. Forte de quarante mille volumes, la bibliothèque de Mazarin, gérée par Gabriel Naudé, était ouverte aux savants et au grand public. Malgré ses efforts, Naudé ne put empêcher sa vente aux enchères pendant l'hiver 1651-1652. À son retour, Mazarin reconstitua peu à peu sa bibliothèque qu'il légua au collège des Quatre-Nations. C'est aujourd'hui la Bibliothèque Mazarine.
4. Les soldats de Grancey avaient totalement saccagé le château de Mesnil-Cornuel qui appartenait à Jean Coulon, conseiller au Parlement, frondeur notoire, et à sa femme Marie Cornuel.

Page 348.

1. Le prince d'Harcourt, fils aîné du duc d'Elbeuf, voulait mettre en défense, avec cet argent, la ville de Montreuil-sur-Mer dont il s'était emparé et dont il revendiquait le gouvernement qui avait appartenu à son beau-père.
2. P. 341.
3. *Presque rien de comptant* : presque rien de solide, de sûr.

Page 349.

1. *L'on convint :* l'on se mit d'accord.
2. Les trois personnages dont les noms suivent celui du duc d'Elbeuf sont ses enfants, ridiculisés dans le triolet de Marigny cité n. 5, p. 209. Le comte de Lillebonne (1627-1694), le dernier d'entre eux, épousera une fille naturelle du duc Charles IV de Lorraine, à laquelle Retz vendra en 1665 sa seigneurie de Commercy.
3. D'Estissac était le frère cadet de La Rochefoucauld.

Page 350.

1. *Abolition* : amnistie.
2. *Noter* : blâmer, marquer d'infamie.

Page 351.

1. Le matin du jeudi saint, l'évêque, au cours de la messe, consacre les huiles qui serviront à l'onction des malades et des catéchumènes, à la confection du saint chrême. Au moment où il remplit très exactement (comme toujours) les devoirs de sa charge spirituelle, Retz garde présentes à l'esprit les préoccupations politiques du frondeur. D'où la remarque caustique du premier président (p. 352).

Page 352.

1. On sait que le salpêtre servait à confectionner la poudre à canon.

2. Dans ses *Mémoires*, Omer Talon constate de son côté : « L'accommodement [...] n'a pas ôté le principe de défiance, de haine, de vengeance et de faction qui travaillait les esprits. »

Page 353.

1. À Chaillot, dans la maison du maréchal de Bassompierre.
2. « Pour le duc d'Elbeuf, écrit le marquis de Montglat dans ses *Mémoires*, il eut des bois en Normandie qui rétablirent bien ses affaires. »
3. Charles d'Ailly, baron d'Annery, bras droit de Retz pendant la Fronde. En 1651, il sera un des secrétaires permanents de l'assemblée de la noblesse. En 1659, il sera exécuté en effigie pour avoir tenté de relancer la Fronde en Orléanais. Retz obtiendra sa grâce en 1664.

Page 354.

1. Montrésor avait été arrêté en 1644 pour avoir correspondu avec Mme de Chevreuse, réfugiée en Angleterre après l'échec de la cabale des Importants.
2. Retz avait d'abord écrit : « ils me firent tenir, *avec elle* (donc Mme de Chevreuse), un enfant ». Il a ensuite remplacé « avec elle » par « avec mademoiselle sa fille », peut-être pour introduire le récit de ses amours avec Mlle de Chevreuse.
3. Les lettres de cachet (voir n. 4, p. 161) étaient souvent employées pour ordonner des emprisonnements ou des exils. Elles avaient fini par symboliser tout ce que la puissance absolue du roi pouvait avoir d'odieux aux yeux des parlementaires et des frondeurs. Leur usage en 1649 eût été contraire au principe d'*habeas corpus* imposé l'année précédente à la monarchie par le Parlement.

Page 355.

1. Cette démarche de Retz auprès de Mathieu Molé en avril 1649 n'a sans doute jamais existé que dans l'imagination du mémorialiste. Le premier président n'en parle pas dans ses *Mémoires* et la réconciliation de Mme de Chevreuse avec la Cour, qui interviendra en juillet suivant, était déjà en marche.
2. Christian-Louis, dixième duc de Brunswick-Lunebourg-Zell (1622-1665), épousa une princesse allemande.

Page 356.

1. Fils puîné du président Le Coigneux, François Le Coigneux, seigneur de Bois-Chaumont, dit Bachaumont (1624-1702), fut conseiller au Parlement, poète et libertin. Il finit par quitter sa charge pour se consacrer au plaisir et aux lettres. Il a laissé, en collaboration avec son ami Chapelle, un récit de voyage burlesque, *Le Voyage de Chapelle et Bachaumont*.
2. Le marquis de Montglat raconte ainsi le baptême de la

Fronde : « Un jour qu'on opinait dans la Grand-Chambre, un président parlant selon le désir de la cour, son fils, qui était conseiller des Enquêtes, dit : "Quand ce sera à mon tour, je fronderai bien l'opinion de mon père." Ce terme fit rire ceux qui étaient auprès de lui, et depuis on nomma ceux qui étaient contre la cour Frondeurs. »

3. La plus connue est attribuée à Barillon l'aîné : *Un vent de Fronde / S'est levé ce matin : / Je crois qu'il gronde / Contre le Mazarin. / Un vent de Fronde / S'est levé ce matin.*

Page 357.

1. Philippe Van Marnix, baron de Sainte-Aldegonde (1548-1598), l'un des lieutenants de Guillaume d'Orange.

2. En 1566, des gentilshommes néerlandais, vêtus en pauvres par manière de protestation, vinrent présenter une pétition à la gouvernante des Pays-Bas, Marguerite de Parme. Brederode était l'un des auteurs du texte. L'un des principaux conseillers de Marguerite ayant déclaré qu'on ne devait avoir aucun égard à la demande de ces gueux, ceux-ci reprirent le terme à leur compte et, d'injurieux qu'il était, en firent un titre de gloire.

3. *Les canons* : ornements de dentelle attachés au-dessous du genou. À la ligne suivante, les *garnitures* sont des touffes de ruban qu'on met sur les vêtements ou la coiffure.

4. *Malin* : méchant, malfaisant, inspiré par Satan.

Page 358.

1. *Comme* : comment.

2. Don Antonio Alonzo Pimentel, comte de Benavente, négociera plus tard le mariage de l'infante Marie-Thérèse avec Louis XIV.

Page 359.

1. On écrirait aujourd'hui : *con todas las fuerzas del Rey su señor* (avec toutes les forces du Roi son seigneur).

2. Jean-François Sarasin (1615-1654) avait vécu pendant quatre ans comme commensal de Retz qui le fit entrer chez le prince de Conti comme secrétaire des commandements. Il a laissé des poésies badines et des travaux historiques.

Page 360.

1. Le mépris de Condé pour Conti est illustré par l'anecdote suivante, rapportée par Montglat : « Le prince de Condé, passant par la chambre du Roi, salua fort humblement un singe qui était attaché à un chenet de la cheminée de la chambre, et lui dit avec un ton de dérision : "Serviteur au généralissime des Parisiens !" »

Page 361.

1. Allusion à la future arrestation des princes (Condé, Conti et

Longueville) sur ordre d'Anne d'Autriche, le 18 janvier 1650 (voir p. 409-410).

2. Le duc de Vendôme proposa le mariage de son fils, le duc de Mercœur, avec Laure Mancini, nièce de Mazarin. L'alliance du duc de Vendôme, bâtard de Henri IV, avait énormément de prix aux yeux de Mazarin, étranger de naissance modeste. Elle pouvait, de plus, l'aider à combattre l'ambition démesurée et les prétentions exorbitantes manifestées par Condé depuis la paix de Rueil. La rivalité des maisons de Condé et de Vendôme était une des constantes de la vie à la cour de France.

3. Mazarin avait besoin de l'abbé de La Rivière pour gouverner Gaston d'Orléans. Or, La Rivière souhaitait passionnément devenir cardinal.

Page 362.

1. L'archevêque-électeur de Cologne Ferdinand de Bavière était en même temps prince-évêque de Liège. Il avait décidé d'imposer aux Liégeois le prince Maximilien-Henri de Bavière comme coadjuteur. Les Liégeois, qui n'en voulaient pas, cherchaient de tous côtés un prélat disponible. En septembre 1649, l'archevêque réussira à briser la résistance de la ville.

2. En cas de disgrâce de Mazarin, Chavigny devait devenir le premier ministre d'un gouvernement dominé par Condé. Il était donc la bête noire du cardinal.

3. *Donner chaleur* : encourager.

Page 363.

1. Pierre Arnauld, seigneur de Corbeville, de la branche protestante de la famille Arnauld. On appelait *carabins* des unités de cavalerie légère, éclairant la marche des armées.

2. À partir d'ici, et jusqu'à la page 374, Retz abandonne la plume à un secrétaire (dom Jean Picart ?) qui écrit probablement sous la dictée. C'est le premier des neuf passages du manuscrit autographe qui ne sont pas de la main du mémorialiste.

3. Retz prétend avoir couru un grave danger en allant voir la régente à Compiègne en juillet suivant.

4. *Vaudeville* : chanson qui court les rues et fait allusion à quelque intrigue du moment.

5. *Tournelle* : chambre du Parlement chargée de juger les affaires criminelles. Les autres chambres fournissaient son personnel à tour de rôle afin de ne pas spécialiser un groupe de juges dans les crimes de sang et les sentences capitales.

Page 364.

1. L'un de ces imprimeurs, nommé Claude Morlot, avait été pris en train de tirer une plaquette de sept pages en vers intitulée : *La Custode* [c'est-à-dire le rideau] *du lit de la reyne qui dit tout*. Le libelle, ordurier, commençait ainsi : « Peuple, n'en doutez plus,

il est vrai qu'il la fout. » L'identité du second imprimeur n'a pu être découverte. Morlot a été délivré par le peuple le 20 juillet 1649.

2. René Du Plessis de La Roche-Pichemer, baron de Jarzé, était un gentilhomme angevin très lié avec Mazarin et fort libertin.

3. Louis-Charles-Gaston de Nogaret de La Valette, duc de Candale (1627-1658), fils du duc d'Épernon, était connu pour sa beauté ; François-Henri de Montmorency, comte de Bouteville (1628-1695), est le futur maréchal de Luxembourg ; Jacques de Souvré (1600-1670), grand ami des plaisirs, était alors commandeur dans l'ordre de Malte ; Jacques Estuer de Caussade, marquis de Saint-Mesgrain, sera tué au combat de la porte Saint-Antoine, le 2 juillet 1652.

4. Renard, ancien valet de chambre de l'évêque de Beauvais Potier, avait reçu en concession la partie occidentale du jardin des Tuileries. Il y avait bâti un pavillon et s'était installé restaurateur. Son établissement était le rendez-vous de la société élégante.

Page 365.

1. *Commettre à* : inciter à.
2. *Six-vingts* : cent vingt.
3. Jars : François de Rochechouart, chevalier puis commandeur dans l'ordre de Malte, avait failli être exécuté pour complot en 1633. Sa peine ne fut commuée en détention que lorsqu'il était déjà au pied de l'échafaud.

Page 366.

1. Les mémoires du temps rejettent plutôt la responsabilité de cet incident sur Beaufort qui refusa toute réparation par les armes au duc de Candale, pourtant son cousin germain.

2. Le comte d'Harcourt mit le siège devant Cambrai le 24 juin 1649 mais dut le lever le 3 juillet suivant. Les frondeurs se réjouirent ouvertement de cette défaite qui entamait le prestige de Mazarin.

Page 368.

1. César-Phœbus d'Albret, comte de Miossens (1614-1676), ne servit guère à l'armée. Il reçut pourtant le bâton de maréchal en 1653 après s'être vendu à Mazarin. Il mena la vie d'un mondain, collectionneur de maîtresses. Très lié avec Scarron, il aida sa veuve, la future Mme de Maintenon, à tenir son rang dans la société.

Page 369.

1. C'est le second projet d'assassinat prêté par Retz à la Cour contre sa personne (pour la première tentative, voir p. 231, n. 1). Il en a déjà parlé, p. 363 (voir n. 3). Mais il est le seul à le men-

tionner. Ment-il ? S'est-il cru vraiment menacé ? On ne sait. L'épisode se place le 13 juillet 1649.

2. Basile Fouquet, frère de Nicolas Fouquet, le futur surintendant des Finances. Sans être prêtre, il était abbé commendataire de l'abbaye cistercienne de Barbeau (ou Barbeaux) au diocèse de Sens. Il avait la réputation d'un personnage violent et sans scrupules.

Page 370.

1. Mazarin ayant demandé à Hocquincourt de venir le voir, celui-ci se rendit à Amiens avec une forte escorte et déclara tout net qu'il ne ferait rien sans l'aveu de Beaufort.

2. Le retour de Louis XIV et de sa mère se place le 18 août 1649. Le lendemain, Retz, à la tête du clergé de Paris, dut aller les saluer. Ses *Mémoires* ne soufflent mot de cette visite protocolaire. Ceux de Mme de Motteville, témoin oculaire, la racontent : « Il fit à Leurs Majestés une harangue qui, par sa brièveté, montrait assez qu'il était au désespoir d'être obligé de leur en faire. Il parut interdit [...]. Étant auprès de la Reine, je remarquai qu'il devint pâle, et que ses lèvres tremblèrent toujours tant qu'il parla devant le Roi et elle. Le ministre était debout auprès de la chaise du Roi, qui parut en cette rencontre avec un visage qui marquait sa victoire ; et sans doute qu'il sentit de la joie de voir son ennemi dans cette angoisse. »

3. *Nous diversifions* : il s'agit bien d'un imparfait ; on attendrait *diversifiions* mais l'orthographe était encore flottante malgré les efforts des grammairiens.

4. *Frottades* : néologisme forgé par Retz (ou le président de Bellièvre) sur le modèle de *gourmade, mazarinade*, etc. Retz n'avoue pas ici qu'il fut contraint, le lendemain de sa visite au roi et à sa mère, de se rendre chez Mazarin et de lui faire allégeance. Le cardinal lui fit « mille flatteries » mais la réconciliation fut de pure façade.

Page 371.

1. Herballe : il s'agit du financier Barthélemy Herwarth dont le nom est ici francisé. D'autres mémorialistes accusent aussi Mazarin de double jeu dans cette affaire de Montbéliard. Il paraît cependant certain que la négociation fut sérieusement conduite.

2. *Dont il n'en avait eu que le titre* : il n'y a pas là incorrection grammaticale ; l'usage du temps admettait ce redoublement de pronoms.

Page 372.

1. Benjamin de Pierre-Buffière, marquis de Chamberet, tué en mai 1649, fut remplacé à la tête des soldats de la Fronde bordelaise par Charles-Antoine de Ferrières, marquis de Sauvebœuf, qui fera sa soumission en 1651.

2. Sensé souligner, par antiphrase, la poltronnerie de Mazarin, ce quolibet eut un prodigieux succès.

Page 373.

1. Il parut deux éditions de cette ballade à la fin de septembre 1649. Le refrain en est : « Le faquin s'en alla comme il était venu. » Dans la deuxième édition, le poème est suivi d'un triolet intitulé : *Adieu Mars !*

Page 374.

1. *Nous le supplions* : il s'agit, là aussi, d'un imparfait ; voir n. 3, p. 370.
2. La réconciliation de Condé et de Mazarin se réalisa en deux temps, le 17 septembre et le 2 octobre 1649. Mazarin s'engagea à prendre l'avis de Condé pour toutes les grandes affaires et à défendre les intérêts de sa maison. Condé promit son amitié au cardinal et accepta de le soutenir dans ses intérêts particuliers. Il fut décidé de donner au duc de Longueville le gouvernement de Pont-de-l'Arche et de ne jamais confier l'amirauté à la maison de Vendôme.
3. À partir d'ici, Retz reprend personnellement la plume pour relater ses démêlés avec Mme de Guéméné.

Page 375.

1. Retz rend la plume à son secrétaire.
2. Les brevets dont il s'agit ici sont ceux qui conféraient le titre ducal. L'étiquette accordait le privilège du tabouret chez la reine aux seules épouses des ducs. Certaines familles prétendirent l'obtenir pour tous leurs membres féminins (par exemple la maison de Foix). Il en résulta une opposition virulente des autres lignages de la cour et la régente dut révoquer le privilège du tabouret indûment accordé à quelques dames. Retz semble ici prendre quelque recul par rapport aux préjugés nobiliaires puisqu'il raconte toute l'affaire.

Page 376.

1. Les femmes de la maison de Rohan avaient obtenu, les premières, l'extension du privilège du tabouret à toutes celles qui n'étaient pas duchesses.
2. Mlle de Chevreuse appartenait à la maison de Lorraine par son père et à la maison de Rohan par sa mère.
3. La grand-mère paternelle de Mme de Guéméné était la tante du grand-père maternel de Retz. Et Retz lui-même était l'amant de Mme de Guéméné !

Page 377.

1. Honoré d'Albert (1581-1649), frère du connétable de Luynes, duc de Chaulnes en 1621, fut gouverneur de Picardie de 1633 à 1643, gouverneur d'Auvergne de 1643 à sa mort.

2. Henri-Louis d'Albert (1621-1653), vidame d'Amiens, fils aîné du précédent, duc de Chaulnes en 1649. Ayant la survivance du gouvernement de la ville d'Amiens, il devait succéder automatiquement à son père dans cet emploi. Mazarin cherche à le lui enlever pour se l'attribuer.

3. Charles d'Albert, duc de Chaulnes en 1653, à la mort de son frère aîné. Il fut deux fois ambassadeur à Rome. Il comptait au nombre des amis de Mme de Sévigné.

4. Redevenu surintendant des Finances, avec le comte d'Avaux pour collègue, le 9 novembre 1649, Particelli affecta une vingtaine de milliers de livres supplémentaires au paiement des intérêts dus aux rentiers, très nombreux à Paris.

Page 378.

1. Retz utilise ici, au sens figuré, le langage de la fauconnerie. Un oiseau fait pointe lorsqu'il va d'un vol rapide en montant ou en descendant. Il plane au contraire quand il se soutient sans remuer les ailes.

2. Le couplet dont parle ici Retz est le quatrième du vaudeville. Il est ainsi conçu : *Le grand foudre de guerre, / Le comte de Bruslon, / Était comme un tonnerre / Avec son bataillon, / Composé de cinq hommes / Et de quatre tambours, / Criant : « Hélas ! nous sommes / À la fin de nos jours. »*

3. Retz s'efforce parfois de dégager les lois auxquelles obéissent les révolutions. Il énonce ici une opinion qui lui est familière sur le rôle moteur des classes moyennes dans les troubles. Il a déjà développé cette idée, p. 82.

Page 379.

1. Un grand nombre de familles parisiennes avaient placé leur argent en rentes sur l'Hôtel de Ville et vivaient des intérêts payés par l'État. Malgré le geste de bonne volonté de Particelli à son entrée en charge, ces intérêts n'étaient versés qu'avec retard. De là l'agitation des rentiers, endémique en 1649. Les frondeurs n'ont pas provoqué les assemblées de rentiers. Ils ont simplement cherché à les utiliser à leur profit, Retz l'un des premiers.

2. Parmi ces syndics figuraient le président Charton, Guy Joly, conseiller au Châtelet et futur secrétaire de Retz, l'avocat Du Portail, ami de Retz.

3. C'est à partir de ce moment que les curés, sur ordre de Retz, annoncèrent en chaire les assemblées des rentiers.

Page 381.

1. Dans ses *Mémoires*, Guy Joly affirme le contraire.

2. Cet ouvrage de Retz, mentionné seulement ici, est resté inconnu.

3. Joly est en effet devenu le secrétaire de Retz. Mais il accusa son patron d'ingratitude et le quitta en 1665. Ses *Mémoires* contre-

disent souvent ceux de Retz et se montrent d'une grande sévérité à son égard.

Page 382.

1. Retz insinue donc que La Boulaye était sans doute un agent provocateur au service de Mazarin. D'autres mémorialistes partagent ce point de vue. Mais dans ses carnets, Mazarin accuse les frondeurs : ils auraient voulu susciter une émeute et marcher sur le Palais-Royal.
2. Henri-Robert Échelard, comte de La Marck, fils du marquis de La Boulaye, était bien connu de Mme de Sévigné.

Page 383.

1. Pour Mazarin, les frondeurs ont cherché à se venger de leur échec du matin sur Condé. Pour le marquis de Montglat, qui confirme l'interprétation de Retz, l'attentat commis contre les carrosses de Condé est un accident dû à la maladresse de bourgeois ivres dans le maniement des armes. Cet épisode obscur de la Fronde n'a jamais été éclairci.

Page 386.

1. Retz reprend ici la plume pour parler de ses maîtresses.
2. *Vos nymphes* : Mlle de Chevreuse (*l'innocente*) et Mme de Guéméné. Il manque la présidente de Pommereuil que Mme de Montbazon méprise.
3. *Qui jouait aux eschets* : qui jouait aux échecs.

Page 387.

1. Retz abandonne ici la plume et s'en remet à nouveau à son secrétaire.
2. Ni Guy Joly ni Mme de Motteville ne mentionnent cette visite de Retz à Condé.

Page 389.

1. *Décréditement* : discrédit.
2. Caumartin (voir n. 6, p. 209) était le neveu de Marie Le Fèvre qui avait épousé le baron d'Escry, fils d'une tante de Retz.
3. Blaise Méliand, procureur général au Parlement, vendit sa charge l'année suivante à Nicolas Fouquet.

Page 390.

1. *Battre l'eau* : prendre une peine inutile, se démener en vain.

Page 391.

1. Retz pouvait prétendre ne relever que des tribunaux ecclésiastiques.

Page 392.

1. L'ordre des capucins, fondé en 1529, était une branche réformée de la famille franciscaine. Son couvent du faubourg Saint-Jacques, proche du Val-de-Grâce, devait son existence à la générosité de l'évêque Henri de Gondi, le premier cardinal de Retz. Rappelons que le duc de Brissac avait épousé la cousine germaine du coadjuteur et que le duc de Retz, à cette date, était son frère aîné Pierre.

Page 393.

1. Quelques-uns des épisodes les plus dramatiques des *Mémoires* vont désormais se dérouler à l'intérieur du Palais de la Cité, en particulier dans la Grande Salle et la Grand-Chambre. En 1650, la Grande Salle (salle des pas perdus) était un bâtiment récent, reconstruit en 1622 après un incendie. Un alignement de huit piliers, entourés de boutiques de mercerie et de lingerie, la divisait en deux nefs. Le public y avait accès. À son extrémité nord-ouest s'ouvrait la porte à deux battants qui permettait d'entrer dans la Grand-Chambre en traversant le parquet des huissiers. La Grand-Chambre, où se dressait le lit de justice du roi, remontait au règne de Louis XII. Un magnifique plafond de bois à clés pendantes, peint en bleu et or, la couvrait.

2. La conjuration d'Amboise, fomentée en 1560 par la noblesse protestante, visait à s'emparer de la personne du jeune roi François II considéré comme le prisonnier de ses oncles, les Guises, maîtres du pouvoir royal. Elle échoua et fut sévèrement réprimée. En 1649, on attribua aux frondeurs le projet d'enlever le petit Louis XIV pour le soustraire à l'influence de Mazarin, son parrain. D'où l'allusion du président de Mesmes.

Page 394.

1. Tous ces noms sont plus ou moins estropiés. Retz s'efforce de tourner l'accusation en ridicule en montrant qu'elle ne repose que sur les témoignages de filous affublés de noms grotesques.

2. Les *Petites lettres* de Port-Royal sont les *Provinciales* de Pascal. C'est à la fin de la Ve provinciale qu'on trouve une énumération de noms ridicules, ceux des théologiens que les jésuites veulent mettre à la place des Pères de l'Église.

3. *La grande barbe* : le premier président Molé qui portait la barbe taillée en carré.

Page 395.

1. *Témoins à brevet* : expression forgée par Retz. Le brevet est un acte par lequel le roi accorde une grâce, un titre. Ici, les témoins de l'accusation ont reçu mission, par brevet ou non, d'espionner les assemblées des rentiers, activité bien peu recommandable.

Page 396.

1. *Lanternes* : sortes de tribunes édifiées dans la Grand-Chambre,

accessibles à un petit nombre d'auditeurs privilégiés. Il en partait des billets, des comptes rendus, des mots d'ordre à l'intention du public qui se tenait dans la Grande Salle ou dans les cours du Palais.

Page 397.

1. Le paragraphe qui suit est à nouveau de la main de Retz.

Page 398.

1. *La chaise*: la chaire. Cette forme est due au secrétaire.
2. Retz reprend ici la plume pour relater l'incident ridicule et scabreux qui suit.

Page 399.

1. Marguerite de Gondi, cousine germaine de Retz.
2. Mont-Olimpe: forteresse voisine de Mézières et de Charleville, complétant la défense de ces places.
3. *Impertinence*: sottise, maladresse.

Page 400.

1. Le secrétaire de Retz reprend la plume à cet endroit.
2. *Je vous remarquerai*: je vous ferai observer.

Page 401.

1. François de Goyon, baron de La Moussaye, fidèle de Condé.
2. L'anecdote est restée célèbre. Elle a sans doute inspiré un pamphlet dirigé contre Retz en 1652, *Le Poignard du coadjuteur*. L'auteur propose, pour rétablir la paix de mettre Retz et Mazarin à mort.
3. *Opiner d'apparat*: donner solennellement son avis. Il s'agit de savoir si Molé est à la fois juge et partie.
4. *La déclaration*: la déclaration royale d'octobre 1648 instituant l'*habeas corpus* (voir p. 176, n. 1).

Page 402.

1. *L'on incidentait*: on chicanait sur des points de détail.

Page 403.

1. Guillaume Du Gué, seigneur de Bagnols (1616-1657), maître des requêtes en 1643, prêta à deux reprises de l'argent à Retz. Son fils, Dreux-Louis Du Gué de Bagnols (1645-1709), conseiller d'État, fut un intime de Mme de Sévigné.
2. Vers la fin de 1658 ou en 1659.

Page 405.

1. Depuis le cloître Saint-Honoré, on pouvait entrer par les communs dans le Palais-Royal après avoir traversé une ruelle.

Retz se rendait à ces rendez-vous la nuit, déguisé, en habit de cavalier.

Page 406.

1. Depuis 1632, le grand aumônier de France était le frère aîné de Richelieu, le cardinal Alphonse-Louis Du Plessis de Richelieu qui mourut en 1653.
2. L'abbaye cistercienne d'Ourscamp, proche de Noyon, dont Mazarin avait la commende.

Page 407.

1. Depuis la mort de Maillé-Brézé, la surintendance des Mers était exercée par Anne d'Autriche elle-même. Or, pour s'opposer efficacement à Condé, le pouvoir royal avait besoin du soutien de la maison de Vendôme. D'où la décision de Mazarin de lui abandonner la surintendance des Mers. L'allusion faite ici par Retz vise le projet de mariage entre le duc de Mercœur, fils aîné du duc de Vendôme, et Laure Mancini, nièce de Mazarin.
2. Hugues de Lionne (1611-1671) était alors secrétaire des commandements de la reine. Il remplit par la suite diverses fonctions diplomatiques. On le retrouvera ambassadeur à Rome en 1655. Il sera en 1663 secrétaire d'État des Affaires étrangères.

Page 408.

1. Retz énumère ici les conditions du rapprochement de la cour et de la vieille Fronde, rapprochement rendu nécessaire par la décision de Mazarin d'arrêter Condé. Mais le mémorialiste en omet quelques-unes comme le chapeau de cardinal que la régente venait de lui promettre, en dépit des protestations de désintéressement qu'on a pu lire p. 406.
2. *Nacarat* : rouge orangé. Le jaune est une couleur infamante.
3. Jules Sacchetti (1587-1663), cardinal depuis 1626, ancien protecteur de Mazarin à Rome. Trop favorable à la France, il fut écarté du suprême pontificat par les cardinaux de la faction d'Espagne, à la mort d'Urbain VIII (1644) et à celle d'Innocent X (1655).
4. Jean-Baptiste Pamfili (1574-1655), cardinal en 1629, pape en 1644. Son élection fut un échec pour la France et pour Mazarin. Il condamna le jansénisme en 1653 (bulle *Cum occasione*). Sa faiblesse et son népotisme le firent peu regretter.

Page 409.

1. *La noise* : la querelle.

Page 410.

1. Gaston d'Orléans se serait écrié : « Voilà un beau coup de filet ; on a pris un lion, un singe et un renard. »

Page 411.

1. L'abbé de La Rivière obtint facilement la permission d'aller passer quinze jours dans sa maison de Petit-Bourg. Il reçut ensuite l'ordre de se retirer dans son abbaye de Saint-Benoît-sur-Loire puis dans celle de Saint-Géraud d'Aurillac.

2. Le Parlement rendit une ordonnance de non-lieu en faveur de Beaufort, de Retz et de Broussel le 22 janvier 1650 dans l'affaire de l'attentat contre Condé.

3. La visite de Beaufort et de Retz au Palais-Royal eut lieu le soir du dimanche 23 janvier 1650.

4. Cette amnistie n'intervint en réalité qu'en mai 1650. Retz le dit d'ailleurs p. 414.

5. Armand-Jean de Vignerot (1629-1715), petit-neveu de Richelieu, avait repris le nom et les armes de Richelieu. Il venait d'épouser clandestinement (le 26 décembre 1649) Mme de Pons, amie de la duchesse de Longueville. Mais il ne rejoignit pas le camp des princes.

6. Turenne (Corrèze, à douze kilomètres au sud-est de Brive) était le chef-lieu d'une vicomté qui était un franc-alleu noble : son propriétaire, libre de tout lien de vassalité vis-à-vis du roi de France, pouvait se considérer comme un souverain quasi indépendant.

Page 412.

1. Livrée à la France par le duc de Lorraine Charles IV, la place de Stenay avait été donnée à Condé à la fin de 1648 en récompense de ses services. Le baron de La Moussaye (voir n. 1, p. 401) y commandait en son nom.

2. C'est ici que reprend le texte écrit de la main de Retz.

3. En conduisant cette expédition militaire en Normandie, Mazarin ne voulait pas seulement réduire cette province à l'obéissance. Il souhaitait se dérober aux pressions, aux sollicitations continuelles de ses nouveaux alliés de la vieille Fronde. Et il avait l'intention de tirer quelque argent des Normands, qui se virent imposer une contribution de trois cent mille livres.

4. Damvillers avait été donné au prince de Conti à la paix de Rueil.

5. Henri II de Saint-Nectaire ou Senneterre, marquis de La Ferté-Nabert (1600-1681), ne sera promu maréchal de France qu'en janvier 1651. Le Clermont dont il s'agit ici est Clermont-en-Argonne, place donnée à Condé en même temps que Stenay.

6. Bellegarde est la ville de Seurre, qui avait été érigée en duché-pairie au profit de Roger de Saint-Lary de Bellegarde, compagnon d'armes de Henri IV, en 1620. C'est au siège de cette place, qui se rendit le 11 avril 1650, que Louis XIV, âgé de douze ans, fit ses premières armes.

Page 413.

1. Cette parenté était plutôt éloignée : un oncle de Retz, Charles de Gondi, avait épousé Antoinette d'Orléans, fille de Léonor d'Orléans, duc de Longueville. La sœur de ce duc s'était mariée en 1565 avec le prince Louis Ier de Condé, arrière-grand-père du Grand Condé !

Page 414.

1. *Berni* : La Croix-de-Berny, commune d'Antony (Hautes-de-Seine).
2. Les princes de Condé possédaient à Vallery, non loin de Sens, un château inachevé, œuvre de Pierre Lescot. Agerville est Augerville-la-Rivière (Loiret) où le président Perrault, client des Condés et seigneur du lieu, avait son château. Les anciennes éditions des *Mémoires* orthographient à tort Angerville le nom de cette localité.

Page 415.

1. Le surintendant Particelli d'Émery mourut le 23 mai 1650.
2. Paul Mancini, neveu de Mazarin, arrivé en France en mai 1647. Il suivit les cours du collège de Clermont et son oncle chercha à lui assurer une alliance illustre. Mais il sera tué à seize ans, à la bataille du faubourg Saint-Antoine. *Manchini* : graphie phonétique.
3. Marie-Catherine de Gondi (1647-1716), fille de Pierre de Gondi, le frère aîné de Retz. Elle entra dans la congrégation de Notre-Dame du Calvaire, fondée en 1621, et en fut élue à trois reprises supérieure générale.
4. Nicolas Goulas (1603-1683) sera gentilhomme de la chambre de Gaston d'Orléans de 1652 à 1660. Homme très cultivé, il est l'auteur de *Mémoires* très importants pour l'histoire de la Fronde.

Page 416.

1. Hercule de Beloy était le capitaine des gardes de Gaston d'Orléans. Mazarin aurait eu l'intention de se servir de lui pour empêcher Monsieur de se livrer aux frondeurs. Mais l'intervention de Retz, qui entra très avant dans la confiance de celui-ci, déjoua ses calculs.
2. *Libertinage* signifie ici humeur libre et aventureuse, une humeur incompatible avec un service assidu auprès du duc d'Orléans.
3. James Graham (*Grem* pour Retz, graphie approximativement phonétique), comte puis marquis de Montrose (1612-1650), fut le défenseur le plus actif et le plus valeureux de la cause des Stuarts en Écosse pendant la guerre civile. Il passa en Allemagne après la défaite de Charles Ier et servit dans l'armée impériale où il fut promu feld-maréchal. Il débarqua en Écosse en 1650 à la tête de troupes recrutées sur le continent. Mais battu et capturé, il fut pendu puis écartelé.

4. Sans doute Menteith de Salmonet, prêtre écossais qui demeurait depuis longtemps chez Retz et qui composa une *Histoire des troubles de la Grande-Bretagne*.

Page 417.

1. Aux termes de ce traité, conclu le 30 avril 1650, il était prévu que les Espagnols mettraient des garnisons dans les places frontières conquises sur la France, tandis que Turenne et Mme de Longueville installeraient leurs troupes dans les villes situées à l'intérieur du royaume.

Page 418.

1. Guillaume de Pechpeirou-Comminges, comte de Guitaut (1626-1685), surnommé le *petit Guitaut*, aide de camp de Condé, fut un ami de Mme de Sévigné, qu'il reçut dans son château d'Époisses en Bourgogne.

2. Gouverneur de Guyenne, le duc d'Épernon s'imaginait être prince parce que sa mère descendait des anciens comtes de Foix et traitait avec mépris la noblesse aquitaine et le parlement de Bordeaux.

3. Mazarin aurait voulu marier l'une de ses nièces, Anne-Marie Martinozzi, au duc de Candale, fils du duc d'Épernon (voir n. 3, p. 364). C'est pourquoi il avait pris parti pour le gouverneur de Guyenne dans le conflit qui opposait celui-ci au parlement de Bordeaux. Mais le mariage ne se fit pas. Candale mourut célibataire en 1658 et Anne-Marie Martinozzi épousa plus tard le prince de Conti, bossu et contrefait mais prince du sang.

4. César d'Estrées (1628-1714), évêque de Laon de 1655 à 1681, cardinal en 1671, remplira sous Louis XIV de nombreuses missions diplomatiques, en particulier à Rome. *Visionnaire* se dit de qui a l'imagination déréglée et excentrique.

Page 419.

1. L'allusion vise les ministres sages et avisés de Henri IV et de Louis XIII à ses débuts qu'on surnommait *les Barbons*: Pierre Jeannin (1540-1622) et Nicolas de Neufville, seigneur de Villeroi (1542-1617).

2. Trente-sept ans en 1650.

Page 421.

1. *Tailler une besogne à quelqu'un*: lui causer des ennuis. L'expression est empruntée au langage des métiers.

2. *Un certain carat*: voir n. 5, p. 163.

Page 422.

1. Thomas-François de Savoie, prince de Carignan (voir n. 5, p. 70).

2. Les oublieux étaient des marchands ambulants d'oublies, qui

criaient leur marchandise, le soir, dans les rues de Paris. *Arriver comme l'oublieux* signifiait arriver tard. On appliquait le terme au maréchal d'Estrées et au marquis de La Ferté-Senneterre, connus comme d'habiles courtisans, parce qu'ils négociaient toujours fort tard et proposaient une marchandise peu consistante.

Page 423.

1. *Commission* : charge temporaire et révocable par opposition à l'office, propriété de l'officier. La garde des sceaux, les secrétariats d'État, la surintendance des Finances étaient conférés par commission. Sur le marquis de Châteauneuf, voir n. 7, p. 218. Son retour aux affaires s'explique par le regain d'influence de Mme de Chevreuse, lui-même lié aux nécessités de la lutte contre les partisans des princes emprisonnés. Le chancelier Séguier, détenant une charge viagère, ne pouvait être révoqué mais on pouvait l'éloigner du pouvoir en confiant son emploi à un garde des sceaux.

2. Le grand-père du maréchal de Villeroi avait épousé en 1559 une tante de Châteauneuf.

3. Sur le commandeur de Jars, voir n. 3, p. 365.

4. Né en 1570, Châteauneuf n'avait que soixante-dix ans.

5. *Son humeur féroce* : son humeur brutale. *Hors d'œuvre* : hors d'usage.

6. Les contemporains de Retz attribuaient à chaque nation quelques traits de caractère stéréotypés : les Italiens étaient nécessairement fourbes et jaloux, les Espagnols gueux et arrogants, etc.

Page 424.

1. Châteauneuf ambitionnait de devenir premier ministre et cardinal. À peine installé dans ses fonctions, il travailla à évincer Mazarin.

2. René de Longueil, marquis de Maisons, président à mortier au Parlement, était colossalement riche. Sa fortune le désignait pour l'emploi de surintendant car celui-ci était souvent amené à prêter son propre argent à l'État.

3. Claire-Clémence de Maillé-Brézé, nièce de Richelieu et épouse de Condé ; Henri-Jules de Bourbon, duc d'Enghien, fils aîné de Condé. Ils entrèrent à Bordeaux le 31 mai 1650. Cette ville allait devenir la base politique et militaire de la Fronde des princes.

Page 425.

1. En pillant une église, les soldats d'Épernon avaient commis un sacrilège. Le parlement de Bordeaux engagea donc des poursuites contre eux et il profita de l'occasion pour s'en prendre au gouverneur lui-même, auquel il disputait la prééminence en Guyenne.

2. Malgré son hostilité au duc d'Épernon, le parlement de Bordeaux craignait un mouvement de révolte associant la noblesse à l'élément populaire parce qu'il ne le contrôlait pas.

Page 426.

1. Les frondeurs avaient envoyé en Espagne deux ambassades successives, celle du marquis de Sillery et celle du baron de Baas, ce dernier client du duc de Bouillon.
2. *Les jurats* sont les échevins (magistrats municipaux) de Bordeaux et d'Agen.
3. L'archiduc Léopold-Guillaume leva le siège de Guise le 1er juillet 1650.

Page 427.

1. *Rhabilleur*: qui raccommode, qui répare le mal qui a été fait.
2. François Molé, abbé commendataire de Sainte-Croix de Bordeaux, troisième fils du premier président.
3. On sait que les électeurs du prévôt des marchands désignaient toujours le candidat du roi. En 1650, Antoine Le Fèvre, conseiller au Parlement, prit la place de Jérôme Le Féron.

Page 428.

1. Ni le nonagénaire duc de La Force ni le duc de Saint-Simon, gouverneur de Blaye (c'est le père du mémorialiste) ne rejoignirent la Fronde princière.
2. Gaston d'Orléans, lieutenant général du royaume, resta à Paris pour y diriger les affaires pendant qu'Anne d'Autriche et Mazarin prenaient le chemin de la Guyenne. Il dut, avant le départ de la Cour, s'engager formellement à ne pas libérer les princes jusqu'à la majorité de Louis XIV.

Page 429.

1. Louis Foucault, comte Du Daugnon (vers 1616-1659), avait usurpé le gouvernement de Brouage à la mort du duc de Brézé et Mazarin avait été contraint de le confirmer dans cette fonction. Sur le couronnement de sa carrière, voir p. 762.
2. Sur le chevalier de La Valette, voir n. 1, p. 228.
3. Gaston-Jean-Baptiste, marquis puis duc de Roquelaure, sera gouverneur de Guyenne en 1676. Le faubourg de Saint-Seurin fut emporté le 6 septembre 1650.
4. Les causes de la capitulation de Bordeaux sont multiples : les assiégés manquaient de vivres, les troupes ravageaient les campagnes et les vendanges allaient être perdues si la guerre continuait. Dans le camp royal, l'armée fondait sous l'effet des désertions tandis qu'à Paris Retz s'emparait de l'esprit de Gaston d'Orléans et l'incitait à évincer Mazarin. Sur la frontière du nord, les Espagnols et Turenne avaient pris plusieurs places.

Page 430.

1. Jean-Hérault de Gourville (1625-1703) servait alors de secrétaire à La Rochefoucauld. Il servit par la suite Condé, Mazarin, Fouquet et Louis XIV. Ses *Mémoires* parurent en 1724.
2. Bourg-sur-Gironde, sur la rive droite de la Dordogne, à une vingtaine de kilomètres de Bordeaux.
3. Saint-Amand-Montrond, importante place forte en Berry.
4. *Feu* : scandale.

Page 431.

1. *Qui était plus en école* : qui était plus au fait des réalités du moment. Dans la langue de l'équitation, le cheval *hors d'école* était celui qui avait oublié les exercices du manège. Retz veut dire ici que Châteauneuf, homme d'un autre âge, connaissait moins bien que Le Tellier les problèmes politiques du moment.
2. *Agir en père* : Louis XIV n'avait pas encore douze ans !
3. Un second secrétaire (dom Humbert Belhomme) prend ici la plume.

Page 432.

1. Étienne Foullé était inculpé de violences contre les contribuables à l'occasion de la levée de la taille qu'un règlement de 1642 confiait aux intendants. Chambret l'accusait de lui avoir fait brûler une maison.
2. Guyonnet était déjà venu à Paris en 1649 comme député du parlement de Bordeaux. Il figurait parmi les plus actifs des frondeurs bordelais.

Page 433.

1. Retz reprend la plume.
2. *L'esteuf* est une balle utilisée au jeu de paume, petite et dure. Retz veut dire ici que Mazarin court après la balle qu'il a perdue, qu'il cherche à la rattraper.
3. *Tumultuairement* : dans le plus grand désordre.

Page 435.

1. Retz cède à nouveau la plume à son secrétaire.

Page 436.

1. Nicolas de Bailleul (?-1652), président à mortier depuis 1627, surintendant des Finances de 1643 à 1647, était un fidèle de la régente et de Mazarin. En août 1649, il conduisait une députation du parlement de Paris chargée d'appuyer auprès d'eux la requête du parlement de Bordeaux.

Page 437.

1. Ce *petit fracas* se produisit le 8 août 1650. Dans ses *Mémoires*,

Guy Joly nie la réalité du coup de poignard porté à Retz qui pourrait bien être une vantardise.

Page 438.

1. À partir d'ici, c'est à nouveau Retz qui tient la plume.

Page 439.

1. *Chamade* : batterie de tambour ou sonnerie de trompette pour demander à discuter d'une trêve ou d'une capitulation.
2. *Disparate* : extravagance, action déraisonnable.

Page 440.

1. Trois nièces de Mazarin, arrivées en 1647, vivaient alors en France : Anne-Marie Martinozzi, Laure et Olympe Mancini.
2. L'accueil de Bordeaux avait été des plus froids.

Page 441.

1. Claude de Mesmes, comte d'Avaux, né en 1595, était le frère du président de Mesmes. Il avait accompli une carrière diplomatique extrêmement brillante. Il allait mourir deux mois plus tard, le 19 novembre 1650.
2. Le marquis Du Coudray-Montpensier avait été envoyé à Bordeaux par Gaston d'Orléans pour jouer le rôle de médiateur entre la ville révoltée et la Cour.

Page 442.

1. François-René Crespin Du Bec, marquis de Vardes, capitaine des Cent-Suisses, sera disgracié en 1665 pour avoir révélé à la reine Marie-Thérèse la liaison de Louis XIV et de Mlle de La Vallière.
2. Joseph-Charles d'Ornano, dernier fils du maréchal d'Ornano.
3. La paix de Münster avait mis fin en 1648 à la guerre avec l'empereur. Mais les hostilités continuèrent avec l'Espagne jusqu'en 1659. La rumeur publique accusait Mazarin d'être responsable de cette continuation du conflit, nécessaire, disait-on, à son maintien au pouvoir (voir p. 596, n. 1).

Page 443.

1. *Ils ne se sont eux-mêmes imaginés* : contrairement à son habitude, Retz accorde ici le participe passé du verbe pronominal avec le sujet. C'est fréquent à l'époque où il écrit.
2. Claude de L'Aubespine, baron de Verderonne, gentilhomme du duc d'Orléans, est connu pour avoir publié un *Agréable récit de ce qui s'est passé aux dernières barricades de Paris, descrites en vers burlesques* que Gabriel Naudé préférait aux œuvres de Scarron.
3. *Préfix* : fixé à l'avance. C'est un vieux mot de la langue judiciaire.

Page 444.

1. *Fils de France* : fils de roi. Gaston d'Orléans était le fils de Henri IV.

2. Au début de septembre 1650, à Paris, deux clans se disputaient le contrôle de la personne velléitaire de Monsieur, lieutenant général du royaume, deuxième personnage de l'État. D'un côté la vieille Fronde (Retz, le Parlement) et le comte d'Avaux poussaient Gaston d'Orléans à prendre en main la direction des affaires politiques en faisant la paix avec l'Espagne. De l'autre, Châteauneuf et Le Tellier défendaient la prééminence d'Anne d'Autriche sinon toujours les prérogatives du premier ministre. En cas de victoire de la vieille Fronde, Monsieur aurait pu se saisir de la régence, évincer la reine et chasser Mazarin. Ce dernier avait donc tout intérêt à mettre au plus vite fin à la révolte bordelaise afin de pouvoir regagner Paris.

Page 446.

1. À la façon des princes de la Renaissance, Gaston d'Orléans s'était constitué un cabinet de curiosités qui renfermait des médailles, des livres rares, des estampes. Il aimait tout particulièrement les médailles.

Page 447.

1. Une grisette est une jeune fille ou une jeune femme de condition sociale inférieure. Celle dont il s'agit ici, connue par Tallemant Des Réaux, s'appelait Marguerite Du Puis, épouse de Nicolas de Sacy.

2. De 1647 à 1656, le nonce du pape à Paris fut ce Nicolas de Bagni (1583 ?-1663) qui avait été général des troupes pontificales en Valteline en 1624 (voir p. 125) et avait abandonné le métier des armes pour une carrière ecclésiastique.

3. Nanteuil-Notre-Dame (Aisne, arrondissement de Château-Thierry).

4. Les envoyés de Gaston d'Orléans, le comte d'Avaux, le nonce Bagni et un secrétaire de l'ambassadeur vénitien, ne trouvèrent pas à Nanteuil les passeports promis. De son côté, l'archiduc Léopold-Guillaume écrivit au nonce et à Monsieur pour leur annoncer la rupture des pourparlers. Ceux-ci n'avaient même pas commencé.

Page 448.

1. Le cardinal de' Trivulzi et le marquis de Caracena occupèrent de hauts emplois en Europe au service de la monarchie espagnole. En 1650, Caracena était gouverneur du Milanais.

2. Ici encore, la chronologie de Retz est fautive. *Le Journal du Parlement* place le départ de don Gabriel de Tolède le 16 septembre 1650. Or, le roi d'Angleterre Charles II, fils de Charles Ier, ne

débarqua à Fécamp, après sa défaite de Worcester devant Cromwell, que le 26 octobre 1651.

3. Théobald, deuxième vicomte Taaffe, que Charles II créera comte de Carlingford. Il constitue, à lui seul, toute la cour du roi fugitif.

4. Henry Jermyn, premier comte de Saint-Albans, secrétaire de la reine Henriette d'Angleterre, la suivit en exil en France en 1644.

Page 449.

1. Nicolas de Neufville, seigneur de Villeroi, grand-père du duc de Villeroi cité n. 1, p. 142, secrétaire d'État de 1567 à 1588 et de 1594 à 1614.

2. Antoine de Barillon, seigneur de Morangis (voir n. 1, p. 110). Son neveu, Paul de Barillon, marquis de Branges, appartint au cercle de Mme de Sévigné.

3. Sir Henry Vane (1613-1662), l'un des plus sincèrement républicains des hommes politiques anglais du XVIIe siècle. Partisan de Cromwell de 1649 à 1653, il rompit avec ce dernier à l'établissement du protectorat, régime monarchique déguisé. Il tenta plus tard d'empêcher la Restauration et fut décapité au retour des Stuarts.

Page 450.

1. La chronologie de Retz est à nouveau fautive. Car la translation des princes de Vincennes à Marcoussis avait eu lieu le 29 août, il y avait déjà une vingtaine de jours.

2. Ferry de Choiseul, vicomte d'Hostel, était premier gentilhomme de la chambre de Monsieur. La graphie *Autel* est purement phonétique.

Page 451.

1. Guy de Bar (1605-1695), maréchal de camp depuis 1649, avait reçu la garde des princes captifs à Vincennes. Il la conserve à Marcoussis et au Havre.

2. Au XVIIe siècle, *quelque* s'accorde avec le nom qu'il détermine, même lorsqu'il est adverbe comme ici.

Page 452.

1. Ce discours n'a pas été prononcé tel quel mais composé en 1675. Il ne révèle pas la raison du transfert des princes, le désir de Turenne de profiter de la proximité des troupes espagnoles pour monter une opération en vue de leur délivrance. Il ne dit rien de la proposition faite par Retz à Monsieur de conduire les prisonniers à la Bastille. Il ne montre pas qu'à la fin d'août 1650 une sourde lutte d'influence a opposé la Cour et les frondeurs pour la possession des captifs. Le Tellier, fidèle de Mazarin, voulait faire conduire les princes au Havre (comme ils

le furent en effet, mais en novembre 1650) où ils n'auraient dépendu que du ministre. Retz souhaitait les enfermer à la Bastille pour pouvoir disposer d'eux le cas échéant. C'est Châteauneuf qui proposa et obtint de Gaston d'Orléans leur transfert à Marcoussis.

Page 454.

1. *Elle* : Mlle de Chevreuse.
2. *Bonnement* : honnêtement, sincèrement.

Page 455.

1. À la place de Laigue (voir p. 293).
2. Personnage peu connu, l'abbé d'Hacqueville était un camarade de collège de Retz. Il le servit pendant la Fronde et fut plus tard confident de Mme de Sévigné.
3. Marcoussis (près de Montlhéry) était un vieux château féodal avec de larges douves remplies d'eau. Il n'était pas possible à Turenne, dont l'avant-garde avait poussé jusqu'à La Ferté-Milon, de tenter un coup de main sur cette forteresse car ses cavaliers, pour le réaliser, auraient dû franchir la Marne et la Seine.

Page 456.

1. *La montagne de Cenon* : le rebord disséqué du plateau qui domine la vallée de la Garonne, sur la rive droite du fleuve.

Page 457.

1. *Divertissement* : détournement.
2. Jean de Montreuil (vers 1613-1651), secrétaire des commandements du prince de Conti, organisait la correspondance politique des princes prisonniers avec leurs amis du dehors.

Page 458.

1. Le duc de Nemours avait imaginé un plan pour permettre aux princes de s'évader.

Page 459.

1. Chaque fois qu'il entrait au Parlement ou qu'il en sortait.
2. Ces protestations de droiture et de sincérité sont réfutées par les avis que le père Léon, religieux carme placé dans l'entourage de Monsieur pour l'espionner, envoyait à Mazarin.
3. *Girouetterie* : propension à changer sans cesse d'avis (néologisme).

Page 460.

1. En octobre 1650, Mme de Chevreuse joue à nouveau double jeu. Elle est, en apparence, en bons termes avec Mazarin. Mais, séduite par la perspective du mariage possible de sa fille

avec le prince de Conti, elle négocie avec le parti des princes tout en restant très unie à la vieille Fronde.

Page 463.

1. Retz n'a jamais eu besoin des suggestions de Caumartin pour aspirer au cardinalat. À l'automne 1650, cette dignité lui était nécessaire pour se mettre à l'abri — du moins le croyait-il — d'une vengeance de Condé ou de Mazarin. Elle pouvait de plus l'aider à devenir premier ministre car, après Richelieu et Mazarin, il semblait qu'il fallût être cardinal pour diriger le gouvernement.

2. Jean-Jacques Panciroli (1587-1651) avait été, en 1629, nonce en Haute-Italie avec Mazarin pour adjoint. Grâce à celui-ci, il put rétablir la paix entre France et Espagne. Élevé à la pourpre en 1643, il fut, sous Innocent X, le premier cardinal secrétaire d'État de l'histoire de l'Église.

3. Le pape Urbain VIII (Maffeo Barberini) régna de 1623 à 1644.

4. Le cardinal Antoine Barberini, neveu du précédent. La puissance considérable acquise à Rome par les neveux d'Urbain VIII fut brisée par Innocent X.

Page 464.

1. La nomination au cardinalat de l'abbé de La Rivière avait été révoquée en octobre 1648, Condé ayant réclamé le chapeau pour son frère Conti. Quand Conti embrassa le parti de la Fronde, Anne d'Autriche annula sa promotion et La Rivière fut à nouveau proposé en janvier 1649. Mais sa disgrâce politique le priva définitivement du chapeau.

2. Olimpia Aldobrandini, fille du prince de Rossano, mariée en 1647 à Camillo Pamfili, neveu du pape Innocent X.

3. Le généalogiste Corbinelli, dans son *Histoire généalogique de la maison de Gondi* (1701), ne fait pas figurer les Aldobrandini parmi les familles alliées à celle de Gondi.

Page 466.

1. *Impertinent* : déplacé, inopportun.
2. *Courre la lance* : au figuré, s'engager dans une entreprise.

Page 469.

1. *Le parti [...] fût devenu populaire* : privé de chefs, le parti des princes aurait dû s'appuyer sur le peuple, solution que Retz affirme avoir toujours repoussée.

Page 470.

1. Après ces mots, le second secrétaire de Retz reprend la plume.
2. La citadelle du Havre édifiée sous Richelieu, servit de pri-

son d'État pendant la Fronde. Il fallut dix jours, du 15 au 25 novembre 1650, pour y conduire les princes sous la garde de Guy de Bar et la protection d'une puissante escorte aux ordres du comte d'Harcourt.

Page 471.

1. La propagande politique par l'image, l'estampe, était particulièrement efficace.

2. *Tomber en sens réprouvé* : tomber dans l'erreur.

3. *Repousser à la barrière* : faire reculer très loin. La barrière est celle des tournois.

Page 472.

1. *Grossier* : dépourvu de finesse.

Page 473.

1. Vers novembre 1650, Mazarin se sent exagérément sûr de lui. Il vient de vaincre la Fronde des princes, à sa merci dans la citadelle du Havre. Il a ramené le calme en Normandie, Bourgogne et Guyenne. Il s'apprête à rejoindre l'armée qui doit chasser les Espagnols de Champagne et ne se croit plus tenu de ménager Retz dont les ambitions l'exaspèrent.

Page 474.

1. Le grand-père de Retz, Albert de Gondi.
2. Saint-Lucien : abbaye bénédictine de Beauvais.
3. *Ériger autel contre autel* : faire un schisme et, au figuré, lutter avec quelqu'un de crédit, de puissance.

Page 476.

1. Henri II de Savoie, duc d'Aumale (1625-1659). D'abord destiné à l'Église, il rentra dans le monde à la mort de son frère aîné, tué en duel par Beaufort, pour devenir le dernier duc de Nemours.

2. *Falote* : ridicule.

Page 477.

1. Au XVIIe siècle, on confondait couramment compter et conter.

2. Marguerite de Gondi, duchesse de Brissac par son mariage, est une nièce de Mme de Guéméné. Elle est aussi sa rivale auprès du galant coadjuteur, son cousin germain.

Page 478.

1. *Ressorts* : fréquent chez Retz, le mot désigne les mobiles des actions par analogie avec les rouages d'un mécanisme.

Page 479.

1. *Bijoutier* : amateur de bijoux.
2. Le rôle de la princesse palatine, Anne de Gonzague, dans les intrigues qui aboutirent à l'exil de Mazarin, est également exposé dans les *Mémoires* de La Rochefoucauld et de Montglat.

Page 481.

1. *Hasarder* : s'exposer à un danger, risquer.
2. *Le cabinet* : ici, le conseil du roi.

Page 483.

1. Élisabeth d'Orléans (1646-1696), deuxième fille de Gaston d'Orléans. Elle épousera en fait le duc de Guise. Pour Mme de Nemours, c'est la troisième fille de Monsieur, Mlle de Valois, qui fut promise au duc d'Enghien, fils de Condé.
2. *Connestablerie* : connétablie. Condé revendiquait la dignité de connétable qui n'avait plus de titulaire depuis la mort du duc de Lesdiguières en 1627 parce qu'elle portait ombrage à la majesté royale. Premier des grands officiers de la Couronne, le connétable était le chef suprême des armées sous les ordres directs du roi.
3. Ces intrigues compliquées tendaient à réaliser l'union des deux Frondes, la vieille (Retz, Beaufort, le Parlement) et celle des princes (La Rochefoucauld, Nemours, la Palatine) de manière à pouvoir abattre Mazarin. Certaines clauses de l'union ne furent pas révélées à tous en raison des intérêts divergents de plusieurs contractants. C'est ainsi que Nemours, chargé de lire le traité devant Beaufort, sauta plusieurs passages. D'où un commencement de brouille entre les deux ducs.

Page 484.

1. Retz bouleverse une fois de plus la chronologie. Sa visite nocturne chez la princesse palatine est du 5 décembre 1650 et le traité d'union des Frondes ne fut signé qu'à la fin de janvier 1651.
2. Le comté de Joigny appartenait depuis 1630 au père de Retz.

Page 485.

1. Ce que Retz n'explique pas, c'est que, pendant le mois de décembre 1650, frondeurs et partisans des princes ne cessèrent pas de négocier, chacun de leur côté, avec la Cour et Mazarin. En cas d'accord entre la Cour et la vieille Fronde, le cardinalat eût été la récompense de Retz. Ce dernier poursuivait sans défaillance la conquête du chapeau rouge au milieu de toutes ces intrigues.

Page 486.

1. *Comœdia in comœdia* : le théâtre dans le théâtre. À l'intérieur de la comédie jouée par les partis en présence, les dirigeants en jouaient une autre aux membres de leur propre parti.

2. La seigneurie de Limours appartenait depuis 1627 à Gaston d'Orléans.

Page 487.

1. *Abattre la fumée* : dissiper une appréhension.
2. Retz met toujours le mot *écritoire* au masculin.
3. *Signer la cédule du sabbat* : signer un pacte avec le diable.

Page 488.

1. Des louis d'or quadruples, d'une valeur de quarante-huit livres en monnaie de compte.

Page 489.

1. Les pères de l'Oratoire donnaient au séminaire de Saint-Magloire (voir n. 3, p. 326) des conférences portant sur toutes les branches des sciences religieuses, de façon à préparer les jeunes prêtres aux différentes fonctions du ministère ecclésiastique.
2. Espion de Mazarin, l'abbé Fouquet lui avait rapporté que certains frondeurs projetaient de l'enlever. Le cardinal quitta Paris le 1er décembre 1650.
3. Antoine d'Aumont (1601-1669), connu jusqu'en 1651 sous le nom de marquis de Villequier, était à la fois capitaine des gardes du roi, gouverneur du Boulonnais et lieutenant général. Il sera maréchal de France après la bataille de Rethel.

Page 491.

1. Aux yeux de Retz, Molière semble avant tout un auteur de farces.
2. Le 11 novembre 1650, le jour de la rentrée du Parlement après les vacances judiciaires.
3. *Minutée* : rédigée, mise en forme.
4. *Soit montré* : formule par laquelle le Parlement renvoyait une requête aux gens du roi pour avoir leur avis.

Page 492.

1. Marie d'Orléans (1625-1707), fille du duc de Longueville. C'est à elle que Loret dédia sa gazette en vers burlesques intitulée *Muse historique*.
2. Dans la *Muse historique*, Loret rend compte en ces termes de la maladie de la régente : *Pour répondre à cette ambassade, / La Reine dit : « Je suis malade ; / Lorsque je n'aurai plus d'abcès / Vous aurez ici plus d'accès, / Et puis nous parlerons d'affaires. / Adieu, messieurs les commissaires ! »*
3. Anne d'Autriche avait demandé un délai de huit jours qui lui fut refusé par cent cinq voix contre cinquante-cinq.

Page 494.

1. Giovanni Degli Ponti, commandant de la place de Rethel,

capitula après seulement cinq jours de siège. On prétendit qu'il avait été acheté par Mazarin qui comptait sur un succès éclatant pour consolider sa position politique.

2. La bataille, improprement dite de Rethel, fut livrée le 15 décembre 1650 au sud-ouest de Vouziers. L'armée de Turenne, composée de partisans des princes, d'un contingent espagnol et d'un contingent lorrain fut anéantie par celle du maréchal Du Plessis-Praslin.

3. *Lui cinquième* : accompagné de quatre personnes.

4. Don Esteban de Gamarre commandait le contingent espagnol de l'armée de Turenne.

5. Les drapeaux sont les emblèmes des unités d'infanterie, les étendards ceux des unités de cavalerie.

Page 495.

1. Mazarin avait donc raison de rechercher un succès militaire. Mais ce succès, par son ampleur même, inquiéta tellement les adversaires du ministre qu'il renforça leur détermination à le chasser du pouvoir.

2. *À l'œil* : au premier coup d'œil.

Page 496.

1. La ville du Havre est bâtie sur un terrain marécageux.

2. Le texte de ce discours figure dans l'édition des *Œuvres* du cardinal dans la Bibliothèque de la Pléiade, p. 1476-1477.

Page 497.

1. Le président de Mesmes mourut le 29 décembre 1650.

2. Composée par Blot ou par Verderonne — les avis divergent — sur l'air de *Réveillez-vous, belle endormie*, cette chanson est une traduction burlesque, en vers, du discours de Beaufort. En voici le texte : *Or écoutez, peuple de France / Ce propre avis en terme exprès / Du grand Beaufort, dit en présence / Du Parlement dans le Palais. // Il salua la compagnie / De son chapeau, fort humblement, / Et puis d'une mine hardie / Lui fit ce beau raisonnement : // « Il y a trois points dans cette affaire : / Les Princes font le premier point, / Je les honore, je les révère. / C'est pourquoi je n'en parle point. / Le second est de l'Éminence, / Du grand cardinal Mazarin. / Sans barguigner j'aime la France, / Et vais toujours mon grand chemin. // J'ai le cœur franc comme la mine, / Je suis pour les bons sentiments. / Aussi je conclus et j'opine, / Comme fera Monsieur d'Orléans. »*

3. *J'avais recordé [...] M. de Beaufort* : j'avais fait répéter M. de Beaufort.

Page 498.

1. Un certain Éon, secrétaire du roi, accusé d'avoir fait sceller de fausses lettres à Châteauneuf, avait été traduit devant une commission de conseillers d'État et de maîtres des requêtes. Il réclamait d'être jugé par la Grand-Chambre du Parlement.

2. Le 31 décembre 1650.

3. Devant l'acharnement de ses ennemis, Mazarin avait le choix entre la guerre civile ou la réconciliation avec une faction pour accabler l'autre. Choisir la guerre civile supposait que la Cour quittât Paris. Mais la maladie d'Anne d'Autriche l'en empêcha.

Page 499.

1. *Contrepeser* : équilibrer, contrebalancer (verbe vieilli dès 1650).

Page 500.

1. Mazarin.
2. Suivant le *Journal du Parlement*, Mazarin aurait dit au duc d'Orléans, le 1er février 1651 que « le Parlement, et les bourgeois et habitants de Paris étaient tous des Cromwells et des Fairfax qui en voulaient au Roi et au sang royal pour faire comme en Angleterre et établir en France une république ». Sir Thomas Fairfax fut l'un des chefs de l'armée parlementaire pendant la guerre civile anglaise.

Page 502.

1. C'est le 30 janvier 1651 que Gaston d'Orléans, la princesse palatine et les représentants des princes signent un traité d'alliance en bonne et due forme. C'est là le résultat des tractations conduites par Anne de Gonzague et Retz.

Page 503.

1. Louis XIV ne sera sacré que le 7 juin 1654, une fois la Fronde terminée.

Page 504.

1. Après son retour à Paris, Mazarin perdit du temps et laissa passer l'heure d'agir alors que Retz et ses amis réussissaient à obtenir l'engagement de Gaston d'Orléans à leurs côtés. Quand il se décida enfin à se réconcilier avec les princes pour accabler la vieille Fronde, il était trop tard. L'union des Frondes était réalisée et sa perte, résolue.

Page 506.

1. *Désemparer* : quitter la place.

Page 507.

1. *Controuvés* : inventés, imaginés (mot vieilli).
2. Voir n. 1, p. 301.

Page 508.

1. *In reatu* : en accusation (terme de procédure).
2. *Changer la carte* : changer la face des choses.

Page 509.

1. J. Truchet écrit au sujet de cette prétendue citation latine. « Ce que Retz a cherché, c'est un texte qui s'adaptât non seulement à la conjoncture, mais surtout à la forme de pensée et à la culture de ses auditeurs ; et celui qu'il a inventé, faute d'en trouver un vrai, est une espèce de centon parfaitement conforme à une certaine latinité conventionnelle dont les magistrats étaient nourris ». (« Points de vue sur la rhétorique », XVIIe siècle, n° 80-81, p. 15).

Page 510.

1. On ne manquera pas d'admirer la présence d'esprit de Retz et sa dextérité dans le maniement des assemblées délibérantes. Le texte de son discours, tel qu'il le donne ici, est évidemment reconstitué de mémoire. Il diffère dans la forme, sinon dans le fond, de celui que publient les *Mémoires* de Guy Joly.
2. *S'ébranlait* : était profondément troublé.

Page 511.

1. Dans la pensée de regagner Gaston d'Orléans, Anne d'Autriche multiplia les tentatives pour obtenir de lui une entrevue, mais ne réussit pas.
2. Le maréchal de Gramont emportait avec lui une *Instruction*. Mais les conditions qui y figuraient étaient inacceptables pour les princes qui devaient rester encore deux mois en prison, rendre leurs places fortes, renoncer à tous traités et ne rentrer dans leurs gouvernements qu'à la majorité du roi.

Page 512.

1. Charles, marquis puis (1651) duc de La Vieuville (vers 1582-1653), surintendant des Finances en 1623, avait joué pendant quelques mois en 1624 le rôle d'un ministre dirigeant. Mais, compromis avec de louches financiers, il avait été incarcéré à Amboise avant de pouvoir fuir à l'étranger. Revenu en France à la mort de Louis XIII, il sera surintendant des Finances, pour la seconde fois, en septembre 1651.
2. Cette assemblée de la noblesse, forte de sept à huit cents députés, siégea à Paris jusqu'au 25 mars. Sa tenue, sans aucune convocation royale, témoigne de l'affaissement de l'autorité royale pendant la Fronde. Comme l'Assemblée du clergé de 1650 poursuivait ses travaux dans la capitale, des liaisons s'établirent entre les deux ordres privilégiés dans le dessein de faire reculer la monarchie absolue. La noblesse réclama non seulement la libération des princes mais la convocation des États généraux. Ceux-ci furent convoqués à Tours pour le 1er octobre mais ne siégèrent jamais.

Page 513.

1. Le 6 février 1651, vers onze heures du soir, pour aller coucher à Saint-Germain.

2. L'hôpital des Petites-Maisons, rue de Sèvres, recevait les vieillards indigents, les enfants malades, les vénériens et surtout les fous. D'où l'expression proverbiale : *bon à mener aux Petites-Maisons*.

Page 514.

1. Mazarin, dont le père était d'origine sicilienne.
2. Le grand prévôt de France était alors Jean Du Bouchet, baron et plus tard marquis de Sourches dont la famille détint la charge jusqu'en 1789.
3. Mazarin avait bel et bien convenu avec la régente que celle-ci le rejoindrait avec le petit Louis XIV comme en 1649. Retz se montre meilleur psychologue que Monsieur.

Page 516.

1. Le 8 février, l'abbé Ondedei, confident de Mazarin, conduisit les nièces du cardinal chez la marquise de Navailles qui les mit à l'abri à Péronne.
2. *Il serait procédé contre eux extraordinairement* : sans respecter les formes habituelles de la justice.

Page 517.

1. Guillaume Charrier (?-1667), ecclésiastique dénué de scrupules et rompu aux intrigues, surnommé Charrier le Diable, s'était attaché à la fortune de Retz qu'il servit toute sa vie.
2. *Des contes de Peaux d'ânes* : venue du fond des âges, l'histoire de Peau d'âne était le conte par excellence. *Si Peau d'âne m'était conté / J'y prendrais un plaisir extrême*, écrit La Fontaine en 1678. Le conte de Perrault, lui, n'a été publié qu'en 1694.

Page 518.

1. *Un ordinaire* : un gentilhomme d'ordonnance. Monsieur en avait quarante à son service.
2. *À Luxembourg* : au palais du Luxembourg, résidence de Monsieur.

Page 519.

1. Par son père Claude de Lorraine, cadet de la maison de Guise, Mlle de Chevreuse était apparentée à Marguerite de Lorraine, sœur du duc Charles IV, mais sans être sa nièce.

Page 520.

1. C'est par cette porte que Mazarin avait quitté Paris.
2. Bien qu'il soit à la recherche des causes de son échec politique, Retz ne voit pas — ou n'avoue pas — que l'humiliation qu'il a infligée ce jour-là à Louis XIV, alors dans sa treizième année, est l'une des principales.
3. Anne d'Autriche et Louis XIV se trouvèrent ainsi prison-

niers de la Fronde au Palais-Royal. Retz envisagea-t-il d'aller plus loin ? C'est l'avis de Mme de Motteville qui écrit : « Nous avons su depuis que, dans les premiers jours, le coadjuteur proposa souvent au duc d'Orléans d'enlever le Roi et de mettre la Reine dans un couvent, sa maxime étant celle de Machiavel : qu'il ne faut pas être tyran à demi. Mais la douceur naturelle du duc d'Orléans corrigea sans doute ce qu'il y avait de trop hardi et de barbare dans l'âme du coadjuteur ». Autre explication de la rancune de Louis XIV contre Retz.

Page 521.

1. *Avoué*: approuvé.

Page 522.

1. *Escopetterie* : décharge d'armes à feu ; au figuré, applaudissements.
2. À la fin de la séance, à la foule qui encombrait la Grande Salle et criait qu'elle voulait garder le roi qu'on songeait à enlever, Mathieu Molé lança : « Vous êtes de bons coquins pour vous donner en garde la personne du Roi ! »
3. Louis Phélypeaux, marquis de La Vrillière (vers 1598-1681), secrétaire d'État de 1629 à 1669.

Page 523.

1. Le 13 février 1651, La Vrillière n'était encore qu'à Honfleur. Mazarin put le devancer et délivrer lui-même les princes. Le récit de l'entrevue du cardinal avec Condé se trouve dans les *Mémoires* de Mme de Motteville, de La Rochefoucauld et de Mademoiselle mais surtout dans l'histoire en latin rédigée par le secrétaire du duc de Longueville, Prioleau. Mazarin déjeuna avec les princes, tenta de justifier la conduite qu'il avait tenue à leur égard, leur demanda de bien servir la reine et les salua humblement à leur départ.
2. Retz manque ici de perspicacité. En libérant Condé, dont l'humeur impérieuse ne souffrait pas la moindre subordination (même à Monsieur), Mazarin brisait le front commun de ses ennemis et introduisait un germe de division dans la Fronde.
3. *Aux pères de l'Oratoire* : dans leur chapelle de la rue Saint-Honoré, aujourd'hui temple réformé.

Page 524.

1. Félix Vialart de Herse, ami de Retz. En sa qualité d'évêque-comte de Châlons, il figurait parmi les pairs de France et avait séance au parlement de Paris.
2. *Contre le général* : contre les cardinaux en général.

Page 525.

1. Malgré ses prétentions politiques, le Parlement, composé

d'officiers de justice propriétaires de leurs charges, ne représentait nullement la nation. Au contraire, les États généraux, formés de députés élus par les trois ordres de la société dans l'ensemble du royaume, en étaient réellement l'émanation. Le Parlement qui, depuis 1648, partageait le pouvoir avec Anne d'Autriche et Mazarin craignait la concurrence des États généraux. Il les méprisait également car, comme disait le président de Mesmes, les États « n'agissaient que par prières et ne parlaient qu'à genoux, comme les peuples et sujets » alors que les parlements jouaient le rôle de médiateurs entre le roi et la nation.

2. François de L'Hospital, comte Du Hallier (1583-1660), maréchal de France depuis 1643, était alors gouverneur de Paris. C'est en cette qualité qu'il fut envoyé par la régente au couvent des cordeliers où siégeait la noblesse.

3. Anne d'Autriche avait fixé la réunion des États généraux au 1er octobre 1651. Mais, d'ici là, le roi Louis XIV devait atteindre sa majorité (treize ans révolus le 5 septembre) et exercer lui-même le pouvoir royal. Par conséquent, la régente risquait fort de ne pas pouvoir tenir sa promesse. Pour éviter cet inconvénient, certains partisans des princes recommandaient le recul de la majorité des rois à dix-huit ans.

Page 526.

1. Par cette phrase entortillée, Retz veut dire que les mazarins du Parlement s'efforçaient d'orienter les foudres de la compagnie vers la dignité cardinalice plutôt que vers la personne du ministre fugitif, de façon à atteindre de plein fouet le coadjuteur dans ses ambitions.

2. Jean Perrault, baron d'Augerville (1603-1681), président à la Chambre des comptes, était un fidèle de Condé et le surintendant de sa maison.

3. *Avoir beau* : avoir la partie belle, être dans une conjoncture favorable.

Page 527.

1. La paix de Rueil, vérifiée par le Parlement le 1er avril 1649 et exécutoire depuis cette date.

2. En réalité, Retz continua à participer activement à toutes les intrigues politiques.

Page 528.

1. Georges d'Aubusson de La Feuillade, archevêque d'Embrun depuis 1649, demanda à la régente, au nom du clergé, de ne pas publier la déclaration excluant les cardinaux du Conseil, ceux-ci ayant donné aux rois de très habiles ministres.

2. Au printemps de 1651, Retz s'efforce de consolider sa victoire sur Mazarin en maintenant l'alliance de la vieille Fronde et des princes. Ainsi s'explique sa modération. Mazarin, lui, conseille

à la régente, depuis son exil, d'introduire la division dans le camp de ses adversaires, par exemple en opposant les maisons d'Orléans et de Condé.

Page 529.

1. *Colorer* : farder, couvrir de prétextes spécieux.

Page 530.

1. *Double* : situation à deux issues possibles.

2. C'est la duchesse de Longueville, revenue à Paris, qui s'opposa au mariage de son frère Conti avec Mlle de Chevreuse. Elle considérait une telle union comme une honte pour sa famille puisque la promise était l'une des maîtresses de Retz. De plus elle risquait de perdre dans cette affaire l'ascendant qu'elle avait exercé jusque-là sur le jeune prince. Et la princesse palatine, Anne de Gonzague, qui travaillait maintenant à rompre l'union des Frondes au bénéfice de Mazarin, l'entretenait avec soin dans ces sentiments.

Page 531.

1. Mazarin avait trouvé refuge chez Maximilien-Henri de Bavière, à la fois archevêque de Cologne et évêque de Liège, en mars au château de Bouillon, en avril au château de Brühl, dans l'électorat de Cologne. Il séjournera à Brühl jusqu'à la fin d'octobre.

2. *Sans façonner* : sans faire de façons.

Page 532.

1. Jean-Gaspard-Ferdinand, comte de Marchain, appelé généralement Marsin, était un noble liégeois qui avait pris du service en France sous Louis XIII et s'était attaché à la fortune de Condé qu'il suivra dans la révolte.

2. Rappelons que Bellegarde est la ville de Seurre et Mouron celle de Saint-Amand-Montrond.

Page 533.

1. Ce changement de personnel politique, réalisé le 3 avril 1651 par Anne d'Autriche à l'instigation de Servien et de Lionne, avec l'assentiment de Condé, s'opéra à l'encontre des intérêts du duc d'Orléans, de Retz et de la vieille Fronde. Il visait à faire entrer au Conseil Molé et Chavigny, agréables à Condé et à en chasser Châteauneuf considéré comme frondeur.

2. Chavigny était exilé sur ses terres de Touraine à cause de son hostilité à Mazarin.

3. Maximilien-François de Béthune, deuxième duc de Sully, petit-fils du ministre de Henri IV, avait épousé une fille du chancelier Séguier.

4. La personne et la dignité du duc d'Orléans, lieutenant géné-

ral du royaume, étaient bafouées par ce changement réalisé à son insu.

Page 534.

1. *La guerre des pots de chambre* : la guerre des rues. Au cours de ce conciliabule, Condé joue un rôle modérateur, réfrène les appétits de violence de Retz et des frondeurs, empêche Gaston d'Orléans de prendre une décision brutale. Il est vrai que les changements qui viennent d'être apportés dans la composition du Conseil lui assurent une influence prépondérante dans le gouvernement du royaume.

Page 535.

1. Omer Talon confirme que Retz offrit à Monsieur de faire battre le tambour dans les rues de Paris pour qu'il puisse disposer de la bourgeoisie en armes.

Page 536.

1. Retz a mis ici *Palais-Royal* par inadvertance. Il faut comprendre *Luxembourg*.
2. La démarche du président Viole eut lieu seulement le 15 avril. La rupture du mariage projeté entre le prince de Conti et Mlle de Chevreuse parachevait la rupture de l'union des Frondes, pour la plus grande satisfaction de Mazarin en exil. Elle rejetait Mme de Chevreuse dans le camp du cardinal.

Page 537.

1. *Depuis sa dévotion* : depuis sa conversion. Après la Fronde, on le sait, Mme de Longueville se tourna vers la piété.
2. Dans les *Mémoires*, Retz met assez souvent en doute l'utilité de l'histoire et des historiens.
3. *Girasol* : au XVIIe siècle, le mot désigne l'opale qui réfléchit diversement l'éclat du soleil ; c'est plus tard qu'on en a fait un synonyme de tournesol (*girasole* en italien). Retz emploie ici le mot au sens figuré : qui tourne au gré de la faveur.

Page 538.

1. Le cloître Notre-Dame, quartier ecclésiastique isolé du reste de la ville par un mur d'enceinte.

Page 539.

1. Mathieu Molé, nouveau garde des sceaux, ne put s'entendre avec le chancelier Séguier : on voyait habituellement, dans le Conseil, ou le chancelier ou le garde des sceaux, non les deux à la fois. Molé rendit donc les sceaux à Séguier le 14 avril et refusa toutes les compensations qu'on lui proposa.
2. Retz avoue donc que sa retraite ne fut qu'une comédie destinée à accroître sa réputation. Mazarin le comprit parfaite-

ment : « La retraite du coadjuteur est assurément simulée », écrivit-il à l'un de ses agents restés à Paris, Milet. C'est d'ailleurs à cette époque que Retz composa le pamphlet *Défense de l'ancienne et légitime Fronde*.

Page 540.

1. François Rousselet, marquis de Châteaurenault, était parent de Retz : son père était un neveu d'Albert de Gondi, le grand-père du coadjuteur. L'un des fils de Châteaurenault, François-Louis, sera l'un des plus valeureux amiraux du règne de Louis XIV.
2. La rue Neuve-Notre-Dame était ouverte dans l'axe du grand portail de la cathédrale. Elle n'était pas comprise dans l'enceinte du cloître. En transformant les abords de l'église en forteresse gardée par ses fidèles, Retz se mettait à l'abri d'un coup de main de la Cour.
3. Dominique Malclerc, écuyer de Retz, sera plus tard gouverneur de la ville et du château de Commercy, localité dont il était originaire.
4. *Le coadjuteur siffle ses linottes* : le coadjuteur apprend à chanter à ses oiseaux ; il serine aussi leur leçon à ses fidèles.
5. *Les habitués* : les prêtres habitués, sorte de plèbe cléricale attachée au service des paroisses, très nombreuse à Paris au XVIIᵉ siècle.

Page 541.

1. À la fin du mois d'avril 1651, Mazarin comprit la nécessité absolue pour le pouvoir monarchique de s'opposer énergiquement à la puissance exorbitante et aux ambitions démesurées de Condé. L'activité de Monsieur le Prince tendait à annuler l'autorité royale au point qu'on l'a parfois soupçonné d'avoir songé à détrôner Louis XIV. Depuis son exil, Mazarin réussit à faire échouer la plupart des projets de Condé et à détacher de lui ses anciens alliés, fatigués de sa hauteur et de sa morgue.
2. *Lettre ostensive* : lettre ouverte, destinée à être lue par d'autres personnes que le destinataire.
3. Il est exact que Mazarin conseilla à la régente de se servir du coadjuteur contre Condé. Mais la lettre que Retz cite ici de mémoire n'a sans doute jamais existé que dans son imagination car elle n'a jamais été retrouvée et on peut légitimement douter que le cardinal ait proposé à la reine de faire de son ennemi juré un premier ministre. — *Le mener à Reims* : pour le faire sacrer roi de France.

Page 543.

1. Cette première entrevue d'Anne d'Autriche avec Retz se situerait le 31 mai 1651.

Page 547.

1. *Au cercle* : au cercle de la reine, au Palais-Royal.

2. Rendu aigri et soupçonneux par l'exil, Mazarin avait jeté le doute dans l'esprit de la régente sur la fidélité de Servien et Lionne. Mais cette brouille ne fut pas définitive.

3. *Petit coquin*: homme de basse naissance (terme injurieux).

Page 548.

1. Isaac Bartet (1602-1707) mena la vie d'un aventurier. Ancien boutiquier à Pau, ancien avocat, ancien résident à Paris du roi de Pologne, il prit d'abord parti pour la Fronde et fut embastillé en 1650. Libéré, il rendit de grands services à Mazarin en transportant son courrier de Brühl à Paris. Il mourut plus que centenaire.

Page 550.

1. Depuis que la duchesse de Longueville avait traité avec les Espagnols, ceux-ci occupaient la ville de Stenay alors que les Français tenaient la citadelle. La libération des princes n'avait rien changé à cette situation alors que le gouvernement de la place appartenait à Condé qui l'avait confié à Marsin.

2. *Arrouser le public*: y semer des bruits.

Page 551.

1. *Les plus revenantes*: les plus appropriées.

2. Allusion au pamphlet *Discours libre et véritable sur la conduite de Monsieur le Prince et de Monsieur le Coadjuteur*, paru en septembre 1651.

Page 552.

1. *Égayer le Parlement*: en disperser les débats sur des sujets futiles.

2. Le nom des émissaires employés par Mazarin pour correspondre avec Anne d'Autriche et ses fidèles restés à Paris se terminant par *et*, Gaston d'Orléans en composa une règle de grammaire parodique: *Omnia nomina in* ET *sunt Mazarinei generis*.

3. Claude Dubosc-Montandré, avocat bordelais, appartint d'abord à l'équipe de libellistes rassemblés par Retz. En 1650, il passa au prince de Condé. En trois ans, il publia quarante à cinquante pamphlets d'une grande violence. Il finit par suivre Monsieur le Prince en exil.

4. Louis de Rouvroy, frère puîné du premier duc de Saint-Simon et oncle du mémorialiste. Entré dans l'ordre de Malte en 1626, capitaine aux gardes de 1635 à 1643, il s'était engagé politiquement aux côtés de Condé, recrutant des manifestants dans la *lie du peuple* pour le compte de son patron.

Page 553.

1. Les colporeurs qui débitaient les pamphlets, principalement sur le Pont-Neuf, étaient conspués, molestés, rossés par leurs

adversaires politiques. Ils se faisaient donc accompagner par des hommes de main armés de bâtons.

2. Nicolas Johannès, sieur Du Portail, l'une des meilleures plumes du temps de la Fronde, était un ami de Retz. C'est lui qui composa l'*Histoire du temps*, l'une des sources du mémorialiste. Le pamphlet dont parle ici Retz est l'*Avis désintéressé sur la conduite de Monseigneur le Coadjuteur*. Beaucoup de bons esprits considèrent qu'il en est lui-même l'auteur.

3. Titre exact : *Lettre d'un marguillier de Paris à son curé sur la conduite de Monseigneur le Coadjuteur.*

4. Olivier Patru (1604-1681), avocat en Parlement et doyen de l'Académie française, ami de Boileau et de Racine, répondit à Sarasin par un pamphlet intitulé : *Réponse du curé à la lettre du marguillier sur la conduite de Monseigneur le Coadjuteur*. Retz y collabora sans doute.

5. Excepté *Le Solitaire aux deux désintéressés*, tous ces libelles, dont Retz donne approximativement le titre, sont de 1652. On en trouvera le texte dans l'édition des *Œuvres* du cardinal, Bibl. de la Pléiade, p. 57-102. La guerre des pamphlets ne dura pas trois à quatre mois, comme le dit le mémorialiste, mais plus d'une année.

Page 554.

1. Le 25 juin 1651.

Page 555.

1. *Involution* : enchevêtrement, imbrication.

Page 556.

1. D'après Montglat et La Rochefoucauld, l'offre de tuer Condé vint du comte d'Harcourt et du maréchal d'Hocquincourt mais fit horreur à Anne d'Autriche.

Page 557.

1. *Faire quitter le pavé à quelqu'un* : l'obliger à ne plus se montrer.

Page 558.

1. Machiavel n'expose pas cette idée de façon aussi catégorique que Retz. Ce sont les chapitres VIII et XV du *Prince* qui l'expriment de façon implicite.

2. Pourquoi Lionne révéla-t-il à Condé la menace qui pesait sur lui ? Voulut-il éviter les conséquences funestes d'une arrestation ou d'un meurtre du prince ? Voulut-il empêcher le retour de Mazarin, impossible tant que le prince serait là ? Aucune réponse sûre ne peut être apportée à cette question.

3. Nouvelle critique à l'égard des historiens auxquels Retz reproche de supposer le réel intelligible et de vouloir à tout prix en donner une explication rationnelle.

Page 559.

1. Les frères prêcheurs ou dominicains s'étaient installés à Paris, dès 1218, rue Saint-Jacques d'où leur surnom de *jacobins*. Le couvent dont il s'agit ici est celui des jacobins réformés, édifié sous la régence de Marie de Médicis rue Neuve-Saint-Honoré et qui abritera, sous la Révolution, le club des jacobins.

Page 560.

1. Il s'agit bien d'Isaac Bartet, que Retz orthographie désormais Bertet.
2. Retz commet ici une erreur. Mazarin répugnait à une arrestation de Condé au palais du Luxembourg. Il le dit expressément dans une lettre à Lionne. Il craignait que les frondeurs ne se rendissent maîtres de la personne du prince.

Page 561.

1. La majorité des rois de France était fixée à treize ans révolus, soit pour Louis XIV, né le 5 septembre 1638, au 6 septembre 1651. Anne d'Autriche savait parfaitement que, si un prince du sang pouvait contester l'autorité imparfaite d'une régente, la nécessité d'obéir au roi majeur s'imposait à lui comme à tous les sujets.

Page 562.

1. Le cardinal Panciroli mourut le 3 septembre 1651, deux mois après les événements parisiens que Retz relate ici.
2. Henri d'Étampes (1603-1678), bailli de Valençay, commandeur de l'ordre de Malte, fut ambassadeur extraordinaire à Rome de 1649 à 1653.
3. Marguerite-Louise d'Orléans, demi-sœur de Mlle de Montpensier, épousera en 1661 Cosme de Médicis, grand-duc de Toscane en 1670.
4. Dotée d'une immense fortune, Mlle de Montpensier, dite la grande Mademoiselle, fille aînée de Gaston d'Orléans, constituait un parti prodigieusement intéressant. Il fut question de la marier à Louis XIV qu'elle avait appelé, dès sa naissance, « mon petit mari ». Mais la différence d'âge (onze ans) et l'aversion du roi pour elle empêchèrent cette union. On sait qu'elle finira par épouser Lauzun.

Page 563.

1. *Sortable* : assorti, convenable. Louis XIV avait treize ans et Marguerite-Louise d'Orléans, sept.
2. La basse-cour, dans un hôtel aristocratique du XVIIe siècle, est la cour des écuries, des communs, par opposition à la cour d'honneur. Le cabinet est le lieu où l'on débat des grandes affaires. Les auteurs nés dans la basse-cour sont donc des gens mal informés ou de mauvaise foi

Page 564.

1. Tout ce passage est celui où s'exprime avec le plus de véhémence le mépris de Retz pour l'histoire faite par les historiens.
2. Condé resta longtemps indécis entre la paix et la guerre civile. Mais il est certain qu'il préférait la guerre civile à un nouveau séjour en prison. Il intriguait d'ailleurs avec les autorités espagnoles des Pays-Bas.

Page 565.

1. Lionne lui ayant révélé les projets que l'on nourrissait contre lui, Condé s'était claquemuré dans son hôtel. Dans la nuit du 5 au 6 juillet 1651, l'un de ses fidèles l'avertit que des compagnies de gardes s'en approchaient. Ces gardes ne s'étaient réunis que pour faire entrer des tonneaux de vin dans la ville sans payer l'octroi. Mais Condé s'alarma et se réfugia au château de Saint-Maur-des-Fossés, venu par mariage dans sa maison.

Page 566.

1. Louis Ier de Bourbon, bisaïeul du Grand Condé, et l'amiral de Coligny perdirent la bataille de Saint-Denis (10 novembre 1567) pendant la deuxième guerre de Religion. Deux ans plus tard, le même Coligny perdit la bataille de Moncontour (3 octobre 1569) au cours de la troisième guerre.
2. Claude de Bullion (vers 1580-1640) s'était prodigieusement enrichi dans les fonctions de surintendant des Finances qu'il occupa de 1632 à sa mort. Richelieu avait dû le rappeler à l'ordre.
3. *Rabiennement*: raccommodement, réconciliation (vocable archaïque).
4. Condé, devenu tout-puissant, n'avait rien fait pour que le duc de Bouillon pût récupérer Sedan.

Page 567.

1. La Rochefoucauld explique ainsi la situation de Mme de Longueville (*Œuvres complètes*, Bibl. de la Pléiade, p. 147): « Mme de Longueville savait que le coadjuteur l'avait brouillée irréconciliablement avec son mari, et qu'après les impressions qu'il lui avait données de sa conduite, elle ne pouvait l'aller trouver en Normandie, sans exposer au moins sa liberté. Cependant le duc de Longueville voulait la retirer auprès de lui par toutes sortes de voies, et elle n'avait plus de prétexte d'éviter ce périlleux voyage, qu'en portant monsieur son frère à la guerre civile. »
2. Après la victoire de Sylla à Rome (84 avant J.-C.), un partisan de Marius, Quintus Sertorius, réussit à se maintenir en Espagne pendant plusieurs années avant d'être assassiné. Retz fait ici allusion à l'habileté avec laquelle ce personnage utilisait la crédulité de ses fidèles : une biche blanche était censée lui transmettre les ordres des dieux.

Page 568.

1. C'est dans la basse-cour du château, en présence de ses amis mais aussi de la valetaille, que Condé reçut le maréchal de Gramont dans le dessein de l'offenser. Il aurait parlé, non des *créatures*, mais des *valets* de Monsieur le Cardinal (Le Tellier, Lionne et Servien).

2. *Clabauder*: aboyer, crier sans raison.

Page 569.

1. La paix de Westphalie avait cédé à la France la ville de Brisach (auj. Alt-Breisach) sur le Rhin. Mazarin s'en était réservé le gouvernement; un de ses fidèles y commandait. En juillet 1651, il envisageait de s'y retirer jusqu'à la majorité du roi.

2. Le conseiller François de Machault était une créature de Condé.

Page 570.

1. *Courir fortune*: courir un danger.

2. Condé ne revint à Paris que le 21 juillet, après deux semaines d'absence.

Page 576.

1. *À sa mode*: à sa manière. L'éloignement de Mazarin laisse le champ libre aux intrigues de Chavigny, de Châteauneuf et de Retz. Le départ de Condé n'a donc pas affermi sa position.

2. *Rafraîchissement*: apaisement, consolation.

Page 577.

1. *Autant vaut*: en quelque sorte.

Page 578.

1. *Hasarder quelqu'un*: le mettre en danger.

2. Retz a-t-il ou n'a-t-il pas voulu être premier ministre? Il a toujours nié avoir eu l'ambition de remplacer Mazarin. Pourtant, la conquête du chapeau rouge peut être interprétée comme la dernière étape avant le ministériat. En tout cas, à la fin d'août 1651, après avoir disputé le pavé à Condé, il a pu se croire sur le point d'entrer au Conseil.

Page 579.

1. Ce raisonnement de Retz paraît bien spécieux. La grande noblesse avait pris prétexte de la personnalité honnie de Mazarin pour réclamer toujours plus d'honneurs, de grâces, de charges lucratives. Le cardinal parti pour l'Italie, elle n'aurait pas manqué d'invoquer d'autres prétextes pour arracher des concessions supplémentaires au faible pouvoir de la régente.

2. Affirmation à nuancer. Il est vrai que Mazarin entretient une correspondance suivie avec Anne d'Autriche et s'efforce,

non seulement de la conseiller, mais de la diriger. Cependant, le cardinal est loin et la régente est bien obligée de prendre certaines décisions avant d'avoir pu lui demander son avis. Par ailleurs, elle ne peut que prêter l'oreille à des avis qui ne concordent pas toujours avec les vœux du ministre exilé.

Page 581.

1. Ce jugement peu amène a déjà été formulé dans le portrait de la reine p. 214.

Page 584.

1. L'hospice des Incurables, rue de Sèvres, est devenu, en 1878, l'hôpital Laennec.

Page 585.

1. Le duc de Mercœur, frère de Beaufort, s'était rendu à Brühl pour y épouser Laure Mancini, nièce de Mazarin, à la grande indignation de Condé et malgré l'opposition de sa famille.
2. Condé se plaignait d'une déclaration royale soustrayant Sedan à la compétence du parlement de Paris. Il voyait là une manœuvre destinée à refaire de Sedan une principauté indépendante, au profit cette fois de Mazarin.

Page 586.

1. Allusion au rôle joué par les princes de Condé successifs dans les troubles intérieurs depuis 1560 : Louis Ier de Bourbon, tué à Jarnac en 1569 ; Henri Ier de Bourbon, compagnon de Henri IV ; Henri II de Bourbon, incarcéré à Vincennes de 1616 à 1619 pour rébellion.
2. *Commis* : aux prises.
3. Le marquis de Saint-Romain était à la fois diplomate et créature de Condé.

Page 587.

1. *Par éminence* : à un très haut degré.

Page 588.

1. *Primer* : au jeu de paume, prendre l'avantage sur l'adversaire.
2. *Gagner de la main* : en termes de manège, gagner de vitesse.

Page 592.

1. *Les ministreaux* : terme de mépris, pour désigner les créatures de Mazarin dans le ministère, Le Tellier, Lionne et Servien.
2. *Faire le fin* : cacher, dissimuler.
3. *Il n'hasardait rien* : au XVIIe siècle, on rencontre souvent l'élision devant un *h* considéré aujourd'hui comme aspiré. Retz n'a pas là-dessus d'opinion bien arrêtée : il écrit tantôt *n'hasarder*,

comme ici, *à l'hasard* (p. 621), tantôt *le hasarder* (p. 613), *ne hésiter* (p. 627), etc.

Page 593.

1. *Clabauderies*: criailleries sans raison.

Page 596.

1. Tous les pamphlets du temps accusent Mazarin de ne pas avoir voulu conclure la paix avec l'Espagne à Münster, en même temps qu'avec l'empereur, la guerre étant nécessaire à sa puissance. L'accusation n'est pas fondée : ce sont les Espagnols, remplis d'espoir par les changements politiques qui semblaient s'annoncer en France, qui ont rompu la négociation. Mais ils ont eu l'habileté de rejeter sur Mazarin la responsabilité de la rupture.

Page 598.

1. Lionne devint en effet secrétaire d'État des Affaires étrangères en 1663 et le resta jusqu'à sa mort en 1671.

Page 600.

1. *Se remercia*: se félicita.
2. *À Rambouillet*: dans la propriété du riche financier Nicolas de Rambouillet, au bord de la Seine, à Reuilly.
3. On ne saurait stigmatiser plus férocement que ne le fait Retz la pusillanimité de Monsieur qui se traduit aussi bien par la peur physique que par l'irrésolution.

Page 602.

1. On se souvient que Deslandes-Payen était une créature de Condé.

Page 603.

1. Le texte du discours qui commence par ces mots est de la main d'un nouveau secrétaire (dom Robert Desgabets ?) qui l'a copié d'après le *Journal du Parlement*. La harangue a bien été publiée sous le titre : *Avis de Monseigneur le Coadjuteur, prononcé au Parlement pour l'éloignement des créatures du cardinal Mazarin*. Elle se trouve aussi, avec quelques variantes, dans les *Mémoires* de Guy Joly et dans ceux d'Omer Talon.

Page 604.

1. *Les créatures de M. le cardinal Mazarin qui ont été nommés* : conformément à l'usage du XVIIe siècle, le mot *créatures* est suivi d'un adjectif ou d'un participe passé masculin, l'accord se faisant avec le mot *hommes*, implicite dans *créatures*.

Page 605.

1. C'est par ces trois mots que recommence le texte écrit de la main de Retz.

Page 606.

1. À ce moment de l'histoire de la Fronde, Retz joue un double jeu serré dont l'enjeu est un chapeau de cardinal. Il travaille pour les intérêts de la reine, de la Cour et donc de Mazarin ; tout en agissant ouvertement contre lui au Parlement. Malgré ses précautions, son double jeu fut rapidement découvert et dénoncé par les pamphlets.

Page 607.

1. Retz se contente souvent de sous-entendre le mot *heures*.
2. L'abbé Edme Montaigu était « un Anglais que la reine connaissait du temps de Buckingham, et qui avait toujours conservé beaucoup de familiarité avec elle » (Mme de Motteville).

Page 609.

1. En fait, l'influence de Condé est ruinée à la Cour. Des tractations se font en vue du retour de Mazarin dont la situation n'est pas pour autant raffermie.

Page 611.

1. *Démêlées* : reconnues.

Page 612.

1. Mlle de Chevreuse qui, par son père, appartenait à la branche française de la maison de Lorraine, voulait tirer vengeance de ceux qui avaient payé Maillart et ses hommes pour l'insulter, c'est-à-dire les princes de Condé et de Conti.

Page 614.

1. Le Tellier et Servien furent exclus du Conseil et Lionne perdit sa charge de secrétaire des commandements de la reine. Mazarin ne fit pas d'opposition à leur départ car il les soupçonnait de s'entendre avec Condé et Chavigny. Ce dernier, qui cherchait à se faire nommer premier ministre, fut disgracié peu après.
2. Condé se devait de revenir puisque la régente lui avait donné satisfaction en éloignant les sous-ministres. Mais il ne reparut pas au Palais-Royal avant le 3 août et il mit sa femme et son fils à l'abri dans sa forteresse berrichonne de Saint-Amand-Montrond.

Page 615.

1. La Rochefoucauld écrit de son côté (*Maximes*, 11) : « on est souvent ferme par faiblesse, et audacieux par timidité ».

Page 616.

1. Le Tellier ne s'était éloigné qu'avec l'espoir d'être bientôt rappelé et n'avait pas dépassé Chaville dont la seigneurie appartenait à sa famille.

Page 617.

1. *Faire des remèdes* : prendre des remèdes. On sait que Monsieur souffrait souvent d'une maladie diplomatique quand il devait affronter quelque difficulté.

Page 621.

1. *Sa livrée* : sa domesticité.
2. *Brouiller les espèces* : empêcher d'y voir clair.
3. *L'hasard* : voir n. 3, p. 592.

Page 622.

1. *Dédire* : contredire.
2. Le 31 juillet 1651, le jeune Louis XIV, qui revenait de Saint-Cloud où il était allé se baigner, croisa Condé sur le Cours-la-Reine. Il était peu accompagné, le gros de sa suite ayant longé la berge de la Seine. À l'approche du roi, le prince fit arrêter son carrosse et salua, mais sans descendre de voiture comme il aurait dû le faire d'après l'étiquette. Son geste était une bravade caractérisée.
3. Retz avait d'abord enchaîné ce paragraphe avec le suivant sans aller à la ligne. Il a introduit ensuite un alinéa. On rencontre, dans les *Mémoires*, plusieurs exemples de ce procédé.

Page 623.

1. *Le 26 du passé* : le 26 du mois passé.
2. Ce sont les régiments dont Condé, son frère et son fils étaient les colonels. Au lieu d'avoir rejoint l'armée royale, ils restaient campés en Champagne, sous le commandement du comte de Tavannes, fidèle de Monsieur le Prince et constituaient une menace permanente pour la Cour.

Page 624.

1. Compromis dans la conjuration d'Amboise (1560) qui visait à chasser les Guises du pouvoir, le prince Louis Ier de Condé avait été menacé de la peine capitale. Après la mort du roi François II, neveu des Guises, son innocence fut reconnue par le Parlement.

Page 625.

1. *Il avait quinze sur la partie contre moi* : au jeu de paume, il marquait quinze points contre moi. Au figuré : il prenait l'avantage.

Page 626.

1. *Ces mouvements ne serait qu'un feu de paille* : le verbe s'accorde avec l'attribut par attraction au lieu de s'accorder avec le sujet. Ce tour est fréquent au XVIIe siècle.
2. C'est-à-dire que le duc de Mercœur joua au naïf. Jean Doucet était un paysan des environs de Saint-Germain, que Louis XIII

avait fait venir à la Cour où il réjouissait les courtisans par la candeur de ses propos. Il était mort vers la même époque que le roi mais avait suscité des imitateurs.

Page 627.

1. Pour ses déplacements à travers Paris, Condé utilisait les équipages qu'il avait fait préparer en vue de son entrée solennelle à Bordeaux comme gouverneur de Guyenne. Le carrosse était enrichi d'ornements en argent massif si l'on en croit l'ambassadeur vénitien Morosini.

Page 630.

1. Cette déclaration, dont Retz donne ici un résumé, est un réquisitoire dressé contre Condé. Mme de Motteville en a publié le texte qu'on trouve aussi dans le *Journal du Parlement*. La démarche, destinée à briser la puissance excessive du prince dans l'État et à réfréner ses ambitions, s'appuie sur une alliance en bonne et due forme de la Cour et de la vieille Fronde, ainsi que sur la collaboration du pouvoir royal et des cours souveraines de Paris.

Page 631.

1. Voir n. 1, p. 332.

Page 632.

1. On sait que la duchesse de Longueville craignait de retomber au pouvoir d'un mari irrité par son inconduite. Quant à la princesse de Condé, elle s'était effectivement réfugiée l'année précédente à Saint-Amand-Montrond avant de gagner Bordeaux.

Page 633.

1. Retz ne se leurre-t-il pas sur la bienveillance de la reine à son égard ? Montglat et La Rochefoucauld pensent en effet qu'elle était fort satisfaite de voir deux personnes qu'elle haïssait également, Condé et le coadjuteur, sur le point de s'étriper.
2. Pradelle est ce capitaine au régiment des gardes qui recevra l'ordre d'arrêter Retz en décembre 1652. En fait, il ne procédera pas à l'arrestation mais recevra la garde du prisonnier à Vincennes.

Page 634.

1. Le plus intéressant de tous ces personnages est Charles de Sainte-Maure, marquis puis duc de Montausier (1610-1690), qui avait épousé en 1645 Julie d'Angennes, fille de la marquise de Rambouillet, après de longues fiançailles.

Page 636.

1. Pour les partisans de Retz, c'était « Notre-Dame » et, pour ceux de Condé, « saint Louis ».

2. *Le président de Mesmes* : Mme de Sévigné le mentionne souvent dans ses lettres.

Page 637.

1. Comme Retz accuse ici La Rochefoucauld d'avoir voulu le faire assassiner, il est légitime de laisser ce dernier s'expliquer (*Mémoires*, p. 159) : « On pouvait croire que cette occasion tenterait le duc de La Rochefoucauld, après tout ce qui s'était passé entre eux, et que les raisons générales et particulières le pousseraient à perdre son plus mortel ennemi [...] Le duc de La Rochefoucauld trouvait juste aussi que la vie du coadjuteur répondît de l'événement du désordre qu'il avait ému et duquel le succès aurait sans doute été terrible ; mais, considérant qu'on ne se battait point dans la salle, et que de ceux qui étaient amis du coadjuteur dans le parquet des huissiers, pas un ne mettait l'épée à la main pour le défendre, il n'eut pas le même prétexte pour l'attaquer qu'il aurait eu si le combat eût commencé en quelque endroit. Les gens même de Monsieur le Prince qui étaient près du duc de La Rochefoucauld ne sentaient pas de quel poids était le service qu'ils pouvaient rendre à leur maître ; et enfin l'un, pour ne vouloir pas faire une action qui lui eût paru cruelle, et les autres, pour être irrésolus dans une si grande affaire, donnèrent temps à Champlâtreux, fils du premier président, d'arriver, avec ordre de la Grand-Chambre de dégager le coadjuteur, ce qu'il fit, et ainsi il le retira du plus grand péril où il se fût jamais trouvé. » — On mesure en tout cas à quel degré d'avilissement était tombée l'autorité royale puisque la régente devait faire appel à une faction commandée par un archevêque intrigant pour tenter de mettre à la raison un prince du sang factieux qu'elle n'avait plus la possibilité d'emprisonner et de faire juger.

Page 638.

1. *Schelme* : mot allemand signifiant misérable, gredin, introduit dans le vocabulaire militaire par les mercenaires germaniques de l'armée française.

2. Le récit de Guy Joly recoupe celui de Retz : « Un homme de la lie du peuple, nommé Pech, le plus grand clabaudeur de Monsieur le Prince, s'était avancé vers lui [Retz] avec sa femme, le poignard à la main, disant et criant : "Où est ce bougre de coadjuteur ? que je le tue !" Le sieur d'Argenteuil prit habilement le manteau d'un prêtre qui se trouvait là, dont il couvrit le coadjuteur, afin qu'il ne fût pas reconnu à son rochet et à son camail ; et, se mettant entre deux, il demanda froidement à ce malheureux s'il aurait bien le cœur de tuer son archevêque. Cela le retint dans le respect. »

Page 639.

1. *Étoffe* : condition sociale.

2. *Faillir à* ou *de*: être sur le point de. Retz affectionne ce verbe qu'il emploie dans le cas d'un passé qui ne s'est pas réalisé.

Page 640.

1. *Abîmer*: ruiner, engloutir.

Page 641.

1. Fils naturel de Charles IX et de Marie Touchet, le duc d'Angoulême était mort en septembre 1650 dans sa soixante-dix-huitième année.

Page 642.

1. On ne saurait mieux dire. Le résultat le plus clair des excès de la Fronde fut de rejeter les Français du côté du pouvoir royal et de faire le lit de la monarchie absolue de Louis XIV.

2. Monsieur n'avait pas assisté à la séance du 21 août au Parlement.

Page 643.

1. *Compétence*: rivalité.
2. À la place de son oncle l'archevêque.

Page 644.

1. *Prôner*: faire de longues observations.

Page 645.

1. La procession sortait de l'église des cordeliers pour se rendre à la Madeleine, paroisse de la Cité où devait se célébrer la messe.
2. *À genou*: Retz avait écrit *à genoux* avant de biffer l'*x*. L'expression signifie : un genou en terre. Dans une intention de popularité, Condé affecte la piété.

Page 646.

1. Marie de Bourbon, sœur du comte de Soissons, épouse du cinquième fils du duc de Savoie, Thomas-François, prince de Carignan, et grand-mère du prince Eugène.

2. Mme de Nyert, épouse d'un musicien renommé, premier valet de chambre du roi.

3. Qui a imaginé ce complot présomptueux qui se proposait d'ajouter Anne d'Autriche à la liste déjà longue des maîtresses du coadjuteur? Est-ce Retz lui-même, désireux de faire admettre à la reine son animosité contre Mazarin et de supplanter politiquement celui-ci? Est-ce Mme de Chevreuse, qui travaillait alors pour la souveraine et qui aurait mis cette comédie sur pied pour aiguillonner Retz dans son combat contre Condé? Autrement dit, le coadjuteur fut-il cynique ou dupe? N'est-ce pas plutôt le mémorialiste qui, à un quart de siècle de distance, s'illusionne sur une possibilité qui se serait alors offerte à lui?

4. Chassée de Paris en 1643, Mme de Chevreuse était revenue en avril 1649.

Page 647.

1. *Manie*: rage, folie.
2. *Fantaisie*: imagination.

Page 648.

1. Roger de Saint-Lary, duc de Bellegarde (1563-1646), serviteur des rois Henri III et Henri IV, pratiquait toujours, en plein XVIIᵉ siècle, la politesse raffinée en usage à la cour des Valois.
2. Le duc Henri de Montmorency (voir n. 4, p. 62) afficha, par vanité, une grande passion pour Anne d'Autriche. La Rochefoucauld explique que Bellegarde et lui furent d'abord « soufferts » de la reine avant d'être « méprisés » par elle.

Page 649.

1. Retz rappelle ici la scène célèbre qui se déroula en réalité dans les jardins d'Amiens. Alors que les autres mémorialistes qui la rapportent en atténuent la gravité, il la souligne au contraire fortement.
2. Retz reste très prudent quand il aborde la nature des relations d'Anne d'Autriche avec Mazarin. Il n'emboîte pas le pas aux libelles ordurier de la Fronde mais insiste sur la portée politique de l'attachement de la reine pour son ministre. Mme de Motteville, elle, explique comment la régente, ayant compris que Mazarin était l'opposé de Richelieu qu'elle détestait, se sentit attirée par lui pour cette raison et comment la coutume s'établit pour elle d'avoir tous les soirs avec le cardinal un entretien intime baptisé le *petit conseil*.

Page 650.

1. Antoine de Bordeaux (vers 1621-1660) fut envoyé en Angleterre par Mazarin en 1652. Il était le frère de Mme de Pommereuil.

Page 652.

1. Le XVIIᵉ siècle a été fortement marqué par la pensée de saint Augustin. Or, pour celui-ci, il n'est pas possible à l'homme d'avoir une connaissance entière et totale de l'histoire, réservée à Dieu seul. La fidélité des jansénistes à l'enseignement augustinien se traduit donc par une grande réserve à l'égard de l'explication transcendante des événements historiques. Si bien que, lorsque Retz évoque « les points inexplicables de l'histoire » (ici, mais aussi p. 558, p. 605, p. 657, etc.), il se montre proche en esprit de Port-Royal.

Page 654.

1. La majorité de Louis XIV fut proclamée solennellement le jeudi 7 septembre 1651 au cours d'un lit de justice. Le cortège qui se rendit du Palais-Royal au Palais de la Cité déploya une magnificence rapportée complaisamment par Mme de Motteville. Les assistants entendirent une harangue du chancelier Séguier et un interminable discours de l'avocat général Omer Talon, chargé de pédantisme et d'érudition. Le jeune roi demanda à sa mère de continuer à gouverner, non plus comme régente mais comme chef du Conseil. À la fin de la séance, le Parlement enregistra la déclaration royale proclamant l'innocence de Condé.

2. Le prince de Condé quitta Paris le 6 septembre pour rendre visite à son beau-frère le duc de Longueville, qui séjournait à Trie près de Gisors, afin de l'attirer dans son camp. Mais il fut reçu très froidement.

3. Retz ne mentionne pas la seconde alliance entre la Cour et les frondeurs, conclue contre Condé vers la fin de juillet ou le début d'août 1651. Cette alliance prévoyait le retour au gouvernement du marquis de Châteauneuf (chef du Conseil des dépêches), de Mathieu Molé (garde des sceaux) et du vieux marquis de La Vieuville (surintendant des Finances). Elle promettait à nouveau le chapeau à Retz et envisageait le mariage de Mlle de Chevreuse avec Paul Mancini, le neveu de Mazarin, auquel était réservé le duché de Rethelois. Le précédent remaniement gouvernemental avait été réalisé au profit de Condé le jeudi saint 2 avril, d'où la remarque de Gaston d'Orléans.

Page 655.

1. Le courrier confondit ou fit semblant de confondre Augerville-la-Rivière (Loiret, arrondissement de Pithiviers) où il devait se rendre (chez le président Perrault) avec Angerville-la-Gâte (Essonne, arrondissement d'Étampes) où il alla effectivement.

Page 656.

1. La Rochefoucauld n'exprime pas cette idée dans les *Maximes*, mais dans une addition à un petit traité de la marquise de Sablé sur l'éducation des enfants (1659). Les recherches effectuées par Jacqueline Plantié ont apporté la preuve que cette addition ne pouvait être que l'œuvre du moraliste. Il s'agit d'un texte non publié qui, comme beaucoup d'autres, circulait sous forme de copies dans les cercles lettrés où Retz a pu le connaître.

Page 657.

1. On ne peut pas comprendre l'attitude de Turenne si on oublie qu'il agissait sous l'inspiration de son frère aîné, le duc de Bouillon, chef de son lignage. Or le duc de Bouillon, à qui Condé n'avait pas fait rendre Sedan, prêtait l'oreille aux avantages que

Mazarin lui faisait miroiter pour prix de son ralliement. Par ailleurs, le cardinal avait promis au maréchal le commandement de l'armée royale alors que, dans le parti des princes, c'est Monsieur le Prince qui tenait le premier rôle. Si l'on ajoute à cela la morgue et la hauteur dont Condé était coutumier, on comprend que les deux frères soient passés de la clientèle de celui-ci à celle de Mazarin. Lorsque le fidèle d'un grand est mécontent des procédés de ce dernier à son égard, la morale aristocratique l'autorise à porter ailleurs son allégeance. Il n'y a pas là de « vilenie ».

Page 660.

1. La proclamation de la majorité du roi est d'une importance capitale. Elle enlève à Monsieur et à Monsieur le Prince le droit d'intervenir dans les affaires comme pendant la régence. Elle leur impose, comme à tous les sujets, d'obéir aux ordres de Louis XIV. Elle nourrit les espoirs de Mazarin qui, s'il revenait en France, ne serait plus le favori d'une régente à l'autorité imparfaite et contestée mais le premier ministre du roi majeur.

2. Condé comptait sur La Rochefoucauld pour soulever le Poitou en sa faveur, sur le duc de Rohan, gouverneur d'Anjou pour lui livrer Angers et Saumur et sur le comte Du Daugnon pour avoir Brouage et La Rochelle. Le vieux duc de La Force lui-même lui promettait le Périgord. De Bordeaux il voulait, après s'être emparé d'Agen, porter la guerre sur la Loire, gagner à sa cause la Normandie et la Bourgogne et revenir en maître à Paris.

Page 661.

1. La prise de Saint-Amand-Montrond vaudra à Palluau le bâton de maréchal (voir n. 2, p. 60).

2. Environ mille fantassins et trois cents cavaliers qui constituèrent le noyau solide de l'armée de Condé. Le reste, formé de levées hâtives, n'avait aucune valeur militaire.

Page 662.

1. Pierre Lénet (vers 1600-1671), ancien procureur général au parlement de Dijon, était un fidèle de Condé dont il servit les intérêts avec zèle pendant la Fronde. Il signa le traité de Madrid pour Monsieur le Prince le 6 novembre 1651.

2. Bergues tomba aux mains des Espagnols le 4 octobre 1651, Gravelines le 18 mai 1652 et Dunkerque le 16 septembre 1653.

3. La chronologie des événements manque de netteté dans ce récit trop rapide de Retz. Durant l'automne, l'enjeu de la guerre civile fut la possession des places maritimes du Sud-Ouest. La Rochelle se rendit aux royaux le 27 novembre tandis que le comte Du Daugnon traitait avec la Cour, abandonnant le parti des princes.

Page 663.

1. Déclaration datée de Bourges, le 8 octobre, enregistrée le 4 décembre par le Parlement.
2. *Révolution* : le mot est pris ici dans son sens actuel et sa dimension politique.

Page 664.

1. Il s'agit de Guillaume de Bordeaux, le père de Mme de Pommereuil, traitant et intendant des Finances.

Page 665.

1. *Jouaient le droit du jeu* : voir n. 2, p. 236.
2. La régente échappait désormais au contrôle que le Parlement et les frondeurs exerçaient sur les affaires publiques. Elle échappait aux pressions de la rue et disposait d'une armée qui lui donnait une puissance nouvelle.

Page 667.

1. La cour arriva à Poitiers le 31 octobre 1651. Dès leur arrivée, Anne d'Autriche et Louis XIV demandèrent à Mazarin de les rejoindre.
2. Retz se garde bien de dire que ces huit mille hommes avaient été levés à ses frais par Mazarin et placés par lui sous le commandement d'Hocquincourt. Pendant que ces hommes se rassemblaient, le cardinal quitta Brühl pour Huy puis Dinant, dans l'évêché de Liège.
3. À cette époque où les soldats ne portaient pas d'uniforme, la couleur des écharpes permettait de distinguer les troupes. L'armée royale arborait l'écharpe blanche, l'armée des princes l'écharpe isabelle, et celle de Mazarin l'écharpe verte. Les troupes espagnoles portaient l'écharpe rouge. Quand Gaston d'Orléans eut ses propres soldats, il leur donna l'écharpe bleue.

Page 669.

1. *Confabulation* : entretien, conversation. Terme familier et archaïque, employé seulement sur le mode plaisant.
2. Le duc de Bouillon reçut, en compensation de Sedan, les duchés d'Albret et de Château-Thierry, les comtés d'Auvergne et d'Évreux et obtint, pour lui et ses descendants, le rang de prince étranger à la cour de France.

Page 670.

1. Bénigne Bruneau (1591-1666) était le garde, autrement dit le conservateur, des antiquités et curiosités de Monsieur, grand amateur de médailles, on le sait.
2. Claude Talon est désigné comme secrétaire du cabinet par la *Gazette* du 29 septembre 1674. Comme c'est le titre que lui

donne Retz, il y a là une indication intéressante sur la date de composition des *Mémoires*.

3. Guy Joly nomme cet officier La Roche-Corbon, graphie plus vraisemblable que La Roche-Cochon.

Page 671.

1. Le couvent des Blancs-Manteaux, situé dans le quartier du Marais, avait abrité à l'origine, au XIIIe siècle, un ordre de religieux mendiants, les serfs de la Vierge, qui portaient un manteau blanc. À l'époque de Retz, c'est un monastère de bénédictins.

2. Au Châtelet, le lieutenant criminel était chargé du jugement et de la punition des crimes commis sur le territoire de la ville et des faubourgs de Paris. Dans ses *Mémoires*, La Rochefoucauld confirme la tentative d'enlèvement.

Page 672.

1. Une prise de guerre récupérée sur l'ennemi dans les vingt-quatre heures devait être rendue à son propriétaire initial. Passé ce délai, elle appartenait de droit à celui qui l'avait reconquise. Ici, le comte de Pas, devenu le légitime possesseur du bétail de Commercy, localité dont Retz était le seigneur, par droit de conquête, restitue gracieusement sa prise.

2. Le capitaine de la Bastille, Louvières, fils de Broussel, était passé dans le camp de Condé, d'où sa négligence à garder son prisonnier.

3. La mémoire de Retz se montre ici quelque peu infidèle. C'est un peu plus tard, non à Montlhéry mais sur la route de Poitiers, que Gourville fut arrêté par Malclerc, l'écuyer de Retz et par La Forêt puis relâché sur ordre du premier président.

Page 673.

1. *Collets de bufre* : collets de buffle. Le cuir de buffle servait à faire des vêtements protégeant ceux qui les portaient des coups d'épée ou de poignard.

Page 674.

1. Avec le recul du temps, Retz perçoit clairement qu'il s'était mis dans une situation sans issue pour s'être brouillé à la fois avec Mazarin et avec les princes. Il se voyait contraint de travailler au retour de son ennemi le cardinal, faute de pouvoir accepter le retour de Condé qui risquait de lui être encore plus néfaste. Et aucune échappatoire ne s'offrait à lui, Gaston d'Orléans étant tout à fait incapable de constituer un tiers parti autour de sa personne.

Page 675.

1. François de Joanne de La Carre, seigneur de Saumery, capitaine des chasses de Monsieur en Blésois, capitaine du château de Chambord

Page 677.

1. *Je me fermai* : je me résolus à. Expression vieillie à l'époque où Retz écrit.

Page 678.

1. *Manutention* : maintien.

Page 679.

1. Comme une contestation de l'autorité royale.
2. Les *andabates* étaient des gladiateurs qui combattaient à cheval, les yeux bandés.
3. *Enthousiasme* a ici un sens très fort, celui d'inspiration divine.
4. Il convient de bien faire la différence entre *fils de France* et *princes du sang*. Les fils et filles de France étaient les enfants royaux, les princes et princesses du sang, les parents du roi. En faisant sa remarque, Gaston d'Orléans voulait dire qu'il était intouchable à cause de sa race et que Retz, devenu cardinal, serait intouchable à cause de sa dignité. En lui répliquant, Retz se montre bon prophète : Monsieur sera relégué à Blois en octobre 1652 et lui-même enfermé à Vincennes en décembre suivant. Mais Retz a-t-il réellement formulé cette prophétie ?
5. *Brousser à l'aveugle* : marcher à travers bois sans suivre les chemins (terme de vénerie).

Page 680.

1. *Laigue était rempli* (terme de droit canon) : il ne pouvait pas prétendre à plus, n'avait donc plus rien à attendre d'une poursuite de la guerre civile.
2. Voir n. 1, p. 663.

Page 682.

1. Ce que Retz dit ici de cette manifestation du 6 décembre n'est pas exact. Dans une lettre à l'abbé Charrier, datée du 8 (et publiée au tome VIII de ses *Œuvres* complètes), il précise en effet qu'elle a été organisée par Beaufort (et non par Monsieur) et que le chef des mutins s'appelait L'Agneau (et non Maillart). La version fautive des *Mémoires* est tirée du *Journal du Parlement*, peu explicite sur ce sujet. Elle aboutit à souligner fortement l'impéritie du duc d'Orléans.

Page 683.

1. Certains parlementaires, les conseillers clercs, se recrutaient parmi les ecclésiastiques, spécialistes du droit canon.
2. Le duc d'Elbeuf étant gouverneur de Picardie, son appui ou sa neutralité pouvait grandement favoriser l'entreprise de Mazarin.

Page 684.

1. Retz oublie de dire que, le soir de ce 19 décembre 1651, il

alla voir le procureur général Omer Talon pour lui demander de requérir contre Mazarin. « Car son dessein, ajoute Talon, était d'autoriser M. le duc d'Orléans à lever des troupes pour s'opposer au retour du cardinal Mazarin, et engager le Parlement dans un tiers parti. »

2. Philippe de Montault de Bénac, duc de Navailles (1619-1684), était alors gouverneur de Bapaume. Il sera maréchal de France en 1675.

3. *Comparoir* : comparaître.

Page 685.

1. Retz souligne ici le privilège de l'historien par rapport à l'homme politique. Grâce au recul temporel, le premier peut comprendre les conséquences des faits qu'il étudie et faire le tri entre l'essentiel et l'accessoire. Plongé dans l'action, le second ne voit pas toujours les contradictions au milieu desquelles il se débat et ne peut pas distinguer les événements importants des autres. Mais Retz ne va pas jusqu'à la réhabilitation de l'historien, qu'il tient, on le sait, en piètre estime.

Page 686.

1. Le président de Bailleul, qui devait suppléer Molé au Parlement, passait pour « bon serviteur du roi, mais homme faible et sans vigueur » (Omer Talon).

2. Mathieu Molé quitta Paris le 27 décembre 1651 avec la chancellerie et les maîtres des requêtes. La Vieuville alla s'établir à Tours.

Page 687.

1. Mazarin entra en France le 24 décembre par Sedan, accompagné par l'armée du maréchal d'Hocquincourt. Il entra à Rethel le 30, à Épernay le 3 janvier 1652, à Arcis-sur-Aube le 6 janvier, à Pont-sur-Yonne le 9. De là, il se dirigea vers Gien pour y franchir la Loire. Il parvint à Poitiers le 28 ou le 30 janvier.

Page 688.

1. Les rivières sur lesquelles on devait tenter d'arrêter Mazarin : l'Aube, la Seine, l'Yonne.

2. Le *droit annuel* ou *paulette* était une taxe de 1/60e de la valeur des charges, perçue annuellement par le roi. Le paiement de cette taxe, instituée en 1604, permettait la pleine hérédité des offices. Le montant en était versé à une caisse spéciale, la *caisse des parties casuelles et inopinées*. Établi pour neuf ans, le droit annuel était habituellement renouvelé à chaque terme échu (voir p. 133, n. 1).

3. Les deux envoyés du Parlement, Jacques Du Coudray de Geniers et François Bitault, avaient tenté d'empêcher les troupes mazarines de franchir l'Yonne. Ils furent chargés par la cavalerie. Le premier réussit à fuir et ne fut donc pas tué. Le second, cap-

turé, fut enfermé au château de Loches. L'indignation du Parlement se comprend aisément quand on sait à quel point il pouvait être imbu de sa dignité.

Page 689.

1. *Un offre* : jusqu'au milieu du XVIIᵉ siècle, on hésite sur le genre de ce mot.

Page 691.

1. On se souvient que c'est le jeudi saint 1651 que la régente avait bafoué Monsieur en changeant de ministres sans lui demander son avis et sans le prévenir, alors qu'il exerçait les fonctions de lieutenant général du royaume (voir p. 533).
2. *Une conduite hétéroclite* : une conduite étrange, anormale, ridicule.

Page 693.

1. Retz écrit Witemberg pour Wurtemberg. Ulrich de Wurtemberg (1617-1671), frère du duc Eberhardt VIII, servit comme général la république de Venise, la Bavière et l'Espagne.

Page 695.

1. Dès le 11 janvier 1652, le roi, par une déclaration solennelle a affirmé que le retour de Mazarin se faisait sur son ordre.

Page 696.

1. Henri de Massué, seigneur de Ruvigny (1610-1689) était ce gentilhomme protestant que Mazarin avait chargé, au début de 1649, de porter à Turenne la nomination de gouverneur d'Alsace qui aurait dû maintenir ce dernier dans le devoir. Il se retira en Angleterre à la révocation de l'édit de Nantes.
2. À la fin de 1651, à l'ouverture des États provinciaux, un conflit avait opposé le maréchal de La Meilleraye, lieutenant de roi en Bretagne, au duc de Rohan-Chabot, le plus grand seigneur de la province. Le maréchal avait voulu charger la noblesse qui accompagnait le duc.

Page 697.

1. *Être peuple* signifie ici être versatile. C'est une des critiques majeures que fait Retz aux assemblées délibératives.
2. L'alliance de Gaston d'Orléans et de Condé fut conclue le 24 janvier 1652. Monsieur se réservait la liberté de conférer, quand bon lui semblerait, avec Retz bien que celui-ci fût connu comme adversaire de Monsieur le Prince.

Page 698.

1. La retraite de Châteauneuf est postérieure au retour de Mazarin. Les deux hommes s'opposèrent sur la politique à suivre.

Châteauneuf voulait chasser Condé de Guyenne. Mazarin soutenait qu'il convenait de mettre d'abord à la raison le duc de Rohan-Chabot, gouverneur d'Anjou, et de ne pas laisser des rebelles entre Paris et Poitiers. Mazarin l'emporta. Châteauneuf se plaignit et démissionna. Il se retira en Touraine et mourut l'année suivante.

2. François-Marie de Broglie (1611-1656) était un noble piémontais passé au service du roi de France en 1643. Fidèle de Mazarin, naturalisé en 1654, il prendra en 1655 le commandement de l'armée française de Lombardie où il sera tué l'année suivante.

3. Cet archevêque de Rouen est François de Harlay de Champvallon (1625-1695) que Louis XIV nommera archevêque de Paris en 1671 et qui sera le modèle du prélat courtisan, dévoué au roi avant tout. C'est lui qui célébrera le mariage secret de Louis XIV avec Mme de Maintenon.

4. Les armées de cette époque, composées de mercenaires, ravageaient les contrées qu'elles traversaient et les régions où elles cantonnaient, surtout quand elles n'étaient pas payées. Non contents de piller, les soldats détruisaient maisons et récoltes pour s'amuser, violaient les femmes et torturaient les paysans pour leur faire avouer la cachette de leur magot.

Page 699.

1. Lieutenant général du bailliage d'Angers. Officiers de justice placés à la tête des bailliages, les lieutenants généraux avaient évincé les baillis. Il ne faut pas les confondre avec les lieutenants généraux des armées.

Page 702.

1. *La première guerre de Paris* : la Fronde parlementaire.

2. Hostile à la monarchie absolue, Gaston d'Orléans révèle ici sa préférence pour une monarchie limitée collaborant avec le Parlement.

3. Retz fait ici allusion à une croyance grecque selon laquelle chaque individu, chaque nation jouissait de l'attention d'une puissance surnaturelle, son *génie*, son *démon*. Par contamination avec la pensée chrétienne, on en était arrivé à l'idée qu'il existait un *bon* et un *mauvais* démon gouvernant alternativement le sort de la France.

Page 703.

1. Gaston d'Orléans était colonel du régiment de Languedoc (en tant que gouverneur de cette province) et du régiment de Valois (au nom de son tout jeune fils, le duc de Valois, qui allait mourir à deux ans en août 1652).

Page 704.

1. *Capuchin* : voir n. 1 p. 91.

2. Voir n. 4, p. 88. Le duché de Ventadour, propriété des Lévis, était situé en Limousin.

Page 705.

1. Retz s'accroche ici à l'idée d'un tiers parti, qu'il dirigerait sous le patronage de Monsieur et qui évincerait à la fois Condé et Mazarin. Vue parfaitement utopique en raison de l'inconstance politique du duc d'Orléans, des réticences du Parlement à s'engager dans cette voie, de l'attachement d'Anne d'Autriche pour Mazarin.

Page 706.

1. Affirmation étonnante : Retz n'a-t-il pas pris la précaution de brûler tous ses papiers avant d'aller se faire arrêter au Louvre ? Son secrétaire Guy Joly aurait-il conservé celui-là ?

Page 707.

1. *Retours* : deux acceptions possibles : revirements ou ruses (dans ce dernier cas, terme de vénerie employé figurément).
2. *Déduire* : exposer en détail, développer.

Page 711.

1. *La catastrophe de la pièce* : le dénouement.

Page 712.

1. *Les bureaux* : « lieux où on fait les recettes des impôts » (Furetière).

Page 713.

1. *Trois ou quatre jours [...] ne fasse* : lorsque le sujet au pluriel donne une indication numérale, le verbe peut se mettre au singulier par syllepse du nombre.
2. Philippe-Guillaume de Bavière (1615-1690), duc de Neubourg, était alors au service de la France. Il sera électeur palatin en 1685. Il figure parmi les maris que l'on proposa, sans succès, à Mlle de Montpensier.

Page 714.

1. Ce raisonnement tenu par Retz à Gaston d'Orléans est impeccable de logique si l'on en admet les prémisses. Mais il se réduit à un jeu d'idées qui ne tient pas compte des conditions politiques et sociales de l'action (que signifie une alliance de la robe et des marchands dans la France aristocratique et cléricale de l'époque ?) et qui oublie la lassitude de la nation devant la durée de troubles aux conséquences dramatiques.

Page 715.

1. *Aheuri* : troublé.

2. La promotion de Retz au cardinalat est du 19 février 1652. Il en reçut la nouvelle le 1ᵉʳ mars par une lettre du grand-duc de Toscane Ferdinand II de Médicis qui devança le courrier de l'abbé Charrier.

3. *Le merveilleux historique*, ce sont ces épisodes si extraordinaires qu'on ne peut y ajouter foi, ces épisodes si incroyables qu'on ne peut les expliquer.

Page 716.

1. La princesse de Rossane : sur ce personnage, voir n. 2, p. 464. On dit qu'elle tenait à Rome boutique d'abbayes et de bénéfices ecclésiastiques variés.

2. Affirmation mensongère. C'est en véritable prélat simoniaque que Retz a acheté son chapeau de cardinal. Compte tenu de la corruption régnant alors à la cour de Rome, il eût d'ailleurs été suicidaire de procéder autrement. Il envoya à l'abbé Charrier, son fondé de pouvoir dans la Ville Éternelle, trois cent mille livres en argent et des cadeaux variés à distribuer dans l'entourage du pape (montres, bagues, gants, rubans) pour accélérer sa promotion. Il écrit par exemple à Charrier, le 1ᵉʳ octobre 1651 : « On vous envoie par un courrier exprès une lettre de change de dix-huit mille écus, et vous en aurez un de trois en trois jours qui vous en portera d'autres, jusques à la somme de quatre-vingt mille écus et plus, si il en est besoin [...] On vous envoie aussi par ce courrier sept montres ; mandez si il en faut davantage et autres galanteries. » Voir sur ce sujet l'ouvrage de R. Chantelauze, *Le Cardinal de Retz et l'Affaire du chapeau*, 1878, 2 vol.

Page 717.

1. L'abbé Charrier dut s'employer à endormir la jalousie de l'ambassadeur, le bailli de Valençay, qui souhaitait passionnément devenir cardinal. Quant aux ordres donnés à celui-ci par la cour de France, ils étaient de tout faire pour différer la promotion de Retz. Craignant de voir Mazarin faire révoquer sa nomination par Louis XIV, le coadjuteur jeta à pleines mains l'argent et les cadeaux dans l'entourage pontifical afin d'accélérer le mouvement.

2. Dans sa course au chapeau, Retz bénéficia de la rancune d'Innocent X à l'égard de Mazarin qui avait voulu empêcher son élection et qui l'avait contraint d'élever à la pourpre son frère Michel Mazarin, archevêque d'Aix.

3. Decio Azzolini (1623-1689) sera cardinal en 1654 et secrétaire d'État sous Clément IX. Il se liera d'amitié avec Retz au conclave de 1655.

4. *Amusé* : dupé.

5. Il le fallait pour essayer d'attacher au parti de la Cour un personnage redoutable par ses intrigues, éminent par sa haute dignité ecclésiastique. La lettre de félicitations de Louis XIV est un appel à la fidélité et à la reconnaissance du nouveau cardinal.

Page 718.

1. Cette lettre, datée du 16 février 1652, a été retrouvée et publiée par Chantelauze. Retz y refuse, assez insolemment, de souscrire à une déclaration contre le jansénisme que lui demande le cardinal Chigi. Il demande par ailleurs à Charrier de rentrer à Paris si sa promotion au cardinalat continue à traîner en longueur. Mais cette promotion était faite lorsque la lettre est arrivée à destination.

Page 719.

1. *La première toute seule* : la connivence du Parlement.
2. En France, c'est le roi qui remettait la barrette rouge (le *bonnet*) venue de Rome aux nouveaux cardinaux. Cette cérémonie ne pouvait pas avoir lieu avant le retour de Louis XIV à Paris. Ce que Retz n'avoue pas, c'est que sa position politique, son hostilité à Condé et à Mazarin ne pouvant le conduire que dans une impasse, il n'était pas fâché de ne plus avoir à paraître au Parlement. Il continua cependant à agir par ses conversations quotidiennes avec Monsieur et par la rédaction de pamphlets.

Page 720.

1. *Fauteur* : partisan.

Page 721.

1. *Il y avait lieu dans la cour* : il se tenait dans la cour.
2. Le 22 février 1358, pendant la captivité de Jean le Bon, Étienne Marcel fit massacrer au palais de la Cité, sous les yeux du dauphin (futur Charles V), Robert de Clermont, maréchal de Normandie et Jean de Conflans, maréchal de Champagne.

Page 722.

1. L'académicien Conrart confirme dans ses *Mémoires* l'exactitude de cet épisode.
2. La façon peu amène dont Retz parle de Mme de La Vergne empêche d'accepter l'hypothèse selon laquelle Mme de Lafayette serait la destinataire des *Mémoires*.

Page 723.

1. Comme Mme d'Olonne acquit par la suite la réputation de se livrer à la débauche (elle aurait servi de modèle à la *Messaline* de La Bruyère), on a peine à croire que le « commerce » qu'il désirait fut « tout spirituel et tout angélique ». Le nouveau cardinal propose en somme à Mme de La Vergne de jouer le rôle d'une entremetteuse !

Page 724.

1. Henri-Charles de La Trémoille (1620-1672), prince de

Tarente puis duc de Thouars, avait épousé Amélie, fille du landgrave de Hesse Guillaume V, une amie de Mme de Sévigné.

2. Le chevalier d'Aubeterre et son adversaire, le colonel Balthazar, rivalisèrent d'exactions au détriment des populations civiles.

3. Ancienne place de sûreté protestante, Bergerac était démantelée depuis 1621.

Page 725.

1. *À discrétion* : sans condition.

2. Retz manque ici de clarté. Le 14 mars 1652, le comte d'Harcourt tomba à l'improviste sur les soldats de Condé qui assiégeaient Miradoux et les contraignit à se replier sur Agen.

3. Ce Montespan (Jean-Antoine de Pardaillan de Gondrin) est le grand-oncle du mari de Françoise-Athénaïs de Rochechouart, la maîtresse de Louis XIV.

4. Rappelons que François-Marie de Lillebonne était le quatrième fils du duc d'Elbeuf. François de Blanchefort (1629-1687), chevalier puis marquis de Créqui, recevra le bâton de maréchal en 1668 et accumulera les succès militaires pendant les guerres de Dévolution et de Hollande.

Page 727.

1. En sa qualité de gouverneur de Picardie, le duc d'Elbeuf aurait dû barrer la route à Nemours qui venait des Pays-Bas. Lord Digby était un Anglais, officier général dans l'armée royale. Le comte de Vaubecourt était gouverneur de Châlons-sur-Marne.

2. Dans les premiers jours de mars 1652.

Page 728.

1. Allusion à la myopie prononcée de Retz.

2. Sa dignité cardinalice autorise Retz à se couvrir en public.

3. Rappelons que ces écharpes sont celles des officiers espagnols et que la France est en guerre avec l'Espagne.

4. *Apanage* : portion du domaine royal affectée à un fils puîné de France pour lui permettre de vivre selon son rang. Les pouvoirs d'un prince apanagé étaient fort limités au XVIIe siècle mais leurs revenus considérables.

Page 729.

1. En réalité, quand Gaston d'Orléans venait dans son apanage, il résidait habituellement au château de Blois qu'il fit en partie reconstruire par François Mansart et où il mourut en 1660.

2. Allusion aux romans de chevalerie où figurent toujours des héroïnes guerrières. Monsieur appelait ironiquement Mmes de Frontenac et de Fiesque « Mmes les comtesses maréchales de camp de l'armée de ma fille contre le Mazarin ». Dans ses *Mémoires*,

Mademoiselle donne un récit détaillé de son équipée orléanaise. La reine d'Angleterre la compare à Jeanne d'Arc !

3. *Jéricho* : ville de Palestine, au nord-est de Jérusalem. Elle appartenait aux Jébuséens lorsque les Hébreux pénétrèrent dans la Terre promise. Sur l'ordre de Dieu, leur chef Josué fit faire le tour des murailles à son peuple pendant sept jours. En tête du cortège : sept prêtres jouant de la trompette et l'Arche d'alliance. À la septième fois, les murailles s'écroulèrent.

4. Excellent danseur, le duc de Rohan-Chabot inventa une courante, la *chabotte*.

5. Mlle de Montpensier entra à Orléans le 27 mars et la ville refusa d'ouvrir ses portes à Mathieu Molé le 28.

Page 730.

1. Jargeau, à une vingtaine de kilomètres en amont d'Orléans. Son pont fut attaqué le 29 mars 1652.

2. Le baron de Sirot (1600-1652) était l'un des vainqueurs de Rocroi. Il avait combattu dans les armées impériales pendant la guerre de Trente ans contre les Danois de Christian IV et les Suédois de Gustave Adolphe.

3. Est-il licite de tirer vengeance d'un soufflet par le meurtre de son auteur ? Ce cas de conscience est posé par Pascal dans la septième *Provinciale*, consacrée au duel. Les *Mémoires* de Mlle de Montpensier affirment que les deux beaux-frères échangèrent des coups.

Page 731.

1. Condé quitta Agen le 24 mars 1652 à midi. Il passa le 30 à La Charité-sur-Loire d'où il envoya Gourville à Paris et arriva à Lorris le 1er avril.

Page 732.

1. *Un foudre* : un guerrier redoutable, un foudre de guerre. Devant la rapidité de l'attaque, Turenne se serait écrié : « Monsieur le Prince est arrivé ! »

2. Chacun de ces personnages commandait un régiment de cavalerie. Les dragons étaient des fantassins montés qui se déplaçaient à cheval mais combattaient à pied.

3. *Cravattes* : Croates (mercenaires servant dans la cavalerie légère, réputés pour leur cruauté).

Page 733.

1. Ouzouer-sur-Trézée, entre Bléneau et Briare.
2. *Maître* : cavalier.
3. *Arrêter sur cul* : arrêter net.
4. La Cour se trouvait au château de Gien depuis le 1er avril. Elle put y demeurer grâce au succès de Turenne.

Page 734.

1. Aussitôt après la bataille, Condé abandonna ses troupes pour filer à Paris.

Page 735.

1. Le 2 avril 1652.
2. *Havete fatto polito* : vous avez bien mené l'affaire.
3. Pesche ou Peuch est mal connu. Tailleur de son métier, il joua le rôle d'un meneur populaire, organisant et conduisant les manifestations destinées à servir la cause des princes. Nous l'avons vu, le 21 août 1651, chercher Retz pour le tuer. En revanche, ce n'est pas lui qui orchestra les troubles du 2 avril 1652 relatés ici, mais le commandeur de Saint-Simon. En se servant de Pesche pour tenir la rue, Condé imitait d'ailleurs Retz : que l'on songe au rôle joué par d'autres meneurs comme le boucher Le Houx au service du coadjuteur.

Page 738.

1. *Les partialités* : les divisions, les factions.
2. Les célestins, ordre religieux issu d'une réforme des bénédictins accomplie en 1254 par le futur pape Célestin V, avaient leur principal monastère à Paris, derrière l'Arsenal. Le président Le Coigneux mentionné ici était le fils de celui que nous avons si souvent rencontré dans les *Mémoires* et qui mourut en août 1651.

Page 740.

1. À cause de l'arrivée de Condé à Paris.

Page 741.

1. *Reproches* : objections que l'on fait aux témoins pour annihiler leur déposition (terme de droit).
2. Lorsque la Ville de Paris devait traiter une affaire importante ou délicate, la coutume imposait une réunion de l'Assemblée générale. Composée du Conseil de la Ville, du recteur de l'Université, des délégués des cours souveraines, des représentants du clergé et de six bourgeois par quartier (les bourgeois *mandés*), elle pouvait présenter des remontrances au roi.

Page 742.

1. La présence au sein du corps de ville d'un procureur du Roi et de la Ville s'explique par le fait que la municipalité parisienne (comme toute municipalité à cette époque) fonctionnait à la fois comme une administration et comme un tribunal.
2. Le corps municipal parisien, ou Bureau de la Ville, se composait du Petit Bureau et du Grand Bureau. Le Petit Bureau comprenait le prévôt des marchands, les quatre échevins, le procureur du Roi et de la Ville, le greffier de la Ville et le receveur

de la Ville. Le Grand Bureau, encore appelé Conseil de la Ville, ajoutait les vingt-quatre conseillers de la Ville au Petit Bureau.

Page 743.

1. Les présidiaux, au nombre de quatre-vingt-huit, étaient des tribunaux d'appel, intermédiaires entre les bailliages et les parlements.
2. La Chambre des comptes fit à Condé un accueil glacial. À son entrée, tous les présidents sortirent sauf le président Perrault, serviteur de sa maison.
3. Partie de Gien le 18 avril, la Cour parvint à Corbeil le 23 puis se rendit à Saint-Germain-en-Laye où elle arriva le 28.
4. À la Cour des aides, Condé dut entendre de dures vérités. Le premier président Amelot lui reprocha d'avoir osé combattre les soldats du roi.

Page 745.

1. *Quartiers* : ici, corps de troupes.
2. *Espèces* : images qu'on se fait des choses (terme philosophique).

Page 746.

1. Au lieu d'exploiter son succès de Bléneau, Condé, pressé de retrouver Mme de Châtillon, avait filé sur Paris avec Beaufort, Nemours et La Rochefoucauld, laissant le commandement de ses troupes au comte de Tavannes et au baron de Clinchamp, officier général lorrain.

Page 747.

1. L'entrée de Condé à Paris avait été préparée par l'affichage d'un *Avis aux Parisiens*. Quant à la sédition du Pont-Neuf, elle survint le 2 avril (et non le 2 mars) et fut surtout mise à profit par les coupe-jarrets. Retz en attribue la responsabilité à Gaston d'Orléans, en contradiction avec ce qu'il a dit plus haut du prince.

Page 748.

1. À partir d'avril 1652, l'anarchie régna à Paris et certains désordres furent spontanés. Mais d'autres apparaissent comme le fruit de la politique de Condé qui voulut effrayer les partisans de la Cour en soulevant le peuple au moyen d'agitateurs comme Pesche ou le commandeur de Saint-Simon.
2. Sur le commandeur de Saint-Simon, voir n. 4, p. 552. Retz lui reproche ici de déroger à sa noblesse en se mêlant à des agitateurs sortis de la lie du peuple comme le tailleur Pesche ou dame Anne, la harangère des halles. Lorsqu'il cherche à *émouvoir* le peuple, le coadjuteur, lui, s'adresse à des *hommes de bien* comme le colonel de la milice bourgeoise Miron, le boucher Le Houx ou les curés de Paris.

Page 749.

1. *Succéder*: réussir.
2. Antoine II de Nicolaï, premier président de la Chambre des comptes de 1624 à 1655.

Page 750.

1. C'est là l'opinion d'un conspirateur impénitent qui refuse, dans son appréciation de la situation politique, de tenir compte de deux faits : la lassitude des magistrats et des bourgeois devant la prolongation de la guerre civile ; l'indignation produite dans ces mêmes milieux par le comportement de Condé qui avait osé porter les armes contre le roi *en personne*. Il s'était peu à peu formé à Paris non pas le tiers parti rêvé par Retz mais un véritable parti monarchique que les calamités dues aux troubles ne cessaient de renforcer.

Page 752.

1. *Tireurs de laine*: filous qui volent les manteaux la nuit.
2. C'est-à-dire une scène digne de figurer dans la *Satire Ménippée* (voir p. 190, n. 1).

Page 753.

1. François Du Val, marquis de Fontenay-Mareuil (1595-1665), militaire et diplomate formé à l'école de Richelieu, ambassadeur à Rome à deux reprises.

Page 755.

1. *Retentum*: voir n. 1, p. 245.

Page 758.

1. *Sur la brune*: vers le soir.
2. Situé sur la Montagne-Sainte-Geneviève, le collège de Navarre, qui appartenait à l'université de Paris, préparait à la maîtrise ès arts et quatre professeurs y enseignaient la théologie. Bossuet en fut l'élève de 1642 à 1652.

Page 759.

1. *Hardes*: vêtements (sans aucune nuance péjorative).
2. *Par laquelle*: inadvertance de Retz pour *lequel*.
3. Retz ici plaisante. Mais beaucoup croient encore, à l'époque où il écrit, que les sorciers — et surtout les sorcières — s'adressent au diable, l'adorent, tirent de lui leurs pouvoirs maléfiques. Après 1650 toutefois, les procès de sorcellerie se font plus épisodiques, le satanisme recule.
4. *Être hors d'œuvre*: être importun.

Page 760.

1. Ce pamphlet est de juin 1652.

2. Abraham Fabert (1599-1662), originaire de Metz, remarquable par sa loyauté, son désintéressement et par ses talents d'ingénieur militaire, fut le premier roturier élevé à la dignité de maréchal de France (1658). De 1642 à sa mort, il fut un excellent gouverneur de Sedan.

Page 762.

1. Le *pour* était un privilège accordé aux plus grandes familles lors des déplacements de la Cour. Il consistait à marquer à la craie le logis réservé à chaque étape au chef de ces familles : « Pour M. Untel ».
2. Il l'obtint en février 1653.
3. Nous sommes ici en présence d'une erreur du manuscrit autographe. Le texte du pamphlet cité p. 760 permet de rétablir le véritable nom, celui du président de Maisons.
4. Mme de Châtillon, ancienne maîtresse de Nemours, était devenue celle de Condé. Toutes ces négociations montrent que frondeurs et partisans des princes ne croient plus à la victoire de leur camp.

Page 763.

1. Les *Mémoires* de La Rochefoucauld confirment ici ceux de Retz. Mazarin amusait les princes par des négociations pendant que ses troupes marquaient des points en prenant des places. Si le siège d'Étampes avait réussi, la puissance militaire de Condé eût été anéantie d'un coup.
2. Rappelons qu'il s'agit de Nicolas Fouquet.
3. *Obligeassent* : le manuscrit donne bien le pluriel. Omission ou inadvertance ?

Page 764.

1. Le pont de Saint-Cloud avait une réelle importance stratégique. Aux mains des royaux, il permettait à ceux-ci de franchir la Seine et d'attaquer Paris par la rive droite. Contrôlé par Condé, il cantonnait Turenne sur la rive gauche. Une de ses arches avait été rompue.
2. Guy Joly nous apprend que Retz n'était pas plus épargné que les autres par ces insolences : « Il n'en aurait pas été quitte pour des injures, qu'il essuyait souvent, s'il n'avait pas eu à sa suite des gens en état de le défendre. »

Page 765.

1. *À la chaude* : à l'improviste, dans le premier mouvement.
2. En 1593, l'Espagne pressait le duc de Mayenne et les États généraux de la Ligue de reconnaître les droits au trône de France de l'infante Isabelle-Claire-Eugénie, fille de Philippe II. Le parlement de Paris, pourtant ligueur, intervint pour faire triompher la loi salique. Il avait, de manière impertinente sans doute, usurpé

l'autorité de Mayenne et des États, mais il y allait de la constitution coutumière du royaume, dont il était le gardien.

3. *Licencieuse* : crue.

4. *Paraphraser* : expliquer un texte en termes plus clairs.

5. *Après qu'il en fut toutefois quelque difficulté* : Retz a sans doute voulu écrire : « après qu'il en fut *fait* quelque difficulté ».

Page 766.

1. Le comte de Béthune : neveu de Sully.

2. Jérôme Bignon (1589-1656), l'un des hommes les plus cultivés de son temps, « magistrat de l'ancienne roche pour le savoir, l'intégrité, la vertu » (Saint-Simon), était second avocat général. Omer Talon, premier avocat général, très malade, allait bientôt mourir.

3. *Réaggravé* : terme de droit canon employé au sens figuré. Après trois monitions et l'aggrave, l'Église pouvait prononcer contre un coupable le réaggrave qui l'excluait de la communauté chrétienne et de la société.

4. En cas de calamités publiques, la châsse de sainte Geneviève, patronne de Paris, était portée en procession dans les rues de la ville.

Page 767.

1. Rappelons que le chevalier de La Vieuville était l'amant de la princesse palatine.

2. Le duc de Lorraine Charles IV, beau-frère de Gaston d'Orléans, avait perdu ses États que les troupes françaises occupaient. Mais il avait conservé son armée qu'il mettait au service de l'Espagne.

3. Ces trois places avaient été cédées à la France par le traité de Liverdun en 1632.

4. *A la peggio* : de mal en pis.

Page 768.

1. Avant de servir Henri IV avec intelligence, le président Jeannin avait été le principal conseiller politique du chef de la Ligue, le duc de Mayenne.

2. *Escadronner* : le mot est pris ici au sens figuré : avoir des intelligences avec.

3. *Prétendre la main* : prendre le côté droit. Le duc de Lorraine se plaçait à la droite des cardinaux, soit en marchant, soit en s'asseyant, en signe de supériorité sur eux. Ces détails d'étiquette revêtaient au XVIIe siècle une importance primordiale qu'il serait puéril de notre part de refuser à comprendre.

4. *En lieu tiers* : ici, à l'étranger.

5. Le manuscrit présente ici un blanc qu'il faut sans doute combler par le mot *jours*.

Page 769.

1. Les places de Jametz, Clermont-en-Argonne et Stenay.
2. En 1663. Retz résidait alors à Commercy.
3. Dom Henri Hennezon (1618-1689), abbé de Saint-Mihiel en 1666, directeur spirituel, confesseur et théologien de Retz pendant l'exil de Commercy, connu pour ses opinions jansénistes.

Page 770.

1. Plutôt que de combattre les vieilles troupes du duc de Lorraine, Mazarin préféra négocier par l'intermédiaire de Mme de Chevreuse, ancienne maîtresse de Charles IV.
2. Ce traité stipulait la levée du siège d'Étampes par Turenne le 10 juin, un armistice de dix jours et le départ du duc de Lorraine au bout de quinze jours.
3. Le camp du duc de Lorraine à Villeneuve-Saint-Georges devint un but de promenade pour les Parisiens. Les uns y allèrent pour vendre leurs denrées ou pour échanger des vêtements contre du bétail. D'autres s'y rendirent par curiosité pour observer de près ces redoutables mercenaires accompagnés de goujats, de vivandiers, de femmes et d'enfants, leurs chariots croulant sous le poids du butin, leurs troupeaux volés aux paysans. Les bandes de Charles IV, qui vivaient de rapines, saccagèrent horriblement les villages de la Brie. Pendant longtemps, pour les Briards, l'année 1652 sera *l'année des Lorrains*.
4. L'Yerres, qui rejoint la Seine à Villeneuve-Saint-Georges.
5. Le roi Charles II, alors en exil. Le duc de Lorraine n'avait pas intérêt à risquer sa belle armée, son outil de travail, aux hasards d'une bataille. Il cherchait à faire payer son départ plus cher par Mazarin. Il finit par s'éloigner le 16 juin pour revenir un mois plus tard environ.

Page 772.

1. Les *spéculatifs* sont les témoins, les observateurs ; *se fantasier*, c'est s'imaginer.
2. Retz ne porte intérêt aux événements de la Fronde que s'il y a personnellement participé. Dès qu'il s'agit de faits qui ne le concernent pas directement, son intérêt faiblit et la rédaction des *Mémoires* devient même un pensum. Son œuvre est autobiographique avant tout.

Page 774.

1. Mlle de Montpensier confirme les sentiments d'horreur et de haine qui saisirent les Parisiens au retour de Charles IV, en raison des ravages que commettaient ses troupes.

Page 775.

1. Les témoignages abondent sur la misère, plus grave qu'en 1649, qui sévissait à Paris en 1652. La moisson de 1651 avait été

désastreuse et ne pouvait suffire à nourrir une population grossie de milliers de réfugiés venus de la campagne pour échapper à la soldatesque. Pour comble de malheur, les soldats ne se contentaient pas de piller et de réquisitionner : ils gaspillaient et ils détruisaient. Le setier de froment, vendu 28 livres le 21 avril, monta à 32 livres 10 sols le 24 quand Condé s'empara d'Étampes, atteignit 45 livres à la mi-juillet. La moisson de 1652, qui s'annonçait belle, fut en grande partie perdue du fait des armées en campagne (les chevaux mangeaient le blé en herbe) et du manque de main-d'œuvre au moment de la moisson (les paysans s'étaient cachés dans les bois ou abrités en ville). La disette se prolongea donc jusqu'au printemps de 1653. Ce sont des arrivages de céréales venues de loin qui en vinrent à bout. Retz ne consacre que deux lignes à ces aspects tragiques de la Fronde analysés par Alphonse Feillet, *La Misère au temps de la Fronde et saint Vincent de Paul* (1868) et Jean Jacquart, *La Crise rurale en Île-de-France*, 1550-1670 (1974).

2. La mise à prix de la tête de Mazarin.

3. *Une lourderie* : une faute grossière.

4. Le *Journal du Parlement* remplace ce nom de personnage inconnu par celui de Particelle, autrement dit Michel Particelli, seigneur de Thoré, président au Parlement.

Page 776.

1. Le 25 juin 1652. Ces émotions populaires ne sont pas seulement l'œuvre des agitateurs payés par les princes. La lassitude du peuple recru de misère, le désir de voir revenir le roi et, avec lui, la paix jouèrent un rôle considérable.

2. *La risque* : l'Académie française, en 1694, donne encore le mot comme féminin dans l'expression *à toute risque*.

3. Condé, dont la petite armée, cantonnée à Saint-Cloud, était menacée à la fois par Turenne, posté sur la rive droite de la Seine, et par le maréchal de La Ferté, qui arrivait par la rive gauche, résolut de gagner une position plus forte. Il contourna Paris par le nord pour aller s'installer, à Charenton, dans la presqu'île formée par le confluent de la Marne et de la Seine. Fouquet ayant averti Mazarin de la manœuvre, Turenne se jeta sur l'arrière-garde de Condé qui, ne pouvant gagner Charenton, se retrancha dans le faubourg Saint-Antoine.

Page 777.

1. L'armée de Condé atteignit le faubourg Saint-Antoine le 2 juillet vers neuf heures. Elle put s'y retrancher grâce aux fossés et aux barricades aménagés par les habitants pour se protéger des soudards de Charles IV. La bataille du faubourg Saint-Antoine fut donc livrée dans un terrain difficile, couvert de maisons, de jardins et de clôtures. Elle s'apparente plus à un combat de rues qu'à une bataille rangée.

2. À l'éloge vibrant de Retz répond, en 1686, celui de Bossuet prononçant l'oraison funèbre de Condé. Car les Français du XVIIᵉ siècle placent au premier rang des plus hautes vertus l'héroïsme et la valeur militaire, même mis au service d'une cause discutable.

3. La Rochefoucauld perdit quelque temps la vue à la suite de sa blessure. Paul Mancini, le neveu de Mazarin, mourut au combat à l'âge tendre de seize ans.

Page 778.

1. Gaston d'Orléans avait adressé à Louvières, le fils de Broussel, capitaine de la Bastille, une note l'invitant à favoriser les troupes de Condé et à faire tirer sur celles de Turenne et de La Ferté. Mais il n'osa pas aller plus loin et c'est sa fille, la grande Mademoiselle, qui se rendit sur place, fit tirer le canon sur les soldats du roi et ouvrir la porte Saint-Antoine aux débris de l'armée des princes, vaincue dans le faubourg. Enivrée de son succès, elle écrit dans ses *Mémoires* : « Quand je songeai le soir, et toutes les fois que j'y songe encore, que j'avais sauvé cette armée, j'avoue que ce m'était une grande satisfaction et en même temps un grand étonnement de penser que j'avais aussi fait rouler les canons du roi d'Espagne dans Paris, et passer les drapeaux rouges avec les croix de Saint-André. »

2. Au printemps de 1658, Retz, réfugié en Hollande, alla voir Condé en exil à Bruxelles.

Page 779.

1. *Primer* : au jeu de paume, prendre l'initiative.

2. Rien ne prouve que Condé ait voulu enlever Retz. Nous manquons trop de témoignages pour pouvoir nous prononcer à coup sûr.

3. Dans ses *Mémoires*, Mlle de Montpensier affirme que ce fut Condé qui, pendant le combat du faubourg Saint-Antoine, fit porter à ses hommes une touffe de paille comme signe de reconnaissance. À Paris, les partisans des princes reprirent l'idée à leur compte. Tout individu qui n'arborait pas la paille était considéré comme mazarin et courait le risque d'être rossé.

Page 780.

1. Fidèle à son point de vue autobiographique, Retz ne donne qu'un récit succinct de la journée des Pailles (4 juillet 1652) à laquelle il n'assista pas. Bien qu'il suggère que la sédition fut spontanée, il semble bien que Monsieur et Monsieur le Prince, qui voulaient se voir déléguer l'autorité pleine et entière dans la capitale, manigancèrent un soulèvement populaire destiné à faire céder l'Assemblée générale réunie à l'Hôtel de Ville (la présence dans la foule d'officiers condéens va dans ce sens). Mais les princes n'ayant pas donné de consignes suffisamment précises,

les manifestants dépassèrent leurs intentions. Ni Condé ni Gaston ne firent rien, en tout cas, pour arrêter le massacre et l'incendie. À la suite de ces violences dont les mémoires du temps évitent de rechercher les responsables, l'hostilité aux princes devint générale à Paris, sauf dans le petit peuple, souvent resté condéen.

2. Retz a déjà dit beaucoup de bien de Robert Miron, p. 156. Miron aurait péri en tentant de calmer la sédition.

Page 781.

1. Félix Vialart de Herse, ami de Retz et de Mme de Sévigné, évêque de Châlons-en-Champagne.

2. Le cardinal Antoine Barberini, neveu d'Urbain VIII, réfugié en France pour fuir les représailles d'Innocent X.

Page 782.

1. *L'amour publique* : le mot était encore des deux genres.

Page 783.

1. L'emploi d'ambassadeur à Rome que l'on envisageait pour Retz afin d'en être débarrassé à Paris.

2. Ce passage est particulièrement remarquable par l'emploi de l'irréel du passé. Il reconstruit minutieusement ce qui aurait pu arriver mais ne s'est pas produit. Il est probable qu'il n'a pas eu toutes ces vues à l'instant où il prit sa décision.

3. *Pointilles* : choses vaines.

Page 784.

1. *Désemparer* : s'en aller, abandonner (terme vieilli).

2. Le prévôt des marchands Antoine Le Fèvre de La Barre s'était caché dans une pièce de l'Hôtel de Ville. Il fut délivré par Beaufort et Mlle de Montpensier. Il démissionna le lendemain.

3. Le maréchal de L'Hospital, gouverneur de Paris, avait pu s'échapper, déguisé, en passant par une fenêtre.

Page 785.

1. Gaston d'Orléans avait exercé la lieutenance générale du royaume pendant la régence d'Anne d'Autriche. La majorité du roi y avait mis fin. La qualité qu'il prend en juillet 1652 est donc illégale (d'où la fiction du roi prisonnier de Mazarin pour la justifier).

Page 786.

1. *Surséance* : délai (terme de procédure).

2. Pas un seul ne lui avait répondu, à l'exception de Sourdis, gouverneur d'Orléans, qui était à lui.

3. Les antiques du cardinal.

Page 787.

1. Ce paragraphe, introduit par l'expression *A linea* est une addition marginale au manuscrit.
2. Chaque porte cochère fut taxée à soixante-quinze livres, chaque grande boutique à trente, chaque porte piétonnière et chaque petite boutique à quinze.

Page 788.

1. *Intermission*: interruption. Courant au XVIᵉ siècle, ce mot sort de l'usage vers 1650.
2. Retz agit-il ainsi par une claire vision du bien de l'État ou par opportunisme?
3. Mlle de Montpensier dit de l'émeute du 4 juillet: « Ce fut le coup de massue du parti ».

Page 789.

1. Retz, n'ayant pas encore reçu des mains du roi la barrette rouge, n'était pas autorisé à se comporter publiquement en cardinal.
2. Mazarin tente ici une manœuvre de division classique aux époques troublées: opposer un parlement loyaliste à un parlement factieux. Manœuvre d'autant plus facile que le Parlement n'est plus unanime dans l'opposition comme en 1648. Le parlement de Pontoise siégea du 7 août au 20 octobre.
3. En réalité trente et un (y compris les maîtres des requêtes), qu'on appela les renégats.
4. Proche de Sedan, Bouillon appartenait à l'évêché de Liège. Mazarin y avait séjourné lors de son premier exil, du 14 au 27 mars 1651. Si le cardinal s'exile de nouveau, c'est pour ôter tout prétexte aux princes de continuer leur prise d'armes.

Page 791.

1. Après le lieutenant civil, le lieutenant criminel et le lieutenant particulier étaient les principaux officiers du Châtelet.

Page 792.

1. Gravelines capitula le 18 mai 1652 et Dunkerque le 18 septembre.
2. Le maréchal de La Mothe, vice-roi de Catalogne, rendit Barcelone à don Juan d'Autriche le 12 ou le 13 octobre 1652, selon les sources. Casal, l'une des clés de l'Italie, aux mains de la France depuis 1628, fut prise le 21 octobre par le marquis de Caracena, gouverneur de Milan.
3. Brisach tomba aux mains du comte d'Harcourt qui, mécontent de Mazarin, s'y installa dans l'intention de s'établir comme prince indépendant en Alsace.

Page 793.

1. Guillaume de Lamoignon (1617-1677) souligne ici qu'un parti authentiquement monarchique était en train de grandir dans Paris par réaction contre les excès de la Fronde. Il cherche à y attirer Retz.

Page 794.

1. Le connétable de Saint-Pol (1418-1475) entretint, quoique beau-frère de Louis XI, des intelligences avec Charles le Téméraire. Jugé pour cette raison par le parlement de Paris, il fut condamné à mort et décapité.

2. Le duc de Bouillon, devenu surintendant des Finances, mourut le 9 août 1652.

3. Le chancelier Séguier quitta Paris dans la nuit du 6 au 7 septembre 1652.

Page 795.

1. Nemours et Beaufort se battirent le 30 juillet 1652.

2. Mlle de Montpensier raconte : « Comme il furent en présence, M. de Beaufort et lui, le premier lui dit : "Ah ! mon frère, quelle honte ! oublions le passé ; soyons bons amis." M. de Nemours lui cria : "Ah ! coquin, il faut que tu me tues ou que je te tue." Il tira son pistolet, qui manqua, et vint à M. de Beaufort, l'épée à la main ; de sorte qu'il fut obligé à se défendre. Il tira, et le tua tout roide de trois balles qui étaient dans le pistolet. »

3. Comme dans tous les duels de cette époque, chacun des deux adversaires était venu accompagné de plusieurs seconds (quatre ici) qui se battirent aussi. Le marquis de Villars (1623-1698), très connu de Mme de Sévigné, eut pour fils le célèbre maréchal de Villars.

4. Le duc de Valois, fils de Gaston d'Orléans et de Marguerite de Lorraine, mourut à deux ans, le 10 août 1652.

5. Saint-Amand-Montrond se rendit le 1er septembre 1652 à Palluau.

6. *L'Ormée*, aile extrémiste de la Fronde bordelaise, tire son nom d'une plate-forme ombragée d'ormes où se tenaient ses réunions. Elle apparut en pleine lumière au printemps de 1652. Elle se recrutait surtout parmi la petite bourgeoisie des artisans et des boutiquiers, des avocats et des procureurs. C'est le 23 juin 1652 qu'elle substitua son autorité à celle de la jurade (municipalité) et du Parlement. Elle seconda la Fronde princière et tint bon contre les forces royales jusqu'en juillet 1653. On agita en son sein des projets de république sous l'influence d'un envoyé de Cromwell, Edward Sexby, qui avait appartenu en Angleterre au groupe des *Niveleurs*, attachés à la démocratie politique et au suffrage universel. Mais la plupart de ses membres aspirèrent seulement à participer activement à la gestion des affaires bordelaises.

Page 796.

1. La fermeté du ton dissimule ici le ralliement que prépare Retz.
2. *Godenot* : marionnette dont les charlatans se servaient pour amuser le peuple et, par extension, bouffon, polichinelle.

Page 797.

1. La lecture des pamphlets de l'été 1652 montre que la majorité des Parisiens souhaitait le retour du roi et celui de l'ordre. L'*Esprit de paix*, publié à la fin de juin exprime l'idée que la paix et l'ordre sont inséparables d'une autorité royale forte.

Page 798.

1. Allusion à un incident relaté par le pamphlétaire condéen Marigny dans une lettre à Pierre Lénet, le fondé de pouvoir de Condé à Bordeaux : « Hier ce peu que nous avons de troupes venant se camper vers le faubourg de Saint-Marceau, quelques soldats étant entrés dans les jardins pour y piller des fruits et des citrouilles, les bourgeois du faubourg sonnèrent le tocsin, les chargèrent et en tuèrent trente ou quarante. »

Page 799.

1. Plutôt que l'œuvre du marquis de Fontenay-Mareuil, ce discours est sans doute le résultat de la réflexion de Retz au moment de la rédaction des *Mémoires* : il manifeste à la fois une remarquable aptitude à l'analyse politique et une sorte de vanité naïve, relativement à son propre rôle, qui sont très caractéristiques de sa personnalité.
2. Ayant appris que le doyen du chapitre voulait envoyer une députation à la Cour à l'insu du coadjuteur, Guy Joly persuada ce dernier d'en prendre la tête.
3. Mazarin s'est éloigné le 19 août 1652 de façon à rompre le dernier lien qui existait encore entre ses adversaires désunis, la haine de sa propre personne.

Page 800.

1. *Respirer après* : aspirer à.

Page 801.

1. Plutôt qu'aux Ardennes, Monsieur fait ici allusion à l'Argonne où se trouvaient les places fortes concédées à Condé depuis la fin de 1648 : Stenay, Dun, Jametz, Clermont-en-Argonne et Varennes.
2. Ici se révèle une des causes majeures de l'échec des frondeurs, l'impossibilité pour les princes de s'entendre avec les magistrats des cours souveraines. C'est à ce moment de l'histoire de la Fronde qu'on mesure toute la portée du geste inspiré de Mazarin faisant sortir Condé de sa prison du Havre. Retz ne

semble pas l'avoir fait. L'allusion aux « ministres de La Rochelle » concerne les pasteurs qui, pendant les guerres de Religion, ont gêné par leurs remontrances continuelles l'action des protecteurs du parti protestant, le grand-père de Condé et le futur Henri IV.

Page 803.

1. L'*oracle* est évidemment Mazarin.
2. Les *prêtres des idoles* sont les créatures de Mazarin, nommées quelques lignes plus bas : Le Tellier, Servien, Ondedei, l'abbé Fouquet, etc.

Page 804.

1. Le 9 septembre 1652.

Page 805.

1. Le prince Thomas de Savoie-Carignan (voir n. 5, p. 70).
2. Il faut dire que les mazarins considéraient Retz comme le diable en personne. C'est l'époque où Mazarin lui-même écrit à Nicolas Fouquet : « Il n'a rien de bon dans l'âme ni pour l'État ni pour la Reine ni pour moi [...] Vous n'aurez pas trop grande peine avec la Reine sur ce sujet, car elle le connaît trop bien pour s'y fier jamais. »
3. Dans la *Muse historique*, Loret relate la cérémonie en ces termes : *« Le Roi même lui mit en tête, / Avec un port grave et royal, / Le beau bonnet de cardinal / [...] / Lors on lui fit la révérence, / Chacun le traita d'Éminence, / Lui parla, le congratula, / Et certes il fut, ce jour-là, / Complimenté de tout le monde / Sur sa dignité rubiconde. »*
4. Le texte de ce discours ne figure pas dans le manuscrit autographe où Retz a simplement noté : « C'est en ce lieu où il faut écrire la harangue qui est imprimée, après quoi il faut reprendre *a linea*. » Quelques exemplaires subsistent du texte imprimé, édité par la veuve Guillemot, *imprimeuse* ordinaire de l'archevêché.
5. Bien que certains commentateurs ne voient là que lieux communs, cet exorde manifeste une impudente audace. Sous prétexte qu'il parle au nom du clergé, le rebelle se mêle de donner des leçons au roi qu'il a combattu dans la personne de son ministre et il réussit ce tour de force dialectique de mettre le droit divin des rois au service de la subversion. Que l'on ne s'étonne plus après cela de la rancune de Louis XIV à l'égard de Retz !

Page 806.

1. Retz porte la parole au nom du clergé parisien et le clergé est le premier des trois ordres du royaume.
2. Retz est d'autant mieux renseigné sur ces horreurs de la guerre que ses grands vicaires effectuent alors une vaste enquête à travers tout le diocèse, enquête qui sera publiée à la fin du

mois suivant. Les soldats n'épargnaient pas plus les églises que les maisons et foulaient aux pieds le saint sacrement. Parmi les villes des environs de Paris qui eurent le plus à souffrir de la soldatesque figurent Corbeil et surtout Étampes « toute démolie, environnée de corps morts ; ce qui reste de maisons plein de malades qui n'ont que la peau collée sur les os... »

Page 808.

1. On se souvient que Retz est fasciné par les troubles de religion du XVIe siècle et qu'il ne cesse de proposer à Louis XIV l'exemple de Henri IV. Ce dernier remporta en mars 1590, à Ivry, en Normandie, une victoire complète sur l'armée de la Ligue renforcée de contingents espagnols. Le roi répétait à ses hommes, dans la mêlée : « Tue l'étranger, sauve le Français. »

2. Henri IV entra victorieusement à Paris le 22 mars 1594, après avoir abjuré le protestantisme et reçu à Chartres l'onction du sacre. C'est le 28 mars et non le lendemain qu'il publia l'amnistie générale dont les parlementaires parisiens, entre autres ligueurs, bénéficièrent.

3. Les ligueurs refusèrent de reconnaître Henri IV comme roi tant qu'il professa le protestantisme. Certains d'entre eux se rallièrent même à la candidature au trône de l'infante espagnole Isabelle-Claire-Eugénie, fille de Philippe II. Les frondeurs se contentèrent, eux, de vouloir contrôler l'autorité royale.

4. C'est le cardinal Pierre de Gondi, évêque de Paris de 1568 à 1598, qui rencontra Henri IV à l'abbaye de Saint-Antoine-des-Champs pendant le siège de 1590. Retz aimerait jouer en 1652 un rôle de réconciliateur analogue à celui de son grand-oncle.

Page 809.

1. Retz donne ici une bonne définition de la monarchie absolue.

Page 810.

1. On sait que Retz affectionne l'exemple de saint Ambroise. Mais on voit mal le rapport qui pourrait exister entre lui et l'illustre archevêque de Milan, non plus qu'entre l'empereur Théodose, coupable du massacre de Thessalonique, et Louis XIV adolescent, bien trop jeune pour avoir commis quelque crime politique que ce soit.

2. Retz n'oublie pas de joindre à l'exemple de Henri IV celui de saint Louis, autre ancêtre glorieux de Louis XIV, canonisé de surcroît. Ce qui lui permet d'évoquer le souvenir de Blanche de Castille, mère du saint roi, régente pendant sa minorité et d'y associer un hommage appuyé à la reine Anne d'Autriche, elle aussi espagnole et régente pour son fils mineur. Il est évidemment tentant de souligner le contraste évident entre la dignité des sentiments exprimés dans une prose oratoire savamment balancée et les arrière-pensées tortueuses qui se cachent derrière eux.

3. *La tirer par écrit* : en obtenir une copie. La réponse du roi a été imprimée peu après à Compiègne sous la forme d'une brochure de sept pages. Très générale en effet, elle rappelle au passage que la Cour n'a nullement l'intention d'abolir les *formalités* que Retz aurait souhaité voir supprimer. C'est, pour le nouveau cardinal, une fin de non-recevoir.

Page 811.

1. *L'art* : l'habileté, l'artifice.

Page 812.

1. *Le vade* : la mise (terme de jeu) et, au sens figuré, l'intérêt que l'on a dans une affaire. Ciron ou Siron, autre agent de Mazarin, était un prédicateur de la duchesse d'Orléans.

Page 815.

1. Retz s'endetta de cette somme. Ce qu'il cherchait, c'est à entrer en pourparlers avec Anne d'Autriche pour négocier son ralliement et celui de Gaston d'Orléans. Mais il fut fraîchement accueilli.

2. Guy Joly rapporte que les partisans de Condé distribuaient dans le peuple, pour décrier Retz, une fausse version de sa harangue au roi. Les applaudissements dont parle le mémorialiste seraient le résultat de la diffusion du véritable discours, dans sa version imprimée. Mais certains mémorialistes racontent que le coadjuteur fut hué parce qu'il n'apportait pas la paix.

Page 820.

1. Affirmation bien optimiste, bien peu réaliste quand on connaît la lassitude du peuple après quatre années de guerre civile.

2. *La seule gloire qui me reste est celle d'obéir.* La citation est un souvenir de Tacite (*Annales*, livre VI, chapitre VIII). La culture de Retz englobe les auteurs classiques aussi bien que les Pères de l'Église et sa mémoire lui permet de trouver des citations appropriées.

Page 822.

1. Cette lettre de l'abbé Fouquet n'était pas destinée à Le Tellier mais à Mazarin lui-même.

2. Chavigny mourut le 11 octobre 1652. Mme Du Plessis-Guénégaud, fille du maréchal Du Plessis-Praslin, fut une amie intime de Mme de Sévigné.

3. Le duc de Guise (voir n. 1, p. 84), prisonnier des Espagnols depuis quatre ans pour avoir voulu faire valoir les droits de sa maison sur Naples, fut libéré à la demande de Condé. Retz ne l'aimait guère.

4. Sur l'affaire de Brisach, voir n. 3, p. 792. Depuis le 1er juin 1652, la place avait fait retour à l'obéissance du roi.

Page 824.

1. *Se déporter de* : se démettre, démissionner.

Page 825.

1. Roger de Lorraine (1624-1653), frère puîné du duc de Guise, chevalier de Malte. Il avait embrassé le parti de la Fronde parce que Mazarin lui avait refusé une abbaye en commende.
2. Condé était tombé malade le 19 juillet et son inaction contribua à accélérer la déroute de son parti.

Page 826.

1. Prévôt (ou Le Prévôt) de Saint-Germain, chanoine de Notre-Dame et conseiller-clerc à la Grand-Chambre, eut pour rôle, au cours de l'été 1652, de donner consistance au parti monarchique à Paris.
2. Retz cherche à minimiser la portée de cette assemblée du 24 septembre 1652 dont l'activité contredit ce qu'il vient d'affirmer sur le renforcement du parti des princes. Si la paille était l'insigne des frondeurs, le papier était devenu le symbole du royalisme.
3. *Exterminé* est à prendre ici au sens ancien de *chassé, banni* et non de *massacré*. Au serment du sacre, le roi de France jurait d'*exterminer* les hérétiques, c'est-à-dire de les expulser du royaume.

Page 827.

1. Retz a très lisiblement écrit *le baron du Jour*. Un personnage de ce nom apparaît effectivement dans les *Historiettes* de Tallemant Des Réaux mais de façon si allusive qu'il en devient presque mythique. Il faut vraisemblablement admettre une inadvertance de Retz qui a écrit *baron du Jour* au lieu de *baron Du Tour*. Jean-Baptiste Cauchon, baron Du Tour, était en effet attaché à la maison de Monsieur.
2. Robert de Joyeuse, baron de Saint-Lambert, lieutenant général au gouvernement de Champagne, avait épousé la fille du baron Du Tour, cité ci-dessus.

Page 828.

1. Les *Mémoires* d'Omer Talon s'arrêtent au 9 septembre 1652. Son fils Denis les a continués après sa mort.

Page 829.

1. Retz fait ici une erreur. Il y eut un arrêt du Parlement, daté du 3 octobre 1652.

Page 830.

1. Le duc Charles IV voulait aller rejoindre son armée et sortir de Paris sans passeport. Pressé par le peuple qui l'abreuvait d'injures, il se tira d'affaire en accompagnant un prêtre qui por-

tait le saint sacrement à un malade. C'est par antiphrase qu'il parle de l'uniformité de la conduite des Parisiens qui auraient voulu le voir loin de leur ville tout en l'empêchant d'en sortir.

2. Retz avait d'abord écrit : « elle s'en consolera avec le Père Didaque ». Puis il a biffé et remplacé le père Didaque par Mlle Claude. Le Père Didac appartenait à la maison de Madame en qualité de confesseur et de prédicateur ordinaire. Mlle Claude était une fille d'honneur de la princesse. Le cynisme de la remarque est typique du duc Charles IV.

Page 831.

1. La plupart de ces colonels de la milice bourgeoise étaient en même temps conseillers au Parlement. C'était donc le début de la réconciliation de la monarchie et des cours souveraines parisiennes.

2. Condé quitta Paris le 13 octobre 1652. « Il voyait que la paix était trop généralement désirée à Paris, pour y pouvoir demeurer en sûreté, avec dessein de l'empêcher », commente La Rochefoucauld.

Page 832.

1. Monsieur évoque irrésistiblement ici le Matamore de *L'Illusion comique* de Corneille : « Où sont vos ennemis, que j'en fasse un carnage ? » (acte III, scène 3).

Page 833.

1. Deux acteurs italiens célèbres établis à Paris, Domenico Locatelli (*Trivelin*) et Tiberio Fiorelli (*Scaramouche*), jouaient à cette époque des pièces improvisées. Le premier incarnait le valet de comédie, rusé et fourbe, le second, ami de Molière, le capitan, bravache et couard à la fois.

Page 834.

1. Retz a lisiblement écrit *si tôt* mais c'est un lapsus et il convient de comprendre *si tard*.

2. Le roi rentra à Paris le 21 octobre 1652 au milieu de l'allégresse populaire à laquelle Retz ne fait que de vagues allusions, p. 835 et 837.

Page 835.

1. Les hésitations de Gaston d'Orléans inspirèrent de l'appréhension à la Cour en route pour Paris au point que l'on tint conseil en carrosse, dans le bois de Boulogne, pour savoir s'il fallait ou non entrer en ville. Au terme de cette délibération, le roi envoya à son oncle le duc de Damville pour le menacer d'exécution militaire s'il ne quittait pas Paris. Monsieur supplia qu'on le laissât passer une dernière nuit au Luxembourg et promit de partir le lendemain.

Page 836.

1. Le roi devait désormais loger au Louvre, plus facile à défendre que le Palais-Royal en cas d'émotion populaire.
2. Futur chancelier de France, Étienne d'Aligre, pour ne pas avoir à accomplir lui-même cette mission désagréable, convoqua Goulas chez la duchesse d'Aiguillon et lui communiqua le contenu des ordres qu'il portait.

Page 838.

1. Gaston de Foix, duc de Nemours, général constamment victorieux, fut tué en 1512, à vingt-trois ans, en remportant la bataille de Ravenne. Retz veut dire ici que si ce personnage avait prononcé ce discours, il en eût résulté un grand exploit alors qu'on ne peut rien attendre des paroles de Gaston d'Orléans.

Page 839.

1. *Mezzi termini* : les moyens termes.

Page 840.

1. *Matrasser* : assommer.
2. À mesure que la Fronde se défait, les discours se multiplient. Le verbe remplace l'action.

Page 841.

1. *Facilité* : complaisance, mollesse.
2. À l'entrée du Cours-la-Reine, avec la maison militaire de Monsieur pour barrer le passage à Louis XIV et Anne d'Autriche.

Page 842.

1. *Deshingandement* (terme vieilli) : dislocation.
2. Allusion aux barricades (les premières de l'histoire de Paris) élevées par les ligueurs le 12 mai 1588 ; elles chassèrent Henri III de la capitale.
3. Une fois la Fronde terminée, le Parlement retrouve son ancienne composition : les magistrats royalistes de Pontoise (voir p. 789, n. 2) rejoignent leurs collègues restés dans la capitale. Le lit de justice du 22 octobre sanctionne le rétablissement du Parlement à Paris.
4. Il y eut d'autres ordres d'exil, ne serait-ce que contre La Rochefoucauld et Mlle de Montpensier qui profitèrent de leur retraite pour entreprendre la rédaction de leurs *Mémoires*.

Page 843.

1. C'est là le plus important de tous ces textes législatifs puisqu'il anéantit les prétentions politiques du Parlement. C'est la riposte de la monarchie victorieuse à la déclaration du 24 octobre 1648 (voir n. 3, p. 177).

Page 846.

1. *La fourbe* : la tromperie.
2. *Sur l'ancien pied* : comme auparavant.

Page 847.

1. Mlle de Chevreuse mourut le 7 novembre 1652.
2. *Les volées* : les espérances.
3. *Respects* : motifs, considérations.
4. *Tendre* : délicat, scrupuleux.

Page 848.

1. Pomponne de Bellièvre succéda en 1653 à Mathieu Molé comme premier président. Mais il mourut dès 1657.
2. *Foi* : loyauté, fidélité.

Page 849.

1. *S'incapricier* : s'engouer (néologisme forgé par Retz).
2. Jérôme de Nouveau était surintendant des Postes depuis 1649.

Page 850.

1. *Prendre le largue* : gagner la haute mer.

Page 851.

1. *Manger des pois au veau* : être sans courage. Pour *Schelme*, voir n. 1, p. 638.
2. *Au desçu* : à l'insu (expression archaïque).
3. *Homme de cire* : homme faible, facilement impressionnable (expression biblique).

Page 853.

1. Ces offres de la Cour s'expliquent moins par les services que Retz lui a rendus dans sa lutte contre Condé que par la dignité de cardinal qui le protège et ne permet pas de le traiter comme un quelconque sujet du roi.
2. Dès le retour de la Cour à Paris, Mazarin était entré dans le royaume à la tête de soldats recrutés dans le pays de Liège. Après avoir conduit quelques opérations sur la frontière lorraine, il avait mis ses troupes en quartiers d'hiver. Il s'apprêtait à rentrer à Paris, rappelé par une lettre de Louis XIV en date du 26 octobre. Mais comme il ne pouvait y avoir place pour deux cardinaux sur le pavé parisien, il convenait que Retz s'en allât avant son retour.
3. *Monsieur le Premier* : le premier écuyer, chef de la petite écurie (par opposition au grand écuyer, Monsieur le Grand, placé à la tête de la grande écurie). Depuis 1645, c'était un fidèle de Mazarin, Henri, comte de Beringhen (1603-1692).

Page 854.

1. *Récompenser le gouvernement d'Anjou* : payer le prix pour l'obtenir.
2. Jacques de Langlade, baron de Saumières, ancien secrétaire du duc de Bouillon, devenu homme de confiance de Mazarin.
3. Le Père Rapin confirme l'exactitude de ce que Retz dit ici. Mais il ajoute que Mazarin ne voulut pas rencontrer l'évêque de Châlons parce qu'il ne voulait pas l'écouter et que c'est lui qui fit manquer ce rendez-vous afin de faire échouer toute tentative de soumission du coadjuteur au pouvoir royal.

Page 855.

1. Rappelons que le duc de Guise, prétendant au trône de Naples, avait pris la tête des révoltés napolitains contre l'Espagne, accumulé les maladresses et connu la défaite et la prison.
2. Dans ses *Mémoires*, Guy Joly insiste sur le rôle de l'abbé Fouquet, résolu à faire périr Retz malgré la répugnance d'Anne d'Autriche et de Mazarin à verser le sang.
3. Ce personnage, appelé en réalité Du Fay, était commissaire général de l'artillerie et l'un des chefs de la réaction royaliste contre la Fronde à l'automne 1652.
4. Concino Concini, maréchal d'Ancre, fut abattu dans la cour du Louvre, en 1617, par Vitry, alors capitaine des gardes, sur ordre de Louis XIII. Retz ici anticipe un peu : c'est seulement le 13 décembre que l'ordre de l'arrêter fut donné à Pradelle en trois exemplaires. Sur le troisième exemplaire, Louis XIV avait écrit de sa propre main : « J'ai commandé à Pradelle l'exécution du présent ordre, en la personne du cardinal de Retz, même à l'arrêter mort ou vif en cas de résistance de sa part. Louis. »
5. Charles-Maurice Le Tellier (1642-1710), fils de Le Tellier et frère de Louvois. Comme il a été élevé au siège de Reims en 1671, on a là une remarque intéressante pour fixer la date de rédaction des *Mémoires*.

Page 856.

1. Le jardin du financier Rambouillet, à Reuilly.
2. *Faire état de* : se proposer de.
3. Saint-Germain-l'Auxerrois, paroisse du Louvre. Retz prêcha contre les ambitieux.
4. De toutes parts, mais plus particulièrement de Port-Royal. On aura remarqué que Retz avait de fidèles amis parmi les jansénistes, ne serait-ce que l'évêque de Châlons, Félix Vialart.

Page 857.

1. Mazarin conseilla secrètement d'arrêter Retz et s'attacha à résoudre les complications diplomatiques que l'incarcération d'un cardinal allait faire surgir du côté de Rome.
2. Ce conseil se tint le 25 novembre 1652. On y décida de tendre un piège à Retz et de l'arrêter.

3. Le matin du 19 décembre, la princesse palatine fit dire à Retz de rester chez lui. Mais il persista dans son dessein d'aller au Louvre. Il prit auparavant la précaution de brûler tous ses papiers et de remettre sa cassette, avec ses chiffres, entre les mains de Joly. Au moment de son arrestation, il n'avait sur lui qu'une lettre du roi d'Angleterre Charles II et la moitié d'un sermon qu'il devait prêcher à Notre-Dame, le dernier dimanche de l'Avent. Il fut arrêté par le marquis de Villequier, fils du maréchal d'Aumont, duc d'Aumont lui-même en 1669.

Page 858.

1. Montmège sera nommé capitaine des Cent-suisses l'année suivante.
2. Il était question d'une conversion au catholicisme du roi Charles II en exil, pour prix d'une aide matérielle du pape à sa restauration.
3. À la fin de 1652, Cromwell n'était pas encore Lord protecteur. Il le devint seulement le 16 décembre 1653 aux termes d'une constitution écrite appelée *Instrument de gouvernement*.

Page 859.

1. Retz se leurre en croyant possible un soulèvement en sa faveur de la population parisienne en décembre 1652. Recru d'épreuves, le peuple n'aspire plus qu'à la paix au point qu'il acclamera Mazarin à son retour, en février suivant.
2. *Trouver jour* : rencontrer une occasion favorable.
3. *Un lit* : un tour de lit, garniture de rideaux suspendus autour du lit pour protéger le dormeur des courants d'air.

Page 860.

1. *Exempts* : officiers de police attachés à un grand personnage ou à un tribunal.
2. Héros de romans picaresques espagnols, alors très en vogue en France. Le *picaro* est un gueux, un déclassé qui vit en marge de la société, refuse le travail considéré comme avilissant dans un monde épris de valeurs aristocratiques, vit de mendicité, de vols, d'escroqueries et de tricherie au jeu. Il tourne en dérision le sentiment de l'honneur, principal fondement éthique de l'Espagne du XVIIe siècle. *La Vie de Lazarillo de Tormès* est le plus ancien des romans picaresques (1554). El Buscon est le héros du roman de Quevedo, *La Vie de l'aventurier don Pablos de Ségovie, vagabond exemplaire et miroir des filous* (1626).

Page 861.

1. À la tête d'une délégation du clergé, l'archevêque alla au Louvre demander la libération de son neveu, mais sans succès.
2. Le chapitre de Notre-Dame fit exposer le saint sacrement

pendant plusieurs jours. Une antienne est un passage de l'Écriture que l'on chante avant et après la récitation d'un psaume.

3. Le curé de Saint-Barthélemy, paroisse de la Cité, nommé Rouillé, était un grand ennemi des jansénistes contrairement aux curés frondeurs.

4. *Par compte* : un par un, au compte-gouttes.

Page 862.

1. *Un étude* : Retz se conforme à l'usage de Malherbe qui écrit : « Étude, pour un lieu où l'on étudie, est féminin ; étude, pour le travail d'étudier, est masculin. »

2. *Toutes les autres* : toutes les autres langues, en particulier l'italien et l'espagnol, les langues de culture du XVIIe siècle.

3. Boèce (480-524) occupa d'importantes charges dans le royaume ostrogoth d'Italie. Accusé d'avoir participé à un complot contre le roi Théodoric, il fut emprisonné. En prison, il composa un traité qui connut un prodigieux succès au Moyen Âge, le *De consolatione philosophiæ*. Il périt dans d'atroces supplices.

4. *Vinctus in Christo* : captif dans le Christ. La citation est légèrement inexacte. Saint Paul écrit *vinctus Christi, vinctus Christi Jesu, vinctus in Domino*.

5. *Silva* (forêt en latin) a ici le sens de mélanges, recueil de sujets variés.

6. Saint Charles Borromée (1538-1584), neveu du pape Pie IV, archevêque de Milan à partir de 1560 et son cousin germain Frédéric Borromée (1564-1631), archevêque de Milan à son tour en 1595, furent des prélats modèles de la Réforme catholique. Ils dressèrent les *Acta Ecclesiæ Mediolanensis*, « trésor de doctrine et de la vraie discipline ecclésiastique » selon le pape Paul V, dont Retz s'inspire pour composer son *Partus Vincennarum*. On se souvient que le coadjuteur s'est toujours efforcé, malgré ses écarts de conduite, d'accomplir scrupuleusement ses devoirs d'archevêque.

7. *Partus Vincennarum* : le fruit de Vincennes. Cet ouvrage n'a pas dû dépasser le stade de la simple ébauche. En tout cas, aucun fragment n'en subsiste.

Page 863.

1. Le remboursement des dettes immenses qu'il avait contractées pendant toute sa vie a véritablement été la hantise des dernières années de Retz.

2. *Relâchement* : détente.

Page 864.

1. *Trouver habitude* : entrer en relation.

2. Lyon fut une des premières villes de France à être reliée régulièrement à Paris par la poste. À l'époque où Retz écrit ses *Mémoires*, le courrier à destination de Lyon quittait Paris les mercredi et vendredi, le courrier de Lyon arrivait à Paris les mardi et

samedi. Le délai de transmission des lettres entre les deux cités n'excédait pas quatre jours.

Page 865.

1. *Honnêteté* : politesse.
2. Le gouverneur de Mézières était Bussy-Lamet, ami de Retz.

Page 866.

1. *Mortes-payes* : soldats dispensés de service mais percevant une solde.
2. Encore une fois, Retz laisse aller son imagination !
3. *Lancer les foudres* : excommunier.
4. Henri III encourut une excommunication à terme pour le meurtre du cardinal de Guise, archevêque de Reims, en décembre 1558. Ferdinand Ier, frère de Charles Quint, faillit être excommunié pour le meurtre du cardinal Georges Martinusius (Martinuzzi), archevêque d'Esztergom, qui le trahissait au profit des Turcs (décembre 1551). En 1618, le cardinal Melchior Khlesl, évêque de Vienne en Autriche, fut emprisonné par l'empereur Mathias pour des raisons politiques mais transféré à Rome sur ordre du pape.

Page 867.

1. La proposition *dont M. de Rais était le maire* n'a pas de sens et devrait être corrigée ainsi : *dont M. de Rais était le maître*. Belle-Isle faisait en effet partie des domaines de la maison de Gondi dont le chef était alors le duc de Retz, Pierre, frère aîné du cardinal.
2. La France reconnut officiellement la République anglaise en décembre 1652, sans résultat tangible encore.
3. Bordeaux resta en dissidence jusqu'au 3 août 1653. Dans Brouage, le comte Du Daugnon fit sa soumission le 27 février 1653 contre un titre de duc, un bâton de maréchal et une énorme somme d'argent.
4. La famille de Gondi n'agit que très mollement en faveur du cardinal de Retz prisonnier. Elle se contenta de demander sa libération par une lettre signée des ducs de Retz et de Brissac.

Page 868.

1. Stenay ne fut prise que le 6 août 1654 par le maréchal Fabert.
2. *Amuser le tapis* : attirer l'attention sur des détails de façon à gagner du temps.
3. Le vicomte est François de Lamet, cousin de Retz. Le major de Mézières, le chevalier de Lamet (chevalier de Malte), est son frère cadet. L'abbé Adrien-Augustin de Lamet est leur cousin. Le *maître de chambre* est le premier officier de la maison d'un cardinal.

Page 869.

1. *Écrire comme saint Thomas* : écrire beaucoup, selon l'exemple de saint Thomas d'Aquin.

Page 870.

1. Le 3 février 1653.

Page 871.

1. *Nourri* : élevé.
2. La *fièvre double-tierce* dure deux jours sur trois. Le chanoine Étienne de Bragelonne fut victime d'une dépression nerveuse.

Page 872.

1. Jean-François de Gondi mourut le 21 mars 1654. Retz en aurait été averti par le prêtre qui, célébrant la messe devant lui, substitua son nom, Johannes-Franciscus-*Paulus*, à celui de son oncle, Johannes-Franciscus, en récitant le canon.
2. Claude Joly, chanoine de Notre-Dame, oncle de Guy et auteur de *Mémoires* restés inédits, raconte que les amis de Retz, apprenant que l'archevêque était à l'agonie, envoyèrent à Vincennes un notaire apostolique nommé Roger, déguisé en garçon tapissier, qui réussit à faire signer au prisonnier la procuration donnée à son aumônier de prendre possession du siège épiscopal.
3. Le soutien actif des curés de Paris ne manqua jamais à Retz prisonnier, au point que certains historiens, non sans exagération, parlent d'une Fronde ecclésiastique relayant la Fronde condéenne vaincue.
4. Retz évoque ici la possibilité qu'il avait de jeter l'interdit sur le diocèse — c'est-à-dire d'y suspendre l'exercice du culte — jusqu'à ce que ses droits d'archevêque lui fussent rendus.

Page 873.

1. *Fondre la cloche* : terminer une affaire.
2. Les janissaires, corps d'élite de l'armée turque, avaient à leur tête un aga, haut dignitaire de l'empire ottoman. Retz veut ici souligner la brutalité du discours de Noailles.

Page 874.

1. *In ogni modo* : de toute façon.
2. Le plus connu est celui de l'archevêque de Canterbury, Thomas Becket, massacré au pied du grand autel de sa cathédrale par les chevaliers du roi d'Angleterre Henri II, en 1170.

Page 875.

1. *Pour une feuille de chêne* : pour rien. On disait que le diable payait avec des feuilles de chêne auxquelles il donnait l'aspect de l'or.

Page 877.

1. Depuis 1652, le titulaire de l'archevêché de Reims était Henri de Savoie-Nemours qui n'avait pas reçu les ordres sacrés et démissionnera d'ailleurs en 1657 pour se marier.

Page 878.

1. Le maréchal de La Meilleraye exerçait les fonctions de lieutenant général en Bretagne et de gouverneur du château de Nantes. Il est piquant de rappeler ici que Retz avait été naguère l'amant de la maréchale (voir p. 62, n. 5 et p. 69, n. 2).

Page 880.

1. *Ravelin* : demi-lune.
2. Pierre Camus de Pontcarré, aumônier du roi, surnommé par Mme de Sévigné *le gros abbé* et Michel Amelot de Gournay, futur archevêque de Tours.
3. *Nourriture* : formation, éducation.

Page 881.

1. La Meilleraye était étroitement lié à Mazarin. Son fils Armand-Charles, grand-maître de l'artillerie, épousera en 1661 Hortense Mancini, nièce du ministre, et prendra le nom et les armes de Mazarin, avec un titre de duc.
2. *Incidenter* : chicaner sur des points de détail.
3. Port-Louis : place forte et base navale édifiées par Louis XIII à l'embouchure du Blavet.
4. *Tire-laisse* : ici, désappointement, déception (terme vieilli).
5. La Meilleraye était une seigneurie du Poitou. Elle sera érigée en duché-pairie pour le maréchal en 1663.

Page 882.

1. *Déchiffrements* : transcriptions en clair de lettres chiffrées.
2. Machecoul, la capitale du duché de Retz, n'est pas très éloignée de Nantes. Le frère aîné du cardinal y demeurait.

Page 883.

1. *Verjus* : c'est ici le raisin que l'on cueille encore vert. Le marquis de Chalusset commandait le château de Nantes sous les ordres de La Meilleraye.
2. Cet abbé Rousseau se faisait remarquer par sa grande force physique.
3. À une demi-portée de pistolet.

Page 884.

1. *Déconcerter la machine* : la détraquer. Retz utilise ici un vocabulaire technique, peut-être celui de la machinerie des théâtres.
2. Caïus Cassius Longinus (vers 213-273), philosophe et rhéteur platonicien, fut le conseiller de Zénobie, la reine de Palmyre.

C'est à tort qu'on lui a attribué le traité *Du Sublime*, très prisé au XVIIᵉ siècle et dont Boileau donna une traduction un an avant la rédaction des *Mémoires* de Retz.

3. Dans ses *Mémoires*, Joly s'attribue le mérite d'avoir conçu le plan de l'évasion. Le meilleur récit qui en ait été donné est celui de Louis Batiffol. Bien entendu, on ne peut que mettre en doute le succès d'une apparition de Retz à Paris. Une fois encore, le mémorialiste rêve et laisse aller son imagination.

4. *Timide* : lâche, poltron.

5. Les chanoines durent aller s'excuser auprès du roi de l'avoir fait chanter, tant la Cour se montra mécontente de cette initiative.

Page 885.

1. Le 18 décembre 1650.

2. Condé et les Espagnols assiégèrent Arras du 3 juillet au 25 août 1654.

3. Guy Joly prétend qu'à la nouvelle de l'évasion de Retz, Condé voulut marcher sur Paris mais que les Espagnols l'en empêchèrent.

Page 886.

1. M. de Noirmoutiers était duc et pair depuis mars 1650.

2. À cheval sur un palonnier de carrosse attaché à une corde, Retz se fit descendre le long de la muraille par l'abbé Rousseau et le médecin Vacherot.

3. *Compasser sa mèche* : se préparer à allumer cette mèche.

Page 887.

1. *Dégradé* : décrypté.

Page 888.

1. *Abandonner la main* : lâcher la bride.

2. *Platine* : pièces métalliques formant le dispositif de mise à feu.

3. Le fils du maréchal de La Meilleraye, à la tête de deux à trois cents chevaux. Il n'atteignit Oudon, où Retz avait passé la Loire, que trois heures après lui.

4. Cette chanson, qui n'a pas été retrouvée, vise évidemment ous les maris trompés par Retz au château de Nantes.

5. Montet : gentilhomme écossais, frère de l'abbé Salmonet.

Page 889.

1. Le château de Beaupréau appartenait au duc de Brissac.

2. L'abbé Paris, docteur de la Maison et société de Navarre, rivale de la Sorbonne. C'était un familier de Retz. Il était posté en vue du château, de l'autre côté de la Loire.

3. *Gourmades* : coups de poing.

Notes 1155

4. *Outré* : qui a excédé ses forces.
5. *Arrêter sur cul* : voir n. 3, p. 733.

Page 890.

1. Le cardinal Renaud d'Este, fils du duc de Modène Alphonse, était le protecteur de la couronne de France à Rome.
2. Depuis l'élection du pape Innocent X, ennemi personnel de Mazarin et pro-espagnol, les relations de la France avec la cour de Rome manquaient totalement de cordialité. Les ambassadeurs, comme le commandeur de Valençay, ne séjournaient pas longtemps dans la Ville éternelle.

Page 891.

1. *Se porter* : se comporter.
2. *Eau impériale* : alcool distillé sur plusieurs sortes de plantes et d'épices.
3. Voir p. 399.

Page 892.

1. Au contraire, Retz fit dresser en bonne forme un acte notarié qui révoquait sa démission de l'archevêché de Paris et le fit porter au chapitre de Notre-Dame.
2. Bon serviteur de l'État, le maréchal a été mis en échec par un phénomène de solidarité nobiliaire : la noblesse provinciale réagit viscéralement dès que le pouvoir royal touche à l'un des siens.
3. Retz fut très mal soigné à Machecoul par un vieux chirurgien ignorant et souffrit toute sa vie des séquelles de son accident.
4. Le Port-la-Roche, écart de la commune de Machecoul, sur le Falleron. Retz s'y embarqua dans la nuit du 14 au 15 août 1654. Il parvint au Croisic le soir du 15 août.

Page 893.

1. *Biscaïens* : Basques espagnols. La faiblesse maritime de la France dans l'Atlantique leur permettait de croiser le long des côtes à la recherche de quelque prise.
2. La presqu'île de Rhuis entre l'Océan et le golfe du Morbihan.
3. *Bordeyer* : aller de côté et d'autre (terme de marine).
4. Mazarin donna l'ordre d'investir Belle-Île le 18 août.

Page 894.

1. *Se criminaliser* : se rendre criminel.
2. *Tant fut procédé que* : on fit tant et si bien que.

Page 895.

1. *Garbe* : apparence extérieure d'une chose.

2. Salé, port marocain situé en face de Rabat, était une base de corsaires redoutés.

3. *Brouiller les voiles* : les ferler.

4. Retz débarqua à Saint-Sébastien le 12 septembre 1654. La *charte-partie* est un contrat d'affrètement.

Page 896.

1. Pasajes, petit port au nord-est de Saint-Sébastien. Le baron de Vatteville était un gentilhomme franc-comtois.

Page 898.

1. Le maréchal de Gramont était gouverneur de Béarn.

2. Don Luis Mendez de Haro, neveu et successeur d'Olivarès dans la faveur du roi d'Espagne Philippe IV. Il avait refusé de signer la paix de Westphalie en 1648. Il négociera celle des Pyrénées en 1659.

Page 899.

1. Retz ne manque aucune occasion de manifester hautement son mépris de l'argent.

2. Vinaroz est un petit port au sud du delta de l'Èbre. Retz y parvint le 14 octobre.

3. Don Juan d'Autriche (1629-1679), fils naturel du roi Philippe IV et d'une comédienne, déploya une grande activité militaire, aux résultats inégaux, dans les guerres du XVIIᵉ siècle. En 1677, il s'imposera au roi Charles II comme le premier *caudillo* de l'histoire d'Espagne.

4. La comté de Bourgogne ou Franche-Comté, dépendance de la couronne d'Espagne jusqu'à son annexion par la France en 1679.

Page 900.

1. *Rondache* : bouclier circulaire passé de mode à la fin du XVIᵉ siècle. Avec son antique rondache et sa grande épée, don Martin ressemble à don Quichotte !

2. *Alcade* : en Navarre, magistrat municipal, analogue aux échevins et aux consuls des villes françaises, à la fois administrateur et juge. Dans l'exercice de sa charge, il arbore un bâton qu'il laisse à la porte de la chambre de Retz en signe de respect pour le cardinal.

3. *Endemoniados* : possédés du diable.

Page 901.

1. De nombreux Français, originaires d'Aquitaine et de Languedoc, s'étaient établis en Espagne, pays dépeuplé par les épidémies, les levées continuelles de soldats et les départs pour les colonies d'Amérique. À Madrid même, savetiers, rémouleurs et porteurs d'eau étaient français.

2. Cet Alcazar est l'Aljaferia, résidence d'été des rois arabes du Moyen Âge, considérablement modifiée et agrandie à l'époque des Rois Catholiques.

3. *Osca* : Huesca.

4. Ces données chiffrées sont sans doute fantaisistes mais l'anecdote donne une idée de la violence des épidémies dans l'Espagne du XVIIᵉ siècle. Il ne s'agit d'ailleurs pas toujours de peste bubonique, le mot *peste* étant alors employé pour désigner une maladie épidémique quelconque.

5. Notre-Dame du Pilier est le sanctuaire le plus vénéré de Saragosse, édifié autour du pilier au sommet duquel la Vierge apparut à saint Jacques. C'est aujourd'hui un grandiose édifice baroque, que Retz n'a pas vu puisque sa construction a commencé en 1677.

Page 902.

1. *Recouvert* : recouvré.
2. *Fin* : bon (terme archaïque).
3. *Limoniers* : citronniers.
4. *Escouade* signifie escadre. La galère *capitane* en est le navire amiral, la galère *patronne* celle sur laquelle prend place le commandant en second de la flotte.
5. *Chiorme* : archaïsme pour chiourme.
6. Le golfe du Lion connaît de violentes tempêtes en automne.

Page 903.

1. *Pagador* : payeur, trésorier.
2. *Bourse de senteur* : la fabrication d'objets de luxe en cuir parfumé était une spécialité espagnole.
3. *Fabrique des Indes* : il s'agit de pièces d'or frappées dans un atelier monétaire du Mexique ou du Pérou. Par *Indes*, il faut entendre l'Amérique (les Indes occidentales).
4. Le navire amiral destiné à l'escadre d'Amérique.

Page 904.

1. *Bandi* : mis au ban.
2. *Donner pratique* : accorder l'autorisation de débarquer.
3. *Le magistrat* : la municipalité, le consulat.

Page 905.

1. Michel Lambert (vers 1610-1696), maître de musique de la Chambre du roi, jouit d'une grande réputation au XVIIᵉ siècle. Mais sa renommée fut éclipsée par celle de son gendre, Lulli.

2. À cette époque, le nom de Majorque désigne à la fois la plus grande des îles Baléares et la capitale de cette île, qui avait abandonné son nom de Palma.

3. Port-Mahon, capitale de l'île de Minorque, remarquable port naturel.

4. Retz est tellement étonné par l'aspect grandiose de cette montagne qu'il ne trouve à la comparer qu'à ce qu'il y a de plus artificiel, les mises en scène de l'opéra, importé en France par Mazarin.

Page 906.

1. *Donner fond :* mouiller, jeter l'ancre.
2. *Faire partance :* mettre à la voile.
3. Il s'agit de mollusques bivalves appelés *lithophages*.
4. *Sous le vent :* du côté opposé à celui d'où vient le vent.

Page 907.

1. *Aventurier :* avide de gloire militaire.
2. En Méditerranée, la frégate est un vaisseau, à rames et à voile, plus petit que la galère. La felouque n'est qu'une grosse barque à six rames.
3. Le duc de Guise venait d'obtenir de Louis XIV l'autorisation de faire une nouvelle expédition à Naples qui se solda par un échec complet.
4. *Saint-Boniface :* Bonifacio. La république de Gênes est alors, politiquement, dans la mouvance de l'Espagne.

Page 908.

1. Sur les galères, les rameurs étaient enchaînés en permanence à leurs bancs.
2. *Coursie :* coursive, passage ménagé, de la proue à la poupe, entre les bancs des rameurs.
3. *Estramaçon :* épée droite et longue, à deux tranchants.
4. *La soldatesque :* chaque galère embarquait des soldats qui combattaient lors des abordages.
5. *À fois de corps :* à bras le corps (tour vieilli).

Page 909.

1. *La Corsègue :* la Corse (*Corsica*).
2. *Sur le fer :* à l'ancre.
3. *Le tabernacle :* le gaillard d'arrière, d'où le commandant donnait ses ordres.
4. *Terce :* francisation de *tercio* (régiment d'infanterie).
5. *Sennores soldados de Carlos quinto :* seigneurs soldats de Charles Quint. Le métier militaire étant considéré comme l'occupation noble par excellence, beaucoup de membres de la noblesse, principalement des cadets, s'engageaient comme simples soldats dans les tercios.

Page 910.

1. « Le récit de la tempête donne à Retz l'occasion d'effleurer le thème de l'héroïsme maritime en la personne du capitaine, dont il fait un portrait manifestement idéalisé » (A. Bertière).

2. *« Enemigo de Dios, pides confesion ? »* : ennemi de Dieu, tu demandes confession ? Par *coursier*, il faut entendre la coursive.

3. *Este veillaco* : ce maraud. Francisé en *veillaque*, on le trouve chez Corneille et Cyrano de Bergerac.

4. *Observantin* : religieux cordelier, pratiquant la stricte observance de la règle de saint François.

5. *L'arbre* : le grand mât.

6. *La Pianouse* : l'île de Pianosa, au sud de l'île d'Elbe.

7. Porto-Longone, place forte espagnole sur la côte orientale de l'île d'Elbe, avait été prise en 1646 par le maréchal de La Meilleraye, et perdue ensuite. Porto-Ferrare est Portoferraio, la capitale de Napoléon pendant son séjour sur l'île.

Page 911.

1. *Piombin* : Piombino.

2. *Facteur* : agent, commis.

3. On ne voit pas très bien en quoi la chiourme musulmane de la galère pouvait s'intéresser à un cardinal de l'Église romaine : savait-elle seulement ce que c'était ? Retz est décidément bien glorieux.

Page 912.

1. Volterra, à mi-chemin de Piombino et de Florence. C'est plus au nord, vers Pistoie, que Catilina fut vaincu et tué en 62 av. J.-C. Sorte de prototype des conspirateurs, Catilina a sans nul doute intéressé Retz.

2. Le grand-duc Ferdinand II de Médicis (1610-1670), passionné de physique.

3. Laurent le Magnifique (1448-1492), le premier Médicis à s'être comporté en prince, non en banquier.

4. Jean-Baptiste de Gondi (1589-1664), alors secrétaire d'État en Toscane. C'est chez lui que Retz avait séjourné en 1638, lors de son voyage en Italie.

Page 914.

1. Jean-Charles de Médicis, fils du grand-duc Cosme II et frère du grand-duc Ferdinand II, alors régnant.

2. Le prince Mathias de Médicis, autre frère du grand-duc Ferdinand II.

3. Il existait, au sein du Sacré Collège, plusieurs factions. Chacune défendait les intérêts d'une grande puissance catholique. La plus importante était celle d'Espagne. Celle de France ne groupait que cinq cardinaux : Barberini, Grimaldi, Bichi, Orsini (Des Ursins) et d'Este.

4. La signora Olimpia était la belle-sœur du pape et la princesse de Rossano, sa nièce par alliance. Sur cette dernière voir n. 2, p. 464 et n. 1, p. 716.

Page 915.

1. Le protecteur de France était le cardinal chargé de veiller à la défense des intérêts français à Rome. Chef de la faction de France, il arborait les armes du roi sur son palais.
2. Le cardinal Antoine Barberini, revenu à Rome après s'être réconcilié avec Innocent X.

Page 916.

1. *Forfante* : gredin.
2. L'audience dont il vient d'être question se place le 2 décembre 1654. Peu après, Retz rédigea une lettre aux archevêques et évêques de l'Église de France, opuscule de vingt-quatre pages dont ses amis inondèrent Paris. C'est une réponse à l'acte d'accusation adressé par le roi au parlement de Paris le 21 septembre précédent. Louis XIV et Mazarin la firent brûler par la main du bourreau.
3. *Vostro protettore di quattro baiocchi* : votre protecteur de quatre sous.

Page 917.

1. Innocent X mourut le 7 janvier 1655. Il est probable que Retz exagère les excellentes dispositions de ce pape à son égard.
2. Le cardinal Charles de Médicis, fils du grand-duc de Toscane Ferdinand Ier, oncle du cardinal Jean-Charles de Médicis, cité n. 1, p. 914.

Page 918.

1. François Maidalchini, neveu de la signora Olimpia, cardinal à vingt-six ans, en 1647.
2. Camilio Astalli, adopté comme neveu par Innocent X, disgracié en 1654 et relégué dans un château près de Tivoli où il mourra en 1663.
3. Le cardinal Fabio Chigi est le futur pape Alexandre VII, le successeur d'Innocent X.

Page 920.

1. Le cardinal François Barberini, frère du cardinal Antoine.
2. Sur le cardinal Sacchetti, voir n. 3, p. 408.
3. Gilles Ménage (1613-1692), érudit, poète et bel esprit, entra dans le clergé pour pouvoir vivre librement de revenus ecclésiastiques. Protégé par Mazarin, il fut épinglé par Molière dans *Les Femmes savantes*, sous le nom de *Vadius*, à cause de son insupportable vanité. De 1643 à 1652, il appartint à la clientèle du coadjuteur.
4. *Inamorato del' impossibile* : amoureux de l'impossible.

Page 921.

1. L'église Santa-Maria traspontina, sur la rive droite du Tibre, au-delà du pont Saint-Ange.

2. Le cardinal Trivulce (de' Trivulzi) avait embrassé l'état ecclésiastique après son veuvage. Il était alors ambassadeur extraordinaire du roi d'Espagne à Rome.

Page 922.

1. Longtemps indépendante et rivale de Florence, Sienne n'avait été rattachée au grand-duché de Toscane qu'en 1557.

2. *Tenir son coin*: au sens figuré, parler juste et à propos dans une conversation.

3. Les cardinaux entrèrent dans le conclave le 18 janvier 1655. Retz disposait de trois conclavistes, l'abbé Charrier, son secrétaire Guy Joly et son valet de chambre Imbert. L'élection du cardinal Chigi, qui prit le nom d'Alexandre VII, eut lieu trois mois, jour pour jour, après la mort d'Innocent X.

4. À sept heures du matin et à trois heures de l'après-midi, les cardinaux se rendaient à la chapelle Sixtine et déposaient leur bulletin dans un calice.

Page 923.

1. *Concetto* a ici le sens de réputation.
2. *La volpe*: le renard.
3. Frédéric Sforza.

Page 925.

1. Pendant toute la durée du congrès de Münster, qui se termina par la signature de la paix de Westphalie, les puissances catholiques délibérèrent sous la houlette de deux médiateurs, Fabio Chigi, nonce extraordinaire du pape Innocent X et l'ambassadeur vénitien Aloisio Contarini.

2. *S'ajustant col silenzio*: s'accommodant du silence.

3. La hauteur et la brutalité de Servien dans les négociations de Münster l'avaient fait surnommer l'*Ange exterminateur* par le nonce Chigi.

Page 926.

1. *Finoteries*: ruses.
2. *Compétence*: rivalité, concurrence.
3. *Préocupé*: prévenu, favorablement disposé.
4. *Comme s'il avait été son domestique*: comme s'il avait été attaché à sa personne.

Page 927.

1. Texte exact de la Ire Épître de saint Paul à Timothée: *Si quis episcopatum desiderat, bonum opus desiderat.*

2. *Minuties*: mesquineries.

3. Saint Grégoire Ier (vers 540-604), l'un des docteurs de l'Église latine et saint Léon Ier (pape de 440 à 461), les deux seuls pontifes à avoir reçu le surnom de *Grand*.

Page 931.

1. *Brelandier* : joueur, habitué des tripots.
2. En 1642, Lionne avait été envoyé en Italie pour mettre fin à une guerre qui opposait le pape Innocent X au duc de Parme Odoardo Farnèse et il avait réussi dans sa mission.
3. Pendant toute la durée du conclave, la tâche de Lionne, ambassadeur extraordinaire de Louis XIV auprès des princes d'Italie, consista à tout faire pour obtenir l'élection d'un pape agréable à la France et pour empêcher l'élection du cardinal Chigi. Il échoua totalement dans sa mission.

Page 933.

1. *Rabbia papale* : rage papale.
2. Souvenir de Tacite qui explique combien Galba, successeur de Néron, déçut les espoirs qu'on avait mis en lui.

Page 934.

1. Dans son libelle, le cardinal Spada prétendit que son collègue Rapaccioli, exorcisant un possédé, demanda au diable pourquoi il ne se repentait pas de ses fautes. Le diable ayant répondu qu'il se repentait, Rapaccioli aurait alors prié Dieu de lui accorder son pardon.
2. *Ballotté* : mis en ballottage.
3. *Les brèves et les longues* : toutes les particularités d'une situation.

Page 935.

1. *La doctrine de saint Augustin* : le jansénisme. Le cardinal Chigi, devenu pape, renouvellera les condamnations portées par ses prédécesseurs contre le jansénisme.

Page 936.

1. *Donner l'exclusion* (plus tard : *prononcer l'exclusive*) : privilège des puissances catholiques qui pouvaient mettre leur *veto* à l'élection comme pape de tel ou tel cardinal. L'exclusive a été prononcée pour la dernière fois en 1903 contre le cardinal Rampolla par l'empereur d'Autriche François-Joseph. Aussitôt élu, le pape Pie X abolit l'antique privilège.
2. *Ecco l'effetto de la buona vicinanza* : voilà l'effet du bon voisinage.
3. L'élection du cardinal Chigi eut lieu le 7 avril 1655.

Page 937.

1. Marc-Antoine Colonna, connétable du royaume de Naples,

dont le fils épousa en 1661 Marie Mancini, nièce de Mazarin et amour de jeunesse de Louis XIV.

2. *Ecce opus manuum tuarum* : voici l'œuvre de tes mains.

3. Ce fils du président Barillon était conseiller au Parlement, seigneur de Châtillon-sur-Indre et fidèle de Retz.

4. La femme de Lionne, Paule Payen, avait la plus fâcheuse réputation. À cette date, elle était la maîtresse de l'abbé Fouquet.

Page 938.

1. *Morguer* : braver du regard.

2. Le mot *rencontre* est le plus souvent du genre masculin, mais lorsqu'il est pris au sens propre, ce qui est le cas ici, il devient féminin.

Page 939.

1. Le cardinal Charles de Médicis, oncle du grand-duc Ferdinand II et du cardinal Jean-Charles.

2. Il est exact que la fortune des Gondi de la branche française est due à la faveur de la reine Catherine de Médicis qui fit du grand-père de Retz un maréchal de France. La perfidie de l'allusion saute aux yeux.

3. La riposte de Retz met l'accent sur l'ancienneté de la noblesse des Gondi à Florence, qui excède de beaucoup celle des Médicis. Il remonte ici à Gondo de Gondi qui eut séance au Grand Conseil au milieu du XIIIe siècle et signa un traité d'alliance avec la république de Gênes en 1251. Alors que le premier Médicis à émerger de l'obscurité, Évrard, n'occupe qu'en 1314 la charge de gonfalonier, soixante ans plus tard. L'antériorité joue donc au bénéfice des Gondi. Il est vrai que les deux familles reculaient leur histoire jusqu'à Charlemagne !

4. Le roi de France porte les titres de *Roi Très-Chrétien* et de *Fils aîné de l'Église*, le roi d'Espagne celui de *Roi Catholique*.

Page 940.

1. Après avoir narré les manœuvres, les bassesses et les incidents qui ont marqué le conclave d'Alexandre VII, Retz se livre ici à un vibrant éloge des conclaves en général. C'est que la rédaction des *Mémoires* a été interrompue par le conclave tout à fait régulier d'Innocent XI (août-septembre 1676) et reprise après le retour de l'auteur à Commercy. Il en résulte une rupture de ton, prélude à l'arrêt définitif de l'œuvre.

2. Désireux d'élever la fonction royale et la personne du roi très-au-dessus de la noblesse même, Henri III avait imposé à sa cour une politesse raffinée et organisé autour de lui un cérémonial aulique qui préfigure l'étiquette en vigueur sous Louis XIV.

Page 941.

1. Le pape Grégoire XV avait publié deux bulles (15 novembre

1621 et 12 mars 1622) réglant dans leurs moindres détails l'organisation des conclaves et l'élection des souverains pontifes.

2. Dans la maison que possédaient à Rome les prêtres de la Mission, congrégation fondée en 1626 par saint Vincent de Paul (voir n. 2, p. 83). En mars 1655, Louis XIV ordonna leur retour en France pour les punir d'avoir hébergé Retz.

Page 942.

1. *Dei cardinaloni* : des très grands cardinaux.
2. *Estafiers* : domestiques armés.
3. Cet admirable passage permet de bien comprendre la mentalité et l'éthique sociale qui prévalaient au XVIIᵉ siècle. En vivant sur un pied modeste, Retz n'aurait pas fait preuve d'humilité chrétienne. Il aurait avili sa qualité de cardinal alors qu'il avait l'impérieux devoir de tenir un rang convenable à sa naissance, à sa fonction, à sa dignité. Il est beau, certes, qu'un cardinal porte le cilice sous la pourpre et se consume en austérités. Mais il ne doit rien retrancher à l'apparat dont le protocole l'entoure parce que cet apparat concerne sa fonction dans l'Église et dans la société, non sa propre personne. Telle est la leçon d'histoire que le cardinal Fabio Chigi nous donne avant de devenir le pape Alexandre VII.

Page 943.

1. L'abbé Robert de Courtenay se disait l'ami et le serviteur de Retz mais non son *domestique*. Car il appartenait à une illustre famille chevaleresque apparentée aux rois capétiens du Moyen Âge. L'abbé René de Sévigné était le fils d'un conseiller au parlement de Bretagne.

2. Comme Retz avait naturellement le goût du faste et le mépris de l'argent qu'il jetait à pleines mains, il n'a pas hésité longtemps entre la modestie et l'ostentation.

3. La méditation sur les fins dernières de l'homme, la mortification en vue du salut éternel sont des traits majeurs de la sensibilité religieuse post-tridentine. Que l'on songe aux tableaux du Greco, de Georges de La Tour, de Zurbarán représentant des saints contemplant une tête de mort.

4. *Caudataire* : domestique qui porte la queue (traîne) de la soutane cardinalice dans les cérémonies.

Page 944.

1. Le Bernin (1598-1680) est aujourd'hui considéré comme « le fondateur du baroque monumental et décoratif » (A. Chastel). Il a beaucoup travaillé pour Alexandre VII qui lui commanda son cercueil et dont il exécutera le tombeau. C'est sous son pontificat qu'il réalisa le reliquaire de la chaire de saint Pierre, la grandiose colonnade précédant la basilique vaticane, l'église Saint-André-du-Quirinal, etc

2. Retz s'est d'abord laissé prendre aux apparences de sainteté affichées par Chigi. Puis son attention a été attirée par des détails, des vétilles révélant la véritable personnalité du nouveau pape, mesquin avant tout.

3. Le *pallium* est une bande de laine blanche semée de croix que les papes et les archevêques portent par-dessus la chasuble lorsqu'ils officient. Retz le reçut le 1er juin 1655.

4. *L'étoffe* : la matière.

Page 945.

1. Allusion aux représailles exercées sur les cardinaux Antoine et François Barberini par Innocent X.

2. Le marquis de Cœuvres, futur maréchal d'Estrées, chargé en 1619 d'une ambassade à Rome, avait attaqué le cardinal Scipion Borghèse, neveu du pape.

3. Allusion aux négociations qui allaient conduire à la paix des Pyrénées. Contrairement à celle de Westphalie, cette paix fut en effet conclue en dehors de toute participation de la papauté; ce fut là un pas décisif vers la laïcisation de la diplomatie européenne.

4. *Dar tempo al tempo* : donner du temps au temps, agir sans précipitation.

Page 946.

1. On distinguait trois sortes de cardinaux, inégaux en dignité : les cardinaux-évêques placés à la tête des diocèses suburbicaires (suffragants de Rome); les cardinaux-prêtres (tous les archevêques et évêques honorés de la pourpre); les cardinaux-diacres (qu'on ne rencontrait qu'à la Curie romaine). Le cardinal d'Este, cardinal-diacre, doit céder le pas à Retz, cardinal-prêtre.

2. *Verbaliser* : discourir longuement.

Page 947.

1. *Battre du pays* : se donner de la peine.

2. *S'égayer* : s'écarter du sujet.

3. On ne sait pas ce qu'il faut le plus admirer dans cet entretien, de la finesse madrée du pape qui élude habilement toutes les difficultés dès qu'elles se présentent, ou de l'implacable logique par laquelle Retz tente de prendre le pontife au piège.

Page 949.

1. On n'a pas retrouvé cette lettre de Lionne. Mais on sait que Retz était parfaitement au courant du contenu des dépêches échangées entre lui et la Cour de France.

2. *Al maggior segno* : au plus haut point.

3. Une abbaye dont les moines suivent la règle de saint Basile et la liturgie grecque.

Page 950.

1. Sur Fouquet de Croissy, voir n. 3, p. 288.
2. *S'intriguer* : se dépenser, s'agiter.
3. Georges Ier Rakoczi (1593-1648), élu prince de Transylvanie en 1637. En 1645-1646, la France négocia avec lui une alliance destinée à prendre la maison d'Autriche à revers.
4. Honoré Courtin (1626-1703), fils d'Achille Courtin, cité n. 1, p. 214, administrateur et diplomate, fréquemment mentionné dans la correspondance de Mme de Sévigné.

Page 951.

1. Louis Fouquet, conseiller-clerc au parlement de Paris, quatrième frère du surintendant, ne doit pas être confondu avec l'abbé Basile Fouquet. Il était alors l'amant de Mme de Lionne.

Page 953.

1. *Déparer* : montrer sous un mauvais jour.
2. Gueffier, envoyé à Rome en 1601 comme secrétaire, y fit toute sa carrière. Il secondait l'ambassadeur quand il y en avait un ; il le remplaçait quand le poste restait vacant. Il mourut en 1660 dans la Ville éternelle.

Page 954.

1. *Le déchet* : l'abaissement.

Page 955.

1. *Il avait un peu son compte* : il avait ce qu'il voulait.
2. *Questi maledetti Francesi sono più furbi di noi altri* : ces maudits Français sont plus fourbes que nous.
3. San Casciano, un peu au sud de Florence, sur la route de Sienne.
4. Le château de Caprarola est une œuvre admirable, édifiée par Vignole pour le cardinal Alexandre Farnèse, neveu de Paul III. Il appartenait alors au duc de Parme, Ranuce II Farnèse (1646-1694).
5. *La rinfrescata* : le rafraîchissement du temps, la saison fraîche.

Page 956.

1. En France, les élus étaient de petits officiers de finances chargés de la répartition de la taille entre les paroisses d'une circonscription appelée élection. Ils avaient souvent à s'occuper de ceux qui cherchaient à usurper la noblesse en se faisant exempter de taille, de ceux aussi qui cherchaient à fuir l'impôt en se faisant passer pour nobles.
2. *La Crusca* : dictionnaire italien célèbre, œuvre de l'Académie florentine *della Crusca*. La première édition parut à Venise en 1612.
3. « Enfin, Sérénissime Seigneur, nous avons un pape qui ne dit jamais une parole de vérité. »

4. Il était question de savoir si, en latin, le mot *musca* (mouche) n'avait pas été précédé de la forme archaïque *mosca*, identique à son synonyme italien.

5. Les sept basiliques majeures de Rome : Saint-Jean-de-Latran (cathédrale de la ville), Saint-Pierre-au-Vatican, Saint-Paul-hors-les-murs, Sainte-Croix-de-Jérusalem, Saint-Laurent-hors-les-murs, Sainte-Marie-Majeure, Saint-Sébastien-hors-les-murs.

Page 957.

1. C'est-à-dire semblables aux calebasses dont se servaient les pèlerins qui se rendaient à pied à Saint-Jacques-de-Compostelle.

2. La reine Christine de Suède, fille de Gustave Adolphe, abdiqua en juin 1654 et se convertit ensuite au catholicisme, secrètement d'abord (à Bruxelles), puis publiquement (à Innsbruck) en novembre 1655. Elle se fixa à Rome où elle mourut en 1689. À son entrée dans l'Église catholique, elle reçut les prénoms de Christine Alexandra, Alexandre VII ayant voulu être son parrain.

3. Le 13 décembre, que l'on croyait être le jour de la naissance du roi, né en réalité le 12.

Page 958.

1. L'église Saint-Louis-des-Français, l'église des Français de Rome, achevée en 1589 grâce aux libéralités de la reine Catherine de Médicis.

2. *L'aspergès* : le goupillon avec lequel, avant la grand-messe, le célébrant asperge l'assemblée d'eau bénite.

Page 959.

1. *Un double* : une monnaie de cuivre, valant deux deniers.

2. Cité p. 880, l'abbé Amelot de Gournay dut attendre 1671 pour parvenir à l'épiscopat.

Page 960.

1. *Abîmé* : voir n. 1, p. 640.

2. La dénomination de *Mémoires*, que la postérité attachera à l'œuvre de Retz, apparaît ici pour la première fois sous la plume de l'auteur. On sait que celui-ci a initialement intitulé son autobiographie *Vie du cardinal de Rais*. Mais, depuis le récit du conclave d'Alexandre VII, les aspects personnels tendent à s'estomper au profit de la chronique historique. Or, le XVIIe siècle entend par *mémoires* une relation historique faite par un particulier qui a été le témoin ou l'acteur d'événements importants. C'est ce que devient peu à peu la troisième partie de l'œuvre de Retz.

3. Passage capital pour l'identification de la confidente à laquelle les *Mémoires* sont dédiés. Voir sur ce point la préface, p. 37-38.

Page 961.

1. *L'embarras domestique* : le comportement des serviteurs.

2. *L'un et l'autre de ces défauts* : la tendance à s'imaginer que l'on fait honneur à celui qu'on sert ; l'ingratitude.
3. *Domestiques* : ceux, même gentilshommes, qui sont attachés à la maison d'un grand seigneur.

Page 962.

1. La galère espagnole sur laquelle Retz a traversé la Méditerranée occidentale.
2. *Sur le pied gauche* : en position d'attaque (terme d'escrime).

Page 963.

1. Boisguérin : gentilhomme breton qui assista Retz au moment de son évasion (voir p. 888-898).
2. Dominique Malclerc, écuyer de Retz, plus tard intermédiaire entre le cardinal et Mme de Sévigné. Voir n. 3, p. 540.
3. Sur l'abbé de Lamet, voir n. 3, p. 868.

Page 964.

1. *Aucuns* : quelques, quelques-uns (vieilli).

Page 965.

1. La Cour de France séjournait à Péronne pour suivre de plus près le siège d'Arras. L'arrêt du Conseil est daté du 22 août 1654.
2. Paul Chevalier, Nicolas Lavocat (ou Ladvocat) et trois autres chanoines durent se rendre à Péronne pour y répondre de leur insoumission : ils avaient fait chanter un *Te Deum* pour remercier le ciel de l'évasion de Retz ; ils lui avaient même écrit.
3. Le chapitre de Notre-Dame dut désigner, le 28 août 1654, quatre grands vicaires pour administrer le diocèse. Il justifia sa décision par l'absence de l'archevêque et non, comme l'aurait voulu le pouvoir royal, par la vacance du siège.
4. *Flegme* : caractère peu émotif. Le flegme était l'une des quatre humeurs contenues dans les corps animaux, selon la médecine du temps.
5. Cette lettre datée du 22 mai 1655 fut publiée, sans nom d'éditeur ni de lieu, sous la forme d'une plaquette de dix-huit pages in 4°.

Page 966.

1. *Générosité* : magnanimité, grandeur d'âme.
2. Allusion aux prières quotidiennes ordonnées par le chapitre pour demander la délivrance de Retz prisonnier et au *Te Deum* chanté dans la cathédrale à l'annonce de son évasion.
3. *Sous ombre de* : sous prétexte de.

Page 967.

1. *Huissiers à la chaîne* : huissiers en service au Conseil du roi ;

ils portaient au cou une chaîne d'or à laquelle était suspendue une médaille à l'effigie du souverain.

Page 969.

1. Saint Paul, *Épître aux Romains*, VII, 15.
2. *Décrétales* : recueils de lettres écrites par les papes en réponse aux questions que leur posaient les évêques sur divers points de discipline.
3. Boniface VIII (1235-1303) a laissé, entre autres documents, la bulle *Unam sanctam*, exposé doctrinal des principes qui doivent régler les rapports de l'Église et des pouvoirs temporels.
4. *Le métropolitain* : l'archevêque.

Page 972.

1. Saint Cyprien, évêque de Carthage en 248 ou 249, dut vivre dans la clandestinité pendant la persécution de Dèce en 250. Il mourut martyr en 258, pendant la persécution de Valérien. Son œuvre la plus importante est le recueil de ses *Epistolæ*.
2. Saint Cyprien, *Epistolæ*, XIV. Dans cette lettre aux prêtres et aux diacres de Rome, l'évêque de Carthage donne des preuves de son activité épiscopale que l'éloignement de son siège ne ralentit pas.

Page 973.

1. *Le sujet dont on le prétexte* : le sujet qui sert à le justifier.

Page 974.

1. Richelieu, entré à la fin de novembre 1616, grâce à la protection de Marie de Médicis, dans le gouvernement que dirigeait Concini, maréchal d'Ancre, en fut chassé par l'assassinat de celui-ci en avril 1617. Il suivit d'abord la reine mère, à la clientèle de qui il appartenait, dans son exil de Blois puis fut relégué de juin 1618 à mars 1619 en Avignon. Il n'en continua pas moins de s'occuper du diocèse de Luçon qu'il dirigeait depuis 1607 et qu'il conserva jusqu'en 1624.
2. Henri d'Escoubleau de Sourdis, archevêque de Bordeaux de 1629 à 1645 et chef d'escadre, fut disgracié en 1641 à la suite d'une défaite maritime et dut se retirer à Carpentras, en territoire pontifical. Il ne retrouva son diocèse qu'à la mort de Richelieu.
3. Ces deux prélats sont Anthime-Denis Cohon, ancien évêque de Nîmes puis de Dol, et Claude Auvry, évêque de Coutances. Ils conférèrent le sacrement de l'ordre aux nouveaux prêtres dans la chapelle de l'archevêché. Auvry, ami de Mazarin, consacra les saintes huiles dans le chœur de Notre-Dame, le jeudi saint 1655.

Page 976.

1. Outre les jubilés réguliers, célébrés tous les vingt-cinq ans,

un jubilé avait lieu au commencement de tout nouveau pontificat. Celui d'Alexandre VII débuta le 15 mai 1655.

2. La bulle instituant le jubilé. En ordonnant sa publication, Retz agit en archevêque de Paris en dépit du gouvernement royal. Les curés s'empressèrent d'ailleurs de lui donner satisfaction en publiant la bulle dans leurs paroisses.

3. Jean-Baptiste de Chassebras, curé-archiprêtre de la Madeleine (paroisse de la Cité) et Alexandre de Hodencq, curé-archiprêtre de Saint-Séverin. Ils seront nommés grands vicaires un mois plus tard (mandement du 28 juin 1655).

Page 977.

1. Louis d'Aubigny, fils d'Edme Stuart, duc de Richmond et de Lennox, grand aumônier de la reine d'Angleterre en exil, chanoine de Notre-Dame depuis 1653. Henri de Lévis, duc de Ventadour, avait renoncé à ses biens et à son rang dès 1631 pour devenir chanoine de Notre-Dame et préparer ainsi son salut.

2. Rappelons que le vicomte de Lamet était gouverneur de Mézières et que Mézières et Charleville auraient pu servir de places de sûreté à Retz.

Page 981.

1. En réalité, le mémorialiste s'essouffle depuis quelque temps déjà. Il renonce finalement à raconter le combat que les ecclésiastiques parisiens, chanoines et curés, souvent jansénistes, ont mené contre le pouvoir royal jusqu'à l'automne 1656 : pour le faire, il ne dispose pas d'un fil d'Ariane analogue au *Journal du Parlement*, qui le guiderait à travers les péripéties compliquées de cette Fronde ecclésiastique. Vaincu par l'âge et les infirmités, en particulier par la baisse de sa vue, il renonce aussi à retracer les épisodes variés de sa vie errante et vagabonde entre son départ de Rome et sa capitulation de 1662 ; c'est d'ailleurs une tâche qui n'aurait rien d'exaltant. Ses *Mémoires*, comme beaucoup d'autres, s'arrêtent donc de façon abrupte, au détour d'une phrase banale, comme s'il voulait laisser à sa confidente — et au lecteur — le soin de conclure à sa place.

CARTES ET PLANS

Une bonne illustration des *Mémoires* requérait à nos yeux un plan suffisamment précis et détaillé du Paris de la Fronde, en particulier de ses quartiers centraux. Faire apparaître sur ce plan, non seulement les monuments subsistant de nos jours, mais encore les bâtiments disparus, comme l'hôtel de Condé ou les églises Saint-Jean-en-Grève et Saint-Paul, si chères à Retz, s'imposait : nous l'avons donc fait avec soin. Certaines rues, certains carrefours, d'une importance considérable dans la ville du milieu du XVIIe siècle, figurent également sur ce croquis : qui se douterait aujourd'hui que la rue de l'Arbre-Sec, modeste venelle à l'ombre du chevet de Saint-Germain-l'Auxerrois, était alors un des lieux d'élection de l'animation urbaine ?

Les pérégrinations de Retz, entre son évasion du château de Nantes et son arrivée à Rome, ont, de leur côté, fourni la matière de deux cartes. La première représente la région de la basse Loire et la côte sud de la Bretagne, jusqu'à la presqu'île de Quiberon : elle permettra de situer dans l'espace les différentes étapes de la course qui, de Nantes, conduisit Retz à Belle-Île, via Oudon, Beaupréau et Machecoul. Sur la seconde carte, nous avons reporté le long trajet que suivit le cardinal fugitif, de Belle-Île jusqu'à Rome, à travers l'Atlantique, le nord de l'Espagne, la Méditerranée et l'Italie.

Cartes et plans

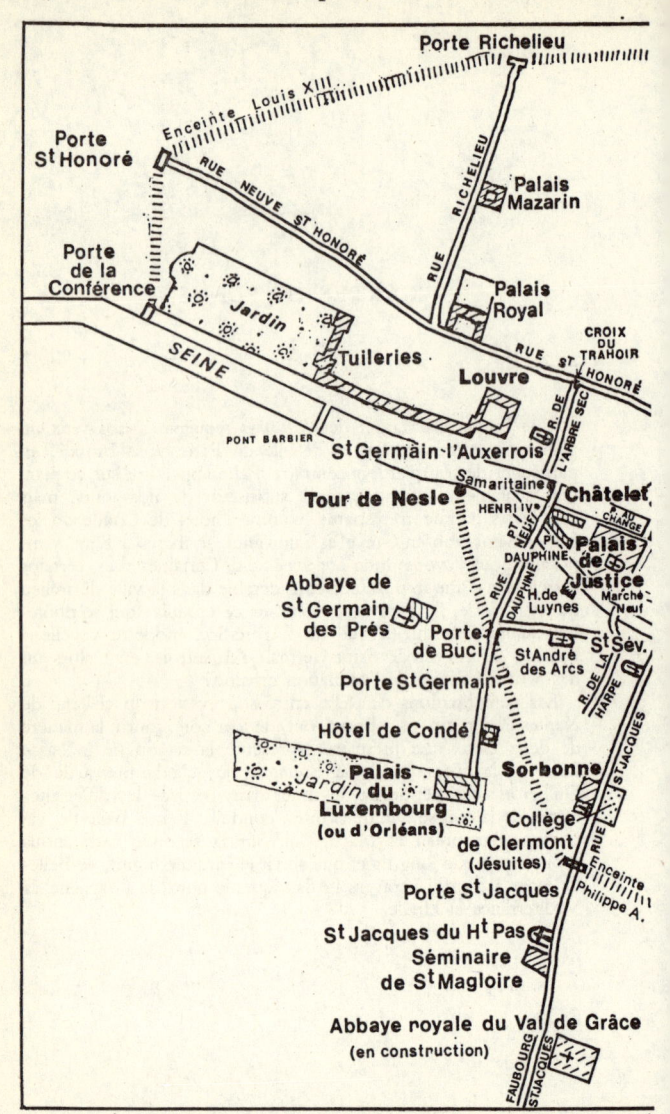

Le Paris de la Fronde

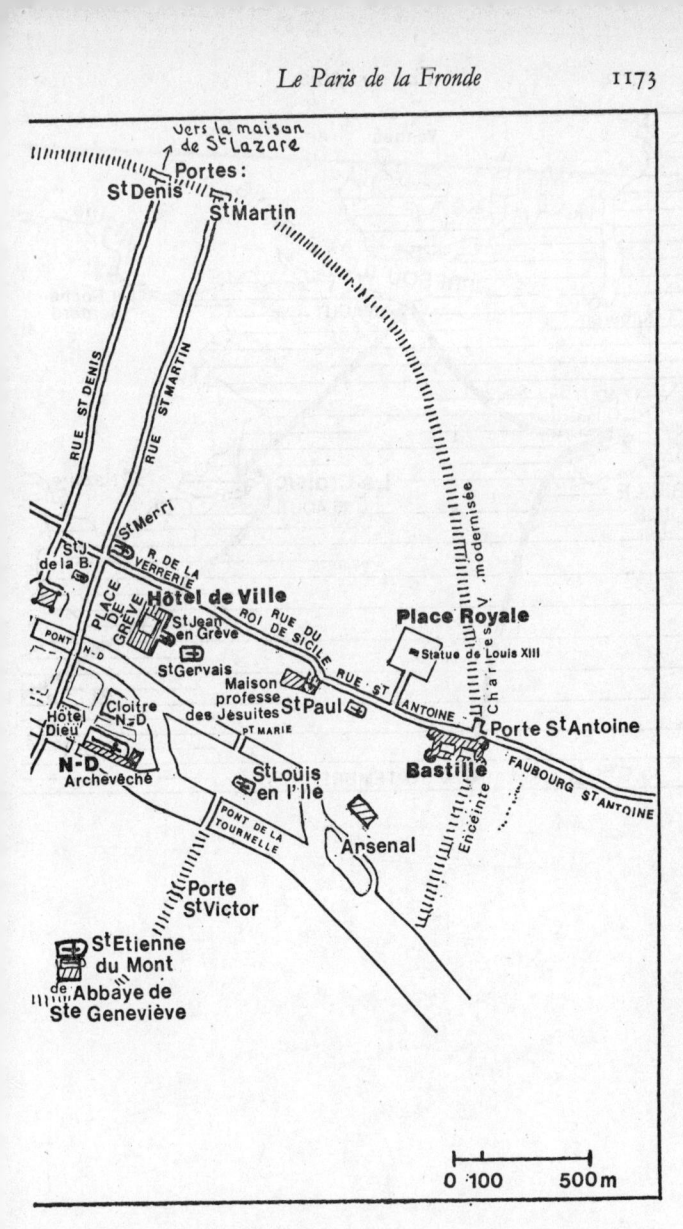

Cartes et plans

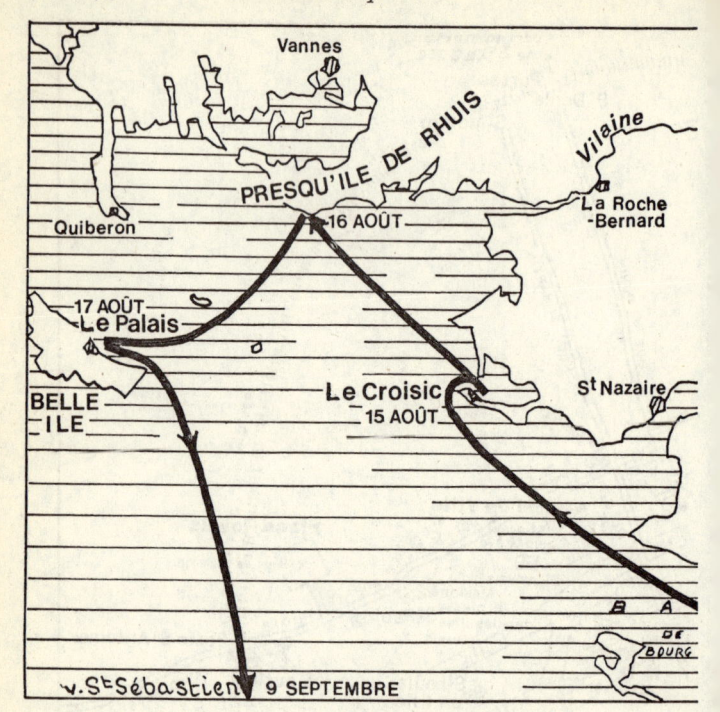

- Vannes
- Vilaine
- PRESQU'ILE DE RHUIS — 16 AOÛT
- Quiberon
- La Roche-Bernard
- 17 AOÛT — Le Palais
- Le Croisic — 15 AOÛT
- BELLE-ILE
- St Nazaire
- B A
- DE BOURG
- v. St Sébastien — 9 SEPTEMBRE

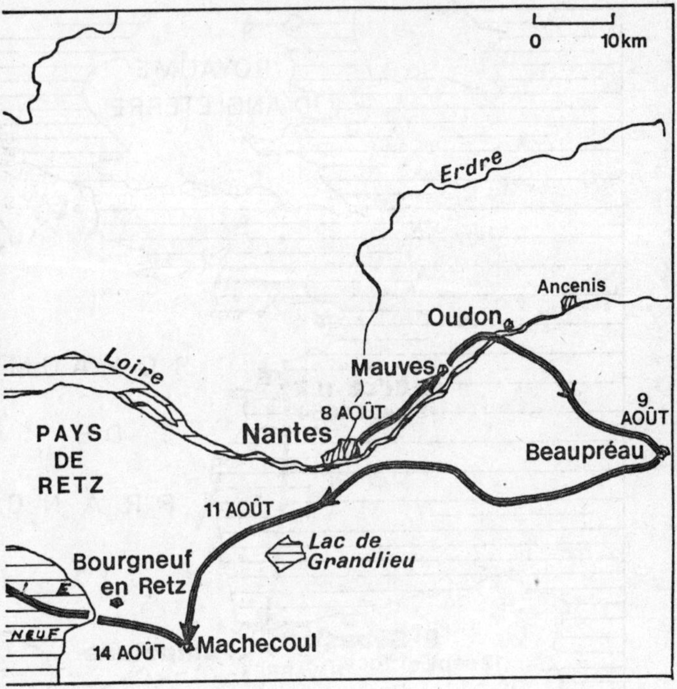
0
10 km
Erdre
Ancenis
Oudon
Loire
Mauves
8 AOÛT
Nantes
9 AOÛT
Beaupréau
PAYS DE RETZ
11 AOÛT
Lac de Grandlieu
Bourgneuf en Retz
NEUF
14 AOÛT
Machecoul

Cartes et plans

ROYAUME D'ANGLETERRE

PAYS

ROYAUME DE FRANCE

BELLE ILE
9 sept. 1654

St Sébastien
12 sept. - 1er oct.
NAVARRE
Pampelune
Tudela
ARAGON
Saragosse

PORTUGAL
CASTILLE

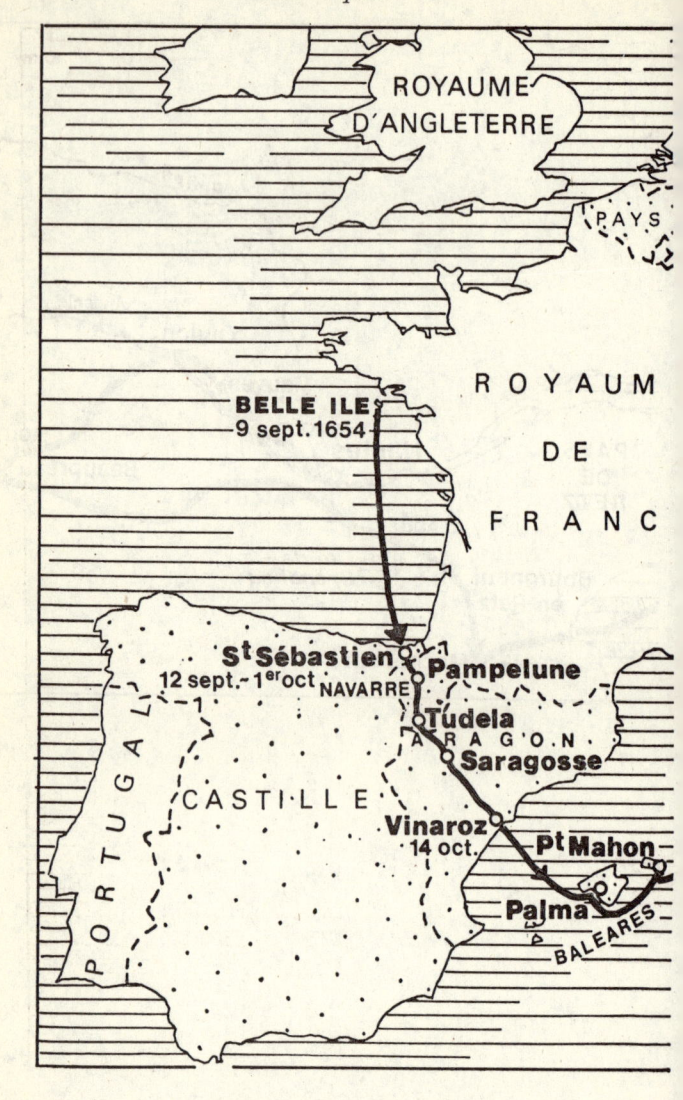

Vinaroz
14 oct.
Pt Mahon
Palma
BALEARES

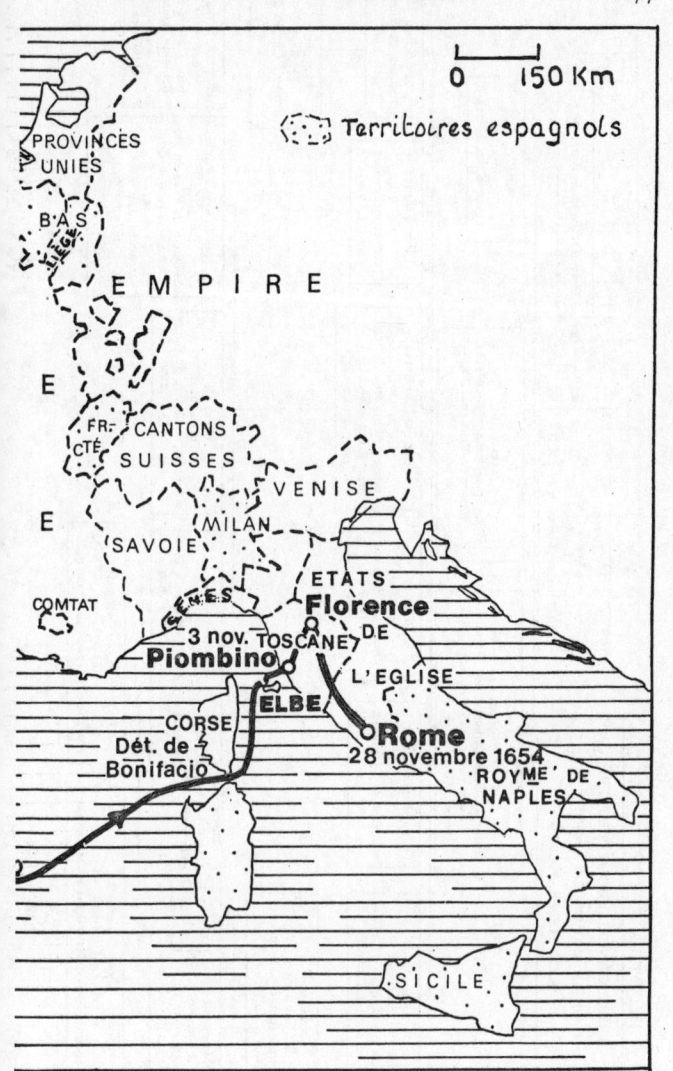

De Belle-Île à Rome 1177

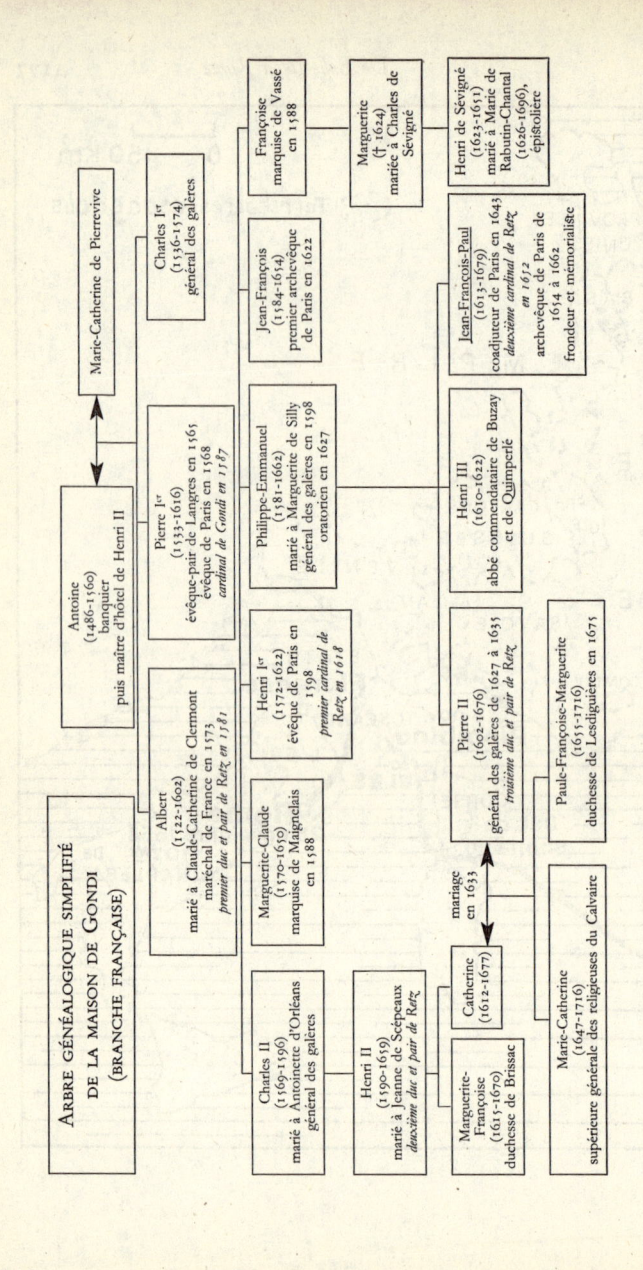

Arbre généalogique simplifié de la maison de Gondi (branche française)

Antoine (1486-1560) banquier puis maître d'hôtel de Henri II ⇔ **Marie-Catherine de Pierrevive**

Enfants :

- **Albert** (1522-1602) marié à Claude-Catherine de Clermont maréchal de France en 1573, *premier duc et pair de Retz en 1581*
- **Pierre Ier** (1533-1616) évêque-pair de Langres en 1565, évêque de Paris en 1568, *cardinal de Gondi en 1587*
- **Charles Ier** (1536-1574) général des galères

Descendance d'Albert

- **Charles II** (1569-1596) marié à Antoinette d'Orléans général des galères
- **Henri II** (1590-1659) marié à Jeanne de Scépeaux *deuxième duc et pair de Retz*
- **Marguerite-Claude** (1570-1619) marquise de Maignelais en 1588

Enfants d'Henri II :
- **Marguerite-Françoise** (1611-1670) duchesse de Brissac
- **Catherine** (1612-1677) — *mariage en 1633* ⇔ **Pierre II** (1602-1676) général des galères de 1627 à 1635 *troisième duc et pair de Retz*
  - **Marie-Catherine** (1647-1716) supérieure générale des religieuses du Calvaire
  - **Paule-Françoise-Marguerite** (1655-1716) duchesse de Lesdiguières en 1675

Descendance de Pierre Ier

- **Henri Ier** (1572-1622) évêque de Paris en 1598 *premier cardinal de Retz en 1618*
- **Philippe-Emmanuel** (1581-1662) marié à Marguerite de Silly général des galères en 1598 oratorien en 1627
- **Jean-François** (1584-1654) premier archevêque de Paris en 1622
- **Françoise** marquise de Vassé en 1588

Enfants de Philippe-Emmanuel :
- Pierre II (voir ci-dessus)
- **Henri III** (1610-1622) abbé commendataire de Buzay et de Quimperlé
- **Jean-François-Paul** (1613-1679) coadjuteur de Paris en 1643, *deuxième cardinal de Retz en 1652*, archevêque de Paris de 1654 à 1662 frondeur et mémorialiste

Descendance de Françoise

- **Marguerite** († 1624) mariée à Charles de Sévigné
  - **Henri de Sévigné** (1623-1651) marié à Marie de Rabutin-Chantal (1626-1696), épistolière

INDEX

PRÉSENTATION

Deux index ont été établis : le premier regroupe par ordre alphabétique les personnes réelles (en petites capitales) et les personnages fictifs (en minuscules[1]). Le lecteur trouvera dans le second les noms géographiques (en petites capitales) et les titres des œuvres citées (en minuscules italiques).

Un souci de rigueur critique a dicté notre choix touchant la graphie des patronymes et des toponymes dans la liste des personnages et des lieux : nous avons, en effet, estimé que la connaissance de l'orthographe ancienne peut offrir quelque intérêt, à propos des noms propres. Aussi, afin de ne pas laisser échapper de précieuses données, avons-nous décidé de reproduire, dans l'un et l'autre index, la forme originale — encore que, parfois, incohérente —, fournie par la source, suivie immédiatement de la forme actuelle entre crochets : ainsi, VITRI [VITRY] ; toutefois, lorsque la forme ancienne est par trop méconnaissable, nous l'avons donnée avec renvoi à la graphie moderne, à sa place alphabétique, soit : GERMAIN. Voir JERMYN. Notre tâche, en somme, a consisté à conserver les éléments anciens significatifs, sans rien perdre en portée culturelle.

Nous avons indexé les personnes ou les lieux auxquels il est fait clairement allusion, même s'ils ne sont pas expressément cités. L'indication de la page est suivie d'un renvoi entre parenthèses indiquant la ou les notes fournissant les renseignements essentiels : liens de parenté, actions, etc. L'index donne les dates de naissance et de décès (lorsqu'elles sont connues avec certitude), ainsi que les titres, les principales charges exercées ; les membres d'une même famille, portant le même patronyme, sont

---

[1]. Les personnages littéraires en italique ; les surnoms, quolibets, etc., en romain.

classés selon l'ordre alphabétique de leurs prénoms, et non selon l'ordre chronologique. Dans le cas où les occurrences sont particulièrement nombreuses, importantes — par exemple PARIS, CONDÉ —, on a établi plusieurs rubriques sous le même nom, afin de distinguer clairement et immédiatement PARIS, *lieu géographique*, de PARIS, *siège du gouvernement*. Pour des raisons identiques de commodité, les églises, les rues, les couvents parisiens sont rangés à leur ordre alphabétique et non à l'article PARIS, qui eût été trop long.

RENVOIS

Hommes

Les références aux personnages masculins sont données au nom par lequel les désigne Retz; il arrive que le nom change selon la date des événements rapportés par les *Mémoires* : c'est le cas du prince de Marcillac, devenu duc de La Rochefoucauld, du duc d'Enghien devenu Monsieur le Prince. Le Pape désigne plusieurs pontifes successifs. Afin de faciliter la consultation des index, nous avons néanmoins donné les noms tels qu'ils apparaissent avec renvoi au nom sous lequel figurent les références. (Le cardinal de Retz n'a pas été indexé : c'eût été bien inutile, puisqu'il emplit chaque page.)

Femmes

Les références aux femmes sont données à leur nom marital, suivi du prénom et du patronyme entre parenthèses. Quand elles appartiennent à une famille connue, elles sont indexées, au contraire, à leur patronyme — par exemple les MANCINI —, avec renvoi à leur nom marital.

INDEX DES NOMS DE PERSONNES ET DE PERSONNAGES

AGATHE, femme de chambre de Mme de Lionne : 952.

AGEN (Monsieur d'), l'évêque d'Agen. Voir ELBÈNE (Barthélemy d').

AIGUILLON (Marie-Madeleine de Vignerot, marquise de Combalet, duchesse d') [1604-1675], nièce de Richelieu : 71 (n. 1).

AIRE (l'évêque d'). Voir BOUTANT DE TOURS.

ALAIS (Louis-Emmanuel de Valois, comte d') [1596-1653], gouverneur de Provence : 224.

ALBE (Fernando Alvarez de Toledo, duc d') [1508-1582], gouverneur espagnol des Pays-Bas : 128.

ALBERT (Charles d') [1625-1698], duc de Chaulnes en 1653, ami de Mme de Sévigné : 377 (n. 3).

ALBERT D'AILLY (Henri-Louis d') [1621-1653], vidame d'Amiens, puis duc de Chaulnes en 1649, frère aîné du précédent : 377 (n. 2).

ALBIZZI (François) [† 1684], cardinal : 918, 919, 922, 935.

ALBRET (César-Phoebus d') [1614-1676], comte de Miossens, maréchal de France en 1653 : 368 (n. 1), 377, 384, 518, 535, 633, 858, 859.

ALDOBRANDINI (Baccio) [† 1665], cardinal : 918.

ALDOBRANDINS (les) [ALDOBRANDINI], illustre famille florentine : 464 (n. 3).

ALENÇON (Mlle d'). Voir ORLÉANS (Élisabeth d').

ALEXANDRE LE GRAND [356-323 av. J.-C.] : 68, 104, 215.

ALEXANDRE VII (Fabio Chigi) [1599-1667], pape de 1655 à 1667 : 717, 918, 920, 921, 924-932, 934-937, 940-949, 953-959, 975, 976, 978-980.

ALIGRE (Étienne II d') [1592-1677], conseiller d'État, chancelier de France en 1674 : 660, 836, 837.

ALLEMANDS (les) : 67, 167, 226, 718, 798, 922.

ALLUIE [ALLUYE] (Charles d'Escoubleau, marquis d'), frondeur : 342, 349.

AMBOISE (Georges Ier, cardinal d') [1460-1510], conseiller de Louis XII : 121 (n. 6).

1182 Index

AMBROISE (saint) [340-397], Père de l'Église : 88 (n. 2), 116, 810.

AMELOT DE GOURNAY (Michel) [1624-1687], abbé de Saint-Calais, archevêque de Tours en 1673 : 880 (n. 2), 916, 959.

AMELOT DE MAUREGARD (Jacques) [1602-1668], premier président de la Cour des aides : 133, 199, 200, 750.

AMIENS (le vidame d'). Voir ALBERT D'AILLY (Henri-Louis d').

AMILLI, officier de l'armée royale : 296.

ANCRE (Concino Concini, maréchal d'). Voir CONCINI (Concino).

ANCTAUVILLE [ANCTOVILLE], capitaine des gendarmes du duc de Longueville : 83, 84, 276, 298, 339-341, 349.

ANDABATES, gladiateurs : 679 (n. 2).

ANDILLI (d'). Voir ARNAULD.

ANGERVILLE, « domestique » du prince de Conti : 759.

ANGLAIS (les) : 158, 449.

ANGLETERRE (la famille royale d') : 223.

ANGOULESME [ANGOULÊME] (Louis-Emmanuel de Valois, duc d') [1572-1650], fils naturel de Charles IX : 641 (n. 1).

ANJOU (Philippe de France, duc d') [1640-1701], frère puîné de Louis XIV : 174 (n. 2).

ANNE D'AUTRICHE [1601-1666].

La reine : 64, 95, 98, 152, 155, 354, 369, 372, 382, 403, 404, 410, 450, 454, 497, 470, 473, 477, 648, 660, 663-668, 674-676, 678, 679, 685, 695, 696, 701-703, 755, 769, 802-804, 810, 812, 814, 817, 822, 828, 832, 835, 841, 843, 849, 855, 861, 871, 939, 959.

La régente : 98, 102, 108, 125, 130, 132-134, 149, 150, 158, 159, 166-168, 170-172, 176, 177, 182, 199, 200, 208, 209, 223, 224, 226, 230, 231, 243, 244, 251, 255, 258, 259, 268, 269, 272, 281, 294, 298, 349, 363, 368, 392, 405-407, 409, 411, 417, 420, 434, 436, 438, 442, 443, 445, 459, 462, 468, 471, 486, 491-493, 495, 497-502, 505-508, 511, 512, 514-516, 520, 533, 534, 565, 593, 594, 610, 611, 625, 635, 654, 655, 661.

Son portrait : 214.

Son caractère : 110, 147, 160, 161, 189, 284, 573, 594, 607, 654, 656, 666, 667, 675-677, 686, 733, 740, 794, 819, 845.

Ses galanteries : 62, 98, 648, 649.

Son attachement pour Mazarin : 102, 353, 369, 374, 475, 476, 513, 541, 543, 546, 548, 549, 551, 555, 559, 561, 579, 583, 590, 613, 620, 624, 645, 648, 649, 664, 665, 667, 668, 794-796.

Ses rapports avec Retz : 101, 108-113, 119, 120, 140-146, 148, 151, 153, 154, 164, 171, 172, 178, 197, 286, 308, 350, 369, 404, 406, 427, 428, 452, 453, 469, 472, 531, 532,

538, 540-544, 547, 552, 554-556, 558, 560, 563, 564, 568, 572, 574, 576, 577, 579-582, 587, 597, 598, 607, 616-618, 626, 627, 629, 633 (n. 2), 645-647, 666, 668, 669, 692, 694, 695, 704, 705, 708, 717, 739, 740, 755, 805, 811, 812, 815, 834, 836, 843-845, 854-856, 874, 878.

Ses rapports avec Monsieur : 470, 472, 486-518, 520, 523, 533, 538, 546, 571, 575, 582, 590, 591, 593, 597, 599, 600, 604, 607, 609, 613, 614, 616, 626, 627, 629, 643, 651, 657, 706, 802, 812, 815, 832, 833, 844.

Ses rapports avec Condé : 117, 187, 383, 404-406, 490, 523, 531, 536, 541, 545, 548, 551, 554, 559, 568-571, 575, 581, 582, 584-587, 593, 594, 600, 601, 613, 617, 625, 627, 628, 630, 631, 641, 645, 651-654, 657.

Popularité et impopularité : 105, 186, 373.

ANNERI [ANNERY] (Charles d'Ailly, baron d'), fidèle de Retz : 353 (n. 3), 398, 539, 633, 887.

ANNIBAL (le signor), gentilhomme de la chambre du grand-duc de Toscane : 912.

ANTOINE (le cardinal). Voir BARBERINI (Antoine).

ANTONIN [86-161], empereur romain : 67.

AQUAVIVA (Octave) [1609-1674], cardinal : 918, 922, 923, 935.

ARCHEVÊQUE (Monsieur l').

Voir GONDI (Jean-François de).

ARCHIDUC (l'). Voir LÉOPOLD-GUILLAUME.

ARCOS (don Rodrigue Ponce de Léon, duc d'), vice-roi de Naples : 913.

ARGENTEUIL (François Le Bascle, seigneur d'), homme de confiance de Retz : 153 (n. 3), 154, 157, 540, 634, 638, 755, 756, 803, 854.

.ARGOUGES (d'), conseiller au Grand Conseil : 133.

ARLES (Monsieur d'). Voir GRIGNAN (François Adhémar de Monteil de).

ARNAULD D'ANDILLI [D'ANDILLY] (Robert) [1589-1674] : 68 (n. 4), 86.

ARNAULT [ARNAULD] (Pierre) [† 1651], seigneur de Corbeville : 363 (n. 1), 401, 458, 480, 481, 483, 484, 486, 496, 532.

ARNOLFINI (le moine) [† 1656] : 233 (n. 1), 237, 238, 290, 291, 293, 345.

ARTOIS (Robert III, comte d') [1287-1343] : 75 (n. 1).

ASSERAC (Jeanne-Pélagie de Rieux, marquise d'), créancière de Retz : 960.

ASTALLI (Camilio) [1616-1663], cardinal : 918 (n. 2).

ATTICHI [ATTICHY] (Antoine Doni, seigneur d') [?-1637], neveu du maréchal de Marillac : 56 (n. 4).

AUBETERRE (Léon d'Esparbès de Lussan, dit le chevalier d') [1620-1707], maréchal de camp : 724 (n. 2).

AUBIGNY (Louis d') [† 1665], chanoine de Notre-Dame de Paris : 977 (n. 1).

AUBRAY (Dreux d') [1600-1666], comte d'Offémont,

lieutenant civil du Châtelet : 147 (n. 2).

AUBRI [AUBERY] (Robert), seigneur de Brévannes, président à la Chambre des comptes : 228, 229, 248, 742, 743, 787.

AUGNON (d'). Voir DU DAUGNON.

AUGUSTE [63 av. J.-C.-14 apr. J.-C.], empereur romain : 125.

AUGUSTIN (saint) [354-430], Père de l'Église : 934, 935.

AUGUSTINS (les), ordre de religieux mendiants : 90, 91 (n. 1), 464.

AUMALE (Charles de Lorraine, duc d') [1556-1631] : 264 (n. 2).

AUMALE (Henri II de Savoie, duc d') [1625-1659], duc de Nemours en 1652 : 476 (n. 1).

AUMONT (Antoine II d') [1601-1669], marquis de Villequier jusqu'en 1651, puis maréchal de France, duc d'Aumont en 1665 : 489 (n. 3), 516, 518, 623, 627.

AUTEL. Voir HOSTEL.

AUTRICHE (la maison d') : 83, 104, 283, 444, 792,.

AVANTON (Claude Du Flos, seigneur de), exempt : 872, 877-879.

AVAUX (Claude de Mesmes, comte d') [1595-1650], diplomate : 441 (n. 1), 443-447, 589, 950.

AVRANCHE [AVRANCHES] (l'évêque d'). Voir BOISLÈVE (Gabriel).

AZZOLIN [AZZOLINI] (Decio) [1623-1689], secrétaire des brefs, cardinal en 1654, secrétaire d'État du pape Clément IX : 717 (n. 3), 918, 919, 921, 922, 926, 932, 935, 944, 953.

BAAS (le baron de), créature du duc de Bouillon : 426 (n. 1).

BACHAUMONT (François Le Coigneux, seigneur de) [1624-1702], conseiller au parlement de Paris et bel esprit : 356 (n. 1), 688, 745.

BAGNI (Nicolas de) [1583?-1663], marquis de Montebello, général des troupes pontificales puis nonce en France : 125, 447 (n. 2), 870, 872, 874.

BAGNOLS. Voir DU GUÉ-BAGNOLS.

BAILLEUL (Nicolas de) [† 1652], président à mortier au parlement de Paris : 436 (n. 1), 438, 686, 693, 700, 718, 740, 920.

Balafré (le). Voir GUISE (Henri Ier de Lorraine).

BALAN, officier au service de Retz : 540.

BALTASAR [BALTHAZAR] (Jean-Balthazar de Simeren, dit le colonel), officier dans l'armée condéenne : 661, 724.

BANDINELLI (Volumnio) [† 1667], maître de chambre du pape, cardinal en 1660 : 955.

BAR (Guy de) [1605-1695], lieutenant général en 1652 : 451 (n. 1), 453, 488, 869.

BARBERIN (le cardinal). Voir BARBERINI (François).

BARBERINI (Antoine) [1608-1671], neveu du pape Urbain VIII, cardinal; « le cardinal Antoine » : 125, 463 (n. 4), 781, 915, 929, 930, 938, 958.

BARBERINI (François) [1597-1679], frère du cardinal Antoine, cardinal lui-même; « le cardinal Barberin » : 920

(n. 1)-923, 927-936, 942, 945, 947, 949.

BARDOUVILLE, gentilhomme normand, ami de Des Barreaux : 71, 74, 76.

BARENTIN (Jacques-Honoré) [† 1689], conseiller au parlement de Paris, premier président du Grand Conseil en 1665 : 780.

BARIERRE [BARRIÈRE] (Henri de Taillefer, seigneur de), frondeur : 225, 349.

BARILLON (Antoine de) [1599-1672], seigneur de Morangis, membre de la compagnie du Saint-Sacrement : 110 (n. 1), 449 (n. 2), 510.

BARILLON (Jean-Jacques de) [1601-1645], président aux Enquêtes du parlement de Paris : 61 (n. 1), 93, 122.

BARILLON (Paul de) [1630-1691], ambassadeur en Angleterre et conseiller d'État : 449 (n. 2).

BARNEVELT. Voir VAN OLDEN-BARNEVELT (Jan).

BARON, conseiller au parlement de Paris : 680.

BARRADAS [BARADAT] (Pierre de) [1606-1681], officier général : 633, 634.

BARTET [BERTET] (Isaac) [1602-1707], agent de Mazarin : 548 (n. 1), 550, 552, 560, 594, 614, 616, 618, 623, 625, 628, 643, 645, 667-669, 679, 680, 757, 812.

BASILE (saint) [329-379], Père de l'Église : 949.

BASSE. Voir BAAS.

BASSOMPIERRE (Anne-François de) [?-1646], marquis de Removille, neveu du maréchal : 56.

BASSOMPIERRE (François de) [1579-1646], maréchal de France : 79 (n. 1), 80, 107.

BAUTRU (Guillaume) [vers 1585-1665], comte de Serrant, diplomate et bel esprit : 105 (n. 1), 144, 145, 153, 164, 804.

BAVIÈRE (les anciens ducs de) : 998.

BAVIÈRE (la maison de) : 362 (n. 1).

BAVIÈRE (Maximilien-Henri de) [† 1688], électeur de Cologne à partir de 1650 : 531 (n. 1), 684.

BAVIÈRE (Philippe de) [1627-1650], frère de l'électeur palatin Charles-Louis : 494.

BEAUCHESNE, gentilhomme au service de Retz : 888, 889, 896.

BEAUFORT (François de Vendôme, duc de) [1616-1669]. Le « roi des Halles » : 98 (n. 2), 103, 215 *[portrait]*, 216 (n. 2), 221, 222, 225-228, 231, 233, 234, 238, 249, 250, 253, 256, 261-263, 268-270, 274, 275, 277, 278, 281, 286, 288, 298, 302, 303, 306, 309-312, 326-328, 330-334, 337, 342, 349, 353-355, 358, 365-368, 370, 372, 373, 375, 379, 381, 382, 384, 385, 390, 391, 393-398, 400, 401, 404, 407, 410, 413, 414, 417, 428, 434, 436, 442, 451, 453, 454, 461, 466, 467, 481-484, 497, 498, 500, 519-521, 523, 526, 533-535, 538, 540, 632, 640, 641, 650, 697, 701, 727, 728-731, 733, 747, 752, 765, 767, 768, 771, 775, 781, 784, 785, 787, 795, 825, 829-831, 835, 837-843.

La prison de M. de Beaufort : 103, 106, 126.
Son évasion : 177, 178, 220, 221, 862, 864-866.

BEAUJEU (Claude-Paul Villiers, comte de) [† 1652], meſtre de camp dans l'armée d'Hocquincourt : 732.

BEAUPUI [BEAUPUIS] (François Le Dangereux, seigneur de), guidon des gendarmes du roi : 102.

BEAUREGARD (Honorat-Benjamin de), capitaine des gardes de Monsieur le Comte : 71, 83.

BEAUVAIS (Catherine-Henriette Bellier, dame de) [vers 1615-1690], première femme de chambre d'Anne d'Autriche : 105 (n. 5), 589, 645.

BEAUVAIS (l'évêque de). Voir POTIER DE BLANCMESNIL (Auguſtin).

BEAUVAU (le cadet de). Voir NERLIEU.

BEAUVAU (Henri, marquis de) [† 1684] : 698.

BÉLESBAT (Henri Hurault de L'Hospital, seigneur de) [† 1684], conseiller au parlement de Paris : 891.

BELLEGARDE (Octave de) [† 1646], archevêque de Sens : 119.

BELLEGARDE (Roger II de Saint-Lary, duc de) [1563-1646] : 648 (n. 1).

BELLEROSE (Pierre Messier, dit) [† 1670], acteur : 353.

BELLIÈVRE (Pomponne II de) [1606-1657], premier président du parlement de Paris en 1653 : 212 (n. 2), 213, 233, 238, 251, 267, 270, 286, 288, 290, 292, 293, 296, 297, 306, 313, 318, 320, 321, 323, 324, 326, 327, 333-335, 338, 357, 367, 368, 370, 380, 381, 387, 397, 415, 423, 424, 441, 444, 455, 457, 461, 463, 465, 466, 496, 528, 530, 535, 629, 649, 650, 675, 676, 695, 704-706, 714, 715, 719, 754, 821, 848, 871, 873-878, 881, 882, 884, 885, 887, 951.

BELOI [BELOY] (Hercule de), lieutenant de louveterie, puis capitaine des gardes de Gaston d'Orléans : 416 (n. 1), 459, 498, 499, 634, 720, 843.

BELOT, avocat au Grand Conseil : 401.

BERCI [BERCY] (de), maître des requêtes : 738.

BERGERON, commis de Sublet de Noyers : 94.

BERINGHEN (Henri, comte de) [1603-1692], premier écuyer du roi : 853 (n. 3).

BERMONT (de), conseiller au parlement de Paris : 729.

BERNAI. Voir HENNEQUIN (Dreux).

Bernardin (le). Voir ARNOLFINI.

BERNINI (Giovanni-Lorenzo, dit le Cavalier Bernin) [1598-1680], peintre, sculpteur et architecte : 944 (n. 1).

BERTET. Voir BARTET.

BESCHEFERT, subſtitut du procureur général au parlement de Paris : 789.

BÉTHUNE (Hippolyte, comte de) [1603-1665], neveu de Sully : 102 (n. 6), 225, 512-514, 766, 980.

BEUVRON (François d'Harcourt, marquis de) [1598-1658], lieutenant général de Haute-Normandie : 338 (n. 3), 349, 412.

BICHI (Alexandre) [† 1657], ancien nonce en France,

cardinal : 917, 919, 929, 930, 935, 938, 954.
BIET (Claude), chanoine de Notre-Dame de Paris, fidèle de Retz : 981.
BIGNON (Jérôme) [1589-1656], avocat général au parlement de Paris : 397, 766 (n. 2), 786.
BISCAÏENS (les) : 893 (n. 1).
BITAULT, conseiller au parlement de Paris : 457, 688, 690, 695, 842.
BLANCHE DE CASTILLE [1188-1252], reine de France : 810 (n. 2).
BLANCMESNIL (René Potier de). Voir POTIER DE BLANCMESNIL (René).
BLUET, avocat, agent de Mazarin : 561, 811, 812.
BOÈCE [480-524], philosophe latin : 862 (n. 3).
BOIS-DAUPHIN (Marie de Riantz, marquise de) : 467, 479.
BOIS-DAVID (le chevalier de), gentilhomme au service de Retz : 952.
BOISGUÉRIN, gentilhomme au service de Retz : 888, 894, 898, 911, 963.
BOISI [BOISY] (Henri Gouffier, marquis de) [1605-1639] : 57, 73, 74.
BOISLÈVE (Gabriel) [1595-1667], évêque d'Avranches et conseiller d'État : 699, 700, 746.
BOISLÈVE, lieutenant général au bailliage d'Angers, frère du précédent : 699.
BOISROBERT (François Le Métel, sieur de) [1592-1662], familier de Richelieu et académicien : 64 (n. 5).
BONIFACE VIII (Benedetto Caetani) [1235-1303], pape 1294. 969 (n. 3).

BORDEAUX (Antoine de) [1621 ?-1660], frère de Mme de Pommereuil, magistrat et diplomate : 650 (n. 1).
BORDEAUX (Guillaume de), intendant des Finances et traitant, père du précédent : 664 (n. 1).
BORDELAIS (les) : 429.
BORGHÈSE (Marc-Antoine, prince) [† 1658] : 955.
BORGHÈSE (Scipion) [† 1633], neveu du pape Paul V, cardinal : 945 (n. 2).
BORROMÉE (les cardinaux saint Charles Borromée [1538-1584] et Frédéric Borromée [1564-1631]), archevêques de Milan : 862 (n. 6).
BORROMÉE (Gilbert) [† 1672], cardinal : 918, 923, 928, 935.
BOSSUT (Albert-Maximilien de Hesnin, comte de) [† 1652], mestre de camp dans l'armée de Condé : 777.
BOUCHET. Voir DU BOUCHET (Jean).
BOUILLON (la maison de) : 266, 275.
BOUILLON (Charlotte de La Tour d'Auvergne, demoiselle de) [† 1662], sœur de Turenne : 257 (n. 1), 279.
BOUILLON (Éléonore-Catherine-Fébronie de Berg, duchesse de) [1615-1657] : 192 (n. 1), 194, 212, 233-237, 246, 248, 250, 251, 255-257, 265, 269, 273, 276, 278, 280, 283, 287-289, 302, 319, 320, 323, 324, 332, 333, 335, 336, 351, 363, 366.
BOUILLON (Frédéric-Maurice de La Tour d'Auvergne, duc de) [1605-1652], frère aîné de Turenne : 71 (n. 5), 76-78, 107, 191, 192, 194, 198, 200, 202, 209, 211, 213, 216 [por-

trait], 221, 225, 226, 234-239, 245-247, 250-252, 256, 257, 260, 262-266, 270, 271, 273, 274, 276, 278, 280, 283, 285-289, 291, 292, 294, 295, 299, 300, 302, 303, 306-312, 314, 317-321, 323, 324, 326-335, 336 (n. 1)-338, 341, 342 (n. 3)-347, 349, 351-353, 358, 362, 363, 366, 371, 388, 403, 411, 422, 424, 426, 429, 430, 433, 438, 456, 565, 566, 578, 621, 657, 667-669 (n. 4), 679, 766, 778, 794, 795.

BOUQUEVAL, doyen du Grand Conseil : 195.

BOURBON : 277, 612.

BOURBON (Charles de) [1490-1527], connétable de France : 75 (n. 1).

BOURBON (Mlle de). Voir LONGUEVILLE (Anne-Geneviève de Bourbon-Condé, duchesse de).

BOURGOGNE, lieutenant-colonel du régiment de la reine : 260.

BOURGOGNE (le régiment de) : 766.

BOURLEMONT (Nicolas d'Anglaure, comte de) [† 1679], maréchal de camp dans l'armée d'Hocquincourt : 732.

BOUTANT DE TOURS, évêque d'Aire : 231.

BOUTEILLER. Voir BOUTHILLIER (Claude).

BOUTEVILLE (M. de). Voir MONTMORENCI (François-Henri de).

BOUTHILLIER (Claude) [1581-1652], secrétaire d'État et surintendant des Finances : 104 (n. 7).

BOUTHILLIER (Léon). Voir CHAVIGNI (Léon Bouthillier, comte de).

BOUTHILLIER (Marie de Bragelongne, femme de Claude) [1590-1673] : 656.

BOUVIER (l'abbé), fidèle de Retz : 964.

BRACHET, agent de Mazarin : 552 (n. 2), 594, 623, 625, 643, 685, 694, 695, 812.

BRAGELONNE (Étienne de) [† 1653], chanoine de Notre-Dame de Paris : 871 (n. 2).

BRANCAS (Charles de Villars, comte de) [1618 ?-1681] : 179 (n. 3).

BRANCHECOUR, capitaine d'infanterie : 886.

BREDERODE (Henri, comte de) [1532-1568] : 357 (n. 2).

BRÉZÉ (Jean-Armand de Maillé, duc de) [1619-1646], neveu de Richelieu : 108 (n. 1), 371, 429 (n. 1).

BRÉZÉ (Urbain de Maillé, marquis de) [1597-1650], beau-frère de Richelieu, maréchal de France : 62 (n. 3), 63, 108, 363, 412, 417, 662.

BRIDIEU (le marquis de) [† 1677], gouverneur de Guise : 350, 417.

BRIENNE (Henri-Auguste de Loménie, comte de) [1595-1666], secrétaire d'État des Affaires étrangères : 301 (n. 1), 348, 507, 510-512, 629, 652, 870.

BRIGALIER, conseiller à la Cour des aides : 82, 196, 634.

BRILLAC, conseiller aux Enquêtes du parlement de Paris : 228, 229, 248.

BRILLET, écuyer du duc de Beaufort : 306, 535.

BRIOLLE [BRIORD] (le comte de), mestre de camp : 227 (n. 2).

BRION. Voir DANVILLE (François-Christophe de Lévis-Ventadour, duc de).

BRISSAC (Louis de Cossé, duc de) [1625-1661], cousin de Retz : 158 (n. 4), 201, 202, 225, 170, 286, 288-290, 324, 337, 342, 349, 350, 353, 356, 365, 381, 392 (n. 1), 393, 399, 400, 408, 461, 533, 601, 640, 641, 705, 753, 787, 800, 848, 848, 851, 853, 854, 856, 859, 867, 873, 880, 882, 888, 891, 892-894, 960.

BRISSAC (Mme de). Voir GONDI (Marguerite de).

BRISSON (Barnabé) [1531-1591], premier président du parlement de Paris : 249 (n. 2).

BROGLIO [BROGLIE] (François-Marie de) [1611-1656], maréchal de camp : 698 (n. 2).

BROUSSEL (Pierre) [1576?-1654], conseiller au parlement de Paris ; le « Père du peuple » : 159, 161-163, 230, 282, 395.

Son activité de frondeur : 165, 166, 172, 174, 175, 182, 188, 190, 193, 199, 205, 243, 269, 390, 394, 396, 397, 432, 493, 499, 523, 524, 625, 784, 824, 825.

Son arrestation : 143 (n. 2)-152, 154, 160, 859.

Son exil : 842.

BROW (le régiment de) : 767.

BRUNEAU (Bénigne) [1591-1666], garde des antiquités de Monsieur : 670 (n. 1), 721, 778.

BRUNSWIC DE ZELL [BRUNSWICK-LUNEBOURG-ZELL] (Christian-Louis, duc de) [1622-1665] : 355 (n. 2).

BRUSLON [BRULLON] (Anne, comte de) [† 1685], introducteur des ambassadeurs : 378 (n. 2).

BUCHINCHAN. Voir BUCKINGHAM.

BUCKINGHAM (George Villiers, duc de) [1592-1628], favori des rois d'Angleterre Jacques Ier et Charles Ier : 63 (n. 4), 218 (n. 6), 219, 647-649.

BULLION (Claude de) [1580?-1640], surintendant des Finances : 566 (n. 2).

Buscon (le), héros de roman picaresque : 860 (n. 2).

BUSSI [BUSSY] (Antoine-François de Lamet, marquis de) [† 1653], gouverneur de Mézières : 257 (n. 4), 384, 781, 867-869.

BUSSI-LAMET. Voir BUSSI.

BUSSI LE CLERC [BUSSY LE CLERC] (Jean), maître d'armes : 249 (n. 1), 250.

CALIGULA [12-41], empereur romain : 223 (n. 4).

CAMPI, serviteur de Retz à Rome : 943.

CAMPION (Alexandre de) [1610-1670], fidèle du comte de Soissons : 74 (n. 3).

CANDALE (Louis-Charles-Gaston de Nogaret, marquis de La Valette, duc de) [1627-1658] : 364 (n. 3), 418 (n. 3), 424, 476, 516.

Épisode du jardin de Renard : 364, 365.

CANILLAC (le marquis de), sénéchal de Clermont : 634.

CANOLLE (le baron de), officier de l'armée royale [† 1650] : 429.

CANTARINI, banquier italien : 553, 557.

CANTO (Daniel), faux témoin : 393, 394 (n. 1), 395, 414.

Capitan (le), personnage de la comédie italienne : 146 (n. 1).

Capponi (Aloysius) [† 1659], cardinal : 923.
Capucins (les) : 392 (n. 1).
Capucins noirs. Voir Augustins.
Caracène [Caracena] (don Luis de Benavides Carillo y Toledo, marquis de) [† 1668], gouverneur du Milanais : 448 (n. 1), 930.
Cardinal (le). Voir Richelieu, puis Mazarin.
Cardonne (don Cristoval de), chevalier de Santiago : 902, 903.
Carignan (Marie de Bourbon, princesse de) : 646 (n. 1).
Carillo Quatralve (don Fernand), amiral espagnol : 902, 903, 906, 909.
Carlovingiens (les) : 123.
Carnavalet (François de), lieutenant des gardes du corps : 134.
Carpentier, garde du corps, geôlier de Retz à Vincennes : 863, 865.
Carrouges (dom). Voir Du Carrouge.
Catherine de Médicis [1519-1589], reine de France : 939.
Catilina (Lucius Sergius) [vers 108-62 av. J.-C.] : 912 (n. 1), 999.
Caton (dit l'Ancien ou le Censeur) [234-149 av. J.-C.] : 102, 216, 444, 641, 786.
Caumartin (Louis-François Le Fèvre de) [1624-1687], conseiller au parlement de Paris, ami de Retz : 209 (n. 6), 314, 389 (n. 2), 461-467, 474, 475, 477, 484, 496, 521, 530, 551, 553, 612, 613, 672, 673, 679, 753, 781, 788, 799, 821, 848-851, 855, 861, 862, 864, 870, 873, 880, 884, 960, 961, 977, 978.
Caumesnil (Alexandre de Moreuil, seigneur de), frondeur : 349, 353, 366, 382.
Cecchini (Dominique) [1589-1656], cardinal : 932, 934.
César [101-44 av. J.-C.] : 55, 104, 110, 123, 215, 565.
Cesi (Pietro Donato) [† 1656], cardinal : 923, 934, 956.
Chalucet [Chalusset] (Jean-François de Bonin, marquis de), capitaine du château de Nantes : 883.
Chamboi [Chamboy] (le marquis de), gouverneur de Pont-de-l'Arche : 412, 514, 515.
Chambret [Chamberet] (Benjamin de Pierre-Buffière, marquis de) [† 1649], chef militaire de la Fronde bordelaise : 372 (n. 1), 432.
Champagne (le régiment de) : 70, 725.
Champfleuri, capitaine des gardes de Mazarin : 717.
Champlâtreux (Jean-Édouard Molé, seigneur de) [† 1682], fils de Mathieu Molé, président à mortier en 1657 : 268 (n. 1), 316, 317, 481, 637, 639, 686.
Chancelier (Monsieur le). Voir Séguier (Pierre).
Chandenier (François de Rochechouart, marquis de) [† 1696], capitaine des gardes du corps : 513, 514, 850.
Chanron [Champron, Champrond], conseiller au parlement de Paris : 388, 401, 625.
Chapelain (Jean) [1595-1674], poète et académicien : 107 (n. 1), 143.
Charles Quint [1500-1558],

roi d'Espagne et empereur : 909, 913.

CHARLES V [1338-1380], roi de France : 121.

CHARLES IX [1550-1574], roi de France : 121.

CHARLES I⁽ᵉʳ⁾ [1600-1649], roi d'Angleterre : 259 (n. 2), 416.

CHARLES II [1630-1685], roi d'Angleterre en exil : 416, 448 (n. 2), 449, 761, 770, 858, 901.

CHARLES IV [1604-1675], duc de Lorraine, beau-frère de Monsieur : 218 (n. 5), 354, 767 (n. 2), 770 (n. 1, 2, 3, 5), 773, 774, 825, 827, 830, 835.

CHARLEVOIX, lieutenant de roi au gouvernement de Brisach : 823.

CHARLOTTE, fille de chambre de Mlle de Chevreuse : 759.

CHAROST (Louis de Béthune, comte de) [1605-1681], capitaine des gardes du corps : 644.

CHARRIER (l'abbé Guillaume) [† 1667], fidèle de Retz : 517 (n. 1), 562, 716-718, 804, 866, 880, 889, 890, 912-916, 926, 927, 949, 953, 963.

CHARTON (Louis) [† 1684], conseiller au parlement de Paris (1626) et président aux Enquêtes (1648) : 163 (n. 3), 199, 245, 260, 261, 382, 389, 394, 801.

CHARTREUX (les) : 110, 157, 218, 384.

CHASLONS (Monsieur de), l'évêque de Châlons. Voir VIALART DE HERSE (Félix).

CHASSEBRAS (Jean-Baptiste de), archiprêtre de la Madeleine, grand vicaire de Retz : 976.

CHASTEAUBRIANT [CHÂTEAU-BRIANT] (Des Roches-Baritaut, marquis de) : 540, 633, 635, 645, 737, 854.

CHASTEAUNEUF [CHÂTEAUNEUF] (Charles de L'Aubespine, marquis de) [1580-1653], garde des Sceaux.
Ses liaisons : 218, 478.
Sa première disgrâce : 423, 533, 540, 548.
Son rétablissement : 423 (n. 1), 425, 426, 429, 430.
Son rôle politique : 218 (n. 7), 432, 434, 438, 441, 442, 454, 455, 461, 466, 468, 472, 473, 487, 492, 498, 502-504, 506-508, 515-518, 522, 542, 543, 547, 560-563, 567, 586, 587, 589, 627-629, 660, 663-665, 667, 674, 695, 698.
Sa seconde disgrâce : 698.

CHASTEAUREGNAUD [CHÂTEAURENAULT] (François II Rousselet, marquis de) [† 1677], parent de Retz : 540 (n. 1), 634, 722, 859.

CHASTIGNONVILLE (Alexandre de Sève, seigneur de), maître des requêtes : 792, 831.

CHASTILLON [CHÂTILLON] (Antoine Barillon, seigneur de), conseiller au parlement de Paris, frère de Paul de Barillon : 937 (n. 3), 951, 952.

CHASTILLON [CHÂTILLON] (Gaspard III, comte de Coligny, puis duc et maréchal de) [1584-1646] : 84 (n. 3).

CHASTILLON [CHÂTILLON] (Gaspard IV, comte de Coligny, marquis d'Andelot, puis duc de) [1620-1649], fils du précédent : 739 (n. 3), 170, 171, 191 (n. 2), 227.

CHASTILLON [CHÂTILLON] (Isabelle-Angélique de Montmorency-Bouteville, duchesse de) [1627-1695], femme du précédent : 567, 661, 727, 761, 762, 831.

CHAULNES (Honoré d'Albert, duc de) [1581-1649], maréchal de France : 377 (n. 1), 533, 534.

CHAUMONT (Guy, marquis d'Orbec, de Guitry et de), grand maître de la garde-robe : 225, 349.

CHAUNE. Voir CHAULNES.

CHAVAIGNAC [CHAVAGNAC] (Gaspard de) [1624-1693] : 349, 418, 637, 731.

CHAVIGNI [CHAVIGNY] (Léon Bouthillier, comte de) [1608-1652], secrétaire d'État.

Ses intrigues : 71 (n. 9), 97, 98, 104, 125, 139, 142, 163, 164, 362 (n. 2), 371, 389, 403, 416, 533, 537, 539, 542, 547, 558, 567, 568, 573, 575, 576, 579, 586, 587, 589, 610, 618, 619, 621, 622, 631, 654-657, 720, 726-728, 731, 735, 746, 751, 757, 760-763, 768, 795, 821, 822, 848.

Ses incohérences : 753.

Son arrestation : 168 (n. 2), 176, 177.

Sa disgrâce et sa mort : 656, 720.

CHEVALIER (Paul) [† 1674], chanoine de Notre-Dame de Paris, grand vicaire de Retz : 965 (n. 2)-969, 973, 976, 981.

CHEVALIERS DE MALTE : 67 (n. 2).

CHEVREUSE (Charlotte-Marie de Lorraine, Mlle de) [1627-1652], maîtresse de Retz : 219 (n. 1) *[portrait]*, 353-355, 374, 376, 399, 404, 405, 428, 455, 461, 467, 475, 476, 478, 479, 487, 518, 519, 529, 530, 533, 535, 536, 550-522, 911-613, 647, 648, 673, 680, 739, 740, 757-759, 846, 847.

CHEVREUSE (Marie de Rohan, épouse de Claude de Lorraine, duc de) [1600-1679], mère de la précédente : 218 (n. 4)-219 *[portrait]*, 293 (n. 1), 353, 376, 386, 403, 405, 407, 409, 410, 423, 424, 427, 428, 446, 450, 454, 455, 460, 461, 464, 466-468, 471-475, 487, 486, 517, 518, 529, 533, 535-537, 548, 551, 556, 561, 611-613, 643, 646-649, 679, 670, 739, 757, 759, 769, 845, 847, 849, 868, 977-979.

CHIGI (Fabio), cardinal. Voir ALEXANDRE VII.

CHOISI [CHOISY] (Jean II de) [† 1660], chancelier du duc d'Orléans : 117 (n. 1), 176, 681.

CHOISI [CHOISY] (Jeanne Hurault de L'Hospital, dame de) [1604-1670], mère de l'abbé de Choisy : 89 (n. 1), 90, 795, 821.

CHRISTIAN IV [1577-1648], roi de Danemark en 1588 : 730 (n. 2).

CHRISTINE [1626-1689], reine de Suède de 1632 à 1654 : 957 (n. 2).

CIBO (Alderan) [1613-1700], cardinal : 918.

CICÉRON (Marcus Tullius) [106-43 av. J.-C.] : 949, 999.

CINQ-MARS (Henri Coëffier, marquis de) [1620-1642], Monsieur le Grand : 94 (n. 2).

CIRON [SIRON], agent de Mazarin : 812.

CLANLEU (Bertrand d'Ostoue

de) [† 1649], maréchal de camp : 226, 227.

CLAUDE (Mlle), fille d'honneur de la duchesse d'Orléans : 830.

CLÉMENT (Jacques) [1567-1589], assassin de Henri III : 158.

CLÉREMBAUT [CLÉREMBAULT] (le maréchal de). Voir PALLUAU.

CLERMONT (les comtes de) : 720.

CLERMONT (Charles-Henri, comte de) [† 1674], cadet de Tonnerre : 417.

CLERMONT (Robert de) [† 1358], maréchal de Normandie : 721 (n. 2).

CLESEL. Voir KHLESL (Melchior).

CLINCHAMP (Charles ?, baron de) [† 1652], officier général lorrain : 727, 825.

COHON (Anthime-Denis) [1595-1670], évêque de Nîmes (1634-1644), de Dol-de-Bretagne (1644-1648), de Nîmes à nouveau (1655-1670) : 231 (n. 2), 546, 974 (n. 3).

COIGNI [COIGNY] (Jean-Antoine de Franquetot, comte de) [† 1704], mestre de camp-lieutenant des gendarmes de la reine : 777.

COLIGNI [COLIGNY] (Gaspard de Châtillon, seigneur de) [1519-1572], amiral : 167 (n. 1), 279, 566, 723, 750.

COLIGNI [COLIGNY] (Jean, comte de) [1617-1686], client de Condé : 418, 520, 521, 637.

COLIGNI [COLIGNY] (Maurice, comte de) [† 1644], fils aîné du maréchal de Châtillon : 102 (n. 3), 191 (n. 2).

COLOGNE (l'électeur de). Voir BAVIÈRE (Maximilien-Henri de).

COLONNA (Marc-Antoine) [† 1659], connétable du royaume de Naples : 937 (n. 1).

COLONNE. Voir COLONNA.

COMÉNY. Voir CAUMESNIL.

COMMINGES (Gaston-Jean-Baptiste, comte de) [1613-1670], lieutenant puis capitaine des gardes de la reine, général et diplomate : 143 (n. 1), 159, 410, 417.

COMTE (Monsieur le). Voir SOISSONS.

COMTE MAURICE (le). Voir NASSAU (Maurice de).

CONCINI (Concino) [?-1617], maréchal d'Ancre, favori de Marie de Médicis : 79 (n. 3), 122, 169, 855 (n. 4), 974.

CONDÉ (la maison de) : 629.

CONDÉ (Charlotte-Marguerite de Montmorency, princesse de) [1593-1650], Madame la Princesse : 171 (n. 4), 182, 222, 223, 413, 414, 417.

CONDÉ (Claire-Clémence de Maillé-Brézé, princesse de) [† 1694], nièce de Richelieu, femme de Monsieur le Prince : 424 (n. 3)-426, 430, 491, 622, 630, 662, 795.

CONDÉ (Henri Ier de Bourbon, prince de) [1552-1588] : 186 (n. 3), 586 (n. 1).

CONDÉ (Henri II de Bourbon, duc d'Enghien [Monsieur le Duc], puis prince de [Monsieur le Prince]) [1588-1646] : 102 (n. 2), 103, 105, 107, 117, 182, 586 (n. 1), 632.

CONDÉ (Henri-Jules de Bourbon-) [1643-1709], duc d'Enghien [Monsieur le Duc] [1646-1686] : 424 (n. 3), 425, 430, 483, 623 (n. 2).

CONDÉ (Louis Ier de Bourbon, prince de) [1530-1569] : 186 (n. 3), 586 (n. 1), 624 (n. 1).

CONDÉ (Louis II de Bourbon, duc d'Enghien [Monsieur le Duc], puis prince de [Monsieur le Prince]) [1621-1686].

Condé et Retz : 117 (n. 3), 118, 120, 166, 171, 175, 190, 197, 231, 284, 300, 350, 353, 371, 376, 377, 385, 387, 394, 396, 413 (n. 1), 419, 458, 459, 463, 466, 488, 497, 524, 528, 530, 537, 546, 547, 549, 552, 553, 561, 562, 564, 568, 598, 603, 606, 626, 632, 635, 636, 640, 642, 645, 649, 660, 666, 668, 674, 677, 694, 697, 704, 705, 720, 721, 737, 748, 752-755, 759, 760, 777-779, 783, 797, 800, 827, 838, 854, 855, 857, 867, 868, 887, 899.

Ses « indispositions » contre Mazarin : 171, 172, 174-176, 349, 371, 542, 549, 564, 619, 628, 632.

Ses « ouvertures », ses « accommodements » avec Mazarin : 362, 363, 372-374 (n. 2), 375, 384, 482, 545, 659, 660, 663, 751, 762, 797, 816, 822, 831, 848.

Condé et le Parlement : 268, 356, 402, 434, 531, 625, 630, 636, 650, 667, 679, 680, 688-690, 707, 708, 714, 735, 740, 742, 745, 764, 775, 801.

Son rôle pendant la Fronde : 105, 129, 133, 168, 170, 171, 173-175, 182, 183, 196, 198, 200, 205, 258, 300, 301, 344, 346, 353, 367, 370, 397, 403, 417, 529, 533, 549, 551, 552, 558, 616, 617, 623, 653, 654, 656, 658, 660-662, 664, 665, 679, 681, 708, 727, 731, 734-736, 742, 745, 751, 758, 763, 768, 774, 775, 780, 787, 823, 825, 827, 831.

Sa famille : 203, 210, 218, 281, 298, 353, 357, 360 (n. 1), 371, 373, 569, 632.

Ses inconséquences : 103, 107, 181, 182, 188, 189, 191, 303, 370, 388, 390, 392, 556, 565, 734, 746, 748, 750, 751, 787.

« Le parti de Monsieur le Prince » : 435-437, 442, 451, 457-460, 467, 483, 484, 490, 524, 526, 528, 530, 535, 568, 574, 621, 634, 635, 637-639, 645, 659-662, 665, 667, 676, 678, 683, 708, 709, 721, 735, 747, 748, 751, 760, 762, 763, 788, 825, 829, 885, 950.

Mesures contre Monsieur le Prince : 559, 566, 570, 927, 680, 749, 854.

Son arrestation : 406, 407, 410, 411, 414, 415, 421, 428, 471, 480, 488, 490, 492, 562, 615, 661, 869.

Sa libération : 478, 481, 487, 507, 522, 563, 657, 661, 950.

Le chef militaire : 222, 226, 227, 261, 272, 282, 345, 362, 363, 412, 532, 550, 616, 623, 630-632, 662, 724-726, 732-734, 767, 771, 776-778, 785, 789, 809.

Le héros, le mythe : 104, 139, 185, 186, 188, 189, 215 [portrait], 219, 222, 452, 475, 559, 560, 567,

627, 633, 723, 725, 732, 749, 760, 777.
Sa retraite parmi les Espagnols : 885, 951.
Divers : 855, 952.
CONTARINI (Aloisio) [† 1653], médiateur au congrès de Westphalie : 925 (n. 1).
CONTI (Armand de Bourbon, prince de) [1629-1666], frère puîné de Condé : 117 (n. 2), 133, 138, 171, 173, 176, 190-194, 196, 198, 201-203, 205-213, 217 *[portrait]*, 222, 227, 228, 230, 231, 233, 235, 238-240, 242, 245, 259-263, 269, 270, 273-276, 281, 286, 287, 289-292, 295, 296, 298, 301-303, 305, 309-311, 317, 318, 335-338, 342, 343, 345-350, 352, 357, 359-362, 371, 410, 457, 483, 487, 529, 532, 533, 539, 564-566, 568, 569, 578, 586, 594, 599, 600, 612, 613, 623, 633, 638, 654, 659-661, 724-726, 759, 762, 774, 795, 950.
CONTI (le régiment de) : 726, 764, 777.
CORDELIERS (les) : 167, 525, 645.
CORNEILLE (Pierre) [1606-1684] : 89.
CORSES (les) : 908, 915.
CORSINI (la maison de), famille florentine : 912.
COSPEAU (Philippe) [1568-1646], évêque de Nantes, puis de Lisieux : 88 (n. 1)-90, 92, 94, 96, 98, 99.
COULON (Jean), conseiller au parlement de Paris : 347 (n. 4), 356, 522.
COULON, écuyer du maréchal de La Meilleraye : 889, 891.
COURCELLES (Charles de Champlais, sieur de) : 296.

COURET, aumônier de l'archevêque de Paris : 97.
COURTENAI [COURTENAY-CHEVILLON] (Robert de), abbé des Eschalis ; serviteur de Retz à Rome : 943 (n. 1).
COURTIN (Achille), maître des requêtes et conseiller d'État : 214 (n. 1).
COURTIN (Honoré) [1626-1703], maître des requêtes et diplomate : 950 (n. 4).
COUSTENAN [COUTENANT] (Timoléon de Boves, seigneur de) [† 1651 ?], capitaine de chevau-légers : 96, 99.
CRAFORT [CRAWFORD], (le comte de), officier écossais : 540.
CRAMAIL (Adrien de Monluc, comte de) [1568-1646], bel esprit : 79 (n. 2)-81, 84, 85.
CRASSEMBAC [CRASSEMBACH] (don Cristoval de), premier secrétaire de don Louis de Haro : 898, 899.
CRAVATTES (CROATES) : 732 (n. 3).
CRENAN (le marquis de), fidèle de Condé : 638.
CRÉQUI [CRÉQUY] (François de Blanchefort, chevalier puis marquis de) [1629-1687], maréchal de France en 1668 : 725 (n. 4).
CRESPIN, conseiller au parlement de Paris : 492, 624, 625.
CRESSI, enseigne des gardes de la reine : 410.
CROISAT, exempt : 860.
CROISSI [CROISSY] (Fouquet de), conseiller au parlement de Paris : 288 (n. 3), 289, 458, 482, 484, 486, 491, 496, 553, 567, 573, 586, 587, 621, 658, 659, 682, 727, 729, 801, 827, 842, 950, 952, 953.

CROMWELL (Olivier) [1599-1658], lord-protecteur d'Angleterre : 449, 450, 500 (n. 2), 502, 505, 650, 792, 858 (n. 3).

CUGNAC (Pierre de Caumont, marquis de) [† 1650], frondeur : 225, 349, 418.

CUMONT (Abimélech de), conseiller aux Enquêtes du parlement de Paris : 660, 747, 780.

CURÉS DE PARIS (les) : 861, 872, 874, 875, 877.

CYPRIEN (saint) [vers 200-258], évêque de Carthage : 972 (n. 1), 973.

DANVILLE [DAMVILLE] (François-Christophe de Lévis-Ventadour, comte de Brion, duc de) [1603-1661], premier écuyer de Monsieur : 88 (n. 4), 91, 675, 681, 700, 701, 703-705, 715, 817, 834.

DARMET (Mme) : 855.

DAUGNON. Voir DU DAUGNON.

DAURAT, conseiller au parlement de Paris : 401.

DEFITA (Jacques), avocat de l'archevêque de Paris : 97.

DELORME (Marion) [1613-1650] : 63 (n. 1).

DES BARREAUX (Jacques Vallée, sieur) [1602-1673], poète libertin : 63 (n. 2).

DESLANDES-PAÏEN [PAYEN] (Pierre) [† 1664], conseiller au parlement de Paris, fidèle de Condé : 317, 491, 493, 601, 605.

DESMARTINEAU [DES MARTINEAUX] (Mathieu), avocat : 402.

DES NOÏERS. Voir NOYERS.

DES NOTS, apothicaire parisien, conseiller de la ville : 743.

DES ROCHES (Michel Le Masle, prieur), chanoine et chantre de Notre-Dame de Paris : 793.

DES ROCHES, capitaine des gardes de Condé : 401, 492.

DES URSINS (le cardinal). Voir ORSINI (Virginio).

DIGBI [DIGBY] (lord), officier général de l'armée royale : 727 (n. 1).

DOL (l'évêque de). Voir COHON (Anthime-Denis).

DORIEUX (Jean) [† 1679], conseiller à la Cour des aides : 787.

DOUGEAT [DOUJAT], conseiller au parlement de Paris : 388, 395, 493, 630, 653, 680, 828, 830.

DREUX (Pierre) [1612-1653], conseiller au Grand Conseil : 133.

DU BOISLE [DU BOILE, DU BOILLE], avocat au Châtelet : 312 (n. 2), 314.

DUBOSC-MONTANDRÉ (Claude), avocat bordelais, pamphlétaire condéen : 552 (n. 3), 553.

DU BOUCHET (Jean), marquis de Sourches, grand prévôt de France : 565.

DU BUISSON, marchand de bois : 197.

DUC (Monsieur le). Voir CONDÉ.

DU CARROUGE (dom Claude) [† 1654], chartreux : 738, 794.

DU CHÂTELET (Mme), maîtresse du comte d'Harcourt : 56, 57.

DU COUDRAI-GENIERS [DU COUDRAY-GENIERS], conseiller aux Enquêtes du parlement de Paris : 688, 690, 695.

Du Coudrai-Montpensier [Du Coudray-Montpensier] (Henri d'Escoubleau, marquis) : 79 (n. 1), 441 (n. 2), 455, 456, 725.
Du Daugnon (Louis Foucault, comte) [vers 1616-1659], gouverneur d'Aunis : 429 (n. 1), 662 (n. 3), 762.
Du Fargis (Charles d'Angennes, comte), père de La Rochepot : 79 (n. 1).
Du Fargis (Madeleine de Silly, comtesse) [† 1639], tante de Retz : 62 (n. 2), 70.
Du Fay, commissaire général de l'artillerie : 855 (n. 3), 856.
Du Fretoi [Du Fretoy] (Mme), sous-gouvernante des filles du duc d'Orléans : 498.
Du Gast. Voir Gast.
Du Gué-Bagnols (Guillaume) [1616-1657], janséniste, ami de Retz : 403 (n. 1), 568, 822, 960.
Du Hamel (Jacques), gouverneur de Saint-Dizier : 221 (n. 2).
Du Jour (le baron). Voir Du Tour.
Du Mont, gouverneur de Saumur, fidèle de Condé : 417.
Duneau, secrétaire du comte de Soissons : 82.
Du Plessis (le chevalier) : 61.
Du Plessis-Praslin (César de Choiseul, comte) [1598-1675], maréchal de France : 222 (n. 3), 258, 426, 439, 489, 494-496, 506, 516, 531, 532, 540-543, 547, 549, 550, 652, 812.
Du Portail (Nicolas Johannès, sieur), avocat au parlement de Paris et libelliste : 553 (n. 2), 842.

Duras (Jacques-Henri de Durfort, duc de) [1626-1704], neveu de Turenne, maréchal en 1675 : 246 (n. 2), 349, 383, 418.
Du Tillet, greffier en chef du parlement de Paris : 134.
Du Tour (Jean-Baptiste Cauchon, baron), fidèle de Gaston d'Orléans : 827 (n. 1).
Du Tremblai [Du Tremblay] (Charles Leclerc), capitaine de la Bastille : 80 (n. 1).

Écossais (les) : 416, 540.
Elbène (Alexandre d') [† 1654], commandeur de Malte : 371.
Elbène (Barthélemy d') : [† 1663], évêque d'Agen : 420.
Elbeuf (Charles II de Lorraine, duc d') [1596-1657], gouverneur de Picardie, général de la Fronde : 202 (n. 2)-204, 206-213, 216 [portrait], 226, 233-235, 237-239, 262, 263, 266, 270, 271, 274, 275, 286, 587, 292, 298, 302, 303, 310, 318, 327, 335, 336, 344, 349, 353, 388, 504, 516, 683, 684, 727.
Électeur. Voir Bavière, Cologne, Palatin.
Élisabeth Ire [1533-1603], reine d'Angleterre et d'Irlande : 219.
Embrun (M. l'archevêque d'). Voir La Feuillade.
Émeri [Émery] (Michel Particelli, seigneur d') [1596-1650], surintendant des Finances : 128 (n. 2), 130, 136, 177, 366, 377, 415, 424.
Empereur (l'). Voir Charles Quint [1519-1556], puis Ferdinand III [1637-1657].

EMPUS [AMPUS] (Marie de Brancas, marquise d'), maîtresse d'Ondedei : 382, 404, 421.

ENTRAGUES (Charles de Balzac, baron d') : 455.

ÉPINEVILLE (M. d'), écuyer de Mme de Retz : 61.

EQUILLI [ECQUILLY] (René de Vassé, seigneur d'), cousin de Retz : 60 (n. 4), 61.

ERLAC [ERLACH] (Jean-Louis, baron d') [1595-1650], gouverneur de Brisach : 167 (n. 7), 279, 286, 295, 345.

ESCADRON VOLANT (l'), groupe de cardinaux indépendant des couronnes au conclave de 1655 : 919-924, 926, 928, 932, 938, 941, 947.

ESCLAINVILLIERS (Timoléon de Séricourt, marquis d') [† 1657], mestre de camp de l'armée royale : 777.

ESCRY (le baron d') : 389 (n. 2).

ESPAGNOLS (les) : 245, 247, 275-278, 283, 284, 292, 309, 330, 333, 334, 336, 337, 345, 354, 426, 438, 440, 451, 556, 648, 652, 768, 843, 867, 894, 897, 903, 910, 913, 922, 927, 928, 945, 951.
Les envoyés espagnols : 232, 245, 262, 327, 336-338, 344, 358, 443, 446.
Les troupes espagnoles : 70, 139, 263, 280, 289, 299, 324-326, 337, 350, 362, 417, 455, 494, 550, 630-632, 662, 690, 699, 700, 786, 790, 798, 813, 815, 825, 833.
Le gouvernement espagnol : 76, 83, 84, 166, 236, 274, 319, 438, 496, 678, 767, 769.

ESPERNON [ÉPERNON] (Bernard de Nogaret de La Valette, duc d') [1592-1662], gouverneur de Guyenne : 107, 185 (n. 3), 224, 371, 372, 418 (n. 2), 421, 425, 430, 431, 433, 435, 512, 516, 532.

ESPINAY-SAINT-LUC (François II d') [entre 1603 et 1608-1670], lieutenant du roi en Guyenne : 724.

EST [ESTE] (Renaud d') [1618-1673], cardinal, protecteur de la couronne de France à Rome : 890 (n. 1), 915, 917, 919, 929, 930, 938, 942-946, 954, 957.

ESTAMPES (le maréchal d'). Voir LA FERTÉ-IMBAULT.

ESTAMPES (M. d'), président au Grand Conseil : 81, 85.

ESTISSAC (François de La Rochefoucauld, marquis d'), frère puîné de La Rochefoucauld : 349.

ESTRÉES (César d') [1628-1714], cardinal en 1671 : 418 (n. 4).

ESTRÉES (François-Annibal, duc d') [1573-1670], maréchal de France : 64, 67, 102, 106, 117, 129, 178, 179, 419, 422-424, 516, 594, 610, 945 (n. 2).

FABERT (Abraham) [1599-1662], maréchal de France : 760 (n. 2).

FAIE [FAYE] (Jacques) [1543-1590], seigneur d'Espeisses ; président à mortier au parlement de Paris : 122 (n. 5).

FAIRFAX (sir Thomas) [1611-1671], général de la guerre civile anglaise : 500 (n. 2), 502, 505.

FARNÈSE (Ranuce II) [† 1694], duc de Parme : 955.

Personnes et personnages 1199

FEBEI (monsignor), maître des cérémonies à la cour de Rome: 914, 923, 949, 957.

FERDINAND III [1608-1657], empereur en 1637: 716, 917.

FERDINAND II de Médicis [1610-1670], grand-duc de Toscane en 1621: 715 (n. 2), 911, 912, 914, 935, 939, 962.

FEUQUIÈRES (Isaac, marquis de) [1618-1688]: 671.

FIENNE [FIENNES] (la vieille). Voir FRUGES (Françoise de).

FIENNES (Marc de), vicomte de Fruges: 287, 310, 342.

FIESQUE (Charles-Léon, comte de), frondeur: 102 (n. 5), 225, 349, 353, 385, 512, 533, 601, 642, 705, 729, 753, 777, 790.

FIESQUE (Gilonne d'Harcourt, comtesse de) [vers 1619-1699], femme du précédent: 102 (n. 5), 729 (n. 2).

FILDIN (anglais): 449.

FIORENZOLA (Vincent Maculano, dit) [1578-1667], cardinal: 928, 933, 934.

FLAMMARIN [FLAMMARENS] (Antoine-Agésilas de Grossoles, marquis de) [† 1652], fidèle de La Rivière, puis de Condé: 259 (n. 1), 260, 262, 298, 408, 558, 777.

FLEIX (Marie-Claire de Beaufremont, comtesse de), première dame d'honneur de la reine: 375.

FOIX (la maison de): 376.

FOIX (Gaston de) [1489-1512], duc de Nemours, neveu de Louis XII: 838 (n. 1).

FONTENAI [FONTENAY-MAREUIL] (François Du Val, marquis de) [1595-1665], diplomate: 753 (n. 1), 792, 796, 799, 800, 822.

FONTRAILLES (Louis d'Astarac, vicomte de) [† 1677], familier de Retz et libertin: 102 (n. 4), 149, 353, 356, 365, 385.

FORTS (le chevalier des), fidèle de Condé: 777.

FOSSEUSE (François de Montmorency, marquis de), fidèle de Retz: 633, 645.

FOULÉ [FOULLÉ] (Étienne) [† 1673], maître des requêtes: 432 (n. 1), 437.

FOUQUET (l'abbé Basile) [† 1680], frère de Nicolas Fouquet et créature de Mazarin: 369 (n. 2), 415, 489 (n. 2), 552, 584, 594 (n. 1), 623, 625, 757, 758, 803, 804, 812, 815, 819, 821, 822, 839, 847, 853-856, 874, 876, 877, 959.

FOUQUET (Louis) [† 1702], frère du surintendant Nicolas Fouquet et de l'abbé Basile Fouquet, conseiller-clerc au parlement de Paris: 951 (n. 1).

FOUQUET (Nicolas) [1615-1680], procureur général au parlement de Paris, futur surintendant des Finances: 491, 584, 749, 763, 765, 766.

FOURNIER, président en l'élection de Paris et premier échevin (1647-1649): 201, 203 (n. 1).

FRANÇAIS (les): 126, 150, 227, 322, 450, 526, 527, 530, 531, 800, 808, 900, 913, 917, 938, 943, 944, 946, 951, 954, 955.

Franchise (la), surnom de La Rochefoucauld: 640.

FRANÇOIS D'ASSISE (saint): 910.

FRANÇOIS Ier [1494-1547], roi de France: 121.

FRANÇOIS II [1544-1560], roi de France : 121, 624 (n. 1).

FRANZONI (Jacques) [1612-1697], trésorier de la Chambre apostolique, puis cardinal : 914.

FREMONT (Roger-François de), secrétaire des commandements du duc d'Orléans : 468-470, 498, 675, 767.

FROMENTIN, valet de chambre de Retz : 886.

FRONTENAC (Anne de La Grange, comtesse de) [† 1707], amie de Mademoiselle : 729 (n. 2).

FROULAY (René de) [† 1701], comte de Tessé, fidèle de Mazarin : 836.

FROULÉ. Voir FROULAY (René de).

FRUGES (le chevalier de). Voir FIENNES (Marc de).

FRUGES (Françoise de Fiennes, demoiselle de), comtesse Des Chapelles, sœur du précédent : 63, 287.

FUENSALDAGNE [FUENSALDAÑA], (Alphonse Perez de Vivero, comte de) [† 1661], commandant en chef des troupes espagnoles des Pays-Bas : 166 (n. 1), 170, 198, 232-235, 237, 263, 265, 273, 277, 286, 288, 289, 291, 293, 294-296, 358, 359, 447, 527, 677, 815, 827.

GABOURI [GABOURY] (Jacques), porte-manteau de la reine : 405, 554, 559, 560, 572.

GABOURI [GABOURY] (Mme de) : 549.

Galathée, héroïne de *L'Astrée* : 213 (n. 5).

GALBA [5 av. J.-C.-69 apr. J.-C.], empereur romain en 68-69 : 933 (n. 2).

GAMARRE (don Esteban [Stevan] de), général espagnol : 494 (n. 4).

GANSEVILLE (François de Cauquigny, sieur de), écuyer du duc de Beaufort : 104, 534, 535.

GARDE DES SCEAUX (Monsieur le). Voir MOLÉ (Mathieu).

GASCONS (les) : 461, 860.

GAUCOUR [GAUCOURT] (Charles-Joseph de) [† 1692], comte de Villedieu, familier de Condé : 645, 720, 726, 762, 768.

GAUMONT (André de), envoyé de la cour de France à Rome : 890.

GENEVIÈVE (sainte) : 766 (n. 4).

GENIERS. Voir DU COUDRAI-GENIERS.

GENLIS (Florimond Brûlart, marquis de), fidèle de Gaston d'Orléans : 634.

GÉNOIS (les) : 907, 909, 912.

GERMAIN. Voir JERMYN.

GERZAY. Voir JARZÉ.

GHISI. Voir CHIGI.

GINETTI (Marzio) [1585-1671], cardinal : 932.

GOISEL, avocat et astrologue : 862.

GOMBERVILLE (Martin Le Roy, seigneur Du Parc et de) [1600-1674], poète et romancier : 143 (n. 4).

GONDI (Albert de) [1522-1602], duc et maréchal de Retz : 56, 474 (n. 1).

GONDI (Catherine de) [1612-1677], fille de Henri de Gondi, deuxième duc de Retz ; femme de Pierre de Gondi, troisième duc de Retz ; belle-sœur et cousine issue de germain du coadjuteur : 60 (n. 3), 867, 882, 892, 960.

GONDI (Henri de) [1590-1659], deuxième duc de Retz ; « le vieux » ; cousin germain du coadjuteur : 56, 58 (n. 1), 60, 224 (n. 5), 392 (n. 1), 867, 882, 892, 894.

GONDI (Jean-Baptiste, chevalier de) [1589-1664], secrétaire d'État du grand-duc de Toscane : 912 (n. 4).

GONDI (Jean-François de) [1584-1654], Monsieur de Paris, Monsieur l'Archevêque ; oncle du coadjuteur : 56, 61 (n. 3), 86, 89, 93, 94, 96, 97, 100, 101, 108, 109, 114, 115, 141, 392, 393, 492, 766, 872 (n. 1), 874.

GONDI (Marguerite de) [1615-1670], fille de Henri, deuxième duc de Retz, et sœur cadette de Catherine de Gondi ; d'abord connue sous le nom de Mlle de Scépeaux, puis duchesse de Brissac : 56, 58 (n. 4)-60, 399 (n. 1), 477 (n. 2), 891.

GONDI (Marie-Catherine de) [1647-1716], demoiselle de Retz, supérieure générale du Calvaire : 415 (n. 3).

GONDI (Philippe-Emmanuel de) [1581-1662], général des galères puis oratorien, père du coadjuteur : 56, 57 (n. 3), 58, 60, 66, 68, 98, 105, 326, 327.

GONDI (Pierre de) [1533-1616], évêque de Paris et cardinal : 56, 236 (n. 1), 808, 809.

GONDI (Pierre de) [1602-1676], troisième et dernier duc de Retz, frère aîné du coadjuteur : 56, 58 (n. 3), 66, 71, 107, 193, 342, 349, 353, 365, 392, 393, 867, 868, 873, 891, 894, 960.

GONDRIN (Louis-Henri de Pardaillan de) [1620-1674], archevêque de Sens : 155 (n. 2).

GONZAGUE (Anne de) [1616-1684], sœur de la reine de Pologne et femme du comte palatin ; Madame la Palatine : 219 [*portrait*] (n. 2), 458, 459, 461, 479-481, 483, 484, 486, 489-491, 496, 539, 548-551, 554, 559, 560, 563, 564, 566, 582-584, 587, 589-591, 606, 609, 610, 614, 616, 617, 645, 652, 668, 755, 802-805, 812, 813, 815, 834, 845, 851, 853, 854, 787.

GONZAGUE (Marie-Louise de) [vers 1612-1667], femme de Ladislas IV, puis de Jean II Casimir ; reine de Pologne : 111 (n. 3), 114, 115, 118.

GORGIBUS, faux témoin : 394 (n. 1), 395.

GOULAS (Nicolas) [1603-1683], gentilhomme de la chambre de Monsieur et mémorialiste : 102, 415 (n. 4), 416, 537, 575, 576, 631, 720, 728, 731, 751, 756, 757, 761-763, 790, 821, 848.

GOURGUES (Jean de), marquis de Vayres, président à mortier au parlement de Bordeaux : 425, 432.

GOURVILLE (Jean Hérault de) [1625-1703], mémorialiste : 430 (n. 1), 663, 667, 670, 671, 731, 734, 761, 762.

GRAMONT (Antoine III, comte de Guiche, maréchal, puis duc de) [1604-1678] : 71 (n. 7), 107, 227, 228, 387, 405, 481, 485-487, 490, 491,

493, 503, 506, 511, 512, 537, 558, 565-567, 571, 573-575, 898.

GRAMONT (Philibert, chevalier puis comte de) [1621-1707], frère du précédent : 418.

GRAMPRÉ. Voir GRANDPRÉ.

GRANCEI [GRANCEY] (Jacques III Rouxel de Médavy, comte de) [1603-1680], maréchal de France en 1651 : 246 (n. 1), 260, 347 (n. 4), 516, 733.

GRAND (Monsieur le). Voir CINQ-MARS.

GRAND CONSEIL (le), cour souveraine parisienne : 686.

GRAND-DUC (le). Voir FERDINAND II.

Grande barbe (la), surnom de Mathieu Molé : 394 (n. 3). Voir MOLÉ (Mathieu).

GRANDE MADEMOISELLE (la). Voir MONTPENSIER.

GRANDMAISONS, spadassin : 476.

GRAND MAÎTRE (Monsieur le). Voir LA MEILLERAYE.

GRANDPRÉ (Charles-François de Joyeuse, comte de) [† 1688], gouverneur de Mouzon : 412, 661.

GRAVELLE (Marie Creton d'Estournel, dame de), maîtresse de Bassompierre : 80.

GRAVIÈRES DE TOLÈDE. Voir TOLÈDE (don Gabriel de).

GRÉGOIRE LE GRAND (saint) [vers 540-604], pape : 927 (n. 3).

GRÉGOIRE XV [1554-1623], pape : 941 (n. 1).

GREM [GRAHAM]. Voir MONTROSE.

GRESSI [GRESSY], ancien conseiller au parlement de Paris : 260, 349.

GRIFONI (le commandeur, gouverneur de Portoferraio) : 911.

GRIGNAN (François Adhémar de Monteil de) [1603-1689], archevêque d'Arles : 98, 111, 119.

GRIMALDI (Jérôme) [1597-1685], cardinal, archevêque d'Aix-en-Provence : 919, 928-930, 933, 936, 938.

GUALTIERI [GUALTERIO] (Charles) [† 1673], cardinal : 918, 919, 922.

GUÉBRIANT (Renée du Bec-Crespin, marquise de) : 552, 823.

GUEFFIER [† 1660], résident de France à Rome : 953 (n. 2).

GUÉMENÉ (la maison de) : 376.

GUÉMÉNÉ (Anne de Rohan-Montbazon, princesse de) [1604-1685], maîtresse de Retz : 62 (n. 1)-64, 66, 68-70, 86, 164, 193, 354, 374, 376 (n. 3), 378, 386, 477, 758, 759.

GUÉMÉNÉ (Louis VII de Rohan, duc de Montbazon, prince de) [1599-1677], mari de la précédente : 152 (n. 3), 178, 213, 514, 953.

GUÉNÉGAUD (Henri Du Plessis-) [1609-1676], marquis de Plancy, comte de Montbrison, secrétaire d'État : 134 (n. 2), 506, 735, 766.

GUÉNÉGAULT [GUÉNEGAUD] (Élisabeth de Choiseul, marquise Du Plessis-) [† 1672], épouse du précédent, amie de Mme de Sévigné : 822 (n. 2).

GUERCHI (Mademoiselle de), fille d'honneur de la reine : 145 (n. 3).

GUÉRIN, conseiller à la Cour des aides : 85, 133, 634.

GUEUX (les) : 357 (n. 2).

Personnes et personnages 1203

GUIONNET [GUYONNET] (Jacques), conseiller au parlement de Bordeaux : 372, 432 (n. 2).

GUISE (la maison de) : 203, 846.

GUISE (Charles de) [1525-1574], cardinal de Lorraine, archevêque de Reims : 113 (n. 1), 121 (n. 8), 189.

GUISE (François I*er* de Lorraine, duc de) [1519-1563] : 121 (n. 8), 189, 215 (n. 2), 624 (n. 1).

GUISE (Henri I*er* de Lorraine, duc de) [1550-1588], le Balafré : 215 (n. 2), 254 (n. 2), 279, 374, 842.

GUISE (Henri II de Lorraine, archevêque de Reims, puis duc de) [1614-1664] : 84 (n. 1), 101, 107, 350, 822 (n. 5), 855, 907, 909, 913, 980.

GUISE (Louis II de Lorraine, cardinal de) [1555-1588], archevêque de Reims : 254 (n. 2), 355, 866 (n. 4).

GUISE (MM. de) : 189. Voir GUISE (François I*er* de) et GUISE (Henri I*er* de).

GUISE (Marie de Lorraine, Mlle de) [1615-1688], sœur de Henri II, duc de Guise : 92 (n. 1).

GUISE (Roger de Lorraine, chevalier de) [1624-1653], frère puîné du duc de Guise Henri II : 825 (n. 1).

GUITAUT (François de Comminges, comte de) [1581-1663], « le vieux Guitaut » ; capitaine des gardes de la reine : 103, 144 (n. 2), 147, 410.

GUITAUT (Guillaume de Pechpeirou-Comminges, comte de) [1626-1685], « le petit Guitaut » ; aide de camp de Condé : 418 (n. 1), 537, 731.

GUSTAVE II ADOLPHE [1594-1632], roi de Suède : 219 (n. 4), 730.

HAQUEVILLE [HACQUEVILLE] (l'abbé d') [† 1678], fidèle de Retz et confident de Mme de Sévigné : 455 (n. 2), 722, 857, 858, 861, 864, 873, 880, 960.

HARAMBURE (Marie Tallemant, dame d') [† 1642], cousine de Tallemant Des Réaux : 87 (n. 3).

HARCOURT (Charles III de Lorraine, prince d') [1620-1692], fils aîné du duc d'Elbeuf : 224 (n. 4), 348 (n. 1), 349 (n. 2), 516.

HARCOURT (Henri de Lorraine, comte d') [1601-1666], lieutenant général, surnommé Cadet la Perle : 56 (n. 7), 339, 363, 312, 471, 662, 667, 724, 725, 795, 822, 823.

HARLAI [HARLAY] (Achille de) [1536-1616], premier président du parlement de Paris : 122.

HARLAY DE CHAMPVALLON (François III de) [1625-1695], archevêque de Rouen en 1651, de Paris en 1671 : 698 (n. 3).

HARO (don Louis de) [1598-1661], *valido* du roi d'Espagne Philippe IV : 898 (n. 2).

HARRACH (Ernest-Albert, comte de) [1598-1667], archevêque de Prague, cardinal : 917.

HAUCOUR [HAUCOURT], officier dans l'armée de Turenne : 494.

HAUDREY (M. d') : 978.

HENNEQUIN (Dreux) [† 1651], conseiller à la Grand-

Chambre, abbé de Bernay : 200 (n. 2), 562, 849.

HENNEZON (dom Henri) [1618-1689], abbé de Saint-Mihiel : 769 (n. 3).

HENRI III [1551-1589], roi de France : 121, 158, 648, 940 (n. 2).

HENRI IV [1553-1610], Henri le Grand : 92, 121, 221, 223, 249, 395, 510, 768, 786, 807, 808.

HENRIETTE-ANNE D'ANGLETERRE. Voir ORLÉANS.

HENRIETTE-MARIE DE FRANCE [1609-1669], fille de Henri IV, femme de Charles Ier d'Angleterre, mère de la précédente : 111 (n. 4), 222, 223, 259, 448, 761.

HERBALLE. Voir HERWARTH (Barthélemy).

HÉRICOURT [† 1652], lieutenant des gardes du duc de Beaufort : 795.

HERWARTH (Barthélemy) [1607-1676], partisan, contrôleur général des Finances : 371 (n. 1).

HILARION (le père). Voir RANCATI.

HOCQUINCOURT (Charles de Monchy, marquis d') [1599-1658], maréchal de France : 257 (n. 3), 370, 384, 489, 516, 555, 556, 558, 559, 667, 684, 687, 688, 690, 696, 698, 730, 732-734, 752, 876.

HODENCQ (Alexandre de), archiprêtre de Saint-Séverin, grand vicaire de Retz : 976.

HOLLAND (Henry Rich, comte de) [† 1649], envoyé de Jacques Ier d'Angleterre (1624) : 218.

HOLLANDAIS (les) : 98, 128.

HOSTEL (Ferry de Choiseul, vicomte d'), capitaine des gardes de Monsieur : 450 (n. 2), 501, 531, 536, 540, 575, 634, 669, 670, 744, 867.

HUGUENOTS (les) : 87, 167, 706.

HUGUES CAPET [vers 941-996], roi de France en 987 : 123 (n. 4).

HUMIÈRES (Balthazar de Crevant, chevalier d'), enseigne des gendarmes de Retz : 157 (n. 1), 645, 760.

ILLESCAS (don Josef de), autre nom d'Arnolfini : 233, 273, 275, 281, 322.

IMPERIALI (Laurent) [† 1673], cardinal : 918, 922, 940, 956.

IMPORTANTS (les) : 102, 103, 193, 215.

INNOCENT X (Giambattista Pamfili) [1574-1655], pape de 1644 à 1655 : 408 (n. 4), 447, 463, 464, 716, 717, 866, 876, 878, 880, 881, 890, 913-918, 920, 925, 926, 945.

ITALIENS (les) : 60, 109, 423, 941, 949.

JACOBINS (les) : 158, 559 (n. 1), 886, 887.

JANVRI [† 1652], conseiller au parlement de Paris : 780.

JARS (François de Rochechouart, commandeur de) [† 1676] : 365 (n. 3), 423, 540, 587, 664.

JARZÉ (René Du Plessis de La Roche-Pichemer, marquis de) [† 1672], familier de Mazarin et libertin : 364 (n. 2), 405.
Épisode du jardin de Renard : 364, 365.

Jean Doucet, antonomase désignant un paysan naïf : 626 (n. 2).

JEANNIN (Pierre) [1540-1622],

président au parlement de Dijon : 419 (n. 1), 768 (n. 1).

Jeannins (les), Villerois (les) et Silleris (les) : antonomase désignant les ministres sages et avisés : 419 (n. 1).

JERMYN (Henry, lord) [† 1684], secrétaire de la reine Henriette d'Angleterre : 448 (n. 4), 770.

JOINVILLE (Jean, sire de) [1224 ?-1317], chroniqueur : 121.

JOLI [JOLY] (Guy), secrétaire de Retz et mémorialiste : 381 (n. 3), 382, 388, 389, 393, 394, 553, 799, 803, 851, 853, 854, 882, 887, 888, 894, 908, 963, 964.

JOUI [JOUY] (le baron de), fidèle de Monsieur et ami de Retz : 500, 537, 538, 540, 572, 618, 619, 651, 777, 800, 836, 842, 843.

JOYEUSE (Louis de Lorraine, duc de) [1622-1654] : 980.

JOYEUSE (Robert de). Voir SAINT-LAMBERT.

JUAN D'AUTRICHE (Don) [1629-1679], fils naturel du roi Philippe IV : 899 (n. 3), 902.

JUCATIÈRES, marchand nantais : 59.

JOUVENEL DES URSINS (Jean) [1360-1431], conseiller de Charles VI : 121 (n. 5).

KHLESL (Melchior) [† 1630], évêque de Vienne, cardinal : 866 (n. 4).

LA BÉCHERELLE [LA BESCHERELLE], officier de l'armée royale : 412.

LA BORNE, courrier de Mazarin : 952.

LA BOULAIE [LA BOULAYE] (Maximilien Échelard, marquis de) [1612-1668], gendre du duc de Bouillon : 213 (n. 3), 342, 353, 367, 382 (n. 1)-384, 389, 394, 401.

LA BUSSIÈRE [† 1689], maître de chambre des ambassadeurs de France à Rome : 958.

LA CHAISE (le chevalier de), fidèle du duc de Longueville : 205.

LA COMETTE, faux témoin : 394 (n. 1).

LA CROISETTE, capitaine du château de Caen : 412.

LA CRUSCA (don Antonio de), émissaire espagnol : 677.

L'ADVOCAT [LAVOCAT] (Nicolas) [† 1681], grand vicaire de Retz, évêque de Boulogne en 1677 : 965 (n. 2)-969, 973, 975, 981.

LAFAÏETTE [LAFAYETTE] (Marie-Madeleine Pioche de La Vergne, comtesse de) [1634-1693], femme de lettres : 722 (n. 2), 879.

LA FERTÉ (le maréchal de). Voir SENNETERRE (Henri II de).

LA FERTÉ-IMBAULT (Jacques d'Étampes, marquis de) [1590-1668], maréchal de France en 1651 : 533, 537, 599, 609, 696, 697, 722, 744, 790, 826, 828.

LA FEUILLADE (Georges d'Aubusson de) [1609-1697], archevêque d'Embrun en 1649 : 528 (n. 1).

LA FEUILLADE (Léon d'Aubusson, comte de) [† 1647], premier chambellan du duc d'Orléans : 98 (n. 6).

LA FEUILLÉE (Charles, seigneur de), frondeur : 349.

LA FORCE (Jacques Nompar

de Caumont, duc et maréchal de) [1558-1652] : 87 (n. 4), 428 (n. 1), 429, 662.

LA FOREST [LA FORÊT], lieutenant du prévôt des maréchaux : 672 (n. 3).

LA FRETTE (Pierre Gruel, seigneur de) [† 1656], capitaine des gardes de Monsieur : 73, 74, 105.

LA GISCLAIE, capitaine de vaisseau : 892.

LA GRANGE (M. de), président aux Requêtes du parlement de Paris : 401.

LA GRANGE (M. de), maître des comptes : 413.

LA HOUSSAIE [LA HOUSSAYE] (Nicolas Le Pelletier, seigneur de), maître des requêtes : 268 (n. 2), 960, 961.

LAIGUE (Geoffroy, marquis de) [1604-1674], capitaine des gardes de Monsieur : 140 (n. 1), 153-155, 188, 190, 213, 225, 293, 294, 324-326, 344, 349, 350, 353, 354, 359-361, 378, 381, 382, 385, 404, 407-410, 424, 450, 455, 461, 467, 472-474, 480, 487, 530, 634, 638, 680, 757, 759, 845-847, 849, 868, 977-979.

LAILLEVAUX, fidèle de Retz : 887.

LAISNÉ (le bonhomme), conseiller à la Grand-Chambre du parlement de Paris : 602, 605.

LA LANDE [DESLANDES], capitaine au régiment de Condé : 764.

LA LOUPPE (Mlle de). Voir OLONNE.

LA MARCK (Henri-Robert Échelard, comte de) [† 1675], fils du marquis de La Boulaye : 382 (n. 2).

LA MARCOUSSE, officier dans l'armée condéenne : 661.

LA MARGUERIE (Laisné de) [† 1656], conseiller d'État : 660.

LAMBERT (Michel) [vers 1610-1696], musicien : 905 (n. 1).

LAMBOI [LAMBOY] (Guillaume de) [vers 1600-1670 ?], feld-maréchal : 84 (n. 2).

LA MEILLERAIE [LA MEILLERAYE] (Charles de La Porte, seigneur de) [1602-1664], cousin de Richelieu, grand maître de l'artillerie, maréchal de France, duc et pair en 1663 : 62 (n. 5), 64, 69, 86, 144, 147-149, 151, 152, 154, 156, 177, 178 (n. 3), 202, 301, 366, 429, 456, 696, 698, 876-882, 884, 889, 892, 893, 910, 911.

LA MEILLERAIE [LA MEILLERAYE] (Marie de Cossé-Brissac, maréchale de) [1621-1710], maîtresse de Retz : 69 (n. 2), 70, 86.

LA MEILLERAIE (Armand-Charles de La Porte, duc de) [1632-1713], fils du maréchal, grand maître de l'artillerie, Monsieur le Grand Maître : 888 (n. 3), 889.

LAMET (l'abbé Adrien-Augustin de Bussy de) [1621-1691], maître de chambre de Retz : 868 (n. 3), 963.

LAMET (le chevalier de), frère du vicomte de Laon, major de Mézières, cousin de Retz : 868 (n. 3).

LAMET (François de), vicomte de Laon, mestre de camp dans l'armée de Turenne, cousin de Retz : 279 (n. 1), 540, 634, 645, 714, 868 (n. 3), 869, 885, 886, 897, 977, 978.

LAMOIGNON (Guillaume de) [1617-1677], seigneur de Basville et maître des requêtes, premier président du parlement de Paris en 1658 : 792, 793 (n. 1).

LA MOTHE DE LAS, officier frondeur bordelais : 429.

LA MOTHE-HOUDANCOURT (Henri de) [1612-1694], évêque de Rennes, puis archevêque d'Auch : 66 (n. 1).

LA MOTHE-HOUDANCOURT (Philippe de) [1605-1657], maréchal de France, frère du précédent : 191 (n. 4)-193, 198, 200, 202, 209, 211, 213, 216-217 [portrait], 221, 225-228, 233-235, 238, 258, 269, 270, 274, 275, 286, 288, 298, 302, 303 (n. 2), 309, 311, 327, 328, 332-334, 337, 342, 353, 365, 381, 385, 389, 519-521, 523, 533, 565.

LA MOUSSAIE [LA MOUSSAYE] (François de Goyon, baron de) [1620?-1650], gouverneur de Stenay, fidèle de Condé : 401 (n. 1), 412 (n. 1), 418, 657.

LANDGRAVE DE HESSE (Madame la). Voir NASSAU (Amélie-Élisabeth de).

LANGEY. Voir DU BELLAY.

LANGLADE (Jacques de) [† 1680], secrétaire du cabinet de Mazarin : 854 (n. 2).

LANGUEDOC (le régiment de) : 703.

LANNOI [LANNOY]. Voir PIENNES.

LANQUES (Clériadus Ier de Choiseul, marquis de), fidèle de Condé : 418, 520, 521, 777.

LA POISE-SAINT-OFFANGES (M. de), gentilhomme angevin : 891.

LA PORTE (Amador de) [1568-1644], grand prieur de France, oncle de Richelieu : 66 (n. 2).

LA RAILLIÈRE, fermier des aides : 240 (n. 2).

LA RALDE, écuyer du duc de Brissac : 888.

LARCHER (Michel), président à la Chambre des comptes : 787.

LA RIVIÈRE (Louis Barbier, abbé de) [1595-1670] : 103 (n. 2), 116-118, 144-147, 153, 171, 182, 186, 187, 197, 204, 209, 259, 260 (n. 1), 263, 298, 303, 361, 362, 371, 388, 406, 408, 409, 411 (n. 1), 415, 440, 449, 464, 525.

LA ROCHE-COCHON [LA ROCHE-CORBON], major de Damvillers : 670 (n. 3), 671.

LA ROCHEFOUCAULD (Charles-Hilaire de) [1628-1651], frère du duc François VI et gouverneur de Damvillers : 412.

LA ROCHEFOUCAULD (François de) [1588-1645], cardinal : 111.

LA ROCHEFOUCAULD (François V, prince de Marcillac, puis duc de) [1588-1650] : 213, 412, 417.

LA ROCHEFOUCAULD (François VI, prince de Marcillac, puis duc de) [1613-1680], l'auteur des *Maximes* : 193 (n. 2), 198, 201, 213, 214, 217, 218 [portrait], 225, 235, 246, 259, 262, 274, 298, 335, 349, 350, 351, 376, 408, 412, 417, 422, 424, 429, 430, 433, 532-534, 536, 537, 564-567, 578, 614, 621, 632, 636, 637, 640, 645, 656 (n. 1), 659, 661, 670-672, 707, 725, 726,

731, 733, 762, 768, 777 (n. 3), 780, 787.

LA ROCHEFOUCAULD (François VII, prince de Marcillac, puis duc de) [1634-1714], fils aîné de l'écrivain : 726, 731.

LA ROCHE-GIFFART (Henri de La Chapelle, marquis de) [† 1652], meſtre de camp dans l'armée de Condé : 777.

LA ROCHEPOSAY (l'abbé de), espion de Mazarin à Rome : 915.

LA ROCHEPOT (Charles d'Angennes Du Fargis, comte de) [1614-1640], cousin de Retz : 70 (n. 2),-74.

LA SAUVETAT, frère de Henri de Barierre, frondeur : 349.

LA SOURDIÈRE, lieutenant des gardes du corps : 198, 199.

LA SUZE (Gaspard de Champagne, comte de) : 418.

LA TIVOLIÈRE, lieutenant des gardes de Monsieur : 533.

LA TOUR [† 1652], gouverneur d'Arras : 412.

LA TRÉMOUILLE [LA TRÉMOILLE] (Henri, duc de) [1599-1674] : 224, 294, 297 (n. 1), 342, 349.

LAUNAI [LAUNAY] (Jean Gravé, sieur de) [† 1655], partisan : 194 (n. 2).

LAURENT (saint) [vers 210-258] : 795.

LAURESSE (Pierre de Montmorency, baron de), officier dans l'armée de Condé : 777.

LA VALETTE (Jean-Louis de Nogaret, chevalier de) [† 1650], frère naturel du duc d'Épernon ; fidèle de Mazarin : 228 (n. 1), 229, 231, 429 (n. 2).

LAVARDIN (la maison de), famille très liée avec Mme de Sévigné : 224.

LAVARDIN (Henri-Charles de Beaumanoir, marquis de) : 296.

LAVARDIN (Philibert-Emmanuel de Beaumanoir de) [1617-1671], évêque du Mans depuis 1647 : 224.

LA VAUGUION [LA VAUGUYON] officier de chevau-légers : 858.

LAVAUR (l'évêque de). Voir RACONIS (Charles-François d'Abra de).

LA VERGNE (Mme de), mère de Mme de Lafayette : 722 (n. 2), 723, 879.

LA VIEUVILLE (Charles Ier, marquis, puis duc de) [vers 1582-1653], surintendant des Finances en 1623 et en 1651 : 512 (n. 1), 525, 550, 560, 663, 664, 686.

LA VIEUVILLE (Charles II, marquis de), lieutenant de roi en Champagne, fils du précédent : 297 (n. 2).

LA VIEUVILLE (Henri, chevalier de) [† 1652], frère du précédent, amant de la Palatine : 550, 617, 767 (n. 1).

LA VRILLIÈRE (Louis Phélypeaux, marquis de) [vers 1598-1681], secrétaire d'État : 522 (n. 3), 533.

Lazarille de Tormes, héros de roman picaresque : 860 (n. 2).

LE BAILLEUL (Nicolas). Voir BAILLEUL (Nicolas de).

LE BOURDET, homme de main de Condé : 436.

LE CLERC DE COURCELLE, conseiller au parlement de Paris : 766.

LE COGNEUX. Voir LE COIGNEUX.

Le Coigneux (Jacques) [† 1651], président à mortier au parlement de Paris, père du poète Bachaumont : 167 (n. 2), 170, 194, 204, 206, 212, 233, 234, 238, 244, 272, 312, 313, 441, 444, 496.

Le Coigneux (Jacques) [† 1686], président à mortier au parlement de Paris, frère aîné du poète Bachaumont : 167, 738, 789.

Le Coudrai-Geniers. Voir Du Coudrai-Geniers.

Le Febvre [Le Fèvre] (Antoine), conseiller au parlement de Paris, prévôt des marchands : 735, 742, 747, 758.

Le Febvre [Le Fèvre] de La Barre (Antoine), conseiller au parlement de Paris, fils du précédent : 758.

Le Fei. Voir Du Fay.

Le Féron (Jérôme) [† 1669], président aux Enquêtes du parlement de Paris, prévôt des marchands (1646-1650) : 197 (n. 1), 252.

Le Grand, premier valet de chambre de Gaston d'Orléans : 587, 767.

Le Gras (François) [† 1652], maître des requêtes : 729, 780.

Le Houx, boucher parisien, fidèle de Retz : 384, 859.

Le Maire, parfumeur parisien, lieutenant dans la milice bourgeoise : 827.

Le Nain, conseiller à la Grand-Chambre du parlement de Paris : 492.

Lénet (Pierre) [v. 1600-1671], conseiller d'État, fidèle de Condé : 662 (n. 1).

Le Noir, conseiller à la Cour des aides : 787.

Léon le Grand (saint) [† 461], pape : 927 (n. 3), 956.

Léon (M. l'évêque de). Voir Rieux (René de).

Léopold-Guillaume [1614-1662], archiduc d'Autriche, gouverneur des Pays-Bas : 166 (n. 2), 231, 232, 237, 238, 240, 245, 246, 258, 265, 270, 273-275, 277, 281, 284, 285, 288-290, 293, 301, 307, 318, 325, 327, 340, 344-346, 348, 359, 417, 438, 439, 442-445, 347, 489, 630, 662, 769, 792.

L'Épienne, personnage inconnu : 63.

L'Escarmouceré, garde du corps, geôlier de Retz à Vincennes : 866.

L'Escuier [L'Escuyer], maître des comptes : 81 (n. 2), 306.

Lesdiguières (Anne de La Magdeleine, comtesse de Sault, puis duchesse de) [† 1656], cousine germaine de Retz : 61 (n. 2), 139 (n. 5), 209, 286, 298, 303, 339, 392, 441, 460, 496, 506, 645, 646, 836, 851, 853, 857, 868, 879, 960, 977.

Lesné. Voir Lenet (Pierre).

L'Espinai [L'Espinay], auditeur de la Chambre des comptes : 81, 85.

L'Espinai [L'Espinay], gentilhomme au service de Gaston d'Orléans : 71 (n. 2), 157, 520, 634, 859.

L'Estourville, personnage inconnu : 73, 74.

Le Tellier (Charles-Maurice) [1642-1710], archevêque de Reims en 1671 : 855 (n. 5).

Le Tellier (Michel) [1603-1685], père du précédent,

secrétaire d'État de la Guerre, chancelier de France en 1677 : 134 (n. 6), 200, 272, 315, 395, 411, 428, 430-432, 434, 435, 437, 439-441, 443-446, 450, 452-457, 461, 467, 468, 470-474, 504, 515, 547, 554, 560, 563, 568, 569, 571, 576, 581, 583-585, 587, 597, 598, 607, 616, 620, 626, 658, 698, 758, 766, 803, 804, 812, 819, 822, 828, 849, 857, 870, 872, 874.

Lévis (Roger de), marquis de Charlus ; fidèle de Condé : 731.

L'Hospital (François de) [1583-1660], comte Du Hallier, maréchal de France et gouverneur de Paris : 375, 525 (n. 2), 735, 742, 743, 766, 780, 784 (n. 3).

L'Hospital. Voir Vitri.

Liancourt (Roger Du Plessis, marquis de) [1599-1674], duc de La Roche-Guyon, janséniste] : 327 (n. 1), 350, 753, 959.

Ligne (le prince de) : 450.

Ligue (la) : 706, 765, 826.

Lillebonne (François-Marie de Lorraine, comte, puis prince de) [1627-1694], quatrième fils du duc d'Elbeuf : 349 (n. 2), 516, 725.

Lindamor, personnage de *L'Astrée* : 213.

Lingendes (Jean de) [1595-1665], évêque de Sarlat, puis de Mâcon, orateur sacré : 64 (n. 1).

Lionne (Hugues de) [1611-1671], marquis de Berny, secrétaire des commandements de la reine, secrétaire d'État en 1663 : 407 (n. 2), 410, 411, 437, 461, 469, 471, 508, 511, 532, 541, 547, 548, 551, 552, 554-560, 565, 568, 569, 571, 576, 577, 581, 583, 585, 598, 607, 620, 628, 857, 919, 929, 930, 936, 937, 944-953, 958.

Lionne (Paule Payen, dame de) [1630-1704], épouse du précédent : 602, 937 (n. 4), 951.

Liponti [Degli Ponti] (Giovanni), gouverneur espagnol de Rethel : 494 (n. 1).

Lisieux (Monsieur de, l'évêque de). Voir Oresmieux (Nicole), puis Cospeau (Philippe), puis Matignon (Léon de).

Lislebonne. Voir Lillebonne.

Loisel (Pierre) [† 1679], curé de Saint-Jean-en-Grève : 199, 209 (n. 3), 781, 981.

Lomellin, Lomelin [Lomellini] (Jean-Jérôme) [1607-1659], cardinal, gouverneur de Rome : 918, 922, 935, 937.

Longinus (Caïus Cassius) [vers 213-273], philosophe et rhéteur : 884 (n. 2).

Longueil (Pierre de) [1599-1656], chanoine de la Sainte-Chapelle et conseiller au parlement de Paris.
Ses intrigues : 162, 166, 169, 172, 174, 175, 182, 188, 190, 193, 206, 252, 272, 300, 390, 391, 393, 520, 524.

Longuerue (Pierre Du Four, seigneur de), lieutenant de roi au gouvernement de Charleville : 977.

Longueville (Anne-Geneviève de Bourbon-Condé, duchesse de) [1619-1679], sœur du Grand Condé : 102 (n. 3), 103, 190, 191 (n. 2)-

Personnes et personnages 1211

193, 196, 198, 201, 210, 212, 213, 218 (n. 3) *[portrait]*, 222, 228, 235, 259, 274, 281, 287, 335, 336, 352, 353, 357, 359-361, 388, 411, 412, 417, 481, 502, 536, 537, 539, 564-567, 584, 621, 622, 630, 659, 661, 774, 795, 950.

LONGUEVILLE (Charles-Paris d'Orléans, comte de Saint-Paul, puis en 1671 duc de) [1649-1672], fils de la précédente : 235 (n. 1), 287.

LONGUEVILLE (Henri II d'Orléans, duc de) [1595-1663], gouverneur de Normandie : 83 (n. 4), 107, 144, 145, 148, 176, 190-193, 196, 198, 201-203, 205, 206, 209-212, 215 *[portrait]*, 221, 222, 224, 234, 235, 276, 281, 296-298, 301, 304, 307, 317, 323, 328, 334, 337-341, 349, 361, 372, 374, 388, 408, 412, 444, 514, 567, 661.

LONGUEVILLE (Marie d'Orléans, demoiselle de) [1625-1707], fille du précédent, duchesse de Nemours en 1657 : 332, 492 (n. 1), 497.

LORME (Marion de). Voir DELORME.

LORRAINE (la maison de) : 202, 216, 376 (n. 2), 612 (n. 1), 768 (n. 3).

LORRAINE (Charles de) [1554-1611], M. du Maine [de Mayenne] : 186 (n. 4), 202, 235, 254, 449, 765.

LORRAINE (M. de). Voir CHARLES IV.

LORRAINE (le régiment de) : 725.

LORRAINS (les) : 798.

LOTIN, président au Grand Conseil : 133.

LOUIS IX (saint Louis) [1214-1270] : 121, 142, 510, 640, 810, 976.

LOUIS XI [1423-1483], roi de France : 121.

LOUIS XII [1462-1515], roi de France : 121.

LOUIS XIII [1601-1643], Louis le Juste : 58, 62, 66, 70, 71, 74, 76, 77, 84, 88, 92, 94-98, 104, 105, 110, 122, 124, 169, 176.

LOUIS XIV [1638-1715].

L'exercice du pouvoir absolu : 104, 111, 119, 128, 130-135, 137, 142, 145, 177, 189, 195, 201, 225, 232, 244, 245, 290, 294, 295, 301, 302, 315, 316, 339, 345, 350, 353, 355, 356, 366, 371, 379, 382, 388, 395, 399, 411, 413-415, 417, 418, 420, 427, 429, 431, 433, 444, 445, 451, 456, 458, 467, 477, 492, 494, 496, 500, 502, 506, 510, 513, 520, 522, 523, 525, 546, 562, 574, 584, 596, 604, 618, 622, 623, 625, 632, 643, 653, 684-689, 695, 696, 698, 699, 702, 710, 712, 717-719, 721, 729, 739-743, 745, 748, 752, 755, 756, 761-767, 771, 773, 774, 776, 780, 784, 785, 787-791, 794, 799, 802, 803, 806, 808-811, 823, 824, 826, 828, 829, 831, 833, 834, 836, 837, 839, 840, 842, 843, 852, 854, 855, 858, 859, 861, 862, 866, 869, 870, 872, 873, 875, 876, 878, 881, 890, 892, 893, 895, 943, 946-950, 954, 958.

Le roi, chef des armées, ses campagnes, ses troupes : 196, 203, 244, 296, 346,

350, 362, 426, 428-430, 439, 440, 451, 489, 495, 623, 627, 630-632, 657, 660, 689, 690, 698, 718, 724, 725, 727, 729-732, 763, 764, 770, 792, 830, 968, 879, 885, 911.

Le prince : 229, 359, 378, 384, 402, 425, 438, 473, 504, 556, 586, 627, 636, 678, 780-682, 807, 825, 831, 832, 835-837, 841, 842, 844, 856, 858, 882, 953, 954, 966.

La majorité du roi : 150, 446, 527, 561 (n. 1), 653, 720.

Le roi et Retz : 514, 527, 540, 644, 805-810, 836, 838, 854, 857, 861, 915-918, 937, 938, 948, 952, 953, 958, 959, 964, 965, 975.

Ses sorties de Paris et ses retours : 167-170, 172-176, 179, 182, 195-198, 200, 201, 223, 247, 367-369, 403, 436, 437, 459, 460, 461, 464, 488, 499, 501, 504, 505, 515, 517, 518, 521, 656, 663, 664, 666, 673, 676, 752, 797, 802-804, 810, 812-815, 823, 834, 836, 846, 848.

Le roi Très-Chrétien : 142, 143, 241, 805, 810, 877, 919, 936, 939, 968, 975, 976.

Le mythe royal : 138, 154, 158, 312, 503, 509, 654 (n. 1).

LOUVIÈRE [LOUVIÈRES] (Jérôme Broussel, seigneur de), capitaine de la Bastille : 203 (n. 2), 349, 778.

LOZIÈRES [LAUZIÈRES] (Pierre Yvon de La Leu, seigneur de), ami de Retz : 64 (n. 4), 99, 398.

LUDOVISIO (le prince) souverain de Piombino : 911.

LUINES [LUYNES] (Charles d'Albert, duc de) [1578-1621], connétable : 122 (n. 3).

LUINES [LUYNES] (Louis-Charles d'Albert, duc de) [1620-1690], fils du précédent : 222 (n. 1), 225, 960.

LUSSAN (Régis d'Esparbès, comte de), officier dans l'armée de Condé : 661.

MACCABÉES (Judas, Jonathas, Simon) [166-142 av. J.-C.], chefs du peuple juif : 254 (n. 2).

MACHABÉES. Voir MACCABÉES.

MACHAUT [MACHAULT] (François de), seigneur de Fleury, conseiller au parlement de Paris, fidèle de Condé : 315, 497, 569 (n. 2), 683, 842.

MACHIAVEL (Niccolo) [1469-1527], homme d'État et historien florentin : 418, 558.

MADAME. Voir ORLÉANS (Henriette-Anne d'Angleterre) et ORLÉANS (Marguerite de Lorraine, seconde femme de Gaston, duc d').

MADEMOISELLE. Voir MONTPENSIER.

MAGALOTTI (monsignor), prélat romain : 956.

MAIDALCHINI (François) [1621-1700], neveu de la signora Olimpia, cardinal : 918 (n. 1).

MAIDALCHINI (Olimpia), belle-sœur du pape Innocent X : 716, 914, 918, 925.

MAIGNAS, mestre de camp dans l'armée d'Hocquincourt : 732.

MAIGNELAIS (Marguerite-Claude de Gondi, marquise de) [† 1650], tante de Retz :

66 (n. 5), 82, 83, 92, 95, 98.
MAILLART, savetier, agitateur professionnel : 611-613, 682.
MAILLÉ [MAILLIER] (Claude), sieur Du Houssay, ambassadeur à Venise : 66.
MAILLI [MAILLY] (Louis de) : 418.
MAINARDEAU [MÉNARDEAU] (François), conseiller de la Grand-Chambre, dévoué à Mazarin : 272, 432, 493, 495, 508, 630, 653, 660, 685, 749, 774.
MAINE (M. du). Voir LORRAINE (Charles de).
MAISONS (René de Longueil, marquis de), président au Parlement, surintendant des Finances : 162 (n. 3), 424 (n. 2), 762 (n. 3), 775, 787.
Maître Gonin, surnom de Le Coigneux : 244 (n. 1), 302. Voir LE COIGNEUX (Jacques).
MALCLER [MALCLERC] (Dominique) [† 1691], écuyer de Retz : 540 (n. 3), 672, 859, 868, 880, 890, 963, 977-980.
MALDACHIN. Voir MAIDALCHINI.
MANCHINI. Voir MANCINI.
MANCINI (Laure) [1636-1657], nièce de Mazarin : 585 (n. 1), 623, 627, 651.
MANCINI (Paul) [1636-1652], neveu de Mazarin : 415 (n. 2), 777.
MANNEVILETTE [MANNEVILLETTE] (Adrien de Hanyvel, comte de) [† 1684], receveur des décimes, créancier de Retz : 960.
MANS (l'évêque du). Voir LAVARDIN (Philibert-Emmanuel de).

MARCASSEZ, faux témoin : 394 (n. 1).
MARCHAIN (Jean-Gaspard-Ferdinand, comte de), officier général dévoué à Condé : 532 (n. 1), 661, 724-726, 795.
MARCILLAC. Voir LA ROCHEFOUCAULD (François VI, duc de).
MAREI [MAREY] (Guillaume Rouxel de Médavy, comte de) [† 1652], maréchal de camp, frère du maréchal de Grancey : 733.
MARIE DE MÉDICIS [1573-1642], reine de France : 62.
MARIGNI [MARIGNY] (Jacques Carpentier de) [1615-1670], homme de lettres : 195 (n. 2), 209, 370, 760, 795, 888.
MARILLAC (Charles de) [1510-1560], archevêque de Vienne et diplomate : 122 (n. 5).
MARINI (Dominique) [1599-1669], archevêque d'Avignon : 866.
Mars, quolibet adressé à Mazarin : 372, 373 (n. 1).
MARSAC, agent de Mazarin : 614.
MARSIN. Voir MARCHAIN.
MARTIN, « déchiffreur » de Condé : 887.
MARTIN (don), habitant de Tudela : 900.
MARTINEAU, conseiller aux Requêtes du parlement de Paris : 245, 520, 842.
MARTINUSIUS [MARTINUZZI] (Georges) [† 1551], archevêque d'Esztergom, cardinal : 866 (n. 4).
MATHA (Charles de Bourdeilles, comte de) [† 1674], capitaine au régiment des gardes : 213 (n. 3), 225, 342, 349, 353, 356, 385, 566.

MATIGNON (François de) [† 1675], comte de Thorigny, lieutenant général en Basse-Normandie : 338 (n. 3), 349.

MATIGNON (Léon de) [† 1680], évêque de Coutances, puis de Lisieux (1646), frère du précédent : 339 (n. 1).

MAUPEOU DE NOISI [NOISY] (René de) [† 1656], capitaine aux gardes françaises : 869.

MAURE (Anne Doni d'Attichy, comtesse de) [1600 ?-1663] : 56, 225 (n. 1).

MAURE (Louis de Rochechouart, comte de) [1602-1669], frondeur : 225 (n. 1), 260, 342, 346-348.

MAURICE (le comte). Voir NASSAU (Maurice de).

MAZARIN (Jules) [1602-1661], cardinal, principal ministre.
Philippiques : 130, 170, 186, 194, 195, 245, 395, 552, 553.

Ses débuts : 106-108, 120, 121, 184 (n. 2), 463.

Son « portrait » : 125, 361, 413, 414, 428, 473, 658, 667, 694, 703, 798, 874.

Son « génie » : 120, 136, 147, 180, 181, 183, 187, 272, 299, 303, 352, 360, 372, 589, 751, 755, 762, 763.

Sa politique : 128, 135, 139, 160, 182, 200, 230, 232, 233, 240, 245, 248, 287, 298, 300, 301, 306, 308, 313, 345, 348, 379, 403, 404, 410, 411, 416-418, 424, 429, 430, 450, 458, 469, 475, 485, 489, 498, 500, 502, 506, 512, 523, 551, 569, 615, 686, 703, 704, 737, 745, 760-762, 784, 791, 794, 796, 804, 811, 813, 816, 868, 913, 936.

Ses « créatures » : 364, 382, 383, 439, 504, 519, 568, 603, 604, 609, 616, 625, 652, 663, 664, 667, 700, 812, 814, 839, 952.

Ses rapports avec Retz : 67, 97, 98, 101, 109-115, 118, 119, 140-146, 148, 153, 154, 164, 165, 171, 178, 179, 209, 300, 308, 310, 329, 331, 334, 336, 346, 347, 359, 368, 370, 404, 406, 414-416, 419, 421-423, 427, 435, 437, 440-442, 445, 446, 460, 461, 463, 466-468, 472, 474, 477, 479, 480, 496, 500, 509, 544, 547-549, 552, 602, 603, 606, 607, 647, 666, 674, 695, 704, 705, 707, 717, 720, 734, 752, 754-756, 758, 782, 789, 793, 796, 797, 803, 811, 815, 853, 854, 856, 857, 867, 870-877, 881, 884, 885, 896, 919, 926, 939, 945, 947, 948, 951, 959, 964, 977.

Ses rapports avec Condé : 108, 182, 188, 361, 362, 410, 440, 353, 471, 484, 489, 490, 495, 523, 585, 632, 704, 705, 708, 709, 742, 761, 797, 869.

Les « haines », les « émotions » contre « l'ennemi de l'État » : 102, 104, 172, 253, 261, 266, 268, 282, 284, 295, 301, 302, 325, 352, 363, 370, 375, 437, 456, 459, 468, 487, 505, 507, 508, 514, 523, 524, 527, 539, 557, 565, 567, 602, 622, 625, 653, 710, 712, 722, 744, 782.

Les arrêts de proscription

Personnes et personnages 1215

contre Mazarin : 200, 225, 226, 272, 305, 516, 530, 594-596, 598, 626, 630, 683, 684, 687, 690, 696, 698, 719, 740-742, 766, 772, 775, 785, 951.

Ses « chagrins » : 273, 377, 408, 428, 511, 589, 645.

Son éloignement : 330, 334, 343, 347, 348, 436, 505, 510, 511, 515-517, 522, 526, 538, 571, 574, 576, 577, 579, 593, 594, 597, 601, 603, 604, 632, 684, 712, 714, 718, 743, 749, 764, 773-776, 784, 785, 789-791, 797, 799, 816.

Sa sortie : 513 (n. 1), 531, 763, 789.

Son « rétablissement » : 544, 545, 560, 663-668, 674-678, 680, 682-684, 695, 698, 700, 704, 710, 711, 796-799, 800, 818, 819, 829.

Ses troupes : 213, 489, 667, 678, 680, 681, 685, 686, 691, 692, 695, 704, 710, 711, 743, 879.

Son retour : 641, 687, 688, 691, 692, 695-699, 705, 710, 711, 745, 757, 759, 798, 799, 814, 829, 846, 853, 867, 870.

Son « char de triomphe » : 497.

Divers : 123, 144, 158, 161, 222, 223, 259, 295, 495, 693, 717, 722, 760, 764, 766, 780, 846, 853, 854, 881, 890, 917, 919-921, 925, 929, 930, 935, 943, 950, 960, 963, 979.

Mazarin (adj.), surnom des partisans du cardinal : 108, 227, 245, 253, 314, 316, 347, 352, 436, 437, 441, 526, 531, 561, 568, 637, 645, 679, 746, 747, 758, 764, 765, 773, 780, 793, 798, 836-838, 885.

MAZEROLLES, agent de Condé : 363.

MAZZINGHI (la maison de), famille florentine, alliée aux Gondi : 955.

MEAUX (l'évêque de). Voir SÉGUIER (Dominique).

MÉDICIS (la maison de) : 914, 919-924, 928, 930, 939.

MÉDICIS (Charles de) [1595-1666], cardinal protecteur de la couronne d'Espagne, doyen du Sacré Collège : 917 (n. 2), 922, 928, 931, 935, 936, 939.

MÉDICIS (Jean-Carle ou Jean-Charles de) [† 1662], frère du grand-duc Ferdinand II, cardinal : 914 (n. 1), 919, 921, 923, 924, 928, 938-940.

MÉDICIS (Laurent de) [1448-1492], dit le Magnifique : 912 (n. 3), 914.

MÉDICIS (Léopold de) [† 1675], frère du grand-duc Ferdinand II : 914.

MÉDICIS (Mathias de) [1613-1667], frère du grand-duc Ferdinand II, gouverneur de Sienne : 914 (n. 2).

MEILLAN [MÉLIAND] (Blaise), procureur général au parlement de Paris : 389 (n. 3).

MEILLANCOUR, personnage inconnu : 61.

MEILLE (Henri de Foix, comte de) [† 1658], fidèle de Condé : 375, 418, 532.

MELBEVILLE, personnage inconnu : 56.

MELUN (le vicomte de), fidèle de Condé : 777.

MÉNAGE (Gilles) [1613-1692], poète et bel esprit : 920 (n. 3).

Index

MÉNESSIN (Mlle de), parente de Nicolas et de Basile Fouquet : 758.

MENTEITH DE SALMONET (l'abbé), prêtre écossais, fidèle de Retz : 416 (n. 4).

MERCŒUR (Louis de Bourbon, duc de) [1612-1668], mari de Laure Mancini : 58 (n. 2), 388, 516, 585 (n. 1), 623-627.

MÉROVINGIENS (les) : 123.

MESME [MESMES] (Henri II de) [† 1650], président à mortier au parlement de Paris : 93 (n. 2), 160, 169, 206, 211, 226, 230, 234, 239-243, 248, 251, 258, 260, 261, 271, 272, 282, 295, 299, 300, 306, 311 (n. 2), 314, 315, 317, 320, 348, 350, 390, 393, 396, 444, 497, 696.

MESME [MESMES] (Jean-Antoine de) [† 1673], président à mortier au parlement de Paris en 1651 ; frère du précédent : 651, 660, 791.

MESME [MESMES] (Jean-Jacques de), président à mortier au parlement de Paris en 1673 ; fils du précédent : 239 (n. 1), 636 (n. 2).

MESTAIER [MÉTAYER], valet de chambre de Mazarin : 589, 590, 652.

MÉTREZAT [MESTREZAT] (Jean) [1592-1657], ministre protestant : 87 (n. 2).

METTERNICH (le prince de), colonel de l'armée impériale : 84.

MEUSNIER (Clément), conseiller aux Enquêtes du parlement de Paris : 457, 625.

MICHEL (le sieur), personnage inconnu : 228.

Minerve, antonomase désignant Mme de Châtillon : 762.

MIOSSENS. Voir ALBRET (César Phoebus d').

MIRON, député du parlement de Normandie : 296, 297, 316.

MIRON (François) [1560-1609], lieutenant civil et prévôt des marchands : 121, 122.

MIRON (Robert) [† 1652], maître des comptes, frère du précédent : 156 (n. 1), 212, 310, 780 (n. 2).

MOLÉ (Mathieu) [1584-1656], M. le Premier Président du parlement de Paris : 56, 131, 134, 159-161 (n. 1), 170, 176, 179, 182, 198, 211, 219, 220 *[portrait]*, 226, 243, 244, 248, 258, 261, 268, 271-273, 282, 295-297, 300, 306, 311, 313 (n. 1)-317, 320, 341, 342, 348, 350, 352, 353, 357, 379, 380, 390, 394 (n. 3), 396, 401, 402, 413, 427, 431, 433, 435, 438, 441, 442, 444, 445, 481, 486, 487, 489, 490, 494, 498, 503, 506, 508, 510, 513, 515, 523, 524, 528, 533, 538, 542, 569, 586, 599, 600, 610, 611, 614, 618, 620, 622-625, 629, 632, 639, 640, 643, 644, 650, 651, 653, 663, 672, 680-684, 686, 729, 741, 789, 828. Monsieur le Garde des Sceaux : 695, 729, 741, 764.

MOLIÈRE (Jean-Baptiste Poquelin, dit) [1622-1673] : 491 (n. 1).

MONDREVILLE, gouverneur de Montargis : 732.

MONTAIGU (l'abbé Edme) [† 1677], aumônier de la reine d'Angleterre : 607 (n. 2), 634.

MONTAISON [MONTESSON] (Charles, seigneur de), frondeur : 349.

MONTALTE (le duc de), vice-roi de Valence : 903.

MONTALTE [MONTALTO] (François Peretti de) [† 1655], petit-neveu de Sixte Quint, cardinal : 928, 934.

MONTANDRÉ. Voir DUBOSC-MONTANDRÉ (Claude).

MONTAUBAN (Charles de Rohan, comte de), fidèle de Retz : 634.

MONTBAZON (Hercule de Rohan, duc de) [1568-1654], père de Mme de Chevreuse, gouverneur de Paris : 178 (n. 5), 200.

MONTBAZON (Marie d'Avaugour de Bretagne, duchesse de) [1612-1657], femme du précédent, maîtresse du duc de Beaufort : 102 (n. 3), 103, 204, 219 *[portrait]*, 257, 262, 288, 292, 298, 303, 306, 327, 328, 355, 358, 367-370, 373, 375, 378, 382, 384-387, 404, 407, 428, 461, 465, 466, 481-484, 497, 535, 641, 727.

MONTÉLÉON [MONTELEONE] (le duc de), vice-roi d'Aragon : 901.

MONTESPAN (Jean-Antoine de Pardaillan de Gondrin, marquis de) [1602-1687], fidèle de Condé : 725 (n. 3), 726, 762.

MONTET [MENTEITH], gentilhomme écossais, ami de Retz : 888 (n. 5), 891.

MONTIGNI [MONTIGNY], gouverneur de Dieppe : 412.

MONTMÈGE, capitaine des Cent-Suisses : 858 (n. 1).

MONTMORENCI [MONTMORENCY], (Anne, duc de) [1493-1567], connétable de France en 1537 : 121 (n. 7).

MONTMORENCI [MONTMORENCY] (François-Henri de) [1628-1695], comte de Bouteville, maréchal de Luxembourg en 1675 : 364 (n. 3), 410, 412, 418, 494, 520, 532, 854.

MONTMORENCI [MONTMORENCY] (Henri II, duc de) [1595-1632], maréchal de France : 62 (n. 4), 63, 648 (n. 2).

MONTPENSIER (Anne-Marie-Louise d'Orléans, duchesse de), la Grande Mademoiselle [1627-1693] : 72, 73, 562 (n. 4), 729-731, 778 (n. 1), 781, 858.

MONT-POUILLAN [MONTPOUILLAN] (Armand de Caumont, marquis de) [1626-1701], fidèle de Condé : 661.

MONTRÉSOR (Claude de Bourdeilles, comte de) [1608 ?-1663], gentilhomme au service de Gaston d'Orléans : 71 (n. 2), 94, 102, 103, 140, 152-156, 190, 192, 121, 232, 292, 293, 349, 353, 354, 380, 381, 449, 461, 512, 525, 530, 533, 556-558, 612, 632, 637, 638, 841, 844, 846, 848, 850, 851, 873, 882, 920, 952, 980.

MONTREUIL (Jean de) [vers 1613-1651], secrétaire des commandements du prince de Conti : 457 (n. 2), 458, 482.

MONTROSE (James Graham, marquis de) [1612-1650] : 416 (n. 3), 540, 713, 781.

MORANGIS. Voir BARILLON (Antoine de).

MOREL, enseigne aux gardes 879.

MORET (Antoine du Bec-Crespin, comte de) [† 681

mestre de camp dans l'armée d'Hocquincourt : 732.
MORETO, orfèvre romain : 125.
MOREUL [MOREUIL] (Alphonse de), seigneur de Léomers, frondeur : 349, 353, 365.
MOTTEVILLE (Françoise Bertaut, dame de) [1621-1689], confidente d'Anne d'Autriche, mémorialiste : 152 (n. 2).

NANGIS (François de Brichanteau, marquis de) [1618-1644] : 104-106.
Nanon et Babet, antonomase : 83.
NASSAU (Amélie-Élisabeth de), veuve du landgrave de Hesse-Cassel Guillaume V : 319 (n. 2).
NASSAU (Guillaume Ier de) [1533-1584], dit le Taciturne : 128 (n. 5), 258, 357, 706.
NASSAU (Maurice de) [1567-1625], fils de Guillaume le Taciturne, « le comte Maurice » : 321 (n. 2).
NAVAILLES (Philippe de Montault de Bénac, duc de) [1619-1684], gouverneur de Bapaume, maréchal de France en 1675 : 684 (n. 2), 698.
NAVAILLES (Suzanne de Beaudéan, duchesse de) [vers 1626-1700], femme du précédent : 152 (n. 2).
NAVARRE (le régiment de) : 104, 209.
NEMOURS (Charles-Amédée de Savoie, duc de) [1624-1652], général de l'armée des princes 107 (n. 2), 372, 377, 450, 476 (n. 2), 480, 482, 5 2, 521, 522, 533-535, 565 566, 578, 621, 657, 661. 690 692, 699-701, 704, 707, 710, 714, 718, 727-733, 752, 762, 767, 768, 787, 795, 826.
NEMOURS (Élisabeth de Vendôme, duchesse de), femme du précédent : 178, 372, 483, 534.
NERLIEU [NOIRLIEU] (Charles de Beauvau, baron de), mestre de camp dans l'armée royale : 227.
NESMOND (François-Théodore de) [1598-1664], président à mortier au parlement de Paris : 179 (n. 4), 233, 501, 576, 643, 740, 765, 773, 774, 784, 785, 787, 789, 823.
NEUFBOURG [NEUBOURG] (Philippe-Guillaume de Bavière, duc de) [1615-1690], électeur palatin en 1685 : 713 (n. 2), 714.
NEUFCHAISE [NEUCHÈZE] (le commandeur de), vice-amiral en 1661 : 893.
NICOLAÏ (Antoine II de) [† 1656], marquis de Goussainville, premier président de la Chambre des comptes : 133, 885.
NICOLINI (le marquis), apparenté aux Gondi de Florence : 912.
NICOLO, chirurgien romain : 917.
NIESLE [NYERT] (Mme de) : 646 (n. 2).
NOAILLES (le comte de), capitaine des gardes : 873, 874, 877.
NOBLET, jeune Parisien : 637, 780.
NOGENT (Nicolas Bautru, comte de) [† 1661], capitaine des gardes de la porte : 144 (n. 3), 153, 540, 762, 834.
NOIRMOUTIER (Louis II de

La Trémoille, marquis, puis duc de) [1612-1666], lieutenant général : 57 (n. 2), 171, 198, 201, 212, 213, 225, 227, 246, 261, 286, 288, 293, 324-326, 344, 349, 350, 353, 354, 373, 378, 381, 385, 387, 399, 400, 404, 407-410, 424, 461, 467, 633, 680, 757, 845, 846, 867, 868, 885, 886, 891, 897, 977-980.

NOIRMOUTIER (Renée-Julie Aubery, marquise, puis duchesse de) [1618-1679] femme du précédent : 978.

NONCE (le). Voir BAGNI (Nicolas de).

NOUVEAU (Jérôme de) [† 1665], surintendant des Postes et relais de France : 849 (n. 2).

NOVION (le président de). Voir POTIER DE NOVION (Nicolas).

NOYERS (François Sublet, seigneur de) [1578-1645], secrétaire d'État de Louis XIII : 94 (n. 1), 97 (n. 4).

ODESCALCHI (Benoît) [1611-1689], cardinal, pape en 1676 sous le nom d'Innocent XI : 918.

OLIMPIA (la signora). Voir MAIDALCHINI (Olimpia).

OLONNE (Catherine-Henriette d'Angennes de La Louppe, comtesse d') [1634-1714] : 723 (n. 1)

OLONNE (Louis de La Trémoille, comte d') [1626-1686], mari de la précédente : 223.

OMODEI (Aloysius) [† 1685], cardinal : 918, 919, 922.

ONDEDEI (Giuseppe-Zongo) [1593-1674], fidèle de Mazarin, évêque de Fréjus en 1654 : 126 (n. 1), 157, 382, 404, 405, 421, 457, 458, 556, 559, 561, 623, 625, 803, 804, 811, 812, 815, 819, 839.

ORANGE (le prince d'). Voir NASSAU (Guillaume Ier de).

ORESME (Nicole) [1325 ?-1382], philosophe ; conseiller de Charles V : 121 (n. 5).

ORESMIEUX. Voir ORESME.

ORLÉANS (Élisabeth d') [1646-1696], deuxième fille de Monsieur : 483 (n. 1).

ORLÉANS (Gaston d') [1608-1660], Monsieur, oncle de Louis XIV.

Son rôle durant la Fronde :
105, 106, 129, 132, 133, 135, 160, 161, 167, 301, 312, 349, 391, 397, 411, 413, 427, 428, 430, 436, 438, 439, 443, 444, 446, 456, 459, 486, 542, 605, 690, 701, 702, 704, 742, 749, 765-768, 773, 784, 786, 823, 825-830, 832-834, 836, 837, 848.

Son portrait : 214, 215.

Le « lieutenant général du royaume » : 468, 469, 501, 505, 509, 512, 513, 533 (n. 4), 534, 539, 604, 785-788.

« La faiblesse de Monsieur » :
70, 72, 144, 181, 187, 189, 217, 386, 409, 415, 432, 434, 444, 448, 462, 465, 469, 470, 485, 487, 494, 499, 500, 505, 528, 534-537, 555, 562, 573, 580, 587, 590-592, 599, 600, 608, 615, 619, 622, 628, 634, 642, 650, 663-665, 674-676, 679, 690-693, 700, 701, 705, 706, 721, 722, 717, 729 (n. 1), 734, 735, 738, 746, 748-751, 753, 761, 775, 777-

779, 787, 795, 796, 800, 821, 823, 824, 826, 829, 831, 833-835, 837-42, 850.

Monsieur et Retz : 115-118, 145, 148, 209, 350, 415, 419, 431, 440, 448, 449, 464, 466, 467, 482, 488, 507, 512, 514, 515, 518, 527, 535, 537, 538, 540, 543, 550, 570, 572, 585, 587, 589, 590, 602, 612, 618, 642, 666, 667, 669-672, 676, 679, 682, 688, 692-694, 701, 704-715, 720, 721, 726, 728, 734-736, 746, 752, 754-757, 761, 767, 768, 777, 778, 782, 788, 796, 797, 799-803, 811, 815-821, 823, 824, 831-844, 849, 881.

Monsieur et Condé : 108, 117, 171, 182, 226, 228, 300, 389, 408, 409, 414, 450-452, 454, 461, 471, 482-484, 490, 508, 525, 531, 532, 560, 565, 572, 574, 576-580, 583, 584, 588, 590, 592, 594, 596, 598, 599, 601, 608, 609, 614, 615, 617, 619, 622, 629, 631, 642, 650, 652, 655, 657-660, 667, 673-675, 677, 679, 691-694, 697, 703, 704, 706-709, 711-713, 726, 727, 731, 734, 735, 740, 742, 743, 746, 749, 750, 765, 769, 773, 778, 780, 801-803, 813-815, 819-822, 833, 849.

Monsieur et le Parlement : 136-138, 169, 173, 175, 176, 182, 268, 272, 294, 356, 388, 392, 393, 498, 501-504, 510, 512, 515, 519-523, 526, 527, 569, 576, 578, 586, 593, 599, 600, 630, 644, 652, 660, 677, 678, 680-684, 687, 688, 691-693, 696, 697, 699, 700, 702, 703, 706-714, 718, 719, 740-743, 763-765, 772, 773, 775, 785 (n. 1), 786, 820, 828, 830, 831.

Ses dissensions avec la reine : 510, 511, 545, 575, 580, 590, 591, 608, 631, 701, 703, 711, 718, 728, 843.

Son « aigreur contre le cardinal » : 439-441, 446, 462, 493, 505, 561, 580, 596, 604, 677, 701-703, 707, 710, 802.

Ses complots contre Richelieu : 70, 71, 204 (n. 1).

Ses amitiés et inimitiés : 71, 140, 186, 325, 475, 539, 668, 669, 702, 768.

Son exil : 836.

Divers : 259, 269, 706, 730, 731, 733, 747, 762, 769-771, 795, 809, 827, 977.

ORLÉANS (Henriette-Anne d'Angleterre, première femme de Philippe d') [1644-1670], Madame : 223 (n. 2).

ORLÉANS (Marguerite de Lorraine duchesse d') [1613-1672], Madame, seconde femme de Gaston d'Orléans : 174 (n. 3), 449, 470, 498, 501-505, 518, 519, 535, 537-539, 596-598, 608, 615, 618-620, 628, 690, 705, 723, 731, 734, 767-769, 815, 816, 821, 827-829, 832-834.

ORLÉANS (Marguerite-Louise d'), fille de Monsieur et de Marguerite de Lorraine, grande-duchesse de Toscane en 1670 : 562 (n. 3).

ORMÉE (l'), courant extrémiste de la Fronde bordelaise : 795 (n. 6).

ORNANE. Voir ORNANO.

ORNANO (Joseph-Charles d') [† 1670], maître de la garde-robe de Monsieur : 442 (n. 2), 643, 682.

ORSINI (Virginio) [1615-1676], le cardinal Des Ursins : 917, 919, 924, 929, 930, 938.

OSORIO (don Josef), émissaire espagnol : 476.

OTTOBONI (Pierre) [1610-1691], cardinal ; pape en 1689 sous le nom d'Alexandre VIII : 918, 922.

OTTOMANS (les) : 123.

PAÏEN. Voir DESLANDES-PAÏEN.

PALATIN (l'électeur). Voir BAVIÈRE.

PALATINE (Madame la). Voir GONZAGUE (Anne de).

PALIÈRE, capitaine des gardes du maréchal de La Meilleraye : 86.

PALLUAU (Philippe de Clérembault, comte de) [1606-1665], maréchal de France : 60 (n. 2), 222-224, 369, 660, 795.

PAMFILI (Camilio), fils de la signora Olimpia, neveu du pape Innocent X ; cardinal, puis mari de la princesse de Rossano : 716, 918.

PAMPHILE (le cardinal). Voir PAMFILI (Camilio).

PANCIROLI (Jean-Jacques) [1587-1651], cardinal, secrétaire d'État du pape Innocent X : 463 (n. 2), 464, 562, 716, 717.

PANCIROLLE. Voir PANCIROLI.

Pantalon, personnage de la comédie italienne : 165 (n. 2), 506, 586.

PAPE (le). Voir PAUL V (1605-1621), GRÉGOIRE XV (1621-1623), URBAIN VIII (1623-1644), INNOCENT X (1644-1655), ALEXANDRE VII (1655-1667).

PARABÈRE (Nicolas de Baudéan, chevalier de) [† 1652], officier de l'armée royale : 767.

PARAIN DES COUTURES, syndic des rentiers de Paris : 380, 410.

PARIS (l'abbé), familier de Retz : 889 (n. 2).

PARIS (Monsieur de). Voir GONDI (Jean-François de).

PARLEMENT D'AIX (le) : 224, 302.

PARLEMENT DE BORDEAUX (le) : 421, 425, 426, 428, 429, 431-434, 437, 438, 456, 786, 795.

PARLEMENT DE PARIS (le) : 105, 129-138, 159-161, 163, 165-167, 169, 172-177, 181-185, 187, 189, 196-201, 203, 204, 206-208, 210, 211, 224-226, 228-232, 234, 236-238, 240-245, 247-250, 252-258, 260-278, 280-283, 285-287, 292, 294-297, 299-301, 304-312, 314-318, 321-323, 326-329, 334, 341-346, 349-352, 356, 372, 379-382, 388, 389, 396, 397, 400-402, 412, 413, 422, 427, 428, 430, 431, 433-435, 437-439, 442, 456, 457, 530, 660, 663, 666, 667, 672, 674-679, 681, 684-686, 688, 689, 691, 694-700, 704, 709, 710, 713, 719, 741-746, 748, 752, 755, 761, 764-766, 771-776, 778, 783-791, 798, 800, 808, 813, 818, 819, 826, 828-831, 833, 835, 838, 840, 842, 854, 884, 885, 948, 949, 951.

« Les gens du roi » : 131-136, 173, 198-200, 210, 230, 231, 240, 247, 251,

254, 268, 269, 397, 433, 491, 498, 505, 510, 512, 516, 522, 600, 640, 651, 652, 682, 684, 687, 688, 692, 697, 698, 741, 745, 764, 766, 773.
« Parlement de Pontoise » (le) : 789-791, 794, 828.
Parlement de Rennes (le) : 696, 786.
Parlement de Rouen (le) : 224, 304, 316, 338, 411, 687, 696.
Parlement de Toulouse (le) : 224, 456, 696.
Parme (M. de). Voir Farnèse (Ranuce II).
Parmentier, substitut du procureur général : 81, 85.
Partial, personnage inconnu, sans doute conseiller au parlement de Paris : 775 (n. 4).
Pas (Charles, comte de) [1620-1653] : 671, 672, 825.
Pas (Henri, comte de) *[celui qui porte aujourd'hui le même nom]*, conseiller au parlement de Metz : 671.
Patru (Olivier) [1604-1681], avocat au parlement de Paris et libelliste : 553 (n. 4), 679, 729.
Paul (saint) : 862, 927, 969.
Paul V (Camille Borghèse) [1552-1621], pape en 1605 : 945.
Péan (Jean-Jacques), maître d'hôtel de Retz à Commercy : 855.
Pedro (don), maître d'hôtel du baron de Vatteville : 899, 900, 903.
Pelletier, conseiller au Parlement : 268.
Pépin le Bref [715-768], roi des Francs : 123 (n. 3).
Perraut [Perrault] (Jean) [1603-1681], baron d'Augerville, président à la Chambre des comptes : 526 (n. 2), 842.
Perroché. Voir Perrochel.
Perrochel (Françoise Busson, femme de Guillaume) : 204.
Perrochel (Guillaume) [† 1655], maître des Comptes : 749.
Persan (François de Vaudetar, marquis de) [† 1690], fidèle de Condé : 418, 532, 661, 795.
Pesche, agitateur professionnel à la solde de Condé : 638, 735 (n. 3), 748, 1024.
Philippe II [1527-1598], roi d'Espagne : 898.
Philippe IV [1605-1665], roi d'Espagne : 237, 240, 241, 244, 245, 273, 277, 281, 290, 319, 358, 359, 438, 662, 693, 898-903, 910, 911, 917, 924, 939.
Pibrac (Guy Du Faur, seigneur de) [1528-1584], avocat général au parlement de Paris : 122 (n. 5).
Picardie (le régiment de) : 104.
Piccolomini (Ottavio) [1599-1656], lieutenant général des Impériaux : 70 (n. 5).
Pichon (Louis), faux témoin : 393, 394 (n. 1), 414.
Piennes (Antoine de Brouilly, comte de Lannoy, marquis de) [1611-1676] : 73.
Pierre (saint) : 923, 947, 975.
Piètre (Germain), avocat au parlement de Paris, procureur du roi et de la ville : 824.
Pimentel de Herrera y Quinones (don Antonio Alonzo) [† 1671], émissaire de Fuensaldagne : 358 (n. 2), 359, 704.

Pinon du Martray, conseiller au parlement de Paris, créancier de Retz: 960.
Pio de Savoie [1622-1689], cardinal: 918, 922.
Pizarro (don Francisco), envoyé de l'archiduc: 273, 275, 291, 328, 340.
Plot, chanoine de Notre-Dame, « présentement chartreux »: 143.
Plutarque [vers 50 - vers 125]: 155, 760.
Pommereux [Pommereuil] (Denise de Bordeaux, présidente de), maîtresse de Retz: 86 (n. 2), 193, 259, 260, 298, 356, 427, 520, 558, 670, 671, 723, 821, 855, 864, 961.
Pons (Suzanne de) [† 1668], fille d'honneur de la reine: 107 (n. 3), 411 (n. 5).
Pontcarré (Nicolas Camus, seigneur de), conseiller au Parlement: 245.
Pontcarré (Pierre Camus de) [† 1684], prieur de Saint-Trojan: 880 (n. 2).
Portail. Voir Du Portail.
Potier de Blancmesnil (Augustin) [† 1650], évêque et comte de Beauvais: 98 (n. 3), 105.
Potier de Blancmesnil (René) [?-1680], président aux Enquêtes du parlement de Paris: 143 (n. 3), 163, 166, 167, 169, 170, 196, 206, 484.
Potier de Novion (Nicolas) [1618-1693], président à mortier au parlement de Paris: 134 (n. 1), 166, 170, 206, 212, 233, 238, 312, 498, 696, 700, 738, 776, 789.
Pradelle, capitaine au régiment des gardes françaises: 633 (n. 2), 855 (n. 4), 857, 869, 870, 872, 876-879.
Praslin (François de Choiseul, abbé, puis marquis de): 61.
Premier (Monsieur le). Voir Beringhen.
Premier Président (Monsieur le). Voir Molé (Mathieu), puis Bellièvre (Pomponne de).
Prévost [Prévôt], conseiller-clerc au parlement de Paris, chanoine de Notre-Dame: 826 (n. 1).
Prince (Monsieur le). Voir Condé (Henri II, puis Louis II, princes de).
Princes (Messieurs les) [Louis II de Bourbon, prince de Condé, 1621-1687; Armand de Bourbon, prince de Conti, 1629-1666; Henri d'Orléans, duc de Longueville, 1595-1663].
Leur rôle: 176, 177, 268, 391, 393, 400, 488, 535, 536, 539, 594, 604, 747-750, 752, 765-767, 771-774, 776, 780, 784, 785, 790, 791, 798, 825.
Leur arrestation: 408-410 (n. 1), 427, 428, 469, 848, 980.
Leur détention: 425, 459, 491, 495, 496, 500, 977.
Leur « translation »: 450, 451, 454, 455, 470 (n. 2), 471, 491.
Leur « élargissement »: 436, 461, 474, 475, 477, 482, 485, 486, 493, 497, 499, 501, 502, 505, 506, 509-511, 513, 515, 516, 518, 522, 523, 526, 538, 604.
Leurs « amis et serviteurs »: 412, 418, 421, 425, 439, 458, 464, 466, 469, 479,

482-484, 489, 494, 496, 497, 500, 504, 507, 520, 521, 524, 534, 612, 747.
PRINCESSE (Madame la). Voir CONDÉ (Charlotte-Marguerite, princesse de) et CONDÉ (Claire-Clémence, princesse de).
PRINCESSES (Mesdames les) : 411.
PROCUREUR GÉNÉRAL (Monsieur le). Voir FOUQUET (Nicolas).
PROVENÇAUX (les) : 460.
PRUDHOMME, « baigneur » : 221 (n. 1), 222, 373, 387, 760.

QUATRESOUS (Jean), conseiller aux Enquêtes du parlement de Paris : 240.
QUELIN, conseiller au parlement de Paris : 747.
QUÉRIEUX (François de Gaudechat, seigneur, puis marquis de), dévoué à Retz : 634, 645, 781.
QUÉRIN. Voir GUÉRIN.
QUINCEROT, capitaine au régiment de Navarre : 209.
QUINTIN (le comte de) : 494.

RACHECOUR, capitaine au régiment de Corinthe : 246.
RACONIS (Charles-François d'Abra de) [vers 1580-1646], familier de Richelieu, évêque de Lavaur : 66 (n. 3).
RAGNI [RAGNY] (Léonor de La Magdeleine, marquis de), oncle de Retz : 209 (n. 1).
RAGOTSKI. Voir RAKOCZI.
RAIS. Voir RETZ.
RAKOCZI (Georges Ier) [1593-1648], prince de Transylvanie : 950 (n. 3).
RANCATI (dom Hilarion) [1594-1663], cistercien, abbé de Sainte-Croix-de-Jérusalem : 949, 955.
RAPACCIOLI (François-Ange) [† 1657], cardinal, évêque de Terni : 932-934, 940, 956.
RARAI [RARAY] (Henri de Lancy, baron de) [1603-1679], fidèle de Monsieur et de Condé : 570, 589, 633, 634, 720.
REINE (la). Voir MARIE DE MÉDICIS, puis ANNE D'AUTRICHE.
REINE D'ANGLETERRE (la). Voir HENRIETTE-MARIE DE FRANCE.
REINE DE POLOGNE (la). Voir GONZAGUE (Marie-Louise de).
REINE DE SUÈDE (la). Voir CHRISTINE.
RENARD, restaurateur : 364 (n. 4)-366, 458.
RENNEVILLE, officier de l'armée royale : 764.
RETZ (Henri de Gondi, premier cardinal de) [1572-1622], évêque de Paris : 57 (n. 4), 104 (n. 3).
RETZ (Mlle de). Voir GONDI (Catherine, puis Marie-Catherine de).
RETZ (le duc de). Voir GONDI (Henri de) et GONDI (Pierre de).
RHODES (Claude Pot, seigneur de), grand maître des cérémonies : 494, 505, 506.
RHODES (Louise, dame de), fille naturelle du cardinal Louis de Guise, femme du précédent : 218, 355, 455, 466, 467, 478, 479, 483, 487, 612, 613, 673.
RICCARDI (le marquis), ambassadeur du grand-duc de Toscane à Rome : 939, 946, 956.

RICHELIEU (la maison de) : 62, 63.
RICHELIEU (Armand-Jean Du Plessis, cardinal de) [1585-1642], principal ministre de Louis XIII.
 Son portrait : 124, 125.
 Son caractère : 69, 76, 79, 93, 106, 648.
 Sa politique : 77, 104, 108, 110, 120, 122-124, 233, 419, 423, 431, 463, 737.
 Les cabales contre Richelieu : 70-74, 80-85, 93.
 Richelieu et Retz : 63-67, 93.
 Ses amitiés et ses inimitiés : 62, 63, 70, 163, 423, 513, 545.
 Ses galanteries : 68, 69, 423, 648.
 Sa maladie et sa mort : 67, 77, 88, 94.
 Le « parallèle » Richelieu-Mazarin : 106, 124, 470.
 Divers : 89, 566, 880, 930, 973, 974.
RICHELIEU (Armand-Jean de Vignerot, duc de) [1629-1715], petit-neveu du précédent : 411 (n. 5), 565.
RICHON [† 1650], capitaine du château de Vayres : 429.
RICOUSSE (M. de), gentilhomme au service de Condé : 637.
RIEUX (François-Louis de Lorraine, comte de) [1623-1694], troisième fils du duc d'Elbeuf : 349 (n. 2), 516.
RIEUX (René de) [† 1651], évêque de Léon : 120 (n. 1).
RIQUEMONT, capitaine des gardes du duc de Bouillon : 247, 278, 319.
RIVIÈRE (le chevalier de) [† 1672], chancelier de Condé : 176, 387.

ROCHE (Marie Galateau, demoiselle de) [† 1644], amour de jeunesse de Retz : 61 (n. 4).
ROCHEFORT (M. de), officier dans l'armée de Turenne : 418.
ROCQUEMONT (Balthazar de), lieutenant de La Boulaye : 401.
ROHAN (la maison de) : 376 (n. 1).
ROHAN (Henri Ier, duc de) [1579-1638], chef du parti protestant sous Louis XIII : 122 (n. 2).
ROHAN (Marguerite de) [1617?-1684], fille du précédent : 85 (n. 3), 376.
ROHAN (Tancrède de) [1630-1649], fils putatif du duc Henri de Rohan : 226 (n. 3).
ROHAN-CHABOT (Henri de Chabot, seigneur de Saint-Aulaye, premier duc de) [1616-1655], mari de Marguerite de Rohan, intime de Retz : 116 (n. 2), 645, 698, 699, 720, 726, 729, 751, 760-763, 768, 787, 842, 848.
ROI (le). Voir LOUIS XIII, puis LOUIS XIV.
ROI D'ANGLETERRE (le). Voir CHARLES Ier, puis CHARLES II.
ROI CATHOLIQUE (le). Voir ROI D'ESPAGNE.
ROI D'ESPAGNE (le). Voir PHILIPPE IV.
ROIE (Mlle de), suivante de Mlle de Chevreuse : 758.
ROIS DE FRANCE. Voir LOUIS IX [1226-1270], CHARLES V [1364-1380], LOUIS XI [1461-1483], LOUIS XII [1498-1515], FRANÇOIS Ier [1515-1547],

François II [1559-1560], Charles IX [1560-1574], Henri III [1574-1589], Henri IV [1589-1610], Louis XIII [1610-1643] et Louis XIV [1643-1715].

Roland, bourgeois de Reims : 297.

Roquelaure (Gaston-Jean-Baptiste, marquis, puis duc de) [† 1683], lieutenant général : 429 (n. 3).

Roquespine [Roquépine] (Louis-Gilles Du Bouget, marquis de) [† 1679], maréchal de camp dans l'armée d'Hocquincourt : 732.

Rosan [Rauzan] (Frédéric-Maurice de Durfort, comte de) [1627-1649] : 246 (n. 2).

Rosetti (Carlo) [1615-1670], cardinal : 936.

Rossane. Voir Rossano.

Rossano (Olimpia Aldobrandini, princesse de), épouse de Camilio Pamfili, neveu d'Innocent X : 464 (n. 2), 716 (n. 1), 717, 914, 918.

Rouanné [Roannez] (Louis Gouffier, duc de) [1578-1642], gouverneur du Poitou : 74 (n. 2).

Rouillac (Louis de Goth, marquis de) [1584 ?-1662], maréchal de camp : 634, 635.

Rousseau (l'abbé), frère de l'intendant de Retz : 883, 914, 964.

Roze [Rose] (Toussaint) [1611-1701], secrétaire de Mazarin, puis de Louis XIV : 67 (n. 5).

Rubentel, lieutenant au régiment des gardes : 156, 856.

Ruvigni [Ruvigny] (Henri de Massué, seigneur de) [1610-1689], marquis de Bonneval, lieutenant général : 696 (n. 1).

Sablonnières (Edmond de Ravenel, marquis de), mestre de camp du régiment de Valois : 537, 634, 688, 781.

Sachetti [Sacchetti] (Jules) [1587-1663], cardinal : 408 (n. 3), 920-924, 927, 930-935.

Saint-Aldegonde [Sainte-Aldegonde] (Philippe Van Marnix, baron de) [1548-1598], homme politique et littérateur néerlandais : 357 (n. 1).

Saint-Auban (le marquis de), frondeur dévoué à Retz : 634.

Sainte-Croix (François Molé, abbé de) [† 1672], fils de Mathieu Molé, conseiller au parlement de Paris : 427 (n. 2), 747.

Sainte-Maure (Charles de) [1610-1690], futur duc de Montausier : 634 (n. 1), 731.

Saint-Florent (le marquis de), pseudonyme de Retz en Espagne : 899, 901.

Saint-Germain (Mathieu de Morgues, sieur de) : 751.

Saint-Germain d'Achon (Jacques, marquis de) : 225, 259, 302, 349.

Saint-Ibar [Saint-Ibal] (Henri d'Escars de Saint-Bonnet, seigneur de), domestique du comte de Soissons, puis fidèle de Retz : 71 (n. 4), 74, 76, 78, 83, 84, 165, 166, 170, 171, 190, 192, 198, 232, 233, 235, 349, 359, 418.

Saint-Lambert (Robert de Joyeuse, baron de) [† 1660], lieutenant de roi au gouver-

nement de Champagne : 827 (n. 2)-829, 831.
SAINT-LUC. Voir ESPINAY-SAINT-LUC.
SAINT-MESGRAIN [SAINT-MESGRIN, SAINT-MAIGRIN] (Jacques Estuer de Caussade, marquis de) [† 1652], lieutenant général : 429, 764, 777.
Épisode du jardin de Renard : 364 (n. 3).
SAINT-MICAUT [SAINT-MICAUD] (Pierre-Emmanuel Royer, comte de), gouverneur de Bellegarde : 412.
SAINT-MIHIEL (M. l'abbé de). Voir HENNEZON.
SAINTOT [SAINCTOT] (Nicolas de), maître des cérémonies : 111, 113, 315, 492, 620, 854, 855.
SAINT-PAUL [SAINT-POL] (Louis de Luxembourg-Ligny, comte de) [1418-1475], connétable de France en 1465 : 794 (n. 1).
SAINT-RÉMI, lieutenant des gardes de Monsieur : 734.
SAINT-ROMAIN (Melchior de Harod de Senevas, marquis de) [1611-1694], fidèle de Condé et diplomate : 586 (n. 3), 587, 589, 950.
SAINT-SIMON (Claude de Rouvroy, seigneur, puis duc de) [1607-1693], gouverneur de Blaye, père du mémorialiste : 388, 428 (n. 1), 429.
SAINT-SIMON (Louis de Rouvroy, commandeur de) [† 1679], « chef des criailleurs du parti des princes », frère du précédent : 552 (n. 4), 748 (n. 2).
SALAMANQUE [SALAMANCA] (don Miguel de), secrétaire d'État espagnol : 78 (n. 2), 84.
SALES, gentilhomme au service de Retz : 894.
SAN-ESTEVAN (le comte de), vice-roi de Navarre : 900.
SARASIN (Jean-François) [1615-1654], poète : 359 (n. 2), 553, 795.
SAULT (Mme de). Voir LESDIGUIÈRES (duchesse de).
SAUMERY (François de Johanne de La Carre, seigneur de), premier gentilhomme de la chambre de Monsieur : 675 (n. 1).
SAUVEBEUF (Charles-Antoine de Ferrières, marquis de) [vers 1597-1663] : 349, 372.
SAVOIE (la maison de) : 476.
Scaramouche, personnage de la comédie italienne : 833 (n. 1).
SCÉPEAUX (Mlle de). Voir GONDI (Marguerite de).
SCHEMBERG (le prince de), ambassadeur de l'Empire à Rome : 67 (n. 4).
SCHOMBERG (Charles de) [1601-1656], duc d'Halluin, maréchal de France : 97 (n. 2), 107, 512, 633.
SCHOMBERG (Frédéric-Armand, duc de) [1615-1690], maréchal de France en 1675 : 767.
SCOTTI (Ranuce) [† 1666], majordome du pape : 915, 919.
SÉGUIER (Dominique) [1593-1659], évêque de Meaux : 158 (n. 1).
SÉGUIER (Pierre) [1588-1672], Monsieur le Chancelier : 134, 135, 137, 146, 148, 154, 157, 158, 161, 177, 258, 301, 350, 389, 620, 626, 643, 652, 727, 786, 794 (n. 3), 828, 861, 884, 885, 950, 951.

SÉGUIN, ancien valet de chambre de Mme de Chevreuse : 739.

SEIZE (les), fraction extrémiste des Ligueurs parisiens : 249 (n. 1), 250, 254.

SEMBLANCAT. Voir SAINT-BLANCARD.

SENAUT [SENAULT] (le père Jean-François) [vers 1600-1671], oratorien : 805.

SENNETERRE [SAINT-NECTAIRE] (Henri Iᵉʳ de) [1574?-1662], marquis de La Ferté-Nabert, ambassadeur, ministre d'État : 64, 117, 129, 271, 272.

SENNETERRE [SAINT-NECTAIRE] (Henri II de) [1600-1681], marquis, puis duc de La Ferté, maréchal de France : 412 (n. 5), 419, 421, 422, 424, 425, 427, 556, 594, 686, 687, 733, 777, 778.

SENS (Monsieur de). Voir BELLEGARDE (Octave de), puis GONDRIN (Louis-Henri de Pardaillan de).

SERISI [SERISY], officier dans l'armée de Turenne : 494.

SERTORIUS (Quintus) [vers 123-72 av. J.-C.], général romain : 567 (n. 2).

SERVIENT [SERVIEN] (Abel) [1593-1659], secrétaire d'État, diplomate, surintendant des Finances : 110 (n. 3), 366, 368, 369, 383, 384, 403, 417, 425, 445, 454, 468, 469, 471, 472, 504, 506, 508, 532, 541, 547, 548, 551, 552, 554, 555, 560, 563, 564, 568, 569, 576, 577, 581, 583-585, 598, 607, 620, 628, 654, 698, 785, 803, 804, 812, 819, 839, 851-854, 860, 874, 884, 885, 921, 925, 929, 950.

SERVIN, conseiller au parlement de Paris : 829, 830.

SÈVE (DE). Voir CHASTIGNONVILLE.

SÉVIGNÉ (Renaud de) [vers 1610-1676], chevalier de Malte, fidèle de Retz : 197 (n. 6), 349, 408, 645, 722, 723, 879, 888, 894.

SÉVIGNÉ (René de) [† 1673], abbé de Genenton, serviteur de Retz à Rome : 943.

SFORCE [SFORZA] (Frédéric) [1603-1676], cardinal : 923 (n. 3).

Sicilien (le), surnom donné à Mazarin : 514 (n. 1), 588, 873, 876.

SILHON (Jean de) [1596?-1667], agent de Mazarin : 623, 625.

SILLERI [SILLERY] (Louis-Roger Brulart, marquis de) [1619-1691], mestre de camp d'infanterie : 225, 246, 426.

SIRMOND (le père Jacques) [1559-1651], jésuite : 97 (n. 5).

SIROT (Claude de Letouf de Pradines, baron de) [1600-1652], maréchal de camp : 730 (n. 2).

SOCIANDO, avocat et faux témoin : 393, 394 (n. 1), 395.

SOISSONS (Louis de Bourbon, comte de) [1604-1641], Monsieur le Comte : 65 (n. 1)-68, 70-78, 80-85 (n. 4), 153, 157, 204, 324.

SOMMERI. Voir SAUMERY.

SON ALTESSE IMPÉRIALE. Voir LÉOPOLD-GUILLAUME.

SON ALTESSE ROYALE. Voir ORLÉANS (Gaston d').

SOUCHES (de), capitaine des Suisses de Monsieur : 519, 520.

SOURDIS (Charles d'Escoubleau, marquis de) [† 1666], gouverneur de l'Orléanais : 512, 525, 529, 786.

SOURDIS (Henri d'Escoubleau de) [1594-1645], archevêque de Bordeaux et chef d'escadre : 974 (n. 2).

SOUVRAI [SOUVRÉ] (Jean de) [† 1656], premier gentilhomme de la chambre : 96 (n. 2), 594.

SOUVRÉ (Jacques de) [1600-1670], commandeur de Malte, dévoué à Mazarin : 364 (n. 3).

SPADA (Bernardin) [1594-1671], cardinal, évêque de Palestrina : 933, 934, 936, 940.

SPINOLA (Ambroise) [1569-1630], marquis de Los Balbases, général espagnol : 215 (n. 1).

SUÉDOIS (les) : 122.

SUISSES (les) : 128, 156, 157, 227, 512, 519, 859, 915.

Suissesse (la), surnom donné à Anne d'Autriche : 739.

SULLI [SULLY] (Maximilien-François de Béthune, deuxième duc de) [1614-1661], gendre du chancelier Séguier, gouverneur de Mantes : 533 (n. 3), 727, 768, 787.

SULMONA (Paul Borghèse, prince de) [† 1646], premier mari de la princesse de Rossano : 464.

SULMONNE. Voir SULMONA.

TAAFFE (Théobald, vicomte) [† 1677], chambellan de Charles II : 448 (n. 3), 449.

TAF (milord). Voir TAAFFE.

TALON (Claude), intendant des places frontières : 670 (n. 2), 671, 673.

TALON (Omer), [1595-1652], avocat général au parlement de Paris : 226 (n. 4), 231, 232, 251, 389, 395, 397, 491, 492, 510, 585, 601, 682, 684, 687, 689, 696, 700, 741, 828.

Tambourin, personnage des *Provinciales* de Pascal : 394 (n. 2).

TARENTE (Henri-Charles de La Trémoille, prince de) [1620-1672], fidèle de Condé : 724 (n. 1), 825.

TAVANNES (Jacques de Saulx, comte de) [1620-1683], lieutenant des gendarmes de Condé : 412, 418, 421, 661, 727, 732, 733, 767, 776, 777, 822, 825.

TÉLIGNI [TÉLIGNY] (Charles de) [† 1572], gendre de l'amiral de Coligny : 566.

TERRA-NUEVA (Diego d'Aragon, duc de) [† 1674], ambassadeur d'Espagne à Rome : 917, 924, 935, 937, 939, 940.

THOMAS (saint) : 869.

THOMAS DE SAVOIE [1596-1656], prince de Carignan : 70 (n. 5), 422, 805.

THORÉ (Michel Particelli, seigneur de), président aux Enquêtes du parlement de Paris : 131 (n. 4), 317 (n. 1).

THOU (François-Auguste de) [1607-1642], conseiller d'État, victime de Richelieu : 94 (n. 3).

THOU (Jacques-Auguste de) [1553-1617], père du précédent, président à mortier au parlement de Paris, historien : 55 (n. 5), 91.

THOU (Jacques-Auguste de) [1609-1677], fils du précédent, président aux Enquêtes du parlement de Paris : 842.

TIBÈRE [42 av. J.-C.-37 apr.

J.-C.], empereur romain : 125 (n. 5).

TOLÈDE (don Gabriel de), émissaire espagnol : 292, 318 (n. 1)-324, 327, 444 (n. 2)-448, 768.

TONEILLE, garde du corps, geôlier de Retz à Vincennes : 865.

TOSCANE (Mme de). Voir ORLÉANS (Marguerite-Louis d').

TOUCHEPRÉS [TOUCHEPREST] (le baron de), capitaine des gardes du duc d'Elbeuf : 208, 212, 266.

TOUCI [TOUSSY] (Louise de Prie, demoiselle de) [† 1709], future femme du maréchal de La Mothe : 332 (n. 2).

TOUTEVILLE, capitaine aux gardes : 855.

Trivelin [Trivelino Principe], personnage de la comédie italienne : 125 (n. 6), 833 (n. 1).

TRIVULZI (Jean-Jacques-Théodore de') [1597-1657], cardinal : 448 (n. 1), 921, 923.

TURCAN [TURQUANT] (Jean), seigneur d'Aubeterre, conseiller au Grand Conseil : 133.

TURCS (les) : 895, 906, 908, 909, 989.

TURENNE (Henri de La Tour d'Auvergne, vicomte de) [1611-1675], maréchal de France : 62, 87 (n. 4)-92, 107, 216 *[portrait]*, 257, 262-264, 276, 278, 280-283, 285-290, 295, 298-300, 304, 305, 307-310, 314, 317, 319-323, 325, 328, 329, 333, 345, 346, 411, 412, 417, 438, 439, 445, 489, 494, 502, 565, 566, 578, 625, 656, 657, 667, 670, 730, 732, 733, 752, 766, 767, 770, 771, 776, 777, 825, 826, 835, 836, 853.

URBAIN VIII (Maffeo Barberini) [1568-1644], pape : 87, 463 (n. 3), 920, 922, 933.

VACHEROT [1602-1664], médecin de Retz : 862, 865.

VAINE. Voir VANE (sir Henry).

VALENÇAI, VALENCÉ [VALENÇAY] (Henri d'Étampes, bailli de) [1603-1678], ambassadeur à Rome : 562 (n. 2), 717 (n. 1), 866, 916.

VALENÇAI (de), conseiller d'État : 793.

VALOIS (le duc de) [1650-1652], fils de Gaston d'Orléans : 795 (n. 4).

VALOIS (le régiment de) : 537, 703, 781.

VALON (François de La Baume, seigneur de), familier de Gaston d'Orléans : 575, 634.

VANBROC, musicien : 65, 66.

VANE (sir Henry) [1613-1662], républicain anglais : 449 (n. 3), 450.

VAN OLDENBARNEVELT (Jan) [1547-1619], grand pensionnaire de Hollande : 321 (n. 2), 331.

VARDES (François-René Crespin Du Bec, marquis de) [1621 ?-1688], capitaine des Cent-Suisses : 472 (n. 1), 552, 767.

VARENNE, officier général dans l'armée de Turenne : 670, 795.

VARICARVILLE [VALLIQUIERVILLE] (Charles de) [1600-1665], créature du comte de Soissons, puis du duc de Longueville : 71 (n. 4), 76, 83, 84, 192, 298, 308-341.

VASSAN (de), conseiller au parlement de Paris : 775.

VASSÉ (Henri-François, mar-

Personnes et personnages 1231

quis de) [† 1684], parent de Retz, mestre de camp du régiment de Bourgogne: 60 (n. 5), 298, 303, 454.

VASTI (la signora), nièce du cardinal Cecchini: 934.

VATTEVILLE (Charles, baron de), gouverneur de Guipuzcoa: 896 (n. 1)-900, 903.

VAUBECOURT (Nicolas de Nettancourt d'Haussonville, comte de) [1603-1678], lieutenant général: 727 (n. 1).

VAUMORIN, capitaine des gardes du duc de Beaufort: 104.

VAUTORTE (François Gruget, seigneur de), agent diplomatique de Mazarin: 232.

VEDEAU (François), conseiller au parlement de Paris: 196, 870.

VENDÔME (la maison de): 103, 334, 361 (n. 2).

VENDÔME (César de Bourbon, duc de) [1594-1665], fils naturel de Henri IV: 93 (n. 4), 107, 342, 363, 369, 388, 407 (n. 1), 412, 516, 651.

VENDÔME (Élisabeth de) [1614-1664], fille du précédent, duchesse de Nemours en 1643: 88 (n. 5)-92, 216.

VENDÔME (Françoise de Lorraine, duchesse de) [1592-1669], épouse de César de Bourbon: 87 (n. 7)- 90, 92, 177, 178.

VENDRANINA (la signora), Vénitienne courtisée par Retz: 66.

VENNES (de), lieutenant-colonel du régiment des gardes: 146, 156, 858.

VENTADOUR (la maison de): 704 (n. 2).

VENTADOUR (Henri de Lévis, duc de) [† 1680], chanoine de Notre-Dame de Paris en 1650: 977 (n. 1).

VERDERONNE (Claude de L'Aubespine, baron de), gentilhomme de Gaston d'Orléans: 443, 444.

VESOU, médecin: 872.

VIALART DE HERSE (Félix) [1618-1680], évêque de Châlons-en-Champagne: 119 (n. 2), 524, 528, 781, 854, 855, 861, 959, 960, 978, 979.

VIDMAN (Christophe) [† 1660], cardinal: 918.

VIDMAN (le comte), colonel de la garde pontificale: 915.

VILLANUEVA, capitaine de galère: 910.

VILLARS (Pierre, marquis de) [1623-1698], père du maréchal: 795 (n. 3).

VILLEQUIER (Antoine d'Aumont, marquis de) [1632-1704], capitaine des gardes du roi, duc d'Aumont en 1669: 857 (n. 3), 858.

VILLEROI (Madeleine de Créquy-Lesdiguières, maréchale de) [1609-1675]: 858.

VILLEROI (Nicolas de Neufville, seigneur de) [1542-1617], secrétaire d'État sous Charles IX, Henri III et Henri IV: 419 (n. 1), 449 (n. 1).

VILLEROI (Nicolas IV de Neufville, marquis, puis duc de) [1597-1685], maréchal de France, gouverneur de Louis XIV: 142 (n. 1), 144, 145, 148, 154, 209, 303, 320, 423 (n. 2), 442, 460, 504, 515, 516, 518, 540, 561, 576, 656, 660, 664, 667, 698, 766, 834, 853, 857, 868, 977.

VINCENT DE PAUL (saint)

[1581-1660], « M. Vincent » : 87.

VINEUIL (Louis Ardier, seigneur de), fidèle de Condé et bel esprit : 298, 365, 384, 404, 407, 535.

VIOLE (Pierre), seigneur d'Atis, président aux Enquêtes du parlement de Paris : 162 (n. 4), 163, 166, 168-170, 176, 193, 194, 199, 206, 233, 304, 305, 342, 375, 436, 458, 480, 481, 484, 486, 489, 491, 496, 503, 536, 537, 567, 578, 621, 825, 842.

VITRI [VITRY] (François-Marie de L'Hospital, marquis de) [† 1679], gouverneur de Meaux : 222 (n. 1), 225, 226, 337, 349, 352, 353, 356, 365, 461, 526, 533.

VITRI [VITRY] (Nicolas de L'Hospital, marquis, puis duc de) [1581-1644], maréchal de France : 79 (n. 1), 80, 83-85, 107, 855 (n. 4).

VOISIN (Joseph de) [† 1685], conseiller au parlement de Bordeaux : 430, 431.

VOITURE (Vincent) [1598-1648], poète et académicien : 89 (n. 2), 90.

WEIMARIENNE (la), armée de mercenaires allemands. Voir WEIMARIENS.

WEIMARIENS : 106 (n. 1), 279, 322.

WITEMBERG. Voir WURTEMBERG.

WURTEMBERG (la maison de) : 371.

WURTEMBERG (Ulrich de) [1617-1671], général au service de l'Espagne : 693 (n. 1), 825.

WURTEMBERG (le régiment de) : 767.

ZÉNOBIE, reine de Palmyre au IIIe siècle : 884 (n. 2).

INDEX DES NOMS DE LIEUX
ET D'ŒUVRES LITTÉRAIRES

Adge : 97.
Agen : 662, 725, 726.
Agerville, Angerville [Augerville-la-Rivière] : 414 (n. 1), 655 (n. 1), 657.
Aix-la-Chapelle : 925.
Allemagne : 107, 262, 286, 326, 328, 578, 929.
Alsace : 371.
Amboise : 93, 94, 122, 393 (n. 2), 395.
Amiens : 71 (n. 4), 73, 80, 377, 871.
Anet : 92 (n. 3).
Angélique (porte), à Rome : 914.
Angers : 108, 114, 698, 699, 720.
Angleterre : 121, 448, 450, 650, 858, 867.
Angoulesme [Angoulême] : 423, 438.
Anjou : 58, 111, 141, 354, 376, 408, 430, 848, 854, 879.
Apologie de l'ancienne et légitime Fronde, pamphlet de Retz : 552.
Aragon : 121, 900-902, 904.
Arbre-Sec (rue de l') : 149 (n. 5).

Ardennes (les) : 801.
Arras : 412, 885, 896.
Arsenal (l'), résidence du grand maître de l'artillerie : 69 (n. 2), 80, 86, 220, 302.
Astaffort : 725.
Astrée (L'), roman d'Honoré d'Urfé : 213 (n. 4 et 5).
Auch : 66.
Augustins (quai des) : 158.
Autriche : 83 (n. 3), 918.
Auvergne : 377, 578, 731, 762.
Auxerre : 752.
Avignon : 866, 974.

Barbarie [Afrique du Nord] : 906.
Barbeau [Barbeaux] (abbaye de) : 873.
Barcelone : 792, 899.
Barrois : 825.
Basle [Bâle] : 358.
Bastille (la) : 70, 79-81, 84, 85, 213, 220, 262, 302, 347, 349, 354, 457, 672, 778, 978.
Bazoches : 439.
Beaugenci [Beaugency] : 879.
Beaupréau (château de) : 58, 59, 889, 891, 896.

BEAUVOISIS [BEAUVAISIS] : 720.
BELLEGARDE [SEURRE] : 412 (n. 6), 418, 532 (n. 2).
BELLE-ISLE [BELLE-ÎLE] : 71, 224, 867 (n. 1), 892-896.
BERGERAC : 724 (n. 3).
BERGUES-SAINT-WINOX [WINOC] : 662 (n. 2).
BERNI [LA CROIX-DE-BERNY] : 414 (n. 1).
BERRI [BERRY] : 622, 660.
BÉTHUNE : 867.
BICÊTRE : 271 (n. 1).
BISCAÏE [BISCAYE] : 894.
BLAIE [BLAYE] : 429, 532, 578.
BLAIZOIS [BLÉSOIS] : 398.
BLANCS-MANTEAUX (couvent des) : 671 (n. 1), 673.
BLÉNEAU : 732, 740, 752.
BLOIS : 70, 71, 73, 570, 679, 690, 698, 730, 800, 802, 814, 819, 881.
BONIFACIO : 907 (n. 4).
BONS-HOMMES (descente des) : 89 (n. 4).
BORDEAUX.
Lieu géographique : 424 (n. 3), 425, 428-430, 435, 438, 440, 441, 455, 456, 468, 657, 660-662, 690, 759, 974.
La Fronde de — : 224, 225, 371, 423, 452, 459, 778, 795, 867.
Les jurats de — : 418, 426 (n. 2), 795.
La paix de — : 424, 457, 460, 461.
Le siège de — : 459, 627.
BOUILLON : 789 (n. 4).
BOUILLON : (hôtel de) : 266.
BOULOGNE (bois de) : 61, 764.
BOURBONNAIS : 731.
BOURG [BOURG-SUR-GIRONDE] : 430 (n. 2), 662, 724.

BOURGES : 413, 632, 657, 658, 660, 663.
BOURGOGNE : 362, 363, 412-414, 532, 534.
BOURGOGNE : au sens de FRANCHE-COMTÉ : 899 (n. 4).
BREST : 871, 874, 882.
BRETAGNE : 58, 342.
BRIARE : 732, 733.
BRIE : 56, 226, 398, 773.
BRIE-COMTE-ROBERT : 226, 246, 260.
BRISACH [ALT-BREISACH] : 279, 569 (n. 1), 585, 792 (n. 3), 822 (n. 4).
BRISSAC (hôtel de) : 673.
BRIVE : 422.
BROUAGE : 429, 662, 867.
BRUSLE [BRÜHL] : 531 (n. 1), 552, 557, 559, 561, 577, 584, 589, 614, 623, 627, 628, 657, 667, 925.
BRUXELLES : 84, 107, 170, 190, 204, 232, 237, 245, 246, 264, 274, 291, 293, 319, 324, 353, 354, 403, 767, 778, 887.
BUSAI [BUSAY], abbaye bénédictine : 59 (n. 1).

CAEN : 211, 339, 372, 412.
CAÏETE. Voir GAÈTE.
CAMBRAI : 353, 362, 366.
CAMOGLIANE (château de) : 912.
CAPRAROLE [CAPRAROLA] (château de), résidence des ducs de Parme : 955 (n. 4).
CARDONNE [CARDONA] : 328 (n. 1)
CARMÉLITES (couvent parisien) : 392, 628.
CARMÉLITES (petites) (couvent parisien) : 64 (n. 6).
CARMES (couvent parisien) : 115 (n. 4).
CARTHAGE : 972.

Lieux et œuvres littéraires

CASAL [CASALE MONFERRATO] : 792 (n. 2).
CASTELNAUDARI [CASTELNAUDARY] : 62 (n. 4).
CATALOGNE : 661, 724, 792.
CAUDECOSTE : 724.
CÉLESTINS (couvent parisien) : 738 (n. 2).
CENON : 456 (n. 1).
CHALIOT [CHAILLOT] : 353 (n. 1).
CHAMPAGNE : 281, 360, 371, 489, 825.
CHANTILLI [CHANTILLY] : 411, 413, 654.
CHARENTON : 87, 210, 226 (n. 5), 227, 260, 752, 776.
CHARLEVILLE : 408, 680, 867, 868, 886, 897, 899, 977, 978.
CHARTREUX (couvent parisien) : 110 (n. 2).
CHASLONS [CHÂLONS-SUR-MARNE, CHÂLONS-EN-CHAMPAGNE] : 854.
CHASTEAU-PORTIEN [CHÂTEAU-PORCIEN] : 489.
CHASTEAURENARD [CHÂTEAURENARD] : 732.
CHASTILLON-SUR-LOING [CHÂTILLON-SUR-LOING] : 731.
CHÂTELET (le) : 200, 370.
CHAVILLE : 616 (n. 1).
CHEVREUSE (hôtel de) : 354, 355, 374, 454, 455, 461, 476, 488, 529, 537, 540, 556, 572, 612, 646, 671, 673, 757, 759, 760.
CHINE : 859.
CHIO. Voir SCIO.
CLERMONT-EN-ARGONNE : 412 (n. 5), 532, 767 (n. 3).
CLOÎTRE NOTRE-DAME (le) : 538 (n. 1), 539, 700, 779.
CŒUVRES : 116.
COGNAC : 662.
COLISÉE (le) : 125.
COMMERCI [COMMERCY] : 74, 672, 795.

COMPIÈGNE : 362, 363, 367-370, 427, 794, 799, 802, 804, 805, 807, 810, 811, 817, 834.
CONCEPTION (la) (couvent parisien) : 108 (n. 3).
CONCIERGERIE (la) : 229, 401.
CONDÉ (hôtel de) : 103, 172, 190, 361, 407, 539, 540, 559, 565, 621, 635, 747, 748.
CONFÉRENCE (porte de la) : 196, 840, 841, 858.
Conjuration de Jean-Louis de Fiesque (La), de Retz : 64.
Consolation de théologie, ouvrage composé en prison par Retz : 862.
Contretemps du sieur de Chavigni (Les), pamphlet de Retz : 553 (n. 5), 753.
CORBEIL : 225, 743, 752, 761, 770, 826.
CORBIE : 70, 71.
CORSE : 907, 909.
CORSÈGUE. Voir CORSE.
CORTES, ville de la Haute-Navarre : 900.
COUBERT : 226.
COUPERAI [COUPEVRAY] : 63.
COURS (le) : 622, 623, 841.
CRÉTEIL : 246.
CROIX-DU-TIROIR ou CROIX-DU-TIROUER [CROIX-DU-TRAHOIR] (la) : 149 (n. 5), 160, 202, 439, 523.
Crusca (La), titre abrégé du *Vocabulario degli Academici della Crusca*, dictionnaire de la langue italienne (1612) : 956 (n. 2).

DAMMARTIN [DAMMARTIN-EN-GOËLE] : 261, 325.
DAMPIERRE : 759.
DAMVILLIERS [DAMVILLERS] : 360, 412 (n. 4), 670, 671.
DAUPHINE (place) : 143, 383, 779.

Défense du coadjuteur (La), pamphlet de Du Portail : 553 (n. 2).

De sublimi genere, traité attribué (à tort) à Longin : 884 (n. 2).

DIEPPE : 210, 339, 372, 411, 412.

DIJON : 412, 532.

DÔME (le), aux Tuileries : 72.

DORDOGNE (la) : 429.

DUNKERQUE : 189, 662 (n. 2), 792 (n. 1), 899, 902.

Écriture : 746, 927.

ELBE (île d') : 910.

EMPIRE ROMAIN : 123.

EMPIRE. Voir SAINT EMPIRE ROMAIN GERMANIQUE.

EMPOLI : 913.

ENFER (rue d') : 531.

ÉPERNAI [ÉPERNAY] : 687.

ÉPINAI [ÉPINAY-SUR-SEINE] : 776.

Épîtres, de Cicéron : 949.

Épîtres, de saint Paul : 88, 92.

ESPAGNE : 74, 83, 105, 122, 166, 170, 171, 186, 190-192, 231-235, 237-239, 242-246, 248-250, 254, 255, 262, 264, 270, 274, 276-278, 282-285, 289-291, 294, 308, 320, 323, 325, 327-329, 333, 336, 337, 344, 345, 350, 351, 354, 384, 426, 429, 430, 443, 446, 464, 502, 550, 631, 662, 677, 693, 701, 703, 704, 708, 783, 792, 811, 815, 822, 825, 867, 893, 896, 898, 899, 901, 903, 904, 907, 912, 913, 919-921, 923, 924, 928, 930, 932, 939.

ESTAMPES [ÉTAMPES] : 227, 752, 762, 763, 766, 769-771, 773, 776.

EUROPE : 69, 77, 195, 244, 245, 279, 284, 287, 446, 604, 703, 710, 724.

Évangile : 82, 87, 953.

FESCAN (vallée de) : 226 (n. 2), 227.

FLANDRE(s) : 167, 232, 233, 293, 556, 690, 692, 693, 769, 827, 899.

FLORENCE : 911, 912, 914, 922, 932, 939, 955, 956, 962.

FONTAINEBLEAU : 96, 112, 114, 120, 131, 468, 469, 471, 474, 478, 479, 542, 547, 660, 758, 871.

FRANCE.

Lieu géographique, territoire : 56, 70, 85, 184, 232, 278, 345, 411, 516, 550, 649, 661, 662, 684, 695, 737, 767, 786, 789, 810, 855, 861, 895, 909, 940, 941, 963, 964, 974, 977.

La nation française : 84, 121, 122, 185, 186, 281, 444, 510, 603, 823, 919, 921, 928, 929.

Les Français : 124, 703, 710, 845, 940, 942, 943.

La famille royale de — : 115, 117, 239, 444, 610, 701, 713, 714, 734.

Le gouvernement de la — : 98, 125, 276, 283, 372, 416, 877, 898, 929, 930, 932, 936, 941, 945, 946, 964.

Formule superlative : 88, 193, 341, 481, 544.

Dans un titre : 191, 237, 471, 505, 513, 527, 610, 650, 719, 734, 775, 834, 838, 870, 890, 896, 907, 914, 915, 921, 922, 924, 929, 930, 937, 948, 953, 957, 965, 975.

« Le mal français » : 127, 128, 185, 186, 393, 523, 702, 898.

FRANCFORT : 358.

FRANCHE-COMTÉ : 371.

Lieux et œuvres littéraires

GALLES : 701.
GARONNE (la) : 426, 429.
GENÈVE : 87, 167.
GERGEAU. Voir JARGEAU.
GIEN : 730, 732, 752.
GIVET : 84, 661.
GONESSE : 189 (n. 2), 258 (n. 3).
GRAVELINE [GRAVELINES] : 662 (n. 2), 792 (n. 1).
GRÈCE : 949.
GRENELLE : 832.
GRÈVE (la), place de l'Hôtel de Ville, à Paris : 212, 312 (n. 3), 780, 781.
GROS-BOIS, hameau de Boissy-Saint-Léger : 246 (n. 3).
GROTTA-FERRATA, couvent basilien aux environs de Rome : 949 (n. 3), 952.
GUÉMÉNÉ (hôtel de) : 376.
GUIENNE [GUYENNE] : 185, 372, 418, 421, 424, 426-433, 435, 438, 452, 453, 456, 458, 463, 477, 488, 489, 532, 541, 550, 578, 652, 661, 662, 665, 667, 680, 698, 702, 704, 720, 723, 724, 726, 736, 762, 790, 795.
GUIPUZCOA : 895, 896.
GUISE : 350, 417, 426 (n. 3).

HALLES (les) : 81, 150, 221.
HAMBOURG : 894.
HARFLEUR : 339.
HOLLANDE : 59, 321, 357, 412, 894.
HONGRIE : 701.
Horaces (Les) [Horace], de P. Corneille : 381.
HORLOGE (quai de l') : 317.
HOUDAN : 727.
HÔTEL DE VILLE : 112, 122, 165, 166, 196, 203, 204, 206, 210-213, 222, 228-230, 248, 250, 252, 274, 276, 287, 290, 293, 294, 316-318, 327, 328, 332, 337, 378-380, 384, 394, 414, 415, 454, 512, 522, 630, 713, 719, 735, 741-744, 749, 778-781 *[le massacre de la journée des Pailles]*, 784-789, 791, 798, 799, 801, 818, 820, 823, 824, 829, 830, 835, 870, 885.
HUESCA, ville d'Aragon : 901 (n. 3), 904.

IERRE [YERRES] (l'), affluent de la Seine : 770 (n. 4).
Il y a trois points..., chanson burlesque de Blot : 497 (n. 2).
INCURABLES (les) : 584 (n. 1).
INDES : 903, 906.
Intérêts du temps (Les), pamphlet de Retz : 553 (n. 5).
Intrigues de la paix (Les), pamphlet de Joly : 553.
IPRES [YPRES] : 372.
ISSI [ISSY-LES-MOULINEAUX] : 95.
ITALIE.
  Lieu géographique, territoire : 56, 66, 75, 125, 184, 408, 464, 550, 579, 762, 792, 852, 914, 919, 920, 941.
  Les guerres d' — : 463.
  Les Italiens : 929, 941, 943.
IVRI [IVRY] (bataille d') : 808 (n. 1).
IVRI [IVRY-SUR-SEINE] : 271 (n. 1).

JAMETZ : 767 (n. 3).
JARGEAU : 730 (n. 1), 795.
JÉRICHO : 729 (n. 3).
Jeux de l'inconnu (Les), de Cramail : 80 (n. 1).
JOIGNI [JOIGNY] : 484 (n. 2).
JUVISI [JUVISY] : 96, 735.

LA BASTIDE, faubourg de Bordeaux : 456.
LA CAPELLE : 71, 438.
LAGNI [LAGNY] : 246, 302 (n. 2), 768, 773.

La Haie [La Haye] : 232.
L'Ambrosiane, rendez-vous de chasse du grand-duc de Toscane : 913.
La Meilleraie [La Meilleraye] : 881 (n. 5).
Languedoc : 97, 581, 661, 906.
La Plume [Laplume] : 725.
La Roche, port de Machecoul [Le Port-La Roche] : 892 (n. 4).
La Rochelle : 186, 648, 662 (n. 3), 801, 893.
Lavaur : 66.
La Vieuville (hôtel de) : 512.
Le Bourget : 768.
Le Catelet : 71, 241, 417.
Le Croisic : 892 (n. 5).
Le Havre-de-Grâce [Le Havre] : 154, 168, 411, 470 (n. 2), 492, 496 (n. 1), 511, 523, 872, 874.
Le Mans : 224, 297, 393, 394.
Lens : 139, 142, 143, 165, 450.
Léon [Lion] (golfe de) : 902 (n. 6), 906.
Le Passage [Pasajes], port basque : 896 (n. 1).
Le Pont-de-Cé [Les Ponts-de-Cé] : 698.
Lesdiguières (hôtel de) : 139, 142.
Lettre du curé au marguillier, pamphlet de Patru : 553 (n. 4).
Lettre du marguillier au curé (La), pamphlet de Sarasin : 553 (n. 3).
Levant : 850.
L'Hospitalité, château proche de Volterra : 912, 916.
Liancourt (château de) : 369.
Libourne : 429, 438, 456, 724.
Liège : 84, 362, 704.
Ligourne. Voir Livourne.
Ligues, au sens de cantons suisses : 128 (n. 4).

Limoges : 714.
Limours : 486 (n. 2), 617, 618, 620, 622, 650-652, 680, 836, 841, 842.
Limousin : 422, 432, 731.
Linas : 776.
Lisieux : 339.
Loches : 433.
Loire (la) : 221, 727, 730, 883, 888.
Lombardie : 67.
Londres : 500, 502.
Longueville (hôtel de) : 205, 206, 208, 209, 373, 488.
Lorraine : 769, 792.
Lorris : 731 (n. 1).
Loudun : 417.
Louvre (le) : 98, 103, 223 (n. 1), 326, 391, 491, 648, 802, 835-838, 842, 856-858, 875, 963.
Luçon : 974.
Luxembourg (jardin de) : 419.
Luxembourg. Voir Orléans (palais d').
Lyon : 128, 488, 864, 866, 890.

Machecoul, capitale du pays de Retz : 59 (n. 1), 882 (n. 2), 883, 891-893.
Madrid : 896, 898, 899.
Maine (le) : 296.
Majorque.
La ville (Palma) : 904, 903.
L'île : 906.
Malte : 925.
Manifeste de M. de Beaufort en son jargon (Le), pamphlet de Retz : 553 (n. 5).
Mantes : 105, 110, 199, 727.
Marché aux Chevaux (le) : 795.
Marché-Neuf (le) : 143, 197, 352.
Marcilli [Marcilly], capitale du Forez dans le roman d'Honoré d'Urfé : 213 (n. 5).

Lieux et œuvres littéraires

Marcoussi [Marcoussis] : 455 (n. 3), 470.
Marne (la) : 271, 345, 776.
Marseille : 714, 890.
Maubert (place) : 382.
Mauve : 888.
Maximes, de La Rochefoucauld : 218 (n. 1).
Mazarin (palais) : 786.
Médicis (villa) : 68.
Méditerranée (mer) : 905.
Melun : 743, 752, 773, 774, 826.
Metz : 113 (n. 1).
Meuse (la) : 84.
Mézières : 257, 384, 386, 865, 867-869, 885, 886, 896, 897, 899, 977, 978.
Milan : 463, 862, 984.
Milanais : 899, 930.
Minimes (couvent parisien) : 56 (n. 5).
Minorque : 906.
Miradoux : 725.
Mission (couvent des prêtres de la), à Rome : 941 (n. 2).
Modenais : 930.
Modène : 929, 930.
Moncontour : 566 (n. 1).
Monsieur d'Elbeuf et ses enfants, poème satirique : 209 (n. 5).
Montargis : 154, 198, 201, 206, 730, 732, 752.
Montauban : 186.
Montbazon (hôtel de) : 387, 519.
Montbéliard : 371.
Montléri [Montlhéry] : 672 (n. 3).
Montmartre : 82.
Montmartre (rue) : 859.
Montmirail : 56, 978.
Mont-Olimpe [Mont-Olympe] : 399 (n. 2), 408, 680, 867, 868, 886, 899.
Montreuil : 224.
Montrouge : 540, 629.
Moret : 752.
Mouron. Voir Saint-Amand-Montrond.
Mouzon : 412, 489, 502.
Munster [Münster] : 366, 442, 444, 446, 589, 596, 627, 921, 925, 950.

Na, ne, ni, no, nu, ballade due à Marigny : 373 (n. 1).
Nantes.
  Lieu géographique : 59, 60, 882, 884, 887, 888, 891-894.
  Le château de — : 871, 878-880, 882, 911, 914, 960, 964, 973.
Nanteuil [Nanteuil-Notre-Dame] : 447 (n. 3).
Naples : 342, 350, 822, 855, 902, 907, 909, 913.
Navarre : 899, 900.
Navarre (collège de) : 758.
Nesle (porte de) : 157.
Neuilli [Neuilly] : 202, 752, 766.
Neuve-Notre-Dame (rue) : 158, 197, 540 (n. 3).
Nîmes : 186.
Niort : 297.
Noisi [Noisy-le-Roi] : 194 (n. 1).
Normandie : 210, 296, 338, 349, 372, 402, 411, 412 (n. 3)-414.
Notre-Dame (pont) : 410, 634, 782, 859.
Notre-Dame-de-Lorette (palais de), résidence romaine de Retz : 952.
Notre-Dame de Paris : 111, 115, 116, 118, 131,143, 171, 351, 382, 477, 494, 740, 781, 826, 861, 871, 872, 884, 965.
Noviciat des Jésuites : 768, 769.

O (hôtel d') : 158.
ORATOIRE (l') : 98, 326, 523 (n. 3).
ORCAN. Voir OURSCAMP (abbaye d').
ORKAN. Voir OURSCAMP (abbaye d').
Oremus : 90.
ORFÈVRES (quai des) : 352.
ORLÉANS : 60, 714, 728.
ORLÉANS (forêt d') : 731.
ORLÉANS (palais d'), résidence de Monsieur : 103, 135, 137, 449, 504, 505, 511, 518 (n. 2), 531, 557, 563, 570, 642, 671, 694, 721, 731, 747, 752, 754, 768, 771, 780, 789, 795, 815, 821, 837, 839-842.
ORLÉANS-AU-MARAIS (rue d') : 760.
ORLÉANS-SAINT-HONORÉ (rue d') : 673.
OSCA. Voir HUESCA.
OTTOMANS (empire des) : 123.
OURCAN. Voir OURSCAMP.
OURSCAMP (abbaye cistercienne d') : 406 (n. 2), 474, 873.
OUSOI. Voir OUZOUER-SUR-TRÉZÉE.
OUZOUER-SUR-TRÉZÉE : 733 (n. 1).

PALAIS (le), siège du Parlement : 85, 130, 131, 133, 136, 154, 157, 159, 160, 170, 196, 205-207, 210-212, 220, 228, 231, 233, 246, 260, 261, 266, 271, 297, 312, 313, 316, 317, 326, 345, 347, 352, 380, 382, 389, 391-393, 397, 400-402, 409, 413, 426, 432, 436, 437, 494, 497, 501, 505, 508, 517, 520, 521, 534, 549, 551-554, 557, 564, 568, 584-586, 599, 600, 602, 606, 611-613, 615, 617, 618, 622, 626, 629-631, 634-636, 642-644, 651, 654, 660, 680, 695, 699, 700, 747, 764, 765, 771, 774-776, 808.
PALAISEAU : 752.
PALAIS-ROYAL, résidence d'Anne d'Autriche : 114 (n. 1), 117, 130-132, 134, 139, 142-144, 147, 149-152, 154-157, 159-161, 181, 383, 384, 397, 403, 407, 411, 488, 494, 500, 503-506, 511-516, 520, 523, 526, 533, 536, 540, 543, 549, 551, 574, 577, 583, 584, 599, 610, 611, 614, 615, 617, 618, 620, 623, 630, 631, 643, 651, 652, 826, 855.
PAMPELUNE : 899, 900.
PARIS.
Lieu géographique : 60, 65, 71, 74, 84, 85, 88, 96, 105, 106, 108, 110, 113, 114, 130, 157, 158, 165, 167, 169, 172, 173, 177, 188, 189, 191, 193, 195, 196, 200-202, 205, 209, 213, 220, 222, 227, 228, 233, 244-246, 255, 256, 258-261, 263-265, 270, 273, 299, 305, 306, 320, 323, 327, 338, 351, 353, 354, 356, 362, 363, 366, 367, 369, 370, 388, 389, 403, 411-413, 428, 430, 432, 437, 438, 447, 448, 455, 458, 464, 467, 471, 474, 475, 477, 488, 489, 492, 497-500, 503-504, 513-515, 517, 518, 523, 546, 552, 560, 561, 568, 570, 575, 576, 584, 600, 603, 608, 609, 615, 618-620, 622, 623, 627, 646, 656, 657, 660, 663, 664, 666, 667, 669, 671, 672, 676, 686, 690, 692, 694, 698, 704, 714, 720, 724, 726-728, 730, 734, 735, 740, 745-747, 752, 756,

759, 761, 763-765, 768, 769, 771, 774, 776, 785, 789, 790, 792, 794, 803-804, 808, 813, 814, 819, 825-828, 831-833, 836, 840, 842, 844, 846, 848, 864, 870, 879, 881, 883-885, 887, 896, 897, 915, 916, 950, 951, 958, 966, 976-979.

La ville : 128, 160, 162, 200, 201, 220, 254, 382, 402, 437, 640-642, 674, 677, 678, 699, 710, 735, 742, 743, 750, 752, 764-766, 771, 776, 778-780, 782, 783, 786, 789-791, 795, 799-804, 808, 816, 818, 820, 823, 827, 829-831, 838, 885.

« Capitale de la France » : 81, 139, 140, 145, 150, 155, 166, 170, 185, 205, 228, 232, 233, 250, 261, 277, 282, 284, 325, 359, 409, 420, 424, 474, 523, 565, 571, 573, 704, 726, 729, 731, 743, 787, 792, 796, 799, 806, 884.

Siège du gouvernement : 464, 484, 550, 686, 720, 741, 979.

Le peuple de — : 82, 129, 131, 134, 138, 146, 148, 150, 158, 180, 197, 205, 252, 255, 276, 325, 439, 449, 451, 452, 565, 632, 637, 666, 682, 707, 712, 713, 768, 780, 789, 798, 799, 820, 831, 833-835, 837, 859, 874, 885.

Les bourgeois de — : 146, 149, 156, 183, 189, 196, 228, 229, 254, 255, 414, 668, 771, 782, 942.

Les Parisiens : 76, 78-80, 100, 143, 151, 167, 173, 202, 207, 224, 234, 256, 269, 323, 339, 364, 370, 375, 377, 379, 401, 445, 540, 564, 642, 654, 677, 699, 709, 780, 788, 797, 807, 814, 815, 819, 881.

La coadjutorerie, l'archevêché de — : 57, 61, 68, 86, 97, 98, 100, 102, 172, 308, 398, 462, 610, 737, 783, 798, 799, 853, 870, 872-876, 885, 898, 944, 948, 958, 965, 972.

L'Église de — : 171, 369, 806, 810, 813, 823, 824, 861-863, 875, 942, 967, 975.

Par opposition à la province : 120.

Par opposition à la Cour : 119, 120, 141, 151, 152, 189, 295, 343, 368.

Le « blocus » de la ville : 169, 224, 241, 254, 255, 259, 354, 374, 462, 468, 640, 649, 702, 950, 960.

La paix de : 504, 527.

Dans un titre : 111-113, 123, 124, 144, 178, 179, 186, 189, 235, 236, 249, 378, 420, 630, 643, 645.

PARME : 931 (n. 2).
Partus Vincennarum, ouvrage composé en prison par Retz : 862 (n. 7).
PAU : 393, 394.
PAYS-BAS : 71, 166, 231, 237, 357, 693, 770.
PÉRIGORD : 731.
PÉRONNE : 241, 257, 384, 386, 965.
PETIT-BOURBON (hôtel du) : 670, 671.
PETIT-BOURG (château de) : 116 (n. 1).
Petites lettres de Port-Royal (les). Voir *Provinciales (Les)*.
PETITES-MAISONS (hôpital des) : 513 (n. 2).

1242 Index

Petits-Champs (rue des) : 447.
Pianouse [Pianosa] (île de) : 910 (n. 6).
Picardie : 70 (n. 5), 348, 350, 377 (n. 1), 417.
Piombin [Piombino], port de Toscane : 911 (n. 1), 912.
Poissy : 384.
Poitiers : 224, 297, 663, 667, 674, 676, 695, 710.
Poitou : 74, 87, 193, 259, 412, 514, 660, 848, 850.
Pont-à-Vère [Pontavert] : 278 (n. 2), 280, 281, 290, 325.
Pont-de-l'Arche : 372, 374, 412, 439.
Ponte-Centine [Ponte-centino], hameau d'Acquapendente : 914.
Pont-Neuf (le) : 85, 143, 156, 158, 372, 383, 471, 617, 668, 735, 747, 752, 792.
Pontoise : 784, 785, 789, 791.
Port-à-l'Anglais : 271 (n. 1), 878, 879.
Port-Louis : 881 (n. 3), 882.
Port-Mahón, capitale de Minorque : 905 (n. 3), 910.
Porto-Condé, port sarde : 907, 909.
Porto-Ferrare [Portoferraio], dans l'île d'Elbe : 910 (n. 7)-912.
Porto-Longone, dans l'île d'Elbe : 910 (n. 7), 911.
Porto-Vecchio : 909.
Port-Royal (abbaye cistercienne de) : 69 (n. 1), 86, 394, 730.
Prouvelles [Prouvaires] (rue des) : 81 (n. 3), 149.
Provence.
  Lieu géographique : 61, 185, 302, 460, 578, 581.
  Gouvernement de — : 224, 532, 550, 554, 577, 762.

Provinciales (Les), de Bl. Pascal : 394 (n. 2), 730.

Quimper-Corentin : 154.
Quinze-Vingts (les) : 149.

Rais [Retz] (pays de) : 782, 891-893.
Rambouillet (le jardin de) : 600 (n. 2), 615, 856 (n. 1).
Reims : 224, 297, 439, 444, 541, 877.
Rennes : 297.
Retentum, terme de procédure : 245 (n. 1).
Rethel : 444, 489 (n. 3), 494 (n. 1 et n. 2), 495, 498, 885.
Retz (rade de) : 59 (n. 3).
Rhuis (île, presqu'île de) : 893 (n. 2).
Richelieu (château de) : 660.
Richelieu (porte de) : 520 (n. 1).
Rocroi : 104 (n. 5), 105.
Rome.
  Lieu géographique : 68, 125, 449, 658, 718, 913, 914, 917, 951, 953, 955, 962, 963, 980.
  Capitale des États pontificaux : 66, 67, 371, 403, 464, 550, 561, 562, 822, 944.
  Siège de la papauté : 87, 99, 408, 715-717, 783, 792, 799, 800, 818, 850, 853, 854, 858, 866, 870, 874, 880-882, 890, 896, 898, 914, 913, 919, 925, 927, 930, 941-944, 947, 951, 955, 958, 959, 965, 972-974, 976.
  L'Urbs : 73, 74, 946, 948, 949, 954, 955.
Rouen.
  La ville de — : 196, 210, 296 (n. 3), 338, 339, 341, 372, 412, 661.

Lieux et œuvres littéraires 1243

Le Vieil-Palais de —: 372.
Roussillon : 342.
Royale (place) : 69 (n. 2), 86, 105, 775.
Ruel [Rueil-Malmaison].
  Le château du cardinal de Richelieu, puis de la duchesse d'Aiguillon : 69 (n. 3), 70, 89, 167, 171, 175, 176, 834.
  La conférence de — : 224, 269-273, 281, 285, 294, 295, 297, 300-302 (n. 1), 305, 309-317, 320, 325, 327, 340, 341, 372.
  La paix de — : 299, 301, 302, 304, 309, 312, 314, 316, 317, 348-452.

Saint-Amand-Montrond : 430 (n. 3), 532, 621, 630, 661, 730, 731, 795.
Saint-Ange (le château), prison d'État à Rome : 948.
Saint-Antoine (faubourg) : 777, 788, 979.
Saint-Antoine (porte) : 747, 778, 848.
Saint-Antoine (rue) : 85, 266, 778.
Saint-Antoine-des-Champs (abbaye cistercienne de) : 808 (n. 4).
Saint-Aubin d'Angers (abbaye bénédictine de) : 108, 873.
Saint-Barthélemi [Saint-Barthélemy] (église) : 871 (n. 3).
Saint-Boniface. Voir Bonifacio.
Saint-Cassien. Voir San-Casciano.
Saint-Cloud : 89, 222, 752, 764, 766, 776.
Saint-Denis : 222, 258, 259, 523, 566 (n. 1), 764, 776, 784, 785, 789, 832.

Saint-Denis (faubourg) : 777.
Saint-Denis (rue) : 131, 222.
Sainte-Chapelle (la) : 613, 640.
Sainte-Croix-en-Jérusalem, basilique romaine : 949, 955, 956 (n. 5).
Saint Empire romain germanique : 56, 67, 74, 83, 84, 105, 122, 125, 403, 416, 769, 921.
Saintes : 662, 724.
Saint-Eustache (église) : 209 (n. 3).
Saint-Eustache (quartier) : 81.
Saint-Georges (île de), proche de Bordeaux : 429.
Saint-Germain (faubourg) : 569.
Saint-Germain d'Auxerre (abbaye bénédictine de) : 873.
Saint-Germain-[en-Laye] : 105, 106, 143, 176, 177, 195-202, 208, 209, 222-224, 226, 228, 230-232, 235, 245, 247, 258, 261, 262, 268, 269, 271, 273, 276, 294-298, 301, 310, 312, 315, 320, 323, 327, 329, 336, 339-341, 343, 348, 349, 352, 355, 364, 469, 515, 752, 761-764, 829-831, 834, 848, 952.
Saint-Germain-l'Auxerrois (église) : 156, 391, 398, 856 (n. 3).
Saint-Gervais (église) : 389.
Saint-Honoré (cloître) : 405 (n. 1), 543, 554, 559.
Saint-Honoré (porte) : 196, 204, 205, 228, 230, 520, 523.
Saint-Honoré (rue) : 157, 310, 622, 673, 830.
Saint-Jacques (faubourg) : 392.
Saint-Jacques (porte) : 326.
Saint-Jacques-de-Compostelle : 957.

SAINT-JEAN (cimetière) : 85.
SAINT-JEAN [-EN-GRÈVE] (église) : 99, 100, 209 (n. 3).
SAINT-JEAN-DE-LATRAN (basilique), cathédrale de Rome : 956 (n. 5), 957.
SAINT-LAZARE : 83 (n. 2), 100 (n. 1), 101.
SAINT-LOUIS-DES-FRANÇAIS, église française de Rome : 958 (n. 1).
SAINT-LOUIS-DES-JÉSUITES : 142.
SAINT-LUCIEN DE BEAUVAIS (abbaye bénédictine de) : 474 (n. 2), 873.
SAINT-MAGLOIRE (séminaire de) : 326 (n. 3), 489 (n. 1).
SAINT-MARCEL (faubourg) : 57.
SAINT-MARS DE SOISSONS. Voir SAINT-MÉDARD DE SOISSONS.
SAINT-MARTIN (porte) : 830.
SAINT-MARTIN (rue) : 222.
SAINT-MARTIN DE PONTOISE (abbaye bénédictine de) : 873.
SAINT-MAUR, résidence du prince de Condé : 565 (n. 1), 566, 568, 570, 571, 573, 574, 583, 586, 588, 599, 610, 615, 617, 618, 621, 622, 657.
SAINT-MÉDARD DE SOISSONS (abbaye bénédictine de) : 873.
SAINT-MÉRI [SAINT-MERRI] (église) : 209 (n. 3).
SAINT-MICHEL.
Pont — : 158, 634, 782, 859.
Faubourg — : 821.
SAINT-MIHIEL : 769.
SAINT-PAUL (église) : 266.
SAINT-PAUL-HORS-LES-MURS, basilique romaine : 956 (n. 5).
SAINT-PIERRE DE ROME (basilique) : 914, 920, 937, 956 (n. 5).
SAINT-QUENTIN : 241.
SAINT-ROCH (église) : 209 (n. 3).

SAINT-SÉBASTIEN : 894-896, 898, 899, 903, 918.
SAINT-SURIN [SAINT-SEURIN] (faubourg de Bordeaux) : 429 (n. 3).
SAINT-VENANT : 362.
SAINT-VICTOR (faubourg) : 789.
SALÉ, port marocain : 895 (n. 2).
SAN CASCIANO, ville d'eaux toscane : 955 (n. 3), 963.
SANTA-MARIA TRASPONTINA, église romaine : 921 (n. 1).
SAPIENCE (les écoles de), à Rome : 67 (n. 3).
SARAGOSSE.
La ville : 900-902.
L'Alcazar : 901 (n. 2).
Le sanctuaire de *Nuestra Señora del Pilar* : 901 (n. 5), 902.
SARDAIGNE : 907.
SAUMUR : 412, 413, 417, 698, 717, 755.
SAVONNERIE (la) : 90 (n. 1).
SEDAN : 65, 68, 70, 71 (n. 5), 72, 74, 76-78, 83-85, 107, 235, 281, 287, 311, 344, 351, 353, 531, 569, 578, 585 (n. 2), 669, 687.
SEINE (la) : 271, 345, 727, 770, 771.
SENLIS : 714, 804.
SENS : 752.
SERGENTS (barrière des) : 157, 160.
SÈVRES : 222, 223.
SICILE : 175.
SIENNE : 914.
SOISSONS (hôtel de) : 65.
Solitaire (Le), pamphlet de Retz : 553 (n. 5).
SOMME (la) : 167.
SOMPUIS [SOMMEPY] : 494.
SORBONNE (la) : 64-67, 87, 97, 124, 155, 817, 861, 875, 927, 948.
STAFFORT. Voir ASTAFFORT.